布朗神父
探案经典

【英】切斯特顿◎著

王德民◎译

中国华侨出版社

图书在版编目（CIP）数据

布朗神父探案经典：全三册 /（英）切斯特顿著；
王德民译 .—北京：中国华侨出版社，2016.10
ISBN 978-7-5113-6365-7

Ⅰ.①布… Ⅱ.①切… ②王… Ⅲ.①侦探小说 – 小说
集 – 英国 – 现代 Ⅳ.① I561.45

中国版本图书馆 CIP 数据核字（2016）第 237821 号

布朗神父探案经典（全三册）

著　　者 /［英］切斯特顿
译　　者 / 王德民
责任编辑 / 文　喆
责任校对 / 王京燕
经　　销 / 新华书店
开　　本 / 787 毫米 ×1092 毫米　1/16　印张 /57　字数 /912 千字
印　　刷 / 北京怀柔溢漾印刷有限公司
版　　次 / 2017 年 1 月第 1 版　2017 年 1 月第 1 次印刷
书　　号 / ISBN 978-7-5113-6365-7
定　　价 / 98.00 元

中国华侨出版社　北京市朝阳区静安里 26 号通成达大厦 3 层　邮编：100028
法律顾问：陈鹰律师事务所
编辑部：（010）64443056　　64443979
发行部：（010）64443051　　传真：（010）64439708
网　址：www.oveaschin.com
E-mail：oveaschin@sina.com

译者序

　　布朗神父是英国著名侦探小说作家 G.K. 切斯特顿（1874~1936 年）笔下塑造的侦探，也是推理小说史上最伟大的神探之一，与经典侦探人物杜宾和福尔摩斯并称为"世界三大名侦探"。

　　G.K. 切斯特顿是英国著名作家、文学评论家，他出生于伦敦，早年曾在圣保罗学校求学，最初的志向是做一名画家。后来他当过新闻记者、剧作家和插画家，并于 1925 年起主办《新证人报》，他在文学方面涉猎广泛，创作散文、诗歌、小说、文学评论等多种文学体裁，颇负盛名。他的文学作品常常流露出过人的智慧和才气，并时常带有讽喻，因而被誉为"悖论王子"、"悖论大师"。

　　切斯特顿的作品以散文和文学批评研究为主，在小说创作方面，贡献最大的是侦探推理作品"布朗神父"探案系列。他的侦探小说文笔轻盈流畅，富有想象力，擅长用丰富的场景渲染诡异的气氛，小说情节设置巧妙，众多精妙的犯罪诡计对后世的推理创作产生了深远影响。侦探小说女王阿加莎·克里斯蒂、密室之王迪克森·卡尔、推理小说巨匠保罗·霍尔特，以及英国悬念电影大师希区柯克等，都是切斯特顿侦探小说的忠实读者，他们的创作深受切斯特顿小说推理手法的影响。

　　切斯特顿擅长构思原创案件，他精心设计的奇迹犯罪超过 30 种以上。正因为如此，切斯特顿笔下塑造的布朗神父成为世界上大名鼎鼎的推理神探，这位侦探身份特别，分析案件的手法与众不同，而且富于洞察和逻辑推理，通晓各种犯罪心理和作案手段。布朗神父开创了用犯罪心理学进行推理的办案方式，与福尔摩斯重视物证推理的手法截然不同，两人的查案手法在侦探小说界中各有千秋，呈分庭抗礼之势。

1910 年 9 月，切斯特顿首次发表以布朗神父为主角的侦探小说《蓝宝石十字架》，受到读者的追捧和欢迎。此后，他接连创作了布朗神父探案系列小说 52 篇，塑造了一位其貌不扬的神父侦探，通过一系列匪夷所思的案件，使其成为侦探小说史上的经典形象。在侦探小说中，布朗神父是一位身材矮小，圆脸，胖墩墩的神父，他举止沉静，脾气温和，说话慢吞吞，有时还会结巴，而且表现得十分害羞。他外表憨厚老实，甚至反应迟钝，被人嘲笑成"蠢头蠢脑的胖老鼠"。布朗神父经常戴一顶小圆帽，手拿一把大雨伞，尽管外表看起来并不精明，但其实有着非常敏锐的直觉，他往往可以洞察人的心理，经常以灵感破案，凭借直觉抓到凶手，他思维的敏捷和深邃出乎所有人的预料。布朗神父经手的案子多半是犯罪史上最诡异的奇案，他平时沉默寡言，但是在办案过程中时常说出一些幽默辛辣的警句，充满反讽的哲学意味。

"布朗神父"探案系列是一部侦探冒险小说作品，切斯特顿创作的经典推理探案均收录其中，希区柯克评价它"会让人体验完全不同的想象力，感受出其不意的结局所带来的快感"。本书译本在遵照小说原文的基础上，努力做到通俗易懂，语言简洁流畅，契合中文的阅读习惯，词汇翻译精准到位，能够还原侦探小说设置悬念的原汁原味，在一个个精妙的侦探故事中，为读者提供扣人心弦的阅读体验。

目 录
Contents

花园谜案

┃盗贼的乐园┃

┃金十字架的诅咒┃

梅鲁神山的红月亮

‖小村里的吸血鬼‖

花园谜案

◇ 蓝宝石十字架 ◇

　　浅银色的晨曦斜斜地挂在天际，海上的波光大而模糊，闪烁着绿色的光芒。海天之际，一艘会私自用刑将他们弄船从远处缓缓驶来。船在哈维奇港停下后，乘客们从船舱中蜂拥而出，像极了从巢中迸发而出的飞虫，四散开来。密集的人群从眼前流过，我们紧紧地盯住远处的那个人，丝毫不放松，大概是他不喜张扬，所以从远处看来并不是很起眼，再上下仔细看看他，也没发现有什么特别的地方，唯有那一身度假式的穿着与他一言不发的沉默看起来不太相称，大抵如此。

　　微瘦的淡灰夹克衫、浅白背心与一顶银白色草帽，淡淡的蓝灰丝带附着其上，只是与这浅淡的色调大相径庭的是他那形销骨立而朴黑的面容。西班牙式的黑色短胡子留在他的脸上，像极了伊丽莎白那个时代风靡的轮状皱领。他叼起香烟，嘴唇缓缓吐出缕缕烟丝，烟丝又慢慢四化成灰白的烟雾，溢散在空气里，看起来毫不在意却又显露出丝丝认真，让人难以捉摸。那把弹仓已满的左轮手枪其实就藏于他的夹克衫内，这身打扮却一点儿也瞧不出来，不留痕迹的还有那被暗藏在浅白背心下的警察证。不错，此时的这顶带着蓝灰色丝带的草帽下隐藏着整个欧洲最有智谋的人物之一，他不是别人，正是瓦朗坦，巴黎警察局的局长，传说中的大侦探。他此次急急忙忙地从布鲁塞尔赶来伦敦，就是要执行这个世纪以来最非比寻常的逮捕行动。

　　弗朗博到了英国后，他不辞辛劳地从比利时的根特追查到布鲁塞尔，又从布鲁塞尔追至荷兰的胡克港。通过三国警方的通力配合，终于找到了与这个恶贯满盈的罪犯相关的犯罪痕迹，并推断出：他会趁着伦敦正在召开"圣体大会"①的时候悄悄混入熙熙攘攘的陌生人流。选择很多，他可以换装打扮成一个低级的神职人员，亦可以装扮成与之相关的秘书来到伦敦，当然，这些都只是猜测而已，瓦朗坦还不能完完全全地确定下来，因为没有人真正了解弗朗博。

多年之前，这个犯罪之王忽然销声匿迹，鸣金收兵，不再肆意杀人以致社会动荡不安，整个星球似乎倏然宁静下来。这奇怪的现象与人们口中所说的罗兰[②]死后的状况相同。但在弗朗博最扬扬自得的时候（当然，也是他最放浪猖獗的时候），他却与德皇相同，形象突出，闻名遐迩。每天早上，报纸上刊写关于他的消息已成常态，这无不宣布着他躲掉上一桩命案应有的惩罚，又接着犯下了另一桩命案。

弗朗博是法国加斯科涅人，身形高猛，胆量亦令人惊奇。民间流传着不少他神乎其神的奇闻轶事：譬如他怎样心血来潮，将调查法官倒挂起来，让其头朝下以使其头脑清醒；他又是如何在两边的胳肢窝下各揣着一名警察，呼呼地飞奔过巴黎的里沃利街。如果公平起见地说的话，他那非凡的力气其实仅仅是经常用在未造成命案的场面而已，未免有伤风雅。真正的罪行恰恰是策划出大桩的盗窃案，巧妙而令人惊奇。但他却总变着花样儿地不停地犯下一桩桩案件，每桩每件都是一个奇妙的故事。

弗朗博曾在伦敦经营过一家远近闻名的提洛尔乳制品公司，这家奇怪的公司没有奶厂应有的一切配置，制奶厂啊奶牛啊送奶车啊，统统没有，更别提牛奶了，但他却拥有着几千个订户。很简单，他送奶的方式就是偷偷拿走别人家门前的奶罐，再悄悄移放到自家公司订户的门口。同样还是这个弗朗博，他还和一个女人保持着难以言说却又无比亲密的信件联系，其实就是把这个年轻女人的所有信件都一一截下，把自己写的回信拍下来，再用极小的字体印到显微镜那薄薄的载物片上，回寄给那女人，他又耍了个把戏。

其实弗朗博的这些案件中都有一个鲜明的特点，就是手法非常简易。传说他为了引一个旅客进入自己的圈套，竟然顶着黑夜重新把整条街的门牌号油漆了一遍。还有一件可以确切地说的案件，那便是他发明的便于携带的信箱，他把它放在寂静郊区的荒僻角落，静静等待着能有人投入汇款单。

听说他还会耍绝妙的杂技。虽然他个头很大，轻功却也非凡，能像蚂蚱一般轻松地跳起，而后又像猴子一样归隐到树顶。所以，当大侦探瓦朗坦在刚开始追踪弗朗博时就已明白，就算他找到了对手，这漫长的探险之行也仍未结束。

怎么找到他呢？大侦探的脑海如一团乱麻，没有一点头绪。

但有一点难以掩盖的就是他那卓尔不群的身高，不管弗朗博乔装易容的技巧多么厉害，都无法掩饰他的身高。当瓦朗坦灵敏的目光扫视过卖苹果的高个儿女小贩时、身形高大的掷弹兵时，亦或是个子足够高的公爵夫人时，瓦朗坦当场可能就会抓捕他们，然而他所乘坐的这辆火车上没有一个像是弗朗博乔装假扮的，长颈鹿再怎么缩脖子也变不成猫啊。他已经事先搞清楚了与他同船的人的情况，只有六个是在哈维奇或中途上车的人。一个是要坐车前往终点站的低矮的铁路官员，三个在火车开了两站后才上车的矮个儿蔬菜商贩，还有一个从埃塞克斯上车的矮寡妇，最后一个，便是从埃塞克斯的一村子上车的更矮的罗马天主教神父了。瓦朗坦说到最后这个神父时实在难以再说下去，他实在忍不住想要大声发笑了。因为这个矮小神父大概是吸取了东部平原的所有精华，以至于脸生得圆滚而呆滞，就像诺福克的无馅汤圆一样。空空的目光如海面一样，平静而空旷。

他手里拿了几个棕色纸包裹，几乎已经拿不下了。毋庸置疑，"圣体大会"把这些生物一个个地吸引了出来，以至于这个平静的地方不再是一潭死水。他们茫然地就像刚刚从土里挖出来的鼹鼠，一丝不挂地暴露在光天化日之下。瓦朗坦是法国有名的极端怀疑论者，他虽然对神父没有一点儿好感，但有时还是会同情他们，眼前的这位神父大概会激起所有人的同情心。他有一把总爱掉在地板上的破伞，甚至连自己返程票的终点到哪里都不知道，还傻憨憨地跟车厢里的人一个个地解释，他还得小心担待着，因为他的棕色包裹里有个纯银打造的东西，上面还带着"蓝石头"呢。他的举止掺混着埃塞克斯人独特的率真和圣人一样的单纯，虽然很怪异，但是这一路上，法国人为这怪异的举动开心得不得了。后来，神父终于在托特纳姆下车了，等他慢吞吞地把所有棕色包裹都拿下车后，又折回来取回了他的那把破伞。取伞的时候，瓦朗坦竟然善意地提醒他，一定要看好自己的银器，别总是见着人就说。但他在和神父讲话时，眼睛却一点儿也没闲着，在茫茫的人群中寻找着另一个人，不管他是贫穷还是富贵，是男还是女，只要是身高差不多能达到 6 英尺（1.8m）的人，他都会留意仔细地看，因为……弗朗博高 6.4 英尺（高出 4 英寸，其实也就是 10 厘米）。

瓦朗坦在利物浦街下了车车，他一直信心满满地觉得，弗朗博从未逃离过自己的视线之外。为了让自己在这里的行动变得合法，方便为所需要的协助做出安排，他便到苏格兰场办了手续。随后他点燃另一支香烟，随意地漫步在伦敦的街头，走了很远，很远。当他经过维多利亚车站到了与车站相对的街道与广场时，突然停下来，就那样静静地站在原地。他的面前是一个安静而精致的广场，具有典型的伦敦味道与难以想象的沉静。这周边高大的公寓楼虽看似无比繁华却少有人烟。广场的中央长着一片灌木丛，像太平洋上荒冷的绿岛一般，杂乱得好像已经很久没有打理。向广场四周望去，小岛的一边像讲台一样高出许多；这一边本应当自然而流畅的线条，也渐渐被伦敦那令人惊叹的突兀之作所打破—— 一家餐厅，好像从索霍区③飘走后便误落在这里。它的风格与其他不同以致非常碍眼：低矮的植物栽种在花盆中，长长的百叶窗一泻而下，露出淡淡的柠檬黄与白色横纹。它的阶梯从街面直接通往前门，就好比太平梯直通入二楼的窗前一般，明显地高出了街面，不过倒是很符合伦敦特有的拼缀之风。瓦朗坦静静地站在黄白相间的百叶窗边，唇边吐出缕缕烟丝，思忖了许久。

奇迹最让人难以相信之处，就在于它确实会发生。几片云朵在天空缠绕聚散，渐渐形成了一只像在凝视着什么的人的眼睛。在迷茫而不知前途在何处的旅途，总会有一棵大树突然跳入你的视野，整棵树就像一个大大的问号坐落在那里。过去的那几天，我都已目睹过了这两种现象。纳尔逊④确实是死在已胜利的那一刻；让人觉得很像杀婴案⑤的是，一个名叫威廉斯的人因为某种巧合谋杀了一个叫威廉森的人。简单来说的话，就算生活中总有着像魔法一般机缘巧合的成分，然而只相信眼见才为实的人，会永远地与它擦肩而过。就像爱伦·坡⑥的悖论所说的："智慧是有赖于意料之外的事的。"

阿里斯蒂德·瓦朗坦是典型的法国人，具有法国人特有且独有的才智，深不可测。他不是"思考机器"，他觉得那是没动脑子的现代宿命论和唯物论才爱用的词儿。机器为什么只是机器，就是因为它不能主动地去思考。但他虽说是个思想者，有时却又是平常的凡夫俗子。譬如他取得的很多成就，看起来好像有神奇的魔法相助，其实是源于他那枯燥无味的逻辑推理和运用明晰而常见的法式思想的功劳。法国人不是靠悖论来震撼世界，而是通过实践不言而喻的道理来取得这些成就的。他们在实践这些不言而喻的道理时可以走得很远很远——就如同在法国大革命中的作为一样。但恰恰是瓦朗坦太理性，他清楚地知道理性的极限是什么。因为只有对汽车一窍不通的人，才会侃侃而谈地说什么开汽车是用不着汽油的。只有对理性一概不知的人，才会在欠缺强劲的、毋庸置疑的基本原理的情况下，大谈特谈理性思维。而瓦朗坦现在就没有强劲的、毋庸置疑的基本原理。弗朗博在哈维奇消失了，他若是真在伦敦，可能会化身为温布尔登公园里的高个儿流浪汉，也可能会是大都会饭店里那高高的宴会主持人。面对这显然一无所知的现状，瓦朗坦有他自己独特的看法与应对方式。

在如今的这种情形下，他更愿意相信令人意料之外的事。因为如果他追不上理性的思路，便要冷静下来谨慎地跟随自己非理性的思路。预料之中的地方——银行啊、警察局啊、社交场所之类的，倒不如有条有理地出现在预料之外的地方：大胆地敲敲每一所空房子的门，不计后果地走入每一条死胡同，随意地穿过堆满垃圾的小巷，再围着每一处新月样儿的街区逛一圈儿。他对这种放肆且疯狂的想法有着自己独特的逻辑性很强的辩护思维。他觉得如果一个人有踪迹可寻的话反而是最糟糕的情况；但如果根本就无影无踪，那就最好不过了，因为吸引追捕人的稀奇之处，很有可能也会引起被追捕人的注意。一个人总归是要从某个地方开始的，如果是另一个人歇脚的地方就更好了。通往店铺的那个阶梯，安静而独特的餐厅好像冥冥之中都隐含着某种东西，不禁引起了这个侦探的无限遐思，他索性果断地行动，随意试试。他一步步走上那个阶梯，在窗边的桌子前坐下，点了一杯黑咖啡。

上午已然过了一半，他还没有吃早餐。桌子上残余着别人用过的早餐，这景象不禁引起了他肚子强烈的饥饿感，不得已他又点了一个鸡蛋。当把白糖洒进咖啡时，他仍在沉思，脑袋里装满了有关弗朗博的事儿。他在回想，弗朗博每次是怎样逃离的：第一次是用指甲剪，第二次借助失火的房子脱了身；后来，有一次是必须去交费取出一封没贴邮票的信封，还有次便是带领人们用望远镜观看一颗要摧毁地球的彗星。瓦朗坦觉得自己的侦探头脑并不比罪犯差，这确是事实，但他很明白，如今的情形对自己很不利。"眼前的这个罪犯，是富有创造力的艺术家，而他这个侦探，仅仅是个评论家而已。"自言自语时，他的脸上挤出一丝酸楚的微笑，缓缓地把咖啡杯举至唇边，随后又放下。——他刚才加进去的，是盐。

他望向那装着白色粉末的罐子，必定是装糖的，就像香槟酒瓶中装的肯定会是香槟酒一样，不会错。他开始奇怪，为什么盐会被放在这里面？他开始一个一个地检查看看是不是还另有其他货真价实的调料罐。这里确实有两个装得满满的盐罐儿，他拿起尝了一下，确是白糖。此刻，他突然对这处餐厅又产生了莫名的新奇感，他向四周看了看，想知道，这糖和盐交换位置的新奇而独特的艺术风格是不是在其他地方也有所体现。不过，除了一面白墙上被溅上了些许黑色液体之外，这个地方看起来很干净明快却又带些朴实平常。他按下叫铃，招呼服务员过来。

服务员急忙上前，都已经这个时候，他的头发还是乱乱的，睡眼蒙胧。瓦朗坦侦探还是有点儿幽默感的，他让服务员尝了尝白糖，看是否能称得起这家餐厅的美名。结果这服务员时不时地打个哈欠，终于醒了过来。

"你们难道每天早晨都会和顾客开这种小玩笑吗？"瓦朗坦质疑地问他，"把盐放成糖这种事你们不觉得很无趣吗？"

服务员想了半天才终于明白，原来这是嘲讽啊……接着他又结结巴巴地保证道，他们绝不是这个意思，肯定是不小心搞错了。他拿起糖罐，又拿起盐瓶，仔细地看了后，表情愈来愈疑惑，最后终于尴尬地突然告退，匆匆地走开了。几秒以后，他又带着老板来重新查看了糖罐儿与盐瓶，他也对此糊里糊涂，丈二和尚摸不着头脑。

突然，服务员连话也说不清楚了，也许是因为有太多的话想说。

"我想……"他急着说出点什么，以至于都结巴了起来，"我想，这肯定是那两个神父这么干的。"

"哪里的两个神父？"

"就是那两个，在墙上泼汤的神父。"服务员说。

"他们会在墙上泼汤？"瓦朗坦不断地重复道，他觉得这肯定是某种意大利式奇怪的隐喻。

"是！是！"服务员立刻兴奋地说，他指着那块白色壁纸上隐隐发黑的地方，"就泼在那边的墙上。"

瓦朗坦一脸质疑地看着老板，老板立刻解围，慢慢叙述起整件事情的来龙去脉。

"本来就是这样啊，先生。"他说，"这是真事儿，不过我总觉得，这跟盐和糖能有什么联系？今儿一大早，我们刚开店营业时，这两个神父就来这里喝汤了。他们俩都很安静少语，都是让人肃然起敬的那种人。一位买完单就走了出去，另一位性子慢得很，过了好长时间才收拾好东西出了门。但他在要离开的那一瞬，故意泼了一半儿已喝过的汤在墙上。我当时和服务员还在里屋，等我意识到冲了出去后，就发现，墙上尽是汤泼过的痕迹，店里空空的一个人都没有。虽说没什么大事儿，但做出这样的事的人未免也太卑鄙，我真想跑到街上把那个人抓起来，可是他们已经走了太久了，我只看到他们在街角转弯，进入了卡斯泰尔斯街。"

瓦朗坦侦探拿起手杖，戴好帽子，慢慢站起，他已经决定，在他的脑袋还迷糊着，这件奇怪的事就像人的手指一般为他指明了前进的方向，于是他只好沿这个方向继续走下去。这是第一个迹象，却已足够称之为怪异的迹象。他买完单后，立即冲出玻璃门，拐到了另一个街道。

令人感到幸运的是，虽然这一兴奋时刻令人的头脑不断发热，他的目光仍透露着敏锐与异于常人的冷静。当他路过一家店铺，他感觉到隐隐之中有什么东西从身边一闪而过，稍纵即逝，他最终还是决定返回，一探究竟。这是一家很平常的蔬果小店，日常的瓜果蔬菜整整齐齐地被摆放在门前的空余之地，每一个上面都清晰地标明了名称与价目。橙子和坚果在其中非常凸显，坚果上放着一张纸板，上面蓝粉笔描出的大字写着："极好的橘橙，1便士2个。"而在橙子上也有着同样显眼的牌子："上好的巴西坚果，每磅4便士。"瓦朗坦静静地看着这两块纸板，想象着他曾经碰见的情景，也体现着这极其隐晦的幽默趣味，就在不久之前，他还指给那个长着红红的脸庞的水果商看，告诉他标牌的位置错了。而水果商此时正黑着脸向街市两头张望着。听到后，他立刻把标牌调了过来，又放回原处。瓦朗坦斜斜地倚靠在手杖旁，用极优雅的姿势继续观察这个蔬果铺。最后，他向店主问道："这位先生，打扰您了，请原谅我的冒昧，我想问您一个与实验心理学和概念联想相关的问题。"

红着脸的店主带着威吓的眼光看着他，但他的兴致仍然很高，轻轻晃动着手杖。"为什么要这样做？"他接着问道，"为什么神父来伦敦度假要调换蔬果店里普通的两个标价板呢？如果我说得还不够清晰，那就简而言之换个说法吧：在坚果上放上橙子的标价牌这种事儿和一高一矮的两个神父能有什么隐秘的关系？"

店主的眼睛瞪得圆圆的，像要突出来了一般；有一瞬间，眼看着他就要飞扑到眼前这个陌生人的身上。最后，他发怒地结结巴巴道："我不知道你和这个事件有什么关系，但如果你们是一伙的，请告诉他们，他们是不是神父我不管，如果他们胆敢再弄乱我的苹果，小心我打掉他们的脑袋！"

"这是真的？"侦探带着极其同情的口吻问道，"他们竟敢弄乱你的苹果？"

"是他们俩其中一个干的！"店主愤愤地说道，"我的苹果滚得到处都是，要不是我忙着拾苹果，我真想立刻冲上去抓住那个坏蛋！"

"那两个神父哪里去了？"瓦朗坦问。

对方立刻回道："他们经过左手边的第二条马路后就穿过广场去那边了。"

"多谢。"瓦朗坦话刚说完就像个精灵般转瞬已消失不见了。

到了第二个广场对面后，瓦朗坦看到一名警察，便对他说："警官先生，情况紧急，请问你见过两个神父吗，他们戴着铲形的宽边帽。"

警察哈哈大笑道："是的，先生，我看到啦，有一个喝多了，还晕乎乎地站在马路中间呢。"

"那您知道他们是往哪条路走的吗？"瓦朗坦立刻打断他问道。

"他们就在那里，坐上了一辆开往汉普斯蒂德的黄色巴士。"

瓦朗坦掏出自己的公务证跟他说明后，急忙说道："带上你们的两个人跟我一起追。"话音刚落他便已经穿越马路，看起来干劲十足，那个动作迟钝的警察似乎也受到了他的鼓动，动作也立刻紧张了起来。过了大概一分半钟，一位巡视的警官和便衣警察陆续赶到对面马路的人行道上，与瓦朗坦大侦探会合。

"哎？先生。"最先来的那位警官面带一缕微笑却又有一丝傲慢地问道，"这里是什么状况？"

瓦朗坦拿着手杖忽地一指："等你们上了这辆巴士我就告诉你们。"他一边说，一边在混乱的车流中躲闪、飞奔。等到三个人都累地气喘起来后，终于在黄色巴士的顶层坐下，巡官说道："其实出租车比这个要快太多了。"

"是啊。"他们的领队冷静地说，"只是我们现在连去哪里都还无从知晓。"

"既然这样，那你现在是要去哪儿？"另一人眼睛圆溜溜地瞪着他问道。

瓦朗坦吸着烟，面部紧绷着，又过了几许时刻，说道："你若想知道一个人在做什么，就必须赶到他前面去。但你若想猜测他正在做什么，你就得紧紧地跟着他。他闲得四处逛，你也要跟着他四处闲逛，他停下来，你也要停下，和他走得同样慢。这样你就可以看见他所看到的，并在他采取了行动时，与他的动作保持时刻一致。我们唯一需要做的就是，睁大眼睛，仔细观察着所有异样的现象。"

"您是说哪种异样的现象？"警察问道。

"所有，所有发生在这里的异于平常的现象。"瓦朗坦回道，随后就扭头倔强地不再答言。

黄色巴士几乎是在北面的马路上爬行了数个小时。大侦探也不想再多加解释，大概他的帮手们也越来越怀疑他的差事，只是默不作声罢了。另外，他们心里也许还叨叨着午饭的事儿，因为时间如水一流而过，午饭时间早已过去。伦敦北面郊区的马路就像讨厌的伸缩望远镜一般，一节一节地不断延长着。就好像一个人的旅行，总觉得自己终于抵达世界的尽头，却发现这只是伦敦的塔夫特奈尔公园而已。当伦敦逐渐消失在背后，只余下路边零零散散的小酒馆与毫无趣味的灌木丛，但它又总时不时地再生，眼前绚丽繁华的大道与炫彩的大酒店倏忽间再次重现。好像正在从独立存在却又紧紧地并在一起的13座平凡安宁的城市中穿行而过。然而，即使冬天的夜晚已然开始笼罩眼前的大道，这个来自巴黎的大侦探仍然一言不发地坐在那里，他目光警惕地盯着前方，静静观察着一点点倒退到车后的街边。当他们刚过卡姆登小镇时，瓦朗坦身边的那两个警察几乎已经沉沉睡去。瓦朗坦忽然跳起来，猛拍两人的肩头，并急忙喊司机停下车来。幸好两人还没完全睡死，还知道跟着瓦朗坦一齐跳起。

他们磕磕碰碰地终于下了车，可一直到站在马路上，他们也迷糊着，自己怎么就下车了。等他们四处张望着，想要知道到底怎么一回事时，这才发现，瓦朗坦正一脸得意地指向马路左面的一扇窗。那扇窗巨大，就在一处临街的富丽堂皇的小酒店一边；这里标着"餐厅"的字样，是专门为正餐预先留下的位置。小酒店正面的那排窗户与这扇窗相同，都镶着磨砂与压花而成的玻璃，但在玻璃的正中间，却出现了一块很大的黑色星星一样的裂纹，从中间逐渐向四周扩展，好像嵌在冰中的星星一般。

"找到了！就是这个线索！瞧，这里的玻璃窗破了！"瓦朗坦激动地摇摆着手杖呐喊道。

"什么玻璃窗？哪有线索？"他的第一助理接着问道，"有什么证据能够证明这个线索和他们有联系？"

瓦朗坦听他说完后，横眉怒目，竹子做成的手杖几乎都要被折断。

"证据！"他呐喊道，"我的上帝啊！这人竟然在找证据！没错，这个线索跟他们有联系的概率是二十分之一。那我们还有什么别的可以做？难道你们不知道吗，我们能够做的也只有那些事，要不就追查所有希望极小的线索，要不就滚回家睡大觉。"他掷地有声地走入餐厅，他的同伴也紧随其后。很快，他们被服务员安排入座在一张小小的餐桌，他们终于吃到了迟来的午餐。他们从里面仔细查看着破碎玻璃上的星星形状，然而并没有什么新的发现。

"我注意到你们的窗户被打碎了。"买单的时候，瓦朗坦对服务员说。

"没错，先生。"服务员回道，默默地低着头，数着马上要找的零钱。瓦朗坦没有大声说话，悄悄地给了他一笔小费。服务员面色变得温和起来，缓缓地直起了腰，却也明显地露出一丝兴奋之感。

"嗯，是啊，先生。"他回道，"说实话那件事儿，挺诡异的。"

"真的？说来我听听。"侦探装作不在意地好奇问道。

"事情是这样的，那时有两个穿着黑衣的男人走了进来。"服务员答道，"就是那种随处可见的打国外而来的神父。他们在这儿用了顿很简单的午餐，其中一位神父买了单就走了出去。当另外那位客人正要走出时，我看了看手里的小费，才发现那竟然是我平常的三倍。我立刻冲了出去，但没出门，向他说：'嗨，您给多了。'他回道:'噢?是吗?'语气很是平和。我说:'是的,先生。'说罢就拿出刚才消费的账单给他看。哎,真是奇怪。"

"这是何意?"侦探疑惑地问道。

"我可以跟上帝起誓,我明明在账单上写的是 4 先令,然而等我再看的时候,却变成了 14 先令。"

"噢?"瓦朗坦禁不住地叫出了声,然而缓慢的动作无法掩盖他眼中的渴望的神情,"然后呢?"

"后来那个站立在门口的神父平和地说:'实在不好意思给你添了这许多麻烦,那些钱大概够赔窗户玻璃的钱吧。''什么窗户的玻璃?'我问道。'我即将打碎的那块。'他正说着,就已用他的伞戳向了那块悲催的玻璃。"

这令三个正在刺探内情的人一齐惊呼起来,巡官小声问道:"我们正在追查的不会是刚刚从精神病院逃出来的疯子吧?"服务员依旧颇有兴致地讲述着这个迷离而奇异的故事。

"那时候我的头就蒙了,有那么一瞬间,不知道该怎样继续做下去。那个神父迈着大步便走了出去,向前追正在街边等他的朋友。后来我又冲出围栏想把他们追回来,但他们走得飞快,片刻就已进了布洛克街,追不上了。"

"布洛克街!"侦探说时飞速地冲向了那条街道,那追逐的速度压根儿不亚于他刚才追的那两个人。

随后的路程里,他们走在裸露着的地砖所铺成的道上,如同走在隧道中一般;大街上街灯稀稀落落,连窗户都几乎再也无法看到;这些街道好像是两行互相背对着的建筑之间空出的通道。夜色越来越深,连那个随性的伦敦警察也不清楚他们正往哪里走，什么方向，统统不知道。但是，巡官却很确定地说，他们最后肯定能走到汉普斯蒂德·希斯公园的。忽然，一处人家燃起的煤气灯打一扇凸出来的窗户中放射出丝丝光线，如同牛眼灯一般，穿破了这暗淡的蓝色的夜。瓦朗坦走到了一个装修得极为花哨的糖果店门口，面部表情略带迟疑，终于还是走了进去。他极其正式而庄严地站在那堆花花绿绿的糖果之中，认真挑了13只巧克力制成的雪茄。他想要拆开一支，很明显，他所做的动作就可以看得出，虽然他根本不需要这么做。

糖果店里有个瘦瘦的、看起来有点显老的年轻女子，她本来质疑地观察着他看起来优雅从容的外表，但直到她看到他的身后站着一位穿蓝色制服的巡官时，她才恍然大悟。

"噢。"她回道，"你们是为那个棕色包裹而来的吧？我已经把它寄出去了。"

"包裹？包裹……"瓦朗坦不断重复着，这次轮到他质疑地审视她了。

"噢，我说的是那位先生留在这里的包裹，就是那位神父先生。"

"噢，上帝。"瓦朗坦说道，他将身子慢慢向前俯下，这是他的神情第一次表现出这么明显而热烈的期待之感，"看在上帝的份儿上，快点儿告诉我们这里刚才都发生了什么吧。"

"噢，嗯……"女人略带质疑地说，"大概半个小时之前，有两个神父进来买了点儿我们的薄荷糖，他们说了几句话就往公园那里走了。还没过多久，其中一位神父就跑回来了，跟我们说：'我落下了一个棕色包裹！'于是我们就四处找，但是仍然没能找到。他后来说：'罢了，但你们若是何时看到了，就请帮我邮寄到这个地址吧。'后来他写下了一个地址，并送给我1先令当作请我帮他办事的补偿。后来我又在店里找了一遍，没想到竟然找到了那个棕色包裹，后来我就按照他说的地址给他寄过去了。不过我现在已经记不清那个地址是什么了，好像是在威斯敏斯特⑦附近吧。那个东西那么重要，我早就想到大概警察是会为了它找到这里的。"

"没错。"瓦朗坦简短地回道，"这附近，就是汉普斯蒂德·希斯公园吗？"

"一直往前走，大概 15 分钟吧，"水果店女人说道，"随后你们就可以看到那个公园了。"瓦朗坦立刻冲出水果小店向公园飞奔而去，另外跟着他的那两个人明显很不情愿地慢跑着跟上了他。

他们越过的那个街道极其狭窄，阴影笼罩在周围，以至于当大片空空如也的原野与广袤的天空不期而遇地出现在眼前时，他们这才惊奇地发现，原来还没有到极致的夜晚，视线依旧能看得很清楚。在越走越黑的树林与暗紫色的远景中，孔雀绿色的穹顶之上染上了层金黄。是鲜亮的绿，也正因为有了这深得彻底的色调，才衬托出那一两颗水晶一般的星星。当金色的余晖横过汉普斯蒂德的边缘时，金色一带带地洒在这处空空的低地，这就是人人知晓的那处"健康谷地"了。正在享受度假的人儿游玩的兴致还未完全消减，几对情侣互相依偎在一起，一同坐在公园的长椅上；远远的那边，荡秋千的女孩儿时不时地笑出声来，一阵一阵，一点一点，并无停歇。当天国的荣光一层层地加深着，它也渐渐地黯淡着，一点一点，笼罩下人类极致的庸俗；瓦朗坦就这样站立在斜坡上，他的目光穿越低谷，他渐渐看到：那个他一心寻找的东西。

当远处黑成一团的人群一点点四散而去后，其中有两个人看起来很黑，他们没有分开行走——他们两个好像穿着神父的着装。即使他们的身影像小虫一样渺小，但瓦朗坦敏锐的眼光还是可以观察出，其中的一位神父比另一位矮了很多。虽说另外一位像学生一样乖乖地低着头听讲，行动举止也没有特别惹眼的地方，但瓦朗坦还是可以看出，那个人的身高已经超过 6 英尺了，这太明显了。他咬咬牙，颇为不耐烦地转动着他的手杖，继续向前走去。当他已经走得很近时，那两团黑影已然比刚才大了许多，他突然又有了新的发现，这个新的发现让他不禁吃了一惊，却也完全是他心里所期盼的。那就是，不管这个高个儿的神父是谁，那个矮个子的神父身份已经确定了，就是他。那就是瓦朗坦曾在哈维奇火车上遇到的神父，他从埃塞克斯而来，身形矮胖，他还曾提醒过这个神父，不要逢人就说自己的棕色包裹里都有什么。

现在，截止到目前所有发生的一切，全都得到了解释，证据相契合在一起，终于得到足以令人信服的解释。瓦朗坦从那日上午询问的过程中得知，那是从埃塞克斯而来的布朗神父，他带着一个镶着蓝宝石的纯银十字架赶往圣体大会，想向一些参与会议的外国神父们展示他的这个价值连城的古董。毫无疑问，这就是那个"带着蓝石头的银器"了；当然，火车上的那个低矮而没见过什么大世面的人，就是布朗神父，确信无疑了。但现在，弗朗博也发现了瓦朗坦所侦查到的，这一点儿也不必奇怪，因为弗朗博早已洞悉了这一切。不光这样，当那次弗朗博听他说了蓝宝石十字架后，他便动起了偷到手的心思，这没什么可稀以为奇的，因为这在整个自然界的历史长河中，都是常见的，非常自然。还有一件事儿，就更加顺利，不足为怪了：针对眼前的这个手中握着雨伞与包裹的小笨羊，弗朗博只需要略微施以妙计，就可以大获全胜了。布朗神父属于那种不管是谁，都能被用一根细细的线牵着去北极的人；像弗朗博这样的演员，稍微打扮成神父的样子，再把布朗神父牵引至汉普斯蒂德·希斯公园，仔细想想也没什么奇怪的。到了这里，这起案件的大致情节已经明了了；侦探不由自主地为这个神父的茫然无助，感到了一丝怜悯之情。

在这同时，他也深恨弗朗博竟然忍得下心对这样一个无邪的受害者下手，但是，当瓦朗坦前思后想，准备理清楚这期间所有发生的事时，还有这把他带往最终胜利的种种迹象时，他也在费尽心思地寻找着那些，隐含在其中非常微妙的理由或规律。在埃塞克斯的神父那里偷一个镶着蓝宝石的十字架，这与在墙上泼汤有什么关系？把坚果和橙子调换位置，先付下买玻璃的钱，再把它打碎，这种和偷窃的行为又有什么关系呢？其实他已经顺利完成了追查，但不知怎么回事，他把中间的过程漏掉了。当他失败的时候（虽然这种情况很少见），他往往紧攥着线索，却还是在追捕罪犯时没有原因地失了手。在这儿，他已经抓到了罪犯，却依旧无法把握住线索。

他们正在追捕的这两人正在爬过一座小小的山，那小山上的大片绿地映得两个人如同两只黑苍蝇一般。很明显，他们依旧沉浸在他们的交谈中，甚至还没留意到他们正在走向哪里；但是，他们的去向一定在希斯公园中的荒原高地上，因为那里更加荒冷与僻静。追查者不停地加快脚步的速度，与他们靠得越来越近时，为了不被看到，他们只好放下身段，像打鹿的猎人般潜伏着前行，把身子窝成一团，躲藏在树丛之后，有时甚至在野草中匍匐前进着。凭借这些虽不太文雅但又不失灵巧的行为，猎人们已经与待捕的猎物相隔咫尺了，虽然能够听到他们小声交谈的位置，却也只能隐隐约约地分辨出"理性"这个不断出现的词汇，他们在说到这个词时，他们总会比之前更大声，像个孩子一样。除却这些，他们还是无法听清两人到底在说什么。当侦探们悄悄爬过一个凹地和密集的灌木丛之后，那两人的踪迹却已经消失，再也见不到了。他们气恼得乱成一团，等终于度过了这令人丧气与焦心的10分钟，才搞清楚他们去往哪里。他们又追寻踪迹，转到了圆圆的山顶的另一面，好像进入了圆形剧场一般，他们的眼前呈现出缤纷绚丽又带些荒冷的落日之景。在这个居高临下，很少有人注意的地方，旧旧的木质长椅，立在一棵大树下面。上面坐着那两位神父，他们仍在放言高论着。当那一抹美轮美奂的黄绿依旧涂抹在逐渐变黑的天际时，穹顶却在一点一点地由孔雀绿转为孔雀蓝，那颗颗闪耀的星辰如同宝石一般，挂在穹顶之上。瓦朗坦向他的随从打了个手势示意，他想办法爬到那棵长得茂盛的大树之后，悄悄站起，在这四周空空如也的寂静中，他终于第一次听清楚了两位神父的对话。

听了大概一分半钟后，他心里不禁起疑。好像他带着两个英国警官来到这荒郊野外，仿佛才是神经失常的行为。他们在黑夜中办下的差事，就像在刺蓟草中找无花果一样愚蠢至极。因为这两个人就像真正的神父一样，看起来非常虔诚与博学多识，讨论着玄妙难懂的神学命题。从埃塞克斯而来的那个神父说话简短清晰，他圆圆的脸望向繁星点点出现的天空；另一个则低头，默默地说着，好像他不配看到星辰一般。不管是在意大利修道院洁白的回廊中，抑或是西班牙黑色的大教堂中，你能听到的那些神父们只关于神学的对话，内容也就只有这些了。

他刚开始听到是布朗神父说的那段话的最后几句，他说："——（才是）天堂在中世纪时所称的永远保持圣洁的真正意义。"

高个儿的神父顿首说道："噢，对啊，现代的这些无神论者总凭借理性来说服他人，但又有谁能眼看着我们身陷其中的大千世界，又不会觉得，也许那个远在天边的宇宙一体中存在的理性本就是不合理的？"

"不是如此。"另一个神父说，"理性一直是合理的，即使在唯一剩下的地狱之境，茫然的万物之疆也是这样。我觉得，人们总是通过指责教会来拉低理性的地位，但事实截然相反。在这个世上，只有教会会把理性尊奉到至高无上的地位；在人世，只有教会公开声明，天主的本体，也就是理性的终极。"

另一位神父面露严肃的神情，缓缓抬头，对着星光四射的天空，说道："可是，谁会知道在这无限的宇宙里，是否——？"

"那只是物理意义上的无限，"矮个子神父在凳子上突然转身，说道，"并不是说是在逃避了真理法则意义上的无限。"

藏在树后的瓦朗坦，在背后用力地扯着自己的指甲，强抑心里熊熊燃烧的怒火。他仿佛听到了那两个英国警官的隐隐窃笑，单凭他胡乱的猜想，使得他们奔波了这么久，来到这里，竟然就是为了听两个老神父在这里谈经论道。他登时心头乱成一团，就错过了高个儿神父极妙的回答，等他再屏气凝神开始听时，隐隐又听到了布朗神父的说话声：

"理性与公义紧紧攥住的，不仅是遥远而寂寞的恒星。你看，那些星星，难道不像那一颗颗钻石与蓝宝石吗？当然，你可以自由地想象令人发疯的植物学亦或是地理学。想想茂盛而密集的森林，想想月亮可能会是个蓝蓝的月亮，一颗大大的蓝宝石。但你绝不要幻想着令人狂乱的天文学会给理性与行为上的正义带来哪怕一丁点儿的影响。就算是在蛋白石铺成的平原上，珍珠遍布的绝壁下，你依旧会看到'禁止偷盗'的告示。"

瓦朗坦在那里蹲了太久，以致身体变得僵硬，难以起身。他本来想站起来，携着这一生他感觉最愚蠢至极的失误，与一脸的羞愧，悄悄地就这样饮恨吞声地离开，但高个儿神父接下来的沉默，让他感到这其中恐怕有许多蹊跷，他继续蹲在那里，保持不动，静静地等待着高个子神父开口说话。他终于出声了，但依旧低着头，双手平放在膝盖上，说的话语也简单明了。

"噢，我觉得也许在其他的世界里，高于我们的理性是存在着的。天国的奥秘高深莫测，我也只能甘拜下风了。"

而后，他依旧保持着一脸恭顺的神情，声音与态度也一点儿没变，又补充道："您把那个镶着蓝宝石的十字架给我吧，可以吗？反正这儿只有咱们两个人，我可以轻松地像撕烂稻草娃娃一般，把你也碎尸万段。"

他说话时的腔调与态度和往常一样，但话语的内容却截然不同，隐隐中多了股腾腾的杀气。而这个古董的保护者只是轻轻地转头，僵坐在那里，傻傻地望向星空，好像无力察觉。他好像没听明白，亦或是听明白了，但被吓得惊坐在那里，无法动弹。

"没错。"高个儿神父说道，他的声音依旧低沉，身子依旧没有动弹，"没错，我是弗朗博。"而后，略微停了一会儿，又说："行啦，现在可以把十字架给我了吗？"

"不。"另一个神父说，音调也变得奇怪起来。

弗朗博立刻卸掉了神职人员的所有乔装打扮，向后躺在椅子上，像一个杀人越货的盗贼一般，闷闷地发出一声长长的冷笑。

"不！"他呐喊道，"你是不可能把它交予我的，你这个傲慢的高级神父，充满禁欲的小呆子。我需要告诉你你不愿把它给我的缘由吗？因为它就在我这里，就藏在我胸前的口袋里。"

黄昏来临，这个来自埃塞克斯的矮个儿神父缓缓转过头来，好像很无助，如同《私人秘书》®中描绘的那般，焦灼而又怯懦地问道："你——你确定吗？"

弗朗博开心地喊叫起来。

"说实话，你真的很搞笑，就像在演滑稽剧一样。"他大声说道，"当然，我当然确定。我故意做了那个棕色纸包裹着的复制品，现在，伙计，你拿着那个复制品，而我，拿着宝石。你个大傻瓜，这是偷梁换柱的古老戏法了，布朗神父——一个极为古老的戏法。"

"是的。"布朗神父用手用力地向后捋着头发，脸上仍保持着一副奇怪而若有所思的表情，"不错，我之前确实有听过。"

这个江洋大盗立刻俯身向前，好像突然对眼前这个矮个儿神父有了某种兴趣。

"你有听过？在哪里听过？"他好奇地问道。

"嗯，我自然不能告诉你他是谁。"矮个儿神父的回答极其简单，"你应该清楚，他是来向我忏悔的人。他已经过了大概20年富贵荣华的日子，单单只靠着这个可以复制的棕色纸包裹。所以，你应该明白了吧，当我刚开始疑心你时，我就马上想到这个可怜的伙计做事的手法了。"

"开始疑心我？疑心我？"这个罪犯不停地加重着语气问道，"你敢疑心我，是因为我把你带到了这个荒僻的不毛之地吗？"

"不，当然不。"布朗带着歉意回道，"跟你说实话吧，当我们第一次见面的时候，我就已经开始有疑心了。怀疑是因为你袖子上有凸起的部分，你们这种人，一般会在那个地方戴镶着铆钉的腕带。"

"真是该死。"弗朗博怒喊道，"不过，你怎么会听过这种镶着铆钉的腕带？"

"哦，你应该知道吧，每个神父，都会照看着一个小群体。"布朗神父无辜地挑起额头上的眉毛说道，"我曾在哈特普尔当过助理牧师，那时候就有三个人戴着这种腕带。所以啊，不妨告诉你实话，从一开始，我就已经起疑了。我那时候就决定，一定要保全十字架的安全。你知道吗？我曾在暗地里一点点观察着你的一举一动。终于，我发现你掉了包。接着，我又把它换了回来。然后，我就把那个真正的包裹落在后面了。"

"落在后面？落在后面？"弗朗博不断重复着，之前他一直用胜利者的口气说话，直到现在，才第一次有了不同的腔调。

"嗯，没错，是这样的。"矮个儿牧师用他一贯的云淡风轻的说话方式回道，"我曾回到过那个糖果店，问他们是不是落在店里了一个包裹，并留下了地址给他们。如果可以找到的话。不过，我当然知道根本就没有什么落下的东西，可当我又一次离开那家水果店后，我真的这么做的。因为若是这样，他们就不会拿着那个珍贵的包裹，不停地追赶我了，而是把包裹寄给我的朋友，他在威斯敏斯特。"而后他又略带伤感地说道："那一招也是我从别人那里学到的，一个哈特普尔的可怜的人。你要知道，人啊，总是在不断学习着的。"他的神情仍保持着无能为力的歉意，随后又挠挠头，继续说道："能怎样呢，作为一名神父，人们总会向他们忏悔，他们曾做过的这类事情。"

弗朗博翻出他的内侧衣兜，抽出那个棕色纸包裹，把它撕扯成了碎片后，才发现，那里面除了一些纸和里面包着的几根铅棒，余下什么都没有了。他立刻跳了起来，大声叫喊道："我不相信！你这个乡巴佬能有多大的能耐！我觉得那东西肯定还在你身上！如果，你再敢不交给我，你可以试想一下，现在这里只有我们两个，我会不遗余力地抢过来！"

"不！"布朗神父也挺身站起，"你绝不会动手抢的！第一，我身上的确没带。第二，现在在场的人，不止我们两个。"

弗朗博听完后，立即停止了即将迈出的脚步。

"瞧，就在那棵大树后面。"布朗神父指着那里说道，"那儿有两个健壮的警官和如今这个世界上最伟大的侦探。你也许会有疑问，他们为什么会来到这儿？不妨告诉你，是我把他们引过来的！想知道我是怎么做到的吗？问得好，你若是想听，那我便就跟你说说。希望天主保佑你吧，因为当我们在罪犯这一群体中工作时，总要学会做这类事的20种手法的！噢！对了，其实我一开始，也无法确定你就是那个盗贼，因为妄下结论，污蔑我们神职人员中的人是盗贼，这并不是一件多好的事儿。因此，我就悄悄地试探你，看能不能让你露出本来面目。按常理来说，当一个人发现自己的咖啡里放的是盐而不是糖，总会有哪怕一点点的反应；若他装作什么事儿都没发生，不敢声张的话，那就是他心里有鬼了。我悄悄地换了盐和白糖，你却一句话都没有说。况且，当一个人看到自己账单上的钱数，比花的远远高出三倍后，按常理来说，一定会心有不满，略加反对的。但他若乖乖地全部承受，那说明他肯定有不愿意说出口的理由。同样，我改变了你账单上的金额，而你，照单全付。"

说到这里后，弗朗博本该如猛虎般大发雷霆，但他只是呆呆地僵立在原地，哑口无言，仿佛被施了魔咒。

"当然，"布朗神父继续缓缓地讲述道，"像你这样的人，不得不这样，你肯定不会给警察留下任何痕迹的。所以，我在我们到过的所有地方，都想办法做出一些引起轰动的事儿，让它成为大家茶余饭后都会讨论的话题。我所造就的轰动的事儿，损害也不是很大，不过是把墙泼脏，让苹果滚得四处都是，把窗户玻璃打碎而已。但是，我用最简单的方法，保护了十字架。它现在已经被送到威斯敏斯特了，我其实一直在纳闷儿，你为什么没用'驴之哨⑨'来阻止十字架。"

"你说，用什么？"弗朗博问道。

"你竟然从没听说过它，哈哈。"神父向他扮了个鬼脸说道，"这件事儿其实挺下流龌龊的。现在我相信你是个很和善的人了，不会成为吹哨的。即使我用'点杀器⑩'都无法与它抵抗，我的腿功不太好。"

"你到底在说些什么啊？"另一个人问道。

"噢，我还以为你知道什么叫'点杀器'呢。"布朗神父答道，随意中带着丝惊奇，"噢，你不会错到那种极其离谱的地步吧？"

"告诉我，你为什么会知道这些可怕的招数？"弗朗博大声向他发问道。

此刻，坐在他对面的神父那张圆圆的脸上，略微浮现出一抹微笑。

"噢，我觉得，大概是因为，我是个禁欲的傻瓜吧。"他说，"但是，你从来就没有想过，当一个人，每天都有人向他忏悔，告诉他他们犯下的罪恶时，他们会不了解人类这种种作恶的手段吗？所以，从神父这个职业的另一方面来讲，也让我确信，你并不是真正的神父。"

"为什么？"弗朗博张大嘴巴问道。

"因为，你攻击理性。这与神学的基本原理是不符合的。"布朗神父说道。

当他开始转过身来，收拾自己随身带的东西时，三位警察终于在沉沉的黑夜中现身，从树林中缓缓走了过来。弗朗博也不愧为艺术家兼运动员了，他向后退了一步，对着瓦朗坦深深地鞠了一躬，看起来很大方。

"不，亲爱的朋友，别向我鞠躬。"瓦朗坦干脆利落地说道，"咱们还是一齐向大师鞠一躬吧。"

两人面对布朗神父，脱掉帽子，以示敬意，站了片刻。而那个矮个儿的埃塞克斯神父仍眨着眼睛四处观望着，寻找他来时带的那把伞。

【注释】

① 圣体大会（Eucharistic Congress）：为敬礼耶稣圣体而隆重举行的宗教集会，集会包含：举行弥撒、明供圣体、圣体游行、圣体降福和公开证道等。1881年于法国里耳（Lille）第一次举办，后来四年一次，轮流在各国举行。

② 罗兰（Roland）：法国史诗《罗兰之歌》的主角，以膂力、勇敢及骑士精神而著名。

③ 霍区（Soho）：是伦敦著名的街区，这里聚集着大量的夜总会和外国饭店。

④ 纳尔逊（Horatio Nelson）：曾任地中海舰队司令，1758～1805年，为英国海军统帅；1805年，在特拉法尔加角海战中战胜法国—西班牙联合舰队，自己却受重伤而亡。

⑤ 威廉斯（Williams）的英文名为 William 后加字母"S"；威廉森（Williamson）的英文名由 William 和 Son（即"儿子"的意思），因而有这个说法。

⑥ 埃德加·爱伦·坡（Edgar Allan Poe）：1809~1849年，美国诗人、小说家、文艺评论家，现代侦探小说的创始人，著作有《乌鸦》和《莫格街凶杀案》等。

⑦ 威斯敏斯特（Westminster）：在泰晤士河北岸，是位于伦敦西部的贵族居住区，区内有白金汉宫、议会大厦、首相官邸、政府各部与威斯敏斯特教堂等。

⑧ 全名为《私人秘书：其职责和机会》（The Private Secretary, His Duties and Opportunities）：作者是爱德华·琼斯·基尔达夫，出版于1919年。

⑨ 驴之哨（Donkey's Whistle）：与下文提到的"点杀器"相同，都是作者杜撰的黑社会中人所用的器物，下文的"点杀器"。本书中的布朗神父看起来单纯、木讷，但却拥有超凡广泛的知识。作者想表达的是，即使像弗朗博这么厉害的江洋大盗，对他所处的社会环境的了解程度也远远不如布朗神父。

⑩ 杀器（Spots）：见⑨中的说明。

◇ 花园谜案 ◇

　　预定的晚餐聚会时间已过，客人们早已陆陆续续地到场，此次聚会的主人，巴黎警察局长阿里斯蒂德·瓦朗坦，却迟到了。不过，幸好他的助手伊凡办事牢靠，一直不停地安抚大家，让他们少安毋躁。伊凡的岁数已经不小了，他的脸上有道疤痕，留着灰白的八字须，就像他的脸色一样。他常常坐在门厅一张桌子旁边，门厅里悬挂着各式各样的武器。瓦朗坦的房子声名远扬，就像它的主人一样特别。这是一座紧邻塞纳河的老房子，院墙高耸、杨树入云；但这建筑却也有其古怪之处，或许也正因为如此，它才会被警察局长看中：它只能从正门出入，除此以外，便再无其他出入口了，而正门，是专门由伊凡和那些武器把守的。房子的后花园很是开阔，看起来精巧别致，有很多门通向屋内。但花园没有任何出入口与外界相连；它的三面环绕着又高又滑、无法攀爬的院墙，墙头上还放置着一个特制的金属刺钉。这对一个令许许多多罪犯恨之入骨，必欲杀之而后快的人来说，毫无疑问，这座花园是一个让人静心冥想的好去处。

　　伊凡不停地向客人们解释着，告诉他们，主人已经打来过电话了，说他有工作需要处理，要耽搁 10 分钟。但事实上，瓦朗坦正在就对罪犯执行死刑之类的烦心事，做最后的一些安排。尽管，他打心底里不喜欢这些工作，但仍然像往常一样，认真地核实每个细节。他在追捕罪犯的时候冷酷果断，却又在将要惩罚他们时变得心慈手软。他在法国，或者说在整个欧洲，都拥有巨大的名望，因此，当人们常常在涉及是否要减刑，或者对是否应该对某些囚犯执行死刑时，向他求助，而他也常常认真地给出自己的意见，以不辜负大家赋予他的殊荣。他是一位伟大的法国自由思想家，拥有人道主义的深重情怀。而他唯一的错处，便是滥施仁慈，令其比公正更冷酷。

当瓦朗坦姗姗来迟时，他已穿戴好了，一身黑色晚礼服，搭配着红色玫瑰形饰缎带①，正好衬着他那略微泛白的深色胡须，看起来仪表非凡。瓦朗坦走进了大门，然后径直走向了屋后的书房。书房里一扇通向花园的门正敞开着。他非常小心地将公文箱放回老地方并锁好，随后走到敞着的门边站了一会儿，静静地眺望着花园。空中悬着一钩弯月，在酝酿着暴风雨的黑压压的云海中时隐时现。瓦朗坦望着天空中的景象，顿时生出无限遐思来，他的这种表现有些不同往常，与他一贯的科学家的气质着实有些不大相符合。或许他身上这种科学家的气质有着某种预示其重大人生变故的神奇的能力。不过，无论他进入了什么样的玄奥境界，他都不得不快速摆脱，并恢复常态，因为他明白，自己已经迟到了，他邀请的客人们早早地就已经来到他家了。在步入客厅之后，他迅速地扫视了全场，很快便确认了有些重要的客人尚未到场。而其他的客人基本都已经到齐了。他看到了英国大使盖勒伟勋爵，那个老头儿，他总是很暴躁，衰老的面孔总是令人联想到粗皮有斑的赤褐色苹果，胸前还佩戴着嘉德勋章的蓝绶带②；还看见，盖勒伟夫人清瘦纤细的身影，她满头银发，表情丰富的面容中隐隐透着一股高傲；还看到了玛格丽特·格雷厄姆女士，她是盖勒伟夫人的女儿，一个白皙漂亮的年轻姑娘，她披着红棕色的头发，拥有一张如同小精灵般的面孔。他又看见，圣米歇尔山公爵夫人和她的两个女儿，母女三人都有着丰盈的体态和一双黑眼睛。

还有西蒙医生，一个典型的法国科学家，留着一副棕色络腮胡，戴着黑框眼镜，横着的皱纹爬满了额头，看来他常常会傲慢地挑起眉毛，皱纹就算是上天对他的惩罚了。他看见了来自于英国埃塞克斯郡科博尔的布朗神父，前不久他们两人才在英格兰结识。他还看到了或许更能吸引他的注意力的一个人：他正向盖勒伟夫妇鞠躬致意，高挑的身材穿着一身笔挺的军装，而对方仅仅稍稍对他做了回应，并没有重视他。他只好孤零零的，走向房主人来表达敬意。他就是奥布莱恩，是法国外籍军团的一名指挥官。他很瘦削却有点傲气；有着一双蓝色的眼睛和一头黑发，脸上干干净净，有些忧郁的神情中又微微带着一股豪气，作为一名以虽胜犹败和成功自杀而闻名四方的海外军团的军官，他的这种表现倒是显得再自然不过了。他出身于一个爱尔兰的绅士家庭，在孩童时代便和盖勒伟一家相结识——特别是玛格丽特·格雷厄姆。但是后来为了逃债，他不得不背井离乡，而现如今他已经可以穿着军服，佩着军刀，脚蹬战靴，悠然自在地招摇过市了，再也不必顾忌英国那些繁文缛节。当他对着大使一家人鞠躬致意时，盖勒伟勋爵和盖勒伟女士僵硬地微微弯下腰向他回礼，而玛格丽特女士则直接别过脸，再不看他们了。

但是，无论今天在场的这些人相互之间有多少恩怨情仇，事务繁杂的东道主对他们的琐事都没有什么兴趣。在他看来，这些人全都不是今晚的主角。由于某些特别的原因，此刻瓦朗坦等待的是个令他期盼已久的人物。在他漫长的侦探生涯当中，曾不止一次远赴美国办案，做出很多成果，而他在美国期间认识了这个人，后来他们两人成为了好朋友。这个人叫作朱利尔斯. K·布雷恩，他是个百万富翁。但他又像是散财童子，常常四处慷慨解囊，去捐助众多的小教派，而他这种胡乱的做派不仅使得他成了人们茶余饭后的笑料，也引得英美众多报刊时不时地大加研讨一番。但没人搞得清楚布雷恩先生到底是个无神论者，还是个摩门教徒，抑或是个基督教科学派信徒，不过他确实随时会将大把的钱向任何人泼洒，只要他们是某个智识群体的一员，且还没有沾过他的光。他有一个独特愿望就是等待美国出现一个新的莎士比亚，不过这可是个消耗耐心的嗜好，比钓鱼更甚。他有的时候很欣赏沃尔特·惠特曼③，但有时候又觉着来自宾夕法尼亚州帕里斯的卢克. P·坦纳④拥有更"进步的"思想，要比惠特曼任何时候都更"进步"。不过呢，他倒是常常误以为瓦朗坦是"进步的"，这却是极大误解了瓦朗坦了。

朱利尔斯. K·布雷恩终于到来了，他的到来就等于开宴的铃声响起了。他的身上具备一种常人难以企及的强大气场，他的这种显著的特点，使得无论他在还是不在，都会对任何场合产生很大的影响。他身体有些发福，身着一套黑礼服，完全看不出他是否戴着怀表或者戒指。他那一头银白的头发，学着像德国人那样的梳向后面，他看上去脸色红润，既让人感到热情洋溢又透着天真无邪，但是他下唇处留的一小撮黑须却一下子颠覆了那张面庞原本的孩子气，给人感觉有一种夸张的舞台效果，结果让人看起来他简直变成"为成就大恶而行善的"梅菲斯特⑤的化身了。不过，客厅里的诸位客人只是转过头瞟了一眼这个著名的美国人，他的姗姗来迟已经影响到了佣人们的工作，于是他只好在大家的催促下，挽着盖勒伟女士快步地走向餐厅。

总的来说，盖勒伟夫妇待人还算和善，比较善解人意，不过，有一件事，他们是很在意的。那就是，只要玛格丽特女士不用手挽着奥布莱恩时，奥布莱恩，那个探险家，她的父亲就非常满意；好在她并没有那么做，而是端庄地与西蒙医生一起走进里。不过即使这样，老盖勒伟勋爵仍然看起来如坐针毡。好在他足够沉稳老练，并没有在餐桌上表现得太明显。当晚餐终于结束，人们纷纷点起雪茄，烟雾环绕四周，而那三位——西蒙医生、布朗神父，还有被人视为不速之客的求婚者，和那个身穿外国军装的流放者——奥布莱恩，比较年轻的男士们全都溜往了其他地方，有的挤进了声声色色的女人堆儿里，有的窝在暖室里随意地抽着烟。

现在，英国外交家也逐渐开始越来越不按照外交策略行事了。他一直被脑海里的一个念头折磨着，不停地刺痛自己的神经：那个该死的流氓，奥布莱恩说不定正向玛格丽特示爱呢。如今，依旧坐在餐厅里品味咖啡的只剩下他、逢神就拜的满头青丝的美国佬布雷恩和不相信任何事物的灰发瓦朗坦了。无论他们俩争论得多么激烈，都不会向他寻求帮助。过了一会儿，这场不断戏弄辞藻的"先进的"舌战终于让这两人感到无趣透顶了。是时候换个新玩法了；盖勒伟勋爵站了起来，往客厅走了过去。他被这长长的走廊给弄晕了，因为迷路而来回折腾了七八分钟。就在他晕头转脑不知道到底该去哪儿时，他突然听到医生正在放言高论着，而后便是神父那沉沉的低音，后来便是一堆人的大笑了。他心里暗暗骂道，他们大概在讨论"科学与宗教"的问题吧。但他一打开客厅的门，就下意识地只注意到了一件事儿，那就是看看那里还缺谁。他推开门后，才发现奥布莱恩指挥官和玛格丽特女士都缺席了。

他曾因为感到厌烦而离开餐厅，同样，现在也不耐烦地从客厅走了出去，当他又重回走廊后，他的脑海里只有一个念头，这个念头一直像幽灵一样缠绕着他，难以离去：一定得看好女儿，让她离那个没前途的爱尔兰裔的阿尔及利亚人⑥远点儿。他往屋后瓦朗坦的书房走去，竟然遇到了自己的女儿，不过只看她脸色惨白，不屑之情布满脸上，从他身边一转而过。这就又成了一个谜。若她和奥布莱恩待在一起，那么，奥布莱恩是去往何处了？若她没和奥布莱恩在一块儿，那她刚才是去哪儿了？他带着老年人特有的迟疑，心心念念地想要揭开这个谜团。他开始在这座房子昏暗的后方一点点摸索了许久，才发现了一道门，是方便仆人进出花园的。此夜，皎皎明月挂在当空，仿佛在用它锋利的钩子把团团乌云撕成碎片，而后，再清除得干干净净。闪着银光的月色洒在花园的每个角落，此刻，一个高大的身影忽然健步如飞地从草地一窜而过，这个身着蓝衣的人向书房门扉走去；明亮的月光一点点勾勒出那个人的脸庞，他，就是奥布莱恩指挥官。

他走进屋后，便快速地消失在落地窗后，这件事儿着实让盖勒伟气得不行，难以言说的怒气在胸膛中燃烧起来。刚刚那个花园里的场景充斥着蓝、白色调，像舞台上的布景一般，像把他所拥有的一切暴虐与柔情蜜意都拿出来嘲笑他，与之一决胜败。这个爱尔兰人大步流星的优雅之姿彻底把他惹怒，好像此刻他已经不再是一个父亲，而是那人的情敌一般。迷乱的月光也让他心里烦乱得很，他突然发觉，自己好像身中魔咒一般，不由自主地掉入了行吟诗人的花园，被困在华托⑦仙境。他想大声把这一切都喊出来，以脱身这个自命非凡的蠢透了的场面。他只好加快步伐，奋力追上眼前的这个敌人。忽地一下，他的脚被什么东西绊了一下，也不知是树根还是石头，虽然很是气恼，但还是充满好奇地看了一眼脚，紧接而来的便是，明月与杨树共同见证了这奇妙非常的场面：一个来自英国的老外交家，正疯狂地在草坪上一边飞奔着，一边狂乱地叫喊着。

西蒙医生一脸苍白，戴着反光的眼镜，眉头紧皱，被他撕破喉咙的喊叫声引到了书房，听了半天，终于听明白了这个老贵族到底在叫喊些什么。盖勒伟勋爵疯狂地喊叫着："尸体！尸体！草丛里有尸体！血淋淋的尸体！"终于，奥布莱恩完全丧失了仅剩下的那一点理智。

"我们必须立刻告诉瓦朗坦，"等到来的人不住地喘着气儿说明情况后，医生说道，"好在他在这儿。"就在他说话时，大侦探进入了书房，他被一堆人的大呼小叫所吸引而来，本来他要尽东道主的情谊，表示出极为绅士的关怀，但当他这里发生了一场血案，便立刻转换了自己的身份，变得精神抖擞起来，开始认真办案了。毕竟对他来说，无论发生的事情有多么突发与令人恐惧，这都是他所应当做的，职责所在。

"真是奇怪，先生们啊。"他一边说一边步履匆匆地走入花园，"我本应该到处寻找这种神秘的案子的，可现在，这事儿竟然不请自来，还出现在我家的后院儿里。在哪里来着？"此刻，河中的雾气渐渐弥漫入园中，让人难以分清方向。在被吓得不轻的盖勒伟的指点下，他们终于看到了这具被深草缠绕的尸体：这具尸体看起来非常高大，他的肩很宽。只是，因为他的脸向下趴着，因而只能看到他宽大的肩膀，身着黑衣，还有那快秃完了的大脑袋，棕色的发丝如一两根海草一般趴在他的头上，鲜血从他向下趴着的脸下汩汩流出，流成了一条红红的痕迹。

"可以基本保证的是，"西蒙医生用男士独有的低沉而独特的语调说，"他不是来参与晚宴的来客。"

"医生，来检查一下。"瓦朗坦厉声叫喊道，"也许，他还活着。"

医生弯下了腰，"倒是还有些体温，只是，他恐怕是真的死了。"他回道，"快帮我，把他抬起来。"

他们小心地把他抬起，离地大概 1 英寸（2.54 厘米）高，这时，大家才惊奇地发现，他的头与躯体已经完全分开，他们之前的所有关于他生死的猜疑瞬间消散而去。原来凶手不仅把他的喉咙割断了，还想法子把他的脖子也给割断。瓦朗坦也为此有些许惊奇。"他以前还活着的时候，可是像猩猩一样健壮啊。"他喃喃说道。

虽然西蒙医生面对这种剖腹流产之类的场面，已经习以为常，但当他的手提起那颗头颅时，还是有点胆战心惊。砍伤痕迹虽不是很大，但还是留在脖子上与下巴处，好在面孔还未受损，只是看上去死板而暗黄，有些地方凹陷下去，有的地方则肿胀起来。他的眼皮看起来极其繁厚，鹰钩鼻隐隐挂在脸上，看起来像凶残的罗马皇帝一样，有些地方，还隐隐显现出些中国皇帝的特征。此刻所有在场的人都带着冷冷的目光，浑然不知地看着它。从大体来看，他并没有什么特别之处，只是，当众人把他抬起来后，那片鲜红色被染在他胸前明亮的白衬衫上，似乎有些太扎眼。就如同西蒙医生所说，这个人从未出现在晚宴上。但是，也许他很想参加这场晚宴，因为，他的穿着，明显是为了出席这类场合的。

瓦朗坦手脚并用，仔细地趴在草坪上检查着，方圆 20 码内（约 18 米），他那双经过训练的眼镜一丝一毫也没放过。医生也在旁边搭把手帮着忙，虽然他并不懂什么侦探的技巧，而那个英国勋爵，他没捣乱就不错了，只是随意地四处乱看着。他们观察了半天，也只找到几根树枝，或是折断，亦或是削得短得很，总的来说，一无所获。瓦朗坦捡起那些树枝，看了看，便随手扔掉了。

"只是几根树枝啊。"他阴沉着脸说道，"一个被砍了头的陌生人，留下的，也只有草坪上的这些了吧。"

倏忽间，现场陷入一片宁静，让人不禁汗毛竖起，狂躁的盖勒伟厉声叫道："是谁？谁窝在花园墙边？"

水一般朦胧的月色，一个低矮的身影缓缓显现，他顶着一颗大脑袋，摇摇晃晃地向他们这里走来。一开始，他看起来像个小妖精，后来走近了才发现，原来是那个看起来毫无力气的小神父，当大家都离开宴会客厅的时候，他被落在后面。

"诸位，"他缓缓地说道，"这个花园中，是没有门通往外面的，你们忘记了吗？"

瓦朗坦依旧皱着眉心，每当他看到神父，这种表情总会自然而然地显现出来。但是，他心里清楚得很，这句话确实是对的。"是的，不错。"他回道，"不过，在我们搞清楚他为什么被杀之前，我们首先应该弄清楚的，应该是，他是如何进入这场宴会的？现在，请听我说，先生们女士们，在对我的地位与职务无碍的前提下，相信大家应该都赞许，这件事不能牵扯到一些尊贵的客人，譬如许多女士，与一位外交官。但是，我们若是把它定为罪案，那就必定要按照侦查罪案的方式来办案了。不过，在办案之前，我可以酌情办案。我身为警察局的局长，拥有这种公职的优势。我能声势浩大地搞起来，自然也有方法偃旗息鼓。希望老天保佑吧，在我向手下发令来追查罪犯之前，需要先证明在场的我的客人们的清白。所以，先生们，我并不是有意冒犯大家，但还是希望大家都先留在这里，明天中午再离开。我的家中有许多卧室，可以让大家先休息，卧室是足够的。西蒙，我觉得你大概知道在哪儿可以找到我的助手伊凡，他就站在门厅那里。你大可以放心，他是绝对靠得住的，另外，请告诉他再找个人替他守门，让他速来与我见面。盖勒伟勋爵，还有件事，我相信是最适合你去完成的，请告诉在场的女士们所有这里发生了什么吧，尽力地宽慰她们。还有，她们照例也不能离开这个房子。我和布朗神父，留在这里，守着尸体。"

瓦朗坦像战前动员一般，大家都好像听到了冲锋号的声响一样，立刻分头行动，去各自完成瓦朗坦分配给自己的任务了。西蒙医生首先向门厅走去，寻找伊凡，这个官家侦探手下的私人侦探。盖勒伟则去往客厅，尽力委婉地告知各位女士们这个坏消息，等到大家再重回这里时，就不必再感到惊讶了。同样，此时一脸虔诚的布朗神父与刚正不阿的无神论者，二人分别站立在尸体的两头，纹丝不动，皎洁的月光下，二人的身影也好似化成了两座雕像，好像在思考着死亡进行的哲学问题一般。

伊凡脸上有一道疤痕，还留着八字形的胡须，他是个很靠得住的人。当听闻自家花园里发生了一桩骇人听闻的案件后，他立刻像离弦的箭一般从屋内射出，随后又像一条哈巴狗一样见到了许久未见的主人，从草地上忽地奔了过去。他迫不及待地希望主人，允许他看一下现场的情况，但这明显让主人感到略微的不开心。

"那好吧，如果你一定要看的话，伊凡。"瓦朗坦无奈地说道，"但是你的速度要快，我们必须去屋里商量这件事。"

伊凡小心翼翼地提起那颗秃秃的头，但又差点儿失手扔掉。

"啊。"他汗毛竖起，口中倒吸了一口凉气，"这个是——噢不，不是，这不是，怎么会？先生，你认识这个人吗？"

"不认识，"瓦朗坦冷冷地说道："我们快点儿进屋里吧。"

他们共同把尸体抬到书房，慢慢地放在沙发上后，大家纷纷走回客厅。

侦探什么都没想，只是默默地坐在书桌旁边，他的眼光逐渐变得严峻而冷漠，如同端庄地坐在审判法庭上的法官一样。随后，他快速地写了几个字，抬头问道："大家都到齐了吗？"

"布雷恩先生还没到。"圣米歇尔山公爵夫人一边说一边四处观望着。

"没有，"盖勒伟勋爵拖着大嗓门粗声说道，"尼尔·奥布莱恩也还没来。我记得，在那具尸体还热着的时候，那位先生正在花园里四处散步呢。"

"伊凡，"侦探命令道，"你立刻去找一下奥布莱恩指挥官与布雷恩先生。我记得，布雷恩先生正在餐厅里抽着雪茄，至于奥布莱恩指挥官先生嘛，我觉得，他大概正在暖室里散步吧，我不能非常确定。"

　　这个忠诚的仆人立刻奔了出去，瓦朗坦丝毫不管其他人有什么话要说，随后便立即展露出雷厉风行的战斗者精神。

　　"大家在场的应该都知道，现在，有个人，他的头被完全割下，死在了我的花园里。西蒙医生，相信您已经检查过了吧。你觉得，用那种方式割掉一个人的头，需要非常大的力气吗？亦或是，只需要一把锋利的刀，就可以完成？"

　　"如果要我觉得的话，用刀，是难以完成的。"面色苍白的医生回道。

　　"不过，你有没有想过，"瓦朗坦继续问道，"凶手是用什么杀的他？"

　　"你要是指的是现代的兵器的话，我倒真的没有想过，"医生一脸痛苦地挑动着眉毛说道，"要砍断一个人的脖子，这可不是一件多么容易的事，我们所看到的刀口很锋利，凶手用的器物很有可能是战斗所用的战斧亦或是刽子手所用的那类斧头吧，不过，也极有可能是古代风靡的双手剑。"

　　"噢，上帝啊！"公爵夫人都快要疯了，"可是，这里哪有什么双手剑和战斧啊。"

　　瓦朗坦依旧趴在桌子上奋笔疾书着。"告诉我，"他快速地写着说，"如果，是用法国造的长马刀杀的，有没有这种可能性呢？"

　　门口突然传来一串轻轻的敲门声音。大家都开始惊讶起来，如同听到了鬼敲门一般。空气中弥漫着一片死一般寂静的氛围，西蒙医生硬着自己的头皮推测道："一把马刀——嗯，大概，有可能吧。"

　　"谢谢你了，"瓦朗坦说道，"快进来，伊凡。"

　　忠诚的伊凡推开掩着的门扉，带尼尔·奥布莱恩指挥官走了进去。伊凡发现，他又跑到花园，在皎洁的月光下散步去了。

此刻，失落的爱尔兰军官站立在门口，非常傲慢，看起来很不以为意。"找我，有什么事儿吗？"他面带不悦地大声高叫道。

"请您坐下，"瓦朗坦看起来心情很好，他语气平和地说道，"嗯，你今天，没有带佩剑，您把它放在哪里了？"

"放到藏书室的桌子上了，它太碍我的事儿了，总让人有一种感觉——"

"伊凡，"瓦朗坦叫道，"请你去把指挥官先生的佩剑拿过来吧，在藏书室那里。"等这个忠诚的仆人走后，他又说道："盖勒伟勋爵曾说，他在看到尸体的不久之前，看到你从花园里出去了，那时候，您在花园里做什么呢？"

指挥官毫不在乎地直接一屁股坐在椅子上，"啊，"他用纯粹的爱尔兰口音向瓦朗坦喊道，"我在'赏'月呐，我这个'人渣'，在与美丽的大自然聊天呢。"

他的话音刚刚落下，书房内的空气，好像凝滞在那里一般，一动不动，久久没有回响。就这样过了不久，门外突然响起与刚才相同的骇人的敲门声。伊凡又来了，这次，他的手里持着钢制的剑鞘走入，只是，剑鞘是空的。"我只找到了这个。"他说。

"放到桌子上吧。"瓦朗坦低着头回道。

屋内依旧是死一样的寂静，大家的表现，都像是在等待被告席上的杀人罪犯被审判死刑一般，公爵夫人也终于不再发出孱弱的感叹之音。盖勒伟勋爵心里的怨气也终于找到了发泄之地，随后便怒火逐渐熄灭，头脑也逐渐清醒。突然，一个让所有人意外的声音，打破了这里寂静的氛围。

"我想，现在告诉你们一件事情。"玛格丽特女士喊道，她的声音虽然略带颤抖，但仍旧保持着清楚的音色，就像妇女们终于鼓足了胆子，站在讲台上发言一般。"既然他如此难以言说，那么我告诉你，奥布莱恩先生那时候到底在花园做些什么。他在向我求婚，只是，我拒绝了他，我觉得，我的家庭情况不如他好，所以，我能够做的，只是对他表示我的敬意。他非常不高兴，好像对我的尊敬之心不以为意。我不清楚，"她付之一笑，又补充说道，"不过，不管他现在是否在意着。因为我所能给他的，也只有我的敬意了。我向你们 发誓，他绝不会杀人。"

盖勒伟勋爵缓缓地向他心爱的女儿靠近，用自认为非常低小的声音警示她道："闭上嘴巴，玛吉。"他本来想要耳语，但是显然，他的声音非常大，像掩耳盗铃一样可笑。"你为什么给这家伙做保证？他的剑去哪儿了？去哪里才能找到他那把该死的马刀——"

他终于停止再继续这么说下去了，此时此刻，他的女儿正用一种异样的眼光，呆呆地盯着他，而这眼神，迷蒙中吸引了在场的所有人。

"你这个老傻子！"她丝毫不留情面地回了他的话，"你以为你这样做能够说明什么吗？我现在就告诉您，他是清白的，他与我在一起。即使他不清白，他还是与我在一起。就算他真的在花园里杀了人，有谁亲眼看到这所有的过程，亦或是知道？你就这么恨尼尔，甚至不惜，把自己的女儿也——"

盖勒伟夫人在这争吵中，忽地尖叫了一声。此刻所有的人，都仍然呆呆地坐在那里，他们很自然地联想到了，很久很久以前的传说，令人害怕的悲剧，就发生在恋人之间。此时他们眼前就是这样的场面，真实而深刻：傲慢、一脸苍白的苏格兰贵族和她的情人，就是那位来自爱尔兰的探险者，如同一幅油画一般，被挂在昏昏暗暗的古老家宅中。大家虽然都坐在这里，却都不敢再说话，然而表面虽然极其平静，每个人的脑海里却都又不断地想起这段古老的回忆，那个被人谋杀了的丈夫，与歹毒邪恶的奸夫荡妇。

令人害怕的无声寂静之中，忽然，有个天真无邪的声音喊道："那支雪茄，是非常长吗？"

此刻的人们突然被打断了思路，纷纷转过头去，想看看到底是谁，这么不谙世事。

"我指的是，"站在角落里的矮个儿布朗神父解释道，"我是指布雷恩先生所抽的那根雪茄，貌似，不是一般的长。"

即使，这些都是一些细枝末节的事情，但瓦朗坦不得不认同此事，但与此同时，他的神情也表露出些许不悦，他抬起了头。

"说得没错，"他用严厉的语气说道，"伊凡，再去把布雷恩先生请过来，找到他后立刻把他带回来。"

这个忠诚的管家一关门离开，瓦朗坦活生生地像变了一个人一样，他转头，面带诚意地对那个姑娘说道："玛格丽特女士，我可以保证，您站出来为指挥官澄清，这绝对是一个高尚的行为，此刻所有在场的人都会赞赏您、感激您。但是，漏洞依旧存在。我记得你说过，你在离开书房去往客厅时，盖勒伟勋爵遇到了你，但就是在几分钟以后，他去了花园，还看到正在散步的指挥官先生。"

"你应该清楚，"玛格丽特回道，她的语气中略带一丝嘲讽之意，"我刚刚拒绝过他，又怎么可能会和他一起手挽着手地回来？无论怎样，他都是一位绅士；他还没急忙进屋，就被你指控谋杀了。"

"不过，在那段时间，可能，我是说也许，真的会——"

敲门声再次响起，伊凡探了探头，不好意思地说道："不好意思先生，布雷恩先生已经离开了。"

"他竟然走了！"瓦朗坦听到伊凡的话后惊奇地大叫道，突然从凳子边站起，这是他第一次，这么惊奇与愤怒地站起身来。

"是啊，离开不知去哪儿了，大概是飞走了，像人间蒸发一样，"伊凡用着他喜爱的法式幽默答道，"他的大衣和帽子，也都纷纷不见了。还有更骇人听闻的。我刚才出去屋外找他了，发现了极其重要的东西。"

"这是何意？"瓦朗坦好奇地问道。

"请稍等，我拿给您看。"

他的仆人说完后，便转身走开了，等他再回来时，手上多了一把马刀，刀尖与刀刃上残余着斑斑血痕，让人不禁打了个寒战，此刻所有在场的人都怔怔地望着这把马刀，只有经历过许多案件的伊凡非常冷静地分析道："我发现这把刀的时候，它就躺在去往巴黎的那条路周边的草丛里，距我们这里大概 50 码（约为 43 米）的地方。那么，我们就可以说，布雷恩在仓皇而逃时，把它随手丢在了那里。"

大家再次陷入寂静之中，只是这次与往常不同。瓦朗坦接过伊凡手中的马刀，仔细地检查着，他虽然脸上表现出沉思的神色，但很显然，他的心思根本就不在马刀上。他转身走向奥布莱恩，对他极为恭敬地说道："尊敬的指挥官先生，我们相信您，警方若是需要查验这把刀，您一定会把它交出来的。还有，"他停顿了一下，又补充说道，突然把马刀啪的一声插入之前的那把刀鞘，"现在，请允许我把它归还给您。"

此刻的场面如同在军队中授予令人感到荣耀无比的勋章一般，观众们也都不由自主地鼓起掌来。

　　这件事对于奥布莱恩来说，毋庸置疑，他的境遇从此开始转折。次日早上，当他沐浴着早晨的阳光，再次走在这个充满神秘的花园时，以往闷闷不乐的忧思早已消散而去，不觉感到无比的快乐。盖勒伟勋爵是一位绅士，已经向他表达了自己由衷的歉意。玛格丽特女士也不同往日，她放下自己以往的身架，举止表现出温柔可亲的女人味，当两人在吃早餐前，都在年代已久的花坛间徘徊着，她也郑重地向他传达了自己的歉意。大家的心情一下子都好了许多，都变得亲切起来。尽管花园死亡的谜团还没有解开，但当大家知道，那个不认识的百万富翁因害怕承担罪责，而逃离到了巴黎，此刻所有的人都已没有了嫌疑，空气也变得轻松起来。魔鬼已然被驱逐而出，亦或是，他选择自我放逐。

　　不过，即使这样，这次案件也依旧是个谜团。当奥布莱恩与西蒙医生相挨着坐在花园长椅上时，那个喜欢思考问题的科学家，再次提起了这个沉重的话题。不过，奥布莱恩并没有多么认真地与他讨论，因为，他的脑袋里正想象着更加美好的事儿呢。

　　"说实话，我对此次的案件并没有非常大的兴趣，"奥布莱恩直白地对西蒙医生说，"而且现在的话，案子不是已经很明了了吗？布雷恩不知道什么原因恨透了这家伙，就把他引至花园，私自用我的佩剑把他杀了。而后他就逃跑到了巴黎，还在路上把我的剑扔掉了。噢，对了，还有，伊凡曾说，那具尸体的衣服口袋里有一张美钞。如果这样说的话，那么他肯定是与布雷恩一块儿的了，这件案子就可以这么定了啊，我不觉得还有什么无法解释清楚的地方了。"

　　"不，还有5个难以解释的地方。"西蒙医生冷静地分析道，"就像一个连环的谜团。不过你不要多想，我不是在怀疑布雷恩。因为我觉得，他从这里逃走就证明了，这是他干的。但我就是想不通，他是怎么完成的？首先，如果他完全可以用一把小小的折刀杀人，杀完了可以直接装进自己的口袋，为什么一定要用大而笨重的马刀杀人呢？其次，为什么在这起谋杀案发生时，没有任何异样的动静，亦或是凄惨的喊叫？如果一个人目睹了另一人正在手挥弯刀杀自己，一句话都没有说，这难道正常吗？第三，这位忠诚的仆人一整夜都在前门把守着；老鼠都难以进入瓦朗坦家的花园，那么被杀的人又为什么能够进入这座花园呢？还有，如果仔细考虑上面的那些条件，布雷恩又是怎么想办法出去的呢？"

"还有第 5 个疑问，"奥布莱恩正说着，眼光逐渐瞄见正往此处走来的布朗神父，他顺着小道缓缓地走着。

"我觉得，这些都是小事儿。"医生回复道，"其实我也觉得这个案子很古怪。一开始看到那颗被砍掉的头颅时，我当时推测的是，杀手砍了许多次。但当我仔细地观察后，发现被砍掉的那个位置，还有很多处被砍的痕迹，也就是说，是头被砍了之后才干的。布雷恩会有多恨这个家伙，竟会如此残忍，在月下杀人泄愤。"

"太可怕了！"奥布莱恩禁不住地哆嗦了一下，说道。

他们正聊得火热的时候，小个儿布朗神父早已悄悄地来到他们的身边，用他独特的腼腆，安静地等待他们的对话结束。随后，他有点不安地说道："呃，我只想说，打扰你们的谈话我实在很抱歉，我是奉了命令来通知你们一条消息的。"

"消息？什么消息？"西蒙医生不断重复着，他的双眼虽然隐藏在眼镜之后，却也极为痛苦地盯着他。

"是啊，非常悲惨，"布朗神父用温柔的声音说道，"一起谋杀案，又来了。"

两个人突然跳了起来，只剩下空空的椅子在空气中独自摇摆。

"而且，更加奇怪的是，"神父的眼神呆呆地望着那朵血一般的牡丹花，缓缓说道，"最令人厌恶的事，就是又有人被砍头了。他们又在河边发现了第二颗头颅，它还流着血，静静地躺在河边。不过，此地距离布雷恩逃向巴黎所走的路只有几码远，所以，他们猜测——"

"老天！"奥布莱恩狂叫道，"这个布雷恩难道是个偏执狂吗？"

"美国人正在自相残杀。"神父冷静地分析道。他的表情显露出毫不关心的神色，却又补充道："他们让你们去藏书室看看，那里大概会有些线索。"

奥布莱恩与其他办案人员一同去检验尸体后，心里不禁感到一阵恶心。身为一名战士，他厌恶这种在黑暗的背后捅人刀子的杀戮，这砍头杀尸的暴行到底何时才能结束？ 一个人被砍头，已然足够令人心痛，现在，竟然又发生了一起。他凉了的心告诉自己，那句谚语果然说得没错。"两人的智慧好过一人。"但如果说是"两颗人头胜过一颗"那就是荒谬之谈了⑧。当他走过书房时，不禁被眼前又一幕惊人相似的景象吓得差点儿摔倒。此刻，瓦朗坦的书桌上，赫然出现了第三颗人头，如彩色画面一般真实，那个人头，是瓦朗坦的。当他仔细再看时，才发现那是一张报纸，宣扬国家主义的《断头台》中的画面，这家报纸每一星期都会刊登一幅血淋淋的漫画。漫画上是政敌被处以死刑后，不停转动的眼球与痛苦扭曲的身体，而瓦朗坦恰恰是最反对教权主义的重要人物。然而，奥布莱恩来自爱尔兰，就算他犯下罪恶之举，也纯粹是无心的；他非常痛恨这种独独属于法国知识界的游戏，看起来荒唐而残忍。他所感受到的巴黎，是一个完整的个体，从哥特式教堂怪异的风格再到报纸上粗鄙的漫画。他仍旧记得法国大革命的时候，那场被闹得人尽皆知的大笑话。他把这座城市看作邪恶力量的体现，从书桌上那张瓦朗坦的血淋淋的素描，再到巴黎圣母院的顶端，还有那个不知多高的滴水嘴⑨上狰狞地笑着的怪兽。

狭窄的藏书室极其黑暗、压抑，唯有天边点点泛红的晨光透过被挂得低低的百叶窗四射而入。瓦朗坦与他忠诚的仆人伊凡，此刻就在长桌对面等待着他们的到来，旁边那张略带倾斜的桌子上摆放着那具被砍了头的尸体，光线在此刻变得逐渐巨大起来。那天在花园里找到的巨大身着黑衣的躯体，还有满脸蜡黄的头颅，都依旧没变。今天早上从河里水草中打捞起来的另一颗头颅也被摆在一旁，血与水在一点点地流淌着。瓦朗坦的部下仍在水中寻找着那个没有头颅的躯体。布朗神父则没有像奥布莱恩那样身感恩仇，他快步向前走去，仔细眨眨眼，认真地检查了另一颗血淋淋的人头。凭借着从窗外射入的晨曦，他依稀看到了一团沾满了水的白发，悄然遮盖住了大半张血淋淋的脸庞；他想，这个头颅在被丢进河中时，必定碰到了大树亦或是尖利的石头，丑恶，紫臭，看起来像个十足的罪犯。

"早上好啊，奥布莱恩指挥官。"瓦朗坦向他亲切地打了声招呼，"你大概已经听说过布雷恩又用了这招吧。"

布朗神父依旧弯着他那把老腰，仔细地观察着那个布满白发的头颅，连头也没抬，说道："我估计啊，这颗头颅，也是布雷恩砍掉的。"

"嗯，毫无疑问，这种情况可以猜想得到。"瓦朗坦将手插入口袋中，自信地说道，"和之前的死法相同，并且，离上次被杀的死者现场只有几码的距离，用的凶器也相同，就是我们所知晓的他带走的那把。"

"是的，没错。我知晓。"布朗神父一脸恭敬地答道，"但是，你要清楚，我怀疑布雷恩到底有没有这个能力，来砍掉这个脑袋。"

"怎么就不会呢？"西蒙医生盯着他，不解地问道。

"噢，对了，西蒙医生，"布朗神父终于抬起了头，对他眨了眨眼说道，"一个人怎么把自己的头砍下来呢？这我倒不了解。"

奥布莱恩的头突然蒙了，头晕脑涨起来。然而医生，则是来源于他特殊的职业敏感性而急忙上前，把头颅脸上湿漉漉的白发一扫干净。

"嗯，不用怀疑了，他是布雷恩，"神父一脸冷静地分析道，"看他的左耳，少了一小块儿。"

侦探本来一直盯着神父，双眼发光，唇间闭合，但他还是忍不住地用尖利的语气说道："您还挺了解他的啊，布朗神父。"

"嗯，不错，因为我们已经交往了许多时日了，大概，几个星期吧，他正在考虑要不要加入我们的教会。"

瓦朗坦的眼睛变得灼热，像要四射出火星一般，他握紧拳头，大步流星地向神父走去。"也就是说，大概，"他怒气冲冲，嘲讽地说道，"说不定人家想把毕生积蓄都捐给你的教堂呢？"

"大概他有这个想法吧，"布朗神父冷冷地答道，"也许，也许会是这样。"

"若是真的如此，"瓦朗坦脸上露出令人恐惧的笑容，厉声说，"你大概真的了解他许多内情吧，他的生活，还有他的——"

奥布莱恩指挥官立刻伸出手来，紧紧握住瓦朗坦的胳膊。"少说这种侮辱人的废话，瓦朗坦！"他说道，"否则现在就有一把剑指向你！"

然而瓦朗坦在神父平静而谦和的目光注视下，已经恢复如往常一样。"那好吧，"他立即说，"诸位各自的想法可以先放下一段时日，既然各位先生已经承诺过不离开此地，那么你们的承诺现在依旧是有效的；你们一定要自觉地遵守承诺——当然，也要相互监督。伊凡在这儿呢，你们所有想知道的事情都可以问他；我现在必须得去办正事了，向当局报告我们如今的情况。时间已经不允许我们再继续这么沉默下去。我会在书房写报告，要是有什么新的消息的话，去那里找我。"

"现在有什么新的消息吗，伊凡？"西蒙医生在警察局长迈着大步走出房间后问。

"我想，现在只有一件新的事儿，先生。"伊凡正说着，那张垂老、发白的脸庞一点点皱起，"但是，那件事儿也是挺重要的。您在草地上发现的那个老家伙，"他用手指着那具尸体，巨大的黑色躯体与暗黄的头，脸上甚至流露出不屑的表情，"我们终于找到他是谁了。"

"太棒了！"西蒙医生一脸惊讶地紧接着问，"那么，他到底是谁？"

"他名叫阿诺德·贝克尔，"这位瓦朗坦的替补侦探继续说道，"但是，他还有很多其他的化名。他是四处流浪的无赖，听说他去了美国，大概由此跟布雷恩结怨了吧。我们并不是很关注他，因为他更多的是在德国活动。当然，我们也跟德国警察一直有着联系。奇怪的是，他还有一个双胞胎兄弟，名叫路易斯·贝克尔。我们曾经经常照面，打过不少交道。然而就实际来说，昨天，我们已经把他送上断头台了。哎，先生们，这件案子的确挺离奇古怪，我看见那个老家伙趴在草地上的时候，当时就有一种感觉，这可能是我第一次见到鬼了。如果我没有亲眼见证路易斯·贝克尔被送上断头台，我一定会说，当时躺在草地上的尸体就是路易斯·贝克尔。不过，我立马想起了他在德国还有一个双胞胎兄弟，然后就继续紧跟着这条线索——"

此刻说个不停的伊凡突然闭上了嘴，显然，根本没有人在听他到底在叨叨些什么。指挥官先生与西蒙医生此刻都注视着布朗神父，他的身体突然笔直地跳到地上，两只手紧紧按住自己的太阳穴，仿佛头要炸裂一般。

"停下！停下！快停下！"他大声喊着，"请先停下，我突然想通了一半儿。上帝啊，可否再帮我一下？我的脑袋能不能再努力一次，让我看清所有真相？上帝快帮我！我以前很擅长思考，甚至能完整解读阿奎那⑩所有著作的每一页。我的脑袋快要炸了！还要找出来所有真相？我只明白了一部分，但那只是一部分，一小部分。"

他用手紧紧地捂住脑袋，呆呆地站在那里，好像在承受着思想分裂亦或是祈祷时的摧残，一旁的另外三个人在经过这令人燥乱的 12 小时后，也只好在一旁观望着这奇异的场面。

当布朗神父终于平静下来，松开紧抱头颅的双手后，一张如同小孩子一般鲜明而肃穆的脸一点点显现在眼前。他长叹一声，说道："我还是尽快说吧，以便我们可以解决这个案子。你们看，这是今天能让你们真正相信所有事实的途径，便利而快捷。"说完后，他转向医生说道："西蒙医生，你脑子很聪明，听闻您今早对这个案子提了 5 个问题，请再告诉我一遍。我会一一解决。"

西蒙医生不禁露出怀疑与好奇的神色，他紧夹鼻子的眼镜一点点从鼻尖滑落，但他又立刻回道："噢，我的第一个问题是，你大概已经知道，为什么一定要用马刀来杀死另一个人，而不是短剑呢？"

"因为短剑无法斩首。"布朗冷静地分析道,"而这起凶杀案,必须要斩首。"

"为什么必须要如此?"奥布莱恩禁不住好奇地问。

布朗神父没有理会他的问题,继续问道:"下一个问题。"

"为什么他被杀时没有大声呼救,或者是……别的什么?"西蒙医生问,"在花园里发现军刀,一定会引起人注意。"

"是树枝。"神父沉沉地说道,继而转身冲向窗户,正对着凶杀现场。"没有人明白树枝的真正意义。为什么树枝会离这里所有的树木那么远,出现在草地上?它们不是被折断而掉落的,是被砍下来的。杀人犯要了个军刀的把戏迷住敌人,还向他表演他是否真的能把悬在当空的树枝砍下。后来,当他的敌对者弯下腰去查看结果时,他便用力一挥,军刀悄无声息地便把敌人的头砍下。"

"嗯,"西蒙医生缓缓答道,"你说得也有道理。不过,接下来的两个问题也许会难住所有人。"

神父依旧挺立在那里望向窗外,认真地寻找着,好像在等待些什么。

"大家都知道,整座花园被人山人海环绕,"医生接着说道,"但是,这个陌生的人如何进的花园?"

矮个儿的布朗神父头也没回地说:"陌生人根本就不在花园中。"

大家又陷入一片沉默,紧接着突然有人发出咯咯的笑声,那带着孩子般奶声奶气的笑瞬时轻松了此刻紧张的气氛。布朗神父的说法太荒诞了,伊凡忍不住地当着在场所有人的面嘲笑他。

"呵!"他厉声喊道,"难道我们昨晚压根儿就没抬那具庞大的尸体吗?没有把他放到沙发上吗!我想,他并没有进花园吧?"

"没有进花园?没有进花园……"布朗神父不停地重复着,"没有,没有完全地进去。"

"莫名其妙,"西蒙忍不住地大叫道,"要不就进了花园,要不就没有进。"

"恐怕并不是如此。"神父微微笑道,"西蒙,你的下一个问题?"

"我觉得你思想有问题,"西蒙大声回道,"你要是还愿意听,我就接着问下一个问题。布雷恩是怎么出的花园?"

"他根本就没有出过花园。"神父依旧怔怔地望向窗外说。

"怎么可能没有出去?"西蒙头痛欲裂,几乎要被气炸了。

"嗯，没有完全出去，"布朗神父回道。

西蒙被气得用力挥舞起自己的双拳，用他法国特有的逻辑思维辩论道："一个人要不就出了花园，要不就没出花园！"他被神父气得叫了起来。

"并不会总是这样的。"布朗神父回道。

西蒙医生终于无法忍受，用力地跺了脚后，站了起来，"我没空听你胡言乱语，"他生气地回道，"要是你连罪犯到底在墙内还是墙外都搞不清楚，我又何必再跟你浪费口舌。"

"西蒙，"神父极其和气地说道，"咱们一向关系很不错，看在我们是老朋友的份儿上，请先不要离开，告诉我你的最后一个问题。"

此刻早已不耐烦的西蒙一屁股坐在了摆放在门口的椅子上，说："他的头部与肩部上被砍的痕迹很奇怪，好像是在死后才干的。"

"这就对了，"仍旧丝毫未动的神父说，"他之所以特意这么做，就是要把你们带往错误的结论，你们也恰恰中了他设下的圈套。这种做法就是让你们很顺其自然地认为，那颗头颅与躯体，是同一个人的。"

此刻，在盖尔人奥布莱恩的大脑深处，来自远古的人类想象的妖魔鬼怪已经开始摩拳擦掌，这让他惊奇万分。他的脑海里逐渐浮现出古老的蛮荒时代形象，男人们骑马而来，妇女在河边打鱼，一切都杂乱无序地进行着。有个声音飘过耳畔，是在他的祖先降临世上之前就已经存在了的某种来自远古的回音，好像在对他悄悄地说："离那个树上长着两种果实的可怕花园远点儿，躲开那个死了两个头的人的恐怖花园。"不过，即使他思想深处依旧隐藏着一些本民族自带的古老而带有象征意义性的，令人羞耻的形象，他的大脑却早已被法国的智识所同化，依旧保有着足够的清醒与警觉，他虽和其他人一样怀疑，但又紧紧地关注着眼前这个奇怪的神父。

终于，布朗神父转过身，靠着窗户站立着，他的面庞依旧被隐藏在暗暗的影子之中；不过就算这样，他们也能立刻分辨出他苍白的面色。虽然脸色不太好，但他说话却仍保有着应有的清醒，好像根本就不在乎此刻奥布莱恩心中的盖尔人魂灵。

"亲爱的先生们，"他义正词严地说道，"你们在花园里看到的根本就不是贝克尔的尸体，更不是什么陌生人的尸体。西蒙此刻冷静地推理分析着，我还是要再次强调，贝克尔只是部分在场。看！就在这里！（他的手指向那具神秘的尸身）你们这辈子压根儿就没有见过这个人。你们有谁见过他吗？"

他立刻把那个不知是谁的泛黄的秃头推到一边，然后在他原本的位置放置上长着浓密头发的那颗头颅。就这样，一个完整、无私不露、毫无疑问的朱利尔斯·布雷恩展露在众人的面前。

"谋杀人，"布朗冷静地继续说道，"当他把敌人的头砍了后，从隔墙把那把剑扔到了远处。但他很明智，不只把剑扔了出去，还有那颗人头。而后，他只是把另一个人的头颅安在了尸体上，所以，你们都把它想象成为了一个完全不一样的人。"

"安上其他人的头？"奥布莱恩惊讶地瞪大眼睛说道，"还有其他什么头吗？花园里的草丛中怎么可能会长出另一个人的人头？"

"当然不会如此，"布朗神父的声音略显沙哑，默默压低头，看着他的靴子，说道，"但有个地方可以的。断头台的筐是可以长出人头的，谋杀开始前的一个小时，警察局长阿里斯蒂德·瓦朗坦恰恰就站在那个装着人头的筐旁。先生们，在你们愤怒地反对我，想把我撕碎之前，请允许我再说一分钟，如果一个人因为某种可以讨论的理由而疯掉也还算是诚恳的话，瓦朗坦的确很诚实，但是你们为什么就没有从他无神冰冷的眼中看出来，他早已疯掉了！他可以为了打破他所谓的对'十字架'的所有迷信，做出任何事。他一直在为此不停地奋斗与向往着，现在，他又开始了谋杀。布雷恩的那几百万到现在虽然已经分发给了各大教派，但作用仍然微乎其微，并没有打破世事的平衡。但瓦朗坦曾私下听人说，布雷恩如同众多根本不在意的怀疑论人一样，正在逐渐向我们靠拢；如果这样的话，事情就变味儿了。布雷恩将会大手笔地散发财富，用来给穷困又好斗的法国教会增加财富；他会投资6家和《断头台》一样宣扬国家主义的报纸。这场斗争本就已经到了某个平衡点，但这个狂热的人情急之后便以身犯险。他一定要把这个百万富翁给弄垮，因此他犯罪的方式也极其巧妙，这个盛名的侦探在犯下人生第一桩罪案时，也必定要使它成为名垂千古的杰作，方才不负盛名。他向别人撒谎说要研究犯罪学而要出贝克尔那颗已被砍掉的头颅，悄无声息地放在自己的公务箱里带回了家。当他与布雷恩激烈地争论了最后一次以后，盖勒伟勋爵并没有听到他最后的那段话；由于他没能说服布雷恩，只好把他拉到已经紧闭的花园,借称要用树枝和军刀向他示范剑术,然后就——"

脸上印着刀疤痕迹的伊凡突然蹦起,喊道:"你是个疯子!你现在就去看我的主人吧,我若是带你——"

"那更好,反正我本来就要去见他,"布朗一脸沉重地说,"我必须让他说出真相,所有的事情,所有。"

此刻被一群人围在其中的布朗,满面愁容,仿佛是待杀的人质与祭品一般,一同冲进瓦朗坦无比静默的书房。

此刻,这个伟大的神探就坐在椅子上,却显得过于专注于他正在进行的事情,丝毫没有察觉正向内闯的人群。他们默默地在那里站了一会儿,西蒙医生突然发现,他那过于挺直而优雅的腰背与往常不同,甚至不太对劲儿,他立即冲上前去。用手触碰了一下,一瞥之下看到瓦朗坦的胳膊肘处放置着一个小小的药盒,瓦朗坦就这样静静地坐在椅子上,断气而亡。这个自杀的人依旧迷蒙地面对着世界,表情中显现的不只是加图⑪的骄傲。

【注释】

① 玫瑰形饰缎带(Rossette):1802 年拿破仑设立法国荣誉勋位团(Légion d'honneur,英文:Legion of Honour)用来取代旧王朝的封爵制度,后来成为法国颁布授奖的最高荣誉。得此荣耀的法国军官与平民,都会被授予荣誉军团勋章和与之相搭的玫瑰形饰缎带。如若场合不适宜佩戴勋章,可以单独佩戴缎带。

② 嘉德勋章(The Most Noble Order of the Garter):是授予给英国骑士的一类勋章,它起源于中世纪,是今天世界上历史最悠久的骑士勋章和英国荣誉制度最高等级。

③ 沃尔特·惠特曼(Walt Whitman):1819 年 5 月 31 日~1892 年 3 月 26 日,为美国有名的诗人、人文主义信奉者。代表作为诗集《草叶集》。

④ 卢克.P·坦纳(Luke P. Tanner):此为作者虚构的人物。

⑤ 梅菲斯特(Mephistopheles):又名墨菲斯托(Mephisto),最早出现在德国 16 世纪的民间传说中。1604 年,英国剧作家克里斯多夫·马洛(Christopher Marlowe)在《浮士德博士》中把他描绘成为一个堕落的天使,逐渐走向悲壮的结局,在撒旦的傲慢与痛苦绝望之间苦苦挣扎;歌德的长篇诗剧《浮士德》(第一部:

1808 年和第二部：1832 年）又表现了他游戏人间，虽然冷漠却也聪慧机智的形象，并代表着"为成就罪行而行驶善念的力量"。

⑥ 爱尔兰裔阿尔及利亚人（Irish-Algerian）：法国外籍军团主要驻在地是法属阿尔及利亚。因此有这个说法。

⑦ 安东尼·华托（Antoine Watteau）：1684 年 10 月 10 日～ 1721 年 7 月 18 日，法国罗可可时代代表画家。华托的作品虽然都是一些华贵堂皇的场景，但其中也隐隐暗含着忧郁的气氛。他的作品《小丑》中表现的就是一个在充满矛盾的世界中不知所措的小丑。

⑧ "两个人的智慧好过一人"（Two heads are better than one.）：是英国的谚语。英语中的"head"可理解为"人头"或者"人"，因此有这样的文字游戏。

⑨ 滴水嘴（gargoyle）：是指巴黎圣母院教堂上用于排水的雕刻饰品，传说起源于法国的蛇形喷水怪兽（Gargouille）。据说这种怪兽时常出没在塞纳河上，危害来往船只，以至于洪水泛滥。法国鲁昂大主教圣罗曼曾想办法把它驯服，再带回鲁昂烧死，但根本没有办法烧掉它的头或脖子，于是便把它的残骸放在城内教堂顶上，用以展示天主的力量。后来便开始在教堂上雕刻这种形象，并逐渐演变为各式各样的滴水嘴。

⑩ 阿奎那（Aquinas）：1225 ～ 1274 年，来自意大利的神学家。

⑪ 马尔库斯·波尔基乌斯·加图·乌地森西斯（Marcus Porcius Cato Uticensis，公元前 95 ～前 46 年）：又名小加图，以区别他伟大的曾祖父（老加图），是罗马共和国末期的政治家与演说家，斯多葛学派的追随者，曾经担任共和国执政官。他极力抵抗凯撒的专权，并在凯撒已经占领罗马后仍奋力抵抗。共和军最终失败，他因不愿苟活在凯撒统治的世界，选择自杀。

◇ 神秘的脚步声 ◇

　　"十二真渔夫"是一家要对会员进行严格挑选的俱乐部，如果你有机会遇见其中一人在弗农酒店参加一年一度的会员聚餐的话，当他一脱下外套时，你就会察觉到，他的礼服是绿色而非黑色的。你要是问他为什么会这样的话（当然，是在你蔑视名人，敢于直接面对这类人物的情况下），他可能会回复你说，因为他一点儿不想被人认为，他是一个服务员。你不好意思地默默退下，但这会在你的心里埋下一个未解的谜团，却又与人值得娓娓道来的传说。

　　如果（继续一样可能性不大的猜想）你遇见一位勤奋和蔼、个子矮小的神父，也就是布朗神父，再问问他，他所认为的人的一生中最幸运的应该是什么？他可能会回答说，大体来说就是在弗农酒店的那次，在他的主导下避免了一场罪案的发生，而且，或者说是拯救了一个堕落的灵魂，而他能够避免的原因仅仅是因为，他听到了过道里踏踏的脚步声。不过他对自己那些放肆而又完美的想象还是颇显骄傲的，而且有极大的可能还会跟你提起他的这些光辉事迹。不过，如果考虑到你很难混到上层社交圈的话，去遇见"十二真渔夫"，亦或是沉沦到社会的底层，混迹于贫民窟与罪犯之间碰到布朗神父，因此，估计除了从我这里，你绝对不会听到这种故事。

　　"十二真渔夫"在弗农酒店举办年会聚餐，这是一家只能在寡头社会中才能存在的机构，这儿的24位客人痴迷地讲求礼节。它是一个非常颠倒的产物——一家排外的商业性质机构。其实，在它身上花费金钱并不是为了吸引人们的注意，反而是想要赶走那些烦人的顾客。依富豪们看，商人们早已变得极其狡猾，比他们的顾客还要挑剔。他们不停地制造重重困难，这样他们那些有钱却又无聊的客户，才会花费大把的金钱，再使出吃奶的力气去克服这重重困难。若是伦敦有一家高档酒店能够规定，比6英尺还要低的人不能进入酒店，那么那些高于 6 英尺人们则会乖乖地一齐去那里吃饭。亦或是有一家价格绝不便宜、非常高档的餐厅，因为他们老板的新奇想法，而只需要在星期四下午营业，那么到了周四下午就会有许多顾客来店里。就如同一个巧合一样，弗农酒店就位于伦敦高等住宅区广场的一个小小的角落里。它是个规模较小的酒店，并且还有着许多不方便的地方。但正因为这许多的不便之处，却被人们当作是保护某个特殊阶级的保护膜。其中，最不方便的地方就在于，这个酒店仅仅只能提供 24 个人同时吃饭，但这对于那些想要享受私人空间的高层人士来说，这点却极其重要。店内只有一张大餐桌，就是那张位于阳台的露天餐桌，在那里可以眺望到伦敦最特别、最古老神秘的花园。如果这样的话，也就只有在天气爽朗的日子，人们才能自然地坐在这里享受美食带来的满足，而这样的机会也就变得更加难得了，但是机会越是难得，人们就越是想要得到。酒店现在的老板是一个叫作利弗的犹太人，即使他使进入酒店用餐的机会变得非常难得，却反而从中赚了将近 100 万。当然，除了一位难求这个难题，这家餐厅的服务也十分周到细心。酒店里的红酒与佳肴几乎不比整个欧洲任何一家餐馆差，而且服务生们也是都经过了特殊训练的，为了迎合英国上层社会常有的做派。酒店老板对他的服务生极为了解，因为他们总共才 15 个人。可以说进入这家酒店当服务生的可能性简直比进入国会当议员还要难上许多。每个服务生都要接受严格的训练，教导他们要保持绝对的沉默，举止要优雅恰当，如同是一位绅士的佣人一般。不过事实确实如此，常在此用餐的绅士至少也会带一名侍者为他服务。

　　"十二真渔夫"的俱乐部成员们除了这儿，不会选择去其他任何地方吃饭，原因是他们一直想要独享私密的豪奢，就连用脑子想一下，他们要和其他俱乐部的会员在同一栋大楼中吃饭，都会让他们心烦意乱。在一年一度的聚餐盛会里，他们如同在自己的宅子里一样，把他们各自珍藏已久的宝物全都展示出来，这些都已经是很习以为常的事儿了，特别是远近闻名的那一整套鱼刀和鱼叉。它们都是这个俱乐部的标志，每一件都会用纯银精心地打造成鱼的形状，再在它的手柄处稳稳地镶上一颗大珍珠。每次当鱼羹上到餐桌上时，他们都会把鱼刀鱼叉摆出来，而鱼羹，又是这场盛大的宴会的万人瞩目的焦点。这个俱乐部有着一连串的礼仪形式，书上并没有记载它来源于何处，对象是谁，但这正恰恰是其高贵之处所在。你大可不必要先成为什么特殊的人物，才能有资本加入十二真渔夫俱乐部；当然，除非你早已成为了某种人，否则你压根儿可能就没听说过他们。这个俱乐部已经成立了 12 年，奥德利先生是主席，副主席则为切斯特公爵。

我大致地描述了一下这令人为之惊奇的酒店的现况，读者当然会有疑问，我为什么会知道这些呢，甚至会质疑，我的朋友像布朗神父这样普通的人，为什么会出现在那家奢华盛大的酒店中呢。就此来说，我的理由很简单，甚至有些粗鄙。这个世上，有一个年老的反叛煽动者，他会毫不犹豫地冲进那些隐秘而高雅的聚会，向他们狂热地宣扬着什么"四海之内皆兄弟"的可怕主张，而每当这位和平主义者跨上他那匹苍白的马时，布朗神父便刻不容缓地紧紧追随着他。酒店中的一位意大利籍服务生在当天下午突然中风，整个人瘫痪了，而他的犹太老板由于有点信教，便同意了就近请来天主教的神父。我们并不想了解这个服务生到底都向布朗神父忏悔了什么，毕竟神父要为他保密。但是，在此过程中非常明显，他必须写张便条亦或是书面的陈述，以便传达一些讯息或纠正某种过失。于是布朗神父便安排了人，给他准备一间客房与书写用具，在提出这个请求的时候，他的态度恭顺却也并不缺乏孤傲，虽说就算他在白金汉宫，也一样是这种表现。利弗先生于是便就此陷入了进退维谷的境地。他待人亲和友善，但这种友善是极其有限的，并且厌恶所有困难或者混乱的场面。就在那晚，一位看起来不寻常的陌生来客的来访，对于他来说，就如同是刚刚费尽力气擦净的东西又被弄脏了。弗农酒店原本并没有候客区与前厅，不会有人会在大厅停留，更不会有不速来客。它只有 15 名服务员工作；仅仅负责接待 24 位顾客。如果一位新的客人在那晚走进酒店的话，一定会令人惊讶无比的，就如同发现了一位新来的兄弟在自家吃早餐或喝茶一般。再者，神父的样貌那样普通，衣服上全是泥垢，如果远远地瞟上一眼的话，说不定还会让俱乐部的人恐惧起来。最后，利弗先生随机应变道，既然他不能把这个耻辱完全抹杀掉，不妨悄悄地掩盖住。你若是走进了（当然，你永远也不会的）弗农酒店，就会走过一小段走廊，那走廊上悬挂着色彩昏暗却又极其重要的图片，紧接着就会来到宾客休息的大厅，右边的过道直通客房，左边的则会通往酒店的厨房与办公室。你的左手边上，是一间由玻璃围成的办公室，它与休息厅紧挨着，可以说是房中之房了，如同旧时代酒店的酒吧一般，大概这里本就是酒吧的所在地吧。

这间办公室里坐着老板的代表（如果情况允许的话，谁都会尽量避免坐在这样的办公室里）。向着服务员们房间的过道方向，就位于这间办公室旁，是绅士们放置衣帽的过间，这是绅士们可以活动的领域的最终界限了。但在办公室与行李寄存室中间，有一间极为隐秘的房间，并没有其他的出口。老板有时会在这里处理一些较为棘手和重要的事儿，比如借给公爵 1000 英镑亦或是拒绝借给他，尽管只有 6 个便士。对于同意让出一个华贵的房间，给一个地位卑微的神父半个小时，让他在里面随随便便地做些记录，这对弗利先生来说，已是可以容忍的最高限度了。布朗神父正在写下的故事极有可能比如今的这个还要精妙绝伦得多，但是人们永远也不会知道故事是什么。我只能说，你们的那个故事和这个是差不多一样长，并且最后的两三段都还尚未达到故事最令人兴奋的部分。

当神父终于写到最后的两三段时，渐渐地，他开始神思飘忽，敏锐的感官就此被唤醒。夜幕将近，晚宴也如期召开；他那已经被人忘记的房间却没有一点灯光，变得越发昏暗起来，这种情况经常发生，但这反而会使他的听觉变得越来越敏锐起来。当布朗神父写到最后，甚至是最不重要的一部分时，他发现自己渐渐开始跟随着外面嘈杂声音的韵律在写作，就如同人们的思绪，有时会追随着火车轰隆隆的声音思考一般。当他已然意识到这些时，他听出了这微妙的声音：只是行人从门外路过的极为平常的脚步声罢了，这对于酒店来说是再正常不过的。他盯着黑漆漆的天花板，认真地倾听着这脚步声。当他稀里糊涂地听了几秒钟后，迫不及待地站了起来，把头偏向另一边聚精会神地聆听着。然后他又默默地坐了下来，把头埋进手中，仿佛不止是在凝神细听，还在思量着什么。

无论什么时候听起来，店外的脚步声与其他酒店里的脚步声并没有什么区别。但如果一直就那么听下去的话，就会发现那簇簇的脚步声中，总有点什么东西让人觉得很奇怪。店里没有其他人的脚步声，少数常见的客人也都径直回各自的豪华的套间去了，而那些被培训已久的服务生，只能在顾客要求服务时，才能出现在他们面前，因此这房间一直很静默。人们总是忍不住要去追寻那些难以解释的怪异现象。但是这些脚步声仍是那么的奇怪，你根本不能确定它们到底是正常的，还是不正常的。当布朗神父沉重地把手指放在桌子的边缘时，紧跟着门外的踏踏的脚步声一点点敲打着，仿佛一个人奋力地在学弹钢琴曲一般。

外面先传来的是一阵短促而迅速的小碎步声，仿佛一个身手敏捷的人马上就会抵达竞走路线终点的步子一般。但有时，脚步声也会稍微停下，变幻成一种缓和而令人愉快起来的踏步声。脚步声虽然不是很多但几乎全是同时发生的。当上一个踏步声慢慢消失后，紧接而来的便又是一阵呼呼的跑步声，亦或是轻快急促的脚步声，紧接而来的便是那沉重的踏步声。这绝对是同一双靴子所发出的声音，有些因素是（刚才曾说过）这四周是没有其他人的，还有一部分因素则是那踏踏的脚步声中，都含着一丝微小的但却绝不会搞错的咯吱的响声。布朗神父的脑袋里禁不住地闪现出了许多疑问，这些看起来很简单的问题已经把他的头都快要搞得爆炸了。他曾亲眼看见人们会为了起跳而助跑，亦或是为了滑行而助跑。但是很难理解，为什么还会有人为了行走而去跑步？又或者是，为什么是为了跑步而选择走路呢？但是，又找不到其他完备的说法，来叙述那双根本就无法看见的脚所迈出的奇怪的步伐。这个人要不就先快速地经过走廊的一半儿，然后慢慢地走完余下的里程；又或者是先缓慢地踱步，然后再急忙飞奔向另一头。但无论是哪一种都是讲不通，毫无道理的。布朗神父此时的脑子就如同他所在的房间一样，越发的昏暗起来。

但是当他沉静下来再重头仔细回想时，脑子里却只呈现出一片彻彻底底的黑暗，但这却也好像让他的思维变得更加活跃。在他无边的想象里，他渐渐看见那双异样的脚，在走廊上非常不自然地，亦或是带着某种象征意味地跳跃起来。这难道是一种异教徒的宗教式舞蹈吗？还是说这是一种全新的科学类运动？布朗神父的神思，立刻投入到更深刻地考虑这脚步声所传达的信息之中。这缓慢的脚步声：绝不会是酒店老板的脚步声。像他这类人走起路来要不就急急忙忙地左摇右晃，要不就坐在那儿一动不动。更不可能是在门外等候差遣的服务生或者信使了，听起来一点都不像。那些可怜的听差们（在寡头统治社会之中）在微醉时走起路来总会踉踉跄跄，然而，大体来说，尤其是在这样盛大的场合下，他们都是挺直了身板或站或坐着。还有一点不对，那种沉稳而又轻快的脚步声带有一种丝毫不屑的态度，脚步声并不是很大，但那人也并不在意他发出了怎样的噪音。这个世界上只有一种人，那就是来自西欧的绅士，而且这位西欧绅士很有可能从来都没有为生计而费心操劳过。

就当布朗神父极其肯定自己的推测正确时，门外的脚步声突然加快速度，就像耗子一样迅速地冲出了门口。布朗神父这时发现，相比以前来说，即使这脚步声快了不少，但声音却变小了，仿佛是踮着脚尖在玻璃上行走一般。但他并没觉得这有什么不对的地方，反而是其他的一些东西——一些他不大记得的东西，让他烦恼不堪。他几乎快要被这些一点儿都不清晰的记忆给弄得发疯了，脑袋里有印象却又似乎不太有印象，这让他觉得自己很笨。不过很明显的是，他好像在哪里曾经听到过，这种异样的，快速的脚步声。他的房间没有径直通向走廊的出口，仅有一边是通向玻璃制式的办公室的，另一边则通往隔壁的衣帽间。他尝试打开通往玻璃办公室的门，却发现门已经被紧锁了。他又走向窗户那边仔细看了看，此时方方的玻璃窗照映满了被夕阳所晕染而成的紫色云彩。突然啊，他闻到了一股罪恶的气味，仿佛狗嗅到了耗子的恶臭一般。

布朗神父理智清醒的一面（不管是好还是坏）又一次独占鳌头了。他记得酒店老板曾与他说过，他要锁上这扇门，等晚点时候，再来开锁让他得以出去。布朗神父镇定地不断向自己重复，大概他从没想到的 20 件东西可以解释，外面这奇异的脚步声，他不断提醒着自己，现在这间空荡荡的房间里，唯独只剩下这足够的光亮，能够让他完成自己的本职工作了。他走向窗边，手里拿着几片纸，凭借着最后一点黄昏时的光亮，重新投入到马上就会完成的记录中去。写了将近 20 分钟以后，在光线越来越暗的房间里，他躬着背，离纸越来越近。忽然，他挺身坐直，奇怪的脚步声又来了。

不过这次的脚步声又多了让人起疑的一点。最开始的时候，这个不知是谁的人走起路来轻快迅速，整个人如闪电一般行走快速，但他还是在走的。然而这次他是跑步前行的。你可以清楚地听到，走廊上他的脚步那样轻快迅速，带着弹跳性的步伐，仿佛美洲豹奋力地跳跃着逃跑一般。无论此刻站在走廊上的是谁，这个人一定极其强壮迅速，他还在兴奋地奔跑着。然而，当他悄悄地像急速的旋风一样飞奔到办公室门前时，轻快的步伐又突然转回之前那缓和摇摆的阔步前行。

布朗神父扔下他的纸稿，他晓得办公室的门早已被锁上，便直接走入另一边的衣帽间。大概是因为只剩下一批客人在进餐了，因此那儿的服务生还没来，寄存室就跟没有是差不多的了。他在这些暗灰色外套的森林中探索着，突然发现黑漆的衣帽间有一端，是向亮堂的走廊敞开着，就像柜台或是半开半闭的门一样。以前我们递送雨伞接过票单这种事，经常会经过这样的柜台。一盏吊灯悬挂在半圆形的拱门正上方，光线从吊灯上一洒而下，照在布朗神父的肩上，在窗外朦胧夜色的衬托下，只能看到他并不清晰的轮廓。然而在衣帽间外，那条长长的走廊上，灯光打在那人身上，如同投下了舞台上的聚光灯，把他照得一清二楚。

他穿着朴素的礼服，是一位举止优雅的绅士。个子看起来很高，有点儿形销骨立，但并不是很占据空间。他给人的感觉，就像是影子一般默默无声地穿过，而那些其实个子更低的人却会被显得鹤立鸡群，引人注目。他的脸在灯光下看起来虽然黑些但却富有年轻人的活力，很明显，长着一张外国人的脸。他身材极好，远远看去，身形匀称而修长，举止也充满幽默自信。若是要说的话，他唯一的缺点就是，他的衣服与他的身材和举止相比，那件黑色的外套实在是不敢恭维，感觉甚至有点古怪地耷拉在他的身上，还奇怪地鼓了出来。当他看到夜色下布朗神父的神秘的黑色剪影时，立即撕下了一张带有编号的纸条，平和而肃穆地说："请把帽子和外套还给我，我有事需要立即离开。"

布朗神父沉默着没有说任何话，只是用手接过纸条，很自然地转身，为他寻找着那件黑色外套。这已经不是他第一次做这类微小的事了。他找到了外套后，把它轻轻地放在柜台上，同一时刻，这位古怪奇特的绅士，在他的马甲口袋里伸手掏了掏，笑着说："不好意思，我没带银币。"然后就扔给了布朗神父半个金币，他拿起衣服后，便走了过去。

布朗神父仍旧纹丝不动地站立在那片阴影的地方，他从那一刻起就已没有了理性。但在他已然失去理性时，他的头脑却反而是最为清醒的。在这样令人神思烦乱的时刻，他仍旧可以镇定地把那些支离破碎的线索拼接在一起，从而得出最后的结论。不过，天主教堂往往是（坚持着他们的常识）不认可这样的结论的，而他自己也是一样。但是，这种直觉让人感觉实在太真实——在少数危急关头至关重要——那就是，不管是谁，无论何时他失去理性，都能挽救他于危难之中。

"先生，我觉得您的口袋里应该还有银币吧。"布朗神父恭顺地说。

那位长得高高的绅士瞪着神父厉声训斥道："你这该死的，我给你金币，你还不知足吗，还想抱怨什么？"

"因为，有时候银币比金币价值更高啊，"神父不温不火地说，"其实就是，当数量很庞大时。"

这个陌生的人好奇地看着眼前这个奇怪的布朗神父，紧接着更加好奇地望了望，那条通道，是通往主入口的，目光随即又转回到神父身上，他仔细打量着神父背后的窗户，玻璃制成的窗子此刻依旧与落日的余晖交相辉映着。紧接着，他仿佛下定了决心，一只手用力撑在柜台上，像杂技演员一样迅速地跃了过去，站在神父面前，显得格外高耸，一只巨大有力的手搭上了矮小神父的肩。

"站着不许动，"他低声斥道，"我并不想要挟你，可是——"

"但我想要挟你，"布朗神父气宇轩昂地说道，"我想用不死之虫、不灭之火来要挟你。"

"你不过是一个奇怪滑稽的衣帽间服务生罢了。"绅士不屑地说道。

"其实，我是一名神父，亲爱的弗朗博先生。"布朗说道，"现在，我已经准备好聆听您的忏悔了。"

弗朗博瞬间惊呆了，他迟疑了一会儿，茫然地跌坐在椅子上。

十二真渔夫晚宴的前两道佳肴上得极为顺利。我并没有他们的菜单，并且，就算我有的话，也不会有人能从菜单上看出来些什么，毕竟，菜单是用大厨专用的法语来撰写的，然而就算是法国人，估计也是看不太懂的。餐前点心丰富多样是这个俱乐部的古老传统。它们在人们心中的地位如此重要，是因为它们与晚宴和俱乐部一样，都是已向人们公开的无用的附加产品。俱乐部的另一个古老的传统，就是汤羹一定要清淡素朴——这是要为之后的鱼宴做简单朴素的铺垫。他们间的谈话的内容虽然极为生疏，但是，并没有什么要紧的，不觉间整个英国都被这些无谓的空谈所控制着，即使没有留意，被一个普通的英国人听到了内容，他也不会有丝毫察觉。两个党派的各内阁部长，也纷纷表现出难言的虚情假意，无趣的恭顺和善，只是用其教名互称而已。一向激进的财政部长，因为私自敲诈勒索而被整个托利党所训斥，然而这些人，却赞美着他抽象的诗歌与动物猎场中的马具。托利党的领导人，则因独断专制的行为而被人们所讨厌，但却也成为大家口中的话题人物，大体来说，他还是受到广泛好评，并被称为宽和的自由主义信奉者了。不知怎么回事，政客本应是地位重要的人物，然而令他们倍加看重的，却反而不是他们独特的政见。主席奥德利是一位面容慈善的老者，直到现在也还戴着格莱斯顿①式的领带。他是一个象征，代表着理想而稳定的社会。他从没做过什么事——自然就更不必说做错什么了。他反应虽然不敏捷，家境也不是非常的有钱。但是，无论他想做什么，都会立刻树立目标，最后成功达成。没有一个政党胆敢忽视他，一旦他想进内阁，他就绝对可以进去。副主席切斯特公爵，是一位非常年轻很有前途的政治家，他是一个让人感觉非常愉悦的年轻人，披着一顶金发，脸上长满了雀斑，虽然才智平庸，却掌握着大面积的地产。在公众场合下，他总是十分引人注意。处事原则也极其简单：每当他想到一个笑话时，就会立刻说出来，人们都称赞他很聪明；而当他想不出什么的时候，就意味着现在不是可以侃侃而谈的时候，这个时候人们也都赞美他很有才能。在私下的时间里，他会在自己的社交圈内的俱乐部里，仿佛一个仍在上学的小男生一样率真而蠢笨，总是让人们感到很开心。奥德利先生从来都没有参与过政治上的事务，待人接物上也有点儿严厉。有的时候，他甚至会说出一些难听的话，以暗示自由主义者和保守者之间仍存在一些区别，这让他的同伴也很难堪。他自命为一个保守派，不仅是工作中，就连在私生活里也是这样的。他褐色的卷发沉沉地垂到衣领，仿佛从前的政客一般。从后面远远望去，他就如同大英帝国目前正需要的人一样。而从前面看，就像是一个性情温和善良，生活却放肆无比，在奥尔巴尼身边过活的单身汉，其实他也的确是住在那里。

刚才就已说过，酒店内的露天餐桌一共有 24 张座位，然而俱乐部仅有 12 位成员。如果这么说的话，他们恰好都可以一同坐在餐桌靠内的一侧，享受这豪奢的花园美景，如果有人坐在对侧的话，便会挡住视线。这样的季节里，夜色虽然有些苍苍寂静，但花园内依旧花开四处，色彩鲜明热烈。主席坐在这一行人的正中间，副主席则坐于右边的当头。当 12 名客人刚刚入座时，15 位服务生按照酒店常有的习惯（有些不为人知的原因）背对着墙壁站成一排，仿佛士兵们要整齐地列队给国王检阅一样。而酒店老板则欣喜若狂地向俱乐部成员弯腰鞠躬，好像之前从不知道他们一样。但当晚宴开始，客人们要开始用餐时，这一列侍者却突然消失得无影无踪，只剩下一两个默默地收发着餐碟。酒店的老板利弗先生，此时早已恭顺地先退下了。但如果说他之后再没在宴会上露面，这不仅让人觉得很吃惊，甚至会觉得他很没有礼貌。当盛大的鱼宴上来时——我该如何描述呢？——那透彻分明的身影足以证明他就在这附近，不停地徘徊着。这倒让人觉察到神圣无比的鱼宴，在（粗鄙的人一向这么觉得）一个庞大的布丁构成，大小与形状都像婚礼上摆放的蛋糕一样，在这些布丁之间，还有很多味道鲜美的鱼，它们早就已经变形，渐渐失去天主赐予它们的形态。十二渔夫拿起他们引以为豪的鱼刀鱼叉，庄重肃穆地切起布丁来，仿佛这每一点一滴的布丁，都和银制的刀叉一般的贵。不过事实的确如此。人们都高兴地，安静地吃着。直到那位年轻公爵的餐碟快要空掉时，他才开始发表讲话，看起来很是有仪式感："除了这里，大概到哪也吃不到这样美味的食物了吧。"

"是的，别的地方也吃不到这些了。"此时奥德利先生转向公爵沉沉地说，并点了点他那尊贵的头，"哪儿都吃不到，绝对的，不过除了在这里。我记得还有一个地方，在安格莱斯的一个咖啡厅——"

刚说到这里，他猛然被前来收餐碟的侍者打断了谈话，甚至还为之恼怒了一会儿。但是，他又立刻重新理智地回到那个观点上来，看起来实在很有价值。"我记得这些在安格莱斯咖啡厅也可以吃到。但味道不如这里的好。"他说，那表情就像绞刑法官一样冷冷地摇了摇头，重复道，"不如这里好。"

"安格斯莱咖啡厅着实是空负盛名了。"庞德上校说。这是他数月以来，第一次开口说话。

"哦，是这样吗？我并不这样觉得。"切斯特公爵驳斥道，他是一个对待很多事物都极为乐观的人，"有些东西还是很美味的。是不可以一概而论的——"

一位侍者迈着极速的步伐走进房间，然后突然停下。像他的脚步声一样毫无声音。然而那些友善和顺的绅士们早已习惯了他们，就像是围绕在他们身旁，让他们的生活继续前行的无形机器一般，正因为它运作得太过于平稳，直接导致了服务生们随便地做一件出人意料的事，都会让他们感到不可思议。他们就像你我一样，像被这个了无生命的尘世背叛了——依稀感觉到椅子从我们身旁跑走了。

这个服务生在餐桌旁盯着看了几分钟后，倏忽间，餐桌边的每一个人都感到愈来愈强的耻辱感，这恰恰是我们这个荒谬时代的产物。这是现代人道主义与贫富间难以逾越的鸿沟结合物。一个真正的名望贵族会无礼地向侍者扔东西，刚开始是扔空瓶子，最后是疯狂地砸无数的钱。也许一个真正正义的民主人士，会像战友一样直接问他，他到底在做些什么。然而这些现代的富豪，根本就无法容忍穷人向他们靠近，哪怕一点点。无论是低贱的奴隶还是朋友。侍者们犯了错误只会让他们感到愚钝而已，脸面上挂不住。他们不想变得像冰山一样冷漠，但也害怕过于和善仁慈。无论这儿到底发生了什么，他们只想快点让这糟糕的局面尽快结束。这个仆人如同得了僵硬症一样，呆呆地站在那愣了一会儿，随后转身奔出房间。

当这个服务生又一次来到房间里时，或是准确地说，他站在门外时，另一位侍者也站在他的身边。两人激烈地低语，手上比画着手势。不一会儿，最开始的那位侍者转身离开，只留下后来的那个仍站在那里，不一会儿，他又带来了一个仆人。等到第四名侍者也参加这次仓促的聚会中时，奥德利先生觉得现在已经很有必要打破沉默了，他老练的处事态度驱使他不得不前行。他没用主席槌，只是高声咳了几下，随后说："年轻的流浪者们在缅甸做得很好。如今，世上已经没有哪个国家能——"

他正忘情地说着，第五位侍者突然快速冲到他的身边，不好意思地对他耳语道："实在很抱歉，现在有一件极为重要的事情。我们的老板可以跟您说几句吗？"

主席急忙转身，一脸茫然地看到利弗先生，正拖着笨重的身体快步走向他们。不过，这位老板的步子和平常是差不多的，但他的脸色却不同于往日。从前是很温和的古铜色，而现在他的脸上却无不呈现着病态的蜡黄。

"不好意思，奥德利先生，请您原谅，"他上气不接下气地说，"您的刀叉，恐怕被放在鱼碟上，一块儿给收走了。"

"噢，好像有这么回事。"主席温和地说。

"您看到他了吗？"酒店老板突然激动地喘着气问，"您看到那个收走您东西的仆人了吗？您记得他吗？"

"那个服务生？"奥德利先生愤慨地回答道，"我怎么会认识！"

弗利先生无奈地摊开双手说："我并没有让他过来，也不知道他什么时候来的，为什么来。我让我的仆人前来收碟子时，但却发现这些碟子早已被收走了。"

奥德利先生此时看起来充满疑惑，一点儿都不像大英帝国正需要的人才。其他人也都一时愣着，不知要说什么，除了一个木头人——庞德上校——他好像被这一激突然变得反常起来。他唰的一声从椅子上站起，其他人照常坐着。他用手将眼镜框固定住，夹好镜片，仿佛忘了怎么开口说话似的，低声粗哑道："你是说，有人偷走了我们银制的鱼刀叉？"

老板愈加无力地摊开双手，瞬时，所有坐在餐桌边的人全都站了起来。

"你的仆人现在全都在这儿吗？"上校质问他道，他的声音虽然并不高却也很尖锐，刺痛人们耳朵的神经。

"没错，他们全都在这里。我看过了。"年轻的公爵顶着高声回复道，他那张娃娃一般的脸也跟着挤到人群中来，"我进来时总会数数他们来了多少人。他们并排挨墙站着，这看起来真的是太奇怪了。"

"但是一个人怎么会记得那么清楚，肯定不会的。"奥德利先生犹豫着，显露出丝丝怀疑。

"我知道得比较清楚，让我来告诉你。"公爵不无兴奋地说道，"这个酒店内，从没有超出过15名侍者，今晚也同样，我可以向天发誓。不多不少，我数过了，刚好15名。"

酒店老板突然转向他，一脸惊讶地全身颤抖着。"你说——你是说，"他的口舌变得不太清楚，带些结巴，"你亲眼看到了我的 15 名所有仆人？"

公爵赞同地回复说："没错，与往常相同。难道有什么问题吗？"

"噢，没事。"利弗先生说，语气更加沉重，"可能你也没记清，因为，刚才有一名侍者被发现死在了楼上。"

瞬时，房间恢复骇人的静默。大概是因为（死亡是如此的神秘）这些散漫的人不约而同地审视了一下自己不再纯洁的灵魂，却发现它就像干瘪的豌豆一样了无生机。他们中的一人站了出来——我想会是公爵——略带愚蠢而仁慈地表现出慷慨的胸怀，问道："我们可以为你们做些什么吗？"

"他已经有一个聪明的神父了。"犹太老板冷冷地，面部毫无表情地说。

厄运的到来，让他们都清晰地认识到了自己如今尴尬的处境。有那么一个诡奇的片刻，他们都觉得，那个第 15 名侍者，正是楼上那位死者的魂灵。大家都被那个可怕的想法压迫得难以开口说话，毕竟，鬼魂对于他们来说，就像是乞丐一般，让他们觉得非常难堪。然而一想到那些被偷的银制餐具，这超乎自然的魂灵说法也就自然不攻自破了。上校突然从椅子上跳了起来，大步地跨向房门。"这儿若是还有第 15 名侍者，我亲爱的朋友，"他说，"那么那第 15 个仆人就是小偷。大家赶快去前后门看一下，剩下的人看好其他东西。以后我们再谈。俱乐部的 24 颗珍珠值得找回。"

奥德利先生看起来好像略带犹豫，其实他觉得作为一位绅士，匆匆忙忙地做事肯定会有伤大雅。但当他看到公爵先生迅速地冲下楼时，看起来充满了年轻人的活力，他也只好慎重地跟着他下楼。

就在这时，第六个服务生兴奋地冲进房间，告诉大家，他找到了一堆鱼碟，就放在橱柜里，虽说并不是银制的。

此时这堆急忙拥下楼的客人与服务生全都兵分两路。有一大部分的渔夫选择跟着酒店老板去了前室，并宣布道，任何人不得随意出入。庞德上校则选择跟着主席，副主席与其他一两个仆人沿着走廊向侍者的房间飞奔，这有很大的可能性是窃贼选择逃跑的路线。当他们极速飞过衣帽间的那间昏暗的凹室，停到角落里时，突然发现，就在那片阴影的地方，站着一个矮小，身着黑色外套的人影，打扮像神父一般。

"嘿！先生！"公爵大声喊道，"请问您看到过有人从这里走吗？"

那个低矮的人影并没有径直回答公爵，只是说："我这里大概有你们正在找的东西，亲爱的各位绅士们。"

他们就那样纹丝不动地呆站在那里，半信半疑。那个人静静地走到衣帽间的后面，等他再次返回时，闪闪发光的银器占满了整个双手，就像售货员一样冷静地把它们都放置在柜台上，数了数，总共是13套古意雅致的刀叉。

"你——竟然是你——"上校一时间语无伦次起来，最后终于失去了往常冷静的态度。他将头伸进那间昏暗的小房子中，努力地盯着看了一会儿后，终于发现了两样东西：一是一个男子，像神父一样的打扮，身材矮小，穿着黑色外套的男子。二是他身后破碎的玻璃窗，好像有什么人猛地从窗口跳了出去似的。"珍贵的东西就应该寄存起来，不是吗？"神父沉着地打趣道。

"是你？——怎么会是你，偷这些东西？"奥德利先生仔细盯着神父，语无伦次地问道。

"假如是我偷的，"神父和善地说道，"那至少，我也还回来了啊。"

"然而东西根本就不是你偷的啊。"庞德上校叹道，他的目光依旧仔细盯着那扇支离破碎的玻璃窗。

"不过说实话啊，这确实不是我偷的。"神父颇为搞笑地说，然而又迅速地恢复了肃穆与庄重，重新坐了下来。"但是，你绝对知道，到底是谁偷的。"上校说。

"我并不知道他真实的姓名是什么。"神父颇为平静地回道，"但是我懂他的打斗水平与心理障碍。当他想要动手掐死我时，我就已经对他的体形做出了精准的推测。而当他向我忏悔时，我又趁机对他的心理道德感做了预估。"

"噢，我说神父啊——原来是忏悔啊！"年轻的切斯特先生一脸惊讶地笑道。

布朗神父双手靠在弯弯的背后，起身问道："的确很奇怪，难道你不这么觉得吗？"他又说道："还有那么多有权有势的有钱人家还是面容冷酷，人也轻浮愚笨得很，他们从来都没有为天主亦或是人类付出过什么，很难想象，一个臭名昭著的窃贼竟然会忏悔。但是，实在不好意思，如果你真这么想的话，你的行为正在践踏我的神职。不过，如果你还在怀疑忏悔的真正意义的话，那么给你，这是你们的刀叉。你们是那个十二真渔夫吧，给，这是你们的银制鱼器。只是，这个忏悔，让我成为了一位人类的渔夫。"

"那么，你抓到这个贼了吗？"上校皱眉问道。

布朗神父望向他那眉头紧蹙的脸，回道："是的，我不仅抓到了他。还给他套上了无形的钩子，连隐形的绳子也给他拴上，我能使他游走到这个世界的尽头，我轻轻一拉，他就会再次回来。"

众人就这样镇静了很长一段时间。等所有的人都慢慢离开，有的默默收起了自己的银器，暗自庆幸自己亲密的伙伴终于被找了回来，有的则向酒店老板不停地询问着这起诡异的案件。然而，那个上校却仍然保持一脸肃穆，沉沉地斜坐在那个柜台上，轻轻地摇晃着那双细长的腿，咬着他纯黑色的胡子。

最后，他对神父淡淡说道："那这一定是个聪明的人，不过，我想，我认识这个聪明人。"

"他着实是个聪明的人，"神父回答道，"不过，我不是很清楚你认识的那个聪明人，到底是指哪一位。"

"我指的正是你。"上校发出一阵凌厉的笑声，"你还是放松些吧，我不想让那人去坐牢。不过，我宁愿让出这些银制餐叉，原因是，我很想知道你到底是如何卷进这件诡异的事件来的，又是怎样从他那里全力脱身的。我一直觉得，你是目前在场所有人中，最难应对的人。"

布朗神父好像对他那士兵式率真的嘲讽很感兴趣。他面色和善地说道："那么，自然，我不能把这个人的信息或故事跟你说。不过我没有理由不告诉你，除了这以外的一些情况，其他的，都是我发现的。"

他跳过柜台，让人意外地利落。随后便一屁股坐在庞德上校的旁边，自由地踢着他那双小短腿，如同一个小男孩正在顽皮地朝着大门乱踢一样。然后，他就开始讲故事了，面色看起来颇为惬意，仿佛圣诞节坐在烈烈的火边与老朋友们聊天一般。

"您看，上校，"他说，"那个时候我正在写东西呢，被关在房间里，后来突然听到走廊上好像有一双脚在不停地跳，节奏就像死亡的舞蹈一样奇异。最开始的时候是飞速而挺富有趣味的碎步，仿佛一个人正在踮着脚尖，想要偷偷地溜出去赌博一般；紧接着就变成了缓和而似乎毫不在意的'嘎吱嘎吱'的步伐，如同一个身材高大的人正夹着一根雪茄，在不停地走来走去一般。但是我发誓这些脚步声，绝对都是同一双脚的，并且，这两种不同的脚步还在交替变化着；最开始是跑，然后是走，后来又变成了跑。一开始的时候，我还只是微微有些好奇，没有非常在意这些，但是，到了后来真的是感觉到要发疯了，我实在是很好奇，他为何要同一时间内走两种步伐呢？就我所知，那种步伐像上校您的一样，真的很像。那种步子，能感觉到是一个生活非常优越的绅士正在等候时所走的步伐。他在那里不停地走来走去，并不是因为他心里烦恼急躁，而是因为他的身体非常灵敏，反应迅速。我的确还知道有另一种步伐，不过，我已经记不清他到底是长什么样的了。在无尽的旅途上，我遇见过哪些疯狂的家伙是用这种古怪的方式，踮脚而走的？后来，我依稀听到什么地方有无数碟子的噼里啪啦的碰撞声，自然，答案已经揭晓了。那是仆人的脚步声——他身体微微地向前倾去，眼睛一点向下俯视，脚尖也用力地摩擦着地板，礼服上自由的燕尾与餐巾在风中飘动着。最后，我又仔细想了想，我确信，我确实看到了他犯罪的所有过程，那些画面就如同是我自己犯罪一般清晰。"

庞德上校热情地望着他，但神父那双暗灰色的温和双眼却仍在盯着天花板，仿佛仍在思考着什么。

"是一次严密的犯罪，"他用极慢的语速缓缓说道，"就像所有其他种类的艺术品一样。不要吃惊，犯罪绝对不是唯一一个从地狱而来的艺术品。不过，每一件艺术品，都或是神圣，或是邪恶低俗，每一件都会有各自的特征，这绝对不会少。——我就是想说，其实他们的目的是非常简单的，不管过程有多么复杂。譬如，《哈姆莱特》里的，那长得看起来模样极为荒诞的挖墓人，疯女子的鲜花，奥斯里克奢华的服装，魂灵那苍白的脸色与骷髅的张狂的狞笑声等稀奇古怪的事物，这些都是以黑衣男子这个悲剧性的人物为中心的。也就是说，"他说，然后面带微笑地，慢慢地从座位上走下来，"当然，这也是那位黑衣男子的悲剧。"当他看见上校的脸上仍然是疑惑的神色，又接着说道："整个案件故事都是以这件黑色外套为中心的。在这起案件故事中，如同《哈姆莱特》剧中所说，还存在着同样因为修饰太过而剩下的东西——那就是你们自己，也就是说，那些现在在那里躺着的侍者，本就不应该在那里。现在，正有一双隐藏起来的双手，想要把你们桌子上的银器全都收起来，再找个地方藏起来。不过，最后每一个智慧的犯罪往往是以某个简单的事实为基础的——某个看起来并不很神秘的事实。而它的神秘在于掩盖了真正的事实，更在于牵引了人们飘飞的思绪。这场数额巨大，精心谋划，(依照往常来看)最与利益相关的偷窃案，就是在这样一个再也简单不过的事实上所建造起来的，绅士的礼服和侍者的都是相同的。其余的全是伪装，不过，也算是极为高明的伪装了。"

上校猛地站了起来，蹙眉瞅着他那高高的靴子，说："可是，我觉得我还是不太懂。"

"上校，"布朗神父说，"那个偷了你刀叉的肆意妄为的罪犯，曾在闪烁的灯光之下，不停地在走廊上来来回回走了20次，所有人都看在眼里。他根本就没有藏在某个会引起人们怀疑的昏暗角落里，而是选择在光明正大的过道中来回走动。不管他走到哪里，那儿似乎都是他本就该在的地方。别问我他长什么样子，你自己今晚绝对已经看到过他六七次了。你和所有的绅士正在走廊尽头的那端接待室中等候时，露台就在那旁边。他一走进你们时，就会低着头，餐巾一点点在风中飘动着，他便用侍者常用的闪电般的速度走了过去。他飞奔向露台，收拾好一些桌子上的餐具，再急速地走向办公室和仆人的房间。他一看见酒店的其他侍者，举手投足之间就会立刻完全变成另外一种人。他骄傲地大跨步走在仆人中间，装出一副毫不在意、狂傲恣肆的样子，如同侍者们常在顾客身上看到的那些动作一般。不过，对于这些仆人们来说，盛大的宴会以后，顾客都像动物园中的动物一样，喜欢在整座酒店中来回昂首踱步，已经是经常可以见到的事了。他们了解这些看起来非常时髦的人，他们早已习惯了在自己喜欢的地方昂首踱步。不过，在走廊上持续来回走了几趟以后，他变得有些不耐烦了，便灵巧地转过身，从办公室旁边走过。在那扇拱门的阴影下，如同被施了魔法一样又急匆匆地跑回到十二真渔夫中，转换成一个卑躬屈膝的仆人。为什么一个绅士要仔细地留意看这个恰巧进来的仆人呢？为什么仆人又要对这个正在昂首散步的高贵绅士起疑心呢？他又一次沉着镇定地耍了一两次小把戏。在酒店老板豪华的私人房间里，他随意地要了一瓶苏打水，说他有点渴了，并和善地说自己拿即可，接着他便手拿苏打水迅速地，毫无错误地穿过了你们这群人，如同是一个正在跑腿的普通仆人一样。不过，即使这样伪装下去并不是长久之计，不过，只要能够坚持到鱼宴结束就好了。"

"他也曾遇到过最危险的时候，那时候所有侍者都站成了一排，不过，就算是在那个艰难的时刻，他也还是巧用妙计掩饰过去了。他尽量贴着转角处的墙壁站着，如果这样的话，在那个关键的时候，仆人们都会把他当作是一位绅士，而绅士们就会认为，他不过是一个仆人罢了。接下来的事情一转而逝。如果任何一个仆人看到他转身离开了餐桌，他看到的都会是一个疲惫不堪的贵族绅士。他需要做的只是，在鱼宴后的碟子被收走之前两分钟内，快速地伪装成一个反应迅速的侍者收拾盘子就好。他先是把盘子都放在一个橱柜里，然后再把银器都塞到自己胸前的口袋中，看起来鼓鼓的，最后就像兔子一样飞奔过去（我清楚地听见了他跑来的脚步声）跑往衣帽间。在那里，他要做的只是再伪装成一名绅士就好——一个突然有公事需要离开的绅士。他只清把票单递给衣帽间的仆人，然后再次举止昂扬地走出去，如同他进来时一般。只是——只是碰巧我在衣帽间被他当作了仆人。"

"你对他都做了什么？"上校惊讶地叫道，表现出超出寻常的紧张，"他都跟你说了些什么？"

"我很抱歉，"神父面无表情，冷冷地说，"故事就在这里结束吧。"

"更好玩儿的故事开始了。"庞德小声嘀咕道，"我觉得，我已经懂了他那蹊跷的把戏，不过，你的我好像还不太明白。"

"我要离开了。"布朗神父迫不及地说。

他们一同沿着走廊向大厅出口走去，在那里，他们遇见了一脸朝气，却雀斑满面的切斯特公爵，他正高兴地快步走来。

"快点过来，庞德。"他喘着气喊道，"我正在四处找你呢。晚宴马上就要开始啦。奥德利前辈要致辞用以纪念被找回的餐叉。你大概不知道吧，我们想开创一个全新的仪式来纪念这个重要时刻。嘿，你已经找到你的东西了，你有什么建议要向我们提出的吗？"

"为什么要这样？"上校问道，他带着一种讽刺的神色，却又表示赞成地望着他，"我提个建议，打今天起我们就不要再穿黑色外套了，不如改穿绿色的吧。要是穿得像个仆人一样，不知道还会闹出什么幺蛾子来。"

"噢，亲爱的，别再说了。"这位年轻人说，"绅士怎么可能会像侍者一样。"

"我想的是，侍者绝不会像绅士。"庞德上校说，带着往常的表情低声笑道，"令人敬仰的神父，您的朋友一定很机智聪慧，因为，他要装作绅士。"

布朗神父不再听他说话，他默默地把那件普通大衣的扣子从头到尾，一直扣到了脖子下，捂得纹丝不露，今晚注定是个暴风雨夜，随后，他拿起了身边那把极为普通的雨伞。

"是的，"他说，"做绅士想必绝对很难。可是，你知道吗，有时我觉得，做侍者也同样很难。"

一句"晚安"后，神父终于推开了那座娱乐王国的笨重的大门，金灿灿的大门就此在他身后被紧紧关上。他迈着快速的步伐，越过潮湿、阴暗的街道，去寻找只需一便士的巴士。

【注释】

① 威廉·尤尔特·格莱斯顿：一位英国政治家，曾经代表自由党人 4 次出任英国的首相。

◇ 飞星 ◇

在弗朗博德高望重的晚年时代，他会说："那是一次圣诞节，我终于放手大干了一场。那绝对是我一生中最漂亮的一次犯罪，不过，也是最后一次。身为一名艺术家，我作案时需要为它们巧妙地搭上特定的季节、较为合适的地方，如果是我，我会选择把某个露台或者是花园当作罪案发生的场地，就像为一个群雕作品布景一样有趣。如果这样搞的话，有钱的地主财阀们就会被骗进来，把他们放到嵌带着橡木板的长型房间里；还有一方面，在豪华咖啡厅的闪烁灯光之下，犹太人则震惊地突然发现自己竟然身上一点钱都没有了。假如我想打劫某位主任牧师的钱财的话（当然，并不会如你想象得那么简单），在此之前，我会先在一个英格兰的教堂小镇上设下一个局，这里大概是绿草葱葱、灰塔遍地耸立着的。在法国也一样，假如我打一名虽然富贵却邪恶无比的农夫那里榨出钱财（那基本上是不可能的），我看重的背景，大多是重映在天际的灰暗的杨树之林，当然，还有米勒精神那居高临下、俯瞰着的高卢平原。"

"我最后一次犯罪是在圣诞节，罪案的对象是一个休闲、惬意的英国中产阶级之人。这是一场类型为查尔斯·狄更斯式的罪案，就发生在靠近帕特尼的一处华贵的老式中产阶级之屋。房内有个弯弯的新月形车道与马厩。屋外的两扇铁门上，屋主的名字赫然其上，有棵猢狲树立在屋前。这些描述已经足够了，你应该知道这种人的。不过确实，我想自己对查尔斯这种风格的模仿还是挺逼真的，重要的是它还聚集了些文学的气息。依照现在的情况看，我开始有点后悔，我对那一晚的犯罪做了忏悔。"

紧接着，弗朗博会从最开始屋内到底都发生了些什么，开始慢慢地叙述这个故事。就算这样，这个故事也还是诡异得让人害怕。要是从外面看的话就让人难以明白了。而作为局外人的，就必须得从外到里仔细地研究它了。如果这样来看的话，剧情最开始的时候，场景很有可能是这样的：当天是节礼日①的下午，房子的前门缓缓打开，一个女孩儿出了家门，当她走向花园，那里栽满了猢狲树，她手中拿着面包，正准备去喂饥肠辘辘的鸟。她长着一张很漂亮的脸蛋，棕色眼睛极显俏丽；她身上裹着一件棕色的动物毛皮大衣，已经分不清楚，到底哪个是头发哪些是兽毛，更难以推测的是，她的身材到底如何。如果她没有那张俏丽的脸蛋的话，人们估计会把她当成一只不停摆动的小熊。

冬天的一个黄昏，天空呈现出一片殷红，红宝石一样的夕阳已然完全笼罩住了冷冷清清的花坛，如同凋零的玫瑰花魂一般散满了整座花坛。房屋的这面是马厩，另一面则是一条两边种满了月桂的深深的回廊，通向屋后的大花园。年纪轻轻的小姐在愉快地撒完面包后（其实那天她已经撒了四五次，只是大多数面包都被狗吃了），静静地走过月桂巷，通向屋后的常青树园，那里的夜晚淡淡的光在空中一点点闪烁着。她突然惊讶地大叫了一声，不知是真的还是假的，只见她扬头看向那园林高耸的深墙，眼前陡然出现了离奇的一幕，一个离奇的身影就那样横跨在了墙上。

"噢，千万不要跳下去，克鲁克先生，"她惊讶地喊道，"这实在是太高了。"

一个高高瘦瘦的小伙子骑在界墙上，无拘无束的，一头黑发就像毛刷一样挺直地立在那里，长着一副聪慧奢贵的模样，然而他的脸色却呈现出不一样的蜡黄，与他那整体给人的印象反差极大，而这种剧烈的反差，在那条艳丽的红领带反衬下呈现就更加明显了，那是他身上唯一一处耗费心思的地方了。大概那条红领带有着什么特殊的象征性意义。他全然不顾女孩的劝告，如同蚱蜢一般跳了下去，降落在女孩的身边，这突然的一跳，极有可能会使他的双腿摔碎。

"我感觉，我就应该是一个窃贼，"他冷静地说，"要不是恰好投胎到了隔壁的那个好人家，毋庸置疑，我绝对会成为一名窃贼。不论如何，我并不认为这有什么不好的。"

"你怎么可以这么说！"女孩极力反驳道。

"哦，不是你想象的那样，"年轻人说，"我的意思是，假如投错了胎刚好生在隔壁的话，那倒挺好，就能让我有机会翻墙过来了。"

"我还是搞不懂你到底要说什么，还是你想做什么。"女孩说。

"我自己其实也搞不太清楚，但是，过了一会儿后，我就发现，我正站在墙的这边。"

"那你到底想要去墙的哪一边呢？"女孩笑着问。

"哪一边都好，你在哪一边，我就去哪里。"那个叫克鲁克的年轻人说。

当他们正穿过月桂巷，走向房前那座花园时，一辆汽车的喇叭突然响了三声，当那声音越来越近的时候，忽然，一辆精致古典的浅绿色轿车驶了进来，像突然飞进的小鸟一般，在前门处骤然停下，车身仍在微微颤动。

"喂，喂！"脖子上系着红领带的年轻人说，"不管结果怎么样，这里恰好就有一位生对人家的。亲爱的亚当斯小姐，我还不知道，原来你家的圣诞老人这么新潮啊。"

"噢，那人是我的教父，他是利奥波德·费希尔爵士。常常在节礼日往来。"

紧接着，便陷入了一阵深深的沉默，无意中表明，两方都没有什么想要继续说下去的兴趣。

"他很慈祥。"女孩说。

约翰·克鲁克是一个记者,他早就听说过这个伦敦金融城巨头,不过,若是那位巨头从来都没有听说过他的话,这事也就不能全怪他了,毕竟,他曾在《号角》和《新世纪》中发表过几篇文章,都是极力打击利奥波德爵士的。克鲁克没有说一句话,只是在一旁,冷冷地看着他们下了车,这个过程极其漫长。一位身穿绿色制服,体型巨大,但穿戴很干净整洁的司机首先从前排走了出来,接着一位身裹灰色大衣,身材矮小,却也干净整洁的男仆从后排走了下来。他俩一同把利奥波德爵士搀扶到了台阶上,然后开始一件件地为他脱掉外套,就如同是一个被人小心保护的包裹一般。他身上盖的毛毯极多,估计都可以在集市上摆个摊儿卖了,那些用毛皮制作的衣服,仿佛包括了森林里所有动物的皮毛一般,司机和男仆一条一条为他解下他彩色纷繁的丝巾,爵士终于显示出了人的形状。他是一位面色和善的老绅士,长着一副外国人的面孔,灰白的山羊胡密布了他的脸庞,他露出灿烂的微笑,戴着暖和的毛皮手套的双手不停搓着取暖。

早在此前,门廊上的两扇大门就已从中间打开,亚当斯上校(那位裹着厚重裘皮大衣的女孩父亲)亲迎他这位贵客。亚当斯上校长得很高,皮肤黝黑,很少说话。他头戴一顶红色的吸烟帽,远远看去,就像英格兰的将领,还有埃及的帕夏一般②。此刻站在他身旁的,是不久之前从加拿大返回的内弟,詹姆斯·布朗特,他是一位长满黄色胡须、高大而身粗无比的乡绅。和他一起出门迎接的还有一位不是很显眼的人物,就是附近罗马天主教教堂的一位神父。由于上校已逝的妻子是一位信奉天主教的教徒,依照往常的惯例,孩子们也要跟随母亲一起信天主教。这位神父看起来很普通,并没有什么特别的地方,不仅如此,还有他的名字布朗,也极为平常。但是上校一直觉得他非常和善,因此家庭聚会时经常会请他前来。

房屋的前厅位置很充足,就连利奥波德爵士自己,还有从他身上用劲扒下的那一大堆衣物,也足以收纳得下。从房屋这头的前门,到屋子那头楼梯的末端，是它的走廊，这里与房屋相比，宽敞得多。上校的佩剑被悬挂在大厅那面壁炉墙上，也就在这壁炉前面，上校向利奥波德爵士一一仔细介绍了其他来客，其中包括脸色依旧沉沉的克鲁克。还有一位受人敬重的金融家，正在他那极为贴身的礼服中掏来掏去，最后，他终于从那件燕尾服的内口袋中找到了一个黑色的椭圆形盒子，并热切地说，这就是给他的教女的圣诞礼物。他的骄傲表现得极其自然，可以说是恰到好处，一点儿都没有引起其他人的反感。他拿出小盒，把它展现在大家的面前，随后轻轻一碰，就打开了小盒子，那一瞬间，从内射出耀眼的光芒，仿佛水晶的喷泉一般射入人们的渺小眼睛中。在那个橘色的丝绒巢里，三颗长得像鸟蛋一样形状的纯净而洁白的钻石，瞬时散发出刺眼的光芒，仿佛立刻就要燃烧起周边的空气。利奥波德爵士一脸慈爱地微笑着，心里品味着女孩脸上洋溢的惊讶与高兴，上校默默的赞赏与口中生硬的感谢，还有在场的人都无不发出惊叹。

"亲爱的，现在我必须得把它们收起来了。"费希尔边说边开始动手，重新把小盒再放回他的口袋内。"一路走过，我都谨小慎微地保管着。这三颗是价值极高的非洲钻石，由于它们常常被偷，所以又把它们叫作'飞星'。几乎所有的江洋大盗都在打它们的主意。就连街头与酒店的粗鄙之人看到它们也都舍不得放手。我大概在来的路上就把它们弄丢了，很有可能是这样。"

"如果要我说的话，这肯定是再自然不过的了。"那位脖子上系着红领带的年轻人气愤地说道，"即使被他们偷走了，也不应全赖在他们头上。他们向你乞求一片面包，但你连一粒石子都不肯给予，他们当然就只好自己动手做喽。"

"我不允许你这么说。"女孩激动地反驳道，两片脸颊不禁涨得通红。"只有你真正的是那个人，你才有资格那么说。你知道我指的是什么吗，你又把拥护扫烟囱的人叫作什么？"

"我叫他们，圣人。"布朗神父说。

"我倒觉得，鲁比说的是社会主义者吧。"利奥波德爵士冷冷地笑道。

"我说的激进分子，并不是说他以卖萝卜而生存；我说保守人士也并不是说明他是制作果酱的。社会主义者需要的是所有的烟囱都有人能够打扫得整整洁洁，而所有扫烟囱的人也都可以得到可观的报酬。"

"不过，社会主义者是不允许你拥有自己的烟灰的。"神父低声说。

克鲁克对此很感兴趣，甚至面带敬重之意地望着神父。"会有谁想有属于自己的烟灰呢？"他好奇地问道。

"有一种人就会很想要啊，"布朗仿佛在思考些什么，回答道，"我听闻，园丁曾经要用它。噢，对，还有一次，那次圣诞节的时候魔术师没有来，我就只好逗那 6 个小孩子玩儿，那时候把他们脸上涂满烟灰，结果他们特别开心。"

"噢，那真是太奇妙了。"鲁比高呼，"我真希望你也往这些家伙脸上抹一层烟灰。"

那个闹腾的加拿大人布朗特，极力地鼓掌欢呼，表达自己的赞同之意，一脸吃惊的金融家则厉声表示反对，就在这时，突然有人敲了下门，神父于是起身，开门。房门打开之后，屋前的那座花园又一次展现在人们的面前，常青树、猢狲树等等花木，层林尽染，还有那绚丽的淡紫色夕阳点点洒下。那幅画面瞬间展现在人们眼前，变得绚丽而离奇，就像剧中的舞台背景一般。有那么一瞬间，人们都陶醉在其中，忘却了门边其实还站着一位，看起来并不起眼的人。他风餐露宿，衣衫破烂，打眼一看就晓得，一定是个极为普通的信差。"请问，哪位是布朗特先生？"他问，略带迟疑地把一封信举在面前。布朗特先生此时停下他大声的欢呼，走到那里。他吃惊地撕开信封，仔细地开始念信。面色忽而阴沉，忽而明朗。他只好转向主人，他的内兄。

"上校，实在是很不好意思，我总是让大家很不开心。不过，我有一个以前的朋友今天晚上有点生意上的事儿需要来找我。我不晓得这些事会麻烦到您吗？其实，那个以前的朋友就是弗洛里安，那个在法国很有名的杂技演员与喜剧演员。好几年之前，我在西部就已经认识他了（他是法加混血），他好像有点事要跟我商量，但我并不清楚那到底是什么。"

"噢，不，当然不会了。我的兄弟，无论你想带哪个朋友来都行。我自然愿意让他来。"上校丝毫不在意地回答道。

"您要是真的让所有朋友来的话，他肯定会在脸上抹上黑乎乎的油彩。别再怀疑啦，我觉得他有能力瞒过所有人的眼睛的。不过我并不在乎，我不是什么举止非常优雅的人，我倒是更喜欢那令人开心的，过时的老式哑剧，在剧里面，有一个人会骑到自己的帽子顶上来。"布朗特愉悦地笑道。

"那么先生，拜托可千万别骑到我的帽子上来。"利奥波德爵士一脸肃穆地说。

"好了，好了。你们不要再吵了。后面还有比坐在帽子上更低等的笑话呢。"克鲁克笑着说。

利奥波德爵士很讨厌这个脖子上系着红领带的年轻人，他总觉得，他太傲气了，与他那俏丽的教女过于亲密，于是他便用非常讽刺，独断专行的语气说："怪不得你知道有比骑在帽子上还要更低等的事儿。那些事是什么啊？难道是在做神圣的祷告吗？"

"譬如，让帽子坐在你的头上。"社会主义者说道。

"好了，好了，你们真是够了。"那位来自加拿大的乡绅带着一种粗暴的和善语气喊道，"不要荒废一个让人愉悦的晚上。让我来说的话，今晚我们不如一起来做点什么。您要是不喜欢的话，就别涂脸啦，也不用坐帽子，不过总得做点儿什么有意思的吧。放一段合适而古老的英格兰哑剧不是更好吗，那里面有一些小丑，楼斗菜③之类的东西。我在 12 岁离开英国以前，就看过一部哑剧，打那次以后英格兰哑剧就如同烈焰篝火一般在我脑海里永生不灭了。直到去年，我才重新回到英国，但很遗憾地发现，这种戏早就已经失传了。剩下的都只是一些悲伤的童话剧。我很想要一把烧得热热的铁钳，再要一个被做成香肠的警察，但他们却只给我看披着朦胧月光，正在进行道德说教的公主，还有青鸟④亦或是其他的什么东西。其实说实话，蓝胡子⑤更符合我的口味，特别是当他变成老丑角的时候，我最喜欢那个样子了。"

"我太赞同了，我们不如把警察变成一根烤肠。这比对社会主义最新的说法更合适。不过，毫无质疑的是，这哑剧要是筹划起来更加耗费时间与精力啊。"克鲁克说。

"我并不觉得这很难啊，"布朗特此时兴奋得似乎有点儿忘却自己了，"我们可以立刻来个搞笑的表演。有两个原因，一是你可以现场发挥，想到什么就说什么；二是要用的物品屋子里一应俱全——有桌子啊，毛巾架啊，洗涤盆等的东西。"

"确实是这样的，"克鲁克热情地点点头，表示赞同，他不停地走来走去说道，"但是，真是觉得很可惜，由于最近没能干掉警察，所以大概我是弄不到警察的制服了。"

布朗特蹙眉想了一会儿，立刻用手拍了一下大腿。"不，我们能弄到的！"他大喊道，"我这儿刚好有弗洛里安的地址，伦敦的每一个服饰供应商他都认识。我立刻给他打电话，让他带一套警察的制服过来。"他一边说一边奔往电话机的地方。

"噢，这真是太好了，教父。"鲁比高兴地叫道，几乎要兴奋地手舞足蹈了，

"我能扮演楼斗菜，那你就是老丑角。"

此时，这位百万财主把身体挺直，变得肃穆起来，僵硬地说道："亲爱的，我觉得你可能需要再找人来扮演老丑角了。"

"你要是喜欢的话，我可以扮成老丑角。"亚当斯上校一边说一边拿掉嘴中的雪茄，这是他第一次，当然，也是最后一次说话。

"你还不如在这儿立一座雕像。"那个加拿大人说，他刚打完电话回来，整个人看起来神采奕奕。"这样一来，我们的配备就非常完备了。克鲁克先生能够扮演小丑，他身为记者，懂得各种从前的笑话。我扮演丑角，这个角色只要一双长腿在那儿不停地跳就行了。我朋友弗洛里安打过电话了，他说会给我们带一套警察制服，而且他说了，会在路上换好的。我们觉得，可以把这个大厅当作舞台，观众们就坐在那边位置足够宽广的木板楼梯上，然后一排比一排高。这两扇前面的门可以把它们当成是舞台的背景，可以开着也可以关着。关着的时候，舞台的背景是英国室内场景的式样。开着的时候，就像月下花园一般，所有的所有都像变魔术一样运行着。"他一边说一边从口袋中掏出一节粉笔，在前门与楼梯之间的地板上画上一条线，用作分割舞台的标记。

人们到现在都还搞不清楚这个突如其来的宴会，到底是怎么这么快筹备好的。但是如果一个屋子内有年轻的活力，就自然会有年少轻狂与辛勤劳动，他们就是凭着这股年轻人的活力劲头，不撞南墙不回头地完成了所有的准备工作。即使并不是所有的人都能够从那活力四射的角色中分别出真实的自我，不过，那天晚上的房间内仍然是满满的青春与活力。就像平常一样，已经习惯安逸享乐的一堆人深受熏陶，创意也越来越大胆了。楼斗菜穿着一件靓丽的小短裙，很是呆萌可爱，那小短裙的外形就如同客厅里的灯罩一般，难以言说的奇妙。小丑和老丑角们就从厨房里拿来面粉把自己抹白，再从别的佣人那儿要来胭脂，给自己上点儿红彩。给他们胭脂的人却并不想说出自己的姓名（如同真正的基督教施主一样）。丑角一身都被雪茄烟盒的锡箔纸所包裹，他费了不少力气才避免撞碎那古老陈旧的维多利亚枝形吊灯，要不，他身上就要全都是闪闪发光的水晶了。不过说实话，他最后很有可能会这样。后来幸亏鲁比找到了一些旧式的哑剧所用的珠宝，她以前戴过这些，在化妆舞会上扮演宝石女王。其实，她的舅舅詹姆斯布朗特就像孩子一样，早就高兴得极尽疯癫了。他随意地把一片纸做的驴头扣到布朗神父的头上，布朗神父则很有耐心地任他摆弄，还悄悄地动了动他的耳朵。他还想要在利奥波德爵士的燕尾上贴上驴子的尾巴。不过到了最后，被爵士极力制止了。"舅舅真是太可笑了。为什么他这么疯癫？"鲁比对克鲁克说，然后一脸郑重地在他的肩上放了一串香肠。

"他是你耧斗菜的配角。我不过一个讲着一些陈旧笑话的小丑而已。"克鲁克说。

"要是你是丑角该多好。"鲁比说完便走开了，那串烤得红红的香肠仍被挂在克鲁克肩上，一点一点地晃动。

布朗神父对这些幕后的前期准备很清楚，他还帮忙把一个小小的枕头变成了剧中的婴儿，大家都纷纷喝彩。他轻轻绕到前边，坐在观众席之间，他虽然期待但脸上却仍有一丝严肃，那股神色就像一个小孩儿第一次到剧院观看下午场似的。观众并不是不多，大多是一些亲戚，一两个当地的友人，再加上两三个仆人。利奥波德爵士就坐在前面，他那抖擞的毛领挡住了坐在一旁的神父缜密的视线，不过，要说神父到底错失了多少精彩地方的话，谁都不清楚。这部哑剧即使说不上是低微卑鄙，但是现实却根本就是一团糟。大家完全是现场发挥的，最明显的就是克鲁克先生扮演的小丑了。他本就是个很聪明的小伙子，今天他更是被一种神奇的力量所鼓舞着，那股力量可以让他知晓一切，瞬间变成世上最明智的人。他一看到那张脸，就会立刻联想到另一种神色。他本来应该去扮演小丑的，然而，似乎所有的角色他都有份儿，作者（如果是全部的话），提示台词的人，布景的画师，换景师，当然，还有一个最重要的，管弦乐队。在这场荒唐可笑的表演突如其来的一个停歇间断中，他就会穿着戏服飞奔到钢琴边，慌忙弹出几首比较流行的乐曲，曲调虽然很奇怪，不过要是作为这荒唐可笑的哑剧背景音乐的话，实在是太适合了。

被作为舞台背景的两扇前门一瞬间，突然被打开，哑剧就在这片刻间达到了高潮，此刻显现在人们眼前的，是一个月下朦胧而美丽的花园，而更让全场轰动起来的，是有名的喜剧演员弗洛里安的到来，他打扮成警察煞有其事地站立在门口。站在钢琴一边的小丑，则趁机弹起了《彭赞斯海盗》中的警察之歌，不过，琴声被全场震耳欲聋的掌声与欢呼声给全然掩盖住了，这个伟大的喜剧演员模仿得太逼真了，他的一举一动都像极了真正的警察，模仿得真的是恰到好处。此时，那位扮演丑角的加拿大乡绅猛扑过去，用力地敲打着他的头盔，而小丑克鲁克先生当唱到《你在哪儿弄到了那顶帽子？》时，他的眼睛深深地望着弗洛里安，脸上装出一副惊奇而羡慕的神情，后来，那个不停在跳的丑角，又使劲儿敲了一下弗洛里安头上的帽子（克鲁克接着弹了几段《这样我们又有了一顶帽子》）。然后，丑角突然奔向警察并把他重重地压倒在地上，瞬时，观众席响起了热烈的掌声，如同雷声一般。警察此时倒在地上，再也不想起来，这就开始上演了声名远扬的死人模仿秀，人们对这死人逼真的模仿让帕特尼这座城市到现在都还闻名四方。大家都很难以置信，一个活人竟然可以模仿得如此惟妙惟肖。

那个身体强壮而步伐迅速的丑角和着荒唐可笑的钢琴曲，把那个警察弄得就像一个麻袋一样不停地扔来扔去，左转右转亦或是把他像做体操时所用的瓶状棒一样，猛然抛向空中，他们全部的动作都与疯狂的钢琴曲相合。等丑角把那个扮演警察的喜剧家高高地举到空中的时候，站在一旁的小丑正弹着《我从你的梦中来》。当他把警察斜垮到背上的时候，小丑又弹到《肩上扛着背包》。最终，当警察被狠狠地摔在地上时，那让人狂乱的曲子又倏忽间变成了清脆的叮当响声，跟着歌词，大概意思是"我曾给爱人寄了一封信，但我却把它在路上弄丢"。

此时的场面，慌乱而堂皇，布朗神父的视线已经被全然挡住了，原因是，坐在他前面的利奥波德爵士突然站了起来，急促地把手伸进口袋左摸右摸，几乎翻遍了所有衣服上的口袋。不一会儿他又神色紧张地坐下，但手还在口袋中不停摸索着，然后又站了起来。有那么一瞬间，他急得仿佛就要大步地登上舞台，不过，他只是朝着正在弹钢琴的小丑怒视了一眼，就闷声地冲出了房间。

这个业余表演的舞蹈虽然堂皇急促却也不失优雅，不过，坐在利奥波德爵士身后的神父也只看了几分钟。丑角所跳的舞蹈虽然真实但本质上是很粗劣的，他越跳身体越往后倾，最后终于跳出了大门，身体飘飞着，舞进了那月色满地、悄然无声的花园中。那被锡箔纸所贴满的身体，在舞台灯光的照射下本就已经足够闪烁耀眼，但当他在这皎洁的月下舞动时，越发更加银光闪烁，虚无缥缈了。观众们一齐聚拢而来，掌声啪啪地响起，此时布朗神父的手臂突然被人用力碰了一下，那人用极低的声音在他耳畔说了句话，请他到上校的书房里去一趟。

当他跟着这位传话人向书房走去时，心中种种疑问开始滋生起来，此刻书房里那肃穆而又荒唐的场面更是加重了他心中的疑虑。书房内坐着亚当斯上校，他还是那副老丑角的打扮，弯弯的眉毛上方的鲸鱼骨不停地上下点动，不过，他那悲伤似水的眼神，已经足以让农神节上那些放肆狂欢的人立刻冷静下来了。利奥波德爵士沉沉地靠在壁炉墙上，脸上写满了惊慌，与措手不及。

"这真的是一件让人很遗憾的事情，布朗神父，"亚当斯说，"真相是，下午的时候，我们看到的那些钻石似乎从我朋友燕尾服的口袋中消失不见了。那么你——"

"那么我——"布朗神父咧嘴笑道，"不错，我就坐在他后面——"

"我们不是这个意思。"亚当斯上校一边说，一边目光坚定地看着费希尔，不过，这恰恰证明了他们有同样的想法。"我们只是想让您帮个小忙，如果是绅士的话都会同意的。"

"翻开他的口袋，就可以了吧。"布朗神父说着，便索性把口袋里的东西倾然全都倒了出来：有六七枚便士，还有一张回程票，一把银制的十字架，一本每日祈祷所用的书与一板巧克力。

上校盯着神父看了不久后，接着说道："你要知道，相比看一看您的口袋里都有些什么，我更想知道的是您的脑袋里都装了些什么。我记得，我女儿是与你们一起的，并且，她最近——"他说到这儿便停了下来。

布朗神父紧跟着说道：

"其实，我们此刻不如把注意力转向那些我们并不太熟知的人。譬如，那个假扮警察的人——弗洛里安。我倒是挺想知道，他现在到底在哪儿呢。"

老丑角忽然跳了起来，大步流星地跨出房门。自此之后，书房便陷入一片沉沉的寂静。百万富翁双眼的目光紧紧盯着神父，而神父却正在专心致志地看着他那每日要用的祷告书。不久以后，老丑角带着沉重的脸色重回房间，他口中断断续续地冒出了几句话："那个警察……他……依旧躺在舞台上。幕布已经来来回回拉了6次了，他却还纹丝不动地躺在那里。"

布朗神父立刻放下手中的书，起身站了起来，面不改色地默默盯着他，陷入沉沉的思考中。慢慢地，他灰色的双眸微微透出一丝闪亮，只听到他含含糊糊地回道。

"实在不好意思，请原谅我，上校。请问，您妻子是何时去世的？"

"我妻子吗？"这名军人有点措不及防地瞪着眼答道，"是今年离世的，就在两个月之前。不过，他的弟弟詹姆斯直到一个星期之前才赶了过来，那时候已经晚了许久了。"

突然，身形矮小的布朗神父像兔子一般嗖地从地上跳了起来。"我们快走！"

他冲大家大喊道，表情显得很是兴奋，"我们快走！去看看那个警察！"

他们一伙人冲向早就已经闭幕的舞台，他急忙冲开楼斗菜和小丑（他们好像正在心满意足地小声交谈着），布朗神父蹲在躺在地上的喜剧警察身边。

"这是氯仿麻醉剂，"他一边说一边从地上站起，"我才想到这些。"

人们一时间都惊讶得说不出话，过了不久后，上校才缓慢地说道："您可以仔细地跟我解释一下，这到底是什么意思吗？"

布朗神父突然放声大笑起来，不过很快就又停了下来，不过，在他接下来说的话里，还是强忍着尽量不笑出声来。"先生们，"他喘着粗气说道，"我现在没空跟你们说了。我要赶快去追那个罪犯了。不过，这个扮演警察的伟大的法国演员——这位与一个丑角跳华尔兹的，刚才被不停地丢来丢去的明智的警察——他就是——"布朗神父的声音再一次停住，不过他立刻转身跑开了。

"他是谁？"费希尔一脸好奇地大声问道。

"他是真的警察。"布朗神父一边说一边跑进无边的黑暗之中。

绿野茂盛的花园内几乎全是些凹凸不平的阴湿地，月桂与长青灌木覆盖住了整座花园，皎皎的月光与蔚蓝的天空被花园映衬得更加明显。虽然是在冬至，这些灌木也依旧会像南方的树木一样葱绿。碧色的月桂不停地在风中摇摆着，沉沉的夜下，馥郁的紫蓝，还有那如同水晶般的一轮明月，都宛然构成了一幅令人难以抵挡的浪漫的图景。然而此刻，就在那园中树木顶部的枝枝杈杈中，隐隐中一个奇怪的身影在不停爬动着，瞬间，感觉再没有什么浪漫了。他全身上下都闪闪地发着亮光，好像身披月光一般。皎洁的月光跟随着他的每个动作，他每一动，身体的其他部位就像被点亮了一般闪着银光。他的身体微微一跳，便轻松地从这个园中的这棵矮树，跳到了另一座花园里茂盛高大的树上。他突然停住，身体不再动弹。因为在那一刻，一个模糊的人影正在那棵矮树下缓缓地滑动着，还准确无误地叫出了他的名字。

"嘿，弗朗博，"那个声音在黑暗中说道，"你真像那颗飞星，可惜，飞星也就意味着，只是颗流星罢了。"

那个挂在月桂树上，闪着银光的人影好像又向前倾了倾，当他确认了自己能够逃跑后，便开始竖起耳朵仔细地听下面那个矮小身影在说些什么。

"弗朗博，你从来都没有这么厉害过。你赶在亚当斯夫人逝去后的一星期来到加拿大，不错，这的确很聪明，因为在这种情况下，根本就没有人有心思问你到底是什么情况。你也很聪明，还知道记下来飞星与费希尔准确到来的时间。不过，在那之后的事，可就说不上是真的聪明了，那只能说，是你的天赋所在。偷走飞星，我觉得这种事对你来说实在太简单不过。除了把那用纸糊的驴尾巴贴到费希尔的燕尾上，单凭你那熟练的手法，你能有成百上千种伎俩把飞星搞到手。不过，要是用到其他方式的话，你能有多大的本事？"

绿叶中那闪闪的银光身影仿佛被催眠了一样，就那样静静地待在原地一动不动，他完全可以轻松地从他身后逃跑，可是现在，他却依旧直勾勾地盯着树下的人。

"嗯，不错。"树下的人说，"事情的前后我都已经很清楚。我不仅知道你极力推崇演哑剧，还知道，你对此事弄了个一石二鸟的把戏。你想要不动声色地偷走钻石。可你的同伙此时却传来消息说，你已经被人起了疑心，一位出色的警员那天晚上正急忙赶来逮捕你。如果你是一个普通的贼的话，一定会对此感激不尽，然后立刻逃走，然而，你是一个诗人。你的头脑里早就有了自己的想法，把珠宝悄悄藏在你那一身耀眼无限，夺人眼球的假珠宝中。你肯定知道，自己如果穿上了丑角的戏服，是最适合扮演警察出场的。那位令人深感敬意的警官一心从帕特尼警察局跑来追捕你，而你却让他落入了这世上奇特古怪的圈套。此时，两扇前门缓缓打开，他直接去往圣诞哑剧的舞台，就在这个舞台上，他将会被舞蹈的丑角狠狠地踢打，慌乱惊奇中被下了药，而面前那些来自帕特尼的名流们，则发出振聋发聩的欢笑声。嗯，这大概是你最后的杰作了吧。现在，顺带跟你说声，请您归还那些钻石。"

那个闪闪发光的身影轻快地跳到了另一条树杈上，绿枝随即窸窣作响，但那个绵长的声音却继续说道：

"弗朗博，我希望你能够把它归回原位，舍弃这种生活吧。你还依旧年轻，你有年轻人应有的自尊心，又非常幽默，不要再奢望这些能在那条长长的路上走得太远。人大抵都能保持住一定程度上的善良，但是没有人能确保自己不继续向罪恶的深渊走下去。那条路是一个没有尽头的无底洞，你继续沉迷，只会越陷越深。就像善良的人喝了许多酒后会变得疯狂，本来诚实的人在杀人后学会撒谎。我曾经认识的许多人，他们在一开始时也和你一样，也是一个坦诚无华的歹徒，劫富济贫的快活神仙似的强盗，但最终却还是不免陷入沉重的泥潭，再也无法自拔。莫里斯·布鲁姆起初，是一个身怀原则的无政府主义者，同样，也算是一个来自贫苦家庭的爸爸，可最后，还是变成了油滑狡诈的间谍，变成了一个是非不分颠倒黑白的人，事情的双方都榨干似的利用他，同时，也鄙视着他。哈里·伯克一开始的时候，还很淳朴认真地发起过免费资金的运动，而如今，他还是靠着他姐姐为他永不停息地提供着白兰地与苏打水，可是其实，他姐姐连自己都还吃不饱。安布勋爵当初像潇洒的骑士一样踏入这个野蛮社会，而现在，他却被迫接受着整座伦敦最低劣卑鄙的盘剥人的敲诈。巴里隆上尉在你之前曾经是一位很好的绅士，可他，却死在了疯人院，临近死亡之前还惊恐地大叫着'内奸！内奸！'内奸和破产受益人，就是这两种卑鄙的人，把他出卖，让他受到难言的迫害。弗朗博，我觉得，你身后那片广袤的树林对你来说可能是一片无限自由的天地，也晓得你能够像无拘无束的猴子一样闪没其中。可是，总会有那么一天，你会变成一个了无生气的老猴子。坐在这片你所谓自由的森林中，万籁俱寂，心灰意冷，等待死亡，到了那个时候，这处树梢也会变成光秃秃的吧。"

一切都在有序进行着，就好像树下的人用一根隐隐无形的绳索，把另外一人牢牢地拴在了树上。树下的人则继续说道：

"你已经迈出了走向堕落之渊的一步步。你曾经夸下海口说从来都没有做过什么卑鄙的事，然而今晚，你却正做着一件极为卑鄙的事。你的举动让一位诚实善良的男孩背负嫌疑，而他本就备受指责。你现在，是在拆散他和那个善良的女孩，他们两个都深深地爱着对方。如果你继续就这么走下去，你将会在死之前，做出比这更卑鄙无情的事。"

倏忽间，三颗闪闪发亮的钻石突然从树上掉落在了绒绒的草地上。那个矮小的神父缓缓弯腰，把它们一颗颗地捡起，但当他再次抬头向上看时，那个用树枝圈起来的葱绿色鸟笼已然什么都不再有，银鸟早已飞离。

宝石终于归回原位（在这所有人中，布朗神父有幸出乎意料地捡到），这个闹意沸腾的夜晚也终于在人们的开怀大笑中落下帷幕。利奥波德爵士竟然还小秀了一把自己的幽默，他告诉布朗神父，即使他本人对此有不同看法，不过，他从内心里敬重那些因为自己的信仰而坚守着无争于世，骇然脱俗的人。

【注释】

① 圣诞节后的第一个要开始工作的日子。

② 从前奥斯曼帝国与北非的高级文武官的称号。

③ 意大利、英国等喜剧亦或是哑剧中扮演男丑角色的女配角。

④ 青鸟象征着幸福与追求，是梅特林克闻名世界的作品。这部剧第一次被K.C.斯坦尼斯拉夫斯基搬上荧幕，后来相继在德、英、法、美等各国上映。

⑤ 蓝胡子是由法国诗人夏尔·佩罗所创作的童话，当然，也是故事中主角的名字。它曾经被收录在《格林童话》的初版里，但是从第二版之后便被删掉。

◇ 隐身人 ◇

夜色渐渐笼罩了整个卡姆登小镇。在一片清凉、呈现着暗暗的蓝色的夜幕中，有座糖果店位于两条陡斜街道交汇处，现在，就像烟蒂一样闪着微微的红光。大概把它比成正在燃烧的烟花头更合适吧，那团光很是缤纷绚丽、五光十色，又受到周围的许多镜面折射着，悄然舞动在明丽的蛋糕与甜甜的糖果上。只看那一群在街边流浪的孩子，脏脏的小脸正紧贴在这干净透彻的玻璃上，他们纷纷压扁了自己的鼻子争着往里瞧。橱窗内的巧克力都被泛着金属色泽的彩纸所包裹着，红的、绿的，还有金灿灿的，那些绚丽的彩色似乎看着比巧克力更具诱惑力。橱窗里摆着一个巨大的婚礼蛋糕，纯白一片，即使看着很遥远，却也让人心里不再空落落的，好像那广阔而寒冷的北极冰原，也都纷纷变作了可以填饱肚子的美食。这华丽炫彩的场景肯定会招来许多在街区里的孩子们，他们大多为 10 岁至 12 岁。不过，这绚丽的街角也同样吸引着年纪更长一些的年轻人。此时，有个大概不到 24 岁的青年的目光就正直视着那扇橱窗。这对于他来说，小店有说不完的吸引他的地方，他虽然并不厌恶巧克力，不过，这吸引他目光直视的缘由却并不完全是因为巧克力。

眼前的这个青年，看起来高高的，很是健壮，他长着一头红发，面容看起来很是冷峻，但他的行动却显得颇为无力。他的腋下紧紧地夹着一个扁平的暗灰色公文包，黑白素描赫然装在其内。过去，他那信奉社会主义的伯父（一个海军上将）把他的继承权给夺走了，只是因为，他在一次演讲中，提到反对社会主义的经济理论，继承权被夺走以后，他就只好四处推销这些黑白素描，不过还好，已经大多都成功地卖给了出版社。他叫约翰·特恩布尔·安格斯。

他盯着橱窗看了许久后，终于走进糖果店，一步步穿过店堂，直接走向了点心店餐厅的内屋，中途只停了一下，对在这里工作的年轻女士脱帽，相互致意了一下。她是一个皮肤微微有些黑的姑娘，身着一席黑衣，举止优雅而灵动，面色泛红，长着一双黑而发亮、闪闪发光的眼睛。她微微停了一下后，便紧跟了过来，等待着他开始点餐。

很显然，对他来说点餐已是驾轻就熟，跟往常没什么两样。"请给我，"他精准地说出，"请给我来一个半便士的面包，再要一小杯黑咖啡。"就在姑娘听完，即将要转身离开的那一刻，他又说了一句："嗯，还有，我要你嫁给我。"

年轻女士顿时呆住，回敬道："请您不要开这种玩笑。"

红发青年睁大暗灰色的双眼，目光流露出难以猜测的严肃。

"我是真心地向您请求的。"他说，"就像那半个便士的面包一样真实、认真。它和小面包一样珍贵，人们会为它付出；同样，它又和小面包一样让人难以消受，让人心痛。"

黑黑的年轻女子则一直注视着他，以几乎含带悲情的认真再仔细地审视着他。观察完毕后，她的脸上隐隐浮现出一丝淡淡的微笑，然后倾然坐在一把椅子上。

"难道你没有想过吗？"安格斯心不在焉、自顾自地不停说道，"吃半便士的小面包难道是一件很残酷的事吗？大概让半便士的小面包长大，然后两个人一同吃一便士的面包会更合适吧。不过，等我们结婚了，我就立刻放弃这种残忍的夺食运动。"

黑黑的年轻女子猛然站起身，渐渐走到窗边，显然，她已经陷入到了深深的沉思之中。思绪起伏了许久之后，当她终于下定决心，猛地转过身来后，却又不禁对眼前的景象困惑不已：那个年轻人取来在橱窗内的展品，把它们精心地摆在桌上。里面有彩色的被堆成金字塔形状的糖果，还有几盘美味的三明治，两个圆酒瓶则各自装着用来制作油炸酥脆糕点的、让人心感奇妙的波特酒与雪莉酒。他谨慎地搬来那个用作打扮橱窗的大型白糖蛋糕，把它们轻轻地放在屋内整齐布局的正中央。

"你到底是在做什么？"她问道。

"我正在办正事呢，亲爱的劳拉。"他开口回复道。

"天啊，看在上帝的份儿上，你快先停下吧，"她大喊着，"还有，请不要用那种方式和我讲话。我是说，这到底是怎么一回事？"

"这是一种仪式正餐，霍普小姐。"

"那这个又是什么？"她指着那个用白糖包裹的蛋糕，略带不耐烦地问道。

"是婚礼所用的蛋糕，安格斯太太。"他回道。

姑娘直接向那里走过去，然后一阵噼里啪啦之后把它请出桌面，再将它放回橱窗；而后，她返身走回，优雅而纤细的胳膊肘懒懒地支在桌上，并不是不欣赏，只是眼含愠怒地注视着他。

"你都不给我时间让我想想。"她说。

"我可不会那么傻，"他答道，"这便是基督的谦卑①在我身上体现的所在吧。"

她仍然目不转睛地面带微笑，注视着他，不过那微笑之下的表情却变得越来越严肃。

"安格斯先生，"她语气平缓地说道，"在您继续说您的废话之前，我将会尽量简洁地跟你说说我本人的状况。"

"那将是我的荣幸，"安格斯正式地回答道，"不过，在你介绍自己时，不妨也顺带说说关于我的事情吧。"

"行啦，快闭上你的嘴吧，给我好好听着。"她说，"首先，我并不觉得这件事有伤风化，更没有什么对不起别人的地方。不过，要是这事与我无关，可它又总像噩梦一样缠绕着我，那你说，我该如何做才能摆脱呢？"

"如果是那样的话，"男子一脸庄重地说，"我还是建议你快把蛋糕带回家。"

"行啦，你先听我讲完这个故事吧。"劳拉·霍普固执地继续说道，"事情是这样的，我得先告诉你的是，我父亲正经营一家名为'红鱼'的客栈，就在拉德博里，规模不大。我经常在酒吧里招待客人。"

"怪不得我总觉着这家糖果店里有种基督的氛围②呢。"他回道。

"拉德伯里位于东部郡里，是一个很小的地方，那里虽然郁郁葱葱，但也寂静得死气沉沉。来我们'红鱼'客栈的大多是一些过路的商人，至于其他的来客，我觉得都是些很吓人的人，因为是你大概根本就没见过的那种人。我指的是一群身形矮小、行为懒散、勉强能填饱肚子的人，他们每天除了泡在灯红酒绿的酒吧里、赌马，不干一点儿正经的事。他们穿得也很破，衣衫褴褛的，不过，刚好和他们那副臭皮囊很配，都是酒囊饭袋。就算是这些腌臜的小混混也不经常来我们客栈。但是，有那么两个人很与众不同，他们是这里的常客，并且，都是很普通的人，或者说他们哪里都很普通。他们两个都用着自己赚的钱过活，衣衫打扮上，非常讲究，每天都闲得无聊。可是，我心里还是有点同情他们的，毕竟他们俩都有点儿畸形，经常会受到那些乡巴佬的冷嘲热讽，我觉得大概正因为如此，他们才一没事儿就偷偷躲进我们这个无客访问的小酒吧。不过，实际上，他们也不能说是真的畸形，只是身形显得比较怪异罢了。他们俩的其中一个，身形矮小，看起来像侏儒一般，亦或是说有点像赛马的骑手，虽说，他并没有一点骑手的样子。他的脑袋圆而发黑，黑色的胡须修剪得也很整齐，眼睛中透着一丝灵动，眼球滴溜溜地在眼眶中乱转；袋里的钱币也叮叮当当地发出响声；手腕上那个粗大的金表链时不时地发出哗啦的声响。他每次来客栈的时候，衣着都比绅士还要像绅士，看起来反而觉得更假。即使他看起来游手好闲，整天无所事事，不过，他却一点儿都不笨。让人更加惊讶的是，他还精通许多在现实中并没有什么用的小技巧，有那种能够现场发挥，立刻变戏法的本事。譬如说，让15根火柴自己挨个儿点燃，看起来就像放烟花一样；亦或是把香蕉之类的东西，用刀一点点削成正在跳舞的洋娃娃。他名为伊西多尔·斯迈思。我到现在脑海里还能想象出他的样子来，一张黑黑的小脸，正朝柜台走来，他还会用5支雪茄做成一只蹦蹦跳跳的袋鼠。"

"另一个家伙话就更加少了，看起来很平淡无奇。不过，不知道怎么回事，我总觉着与那个小矮个儿斯迈思相比，他反而更让我心里有一点点的发毛。他个子高高的，身形很瘦，头发颜色很浅，鼻梁也高耸着，看上去简直就是全身都散发着如同鬼魅一般的帅气。他眼睛会斜视，不过说实话，我之前从未见过也未听过，这个世上会有这么令人心里发毛的斜视。当他的眼睛直视你的时候，你竟然已经忘了自己到底在哪里，至于想要搞清楚他看的到底是什么就更别提了。我觉得，那种畸形一定让这个可怜的人非常痛苦，因为当斯迈思四处炫耀自己会变戏法时，斜眼者詹姆斯·韦尔金就会独自一人，落寞地躲在我们的酒吧间里宿醉，亦或是在周边一片灰蒙的田野中肆意乱走。当然，我觉得，斯迈思不一定真的不在意自己如此矮小畸形的身形，不过，不管如何，他的脑袋更能想得开，可以对外界的嘲讽应付自如。正因为如此，让我又起疑又惊异，并且心有不安的是，他们俩居然在同一个星期内向我求婚。"

"哎，我做了一件到现在回想起来，都还觉着非常愚蠢可笑的事。可是，不管如何，这两个畸形人也都是我的好朋友，不过，我很害怕，他们会不会想到，我打心眼儿里拒绝他们的真实原因是他们长得实在太丑，或者说是没有比这更丑的人了。于是我只好胡乱编了个很正当的理由哄骗他们，说我只会嫁给在这个社会上能够凭借自己的力量闯出一片天地的人，还跟他们说，我做人的首要原则就是，绝对不会像他们一样靠着家里的遗产而生活。我这么说也是出于好心，并不想真的伤害到他们。可我说的那些话还是触动到了他们。两日之后，我听说他们俩都离开家乡去外边闯世界去了，这听起来就像童话故事一样，愚不可奈。"

"于是，从那天开始直到现在，我都没有再见过他们一面。不过，我收到过小矮个儿斯迈思写的两封信，写得很是激动人心呢。"

"那么，另外的那个人有消息吗？"安格斯问道。

"没有，他从来都没有给我写过信，"女孩的神情略微迟疑了一下，继续说道，"斯迈思的第一封信里，只是告诉我说，他和韦尔金一同出发去了伦敦，不过，韦尔金跑得很快，是个飞毛腿，小矮个儿总是被落得很远，只好在路边歇脚。刚好一个巡回表演的玩杂耍的班子相中了他，一是由于他近乎侏儒般矮小的身形，二是他这个人脑袋瓜的确很机灵。因为在表演界里混得风生水起，很快就被送到了水族馆游乐场，去表演戏法去了，具体叫什么我给忘了。那是他的第一封信。第二封信就更加让人惊讶了。我直到上周才收到那封信。"

那位名叫安格斯的男子手中端起咖啡杯，优雅地把它一饮而尽，然后深情地望着这位姑娘，眼神中流露出不尽的温柔与耐心。她嘴角微微一动，浅笑了一声，继续说道："我猜，你一定看到过关于'斯迈思无声服务'的广告牌吧？否则，你大概就是这个世界上唯一不知道这事儿的人了。不过，其实我知晓的也不多，它是一种带有发条装置的发明，能让机器干掉所有的家务活。你大概也听说过：'按下按钮——就会有一个从不酗酒的男管家；转动拉杆——就会出现10个从不与男人调情的女佣。'你绝对见过那些广告的。好吧，无论那种机器到底如何，总之它们非常赚钱，那些钱全都哗哗地流入了那个小矮个儿的口袋里，就是我在拉德伯里认识的那个人。这个可怜的小矮个儿终于有了自己的事业，我打心眼儿里为他高兴。不过，我最怕的是，他指不定何时就会现身，来告诉我，他已经成功地闯出了属于自己的那片天地——嗯，他确实做到了。"

"那么，另外的那个人呢？"安格斯继续固执地追问，表面上的脸色显得平静而淡定。

劳拉·霍普突然一站而起，"我亲爱的朋友，"她说，"我现在总觉得，你是一个巫师。没错，没错，这就是我想说的。我从没见过那人写的字。也根本就不知道他到底都在做些什么，他人在哪里。而我，最害怕的就是他。我几乎到哪里都能感应到他的存在。他已经快要把我逼疯了。其实，我觉得他真的要把我逼疯了，因为在那些他压根儿就不可能出现的地方，我却依旧能感觉到他的存在；在他压根儿就不会说话的场合，我却总能听到他的声响。"

"噢，亲爱的，别怕，"年轻人兴奋地说，"即使他是撒旦，他的那些小玩意儿也快玩儿完了，因为现在，你已经把这种感觉告诉别人了。所以姑娘，只有从来都不跟别人交流才会使人发疯。不过，你是从何时开始感觉到我们的那位患了斜视的朋友，出现了幻听的症状？"

"我没有得幻听，詹姆斯·韦尔金的笑声与你现在的说话声一样真实，就像在我跟前一般。"女孩镇定自若地说道，"不过，我的旁边确实什么人也看不到，我当时就站在街角的这家店铺门外面，可以同时看清这条街道的两边。我已经记不大清楚他是怎么笑的了，唯独记得的是他的笑声与他的斜视一样诡异得让人害怕。距离现在已经将近一年了，我都还没有怎么想起过他。可是，就在几秒钟后，我听到了他那骇人的笑声之后，便收到了他那位情敌寄来的第一封信。我说的都是真的啊。"

"莫非是你做了什么事，才会让那个幽灵开始说话，发出诡异的尖叫之类的？"安格斯略带好奇地问。

劳拉不由打了个冷战，之后确切地说："没错，那时候我刚刚读完斯迈思寄来的信，他告诉我他成功了。就在那一刻，我听到韦尔金在说'他还是不能真正地拥有你。'那股声音特别清晰，就好像他本人就站在屋里。这实在是太吓人了，我真的觉得自己已经疯了。"

"你要是真的疯了的话，"年轻人说，"就肯定会觉得自己没疯。不过依我看的话，这个无法让人看到的先生的确有点儿奇怪。不过多一个人就能多一份智慧——无论是什么东西发出的声音，我都可以帮你脱身，说实话，我是一个身心健康、会干实事的人，所以，请你先让我去橱窗那里把婚礼蛋糕拿过来吧。"

话还没说完，街道外面便传来了一阵急速震耳的尖啸声，一辆追风逐电般的小汽车，猛地冲至店门口，然后嘎的一声停住。片刻之间，那位头上戴着闪闪发亮的高顶丝质礼帽的小矮个儿掷地有声地进了外面的屋子。

直到现在，安格斯的外表都一直表现得嘻嘻哈哈，看起来很兴奋，并没有把她六神无主的说法放在心上，不过这时，他的心头却突然紧张起来，猛地一步跨出内屋，向这位新来的人热烈地迎了上去。单单只看了一眼，就足够证实这个正处于甜蜜热恋中的人，是由于吃醋才产生的猜想。现在站在他面前的是一位仪表堂堂，却又矮得近乎侏儒的形象：他尖尖的黑胡须孤傲地向前挺拔着翘起，一双狡猾的眼睛也在眼眶中滴溜溜地打着转，手指虽然很干净但是很明显，他很紧张。很明显，他不是什么别人，就是劳拉口中描述的那个可以用香蕉皮、火柴盒制作出精美的洋娃娃；依靠金属质地不酗酒的男管家和不与男人调情的女佣，赚了大钱的小矮个儿伊西多尔·斯迈思。这两个人都很自然地领悟了对方所表现的痴情所向，相互心领神会，冷眼对视着，表现出情敌之间独特的那种好奇与宽容。

不过，对与他们之间为何慢慢敌意的理由，斯迈思先生并没有给出一点儿暗示，只是用极短而粗暴的语气说："霍普小姐，你看见窗上有什么东西了吗？"

"窗户上？"安格斯圆目睁大，喃喃地不停重复着。

"现在没时间可以解释那么多，"小矮个儿富豪短促有力地说，"这儿发生了一件愚蠢至极的事，必须要尽快调查个水落石出。"

他猛地抬起手中被擦得闪闪发亮的手杖，指着那扇空空的橱窗，因为安格斯要举办婚礼而被搜罗一空。后者突然惊讶地发现这里有一个长条纸被贴在玻璃的外面，他想起自己从前隔着玻璃朝里面奋力张望的时候，是绝对没有这个的。接着，他与精力满满的斯迈思一同来到街上，他发现玻璃上横粘着一条大概有 1 码半（1.31 米）长的邮票纸，纸上的字潦草地写着："如果你嫁给斯迈思，他就会死去。"

"劳拉小姐，"安格斯红红的脑袋急忙探进店里大喊道，"你没有疯！"

"这肯定是韦尔金的笔迹，"斯迈思气鼓鼓地说道，"我已经很久没有见过他了，大概都有好几年了，不过他一直在骚扰我。就在过去的两个星期里，我的公寓里出现了他连着写给我的 5 封恐吓信。我根本就查不出到底是谁把信送过去的，更别说到底是否是韦尔金亲自干的了。可是，公寓的门房向我保证过，他从来都没有见过有什么可疑的人来过，接着，就在这里，他竟然在大庭广众之下为商店的橱窗糊上了一层东西，就像一道墙裙一样，然而，商店里的人——"

"确是如此，"安格斯平静地说道，"店内还有人在喝茶。哦，对了，先生，我想说我很赞同您能直截了当地依照常理对这种事情应付自如。一会儿我们可以谈点儿其他的事情。那个家伙大概还没有走远，我保证，就在十几分钟前，当我最后一次走近橱窗时，上面的确还没有被糊上纸。但是，如果从另外一个角度看的话，他早就已经跑得没影儿了，我们根本就没有办法追，因为我们压根儿就搞不清他到底是往哪边跑了。斯迈思先生，如果情况允许，我想向您提个我个人的建议，不如立刻找个行家来悄悄地调查这件事，但不要大肆宣扬。我知道一个极有智慧的人，他也是最近才开业，可以承接这种案件，他办公地点离这里也并不远，如果开你的车过去，大概只需 5 分钟。他名叫弗朗博，虽然年少，不过目前，可以保证他是个诚实的人。他很聪慧能力也强，不会让你白白浪费钱的。他就住在汉普斯蒂德的勒科瑙公寓大厦那里。"

"真是巧啊，"小矮个儿扬起他的两道黑黑的浓眉说道，"我也住在喜玛拉雅公寓大厦，一拐过街角便是他的居住地了。你可以跟我一块儿走，我需要先回家去收拾一下韦尔金写给我的那些奇特的信件，同时，你也需要去帮我把你那位侦探朋友找来。"

"你安排得挺不错的，"安格斯极有礼貌地说，"嗯，那好，行动越快速越好。"

两个人紧接而来的动作就如同已经商量好的一样，竟然是惊人地同步，他们先是用正式的礼节向姑娘道了别，之后便一同跳进了那辆飞速的小汽车。当斯迈思驾驶着车，费力地转过一个大弯后，终于，安格斯看到了一大幅贴画，是宣传"斯迈思无声服务"的，很是惊喜：上面画着一个看起来像洋娃娃的无头铁皮人，它的手里托着一个平底锅，上面赫然写着"从来都不闹脾气的厨子"。

"我在自己的房子里就用它们，"长着黑胡子的小矮人边笑边说，"有一个因素，是因为需要做广告，另一个因素就是为了方便了。我和你说实话吧，你只要知道按哪个按钮，我的那些上了发条的玩偶就能够帮你搬煤，拿瓶红葡萄酒亦或是取来个时间表什么的，这与我那些人力劳工相比，勤快得多了。不过，我也不否认，我只能私下里对你说，这种玩偶仆人也有些不好之处。"

"真的吗？"安格斯说，"还有什么它们办不到的吗？"

"是的，"斯迈思冷冷地回道，"譬如，它们不能告诉我，到底是谁把恐吓信放到了我的公寓里。"

车子就像它的主人一样灵巧、敏捷。其实，与他那家政服务产品相同，这也同样是他的发明。即使他手艺很平常，或者说几乎全靠广告诈唬，他也的确非常相信自己所做的东西。闪闪的车灯把沉寂的夜色一点点撕破，如同闪耀的白昼。一条长而弯的路就这样被照射在他们面前。他们的车开在泛白的马路上，车速越来越快，希望也越来越小。过了不久，弯弯的道路上，行驶得越来越急速，路面也变得不再清晰。就像现代的宗教里所说，他们现在处于螺旋式地上升之中。确实，他们从伦敦的一角冲向顶峰，即使这里不比爱丁堡的风景漂亮，却也非常陡峭。他们穿过层层的平台，最终，看到了那个与众不同的公寓大厦，仿佛是一座埃及的金字塔一般，高高地屹立在上面，落日金黄的夕阳为它渐渐镀上了一层淡淡的金色。当他们开着车转过街角，进入到那座名叫喜玛拉雅公寓的新月形状般的建筑时，就像突然开启了一扇窗一般，不同的景色猛地一下冲入视野。他们看见，那一层层的公寓楼房仿佛端坐在无数个层叠的绿色石板之上一样，静静地俯视着整座伦敦。在大厦的对面，就是这个由砾石堆砌成的新月形建筑的另一面儿，有一片被圈起的场地，里面有茂密的灌木丛，要是说它是个花园的话，不如说它更像是一道陡峭无比的篱笆亦或是堤岸。再向下看，有一条沟渠，是用人力开凿而成的，就像是被一条深深的壕沟所围绕的要塞一般，掩映在浓浓的绿荫之中。当车子绕过半月形的建筑一角时，他们突然看到流动的摊位，是个卖栗子的，不过，当他们一转过那个弯时，安格斯的眼睛就立即看到，有一位身穿深蓝色警服的警察，正在优哉游哉地行走着。在天高地远、孤寂冷清的都市郊区，他们可以见到的人影本就不多，最多也就这几个了。不过，安格斯的心里有一种很莫名的感觉：这些人此刻吟诵着的伦敦无言的诗篇，恍然间仿佛是一个故事里的人物形象。

小车飞速驶到一栋房前，车刚刚停稳，车主就从车内猛然蹿出，奔向一位身上带着亮闪闪绶带的高个儿门警与只穿了衬衣的勤杂工，他需要确认到底有没有人打探过他的公寓。他们向他保证道，打他上次问过以后，绝对不会有任何人或物能够逃出他们的视线了，他这才放下心里的石头，和迷惑不解的安格斯一同走上电梯，飞速升到最高层。

"快进来，"累得气喘吁吁的斯迈思说，"我想让你看看韦尔金写的那些信。之后，你得再去拐角那边找找你那个朋友。"他伸手按了一下那个藏在墙上的按钮，房门便自动打开了。

此刻显现在他们眼前的是长而宽阔的前厅。在一般人看来，这里唯一可以吸引人的地方就是在两侧摆放得极为整齐的那几排高大的人形机械了，就像裁缝店里摆放的模特儿一般。这些模特儿与裁缝店里的相同，它们都没有头，并且肩部浑圆，即使看起来略显夸张，不过倒也赏心悦目，胸部如同鸡胸一样凸起。但是，除了这些。如果说它们像人，不如说它们更像是车站里那与人高度相当的自动售货机器。它们有两个大大的钩子，就像人的手臂一样可以端盘子；它们被油漆涂成了豆绿色、朱红色亦或是黑色，这些都是为了便于区分；如果从其他各个方面来看的话，它们只是自动机器，没有人会想着再多看一眼。最少，在此时此刻，根本就没人会顾得上仔细看它们。因为在这两排家务所用的机器人之间，有一样东西看起来，会比这个世上绝大多数的机械装置还要更具有吸引力。那是一张白色的纸片，纸片很破，上面有用红墨水潦草地写的一些字。动作迅速的发明家几乎是在房门打开的刹那间，就立即把它捡起。他默不作声地把纸片递给了安格斯。上面的红色墨迹干得还没有很彻底，上面赫然写着："如果你今天去见她，我会杀了你。"

沉默了片刻之后，伊西多尔·斯迈思轻声说道："您要来杯威士忌吗？我想，我应该喝一杯。"

"谢谢，不过我想我现在是时候该去找弗朗博了，"安格斯板着脸说道，"这件事情愈发严重了，我立刻去把他叫过来。"

"你说得很对，"伊西多尔转而兴奋地说道，"那就请尽快把他带到这里来吧。"

不过，当安格斯转身，关上了前门时，偶然瞥见斯迈思按下一个按钮，里面有一个上着发条的人形，手中托着一个盘子缓缓离开原地，它缓慢地沿着地板上的凹槽不断滑行着，盘子顶上有根弯弯的管子与一个细颈的酒瓶。此刻的场面确实有些异常，小矮个儿独自一人留在这一群毫无生机的仆人之中，一关上门，它们就又重新复活了。

走下6级台阶，从斯迈思家出来后，那个只穿了衬衫的勤杂工此刻正在一只洗衣桶边上忙着洗衣服。安格斯停了下来，让他发誓在自己带着侦探回来之前，他一定会待在原地，与此同时，还要留心每一个上楼的陌生人。为了让他做事更加主动，安格斯还允诺，会给他一笔丰厚的报酬。而后，安格斯便跑下楼梯，走到前厅，又把任务同样交代给门警，当他得知这座建筑其实是没有后门的，便顿然觉得，这样事情就简单许多了。不过他仍旧不放心，就双手用力地揪住那个在不停巡查的警察，令他站在大门的正对面，仔细地观察。终于，他在那个流动摊贩那儿停了下来，买了1便士的栗子，顺便问了问那个摊贩还要在这里等多久。

卖栗子的人竖起衣领，回答说他大概很快就会走，因为他觉得天很快就要下雪了。不过说的也对，夜空在变得越来越灰暗，冷气逼人。不过，当安格斯费尽口舌劝说后，那个卖栗子的摊贩还是选择坚守在原地。

"用你的栗子暖和一下吧，"他诚恳地说，"你可以把剩下的这些都吃掉，当然，我也不会让你白干的。你只需要在这里一直等到我回来，然后告诉我有没有其他人，无论是男女还是老少，只要进了门警所巡视的那栋楼，我就会给你1金镑③作为报酬。"

而后，在他潇洒磊落地离开这个地方时，又最后回头，默默地看了一眼这座已经被团团包围了的大厦。

"无论如何，我已经把那个屋子给紧紧围住了，"他嘴里叨叨地说道，"他们四个人应该不会全都是韦尔金先生的同谋。"

在一座挨一座的被房屋所环绕的那座小山上，喜玛拉雅公寓独自占领了山峦的，而勒科巅峰瑙公寓则很委屈地坐落在比它低一级的平台上。一楼是弗朗博先生那套办公室和居所的公寓。不管从哪个角度看，它的风格像是完全的美式机器风格，像酒店一样奢华可是却没有一点儿生活气息，这与有"无声服务"的寓所完全不同。安格斯的朋友弗朗博把他带到了自己的安乐小窝，就位于办公室的后面，整个房间充斥着洛可可④风格，随处都能看到各种各样的饰品，还有各样的军刀、火绳枪、东方异域情调的奇珍古玩、装意大利红酒的烧瓶、简雅朴素的炒菜锅、一只来自波斯的小猫，还有一个满面沧桑的罗马天主教的矮个儿神父，他在这里显得很独特，与旁边的环境丝毫无法融入。

"这位是我的朋友，布朗神父，"弗朗博向他介绍道，"我一直想让您来见见他。今天的天气很好，不过，要是对我这样的南方人来说的话，确实有点冷了。"

"嗯，那倒是，不过我想天气应该会一直晴朗的。"安格斯一边说着，一边在附着有紫色条纹的东方搁脚凳上悄然坐下。

"不对，"神父冷静地说道，"天要开始下雪了。"

倒还真是这样，他话还没说完，和卖栗子的商贩想得相同，几片雪花已从暗暗的窗外翩然飘过。

"哦，好吧，"安格斯心闷而沉重地说，"其实我来这里，是为了一件很重要的事，这事说起来非常奇怪。弗朗博，事情是这样的。有一位老兄，就住在离你家不是很远的地方，他很需要你的帮助。因为有个不知名也不知在何处的情敌一直在缠着他，有时甚至还会恐吓他，但是根本就没有人见过这个该死的家伙。"安格斯接着说道，从劳拉开始讲那个故事时，他又加上了自己的见闻，把斯迈思和韦尔金事情的来历缘由都原原本本地阐述了一遍，在两条了无一人的街道交汇处，隐然能听到一种难以言说的怪笑声；在毫无一人的屋子里，总能听到有人在说话，奇异而又说得清清楚楚。弗朗博面部的表情越发沉重，关切写满了脸上，不过那个矮个儿神父却仿佛置身事外，只是作为屋内的一件装饰而已。而当说到那张写着潦草的字的邮票纸被糊到了窗户上时，弗朗博猛然站起身来，一时间高大的身形让这个小小的房间显得格外狭小。

"你要是不介意的话，"他说，"尽快在路上把剩下的事情状况告诉我，我们现在就可以抄近路去那个人住的地方。无论如何，我觉着这件事情非常紧急。"

"我很乐意效劳，"安格斯说道，也站起身，"不过，他目前还很安全，我安置了 4 个人，紧盯着他那个小窝的唯一出入口。"

他们来到街上，小个子神父像只温顺的小狗一样迈着小碎步紧紧跟着。他心情还不错，没话找话地说了句："真快啊，地上都有积雪啦。"

他们穿越过街巷，崎岖的小路上已经银装素裹，安格斯一边走，一边继续讲述他剩下的故事。等他们到达新月形公寓大厦后，他便已经讲完所有事了，于是，他的注意力逐渐转向他刚才所布下的那 4 个岗哨。卖栗子的商贩在拿到那个金镑之后，一再保证说他一直都盯着大门，并没有看到有什么访客进去。那位警察说得更是有理有据，说他跟各种各样的坏家伙打过交道，无论是戴高顶礼帽的达官贵人还是衣衫褴褛的流浪汉，因此他的技术已经很老到成熟了，不会只注重在表面上观察可疑的人物，谁都不会从他眼皮底下偷偷溜走，不过苍天有眼，他的确没看到过有什么人来过。当他们三个同时聚集到那个衣着光鲜的门警身旁时，他依旧保持着双腿叉开的动作，满脸微笑地站在门廊四周。他又进一步确认了前两个人的说法。

"无论他是高贵的公爵还是卑贱的垃圾工，我都有权利去问，任何人为什么要来，又为什么要进这所公寓。"那个面色和善、身着金色饰带边制服的大个子说道，"我敢保证，自从这位先生走了以后就真的再也没人来过了。"

看起来并没有起什么作用的布朗神父站在后面，默默地望着人行道，此时语气和缓地说道："那么，也就是说，从开始下雪以后，就再也没有人上下过楼梯吗？我记得，我们还在弗朗博家里时，就已经开始下雪了。"

"真的没有人来过，先生，你真的可以相信我的话的。"那个看门的在回答时，依旧是一副坚定的不容怀疑的神色。

"那好，可是，我想知道那里，是什么？"神父质疑地问道，之后眼神茫然地望着地面。

其他人也顺势低头向那里看过去，弗朗博忽地惊叫一声，在那片刻间很自然地打了个法国人常用的手势。毫无质疑的是：从那位身披金色饰带的看门人所看守的入口，正中间再往下看，就是从这个巨人叉开的双腿之间开始，有一串暗灰色的脚印，了然地铺陈在片片白雪的路面上。

"天啊，"安格斯禁不住地叫道，"是那个隐身的人！"

他默不作声，转身立刻冲上楼梯，弗朗博紧跟在他的后面。然而，布朗神父却依旧站在原地，他虔诚地在皑皑白雪的街道上向四周张望着，好像已经无意再对自己提出的问题寻找根源。

很明显，弗朗博想要用他健壮的肩膀把房门撞开。但苏格兰人想了想，动了一下机灵的脑瓜，亦或是说，他缺少一种直觉。当他在门框上无助地到处乱摸时，才找到了那个隐藏其中按钮。房门由此缓慢地开启。

　　室内的状况大多还是与他之前见到的相同，狭窄拥挤，并没有看到有什么异常的。门厅里也显得更加昏暗了，只有几个地方，被夕阳的余晖照得闪闪发亮。在朦胧的月色中，依稀可见，有一两个无头的机器不知道因为什么而离开了原地，站在其他地方。这些机器身上的红、绿漆色一点点变深，身形也略显模糊，不过，这反而让它们更加接近人的形状。不过，就在它们之间，就是之前发现那张写着红字纸片的地方，上面隐隐伏着一种东西，非常像瓶中溅出来的红墨水，不过，也不是红色墨水。

　　弗朗博的法国式头脑中的点子一闪而过，凌厉地说道："是凶杀！"这一瞬间立马展现出他身上所具有的那种法国式暴力倾向，他飞速奔入公寓，在里面到处乱翻，折腾了足足有 5 分钟。他几乎找遍了每一个可以隐藏的角落，甚至连碗橱都没放过，可是，要是他现在找的是尸体的话，毋庸置疑，他毫无所获。无论伊西多尔·斯迈思是死是活，反正他都不会出现在这里。经过这一次挖地三尺的翻天覆地的查找之后，两人终于在主客厅会面，纷纷都是大汗淋漓，互相注视着。"我的朋友，"弗朗博一兴奋就说起了法语，"你那个凶手不但能隐形，他竟然还能把被害人也给弄没了。"

　　安格斯向这间阴暗的，布满了人形傀儡的屋子望去。他是苏格兰人，在他的灵魂深处，那个古老的盖尔人传说又开始在脑海中蠢蠢欲动，让他胆战心惊。那里有一具与真人一样大小的玩偶，就站在那片骇人的血迹旁边。也许被杀的人就在他倒下的片刻间，向它发出了奄奄一息的召唤。它的肩膀用作手臂的钩子微微向上抬起。当他的脑海里浮现出那个可怜的斯迈思已经被自己的铁制孩子给击毙了，安格斯此刻忽然感觉很惶恐。这些机器真的是造反了，它们竟然杀死了它们的主人。不过，即便如此，那它们把他的尸体藏到哪儿去了？

　　他仿佛是在做噩梦一样，有一个微弱的声音在梦里呓语："他是被吃了吗？"可他一想到人的身体正在被那些上了发条的无头机器给无情地生吞活剥，他胃里就一阵恶心得想吐。

他努力地挣扎了几下，脑袋终于清醒了过来，转过身对弗朗博说："嗯，现在也只能这样了。这个可怜的人就这么从世间消失掉了，留下的只有地板上的一摊红红的印迹。这哪里像是会发生在这个世界的故事。"

"无论他是否仍归属于这个世界，"弗朗博说，"我们现在能做的只有一件事：我必须马上下楼，和我的朋友谈一谈。"

他们下了楼梯后，又一次看到那个正忙着摆弄洗衣桶的人，他不断地重复着，自己真的没放过任何人，走到了楼下，又看到看门的门警和那个卖栗子的小贩，他们也一样信誓旦旦地说，自己绝对没有一点儿放松警惕。不过，当安格斯坚持着要向第 4 个人继续求证时，却已经找不到那个人了，他略微惊恐地叫道："那个警察呢，他在哪儿？"

"不好意思，请原谅我，"布朗神父说，"这都怪我，我刚才派他沿着这条路去调查一件事了，我觉得那件事很值得一查。"

"但是，我们现在需要他快点回来，"安格斯没有允许他继续往下说完，便说，"因为在楼上的那个可怜的家伙不但被人谋杀，现在连尸体都没影儿了。"

"为什么事情会这样？"神父问道。

"神父，"弗朗博停了一会儿才说道，"我可以向你保证，不管是敌人还是朋友，根本就没人进过这间屋子，可是，斯迈思就是消失了，就像被偷走了一样。要是连这也不算是超自然现象的话，那我——"

他正自顾自地说着，一个突然的情形吸引走了大家的目光：一个身穿蓝色制服的高大威猛的警察绕过半月形的建筑一角小跑了过来，直接站到了布朗神父前面。

"你说得不错，先生，"他喘着粗气道，"他们刚才确实在下面的河沟里找到了可怜的斯迈思先生的尸身。"

安格斯忽地一拍脑袋，问道："难道是他自己跑出门去，然后跳下河去淹死的吗？"

"我敢保证他没有走出来，"警察说，"并且，他绝不是淹死的，因为他的胸口被人刺了一刀。"

"所以，现在还让你说的话，你还会不会说从没见过一个人进来？"弗朗博厉声说道。

"我们不如顺这条路走走吧。"神父提了个建议。

当他们走到半月形建筑的另一头时，神父仿佛突然悟到了什么道理，"我真蠢到家了！刚才忘了问那个警察，他们有没有找到一只浅棕色的麻袋。"

"为什么会是浅棕色的麻袋呢？"安格斯好奇地问。

"因为要是其他颜色的话，我们就必须从头开始了，"布朗神父说，"不过，要是一个浅棕色的麻袋的话，呃，那这个案子就了结了。"

"听您这样说确实很让人高兴，"安格斯怪声怪气地回道，"不过据我所知，侦查还没开始呢。"

"你一定得仔细跟我们说说呀。"弗朗博有时候说话就像个小孩，淳朴之中却又不乏凝重，但总归让人觉得有些奇怪。

在竖起的新月形建筑的另一端，他们沿着宽长的一条大路继续向前走，不觉中也加快了步伐的速度，布朗神父独自一人走在前面，步履快捷，但一路上都闭口不言。不过最终他还是开口了，话语也说得不是非常清楚，甚至可以说，极为隐晦，让人不免有些触动。"噢，大概你们会觉得办这种案子应该顺势而为。可是其实，我们应该从存于具体的事情之下抽象的那一方面入手，这样才能理清事情脉络，除此以外大概也没有其他的办法了。"

"你们有没有留心过，人们好像从来都不会直面回答你的问题？他们反而只会针对你想要的那个确切答案，或者说，是他们觉得你真正想要的答案，再给你相应的回答。如果一位女士在询问乡间别墅中的另一位女士：'有没有人和你待在一起？'那么这位于乡间别墅的另一位女士肯定不会回答：'没错，这里有一个男管家，三个男仆，还有个客厅女佣，'诸如此类等等。然而可能其实就在房间里，男管家则默不作声地在她的椅子背后站着。她可以说：'根本就没有什么人曾和我们在一起。'其实，言下之意就是在说，没有你心里所想的那些人在场。但是如果一个医生在询问某类传染病的病情时，就会问：'你们谁待在这个房间内呢？'此时这个女士肯定会立即想到男管家、女佣与其他的人。每种语言都是如此的。就算你所得的答案确实很对，你也根本不会依照它字面的意思去回答那个问题。当那4个都非常诚恳的人说没有一个人进入大厦时，他们其实说的并不是真的没人进过大厦，而是，没有发现那个大概是你想要找的那种人。有个人他确实进去了也出来了，可是他们压根儿就没有留意到他。"

"隐形的人？"安格斯红红的眉毛向上一扬，仔细追问道。

"对，一个人们都看到却又都忽视了的隐身人。"布朗神父回道。

一两分钟后，他接着刚才的话头，语气还像先前一样平易近人，边想边说："当然，你不可能想到这样一个人，直到有什么东西引起了你的注意才会意识到他的存在。这就是他的聪明过人之处。而我也是受到安格斯先生讲的故事涉及的两三件事的启发，这才想到了他。首先，这个韦尔金有长距离散步的习惯；其次是糊在窗户上的大片邮票纸；接下来，最重要的是，那位年轻女士提到了根本说不通的两件事。少安毋躁，"他注意到苏格兰人的头陡然动了一下，急忙插了一句，"她以为那些是真的。在即将拿到信的那一刻，她不可能孤身一人站在街上。而她站在那里开始读刚收到的信时，也不可能是孤身一人。一定有什么人就在她的近旁，而他一定是人们熟视无睹的隐身人。"

"那么，为什么就一定会有人在她旁边呢？"安格斯好奇地问道。

"原因是，"神父回道，"除非她用的是信鸽，要不总会有人把信递到她手里吧？"

"莫非你想说的是，"弗朗博压抑着怒火问道，"是韦尔金把他的情敌的信递送给了那位女士？"

"是的，"神父说，"韦尔金把他情敌的信交给了那位女士。你要知道，他不得不这样。"

"天啊，我已经无法再听下去了，"弗朗博实在忍无可忍了，"那个家伙到底是谁？他长得是什么样子？一个人们都看见却又忽视了的隐身人一般又都是怎样的一副打扮？"

"他衣着非常亮丽，身上携有红、蓝和金黄三种颜色，"神父紧接着他的话，回答得很具体，"他就穿着这身极其显眼，或者说招摇得过头了的制服，他就这样在4个人的眼皮底下堂而皇之地走进了喜玛拉雅公寓，用残酷的手段把斯迈思谋杀，又镇定地用手提着尸体下了楼，重新走回到大街上——"

"尊敬的布朗先生，"安格斯站住大声喊道，"那么现在到底是你疯了，还是我疯了？"

"你没有疯，"布朗冷静地回道，"你只是没有很仔细地观察而已，譬如，你没有留心到这个人。"

他飞速向前跨了几个大步，把手随意地搭在一个偶然路过的邮差肩上。显然，他们没有留意到穿梭在树荫中的这个普通的邮差，正匆忙地从他们身旁走过。

"无论如何，一般情况下是没有人会注意邮差的，"他心有宽慰地说，"不过，他们也和其他人相同，也是有情感的，更重要的是他还有个方便携带并且能够轻松装下矮个儿尸体的大邮包。"

那个邮差并没有像平常人一样那样地转身好奇地看看到底是什么情况，而是选择巧妙地转身躲开，却还是被花园的栅栏所绊倒。他长得并不是很特别，身体瘦小，鼻梁下方留着金色的络腮胡子。可是，当他惊惶地回头张望时，三人都惊呆了，可也只能怔怔地站在那里：因为，此时出现在他们眼前的是像恶魔一般的斜视。

弗朗博重新回到他的小窝兼办公室，看着他闪闪发亮的军刀，暗紫色的地毯与波斯猫，还有一大堆亟需处理的事情。约翰·特恩布尔·安格斯则是回到了店里的那个女孩那儿，这个粗心莽撞的小伙子正在想办法如何跟她好好相处。而布朗神父则日夜兼程，在下满了白雪的山间与那个凶手一同走了好几个小时，也许永远都不会有人知道，他们之间到底都说了些什么。

【注释】

① 基督的谦卑（Christian humility）："基督的谦卑与他的出生，都是在一种卑微的地位，由于又生在律法之下，因此忍受了人间的苦难，神的愤怒和十字架上诅咒的死；被埋葬，并只好暂时服从在死权之下。"——依据圣经教义的《小要理问答》解释。

② 基督氛围（Christian air）：希腊文的"鱼"字由"耶稣、基督、神的、儿子、救主"几个词汇的首个字母组成，即"ΙΧΘΥΣ"。初期的基督徒为躲避罗马帝国的迫害以此为彼此间联系的暗号。后来，鱼便成为基督教的符号之一。

③ 金镑（sovereign）：面值1英镑的英国金币，1914年后停用。

④ 洛可可（法语rococo的音译）：洛可可风格起源于18世纪的法国，最初是为了反对宫廷的繁文缛节艺术而兴起的。洛可可Rococo这个字由法文Rocaille和coquilles合并而来。Rocaille是一种混合贝壳与小石子制成的室内装饰物，而coquilles则是贝壳，最先出现于装饰艺术和室内设计中。

◇ 伯爵生死之谜 ◇

临近夜晚的天空，暗暗的黄褐色与银灰色的云团相密集聚合，这也预示着，暴风雨即将到来。布朗神父穿了一件淡灰色的披风，布料是苏格兰格子花呢的。他终于到达了那昏暗的苏格兰山谷尽头，望着格伦盖尔这座奇特而古怪的城堡。这座城堡就好像死胡同一样停在了这座山谷亦或是说，是空谷的尽头；还有一种感觉，就是像到了整个世界的尽头。海绿色石板砌成了城堡的屋顶与尖塔，它们傲骨耸立着，是依照古老的法兰西——苏格兰城堡那个样子建造的，这总会让人想起童话故事里巫婆那顶狡黠恶毒的尖顶长帽；绿色角楼旁边是片片松林，树林随风摇动，相比之下，这像是成群的乌鸦在空中飞动着，压黑了整片天空。可是，这种朦朦胧胧的梦幻之感，又好像有让人沉沉欲睡的魔力，而不仅仅是对大自然的幻想。原因是，那儿有一种孤傲、令人发狂而神秘的哀怨阴云，一点点地笼罩在苏格兰贵族府邸之上，这比其他任何一家的孩子头上乃至心里的阴云都更为厚重。因为苏格兰受到了两种毒害，人们都把它们称之为"传统"：一类是贵族的血统意识，另一类则是加尔文教派的宿命意识。

布朗神父在格拉斯哥做事时，特意抽出了一天时间去看望他的朋友，一个业余的侦探——弗朗博。弗朗博此时正在格伦盖尔城堡和另一位比较位高权重的警官搭档破案，调查已逝的格伦盖尔伯爵的生死谜团。这个神秘的人物是能够代表这个家族的最后一个人，早先在 16 世纪时，他的家族就借刚健、狂乱，甚至极其狡黠而成为了令人瞩目的恐怖家族，即使是这个国家的其他阴险贵族势力，也都要向他们低头三分。在这个王宫的最深处，以苏格兰玛丽女王①为中心而绸缪的许多难解的阴谋中，格伦盖尔伯爵就是陷得最深的一位。

下面这首乡村的歌谣，恰好证实了这些人绸缪的阴谋诡计的动机与最终结果：

"繁盛的树林离不开绿色的汁液，

欧格利维斯的家离不开灿灿的金黄。"

格伦盖尔城堡已经有几百年没有出过一位好爵爷了；到了维多利亚时代，之前人们一直都觉得，什么古怪离奇的事儿都已经发生过了。可是，格伦盖尔城堡的最后一个爵爷却反而符合了家族古老传统的需要，他做了家族留给他的唯一一件事——失踪。我并不是想说他出国了；依据其他各个方面的猜想，他若还活着的话，必定还留在城堡里。然而，就算他的名字依旧还在教堂，贵族的名册里也写下了那泛红的大字，可在光天化日下，再也没有一个人再见过他。

要是有人见过他的话，那这个人肯定是一个孤独的男仆，他是介于马夫与园丁之中的一个奇怪的人。他耳朵聋了，并且聋得极其厉害，略微较真一点儿的人都会以为他就是个哑巴；而其他有点儿洞察力的人就会觉得他其实就是个傻子。这个仆人身形瘦削，红红的头发顶在头上，还长着尖尖的下颚与下巴，不过，他的眼睛倒是很蓝，人们通常都叫他伊斯雷尔·高，只有他在这个废弃庄园里寡言少语，其他人都不是这样的。不过，从他挖土豆的劲头儿和他总是准时消失到厨房里的生活习惯来看，就总给人们一种印象，那就是他一直在给一个地位比他高的人准备吃的，那么，也就是说那个奇怪的伯爵仍然是被藏在城堡里的。可是当人们想进一步求证，伯爵其实就在其中时，这个仆人则会坚决地否认说，伯爵不在里面。一天清晨，有人请长老会的神圣的长老与牧师

（格伦盖尔家族是长老会的教徒），去到城堡里查看一番。最后却发现，这个已经身兼多职的仆人，掌握着园丁、马夫、厨师三个职位，然而他又给自己新添了一份工作，那就是负责主人的殡葬，他已经把他的贵族主人尸体给钉在了棺材里了。但是，对于此事，无论进一步调查的进度到了哪里，这件奇怪的事儿也终于算是过去了，不过，真相还是没有揭晓；因为，直到两三天之前弗朗博侦探一直在北上，所以这件事儿就从来没有被按照正常的程序进行调查过。可是在弗朗博抵达之前，格伦盖尔伯爵的尸体（若是能够确认是他的尸体的话），就已经躺在山上的那座小墓地里有一段时间了。

穿过晦暗不明的花园，布朗神父已经来到了城堡的隐藏之处，此刻的天空已被红云布满，四周的空气也都是湿的，如同在打雷一般。衬着夕阳金黄色而略微泛绿的余晖，他依稀看到了一个人身影的轮廓，黑漆漆的，头戴一顶高顶礼帽，肩上扛着一把看起来很重的大铁锹。这怪异的搭配总会让人觉得，他大概是个教堂司事吧；可是布朗神父此时又联想到了那个挖土豆的聋子仆人，神父其实能联想到他也是很正常的。他平日里对苏格兰农民有过一些了解；他明白，作为一个官方的调查员，"黑色装束"是必须具备的，毕竟这样显得人更体面一些；他也晓得，这样的打扮并不会延误他挖一小时的土豆，这的确是很经济实惠的选择。当神父悄然走过时，这个人却突然被吓了一跳，还以疑惑的眼神注视着布朗神父，这已经显现出这种人的机警与忌妒心理了。

弗朗博亲自为布朗神父开启了大门，他身旁还站着一个极瘦的男子，铁锈色的银灰头发，手里拿着一些文件，这个人就是苏格兰场有名的克雷文探长。门内几乎什么东西也没有；只有墙上还留着邪恶的欧格利维斯家族的一两幅画像，画布早已发黑，画中的人戴着黑沉的假发，苍白的面庞露出一丝诡异的嘲笑，静静地望着门厅。

布朗神父和他们一起走进了一间隐秘在其中的内室，看到几个同行的侦探们，早已在一条长长的橡木桌旁稳当地坐了下来，桌子的两边全都是些写得极其潦草的文件，文件两旁则是威士忌酒与雪茄烟。桌子上的其他地方则放了一些零散的物件，各自也不相干；都是一些让人很难以理解的东西。其中有一个东西，就像是一小堆闪闪发着亮光的碎玻璃一般，另一个则如同是高高的深褐色土堆，第三件仿佛是一根很普通的木棍。

"这儿真像是开了一家地质博物馆啊。"神父顺势坐了下来，立即朝着深褐色的土堆儿和闪闪发亮的碎块儿，用力弹了一下他的脑袋，然后说道。

"这并不是一家地质博物馆，"弗朗博回道，"但是，可以说它是一个心理学博物馆。"

"好吧，看在上帝的面儿上，"警探放声笑着说道，"咱们不要用这种大字眼儿来说话了。"

"莫非你不懂得心理学是什么意思吗？"弗朗博用和善而吃惊的口吻问道，"心理学上就是说，要发疯了。"

"我还是不太明白。"探长回答。

"那好吧，"弗朗博决断地说道，"我的意思就是说，对于格伦盖尔伯爵，我们现在已经查出了一点。结果就是，他疯了。"

伊斯雷尔·高头上戴着高顶的礼帽，他扛着铁锹的黑色剪影缓缓绕过窗前，影子在昏昏的天空衬托下依旧可以看得清。布朗神父的目光顺着那模糊的人影看过去，应声说道："我觉得格伦盖尔伯爵一定是个有点儿古怪离奇的人，要不，他还没死的时候就不会把自己给藏起来——要是死了的话，就不会这么快就下葬了。可是，他又有哪一点会让你觉得他精神失常了呢？"

"好，"弗朗博说，"那你看看克雷文探长在伯爵家侦查到的物品吧，这儿有一份儿清单，你一看就明白了。"

"我们当务之急是要找根蜡烛，"克雷文突然发声，"暴风雨马上就要来临了，天又那么黑，这根本就没法看。"

"就在你那一堆稀奇古怪的东西里，"布朗神父笑着问道，"现在，你找到蜡烛了吗？"

弗朗博表情肃穆，发黑的双眼紧紧注视着他的朋友。

"还有件奇怪的事儿，"他说，"发现了 25 根蜡烛，但一座烛台的影儿也没看到。"

房间里突然暗了下来，风也立即刮了起来。布朗神父顺着桌子，走到被混在那些杂乱无章的物品中的一捆蜡烛那儿便停了下来。然后就在那个暗红褐色土堆上方，轻轻弯下腰；突然，神父一个响彻云霄的喷嚏，打破了屋内神秘的寂静。

"嘿！"神父说，"原来这是鼻烟灰啊！"

他拿出一根蜡烛，小心地把蜡烛点燃，然后转身回来把它固定在威士忌的酒瓶上。冷瑟的夜风吹过摇摇欲掉的窗户，被吹得长长的烛火如同是一面肆意飞舞的旗帜。城堡的四周，他们还能依稀听到方圆几英里内的茂密的黑松林，如同暗黑的海浪般重重地拍打礁石的声音。

"下面我来念一下这张物品清单，"克雷文双手拿起其中的一份文件，极为庄重地说，"这个单子上写的是我们刚才在城堡内找到的一些没有办法解释的零碎物件。你们要清楚，从总体上来说，这个地方都是被人所拆过、被人们的记忆所遗忘过的；可是还有一两间屋子里，很显然是有人一直在居住的，生活很简朴但也不显脏乱；并且，我们现在所说的这个人还不是这个名叫伊斯雷尔·高的仆人。清单如下，请大家认真听。"

"第一项，这里一个非常大的宝库，里面几乎摆满了钻石，并且都是零散的，没有什么能够得以依托的底座。不过，欧格利维斯家族有一些属于自己的珠宝，这是很正常的事情；不过，那些宝石反而几乎全是镶嵌在某种特定的装饰品上的。欧格利维斯家族以前好像经常随便零散地把它们放到口袋里，就像放铜钱一样。"

"第二项，发现了一撮一撮儿的鼻烟末儿，它们没有被放在角制鼻烟盒里，连烟袋里也没放，只是一撮一撮儿不约而同地出现在壁炉台上、餐具柜上，还有钢琴上等地方，到处都可以看到。好像这位老先生总是不想要看自己口袋里到底有没有鼻烟袋，亦或是掀起鼻烟盒的盖子，原因是他总觉得这很麻烦。"

"第三项，这座房子里哪里都是令人产生好奇之心的小堆零碎的金属物，有一些像钢簧，还有一些就像是极细小的齿轮。仿佛是从某种机械玩具上拆下来的一样。"

"第四项，这里的蜡烛除了能够插在瓶子上，也没有其他东西可以固定了。不过现在，我想要你们留意的是，这里的所有好像都比我们所想象的要奇怪许多。至于主要的谜团，我们已经做好了心理准备；可是让我们一眼就看出来的是，这个家族的最后一位伯爵显然有点不太正常。我们抵达这里，就是要调查伯爵到底是不是生活在这里，还是真的已经死在这里了，亦或是，那个把伯爵埋葬了的、外表骇人的红发奴仆是不是和伯爵的死有关。但是，你们还是要设想一下最糟糕的情况，其实就是最吓人亦或是最富戏剧性的解答。如果这个仆人真的像人们所想的那样杀了他的主人，或者说，主人压根儿就没有死，再如果，是主人假扮成了这个仆人的样子，又或者，仆人是被人给当成主人埋葬了；尽自己能力地猜想威尔基·科林斯②式的悲剧，你们依旧没有办法解释为什么有蜡烛却看不到烛台，为什么明明是一位出身贵族、已经苍老的绅士却喜欢把鼻烟灰肆意地撒到钢琴上。我们还可以想象，这个案子最重要的，就是那些古怪离奇的零碎物件。不过，不管人们的想象力有多么丰富，人脑也不会把鼻烟灰、钻石、蜡烛还有钟表机械很么的联系在一起吧。"

"我觉得，我好像看出了这其中的联系，"布朗神父缓缓说道，"格伦盖尔极其反对法国大革命。他疯狂地喜欢旧制度，还想完全地回归波旁家族那个时候的，最后一批家族成员的生活方式。他抽鼻烟，原因是那是 18 世纪的奢侈品；他选择点蜡烛，也恰恰是因为那是 18 世纪才会用到的照明用品。那些用铁制造而成的钟表机械，已然代表了路易十六那个时期锁匠的嗜好；而那些钻石则是代表了路易十六的王后玛丽·安托瓦内特的用钻石串成的项链。"

此时，弗朗博和探长两个人都把眼睛瞪得圆圆的，默默地注视着神父。"这个想法好古怪啊！"弗朗博失声叫道，"你真的觉得那就是事实的真相吗？"

"我可以非常确定，事实并不是这样的，"布朗神父回道，"不过，你一定要说没有人能把鼻烟灰、钻石和钟表机械还有蜡烛什么的联系起来，我只是随口给出了你想要的这个联系。事实的真相，我可以非常确定，它被藏在更深的地方。"

他的语气停顿了一下，和着角楼内哭号一样的风声。转而他说道："已逝的格伦盖尔伯爵是一个小偷。身为一名胆大包天的强盗，他过着另一种比常人更加黑暗的生活。他用不着烛台，是因为他只用把蜡烛剪短，放到他提溜的小灯笼里即可。鼻烟则是他经常作案的武器，如同最狂躁的法国罪犯常用的胡椒粉一般，在碰到抓他亦或是追捕他的人时，他就可以立即把手中大把的鼻烟挥向他们。但是，能够证明他是盗贼的最后一个证据其实是钻石与小钢轮的奇妙吻合。这样，案件就可以水落石出了吧？因为，钻石和小钢轮是他仅剩下的两个用来切割玻璃的道具。"

一根巨大的树枝从一棵已然折断了的松树上砰然掉落，重重地打在位于他们身后的玻璃窗上，如同在效仿破窗而入的夜间的盗贼一般，只是并没有人转身去看。大家都认真地注视着布朗神父。

"是钻石和小钢轮啊，"沉思的克雷文探长不断重复道，"难道这就是你以为的吗，你觉得这可以成为那些零碎小物件的真正解释吗？"

"我并不觉得这个解释非常准确，"神父冷静地答道，"只不过，是由于你疑心有人可以把这4件东西联系起来而已。当然了，真相也许比这更平淡，毫无异常吧。格伦盖尔伯爵已经在他的庄园里找到了宝石，亦或是他觉得自己发现了。有人拿着那些零碎的钻石骗伯爵，说它的钻石是在城堡的洞穴里找到的。而小钢轮是拿来切钻石用的。于是他就让山上的几个牧羊人亦或说是粗壮的汉子来帮他，极其粗略地做着，声响也很小。鼻烟尚且已经是这些苏格兰牧羊人的其中一件重要奢侈品了；不过，这倒是一件可以用来贿赂他们的东西。他们没有烛台，其实是因为他们并不需要这些；在勘探洞穴时，他们是用手来拿滚烫的蜡烛的。"

"所以，还有吗？"弗朗博停顿了很长一段时间才问道，"我们到底找到那个无聊的真相了吗？"

"噢，现在还没有。"布朗神父说道。

窗外呼呼的风仿佛在嘲笑布朗神父一般，经过一声长啸后，便在那片杉杉的松林最远处停息了下来。神父全程都面无表情，紧接着说道："我这么说，只是因为你们之前说没人能把鼻烟灰与钟表机械或是蜡烛和宝石联系起来。仔细想想，10条伪哲理就可以用来解释这个宇宙；同样地，10条伪理论也可以用来解释格伦盖尔城堡。可是我们想要的恰恰是宇宙和城堡最真实的一面。难道，真的没有其他物证了吗？"

克雷文开始大笑起来，弗朗博也笑着起身，背着手沿着长桌走了几步。

"第五、六、七项等那些，"他说，"都是各式各样的东西，但并没有提供什么有用的线索。不过，我们在里面发现了一套很奇怪的东西，不是铅笔，而是铅笔芯。还有一根没有一点意义的竹棍，竹棍的两端已然断裂。这很可能就是作案工具。不过，现在还没有什么案子。我们仅有的其他几件东西也是一些古老的祈祷书与天主教留下的小画片，我觉得，这很有可能是由欧格利维斯家族从中世纪就已经留传下来的——他们家族的那种与生俱来的自豪感比他们的清教主义极为拘谨的准则更为强烈。我们只好把它们先存放在博物馆，因为它们现在好像已经被磨损得什么都看不出来了，这实在很让人难以理解。"

微弱的光线下，布朗神父沉重地拿起了几份文件，当他正准备仔细查看时，外面狂躁的暴风骤雨正在追赶着一团惶恐的乌云，压过格伦盖尔城堡，使得整个长长的屋子都陷入了一片完全的漆黑。在黑暗来临之前，神父小声说了句话；不过，这个声音却仿佛是出自另一个完全陌生的人的口中。

"克雷文先生，"神父说话的声音突然像是年轻了 10 岁一样，"你那里是不是还有一份可以允许我们上山检查那座坟墓的搜查令？我们要查的话，还是越快越好吧，一直到把这个令人恐慌的案子追查到底吧。我要是你的话，现在就开始做了，事不宜迟，不由人等待啊。"

"现在吗？"克雷文探长吃惊地重复道，"为什么，一定要是现在呢？"

"因为事情很严重，况且，非常紧急，"布朗神父平静地回道，"这与撒了的鼻烟灰亦或是零散的石子儿不同，它们有上百个理由可以解答。可是就我所知，我们如今要做的这件事只有一个理由，这个理由就在这片地底下。这些为宗教而成的画作不仅仅会被孩子们亦或是新教徒弄脏、撕破或胡乱涂画的，还有可能是在当事人没什么事干时，或持着偏见故意破坏的。这些画一直都被人们处理得很谨慎细微——还非常特殊。在绘画的古老彩饰上，那些用大大的花体字写着天主名字的地方，都被特意细心地抠了出来。还有一个被拿走的部位，是耶稣圣婴头上的光环。所以我才说，我们不如带着搜查令、拿上铁锹还有斧头到山上走一趟，把那口棺材给砸开。"

"你这又是何意呢？"伦敦警官好奇地问道。

"我只是想说，"矮个儿神父答，他大笑的声音好像因为狂风的咆哮稍微高了一些，"我是想说，此时此地，这个世界里的大恶魔大概就坐在这座城堡的塔楼顶上呢，大小就像 100 头大象一样，和《圣经》的'启示录'里的恶魔一样大声嘶吼着。而在这座城堡的底部某个神秘的地方，蕴含着黑魔法。"

"黑魔法……黑魔法……"弗朗博不断地小声重复道，因为他是个思想非常进步的人，一点儿都不迷信这种东西，"可是，这些东西，到底是意味着什么呢？"

"噢，我想，大概就是一些会诅咒的东西把，"布朗神父颇为不耐烦地答道，

"我又怎么会知道这些呢？我要怎样才能猜出这底下所有的谜团呢？大概你可以借助鼻烟和竹棍来折磨人，大概疯子会更倾向于蜡烛和钢轮，又或许是有一种令人癫狂的药物是需要用铅笔芯来做的。解开这个谜团最快速的办法就是上山抵达那个墓地。"

几位同行们不觉中就听着布朗神父的建议，一起跟着他去了花园，突然，一阵夜晚的风迎面而来。不过，他们依旧像机器人一样顺从着神父；克雷文的手中持着一把大大的斧头，口袋里装着一张搜查令；弗朗博则选择扛着那个奇怪的园丁重重的铁锹；布朗神父就拿着一本被镀了金的书，就是那本天主名字被抠去了的书。

上山到墓地的小路很蜿蜒崎岖，并不好走，好在并不长。只在风力极为强劲时，走起路来才显得格外用劲而漫长。几人在爬上斜坡后，越走越远，登峰远眺，他们望到了远处的松林，在风力极大的作用下，它们全都倒向了一边，那里是无边无际的松林的海洋。无边的松林全都以统一的姿态，却又好像徒劳无功，就好像这阵风在白白地吹着与某个星球有关的口哨一般，是关系到某个没有人居住又根本没有意义的星球。那个歌唱着所有异教徒心里的那曲古老的哀怨，刺耳、悲亢的歌声，啸然穿过了这片无边无际的蓝灰色松林。你可以尽情地想象一下，地下的世界深处，那些植物发出的这种声音，难道不是迷失了方向的流浪异教徒们神灵的哭号吗？已经流浪在那片无理性森林里的神灵还能找到重回天堂的路吗？

"大家快看，"布朗神父从容不迫地小声说道，"在苏格兰还没有出现的时候，苏格兰人的好奇心就已经很强了。不过说实话，他们现在也是这样。但我想他们在史前时期就很崇敬恶魔了。那就是，"他和善地又说了一句，"他们为什么会欣然接受清教神学的缘由。"

"亲爱的朋友，"弗朗博忽然变得有点儿恼怒，"那么，那些鼻烟灰能有什么用途吗？"

"我的朋友啊，"布朗神父露出同样庄重的表情，回答他道，"所有真正的宗教都是有一个标志的：那就是，唯物主义。现在，崇拜恶魔恰恰就是一个完完全全的宗教。"

他们一同走到了这个长满了绿草的山头，这里是山上很少见的几处没有松林啸然呼号的地方。一圈简陋的围栏竖在外围，其中的一半是木材，另一半则是电线，他们在暴风雨中不停地发出噼里啪啦的响声，听到了这些声音，我们就晓得，原来已经到达了墓地的边缘。当克雷文探长抵达了墓穴的一角时，弗朗博早已把铁锹插到墓穴上了，他的身子斜斜地倚靠着铁锹，然而他们两个压根儿就没有办法像木头一样，与电线一起毫不停歇地晃动。墓穴的周围长了许多长长的蓟草，茅草已然枯萎，变作了惨烈的灰白。偶尔还会有蓟草的种子被风飘然吹落，每当它们飞到克雷文的身旁，这时他都会轻快地跳起，如同在躲避一支突然飞过来的箭一般。

弗朗博用铁锹卖力地把嗖嗖作响的杂草铲到湿土下面后，便停了下来，像倚靠手杖一样靠着竖着的锹把。

"继续挖吧，"神父语气和缓地说道，"我们只是在极力地去寻找真相，你在怕什么呢？"

"我害怕，害怕发现真相。"弗朗博回道。

伦敦探长突然提高声音，激动地说了句话，表现出非常善于说话的样子："我很想知道，他到底出于什么原因，把自己藏了起来。我想，肯定会有什么难以言说的原因，莫非他是个麻风病人吗？"

"也许，是比这种情况还要糟糕吧。"弗朗博说。

"那你觉得，这会是什么呢？"另一个人好奇地问道，"如果，这比麻风病人还要更加糟糕呢？"

"我实在难以想象。"弗朗博说。

弗朗博费尽力气地挖了几分钟，然后哽塞着语气说道："估计，尸体已经变形了吧。"

"你知道的，那份文件大概也快不成样子了，"布朗神父平静地说道，"不过好在我们始终是保住了文件。"

弗朗博使出了吃奶的劲儿来挖这个墓穴。暴风雨已经赶走了如同烟雾一般笼罩在小山上的暗灰色云团，灰色的夜空中微微显露出了微小的星光，弗朗博此时已经挖出了一个制作粗糙的棺木轮廓，也不知道他到底是用了什么办法，竟然能够把它稍微倾斜，给挪到了草地上。克雷文手拿着斧头，一支蓟草梢轻轻拂过，他立刻向后退缩了一下。而后，他便继续阔步前行，步伐也比之前更加坚定，使出与弗朗博同样大的那种力气，劈和扳并用，一直用力到把这口棺材弄开，突然，里面所有的东西都在银灰的星光下闪烁着亮光。

"是一具尸骨，"克雷文说道，接着又说，"竟然还是个男子的尸骨。"好像这是个大家都始料未及的结果。

"他的，"弗朗博的声音突然变得怪异起来，还有些起伏难安，"他的尸体还完好吗？"

"保存的，似乎还可以，"警官弯下腰身，仔细看了看这具早已难以辨别但又有点儿腐烂的骸骨，用略微沙哑的腔调说道，"请稍等一下。"

弗朗博庞大的身躯深深地喘了一口气。"现在我想起来了，"他惊叫道，"为什么疯子的尸体就不该是完好的呢？在这些邪恶又凄冷的小山上，什么东西可以保留人的尸体呢？我想是那片黑压压又绵延无际的松林；所有这些松林都普遍有着一种从古至今都无人意识到的恐惧。就像无神论者的梦。松树啊，这里有更多的松树，数百万棵松树——"

"天呐！"棺材旁边的那个人惊叫，"可是这具尸体的脑袋不见了。"

另外两个人直直地站在那里，布朗神父第一次流露出受惊吓时那种担忧神色。

"无头尸体！"他重复说道，"真的没有头吗？"这种反复的疑问给人的感觉就是，仿佛他已经料到这个人缺少其他的某个部位。

此时，他们的脑海中，就像闪过一幅全景图一样，有了一些荒诞不羁的幻觉：格伦盖尔家族出生了一个没有脑袋的婴儿，之后这个没有脑袋的年轻人把自己藏在城堡里，后来，这个没有脑袋的男人，就在那些古老的大厅或是绚丽多彩的花园里散步。但即使在那个发僵的瞬间，这个故事也没有留在他们的心中，因为它似乎没有任何理由留在那里。他们几个像几只筋疲力尽的动物，傻傻地站着，听着松林的呼啸和天空的尖厉声。他们的思想像是一匹巨大无比的野马，突然间挣脱了缰绳的束缚。

"有三个没头脑的人，"布朗神父说，"站在这个掘开的墓穴周围。"

这位从伦敦而来的侦探，此时面色发出惨烈的苍白，当他张开嘴正准备说话，夜晚的风却一阵长啸，轰然划破了长空，他就如同一个乡巴佬一般，一句话都无法说出口来；而后他看了看手里拿的斧头，仿佛这把斧头并不是属于他的，于是决然地把它丢在地上。

"神父啊，"弗朗博用略带孩子气，但又非常深沉的声音问道，"那么，接下来我们需要做些什么呢？"这是他平时几乎没有用过的语气腔调。

他那位朋友的回答仿佛连珠炮一样地几乎一股脑儿地全都迸出来了。

"睡觉吧！"布朗神父厉声说道，"快去睡觉吧，我们现在已经没有路可以继续走下去了。你知道什么叫睡眠吗？你懂吗？每一个沉睡在梦中的人都会相信天主的存在。睡觉是一件很神圣的事情；因为这是一种极其有信仰的行为，同样，这也是我们的一类精神食粮。我们需要这种神圣的餐饭，当然，如果是纯天然的，那当然更好了。不过，总有些极少会发生在别人身上的事情，偏偏让我们碰巧撞上；落在他人头上的事情大概就是最糟糕的了吧。"

克雷文张着大嘴好奇地问道："您这是什么意思？"

神父把脸面向城堡，耐心地回答道："我们如今已经找到了真相。可是，这个真相根本就一点儿都与实际不相符。"

忽然，神父迈着急速而莽撞大意的步伐冲下他们面前的小道，往常他几乎从来都没有这样走过，可当他们又重新回到城堡时，他就像一条淳朴而忠诚的狗一般，倒头昏然睡去。

即使布朗神父对睡眠的赞美之辞让人难以猜得透，但他反而比任何一个人起得都早，不过，当然没有那个不爱说话的园丁早。清晨，神父就一边抽着熏熏的大烟斗，一边注视着这位沉默寡言的专家正在厨房外的果菜园里辛勤劳作。黎明的破晓时刻，暴风骤雨转而变成了轰然雷声的大雨，天明之后，空气比平常清新许多。园丁也好像一直在与人说话，可是，当一看到侦探们，他的脸色又瞬间沉了下来，接着他把铁锹插到了菜园的泥土里，谈论着一些有关早餐的事情，后来，他在白菜行里来回蹿腾了几趟，回到厨房就把自己关了起来。"他是一个很有思想很有价值的人，因为他挖土豆的方式很独特。噢，对了，还有，"他还用一种宽厚和善的口吻，平心静气地补充道，"他有自己的短处；谁没有短处呢？譬如说那片土，他挖得其实并不均匀，"突然，他在一小块地方用力跺了跺脚，"我其实很质疑那片土下面的土豆。"

"为什么要对这个的疑心这么大呢？"克雷文好奇地问道，其实，他对矮个儿神父的这点兴趣所在感到十分好笑。

"我的确对这个表示怀疑，"布朗神父又解释道，"是源于连这个老园丁他自己也都对这儿感到怀疑。除去这块土地，他对待其余的每一块都挖得非常均匀。所以，这里的土豆一定会非常好。"

弗朗博拔出手中的铁锹，迫不及待地就插进了这片土地。在那一大堆土的下面，他惊奇地发现了一种东西，看起来一点儿也不像土豆，反而像是一只长相奇特、带着顶的蘑菇。铁锹撞在上面还能听到它发出的冷冰冰的咔哒声；像一个球一样在地上不停滚动着，咧着大嘴对着他们哈哈大笑。

"这是格伦盖尔伯爵。"布朗神父非常灰心地说，同时心情沉重地俯瞰着这个颅骨。

沉思了一会儿后，布朗神父就把铁锹从弗朗博手里给夺了过来，说道："我们必须尽快把这个颅骨重新找个地方藏起来。"他一边说着一边把它埋进了土里。后来，神父便把铁锹直挺挺地插在土里，把自己矮胖的身体与大大的脑袋斜斜地依靠在铁锹的大手柄上，眼前一片茫然，皱纹密布了额头。"如果有人能够把这最后一件奇怪的事儿搞清楚，案子就好办多了。"神父不停地唠叨道。他倚在大锹把上，双手捂着自己的眉毛，如同在教堂里祈祷一般。

每个角落几乎都要放晴了，天空中显现出了蓝白相间的图画；鸟儿在花园里的小树上唧唧喳喳地叫个不停；鸣叫声响彻云霄，好像是小树们在相互交谈一般。不过，此时这三个人却都不说话了。

"我真的打算要放弃了，"弗朗博最终烦闷地说道，"我的脑子和这个世界根本就不搭边。案子到了这里就等于进了死胡同了。鼻烟，还有那被撕毁的祈祷书，八音盒里面一对乱七八糟的东西——诸如此类等等——"

布朗神父动了动他布满愁云的眉毛，非常不耐烦地用力敲了敲锹把，现在对于他来说，这种行为并不是很常见。"噢，啧、啧、啧！"他大声地叫道，"所有的这些都已经显然水落石出了，今天早上，我睁开眼睛时，就已经明白鼻烟、钟表机械等这些到底是怎么一回事了。从那时起，我就已经从老园丁身上弄清楚了这其中的猫腻，他根本不是装出来的那个我们看到的样子，其实他不聋也不傻。那些零碎的物件也并没有什么问题。但是，那本被人撕破的大书，我还是给搞错了，那里并没有什么大碍。不过，这最后一件事实在是太匪夷所思了。挖逝者的坟墓，还偷了死人的头颅——你们敢确定这其中真的没有什么问题吗？这里面还会有黑魔法吗？可是这并不符合鼻烟和蜡烛这种很简单的逻辑啊。"说完之后，神父就又开始来回不停地踱步，若有所思地抽起烟来。

"我的朋友啊，"弗朗博用一种酷酷的黑色幽默口吻说道，"和我在一起，你可一定要小心了，要知道，我以前还是个罪犯呢。我那曾经的身份的一个优点就是，我总是喜欢自己编故事，然后依照我的方法尽快地付诸行动。我这个来自法国的人，并没有什么耐心，这种需要一直这么等下去的侦探工作，实在让人难以忍受。我这一生，无论是福是祸，做起事来都是当机立断；如果需要打架的话，总是赶早；我从来都不拖欠别人的账目；就连看牙医也都从不拖着欠着——"

听了弗朗博说的话后，布朗神父的烟斗片刻间便从嘴中掉下来，砰然落在砾石小道上摔成了三段。他依旧站在那里，眼珠不停地转动着，全然一副十足的白痴相。"天啊，我真的是一头大蠢驴！"他不停地说道，"老天，我这头笨驴啊！"然后，他表现出略微酒醉的样子肆意地大笑了起来。

"是牙医！"神父口中不断重复道，"我刚才傻不愣登地陷入精神迷潭足足有6个多小时，所有的原因都是我一点儿都没想到牙医！这么简朴、美妙而又纯真的想法！朋友们，地狱里的那个夜晚已经过去；如今，太阳已经重新升起来了，鸟儿也在叽叽喳喳地歌唱着，牙医这一光辉的形象给了我们一点儿宽慰。"

"我一定会把这件事搞清楚的，"弗朗博阔步前行，带着大嗓门说道，"我要是用了宗教法庭的酷刑，就会实现的。"

此时的布朗神父只想在阳光下的草坪上跳一会儿舞，但他还是压制住了自己的情绪，因为这种奇怪的想法也只是一时兴起而已，他就像个可爱的孩子一样，嘴中可怜兮兮地喊着："天啊，让我再傻一点儿吧。你不清楚，我最近有多郁闷。现在我搞清楚了，这个案子里压根儿就没有什么罪恶深重的东西。大概，只是有点精神失常——有谁会留心这个呢？"

他又转动了一下身体，表情庄重地注视着他们。

"这个案子并不是为犯罪所制造的故事，"他说，"说实话，这是关于一种古怪而扭曲的诚信的故事。大概，我们正在与世上的某些人打交道的时候，这个人只是拿走了他本该拿走的东西而已。这是与原始生存逻辑有关，属于一门学问，并且，这种生存逻辑一直是该民族的宗教信仰。"

"当地流传着一首关于格伦盖尔家族的老歌谣——

'繁盛的树木离不开绿色的汁液，

欧格利维斯家离不开灿灿的金黄。'

这首歌谣不仅体现了字面上的意思，还具有一定程度的隐喻性。它既说出了格伦盖尔家族喜欢追名逐利与财富，不过字面上来讲，他们也确实聚敛了不少黄金；他们有大批的由黄金制成的饰品与器具。其实，他们是一群世代相传的小气鬼。根据这个事实，现在，就把我们在城堡中所有发现的东西都给串联起来吧。钻石还在，金戒指底座却不见了；蜡烛也在，金烛台却消失了；鼻烟依旧还在，金鼻烟盒却也倏忽不见了；铅笔芯也是，金铅笔盒却没有了；手杖在，金'尖头'不知道去哪里了；钟表机械还在，金表却已然没影儿了——与其这样说，倒不如说是金钟。不过这听起来确实有点疯狂，在旧的祈祷书里，圣像的光环和天主的名字都是用真金制成的，所以，这些东西都被拿走了。"

布朗神父在叙述这个令人感到疯狂的真相时，花园好像瞬间变得更加明亮了，阳光越来越刺眼，草儿也变得更加富有生机了。弗朗博燃着了一支烟，继续听他的神父朋友讲述。

"是被拿走了，"布朗神父紧接着说，"当然，是被人拿走了——而不是被偷走了。盗贼肯定不会傻傻地留下这个谜团的。但要是被偷走的话，盗贼还会偷走那个金鼻烟盒和其他所有的鼻烟，以及金铅笔盒和里面的铅笔芯。我们现在要抵抗的是一个有着奇怪心思的人，但要保证，他一定要是个有良知的人。今天一早，我就在不远处的那个菜园内找到了那个疯狂的道德家，最后，我终于弄清楚了整个故事的来龙去脉。"

"已然逝去的阿奇博尔德·欧格利维，他是格伦盖尔家族有史以来可以称得上是非常好的一个人。不过他这种苛刻的思想品格后来却转化成为孤独的愤青；他为他的祖辈上不老实的作风感到沉闷消沉，所以，他又莫名其妙地把所有人都看作骗子。他更不相信的是那种慈善亦或是施舍；他曾经保证过，自己要是找到了一个非常正直朴实的人，那么这个人将会拥有格伦盖尔城堡全部的黄金，说完这句蔑视所有世人的誓言后，他便果断地把自己给封闭起来，不过，这句誓言到底能不能够兑现，他倒是没有抱一点儿希望。不过，后来有一天，一个从很远的村庄而来的小伙子，给他送来了一份已经延误了许久的电报，这个男孩耳朵已经聋了，看起来也呆呆的；这时，格伦盖尔做了一个非常嘲讽的幽默举动，就是给这个男孩一个新法新铜币③。至少他觉得他是给了，不过当他再次翻看自己的零钱时，却发现那个新法新依旧在那里，可有一个沙弗林金币④却消失了。这件事让他开始嘲讽起人类的发展前景。无论如何，这个男孩都会表现出人类贪得无厌的丑态。这种事显然只有两种结果，一是男孩从此便再也消失不见，成了偷硬币的小偷；二是以品格正直的面孔，悄悄地回来，因此成为了不断索取报酬的势利小人。那天夜里，格伦盖尔伯爵被一阵突然的敲门声叫醒——由于他是独居，因此不得不亲自去开门，站在门口的就是这个耳朵聋了的傻瓜。这个傻呆呆的小伙子带给他的不是那个灿灿的金币，而是 19 先令 11 便士 3 法新的零钱，一分不多也一分不少。"

"这个已经疯狂的伯爵大脑中立即被这种极不正常的谨小慎微的行为所征服了。他肯定自己就是戴奥真尼斯⑤，那是一个一直在找寻对待事情诚实的人，最终，他找到了一个。后来，他立了一份新的遗嘱，我在此前已经看过了。他把这个日常作风刻板呆滞的年轻人，带到了这座早已年久失修的大宅子内，把他调教成为只能为他服务的仆人——然后用一种奇特的方式——让这个仆人成为了自己的继承人。这个奇怪的人不管了解到什么，都可以全然知晓伯爵的两个会一直固定不变的想法：首先，这份法律文书就是所有；其次，他可以拥有格伦盖尔家族所有储存的黄金。到现在为止，这就是全部的故事了；大概就是如此简单。他已经拿走了这个宅子里所有的黄金，并且，除了黄金，他其他东西一点儿都不碰；就连最后的一撮儿鼻烟也不愿拿走。他把旧祈祷书上带有金字的书页也都一一撕去，只留下了剩余的没有损坏的部分，到此为止，他已经非常满意了。所有的这些其实我都可以明白；只是唯一不能理解的，就是这块颅骨。人头竟然会和土豆埋在一起，这的确让我的心里感到非常不安。一直到弗朗博口中说出'牙医'那个词，我的心里才开始慢慢轻松下来。"

"一切都会好起来的。等他把那位伯爵牙齿上的黄金都给刮掉，自然就可以把颅骨重新放回坟墓里了。"

果然如此,第二天早上,弗朗博在穿过这座小山时,又看到了那个奇怪的人,就是那位看起来非常正直的守财奴,他好像正在挖开的墓穴旁边深挖着什么,脖子上系着的那件格子披风也跟着山风肆意摆动;头上还戴着那顶简朴肃穆的大大的礼帽。

【注释】

① 玛丽女王(1542~1587年),出生后6天就继承了王位,在1542~1567年间成为苏格兰女王,后成为法国法兰西斯二世王后,1561年返回苏格兰,被迫退位,逃亡英格兰,因蓄意谋杀英格兰女王伊丽莎白被捕。

② 科林斯(1824~1889):来自英国的侦探小说家,布朗神父的故事里经常会提到他。

③ 法新:1961年之前的英国铜币,一法新相当于1/4便士。

④ 沙弗林:是英国很久之前的金币,面值为1英镑。

⑤ 戴奥真尼斯,又名第欧根尼,是一位古希腊的哲学家。他是苦行主义的身体力行者,常居住在一个木桶内,像乞丐一样生活。白天,他都会打着灯笼在街上"寻找诚实的人"。狄奥根尼揭露了大多传统教条的标准与信条的虚伪,他主张人们回到淳朴自然的理想状态生活中。狄奥根尼觉得:"每一种通行的印戳都是假的。人们都被打上了将帅与帝王的印戳,事物也都被打上了荣誉、智慧、幸福与财富的印戳;而一切,都只是破铜烂铁被打上了假惺惺的印戳罢了。"狄奥根尼对"德行"很感兴趣,他觉得,与德行比较起来,俗世中累积的财富是不足相较的。

◇ 怪异的形状 ◇

以伦敦为中心出发的几条宽大的马路逐渐向北延伸,视野进入广阔的乡村地域,然后视线再渐渐变窄,转换成为断断续续的街道。有些地段正在等待铺设,不过从总体上看来,还是能够继续保持着一条路的方向。一路悠然地走过去，一会儿是聚集在一起的几家面积很小的店铺，紧接着便是被圈起来的一片耕地亦或是小牧场，然后是一家远近诸知的小酒店；继而又有一个商品菜园或是苗圃进入视野，而后便是规模浩大的私人宅邸，拥有着一片田地与另一家规模不大的客栈，诸如此类等等。若是有人顺着这样的一条大路走的话，他在走的过程中，会遇到一栋房子，也很有可能会不由自主地被它所吸引，可是，又说不出它到底有哪里是特别的地方。这里有一栋长条形状、矮小的房子，根据大路走向建造而成；外面的墙壁大多被粉刷成白色与淡绿色，附带着阳台与遮阳棚，门廊上还有个古朴典雅的圆顶，就像是人们在从前的宅邸中看到过的那种木制伞一样。其实，这的确是栋样式很老的房子，不但有着地地道道的英格兰风格，还别有克拉珀姆①富人区所风靡的乡间别墅风格。不过，这栋房子又仿佛是专门为了躲避夏日的暑气而建造的。望着它被粉刷变白的墙面与阴凉的遮阳篷，眼前依稀浮现出印度人常用的薄头巾，乃至于棕榈树的景观。我不知道如何解释为什么会产生这种联想，大概是因为它是由印度裔英国人所建的吧。

我敢说，不管谁在此路过，都会莫名其妙地迷上它，会觉得这栋房子里一定发生过令人津津乐道的故事。没错！诸位接下来就要听到，在19世纪某年的圣灵降临周②，这座房子里确实发生了一桩离奇的事情。

假如有人，恰好在圣灵降临节③前的那个星期四下午4点半路过此处，他就会看到前门打开，从中走出圣芒戈小教堂的布朗神父，吸着一个大烟斗；陪他一起出来的是他高大的法国朋友弗朗博，吸着一根小小的烟卷。这两个人不一定会引起读者的兴趣，但说实话，当这座白绿相间的房屋前门打开时，展现在人们眼前的还有其他有趣的事。这座房屋还有更为独特的地方，需要事先有个交代，这不仅能帮助读者理解我们要讲的悲剧故事，而且也让读者开开眼，领略一下那扇门后面的玄妙之处。

整个房子是依照T形而设计建造而成的，不过，那个T的形状的横很长，竖却很短。那一长横挨着街道，它顺着街道的走向，大门则处在正中间；它有两层，其中包括了所有重要的房间。短的那一竖则径直从大门所在的位置向后扩展，那是能够相互联通的两个房间，都是长条形状的。其中一间是书房，闻名于世的昆腾先生便是在这里写下了蕴含着东方神韵、激情肆意的诗篇与浪漫动人的故事。继续向里面走，便进入了玻璃制成的暖室，热带种植的奇花异蕊也放肆地绽放开来，五彩缤纷：它们长得都不同，美不胜收，在午后的阳光照射下，更显得五光十色、夺人眼球。所以，当前门开启时，任何一个偶然经过的路人，都会凝神驻足，静静地望着，被令人惊魂的美艳吓得目瞪口呆：他的眼神穿过奢华无比的大厅，向屋内的最深处看去，突然眼前一亮，如同童话剧中不停变换的布景一般，只看到暖室内紫雾环绕，花香四溢，灿金色的圆花瓣，暗红色的星状花朵，那么的明丽，夺人眼球，其实就近在眼前，但又那么扑朔迷离，仿佛在遥远的天边。

诗人伦纳德·昆腾亲自上场，特意打造了这种绚丽的视觉效果，人们总会想问，他的那些诗篇是不是也能这么完美地展现他的性格情致。他沉迷在五彩缤纷的迷蒙幻境中，对色彩的迷恋让他不再在乎那些外在的形式，哪怕只是美妙的形式。正因为这样，他把所有心思都投入到东方艺术与形象塑造上，流连在让人看花了眼的地毯、光怪陆离的刺绣里；它们所显现的色彩纷纭繁复，毫无次序。他的作品甚至说不上是什么至善至美的艺术成就，但也并不缺乏想象力与创造性，因而总会受到大家的赞扬。他写的史诗与浪漫的爱情故事，都蓄意渲染放肆狂暴，乃至于几近惨烈的色彩；他所叙述的故事大多都发生在带有热带情致的天堂，在那里，到处都充满着灿烈的金黄色与猩红色；在那儿，来自东方的英雄头上戴着主教冠，那上面整整缠了12条头巾，他身骑大象，大象被油漆成为紫色亦或是孔雀绿；在那个地方，有着硕大无比的钻石，连100个黑人都很难把它们抬起来，他们在古老而神秘的火焰中一点点燃烧，四射着奇特的色彩。

用简单的话米说，在平常人看来，他用极重的笔墨描绘的东方天堂，那比西方人心中的所有地狱都还要更邪恶；那些打东方而来的君主，看起来大概与疯子没什么不同；可是，对于那些东方宝石，即使有100个黑人跟跟跄跄地把它们抬到了邦德街①，也会被那里的珠宝商当成是假货。昆腾始终是个天才，虽说带了点病态。不过，这种奇特的病态更多地体现在他的生活里，而非他的作品内。他看起来很柔弱，脾气却阴晴不定，身体也由于服用从东方而来的鸦片受到很重的伤害。他的妻子美丽且勤劳，或者说是，有些操劳过度。她不支持丈夫吸食鸦片，更加反感那个身穿黄白袍的从印度来的隐士，可是，她的丈夫很想再坚持一下，想再款待他几个月，把他当成维吉尔⑤一样，用来引导自己走遍东方的天堂与地狱。

就是在这样的一个艺术气息密布的环境之中，布朗神父与他的朋友一同走出，他们走到了门前的台阶上。面部的表情明显地告诉着人们，从那其中走出来的才是一种真正的解脱。弗朗博与昆腾曾经一起在巴黎求学，他们互相陪伴，共同度过了最放荡不羁的学生时代，可是，直到上周末，他们才重新恢复联系。倒是弗朗博，他近来的表现反而越发地有责任感了，这就直接导致了他现在和诗人之间的关系不是很好。弗朗博觉得吸食鸦片与在牛皮纸上写露骨的艳诗这种事情，绝对不会是君子所做的事。布朗神父与弗朗博一同在台阶上小站了一会儿，他们正想走向花园，突然看到，那座挨着街道的花园门被猛然推开，一个戴着歪歪的圆顶硬礼帽的青年忽地冲了进来，由于走得太急促，他上台阶的时候差点儿被绊倒。这个小伙子一眼看上去就像一个浪荡的公子，他鲜红的领带皱皱的，就像是戴着它睡了一觉一样。他烦恼不堪地玩弄着有节的小手杖，不停地指指点点开来。

"你听我说，"他不停地粗声喘气道，"我要见老昆腾。我现在必须见他。他在家里吗？"

"我想他在家，"布朗神父边说边清理他的烟斗，"但我不知道他是否能见你。医生正给他看病。"

小伙子似乎头脑不太清醒，他踉跄着走进大厅。与此同时，医生从昆腾的书房里走了出来，关上房门，然后戴上手套。

"你想见昆腾先生？"医生面色冷冷地问，"不行，你不能见他。其实，无论是多大的事都不可以。谁也不能见，因为他刚才喝了安眠药水。"

"不是这样的，你看看我，我的朋友，"那个脖系红领带的小伙子急切地想要牢牢抓住医生的外衣翻领，"你看着我，我现在真的很清醒，我跟你说。我——"

"您不要再说这些没用的了，阿特金森先生，"医生用力以身体挡住他，不让他靠近，说，"除非你可以让安眠药失去效果，要不，就别想让我轻易改变我的决定。"而后他戴好自己的帽子，与另外两人共同来到户外灿烂阳光下。医生是一个脖子又短又粗、态度和善的小个子，他脸上留着一撮小胡子。长得与平常人一样，没有什么不同，不过，这反而给了别人一种能力很强的印象。

戴圆顶硬礼帽的年轻人好像并不擅长与人交流，他除了急到去抓对方的衣领这招以外，再也无能为力。他怔怔地站在门口，如同刚被丢到屋外一般，茫然地看着所有发生的一切，看着那三个人共同穿过花园，默不作声，渐行渐远。

"我刚才撒了一个极大的谎言，"医生开心地大笑着说，"实际上，可怜的昆腾大概要过差不多半小时才会服药。但是，我真的不想他被那个该死的家伙所打扰，他只是想借钱而已，况且，就算他手头有钱了，也不会想要还钱的。他就是个邋遢的小痞子。他是昆腾夫人的弟弟，但是昆腾夫人与他恰恰相反，是个很好的女人。"

"是的。"布朗神父接着说道。"她确实是一个很好的女人。"

"所以啊，我提议咱们不如就在花园里逛逛，直到那家伙离开这儿我们再离开，"医生紧接着说道，"而后我就把药给了昆腾。阿特金森无法进去，我就把门给锁上了。"

"要是真的如此的话，哈里斯医生，"弗朗博说，"我们就从屋子后面走吧，去暖室那边。即使从那里无法进入暖室，不过，倒也很值得从外面看一看。"

"这个想法倒是不错，我还能顺带看一眼我的病人，"医生兴奋地说，"由于他很喜欢去暖室的另一边，躺到里面放有厚垫靠背的褥榻上，旁边是鲜艳的一品红。但是，一想到那景象我就浑身冒凉气。哎，你在做什么呢？"

布朗神父停下行走的步伐，弯腰从密布的草丛中拾起一把东方样式的匕首，它的样子非常离奇古怪，刀身一点点扭曲着，上面镶有五彩的宝石和金属，做工十分精美。

"这是什么东西？"布朗神父略带嫌恶地望着它说。

"噢，那大概是昆腾的吧，"哈里斯医生不经意地回道，"他家里有许多中国的各式各样的小玩意儿。如果不是的话，那就是他一直抓着不放的印度人的东西。"

"印度人的？"布朗神父略微不明白地问道，他的眼睛依旧注视着手里的匕首。

"噢，他是一个来自印度的魔术师，"医生漫不经心地说，"不过啊，只是一个骗子罢了。"

"你难道不相信有魔术吗？"布朗神父低着脑袋问道。

"咳！什么魔术啊！"医生一脸鄙弃地说。

"它真的很美，"神父低沉的声音中仿佛显现出不尽的向往之意，"色彩鲜亮。但是，它的形状有点儿问题。"

"能出现什么问题呢？"弗朗博好奇地瞪着大眼问道。

"完全不对劲儿。从大体上看来，它的形状非常不好。莫非你看到东方艺术时没有这种感觉吗？它色彩明丽，无比迷人，可是样式却极丑、邪恶，并且，它是特意被做成那种样子的。我在土耳其地毯上曾经看到过类似的那种可怕的图案。"

"我的上帝呐！"弗朗博大笑着喊道。

"我不清楚那上面书写的字母和符号到底属于哪种语言，不过，我能弄明白的是，它们想要显示的是一种极其邪恶的字句，"布朗神父继续说，声音比之前更加低沉，"线条，如同蟒蛇蜷缩起了身体，想要逃跑一般。"

"你到底都在说些什么啊！"医生忍不住大笑着说道。

弗朗博很冷静地回答道："神父有时就会变得神神叨叨的，不过，我要提醒你了，要不是附近有着什么邪恶可怕的东西的话，神父绝不会这样。"

"噢，都是瞎说的！"这个富有科学精神的医生说。

"哎，看看它，"神父伸直手臂让大家看这把奇形怪状的匕首，它就像一条闪亮的蛇。"难道你们没看出这匕首的形状不正常吗？难道你们没看出它并不是为了某种本该有的朴实功能打造的吗？匕首前端并不直接指向前方，刀刃也歪歪扭扭，不成样子。与其说它是件武器，倒不如说它是件实施酷刑的工具。"

"哦，看来你很不待见它，"哈里斯开玩笑说，"不如拿回去物归原主吧。我们绕了这么久还没走到头吗？"

"哦，看看你很不待见它，"哈里斯开玩笑说，"不如拿回去物归原主吧。我们绕了这么久还没走到头吗？这个暖房真让人琢磨不透。你也可以说这暖房的形状不好。"

"你不明白，"布朗神父摇着头说，"这座房子的形状的确古怪，甚至有些可笑。但却没什么不对的地方。"

他们说着话，已经绕过弧形玻璃，来到了暖房的另一边，延展的弧形玻璃是一整块，上面既没有门，也没有窗户，无法从这里进出。然而，那面玻璃却十分明净，太阳开始落山了，但阳光仍然很充足。透过玻璃，他们不仅能看到暖房里繁花似锦，也看到诗人羸弱的身躯，披着褐色天鹅绒外衣，倦怠地躺在沙发上看书，显然是看累了，昏昏欲睡。他脸色苍白，身体虚弱，一头乱蓬蓬的栗色头发，上唇的小胡子与整个面庞形成巨大反差，因为那绺胡须让他显得不够粗犷。对于他的这些特点，他们几个人已经了然于心，即便他们不熟悉，现在也顾不上细细观察了，因为他们的目光完全被另一件东西吸引住了。

就在他们来时的路上，在一处圆弧形玻璃的弧状外侧，有一个身形高大的男人站在一旁。他穿着干净的长袍，袍边一直拖到脚下，在缕缕斜阳的映射下，他光秃秃的深褐色脑袋、脸蛋与脖颈隐隐闪耀着光辉，仿佛一尊青铜像一般。他正隔着玻璃看里面那个已然睡着了的人，就像是一座巍峨的高山一样屹立不倒，在那个地方，不发出任何动静。

"那个人，他是谁？"布朗神父惊叫道，从胸腔中冷不丁地倒吸了一口凉气，身体向后退了一步。

"噢，还能是谁呢，不就是那个印度骗子，"哈里斯叨叨着，"但是，我倒是真不知道他想在这儿做什么。"

"他好像正在搞催眠术。"弗朗博咬着嘴唇恨恨地说。

"为什么你们这些一点都不懂医术的人总是在讨论催眠术呢？"医生不解地说，"我看他倒像是想要偷走什么东西。"

"嗯，无论如何，我们总归要打声招呼的。"弗朗博向来都是属于行动派的。他向前跨了一大步，来到那个印度人站着的地方。他身材高大，弯腰鞠躬时几乎都要高出那个东方人，他平和但有些冒失地说："晚上好，先生，你想要些什么呢？"

庞大的黄色面孔，如同驶入港口想要停泊的轮船一般，缓缓地开动着，他转向身后。这三个人惊奇地发现他那双黄黄的眼皮紧紧地闭着，如同处在睡梦之中。"谢谢您了，"他用非常地道的英语说，"不过，我什么都不要。"而后，他的眼睛睁开一道微小的缝，显露出乳白色的眼珠，又重复了一遍："我，什么也不要。"继而，他又满脸惊异地瞪大眼睛，直勾勾着说："我，什么都不要。"说完后便急急促促地快步走入迅速黑暗下来的花园。

"基督徒肯定比他更谦卑的，"布朗神父若有所思，喃喃说道，"他肯定是想要什么。"

"他到底是在做什么吗？"弗朗博颇不耐烦皱着眉头，压低嗓音说。

"我一会儿再跟你说。"布朗神父回道。

阳光依旧如此，不过，早就已经变成了傍晚赤色的霞光，花园里的花儿草儿在晚霞的映射下逐渐变作了黑漆漆的一片。他们绕过了暖室圆弧的最末端，悄悄地从另一侧转到前门。当他们走过书房和主建筑的结合处时，好像惊动了些什么，就像他们的来临打扰到了一只鸟一般。他们又一次看到了身穿白袍的印度苦行僧，他在阴影之处悄然现身，默不作声地飘往前门方向。让他们哑口失言的是，他并不是只有一人。昆腾夫人的猛然出现，让他们骤然停下脚步，只好驱散心中的谜团。昆腾夫人长着一头浓密的金发，方方的脸显得异常苍白。她身披晚霞，正向他们走来。她看上去似乎有些严厉，不过举止非常优雅。

"晚上好，亲爱的哈里斯医生。"她颇为简单地问候了一句。

"您也晚上好，昆腾夫人，"矮个儿医生热切地说，"我正准备去给您的丈夫送安眠药水呢。"

"噢，是啊，"她的嗓音很明亮清晰，"我想着也是到时候了。"而后，她冲着他们莞尔一笑，便迅速进入屋中。

"那个女人有些操劳过度，"布朗神父说，"这类女人通常会兢兢业业 20 年，精神紧绷，最后再也受不了，便做出可怕的事。"

小个子医生第一次饶有兴趣地盯着神父。"你学过医吗？"他问。

"你既需要了解人的身体自然也要了解人的心理，"布朗神父悠然答道，"而我们，不仅需要了解人的心理，也要了解人的身体。"

"那好吧，"医生说，"我现在要去给昆腾拿药去了。"

他们绕过屋角，向着房门口走去。当他们正想进门时，第三次看到了那个身穿白袍的人。他径直走向大门，仿佛刚从书房出来一般，不过，他们都知道那是绝对不可能的，因为此时，书房的门是紧锁着的。

布朗神父和弗朗博心里其实还都有些怀疑，但是，谁都没有再说些什么，而哈里斯医生就更不会对这种不可思议的事煞费苦心了。医生转过身，绕过这个哪儿都有他的亚洲人走出大门，而后便快步走入大厅。没想到，却看到了自己早就已经抛到九霄云外的那个人。闲着无聊的阿特金森还在那里闲着溜达，嘴里哼着悠然的小曲儿，用他那根多节手杖随意地乱捅着。医生脸上瞬间显现出一阵厌恶，与此同时，也做下了决定。他急忙地对同行的人小声说："我一定得把门锁上，否则的话，这个地痞无赖就会进去。但是，等到两分钟后我会出来的。"

大夫立即打开大门，不久又顺手锁上，正好把那个戴着圆顶礼帽，想要冲进来的青年挡在了门外。小伙子很不耐烦地一屁股坐到大厅里的椅子上。弗朗博看着墙上挂的那盏波斯照明灯，布朗神父怔怔地望着那扇门，神情似乎有点迷蒙。大概过了4分钟以后，门又一次打开了。阿特金森这次速度很快。他用力扑上前去，顶住门不让它关闭，接着呐喊道："嘿，昆腾，我要——"

昆腾的声音从书房的另一边清晰地传了过来，似乎像是在打哈欠，又仿佛是在无奈地大笑。

"噢，我晓得你想要什么。拿走吧，别再打扰我啦。我现在正写一首孔雀之歌呢。"

忽然，1枚半英镑的硬币瞬间从门缝里飞了出来，阿特金森立刻走向前去，动作迅速地紧紧握住那枚硬币。

"这不就没事儿了吗，"医生一边说着，一边用力锁上了门，独自在前走入花园，众人都跟在他的身后。

"倒霉的伦纳德总归是能够安静一会儿了，"他和布朗神父说道，"他能在里头待上一两个小时，不受任何人打扰。"

"没错，"神父回答说，"我们与他分别的时候，能够听得出他很开心。"随后，布朗神父神情庄重地看了看花园周围，看到了打扮得吊儿郎当的阿特金森，他正站在那儿玩弄口袋中的硬币；再眺目向远处看，夜幕中，暗紫色的晚霞隐隐若现，那位印度人头朝着夕阳，笔挺地坐在长满了草的土堆上。而后忽然明白道："昆腾夫人呢，她去哪儿了？"

"她去楼上自己的房间里了。"医生说，"你看，那个窗帘映的影子就是她。"

布朗神父抬起头来，皱着眉头仔细看了看瓦斯灯所照出的那个暗影。

"不错，"他说，"那的确是她的影子，"便向前方走了几步，一屁股坐到花园的椅子上。

弗朗博在他身边默默坐下，不过医生仍然精力充足，一直在那里不停地踱步，一点儿都不想坐着。他一个人抽着烟，向夕阳缓缓走去，只剩下两个朋友坐在那里。

"布朗神父，"弗朗博用法语说，"你是，怎么了？"

布朗神父一句话都不说，纹丝不动，过了大概整整半分钟后，才缓缓说道："迷信这种行为，是反对宗教思想的，这里的气氛有点儿问题。我想这大概是那个印度人造成的，至少有一部分的因素是。"

神父又一次陷入了无边的沉默之中，望着印度人渐渐远去的背影，他依旧身体僵硬地坐在那里，如同在祈祷一般。乍一看，他好像并没有动，可当布朗神父眯起眼睛仔细看了一会儿后，才发现他正和着节奏，有规律地缓缓晃动，就像是昏暗的树梢在微风的吹拂下一点点摇曳一般，那阵风掠过园中小道，不停地晃动着地上洋洋洒洒的落叶。

周边快速阴暗下来，好像酝酿着暴风雨，但他们仍然能够看到分散在花园各处的几个人。阿特金森无精打采地倚靠着一棵树站在那儿；昆腾的妻子仍然站在窗边；医生去了暖房那边闲逛，他们能看到他的雪茄发出鬼火般的光亮；那个印度苦行者仍然僵直地坐着，却又在微微晃动，他头顶上的树则开始猛烈地摇动、翻卷。暴风雨真的要来了。

"那个印度人在和我们说话的时候，"布朗神父继续保持极小的声音说，"我眼前总会显现出一幅画面，是他与他那整个世界的画面。可是，他却重复了三遍。他第一次说'我什么都不要'的时候，他是想说自己位于一个硬壳之中，那个亚洲的小世界坚不可摧。不过，等他再次说'我什么都不要'时，我了解他的意思是他是自在人为，就如同是宇宙自身一般，根本就不需要什么上帝，他也不承认有原罪这一说。等他第三次再说'我什么都不要'的时候，他的眼里忽地燃烧出团团的火焰。我晓得他的意思很明白，确实是什么都不要，一切的虚无，才是他真正的欲望所在，也是他的家园所在；他渴望虚无，就像渴望美酒一般；他想要的是所有的所有都归于湮灭，纯粹的，所有的、彻底的毁灭。"

雨滴砰然落下，弗朗博不晓得为什么就突然地蹦了起来，他抬头向上望了望，仿佛雨滴把他打痛了。与此同时，医生正从暖室那头向他们飞奔而来，一边跑一边喊叫着。

在他一溜烟儿似的跑过来之后，坐立难耐的阿特金森刚好转身向房屋的正面走去，医生一把用力地揪住他的衣领。"卑鄙！"他怒喊道，"你这条癞皮狗到底对昆腾做了些什么？"

布朗神父挺直身板，猛然站了起来，声音中隐隐透露出一股正气。

"不要打架，"他镇静地喊道，"我们有能力控制住所有人。所以现在，这是怎么回事，医生？"

"昆腾先生肯定出事了。"脸色苍白的医生说。"我通过玻璃看到了他，就躺在那里，但是他躺着的姿势很有问题。无论如何，上次我们分别的时候，还不是那个样子的。"

"咱们还是先进去看一下他吧，"布朗神父急忙说，"你不要跟阿特金森过不去。自打我们在屋里听到昆腾说话以后，他就再也没有出过我的视线之外。"

"那我就留在这里看着他吧。"弗朗博立即说，"你们快进里头看看。"

医生和神父飞奔到书房门口，等打开锁后便立即冲进了屋里。里面非常黑，仅有一个供病人用的小火炉在发着微弱的光芒，因此，他们跑进来后并没有看得很清，还差点儿被屋内正中央的大红木桌子给弄摔倒了；这张桌子平常是供诗人写作时才用的。桌子中间摆放着一张纸，很明显，那是故意留在那儿的。医生迅疾地一把抓起这张纸，瞥了一眼后，便把它递给布朗神父，与此同时，大叫道："我的上帝啊，你们看！"说完便冲向里面的玻璃暖室。暖室内明丽热烈的热带花卉依旧沐浴在即将黯淡下来的猩红色余晖中。

布朗神父拿着那张纸，反反复复地读了三遍，只看到上面写着："是我，亲手杀死了我自己；可我，却是死于谋杀！"大概可以确认这的确是伦纳德·昆腾本人的笔迹，因为他的笔迹确实很独特，一般人很难模仿，并且很难辨认出来。

布朗神父拿着那张纸，大步走向暖房，不想和正在向外走的医生碰面，不过，从他的表情可以看得出来，的确是出事了，而他自己的精神已经临近崩溃。"是的，他自杀了。"哈里斯遗憾地说道。

他们一同穿过令人惊艳的仙人掌与杜鹃花，看到伦纳德·昆腾这位诗人与传奇的小说家躺在那里，沉沉的头垂在褥榻的外边，散乱的红色卷发就那样铺在地上。他们当时在花园里捡到的那把怪异的匕首，此时就插在他身体的左侧。只见他松软的手依旧握住匕首的柄。

屋外，暴风雨突然袭来，就像柯勒律治⑥笔下所写的夜晚一般，大雨漫天而下，花园与玻璃屋顶骤然变得黑漆漆一片。布朗神父仔细研究的其实并不是那具尸体，反而，是那张纸。他在一片黑暗里，把纸片拿到眼前，想仔细地读一下。而后举起了双手，想要借助那一点点微微的光芒，就在这时，突然出现了一道亮眼的闪电，眼前的那张纸片瞬时变得一片漆黑。

闪电之后，紧接而来的便是轰隆隆的雷声，四周又陷入一片昏暗。雷声过后，隐隐的黑暗背后，便传出了布朗神父的声音："医生，这张纸的形状，不太对劲。"

"你说的这是什么意思？"哈里斯医生紧皱起眉头，瞪着圆溜溜的眼睛问道。

"这张纸，并不是方的。"布朗神父谨慎地回答道，"有一角被剪掉了。这是为什么呢？"

"我又如何会知道呢？"医生语气不屑地说，"我们现在是不是应该把这个可怜兮兮的家伙安顿一下？他现在已经糟糕得没救了。"

"不可以。"神父回答道，"我们现在还不能动他，不如就让他躺在这里，一会儿叫警察过来。"他一边说，一边仔细地研究着那张纸片。

在他们向外面走去，经过书房的时候，布朗神父便在桌旁停下脚步，从桌上拿起一把指甲剪。"喔，"他若有所思地松了一口气，"原来这就是他用的工具。可是，这还是——"他的眉头又不经意地皱起了。

"天啊，别再玩弄那张纸片啦！"医生没好气地说，"那是他独特的喜好。他有上百张与那相同的纸。他竟然把纸全都剪成了那个样子。"医生的手指，指着摆放在另一张小桌子上，但还未用过的一沓稿纸说。布朗神父走向前去，拿起一张纸仔细地看后，发现它的形状也并不规则。

"还真是如此。"他说，"并且，这上面的角也都被剪掉了。"更让医生愤怒的是，布朗神父现在竟然在计算纸的张数。

"不要对这个那么在意。"神父略带歉意地浅浅一笑说，"这里被剪过的纸大概有 23 张，被剪掉的角却只剩下 22 个。我已经看出来你有点不耐烦了，我们现在去找其他人吧。"

"谁要去告诉他的妻子？"哈里斯问道，"你现在去告诉她可以吗？我得派遣个仆人去叫警察。"

"好吧。"布朗神父冷冷地说。紧接他着走出屋门，去到大厅门口。

到了门口后他才发现，原来这里也有一场戏，不过更可乐。他那个身形高大的朋友弗朗博已有许久都没摆出过那种姿势了，这让他看着感觉有点儿不习惯。阿特金森早就已经被收拾得没有了脾气，五体投地地摔倒在台阶之下的小径上，那个高顶的硬礼帽与手杖早就被甩到了小道的另一面。原来是阿特金森实在难以忍受弗朗博对他几近苛责的监督，想要把弗朗博打倒，不过，要想跟这个曾经的巴黎霸王动手，可不是一般人可以闹着玩的。

当弗朗博正准备扑上去再次用力按住阿特金森时，神父悄然在旁，轻轻拍了拍弗朗博的肩膀。

"嘿，朋友，和阿特金森和好吧。"他说，"你们相互道个歉，说一句'晚安'。我们就用不着再看着他了。"之后，阿特金森略带迟疑地爬起来，捡起了他掉落的礼帽和手杖，向花园大门走去。现在，布朗神父更加庄重地说："那个印度人，到底去了哪里？"

他们三人不由自主地转眼朝昏暗的草埂望去，在晚霞映照下，草梗周边的那些树呈现出紫色，在风雨中摇来摆去。此前他们曾看到那个印度人就在那里晃动着祈祷。此时，这位印度人已经走开了。

"这个蒙人的家伙。"医生愤怒地跺着脚说，"我现在知道了，是这个下贱的东西干的！"

"我以前还一直觉得你不相信魔术呢。"布朗神父平静地说。

"我现在还是不信。"医生转着眼珠说，"只要一想到他是个假巫师，我就痛恨这个黄皮肤的恶魔。要是我觉得他是个真巫师的话，我会更恨他。"

"哦，他逃脱倒也无关紧要。"弗朗博说，"因为我们无法证明他有罪，也拿他没办法。我们不能去跟教区警察说，有人受到巫术或自我暗示的影响自杀了。"

就在这时，布朗神父进入屋中，去把这个让人伤心的消息告知了死者之妻。

神父从屋子里出来时，脸色有点发白，流露出明显的悲伤。可是他们见面都谈了什么，从来没有人知道，甚至在真相大白之后，还是没人知道。

正与医生小声交流的弗朗博，惊讶写满了脸庞，他根本就没想到，他的朋友竟然可以这么快就走出屋子，来到自己的身旁。不过对此，神父并未留心，只是把医生单独拉到一边，问他："你现在已经派人去找警察了，是吗？"

"是的，"哈里斯回道，"10 分钟以后，他们就会到达。"

"那你可以帮我个忙吗？"神父不露声色地问道。"说实话，我收集了许多稀奇古怪的案子，而这些案件中，恰恰都存在着与这个印度人相关的情况，不能写入警方的案情报告中。现在，我需要你为我写一份详细的案情报告，只是让我个人保存。"神父肃穆而坚定地盯着医生的脸说。"其实我在想，你所知晓这个案子的一部分细节，但你觉得有些不方便直说。我的职业与你的相同，是都需要保密的，因此，我是绝对不会向外透露你写的所有内容的。不过，你要如实地写出所有已然发生的情况。"

医生歪着脑袋仔细地听着，又盯着神父的脸呆呆地看了一会儿，然后说道："那好吧。"说完便走入书房，随手关上了门。

"弗朗博，"布朗神父对着他说道，"那座阳台下有个长椅，应该不会被雨淋着，我们不如去那里抽会儿烟。现在这个世界上，你是我唯一的朋友，我想和你谈谈。亦或是，根本不用说什么，只是，简单地在一起坐坐。"

他们悠闲地坐在走廊长椅上。布朗神父却一反平常，一手接过了弗朗博递给他的上等雪茄，一口接着一口，缓缓地抽雪茄，一言不发。雨点时大时小，不停地敲打着顶棚，噼里啪啦，不停作响。

"我的朋友，"神父终于开了口，"这是一件非常古怪的案子，极其古怪。"

"我也觉得很古怪。"弗朗博回答说，声音略微有些颤抖。

"你说它古怪，我也说它古怪，"布朗神父说，"不过，我们的意思却是截然不同的。现代人经常把两个不同的概念相混淆：一说到神秘兮兮的事物，总是会带有两层含义的，一是说它骇人的惊异；一是说它带有复杂性。不过，奇迹的意义也就简单许多。奇迹虽然让人感到讶异，却也简单明晰。也恰恰由于是奇迹，它才更为简单。它的直接源头是上帝（亦或是魔鬼），并不是间接来自自然或是人们的意志。如今，你是想说，这件案子非常让人惊异，因为它很奇妙，因为，它是由一个恶毒的印度人使用巫术而造成的。你要懂得，我并没有说这里不存在心灵亦或是恶魔的因素。大概，只有上帝和魔鬼才知晓，到底是怎样的环境会使得人们犯下这等罪行。不过，就目前而言，我的看法是这样的：如果，这件事真的像你所说的那样，是纯粹的巫术的话，那么它肯定是令人讶异的；但是如果那样的话，它就不再神秘了，也就是说，它并不具有复杂性。奇迹的特征反而就是它的神秘性，不过，它发生的方式非常简单。就如今看来，这件事发生的方式绝对没有那么简单。"

远方的天空，闷雷轰轰隆隆地响着，本来已经减弱了的暴风雨好像又开始暗流汹涌，即将重来一次。布朗神父抖落掉雪茄上片片的烟灰，接着说道：

"这件案子非常扭曲、丑恶、复杂，它既不来源于天堂，也不归属于地狱。就像人们会知晓一只蜗牛爬过会留下身形扭曲的踪迹，我也想要了解一个人留下的那些扭扭曲曲的痕迹。"

一道炫目的闪电猛地撕裂了天空中的夜幕，但很快便消逝而去，天空又再次陷入了一片黑暗。布朗神父继续说道：

"在这所有不正常的事物里，那张纸的形状是最不正常的。那张纸相比致他死命的匕首来说，更不正常。"

"你是说，那张纸？那张写了昆腾写明自杀原因的纸？"弗朗博好奇地问道。

"我指的是昆腾写下'我亲手杀死了自己'的那张纸，"布朗神父回答道，"我的朋友，那张纸的形状是错的；在这个恶魔丛生的世上，我还从来都没见过那样错误的形状。"

"那张纸只是被剪掉了一个角啊，"弗朗博说，"并且，我了解到，昆腾全部的稿纸都被以那样的方式剪过。"

"手法的确很奇怪，"布朗神父说，"依我看，这是一种很令人嫌恶的手法。要我说的话，弗朗博，这个昆腾啊，希望他的灵魂能升入天堂吧。他并不一定是个好人，不过，他的确是个能妙笔生花的艺术家。虽然他的笔迹很难认，但笔力苍劲，字形优美。我没有办法证实我所说的这些话，我也没办法证实所有事。不过我可以绝对地肯定，昆腾是绝不会用那种不良的方式剪掉纸上的一个小角的。就算是他出于某种特殊的目的，譬如说，为了让大小更为合适、装订，亦或是其他什么的，需要剪下一点，他也可以剪裁成其他样子。你还记得那张纸的形状吗？那实在是太丑了，是很令人厌恶的形状。就和这个很像，你还记得吗？"

布朗神父用正在燃烧着的雪茄，在沉沉的黑夜中快速挥舞着，一笔笔画下形状并不规则的正方形，但由于他的动作太迅速，弗朗博只能看到形状像是象形文字一样的图案，在冥冥的黑暗中发出隐隐的火光，这就是他的朋友曾说起过的象形文字符号，它们没有办法被人破译，却也毋庸置疑，这就象征着恶意。

"可是，"神父又开始抽起了雪茄，他的身子懒懒地靠在椅子上，眼神凝视着高高的顶棚，弗朗博便说，"如果剪掉纸角的还有其他人的话。那么，为什么另外的那个人要让昆腾自杀，还要剪他的稿纸呢？"

布朗神父依旧靠在椅背上，目不转睛地望着顶棚，当雪茄从他口中拿开后，缓缓吐了一口烟，说道："昆腾，压根儿就没有自杀。"

弗朗博瞪着圆溜溜的眼睛，盯着他说道："天啊，这真是太玄乎了！"他大声问："可是，如果这样的话，他又为什么要承认自杀呢？"

神父弓着身子向前走去，双肘支在弯曲的膝盖上，凝重地看着地面，深沉而又清亮地说："他压根儿也没有承认过自杀。"

弗朗博放下雪茄。"你的意思是，"他说，"那句话是别人伪造的？"

"不是的。"布朗神父说，"那句确实是昆腾自己写的。"

"我就说嘛，"弗朗博越听越来气，"昆腾在一张纸上亲自用笔写下'我亲手杀死了自己'。"

"但是，它的形状不对。"神父镇定地分析道。

"噢，天啊，又是这该死的破形状！"弗朗博心烦意乱地大叫道，"形状对不对与这事儿有什么联系吗？"

"一共有 23 张被剪过的纸，"神父不为所动，继续面不改色地说，"可是只有 22 个剪掉的纸角。所以，有一个纸角是被人给毁了，而且，有很大的可能是那张写了字的纸上的。现在，你了解一些了吗？"

弗朗博脸上的沟壑显露出一丝希望的光芒，他说："昆腾其实还写下了其他的内容，还有其他几个字。譬如，'他们会告诉你们我亲手杀死了自己'，或者'别相信——'"

"就像孩子们通常说的，太好玩啦，"他的朋友说，"可那个纸角还不够半英寸宽，根本写不下一个字，更不用说 5 个字了。你想想看，有这样一个符号，它比逗号大不了多少，却是那个恶人的罪证，因此必须要弄掉。会是什么呢？"

弗朗博仔细地想了想，最后还是无奈地说："不好意思，我实在是想不出来。"

"会不会，是一个引号呢？"布朗神父一边说着，一边用力把雪茄扔到远处，在空中飞行的雪茄就像是黑夜中的流星一般，闪烁、耀眼。

弗朗博瞬时间变得瞠目结舌，布朗神父又转而将话题重新绕回到了问题的根本原因，说：

"伦纳德·昆腾是一位传奇小说作家，他正在写一篇有关巫术与催眠术的东方传奇小说。他还——"

就在这个时候，他们身后的大门突然被立刻打开，医生戴着帽子，从里面急切走出。他把一个长长的信封交到了神父的手上。

"这些都是你要的材料，"医生说，"我现在要立刻回家，回见。"

"再见。"布朗神父话还没说完，便看到医生大踏步地向花园的大门走去。他出门的时候，没有带上前门，只留下一束氤氲的煤气灯光线，照射在他们的身上。凭借着这束暗暗的光线，布朗打开信封，慢慢念起这封信：

"亲爱的布朗神父，——你胜利了，加利利人①。还有，我诅咒你那双透视的眼睛，它们果然有极强的穿透力。莫非你所宣扬的那些理论，真的有意义吗？

我从小的时候开始，就非常相信天性还有世间所有的自然功能与本能，不管人们觉得它是道德的还是不道德的。早在我成为医生的很久之前，那时候我还是个小学生，我就开始养老鼠和蜘蛛，我一直觉得，世界上最美好的事，就是可以成为一个好动物。但就在刚才，我的信念动摇了；我一直相信本性，但现在看来，本性会背叛一个人。你的那套宣教真的有意义吗？我越来越病态了。

我爱慕昆腾的妻子。难道我有什么错吗？是我的本性促使我去爱上她，是爱，让这个无味的世界有了真正的意义。我也一直诚心地以为，昆腾的妻子与我这样一个干净的动物在一起，也许会更加幸福，不用再受那个可怕的疯子的苦苦折磨。我会有这种想法，又能有什么错呢？我只是用我科学家的方式正视了这个真相而已。她本就应该过上更幸福更美好的生活。

依据我的信条，我完全有能力去杀死昆腾，毕竟他的死亡对于谁来说都是好的，甚至也可以说，是为了他自己好。不过，作为一个身心健全的动物，我不想毁灭我自己。因此，我决定绝不做这种事，除非我发现了根本不需要承担后果的机会。不过今天早上，我恰恰发现了这样的机会。

今天，我一共进了三次昆腾的书房。当我第一次进去的时候，他只是说了说他正在写的一篇怪诞故事，名叫《圣徒的诅咒》，书里讲的是某个从印度而来的隐士用意念的力量强迫一位英格兰上校自杀身亡。他把最后几页让我看了看，甚至还把最后一段念给我听。大概意思就是说：旁遮普的征服者只剩下了枯黄的骨架，但依旧很高大，他用尽全力用肘部支撑起自己的上身，靠近他侄子的身旁，喘着粗气说道：'我亲自用自己的手，杀死了自己；可是，我却死于谋杀。'就这样，我遇到了极为难得的机会，他的最后那句话刚好写在那张纸的最前面。于是我便从书房走出，欢喜地来到花园，已经被这个可怕的机会完全迷醉了。

我们在这座房子周边散步，紧接着，就又发生了两件对我非常有利的事。你所怀疑的那个印度人，并且还发现，很有可能，就是他用的匕首。我找机会偷偷把匕首藏到我的口袋里，悄然回到昆腾的书房，把门锁好后，让他喝了安眠药水。他那时候一点儿也不想搭理阿特金森，不过我督促昆腾向外大喊一声，好让阿特金森尽快安静下来。我这么做是因为我要向大家证明，当我第二次从昆腾书房离开的时候，他还依旧活着。昆腾躺在暖室里，我从他那里回到书房。我是一个动作迅速的人，只用了一分半钟就做完了所有我想做的事。我把他手里的那篇小说的第一部分统统丢入壁炉，全都烧成了一堆灰炭。后来我才发现，破绽出在了引号上，我就决定立即把它们剪掉，为了不被别人知道，我就把所有的稿纸，都给剪成一样的。而后我就宽心地从书房走出，我心里懂，昆腾承认自杀的那张纸，其实就放在位于屋内正中央的桌子上，可他本人依旧是活着的，还躺在暖室里边睡觉呢。

最后的行动可以说是把所有希望都投在了一点上，你可以想象得出：我故意假装发现昆腾死了，然后飞奔进他的屋。我用那张小小的纸片拖住了你，我动作很迅速，当你正在看昆腾承认自杀的那张纸片时，我把他杀了。那个时候，他已经服了药，正在沉沉欲睡，我把匕首放入他的手里，然后插入他的身体。匕首的形状长得很奇怪，也许只有经常做的人才能把握好正确的角度，直接刺入心脏。我不晓得你有没有注意到这一点。

在我做完这些事的时候，令人感到奇怪的事发生了。我的天性竟然抛弃了我。我突然觉得很恶心，恶心得想吐，我觉得好像我做了什么错事。我的大脑就像被撕裂一般。我已经将这件事告诉了另外一个人，假如我要与她结婚生子，我就可以不再独自一人面对这些事，一想到这些美好的事，我就会立刻从绝望的深渊中体验到某种难得的快乐。我也不知道我到底是怎么了——也许，是发疯了——亦或是说，拜伦诗歌中的主人公，是不是也会感受到这种令人难抑的懊悔?! 我实在是写不下去了。

詹姆斯·E.哈里斯"

布朗神父用心地把信折好，放到胸前的口袋里，就在这个时候，花园大门的铃声突然响了，几个警察威严地站在门外的街上，身上的雨衣泛起点点微弱的光芒。

【注释】

① 克拉珀姆（Clapham）：坐落于英格兰伦敦南部地区兰贝斯区。从 17 世纪到 18 世纪初，这个地方出现了许多乡间别墅，曾经是上层人士很喜爱居住的地方。

② 生灵降临周（Whitsuntide）：从圣灵降临日开始一星期，特别是前三天。

③ 圣灵降临节（Whit Sunday）：又叫作五旬节，复活节后的第 50 天亦或是第 7 个星期日。是基督教的节日，为了纪念耶稣复活后派遣圣灵降临而盛大举行。

④ 邦德街（Bond Street）：是伦敦高档时尚购物区之一，从 18 世纪初期以来就一直象征着金钱与权力。这里有伦敦最高档的时尚女装店密布，时尚精品店、珠宝店、古董店与艺术画廊更是到处都是。

⑤ 维吉尔（Publius Vergilius Maro 或 Virgil）：公元前 70 ~ 前 19 年，古罗马诗人，作品有《牧歌》《埃涅阿斯记》等。他同时也是诗人但丁最崇拜的作家。在《神曲》中，但丁提到自己在维吉尔的引导下，游历了地狱和炼狱。

⑥ 塞缪尔·泰勒·柯勒律治（Samuel Taylor Coleridge, 1772 ~ 1834 年）：英国浪漫派诗人与评论家，一生都在病痛与鸦片的阴霾下度过。主要著作有《古舟子咏》和《忽必烈汗》等。

⑦ "你赢了，加利利人。"（拉丁语 Vicisti, Galilee；英语：Thou hast conquered, O Galilean）：由于加利利是耶稣的家乡，所以，加利利人又指耶稣。据说这是罗马皇帝尤里安（Julian the Apostate, 331 ~ 363 年）逝世前的遗言。他在位期间（360 ~ 363 年）许可宗教信仰自由，因为本人信奉异教，是君士坦丁之后唯一的一位非基督教徒帝王。所以，教会又把他叫作"叛教者"（apostate）。这句话表明，他承认了自己在精神上输给了基督教。

◇ 萨拉丁亲王的罪孽 ◇

弗朗博从威斯敏斯特的办公室里离开，要在一只小帆船上度过为期一个月的假期，不过，船实在是面积太小了，他大多数的时间，都在划船。除此之外，他还专门挑了东部乡下的小河沟走。河水细长，显得很是清浅，小船飘在上方，如同在草场与麦田上穿行一般，就像神奇的魔法船一样。船舱只能装得下两个人，空间只能带一些必须用的东西。不过，弗朗博所带的东西，从他的视角看来，好像都是必须要带的。大体来说，可以把它总结为以下 4 个部分：鲑鱼罐头，可以填饱他的肚子；上了膛的手枪，可以让他和坏蛋英勇搏斗；一瓶纯纯的白兰地，防止他累得昏了过去；一位神父，避免他会死在路上[①]。他带了很少的东西，轻装出发，沿着诺福克郡的小河慢慢前行着，准备在最后时刻，把船驶入湖区。不过，他又同时流连于河畔两岸的蔬果园与草场，还有那映射在水中的宅邸与乡村。还悠哉地在池塘和河道弯曲处钓鱼。时不时地，还需要靠岸登陆。

就像一位真正的哲人一般，弗朗博的假期是毫无目的的；可是，他又很像是真正的哲人，他也有他的原因。他这次去有一个不是非常重要的想法，如果目的可以达到，自然能给假期锦上添花，即使目的达不到，也不会对它有什么损伤。在前几年，他还是窃贼之中的头儿，整个巴黎的大红人，那个时候，他常常能收到各种写满了狂热内容的信件，有赞美之词，有谴责之句，更让人惊讶的是，还有表达自己的爱意的。不过，仅仅一封而已，不断在他的头脑中久久挥之不去。信封上印着英国的邮戳，信封内，只有很简单的一张名片。卡片的背面用淡绿色的墨水，写着一段长长的法文："如果有那么一天，你选择金盆洗手、回头是岸了，请来鄙舍一聚吧。我很想看到你，你要晓得，这个时代几乎所有名人，我都已经见过了。你之前设计的，让一位侦探抓捕了另一位侦探。这绝对可以称得上法国历史上最奇妙的一幕。"卡片的正面，则用正体赫然印着："萨拉丁亲王，诺福克郡，芦苇岛，芦苇屋"。

弗朗博那个时候，其实并没有把亲王的事当回事儿，只是知道，那个亲王从意大利南部而来，是一个非常杰出、时髦的人物。听人说，他年轻的时候，曾和一位已为人妻的贵妇私奔了。这种微小的出轨行为在他的社交圈子里根本不值得说什么，不过，它的悲剧结局，却始终让人难以忘怀：那个曾经备受耻辱的丈夫，跌落到了西西里的断壁悬崖下，根据所提供的信息，他是死于自杀。后来，亲王又在维也纳住了一段时间，不过，近几年来，他都是在疲于奔命的旅途中悄然度过的。现在，弗朗博就和亲王本人一样，已经远离了欧洲大陆的繁闹世界，定居于英伦的安静一隅。他本打算对亲王在诺福克湖区的隐世之地，去做一次不期而遇的访问。他也不知道自己到底能不能找到那个地方。说实话，那确实是个早已被人遗忘的小地方。不过，事有偶然，他令人意外地以极快的速度便找到了那里。

某个夜晚，他们把船停在了处河岸，它隐藏在长草与被修整过的树木之中的河岸。劳累地划了一天的船后，天色还早两人便已进入梦乡。天还蒙蒙未亮的时候，他们就被莫名其妙地惊醒了。准确地说的话，是天边还没有阳光照亮的时候。一轮柠檬黄色的弯钩月亮，沉沉地挂在他们头顶高高的草丛上，夜空映现出明丽的紫罗兰色，即使是夜晚，也显得非常明亮。两个人不约而同巧合地陷入了对童年的回忆之中，在那段奇特的冒险生涯中，长得粗壮得野草一直像树林一样盖在我们头顶之上。当站到了低矮的巨大月光之下，雏菊与蒲公英都变得像巨人一样高大威猛。这让他们想起了幼儿园墙上贴的壁纸。这一处稳妥的河床让他们自由地沉浸在鲜花与矮树丛之下，望着草丛时，不禁目眩神迷。"好家伙！不错啊！"弗朗博说，"这儿就是仙境啊。"

布朗神父笔直地坐在船上，不停在胸前画着十字。他的行为有点太唐突，以至于他的朋友都脉脉地看着他，询问他，到底是出了何事。

"那位写下中世纪歌谣的人，"神父答道，"他比你还要懂得精灵与仙女。仙境中并非只存在美好的事。"

"别胡说！"弗朗博说道，"在这么纯净无邪的月亮之下，只会有更美好的事情发生。我已经迫不及待想要去看看会有什么事儿了。也许，在我们化为灰烬之前，大概这辈子都不会再看到如此皎洁的月亮与美丽的景色。"

"好吧，"布朗神父说，"我也没说进入仙境是错的。我只是说，那些，很危险。"

他们在逐渐转明的河道上悠然地划着船。天空中明丽的紫罗兰色与月光闪烁的金色都一点点褪去，逐渐消逝在广阔的黎明之前，与昏暗的宇宙中。金色发出惨白的第一缕光线，从地平线上一跳而出，在他们前面的河上，隐隐浮现出了一座小镇或是小村的黑色身影。天色已亮，所有的事物都清晰可见，现在，他们已经自由地神游在这座河畔宁静小镇的悬檐与桥梁下。那些房屋有着狭长而弯曲的屋顶，就如同在河边低着头，喝水一般，就像是一群红黑相间的庞大牲口。黎明的天光已经逐渐变大，亮光也微微闪现。到了早上的时候，这座哑然无声的小镇里，仍旧没有一个人影在码头与桥梁上。最后，他们看到了一位神态温婉、体型富态的人，他穿着一件衬衣，脸蛋圆得就像之前落下去的月亮一般，大红色的胡子铺落在他剩下的半张脸上。他的身体正斜倚着那个测量潮水的标杆。弗朗博毫不犹豫地从摇曳的小船上站起身来，向那个人大声询问，问他认不认识芦苇岛亦或是芦苇屋。这个胖胖的人脸上的笑容更显得灿烂了些，他顺手一指，指向河前方的转弯处。弗朗博便只顾着向前继续划船，并没有再与他多客套几句。

小船转过一个个郁郁葱葱的河弯，又划过一段段满是芦苇的寂静河道。就在搜寻即将变得单调乏味的时候，他们摇摆着转过一个急弯，进入了一片宁静的池塘或是湖泊，那里的景色自然而然地吸引住了他们。在那片开阔水域的中央，有一座狭长低矮的小岛被水流围绕起来，岛上有一栋狭长低矮的屋子或者说是别墅，房子是用竹子或某种结实的热带藤条建的。墙壁由浅黄色的竹子并排搭成，上面斜架着深红色或是棕色的屋顶。长屋的其他部分无不如此。清晨的微风吹得岛周围的芦苇沙沙作响，古怪的肋状房屋在风中像巨大的排箫一样发出鸣响。

"上帝啊！"弗朗博惊喜地大叫道，"就是这儿，我们终于到了！要是真有芦苇岛这么一个地方的话，肯定就是这儿了。这如果是芦苇岛，那就绝对是芦苇屋。我可以肯定，那个胖子，一定是个精灵。"

"大概吧，"布朗神父严肃而恭谨地评论道，"即使他是，他也是个坏蛋精灵。"

弗朗博正说着，便把船驶向隐没在芦苇中的岸边。两人共同站上狭长独特的小岛，走到这座古怪而安静的房子旁边。

房子背后就是河道，这也是唯一的一个能用来登岛的地方；正门则在另一边，就面对着位于长岛上的花园。来客沿着屋檐下的小路转过房子的其他三面。通过每一面墙上的窗户，一个狭长而明晃晃的房间进入视野，用薄木板嵌入墙上，上面摆满了镜子，好像是特意准备了一顿精美的午餐。他们绕过前门，看到两边摆放着天青石蓝色的花盆。一位男管家为他们开了门，他长得实在是乏善可陈——身形高大，骨骼削瘦，一头灰白头发，看起来很没有精神。他小声说萨拉丁亲王现在不在家，不过，不到一个小时，他们就会回来了。家中随时都会等待着他与他的客人的到来。弗朗博让他看了看那张附有绿色墨水笔迹的名片，这反而让一言不发的家仆瘫般的脸上闪现出一丝生气。他用一种非常矫饰的礼貌提议陌生人留下。"亲王大人随时都可能会回来的，"他说，"如果与哪个绅士就这么错过的话，他一定会十分失望。依据他的吩咐，我们总会替他与他的朋友准备一点冷餐作为午饭。我想他大概一直觉得这会派上用场的。"

弗朗博对这个并不大的探险很好奇，他很开心地接受了邀请，跟随着老人一同走进了风格雅致的狭长房间。房间的陈设摆放并没有特别的地方，只有一处不太平常的就是那一扇接一扇的落地窗和那一面又一面的椭圆形长镜，彼此相交排列着，这些陈设让整个地方虽然显得虚幻，但也非常虚假。在这里用餐和在户外其他地方没有什么差异。有一两幅图片沉默无声地挂在墙角，其中有一个是个身穿军装的年轻人的黑白照片，很大的一幅，另一幅则画着两个小男孩的红色蜡笔素描，他们的头发都是长长的。弗朗博问那个身着军装的年轻人是不是亲王，男管家用很简明的几句话就否定了。他说，那幅画上画的是亲王的弟弟，斯蒂芬·萨拉丁上尉。之后，老人好像瞬时间便没了词儿，渐渐失去了再说下去的兴致。

随着浓郁的咖啡与利口酒一道道地上桌，午饭也即将结束。客人们被带领着，观赏了花园与图书馆，还遇到了一位女管家———个黑黑的、相貌俏丽的女士，气质高贵，就像是石刻的圣母一样。这里唯有她与男管家是亲王从海外给带来的，其他仆人则是女管家最近刚刚从诺福克招来的。安东尼夫人，便是这位女士了，不过她说话的时候，意大利口音非常轻。弗朗博肯定了安东尼，那只是诺福克式的叫法，原名一定更加具有拉丁风格。男管家保罗先生也同样流露出些异国情调，不过，他的英文又流利又纯正，一点儿也不比哪个贵族家里优雅的男仆差。

这个地方这么美丽而特别，但又流露出了一股莫名的悲伤。位于其中，时间仿佛就此停下了。四周都是窗户的狭长房间也被阳光照满，只是，那些阳光都死死的，令人感觉空气也是沉沉的。除了谈话时的声响、坡璃杯的碰撞声、仆人踏踏的脚步声，他们还能听到汩汩的哀哀流水之声从房子的四周悄然传来。

"我们刚才转错弯了，地方来错了。"布朗神父一边说，一边看向窗外泛着灰绿色的莎草与银光闪闪的河面，"不要介意，正确的人即使出现在错误的地点，也一样可以起到该起的作用。"

即使布朗神父大多数时候会保持沉默，不过他是一个非常敏感的人。在这看起来无穷无尽，但又不是很长的几个小时里，他毫无知觉地陷入到了芦苇屋的秘密里了。他总是装出一副非常友好而又略带腼腆的形象，让别人在毫无知觉中就说出各种小道消息。他一言不发，就可以从刚刚认识的人那里，得到他们所能给的一切消息。男管家天生就不爱说话。可他此时却打破寂静，为主人怨恨不平。他说，肯定是有人在伤害他的主人。最大的嫌疑人就是亲王大人的弟弟。老人一说起他的名字，老人的脸就拉得极长，对其指指点点。斯蒂芬上尉显然是个大闲人，他不停地从他和善好说话的哥哥那里，敲诈成百上千的钱财，逼得他逃离上流社会的生活，悄悄隐居到这里。男管家保罗的话里透着对主人的偏袒。

意大利女管家嘴巴更会说，而且比布朗神父所想象的还要心怀不满。她对主人的评价虽然不乏恭谨，却也显现出几分刻薄。弗朗博与他的朋友此时站在镜子遍布的房间中，认真地看着那幅画了两个男孩的红色素描，突然，女管家快步走进屋内，准备开始她的清洁工作。这个四处皆是玻璃、闪烁光芒的地方有个特点，无论是谁，只要一进来都会立刻映射在四五面镜子中。布朗神父还没来得及回头就已经先看到她了，便立刻停止了对这个家族的指指点点。不过，弗朗博的脸都快要贴到画上了，他还在大声地喊着："要我看啊，萨拉丁家的这对兄弟都长着一副傻样，很难说谁是好谁是坏。"之后，他知道那个女士进来了，便立刻把话题跳到了和那无关的琐事上，悄悄溜入了花园。不过，布朗神父仍在怔怔地盯着那幅红色的蜡笔素描看，而安东尼夫人则直勾勾地凝视着布朗神父。

她棕色的大眼睛中闪现着不尽的哀伤，好奇而痛苦的怀疑让她橄榄色的面庞变得愈发暗淡，她对陌生人的身份与目的也渐渐起了疑心。大概是矮个儿神父的服装与信条触动了她对忏悔的记忆，亦或是她怀疑他的心里有其他想法。她像一个密谋者一样压低了嗓门对他说："你的朋友或许是对的。他向我说，两个兄弟里面，确实很难抉择出谁好谁坏。的确不容易，实在是太难挑出一个好一点的了。"

"我无法理解你说的是什么意思。"布朗神父一边说一边自顾自地走向一旁。

女人再次走上前一步。她拧着眉，弓着腰身，就像是一头压低犄角、随时准备出发的公牛。

"压根儿就没有一个好的，"她愤愤不平地说，"上尉把他的钱都拿走了确实是够坏的，不过我也不觉得亲王给他钱有什么好笑。上尉又不是他唯一的对头。"

神父转过去的脸庞突然闪现出了一丝光彩，他悄悄地用口型拼了一个词："是勒索。"而与此同时，那个女人把头扭了过去，脸色变得苍白，几乎像要跌倒一般。门就如此悄悄地开了，惨白的保罗像幽灵一般站立在门口。因为那面镜墙的离奇的把戏，就像有 5 个保罗同时从 5 扇门中走进来。

"亲王大人，"他大声说道，"他立刻就到了。"

就在这时，一个人影从第一扇窗前悄然走过，洒满了阳光的窗台如同闪耀的舞台一般。在下一时刻，他又经过了第二扇窗，在许许多多的镜子里倒映出一组一模一样的形象，那侧脸很像是鹰，身影也是急匆匆的。他的身材笔挺、神情警惕，不过，头发早已花白，脸色显现出奇怪的象牙黄色。他的鹰钩鼻很短，没有平常人的那种长，脸颊与下巴也形销骨立，不过，好在他唇上与唇下的胡须能够稍微掩盖一些。唇上的胡须相比唇下来说，黑了许多，那种样子，总的来说是有些戏剧性的。他的穿着打扮也非常时髦，头上戴了一顶白白的帽子，浅紫色的外衣，黄色的马甲，还有一副黄色的手套，紧紧地握在手里，他一边走一边挥舞着。一转身，走到了正门前，他们就听到恭谨的保罗沉重地打开门，还听见刚刚进入的人兴奋地说："不错，你看到我来了。"行事恭谨的保罗先生深深地鞠了一躬，继续走上前回答他的话，然而声音太小，根本难以听到。有那么几分钟，也不知道他们在谈什么。然后男管家说："一切听您差遣。"萨拉丁亲王甩着手套愉快地走进房间向他们打招呼。他们又一次见识到了这光怪陆离的一幕——5 位亲王穿过 5 扇门走进房间。

亲王将手中的白帽子和黄手套轻轻放在桌上，非常亲切地伸出手来。

"很高兴在这里看到您，弗朗博先生。"他说，"不好意思请允许我多说一句，您在犯罪这方面的名气，真的挺大。"

"没有没有，"弗朗博笑着回道，"我是个不那么小气的人。很少有人能够依靠美德来获取名声。"

亲王的眼中则闪过一丝怀疑，仿佛是怀疑对方话里有话。接着他也跟着一起笑起来，请所有人一齐坐下，当然了，他自己也是这样。

"我想这个地方还挺舒服，"他用外人的口气说着，"不过大概这里也没什么好玩的，但是，的确很适合我们钓钓鱼。"

神父就像个小孩子一样呆呆地盯着他看着，那些不是很清晰的想法一直在他的心里久久难以挥去。他望着他那头灰色的卷发，白里透黄的脸与那像纨绔子弟一般的修长身材。没有一点不自然的地方，但又好像在刻意地隐藏着些什么，如同是一个站在脚光灯前的诡异身躯。在某些地方又让人觉得莫名其妙地好奇，特别是他的脸型。这种好像在哪里见过的感觉一直折磨着布朗神父。那人就像是换了一身衣服的多年旧友。紧接着，他忽然想起了那些镜子，于是便把自己的幻想归咎到多重镜像所带来的心理作用。

萨拉丁亲王极有兴致、手法娴熟地对付着他的客人。他发现侦探非常喜欢钓鱼，他也想要好好地玩一玩，便带领着弗朗博把船划到溪流中最适合的钓点处。20 分钟也没有，他便娴熟地划着自己的独木舟回来了。在图书馆里，他找到了布朗神父，并用与之前一样礼貌的方式，全身心地投入到神父更带有哲学意味的兴趣中。他在钓鱼与书籍两方面的见识好像都很宽广，但也都只是浮于表面。他可以说世界上的五六种语言，但是其实也只是些调皮捣蛋的话。很明显，他在各式各样的城市和鱼龙混杂的圈子里生活过，毕竟最让他骄傲的故事总是与赌场、大烟馆难舍难分，再要不就是澳洲林匪亦或是那些意大利强盗的事。布朗神父只知道当时很热门的萨拉丁，这些年来他一直在不停地左跑右跑，但万万没想到他这一路上，过得这么的寡廉鲜耻，亦或说是滑稽笑谈。

其实，即使在世人看来萨拉丁亲王是个很尊贵的人，不过，在神父这样敏感多疑的观察者眼中，他总是流露出坐立难耐的情绪，甚至是一副难以相信的样子。他长得很肃穆，不过眼神却也流露出不尽的狂野。他生活里极小的习惯动作显得他的神情非常紧张，如同是一个整日流连于酒精和麻药的人。不过，他其实也并不掌管家里的大小事务，更不在名义上这么做。所有的事务都交给了两位老仆人，特别是男管家，说实话，他才是这个家里真正掌权的人。身为保罗先生的男管家，他不止是个管事的亦或是掌管财务的。他总是自己一个人用餐，这足可见他的排场并不比他的主人差。没有一个仆人不怕他。他与亲王商谈事情时总是显得非常有礼貌，不过又总是固执己见——好像他就是亲王的律师一般。相形之下，整日郁郁寡欢的女管家也只能说是个模糊的影子罢了。她特意隐去自己的存在，只听从着男管家的派遣。而布朗再也没有听到她继续谈论弟弟勒索哥哥的事。亲王是否还在受上尉的盘剥，他不得而知，但萨拉丁表现出来的惴惴不安与讳莫如深证实了传言并非空穴来风。

等他们再次走进满是窗户与镜子的大厅时，暗沉的夜色已然笼罩了河畔与柳岸。远远的那里，有几只麻鸦在叽叽喳喳地叫着，就像是精灵在敲打它的小鼓一般。神父的头脑中又闪现出令人悲哀的恶之仙境，如同是一片片的乌云。"希望弗朗博能尽快回来吧。"他小声地说着。

"你相信世界末日吗？"焦躁不安的萨拉丁亲王突然发问。

"不相信，"他的客人答道，"不过，我对最后的审判日是相信的。"

亲王从窗边转回头来，用一种怪异的眼神盯着他。亲王的脸隐隐显现在夕阳所投下的影子中。"你这是什么意思？"他问。

"我想说，我们这里就如同是在挂毯的反面上一样，"布朗神父说，"这里发生的事看起来并没有什么意义，它们的意义要在其他地方才能凸显出来。在那里，真正犯罪的人会受到报应。不过，在这里惩罚，却经常落到错误的对象头上。"

亲王发出了一个奇怪的声音，像是动物的叫声一样，他的眼眸在暗暗的脸上闪烁着异样的光芒。另一个人的心里则暗自想出一个精明的新的念头。萨拉丁靓丽的外表和惴惴不安的情绪间是不是有着另一层意味？亲王是否——他的大脑是否还清楚？他一直不断地重复着："完全错了的对象、完全错了的对象。"重复的次数早已超过他平常的慨叹。

布朗神父逐渐认识到了另一个真相。他从面前的镜中看见寂静的大门敞开着，而寂静的保罗先生则站在门前，他苍白冷漠的模样一如既往。

"我想我们最好还是尽快告诉大家吧，"他说话的口气就像一位老律师一般，带着恭谨的敬意，"有一艘有 6 只桨的小船来到了码头上，一个绅士坐在船尾。"

"一艘船！一艘船！"亲王不断重复道，"有一位绅士？"他激动地站起身来。

突然的惊慌引发了一阵寂静，只是时不时地从芦苇丛中传出几声鸟鸣。紧接着，还没来得及有人开口说话，便看到一张从没见过的面孔从窗前走过。那走路的情态与亲王一两个小时前一样。不过，除了外形都刚好像鹰一样，两人没有什么相同的。与萨拉丁的白色新帽子不同，他戴的是一顶黑色的老式的帽子，看起来大概是外国样式的。帽子的下面则是一张年轻但却又十分严肃的面孔，胡子刮得非常干净，他的下巴上发青的胡根显露着，隐隐觉得很像年轻时的拿破仑一样。让人产生如此联想和他老旧的装扮的确相关，他好像依旧保留着老式父辈的穿衣风格。穿了一件蓝色大衣，似乎算是礼服，军人形式的红色马甲，布料不太细腻的白色长裤。这种打扮在维多利亚时代会经常见，但如果放到现在就不太合适了。在这一身二手衣服的货色里，他暗黄色的面庞显得异常年轻与惊人的真诚。

"糟了！"萨拉丁亲王正说着话，便立即扣上他的小白帽，独自走向前门，把大门推开，出现在夕阳西下的花园。

与此同时，新来的人和他的随从们笔直地站在草地上，仿佛是一队军人。6名船员已经费力地把船拖上了岸，他们肃穆地守在船边，警戒森严，船桨立在地上就像是手中的长矛。他们的皮肤一个个全都黑得发亮，有些人耳朵上还戴着耳环。不过，有一个人站在队伍的最前面，他站在穿红马甲的暗黄肤色的年轻人身边，手里环抱着一只大号的黑箱子，箱子的样式并不经常见。

"你难道就是那个，"年轻人说，"萨拉丁？"

萨拉丁随意地给了他肯定。

新来的人有一双看起来非常阴郁的，像狗一样敏感惊觉的棕色眼睛，和亲王那惴惴不安的、闪着光的灰色眼睛完全不同。不过，布朗神父又对眼前这一幕感觉非常的不舒服，他总觉得以前在哪里见过这张脸。于是，他又一次想起了那个摆满了镜子的房间，于是把这种巧合的原因都归为这里。"都被那个水晶宫搞得脑袋不清楚了！"他埋怨说，"现在看什么都觉得好像看过很多次了。像是在做梦一样。"

"假如，你就是萨拉丁亲王。"年轻人说，"你要知道，我叫安托内利。"

"安托内利，"亲王的精神不太好，不断地重复着，"我好像在哪里听过这个名字。"

"请允许我自我介绍一下。"年轻的意大利人说。

他用左手优雅娴熟地摘下他那顶旧式帽子，右手突然狠狠打了萨拉丁亲王一巴掌，他的小白帽砰然掉落到台阶上，还撞倒了一只蓝色花盆。

不过，亲王也不是吃软饭的，他走上前去，一手抓住对手的喉咙，快要把对手逼到草地上。不过，他的对手却在如此紧急的情况下，表现出超乎寻常的淡定，非常从容地挣脱开了。

"好啊，"他卖力地喘着气，用不太流利的英语说着，"我羞辱了你。我会给你讨回公道的机会。马尔科，打开箱子。"

站在他身旁的一个男子，耳朵上戴着耳环，他从容地打开大黑箱上的锁，从里面掏出两把意大利式的西洋剑，钢质的剑柄和剑身做工非常精美。他把两把剑狠狠地插在草地上。那个从未见过的年轻人面向大门站着，黄色的脸上充满了复仇的欲求。两把剑笔直地立在草地上，如同是墓地中的两个十字架一般。后面站的是那一排像铁塔一般的汉子，把这里搞得活像是蛮族的法庭。发生了如此突然的变故，但其他景物还是没有变化。夕阳的余晖依然在草坪上闪耀，麻鸦还在鸣叫，仿佛在宣告某个微不足道，但却可怖的劫数。

"萨拉丁亲王，"这位安托内利说，"在我还是个婴儿的时候，你就把我的父亲给杀了，还把我的母亲偷走了。和母亲相比，我父亲还算是幸运。你用如此卑鄙的手段把我父亲谋害，我现在，要和你公平地决斗。你和我那罪恶至极的母亲，逼迫他开车去往西西里的一条小路，把他抛到悬崖底下，然后潇洒地离去。我也可以像你一样做，不过那手段太卑劣。我跑遍世界去追寻你，你却一次次地逃走。现在，这儿就是世界的尽头了——你的路也走到头了，就此停止吧。我现在终于抓到你了，我可以给你一个机会，即使你从来都没给过我父亲什么机会。现在，选一把剑吧。"

萨拉丁亲王眉头紧皱，犹豫不决，只是他的耳朵被那人打得仍是蒙蒙的不断发出响声，他用力地跳上前去，拿起一把剑。布朗神父也跟着亲王跳上去，他努力地想要平息这场战斗，不过，他又很快发现了他的出现并没有达到想要的效果。萨拉丁是隶属于法国共济会②的，他是一位激进的无神论者，神父对他苦口婆心的劝解，与他的理念恰恰相反。而另一个人，不管是神父还是尘世之人都无法改变他的想法。那位年轻人的脸庞透露出波拿巴式的风情，棕黑色的眼中显露出远超过清教徒的冷酷——他压根儿就是个异教徒，是从蒙昧时代而来的纯粹的杀手，是石器时代的人——狠硬心肠的人。

那么，现在就只有一个办法了，尽快把家里的人都叫到一起。布朗神父立刻跑回屋内。他发现蛮横独断的保罗给所有的仆人都放了一个假，他们纷纷离开了小岛，只剩下郁郁寡欢的安东尼夫人仍在长屋中惴惴不安地不停走动着。不过，当她脸色苍白地看向他时，他便解开了这全是镜子的宅邸中的其中一个谜团。安托内利棕黑色的眼睛与安东尼夫人的完全相同，他的脑袋突然灵光一闪，便知晓了这件事的一半。

"你的儿子在外面，"他直奔主题，没有说一点儿废话，"他和亲王都快要死了。保罗先生去何处了？"

"他……他在码头，"女人手足无措地说，"他去——他去——找人求救了。"

"安东尼夫人，"布朗神父神情肃穆地说，"我们现在没有时间再去废话了。我的朋友划着船钓鱼去了。你儿子的船会有他那里的人看守着。现在就只剩下这只独木舟了。保罗先生为什么把它划走了？"

"圣母啊！我真的不知道。"她正说着，便一头晕倒在地板上，好在地板上还铺着席子。

布朗神父只好把她先扶到沙发上，然后泼了一壶水到她身上，向四周大呼救命，他又跑到了小岛的码头上。不过，小船已经开到水流之中了，老保罗划船的那股劲头儿一点儿也不像是他这把年纪的人。

"我要去把我的主人救回来，"他大声呼喊着，与此同时，眼中也燃烧着疯了似的火焰，"我会去救他的！"

布朗神父只好看着船只逆流而去，希望老人能尽快叫来镇上的人。

"一场决斗已经够糟了。"他摩挲着自己粗糙的土褐色头发，小声嘀咕说，"但就算真是场决斗，它也不对劲。我能从骨子里感觉出来。但是哪里不对劲呢？"

他怔怔地站在那里，望着夕阳下闪闪发光的水面。就在这时，他听到岛上花园的另一端传来小小的但非常确切的一种声音。那是钢锋相碰撞而发出的冰冷之声。他猛地扭过头去。

远远地从狭长小岛尽头的陆岬亦或是说岬角处望过去，在最远的一行玫瑰后面的草坪上，决斗者已经开始了战斗。沉沉的夜幕如同金黄的圆顶一般笼罩在他们的头上。从远处看过去，几乎所有的细节都已经被过滤掉了。他们便脱掉烦琐的外衣，只剩下穿着黄马甲、披着一头白发的萨拉丁与红马甲、白裤子的安托内利，两人在地平线上绚丽无比，就像是跳舞的发条娃娃那般明丽动人。两把剑从剑头到剑柄都闪着微光，如同是两枚钻石所制成的大头针一般。这两个非常小巧、明丽的形象看起来确实让人讶异无比。就像两只蝴蝶都想要将对方钉到软木塞上一样，把它们做成永远沉睡下去的标本。

布朗神父拼了命地跑过去，两条短腿像车轮一样不断地交替着。不过，等他赶到了战场，却发现自己来得又迟又早。说太迟，是由于那里已经有一群正在倚着船桨的西西里人了，他们非常冷酷，不会让他亲自上前去阻止这场打斗；说太早，是由于现在还没有办法想到以后会有怎样的灾难性后果。不过，那两个人倒真的是旗鼓相当，亲王运用他娴熟技巧的时候，带着满满的信心，看起来非常玩世不恭。西西里人则在无尽的凶狠之中透露出一点恭谨之心。就算是在被围得水泄不通的圆形竞技场里，你也绝对无法看到比这还要夺人眼球的击剑比赛，在河中长满了芦苇的无名小岛上，这么噼里啪啦、火花四溅。让人眼花缭乱的决斗在很长时间里，都难分高低，一直想要劝架的神父此时心中又重新燃起了希望，无论如何，保罗会立刻带着警察赶到。即使弗朗博钓完鱼回来了，也可以让人心里平静下来。凭借弗朗博的块头，他最少可以对付 4 个人。不过，现在还无法看到弗朗博的踪影，更让人奇怪的是，也看不到保罗和警察的身影在哪里。除了这些，就再也没有其他指望了。在未名湖畔中的遗世小岛上，他们与外界完全断绝了来往，如同是置身在太平洋上的礁石一般。

就在神父脑袋里正一团乱麻的时候，西洋剑的碰撞声变得更加急促难定，只看到亲王伸出了双臂，剑尖从他的肩胛骨里面刺了出来。他好不容易转了一大圈，像是被人扔出去的半个玩具车轮一样。剑则如流星一般从他手中被甩了出去，一头扎入远远的河里。他倒下去的声响极大，可以说是惊天地泣鬼神了，身子则撞在一丛长满了刺的玫瑰上，瞬间，空气里便扬起了一阵红色的尘土——就像是异教献祭仪式上的烟雾一般。西西里人用鲜血祭奠了他父亲的魂灵。

神父立刻跪倒在尸体旁，但也只有时间去确认那是一具尸身。还没等他再做无谓的尝试，便听到远处的河上传来一阵声音。他看到一艘警用船向码头冲去，船上有巡警和其他的重要人物，里面有神情急躁的保罗。矮个儿神父站起身来，板着一张脸，可以明显地看出，他是在怀疑什么。

"为什么会这样呢？"他小声地咕哝道，"到底是因为什么原因他没能早些时候回来呢？"

只是过了 7 分钟，小岛上便站满了外来的村民和警察。胜利的决斗者被到来的警察立刻逮捕。依照惯例，警察会提醒他，他说的所有的话都很有可能变成对他没有什么好处的证据。

"我什么也不会告诉你们的，"狂躁的小伙子说，可他的表情却显得非常轻松、安然，"我不会再和你们多说一句的。我已经得到我想要的了，现在只求一死。"

之后他便闭上了嘴，被警察给带走了。虽然行为很奇怪，不过，他除了在庭审中说过一次"认罪"之后，便真的再也没有说过话。

布朗神父看着马上就会挤满了人的花园，亲眼看到这场血案的制造者被警察所逮捕，看到尸体在被医生检查后立即抬走。他脸上的表情就像是看到罪恶梦境的消失一样。他静止在那里，一动不动，好像被梦魇所攫住。他作为证人，告诉了警察自己的姓名和住址，不过，拒绝了乘船回到岸边的邀请，依旧一人待在那座岛上的花园内。他望着被砸得破碎的玫瑰丛，还有展现了那出短暂而难解的悲剧的绿色舞台也已落幕。河上的光亮逐渐变暗，雾霭渐渐升起在沼泽，晚归的鸟儿一点点地掠过沼泽上方。

在他的印象里（一直是非常活跃的）不停地卡到一件没有办法说清的事实上，那就是还有点事情无法得到解释。这一整天里所发生的所有事件，都不能只用一句"镜中的世界"来敷衍过去。大概他看到的也只是场游戏亦或是面具舞会，并不是真实的。只不过，不会有人会因为一个猜谜的游戏，就把人刺个对穿，亦或是残酷地绞死。

他坐在码头的台阶上静静地想着。一艘船在闪闪发亮的河上缓缓驶来，船上有一个高大的身影一点点变得清晰起来。神父站起身来，神情激动得快要哭了出来。

"弗朗博！"他大声喊道。他向老朋友不停地招着手。他的朋友拿着一堆渔具登上了河岸，脸色变得惊异起来。"弗朗博，"他说，"你竟然没有被人杀掉？"

"被杀！"钓鱼归来的人十分吃惊地说，"为什么我会被杀掉？"

"噢，几乎全部的人都死掉了，"他的同伴神乎其神地说，"萨拉丁被人给谋杀了，安托内利即将被绞死，他母亲吓得晕过去了，而我，现在已经分不清自己到底是不是到了另一个世界。不过，感谢上帝，你和我都还在同一个世界里。"紧接着，他抓住了仍处在疑惑之中的弗朗博的胳膊。

离开码头之后，两人来到竹屋矮小的屋檐下，从窗户往屋里头伸头看着。他们之前刚到这里时就曾经这么做过。屋里的灯光正好吸引了他们的视线。等萨拉丁的死对头如同风暴中的闪电一般落到了岛上时，餐厅里正在安排晚餐。这个时候，晚餐正在有序地进行着，安东尼夫人坐在餐桌下首第一位，看起来没有那么高兴，而大管家保罗先生则坐在上首，正在安然地享用着上等的美酒佳肴。他倦怠的蓝眼睛在脸上显得非常突出，憔悴的脸也显得高深难懂，但脸上依旧带有满意的神色。

弗朗博心里不免变得急促起来，啪啪地用力拍打着窗户，然后用力推开了门，非常不满地把头探入明亮的室内。

"嘿，"他大喊道，"你们需要休息，我可以明白。不过你们的主人是死在花园里的，他现在尸骨未寒，你们就这样明目张胆地偷走他的晚餐……"

"在我这漫长、开心的一辈子里，我不知道偷过别人多少东西。"冷冷的老绅士镇定地回答道，"不过，这顿晚餐并不是我们偷来的。晚餐、房子以及花园都是我的财产。"

弗朗博的表情突然变色，脑袋里冒出一个新的念头。"你的意思是说，"他说，"萨拉丁亲王的遗嘱是——"

"没错，我就是萨拉丁亲王。"老人一边嚼着椒盐杏仁一边镇定自若地说。

布朗神父本正在窗外看鸟，听完他的话后，便像挨了枪子似的突然蹦了起来，之后，便把他苍白的脸伸入窗户。

"你刚才说什么？"他用极为尖利的声音问道。

"没错，在下就是保罗·萨拉丁亲王。您现在满意了吗？"那位身份尊贵的人士，优雅地举起一杯雪利酒，以礼貌的口吻缓缓说道，"为了能够在这里安静地生活，我扮作佣人。假称自己为保罗先生以示谦虚。当然，这也是为了和我那个烦人的弟弟斯蒂芬先生区别开来。我听说他适才死了——就那样死在了花园里。不过，当然了，仇家可以到这儿找到他，这也不能怪我。那要怪他不检点的生活。他是一个无法负起责任的人。"

他又一次陷入了无边的寂静，继续看着对面低头默不作声的女士头顶上的墙壁。他们知道了死者身上曾经一直困扰他们的问题，原来，那两个人其实是一家子，当然长相非常相像。之后，老人的肩膀开始一点点颤抖起来，喉咙像是被噎住了一样，不过，他的脸色依旧未变。

"我的上帝啊！"弗朗博语气顿了一下，然后大叫道，"他在笑！"

"我们走吧，"布朗神父脸色惨白地说，"离开这座惨烈的人间地狱。回到咱们诚实的小船上去。"

他们驾船离开小岛时，夜色已然降临到了急速的水流与河道上。他们在夜幕中顺着水流漂流而下，分别点起一支雪茄以供取暖，暗红色的火光如同是两盏不灭的船灯。布朗神父把雪茄拿到手里，说道：

"我觉得，你大概可以推断出整件事情的来龙去脉了吧？无论如何，这都可以说是个情节老套的故事。某人有两个对手。他是个聪明人。他发现对付两个敌人好过对付一个。"

"我没有听懂您是什么意思。"弗朗博答道。

"哦，那很简单，"他的朋友又一次回答他道，"虽然简单但并不是非常清楚。两个萨拉丁都不是什么好人，像是无赖一般，不过，年长的亲王在无赖里算是最好的了，年轻的上尉也只能归类到不入流的。这个卑鄙的军官就这样从乞讨的人变成了勒索的人，这一定是在某个令人嫌恶的日子，他伸手抓住了他王兄的小把柄。那肯定不是一件小事，因为保罗·萨拉丁亲王从来都不会隐藏他的浪荡，一点小罪并不会对他本就不怎么好的名声有什么害处。用通俗的话来说，那是可以送他上绞架的大罪。斯蒂芬拿着围绕在他哥哥脖子上的绳子。他不知道怎么回事，发现了西西里那个案子的真相，可以证明保罗在山里把老安托内利杀害。上尉重重地榨取了他长达十年的封口费，一直到亲王的财产快要见底。"

"但亲王除了那个像吸血鬼一样的弟弟，还有一件更麻烦的事。在谋杀发生的时候，安托内利的儿子还只是一个小孩儿。不过，当他知道那孩子在西西里野蛮的民风里成长时，仅仅是为了复仇而活，不过，他不是用绞架（他缺少了斯蒂芬极为重要的证词），他是用仇杀的旧时代的兵器。男孩非常刻苦地学习着，杀人术也接近于完美。等他一长到可以使用武器的年纪后，萨拉丁亲王便立刻开始——依照报纸上的说法——便是旅行了。其实，他是在疲于奔命，从这里跑到那里，像一个通缉犯一般活着，追捕他的是一个冷酷，毫无情感的人。这便是萨拉丁亲王如今的处境了，根本就说不上生活优裕。他在逃离安托内利上花的金钱很多，给斯蒂芬的封口费自然而然就变少了。如果给斯蒂芬的钱变多了，他奔命的机会也就变少了。之后他便显现出了伟人一样的才能——如同拿破仑一般的天赋。"

"他不再对敌人奋力抵抗，反而突然向他们投降了。他向日本相扑一样闪躲开来，他的敌人便扑倒在了他的面前。他不再四处逃命，把自己的地址告诉了小安托内利。之后，又把所有都交给了他的弟弟。他寄给斯蒂芬足够他花的钱，让他购买漂亮的衣服，再做一次轻松的旅行，还加上了一封信，大概意思就是：'这是我剩下的了。你已经把我吃光了。我在诺福克还有一间小房子，有些仆人和一个酒窖。要是你还想从我这里得到什么，那就只有把这些都拿去了。你要拿就来拿吧。我会静悄悄地住在那里，算是你的朋友、代理人或者任何什么。'他知道西西里人从没见过萨拉丁兄弟，或许只见过照片。他还知道他们很相像，都留着灰色的山羊胡。于是他自己刮掉了胡子，等着猎物上钩。倒霉的上尉穿着新衣服走进房子，好像得胜的亲王，却撞到了西西里人的剑下。"

"这其中有段波折，完全出自人类重视荣誉的天性。萨拉丁这样的恶人常常因无视人类的美德而出错。他本以为意大利人会采用匿名的手段暗中偷袭，就像他当年对付老安托内利一样。他想凶手会在夜里下刀，或者躲在隐蔽处开枪。如此一来双方不会有机会见面说话。然而，具有骑士精神的安托内利提出光明正大地决斗，这让保罗慌了神，因为一切误会都可能被澄清。那时，我见到他慌慌张张地驱船离岸。他连帽子都顾不上戴，趁着安托内利还没有认出他，赶紧逃跑。"

"但即使他心神不安，也不是毫无希望。他了解那个冒险家，也了解那个狂热的人。冒险家斯蒂芬很可能不会把事情说破，因为他曾经很喜欢演戏，眼下又在觊觎舒适的新居所，他还像投机者一样相信运气，剑术也不错。狂热的安托内利一定会缄口不言，在被绞死时不会说出他的身世。保罗在河上一直等到他确信决斗已经结束。接着他赶到镇上，叫来了警察。他看着他的两个敌人永远地离开了，然后微笑着坐下来享用晚餐。"

"这实在是太可怕了！"弗朗博身体抖得非常厉害，他说，"他们难道是从撒旦那里学来的吗？"

"他是向你学习的。"神父答道。

"这绝对不可能！"弗朗博立即反驳道，"难道是从我这里吗！你这是什么意思！"

神父从衣兜里掏出一张名片，借着雪茄发出的微弱的光芒，绿色墨水笔迹依然清晰可见。

"你不记得他对你的邀请了？"他问，"还有他对你在犯罪上的丰功伟绩的恭维？'你曾经设计，'他说，'驱使一位侦探逮捕了另一位侦探。'不记得了？他不过是复制了你的诡计。他被两个敌人堵在当间，却能轻巧地从中抽身，让他们撞个满怀、互相残杀。"

弗朗博从神父手中一把扯过萨拉丁亲王的名片，撕个粉碎。

"我以后再也不想看到这个老毒虫的东西。"他一边说一边把碎片撒向无边的黑夜，消失在了流水之中，"不过，我害怕，它会把鱼群给毒死。"

白纸与绿墨水的最后一点痕迹没入水中。模糊的晨光在天空映出活泼的色彩，草丛后面的月亮越发苍白了。他们静静地随波漂流。

"神父，"弗朗博突然说，"你觉不觉得，这所有的所有，都是一场梦？"

神父不置可否地摇了摇头，态度看起来很模糊不定，不过，依旧没说话。沉沉的黑暗里，飘来了一丝丝果实的气味，是山楂树与果园的香味，这样一来，便说明是起风了。下一个时刻，风把小船轻轻吹动，风帆鼓起，带着他们漂过弯曲的河流，向幸福美好的地方飘去，去往善良之人的家乡。

【注释】

① 天主教徒在生命走向尽头时，需要做真诚的忏悔，虔诚地总结自己的人生，希望得到天主的宽恕。不过，依据天主教的教义，信徒必须对神父进行忏悔后才可以转达给天主。

② 古代共济会起源于石匠之间，这个秘密的团体，性质是行业协会。现代的共济会的源头是英国，它是投身社会改革的政治团体。它与启蒙运动一起，被以极快的速度扩散到了西欧、中欧和北美。由于其反对教皇的权威，曾有两位教皇发布过禁令，内容是：禁止天主教徒加入共济会。所以，布朗神父一直把共济会成员看作是无神论者。

◇ 天主的锤子 ◇

小村子博亨比肯①位于陡峭的山丘之上，村里教堂高高的塔顶犹如山脉的尖峰。教堂脚下有间铁匠铺，总被炉火映得通红，里面到处是锤子与铁屑。铁匠铺对面，隔着由鹅卵石路交叉而成的崎岖路口，是这里唯一一家小酒馆"蓝野猪"。晨光破晓之时，就在这十字路口，一对兄弟相遇并交谈起来。对其中一个来说，一天才刚开始，而对另一个来说，一天正要结束。神父威尔弗雷德·博亨阁下非常虔诚，正要去进行某项严苛的晨祷或是冥思仪式。他的哥哥陆军上校诺曼·博亨阁下却一点也不虔诚，正穿着夜礼服坐在"蓝野猪"门前的长凳上喝酒，从他的模样看，头脑再清醒的旁观者也说不清这是他星期二的最后一杯还是星期三的第一杯。上校本人也不在乎。

博亨家是真正传承自中世纪的贵族，如今已寥寥无几，他家族的旗帜曾在巴勒斯坦飘扬②。但要说这样的家族保持着骑士传统，那可是天大的误解。除了穷人，少有人会去保持传统。贵族的追求不是保持传统而是时尚生活。博亨家在安妮女王时代出过街头流氓③，在维多利亚女王时代出过花花公子④。但和诸多历史悠久的贵族一样，在最近的两个世纪中，他们腐化堕落成了酒鬼与没出息的浪荡子，甚至有传言说他家人精神错乱。上校如此贪婪地寻欢作乐确实不成体统，夜夜笙歌，不到天亮不着家，一副严重失眠的样子。他身材高大，体格健壮，虽说上了年纪，但他的头发却还是金黄色的，令人称奇。若不是他的蓝眼睛深陷在面孔中，以至于看起来像是黑色，他也不会这么像是金鬃的雄狮。他两眼有些过于靠近，留着很长的金黄髭须，胡须两端从鼻子下面一直垂到下巴上，因此他的表情似乎总是带着冷笑。他的夜礼服外面套着一件古怪的浅黄色外套，不过那样子更像是睡衣而不是外衣。在他后脑勺上扣着一顶样式特别的翠绿色宽边帽，俨然是随手抓来的东方古董。他还挺为这身不搭调的装扮自豪——自豪的是自己总是能把不搭调的衣服穿出格调来。

他弟弟是名助理牧师，也是一头金发，仪表堂堂，但他身穿黑衣，扣子一直扣到下巴，脸刮得干干净净，举止文雅，就是有些神情紧张。他似乎只为了宗教信仰而活。但也有人说（尤其是信奉长老会⑤的铁匠）他爱哥特式建筑⑥胜过爱天主，他像个幽灵一样在教堂中徘徊，纯粹是因为他对美有近乎病态的渴望，而正是类似的渴望驱使着他哥哥狂热地追逐女人与美酒。这种指控是值得怀疑的，而此人虔诚的行为却是千真万确的。他热爱秘密地独自祈祷，对他的指控源于不明就里的误解，只因为有人见到他经常不是跪在圣坛前，而是跪在诸如地下墓穴或是走廊之类的地方，甚至是在钟楼上。此时，他正要穿过铁匠铺的院子走入教堂，但看到他哥哥空洞的双眼也望着教堂的方向，他不禁停下来，眉头轻蹙。上校是对教堂感兴趣吗？神父可不会为这样站不住脚的假设费神。那就只能是铁匠铺了。尽管铁匠是个清教徒，不算是他的教民，可威尔弗雷德·博亨还是听说过某个出了名的漂亮妻子的一些丑事。他向棚子那一边投去怀疑的目光，而上校站起身，笑着和他攀谈起来。

"早上好啊，威尔弗雷德。"他说，"我像个好领主一样不眠不休地守护着我的人民。我正打算去拜访一下铁匠。"

威尔弗雷德看着地面，说："铁匠不在家。他去了格林福德。"

"我知道。"对方脸上挂着无声的笑容，"正是因为这样，我才要去拜访他。"

"诺曼，"传教士的眼睛盯着嵌在路面上的卵石，"你有没有怕过雷电？"

"你什么意思？"上校问，"你对气象学感兴趣？"

"我的意思是，"威尔弗雷德依然没有抬头，"你有没有想过天主会当街劈死你？"

"请你再说一遍。"上校说，"我懂了，原来你的爱好是民间传说啊。"

"我倒知道你的爱好是亵渎神明。"宗教信徒被戳到了痛处，反驳道，"就算你不畏惧天主，你也有理由害怕凡人。"

哥哥礼貌性地扬起了眉毛。"害怕凡人？"他说。

"铁匠巴恩斯可是这方圆 40 英里个子最大、最强壮的人。"神父严厉地说，"我知道你不是懦夫，也不是草包，但他照样能把你顺着墙头扔出去。"

这段话正中要害，而且句句属实，上校不由得噘起嘴，嘴唇与鼻子之间的线条变得更暗更深了。有那么一会儿，他站在那儿一脸苦笑。但转瞬间，博亨上校就恢复了他嬉皮笑脸的常态。咧着嘴笑的时候，从黄色髭须下露出两颗狗一样的门牙。"要是那样的话，我亲爱的威尔弗雷德，"他漫不经心地说，"博亨家最后的传人可是挺明智的，他知道要戴上一部分盔甲再出门。"

然后他摘下怪异的绿色圆帽，展示衬在里面的钢片。威尔弗雷德认出了它，这实际上是一项日式或者中式的轻型头盔，是从挂在老旧的家族大厅里的某件战利品上扯下来的。

"容易到手的帽子，"他扬扬得意地解释说，"总是最靠近你的帽子——最靠近你的女人也一样。"

"铁匠去了格林福德，"威尔弗雷德平静地说，"他什么时候回来可说不准。"

说完，他转过身低着头走进教堂，一边走一边画十字，仿佛要摆脱一个不洁的灵魂。走在高大的哥特式修道院寒冷的晨光中，他急切地想要忘掉那个没教养的人。但这天早上他一成不变的一系列宗教活动注定了要处处受到干扰。在这个钟点，教堂里通常没有人，可他进门时，却看见有个跪着的人影，那人急忙站起来，走到门口光亮处。助理牧师一看到他就吃惊地站住了。因为那个清晨就来祷告的信徒不是别人，正是村里的傻子，铁匠的侄子。他不应该也不可能会关心教堂或是其他的事。大伙儿都叫他"疯子乔"，大概他也没有别的名字了。他皮肤黝黑，身体强壮，却是个懒散的小子，他的脸色苍白，一头深色的直发，嘴巴总是合不上。他从神父身旁经过时，从他痴呆的表情中一点也看不出他做过些什么又想过些什么。此前从没人见过他祈祷。他会祈祷些什么呢？一定是些非同寻常的祈求。

威尔弗雷德·博亨站在原地，生了根似的一动不动，一直看着傻子走出去，走到阳光中。他还看见他放荡的哥哥在用一种长辈般的戏谑招呼他。他看到的最后一件事就是上校朝乔张着的嘴里扔硬币，那劲头还挺认真。

尘世间的阳光下竟有如此愚蠢又残酷的景象，使得这位苦修士最终转向了他祈求净化与新思维的祷告。他走向走廊中的一条长凳，长凳恰好在一扇彩色玻璃窗下。他喜爱那副总能安抚他灵魂的图像，蓝色的窗子上有一位手持百合花的天使。在那里他可以不再去想那个憔悴的嘴脸像鱼一样的弱智。不再去想他那个邪恶的像饥肠辘辘的狮子一样欲壑难填的哥哥。银白色的花朵与宝石蓝的天空，他在如此清凉又甜蜜的色彩中越陷越深。

半个小时以后，村里的鞋匠吉布斯匆忙地跑来找他。他特意加快了脚步，因为他明白如果只是一点小事，吉布斯这号人绝不会来教堂的。和众多村子里的鞋匠一样，吉布斯也不信教，他出现在教堂里，与疯子乔的出现相比，是更加非同寻常的征兆。这真是个充满了神学谜题的早晨。

"出什么事了？"威尔弗雷德·博亨很生硬地问，但伸出去拿帽子的手在颤抖。

这个无神论者的语气居然充满了敬意，嗓音甚至因同情而变得沙哑。

"请您原谅我，先生，"他嘶哑地低声说，"但我们还是觉得有必要让您马上知道这件事。恐怕是有可怕的事情发生了，先生。恐怕您的哥哥他——"

威尔弗雷德紧握着他柔弱的双手。"他又干了什么见不得人的勾当了？"他的喊声中带着不自觉的激动情绪。

"怎么会呢？先生。"鞋匠咳嗽着说，"恐怕他什么也没做，而且再也做不了什么了。我恐怕他是完了。您最好快点下来，先生。"

助理牧师随着鞋匠走下一小段旋梯，来到了高出街面不少的入口处。博亨一眼望见了这桩惨剧，就像一张摊在他脚下的图纸。铁匠铺的院子里站着五六个人，几乎都是一身黑衣，其中一个穿的是巡官的制服。其他的人还包括医生，长老会牧师，罗马天主教教堂的神父——铁匠的妻子是信天主教的。天主教神父正快速地小声对她说话，而那个有一头耀眼金发的漂亮女人只顾着坐在长凳上哭哭啼啼。就在这两拨人之间，在一堆铁锤旁，趴着一个穿晚礼服的人，他四肢摊开，脸贴在地上。威尔弗雷德从高处对他的穿着打扮看得一清二楚，甚至能看到他手上戴的博亨家族的戒指，但他的头颅却像一摊飞溅开的污渍，又像是由乌黑的血迹画出的星星。

威尔弗雷德·博亨只看了一眼，就跑下台阶进到院子里。那位医生，也是他家的家庭医师，跟他打招呼，威尔弗雷德却理都没理他，只是结结巴巴地说："我哥哥死了。这是怎么回事？如此恐怖而神秘的事情是怎么发生的？"现场陷入一片压抑的沉默，而鞋匠是现在最直言不讳的人，他回答说："先生，恐怖是真恐怖，可说不上有多神秘。"

"你什么意思？"威尔弗雷德脸色煞白地问。

"太明显了。"吉布斯回答说，"这方圆40英里只有一个男人能一下子把人打成这样，而且他也有理由这么干。"

"咱们还是不要提前下结论。"医生插话进来，他个子挺高，蓄着黑胡子，神情有些紧张。

"不过我确实能对吉布斯先生的描述提出佐证，这是不可思议的一击。吉布斯先生说这附近只有一个人能办到。但我得说没人办得到。"

一股因迷信而生的战栗穿过了助理牧师瘦小的身体。"我搞不明白你在说什么。"他说。

"博亨先生，"医生低声说，"恕我没把话说清楚。头骨不只是像鸡蛋壳一样被打得粉碎。骨头的碎片就像射入泥墙的子弹一样嵌进了身体和地面。这是巨人的手才干得出来的。"

他沉默了片刻，冷酷地透过他的眼镜向外看，然后他补充说："这倒也有个好处——很明显大多数人都能摆脱与这一击有关的嫌疑。要是你或者我或是这个国家里任何一个普通身材的人，为了这个罪名被起诉，咱们都会被无罪释放。毕竟要是纳尔逊圆柱纪念碑⑦丢了，总不能说是个婴儿偷的。"

"我就是这个意思。"鞋匠固执地重复他的话，"只有一个人有能力做出这事，而且他也有理由这么做。铁匠西米恩·巴恩斯呢？"

"他去格林福德了。"助理牧师支吾地说。

"我还说他去了法国呢。"鞋匠抱怨说。

"不对，他没在你们说的任何一处地方。"小个子天主教神父加入到谈话中，他的声音既小又没什么特色，"事实上，他此刻正沿着这条路走过来。"

小个子神父的长相平淡无奇，棕色短发，一张圆脸上表情冷漠。可此时就算他像阿波罗一样光彩夺目，也没人会去看他。所有人都转身眺望穿过平原的那条小路。铁匠西米恩正跨着大步，扛着铁锤沿路走来。他是个骨骼粗大的大个子，深色的眼睛凹陷下去，目露凶光，下巴上留着黑色的胡子。他一边走一边和另外两个人轻声交谈，尽管算不上特别高兴，但却似乎很悠闲。

"我的天啊！"不信神的鞋匠高喊，"那就是他杀人用的锤子。"

"不对，"巡官留着浅黄色的胡子，看起来是个明白事理的人，这是他来了以后第一次开口，"作案用的锤子就在那边教堂的墙边。我们让它和尸体都保持着原样。"

所有人的目光都投向那边，矮个儿神父走过去无声地看着地上的凶器。那是其中一把最轻最小的锤子，在一堆锤子里并不起眼，但铁锤的边缘却沾着血迹和金黄的头发。

一阵沉寂过后，矮个儿神父低着头开始讲话，他用乏味的语调宣布他的新发现。"吉布斯先生说这事没什么神秘的，"他说，"这说法恐怕不对。至少这一点很神秘。这么个大个子怎么会选这么小的锤子挥出这么重的一击。"

"噢，别管这个了。"吉布斯疯狂地叫道，"咱们该怎么处置西米恩·巴恩斯？"

"别动他，"神父平静地说，"他自己会回来。我认识和他同行的两个人。他们都是来自格林福德的虔诚信徒，他们才去过长老会礼堂。"

他话音未落，高大的铁匠就绕过教堂的墙角，大步跨进自家院子。然后他就呆住了，锤子也脱手了。巡官立即迎上前去，他依然保持着无可指摘的礼节。

"巴恩斯先生，"他说，"我不打算问你是否了解这里发生了什么事。你也不一定会说。我希望此事与你无关，并且能证实自己的清白。但在形式上，我必须以国王的名义拘捕你，罪名是谋杀诺曼·博亨上校。"

"你什么都不用说了。"好事的鞋匠兴奋地说，"他们已经证实了所有事了。只不过他们还没有证实那个脑袋被砸得粉碎的人是博亨上校。"

"这种说法站不住脚。"神父身边的医生说，"又不是侦探故事。我是上校的私人医师，我比他本人还要了解他的身体。他的双手很漂亮，但也有奇特之处。他的食指与中指一样长。噢，这个人肯定是上校无疑。"

他观察地上头部受创的尸体时，铁匠毫无感情的铁黑色眼睛也在盯着看。

"上校死了？"铁匠相当平静地说，"他活该。"

"什么都不要说！噢，什么都不要说。"不信教的鞋匠大喊。他沉浸在对英国法律制度的赞美中，手舞足蹈。没人比这个世俗论者更像个法律学家。

铁匠转过头看着他，威严的脸上充满了宗教般的狂热。

"你这样的无信仰者，在世俗法律的庇护下，像狐狸一样左躲右闪。"他说，"可你今大也看到了，天主是在守护他的子民的。"

然后他指着上校说："这十恶不赦的狗贼是什么时候死的？"

"说话客气点。"医生说。

"要是《圣经》里都是客气话，那我讲话也会客气的。他什么时候死的？"

"早晨 6 点钟我还见他活得好好的。"威尔弗雷德·博亨结结巴巴地说。

"天主是仁慈的。"铁匠说，"巡官先生，你要拘捕我，我毫无异义。倒是你该为拘捕我提出异议。我不在意。因为离开法庭时，我的人格不会沾上任何污点。你倒是要在意。说不定离开法庭时，你的事业上要留下不光彩的一笔。"

严肃的巡官第一次饶有兴趣地看着铁匠，其他人也一样。只有矮小的陌生神父还在低头打量那把造成了致命一击的小锤子。

"铺子前面站着的这两个人，"铁匠用呆板而清晰的语调继续说，"都是格林福德的正经商人，你们也都认识。他们可以作证，从半夜到今天一大早，我都和他们在一起。我整夜都在我们复兴布道会的会议室里。我们为了拯救灵魂而禁食。在场的 20 个格林福德人都可以证明我一直在那里。巡官先生，如果我是个异教徒，我一定巴不得你丢了工作。但作为一名基督教徒，我应该给你机会，问一问你是想现在听我辩解，还是法庭上见。"

巡官还是初次露出不安的神色，他说："我当然很愿意现在就让你洗清罪名。"

铁匠大步走出院子，和他进门时同样轻松。他回到两位来自格林福德的朋友那里，实际上，他们和在场的每一个人都算得上是朋友。他们俩每人讲了几句，没人质疑他们的话。他们讲完以后，西米恩的清白无辜变得如同众人面前雄伟的教堂一样坚实。

人群陷入了沉默，这可比任何演说都更怪异、更令人难以忍受。助理牧师急于打破沉默，便问天主教神父：

"你似乎对那把锤子很感兴趣，布朗神父。"

"是的，"布朗神父说，"为什么会是这么小的一把锤子呢？"

医生转过身对着他。

"的确，还真是这么回事。"他大叫，"谁会用这么一把小锤子呢？这里比这大的锤子可有 10 把也不止。"

接着他压低声音附在助理牧师耳旁说："除非是举不动大锤子的人。这与不同性别间魄力或胆量的差异无关。是臂力的问题。一个胆大包天的女人可以不费吹灰之力地用一把小锤子犯下 10 桩谋杀案。但却没法用一把大锤砸死一只甲虫。"

威尔弗雷德·博亨看着他，眼神恍惚，充满恐惧。而布朗神父却在津津有味地侧耳倾听。医生用更加低沉的声音继续强调说：

"为什么这群蠢货总是以为只有丈夫才会恨妻子的情人呢？十有八九，妻子才是最恨她情人的人。谁又能说清他是如何侮辱或是欺骗她的——往那边看看吧！"

他指了指长凳上的金发女人，又赶快收回了手。她终于抬起了头，姣好的面容挂着泪痕。但眼睛还盯着尸体发呆。

威尔弗雷德·博亨神父的样子虚弱无力，仿佛不再想知道任何事。但布朗神父掸去袖子上的炉灰，用他冷漠的腔调开始发言。

"你和大多数医生一样，"他说，"从精神科学的角度看，你的分析很有道理。从生理条件的角度看，完全行不通。我同意女人比丈夫更想杀掉奸夫。我也同意女人一定会用小锤子，而不是大锤子。但问题是从生理条件上看这是不可能的。世上没有哪个女人能把男人的颅骨砸得这么扁。"稍作停顿以后，他又若有所思地说："这群人还没有弄清事情的来龙去脉。那个人实际上戴的是一顶铁盔，而这一击却把它打得像玻璃一样碎。看看那女人。再看看她的胳膊。"

又是一片鸦雀无声，然后医生闷闷不乐地说："好吧，也许我错了，仁者见仁，智者见智嘛。但我还是坚持我的主要观点。放着大锤子不用，只有傻子才会去用小锤子。"

威尔弗雷德·博亨抬起瘦弱颤抖的手，似乎要去抓他稀疏的金发。可他马上又放下手，高声说："这正是我想说的，让你给说出来了。"

然后他抑制住心头的不安，继续说："你说，'只有傻子才会去用小锤子'。"

"是啊，"医生说，"怎么了？"

"那就对了，"助理牧师说，"只有傻子才会那样做。"其他人全都目不转睛地盯着他看，而他变得燥热，又像女人一样激动。

"我是个神父，"他不安地说，"而一位神父不该沾上血腥。我、我是说他不该把人送上绞架。感谢天主，我现在看清了谁是罪犯——因为那个罪犯是不会被推上绞架的人。"

"你不打算告发他？"医生询问说。

"就算我告发他，他也不会被吊死。"威尔弗雷德露出了极度兴奋但又让人捉摸不透的快乐笑容，他回答说，"我今天早上走进教堂的时候，看到一个疯子正在做祷告——那个可怜的乔，他这一生中就没正常过。天主才知道他祈求些什么，但毫无疑问，这种怪人的祈祷是颠三倒四的。一个疯子很可能在杀人以前先去做祷告。我最后看到可怜的乔时，他正和我哥哥在一起。我哥哥在戏弄他。"

"天啊！"医生大叫，"终于说到点子上了。但你要怎么解释——"

威尔弗雷德神父自认为瞥见了真相而激动得几乎颤抖起来。"看到没有，看到没有，"他兴奋地大叫，"只有这种推论才能解释这两件怪事，回答这两个谜题。这两个谜题就是小锤子与重重的一击。铁匠有力气打出重击，但不会选用小锤子。他老婆可能选用小锤子，却又没力气打得那么重。但是疯子两样都具备。为什么选小锤子呢？因为他疯了，用什么都有可能。而重击呢？你没听过这个说法吗，医生？疯子一旦犯了病，10个大男人也按不住他。"

医生深吸了口气，然后说："老天啊，我相信你已经解答了这一切。"

布朗神父盯着发言者看了许久，他灰色的眼睛瞪得像牛眼一样大，似乎要证明，他的眼睛与脸上的其他部分不一样，不是无关紧要的。周围一安静下来，他就带着明显的敬意说："博亨先生，到目前为止，你的推论是唯一一个，从各方面来说都站得住脚的，本质上讲是无懈可击的。因此，我认为你有资格知道，以我的学识来看，这个推论并非事实。"说完，这个小老头走到一旁又去端详那把锤子了。

"好像这家伙知道的事比看起来的要多，"医生小声地向威尔弗雷德发牢骚，"那群天主教神父都不是一般的狡猾。"

"不，不对，"博亨精疲力竭地说，"疯子干的，是疯子干的。"

两位神职人员和一位医生这一组人已经被另一组人甩在一边了，那组人更为重要，是由巡官和被拘捕的人组成的。现在神父他们自己谈不下去了，就转过来听另一组人说什么。神父一面听着铁匠大声说话，一面抬头看看又低头瞅瞅。

"我希望我能说服你，巡官先生。你说得对，我是挺有力气，可我也没法从格林福德扔出锤子，让它砸到这里。我的锤子没长翅膀，它不可能从半里外越过篱笆和田野飞过来。"

巡官友善地笑着说："行了，我认为你的嫌疑可以被排除了，尽管这是我见过的最荒诞的巧合。我只是想让你尽量协助我们找到一个和你一样高大强壮的男人。哎呀！你还可以帮我们抓住他！我想你该猜想过那人是谁吧？"

"我是该猜一猜，"脸色苍白的铁匠说，"但干这事的不是男人。"然后，他看到大家惊恐的眼睛都望着他妻子，又把他的大手放在她的肩头说："也不是女人。"

"你这话什么意思？"巡官打趣地问，"你总不会认为奶牛会用锤子，是吧？"

"我认为拿起这把锤子的不是个血肉之躯，"铁匠闷声说，"说句不该说的，我看他是自己死掉的。"

威尔弗雷德突然走上前来，用充满怒火的眼神瞪着他。

"巴恩斯，你是说，"鞋匠尖利的声音传了过来，"锤子自己蹦起来把那人击倒了？"

"噢，你们这些绅士可能会笑话我。"西米恩大喊，"你们这些神父，在礼拜日告诉我们，天主是如何平静地击败西拿基立®的。我相信，是隐身于尘世间的那一位，保护了我的名誉，将罪人击杀在门前。我相信这一击的力量，正是地震中蕴含的那种力量，绝不比那种力量小。"

威尔弗雷德用怀着难以言表的痛苦的声音说："我亲自提醒过诺曼要小心雷电。"

"那可不在我的管辖范围内。"巡官轻轻一笑。

"你却在祂的管辖内，"铁匠回答，"再见吧。"说完，他转过宽阔的后背，走进房子里。

布朗神父扶着摇摇晃晃的威尔弗雷德离开，他和助理牧师在一起显得轻松友好。"让我们离开这个恐怖的地方吧，博亨先生。"他说，"我能到你的教堂里参观一下吗？我听说这是英国最古老的教堂之一。你知道的，我们就是对这些感兴趣。"他又做了个滑稽的鬼脸，"对英国的老教堂。"

威尔弗雷德·博亨没有笑，他从来都没什么幽默感。但他相当热情地点点头，他早就等不及和某个人聊一聊，大谈特谈哥特式教堂的辉煌与壮观，只要那人能体会其中奥妙，不要像长老会的铁匠，不信神的鞋匠那样无知。

"那太好了，"他说，"咱们先从这边进去。"他带头走向台阶顶端的侧门。布朗神父才跟着他迈上第一级台阶，就感到有只手搭在他肩头，扭头看见医生黑瘦的身影，他的脸上带着疑惑，显得更加深暗。

"先生，"医师严厉地说，"你好像知道这个谜案的一些秘密。我想问问你是否打算对它们保密呢？"

"怎么会呢，医生，"神父很愉快地笑着回答，"对我这类人来说有个非常好的理由去保密，那就是对真相还拿不准。等到确定了真相，保密又成了一项不变的义务。要是你认为我对你或者其他人保持沉默很失礼，我只好在我习惯的最大限度内，向你透露两条十分重大的线索。"

"是什么呢，先生？"医生表情阴郁地说。

"首先，"布朗神父平静地说，"这是你专业范围内的事。是生理科学的问题。铁匠错了，他所谓的神圣的一击也许是对的，但那肯定不是什么奇迹。奇迹并不存在，医生，要说奇迹，人类本身就是奇迹，人们心中充满了奇异古怪、近乎英雄主义的想法。击碎头骨的力量来自科学家众所周知的定律——是自然法则中最常受到讨论的之一。"

医生皱着眉，专心致志地看着他。他说："还有一条线索呢？"

"另一条线索是，"神父说，"你还记得铁匠说过的话吗？尽管他相信奇迹，但在他看来，他的锤子长出翅膀，在乡间飞出半里地纯属不可能的神话故事。"

"是的，"医生说，"我还记得。"

"好的，"布朗神父开心地笑着补充说，"这个神话故事是今天的各种说法中最接近真相的。"说完，他转身跟着助理牧师走上台阶。

威尔弗雷德神父正在等着他，面容苍白、神情焦躁，他的神经似乎已经绷得太紧，这小小的延迟几乎成了压断神经的最后一根稻草。他带着布朗神父直奔教堂中他最喜欢的一角，走廊最接近雕花屋顶的位置，在那里光线从有天使图案的窗子照进来。说拉丁语⑨的小个子神父四处观看，极尽赞美之词，一直在兴奋地低声讲话。他在参观中看到了侧面的出口和旋梯，威尔弗雷德听到哥哥的死讯后就是从这条楼梯跑下去的。布朗神父没有往下跑，而是像猴子一样灵活地向上攀爬。他清晰的声音从上面的露天平台传过来。

"请上来吧，博亨先生，"他叫道，"这里的空气对你有好处。"

博亨跟着他走到室外的石质走廊或者说是阳台上，从那里他们可以看到脚下山丘所处的无垠平原，其间点缀着村庄与农场，紫色的地平线被森林覆盖。铁匠的院子就在他们脚下，院子干净方正但看起来很小。巡官还站在那里做记录，尸体也还在，像只被拍死的苍蝇。

"好像世界地图一样，不是吗？"布朗神父说。

"是啊。"博亨十分严肃地点着头说。

哥特式建筑的轮廓线在他们脚下和周围急转直下，像自杀者一样令人厌恶地迅速没入虚空之中。无论从何种角度去看，这种中世纪风格的建筑都蕴含着泰坦巨人般的能量，如同一匹癫狂的烈马，执意要将骑在它背上的任何人甩出去。教堂由古老静谧的石头堆砌而成，长年孳生着霉菌，鸟巢散布其间。之前他们从下面往上看时，它就像是从群星间涌出的泉水，而此时他们从上向下望时，它就像是倾入无底深渊的瀑布。塔上的两个人见识到了哥特式建筑最可怕的一面，透视收缩⑩产生的巨大失衡，令人目眩的远景，大物体变小、小物体变大的错觉，石头浮在空中的混乱场面。石头上的纹路由于距离近而被放大，相对地，田野与农场的景象由于距离远而被缩小。房檐上的鸟兽雕像看起来像是巨大的恶龙，或走或飞，在下面的草场与村庄肆虐。整个景象眩目又危险，宛如人被巨像般庞大的守护神的翅膀卷入空中。这座老教堂的高大与华丽堪比主教座堂⑪，仿佛暴雨突降在阳光普照的乡村。

"我看站在这么高的地方实在危险，不是个适合祈祷的地方。"布朗神父说，"这种高度只适合仰视，不适合俯视。"

"你是说会有人掉下去？"威尔弗雷德说。

"我是说即使身体没有掉下去，灵魂也可能掉下去。"另一位神父说。

"我不明白你什么意思。"博亨含糊其辞。

"举个例子说吧，看看那铁匠，"布朗神父继续冷静地说，"一位好人，但不是天主教徒——强硬、专横、不肯宽恕。他的苏格兰宗教总在山丘或悬崖上祈祷，只能教人看轻这个世界，而不是憧憬天堂。谦卑才能成就伟大。在山谷里看来巨大的东西，在山峰上看来却很渺小。"

"但是他、他并没有杀人啊。"博亨颤抖地说。

"对，"另一位用古怪的腔调说，"我们知道不是他干的。"

他用黯淡的灰色眼睛平静地向平原望过去，稍后又继续说下去。"我认识一个人。"他说，"他一开始只是和别人一起在圣坛前祈祷，但他渐渐喜欢上在高处、在偏僻的地方祈祷，比如角落里、钟楼的壁龛里、尖塔上。某一次，在其中一个眩目的地方，整个世界都像车轮一样在他脚下旋转，他的头脑也开始产生变化，他错把自己当成了天主。因此，尽管他是个好人，可他犯下了极大的罪行。"

威尔弗雷德扭过脸去，但他干瘦的手紧紧抓着石头栏杆，变得发青发白。

"他认为他有权评判这个世界，并且击杀罪人。要是他和别人一样跪在地上祈祷，就永远不会有这种想法。但他看见其他人都像昆虫一样爬来爬去。特别是在他下面大摇大摆的那一个，他是那么傲慢无礼，翠绿色的帽子让人一眼就能认出来—— 一只毒虫。"

白嘴鸦围着钟楼的房檐呱噪，但在布朗神父继续开口之前，再没有别的声音了。

"还有一件事在诱惑着他，那就是他手中掌握着自然界最可怕的力量之一，我指的是重力，地球上的一切物体，一旦被放开，都会飞向地心，形成一阵疯狂快速的冲击。看见没？巡官就站在咱们下面的铁匠铺。如果我从栏杆上扔下一块卵石，它会像子弹一样击中他。要是我扔下一把锤子——哪怕是一把小锤子——"

威尔弗雷德·博亨一条腿迈过栏杆，布朗神父及时抓住了他的衣领。

"别走那扇门，"他颇为柔和地说，"那是通向地狱的门。"

博亨瘫靠在墙上，用惧怕的眼神盯着他。

"你是怎么知道这一切的？"他大喊，"你是魔鬼吗？"

"我是个凡人，"布朗神父严肃地回答，"因此我心中也会有各种邪恶的念头。听我说，"他顿了一下，"我知道你干了什么——至少我能猜出个大概。离开你哥哥时，你被不能算是不义的怒火所折磨，以至于你偷着拿了一把小锤子，你为他口中的卑鄙之事起了杀心。可你害怕了，你只是把它插在扣得很紧的外衣下面，快步走进教堂。你在各处胡乱做着祷告，在天使窗下，在阳台上，还有那个更高处的阳台，在那里，你看见了上校东方样式的帽子，简直像是正在蠕动的绿色甲虫。然后你的灵魂中有什么东西突然冒了出来，你代表天主掷出了雷电。"

威尔弗雷德用软弱的手捂着头，低声问："你怎么知道他的帽子像只绿甲虫？"

"噢，这个嘛，"另一人浅浅一笑，"这是常识。但请再听我说几句。我说我都知道，但并没有别人知道。下一步怎么走，全看你自己，我不再干涉这事了，我会对这事保密，就像是我会对忏悔保密。如果你问我为什么，原因有很多，但只有一条与你有关。我把事情留给你处置，是因为你除了杀人以外，并没有其他恶行。尽管嫁祸给铁匠或是他妻子并不困难，但你却没有去推波助澜。你想把罪名安在低能儿身上，因为你清楚他不需要承担责任。我的职责之一就是找出凶手善良的一面。现在回到村子里去吧，你可以像风一样自由地走你的路，我的话说完了。"

他们在沉默中走下旋梯，走到沐浴在阳光中的铁匠铺旁边。威尔弗雷德·博亨小心地拨开院门的门闩，走向巡视员，他说："我要自首，是我杀了我哥哥。"

【注释】

① 一个虚构的村庄。

② 指其家族参与过十字军东征。

③ 原文为"Mohocks"，指 18 世纪初在伦敦街头以非法行为取乐的一群贵族子弟。

④ 原文为"Mashers"，指 19 世纪末在英国的一群打扮时髦的花花公子。

⑤ 长老教会是基督教归正宗的一派，起源于 16 世纪的西欧改革运动，1637 年，归正宗在苏格兰建立长老制。

⑥ 又称哥德式建筑，整体风格高耸瘦削，凸显了宗教中的神秘感。

⑦ 位于英国伦敦特拉法尔加广场，建于 1843 年。

⑧ 公元前 705 ~ 681 年在位的亚述国王，能征惯战。

⑨ 罗马天主教传统上使用拉丁语。

⑩ 美术术语，简单地解释就是近大远小。

⑪ 称座堂，指主教制的基督教派中，设有主教座位的教堂。通常较为宏大。

◇ 太阳神的眼睛 ◇

烟雾缭绕的泰晤士河面上，有一片忽隐忽现的亮光，随着太阳在威斯敏斯特上空升至顶点，亮光也由灰暗逐渐变至最亮。有两个人走在威斯敏斯特大桥上，一高一矮，他们之间的奇妙对比，仿佛是傲慢的国会钟塔与弯腰驼背的威斯敏斯特教堂，因为矮个子的人穿着神父的服装。高个子正式的名字是 M. 赫尔克里·弗朗博，是一位私家侦探，正要去他的新办公室。办公室位于威斯敏斯特教堂入口对面的一排新公寓。矮个子正式的名字是 J. 布朗神父，任职于坎伯韦尔的圣弗朗西斯·泽维尔教堂。他刚离开坎伯韦尔一位临终的信徒，要去看看他朋友的新办公室。

这是一栋美国式的摩天大厦，油光锃亮的电话与电梯这些机械装置也都透着一股美国味儿。但大楼才刚建成，还在招租。现在只有三家房客搬进来。弗朗博楼上的一间办公室有主儿了，他正下方的那一间也是。再往上的两层和再向下的三层还都空着。但是一眼望去，新建的高楼上有更加引人注意的东西。弗朗博上方的办公室外，除了一些脚手架的遗迹，还架着一个耀眼的物体。那是一只巨大的镀金人眼雕像，金光环绕，有两三扇办公室窗子那么大。

"那是个什么东西？"布朗神父站在原地问。"噢，一个新宗教，"弗朗博笑着说，"这种新教派会宽恕你的罪，理由就是你根本没犯任何罪。我觉得有点像基督教科学派①。在我楼上的那个家伙自称卡隆（我不知道他的真名是什么，但肯定不是这个）。我楼下是两位女打字员，而这个狂热的老骗子在我头顶上。他说自己是阿波罗的新牧师，他崇拜的是太阳。"

"那他可要当心了。"布朗神父说,"太阳是众神中最残酷的一位。但那个巨大的眼睛是什么意思?"

"依我的理解,他们的教义是,"弗朗博回答说,"人只要意志坚定就能够忍受一切。太阳与睁开的眼是他们的两个重要象征,因为他们说,真正健康的人能直视太阳。"

"真正健康的人,"布朗神父说,"才不会有直视太阳的打算。"

"行了,有关这个新宗教的事我能告诉你的也就这么多。"弗朗博漫不经心地继续说,"当然了,他们还宣称可以治愈身体上的所有疾病。"

"他们能治愈心病吗?"布朗神父十分好奇地问。

"你指的是什么心病?"弗朗博笑着问。

"自以为是。"他的朋友说。

相对于楼上金光闪耀的神庙来说,弗朗博对他楼下安静的小办公室更感兴趣。他是个头脑清醒的南方人,除了天主教徒或者无神论者以外,无法想象自己还会选择别的什么。耀眼又病态的新宗教不太合他的口味。但对人类,他总是有兴趣,特别是长相好看的。而且楼下的女士们还很有个性。租下办公室的是一对姐妹,两人都是深色皮肤,身材苗条。其中一人个子高些,显得更突出。她的侧影深黑、锐利,像鹰一样,这种女人总能让人把她的侧影想成是武器锋利的边缘。她似乎在生活中一路披荆斩棘。她的双眼异常明亮,但不是钻石的那种光泽,而是钢铁般的明亮。她的身材笔直修长,优雅中却总透着僵硬。她的妹妹像是她的缩影,灰一些、浅一些,不那么引人注目。她们都穿着黑色的职业装,衣服的袖口与领子都是男式的,只是尺寸小些。在伦敦的各个办公室中，还有成千上万如此朴素又能干的女士。但这只是表象，她们真正的身份才是让人感兴趣的。

姐姐波林·斯泰西实际上是其家族纹章和半个郡的女继承人，外加一大笔财富。她是在城堡与花园中长大的，此后一股执拗的冲动（是现代女性所特有的）驱使她去追求心目中更艰难、更高尚的生活方式。但她并没有真的放弃她的钱财。因为那种浪漫的，或者说是苦行僧式的狂热，与她专横的功利主义性格并不相符。她掌管着她的财产，她可能会说，是为了用在实际的社会事务上。她将其中一部分投入到了生意上，成立了一间作为示范的打字服务公司。另有一部分钱投给了各种促进女性工作的组织与团体。没人能确定，她的妹妹兼合伙人琼对这种略显乏味的理想主义，支持到什么程度。但是，她像狗一样忠诚追随领导者的精神，比她姐姐坚强崇高的性格更感人，甚至带有几分悲剧色彩。波林·斯泰西与悲剧一点都不沾边，她甚至否认悲剧的存在。

弗朗博第一次来到公寓大楼时，就觉得她僵硬而快速的动作，与冷酷而急躁的性格十分可笑。他在大厅的电梯外徘徊，等着电梯服务生来，通常由他来引导访客到各个楼层。这本来很正常，但这位有着鹰隼般犀利眼神的女士公开表示，自己无法忍受这种耽搁。她尖刻地说，电梯的操作她全都会，不用依靠开电梯的小子——或者男人。尽管她的办公室就在四层，从电梯上去用不了几秒钟，但她还是不失时机地向弗朗博随口讲了一大套她的观念，大体上是说她是个现代的职业女性，她热爱现代化的机械设备。她明亮的黑眼睛里闪着怒火，因为她反对那些指责机械科学，呼吁回归自然的人。她说，每一个人都应该掌握操作机器的技能，就像她能够操作电梯一样。她似乎对于弗朗博为她开电梯门这件事都很恼火②。那位绅士微笑着上了楼，这个咄咄逼人的女强人给他留下了说不出滋味的印象。

她确实是个脾气急躁、精力充沛的行动派，她的双手，纤细优雅，但动作显得唐突，甚至有破坏性。

有一次，弗朗博需要打字，就去了她的办公室，正巧碰见她把妹妹的眼镜摔到地板正中央，还在上面踩来踩去。她在言辞激烈地发表关于道德的长篇大论，批判"不健康的医疗观念"，以及这样的装置是一种暗示，它病态地承认人类存在缺陷。她禁止妹妹再把这种人造的不健康的垃圾带进办公室。她质问她，是不是打算戴上木腿、假发或者玻璃眼珠。她说话时，眼睛像恐怖的水晶球一样闪着光。

弗朗博对这种偏激感到困惑，不禁去问波林小姐（以直截了当的法式逻辑），为什么一副眼镜会比一部电梯更能体现病态的缺陷。还有，为什么科学可以在一方面帮助我们，在另一方面却不行。

"那不是一回事，"波林·斯泰西傲慢地说，"电池、发动机以及诸如此类的事物都是人类力量的体现——当然了，弗朗博先生，这其中也体现了女性的力量！我们应该对这些吞噬掉空间上的距离，为我们争分夺秒的伟大机器善加利用。那是高尚与杰出的——那才是真正的科学。但医生兜售的这些肮脏的支架和石膏——怎么说呢，全是懦夫的标记。医生把它们粘到人胳膊腿上，好像我们天生就是瘸子或者疾病的奴隶。但我生来就是自由的，弗朗博先生！大家自认为需要这些东西，是因为他们只接受了对恐惧的训练，而没有接受过力量与勇气的训练，就像愚蠢的护士告诉孩子不要直视太阳，所以他们看太阳的时候就要眨眼。但在群星之间，凭什么有一颗我不能看呢？太阳并非我的主人，只要我想，无论何时我都可睁开眼睛直视它。"

"你的眼睛，"弗朗博古怪地躬了下腰，说道，"能让太阳都为之目眩。"他很高兴能称赞这位怪异古板的美人。他更感到开心的是，这种称赞使对方惊讶得直发愣。但在他上楼往回走时，他不由得深吸了一口气，又吹了声口哨，还自言自语说："她算是落到楼上的黄金眼巫师手里了。"虽然他对卡隆的新宗教了解不多，也不很关心，但听说过他对于直视太阳的特殊见解。

他很快就发现，他的楼上与楼下两层之间的精神联系越来越紧密了。自称卡隆的人仪表堂堂，很符合他的阿波罗主教身份。他和弗朗博一样高，但相貌更英俊，金色的胡子，深蓝色的眼睛，头发像雄狮的鬃毛一样向后梳着。他的模样符合尼采所说的金发野兽③的标准，但是由于天生的智慧与灵性，这种动物般的美更为高尚、生动、柔和。如果说他像是撒克逊君王之一，也一定是兼具圣徒特征的君王之一。而他的这些特点却与他所处的伦敦的氛围格格不入。他的办公室在维多利亚大街一栋建筑的中层。他的职员（一个带着活袖口和领子的普通青年）坐在外屋，在他和走廊之间。他的名字刻在铜牌上。街上悬着代表他信条的镀金徽记，像是眼科医生的招牌。所有这些粗俗的东西，都不能妨害这个叫卡隆的人，从他的灵魂与躯体中，涌出鲜明的影响力，它使人既感到震慑又受到鼓舞。不管怎么说，在这个骗子面前，一个人确实会感觉好像亲见一个伟人。即使他在办公室里，穿着宽大的亚麻外套工作服，他依然不乏迷人且令人敬畏的气质。当他每日为了敬拜太阳而披上白色法衣，戴上金色冠冕时，他辉煌的样子，足以使街上行人的谈笑声戛然而止。一天三次，这位新的太阳崇拜者都要走到他的小阳台上，在威斯敏斯特的所有人面前，向他耀眼的神祷告，黎明一次，日落一次，还有一次在正午的钟声中。布朗神父，弗朗博的那位朋友，就是在正午，在国会钟塔和教区教堂的钟声里，抬起头第一次看到了身披白衣的阿波罗牧师。

弗朗博早看够了信徒每日对福玻斯④的问候，他直接走进大楼的门廊，甚至没有看一眼他的神父朋友有没有跟上来。但是布朗神父，也不知是出自对宗教仪式的职业兴趣，还是对愚蠢举动的个人喜好，他停下来仰望着阳台上的太阳崇拜者，那架势就像是停下来观看潘趣与朱迪⑤的表演一样。先知卡隆摆好架势，他身穿银白色的外套，双手高举，他的声音特别有穿透力，整条街的人都能听见他念诵歌颂太阳的祷文。他的祷词已经念到一半了，眼睛紧盯着天上冒火的圆盘。很难说他是否会去看地上的人或物，但他肯定没看到，下面的人群中有一个矮小的圆脸神父，正眨着眼抬头看他。也许这两个相距甚远的人之间最大的差别就是，布朗神父看什么都得眨眼，而阿波罗的牧师能看着正午的火球，连眼皮都不带动一下。

"太阳啊，"先知高呼，"一颗因伟大而不能容于群星间的明星！在名曰空间的神秘所在静静流淌的泉水。白色的火焰，白色的花朵，白色的山峰，及一切白色不息之物的白色之父。比任何最纯洁安分的孩童更为纯洁的父亲，纯净的源头进入平静的——"

一声持续的刺耳尖叫引起了一阵混乱。好像火箭后面喷射出的反向气流，5个人向大厦的门里冲，同时又有三个人往外冲，有那么一瞬间他们七嘴八舌的，谁也听不到别人说的什么。这种突发的恐怖情景，不多时就让半条街上的人们都意识到一定有什么坏消息——因为不明真相，更加剧了恐惧情绪。只有两个人在突发的骚动中纹丝不动：头顶阳台上光彩照人的阿波罗牧师和阳台下其貌不扬的天主神父。

最终，弗朗博凭借他高大的身躯和一身蛮力，在大厦的门厅里，控制住了这一小群乌合之众。他把嗓门提到最高，像是雾号⑥，他冲着众人喊道，快去找个外科医生来，在他转身走进挤得黑压压的入口时，他的朋友布朗神父也悄无声息地随后挤了进去。他在人群中左突右冲的同时，他仍能听到太阳牧师用华丽的语调，千篇一律地向幸福的天神、泉水与鲜花之友祷告。

布朗神父看到弗朗博和另外6个人围着电梯通常落下的地方。但电梯没有降下来。下来的是别的什么东西，而那件东西本该乘坐电梯下来。

弗朗博足足看了4分钟，看着那位否认悲剧存在的美丽女士头破血流的样子。他丝毫都不怀疑那就是波林·斯泰西，而且，尽管他已叫人去找医生，他也毫不怀疑她已经死了。

他说不清自己到底是喜欢还是讨厌她，因为两方面都有很多理由。但她毕竟曾是个活生生的人，眼前充满了死亡痛苦的诡秘一幕，唤起了弗朗博对她美丽脸庞和自负言辞的回忆。丧友的悲痛像无数小刀在刺着他。瞬息之间，像是蓝天中的闪电，又像是不知来自何处的惊雷，那具娇美又高傲的身躯从敞开的电梯井中坠下，落进死亡的井底。是自杀吗？对这样一个傲慢的乐天派来说似乎不可能。是谋杀吗？可在这几乎没人的公寓楼里又有谁会去杀人呢？他情急之下嘶哑着嗓子便问卡隆那家伙在哪儿，他本想表现得很强硬，但说出口之后却显得那么微弱。一个熟悉的沉重、平静又醇厚的声音提醒他，此前15分钟，卡隆一直在阳台上敬拜他的神明。等弗朗博听出这声音，又感觉到了布朗神父的手，他扭过黝黑的脸，猝然问道：

"那么，要是他一直在上面，又会是谁干的呢？"

"也许，"另一位说，"我们可以上楼去查看一下。警察半个小时以后才会到这儿。"

弗朗博让外科医生照看女继承人的尸体，自己则冲到楼上，赶到打字办公室，却发现它是空的。他随后跑回自己的公寓。他很快从公寓出来，神情异样、脸色苍白，回到他朋友的身边。

"她妹妹，"他语气中有明显的不快，严肃地说，"她妹妹可能出去散步了。"

布朗神父点点头。"或者，她可能去了楼上太阳牧师的办公室，"他说，"如果我是你，我就会确认一下，然后，我们再去你办公室讨论这件事。不对，"他似乎想起了什么事，赶忙补充说，"我什么时候才能不犯蠢啊？很明显，应该去楼下她们的办公室。"

弗朗博愣了一下，但还是跟着小个子神父走到楼下斯泰西姐妹空无一人的公寓。令人捉摸不透的神父坐在门口的一把大号红色皮椅上，看着楼梯与楼道，等待着。他并没等多久，也就大约不到4分钟，只见三个人走下楼来，全都神情严肃。走在前面的是死者的妹妹琼·斯泰西——显然她之前是在楼上阿波罗的临时神庙里。紧跟着她的是阿波罗的牧师本人，他的祷告做完了，他极致的华丽一路扫过空空荡荡的楼梯——他的白色长袍、胡须和梳理好的头发很有几分像多雷[7]的画作《基督离开总督府》[8]。走在最后的是弗朗博，黑色的眉毛困惑地拧在一起。

琼·斯泰西小姐，肤色深黑，面容憔悴，头发过早地染上了灰白的颜色，她径直走向自己的办公桌，将一叠文件摊成扇形以便查阅。这个细微的动作给其他人留下了深刻印象。如果琼·斯泰西小姐是罪犯，那她定是个冷酷的罪犯。布朗神父面带怪异的微笑凝视了她一会儿，然后向另外一人走过去，眼睛却没离开她。

"先知，"他大概是在对卡隆说，"我希望你能多跟我讲一讲你的教派。"

"我很荣幸能为您讲解，"卡隆点头致意，头上还戴着冠冕，"但我不知道该从何讲起。"

"噢，是这样，"布朗神父毫不掩饰他的怀疑回答说，"我们都受到这样的教诲，如果一个人秉承的基本原则是错误的，那么这个人就应承担部分过错。但是，对这些人我们还是能加以区别，有些人公然违背自己的良知，有些人却是用诡辩或多或少地蒙蔽良知。现在我要问你，你是否认为这个谋杀真的是犯罪？"

"这算是指控吗？"卡隆异常平静地问。

"不是，"布朗相当温和地回答，"这是辩方陈词。"

房间内的众人由于吃惊沉寂了好长一阵子。随后阿波罗的先知缓缓起身，仿佛太阳升起。他的光辉与活力充满了房间，使人感到他可以用同样的方式轻松地充满索尔兹伯里平原⑨。他一袭长袍的身形像是给整个房间挂上了古雅的帷幕。他史诗般的姿态像要延展成广阔的场景。相较之下，现代神父的黑小身影似乎是种错误，是种侵犯，是屋内的古希腊显赫景象上的一个圆黑的污点。

"我们终于面对彼此了，该亚法⑩。"先知说道，"你我两大教会是这地球上仅有的存在。你我教会的观念信仰完全相反。我崇拜太阳，而你却希望太阳不再光明。你是死亡之神的使者，而我则代表活着。你的观念和信条就是怀疑和诽谤。你的教会是黑暗的使者，你们这群不择手段的刽子手，只有一个目的就是榨出人们对罪过的忏悔。只有这样你们才会'顺理成章'地判人有罪，而我要做的就是还他们以清白。你会无所不用其极地让人们相信自己是罪恶的，而我会让他们相信自己是美好的。"

"在我永久地驱散你虚妄的梦魇之前，我要郑重地警告你，你是罪恶之神的使者。你根本无法想象，我对你是多么不屑一顾。我一点也不害怕，你口中所说的耻辱与恐怖的绞刑，对我来说也不过如此。我愿意陪你玩各种把戏，无论你提出什么，我都会陪着你玩到底。反正我对这幻境般的生活毫不在乎。在这件事上，我的软肋只有一个，我会亲口说出来。纵然我的挚爱、我的新娘已经死去。即便我们并没有获得法律的承认，但是我们的结合却更纯洁、更严肃。与你们的仪式那般走过通道和走廊不同，我们踏进了水晶宫殿，这是另一个美好的世界。哦，我了解警察，他们总是幻想，有爱情的地方就会生出仇恨。这是你指控的第一个理由。而我告诉你的第二点理由更加有力，不只是我和波林的爱是真的。还有就在今天早晨，在她死前，她留下遗嘱，要将 50 万留给我和我的新教会。这一点更加有力。来吧，手铐在哪里？你已经不在乎他们会对我做出什么蠢事了。刑罚对我来说不过是我与她见面的时间快慢而已。绞架可以让我更快地见到她。"

他讲话时摇头晃脑的，还摆出一副演讲者的架势。弗朗博和琼·斯泰西对他的表现带着惊奇的敬佩。但是布朗神父只有极度的苦恼，他看着地面，脑门上的皱纹挤成了一团。太阳神的先知靠着壁炉架，开口说道：

"我告诉给你的几句话，也只是仅有可能成立的指控。我既然可以告诉你，就代表我也可以用更少的话把它不留一丝痕迹地打得粉碎。至于真相只有一个，就是我不可能犯了这个罪。波林·斯泰西是 12 点 5 分从这层楼摔下去的。而有上百的人都可以证明，在这个时间内，我都站在我房间外的阳台上。我的一位来自于克拉珀姆的职员可以发誓，整个早晨他一直坐在我的办公室外间，他看到没有人进出过。我是在离整点还有整整 10 分钟的时候出现的，比事情发生早了 15 分钟，之后我一直没离开过。这些他都可以证明。我的不在场证明如此完整。我可以找很多人为我作证。我想案子已经了结了，你可以将手铐收起来了。"

"但在最后，为了彻底打消你的怀疑，我会对你知无不言。我相信，我知道我的朋友为何死得如此不幸。如果你想指责我的话，我想我是可以接受的。但你不能把我关起来。所有追求真理的学者都知道，在历史上，某些能人和智者是可以依靠自己的能力浮在空中的。我们智慧的来源就是源自对物质的征服。波林既冲动又富有野心。但她却沉迷于神秘之物无法自拔。她常对我说，只要一个人的意志足够坚定，就可以保护自己不受到伤害。我坚定不移地相信，她尝试用她的崇高理想创造奇迹。她的意志或者信念，无法接受打击或者是残酷的现实，现实报复了她。所以最终导致了她的死亡。先生们，对于波林的死，我感觉非常不幸，但这整件事情都和我没有关系。在警察和法庭的记录中，你们最应该写自杀。我永远相信，她是为她的崇高理想付出了生命的代价，这是一场英雄式的失败和死亡。"

这是弗朗博第一次见到布朗神父哑口无言。他仍旧坐在那里皱着眉头看着地面，羞愧又难过。被先知意味深长的话所打击，谁都会垂头丧气。一个擅长质疑的人，却被骄傲纯洁充满活力的灵魂击败了，挫败感是必然的。他眨着眼睛，有些不适似的，沉默了许久后开口说道："好吧，如果真是这样，我只想知道那位女士把遗嘱放在哪里了，告诉我这个，你就可以走了。"

"如果我猜得没错，应该就在她门边的桌子上。"卡隆一副自己无罪的表情，接着他说，"我乘电梯上楼时确实看见她在写东西，应该没错。"

"当时她的门开着吗？"神父又问。他望着地毯的一角。

"是的。"卡隆冷静地说。

"啊！从那时门就开着。"另一位接着说。之后又陷入对地毯的研究中。

"这里有一张纸。"琼小姐冷冷地说道，她的声调与众不同。她手里拿着一张蓝色的大页纸，从姐姐门前走过。她脸上露着一丝嘲笑。弗朗博眉头紧皱地看着她。

先知卡隆想要避开那份文件，而弗朗博却接了过来拿在手里。在读过后，他非常惊愕。文件的开头就如同一般遗嘱，但在"我将所有财产，于我死后赠予"这几个字后面，有一些划痕，没有写下任何受赠人的名字。弗朗博吃惊地将其交给他的神父朋友，之后他又无声地交给了太阳神的牧师。

片刻之后，穿着耀眼的及地长袍的主教大人来了，快速穿过房间，居高临下死死地瞪着琼·斯泰西。

"你又要了什么鬼把戏？"他吼道，"这不是波林完整的手稿。"

他们很吃惊地听到他用带着美国佬尖利的声音说话。再也不复他那之前庄严优雅的英语。

"她桌上能找到的只有这些。"琼说。她毫不退缩带着邪气的笑容面对他。

那男人突然开始大放厥词，各种充满渎神与怀疑的词语倾泻而出。他的真面目实在使人震惊。

"看看吧！"等他骂停了，他用美式腔调高呼，"也许我是投机者，但我认为你是女杀人犯。没错，这就是你们苦苦寻找的死亡真相。那女子正在写一份令我受益的遗嘱，她该死的妹妹走过来夺了她的笔，把她拖到了电梯井那里，扔了下去。天啊！我想我们还是逃不开手铐。"

"你之前说得很对，"琼异常冷静地回答说，"你的职员，他知道誓言的意义。他可以发誓证明，在我姐姐死前 5 分钟直到她死后 5 分钟，我一直在楼上你的办公室里整理稿子。弗朗博先生也可以告诉你，他是在那里找到我的。"

一阵沉默。

"按这么说的话，那到底是怎么回事？"弗朗博叫喊道，"波林死的时候，只有她自己。"

"她摔下去时只有她一个人在，那就是自杀啊！"布朗神父说，"但我觉得不是自杀。"

"那她又是怎么死的？"弗朗博不耐烦地问。

"她是被谋人杀的。"

"但当时只有她一个人在。"侦探质疑道。

"她是独自一人时被谋杀的。"神父回答说。

其他人全都盯着他看，可他依旧沮丧地坐在那里，给人一副替别人感到羞愧与悲痛的样子。他的声音平淡而悲伤。

"我想知道究竟是为什么？"卡隆一边骂一边叫，"警察何时来抓这个女人。她不仅杀害了她的至亲，而且她还抢走了我 50 万，那钱眼看就是我的了，就和——"

"行了，行了，不要再说了，先知，"弗朗博打断了他，"你还记得吗？这世界只是梦境，一切都是假的。"

太阳神的主教似乎又再一次爬上了他的宝座。"那不是小钱，"他高呼，"那笔钱足以使我的事业遍布全世界。那不仅仅是我的愿望，也是我的爱人的愿望。对波林来说，这一切都是神圣的。在波林眼中——"

布朗神父突然跳了起来，椅子都被他碰倒了。他两眼放光，惨白的脸色似乎又被希望的火焰染红了。

"就是它！没错！"他清晰地确定地大喊，"所有的一切就是从这里开始的。在波林眼中——"

面对这个举止近乎疯狂的小个子神父，高大的先知不自觉地向后退。"你究竟什么意思？你又怎么敢？"他高声重复着。

"在波林看来，"神父的眼睛被希望点亮，他一遍又一遍地重复道，"继续啊——以天主的名义，继续啊。哪怕最丑恶的罪行，面对真诚的忏悔也能有所减轻。我恳求你快快忏悔吧。继续，继续——在波林看来——"

"快让我走，你这个十足的恶魔！"卡隆不停地在挣扎，他怒气冲天、大发雷霆地吼道："你究竟是什么人，你这个黑暗的使者，想要窥视我的一举一动吗？快让我走。"

"需要我去帮你阻止他吗？"弗朗博问。他快速地冲向出口，可还是晚了一步，这时卡隆已经穿过敞开的大门。

"不，放他过去吧！"神父深深地叹了一口气，这口气就像是来自宇宙深处那样深。他说道："我们把该隐①放过去吧，天主会处置他的！"

他走后，屋子里一片寂静。这种寂静对弗朗博来说真是像受审判一样难耐。

琼·斯泰西小姐则表情淡漠地收拾着她桌子上的文件。

"神父，"弗朗博终究还是没能忍住，"我不仅仅是出于好奇，这也是我的职责——如果有可能的话，找出犯罪的凶手是我的责任。"

"哪一桩罪？"神父问道。

"那当然是我们调查的这一桩了。"弗朗博不耐烦地回答。

"我们正调查的是两桩罪行，"布朗神父说道，"是两桩程度完全不一样的罪行——这根本就是不同的罪犯所做。"

琼·斯泰西小姐收拾好了桌子上的文件，正准备锁抽屉。布朗神父走过去，两人好像互不干扰，谁也没有注意对方。

"是两桩罪，"他一边观察一边说道，"而且针对的是同一个人的同一个弱点，目的也一样，都是为了她的钱。罪行大的罪犯发现，自己输给了罪行小的罪犯，财产最终归属给了罪行小的罪犯。"

"哦，我请你别再卖关子了。"弗朗博抱怨说。

"我想我说一个词你就明白了。"神父回答。

琼·斯泰西小姐对着小镜子，戴好了那顶与她职业相匹配的黑色帽子，又微微皱了皱她的黑眉毛。在弗朗博与神父的对话刚刚开始时，她正拿着手袋与遮阳伞不紧不慢地走出房间去。

"真相其实就是这个，"布朗神父缓缓道，"波林·斯泰西失明了。"

"失明！"弗朗博叫道，又重复了好几遍，他慢慢地将他庞大的身躯挺直。

"是他们家族遗传的，"神父继续发言道，"如果波林允许，她的妹妹已经开始戴眼镜了。但是因为她的特殊观念或者说特殊爱好，一个人才不会向病魔屈服。她不承认她眼前的乌云，并且想要靠坚强的意志来驱散它。所以她的视力在强大的压力下越来越糟糕，不过更强大的压力还在后面。是来自那位稀有先知的——反正不管怎么称呼他好了，他教她让她用自己的眼睛直视那炽热的太阳，并且说什么这是接受阿波罗的祝福等。哎，这些新的异教徒还不如老异教徒，至少老异教徒们还明白自然崇拜总是有残酷的一面的，他们尚且知道让眼睛直视太阳会伤害眼睛，甚至会致盲。"

微微停顿了一下，神父继续用他那温和但有些凌乱的声音说道："不论那个魔鬼是否是故意令她失明，但有一点毋庸置疑，他利用她的失明杀害了她是故意的，作案的手法简单至极。你知道的，他们乘坐电梯上下楼的时候不需用工作人员来协助，因为电梯的运行非常平稳与安静。卡隆乘坐电梯运行到那位姑娘的楼层时，通过打开的电梯门他看到她正在写东西，就是用盲人的方式在写遗嘱。他大声告诉那位姑娘，电梯的门已经敞开了，等她写好了东西就过来。然后他一声不响地按下电钮，一声不响地升到自己的楼层，平静地穿过他的办公室，来到了阳台，然后面对着拥挤的街道祈祷。就在这时候，那位可怜的女士写完了东西，兴高采烈地扑向他的爱人与电梯，却踏入了……"

"不，不要！"弗朗博大声喊道。

"正常情况下他摁下按钮那 50 万就到手了，"神父用淡淡的语气继续讲述这件恐怖的事，"但最终却搞砸了，因为还有另外一个人也惦记着这笔钱，并且那人也知道关于波林视力的秘密。我觉得到现在可能也没人注意到关于这份遗嘱的事：尽管它尚未完成，也未签名，但是另一位叫作斯泰西的小姐与某位雇员作为见证人已经签过字了。琼首先签了字，并且告诉波林可以稍后完成，就像传统的女性那样不重视法律程序。由此可见，琼希望没人看到她姐姐的签字，这是为何呢？我想是由于波林失明，如果没有见证人，她可能就会签不上。"

"斯泰西姐妹通常会使用自来水笔，特别是波林。因为依靠坚强的意志，她的习惯与记忆，她能够把字体写得与失明前一样好。但她不知道的是，她手里的自来水笔到底剩了多少墨。所以，她的自来水笔都是由她妹妹灌满的——除却这支。她妹妹故意不将这支的墨水灌满，自来水笔只写了几个字就没墨了。而那位先知，犯下了人类历史上最耸人听闻的罪行，却又失去了 50 万英镑，最终一无所获。"

弗朗博走到了那敞开的门前边，听到警察上楼的声音。他转身说道："你一定是事先做过细致的推理，因此才能在短短的 10 分钟内找出卡隆犯罪的痕迹。"

神父似乎受到了某种震惊。

"呃，其实对于他，"神父回答，"并不需要考虑什么。关于琼小姐与自来水笔的事情我倒是费了一番思索。不过其实在我未进大门之前我就知道了，卡隆是凶手。"

"你在开玩笑吧！"弗朗博大喊道。

"我没有开玩笑，"神父回答，"我可以这么说，在我还不知道他犯的罪行是什么之前，我就知道这件罪行就是他做的。"

"这是为何呢？"

布朗神父回答："这些主张所谓禁欲的异教徒，没有什么意志力。当时街上乱成一团，但这位阿波罗的牧师却异常平静、目不斜视。我不知道到底发生了何事，但我知道这件事一定在他的意料之中。"

【注释】

① 该教派于 1879 年，由玛丽·贝可·艾迪创立。该教认为真理存于精神层面，物质世界实则虚幻。

② 老式电梯需要手动开关，不是自动。

③ 尼采提出"超人"，是人类进化到顶点的结果。"超人"非常完美，但不受道德约束。

④ 希腊神话里的太阳神，与罗马神话中阿波罗地位相似。

⑤ 滑稽木偶戏中的人物。

⑥ 在能见度低时，船只会吹响号角以免相撞。

⑦ 古斯塔夫·多雷：19 世纪法国著名版画家、插图作家与雕刻家。

⑧ 该画是根据《圣经》中《马太福音》的某一章节绘成。《马太福音》中写道："戏弄完了，就给他脱了袍子，仍穿上他自己的衣服，带他出去，要钉十字架。"

⑨ 位于英国南部正中间，约 780 平方公里，巨石阵就在此地。

⑩ 审讯耶稣并且给耶稣定罪的犹太教的大祭司。

⑪ 是圣经中的人物，由于杀了弟弟亚伯，后来便成为杀人犯的代称。

◇ 断剑的启示 ◇

　　森林里的树干就好像几千只灰色的手臂，而树枝则像是成千上万的银色手指。阴暗的天空就像青石板，细碎如冰晶的群星就在其上闪烁着，明灭不定。寒霜刺骨地冰冷，此地的乡下，树木浓密，住户稀疏，更显得一片萧瑟。树干之间的黑色的空洞看起来深不可测，仿佛是斯堪的纳维亚地狱①里黑漆漆的洞穴，据说那洞穴是寒冷到不能估量的地狱，甚至教堂里方正的石塔看起来都仿佛来自蛮荒之地、矗立在冰岛的礁石间的一座北方蛮族高塔。对所有人来说，在这样的夜晚去教堂探墓都很诡异。但是，从另一方面讲，也许那里真的有什么值得看一看的。

教堂突兀地从绿草地上隆起，立于树林灰白的荒地间，星光下看起来一片灰暗。大多数坟墓都位于山坡上，通往教堂的小路如石梯一般倾斜着向上。在小丘顶上一块平坦显眼的地方，有个令此地闻名遐迩的纪念碑矗立在此。这纪念碑跟四周平淡无奇的墓地形成了鲜明的对比，因为这是现代欧洲最顶级的雕刻家的作品。但即使是他的名声，同这位他为之塑像立碑的人物相比，也黯然失色。在微暗的银白色星光里，模糊地可以看见庞大的正在休息的军人的金属雕像。双手摆出永久性的祷告姿势，巨大的头枕在一支枪上。庄严的面孔上留着和纽科姆上校②的络腮胡须样式一样。尽管他的军装在设计的时候做了一部分简化，还是能够看出是现代战争中的装扮。他的右边身侧摆着一把剑尖断了的佩剑，左边身侧是一本《圣经》。在炎炎的夏日午后，会有满载着美国游人或者文雅的城里人的四轮马车来参观这座墓。但即便在那个时候，墓地和教堂突兀地立在四周广袤的林地里，还是会显得格外冷僻、荒凉。在冰天雪地的隆冬深夜，一个人会感觉与他同在的只剩群星。但是在静默的树林里，木门嘎吱嘎吱地响了一阵，两个模糊的穿着黑衣的身影走上了通往陵墓的小路。

冷冽的夜空十分昏暗，以至于没办法看清楚两个人的样子。只清楚他们两人都裹着黑色衣服，其中一个异常高大，相比之下，另一个则格外矮小。他们走到了这位极具历史意义的伟大的勇士的墓地边，一直盯着他的雕塑，大概有几分钟。与其说附近的大片荒地里都没有人，不如说是不见活人。恐怕喜欢疯狂不切实际地幻想的人也会怀疑他们两个是不是活人。不管怎么样，两个人以一种奇特的方式开始了对话。一阵沉默后，小个子先开口了，他对同伴说道：

"聪明的人会将鹅卵石隐藏在哪里？"

高个子小声答道："河岸上。"

小个子点了点头，一阵短暂的静默之后，他又说："聪明人会将树叶隐藏在什么地方？"

另一个人回答道："树林里。"

又是一阵沉默，接着高个子继续说："你的意思是聪明人也会把真的钻石藏在一堆假的之中？"

"不，我可不是那个意思，"小个子笑着说道，"过往不咎，别计较了。"

他跺了跺冻僵了的脚，继续说道："我想的不是那个，而是另一件很奇怪的事。你先点根火柴行吗？"

大个子在衣袋里寻摸着，随后点着了一根火柴。在纪念碑被火光映亮的一面，齐整的碑面上镌着黑体字。这词句被很多美国人都恭敬地阅读过，因而众所周知："庄重地纪念阿瑟·圣克莱尔爵士／将军，他是一位英雄，也是一位烈士，他总是打败敌人，却又总是饶恕他们，但他最后却死在了敌人的背信弃义上。但愿他所信仰的天主能赐予他安息并为他报仇。"

当火柴快要燃到大个子手指的时候，他把火柴熄灭扔掉了。正想要再点一根，可是他的小个子朋友拦住了他。"够了，弗朗博，我的朋友。我已经看到我想要看的了。或者说，我没看见我不想看见的。现在，我们将要做的就是，沿着这条路走上一里半，到附近的客栈去，我会将事情的始末全都讲给你。上帝作证，一个人得要有火光和美酒，才敢于讲述这样的一个故事。"

他们走下了倾斜着的小路，再一次扣好了锈蚀的大门，然后开始一路沿着林中冻结的道路啪嗒作响地走下去。但是整整过了四分之一里，小个子才开口又说起话来。他说："诚然，聪明人会将鹅卵石隐藏在河岸上。但是假如没有河岸，他又能怎么办呢？你听说过伟大的圣克莱尔的事吗？"

"我对于英国的将军全然不了解,布朗神父,"大个子笑着说,"对英国警察的事我倒是知道一点。我只知道你拽着我绕了好大一个圈子。不论那个人是谁,我们去遍了所有纪念他的场所,不知道的还以为他被分别葬在了这 6 个地方。我在威斯敏斯特教堂看到了圣克莱尔将军的纪念碑。我在堤岸区③看见了他骑马的雕像。在他出生和居住过的街道,我又分别看见了他的圆形浮雕。现在大晚上的,你又把我拉到个这么个小村子的墓地里来瞧他的棺椁。我对他高尚的人格完全没兴趣了,更何况我根本不清楚他是谁。你在这些地方跟雕塑中想找什么呢?"

"我在寻找一个字。"布朗神父说道,"一个那里不存在的字。"

"好吧,"弗朗博问,"你能讲给我听吗?"

"我必须把这个故事分成两部分说,"神父回答道,"首先,是大家熟知的事。然后再说我一个人知道的。这么说吧,大家熟知的事都很简单平淡。当然,也是全然错误的。"

"就照你说的,"大个子弗朗博欢快地说,"那你就先说说错的那方面。从大家熟知却错误的事情说起。"

"就算不全都是错的,至少也是十分片面的。"布朗接着说道,"实际上,人们只知道下面这些:阿瑟·圣克莱尔是一位伟大而成功的英国将军。他在印度和非洲的战役中深谋远虑,战果辉煌。当巴西著名的爱国者奥利维尔发出了最后的通牒时,圣克莱尔又受命指挥同巴西作战。一次战争中,圣克莱尔以寡敌众,进攻奥利维尔。结果双方实力太过悬殊,经历了一番英勇地抵抗后,圣克莱尔战败被俘虏,然后被吊死在附近的树上,我们的文明世界听闻后为之震惊。在巴西人撤走了以后,有人发现他被吊在树上,他的断剑就挂在他的脖子上。"

"这个为人熟知的故事是假的？"弗朗博问道。

"也不全是，"他的朋友淡定地说，"至少截至目前，这个故事相当真实。"

"行了，我觉得这故事也该收尾了！"弗朗博说道，"可是假如流传甚广的故事是真实的，那么又怎么会有不解之谜呢？"

他们又行过了数百棵灰暗吓人的树木，矮个子的神父才开口回话。他尚不自觉地啮咬着手指说道："哦，这是牵扯到心理学的一个谜题。换句话说，这是和两个人的心理活动有关的谜题。在有关巴西的这件事中，牵扯到了现代历史上鼎鼎大名的两个人物，而他们的所作所为都和各自的性格相悖。你想想，按照老说法，奥利维尔和圣克莱尔两个人都是英雄。这并没有错，就像是赫克特和阿喀琉斯④。但是现在，假如说阿喀琉斯是个胆小怕事的人，赫克特是个卑鄙无耻的人，你会怎么看待这件事呢？"

"你继续说。"高个子看见他的同伴又在啃手指，不耐且厌烦地说道。

"阿瑟·圣克莱尔爵士是位古板的信教军人，老派信教的做法在印军哗变⑤中使我们获救了。"布朗说了下去，"他参与战争更大的原因是为了尽忠职守，绝非乱打胡冲。他虽然不缺乏孤勇，但绝对是能够审时度势的一位指挥官，对使士兵做出无谓牺牲的做法深恶痛绝。但是，在这场战斗中，小孩子看了他的表现都会有疑心。他行为鲁莽，丝毫没有章法，这不必深思就可以看出来。就好比当公共汽车冲自己开来的时候，不用想都知道赶紧闪开。行了，这就是第一个谜，英国将军的脑袋出什么问题了？第二个谜是，巴西将军的心理有什么问题？你能说奥利维尔总统是个空想主义者，是个喜欢惹是生非的人。但即便如此，他的敌人也会坦承他是个宽容大度、有骑士风度的人。因为他曾经不止释放了近乎全部的战俘并且还馈赠了他们一些东西。他的单纯可爱使得曾经很敌视他的人，离开时也被打动了。那么他这次为什么要对一波根本不可能伤害到他的攻击而展开毕生从未做过的恶魔般的报复呢？行了，正如你所听到的。最聪睿的人没有任何道理地像个傻子一样采取行动。而最善意的人也毫无道理地像个魔鬼一样解决事情。总的来讲，我把这谜题交给你了，小伙子。"

"别，你可不要这样，"另外那个人哼了一声，说道，"你还是留给自己吧。好好跟我讲讲这其中曲折。"

"好吧，"布朗神父继续说道，"人们对这件事的印象，并不完全如我方才所讲。在那之后，还出现过两桩事。我不能肯定这两件事提供了另一种解释，因为没人弄得清发生了什么。但是这两件事提出了指向新方向的疑问。其中一件事情是这样的，圣克莱尔家的家庭医生同他家闹僵了，并发表了一些言辞尖锐的文章。那个家庭医生指责说，已故的将军是个宗教狂。但以他所言的事情来看，将军不过是个忠诚的教徒。"

"总而言之，这件事被人们淡忘了。当然了，人们也都清楚了，将军是个古怪而虔诚的清教徒。另一件事则更吸引人的注意。起初，那个缺乏幸运和后援的军团冲动地对黑河发动进攻。在那个队伍中，有个当时已经同圣克莱尔的女儿订婚并且后来结婚的上尉，他叫基恩。他也被俘了，但是和除了将军外的其他人一样，他受到了优待并很快被释放。20年后，基恩已经做了中校，他出版了一本自传，名叫《英国军官缅甸巴西记事》。急于解开圣克莱尔这个秘密的读者，大概会找到下面这些话：'在本书除了黑河战败事件的其他地方，我都能够抱着'英国的光荣源远流长，不劳他人费心'的老式观点而坦诚实情。唯独这件事情是个例外，尽管我这样做的理由只是依照个人之见，但也是为了表达敬意和不得不为的做法。在此，我不得不为纪念两位优秀的人物而公正地补充几句。在这件事上，圣克莱尔将军被指责为无能。至少我能够作证，如果这次行动能够被正确理解的话，将是他这一生最出色、最敏睿的行动之一。同样，奥利维尔总统也被人指责为粗鲁不正。出于对敌人的尊敬来讲，我要说明，他对这件事甚至表现得超出了他固有的善良。简单来讲，我可以向我的国家和人民保证，圣克莱尔并不痴蠢，奥利维尔也绝非残忍。除了我已经说过的，没有理由能让我再说出一个字。'"

巨大而冰冷的月亮像个发光的雪球一般在他们面前摇曳的树枝间显露出来。月光下，讲话的人一边看着手中的印刷纸，一边梳理着他对基恩上尉的文章的回忆。然后他折好那张纸，掖回口袋里。弗朗博举起双手做出法国人惯用的姿势。

"等等……"他激动地喊出来，"我想我大概猜出来了。"

他喘着粗重的气息大步向前跨着，黝黑的脑袋和像公牛似的脖子往前伸着，就像一个快要赢了一场竞走比赛的人。小个子神父一边费力地追着他跑，一边感到又好笑又有趣。前方的树木开始变得稀疏，一条小路蜿蜒着从一处洒满了明亮的月光的山谷中穿过，紧接着又像兔子似的扎进了另一片树林。远处那片树林的入口就像是很远处的火车隧道洞口一样，又小又圆。但实际距离只有几百米，像个洞口一样敞开着。弗朗博终于又说话了。

"我知道了，"他用手拍着大腿，喊道，"我想了好几分钟，终于可以告诉你我对于这件事的看法了。"

"好吧，"他的朋友认可道，"你说说看。"

弗朗博抬起了头，放低了嗓音说道，"阿瑟·圣克莱尔爵士将军，"他顿了顿，继续说道，"他的家族有遗传性疯病，他希望能在他女儿面前保密，当然，如果可以，甚至要向未来的女婿保密。不管是否正确，他觉得疯病最后的发作即将来了，于是他决定自杀，但他又害怕普通的自杀会暴露他的秘密。他头脑中的阴云随着战事的逼近越积越厚，最终，他在一个疯狂的时刻为了一己私欲而牺牲了他应当对公众承担的责任。他迫不及待地冲向战场，希望自己被一枪打死。然而，仅仅是被俘受辱却引爆了他头脑中的那颗炸弹。于是他折断佩剑，自缢了。"

他呆呆地看着前方灰色的树林，其中有一块像敞开的墓穴般的黑色空隙，他们脚下的小路就没入其中。这条路也许会隐匿着令人来不及防范的威胁，这种感觉加强了他对悲剧的丰富想象，他不禁打了个冷战。

"真是个可怕的故事。"他说道。

"的确是可怕的故事。"神父低着头重复了一遍，"但却并非实情。"

然后他扬起头有些绝望地喊道："哦，我倒宁愿这是真实的。"

高个子的弗朗博转过头看着他。

"你设想的情节太干净了，"布朗神父带着一副深深被打动了的哭诉般的腔调，"这是一个甜蜜而真诚的故事，就像月亮一样皎洁而单纯，仿佛狂躁和走投无路都是幼稚的想法。世上还有更糟糕的事情，弗朗博。"

弗朗博好像受到召唤一样愣愣地望着月亮，从他的角度看，有一支仿佛魔鬼的犄角一样弯曲的黑色树枝从月亮后面穿出来。

"神父啊，神父，"弗朗博一边加快脚步，一边打着法式的手势喊道，"你的意思是说发生的事情比这更要糟糕吗？"

"更糟。"神父说话的声音就好像是墓地的回声。他们走入林地间的通道，那通道黑魆魆的，两旁的树干就像昏暗的挂饰，整个通道就像梦里才会出现的黑暗走廊。

他们很快就来到树林里最隐蔽的密不透光的地方，这地方连树叶也看不见。神父又继续说道：

"聪明人一般会把一片树叶藏在什么地方？当然是藏在树林里。可是假如没有树林呢？他可能会做些什么？"

"够了，够了，"弗朗博急躁地叫道，"他可能会做些什么？"

"他会为了这片树叶而种出一片树林来，"神父用艰难的语调说，"这是一宗恐怖的罪。"

"听我说，"弗朗博不胜其烦地说道，像是被阴森的林子和他这隐晦不明的比喻弄得有些神经紧绷，"你还说不说啊？是不是有什么别的证据？"

"还有其他三条我从犄角旮旯里翻出来的证据，"神父说道，"我不会按年代先后说出来，而是会采用逻辑顺序。首先，我们能清晰可辨地看到，公众对这件事以及这场战役的认识是建立在奥利维亚的战役部署上的。他带领着两三个兵团在一片高地上驻守，这片高地能俯瞰黑河，而对岸就是一片沼泽低地。再远些的地方是英军前哨所在的缓坡荒野，至于英军大部队则在更远的后方。英军虽然在数量上占绝对优势，但是前哨部队离大部队的基地太远。因此奥利维尔想要渡河分而围之。但时至黄昏，他决定占据有利地形，先不主动出击。第二天一早黎明，他惊讶地发现了一队完全脱离自己后援的英国人冲过了河。其中一半从桥上经过，另一半从浅滩泅水渡过来，正要在他所在的河滩上集合。"

"居然凭借微薄的人数向山顶发动进攻，这已经够令人觉得不可思议的了。然而，更加不寻常的是，奥利维尔发现这支疯狂的队伍只是背对着河岸发起了猛烈的进攻而非抢占更坚实的地方。结果，他们就像粘在蜜糖里的苍蝇一样陷进了沼泽，什么也没干成。毋庸置疑，巴西人用炮火打散了这支队伍，而他们则英勇地以无法对巴西人构成任何杀伤的步枪还击，直到最后也没有放弃反抗。奥利维尔在他简扼的记叙的最后，还很钦佩这群鲁莽的人不可思议的勇敢，并对他们表示敬意。'最后，我们开始前进，'奥利维尔这样写道，'我们把他们赶进了河里，并俘获了圣克莱尔将军及另外几个军官。将他们赶到河里，而他们的陆军上校和少校都不幸死于战斗。我不禁坦言，在历史上少有能在最后时刻有这样非同寻常表现的队伍。负伤的军官捡起牺牲的士兵的步枪，将军本人则没戴帽子，举着断剑骑在马上来面对我们。'对于将军之后的遭遇，奥利维尔同基恩上尉一样，缄口不提。"

"行了，"弗朗博厌烦地说道，"接下来，下一条证据。"

"下一条证据，"布朗神父说道，"虽然花了我很多时间，不过说出来却也简单。我在林肯郡费恩斯的救济院里找到一位在黑河战役中受过伤的老兵。不止如此，军队中的陆军上校阵亡的时候，他就跪在上校身边。就是那位壮得像公牛一样的爱尔兰上校，他叫克兰西。但他与其说是死于子弹，不如说是死于愤怒。不管怎样，他都没有理由要为这次荒唐的突击负责任，这绝对是将军逼迫他突袭的。据见证了这件事的那位士兵说，上校临死时意味深长道：'那该死的老蠢驴，我真希望断掉的是他的脖子而不是他手里的剑。'需要注意的是，几乎所有人好像都留意到将军的剑断了这个细节。当然，大多数人的看法与克兰西上校不一样，他们对这件事表示尊敬。现在，我跟你说第三条证据。"

两个人脚下的小路开始上行着穿过了树林。神父稍稍停顿了一下，吸进一口气。他的语气中没有夹杂任何的感情色彩，继续平淡地说下去：

"一两个月前，一个巴西的官员死在了英国。他是因为与奥利维尔政见不同而远离了自己的祖国。他在英国，甚至整个欧洲大陆都是有名的人物。他还有个'埃斯帕多'的西班牙名字。我和他认识，他是个花花公子，长着个鹰钩鼻，脸色蜡黄。我由于某些私人原因而被准许翻阅他遗留的文件。他信仰天主教，而我在他身边，陪他到最后一刻。文件中只有五六个记载着某位英军士兵日记的笔记本，没有任何能够有助于我们解开圣克莱尔秘密的内容。我觉得这大概是巴西的士兵在某个阵亡战士身上发现的，总之，日记只记载到战争打响的前一夜。"

"但这个可怜的士兵对最后一天的记叙还值得我们读一下。不过这里天太黑，即便我就随身带着，也没办法读，但是我可以给你复述一下内容。其中，第一部分都是男人间互相取笑的笑话，内容是有关某人，名字叫'秃鹫'的。这个人不像是他的战友，更甚至，他也不是个英国人，但是似乎也不是敌人。可能是个当地的向导或者记者，总之是个非战斗人员。他不仅曾经跟老克兰西上校进行秘密的谈话，还曾经与少校多次谈话。事实上，在这名士兵的记叙中，少校显得更突出。这位少校名叫默里，是个清瘦的黑发北爱尔兰人，同时是个清教徒。这些笑话里不断提及两位军官的对比，一边是默里的拘谨，一边是克兰西上校的豁达，还有一些笑话是取笑秃鹫身上鲜艳的衣服的。"

"但也有些严肃的军情话题穿插在这些轻松、戏谑的记叙里。在英军的营地后面有一条几乎与河流平行的，这个地区最重要的路。如果向西行进，这条路就会转向这条河，然后穿过之前所说的那座桥。如果向东，这条路就会通往原野，再沿着这条路走下去，就可以到达英军的另一个前哨部队。那天夜晚，就从东方传来一阵闪着的亮光和马蹄的喀嗒声，来的队伍是一支轻骑兵。按这份日记的记录者的讲述，他惊讶地认出来那是将军跟他的士兵。他骑着那种经常可以在报纸的插画或者学院的画作里看到的高头白马。可以确信，这种情形下，士兵们向他行礼致意，绝对不止是出于形式。但是将军并没有在欢迎仪式上停留太多时间，而是翻身下马，走向军官们，然后展开了一场激昂却又保密的谈话。令这位记录者印象最深刻的就是将军跟默里少校谈论事情时的特殊神情。然而，假如不去特意留心，这些事也没什么可说的。他们两个人都很有同情心，都是天主教徒，又都是旧式的福音派军官。无论如何，将军再次回到马上时，还在跟默里专心地谈论着。就在他们骑着马在那条通往河流的小路上散步的时候，那位高大的爱尔兰军官也跟在两个人身旁跟他们严肃地争论着。士兵们一直看着他们消失在那条道路转弯处的树林中，然后看到上校又回到了他自己的帐篷，大家也就都返回自己的职位上。日记的记录者站在原地磨蹭了一会儿没动，然后就看到了令人惊讶的一幕。"

"那匹刚在小路上漫步的白马，就像想要疯狂地赢得赛马比赛一样，向着他们飞奔过来。开始，他们还以为是马受到了惊吓，所以拖着人跑。然而很快，他们就发现了，擅长骑术的将军此刻正在策马奔腾。一人一马就像一阵旋风一样卷到了他们面前，随之，将军勒住了马缰。众人看到他的脸像着了火一样地红，他大声地呼喊着上校，让他出来，那声音就像叫醒死人的号角。"

"我简直可以想到，这些被一场灾难带来的翻天覆地的事情，像圆木一样在人们心里滚动翻搅着，包括这位记叙者。他们还没从令人神晕目眩的梦里醒过来，就自动地列好了队伍，然后接受了立即渡河发动攻击的指令。据说，将军跟少校发现桥上出现敌情，如果他们不立刻主动进攻，就可能会丢掉性命。少校已经立刻返回后方去请求支援，即便如此，他也说不好援军能不能及时赶过来。他们必须在天亮前连夜渡河并抢占高地，在这场骚乱的急行军中，日记也停下了。"

布朗神父先行一步。林间曲折狭陡的小路让他们感觉像是在爬螺旋楼梯。黑暗中，神父的声音从头顶传过来。

"还有一件看起来很重要的小事儿，将军发号施令，催促他们像骑士一样发动进攻时，只从剑鞘里抽出了一半的剑，然后，他似乎觉得这样很鲁莽，又羞愧地把剑插回了剑鞘。如你所见，又说到了佩剑的事情。"

模糊的光透过他们头顶上交织成网的树枝，又在他们的脚下投射成网影。他们紧接着走进了仅剩一点微弱亮光的，无边无际的黑暗中。弗朗博感觉事实就好像空气一样包围在他身边，但是他又无法得出结论，他有些昏沉地应着神父："那那把剑到底能说明什么？军官们不都有佩剑吗？"

"在现代战争里，人们已经不太注意剑了。"神父不动声色地回答，"但在这件事中，人们却总是提及那把受了祝福的剑。"

"好吧，但是那又如何呢？"弗朗博粗着嗓门说道，"那不过是捎带着提了一下而已。将军的剑在他毕生的最后一战中被折断了。所有人都明白，报纸上一定会刊登这件事。所有的坟墓、纪念碑之类的，都明确表示，他的剑是断了的。我看，你恐怕不止是因为两个人眼光独到地瞧见了圣克莱尔的断剑才拽着我来上这么一次极地冒险吧？"

"不是这样，"布朗神父声音尖锐地大喊道，"大家都看到了断剑，谁见过他完整没被折断的剑呢？"

"你究竟想暗示什么？"弗朗博叫喊道。他刚走出灰暗的树林的出口，站在星光下动也不动。

"我的意思是，有没有人看到他没有断的佩剑？"布朗神父固执地又说了一遍，"总之，这日记的记述者没看见，将军又及时地将其放回剑鞘里去了。"

弗朗博仿佛瞎子看月亮一样地在月光下审度着他。神父第一次看起来这么迫切，他接着往下说。

"弗朗博，"他大喊，"就算把这些坟墓看个遍，我也无法证明这件事，但是我确定它是真的。让我补充一个足以颠覆这整件事的细节。即使听起来有些奇怪，但上校竟然是第一批被子弹打到的人。他被击中的时间甚至早于两军相接的时候。但是他竟然看到了将军的断剑！那把剑为什么会断了？它是如何断的？朋友啊！它是在战争爆发前就断了的。"

"哦！"他的朋友一副滑稽的样子，却带着一股绝望之情说道，"请你告诉我吧！那截断剑掉在了什么地方？"

"我可以讲给你听，"神父立刻说道，"那截断剑，它就在贝尔法斯特新教大教堂墓地的东北角。"

"你确定吗？"弗朗博询问道，"难道你去寻过吗？"

"我没办法寻，"布朗丝毫没有遮掩他的遗憾，回答道，"它被埋在一座宏大的大理石纪念碑下面。那纪念碑是为了纪念在著名的黑河战役中光荣战死的默里少校的英雄事迹的。"

弗朗博好像突然被电流惊醒了。"你的意思是，"他声音喑哑地喊道，"圣克莱尔将军因为恨默里，所以在这场战斗中谋杀了他，因为——"

"你的内心还是太过纯洁善良。"神父说道，"真实的情况比你想的更要糟糕。"

"行了，"大个子说道，"我已经想不出来比这更加恶劣的事情了。"

神父好像全然不知道从什么地方开始讲起，但是最后他还是开口解释了：

"狡猾的人可能把树叶藏在什么地方？藏在树林里。"

弗朗博没说话。

"但是假如没有树林呢？他会创造出一片树林来。假如他想要藏起来一片枯叶呢？他会创造出一片已经枯死了的树林。"

弗朗博仍然没有回话。神父更加温和儒雅地补充说道：

"假如一个人迫不得已要藏起来一具尸体，那么他就会制造一地的尸体来掩藏。"

弗朗博像是不容耽搁一般大步往前走去。但是布朗神父却仍然接着他的话说下去：

"如我所说，阿瑟·圣克莱尔爵士是个《圣经》的忠实读者，这正是症结所在。一个人按照自己理解的方式读《圣经》是没用的，他得按照大家的理解来，但是有几个人懂得这个道理呢？负责印刷的工人读《圣经》是为了找出印刷中出现的错误。摩门教徒⑥们读《圣经》是希望找出理由来支持一夫多妻制。基督教⑦的科学派信徒们读《圣经》是为了证明我们的肢体——手跟脚，是不存在的。而圣克莱尔将军是一个长期在印度侨居的新教徒的军人。你自己想想，这些意味着什么。看在上帝的份儿上，不要害怕讲出来。这意味着他不仅一个人艰涩地生活在太阳照耀下的一个热带的东方社会中，并且自己不辨良莠，未经人指导地沉浸在这种东方文化的熏陶中。当然，按照他的信仰，他读的是《旧约全书》⑧，不是《新约全书》。当然，在《旧约全书》里，他找到了他所信仰的一切，比如欲望、苛暴和不忠。当然了，如你所说，他依旧是诚实的，只是一个人诚心信奉欺骗，这有什么用处呢？"

"在每一个他去过的炎热而具有神秘色彩的国家，他都会建立起来后宫，使用严峻的刑法逼供，积累下不道德的财富。但是他却能够眼神中饱含坚定地说，他所做的一切都是为了天主的荣誉。为了表明我在宗教上的观点，我不由得要问一句，他说的是哪一个主呢？总而言之，这种可恶的行为，开启了一扇扇通往地狱的大门，也令他越来越难以找到容身之所。下面我要说的就是对他的罪行的真正的指控。即，他变得越来越卑劣而非越来越丧心病狂。圣克莱尔很快就因为被索取贿赂和敲诈而散尽了钱财，因此他需要更多的钱。等到了黑河战役，他已经坠落下一层层的世界，堕落到但丁笔下的宇宙最下层。"

"你这话的意思是指什么？"他的朋友弗朗博又接着问道。

"我是说，"神父突然伸手指了指一片在月光下冰面闪着光的水潭，他回答道，"你还记不记得但丁把哪种人放在最后一环⑨的寒冰里？"

　　"是叛变者。"弗朗博颤抖着声音说道。他环视着四周树林里的吓人的景色，这景色的轮廓充斥着近乎下流的嘲讽。他快要把自己想象成但丁了，而声音好像水流声的神父，就正如维吉尔^⑩引导着他越过了永远的罪恶之地。

　　神父的声音又响起了："恰如你所见，奥利维尔是个堂吉诃德一样的人物^⑪，他无法容忍密探或眼线。跟很多别的事情一样，这些事情都要背着他。负责这件事的恰恰是我的那位名叫埃斯帕多的老朋友。他外表光鲜，是个公子哥，因为有副鹰钩鼻，所以外号叫秃鹫。他表面上虽然是个慈善家，却背地里在英军中找门路，最终，他把主意打到一个堕落的人身上——天主见谅！这人正是军队的首领。圣克莱尔急切需要一大笔钱。那位不守信用的家庭医生威胁他要曝光那些非同一般的事实，他后来果然这样做了，只是很快被制止。他要曝光的是一些发生在将军派克街家中的残酷又原始的事情。据说是一个英国的福音派教徒所为的同人牺祭祀跟蓄养奴隶有关的事。此外，他女儿的嫁妆也需要钱。并且，他自己也把富有的名声和财富本身看得同等重要。于是他抓住最后一点希望暗地里向巴西传递情报，由此而来的财富也从英军敌方手中不断流入他的手中。然而还有一个人也跟埃斯帕多打过交道。不知是怎么回事，那位黝黑而又冷酷的年轻的北爱尔兰少校看出了端倪。在他们沿着河边的路漫步通往大桥的时候，默里少校让将军马上辞职，不然他就要把将军送往军事法庭判处枪决死刑。将军缠住他，两个人走到了桥边的热带树林里，潺潺的河水旁，洒满阳光的棕榈树下，（我仿佛可以看到那景象）将军拔出军刀捅进了少校的躯体。"

　　冰天雪地的小路转向一片结着霜的，灌木跟树丛漆黑诡异的山脊。但弗朗博却看到山脊的边缘地方有亮光，那亮光既非星光，也非月光，而是火光！人点的火光！他遥望着火光的同时，故事也接近了尾声。

　　"圣克莱尔是一头来自地狱的猎犬，但他却不是一条丧失理智，发疯了的狗。我可以肯定，可悲的默里倒在他的脚下，慢慢变成一具冰冷尸体的时候，他肯定比以往更加清醒淡定。基恩上尉的话没说错，他这次遭人轻视的战败，比以往所有胜利时的表现还要出色。他清醒地把剑上的血拭干净，然后发现刺进默里少校两肩之间的剑尖，已经断在了他的身体里。他好像在看俱乐部窗外的风景一样，预料了所有可能发生的事情。他清楚，一定会有人发现默里无法辩驳的尸首，一定会弄出这段无法辩驳的剑尖，一定也会注意到这把无法辩驳的他的佩剑，或者注意到这把剑的失踪。他杀了人，却想不到好的办法遮掩。所以他急中生智，想到了一个办法让尸首变得不再无可辩驳！他要制造成堆的尸首来遮掩这一具，所以，不到 20 分钟，就有 800 名英兵走向了死亡。”

冬天漆黑的树木后面发出来一阵温暖的光芒，并且越来越强烈，越来越明亮。弗朗博跟神父都加快了脚步，神父还沉浸在他的故事里。

“这些英军是如此勇敢，他们的指挥官又这样明智，假如他们直接对山丘发起进攻，说不准这疯狂的行动真的会有什么好运气。但是没有，他们心怀鬼胎的指挥官要让他们在桥边的沼泽里待到英军横尸遍野。然后，更加精彩的设计是，银发的将军会交出他已经断裂的剑，来平息敌军的进一步残杀。这真是一场深谋远虑的即兴表演。虽然我无法证明，但我认为，就在他们被困在血流满地的沼泽泥潭中时，有人起了疑心，甚至可能猜到了真相。”

他静默了一会儿，然后又说：“我猜测，猜到真相的就是那个要跟将军的女儿成婚的情人。”

“那奥利维尔跟绞刑到底是怎么回事？”弗朗博问道。

“奥利维尔，一半讲究道义，一半讲究策略，他不会带上俘虏妨碍军队行进，”神父解释道，“大多数情况下，他会释放每个人，包括这次。”

“是除了将军外的所有人吗？”高个子说。

"每一个人。"神父重复道。

弗朗博的黑色眉毛拧起来了。"我还是听不懂。"他说。

"还有另外的情景,弗朗博,"布朗更加神秘地小声说,"虽然我没办法证明,可是我能看到更多。清晨,巴西人收起帐篷,在炎热的荒丘上集合列队,准备出发。奥利维尔一身红衫,黑色的长胡子随风摆动,手握宽边帽向刚被他释放的伟大对手告别,而将军则代表手下向他致谢。剩余的英国人都在他的身后整齐列队。他们身边就是载满供他们撤退的物资的车辆。军鼓声一响起,巴西人就动身了,而英国人却仍然像雕塑一样停留在原地不动。他们一直忍耐到敌人的声音跟背影消失在最后的热带的地平线下。然后,50 名士兵立刻像死人复活一样改变姿势朝向了他们的将军——那表情肯定令人毕生难忘。"

弗朗博突然跳起。"呀,"他大喊,"你的意思是说——"

"的确,"布朗神父用低沉的,吸引人的声音说,"是英国人把绳子套上了圣克莱尔的脖颈,而且我也相信,是同一双手把婚戒套上了他女儿的手指。是曾经崇拜他并追随他打胜仗的英国人亲手把他吊在了耻辱之树上。(上帝宽恕!)异国的阳光下,他们眼看着他在绿色的棕榈树做成的绞架上摇摆,然后憎恶地祈祷着他下地狱。"

就在两个人爬上山顶的时候,从一家挂着红窗帘的英式小客栈里逸出来的红色灯光正好强烈地照在他们身上。这家小客栈似乎展示它的殷勤好客一样矗立在路旁,三扇大开的门就像是在邀请路人。即便他们站在这样远的地方,还是能听到里面的哼唱声和欢笑声,正是一片欢快的夜景。

"我再也没什么能讲给你的了,"布朗神父说道,"那些士兵在野地里审问判决了他,然后,处死了他。而后,为了英国同他女儿的荣誉,他们发誓,永远对他的钱包和剑刃保持沉默。或许，如果上帝可怜，他们也许会忘了这件事。现在，让我们也忘了吧。客栈到了！"

"我从心底认同。"弗朗博说道。他正要举步走进客栈里明亮热闹的酒吧，却突然退后一步，差点摔倒在路边。

"你快看，快看那见鬼的名字！"他大叫着，然后僵硬地指了指悬挂在路上的方木的招牌。上面还能模糊地看见一截剑柄和一段断剑，上面还有仿照古老字体的刻字："断剑的启示"。

"你感觉惊讶吗？"布朗神父有礼貌地问道，"他在此间被当作神明，几乎一半的酒吧、公园或者街道都以他或是他的故事来起名。"

"我原以为咱们不必再跟这个灾星有什么关系。"弗朗博一边朝街上呸了一声，一边吵嚷道。

"只要你还在英国，什么时候都躲不了他。"神父瞧着地面说道，"除非天翻地覆，不然，他的大理石雕塑还会在天真烂漫、充满自豪的孩子们心里矗立上几个世纪。他的乡间陵墓则会因为他的忠诚而被人们献满百合。无数从不了解他的人会像爱戴自己的父亲一样地爱戴他。而极少数人则会视若粪土地看待他。他会成为圣人，因为我保守秘密，他的事永远也不会有人说出去。揭露真相虽然有好处，却也有坏处，我将自己的这种行为看作是对自己的一种考验。所有报纸都会消失，随着反巴西声潮的过时，奥利维尔更加受人尊重。但是我也对自己说，如果在这些金属或大理石的纪念碑前有人侮辱克兰西上校、基恩上尉、奥利维尔总统甚至是任何无辜的人，我一定会说出事实。但如果仅是圣克莱尔得到了不属于他的荣誉，我会保持缄默，我言出必践。"

他们走入了挂着红窗帘的，可以被称作舒适甚至奢华的酒馆。一方桌子上放着一尊银制的圣克莱尔陵墓的像，这尊像的头颅是垂下的，剑尖是折断的。墙上还挂了很多同一景色的彩照，其中不乏满载参观者的四轮马车。他们找了个舒适的长椅就座。

"来吧，如此冷的天气，"布朗神父高喊，"来杯红酒或是啤酒吧！"

"或是白兰地。"弗朗博说道。

【注释】

① 指挪威海的大水涡，位于挪威西海岸的莫斯科埃岛附近，直径超过 2000 米，又被称作莫斯科埃大漩涡。

② 威廉姆·梅克皮斯·萨克雷的小说，《纽科姆一家》中的主要人物之一，此人为人正直，后来被用做作比喻有美德的人。《纽科姆一家》曾经被改编成戏剧和电影。

③ 伦敦泰晤士河岸边的堤。

④ 两个人都是希腊传说中的英雄人物，赫克特是特洛伊的第一勇士，而阿喀琉斯则是希腊的第一勇士。在特洛伊战争中，阿喀琉斯将赫克特杀死。

⑤ 1857 年至 1858 年，在印度中北部，英属东印度公司雇请的印度士兵发动了一场起义。

⑥ 此教派正式的名称是耶稣基督后期圣徒教会，是约翰·史密斯在 1830 年成立的。该教因为拥有自己的经书《摩门经》而受到别的教派的仇视，被贬称作摩门教。根据摩门教创始人对《圣经旧约》的解释，一夫多妻制是无罪的，因为在旧约中众族长（亚伯拉罕、雅各、摩西、大卫王等人）都娶了数位妻子。但这个制度已在 1890 年被废除。

⑦ 这个教派认为物质是虚幻的，疾病只能依靠精神上的调整来治疗，并将此称作基督教的科学。

⑧《旧约全书》来源于犹太教的圣经，原文是希伯来文，被看作东方的典籍。

⑨ 在《神曲》中，但丁把地狱描绘成层层相叠、依次往下的环形漏斗结构。

⑩ 古罗马诗人，作品有长诗《牧歌》，史诗《埃涅阿斯纪》。在但丁的《神曲》中，他受到贝阿特丽切的嘱托，帮但丁走出迷途，并且引领他游览了地狱和炼狱。

⑪ 米盖尔·德·塞万提斯·萨维德拉的作品《堂吉诃德》中的主角，很有骑

士精神，不与众同流，但是却因为太过于理想主义，所以使人看来他的行为很滑稽可笑的。

◇ 三件死亡工具 ◇

由于职业以及信仰的原因，布朗神父比我们一般人更明白：每个生命结束时，就拥有了全部尊严。可当他了解到亚伦·阿姆斯特朗爵士被谋害时，仍觉得像是被人打了一棒，极其惊诧。如此被人们爱戴的风趣人物却被人悄悄地杀害，这里面满是荒谬和不解。亚伦·阿姆斯特朗爵士性情诙谐，即使说滑稽可笑也不为过。他深受人们喜爱，可以算一位声名远扬的伟大人物。听到他被人谋杀的噩耗，就好像阳光吉姆上吊自杀，又像是匹克威克先生死在汉韦尔似的让人觉得可笑。虽然亚伦爵士致力于慈善事业，由于这他需要经常面对我们生活里的不同黑暗面，可他一直保持积极的态度去解决这些问题，而且因为这感到自豪。他在政治、社会演讲时喜欢加入非常多的有趣奇怪的事，使人们笑不拢口。他的身体状态更是极其得好，对人对事也非常积极。对于酗酒的问题（他最热衷的一个话题）他一直表现出无限的兴趣，都有点让人感觉无聊至极，可就由于这让他变成一位出色的绝对禁酒者。

他总是在清教徒的讲台与布道坛上讲述自己变更信仰的故事，叙说在自己年龄还非常小时，怎样走出苏格兰神学转向走进苏格兰威士忌里，又是怎样脱离这双方接着造就了（谦虚地声称）现在的自己。可他在数不尽的晚宴以及大会上展现的浓密的白胡子，恍若孩童的面容与明亮的眼睛真的很难让人认可他以前会那样虚弱。人们只会觉得他是一位浅尝慢饮的饮酒者，或者是一位加尔文教徒。人们认为他是世上最庄重仔细并且又是幸福愉悦的人。

亚伦爵士的住所位于汉普斯蒂德乡下，房子很漂亮，高而窄，属于一座带有现代特点但极其单调的屋塔式建筑。建筑最窄的一面是在绿色铁路路基护坡上方，在火车经过时，房屋必定一阵摇晃。可亚伦·阿姆斯特朗爵士却极其兴奋地说他根本不在意。若是说火车以前经常使这座建筑摇摆的话，可是一天早晨，双方的功能出现了转换，这座建筑却使火车摇晃。

火车减速，停下。车停的地方恰好过了房屋一角向路基草坡突出的那个位置。一般机械车辆都是慢慢停下来，可有人迫切地想让这列火车抓紧时间停下。位于火车一侧的山脊上出现一个男人，他穿着黑衣罩住全身，哪怕（人们记得的）一丝丝的细节也未曾遗漏，手上也是一双黑色手套，高高摇摆着他那就像黑色风车一样的双手。只是通过这还无法让那慢慢行驶的火车止住脚步，可他一边挥手一边大声叫喊着什么，后来人们再说这事时认为那是无法让人相信的、不正常的。虽然我们无法听清那人喊的是什么，可其中一个词却是格外清晰的，那就是"谋杀啊"！

可后来火车司机却立誓讲哪怕未曾听清那个词，仅仅听到他那清晰并且恐怖的叫喊声，他也一样会停下来。

火车只要止住脚步，只朝窗外看一眼就可以得到这场悲剧的各类信息。身着黑衣立于草坡一边的就是亚伦·阿姆斯特朗的男仆马格纳斯。男爵以前经常善意地拿这位忧郁侍者的黑手套说笑话，可现在无人会去笑话他的黑手套。

一两名调查的人即刻下车去看，他们穿过雾气磅礴的树篱，看到一名老人的尸体差不多滚到了坡底处，一件火红带有镶边的黄色晨衣穿在身上。一条红色的绳子捆住了他的双腿，或许是在挣扎过程中缠住了。身上残存一些血渍，可没有多少。尸体惨遭虐待，任何一人也辨别不出这是一具活人尸体，这的确是亚伦·阿姆斯特朗爵士。人们瞬间不知该做什么，这时一位满脸金黄色胡子的男人慢慢走来，有的旅客朝他点头打招呼，他就是亚伦爵士的秘书帕特里克·罗伊斯。他以前在波西米亚群体里声名显赫，而且由于他的波西米亚艺术特色而闻名。他和那名仆人一样也是悲伤地痛叫一声，声音模模糊糊可是极其真实。在出事后发现的第三个人，就是亚伦爵士的女儿爱丽丝·阿姆斯特朗，她战战兢兢、摇晃着进入花园时，火车司机又再次发动引擎，火车鸣笛接着前行，到下一站寻求帮助。

因此，布朗神父在帕特里克·罗伊斯，这位前波西米亚秘书的紧急邀请下匆匆赶来。罗伊斯在爱尔兰出生，归于那类没有多少上进心的天主教徒，仅仅当碰到问题时才会想到自己的宗教信仰。可如果不是因为警探里有一人是弗朗博的朋友或是崇拜者，罗伊斯的请求不可能如此迅速被回应，同时弗朗博的朋友也都听过很多布朗神父的故事。因此，在年轻的警探（默顿）带着这位个子不高的神父穿越田野朝火车道走时，这两个互不相识的人的交谈却是极其亲密，根本没有第一次见面的人那样的情况。

"我认为，"默顿警探坦白地说，"其实没有必要继续调查，未曾出现能够引起怀疑的人。马格纳斯属于庄重的老糊涂类型，几乎没有智商，不会是谋杀者。罗伊斯属于男爵长期的好友。毫无疑问，爵士的女儿极其仰慕她父亲。而且，这真的是无法想象。谁会谋杀阿姆斯特朗这样一位有趣的老人呢？谁会置一位在夜场讲坛上宣讲的人于死地？这就如同谋害了圣诞老人。"

"的确，这家人以前确实快活。"布朗神父也表示同意。"当他在世时，家里非常快活，你认为这家人会由于他去世而觉得快活吗？"

莫顿有些惊讶，两眼死死地盯着布朗神父问："由于他死了？"

"是的，"神父脸色平静地接着说，"他确实是一位快乐的老头子，可他真的也使其他人一样觉得快活吗？说实话，排除他，这屋子里还有其他人感到快乐吗？"

莫顿瞬间觉得非常地惊奇，如同第一次遇见我们已经非常熟悉的东西似的，认为奇怪同时惊诧。由于一些慈善活动，他经常到阿姆斯特朗家中解决一些警务事情。现在，他再次回想，那属于一栋让人感到窒息的房子。屋里不仅高而且冷，屋里的饰物也极其平常老旧，走廊里有电灯，可灯光却是不如月光明。虽然这位老人红润的脸庞与银白的胡须像篝火一样使每间房屋与过道亮了起来，可是并无一丝暖意。房屋像鬼屋一样的阴森，使人觉得非常奇异不舒服，毋庸置疑一部分原因还是由于屋主。阿姆斯特朗爵士满是激情，他告诉他，他用不着那些火炉电灯，一直只顾自己习惯的温暖，一点不问别人的感受。在默顿再想想屋中另外那些人，他必须承认他们全部生活在阿姆斯特朗投下的阴影中。那位性格怪异、有一双吓人的黑色手套的男仆几乎就是魔鬼。秘书罗伊斯，身材高大，比牛还壮，一身粗花呢套装，留有短胡子，可他那像稻草一样枯黄的胡子却杂有一些灰色，就和粗花呢布一样。宽大的前额上却早已经满是皱纹。他可以说极其温柔了，可属于那类惆怅的和善，或者说是一类让人心碎的温柔——他的各种行为都让人感觉有一类生活中的失败者的味道。对于阿姆斯特朗的女儿，无法让人信服她真的是阿姆斯特朗的女儿，她面色无血，娇小柔弱，优雅得体，可身体一直如同山杨树的枝条似的抖动着。默顿曾经常觉得她会不会由于火车路过时造成的碰撞慢慢形成了恐惧心理。

"你看，"布朗神父眨巴眨巴眼说，"我无法肯定阿姆斯特朗的快乐会不会让别人感到快乐。你说不会有人可能去谋害如此一位有趣的老头子，可我不敢肯定。不能使我们自己掉到陷阱里，假设我谋害某人，"他又说道，"我甚至可以确定那人或许是一名乐观主义人士。"

"原因呢？"莫顿很有兴趣地询问，"你认为人们对快乐没兴趣？"

"对于偶尔来点笑料人们还喜欢，"布朗神父回答说，"可是我觉得人们不可能对久久不息的微笑感兴趣，缺乏幽默感的快乐的确让人无法接受。"

他们保持安静沿铁轨边走一段路，那里的风极其刺骨，草丛杂乱，在他们走到高耸着的阿姆斯特朗的房屋前时，布朗神父又说话了，如果说是板板正正地说出自己的一些想法，不如说他急于逃离一种使人讨厌的念头更准确。他说："确实，酒自己没有什么好与坏的分歧。可是，我有时会觉得如同阿姆斯特朗这类人也会时不时想要借酒消愁。"

默顿的长官是一位满头白发，非常有才的警探，名叫吉尔德。现在，他正立于草坡上等待验尸官的同时和帕特里克·罗伊斯聊着天。罗伊斯宽厚的肩膀，浓稠的胡须以及头发非常吸引人。他常常低着头走路步伐极其稳健，同时好像喜欢通过一种卑微谦虚的方法去做完自己的文书内务活，这就如同水牛拉犁车似的，让人们更加注意他。

见到神父，他非常兴奋地把头抬起来，大步来到神父一旁。同时，默顿正在与那位年纪大点的警探交流，说话时满是崇敬，又带着点小男孩一样的焦躁渴望。

"那么，吉尔德警探，你对这件神秘的案子有哪些特殊的见解吗？"

"这件事何来神秘？"吉尔德答道，漫不经心地注视着山坡下的乌鸦。

"但，我觉得还是存在一些。"默顿笑着说。

"这极其简单，小子，"这位年纪大的调查员边说，边摸着他那发灰的尖胡须。"当你去罗伊斯先生教区后没有三分钟，案件出现转变。你知道那个面色苍白、有一副黑手套、把列车阻挡下的男仆吗？"

"无论何地我都可以认出他。不知为什么，每次见他我都浑身鸡皮疙瘩。"

"那么，"吉尔德拉着腔调说，"在那辆列车再次开启前进时，那个人同时失去踪迹。的确可称为冷血动物，你不这么认为吗？竟然搭乘去寻求警察的火车跑掉了。"

"我认为您必然非常确信吧，"年轻警探答道，"他的主人的确死在他手里？"

"对，小子，我极其确定。"吉尔德冰冷地回答，"原因极其明了，他偷了主人桌上两万英镑纸币跑路了。不，整个事情仅有的一处困难的地方是他如何害死阿姆斯特朗。死者的颅骨好像是由一类大物件击中破碎，可四周根本没有找到一件凶器，但如果凶手拿着凶器跑路，对他而言肯定是一种累赘，只可能是凶器不大，使人们忽视了它。"

"或许是由于这个凶器太大，人们反而忽略了。"神父神秘地笑着说。

吉尔德听到这个怪异的说法后向四周浏览一圈，接着非常庄重地问布朗他指的是什么。

"我明白这个猜测非常荒诞，"布朗神父带着歉意说。"听起来好似童话故事。可是，悲催的阿姆斯特朗是死于一根非常大的棍棒，一根浑身发绿的大棒，它实在巨大导致你们直接忽略了它。这根大棒就是我们眼前的土地，他就是撞死在了我们目前站的这处绿坡上。"

"快讲讲！"警探急不可耐地说。

布朗神父昂首看着房屋相对窄的一面，眼睛忽闪慢慢抬头看。人们跟着他的视线也向上看，看到位于这座房屋稍稍隐蔽的背面，上面的阁楼天窗被打开了。

"明白了吧，"他如同小孩一样指着天窗继续说，"阿姆斯特朗被人从天窗处推下来。"

吉尔德眉头紧皱认真地观察这扇天窗，接着说："确实，这个说法很可靠。可我不清楚你如此肯定的理由是什么。"

布朗努力睁大他褐色的双眼，"嗯，"他说，"在死者的脚部系有一截儿绳子，在窗户角挂着一段线，你也未曾看到吗？"

在下面看来，那窗户处的绳头感觉如同寥寥一些细微的尘埃或毛发，那机智的老巡官观察后满意地对布朗神父说："你讲得非常对，先生，怪不得你如此肯定。"

当他们正在交谈时，一列仅仅一节车厢的火车经过他们左侧，减速停下，一群警察走下列车，满脸猥琐的马格纳斯也在他们里面，那位偷钱跑路的男仆。

"非常棒，他落到了他们手中。"吉尔德大叫，他机警地向他们走去。

"你们有没有找到钱？"他向那名行走于队首的警察喊道。

那位警察极其惊讶地望着他回答："没有。"接着再补充说："至少这里未曾找到。"

"问一下谁是巡官？"那位叫马格纳斯的人询问。

当他说话时，全部的人马上就清楚了他的声音是怎样让列车止住的。他样子呆呆的，发型是平头，发色很黑，脸色苍白，又细又长的眼睛以及又窄又长的薄唇使他看起来就明白是来自东方。以前他在伦敦一家餐厅做服务生，可能（有人说）做的是更卑微的活，接着亚伦爵士将他招来做男仆，但目前为止他的血统与姓名仍没有人知道。可他的声音与他那张脸相同，使人害怕，使人看过就不会忘。不管是由于外国人吐字清晰，还是出于对主人的尊重（主人有些耳背），马格纳斯的声音格外清脆响亮，极具穿透力。他一说话，让所有人都吓了一跳。

"我非常清楚事情将发展到这一地步。"他仍然是大声说道，"我那悲催的年老的主人一直笑话我的一身黑衣，可我一直讲我无时无刻不需要为他的葬礼做完善的准备。"

边说，他那黑手套里的双手猛地抖动一下。

"警官，"吉尔德巡官叫道，他激动地看着那双，"你为什么不将这个人铐起来？我觉得他极其危险。"

"哦，巡官，"警官满脸困惑地答道，"我不清楚我们能够做那些事。"

"你说什么？"吉尔德惊讶地问道，"你们没有逮捕他吗？"

那张好像被扯烂的嘴边展现一丝嘲笑，一列火车正在驶来，汽笛的呼啸声好像是在精准地迎合着他那嘲讽。

"我们抓捕了他，"警官庄重地回应说，"当他离开海格特警察局时，在那儿他将他主人全部的钱财都让罗宾逊警官代为保管。"

吉尔德满脸诧异地盯着这名男仆，"你的真正目的是什么？"他问马格纳斯。

"肯定是为了保住主人的钱财，以防落到罪犯手里。"马格纳斯淡定地说。

"的确，"吉尔德说，"如此，亚伦爵士的财产才可以确保遗留给亚伦家族。"

吉尔德最后的话被隆隆经过的火车呼啸声吞噬，那一栋压抑的房屋很早就习惯这定期的火车呼啸声。在如此大的杂乱声里，人们还可以听到马格纳斯极其清楚的回答声，如同钟鸣似的清晰嘹亮："我未曾信任过亚伦爵士的家人。"

全部的人都静静地站在那儿，神秘的第六感使他们感应到这里还有一个人。在默顿的眼神穿越布朗神父的肩头，看到阿姆斯特朗的女儿那毫无血色的脸时，他丝毫不惊奇。她仍然如此年轻美丽，周身闪闪发光，可她的满头棕发此时遍布灰尘，没有一丝光泽，在阴影里就像一头灰发。

"先想好再说，"罗伊斯非常粗鲁地说，"你将吓到阿姆斯特朗小姐。"

"我真的想这样。"男仆说，声音干脆利落。

阿姆斯特朗小姐害怕地躲避，大家都对男仆的话极其困惑，他接着讲："我几乎已经对阿姆斯特朗小姐的颤抖免疫了，对于她不时的颤抖我已经看了很多年。有人说她由于冷而发抖，有人说她由于害怕而发抖，可我明白她其实是由于厌恶与愤怒而颤抖——这些恶魔①今早真的吃到了一顿大餐。如果我不阻拦，目前她已经与她的情人带着钱跑了，在我那悲催的老主人不让她和那整天买醉的流氓在一起——"

"别说了！"吉尔德大声喝道，"你们家族里的各种猜忌和我们没有关系，除非你有真实的证据，可只依靠你自己的意见——"

"噢，我将让你见到真实的证据，"马格纳斯打断吉尔德的话，"可你一定要传唤我，巡官先生，我将让你们知道事情的真相。真相就是：当老主人被刺伤并被推下楼没太长时间，我立刻跑到了阁楼，见他的女儿倒在地上，手中攥着一把满是鲜血的匕首。而且，请准我将它呈送给正规的执法部门。"边说，他在燕尾服的口袋中掏出一把牛角柄长匕首，刀上还留有丝丝血迹。他将匕首非常恭敬地呈给警官，然后他又回到原地，满脸恶毒的笑，原就狭细的眼睛更是合成一条线，好像就要消失了。

默顿每次见到他就感觉难受，他轻轻向吉尔德讲："您必是认可阿姆斯特朗小姐所讲而不认可他的话吧？"

布朗神父猛地昂首，看起来神采奕奕，就像洗过脸没多久。"的确，"他说，看起来满脸真挚，"可阿姆斯特朗小姐会不会否定他所讲的呢？"

这个年轻小姐忽然一声惊叹，人们眼睛盯死她。她全身就好似失去控制了一样显得呆板并且僵硬，只有那张被浅棕头发包裹的脸由于惊讶恐惧还略显一丝生气。她傻傻地伫立着，似乎让人套住失去呼吸了一样。

"这个人，"吉尔德先生庄重地说，"居然讲你父亲死后，在你手里发现这把匕首，而且倒在地上，什么都不知道。"

"他讲的是真的。"爱丽丝答道。

然后他们看到帕特里克·罗伊斯俯首大步走到他们众人里，讲了一句话："那么，假设我必须要走②，我将在那前面先寻点快感。"

他肩头耸了耸，狠狠地一拳砸到马格纳斯那张面无表情的，好像蒙古人的脸，将他打倒在地，如同海星似的平躺在草地上。两三名警察马上抓住罗伊斯，可在其他人看来，似乎全部的理性都消失了，整个现场变为一场没有头绪的滑稽表演。

"请注意你的行为，罗伊斯先生。"吉尔德庄重地说，"我能够凭借袭击罪抓了你。"

"不，你不会的。"罗伊斯秘书答道，声音就像铁锣一样洪亮，"你将凭借谋杀罪抓了我。"

吉尔德机警地瞅了一眼被打倒在地上的马格纳斯，那个满心怒火的人现在正从地上起来，擦掉脸上的血迹，那张脸并没有什么破损。他明了地问道："你说什么？"

"这个人讲得很对。"罗伊斯说，"阿姆斯特朗小姐手里确实有把匕首并且晕倒在地，可她拿匕首并非去刺杀她父亲而是想要保护他。"

"去保护他。"吉尔德庄严地反复说，"是谁想杀他？"

"我。"这位秘书答道。

爱丽丝注视着他，满脸惊诧与疑惑，小声说："说实话，你自己能承认我仍然非常激动。"

"到楼上来，"帕特里克·罗伊斯低闷地说，"我将给你们说一下这件事的全部经过。"

这间阁楼属于罗伊斯秘书的私人场地（对于一位身材如此高大的隐士而言仅可说是一间窄窄的单人间），可这属于整件谋杀案的起点。在接近阁楼中央的地板上放着一把大左轮手枪，似被扔到地上的；在左边一些的地上则扔着一个威士忌酒瓶，瓶口被打开，里面还有一些剩的酒。桌布被扯到地上用脚踩的都是皱纹，一段细绳，就和在尸体上发现的一样，被随意绑在窗台上。两个花瓶砸碎在壁炉台上，还有一个摔在地毯上。

"那时我喝多了酒。"罗伊斯说道，非常直白，这让他这个刚刚还殴打了男仆的人就如同小男孩第一次犯错时，满脸悲伤和悔恨。

"你们都清楚我。"他接着说，声音有些沙沙的。"你们全清楚我的故事起点是什么，现在它如同开始时一样结束。以前人们说我聪明，并且有机会变成一个幸福的人。阿姆斯特朗让我脱离了酒馆，不管是在心理上还是生理上都帮助我恢复自由。他通过属于他的方法来善待我，非常照顾我。悲催的人啊！但他一直不同意我和爱丽丝在此处结婚，可能他是正确的。下面，你们自己也可以想得出来，我没必要再仔细说了。墙角处那剩的威士忌酒属于我，地毯上的手枪属于我，子弹已经没有了。你们在尸体上发现的绳子是我在自己箱子里找的，我把尸体从窗户上扔了下去。你们不需要再命令侦探去继续追究我的凄惨故事了，我仅仅是这世界上一棵卑微的杂草，我将自己推到绞刑台上。噢，上帝呀，这已经可以了吧！"

一个极其微妙的举动，警察全部走到这个身材威猛的人周边打算毫无声息地将他带走，可却让布朗神父那不同寻常的举动给震住了。当时他跪在门口的地毯上，两只手撑着地面，似乎陶醉在某种有些滑稽的祷告里。他一点不在意自己阻挡了那群人的路，依然接着保持着那个动作，他仰起那张神采奕奕的圆脸盯着这些人，那形体让人感觉好似是一个拥有人头的四足动物。

"那个，"他慈祥地说，"你真的清楚吗，整个事情都有问题呀。刚开始，你说我们未发现一件凶器，可目前我们又找到了太多凶器。刺杀的匕首、勒死人的细绳，以及射死人的手枪，最后，死者被推出窗外摔断了脖子！这有问题，这实在是烦琐。"边说他还看着地板晃了晃脑袋，就像马儿吃草时的状态。

吉尔德巡官神态庄重，刚想要说话就让地上那个怪异的人抢到了前面，神父连绵不停地接着讲：

"目前存在三个不是很与现实相符合的事物。第一是地毯上留有 6 颗子弹打穿的洞眼，究竟什么原因会有人朝着地毯开枪？一个喝多的人会把枪对准仇人的脑袋，打烂那个侮辱他的东西。他不可能会和自己的双脚争斗，或把自己的拖鞋当作敌人吧。第二就属于那根细绳了——"讲过地毯，神父把两个手放到口袋里，但还是丝毫不在意地跪在地上。"你考虑一下，一个人要喝多少才可能想要把绳子系在一个人的脖子上，但最后却绑住了双腿？罗伊斯，不管如何说，都未曾喝到那个程度。不然，他目前肯定像木头一样沉沉地睡着。最后，最简单明了的一件，那个扔到墙角处的威士忌酒瓶。你意思中说这个瘾君子去夺他的酒瓶，他拿到了，可把它扔到墙角，瓶里的酒流出来一半，仍剩下一半，这是一位嗜酒者最不会做的事。"

他摇摇晃晃从地上起来，用一种悔悟的口吻对那位说自己是杀人犯的人说："非常不好意思，亲爱的先生，可你的故事几乎就是一堆废品。"

"先生。"爱丽丝·阿姆斯特朗小声对神父说，"我可以和你单独聊聊吗？"

这个突兀的请求让这位话很多的神父只好走出房门。在一旁的屋里，神父未曾开口时，那位年轻小姐就用一种极其陌生的口吻，直接对神父说了起来。

"您非常聪明，"她说，"我明白您目前竭力想要救出帕特里克。可，这些都没用。这里面的内幕极其恐怖，您知道得越多，那一位我深爱的男人将遭受更多的痛苦。"

"原因呢？"布朗神父问道，淡定地看着她。

"原因是，"她一样淡定地答道，"他犯罪的全过程我都看到了。"

"啊！"神父一动不动地说，"你看到他都干了些什么？"

"那时候我待在旁边的屋子里，"她解释道，"两间屋子的门都紧紧锁着，可忽的一个恼怒的声音传了过来，自从出生我都没有听到过这种声音，那一道声音愤愤地吼道：'杀了你，杀了你，杀了你。'不断地重复着，然后，一道枪声响了起来，两间屋子的门都被震动了。接着又是三道枪响，随即我把两扇房门打开察觉到屋里满是硝烟。我那悲剧的像发疯一样的帕特里克手里正拿着那把左轮手枪，枪口仍有硝烟冒出，并且他在我眼前又开了几枪。接着他向我父亲扑去，由于害怕我父亲紧紧抓着窗台，他和我父亲缠在一起互相殴打，想借助细绳把父亲勒死。他将细绳扔向我父亲的头顶，但我父亲极力反抗使绳从肩膀脱落下去，系住了他的脚。父亲的一只脚被绳子系住，我父亲被帕特里克如同疯子一样拽倒在地。座垫上的一把匕首被我抓在手中，冲向两者中间，要将绳子斩断，然后我就什么也不知道了。"

"我明白了。"布朗神父淡淡地客气说，"谢谢你。"

青春靓丽的小姐说完之后就昏厥过去，神父直直挺着身体再次折回旁边的屋里，屋里面仅有吉尔德与默顿看着帕特里克·罗伊斯，他双手戴着手铐坐在椅子里。神父敬重地对巡官说：

"在你面前我可以和这犯人谈几句吗？你可以把这悲哀的手铐拿下来甚至只有一分钟吗？"

"他非常健壮。"默顿小声说道，"你要把手铐解开的原因是什么？"

"哦，我觉得，"神父客气地答道，"或许我有机会和他握握手。"

两名警探都怪异地看着他，布朗神父接着说："你真的没有意向让他们知道真相吗？先生。"

椅子里的人摇了摇头，头发蓬松凌乱，可神父忽然开始焦躁急切。

"如果是我，我会。"神父说，"自己的生活远远要比公众的声誉更加重要。我只想拯救活着的人，死了的人就让他死去吧。"

他走到跳楼用的窗口处，边眨眼边看着外面说：

"我对你们讲过，整个案子中有太多杀人工具，但仅仅死了一个人。你们需要清楚那些工具不是用来杀人的，死亡也不是因为这些东西。全部这些恐怖的工具，套索、带血的匕首、打完子弹的手枪全是以仁慈为出发点而用的工具。这些不是要杀死亚伦爵士的，反而要挽救他。"

"去挽救他！"吉尔德不停地说，"从哪个人手里挽救他？"

"从他自己手里。"布朗神父答道，"他就是个疯子，带有严重的自杀倾向。"

"啊？"默顿惊讶地大叫道，满脸的疑惑。"可他那充满快乐的信仰——"

"那应该被称作残忍的信仰。"布朗神父看着外面道，"他们怎么就不允许他如同父辈一样哭一阵子？他得做出完美的计划，他的生活观逐渐变得冰冷。欢快仅仅是他的表面，更深处则是一位无神论者没有感情的心灵。最终，为了维护他那快乐搞笑的公众形象，他再次开始慢慢地酗酒。可对于一位真挚的绝对禁酒者而言，酒精属于一类极其吓人的物品。他总是提醒其他人注意不要坠入精神上的地狱，可是自己却无比期盼。悲哀的阿姆斯特朗很久以前就坠入了精神地狱。在早上的时候，他坐在凳子上，如同发了疯一样大声叫喊他坠入了地狱，导致她女儿也不清楚他表达的是什么。他只是想要死，就像一个疯子，如同淘气的小孩耍一些把戏，将不同死亡工具杂七杂八地放到自己一旁——一根活套索、朋友的左轮手枪以及一把匕首。罗伊斯不经意间走了进去，赶紧去救他。他将刀丢到了他后面凳子上的座垫上，握住左轮手枪，因为没空隙退掉子弹，只能朝地板连续将子弹射完。那个自杀者忽然发现能够自杀的第四种手段，冲向窗口。罗伊斯仅仅可以做的——拿起绳子跟随着他，想要系住他的手与脚。同一时刻那位小姐刚好走进房间，把这当成一场搏斗，竭力想要把捆绑父亲的绳子割断。第一次，她仅仅划过罗伊斯的手指，这造成刀上留有血迹。而且，你们一定也看到了在他一拳打到男仆脸上时，他脸上出现了血痕，可未曾发现伤口。当那位女士没昏倒时，她的确将她父亲身上的绳子割断了，然后他就跳出窗外坠入那个空洞的世界。"

大家都陷入了长时间的寂静，直到被一道金属噪声击碎了沉默，吉尔德正替帕特里克·罗伊斯把手铐打开。他对罗伊斯说："我认为您需要使我们知道真相，先生，您与那位年轻小姐的重要性远非阿姆斯特朗的讣告通知能比。"

"将阿姆斯特朗的讣告通知尽可能弄得模糊。"罗伊斯直接大叫道，"怎么，你不清楚这是由于不要使爱丽丝知道？"

"要向她隐瞒什么？"默顿问道。

"不要让她知道她的父亲死在自己手里，蠢货！"罗伊斯对默顿大叫，"如果不因为她，她父亲不可能死，如果她知道她定将癫疯。"

"不，我不这么认为。"布朗神父边说边戴上他的帽子。"我反而认为需要让她知道，哪怕是那最恐怖的误杀都无法如同罪恶一般摧残生活。不管怎样，我认为你们俩都应该比从前更幸福，我需要回聋哑学校了。"

神父走出宅子，行走于刮着大风的草地上，一个海格特的熟人叫住他说：

"验尸官现在来了，调查即将展开了。"

"我需要回聋哑学校了。"神父说，"不好意思，我不能在这里协助调查。"

【注释】

① 意思是阿姆斯特朗小姐今早极其地厌恶愤怒，这里的恶魔指反感以及气愤。

② 由后面能够清楚意思是被捕。

盗贼的乐园

◇ 格拉斯先生的缺席 ◇

奥里昂·胡德医生是专注于犯罪学与某些道德障碍症研究方面的专家，他的咨询室在斯卡伯勒市的大海旁，朝向北海的一排落地窗宽阔、明亮，背景中一望无际的大海就像是蓝绿色的大理石围墙。在此处，全部房间都像大海一样格外地整洁，这使海面也感觉像简单、整洁的蓝绿色护墙板。可如果凭借这就判断胡德医生的房子缺乏奢华与诗意，那可是大错特错。这些的确都有，但未曾表露出来。它的奢华展现在：一张特意打造的桌子上有 10 盒也可能是 8 盒极其上乘的雪茄，它的摆放方式同样非常有学问，味道浓烈的放在墙边，味道柔和的就放在窗边。在这张特制的桌子上，还有一个酒瓶架，上面有三类同样上乘的酒：威士忌、白兰地与朗姆酒，可是整个环境整洁得有点过度了，让人不由觉得，这里面的酒可能未有人喝过。它也满含诗意：室内左手边角落处齐刷刷地摆放着整套的英国经典著作，在右手边则都属于英国与外国生理学家的书。可要是有人在经典名著里拿出一本乔叟①或雪莱②的书，那里展示的空洞又使人感觉如同掉了门牙的嘴，哪个角度看都是感觉不舒服。我们不可以说这些书根本没人读过，读过是读过，可它们又的确如同让链条固定在书架上，就如同老教堂里的《圣经》一样。胡德医生把自己的私人书房搞得像公共图书馆。只是那些摆放着抒情诗与歌谣的书架和摆放着烟酒的桌子都彰显着只可远观的庄重氛围，如此能够猜测，这位专家别的藏书必将得到更细致的照料，而那些摆放着易碎的、需要细心保养的化学仪器与机械工具的桌子，就定是更加不可去触碰。

奥里昂·胡德医生的宅子属于串联的套房类型，最东端墙外可以看到北海，西端墙内就是一列列的社会学与犯罪学书籍，他就从东西两端不断走来走去。胡德穿着艺术家热衷的天鹅绒服饰，可不是如同艺术家一样不注重外表。他的头发全部都白了，可看着还是浓密并健康；他脸庞瘦弱，可面色饱满，神情里尽是期盼。他自己与整个宅子都带有冰冷与不安分的味道，就像宅子东端的北海（虽然，他要在这里建屋仅仅是出自健康的角度）。

命运击打着房门，就像故意开了个玩笑，给这栋靠海而建、气氛压抑的狭长宅邸带来一位全方位都和这个氛围、和主人完全不同的人。在一声清楚又很礼貌的"请进"后，门同时向里打开。然后，一个个子矮小的人缓慢摇晃地进入屋中，手中拿着摘下的帽子与雨伞，就像收拾很多行李一样慌手慌脚。那把黑伞极其普通，非常破旧。他那折起宽边的黑帽即使只属于神职人员，可在英格兰很难看到。不管从一条来讲，这人肯定是平庸与无能的突出代表。

医生注视这个刚进来的人，竭力控制着自己内心的诧异，可能当遇见一个体型庞大并且没有危害的海洋动物进入房间，他的神情也只是这样吧。来人柔情地注视医生，满脸激动可呼吸又不住颤抖的模样，就像一个体态丰腴的打杂女佣终于挤上了一辆巴士。无比满足的神态和不知如何是好的外在非常失调地集于他一身。他的帽子滑落到了地毯上，那把沉重笨拙的伞又从两膝间滑落，猛地落到地上。他一边去抓帽子，又弯腰要去拾伞。慌乱之间，笑容仍然停留在脸庞上，而且开口说道：

"希望谅解，我叫布朗，到你家是由于麦克纳布家的事。据说你经常帮别人解决这类烦恼的问题，如果我说错了，还请多多谅解。"

现在，他愚笨地拿住帽子，身体奇怪地稍稍有些摇摆，鞠了一躬，好像全部都是准备好的。

"我不是很清楚你的意思，"科学家非常冰冷地回道，"可能你找错地方了，我是胡德医生，我以文学与教育方面的研究事业为主。即使时常有警察前来找我咨询，帮他们搞定一些疑问多比较重要的案子，可——"

"噢，我想讲的事极其重要，"叫作布朗的小矮子打断他的讲话说，"唉，她母亲如何也不允许他们订婚！"他讲过就靠在椅背上，好像确定自己没有找错人。

胡德医生脸色阴翳，双眉紧锁，但他的眼睛里流露着色彩，不明白是由于恼怒还是因为可笑。"哦，"他说，"我仍然不太清楚你的意思。"

"你要清楚，他们想要在一起，"布朗说，"玛吉·麦克纳布与托德亨特，这两位青年想要在一起。有什么比这更重要吗？"

胡德医生关于科研的成就很大，可有获得也定将有失去，他同时也付出了很大的代价——有传言他健康出了问题，也有传言他忽视了上帝，可他在科学研究上的成功并未完全没收他对怪诞事件的感受力。咨询医师听到直白的神父最后那句请求，忍不住笑了起来，他猛地坐到椅子里，嘲笑的神情尽情流露。

"布朗先生，"他庄重地说，"这件事已经14年半了，那时同样有人亲自到我家希望我去搞定一个私人事情：有人想要在市长举行的宴会上谋害法国总统，目前你的困惑是，你那个朋友玛吉适不适合与她朋友托德亨特结婚。行，布朗先生，我这个人不喜欢闲着。我答应帮这个忙，向玛吉家人提一些极其棒的建议，不会比我替法兰西共和国与英王提供的服务水准低——不，说更好可能更恰当，只因我已经拥有了14年的实践。今天下午我恰巧有时间，你就仔细地谈一下吧。"

这名叫布朗的个子矮小的神父真挚地感谢他，极其热情，可又让人觉得不晓事理。如果向一个在吸烟室中送给他火柴的不认识的人致谢，他的表现非常合适，可向亲自引领他到邱园③寻找四叶苜蓿④（其实也确实能够如此类比）的院长而言，他的致谢可能有点太任性了。这个矮子发出感谢的声音还存在，就立刻开始说他的故事：

"刚刚我已经自我介绍了我叫布朗。嗯，事情其实如此，我在一个天主教堂中做神父，教堂不大，你或许曾经见过，位于小镇的最北头，那儿的街道非常混乱。在镇子最边上临海的那条街上有一个寡妇，她常来我的教堂，人非常实在，可脾气暴躁，叫麦克纳布，凭借租房子赚些钱，生了一个女儿。她与她女儿，以及她与房客间存在非常多的是非。目前她仅有一个房客，是个小伙子，叫托德亨特，事情就来自他，原因是他想娶房东的女儿。"

"那么这位房东的女儿，"胡德医生很有兴趣可又不显山不露水地问道，"她怎么想的？"

"唉，她也喜欢那位小伙子，"布朗神父挺了挺腰身，快速急迫地讲，"如此，事情就麻烦了。"

"哦，还真的不简单。"胡德医生跟着说。

神父接着说："根据我的了解，詹姆斯·托德亨特这位小伙子品质还可以，但他具体的信息没人知道。他不是太高，肤色很深，脑袋很聪明如同一只猴子，胡子也一直刮得没有一丝胡茬，如同一位演员。他也很懂人的心理，天生就明白如何讨好别人。他似乎非常有钱，但是没有人清楚他到底做什么工作。因此麦克纳布太太（她天性悲观）直接肯定他不是从事正经生意，或许和可怕的事物有联系。托德亨特一直将自己锁在屋里，有时候长达几个小时，大白天也未曾出过门，不清楚他在做什么。以此判断，他的确是干那种无声无息同时无法让人知道的可怕的事。他说他坚持这种神秘拥有充分的借口，同时也只是暂时的，还保证在结婚前把一切说明白。目前，真的清楚的东西仅仅这些，可麦克纳布太太要讲的就极其多了，多到就是她自己都不清楚哪些属于真的，哪些属于她猜测的。你明白，不清楚一个东西会因此产生很多传言。有传言，屋里曾传出两个声音，但是打开门时，仅仅托德亨特自己在那儿。另外传闻讲一位戴着丝质高顶礼帽、个子挺高的奇怪男子，他曾在黄昏的海上弥漫的海雾中出现，柔柔地穿越沙滩，又走过屋子后面的小花园，凭借打开的窗户和托德亨特交流。接着他们似乎发生了争吵，两个人不高兴地分别。托德亨特使劲关闭窗户，那一位戴礼帽的人又再次消失在弥漫的海雾里。这件事流传的时候，这家人讲得极其神奇。但是，我认为麦克纳布太太更热衷于她自己的版本：一个大箱子放置在托德亨特那房间的角落中，白天总是紧紧关闭，直到晚上，那一个神秘东西（不管是人是鬼）就将爬出箱子。你现在清楚了吧，托德亨特锁着的房间制造了一篇篇奇异怪谈，它如同一扇怪异的大门，其中锁着《一千零一夜》里面全部幻念与妖魔鬼怪。但是，在这个矮矮的小伙子身上的确发现不了有哪些神秘的地方。他身着一件合适的黑色夹克，做事很仔细，人品极其纯净。他房租交得也很准时，而且从不喝酒。他一直对小孩子非常友好，可以和他们整天快乐地在一起。而且，最令人着急的是，他与房东的大女儿也非常谈得来，她居然准备第二天就和他去教堂结婚。"

坠入高深理论的人热衷将他的理论在平常生活的小事里得以展示。在神父的纯洁面前，这个极具成就的专家可以说已经放下架子，非常大地降低了自己的身份。他非常享受地坐在椅子上，用非常随意的口气开始侃侃而谈：

"虽然牵扯的是极其平常的事，第一我们要看清楚里面含着的自然规律。一朵鲜花可能不会在初冬枯死，可是花儿最终要干枯；一块卵石可能一生不会被潮水打湿，可潮水还是会上涨。以科学的角度来说，人类的全部历史如同一系列的集体运动，毁灭以及迁徙，就像苍蝇在冬天大批地灭绝，候鸟在春季一群群北飞一样。种族是整部历史的源泉，出现种族，才形成了宗教；出现种族，才出现与道义相符的战争。最可以验证问题的事例，最好的就是那个粗鲁、天真同时让人厌烦的族群，也就是人们平时常讲的凯尔特人⑤，你的朋友麦克纳布家中就属于这个族群的再现。他们个子矮矮的，肤色黑黑的，拥有想象与到处流浪的爱好。他们很容易相信对随便一件事的迷信阐述，就像他们依旧接受——原谅我的直白——你以及你的教会对不同事件塑造的迷信解释。生活的地方前有教堂喋喋不休的宣传教义，后有大海萧瑟的哀号，这一类人常常给普通的事制造一层奥妙奇异的薄膜，这不值得人惊奇。你只在一个小教区工作，见识有限，仅仅见识这位麦克纳布太太，清楚她让两人的说话声以及从海上来的神秘人吓破胆。可有科学头脑的人眼中不仅仅是这些，而是散布在全球不同地方的麦克纳布氏族，他们被看为一个整体，就像一群鸟一样融为一体的族群。他眼中出现无数的麦克纳布夫人，生活在数不清的房子里，把病态魔药与茶水交融，使不了解真相的朋友喝了它。他还看到——"

医生的话未说完，就让门外出现的着急喊声打断了。然后就感觉有人快速走过门廊，与那人身上的裙子一起制造出一阵沙沙声，房门被打开，一个年轻女子走进屋里。她衣服很合身，可略微凌乱，因为行走匆忙，脸蛋也非常红润。她的满头金发在海风吹拂下略显凌乱，如果不因为颧骨如同苏格兰人一样高高挺立而且颜色很深，她也可以称得上不可多得的美人了。她道歉时态度很反常，可以说是在宣布命令。

"先生，不好意思，打扰了，"她说，"这件事极其重要，我一定要布朗神父帮忙。"

布朗神父赶紧地弯腰想站起来。"哎，玛吉，怎么了？"他问道。

"我认为有人害死了詹姆斯，"女孩子急急忙忙、气喘吁吁地回答，"叫格拉斯的人又来找詹姆斯了，我真的听到他们在房间中交谈。我发现了两个声音：

詹姆斯的音调非常低，有一些喉音，另一个音调非常高，有一些颤抖。"

"哪位格拉斯？"神父非常郁闷地不停说。

"我清楚他叫格拉斯，"女孩子非常急切地回答，"在屋子外面我听到他们发生争吵，我猜可能是因为钱，由于我听到詹姆斯不停地说'好的，格拉斯先生'，也可能是'不对，格拉斯先生'，接着又说'二、三，格拉斯先生。'我们已经说得很多了，你赶紧和我一起走，或许还不晚。"

"什么或许还不晚？"胡德医生非常有兴趣地盯着这个漂亮女子，现在禁不住问道，"格拉斯先生与他在金钱上的问题能出什么事，搞得如此紧张？"

"我要将门撞开，但撞不开，"女孩子马上回答，"接着我冲向后院，努力爬到了窗台上。向屋里看时，屋子里一丝光亮都没有，什么也看不到，可我的确瞧见詹姆斯了，他弯曲着蹲在角落中，不清楚是让那人用药迷昏了还是被那人给勒死了。"

"这事非常严重，"布朗神父抓起他的帽子与雨伞，从凳子上起来，"事实上，你没来时我正在同这位先生谈论你的事，但他的见解是——"

"我的见解差不多都改了，"这位科学家非常庄重地说，"我不再觉得这位年轻女士如同我意识里的那样和凯尔特人一样了，我也是极其悠闲，请让我戴上帽子，和你们一块去镇里走一趟。"

这三个人走路时各有特色：那女孩如同登山者，上气不接下气可一步一个脚印很稳当；犯罪学家走路随意但又有美洲豹式的敏捷；可神父走路步子很小，两条腿快速交替前行，如同脚下是风火轮。没多久，他们就到达麦克纳布家所在街道的终点。医生以前说过苍茫的心境和环境有联系，小镇附近展示的荒凉环境从一定层面说也支持了他的观点。偶尔出现几间房子不规则地呈现在海岸一旁，之间的距离也是逐渐扩展。天慢慢暗下来，轻轻的夜幕中，只看到空中一朵朵云霞红彤彤并且奇怪。海面变成深紫色，不断有恐怖的隆隆声从大海深处传出。麦克纳布家花草繁茂的后花园逐渐延展到沙滩处，花园里两棵树没有一丝生气，树影不断重叠交叉，就像被恐吓的恶魔高抬的两只手。麦克纳布太太顺着街道跑来迎接他们，她伸出那双只剩骨头没有肉的手，如同那两棵树。但她那张在雾气里若隐若现的脸庞，涌现一股凶煞的味道，使人不由得感到恐惧。麦克纳布太太再次用尖利的声音给我们说了一遍她女儿已经告诉我们的故事，可是增加了很多个人成分，说得非常生动。她立下誓言，第一要报复格拉斯先生，原因是他杀人。第二要报复托德亨特先生，原因是他死了，也可以说由于他居然说要娶她女儿，但是却无法做到。她自己不停地唠叨，可医生与神父并没有听她说，仅仅时不时回应一句。他们走过房前窄窄的走廊，抵达后面房客住的屋前。胡德医生用老侦探的手段，凭借自己的肩膀忽然把门撞开，窜进屋里。

走进屋里，看到的是一幅惨烈的场景。看到这场景的人，就是仅仅瞥一眼，也将立即判定：有两个人，可能超过两个人刚刚在这房间中有过惨烈的厮打。纸牌胡乱散在桌面上，还有的掉到了地面，显示这里曾有人打牌，可是半路被打断了。临墙的桌上有两只空酒杯，第三只酒杯掉到地面摔成碎片。在距离破碎的酒杯不远的位置，扔着一把匕首也可能是短剑。刀身很直，刀柄非常精致，通过昏暗的窗户处照到里面的灰色亮光恰巧反射在昏暗的刀片上，模糊能够看到暗灰色的海面倒射出黑色的树影。一个丝质高顶礼帽扔在房间里另一侧临近角落的位置，似乎刚让人从一位绅士的脑袋上打掉，如此讲也非常合理，它的状态真让人感觉是在滚动。詹姆斯·托德亨特先生倒在礼帽后面的角落位置，他缩到一块，如同让人丢到角落的一袋土豆，又如同被打包好将托运的旅行箱。他的嘴被一条围巾死死勒紧，而且六七根绳子系在他的肘部与脚踝处，可他褐色的眼睛仍然充满生机，仍警惕地四处观察。

奥里昂·胡德医生到达门垫处停了一会儿，把惨烈的景象全部记到心里。接着他迅速走过地毯，拾起那顶丝质礼帽，并仔细地将礼帽给被系住的托德亨特戴上。但这顶礼帽显然不合适，帽沿差不多接触到他的肩膀上。

"这礼帽属于格拉斯先生，"医生说着同时把帽子摘下，取来一个手持放大镜认真浏览礼帽里面。"格拉斯先生不在，但这儿却有他的帽子，应如何理解呢？格拉斯先生肯定非常注重他的穿着，不可能遗漏戴帽子这一项。这顶礼帽即使有点旧，可样式很流行，看来非常被看重，我认为他可能是一位老花花公子。"

"天哪，"麦克纳布小姐大声惊叫，"你为什么不先解开他身上的绳子？"

"我特地用了一个'老'字，可仍然不是极其确定，"医生接着说，"或许我的说法有些勉强。人们一天脱落多少头发，每个人都不一样，可不存在不脱发的情况。通常来讲，若是这顶帽子最近还戴着，凭借放大镜我肯定可以发现几根头发。可帽子里没有一根头发，所以我认为格拉斯先生没有头发。这一条，再加上麦克纳布小姐形象具体表演的那个愤怒的高嗓门（别着急，亲爱的女士，别着急），若是我们把光头与老人发怒时常常发出的那种声调叠加一块来讲，如此我差不多能够得出结论他年纪不小了。但是，这个人或许体格健壮，个子也不矮。那位头顶礼帽的高个子以前来到窗前的传说，也有一些可取之处，但是我能够发现更精准的证据。房间中地面上满是酒杯的碎片，并且壁炉一侧的托架上也发现块碎片。若是一位小矮子打碎了酒杯，例如，托德亨特先生，碎片肯定不会出现在那儿。"

"请允许我说一句，"布朗神父讲道，"你可不可以把托德亨特先生的绳子解开？"

"通过酒杯可以取得的结论还不仅仅这些，"这位专家好像没听到仍接着说，"我还能够推理出，导致这位格拉斯先生没头发以及神经质的，或许不是因为他的年纪，而是过度放纵的生活。我们以前说过，托德亨特先生性格很好，生活节俭，从不喝酒。房间中的纸牌与酒杯与他的平常习惯冲突，或许这是他用来款待一个不一般的朋友的。可，我们恰巧能够通过这继续往下推论。托德亨特先生可能有酒杯，也可能没有，但我们没有发现他房间有什么酒。可这些酒杯有什么用呢？我确定必然是格拉斯先生身上带着酒，是白兰地也可能是威士忌，也可能还是非常值钱的那种。这样一说，我们差不多能够清楚格拉斯先生人品如何，最起码能够清楚他是哪类人。他个子高，年纪大，穿着流行可或许存在磨损，必然对玩乐与饮酒兴趣极大，可能仍沉沦里面无法自持。在那些在社会上游荡的人群里，格拉斯先生或许有些名声。"

"你听好了，"年轻小姐大声说，"你如果还不让我去给他解开绳子，我立刻去外面喊警察了。"

"麦克纳布小姐，我想给你说，"胡德医生庄重地对她说，"先不要慌忙去找警察。布朗神父，我确实想你可以稍稍安慰你的教民，我没什么，一切都是为他们着想。行了，我们差不多清楚了格拉斯先生的形象与性格。可是对托德亨特先生我们又知道多少？集中在三个方面：他生活朴素；他有点小钱；他有个秘密。非常显眼，一般被敲诈的人都具备这三大特点，他都有了。而且非常明显的是，格拉斯先生注重外表可穿着褪色的衣服、平时极其挥霍以及喜欢大喊大叫的特点，也恰巧属于敲诈者具备的几大特点。在这场花钱封口的惨案里有着两个经典角色：一个属于让人尊重的人，可是带着不能让别人知道的事情；另一个属于来自伦敦西区⑥的秃鹫，肆意地到处找寻能够得到好处的隐情。现在这两个人在此处见面，发生争吵，而且动起了手，还动了家伙。"

"你真的不去解开那绳子？"年轻小姐依然继续追问。

胡德医生轻轻地将礼帽搁到靠墙的桌上，向被系得牢牢靠靠的托德亨特走去。医生认真观察着他，而且还按住他的肩膀把他挪动了一下，接着又把他转了半圈，可最后医生仅仅答道：

"不，我认为不等到警察带着手铐来，这些绳子仍发挥作用。"

保持沉默一直盯着地毯的布朗神父这时抬起他的圆脸询问："你想表达什么？"

医生拾起地毯上那把形状怪异的匕首亦或是短剑，一边细致浏览一边回答：

"由于你们眼前的托德亨特先生被紧紧系着，"他说，"理所当然意识到，格拉斯先生将他系住，接着跑路了。对于这问题我有4点另类的观点：第一，假如格拉斯先生是自己主动走的，一个这么讲究的人怎么会把自己的帽子遗落在这儿？第二，"医生靠近窗户，接着说，"这扇窗是仅有的出口，但在里面锁着。第三，刀尖上存在一丝血迹，可托德亨特先生身上并无伤口。肯定是格拉斯先生被刺伤跑路了，目前还不清楚死了还是活着。根据这些迹象判断，另一种说法更合理，被敲诈的人想要杀死不让他静静生活的敲诈者，而不是敲诈者想要杀死可以为他提供金蛋的鹅。我觉得这几乎就是整个事的真相。"

"但是那些绳子？"神父瞪着眼睛询问，对这样的推论并没有一丝丝赞赏。

"啊，那些绳子，"专家用一种古怪的声音说道，"麦克纳布小姐非常想清楚我为何不给托德亨特先生解开身上的绳子。好吧，我立刻让她知道。为什么我没有解开绳子，因为托德亨特先生每时每刻都能够自己解开。"

"什么？！"在屋里的人全部发出一阵不同的惊呼。

"我仔细浏览了托德亨特先生身上的全部绳结，"胡德轻松地接着阐述道，"恰巧我对打结的手段了解一些，这些按说也属于犯罪学钻研的一部分。他浑身的任何一处绳结全来自他本人，他同时可以自己解开；未曾存在一个结是为了真的要捆住他的敌人。那些绳子根本是细致制作的假象，目的是让我们感觉他属于这次斗争的受害者，而不是悲惨的格拉斯。可能格拉斯先生的尸体已被掩埋到花园里，也可能被塞到烟囱里。"

屋里立刻变得鸦雀无声，屋里光线更暗了，花园中树木长期经受海风吹袭，现在愈发稀疏了，所以也显得愈发清晰，好像拉近了与窗户间的距离。它们如同来自海里的恐怖海怪，像挪威传说里的北海巨妖或墨斗鱼，也像蠕动的水螅一样，冷冷地注视这场悲剧结尾。但这个悲剧里的反派与受害者，即那位恐怖的头顶高顶礼帽的人，以前也从海里爬上了岸。空气里充斥着因为敲诈产生的病态味道，它属于人类最具病态的举动，由于敲诈属于用一种罪行遮蔽另一种罪行，就像黑色的药膏贴在更黑的伤口表面。

矮个子神父平时的神情常常是一副满足、快乐的状态，而现在眉头拧成一个疙瘩，好像有哪些事正勾引着他的好奇心。这已不同于刚开始他什么都不知道时的那种好奇，而是他在仔细思考后产生第一步想法之后，想要进行更深层次探索的好奇。"希望你再陈述一次，"神父明了同时非常困惑地说，"你是说，托德亨特先生可以将自己系起来，也可以自己解开绳子？"

"对，就是这样。"医生回答。

"天啊！"布朗神父忽地大叫，"难道真会如此？！"

神父如同兔子似的快速蹿到被捆的人旁边，他迫切地仔细观察这位挡住一半脸的俘虏。接着他扭过自己无神的脸庞看着众人。"的确，确实是这样的！"他略带高兴地说，"你们难道无法通过他的脸上发现吗？哎，注意他的眼睛！"

医生与女孩都看向神父指示的方向，即使又宽又黑的围巾挡住了托德亨特下面半张脸，他们依然可以看到那上半张脸展示出的一些极其痛苦的神态。

"他的眼睛的确有些怪异，"年轻女子确实动了感情，她大叫着谴责，"你们这些人心肠真坏，我肯定这是由于他被捆得极其不舒服。"

"我不如此认为，"胡德医生说，"他的眼神的确存在不同，可我还是肯定他脸上的横纹展示的是一些心理异常——"

"喔，不要瞎说！"布朗神父说，"你们未曾发现他在笑吗？"

"他在笑！"医生说了一遍，略显诧异，"究竟什么东西引起他发笑？"

"噢，"布朗神父直截了当地讲，"实话实说，我感觉他在笑你。的确，在清楚真实情况后，我也有点想笑我自己了。"

"你清楚哪些实情？"胡德略显生气地说。

"我知道托德亨特先生做哪类工作了。"神父回答。

神父缓慢地在房间中走来走去，无神地瞧瞧这样东西，又瞧瞧其他的东西，又时不时制造一阵干笑，几人忍着看他奇怪的表现，禁不住感到厌烦。他注视礼帽笑了一阵，接着又注视破碎的玻璃片大笑出声，匕首上残留的血迹更是差点使他笑死过去，接着他回过头看着差不多愤怒到极点的专家。

"胡德医生，"他激动地叫道，"你和诗人一样充满想象力！你居然可以制作一个根本不存在的人！弄明白事情真相，这可更加伟大！确实，与之相比，事实自己就显得非常平常而且可笑。"

"我根本不明白你说什么呢，"胡德医生自大地说，"我说过的事实都肯定将会出现的，即使现在看来可能有缺陷。在有关的细节还没有确认的时候，肯定能够让直觉，或者你比较喜欢说的想象力来起到一定作用。当格拉斯先生不在现场时——"

"的确如此，的确如此，"矮个子神父不断点头说，"这的确属于第一件要确认的一点，就是格拉斯先生没有来，他肯定没有来。我认为，"神父边想边补充说，"目前为止没有人可以如同格拉斯先生那样不在现场。"

"你是指他不在镇上吗？"医生追问说。

"我的意思是根本没有这个人，"布朗神父回答，"能够确定，他纯属一位不存在的人物。"

"你是在说笑吧，"专家强笑着说，"真的没有这个人吗？"

神父点头称是，对这个说法没有疑问。"不好意思，确实如此。"他说道。

胡德忍不住笑出声。"如果真的这样，"他说，"当我们没有谈论其他那些证据时，先探讨一下我们找到的第一个证据，即我们打开门后映入眼中的第一件东西。若是真的没有格拉斯先生，那这顶礼帽属于谁呢？"

"属于托德亨特先生的。"布朗神父回答。

"但这帽子他没法戴，"胡德不禁争辩道，"他根本无法戴这顶帽子。"

布朗神父晃晃脑袋，用人们无法想象的温柔态度讲述。"我不是指他可以戴，"他回答说，"我仅仅指这帽子属于他。若是你坚持强调存在哪些差异的话，也能够讲，这是属于他的帽子。"

"这有哪些差异呢？"犯罪学家极具嘲笑地讲。

"我亲爱的先生，"亲切的小个子这么说时，第一次展示出对他的厌倦，"如果你去街上临近的帽店，你将清楚'一个人戴的帽子'与'属于这个人的帽子'有哪些不同了。"

"但是一个卖帽子的，"胡德争辩说，"可以通过卖出新帽子来赚钱。可托德亨特先生可以通过这顶旧帽子得到什么呢？"

"兔子。"布朗神父直接说出口。

"什么？"胡德喊道。

"兔子、丝带、糖果、金鱼，以及一条条彩带，"神父迅速地说，"在你看到系着托德亨特的绳子有问题时，就未曾意识到这是为什么吗？匕首存在一样的情况。就像你所讲，托德亨特先生身上没有一点伤口。他受了内伤，希望你清楚我话里的意思。"

"你指的是托德亨特先生的衣服里面吗？"麦克纳布夫人直截了当地追问。

"我指的不是托德亨特先生的衣服里面，"布朗神父回答，"是指他的身体里面。"

"哎，你究竟在说什么呀？"

布朗神父淡定地阐述道："托德亨特先生正刻苦练习，想要变成一位职业魔术师，而且也想成为一位杂耍艺人、口技演员以及绳索戏法的专家。这顶礼帽原是用来练习魔术表演的。帽子中没有发现头发，不是由于它的主人格拉斯先生没有头发，而是由于根本未曾有人戴过这顶帽子。另外，三个酒杯是用来训练杂技的，托德亨特先生通过它们训练抛接杂技。可，因为他很久没练过了，力度把持不稳定，有一个酒杯撞到屋顶破碎了。那把剑同样是用来表演杂技的，因为职业上的荣誉以及义务，他必须熟练吞剑的技巧。可，他还很陌生，不小心碰到了自己的喉咙里面。所以，我讲他受了内伤。通过他的面部表情判断，我能够断定这伤很轻。他同样在练习如何解脱绳捆的方法，如同达文波特兄弟⑦表演的一样，就在他想要在绳中逃脱时，我们忽然进来了。桌上的纸牌肯定是想要练习纸牌戏法的，他当时练习隔空抛牌的杂技，这过程里，几张牌遗落地上。他对自己职业保密的理由也非常明了，只是他要严守有关魔术花招的秘密，不愿意让人看透，每一位魔术师都将如此。可，曾经一位戴高顶礼帽的普通人凭借后窗向房间中看过一次，让极其愤怒的托德亨特先生凶了一顿，如此明白的事却把我们全部引向错误的境地，同时有了虚妄的想象，我们还觉得头戴丝帽的格拉斯先生如同幽灵般缠绕着他，使他活得苦不堪言。"

"可两个不一样的声音怎么解释？"玛吉瞪着两眼质询他。

"你未曾见识过口技表演吗？"布朗神父询问。"口技表演者首先通过自己自然的嗓音提问，接着再用你听到的那种细长、迅速、造作的声音进行回答。"

众人都闭上嘴，陷入沉默。胡德医生仔细看着刚讲过话的矮个子神父，脸上显现古怪并殷切的微笑。"你也非常会编造故事，"他出声击碎沉寂，"如果能够出书，找不到什么比这更精彩的啦。但是，你并未讲明白有关格拉斯先生的那些东西。麦克纳布小姐可是亲自听见托德亨特先生叫那人这个名字。"

布朗神父如同小孩子一样地呵呵发笑，"呃，这个嘛，"他说，"这属于这个怪诞故事中最怪诞的那部分。当杂耍大师在不断扔起再接住那三个玻璃杯的过程中，在他接到一个时都将大声报数，如果失手了也大声喊叫没接到。具体的他应该如此说：'一、二、三——失去个杯子（missed a glass）；一、二——失去个杯子（missed a glass）⑧。'"

房间中的人沉默一会儿，接着都不由自主地开始一阵狂笑。当他们放声大笑时，角落中的那个人已经解开系于身上的绳子，他轻快地活动身体，全部的绳子都掉在地上。接着，他快速回到屋子中央，弯腰向大家致谢，在口袋中掏出一幅印有蓝色字的大海报，上面写着："札拉丁，世界最顶级的魔术师、柔术家、口技家与飞人就要在斯卡伯勒'帝国馆'展示最新系列魔术表演，时间：下周一8时整进行。"

【注释】

① 杰弗里·乔叟（Geoffrey Chaucer，1343～1400年）：英国中世纪作家，带着"英国诗歌之父"的桂冠。最著名的作品：《坎特伯雷故事集》。

② 珀西·比希·雪莱（Percy Bysshe Shelley, 1792 年 8 月 4 日～1822 年 7 月 8 日）：英国很出名的浪漫主义诗人，被称作历史上最优秀的英语诗人之一。最著名的作品：《解放了的普罗米修斯》《西风颂》等。

③ 邱园（Kew Gardens）：正式名被叫作皇家植物园（Royal Botanic Gardens, Kew），在英国伦敦三区的西南角，以前是英国王家园林。从 1759 年开建，同时在 1840 年被政府接管，慢慢向民众开放。园中收有大概 5 万种植物，差不多占已清楚植物的八分之一，现在属于联合国认定的世界文化遗产。

④ 苜蓿（Clover）：又叫三叶草，被爱尔兰当作国花，传说发现有 4 片叶子的三叶草就可以获得幸福。

⑤ 凯尔特人（Celt）：公元前 2000 年，生活在中欧的一些拥有一样的文化以及语言特质并具备亲缘关系的民族的统称。主要生活在当时的高卢、北意大利（山南高卢）、西班牙、不列颠以及爱尔兰，和日耳曼人一起被叫作蛮族。

⑥ 伦敦西区（West End of London）：英国伦敦西部地区属于王宫、议会、政府各部门所在地，拥有很多大商店、剧院、娱乐场所以及高档住宅，和伦敦东区产生巨大对比。

⑦ 艾拉·伊拉斯塔斯·达文波特（Ira Erastus Davenport, 1839 年 9 月 17 日～1911 年）和威廉·亨利·达文波特（William Henry Davenport, 1841 年 2 月 1 日～1877 年 7 月）：19 世纪晚期美国非常有名气的魔术师，被叫作"达文波特兄弟"。他们说自己带有特异功能，表演的是超自然的魔术。他们表演得最好的节目当属从被紧绑在衣柜的困境中脱身。

⑧ 掉了个杯子（missed a glass）和格拉斯先生（Mister Glass）的英文发音相同。

◇ 盗贼的乐园 ◇

伟大的穆斯卡里是个有名的诗人，他以他的独创性在托斯卡纳的青年诗友圈中颇负盛名。现在，这位著名诗人正快步走进一家他比较喜欢的餐厅。这家餐厅位于地中海沿岸，上有遮阳棚，下可以俯瞰海景，四周还长着篱笆墙一般的柠檬树与橘子树。餐厅里的服务生系着白白的围裙，已经开始布置餐桌，为精美的早餐与午餐做准备了，这样优美的场景似乎又为餐厅增添了不少色彩。

诗人穆斯卡里有着与但丁①一样的鹰钩鼻子，他满头黑发，脖子上系着飘逸又柔亮的黑色围巾，背上还有一个黑色斗篷。这让人忍不住想到，如果他再配个黑色的面罩，就可以去出演威尼斯的情景喜剧了。他的一举一动都显示出他是那种走南闯北的行吟诗人，但他的生活圈子却像信天主教一样非常固定。他充分享受着那个时代该有的自由，就像携带着长剑和吉他环游世界的唐璜②一样，过着天为盖地为被的游荡生活。

在游荡，或者说是旅行的时候，穆斯卡里总会带着两口箱子，一口箱子装着各种宝剑，另一口箱子装着曼陀林琴。他曾经用宝剑与无数人进行了那些精彩的决斗，而那曼陀林琴——他曾在某个假日里为恪守传统的埃塞尔·哈罗盖特小姐弹奏了一首小夜曲，那位小姐是约克郡的一位银行家的女儿。不过可不要认为穆斯卡里是个江湖骗子或者是个情窦初开的毛头小子，事实上，他是个头脑聪明、感情奔放的拉丁人③。他一旦喜欢某种事物，就会全身心地投入进去追求它。他的诗歌，就像其他人的散文一样直白。他热爱美酒，渴望佳人，并对这些喜好丝毫不加掩饰，他表现自己的爱恨情仇时总是那么"酣畅淋漓", 不会像北方人那样畏畏缩缩, 遮遮掩掩。在那些内向人眼中, 穆斯卡里无疑表现得太过激烈, 使人感到一丝危险, 甚至觉得他有犯罪的倾向。其实, 他就像是一团烈火或者是一波浪潮, 虽然热烈, 但单纯得都有些让人无法相信。

那位英国约克郡的银行家与他漂亮的女儿的住处, 就是这家餐厅的附属酒店, 这恐怕也是诗人经常光顾这里的真正原因。穆斯卡里匆匆往四周看了一眼, 就知道那一家英国人还没有下楼。餐厅里灯光闪耀, 但食客显然不多, 整个餐厅显得空空荡荡。餐厅的一个角落里坐着两位教士正在闲聊, 虽然穆斯卡里平时也是一位虔诚的天主教徒, 但此刻他却连看都没看他们一眼, 并且对他们喋喋不休的说话声音颇不耐烦。在比教士更远的地方, 还有个座位掩映在金橘树后。座位上的客人忽然起身, 朝诗人走了过来, 可以看到, 他的穿衣风格与诗人可是大不相同。

来者穿着一身具有彩色格子图案样式的花呢衣服, 领带是粉红色, 靴子是扎眼的黄色。这身装束由他自己刻意搭配, 却不巧完全撞上了马盖特④的民间传统风格——花里胡哨但毫无新意。随着这位貌似伦敦佬的家伙慢慢走近, 穆斯卡里惊奇地发现, 这位一身英国气息的人竟长着意大利人的脑袋。密实的卷发, 黝黑的面孔, 生动的表情端立在挺直的衣领与喜庆的粉红颜色的领带之上。其实, 穆斯卡里对这副面孔相当熟悉, 那花里胡哨的英国服饰没能遮住诗人的眼——那是他的老朋友埃萨。在他们的大学时代, 埃萨可是一位众所周知的奇才, 年仅15岁, 他的声名就响彻了整个欧洲大陆。但在登上社会这个大舞台后, 他却一事无成。最初, 有人说他去做了一位剧作家, 不久就去做了政客, 后来又做过几年演员、旅行家、记者和委托代理人。穆斯卡里只知道他曾经做过一段时间的演员, 之后便再也没有他的消息了。在舞台的大聚光灯下那种感觉, 的确令人向往与陶醉, 不过后来他卷入了一件大丑闻之中, 彻底断送了他的舞台生涯。

"埃萨！"诗人大声叫道，同时站起身来，惊喜地把他的手握住。"哦，我以前在演员的后台见你穿过各种的戏服，但是无论怎样也想不到你今天会装扮成英国人出现在我面前。"

"这，"埃萨一脸严肃地回答道，"可不是什么英国人的衣服，这是意大利人在未来所要穿着的服饰。"

"要真是这样的话，"穆斯卡里说，"那我不得不说，我还是喜欢意大利人原来的服饰。"

"这就是你的毛病了，穆斯卡里，"穿得花里胡哨的埃萨摇了摇头说道，"当然了，这也是意大利人共同的毛病。早在16世纪时，我们托斯卡纳人就创造了现代文明——最新的雕刻品、最新的钢制品、最新的化学工艺。那么为什么我们现在就不能拥有最新的汽车、最新颖的财政学、最新型的工厂——和最时髦的服饰呢？"

"因为没那个必要，"穆斯卡里毫不犹豫地答道，"想要意大利人进步是很难的，原因就是他们太精明了。一旦他们可以过上那种舒适的生活，就绝不会去看一眼那些复杂的改革之路。"

"对啊，所以在我眼中，马可尼⑤或者邓南遮⑥那些人才是真正的意大利人的骄傲，他们的光辉至今依然存在。"埃萨回答说，"所以现在我是一名未来主义者，兼职导游。"

"导游！"穆斯卡里忍不住笑道，"这是你这么多职业中最新的一个，你给谁做导游？"

"哦，一位名叫哈罗盖特的，包括他的家人。"

"你说的难道是在这家酒店住的那位银行家？"穆斯卡里忽然急切地问道。

"就是他。"埃萨简短地回答。

"报酬应该很高吧！"诗人突然天真地问道。

"会有一笔可观的收入，"埃萨神秘地微微笑了笑，"不过话说回来了，我也不是一般的导游啊！"突然，他又转了个话题道："那个银行家的家人是他的儿子与女儿。"

"他女儿可真是个仙女，"穆斯卡里似乎对这个话题很感兴趣，"至于那位父亲与儿子嘛，我认为不过是一介俗人罢了。也许他倒真的是与人为善，不过除了这一点，他完全符合了那些俗人的品质。他的保险箱里存着几百万，我的口袋里却空空如也。但这并不表示他就比我聪明，就比我胆子大，就比我有活力。说实话，他并不聪明，一双蓝眼睛就像纽扣似的死气沉沉，人也无精打采，就像中了风一样，走两步就得歇一会儿。他很守本分，但给人的感觉就像是一团和气的老傻瓜。他确实很有钱，但我觉得那就像是小孩儿攒邮票一样攒起来的，并没有什么了不起。你就是太有商业头脑了，埃萨，所以你才没有他有钱。一个人要想拥有跟他一样多的钱，首先得傻到他那种程度。"

"要是按你的理论的话——其实我已经像他那么傻了。"埃萨沮丧地回答，"不过，我建议你还是暂时停止对他的这些评价吧，因为那位银行家已经来了。"

他说得没错，著名的银行家，那位哈罗盖特先生已经进来了，不过没有人注意他。他是位身材魁梧的老人，一双蓝眼睛显得无精打采，淡黄色的胡须泛着灰白。要不是他背驼得厉害，那身材倒颇像是一位上校，此刻他手里正拿着几封没有拆开的信向这边走来。他儿子弗兰克长得倒是帅气，满头卷发，皮肤黝黑，但周围的人同样没有关注他。至少此刻，所有人的目光都集中在埃塞尔·哈罗盖特身上，一转不转。她拥有一副希腊式的面孔，金黄色的头发，美腻的皮肤，那样的画面看上去就是蔚蓝色大海中升起的女神⑦。诗人穆斯卡里深吸了一口气，那种感觉实在是太过美妙了。确实可以这样说，因为此刻的他正像在欣赏前人遗留下来的绝世之作。埃萨也凝视着那位美人，不过眼中流露出来更多的是疑惑。

哈罗盖特小姐光彩照人，并且相当愿意融入这样的场景，与他人交谈，她的家人好像已经适应了这种欧洲大陆那轻松随和的习俗，毫不介意陌生人穆斯卡里，甚至是导游埃萨与他们同坐一桌，进行交谈。在埃塞尔·哈罗盖特身上，不仅可以看到那传统的美德，还可以看到她散发着的独特光彩。她为父亲的成就感到骄傲，也酷爱时尚，并沉醉其中。她是个被娇惯着的女儿，一颦一笑间都让男人忍不住去怜爱，再加上她那天性的善良，让人感觉她此刻的孤傲也是那么的赏心悦目，她就像一朵莲花，在浑浊的世俗中脱颖而出，光彩照人。

此刻，他们正在激烈地争辩着一个话题：本周他们要去游玩的地方要经过一条山路，那山路到底有没有人们传得那样危险。当然了，他们嘴里的危险并非雪崩、滚石之类的，而是更加具有传奇色彩的危险。埃塞尔认为，当代的那些传说中的故事是真的，那些强盗都是亡命徒，他们仍旧出没于山梁，守着亚平宁山⑧上的隘口。

"有人说，"她说话的口气就像个天真无邪的小女孩儿，"整个意大利的真正统治者并非国王，而是万贼之王。不过他到底是谁呢？"

"那是位大人物，小姐，"穆斯卡里回答，"就像你们英国人口中的罗宾汉一样。大概10年前，民间就开始流传万贼之王蒙塔诺的故事了。那个时候，人们都以为山贼绝迹了，就在这个时候，蒙塔诺出现了。就像是一场没有声音的革命，蒙塔诺很快就声名远扬。每个山村都可以看到他的布告，上面的言辞相当激烈；每个山谷都可以看到一些身影，那是他持枪的哨兵。意大利政府先后 6 次派兵剿匪，但每次都以政府军惨败告终，因为他们的敌人像拿破仑一样难以征服。"

"这种事情，"银行家满面愁容地说道，"在英国是绝对不会存在的。既然如此，那我们只好换个路线了。不过导游说那儿很安全。"

"相当安全，"埃萨满脸不屑地说，"我从那里来来回回有 20 多次了。在我祖母那个年代或许真有所谓的万贼之王，但这种事，就算不是虚构，也早已成为历史了。拦路打劫的事情早就被铲除了。"

"根本铲不干净，"穆斯卡里反对道，"这些南方人，武装叛乱是常有的事情。我们的农民像大山般厚道仁慈，又生机盎然，但他们的内心涌动着暗火。人一旦被逼入绝境，一般会有两种反应：北方人一般都是借酒消愁，而南方的朋友们就不同了，他们一般会揭竿而起！"

"诗人说话就是不一样，"埃萨用嘲笑的口气说道，"要是穆斯卡里是英国人，恐怕他还会在伦敦的旺兹沃思自治市四处寻找劫匪呢。相信我吧，抢劫的危险在意大利已经被根除了，就像在波士顿再也不会出现被剥头皮的危险①那样。"

"你主张从那儿过？"哈罗盖特先生皱起眉头问道。

"啊，这听起来可真吓人！"埃塞尔叫道。她用她那双美丽灵动的大眼睛注视着穆斯卡里道："你真的觉得那个隘口有危险吗？"

穆斯卡里把他的黑色长发往后一甩，说道："我知道，那儿会有危险的。

明天我要去看看。"

　　一番争论之后，埃塞尔陪着她的父亲起身离开了，埃萨与穆斯卡里仍然没有停歇地互相挖苦、讽刺对方。小哈罗盖特一时间无事可做，只有独自饮尽了杯中白葡萄酒，然后点上了一根香烟。就在这时，一直在角落中的那两位教士站起身来，高个、白头发的意大利教士离开了这家餐厅，而另一位矮个子的教士则径直向小哈罗盖特走来。等到逐渐走近，小哈罗盖特惊奇地发现，这位教士竟然是位英国人。他隐约还记得似乎有次在与天主教的朋友聚会时见过他，不过还没等他确定，那位教士先开口了。

　　"弗兰克·哈罗盖特先生，"他说道，"我想在之前的某个时刻我曾向你介绍过我自己，但我并不认为你会记得我。这件怪事由一个陌生人来对你说可能更合适一些——我只有一句话，说完我就走了：照顾好你那伤心欲绝的妹妹！"

　　这是什么意思？尽管做哥哥的弗兰克平时并不怎么在意自己的妹妹，却也是经常见到她那令人愉悦的音容笑貌，互相挖苦的玩笑话仍在耳边徘徊，就算是现在，他也还能隐约听到妹妹从酒店的花园那边传来的笑声。弗兰克疑惑不解，紧张地盯着神色忧郁的教士。

　　"你的意思是小心那些强盗？"他问道，又猛地想到了一件事，"还要提防着穆斯卡里？"

　　"一个人向来会忽视真正的悲伤，"古怪的教士说道，"只有难事到了眼前才会去关注。"

　　教士说完这句话，便转身匆匆离去，只剩下目瞪口呆的弗兰克，不知所措地呆坐在那里。

一两天之后，这群人乘着一辆马车上路了，经过了一路崎岖的山路，这辆马车缓缓地爬上了陡峭的山嘴尖坡。不管埃萨如何轻松地解释这里没有危险，也不管穆斯卡里如何激烈地否定，都不能丝毫地影响哈罗盖特一家子来玩的心情。穆斯卡里本来准备一个人先来探路，不过他最后还是与大家一块儿来了。更令人费解的是，当马车途经一个海边小城的驿站时，那位小个子神父突然出现，并也与他们同行。他说他正好要出公差，要穿过中部的山区。不过这种巧合明显太假，小哈罗盖特又想起了昨天他的警告，不由得有些毛骨悚然。

他们乘坐的马车是四轮轻便式的，以便游览观赏，所以内部空间比较大，这是现代主义的杰出人才埃萨的作品。其实，为了这次旅行，埃萨忙前忙后，在整个活动中将他的活泼机智与科学才能展现得淋漓尽致。这时候，他们不再只是口头上争论是否会有劫匪，而把注意力放到了具体的行动上。埃萨与弗兰克都拿着装满子弹的左轮手枪，此刻兴奋得像个小男孩儿一样的穆斯卡里，在黑色斗篷的掩映下，佩着短剑。

上车时，穆斯卡里一步当先，坐到了美丽可爱的埃塞尔小姐身边。埃塞尔小姐的另一侧，则坐着那位教士。他名叫布朗，不苟言笑，这点倒是让穆斯卡里非常舒服。埃萨与哈罗盖特父子坐到了马车的后排座位上。穆斯卡里虽然坚定地认为这次旅行定会发生危险，但一路上他却兴奋异常，这种奇怪的表现，很有可能会让正在与他聊天的埃塞尔小姐认为他是精神分裂症。马车在陡崖上缓缓前行，两边的悬崖峭壁像果园里的果树似的接连不断，慢慢升高的海拔展现出了它无穷的魅力，此情此景深深地吸引了埃塞尔。她感觉到自己的灵魂好像被某种东西抓住了，随着海拔的逐渐升高，他们进入了一个紫色的天国，眼前的是耀眼的太阳。陡峭的山路蜿蜒曲折，就像一只小猫一般灵活地穿插在山间，时而紧绷，时而松弛。

可是，无论他们爬得多高，眼前的荒原一直都像玫瑰花盛开一样繁茂。说到草甸与林地，当属英国的最可爱了：田野里微风拂过，阳光轻轻洒下，一片五彩斑斓的景象，就像无数只翠鸟、鹦鹉与蜂鸟在轻飞曼舞，又像百花齐放，争香斗艳。不过说到山峰与峡谷，哪里都比不上斯诺登峰⑩与格伦科⑪峡谷的壮丽了。埃塞尔从来没有到过斯诺登峰，从来没有见过一面山坡花草丛生另一面怪石嶙峋的景色，也从来没有去过格伦科峡谷，从没见识过那里的胜景，不知道那里长满果树，特别是盛产英国东南部的肯特郡特产水果。英国人总是认为，高山峻岭与苍茫的荒原总是意味着寒冷与荒芜，但这里却另有一番滋味。它就像是由各种彩色的花片堆砌而成的宫殿，在一场地震中被震得支离破碎；又像是一个花园，被炸得花朵满天飞。

"这简直就是建筑在比奇角⑫上面的邱园啊！"埃塞尔不由得感叹道。

"这是鬼斧神工，"穆斯卡里说道，"是火山的杰作。就像人间时常发生的革命运动一样，充满着暴力，但又结出丰硕的果实。"

"可能你自己就充满了暴力。"埃塞尔笑了笑，对他说道。

"但是没有结出丰硕的果实，"他回答，"如果我在今晚不幸丧命，那么我这辈子就注定是名光棍、傻瓜了。"

"是你自己非要来，我又没说什么。"埃塞尔不知该如何回答，沉默了片刻，有些委屈地说道。

"当然不用你说什么，"穆斯卡里回答，"就像特洛伊城失守，你也没说什么。"

他们谈话间，马车已经来到了一处绝壁下，摇摇欲坠的岩壁像张开的翅膀一样，在地面上投下了巨大的阴影。那几匹马似乎被这种阵势吓住了，不断在原地徘徊、长嘶，不再往前走。车夫跳下马车，使劲驱动着他们前行，但效果不大。其中一匹马用后腿撑地，两条前腿忽地离开了地面，那架势仿佛要直立起来。这匹马的动作很快起了连锁反应，马车再也保持不住平衡，车头随之翘起来，撞开路边的树篱翻下山去。穆斯卡里连忙紧紧揽住埃塞尔，埃塞尔也紧紧抓住他，尖叫声随之而来。穆斯卡里脑海里瞬间闪过一个念头：他活着的目的就是为了这一刻！

穆斯卡里只感觉到眼前的景色在不停地旋转、旋转，几乎就在马车跌下山崖的同时，更加奇怪的一幕发生了。一直无精打采的老哈罗盖特，腾地一下站起身来，在倾斜的马车还未翻下山崖之前，径直跳了下去。猛一看，这好像是自杀，但仔细想一想，才明白这种举动无疑是最明智的。穆斯卡里这才明白过来，自己一直小看这位约克郡的老人了，他不仅动作敏捷迅速，而且观察力也是一流——他不偏不倚，正好跳到了下面的一小块儿平地之上，那块儿平地上面覆盖着松软的草皮，好像是专门用来接住他的。凑巧的是，其他人也一样幸运，不过是被狠狠地甩出之后，才狼狈地落到了地上。那一段弯路的正下方是一块儿花草茂密的凹地，就像一个裹着绿色鹅绒的口袋一样。正因如此，众人滚落下来时才并未受什么伤。只是那些行李，包括口袋里的小东西之类的散落了一地。翻落的马车被树篱死死缠住，悬在他们头顶，那几匹马也吊在斜坡上，痛苦不堪。小个子布朗神父第一个坐起来，他搔了搔头，一脸茫然。小哈罗盖特听到了他的自言自语："怎么偏偏我们掉到了这里来？"

神父眨了眨眼，看了一下四周散落的东西，径直捡起了他的那把笨重的大雨伞。雨伞旁边是穆斯卡里的宽边帽，帽子旁是一封没有开启的商务信函。他扫了收信人一眼，就把他交给了老哈罗盖特。在神父身边的另一侧，是埃塞尔掉落的遮阳帽，遮阳帽旁边有一个奇怪的小玻璃瓶，大约有两英寸那么长。神父弯腰捡了起来，装作若无其事地拔出瓶塞嗅了嗅，他那一张严肃的脸瞬间变成了土灰色。

"天呐！"他喃喃道，"这不会是她的东西吧？难道说她的悲痛已经降临了？"他顺手将那小瓶子放进了他的口袋里。"我想，我这么做没错。现在，我必须多了解一些情况了。"

神父满脸忧伤地望着埃塞尔，这时穆斯卡里把她从花丛中扶了起来。只听她说道："我们这是掉进了天国，这是征兆——一般人爬到很高的地方，会往下掉落，只有众神才能向上方掉落。"

的确，当埃塞尔从美丽的花丛中被扶起来时，她显得如此高兴，如此快乐。见到此情此景，神父不由得对自己刚才的推想产生了怀疑，脑海中又浮现出另外一个念头。"也许，这一瓶毒药不是她的，只是穆斯卡里为了讨好她而玩的一个小把戏吧！"

穆斯卡里小心地将她扶了起来，等她站好，又像在舞台上表演一样，朝她略显滑稽地鞠了一躬，然后才拔出他的短剑，用力砍断了马儿的缰绳，那几匹马这才挣扎着站立起来，不过身体还是忍不住地颤抖。穆斯卡里忙完这些，刚想喘口气，却发现了一件不同寻常的事情，一个穿得破破烂烂，皮肤晒得黝黑发亮的人，一声不吭地从灌木丛中钻出来，牵了那几匹马。他腰间别着一把大弯刀，模样甚是怪异。不过除了这些，其他地方倒也是跟平常人一般无二。只是他这样突然出现，让人觉得有些疑惑。穆斯卡里问他是谁，那人也不回答。

穆斯卡里看了一眼四周，只见周围凹地里都是人，一脸困惑与惊讶的表情。接着，他又发现了一个皮肤更黑，衣衫更破的人站在一块儿岩石之上，腋下夹着一把短枪，正注视着他们。穆斯卡里抬头望去，只见在刚刚他们掉下来的位置上，有4个黑洞洞的卡宾枪口正对着他们。持卡宾枪的人也都是皮肤黝黑。他们纹丝不动地端着枪紧盯着穆斯卡里。

"强盗!"穆斯卡里一声大叫,不过语气中竟然还透着几分兴奋。"我就说嘛,这是个圈套。埃萨,你要是能够把将我们引来的车夫干掉,我想我们还有机会,毕竟他们只有 6 个人。"

"那个车夫,"埃萨站在那里,双手插进口袋,冷冷地回答道,"正好是哈罗盖特先生家里的仆人。"

"那就更不能手软了,"穆斯卡里回答,"他为了黑钱,竟然出卖自己的主人,我们要保护着埃塞尔小姐,猛冲过去,将他们打散。"

看着头顶的卡宾枪口,穆斯卡里心里没有丝毫畏惧,他在这野花丛中艰难地爬行。不过他随后就发现,后面这些人好像只有小哈罗盖特动了。他又挥了挥短剑,示意后面的人跟上。但埃萨仍然站在那儿,双腿跨立,手插口袋,满脸讥讽的表情,他瘦削的身形随着光线在地上越拉越长。

"穆斯卡里,你以为在我们的同学圈中,我是个失败者,"他说道,"而你自己,是个成功者。但实话告诉你,我取得的成就远远超过了你。我将身体力行,用身体去演绎史诗,而你这种人,只配书写我的故事。"

"快动手吧,别在那儿瞎扯啦!"穆斯卡里大吼道,"我们的任务是救助一名女士,而你的帮手有三个男人,你还在那儿磨叽什么呢?你这表现,叫我说什么好!"

"我是蒙诺塔,"埃萨冷漠的声音突然洪亮起来,"我就是你们说的万贼之王。欢迎来到我的乐园!"

就在他说话的时候,又有 5 个人从灌木丛中钻了出来,他们都手持枪械,望着埃萨,等候他的命令,其中一名强盗手里拿着一大张纸。

"我们大家所处的这个美丽的风景处，"这位假导游说道，语气仍然是那么轻松，只是脸上的微笑显得越发的邪恶了，"再加上它下面的几个山洞，就是大名鼎鼎的'盗贼的乐园'。这是我在这座山上的根据地，至于原因……我想你们已经注意到了，不管是站在上面马路的角度，还是在下面的山谷里，都看不到这个地方。此地易守难攻，而且不易被发现。大部分时间我都住在这里，但是我想，如果警察追我追到了这里，我也只有葬身此处了。我不是那种'誓死反抗'的人，我会留最后一颗子弹给自己。"

所有人顿时如遭雷击，呆呆地定在原地，愕然地看着埃萨，唯有布朗神父表现不一样。他长长地舒了一口气，似乎终于放下了心，同时又伸手摸了摸口袋里的小玻璃瓶，喃喃自语道："谢天谢地，这还算合情理，毒药自然应该是这个强盗头头的。有了它，他就可以像加图⑬似的，永远不可能被活捉。"

而这位万贼之王此刻谈兴正浓，他依旧彬彬有礼——不过却更像是暗藏杀机的礼貌继续他的话。"下面，"他说道，"我就向我们的客人们介绍一下，接下来我要做些什么事。赎金的事，那是强盗祖师留下来的规矩，我就不多说了。我身为强盗头头，这是我应尽的责任。但即使是赎金也只能赎你们其中的一部分人。明天早上，我就放了布朗神父与著名的大诗人穆斯卡里，并且还要派人保护他们下山。请恕我直言，诗人与教士一直以来都是个穷苦的职业。既然从他们身上捞不出油水，那我只好做个顺水人情，这样还可以向古典文学与圣教会表示友好呢！"

他停顿了一下，脸上依然挂着令人反感的微笑。布朗神父凝视着他，似乎对他的话语很感兴趣，并倾耳细听。万贼之王从那个小喽啰手中接过那张纸，迅速看了一遍，接着说道："至于我的其他意思，都已经很清楚很明白地写在这张布告上了。你们可以相互传看一下，看完之后，这张布告就要张贴在各个村头与路口了。具体内容我就不再想复述了，你们可以自己看。主要是两条：

第一个，我郑重宣布英国的百万富翁兼金融巨头塞廖尔·哈罗盖特先生在我的手上。第二个，我将宣布他身上的 2000 英镑的钞票与债券已经在我手中。不过问题是，我觉得向那些好糊弄的老百姓说谎话很不道德。所以我建议，老哈罗盖特先生，您现在就把口袋里那 2000 英镑给我吧！"

银行家老哈罗盖特看上去愁眉苦脸，他阴沉着的脸涨得通红，看上去真是被吓得不轻。马车翻车时，他的那纵身一跳好像用尽了全身的所有精力。当穆斯卡里积极应对，想要猛地突破包围圈，逃出劫匪的魔爪时，他只是无精打采地待在原地没有动。现在，他红肿的双手不住地颤抖，极其不情愿地伸入口袋，掏出一叠钞票与几个信封，递给了埃萨。

"很好！"埃萨看上去很高兴，"到现在为止，我们大家合作得还算是融洽。我接着谈刚才的话题吧，谈谈关于那份布告的要点。其实第三点是关于赎金的问题。我要求哈罗盖特家族的那些朋友们支付给我 3000 英镑。我想这绝对不算多，这要低估老先生的身价，倒是有些侮辱他了。为了能攀上这样一位大富豪，以后可以经常保持往来，恐怕再多三倍的价钱也有很多人愿意支付。实不相瞒，在布告的结尾这些话就没有什么新意了，总之就是如果收不到钱我会怎么怎么样，等等。不过，我可以向朋友们保证，这里，就是我的安乐窝，我要在此过夜了，享受那美酒与雪茄。也欢迎诸位来到我的地盘，你们放宽心，就权当这是次郊游好了，尽情享受'盗贼的乐园'里的安逸吧！"

就在他讲话的时候，又有一些小喽啰慢慢地聚拢过来，他们全部都拿着卡宾枪，戴着又破又脏的软边帽。他们的数量如此之多，以至于穆斯卡里也不得不承认，要凭借短剑冲出去简直难于上青天。他四下里看了看，发现埃塞尔已经走到她父亲身边，正在耐心地安慰他。她为她父亲的成就感到自豪，甚至到了有些势利的程度，但对父亲本人，她同样怀着最真挚的亲情感。这让正在热恋中的穆斯卡里心里很不是滋味，他对埃塞尔的孝顺非常赞赏，但同时不免又有些吃醋。他将短剑啪的一声插回剑鞘，闷闷不乐地走到另一边的草地上，一屁股蹲了下去。布朗神父在他附近坐了下来，穆斯卡里转过头看着他，心里莫名其妙地生起了气。

"喂，"穆斯卡里语气尖刻地说道，"还有人说我是杞人忧天吗？你来说说，山里的劫匪不是说已经被铲除了吗？"

"应该是"神父的回答有些模棱两可。

"你说什么？"穆斯卡里厉声询问道。

"我是说，我也被弄糊涂了，"神父回答，"把我弄糊涂的是这个叫埃萨或者说叫蒙诺塔的，不管他叫什么名字吧！总之，我觉得他做一名导游就够匪夷所思了，强盗？让我更迷糊了。"

"此话怎讲？"穆斯卡里急忙追问，"呃，我以为，他是强盗这是板上钉钉的事了。"

"有三个问题我想不通，"神父悄声说，"我想听一下你的看法。第一，那天我也在那家餐厅吃饭。你们最后离开时，你和埃塞尔小姐说着笑着走在前边，老哈罗盖特与埃萨走在后边。俩人没怎么交流，就算交流声音也压得很低。不过我还是在无意中听到埃萨说：'对啊，让她能快乐时多快乐会儿吧。你知道的，这种打击足以把一个人击垮。'老哈罗盖特没回答。所以，那句话肯定是话里有话，我当时一时冲动，就对她的哥哥说她可能有危险。我没有说那是什么危险，因为我也不知道。不过，要是那所谓的危险就是指现在被劫，这明显不符合情理。因为这位假导游兼强盗头头既然一心要把他们一家骗入圈套，就绝不可能向他们透露一点消息，哪怕一个暗示。那既然不是被劫，这个危险，埃萨与老哈罗盖特又都知道，那能是什么危险才能被称作是大祸临头呢？"

"埃塞尔小姐大祸临头？"穆斯卡里惊叫道，"快，你接着往下说，快！"

"不过，我心中的疑惑全部都与万贼之王有关，"神父沉思着回答，"第二个疑问，在提赎金要求时，他为什么要强调他当场就从被劫者身上取走2000英镑呢？这种做法很明显会适得其反，会让哈罗盖特的朋友们觉得绑匪穷凶极恶，可能已经撕票了。但是，他却一再宣扬这件事，而且把它列为重点。为什么埃萨要这么做，让整个欧洲都知道他当场劫了银行家呢？"

"不知道，"穆斯卡里这次没有什么过激的举动，只是揉着自己的黑发。"或许你觉得这样说话是为了启发我，不过说实话，我越听越糊涂。关于你的第三个疑问呢？""第三个，"神父正在冥思苦想，便随口回答道，"就是我们现在坐的这个位置。这位假导游真强盗为什么要说这是他在这座山头的根据地，将他称作'盗贼的乐园'呢？诚然，这片草地软绵绵的，很舒适，掉下来摔不坏，景色也挺美。而且正像他所描述的，这里从上面看不着，从下面也看不到，相当适合藏身。但它决不可能被当作据点，如果它真被当作了据点，那它就是世界上最糟糕的据点。因为，有一条可以横穿整个山脉的大路就在它的上方，警察经过这里的几率非常大。你回忆一下，刚刚他们用5支短枪就制服了我们，现在要是恰巧有一个排的士兵经过这里，那他们所有人都逃不掉。不管怎么说，这个长满怪草的地方绝对不是根据地，虽然它也很重要，但它的利用价值在其他地方，至于具体是什么地方，我就不知道了。在我看来，这里更像是一个舞台，供那些出色的喜剧或者浪漫剧演员表演，它就像……"

神父越说越多，渐渐地有些单调了，就像说梦话一般。穆斯卡里逐渐有些不耐烦了，他神经一直紧绷着，这时突然听到了山里传来了不寻常的声响。虽然这声音相当微弱，不过他敢肯定，在这习习的晚风中确实有这种声音，像是群马奔腾，还有些叫喊声。

这时他的那几个同伴就没有感觉到这种异常，因为他们缺乏这种环境下的生存经验，耳朵没有那么灵敏。蒙诺塔就不一样了，他迅速跑到一处高坡，靠着一棵被马车撞坏的树站稳，顺着那条路张望。他那模样显得很滑稽，为了突出他是强盗头头，他戴上了一顶两边都耷拉着的奇怪的帽子，佩戴着宽松的肩带与一把短剑，这身行头配上他那身导游的花呢衣服，显得非常刺眼。

过了一会儿，他转过头来，露出他茶青色的面孔，满脸不屑地打个手势。其他劫匪迅速有序散开，从这一点上看他们接受过严格的游击战术训练。他们没有去占领那条马路，而是藏身于草丛和树篱之后，监视着敌人的到来。远处传来的声音越来越大，地面甚至已经开始震动，还能够听见有人在大声指挥战斗。劫匪们不得不向更深处躲藏，一边躲还一边咒骂着，抽出短剑，子弹上膛。剑鞘或枪管时不时碰撞到岩石，那声音令人听起来毛骨悚然。不一会儿，那声音传到了那条大马路上，路上散落的树枝被踩得噼噼啪啪作响，呐喊声逐渐靠近。

"来救援啦！"穆斯卡里兴奋地大喊了一声，蓦地站起身，使劲挥舞着他的帽子。"警察来收拾这些劫匪啦！为了我们的自由，冲吧！干掉那些坏蛋！来吧！别把所有事情都交给警察。我们从后面袭击他们——警察来救我们了，朋友们，我们上去帮警察一把吧！"

穆斯卡里一边说，一边把帽子朝身后使劲扔了出去。他再次拔出他的短剑，沿着斜坡朝马路上爬去。弗兰克·哈罗盖特也随即跳了起来，手握短枪，要上去帮他。但他听到他父亲出言断然阻止了他。老哈罗盖特声音有些沙哑，好像非常地心烦意乱。

"我不同意，"老哈罗盖特沙哑的声音说道，"我命令你，不能参与。"

"但是，父亲！"弗兰克焦急地说道，"连这位意大利人都冲到了前面，难道你想让他们笑话我们英国人是缩头乌龟吗？"

"没用，"老哈罗盖特颤抖着身体，言不对题地回答道，"没用的。我们只有听天由命了。"

神父注视着这位银行家，然后下意识地把手放在胸前，其实他是去摸那一瓶毒药。突然，他的脸上闪过一丝光芒，就像得到了天主的某种启示。

这时，穆斯卡里不再等候救援，他冲了上去，来到了马路上，照着万贼之王的肩膀狠狠地劈了下去，埃萨急忙一晃，回身抽出短剑。穆斯卡里也不说话，又挥剑往他的脑袋上劈去，埃萨连忙招架。两人就这样你来我往地斗上了。斗至半酣，埃萨突然收剑，闪到一边嗤嗤地笑了起来。

"何必要这样呢，老朋友？"埃萨用流利的意大利俗语向穆斯卡里说道，"这场该死的表演很快就要结束了。"

"什么意思，难不成你又想装成好人？"穆斯卡里步步紧逼，他气喘吁吁地说道，"难道说你不仅不诚实，连犯罪的胆量都是假的？"

"没错，关于我的一切都是假的。"埃萨已经彻底放弃了打斗，转而一脸轻松愉快地回答道，"我是一名演员，我早就已经不是我了。我既不是真导演，也不是真强盗，这所有的一切只是一堆假面具罢了，你不能跟这些面具决斗的。"说完这些话，他就咯咯笑了起来，就像孩子一样天真。随后，他又恢复了原来双腿跨立的姿势，站到了马路上。

峭壁下夜色逐渐浓郁，很难看出警察与劫匪的斗争中谁取得了最后的胜利。只是依稀可以看到，在警察的冲击下，那些劫匪似乎无意抵抗，只是不断地骚扰，推搡那些警察。在穆斯卡里看来，那模样像极了市民们推搡拦路的警察，根本没有一点大祸临头的样子，也不是那些亡命徒应该有的表现。穆斯卡里呆呆地盯着这个场面，大惑不解。这时候，有个人轻轻地碰了一下他的肘部，他回头看去，是那位矮个子的布朗神父。他就像小号的诺亚，戴着一顶超大号的帽子，站在那里，神情诡异，他表示想跟穆斯卡里说一些话。

"穆斯卡里先生，"布朗神父说道，"在这场奇怪的危险中，任何不太礼貌的言语都是情有可原的。我不是想要冒犯你，我只是想要告诉你，有件事情可能对你来说更重要些。你不用去帮助那些警察，因为他们赢定了。请允许我冒昧地关心一下你的私生活，我想问你，你爱那位姑娘吗？我的意思是说，真心爱她，愿意娶她，照顾她一辈子，做一个好丈夫，对吗？"

"是的。"穆斯卡里的回答既干净又干脆。

"那么她也喜欢你吗？"

"我想应该是喜欢。"这句回答同样庄重。

"那你就过去帮助她吧，"布朗神父说道，"为她贡献出你的一切，为她献出整个世界——假如你有的话。因为时间已经不多了。"

"什么？"诗人穆斯卡里惊奇地问道。

"因为，"布朗神父回答，"她的大祸已经要临头了！"

"得了吧，"穆斯卡里反对道，"除了救兵，什么也不会来的。"

"好吧，你现在马上过去，"布朗神父说，"从你口中的救兵那儿把她救出来吧！"

当神父正与穆斯卡里说话的时候，溃败的劫匪们彻底将路边的树篱冲开了。他们丢盔弃甲，一副完全溃败的模样，纷纷钻入灌木丛或者草丛之中。透过被冲散的树篱，可以看到马上的警察们戴的三角帽。紧接着听见一声命令，众警察纷纷下马。随后，在树篱的一个缺口处，也就是那个所谓的"盗贼的乐园"入口处，出现了一位身形高大的警官。他头上也戴着一顶三角帽，留着略显灰白的胡须，手里拿着一张公文。所有人顿时都安静了下来。但老银行家突然异常的举动打破了现场这片沉默，他歇斯底里地大喊道："抢劫啊！我被抢劫了！"

"对啊，没错，你被抢了 2000 英镑，"他的儿子似乎对他的表现有些惊讶，"但那已经是几个小时前的事情了。"

"不 2000 英镑，"银行家老哈罗盖特说，突然又镇静得可怕，"我被抢劫的是一个小瓶子。"

那位留着花白色胡子的警官大步走在绿茵茵的草地之上，中途他与万贼之王碰了个照面。他伸手拍了拍万贼之王的肩膀，既像是安抚又像是警告，然后他使劲儿一推，把埃萨推了一个趔趄。"要是不想惹麻烦，"那位警官说道，"你就最好给我老实点。"

穆斯卡里再次发现，这种场面绝对不像是警察抓获无路可逃的万贼之王的场面。警官径直走过去，在哈罗盖特一家人面前停了下来，说道："塞廖尔·哈罗盖特，你涉嫌擅自动用赫尔·哈德斯菲尔德银行的资金，现在，我以法律的名义正式宣布逮捕你。"

这位大银行家木然地点了点头，然后似乎考虑了一小会儿。之后，他转过身，向前迈出一步，站到了悬崖边上，还没等任何人做出一些应该有的反应，他就纵身跳了下去，就像当初马车翻下悬崖时的纵身一跃。不过这次没有上次那么幸运，这次他跳入的是 1000 英尺深的峡谷，掉下去估计要摔得粉身碎骨。

意大利警官憋了一肚子气，到手的罪犯竟然没有抓住。他对布朗神父唠唠叨叨说个没完，不过他对神父的钦佩之情也显露无遗。"唉，看来这次他是彻底地逍遥法外了。在我看来，他才是最大的强盗。我想，他这一生设计了那么多的骗局，最后这一个绝对是无与伦比的。他带着公司的巨款逃到意大利，然后出钱，寻找人扮演成劫匪，自编自导自演了这一出绑架案的闹剧，想用这种方式来让世人认为他与巨款都消失不见了。当时很多警察都信以为真，认为的确发生了绑架案。不过，他这么多年用的欺骗手法跟这个差不多，只是都不如这个巧妙。我想，对于他的家人来说，他的死确实是个重大的噩耗。"

穆斯卡里牵着埃塞尔的手，准备离开这个地方。她非常伤心，紧握着诗人的手。多年以后，他们依旧会像这样恩爱如初，彼此依赖。事实上，就算刚刚发生了不幸，穆斯卡里此刻嘴角上依然洋溢着微笑，开玩笑般地走向已经解除武装的埃萨。"接下来你想要去哪儿？"穆斯卡里友好地询问道。

"伯明翰，"演员埃萨一边喷着香烟，一边回答说，"我不是说过吗，我是一个未来主义者。如果非要问我有什么信仰的话，那大概就是这些东西了：忙碌、变化，还有每天早上起来都有新鲜的事物。我还要去曼彻斯特、利物浦、利兹、赫尔、哈德斯菲尔德、格拉斯哥、芝加哥……总之，我要去所有已经开化的，文明的，并且充满活力的地方！"

"总之，"穆斯卡里微笑着回答说，"你是要去真正的'盗贼的乐园'吧！"

【注释】

① 但丁是意大利诗人，文艺复兴的先驱。代表作《神曲》被誉为中世纪文学巅峰之作。

② 唐璜（Don Juan）：生活在 15 世纪的西班牙贵族，他诱拐了一个少女，又谋杀了那个少女的父亲。英国诗人拜伦写了长诗《唐璜》令他举世闻名。

③ 拉丁人有广义狭义之分，狭义是指古意大利拉丁姆的古代民族，广义是指现在生活在意大利、西班牙等地的民族。

④ 英国肯特郡一座海边小城，盛产水果，景色秀丽，距离伦敦大约有 100 多英里。

⑤ 意大利科学家，发明了无线电技术，也是收音机的发明者。1909 年获得诺贝尔物理学奖。

⑥ 意大利诗人、小说家、记者、戏剧家和冒险者。代表作《玫瑰三部曲》。

⑦ 这一段暗示的是桑德罗·波提切利的作品《维纳斯的诞生》。画中象征女性与爱情的美丽，被认为是女性体格美的最高象征。

⑧ 意大利半岛的主干山脉，阿尔卑斯山脉主干的南伸部分。

⑨ 以前，印第安人战胜敌人后，要剥下敌人的头皮作为战利品。

⑩ 英国坎布里亚山脉的最高山峰，英国著名游览区。

⑪ 苏格兰著名的高山风景区，位于苏格兰西部的高地上。

⑫ 位于英格兰英吉利海峡岸边，是英国最高的海岸悬崖。

⑬ 又名叫作小加图，以区别他曾祖父老加图，罗马共和国末期非常著名的政治家和演说家。最后共和国失败，他不愿屈服于凯撒的统治，选择了自杀。

◇ 希尔施博士的决斗 ◇

　　莫里斯·布兰先生和阿尔芒·阿马尼亚克先生正在阳光的照耀下漫步走过香榭丽舍大街。这两个人身材不高，衣着得体，看起来精神饱满，浑身上下都散发着欢快、自信的气息。他们还都蓄着黑色的小胡子，却好像赶时髦似的被弄成古怪的法式造型，看上去就像是粘上去的假胡子一样。布兰先生的胡须长在嘴唇下面，活像个楔子，而阿马尼亚克先生则更神奇，在他那轮廓分明的下巴上，各留了一绺黑色胡须从下巴顶端的两侧延伸出来。他们都是年轻的无神论者，虽然他们在思想上可能显得有些保守古板，但他们的舌头可是灵活善辩的，他们能从不同角度对各种问题加以清晰地阐述。而伟大的科学家、政论家和伦理学家希尔施博士正是他们的老师。

　　布兰先生曾经因为一项提议而名声大噪，他竟提议将所有的法语经典作品中常用的词"Adieu"给抹去，还想要对每个在现实生活里使用该词的家伙处以小额罚款。他觉得"这样一来，你的耳朵就不会再被臆想出来的上帝之名整天骚扰了"[1]。阿马尼亚克先生则一心投身于反对军国主义。他期望能把《马赛曲》中的"Aux armes，citoyens"（"武装起来，公民们"）修改为"Aux greves，citoyens"（"一起罢工，公民们"）。但是他的反军国主义的主张有种法国人独有的古怪体现。有一位很有钱的知名英国贵格会[2]教徒曾来找过他，和他一起探讨在全球裁军的问题，但他对于阿马尼亚克所给出的建议深感失望，因为阿马尼亚克认为，裁军首先需要让士兵把他们的长官打死。

　　确实，从他们的这些表现来看，这两位年轻先生和他们在哲学上的导师和前辈比起来差异很大。希尔施博士虽然是在法国出生，而且一直是受到他所欣赏的法式教育的熏陶培养，但是在个人气质上却完全是另一种类型的。他的性情温和，善于想象，且心地善良，尽管他拥有怀疑论的思想系统，但也有对先验主义的一些认同。总的来看，虽然他是个法国人，但他看起来更像是个德国人。虽然看上去他深受法国人的爱戴，但其实在潜意识里，这些法国人大为不满他如此温和地争取和平的表现。不过在整个欧洲，在相关圈子里的人们看来，保罗·希尔施简直是个科学圣徒。他有宏伟而沉勇的世界观，并向世人展示了他犹如苦行僧般的生活和纯真的略嫌刻板的品德。博士对达尔文和托尔斯泰的一些观点和立场兼容并包，但他既不是一个支持无政府主义的人，也不是一个反爱国主义者，对于裁减军备的问题，他坚持主张循序渐进的温和立场。对于一些化学制品的研发活动，共和国政府相当信任和支持他。他最新发明了一种不会发出声音的炸药，政府将其视为机密，并严加保密。

博士的住所建在一条环境优雅别致的街道上。而这条街道距离爱丽舍宫不远，仲夏时节，街道附近郁郁葱葱，简直像是一座公园。一排栗子树沿街伫立，浓荫蔽日，浓密的树荫只在一处被打断，有一个规模颇大的临街咖啡馆建在那儿。而咖啡馆的斜对面正巧是博士的住宅，博士的房子装着白绿相间的百叶窗，还有横贯二楼的绿色铁艺阳台。庭院的入口正在阳台的下方，有丛生的灌木种在瓷砖铺成的小道两旁，看起来生机勃勃。布兰和阿马尼亚克高兴地交谈着，一同走进了庭院。

博士的老仆人西蒙出来开了门，他戴着一副眼镜，穿着一身笔挺的黑色西服，头发灰白，看起来一副深藏不露的样子，常常被不熟悉的人误以为他就是个博士。其实，他确实更符合大众心中博士的样子。与之相比，希尔施博士看起来就太不像了，他的身材看上去犹如一个分义的萝卜，不过由于他圆圆的大脑袋更显眼，这才使得人们转移了视线，不再关注他的身材。西蒙一脸严肃地将一封信递给阿马尼亚克先生，看起来就像一位老医师对待药方那样郑重。阿马尼亚克先生却像法国人那样的急躁，他马上撕开信封，快速地翻看起纸上的内容：

"我不能下楼和你们见面。这所房子里有一个我不想见到的人。一个叫迪博斯克的沙文主义③军官，他正坐在楼梯上。他冲着其他房间里家具乱踢一气；我只好待在正对着咖啡馆的书房里并锁上门。如果你们还支持我，请到对面的咖啡馆，去找个露天的桌子坐下稍等，我等会儿会想办法叫他过去。希望你们能回答他的问题，帮我应付他。我本人不适合见他，我也不愿意见他。

又将发生一个德雷富斯案④。

P. 希尔施"

阿马尼亚克看了看布兰。布兰拿过信，读完后，他又看了看阿马尼亚克。随后，他俩快步走到对面一张在栗子树下的小桌子那里，两人各点了一大杯绿绿的苦艾酒。确实，无论什么季节什么地方都可以喝这种酒。咖啡馆里人不多，不远处的一张桌边有个独自喝咖啡的军人，还有一张桌旁，有个喝着小杯果汁的大个子，身边还有个什么都没喝的教士。

布兰假装咳嗽了一声，然后说："现在，我们必须得尽力帮助老师，不过——"

他戛然而止，两人沉默了片刻，阿马尼亚克说道："老师不愿见那个人肯定有他的苦衷的，但是——"

他们还未有机会将自己的话说完，就见那个闯入博士家的人从对面的屋内被轰赶出来。拱形门廊之下的灌木在阳光的阴影下缓缓地摇晃着，突然间，便分向两处。那位不招人喜欢的客人如同炮弹一般，被轰然发射而出。

他的模样看起来有些像提洛尔人，戴着一顶提洛尔毡帽⑤，长得很健壮。他那留着小平头发型的一头黑发，看起来就像从发际处生硬地梳向后面，勾勒出他那方方正正的硬脑壳；他的一副褐色面孔就像个坚果似的，那一双栗色眼睛露出焦虑不安的神色；他还蓄着像野牛角似的浓密的黑色八字胡。一般来说，应该只有粗壮的脖颈才能支撑这样一颗大脑袋，可他却用一条又长又大的杂色围巾从脖子连耳朵包得严严实实，围巾从胸前垂下来，又被塞进夹克衫里，看起来犹如穿了件风格怪异的背心。围巾的颜色是混杂着暗红、暗黄和紫色，看起来死气沉沉的，有可能是来自东欧的物产。他肩膀很宽，下身的两条腿穿着齐膝马裤和针织长袜，显得匀称、敏捷。这一身搭配令这人身上散发出一股子缺乏文明和教养的气息，他看起来像个匈牙利的土财主，而不是法国军官。但从他那地道的法国腔就可以听得出来，他肯定是个法国人，他刚被赶出来就站在拱门那里朝街上大声叫喊，"这里还有没有法国人？"那一副法兰西爱国人士的慷慨激昂的模样显得十分荒唐。

阿马尼亚克和布兰听到他的喊声就站了起来，可还是慢了一点。街头巷尾的不少人都朝这边走了过来，很快就聚集了一群人。迪博斯克表现出的对街头政治运动的敏感，真是法国人所特有的，他很快跳上咖啡馆一角的桌子，伸手抓住一根树枝稳住了身子，然后就像当年卡米耶·德穆兰⑥向大众散发橡树叶帽徽呼吁他们造反时那样，开始对着听众大声疾呼。

"法兰西的公民们，"他开始滔滔不绝地讲演，"我本来没有资格呼吁你们。但现在我能在此发言，都是上天的帮助。在肮脏的议事厅里，那些家伙不仅学会了如何为自己发言，还学会了如何沉默——正如同现在藏在对面房子里的那个卖国者所做的那样。不管我怎样拍打他的房门，他都不回答我！尽管我的声音隔着一条街都能听到，他却只会藏在房间里瑟瑟发抖，他现在依然不说话。噢，这些政客们啊，他们也能由沉默变得善辩。但现在，我们这些没有发言权的人的机会已经来临，我们必须发声。国家被卖国者出卖给了普鲁士人。就在之前，被那个家伙出卖了。我是朱尔·迪博斯克，是驻贝尔福的炮兵上校。就在昨天，我们逮捕了一名德国间谍，就在孚日山里，我们搜出了一张纸条，现在它就拿在我手上。他们本想这事能不为人知；不过我拿着这张证据，直接来找写它的人了——就是那个人！对面房子里的那个！这纸条上面有他的签名，是他亲手写的。纸条上记的是如何得到无声炸药的国家机密。希尔施才发明了无声炸药，然后又写了这张纸条。纸条是在德国人的口袋里搜出来的，还是用德语写的。纸条上面写着：'给那个人说，陆军部秘书办公桌右边柜子的第一个抽屉里有一个灰信封，用红墨水写的，炸药配方就在里面。叫他小心一点。——P.H.'"

他毫不停歇地一口气说出成串的短句。在旁人看来，要么一切就如同他所说的那样，要么他就是个疯子。这里的那些人大部分是民族主义者，他们纷纷开始聚集起来，并发出威胁的叫喊声。以阿马尼亚克和布兰为主的几个知识分子对那些民族主义者的非理性感到有些愤怒，不过这只会刺激到大多数人，反而让他们变得更加激动。

"如果那是军事机密，为什么你还在大街上大喊大叫？"布兰大声地质问迪博斯克。

"为什么？我现在就可以告诉你！"在众人的一片吵闹声中，迪博斯克大声说道，"我光明正大、心平气和地来找这个人。如果他能够告诉我他这样做的道理，我绝对会保密然后离开。但他没有给我任何解释。反而让我到咖啡馆去找两个陌生人。我被他赶了出来，但我有巴黎人民做后盾，我还要回到那里去。"

人群中有人叫喊一声，向房子扔了两块石头，阳台上的窗玻璃被砸碎了。愤怒的上校又一次冲进了拱门里，房子里传来的阵阵喊声和怒吼外面都能听见。人们聚集起来，如潮水般涌到卖国者的家门前，爬上栏杆和台阶，眼瞅着巴士底监狱被巴黎市民攻占的那一幕就要重演。就在这时，刚刚被砸碎玻璃的落地窗打开了，希尔施博士站在了阳台上。片刻间，刚才还义愤填膺的人群几乎都笑了起来，因为博士的形象看起来非常滑稽，尤其在这种场面中。

他那塌肩膀配着他那光秃秃的长脖子，像是一个香槟酒瓶，不过这还算是好的。他身上的外套毫无生气地耷拉着，看起来就像挂在衣帽钩上一样；长长的红发乱七八糟的，面颊和下巴上的胡须连在一起，犹如一团杂草，但嘴巴周边却一点胡子都没有，怎么看都别扭。他的脸色也不好，还戴着一副蓝色的眼镜。

希尔施博士铁青着脸，说话时态度很果决，但也显露着些许拘谨，他还没说三句话，骚动的人群很快就安静了下来。

"……现在，我只告诉你们两件事情。第一件事我想对我的敌人说，第二件事我想对我的朋友说。对敌人我想告诉你们：我是绝对不会见迪博斯克的，即便他站在屋外大吼大叫。还有，我让他去找另外两个人。为什么？我告诉你们！因为我不想也绝不会见他，因为见他有违我的原则，也有损我的尊严。就让法庭来证明我的清白吧，但现在，我作为一名绅士，我要和他决斗，因为这位先生欠我一次公断，现在我要把他介绍给我的副手，——"

阿马尼亚克和布兰把他们的帽子摘下来拼命挥动着，博士随后说的几句话被人群发出的欢呼和喝彩淹没了，甚至博士的敌人们也为这意想不到的挑战而欢呼。不过他们还是听到了博士剩下的话："我想要告诉朋友的是，一个文明高尚的人必会自我控制，并以此为限。我个人喜爱的武器是智慧，但作为人类，指导我们行为的准则，又难免受到物质世界和遗传因素的拖累。我出版的作品很成功，我描述的理论很完善，但在政治上法国人却给我极大的歧视，并且还有人想对我进行人身攻击。像克列孟梭⑦和德鲁莱德⑧那样说话，我是做不到的，他们说话硬气，是因为他们手里有枪。既然，法国人对于决斗就像英国人对于运动那样热爱。我也只好入乡随俗，按照法国的规则来答复：我只好参加这次野蛮之举，之后才能重回理性，好好过完我的余生。"

迪博斯克上校很快从人群中走了出来，他对博士的回应感到很满意。这时人群中又有两个人走出来，自愿出来帮助迪博斯克上校。这两人中有一个人是那个独自坐在一旁喝咖啡的普通军人，"先生，我愿做你的助手。我是瓦洛涅公爵。"他简单地说道。另一个人是那个大个子，刚开始他的牧师朋友还试图要劝阻他，可没有成功便独自走开了。

进入深夜以后，人们便开始于查理曼咖啡馆的后屋品用清简的晚餐。虽说没有玻璃顶棚亦或是被镀成了金黄色的天花板，不过，客人们大多都坐在参差不齐却暗沉寂静的树荫之下，树荫四周和餐桌之间摆满了花草树木，人们仿佛进入了令人眼花缭乱、处处清幽的小果园一般。在中间的一张桌子旁，一个身形矮胖的教士独自一人坐在那里，非常专心地吃着面前的一盘闪着银光的小鱼。他在日常的生活里，喜欢简简单单的节制，不过有的时候，也非常喜欢这种偶尔为之、不期而遇的奢华享受。他是一个生活很有节制的品尝美食家，两只眼睛紧紧地盯着那个盘子，盘子边上整整齐齐地摆满了红辣椒、柠檬、黑面包、黄油等好多佐餐调料。就在他正专心地只顾着大饱口福的时候，一个身形高大的影子飘然落在桌上，就看到他的朋友弗朗博坐在他的对面，看起来非常沮丧。

"大概我不能再掺和这件事儿了，"他心情沉闷地说，"我是一直站在像迪博斯克这类的法国军人一边的，并且，极其反对像希尔施这样的法国无神论者。不过，在这件事上我们确实犯了错。我和公爵都觉得，最好还是先提前调查一下迪博斯克所提出的指控吧。我必须承认，好在我们现在这样做了。"

"这么说，那张纸条不是真的？"神父好奇地问道。

"最让人奇怪的恰恰是这个，"弗朗博回道，"那张纸条的确很像希尔施下笔的痕迹，没有人能看出有什么疏漏。不过，它并不是希尔施写的。如果，他是一个忠贞爱国的法国人，他是不会写这张纸条的，因为这个提供的情报是写给德国人的。如果，他是一个德国的间谍的话，他也绝不会写这张纸条，哦——

是由于纸条没有给德国人提供一点儿有价值的情报。"

"你的意思是。这些情报都是错的？"布朗神父问道。

"对，是错的，"弗朗博回道，"而且刚好是错在希尔施博士本能写对的地方，也就是说，他的那个秘密配方是和他自己办公室的准确位置相关的。希尔施和与那有联系的部门对我们大开方便之门，同意我和公爵去仔细查看那个秘密的抽屉，那是希尔施在陆军部用来保管配方的。除了发明者本人和陆军部长之外，现在只有我们俩知晓这个秘密。不过，至于陆军部长为什么会这样做，不过是为了阻挡希尔施去参加决斗罢了。不过如果真是如此的话，假如可以证明迪博斯克的指控不是真的，我们就可以不再继续支持他了。"

"不是真的吗？"布朗神父问。

"没错，是假的，"他的朋友神情沮丧地说，"那纸条是一个什么都不知道的人瞎编的。纸条上写的是，文件被存放在了秘书办公桌右边的小柜子里。其实，那个存放了秘密的抽屉柜子在办公桌左边稍远些的位置。纸条上还提到说，一份用红墨水写的长文件装在灰色信封里。可实际上，那份文件不是用红墨水写的，而是很平常的黑墨水。这份文件只有希尔施知道。显然，希尔施很了解那份文件的情况，绝不会犯这种低智商的错误。另外，他误导了一个外国的窃贼去找一个根本就不对的抽屉，难道能说他是在帮忙吗？这实在是太荒谬了。我想我们必须立刻停止了，并向希尔施道歉。"

布朗神父似乎在想些什么，他用叉子叉起一条银色的小鱼。"你可以确定灰色信封是在左边的这个柜子里吗？"他谨慎地问道。

"绝对不会错的，"弗朗博回道，"那个灰色的信封——实际上是白色的——它是在——"

布朗神父放下了小银鱼和叉子，眼睛直直地瞪着坐在对面的同伴。"你说什么？"当他继续坚持追问的时候，连说话的声调都不觉间变了。

"嗯，怎么了？"弗朗博又重复说了一句，心情愉悦地吃着。

"并不是灰色的，"神父说，"弗朗博，你刚才着实吓了我一大跳。"

"我又怎么把你吓到了？"

"我是被你说的白色信封吓到的，"布朗神父严肃地答道，"如果真是灰色的更好！真是该死，它最好是灰色的。不过要真的是白色的话，这件事就真是糟糕透顶了。就怕博士在玩火自焚。"

"可是我和你说过啊，他不会写这种纸条的！"弗朗博喊道，"纸条上写的根本不符合事实。不论希尔施博士无辜还是有罪，他完全清楚这些事实。"

"写纸条的人知道所有的真相，"神父冷静地分析道，"否则的话，他不会错得这么精确。你需要知道很多，才能不在每一个方面都犯错——因为能处处都错并不简单。"

"你的意思是说——？"

"我是说一个人偶然撒谎的话，他的谎言里会含有些真实的成分，"布朗神父信誓旦旦地说，"如果有人让你去找一幢房子，还告诉你说，它有着绿色的大门，蓝色的百叶窗，有个前花园，不过，后花园我没有的，养了一只狗但是没有猫，住在其中的人只喝咖啡，不喝茶。如果你没找到这个房子，你肯定说它根本就不存在。不过我要反驳你。我说如果你找到了一幢房子，它的门是蓝色的，百叶窗是绿色的，有后花园，不过没有前花园，哪里都有猫，但是狗一露头便会被射杀，人们大量喝茶却不被允许喝咖啡，那么你就会知道，你终于找到了那幢房子。因为只有那个人对这幢房子的所有都了如指掌，他才会描述得完全相反。"

"那这能意味着什么呢？"弗朗博紧接着追问道。

"我还没有想出来，"布朗说，"我对希尔施这事一点儿都不了解。假如说，只是左抽屉被写成了右抽屉，黑墨水被写成了红墨水，那么，就像你所说的，我觉得那只是伪造者粗心大意，给写错了。不过事情再错也不该超过三次，'三'是个非常奇妙的数字，它可以结束所有的东西。它让这件案子露出了马脚。抽屉的位置、墨水的颜色、信封的颜色，哪怕一个都没有蒙对，这就绝不是巧合了。绝不是。"

"那能是什么呢？叛国罪吗？"弗朗博问过后，又继续吃自己的饭。

"我也不知道，"布朗神父茫然地说，"我能想到的只有……嗯，我一直都搞不清楚德雷富斯案件。我总可以从道德的角度分析一些事，这比其他方面更简单些。你也清楚我，我可以通过察言观色去判断一个人的状况，他的家庭是不是幸福的，他喜欢着什么，又不喜欢什么等。但是，在德雷富斯案件上，我实在感到束手无策，让我迷茫的并不是双方都做了非常骇人的事，我晓得（即使现在还不流行这么说），即便身处高位，人的本性还是如此，永远不变，依旧能够像钦契⑨或博尔吉亚⑩那样百般作恶。不——，让我困惑的反而是两派表现出的诚实。我指的不是政治党派；普通民众总是保持着淳朴的诚实，经常被愚弄。我指的是这个案件的参与者。我指的是那些阴谋策划者，如果他们真是阴谋家的话。那个卖国者，如果他真是个卖国者的话。我要说的是那些肯定知道事实真相的人。如今德雷富斯依然认定自己含冤，而法国的政治家和军人们则仍然认为德雷富斯并不冤，本来就是个坏人。我并没有说他们是对的，只是说他们表现得好像自己很确定。我说不清楚这些事，但我知道自己想要说什么。"

"希望我能明白吧，"弗朗博说，"不过，这件事和希尔施有什么联系吗？"

"你可以想想看，假如说是一个足够令人信任的人，"神父继续说道，"开始向敌人提供情报，因为那并不是假的情报；假如他甚至觉得自己是在通过误导外国人的方式拯救他的国家；假定这使他打入了间谍圈子，且没人给他提供经费，跟任何人都没有牵连；假定他一直处于这种矛盾、混乱的境地，从不将真情报出卖给敌人，只是让他们不断去猜测。他善的一面，如果还有的话，会说：'我没有帮助敌人，我说的是左边抽屉。'而恶的一面则会说：'但他们也许能察觉其实我说的是右边。'我想这从心理学的角度是说得通的。我们毕竟生活在一个开化的时代，你该明白我是什么意思。"

"如果从心理学的方面来讲，大概是有可能的，"弗朗博回道，"况且，这肯定可以解释为什么德雷富斯觉得自己是冤枉的，而法官们坚决地认为他有罪。不过，历史是无法改变的，原因是德雷富斯的情报（假如确实出自他手）从字面上来看是正确的。"

"我心里所想的，其实不是德雷富斯。"布朗神父说。

他们身边早已没有人了，空气重新变得寂静。天色渐渐暗了下来，不过，阳光依旧清晰可见，仿佛是不小心被枝叶缠住了一般，难以脱身。在一片寂静中，弗朗博突然挪动了一下椅子，发出了震耳欲聋的响声，他把胳膊肘散散地搭在椅背上，喘着粗气说道："噢，假如说，希尔施真的是一个胆怯的卖国者的话……"

"你不可以这么苛刻地对待他们，"布朗神父和善地说道，"这不全是他们的错处；不过，他们缺乏直觉。我的意思是说，是那种能够让一个女人拒绝和某个男士跳舞，亦或是一个男人避免某种投资的那种直觉。人们一直受到这样的教诲：所有的事情都要谨慎地把握好分寸。"

"无论如何，"弗朗博非常急躁地大叫起来，"这种人一点儿也不值得和我的决斗者放在一起相比较，并且，我要有始有终，等我办完这些事儿。迪博斯克大概会变得有些疯狂，不过，他也算是个爱国者了。"

布朗神父接着吃他的小银鱼。

他吃小银鱼的时候，脸上所表现出的那种无所谓的样子，让弗朗博忍不住又一次打量起布朗神父来，那双圆圆的黑眼珠里仿佛要冒出了火一般。"你到底是怎么了吗？"弗朗博丝毫也不停歇地追问道，"迪博斯克是一个热爱祖国的人，你这是在怀疑他吗？"

"朋友啊，"神父略带绝望地放下刀叉，"我怀疑一切，我是说怀疑今天发生的一切。虽然我目睹了整个过程，不过，我心里很怀疑这所有发生的一切。我怀疑从今天早上开始，我的眼睛所看到的一切了。这个案子和平常的刑事案件完全不同。在一般的案件里，一个人大概总会有些是在撒谎的，另一个人也至少会说些真话，可是我现在看到的这两个人……好吧，我已经把我能想到的，能使任何人满意的解释告诉给你了。但它无法令我满意。"

"我也不满意。"弗朗博皱着眉头回道。而神父则是一副你自己看着办的样子，继续吃他的鱼。"如果你只能提出那张纸条上的内容是正话反说，我把它当成绝顶聪明，但……嗯，你叫它什么呢？"弗朗博问道。

"我该说它无法令人信服，"神父马上答道，"我该说它绝对无法令人信服。但正是这一点让整件事显得很奇特。它像是个小学生撒的谎。这里只有三种解释：迪博斯克的、希尔施的，还有我想象的。这纸条或者是一个法国军官为了诋毁法国官员写的；或者是一个法国官员为了帮助德国军官写的；或者是一个法国官员为了误导德国军官写的。好吧，你会觉得，在不管是政府官员还是军官之类的人中间传递的这张秘密纸条，总该有些不一样的吧。你会想：这其中或许隐藏着暗语，必定存在含义不明的缩略词；很可能会有些严谨的科学或专业术语。但这个纸条的内容却是经过刻意斟酌，内容显而易见，一目了然：简直是'此地无银三百两'，它就像是……就像是故意要让你一眼看透似的。"

他们还没来得及细想，一个穿法国军服的矮个子像一阵风似的来到他们桌前，一屁股坐了下来。

"我有个令人惊骇的消息，"瓦洛涅公爵说，"我刚刚从上校那里来。他正准备收拾行李离开这个国度，他请我们去现场代替他给大家道歉。"

"你刚才说什么？"弗朗博叫了起来，开始疑心自己的耳朵出了毛病——"去替他道歉？"

"没错，"公爵语气生硬地说，"当着所有人的面，就在宝剑本该出鞘的时候。你和我必须去替他道歉，而他已然出国。"

"这是什么意思？"弗朗博喊道，"他不应该怕那个小个子希尔施的！真是该死，糟糕透顶！"弗朗博虽然非常生气，不过并没有失态，"谁都不该怕希尔施！"

"我想这一定是一个阴谋，"瓦洛涅忿忿地说道，"这肯定是犹太人和共济会[①]的人搞下的阴谋。他们想通过这个提高希尔施的名望——"

布朗神父的表情平静如常，但表现出莫名其妙的满足。他的表情有时显得很无知，有时又散发着睿智。但在愚笨面具脱落并转换成睿智面具的那个瞬间，总会有一道光亮闪过，弗朗博非常了解他的朋友，知道布朗神父此时已恍然大悟了。布朗神父什么都没说，只是自顾自地吃光了盘里的鱼。

"你最后见到这位尊贵的上校是在哪里？"弗朗博急躁地问。

"他在爱丽舍宫旁边的圣路易饭店附近，我们和他一起坐车去的。我告诉你了，他正在收拾行李。"

"你觉得他还会还在那里吗？"弗朗博皱着眉头，静静地望着桌子说道。

"我觉得他大概还没有离开，"公爵答道，"他如果出远门的话，要提前收拾好不少行李呢——"

"不，"布朗神父雷厉风行地说，但又倏忽站起，"这的确是一次路途很短的旅行。其实，也可以说是一次时间极其短的旅行，但如果我们坐出租车去，也许还能赶得上他。"

一路上，布朗神父不愿再多吐露一个字，出租车便直接开到了圣路易饭店旁的一个拐角处，停了下来。下了车以后，神父带着他们走进了旁边的一条小巷。暮色愈发的浓了，小巷里已经一片幽暗。当公爵几近疯狂地询问希尔施博士到底是否犯了叛国罪时，布朗神父似有若无地回道："当然不，不过是有些野心罢了——就像凯撒一样。"之后，又顺带不相干地补充道："他一个人生活，非常孤单，所有东西，都需要自己动手。"

"呃，他终于要满意了，为了他的野心。"弗朗博尖刻无比地说，"面对该死的上校终于夹着尾巴逃走这件事，我想所有的巴黎人民都会欢呼。"

"别吵得那么大声，"布朗神父低声说，"你正在诅咒的上校就在你的前面。"

另外两个人一听这话吃了一惊，连忙缩回墙边的阴影中，生怕上校看到他们。因为他们确实看到了上校的壮实的身影，只见他两只手里各提了一个包，在夜幕中一步一拖地缓慢地朝前走着。他的样子并没有太大的改变，只是裤子的样式有所改变。他把一条传统式样的长裤换成了花哨的登山运动短裤。看样子，很明显他是从旅馆偷着溜出来的。

他们跟着走进去的这条小巷似乎是什么建筑的背面，周围是漆黑一片，就像走在舞台布景的背后。小巷一侧绵延着单调无趣的一堵墙，只见那面墙的中间会偶尔出现阴暗、脏污且全都紧闭的房门；除了在此经过的流浪儿留下了一些粉笔涂鸦，它们个个都显得是那么寡然无味。只见有时能看到墙头上露出的树冠，但树冠大多是令人压抑的常青树；再往后看，在灰紫色的天幕映衬下，可以看到巴黎人居住的高楼背面长长的平台屋顶，因为那些高楼彼此的距离相当接近，所以看起来仿佛是连为一体的大理石山脉。巷子的另一侧是幽暗漆黑的公园，中间隔着高高的镀金栏杆。

弗朗博朝周围到处观望，脸上的神情有些诡异。只听他说道："你知道吗？这个地方让人感觉有些——"

"天啊！"公爵惊恐地失声叫道，"那个人消失了。就像个该死的精灵，消失得没影儿了。"

"他有钥匙。"布朗神父解释道，"他肯定是从哪扇花园门溜进去了。"正在说话之间，众人便听见他们前面有个木门"咔嗒"一声关上了。

弗朗博急急忙忙地赶到近前，想看个究竟。只见那门几乎是当着他的面关上的。他在门口静静地站了好一会儿，心中是既好奇又恼怒。只见他不停地捻着他的黑色八字胡。神色是如此的焦虑不安。等了一会儿以后，只见他伸长胳膊，如猴子般嗖地一下翻上了墙头，他静静地站在那里，在紫色夜空的映衬下，犹如黑乎乎的树冠。

公爵看着神父，接着说道："迪博斯克的逃跑计划比我们预想的复杂得多，但我想他正准备逃离法国。"

"他要逃离人间。"布朗神父接着回答道。

听了这话，瓦洛涅的眼睛一亮，但声音却沉了下去，说道："你是说他会自杀？"

"他不会让你找到他的尸体的。"神父笃定地答道。

此刻正在墙头上的弗朗博发出一声惊呼。只听他用法语说道："天啊！我认出这地方了！这就是老希尔施家后面的那条街。我觉得我能认出一个人的背影，也能认出一幢房子的背面。"

"这么说迪博斯克真进去了！"公爵兴奋地使劲拍着屁股叫道，"那！他们终究是要见面的！"他突然爆发出法国人的那股活力，快速又麻利地跃上墙头，就坐在弗朗博身边，兴奋无比地踢着腿。然而神父只能独自留在下面，静静地倚着墙，背对着将要上演一出好戏的剧场。他若有所思地望向远处的公园围篱和暮光下隐现的小树林，心中不知道在想些什么。

公爵觉得很刺激，他就想大大方方地观察那栋房子，而不是采用偷窥的方式。但弗朗博却和他不一样。此时此刻的他，早已从墙头纵身一跃跳到一棵枝杈横生的树上，这样他就可以顺着一根树杈匍匐着接近一扇窗子。只因，那里是这座高大的房子黑黢黢的背面唯一透出灯光的地方。他想去探个究竟。虽然红色的窗帘早已拉下，但有一边没完全垂下，露出一个缺口。正好方便偷窥。只见弗朗博冒险沿着一根树枝爬过去，几乎爬到了树枝的末端。他竭尽全力地伸长脖子透过那个缺口朝里看，只见迪博斯克上校此时此刻正在明亮豪华的卧室里走来走去，似乎非常不安。然而此刻的弗朗博虽然离房子很近，但他仍然可以听见同伴在墙那边说的话，并清楚地低声重复一遍。

"是啊，他们终于要见面了！"

布朗神父说道："他们永远也不会见面！希尔施说得对，像这样的事情，此时此刻决斗者双方是绝对不能见面的。你读过亨利·詹姆斯⑫那篇奇特的心理小说吗？里面讲述的是，有两个人总是阴差阳错地与对方失之交臂，这使俩人都开始害怕对方，认为这是命中注定的。而现在我们这个故事就属于那种情形，只是更令人感觉诡异和不安罢了。"

只见瓦洛涅公爵恶狠狠地说："在整个巴黎，有人能治好他们这种妄想症，如果我们能够抓住他们，逼着他们决斗，他们就不得不见面了。"

神父肯定地回复说："哪怕是在审判日⑬，他们也不会见面的，即便是万能的主举起权杖，发出了开始战斗的指令，就算圣弥额尔⑭吹响了战斗的号角，即使到那时，他们其中一人已经站在那里，开始迎战了，另一个还是不会来的。"

此时此刻只听公爵不耐烦地说道："哎，这也太神乎其神啦，他们为什么就不能像正常人一样见面呢？"

只见布朗神父脸上挂着诡异的微笑，接着说道："他们是彼此的反面，是相互对立的矛盾体，也可以说，他们会相互取代。"

他继续盯着对面越来越黑的树林，心中不知道在想些什么。弗朗博抑制不住地发出了一声惊呼，听到声音，瓦洛涅一下子扭过头去。而此时，一直朝着亮灯的那个房间张望的弗朗博，正好看到上校走进房间，朝前走了一两步，开始脱掉外套，似乎正准备休息。这时，弗朗博脑子里冒出的第一个念头是：真的要发生决斗了，但他却又很快改变了想法。迪博斯克脱下外套，露出并不坚实、宽阔的胸膛和肩膀。看上去，只穿着衬衣和长裤的他是瘦小的。这时的他穿过卧室，朝卫生间走去，除了要洗漱，看不出一点儿要决斗的样子。他弯腰洗脸，用毛巾擦干湿漉漉的手和脸，重新转过身来，明亮的灯光照在了他的脸上。明亮的灯光使得他原本棕色的面孔不见了，浓密的八字黑须也不见了。呈现在大家面前的，是一张刮得干干净净、苍白的脸。除了那双鹰隼般锐利的褐色眼睛还显得炯炯有神外，浑身上下丝毫看不到上校的影子。这时墙下的布朗神父仍然沉浸在苦思冥想中，似乎在自言自语：

"事实正如我对弗朗博说过的那样。这些对立面根本就不会成立。因为它们不会有冲突。如果双方非黑即白，不是固体就是液体，诸如此类的方面统统相反——那么一定有什么地方出问题了。这两个人，一个金发，另一个黑发；一个矮胖，另一个则显得瘦削；一个强壮，另一个非常虚弱。一个有八字须但没有山羊胡，因此你根本看不见他的嘴唇；另一个有山羊胡但没有八字须，因此你看不到他的下巴。一个人剃短了头发，却用围巾裹住他的脖子；另一个人穿着低领衬衫，却留有一头长发。凡此种种的对应关系实在是不合常理，这里面一定存在问题。如此截然相反的两个人不可能发生争吵的情况。无论何时何地，一个亮相，另一个就消失不见了。两者的关系就如一个是面孔，另一个是面具；一个是锁，另一个是钥匙般……"

此时此刻的弗朗博脸色煞白，凝视着屋里。只见房间主人背对着他站在一面镜子前，不知道心里在想些什么。他已经在脸上贴好了一圈茂密的红色的头发，只见那圈红发歪歪扭扭地从头上垂下来，紧贴着他的下巴，只露出带着讥讽意味的嘴，一切显得如此滑稽和不协调。这时的他，看到镜中反射着一张苍白的脸，像犹大一样狞笑着，地狱之火在他周边熊熊燃烧。面对眼前的景象，弗朗博不由得心头一紧，不知在想些什么。他看到一双全是凶光的红褐色眼睛，随即又被一副蓝色眼镜遮住了。只见他披上一件宽松的黑色外套，朝房前走去，很快便消失不见了。不一会儿，就听见对面街上传来一阵欢呼声，宣告的是，希尔施博士又一次出现在阳台上。

【注释】

① 在法语中，Adieu（再见或永别之意）一词可以被拆成 A 和 Dieu，Dieu 的意思是"上帝"，因此有这个说法。

② 贵格会（Quaker）：基督教派，又叫作公谊会亦或是教友派，它成立于 17 世纪的英国，因一名早期领袖的号诫"听到上帝的话而发抖"而得名，中文的翻译是"震颤的人"。该派不尊称所有人也并不要求别人尊称自己，不起誓；反对所有形式的战争与暴力，倡导和平主义和宗教自由。

③ 沙文主义者（Chauvinist）：意味着极端、狂热的爱国主义者。传说拿破仑手下一名士兵尼古拉·沙文（Nicolas Chauvin），因为得到了军功章而对拿破仑感激不尽，盲目崇拜拿破仑凭借强大的军事力量来征服其他民族的政策，也指狂傲自大，极端民族主义者。

④ 阿尔弗雷德·德雷富斯（Alfred Dreyfus，1859～1935 年）：法国军队的一名犹太军官。1894 年 9 月，他被指控泄密，是向德国出卖新式武器的秘密。受当时军界排犹主义影响，被军事法庭判处了终身监禁。多年后才被证实是一桩冤案，以作家左拉为首的社会各界人士纷纷要求为他平反，由此引发了社会各界的大讨论。重审案件之后，军事法庭仍然判处其有罪，不过刑期由之前的终身监禁减为 10 年，总统特别下令赦免其罪。1906 年，最高法院最终判定，德雷福斯无罪。

⑤ 提洛尔帽（Tyrolean hat）：或称"巴伐利亚帽"、"阿尔卑斯帽"。以毛毡制作，形状为尖头帽顶，前低后高的帽沿缀以羽毛等装饰品。源自阿尔卑斯山区的提洛尔人（Tyrolean）。

⑥ 卡米耶·德穆兰（Camille Desmoulins，1760 年 3 月 2 日～1794 年 4 月 15 日）：

法国记者、政治家。1789 年 7 月 12 日，德穆兰站在巴黎的一间咖啡馆外的桌子上，向人们宣布了改革者雅克·内克尔被国王路易十六解职的消息，呼吁人们"准备战斗，戴上帽徽以便可以相互辨认"。他主办的期刊和撰写的小册子在大革命期间颇有影响。大革命后期，他与罗伯斯庇尔产生分歧，被送上断头台。

⑦ 乔治·克列孟梭（Georges Clemenceau，1841 年 9 月 28 日～1929 年 11 月 24 日）：一位法国的政治家、新闻记者、第三共和国总理。曾经促成了凡尔赛合约的签订。

⑧ 保罗·德鲁莱德（Paul Deroulede，1846 年 9 月 2 日～ 1914 年 1 月 30 日）：一位法国政治家与诗人。

⑨ 钦契（Cenci）：意大利人，16 世纪末的一位伯爵。他残忍地害死儿子，强暴自己的女儿，却依旧逍遥法外，最终被女儿所雇用的刺客杀死。他的女儿最终由于杀父被处以绞刑。雪莱凭借这个为题材，创作了《钦契一家》（1819 年）。

⑩ 波吉亚（Borgia）：又被译作"博尔吉亚"、"博尔吉"亦或是"博尔贾"。这里是指 15 世纪和 16 世纪影响整个欧洲的西班牙裔意大利贵族家族，特别是笼罩在钱财、阴谋、毒药和乱伦阴影中的教宗亚历山大六世以及他的子女。亚历山大六世本名叫作罗德里戈·波吉亚（Rodrigo Borgia，1431 ～ 1503 年），于 1456 年取得红衣主教之职，并于 1492 年由于贿选得任教宗。他行为放肆不羁、残忍得不择手段，被看作是文艺复兴时期教廷最腐败堕落的象征，行为最放荡和不择手段的教宗，他疯狂聚敛财富，公然违反教义，私自圈养情妇还生下了 4 个孩子。1503 年，在罗马死去，传说是由于吃了被下毒的苹果而死。

⑪ 共济会（Freemasonry）：又叫作"美生会"，表面意义是自由石匠工会。在古代是对建筑技艺保守秘密的石匠行业协会。现代共济会在 1717 年 6 月 24 日于英国伦敦成立，是现在世界上最庞大、富有宗教色彩的秘密组织。它主张博爱与慈善思想、美德精神，追寻完美的生存意义。会员必须是有神论者，相信存在一个遥远、至高的和不为人所知晓的独一个体神格观念。

⑫ 亨利·詹姆斯（Henry James，1843 年 4 月 15 日～ 1916 年 2 月 28 日）：英国及美国的作家。开创了心理分析小说的先河。代表作有长篇小说《一个美国人》、《贵妇的画像》等。

⑬ 审判日（Judgment Day）：又被译成是"最后的审判"亦或是"大审判"，这是一种宗教思想，在世界末日时，神会出现，将死者重新复生，并让他们依法进行裁决，分为永生者与打入地狱者的人。

⑭ 圣弥额尔（Saint Michael）：天主教圣徒（基督教中译作"圣米迦勒"），他的意思是"谁能与天主相似"。《新约圣经》在最后一章《若望默示录》（基督教中文译名《启示录》）写下了他带领众天使把撒旦及其追随者打败的记录，被常人看作是教会的守护者。

布朗神父
探案经典

【英】切斯特顿◎著

王德民◎译

中国华侨出版社

◇ 通道里的男人 ◇

　　两个男人在同一时刻出现在一条通道的两头。这个通道是沿着伦敦阿德尔菲区的阿波罗剧院一旁建立的。这时，街上落日还散发着耀眼的光芒，发散着的余光呈现着乳白色，让人觉得有些空旷。和这明媚的天气比起来，狭窄而幽长的通道显得有些昏暗，两个人只能隐隐约约地看到对方的轮廓。虽然他们只是看到对面那黑漆漆的剪影，但是都已经认出来对方的身份。因为他们的体形特征都十分突出，并且互相不对盘。

　　这个遮着顶的通道一边通向的是阿德尔菲的一条陡街，而另一边则是通向泰晤士河河畔阶地的平台上，俯瞰落日照耀下的泰晤士河。通道中一面是光秃秃的墙，紧靠着它的建筑原本是老旧的剧院餐厅，但是由于经营问题已经关门大吉了。另一面墙上有两扇门，刚好在通道的两端，但是这两道门都不是人们一般说的剧院后门，而是一个特别隐蔽的剧院后门，专门为一些特殊的演员提供便利。这天，它们用来专门让那些表演莎士比亚戏剧的明星演员们进出。知名演员们大多数都喜欢类似这种专门的出入口，方便他们约见或者是避开一些朋友。

　　我们要说的这两个男人就包含在这类朋友中。他们都不慌不忙、充满自信地向着高处那个门走去，很明显他们都知道这个门的存在，并且确定门会为他们打开。但是这两个人的步伐有快有慢，从通道远处走来的那个走得比较快，这就导致他俩差不多是同时到那隐秘的后门处。他们相互彬彬有礼地致意，然后在门前等着，但是步伐较快的那个人似乎有些缺乏耐心，不想等待那么长时间，就伸出手去敲门。

　　从这方面还有其他任意的方面来看，这两个人的特点完全不同，但是也有着高低相当的成就。单从个体来说，两人都十分俊朗、能干、备受欢迎。作为公众人物来说，这两个人都是一顶一的名流。但是不管是他们的辉煌成就，还是仪表堂堂，还是存在差异，很难做出比较。只要是认识威尔逊·西摩爵士的人都明白他是个重要的人物。在各种各样有关政治以及学术的核心圈子中，总是能看到他的身影。他十分聪明，但是在 20 个平庸的委员会里工作，这些委员会多种多样，涉及各个方面，从皇家艺术院的改革，到在大英帝国实行金银复本位制的研究项目等，这一类的事情数不胜数。在艺术界，他更是一个可以呼风唤雨的大人物了。他这样的人实在是十分少见，没人可以解释清楚他究竟是一个从事艺术的伟大贵族，还是一个让贵族们颇为欣赏的伟大艺术家。但是只要你和他聊上一会儿，你就会发现，他完全影响着你人生的各个方面。

他的外表同样也十分的"出类拔萃"，既具有传统的味道又有着特别的魅力。如果说时尚方面，他戴着的高顶礼帽没有什么特别，但是的确又让人觉得与众不同，也许是稍微高了点儿，让他看起来更加挺拔了些。他瘦瘦高高的，看起来有一点驼背，但是一点儿也不会让人觉得他弱不禁风。他银灰色的头发并不显老；留着长长的头发，也没有女人气；他的卷发看上去也不是很明显。精心修整过的山羊胡让他显得更具有男子气概，英姿勃勃，就像他家中挂着的委拉斯开兹[①]肖像画里的古代海军将领一样。和绅士们在剧院和餐厅里四处击打和挥舞着的手套与手杖比起来，他的灰色手套的颜色更深一些，银头的手杖则更长一点。

另一位个头就没有那么高了，但是也不会让人觉得矮，一样健壮和俊朗。他也有着一头卷发，但是是金黄色的，剪得很短，露出了一颗结实的大脑壳。很像乔叟写的那个磨坊主说的样子，他有个适合撞开任意大门的脑袋[②]。他留着军人式的八字须，加上他那平端双肩的姿态摆明了他是个军人，但是那双尤其坦然、尖锐的蓝眼睛又给人一种他是个海员的感觉。他的脸形方正，有着看起来十分正派的下巴和肩膀，连他那件夹克看上去也方方正正的。在当时流行的漫画作品里，马克斯·比尔博姆[③]曾经把他画成了欧几里得的第四条公理，也就是"所有直角都相等"。

他也是一个公众人物，只不过成功的途径不一样。你不用是精英阶层就会听说卡特勒上尉的过往事迹。无论你走到哪儿，都可以听到人们在谈论他。有一半的明信片都印着他的肖像，一半的插图版作品里都夹杂着他的作战地图以及他参加过的战役。甚至一半的音乐厅或者是手摇风琴演出会都把称赞他的歌用来当作是转场曲目。虽然这些都只是盛行一时，但是他的名声却远远地超过了威尔逊爵士，更受大众的欢迎以及那发自内心的爱戴。在很多英国家庭中，他的声名几乎是可以和纳尔逊④相当。但是，他在英格兰所享有的权力却远远比不上威尔逊爵士。

给他们开门的是个年纪有些大的仆人，也可以称他为"化妆师"。他面容憔悴，身体虚弱，一身陈旧的黑衣，和那些女明星璀璨生辉的化妆间形成了强烈的对比，非常不和谐。化妆间中依照着不同的角度安放了很多面镜子，就像进入了一颗巨型钻石的里边，眼前有数不清的向里折射的切面。房间里还有几个透露着奢侈气息的装饰物——几束花和几个彩色的靠垫还有那些丢在一边的演出服，类似这些的东西在镜子的多重反射下充斥了整个房间，但是在那个仆人缓缓地把一面镜子向外挪动或是推到墙边的时候，镜子里的场景就跳跃变幻着反射出无限重叠的景象，就像《一千零一夜》故事里描写过的疯狂景象。

看着这个十分邋遢的化妆师，两个人异口同声地叫出了他的名字"帕金森"，并且提出要见一位叫作奥萝拉·罗梅的小姐。帕金森说她在另一个房间，但是他可以去通告一声。一丝愁云出现在两个来访者的眉间，因为那个房间是属于和罗梅小姐搭戏的那个男明星的，并且她还是那种不满足于让人欣赏她，还要让人因她燃起妒火的人。但是大约过了半分钟，化妆间的一道门开了，她走了进来。和往常一样，就算是在私底下她也要摆明星的架子。这时，房间里的安静也被她当作是欢呼声，本来她就应该受到这种待遇。女演员穿着一种奇怪的丝质服装，颜色在孔雀绿与孔雀蓝之间，泛着孩子们和美学家都为之开心的蓝色和绿色的金属感光泽。她浓密的棕红色头发勾画出一张让所有男人——特别是小男孩和中老年男性为之迷恋的妩媚面容。她和伟大的美国演员伊西多尔·布鲁诺一起，把《仲夏夜之梦》⑤表演得如诗如画，如梦如幻，突出展现了奥布朗和提泰妮娅⑥这两个人物形象，换个说法也就是布鲁诺和她自己。将自己投身于舞台上仙境似的美妙的布景里，跳着神秘曼妙的舞蹈，绿色的服装像锃亮的甲虫翅膀，所有的这些都十分高超地表现出仙后提泰妮娅很难把握的个性。但是在依然还是大白天的现实场景下，一个男人见到她的时候，只会被她的脸吸引。

她微笑着迎接着两个男人，这个笑如星辰般闪耀又让人疑惑，曾经让众多男人望而生畏，一致地决定和她保持一定的安全距离。她接过卡特勒送的鲜花，这些花热烈地开着，和他曾经获得的胜利一样有着高昂的代价。然后，她又接过威尔逊爵士满不在乎她送的另类礼物。威尔逊爵士的教养让他的举止矜持淡定，同时他又总是表现得有一些惊世脱俗，对于献花这样的俗套十分轻视。他解释说，他挑了个小玩意儿，看上去很新奇，是古希腊迈锡尼⑦时期的一把匕首，忒修斯⑧和希波吕忒⑨时代的人都有可能佩带并拥有过它。和任何展现着英雄气魄的武器相同，这把匕首也是铜制品，但是它的奇特之处是它很锋利，完全可以刺伤任何人。威尔逊爵士还说自己十分喜欢它那叶片状的刀身，就像古希腊花瓶一样，精致美妙。假如罗梅小姐看得上的话，也许在剧里会有用，他期望她会——

就在这时，里边的那扇门被一下子重重地推开，闯进来一个身材魁梧的人，他的体貌特征和正在说话的西摩大不相同，甚至超越了卡特勒上尉和西摩之间的差异。这个人就是伊西多尔·布鲁诺，身高大概是6.6英尺，膀大腰圆、四肢肌肉发达，和他的演员身份不太符合。他穿着剧中人物奥布朗需要穿的金褐色的华丽豹皮服装，就像一个野蛮神灵。他靠着一支狩猎用的长矛站在那儿，假如在舞台上挥舞起来，它看上去不过是个十分轻巧的银色魔杖而已，但是在这个狭小并且拥挤的房间中，看起来就十分刺眼，寒气逼人。他那一对儿黑亮的眼睛热切地转着，在他那古铜色英俊的脸庞上显出高高的颧骨和洁白整齐的牙，让人不由得猜想，也许他的祖上是美国南方种植园里的黑奴。

"奥萝拉，"他开口说，他浑厚的嗓音曾经打动过很多的观众，"你可不可以——"

他刚开口，便犹豫地停住了，因为在这时第 6 个人忽然出现在了这个房间的门口，这个人的样子和现在的景象反差很大，几乎是令人觉得有些诙谐可笑。这个人有些矮，穿着罗马天主教会的黑色教士服，模样看上去（尤其是在布鲁诺和奥萝拉的对比下）很像是从方舟里走出来的木制的诺亚。但是，他好像并没有觉得自己有什么不合时宜的地方，木讷却又不失礼地说："我想应该是罗梅小姐叫我过来的。"

有心的人可能会发现，正是这样不带一点情感的突然排放，反而使原本暗藏起来的情感更加的热烈。一个职业禁欲人的超脱，毫无疑问地让其他人突然发觉，他们居然是围绕在那个女人身边的一群情敌，这就和一个浑身覆盖着冰霜的陌生人走进一个房间，会让人忽然觉得原来这房间里竟然是和火炉一样暖和。一个对她毫不在意的人的出现让罗梅小姐更加强烈地感觉到其他人对她爱慕的情意，并且每个人爱慕她的方法都隐隐地含着一丝危险：男演员表现出的是露骨的欲望，如同一个野蛮人和被宠坏了的孩子一样；那个士兵展现出的是一种被意志而不是理智控制的身份纯粹的自私；威尔逊爵士则是像年纪渐长的享乐主义者一样找到新的嗜好，专注度不断增长；不但如此，那可怜的帕金森在她成名之前就已经认识了，形影不离地跑前忙后，也像忠犬似的依恋着她。

有心人还会发现一件更奇怪的事情。那个像黑色木头诺亚的人（他并不是没有一点精明的地方）发觉了这一点，正止不住地暗自发笑。显然，伟大的奥萝拉就算十分在意异性的仰慕，但是她现在也只想摆脱眼前的这些仰慕者们，方便她和并不欣赏自己——至少是欣赏的方式完全不一样的那个人单独相处。她为了达到目的采用了刚柔并济的外交手段，小个子神父对这样的方式不但很欣赏，甚至有些乐在其中。或许奥萝拉·罗梅只在一件事情上十分聪明，那就是她十分懂得人的另一半——男人的心思。神父看着她快速、准确地一一出手，让他们不得不自己选择离开，却又不会得罪任何一个人，这样的场面和拿破仑指挥的战役差不多。大个子演员布鲁诺十分孩子气，只要把他惹着了，他会立刻一气之下摔门而出。英国军官卡特勒的脑子反应迟钝，但却是个行动派，他也许对各种暗示没有反应，但是会义不容辞地听从女士的派遣。至于老西摩，她需要另想招数，只能留到最后来对付。劝他离开唯一的办法就是用老朋友的名义私下去请求他，让他明白为什么要让众人回避。当罗梅小姐一下子实现了三个目标的时候，神父对她佩服得简直是五体投地。

只见她走到卡特勒上尉面前，十分温柔地对他说："我很珍爱你送给我的花，因为它们一定是你十分喜欢的。但是你知道吗？这里面没有我很喜欢的花，这样就称不上是完美。如果你可以去街上拐角处的那个花店买一些铃兰配进去，那就太好不过了。"

说完这些话，她的第一个目的马上就实现了，满脸怒容的布鲁诺拂袖离去。当时，布鲁诺已经把那被他当成权杖的长矛十分傲气地给了可怜的帕金森，然后把一个有靠垫的椅子当作是他的宝座，正要去坐的时候，却看见奥萝拉明目张胆向他的情敌献媚的场景，这刺激到了他敏感的神经，两个乳白色的眼球中燃烧着奴隶似的野蛮莽撞和逆反怒火。他棕色的双手一下子攥成两个巨大的拳头，只在瞬间便就破门而出，消失在了后面他自己的房间。与此同时，罗梅小姐支走英国军官的计划实施起来却不是想象中的轻易。确实，卡特勒像听到一声号令一样，突然一下站得笔直，连帽子都没戴就走向了门口。不过，西摩则是懒洋洋地倚靠在一面镜子上，故意炫耀的优雅姿态让他心里起了嘀咕，于是那个正准备出门的卡特勒上尉情不自禁地停下脚步并回头看向这边，模样就像一只不知该怎么办的斗牛狗。

"我得去告诉他该怎么走。"奥萝拉悄悄地对西摩说，紧接着跑到门口，催促着上尉赶快走。

西摩依然维持着优雅的姿态，像是毫不在意地听着。他听见奥萝拉最后又跟上尉大声交待了几句话，就突然转身，笑着跑向了通道的另一边，也就是泰晤士河畔阶梯的那边，他这才稍稍地松了口气。但是紧接着西摩的眉头就皱起来犯了愁。他明白，以现在的处境来看，有很多情敌。他想起了通道另一边有一道专门供布鲁诺进出他自己房间的门。他依然维持着自己的风度，寒暄似的对布朗神父说了些关于威斯敏斯特大教堂正在修复回拜占庭式建筑的进度，然后就自然而然地出了门向通道上端的出口走去了。这时的房间里只有布朗神父和帕金森了，他们都不属于那种没话找话的人。帕金森在房间中走来走去，将那些镜子拉来推去的。他手里还拿着仙王奥布朗铮亮的长矛，使他那身黑色外套和裤子看起来更加黑和脏了。他每拉出一个镜子，上面就会反射出一个布朗神父的影子，这样这间怪诞的镜子屋就满是布朗神父的身影，展现着各种各样的形态，像头朝下悬挂在空中的天使，也像在翻着筋斗的杂技演员或者是拿后背对着别人的粗鲁的人。

对于镜子屋的他的各种影像，布朗神父跟没看见似的，他仅仅是很无聊地用眼光看着到处走动着的帕金森，一直到他拿着那个可笑的长矛向布鲁诺的房间走去。紧接着，他才和平常一样放松身心，陷入了抽象的思考中：在计算着镜子的角度、反射影像的角度以及镜子镶嵌在墙上的角度等这些问题……忽然，他听到了一声被压抑了的呼叫声。

他一下就跳起来，直直地站在那儿竖起耳朵听。同一时间，威尔逊爵士冲进来，脸色苍白。"通道中的那个人是谁？"他大喊着，"我的匕首在哪儿？"

布朗神父还没有转身，威尔逊爵士就已经开始在屋子里到处翻腾找着他的匕首。但是他无论怎么找也找不到匕首或者是任何类似的东西，就在这时门外传来了一阵匆忙的跑步声，卡特勒那张方正的脸紧接着就出现在了门口。他的手里依然荒谬地拿着一把铃兰花。"这是怎么了？"他叫道，"通道那头是什么？是不是你要的花招？"

"我要花招！"脸色苍白的西摩从牙缝中蹦出几个字，向卡特勒迈了一大步。

就在他俩剑拔弩张一触即发的时刻，布朗神父出门站在高处向通道那头看去，他被什么东西吸引着快步走了过去。两个男人停下争吵，去追布朗神父。卡特勒边跑边喊道："你要做什么？你是谁？"

"我叫布朗，"布朗神父哀伤地说着，弯腰去查看，然后直起身。"罗梅小姐派人让我过来，我立刻就赶来了。不过还是晚了。"

三个人同时向那边望去，他们中至少存在一个人将会在那个下午的夕阳中悲伤欲绝。夕阳照进通道里，就像是开辟了一条金色的小道，散落在奥萝拉·罗梅身上，她依旧穿着那熠熠生辉的黄绿色长袍，脸朝上地躺在那儿。她的衣服似乎是在争执中被人扯破了，右肩裸露着，但是汩汩流淌着血的伤口却在左边的肩膀上。黄铜匕首则是在距离那摊血大概一步远的地方，闪闪发光着。

几个人不说一句话，长久地沉默着，他们可以听见远方查令十字街上那些卖花女的笑声，还有人们招出租车时那尖锐的口哨声。紧接着不知道是情绪失控，还是故意演戏给人看，卡特勒上尉突然向前跨了一步，掐住威尔逊爵士的脖子。

西摩则是冷静地看着他，不反抗也不恐慌。"你没有必要杀我，"他冷冷地说，"我会自己了结的。"

上尉犹豫了一下，松手了。西摩仍然是冷冰冰的，很坦然地说道："即使我没勇气用匕首了结自己，我也会在一个月内过量饮酒而死。"

"借酒浇愁对我来说并不够，"卡特勒答道，"在我死之前，我要以牙还牙。不过不是你——但是我希望我知道是谁。"

其他人还没弄懂他的意思时，他就已经拿起那把匕首，向通道下坡方向的那个门跑去，他撞开了门冲进去想要找布鲁诺算账。就在上尉找布鲁诺对质的时候，老帕金森踉踉跄跄地走出门，看见了那躺在通道中的尸体。他颤抖地走到那儿，脸庞抽动，衰弱无力地看着她，然后又颤颤巍巍地回到化妆间，一下子跌坐在有着厚厚的靠垫的椅子上。布朗神父马上向他跑去，一点也没在意拳脚相向、抢夺匕首的卡特勒和那个大个子演员。西摩还算是头脑清醒的一个，他站在通道的出口处吹口哨来呼叫警察。

警察赶到拉开了和猿猴似的扭打在一起的两人。经过例行公事般的询问后，警察根据暴躁的卡特勒提出的谋杀指控抓了伊西多尔·布鲁诺。一想到现如今的这个伟大的民族英雄亲手抓住了凶手，警察不得不重视起这个案子，要知道他们并不缺乏记者所具有的那种职业敏感度。他们不敢对卡特勒有所怠慢，一本正经地指出他手上有着轻微的划伤。就在卡特勒背靠着倾斜着的桌椅勉强支撑自己的时候，布鲁诺看准时机抢过了他手里的匕首并且按住他的胳膊让他不能动弹。划伤就是那个时候出现的。伤口很浅，但是直到这个有些蛮横的囚犯被带出房间，他一直在微笑地看着卡特勒流着血的手腕。

"真像是食人族，对吧？"一名警员轻声对卡特勒说。

卡特勒当时没接话，但是过了一会儿，忽然说了一句："我们要去照看一下……死者……"他模糊不清地说着，没有人听清楚他下面说的是什么。

"两个死人，"房间的远处传来了神父的说话声，"我跑到他面前时，这个可怜的人已经死了。"他站在那儿，俯视着老帕金森。帕金森坐在了那把漂亮的椅子上把自己蜷缩成了黑黑的一团。他这样的方式对死去的女人表示了自己的哀伤，没有一句话但却胜过千言万语。

卡特勒率先打破了沉默，他好像是被这种朴素的柔情打动了。他声音有些哑地说："真希望我是他。我知道，无论她去哪儿，他都十分关照着她，他付出的努力超越——任何人。她就是他的氧气。氧气没有了，他就死了。"

"我们都死了。"西摩望着路的另一边，用一种怪异的声音说。

他们在路的拐角和布朗神父告别，顺便为他们可能曾表现的粗鲁道歉。他俩都面带伤痛，但也同时具有某种神秘的感觉。

小个子神父的脑子里充满各种想法，但是经常是一闪而过，很难抓住，就像是在养兔场里，分明眼前有很多只兔子，但是一只也抓不到。忽然，他灵光一闪，抓住了个新念头：他们的悲伤都不是假装的，至于他们是不是清白的那就另说了。

"我们最好都离开吧，"西摩说，"我们也都尽力了。"

"假如我说你们已尽力去制造了伤害，"布朗神父语气冷静地问道，"你们明白我的意思吗？"

两人都像是明白自己有罪一样地打了个寒战，卡特勒生气地大声质问："伤害谁？"

"自然是伤害你们自己了，"神父答道，"如果不是为了什么公平正义警示你们，其实我不用再给你们添什么麻烦。假如那个演员最后无罪释放了，那么你们做的事情和把自己送上绞架没什么不同。他们一定会传唤我，然而我也只会实话实说，告知他们我在听到了一声惊叫后，你们两个人都跟疯了一样冲进房间，开始因为那把匕首争执。只要他们认可了我的证词，你们两个就都有杀人的嫌疑。你们因为这个害了自己；卡特勒上尉就是用匕首划伤了自己。"

"划伤自己！"卡特勒上尉轻蔑地说。"就那么一点儿的擦伤？"

"但是毕竟是出血了，"神父点着头回答说，"我们都知道现在的黄铜匕首上有血迹，这样的话，我们就永远不会得知在沾上上尉的血之前，匕首上到底有没有沾上血。"

一阵沉默后，西摩用和他平常完全一样的语调强调说："但是我看到通道里有个男人。"

"我知道你看到了一个人，"布朗神父一脸冷漠地答道，"卡特勒上尉也看到了。这看起来似乎是不大可能的。"

两人还没想明白，还来不及回答，布朗神父就十分礼貌地道别了，手中拿着他那把粗笨的旧伞噔噔作响地走了。

从现代新闻业的角度来说，关于刑事案件的消息才是最紧要、最真实可信的。如果在 20 世纪新闻报道最多的是谋杀并不是政治这样的说法真实的话，那么出现这样情况的理由也非常充足，因为谋杀的确是一个十分严肃的议题。但就算是这样，依然很难解释伦敦甚至是地方上的报刊对"布鲁诺案"或者是"通道谜案"所做出的这么广泛并细致的报道。在连续几周的群情兴奋当中，媒体切实地报道了发生的所有事情。对盘问和交叉盘问的报道虽然见长，几乎是复杂到让人不能忍受的境界，但是他们至少做到了真实可靠性这一点。自然，这个案件引发广泛并且长久关注的真正原因是：涉及案件的人物身份很特殊。死者是个女明星；被告人是个男明星；而且当场抓住被告人的，还是现在爱国风潮中最受爱戴的一个军人。种种情况都让新闻界只能对这个案件去十分诚实和精准地报道。关于这件怪异案件的其他方面，事实上完全可以从对布鲁诺审判的各种各样记录中窥视到全貌。

主持庭审的法官是蒙克豪斯，他是那种属于因为搞笑幽默而被人们讥笑的法官，但是一般来说，他们比那些看起来严肃的法官更加认真一些，因为他们有时表现出来的轻浮实在是因为他们对工作上的缜密死板不胜其烦，所以才要用轻松活泼的方式来做一些调节。相反的是，那些老是板着脸的法官实质上其实非常轻率，因为他们需要一些表面上的威严来保护自己强大的虚荣心。因为涉及案件的人都是属于重量级的人物，所以出庭律师的配备也都差不了多少。公诉方是沃尔特·考德雷爵士，虽然体型笨重但是十分有影响力的一位出庭律师，他很明白众人的心理和想法，擅长表现自己从而获取人们的信任，而且知道在什么样情形下运用夸张方法来反击对手。帮被告辩护的是来自皇家的大律师帕特里克·巴特勒先生，他的形象很容易被不了解爱尔兰人的性格，或者是不曾被他询问过的那些人误认为是一个浪荡的公子哥。关于医学鉴定这方面的证词并没有什么分歧，西摩召到现场的医生和后来验尸的著名外科医生一致判定：奥萝拉是被某种利器刺中导致死亡的，有可能是刀子或者是匕首；最起码也是一种刀身比较短的凶器。伤口在心脏的上边，她是当场死亡的。当医生抵达现场的时候，她死亡的时间还没有超过 20 分钟。所以，当布朗神父发现她死的时候，她大概刚死了不超过三分钟。

然后呈堂的是警方侦探的证词，主要是关于现场是不是存在搏斗的痕迹，而且唯一可以证明存在过搏斗的证据就是她肩膀处扯破的衣服，但是这和致命一击的方向不太相符。这些细节情况仅仅只是呈上了法庭而已，并没有进一步地进行解释，然后，第一个重要的证人被传出庭了。

威尔逊爵士出庭作证和他做其他任何事是一样的，表现不仅出色，简直可以说是完美。即使他的知名度远远超过法官，但是在代表公平和正义的法官前，他的态度谦虚，没有一点儿要出风头的做法。虽然每个人看他的时候和看首相或者是坎特伯雷大主教没有什么差别，但是他们除去说他只是一个说话带口音的普通人外，还真找不到他把自己当作显赫人物的傲气。另外，他的头脑也十分清醒，和他出席各种各样的委员会会议时是一样的。他逐一陈述了当时的情景：去剧院拜访罗梅小姐；在那儿遇到了卡特勒上尉；后来被告过来和他们一起待了很短一段时间，然后就回他自己的化妆间；再后来有个说自己叫布朗的罗马天主教会神父过来了，说要见罗梅小姐。再然后，罗梅小姐出了剧院向通道的出入口走去，当时卡特勒上尉正准备去给她买花，她出去告知卡特勒上尉路该怎么走；他本人则是留在屋内，和神父随意闲聊了几句。然后，他很清晰地听见死者送走上尉后，笑着转身向通道的另一边跑去，也就是被告化妆间的那边。当时他对朋友急促的行为有些好奇，就出了化妆间去到了通道的上端，向被告的那扇门看去。当被问到他有没有看到通道里有什么东西的时候，威尔逊爵士答是的，他看见通道里有东西。然后他不再说话了，低下头，虽然他还是维持着以往的风度，但是脸色更苍白了些。沃尔特爵士安静地等了很久，然后也不知道是同情还是想制造紧张的气氛，他放低了声音问："你看得清楚吗？"

不管威尔逊爵士情绪稳不稳定，他的头脑依然是清醒的，他说："轮廓十分清楚，但是看不清楚细节或者说压根儿就看不到细节。通道非常长，无论是谁背光站在中间，出口的人都只可以看到一个黑影。"证人又垂下眼睛补充说："当卡特勒上尉第一次走进走廊的时候，我就发现了这情况。"法庭又陷入安静，法官向前倾身，做了记录。

"哦，对，"沃尔特爵士耐心地说，"那个轮廓看起来像什么？例如，像不像受害人？"

"一点也不像。"西摩冷静地说。

"那么你觉得它像什么？"

"我觉得，"证人答道，"像个高个子的男人。"

法庭中的每个人都直直地盯着自己的笔，或者是伞把，也有的看着书籍、靴子，或者任何恰好在眼前的东西。他们仿佛在尽力去避免正视被告席上的犯人，但是他们可以感觉到被告那庞大的身影。在人们眼中，布鲁诺身材本就十分高大，然而一旦从他身上移开目光，他在想象里的形象更是扩大，更加高大了。

沃尔特爵士一脸庄严地坐回自己的座位，抚了抚他的黑丝袍，然后捋下银丝似的胡子。威尔逊爵士又说了很多证人可以证明的几个细节，就要离开证人席，这时辩护律师巴特勒先生跳起来喊住了他。

"我仅仅占用你一点儿的时间。"巴特勒先生说。他看上去十分粗俗，有红红的眉毛，一副半梦半醒的模样。"请你告诉法官大人，你是如何知道那是一个男人呢？"

西摩的脸上仿佛划过一丝淡淡的微笑。"这和裤子有关，"他说，"当我看见两条长腿之间存在光线时，我才会最终确认那可能是个男人。"

巴特勒惺忪的睡眼忽然睁得溜圆，好像有了重大发现。"最终！"他慢慢地重复道，"这样说的话你最初觉得那是个女人喽？"

西摩第一次看起来有些不安。"不能这么说，"他说，"但假如法官大人让我说我的最初印象，我当然会说。它是有一些地方看着像女人，但也像男人。首先是身材的曲线不一样，其次就是看上去似乎有一头长发。"

"谢谢。"皇家大律师巴特勒先生说完这话就忽然坐下，好像已经心满意足了。

卡特勒上尉远远比不上威尔逊爵士那样镇定自如，能言善道，但是他对刚开始情况的描述和西摩说的没有差别。他讲了布鲁诺怎样回到他的化妆间，自己又是怎样被打发去买铃兰，他回到通道时看到了什么，当然还有他对西摩的质疑以及他和布鲁诺扭打等情况。至于他和西摩都曾看见的那个黑影，他说不出什么更多的细节了。当被问影子的大概轮廓时，他说他不懂艺术，表达不明白——这明显是在讽刺西摩。当被问到是男还是女的时候，他说看起来更像野兽——这明显是将矛头指向被告的。看来上尉是真的被伤痛和气愤搞得心烦意乱，考德雷很快就结束了盘问，事实很明显，再追着他去证明也没必要了。

辩护律师的盘问也很轻易。但就算这样，他好像还是花了很长的时间（他一向是这样）。"你用了一个十分不平常的词，"他依旧睡眼惺忪地看着卡特勒说，"你为什么说那个影子更像是头野兽，而不是男人或者是女人呢？"

卡特勒看起来异常焦虑。"或许我不该这样形容，"他说，"但是那畜生有着和黑猩猩差不多的肩膀，头上还有猪鬃似的毛发——"

巴特勒迫不及待地插话。"不要管他的头发是不是像猪毛，"他说，"我只想问你像女人的头发吗？"

"女人的？"上尉叫道，"上帝啊，不可能！"

"但是刚刚那个证人说是女人的长发，"辩护律师立马追问，"那么身影看上去是不是有一些曲线或者说像刚才那位证人暗示的那样具有女人样？没有？没有女人那样的曲线？假如我的理解是正确的，依据你的说法，那个身影看起来很健壮而且有些方方正正的，对吗？"

"他或许弓着腰。"卡特勒的声音有些哑，并且十分微弱。

"也可以说是，他或许没有。"巴特勒说着，又忽然坐下。

沃尔特爵士传唤的第三个证人是那个小个子的天主教神父。和其他证人比起来，他的个子的确很矮，站在证人席上差不多露不出头，像一个孩子在接受交叉盘问似的。但糟糕的是，沃尔特爵士已经先入为主地觉得（这主要是因为他家庭的宗教影响）布朗神父会站在被告一方，因为被告是罪恶的，还是个外国人，甚至还有一些黑人的血统。所以每当那个骄傲的神父想要解释些什么的时候，他都会毫不留情地打断他，逼着他答"是"或是"不是"，只说事实，不需要任何的解释。当布朗神父简单明了地说出他觉得通道里的人是谁时，沃尔特爵士却对他说，他并不想听他说的那套推断。

"大家都说看到了通道中有个黑影。你也说你看见了。那么，那个影子是什么样子？"

布朗神父像是受到责难一样眨了眨眼，但是他早就深知"服从"这个词的字面意义，就说："从轮廓上说，那个影子矮又粗，但是它的脑袋两边也可能头顶上伸出了两个黑色带尖的东西，向上卷着，很像两只角，并且——"

"哦，长角的魔鬼，毋庸置疑，"考德雷大喊着，语气中满是讽刺，扬扬得意地坐下，"肯定是魔鬼来吃清教徒了。"

"不，"神父平静地说，"我知道那是谁。"

法庭中人们的心一下子悬了起来，他们察觉到了一个荒诞却又那么真实的吓人情景。他们已经把被告席上的那个人给遗忘了，一心在想通道里的那个黑影。但是那个身影，有三个人见过，有三个满腹才华、让人敬佩的人说过，它很像无尽变换的噩梦：一个人说是女人，另一个人说那是个野兽，第三个人则是说那是魔鬼……

法官尖锐的眼神看向布朗神父。"你是位极不平常的证人，"他说，"但是你给我的感觉是你想说出事情的真相。好了，你在通道中看到的究竟是谁？"

"是我。"布朗神父回答道。

法庭上一片安静，但是皇家大律师巴特勒突然站起来，很平静地问："可否请法官大人准许我询问证人？"然后他向布朗神父提出了一个明显不相关的问题："你知道这把匕首，你是不是知道专家们说凶器是刀身比较短的凶器？"

"刀身的确是很短，"布朗神父郑重地点头表示赞成，"但是刀柄却很长。"

难道说神父竟然真的亲手用一把刀柄很长（这仿佛使这场谋杀显得更恐怖了）、刀身短的匕首杀了人！就在这个念头依然在听众心头环绕的时候，神父继续解释道：

"我的意思是匕首并不是唯一具有短刀身的物品。长矛的矛头也很短，只要握住长矛矛头的底端，就和握住一把匕首没什么大差别，特别是剧院用的那种十分花哨的长矛；也就是那可怜的老帕金森用来杀他妻子的那个长矛。她已经找人去叫我来处理他们的家庭纷争了——但是我晚到了，希望天主饶恕我！不过他也因为后悔而死了，他没办法忍受自己做的事。"

法庭中人们普遍认为，那个喋喋不休的小个子神父在证人席上发疯了。但是法官依然十分有兴趣地看着他；然而辩护律师则是毫无触动地继续盘问。

"假如帕金森是用那个道具长矛来做案的，"巴特勒说，"那他一定是从四码以外刺过去的。你怎么解释那些搏斗过的痕迹呢，例如衣服从肩膀处撕破了？"他已经顺其自然地将他的证人转变成了鉴证专家，但是现在人们已经顾不上其他了。

"这个可怜的女士，"神父解释道，"刮在刚好从她身边伸出的一块玻璃板上了，所以撕破了衣服。她挣扎着想脱身，但是就在她这样做的时候，帕金森从被告的化妆间走出来，用长矛向她刺过去。"

"一块玻璃板？"辩护律师好奇地重复道。

"其实可以说是另外一边的镜子，"布朗神父解释说，"我在化妆间里面的时候就发现了，有一些镜子是可以滑进通道里边去的。"

法庭内又一次陷入了一片异于平常的死寂，但是这次法官开口打破了安静。"这样说的话，你是说，当你向通道张望的时候，你所看到的那个人实际上是镜子里的自己？"

"对，法官大人，这就是我要说的，"布朗回答道，"但是他们问我影子的轮廓，我们教士的帽子上是有折角的，这和动物的角差不多，因此我——"

法官探身向前，一双老眼不同寻常地明亮，用一种奇特的语调问："你的意思是，当威尔逊爵士看见那个不管你称他什么，反正是显出曲线、好像长着像女人一样的头发、穿着男人裤子的那个黑影，实际上他看到的是他自己？"

"对的，法官大人。"布朗神父回答道。

"你的意思是当卡特勒上尉看见那个双肩高耸着，还长着像猪毛似的头发的黑猩猩时，他看见的实际上也是他自己？"

"没错，法官大人。"

法官舒服地往后靠在椅子上，那个样子使人很难判断出他是在嘲笑还是在赞赏。"你可以说说，"他问道，"你为什么知道那是你自己在镜子里的影子，但是另外两个优秀人士却不知道呢？"

布朗神父更加哀痛地眨着眼睛，磕磕巴巴地说："说实话，法官大人，我也不知道，也许是因为我不经常照镜子造成的吧。"

【注释】

① 迭戈·委拉斯开兹（Diego Velazquez，1599 年 6 月 6 日~ 1660 年 8 月 6 日）：文艺复兴后期西班牙最伟大的画家，对后来包括印象派在内的画家们的影响非常大。代表作有《教宗伊诺森西奥十世》和《镜前的维纳斯》等。

② 乔叟的《坎特伯雷故事集》中有一个磨坊主。他的体型壮硕，自己说自己可以用头撞开任何的大门。

③ 马克斯·比尔博姆爵士（Sir Max Beerbohm，1872 年 8 月 24 日~ 1956 年 5 月 20 日）：是英国著名的漫画家、散文家和剧评家。

④ 霍雷肖·纳尔逊（Vice Admiral Horatio Nelson，1758 年 9 月 29 日~ 1805

年 10 月 21 日）：英国著名的海军中将，被誉为"英国皇家海军之魂"。1805 年的特拉法加海战中击败了法国和西班牙联合舰队，但同时自己也中弹阵亡。

⑤《仲夏夜之梦》（Midsummer Night's Dream）：英国著名剧作家威廉·莎士比亚青春时代最成熟和最著名的喜剧作品，讲的是有情人终成眷属的爱情故事。此剧在世界文学史尤其是戏剧史上影响巨大。

⑥ 奥布朗（Oberon）和提泰妮娅（Titania）：是《仲夏夜之梦》戏剧中的仙王和仙后。

⑦ 迈锡尼文明（Mycenaean Greece，公元前 1600 年～前 1100 年）：是希腊青铜时代晚期的文明，因为伯罗奔尼撒半岛的迈锡尼城得名，属于古希腊青铜时代晚期。荷马史诗等大半的古希腊文学和神话历史都设定在这个时期。

⑧ 忒修斯（Theseus）：传说中雅典的国王，曾经解开过克里特岛国王米诺斯的迷宫而且战胜了半人半牛的怪物弥诺陶洛斯；和希波吕忒结婚；和朋友劫持海伦后，又想劫持冥王哈得斯的妻子珀耳塞福涅，结果被扣留在了冥界，后来被赫拉克勒斯救出。

⑨ 希波吕忒（Hippolyta）：传说中的亚马逊人女王。忒修斯看上了漂亮的希波吕忒，把她骗到雅典并与之结婚。她也心甘情愿地嫁给了英雄做妻子，但是亚马逊人非常愤怒，发兵攻打雅典。希波吕忒和忒修斯一起参加了战争，被投枪刺中身亡。

◇ 机器的错误 ◇

傍晚的时候，弗朗博跟他的神父伙伴布朗坐在神殿区①的花园里闲谈，大概是被周围的气氛给感染，又可能是突然想到，他们就聊到了司法程序。他们从审问的方法开始说，说到了古罗马跟中世纪的残酷的刑法，不断地聊就聊到了法国的地方初审官跟美国的暴力审问。

"我都有在关注，"弗朗博说，"跟某个心理测试办法相关的文章，那个办法这一段时间非常热门，特别是在美国，引起了很多人的关注。你明白我说的是哪个；他们将测量器系在测试者的手腕上，对他们念一些特定的单词，检测他们的心率情况。对他们这么做你有什么看法？"

"在我看来这还挺有意思的，"布朗神父答道，"这让我想到了'黑暗时代'②一个有意思的看法，说要是凶手遇见死者，那么尸体的血液就会开始流动。"

"你真的这么觉得，"他的伙伴半信半疑，"这两个办法都一样有价值吗？"

"我觉得这两样都没有价值，"神父说道，"血液的流动，不管是在死人身体里还是在活人身体里，它的快还是慢，根本原因都远比我们所能了解到的要复杂得多。血液的流动是我们无法猜透的，除非它可以流到马特洪峰上③，要不然我不觉得可以从中得到什么了不起的结论。"

"可是那个法子，"弗朗博反驳道，"已经被几个美国最厉害的科学家给认可了。"

"所谓的科学家根本就是一些只会感情用事的人！"布朗神父叫道，"特别是美国的科学家！也只有美国佬了，不然又有谁会拿心跳来证实他们的说法？他们就是自以为是，就像只是因为那个男的看着一个女的脸红了，就觉得是爱上了她。那个测试是来源于伟大的哈维④提出的血液循环；不过测试本身根本就没有一点意义。"

"不过，"他的伙伴坚持说道，"它真的是能够提示一些真相的。"

"可以真切地指示真相的权杖也有一个弱点，"神父答道，"知道是哪一点吗？那就是权杖的另外一头始终指着的都是相反的一端。而最重要的就是你是否能够抓住对的那一头。我以前见过一次那种测试，从此之后我就再也没有相信过这个。"然后他开始说让他彻底看清的那件事。

大概是在 20 多年前，那个时候他是一名专职神父，为芝加哥的某所监牢里的教友们提供帮助。他要做的事很多，因为那里的爱尔兰人都认为，犯罪跟忏悔二者都是再正常不过的事。监狱长的助手之前是一名警探，叫作格雷伍德·厄舍，有着一张死气沉沉的脸，是一个谨慎小心的人，不过老是喜欢宣扬他的美国思想，时不时也会满脸苦相。他愿意跟布朗神父来往，不过老是有些自降身份的傲慢感觉；布朗神父也喜欢跟他来往，但是又非常地讨厌他的那套说法。他的说法十分地复杂，但是验证他说法的观点又十分地粗陋。

有一天晚上，他将神父请来，依照他的习惯，神父坐在一张满是公文的办公桌边耐心地等他说话。狱官在桌上找出一张报纸的碎片拿给神父。神父仔细地看了一遍。这份剪报是来自《美国社会报》，说的是名流们的花花新闻，说的内容是：

"社交圈最有名的老单身汉又重新开始他的荒诞宴会的把戏。读过我们独家报道的读者肯定会想起那回婴儿车巡游宴会，就在他那在朝圣者池塘的像皇宫一样金碧辉煌的家里，'新花样'托德让我们的交际花们看起来多了一些稚气。和'新花样'去年的表演一样十分有品位，并且大多数人觉得，内容也更加充实更加有气势，就是那几乎受到每个人的喜欢的食人鱼大派对。在派对中，连侍应生拿的糖果都充满意味地是人的手脚形状，不断有十分激动的客人们宣称要让自己的朋友给他打牙祭。但是托德先生的机灵的脑子中还藏有最新奇的聚会点子，大概城中一些交际名人也知道一些内情，不过他们的嘴却是非常的严，没有人了解他们风生水起的生活下到底是什么样子；不过也有人在说，这一回的重点是仿照社会最下层人民的日常生活。还不仅仅是这样，听说热情的托德是想讨富尔肯罗伊勋爵的欢心，他是一个很有名的旅行家，是英格兰西部的人，是正统的贵族。在他接受封爵之前，他就已经开始他的旅途了，小的时候他在美国待过一些日子，社交界里都在猜想他这一次回来的目的。埃塔·托德小姐是一个真正的纽约市民，没准儿她将会有一笔高达12亿美金的进账。"

"行了，"厄舍说，"你觉得这事有意思吗？"

"噢，真是搞不懂我应该说些什么，"布朗神父答道，"在这一刻，这个世上大概是找不出还有比这更无趣的事了。还有，要是说的是生气的美国佬们要将这篇新闻的记者放到电椅上电死，你才会觉得这件事有意思吧。"

"啊！"厄舍先生苍白地应了一句，然后又给了他一张报纸的片段。"那么，你觉得这个有意思吗？"这则报道的题目是《狱警被残暴杀害，罪犯越狱》，报道的内容是："今晨黎明时分，本州瑟奎尔的牢房内有求救声传出。当局即刻派人赶往现场，就看见一位狱警的尸体在地上。这是负责北向高墙的狱警，那面墙是牢房里最陡峻、最不好越狱的一处，按理来说只要有一个巡警在就可以了。可怜的狱警被人从那面高墙上给推下，脑袋好像是被重击而致使脑浆迸裂，身上的配枪也不见了。后续调查发现，的确有一间监房里面没有人；之前在此羁押的是一个看起来很是阴郁的犯人，他说自己是奥斯卡·里安。他是由于轻微暴力伤人而被暂时关押；不过他在大家印象里都是，他有不太好的前科，而且以后肯定也会做出更大的坏事。天终于完全亮了起来，大家也终于能将案发现场看清楚，只见在狱警死亡的所在处上方的墙面上有一段很不连贯的话，很显然工具就是沾了血的手指：'他手上有枪，我不过是为了自保。我没想杀了他，除了我的仇人之外，我没想过要杀任何人。我要留着子弹，到了朝圣者池塘才会用它。O.R.(杀人者名字的缩写)' 一个人只有凶残险恶到了极点，并且还有着不可置信的勇气，才敢不将一个配着枪的狱警放在眼里，从这样的一面高墙逃走。"

"噢，这一则报道的内容倒是有所长进，"神父坦然表示，"但是我依然没明白你为什么要叫我来，难不成你想让我用这么一双短腿，去追击那强壮的凶手满洲跑？我甚至不觉得有人能够将他抓住。瑟奎尔监狱跟我们这里有 30 英里那么远；并且我们这两个地方之间的荒郊里都是野草跟荆棘。再往前走就根本连人都看不见了，直接就可以走到大草原去。我猜他应该是会去那里的吧。他也许会藏到某个洞中，或是藏在某一棵树上。"

"他并没有到洞里去，"厄舍先生说，"当然也没有上树。"

"噢，你怎么知道的？"神父眨了眨眼问道。

"你想和他聊一聊吗？"副狱长试探道。

布朗神父惊讶地瞪大了眼睛。"他在这里？"他惊叫道，"怎么可能呢，你们是如何将他逮到的？"

"是我亲自把他逮住的。"美国佬慢慢地说道，一边还站起来走到壁炉前，

慢悠悠地活动他那两条细瘦的腿。"我是用手杖的把手处将他逮到的。不要太
讶异。我的确是这么做的。你了解的，偶尔我会离开这个阴森森的鬼地方，去
乡间小道里走一走；嗯，今天晚上一开始我刚好是在一条比较陡的小道上溜
达，小道的两边是很密集的篱笆跟刚犁过不久的灰色田地；天上还挂着弯弯的
月牙，小道上满是月光。趁着月光，我就发现有一个人越过田野朝着小道跑过
来；他半低着身子，就跟长跑运动似的一路小跑。他看起来非常的累，可是他
从那密集的篱笆中穿过时，就像是从蜘蛛网里穿过一样随意；——也可以说是
（我有听见粗大的树枝就像被砍断那样断开），大概他天生铜皮铁骨。他在月光
下出现，刚准备跑过小道，就在那一瞬间，我把弯柄的手杖丢到他的脚边，钩
住了他。接着，我用力吹响警笛，声响很大响了很久，我的手下马上就赶来将
他抓走了。"

"要是他真的是一个正在训练的长跑运动员，"布朗打趣道，"那么就真是
好笑了。"

"并不是，"副狱长冷冷地应道，"很快我们就查到他的身份了；不过实际
上他在月光下一出现，我就想到了。"

"你觉得他就是那个逃跑的凶手，"神父直接说道，"是因为你今天早晨看
过报纸，报纸上说有犯人越狱了。"

"我有更加直接的证据，"厄舍平淡地说，"十分明显的地方我就不仔细说
了——我想说的是一个正常的运动员不可能会去刚犁过的地里跑步，也不可能
会非要从那些会将自己弄伤的篱笆中钻过。更加不可能跟狗一样地低着身子
跑。我这两只眼睛还发现了更加确凿的证据。那个人穿了一身破破烂烂的衣服，
并且还不仅仅是破烂，那身衣服很明显不合身，那模样实在太滑稽；他在月光
下出现的时候，头埋到了衣服领子里，就跟个驼背似的，肥大的袖子晃来晃去
的，就像没有手那样。我立刻就反应过来了，他把牢服给脱了，随便跟人拿了
一身不合适的衣服穿着。还有一件事要说说，他那个时候是逆风跑的，他的头
发肯定非常的短，要不然我是会看见头发被风吹起来的样子。然后我又想到了
田野的另外一端就是朝圣者池塘，凶手要将子弹（要是你没忘记的话）留到那

个地方才用；所以我就将手杖丢了过去。"

"漂亮的随机反应。"布朗神父开口，"不过他有枪吗？"

副狱长忽然停住，神父又不好意思地说道："据我所知，要是没有枪，子弹根本就没有用。"

"他手上没有枪，"副狱长严肃地说，"不过这肯定是因为一些非常正常的意外或者计划的变化导致的。没准他是因为同样的原因才换掉囚服，还扔了枪；他大概也在懊恼不应该把沾有狱警鲜血的衣服给丢了。"

"嗯，非常有可能。"神父应道。

"这样的小问题就不要费劲去想了，"厄舍边说边拿来了别的报纸，"因为在现在这个时候，我们都明白抓的人没错了。"

布朗神父轻声问道："但是你又是如何得知的？"格雷伍德·厄舍放下报纸，又重新拿起那份报纸片段。

"行吧，既然你这么坚持，"他说，"那我们就从一开始来说。你是否注意到这两则新闻都一个一样的地方，就是都说到了朝圣者池塘。你肯定知道那个是大富豪埃尔顿·托德的产业，也肯定知道他还是一个很厉害的人，他拥有今日的地位是因为——"

"生物的遗骸，"布朗接道，"的确，我了解，我猜，那说的应该是石油。"

"不论怎么说，"厄舍说道，"'新花样'托德就是用奇怪的东西狠狠赚了一笔。"

他在壁炉前伸了个懒腰，又接着侃侃而谈起来。

"换个方式来说吧，就这样看来，这些都没什么不对的。一个逃犯拿了一把枪要到朝圣者池塘去，根本就不稀奇，甚至可以说没什么不对劲。我们跟英国人不同，不会由于这个人将钱捐给了医院或是花到了赛马上面，就可以宽恕他的有钱。'新花样'托德依靠他过人的本事混出了名堂，能够知道的是，那些见识过他的本领的人也都想着要揣上一支枪，去和他展示展示他们学到的本领呢。托德非常有可能会被一个他根本就不认识的人给攻击：也许是被他炒了的工人，也许是被他打压到破产的公司职员。'新花样'是一个脑子好使又交际甚广的人，不过在这个国家，老板跟雇员之间的关系都是紧张得很。"

　　"要是里安跑到朝圣者池塘就是为了杀托德的，那么这件事就是这个样子的了。最开始我的确是这么觉得，直到一个小问题引起了我的侦探反应。在逃犯被抓到之后，我又把手杖给拿起来，顺着小道走了走，转过两三个小弯，我就来到了托德庄园的一个小门，那里离跟庄园同名的那个池塘是最近的。大约是在两个钟头之前，按现在时间来看就是大概 7 点左右，月色更加的明亮，我可以看见月光照在池塘上就成了长长的白色影子，池塘边是灰蒙蒙、油腻腻的土地，听说我们的父亲那一辈人曾经把女巫赶到了那个池塘里，一直到所有女巫沉入水底。我记不清故事的具体内容了，不过你大概会知道我说的是哪里，它就是在托德庄园的北部，向着田野，一旁有两个枯萎的怪树，阴沉沉的就不像是正常的树，反而像是超级大的蘑菇。我看着雾气缭绕的池塘，隐隐约约又看见一个身影从庄园那朝着水边走去，可是在那么远又那么黑的地方是很难看清楚的，更不要说是什么认真观察什么细节了。除此以外，附近又有东西吸引了我的眼球。我弯着腰藏在围栏背后，那里跟庄园的一处偏房相差不到200码，围栏上刚好有几道缝隙，就像是特意为偷看而生的一样。别墅左边的有一扇门在黑暗中打开了，一个人背对着房子里的光亮在门口出现——蒙着头，身子朝前探着，看起来是在找什么一样。背后的门突然就关起来了，我看见那个人手上拿了一盏灯，摇曳的光亮照出了拿灯的人的身形跟穿着。好像是一个女人，披着破破烂烂的一件披风，很明显是为了不让别人看见，穿成这样的人竟然从一幢富丽堂皇的庄园里出来，她那模样实在太过奇怪。她十分小心地穿过弯弯曲曲的花园小路，来到了距离我还没有 50 码的地方，然后就不再走了，停在草地上一个对着池塘边的地方，她把油灯拿过头顶，特意前前后后晃了三下，大概是在传达某种信号。在她晃动第二下的时候，灯光一闪，照出了她的样子，我看清了她的脸。她模样憔悴，头上裹着平民那样的头巾，可是我可以断定，那个人就是大富豪的女儿埃塔·托德。"

　　"接着她又蹑手蹑脚地走了回去，并将房门关上。我当时真是想要越过围栏跟踪过去，不过我忽然想到这对探案的热情差点就使得我要丢失尊严，毕竟我还是有十足的借口，可以完全凭借正常的途径对其开始调查。我刚准备掉头离开这里，就听见一阵响声出现。楼上的一扇窗户被打开了，可是那是在别墅的另外一边，在我这个角度看不见；有人朝黑漆漆的花园里大叫，能够很明白地听到，是在询问富尔肯罗伊勋爵是否在花园中，因为庄园里的每一个地方都找不到他。肯定没有错，那就是托德自己的声音，我在那些政治大会跟董事大会上听到过无数次他的发言。楼下有人推开窗户还是在楼梯上回答，说大概一个钟头之前，富尔肯罗伊勋爵要去朝圣者池塘边走走，从那个时候开始就没有看到过他。然后又听见托德大叫：'要死人啦！'他用力合上了窗子；接着我又听见他快速下楼的声音。我一开始的目的达到了，然后因为他们开始了地毯式的搜索，我就马上离开了那里，我到这儿的时候还没有8点。"

"现在你再想想那一则花边新闻，就是那个让你觉得非常没意思的那个。要是犯人并没有想要冲着托德开枪，那么很明显，他想动手的对象就是富尔肯罗伊勋爵；并且他大概已经成功了。那个池塘周围的环境很特别，是个再便捷不过的杀人地方，杀完人之后还可以把尸首丢到水里，由于塘底有着厚厚的淤泥，尸体就会不断往下陷，没有人会知道的。那么，现在我们就假设那个凶手想要动手的是富尔肯罗伊勋爵，而不是托德。可是，就像我说的那样，非常多的美国人有非常多的借口想要杀死托德。可是不会有人想到要去杀死一个才来美国的英国勋爵，但在社会杂志里还说到过一点——勋爵想要打富豪女儿的主意。撇开他穿的破破烂烂的衣服不说，我们的这个犯人绝对是一个热烈的追求者。"

"我明白我的看法你肯定不太赞成，甚至还觉得好笑；因为你是一个英国人。这在你看来，就像是坎特伯雷大主教⑤的女儿，将在位于汉诺威广场的圣乔治教堂里，下嫁给一位还在假释期间的马路清道夫。你没有公正地看待我们可爱的人民奋发努力的干劲。看见一个满头白发、穿着礼服看起来有钱有势的绅士，你就会觉得那是一个做出许多贡献的人，而且还猜想他是在父辈那儿继承得到的。完全错了。你根本就不了解，还在几年之前他不过只住在出租房里或是（非常有可能）还是在监狱里。你想不到我们国家中的人们发展的速度。非常多得到我们尊敬的公民们都很有可能是最近才有如此地位的，甚至有的都是他们的老年时期了。托德在他的女儿 18 岁时，才挣到了他的第一桶金，所以有一个在社会底层的爱慕者也不是没有可能，说不好她也在爱着他，从她举着灯给那个人传信号这件事就可以看得出来。这么说来，拿灯的手跟拿枪的手也不是毫无瓜葛。先生，这件案子一定会造成轰动的。"

"既然是这么回事，"神父耐心地问道，"那么之后你又做了什么？"

"我保证这绝对会吓坏你的，"格雷伍德·厄舍答道，"据我了解你对于科技在这一方面的发展一向不以为然。我在这个监牢中还是有那么些权力的，甚至有点越界也没关系；并且我觉得这是一个非常棒的时机，能够检验我跟你说过的心理检测仪。现在我可以肯定，那个机器不会说谎。"

"机器不会说谎，"布朗神父说道，"可是它也说不出真正的事实啊。"

"这回它就说出真正的事实了，我会跟你说的。"厄舍肯定地接着说，"我让那个犯人坐在一张舒服的凳子上，又在黑板上随便写了几个单词，有仪器能够简要地记录他的心跳变化，我只要注意他的神情就行。检测的办法是把一个跟案子相关的单词混到一些类似的单词里，整组单词看起来要整齐。所以我就写了'苍鹰'、'老鹰'、'猫头鹰'。就在我写到'猎鹰'的时候，他的样子看起来非常激动；并且在我在'猎鹰'的后面又写了一个'r'的时候，检测器的数值到达了顶峰。在这个国家中，要不是凶手，还有谁会对富尔肯罗伊这个刚来的英国勋爵有这么强烈的反应呢？⑥这难道不是最确凿的证据吗？一个能够使人信任的机器显示出的数据难道还不会比一堆证人的只言片语来得有说服力吗？"

"你没有考虑到的是，"他的伙伴说道，"值得信任的机器都是要由难以信任的机器来控制的。"

"你这是想说什么？"副狱长问道。

"我要说的是'人'，"神父答道，"就我所知，人就是最难以完全相信的机器。我不想没有礼貌，不过我猜你是不会觉得我所说的'人'是专指你是故意的，或者是打错比方。你说你在看他的神情，可是你又是怎么觉得你看到的就是对的呢？你写的那些单词都有着自然联系，可是你可以保证你说的时候是没有偏差的吗？你是在暗暗看他，可是又怎么肯定他没有在暗自打量你呢？谁又可以保证你那个时候有没有情绪不稳呢？又没有仪器在检测你的心跳。"

"我跟你说，"美国佬非常恼火，"我那个时候十分平静。"

"凶手也同样能够非常冷静，"神父笑着应道，"就像你现在这样。"

"但是那个人他却不是这样的，"厄舍说道，一边将报纸丢到一旁，"噢，你真是太烦人了！"

"我非常抱歉，"布朗神父表示，"我只是做出了最合理的假设。在那个有可能会让他被绞死的单词被说出的时候，要是你可以从他的表情里看出来，为什么他不可以在你的表情里感受到那个单词将要了他的命呢？我是不会只根据几个单词就要了人的命的。"

厄舍拍了拍桌子站起身来，生气里带着骄傲。

"没错，"他提高声音说道，"我就是要跟你说到这个。我之前用机器不过是想试一下，为我接下来要做的事做个开头而已，还有，神父，机器是没有错的。"

他冷静了一下，接着说道："说起这，我必须要再说一下，到现在为止，除了那个机器的测验之外，我不明白还可以做点什么。完全就没有可以指证他的证据。虽然他穿的衣服松松垮垮不合适，可我也说了，起码他还有衣服，相较他那个阶级的大部分人要好太多了。还有，尽管他在一块刚犁完的田野上跑过，又在都是泥尘的篱笆中钻过，沾上了些灰尘，可是他的身上还是蛮干净的。自然，这也可以表明他是刚从牢房里逃出来的；可是这也让我想到那些本质还是好的穷困百姓们，就是因为实在没有办法了，才会铤而走险。不得不说，他的一举一动和他们完全是一样的，一样的沉默但有尊严，心里面一样都有着委屈。他说自己对这件事什么也不知道；他就是表现得很焦躁，好像在等着谁来带他脱离困境。他曾经多次向我请求要找一个律师，那个人在之前的一回贸易纠纷中帮了他，他的行为举止根本就像一个被冤枉的人。除了有着它心跳几率的小指针之外，就再也找不到什么可以指证他的证据了。"

"神父，机器通过了测试，它是没有错的。那个时候，我跟他一块从隔间走到前厅里，在那里有各种各样的人将要被检测是否说谎，就在这个时候，我猜他应该是有事想要向我们坦白了。他转过来低声说道：'噢，我真是受不了了，要是你们一定要知道我的事情——'"

"就在这个时候，一个女人忽然就从长椅上站起身来，拿手指向他，并且大叫起来，我从来没有听见过如此可怕的声音。她瘦小的指头就像小手枪那样对着他。虽然她的音调已经接近于吼叫，可是每个发音仍是跟报时的钟声那样清楚。"

"'下药的戴维斯！'她尖叫道，'他们将下药的戴维斯给抓住了！'"

"那群悲惨的女人们大部分都是窃贼跟妓女，当中有起码20个左右全都看了过来，既高兴又怨恨地张开了嘴。虽然我没有听说过这个名字，可是我也可以在那个自称是奥斯卡·里安的人的表情里看出不对劲，他非常惊讶，明显是听见了自己的本名。你大概不知道，可是我没有那么愚蠢。下药的戴维斯在我们警察看来是最令人厌恶最无耻的罪犯之一。在他将狱警给杀死以前，早就做过不知道多少回杀人的罪行了。但是怪异的是，他每一回被抓起来全是由于他更加轻微的——或是说更加无耻的——罪行，不过实际上他用的是一样的作案手段。他是一个长得不错、看起来十分绅士的混蛋，就某些时候来说，现在还是这样。他时常去勾引酒吧小姐或是导购员，以此来骗取她们的钱财。大多数时候他还不只是这样，她们都是被做了手脚的香烟或是巧克力迷晕，钱财就全都不见了。后来又多了一起女子谋杀案；但是又调查不出什么，更重要的是，也没有办法找到凶手。这段时间有人传说他又来了，不过换了一个身份，不是借钱反而是放债了；对象就是那群被他勾引的寡妇们，当然还是也都被他给骗了。好了，这个就是你说的无辜的人，这些就是他无辜的过去。从那个时候开始，就已经有4个罪犯，3个狱警指认了他，而且证明了这件事。此刻你对我那无辜的小机器有什么想说的吗？难道不是机器戳穿了他吗？还是说你宁可觉得是我跟那个女人戳穿了他？"

"你在他那里下的功夫，"布朗神父答道，一边慢悠悠地站起来晃了晃脑袋，"倒是将他从电椅上给拉下来了。我不觉得他们可以仅仅依靠有关毒品的那些含含糊糊的老故事就处死下药的戴维斯；至于那一个杀了狱警的逃犯，我猜你是没有抓到的。不论怎样，戴维斯并没有杀了那个狱警，他是无辜的。"

"你说什么？"厄舍怀疑道，"他是无辜的？"

"噢，我的上帝啊！"神父的语气中流露出少见的激动，"为什么这么说呢，是因为他做下的是别的罪行！我不明白你们这些人都是如何想的。你们似乎都喜欢将犯的所有罪都掺杂在一块儿来说。你所说的就好比是一个人周一还是个小气鬼，到了周二就开始铺张浪费那样。你说了那个人以前不惜花费好几个礼拜甚至是好几个月的工夫去哄骗那些可怜的女人们，仅仅就是为了能够得到那么少的一些钱而已。用迷药还算是好的了，有的时候下毒也是有的。之后他摇身一变就变成了最低档的那种放债人，又用一样的耐心去哄骗那些没什么钱的人。就算这都没有错——为了避免争论，我们暂时这样认为，假设这些全都是他做得。要是这样，我就要跟你说什么不是他做的了。他没有爬到那陡峻的高墙上去攻击带有配枪的巡警。他也没有用沾了血的手指在墙上留话，交代自己的罪行。他没有狡辩说他是出于自保。他没有辩解他跟巡警没有过节。他没有说他要拿着枪去哪一个有钱人的庄园。他更没有留下自己姓名的缩写。就好比你跟我没有一个地方相同一样。你就是不愿意承认自己错了。"

目瞪口呆的美国佬刚想说话表示反对，就听见有人用力地对着他的办公间的门在捶打，这让他很不爽。

门打开，那一瞬间，格林伍德·厄舍刚准备得出布朗神父神志不清的结论。那一瞬间，他觉得自己都要被逼疯了。一个穿着破破烂烂的衣服的人闯到办公间里，他浑身上下简直没有能够更脏的地方了，他的脑袋上斜戴了一个油腻腻的扁帽子，一边眼睛上有一个绿色的镜片，两只眼睛就像猛虎一样。除此以外他的脸根本无法辨认，全都藏在乱糟糟的胡子下，就能勉强看到鼻子，其他地方就拿了一块脏得要命的红色围巾或者手帕包了起来。厄舍先生自认为看到过美国最不干净的人，可是他觉得自己也从来没有遇到过一个这么脏、这么狼狈的原始人。并且不仅仅这样，他也从来没有看到过谁居然敢先对他开口。

"你看我，厄舍你个老不死的，"包着红围巾的人大叫，"真是够了，不要再跟我玩你那躲猫猫的游戏了，我不想再被戏耍了。放了我的客人，我就不会整日焦躁了。要是你敢多羁留他一小会儿，我都要让你好看。我可不是一个没什么地位的喽啰。"

厄舍看着那个大声喊叫的怪人，惊讶的情绪远远多于别的感受。眼前发生的事太让人惊讶，搞得耳朵都不好用了。终于他用力地摁响了传唤铃。随着大声响起的铃声，布朗神父又开口了。

"我觉得啊，"他说，"虽然可能有点难懂。我不认识他——可是——可是我觉得我知道他是谁。但是你，你是认识的——他对于你非常熟悉——不过你不了解他——这很正常。我明白这话听起来有点难懂。"

"我看啊，这所有事全都没了规矩。"厄舍说道，跌坐在凳子上。

"够了，你听着，"大喊大叫的不明人士敲着桌子，不过他的口气更加有意思了，虽然声音还是很大，但是态度却是温和冷静了，"我没想找你麻烦，我只是——"

"你究竟是哪位？"厄舍忽然站起来吼问道。

"我猜这个先生就是托德吧。"神父说道。

接着他将桌上那有关名流们的报道拿起。

"大概你没有仔细读过这篇报道，"他说着，就开始用平淡的声音念起这则报道，"'大概城中一些交际名人也知道一些内情，不过他们的嘴却是非常的严，没有人了解他们风生水起的生活下到底是什么样子；不过也有人在说，这一回的重点是仿照社会最下层人民的日常生活。'今天晚上在朝圣者池塘办了一场颇具规模的穷人们的派对，但是有一位客人，却不见了。埃尔顿·托德先生是一个十分有责任心的主人，他一直追到这来，都没有时间换下他参加派对的装扮。"

"你说的客人是谁？"

"就是穿着松松垮垮不合适的衣服从田野上跑过的那个啊。难道你还不赶紧去证实一下吗？大概他早就想要回到派对上去享用香槟酒了，之所以他会那么着急地跑出来，就是由于他看见了有人拿着枪。"

"你是说真的——"

"厄舍先生，你仔细想想，"布朗神父理智地分析道，"你说机器肯定是对的，就另一角度来看，它的确是对的。只是另外一台机器出了问题，就是控制它的那个机器。因为那个穿的额破破烂烂的人对富尔肯罗伊勋爵反应激烈，你就断言他是将富尔肯罗伊给杀了。他之所以会激动，就是因为那就是他。"

"要命，他为什么不说呢？"厄舍瞪着双眼。

"他认为自己的形象实在是太不成样子了，"布朗神父答道，"一开始他想要隐姓埋名。可是就在他想要跟你说的时候，"布朗神父看了看他的靴子，"有一个女的喊出了他的另一个姓名。"

"你没病吧，你居然说，"格林伍德·厄舍脸色发白地说，"富尔肯罗伊勋爵是那个下药的戴维斯。"

布朗十分诚恳地看着他，脸上的表情让人摸不着头脑。

"我可不是这么说的，"他说，"我把剩下的事讲明白，你自己决定吧。你的那份剪报上提到，是这一段时间他们家族的爵位才得以恢复并且被他继承，不过这种小报消息一般没什么可信度。报纸说他在美国生活过，这件事就莫名其妙了。戴维斯跟富尔肯罗伊全是胆子很小的人，自然，这样的人有很多，不能因为这个就将人处死。可是我觉得，"他接着平和地说道，"我觉得你们美国人太自谦了。你们对于英国贵族的认识太过不现实了——你们对于什么贵族气质太过于崇拜，你看见一个穿着礼服、长得不错的英国人，你就认为他是一个贵族。你想不到我们国家中的人们发展的速度。非常多得到我们尊敬的公民们都很有可能是最近才有如此地位的，并且——"

"行了，够了！"格林伍德·厄舍大叫道，他看到布朗那戏谑的表情，不停地摆手让他别说。

"不要再和这个神经病多说了！"托德野蛮地大叫，"领我去见我的客人。"

隔天早上布朗带来了一份小报，仍然还是波澜不惊的样子。

"大概你没有看到最新的新闻，"他说，"不过这一则，你会感兴趣的。"

厄舍看了一眼，题目是《新花样的贫民派对：朝圣者池塘的笑话》，新闻内容是："昨天在威尔金森的停车房外面发生了一件荒诞的事。一名巡警看到一个穿了囚服的人大大咧咧地上了一辆潘哈德牌汽车，坐到了驾驶座上，副驾驶座上还有一个披着破烂披风的女人。巡警过去盘查，女人将披风脱下，她竟然是大富翁托德的女儿，她刚参加完可笑的穷人派对，才从庄园离开，那里的客人们都是差不多的装扮。她跟穿着囚服的丈夫就是要像平时那样开车去外面兜风。"

翻过报纸，厄舍先生又看见了一篇更新的报道，题目是：《富豪之女居然跟囚犯私奔，她策划了这场派对，现在已逃至——》。

格雷伍德·厄舍先生想抬头看看布朗神父，可是他已经走了。

【注释】

① 神殿区（the Temple）：是说在伦敦市中心的神殿教堂附近的地方，这个地方是英国法律中心，英国的 4 个律师学院里有两个都是在这里，是内殿律师学院跟中殿律师学院。

② 黑暗时代（the Dark Ages）：是欧洲中世纪的早期，大概是 476~1000 年，被当成是愚昧黑暗时代。

③ 马特洪峰（Matterhorn）：在瑞士，海拔 4478 米，被称作是阿尔卑斯山脉最美丽的山峰。

④ 威廉·哈维（William Harvey，1578~1657 年）：是他发现了血液循环跟心脏的功能，1628 年，他写了一本书《心与血的运动》，是现代生理学开始的标志。

⑤ 坎特伯雷大主教（Archbishop of Canterbury）：是英国国教里有着最高地位的人。

⑥ 猎鹰这个单词（Falcon）跟富尔肯罗伊（Falconroy）的开头几个字母组合一样。

◇ 凯撒的头像 ◇

　　布朗普顿或者肯辛顿的某个地方，有一条宽敞的大道，漫无尽头，高大的房屋矗立在大道两旁，这些房屋外观富丽堂皇，但几乎都空无一人，就像排列着的坟墓。如金字塔侧面一样倾斜的石阶通向了黑暗的大门，人们上来叩门时，总会犹豫一下，唯恐开门的是个木乃伊。这一片灰蒙蒙的建筑好像没有尽头，更让人感到压抑。要是外地人走在这样的路上，就会疑心这条路会不会永远也走不到头，也许会碰上一个拐弯；且慢，这有个例外——极小的例外，但这足以让人兴奋了。两栋高大的府邸之间，夹着一个小马棚一样的建筑，在整条街的衬托下，这只能算是门上的一条缝，只能算是一家矮小的饭铺或是酒铺，这档次也只够富家人的马夫来落个脚。但这地方寒酸中透着欢乐，尽管很不起眼，却自在精灵，如同在一群灰石的巨人脚下，有一间亮灯的矮人小屋。

　　要是有人在一个秋夜经过这里，这件事本身就很虚幻了，但他也许还会看到一扇窗子，用红色的窗帘遮着，玻璃上写着白色的大字，一只手拨开窗帘，一张脸往外张望，像极了一个天真的地精①。其实，这天真的人是布朗，以前在埃塞克斯地区的科霍尔做一个神父，现在在伦敦谋生。弗朗博是他的朋友，是个半官方的侦探，他刚把附近的一桩案子了结，正在神父的对面坐着整理笔记。两人在一张靠窗的小桌旁坐着。教士把窗帘拉开，望向外面，一直等到那个陌生人从窗前走过去，才把窗帘放下来。然后，他溜圆的眼睛转向头顶的窗子上，盯着白色字母，接着又往邻桌那里瞟了一眼。有个工人在那儿坐着，面前摆着奶酪和啤酒，还有一个红发年轻姑娘，手里握着牛奶。不久（看见他的朋友收好了笔记本），神父低声说道：

　　"你要是有十几分钟空闲的话，我想让你去跟上那个戴假鼻子的人。"

弗朗博抬起头，一脸吃惊，红发姑娘也抬起了头，但是他的神情可不止是惊讶了。她身穿浅棕色粗布衣，样式简单得甚至有点随意；但毕竟是个贵族小姐，细看之下，她还是有点盛气凌人的。"戴假鼻子的人！"弗朗博重复一遍。"谁呀？"

"我还不确定，"神父说，"我希望你去帮我查一查，他往那边走了，"接着就用拇指朝肩膀后做了一个细微的动作，"距离在三根灯柱之内，我只想知道他朝哪个方向走了。"

弗朗博愣愣地盯着神父片刻，表情不知是困惑还是可笑，然后才站起来离开。他巨大的体型从矮人酒馆的小门里挤出来，就融入暝暝暮色之中了。

布朗神父从口袋里掏出一本小书，安静地读起来。红发姑娘起身坐到他对面，他却装没看到。最后，她只好探着身子，小声又气势逼人地问道："你怎么知道鼻子是假的？"

他撑开沉重的眼皮，尴尬地眨着。接着犹豫的眼神落到了玻璃上的白色字母。红发姑娘也跟着看过去，瞟向字母，但还是一脸困惑。

"不，"神父开始解答她的困惑，"不是'Sela'[②]，跟圣经没关系；当是我没在意，所以才那样理解；应该是'Ales'[③]。"

"你说什么？"那姑娘瞪大眼睛问，"这些字母有什么意思吗？"

他思索着，目光随即又落在红发姑娘的浅色帆布套袖上。手腕处的一圈浅浅的纹路，这样的图案不是普通妇女穿得起的工作服，而是一件进修艺术者的工作服。他貌似找到了很多细节，很是值得深究。神父的回答有些缓慢迟疑。"女士，你要知道，"他说道，"从外面看这个地方——是个很好的去处——但是你这样的女士一般是不会这样想的。你们从不会主动来这种地方，除非——"

"除非什么？"她又问道。

"除非那些心里有事的人，他们不是为了来喝牛奶，而是另有目的。"

"你这人真有意思，说这些有什么用呢？"红发年轻姑娘说。

"我不想给你找麻烦，"他礼貌且有风度地说，"只是想做好准备，在你需要的时候拉你一把。"

"我为什么需要你的帮助呢？"

他继续自己那如梦话一般的独白。"你来这里不是与女门徒、或地位卑微的朋友见面，要不然你应该选择雅座……你也不是身体不适，否则你就会寻求店里女主人的帮助，显然她很可靠……再说了，你看上去不像身体不适，只是心情不佳……这条街如此笔直，没有一个拐弯，两旁的房屋门窗也紧闭……所以我推测，你是碰见了不想见的人。在这片巨石建筑里，只有这个小酒铺能让你进来躲避一下……我仔细观察了一下刚走过去的那个人，我觉得我并不过分……而且，我觉得他不是好人，而你才是好人……我已经做好准备了，一旦他敢来纠缠你，我一定出手帮你；我说完了，我朋友快回来了，他那笨手笨脚的样子，在街上晃荡不出什么收获的……我估计他不会有收获的。"

"那你为什么还要让他去？"她大声说道，显得更加好奇。她脸上泛着红光，高高的鼻梁与玛丽·安托瓦内特④的鼻子很像，一副鲁莽自负的表情。

她盯着他看了一会儿，脸上的红晕带着些许愠怒。但尽管她心里不安，但眼神和嘴角又随即露出了笑意，她冰冷地回答："好吧，既然你这么想跟我聊天，那你应该会回答我的问题。"她顿了一下，补了一句："我很好奇，你怎么知道那人的鼻子是假的？"

"这种天气下，蜡质的东西十分容易沾上露水。"布朗神父简洁明了地说道。

"可哪有人会戴这样的歪帽子？"红发姑娘反驳。

到神父回答时，他突然笑了起来。"这么难看的鼻子，不是为了漂亮，"他承认，"我觉得，那人戴它，正是因为自己的鼻子太漂亮了。"

"那又是何苦呢？"她继续问道。

"你听这是不是很像一首童谣？"布朗心不在焉地说，"有个歪歪扭扭的人，走过一条歪歪扭扭的路……我猜那人也跟着他的鼻子走歪路了。"

"什么意思，他怎么了？"她有些害怕。

"你不相信我没关系，我不强迫你，"布朗神父十分平静地说，"但依我看，你知道的要比我多。"

那姑娘腾地一下跳了起来，静静地站在那里，两个拳头紧紧攥着，一副急切想要离开的样子；接着她慢慢地松开了手，坐下来。"没有谁比你更神秘，"她松了口气说道，一副如释重负的样子，"但我能感觉到，你不止是神秘，还很有同情心。"

"我们最害怕的，"神父低声说，"就是精神上的无助迷茫，所以，无神论也就是一场噩梦而已。"

"虽然我也不知道自己为什么会相信你，"红发姑娘坚决地说，"但这一切我还是会告诉你。"

她摆弄着编织桌布，接着说道："你应该能辨别出什么是势利，什么不是；要是你知道我的身世，你就明白我为什么必须这样说了，否则根本说不清楚。实际上，我怕的主要是我兄弟那无可救药的老观念，位高权重之类的。我的名字是克里斯特贝尔·卡斯泰尔斯；你也许听说过卡斯泰尔斯上校，他是我父亲，一个罗马硬币收藏家，可是出了名的。不知道跟你说他什么好，只能说，他就像一枚罗马硬币，同样外表精致，同样货真价实，价值连城，但同时又是同样的铁石心肠，陈旧过时。相较于对自己家收藏的盾形徽章，他对自己的收藏更得意——真是没有谁超过他了。你若是看到他的遗嘱，他那特立独行就更明显了。他有一个女儿，两个儿子。他曾跟我兄弟贾尔斯吵了一架，然后就把他赶到澳大利亚了，只留给他很少一笔钱。此后，他写下遗嘱，将卡斯泰尔斯家收藏的东西和另外一笔更少的钱分给了我另一个兄弟，就是亚瑟。他把这当作是给亚瑟的最高奖赏，用来奖励亚瑟的正直和忠诚，以及他在剑桥求学时，获得的数学和经济学优异成绩。他的巨额财产大部分都给了我；我知道他留给我是因为他看不起钱财。"

"这样的遗嘱，也许你会觉得亚瑟会怨天怨地，但是他仿佛是我父亲复活了一般，尽管以前跟我父亲有点分歧，但接受收藏以后，他如同一个异教教士找到自己的圣殿一般。他把那些罗马硬币拿来跟卡斯泰尔斯家族的荣誉做比较，那固执劲儿，盲目崇拜的样子无异于我父亲，仿佛罗马硬币就必须要用罗马美德来捍卫一样。他也没其他什么嗜好，从来不在自己身上花钱，他就是为了收藏而活的。平时也不会换衣打扮，总是一件陈旧的棕色睡衣套在身上，他就在那堆捆得紧紧的棕纸包之间来回走动，谁都不能碰一下。睡衣上的带子和流苏，加上他那张清瘦苍白、温文尔雅的脸，像极了一位年老的苦行僧。偶尔他也会打扮成一个时髦绅士，仅限于他去伦敦拍卖会或是去给卡斯泰尔斯家添点收藏品的时候。”

“要是你对年轻人有所了解的话，就不会奇怪我为何现在对这一切这么讨厌；我讨厌那些人总是唯古罗马人的一切马首是瞻。我跟我兄弟亚瑟不一样，我不会放弃追求享受。我的浪漫天性包括一些不起眼的小细节，还有这一头红发，都遗传我母亲，那可怜的贾尔斯也一样，我觉得他会那样做的一个原因是硬币的影响，虽然他的确做了错事，也差点进监狱，但是他没有犯下我这样的如此大错，我马上给你讲。”

“接下来我要说的，就是这整件事情里最荒唐的部分了。你这么聪明，我觉得你肯定能猜出来，像我这么个不安分的 17 岁少女，在这乏味单调的地方生活，究竟有什么事情能让我感到轻松些吧。但总有一些更可怕的事情困扰着我，不知道自己究竟想怎么样，不知道该怨自己轻佻而种下苦果，还是甘愿忍受心碎的滋味。那时候，我家在南威尔士海滨度假区住着，有一位退休的船长跟我们隔了几户人家，他有个儿子比我大 5 岁。在贾尔斯被赶去澳大利亚之前，他们俩还常来往。他叫什么不重要，不过既然我决定将一切都告诉你了，说出来也无妨，他的名字是菲利普·霍克。我跟他经常一起去捕虾，我们都觉得爱着对方，最起码他说过爱我，我也觉得爱他。他有一头古铜色的漂亮卷发，一张鹰似的脸庞，在海边也晒成了古铜色。我跟你保证，这不是赞美他，而是这件事跟这些有关系，那些离奇的巧合就因此而起。”

“夏日的一个午后，我和他约好一起去捕虾，我在前厅焦急地等着，亚瑟正把新买的几包硬币抱到他那昏暗的博物馆兼书房里，一次抱两个。终于等他关上厚重的大门时，我连忙拿上捕虾网，戴上便帽准备溜出去，这时，我看到了他落下的一枚硬币，在窗前的长凳上闪闪发光。那是一枚铜币，上面刻着凯撒的头像，那色泽，弯勾的罗马式鼻子，瘦长的脖子，跟菲利普·霍克简直一模一样。我猛然想起来，贾尔斯说过，有一枚硬币特别像菲利普，菲利普也很特别想得到它。你应该会理解我当时脑子里怎么想的，尽管那想法又疯又蠢，但我认为那就像是仙女送给我的最好的礼物。当时我想，如果把它送给菲利普该有多好，它可以当作是两人的信物，就像是结婚戒指那样的东西，能够让我们永远连在一起；我顿时思绪万千，但是在内心深处，我还是很害怕；最重要的是，一想到亚瑟对这件事会做出的反应，我就非常煎熬，像挨到火红的烙铁一样。卡斯泰尔斯家的贼，偷卡斯泰尔斯家里宝物的贼！我想我兄弟恨不得让我马上像女巫一样被烧死。但很快，臆想出来的残酷情景激起了我对他的厌恶，我讨厌他一整天都躲在古物堆里。而我却向往大海的呼唤，那里充满自由、青春。外面的太阳炽热，花园的一棵黄色的金雀花随着微风吹动敲打着窗户。我想到，这些生机勃勃的金色花儿，正从世界每个角落对我呼唤——而我兄弟那堆毫无生气的金币、银币、铜币，就这么随着岁月消逝而掩盖在灰尘之下。一面是我的本性，一面是卡斯泰尔斯家的收藏，我在这之间痛苦地挣扎。"

"相比于卡斯泰尔斯家的收藏，人的本性要古老得多，于是最后，本性胜利了。我手里攥着那枚硬币，一路跑到大海，我感觉我身上很重，承担着整个罗马帝国和卡斯泰尔斯家的血统家世。不止是我家那头老雄狮冲我咆哮，凯撒也把所有的老鹰放了出来，都扇动着翅膀，追着我，尖厉地嘶鸣。我的心如同小孩子放的风筝一样越飞越高，一直到我翻过那个起伏的干燥沙丘，走到平坦潮湿的沙滩上。在几百码之外的大海里，菲利普已经在潮水里站着了，潮水波光粼粼，殷红的夕阳壮美绚丽，大片的海水刚过脚踝，夕阳的倒影却有半英里那么远，好像一片如红宝石般鲜艳的湖泊。我甩掉鞋袜，朝他走去。在水里走了好远才发现，四周海水与沙滩之中，只有我们两个人，我把凯撒头像的那枚硬币给了他。"

"在那一瞬间，我被一股直觉给吓到了：远处沙丘上有个人，正直直地盯着我。很快我冷静下来，知道自己是太紧张了，距离这么远，顶多看到一个小黑点，我也只能看到他在那里站着，稍微偏着头观望，根本不能确定他是在看我。或许他是在看轮船，或是夕阳，亦或是海鸥，甚至是海岸上任何一个闲逛的人。然而，我刚排除掉的胡乱猜想，这时却变成了现实。我远远看他穿过平坦潮湿的沙滩，大步流星地朝我们走来。他越来越近，以至我看清了他的长相，黝黑的皮肤，蓄着胡子，还戴着一副墨镜。他从头上的老式黑礼帽，一直到脚下结实的黑鞋子，一身黑色打扮虽老旧，但算是体面。他毫无顾忌地走进海里，仿佛一颗子弹直射过来。"

"他就那样走进海里，一声不吭，我实在不知道该如何给你形容我当时的惊奇和恐惧，如同径直地迈出悬崖边上，但仍然在空中稳步前行。感觉像是看到房子在天上飘着，或是人头落到了地下。他只有鞋子沾湿了，就像一个恶魔，无视自然的法则。即使他在下水前有那么丝毫犹豫，不过也没什么。他的注意力全在我身上，压根儿没把大海看进眼里。那时菲利普在几码距离之外，背对着我，正要俯身撒网。那陌生人一直走，直到离我不足两码才停下，海水快要超过他的膝盖。然后，那人开口说了一句话，很显然，声音非常装腔作势：'要是我想从你这里取走一枚刻有特殊铭文的硬币，不知是否会给你添麻烦？'"

"他整个人只有一点很反常，那就是他的墨镜，墨镜是那种很常见的蓝色，并不是完全不透明的，因此能看到镜片后面的那双眼睛，正直勾勾、一动不动地盯着我。他的胡子不长也不乱——但因为脸颊的鬓角和胡子连到了一起，给人还是一种毛发茂盛的感觉。他的脸色不是土黄色，也不是铅灰色，而是完全相反，看起来很年轻、干净，但（我不知道为什么）他的面色红润，如同蜡像一般，看着更加恐怖。唯一的奇怪之处就是他的鼻子了，鼻形很好看，就是有点歪；就好像是在它没成型时，被人用小锤子敲了一下。这点瑕疵也算不上是畸形；但我不知道怎么给你描述，其实这对我来说是多么可怕的梦魇。他就站在水中，夕阳把水染红，在我看来，他就像是个地狱海怪，从血海里咆哮而出。我不明白区区一个鼻子，竟能让我胡思乱想这么多。我觉得他的鼻子很灵活，看起来甚至能像手指一样活动，而且好像刚才就动过了。"

"'这是一点小资助，'他继续用生硬古怪的语调说道，'这样我是不会向你家人说这件事的。'"

"我猛地反应过来，他拿我偷硬币的事情来勒索我。然而，就在我恐惧又疑虑的时候，一个强烈且实际的疑问又冒出来了。他怎么知道的？我只是一时兴起才偷的，而且一直是我孤身一人。每次偷偷溜出来与菲利普约会时，我都会确认没人看到。在街上我也没有被跟踪，最起码表面看起来是这样的；就算真的有人跟踪我，他们是怎么发现我手里攥着硬币，难不成用 X 光透视的？再说了，我给菲利普的东西，站在沙丘上的那个人是不可能看到的，除非他是童话故事里的神奇人物，能够射准苍蝇一只眼。"

"'菲利普，'我很无助地喊叫，'你去问问那人究竟想干什么？'"

"菲利普停止补网，抬起头，涨红的脸不知是生气了还是有些难为情，也可能只是一直弯腰憋红的，或是夕阳照的，亦或是出现在我眼前的一个病态幻象。菲利普只对那人生硬地说了一句：'离她远点儿。'然后示意让我跟着他，我们蹚着海水走到岸边，再没回头多看那人一眼。沙丘脚下延伸出来一个石筑的防波堤，他刚一踏上去就赶紧往回跑，也许他觉得在这粗糙的石头上，不速之客是跑不快的，毕竟石头上沾满了又湿又滑的海草，而我们还比他年轻，早已习惯了。但我这位冤家对头走路和讲话一样讲究，他还在跟着我，一边挑着脚下的路，一边琢磨措辞。他那柔和而恶心的声音不断地传进我的耳朵里，终于，我们走到沙丘顶上后，菲利普再也忍受不了了（从来没有过这么明显）。他突然转身，怒吼：'滚回去，我现在没时间搭理你。'那人犹豫不决，刚准备开口讲话，就被菲利普用力打了一嘴巴子，他一下子就滚到了坡底。我看见那人从下面沙堆里爬起来。"

"这一下，我心里倒是舒坦多了，不过这很可能给我招来更多麻烦；菲利普也并没有因自己刚才的英勇行为而多么得意。尽管他跟平时一样很温和，但看起来多少有点低落；我还没来得及问他怎么了，他就跟我告别了，就在自家的门前；临别之前，他的行为有点反常。他说，按说他应该把硬币还给我；但是他还想'暂时'把它留下。接着他又突然换了话题，说道：'你听说了吗？贾尔斯回来了，从澳大利亚回来了。'"

酒铺的大门突然开了，侦探弗朗博的高大身影落在了桌子上。布朗神父把他介绍给红发姑娘，然后用他那轻描淡写却又极具说服力的口气，说弗朗博对这种案件很了解，并且愿意出手帮助。红发姑娘几乎就在不经意间，把她的经历又重复了一遍。弗朗博俯身坐下来，与此同时还递给神父一张小纸条。布朗神父很惊奇，接过来读了一下："乘坐出租车，去了帕特尼马弗京大街 379 号，沃加沃加大楼。"红发姑娘还在讲述自己的经历。

"在回家的斜路上，我晕晕乎乎地走着；直到走到门阶前，我才稍微清醒一些，我看见家门口放着个牛奶罐子——歪鼻子男人也在。仆人们应该都不在家，因为牛奶罐子在那里放着；亚瑟肯定正穿着那件棕色睡衣，在昏暗的书房兼博物馆里欣赏那些收藏品，才听不见什么门铃声呢。现在没人能给我开门，只有我兄弟在家，可要是让他知道了这件事，我就完了。绝望之中，我只好塞给他两个先令，并让他给自己几天时间想想，过几天再来。那人闷闷不乐地离开了，其实他比我预想的要温顺许多——也许是他摔下去时被吓着了——望着他的背影，看着他背上的沙子，正簌簌地落在地上，我心里充满了复仇的快感。直到他走过 6 栋房子以后，才在拐弯处消失了。"

"后来我进屋给自己泡了一杯茶水，想整理一下头绪，分析出个所以然来。我在前厅的窗子边坐着，望着外面，花园映在最后的一点霞光里。我心里实在烦躁杂乱，还晕头转向的，即使花园的草坪、花坛与盆栽再美，我也无心欣赏。所以，就在我无意间突然看到那个人影的时候，可真是把我吓坏了。"

"我刚刚打发走的那个怪物现在正一动不动地站在花园中央。关于黑暗中白色幽灵的故事，我们都听过不少，但是眼前这一景象要比那些可怕得多。尽管他站在夕阳下，身后拖着长长的影子，但他毕竟是在温暖的阳光下站着，面色没有苍白，只是跟理发店展示发型的蜡质假人一样的脸色。他就在那里面向我，一动不动地站着，我真不知道该如何描述那恐怖的一幕，他就站在郁金香花丛里，站在那些像是温室培育的花朵之中，这些花朵高大、俗艳，仿佛我们花园中央立着的是蜡像，而不是石像。"

"突然他看见我在窗子里走动，就连忙转身从花园后门跑走了，毫无疑问，他是从那里进来的，因为那门一直敞开着。没想到他也会胆怯，再想想他莽撞地闯进大海里的样子，实在是判若两人，我不由得感到了些许安慰。我猜他是害怕亚瑟，因此他比我想象中还要胆怯。无论如何，我总算是放心了，一个人安安静静地吃了顿晚餐（因为亚瑟有个规矩，就是在他整理博物馆时绝对不能去打搅），我还在浑然忘我地一心想着菲利普，我望着一扇窗子，眼神空洞，心里却十分欢快，那扇窗子没有拉帘，夜幕终于完全降临，外面一片黑暗。突然，我看见窗户上好像有只蜗牛，可当我睁大眼睛，靠近仔细一看，说那是人的拇指貌似更合适些，因为它弯曲的形状几乎和人的拇指一样。虽然我心里非常恐惧，但我还是鼓起勇气冲到窗边，但随即就又缩回来了，并大声惊叫，那惊叫声几乎都要窒息，几乎所有人都能听到，除了亚瑟以外。"

"因为那东西不是拇指，更不是什么蜗牛，而是一个歪鼻头，那歪鼻头正顶在玻璃上，被压得惨白。一开始后面的眼睛和面孔还看不到，但随即就有一个幽灵般的灰色轮廓显现出来。我连忙把百叶窗合紧，飞奔到楼上，冲进我的房间，把门反锁上。但是，我经过另一扇黑乎乎的窗子时，又一次看到了那个蜗牛般的东西。"

"管不了那么多了，我想最好还是去找亚瑟。如果那个家伙像只猫一样，围着这栋房子乱转，就恐怕不是勒索这么简单了。就算亚瑟会把我从家里驱赶出去，甚至是诅咒我一辈子，但他毕竟是个绅士，肯定会站出来保护我的。经过10分钟的思想斗争，我跑下楼梯，冲到亚瑟书房，敲了几下没等回应，就急切地推门而入，结果，看到了最糟糕的那种景象。"

"亚瑟的椅子空空如也，显然他没在家。而那家伙却一本正经地在那里坐着，头上依旧斜戴着帽子，拿着亚瑟的藏书在灯下翻看，但是表情悠然自在又专心致志的脸上，貌似只有鼻头是最活跃的部分，几乎能与大象的鼻子一样，肆意地从左甩到右。我原以为，他追赶和监视我这些，就足够恶毒了，可他这样对我视而不见的态度反倒让我更加害怕。"

"我记得我的叫声又长又响，但这不是重点。我后来的行为才是问题的真正所在：我把我所有的钱财全给了他，包括很大一笔有价证券，虽然这些东西在名义上属于我，但我想我还没有权利去支配。终于把他打发走了，临走前还留下冗长且令人憎恨的道歉，这简直就是得了便宜还卖乖，我绝望地坐下来，心想这一切全都完了。但那天晚上，一件纯属偶然的事情救了我。亚瑟突然去了伦敦，他经常去那里买便宜货，他很晚才回来，一副兴高采烈的样子，他差不多能够确定家族又要增添一件宝贝了。他身上的光芒如此灿烂，我几乎要壮大胆子向他坦白自己偷硬币的事情了，尽管那硬币很不起眼——但他一旦开始讲述自己空前绝后的计划，就滔滔不绝，别人根本无法插嘴。他的交易随时都会出现变故，因此他非得让我跟他一起搬到富勒姆，那里离他的古董店很近，而且他已经在那边租好了房子。虽然我不太情愿，但这至少让我脱离了我敌人的骚扰——同时远离了菲利普……亚瑟经常去南肯辛顿的博物馆，我也闲得无聊，报名参加了艺术学校来填补生活的空虚。今晚我刚下课往回走，就看见那个令人憎恨的家伙走在长街上，剩下的，这位绅士也都说了。"

"我只想说一件事。我不配得到你们的帮助，我受到的所有惩罚都是罪有应得，我也不敢去抱怨或是质疑。但我还是想问个究竟，这一切到底是怎么回事，我都快疯了，头像炸了一样。难道我的遭遇全是奇迹吗？除了我和菲利普以外，怎么会有其他人知道我把一枚小小的硬币送给了他？"

"这真是个非比寻常的难题。"弗朗博皱着眉头说道。

"问题的答案更是不寻常，"布朗神父阴沉着脸，接着说，"卡斯泰尔斯小姐，一个半小时之后，我们想去你在富勒姆的家，你可以在家里等着我们吗？"

姑娘看了看他，站起来，戴上手套。"行，"她说，"我会等你们的。"说完便离开了。

那天晚上，神父和侦探前往位于富勒姆的那个房子，边走边谈论这件事，很快就到了，虽说卡斯泰尔斯家只是暂时住在这里，可是那房子简直太寒酸了。

"从事情表面上看，"弗朗博分析道，"我们很自然地想到那个从澳大利亚回来的兄弟，他在这里招惹了麻烦，回来得又这么突然，而且，他很可能有同谋。但是我想不通他是如何搅和进这件事的，除非……"

"除非什么？"他的同伴问道。

弗朗博低声说："除非那姑娘的心上人也参与其中，这样的话，他可就太坏了。从澳大利亚回来的家伙一定很早就知道菲利普想得到那个硬币。但我不明白，他又是如何知道菲利普已经拿到硬币的呢，除非菲利普向他或是他海岸上的同谋发出了信号。"

"有道理。"神父赞同应和。

"还有一件事，不知你注意到没？"弗朗博急切地继续说道，"一路上，菲利普的爱人受欺辱，他都在忍着，一直到松软的沙丘才动手，在沙丘上他能轻易地击败对方，还不会损伤自己。要是在海里面又湿又滑的礁石上就动手，他就可能伤及同伴。"

"不错。"神父点头称是。

"那么现在，我们把这件事从头梳理一遍。这件事牵涉到的人并不多，但至少有三个人。自杀需要一个，谋杀需要两个，勒索肯定不会少于三个。"

"这是为什么？"神父轻声问道。

"显然，"他的朋友大声说道，"整个事件必须有一个人被揭发，另一个人威胁并去揭发，最后还要有一个人让被揭发的那个人有所惧怕。"

神父沉思着好像又仔细琢磨了一下这句话，接着说道："你刚才的逻辑分析有一点遗漏掉了。虽说理论上需要三个人，但实际上只要两个人就够了。"

"为什么这么说？"弗朗博问。

"勒索的那个人为什么就不能自己去恐吓受害者呢？如果一位太太极力地反对丈夫喝酒，她丈夫被吓得把自己经常光顾酒吧的事情也掖着藏着，于是，她开始改变自己的笔迹，给丈夫写勒索信，恐吓他说，要向他太太告发！这样做不可以吗？如果有一位父亲极力禁止他儿子赌博，然后又乔装打扮，跟踪着他儿子，并假扮父亲应有的严苛恐吓儿子！如果——呀，咱们到了，朋友。"

"哦，天啊！"弗朗博大叫，"你的意思是——"

有个人影从屋前的门阶走下来，金黄的路灯照出他的轮廓，与罗马硬币上的头像简直一模一样。菲利普没有多余的客套话，见面就直接切入主题："卡斯泰尔斯小姐说，一定要等你们来了再进去。"

"好吧，"布朗神父很自信地回答，"你在外面等着，顺便照看她，难道你不觉得这样对她是最好的选择吗？我想你应该已经猜到了。"

"是，"年轻人低声说道，"在沙滩上的时候我就已经猜到了，现在我算确信了，所以我才会把他撂倒在软沙滩上。"

弗朗博从姑娘手里接过大门的钥匙，又从菲利普那里接过硬币，便和神父一起穿过大厅，走进那栋空荡荡的房子。屋里只住着一个人。布朗神父以前看见过那人从酒铺前面经过，而此刻他却一副走投无路的样子，靠在墙上，愣愣地站着，其他的装束都没变，只是脱了黑色大衣，换上了棕色睡衣。

"我们来这里，"布朗神父礼貌客气地说，"目的很简单，只是想把这枚硬币物归原主。"然后，他就把那枚硬币直接递给了戴假鼻子的人。

弗朗博眼珠灵动一转，问道："他是个硬币收藏家？"

"这位先生就是亚瑟·卡斯泰尔斯，"神父确凿地说，"他专收某一品种的硬币。"

那人脸色突变，歪鼻头顿时在脸上凸显，整张脸完全不协调，看起来很滑稽。他冷静一下开口道，绝望中还坚持最后的尊严，"那你应该知道吧，"他说，"我还没走到家传尽失的地步。"说完随即转身，大步地走进房里，砰的一声使劲甩门。

"快拦住他！"布朗神父大声喊道，同时跳了起来，差点被椅子绊倒，弗朗博使足力气，猛拽两下，把门打开。但一切都晚了。弗朗博默默地快步走过房间，向警察和医生打电话。

房里的地上倒着一个空药瓶。桌子那边躺着一个人，身穿棕色睡衣，周围尽是破裂的棕色纸袋，其间漏出来一些硬币，这些硬币没有一个是罗马硬币，而全是现代的英国硬币。

神父捡起那个铜质的凯撒头像硬币。"这个，"他说，"是卡斯泰尔斯家的收藏品中唯一幸存品了。"

停顿了片刻之后，他用异常温柔的语气接着说："他那可恶的父亲留下的那份遗嘱，真是残忍，你们也都看到了，他多少也有点憎恨这份遗嘱。他憎恨自己手里的那些罗马硬币，越来越渴望真正的金钱。他不单是把收藏品一点一点地卖掉，为了谋财，还想出些歪门邪道，——甚至去乔装打扮，勒索自己的家人。他为了一桩尘封已久的旧案，不惜去勒索自己从澳大利亚回来的兄弟（这也正是他乘出租车去帕特尼沃加沃加大楼的缘由），仅仅因为他妹妹的一次盗窃，就连自己的妹妹也要勒索，这次盗窃也只有他才会发现。还有，就因为这样，他出现在远处的沙丘时，才使她妹妹产生了离奇的臆想。无论相距多远，我们总是能通过熟悉的身材和走路方式认出某个人，如果在近处，再加上一张精心装饰过的脸，就没那么容易辨认了。"

随即又是一阵沉默。"看来，"侦探弗朗博抱怨，"这位赫赫有名的硬币收藏家兼鉴赏家，无非是个粗俗的守财奴罢了。"

"这之间区别很大吗？"布朗神父依旧轻柔地问，"守财奴和收藏家，哪个不是能引人走火入魔的？实际上，他们也没什么大错，错就错在不能给自己雕刻偶像，不能跪拜那些偶像，更不能侍奉它们，因为我⑤……算了，还是去看看那对可怜的年轻人吧，看看他们现在怎么样了。"

"我想，"弗朗博说，"尽管发生了这么多乱七八糟的事情，现在，他们相处得起码还算是融洽的。"

【注释】

① 地精（goblin）：一种生物，源于民间传说的奇幻故事里，地精矮小丑陋，生性很狡猾，喜欢搞恶作剧。

② Sela：士拉，是以东的首都，以东是古代的西南亚王国或其地区，在死海南部。

③ Ales：麦芽酒。

④ 玛丽·安托瓦内特（Marie Antoinette）：法国国王路易十六的王后。

⑤ 这两句话引自《出埃及记》的 20：4 和 20：5。

◇ 紫色假发 ◇

爱德华·纳特先生是一位工作兢兢业业的编辑，此时此刻，他正坐在《革新日报》的办公桌前，一边审查着桌上的稿件，一边慢吞吞地拆着手里的信封，耳边还不时传来打字机的声音，而打字机的一边，坐了一位看起来充满干劲的年轻女士。

他微微发胖的身体上仅仅穿了一件衬衫，皮肤白净；他干脆的行动，笃定的语气，都不容置喙；但他那圆圆的、充满孩子气的蓝眼睛却总是出现迷惑甚至是忧闷，与他的举止言谈完全不同。但实际上，这样的神色并不都是错误的引导。与其他肩负重担的新闻工作者们一样，他平时神情都是惴惴不安，心慌意乱。因为他担心会被指控毁谤，担心广告商们撤走赞助，担心出现印刷失误，还担心工作不保。

《革新日报》的老总（纳特的东家）其实对报纸一窍不通，他的脑子里有一些错误的观念积重难返，他亲自聘请任用了一些精明干练的职员，这些人当中不乏才识过人，而且阅历不浅的，但（倒霉的是）他们却总是将精力放在确定报纸的政治立场上。因此纳特需要不断地来回周旋在老板和这些职员之间，缓和双方的矛盾，找到合适的办法，这使得他苦恼不堪。

现在放在他面前的就是一位精明干练的记者给他的一封信，他做事一向干脆，此刻却犹豫不决是否要打开这封信。他将信置之一旁，继续拿起桌上的稿件，眯着蓝眼睛开始审查起来，然后晃动铃铛，让人把审查好的稿件送去楼上。

做完这之后，他满腹疑虑地将信件拆开。这是一位重要的笔者写的，还盖着德文郡的邮戳，信里说道：

"亲爱的纳特，——我听说你还有在做《奇人怪事》节目，那么你是否觉得艾克斯穆尔的艾尔斯家族的一些奇怪事有意思；或者像老太太们认为的那样，就是艾尔斯的魔耳？你了解的，那个氏族的族长就是艾克斯穆尔的公爵；他是个保守党的一个贵族，传统又刻板，要知道，身份背景像他似的人已经不多见了，这种固执保守的老贵族正好可以拿来借题发挥。并且我认为我已经将线索拿到手了，顺着线索深究下去一定会揪出来一个震惊世人的故事。

我自然不会觉得詹姆斯一世①的那些传闻故事是真的，何况是你，你就连新闻报道的真实性都持有怀疑，这样的事就更是不用说了。你大概还对那个传说有些影响，那可以说是英国史书上最丑秽邪恶的一篇了，——弗朗西丝·霍华德那个阴毒险诈的女人下毒害死了奥弗伯里，可是国王却由于不知所谓的畏惧而放过了凶犯②。据说这件事情还和巫蛊之术离不了关系，而且还有人传，有一个下人透过门上钥匙的那个孔意外听见了国王和凯尔的交谈，知道了内幕。大概是这个秘闻太过可骇，下人听了之后，那只耳朵就像被下了妖术似的变得又大又丑。在那之后，虽然他被赏赐了田地、钱财，还有能够世袭的爵位，但是那像恶魔一样的尖耳朵却依然时常出现。万幸，你并不认为这些所谓的荒唐的黑魔法是真的，否则的话你大概就不会采用这篇稿子了。不过如果你在你的办公室里看见什么神奇的事情出现的话，我劝你还是不要张扬为妙，毕竟现在的主教们都是那些不可知论者③。但这都不是最重要的，最重要的是艾克斯穆尔和他的整个氏族的的确确有些奇怪。我敢打包票，有些事情即使表面上看起来没什么不对，但是实际上却是不正常的很。并且，我认为在这个故事里，耳朵应该是种代表，是虚假的，或者可能是一场病痛什么的。还有一种说法是，骑士党们④像詹姆斯一世那样戴着长长的假发，就是为了将像第一位艾克斯穆尔公爵一样的尖耳朵给藏起来。毋庸置疑，这些都是人们那厉害的想象力想出来的。

我同你讲这些事不是没有目的的，我想，我们都误解了，我们不应该只是指斥那些贵族有钱人们被美酒与珠宝堆砌的奢靡生活。大部分的人都向往他们的花天酒地安逸享受的生活，可是在我看来，要是我们坦诚地说出上流社会的生活能使得贵族们获得幸福快乐，那我们就不能以自己的看法站稳脚跟。我提议我们可以出一系列有关某些豪门贵族的乏味的、蛮横粗暴的、恶魔信徒式的封建盲目生活的文章。这一类的例子到处都是，可是你却难以找到一个比艾尔斯的耳朵更适合的了，把它当作开篇最好不过了。在这个周末以前，我会将这个传说的真正的面目摆在你的面前。

你永远的，

弗朗西斯·芬恩"

纳特先生凝视着左脚的靴子，微微思忖了一下，然后声音高亢却毫无生气地朝着一位年轻的女士喊道———整句话无半点起伏，都是同一个音调："巴洛小姐，我需要回一封信给芬恩先生，请你记一下内容。"

"亲爱的芬恩，

你的想法可行，请在下周六之前将你整理出的稿子给我。

你的，

E.纳特"

他一口气向巴洛小姐表达了他的想法，而巴洛小姐也马上就将他的话记录下来。接着他又重新拿起桌上的稿子和蓝色铅笔，将"超自然的"换成"不可思议的"，将"击毙"换成"制服"。

纳特先生热衷于以这种愉悦身心的方式聊以自娱，时间很快就到了下一个周六，还是在这张办公桌前，他还是向那一位打字员表述自己想要的内容，还是用那一支蓝色的铅笔审视批改着芬恩先生送过来的第一部分的报道。在报道开头，芬恩先生就对皇室贵族们令人发指的行为进行了毫不留情的攻击，同时也表达了对上流社会的人们深深的失望。

虽然言语间慷慨激昂，情绪激动，但是依然不失其才气。可是作为一个编辑，他需要像平时处理稿件那样，让人在这份稿件上增添一些更骇人听闻、引人眼球的标题，比如"贵太太和毒药"、"艾尔斯家族的老巢"以及类似于此的上百处的微妙的改动。接下来就是那个耳朵的故事了，将芬恩第一封信中所写的添了添，又插入他的最新发现，内容如下：

我知道，所谓记者们的写作伎俩不过是将结尾放置开头上去，然后就把这当成标题。我也知道新闻报道所谓的真理就是把"琼斯勋爵逝世"的新闻公之于众，让那些根本不认识他的人都知道这个消息。鄙人认为，这就像是大多数新闻行业的老例一样，并不算是真正意义上的新闻报道。但，《革新日报》就要在这个方面做出一个好的表率。我建议实事求是从头至尾地将他的故事讲述出来。我不会改变或隐藏当事人真正的名字，这样在大多数时候他们都可以随时出来证明这件事的真实性。至于那骇人听闻的标题——还是放到最后去吧。

那时，我正顺着一条曲曲折折的林间小径横穿德文郡的一座私家所有的果园，那条小径仿佛指引着路人去找德文郡特有的苹果酒。事实上的确如此，它果真引着我来到了这样的一个位置。那是个窄长矮小的小旅馆，一间小小的房子和两个谷仓就是整个旅馆的全部；房子顶上还被一些茅草给遮盖着，就如同是在遥远的远古时期就长有的褐色和灰白的头发。不过在它的门口倒还有个牌子写着店名——蓝龙旅馆；牌子下面还有张毛糙粗陋的长桌子，在宣布禁酒之前的大部分小旅馆店门口都有这么一张长桌，因为在那时，尽管已经有了禁酒者和造酒商的操纵，可是还是没有剥夺大家互相举杯痛饮的自由。在桌子边上坐了三个绅士，让人觉得这些人似乎是活在过去的人。

现在我对这三个人有了更深刻的体会，已经能够轻而易举地表达出他们给我的感觉了。可是在那会儿，他们在我看来根本就是三个实打实的阴魂。有一个人我记得最清楚，一个原因就是因为他是最高大的一个，另一个原因是他坐的位置是在最中间，正朝着我。他看起来很魁梧且满身肥肉，穿了一身黑色的衣服，脸色红而有光泽，只是看起来更像是要发脾气，不过头发却没有多少，而且愁眉苦脸的。认真打量了他一番后，我还是想不通究竟是什么使我认为他是个古董。但是他戴的白色的教士领带和额头上的那一条条皱纹的的确确有点古老的感觉。

而坐在那张长桌右边的人就更是不好形容。说实在的，那个人长了一副到处都有的路人脸，圆滚滚的头，褐色的头发，圆溜溜的朝天鼻，也是穿着黑色的教士服，不过款式看起来更显严肃。当瞟到他放在桌上的那个有着弯弯帽檐的宽边帽时，我才明白我怎么会认为和古董那些老东西有关联。这是一个罗马天主教的教士。

大概待在长桌那一边的第三个人，更会让人觉得他们和那些古董有关联，虽然他在这三个人里身材最瘦最小，穿的也不如他们考究。他又细又长的手脚都藏在衣服里，或者说是被灰色的袖子和马裤紧紧包裹着；他的长脸蜡黄蜡黄的就像鹰似的，枯瘦的下巴朝他的衣服领子和围巾里缩着，就像是一截枯木枝，这使得他的脸色更是阴晦；而且他的发色（本来可能是深褐色的）是一种诡异的红棕色，跟他那土黄的脸相比，倒更接近紫色。他不仅发色不同寻常，就连发量和弯曲的形状都与常人不太一样，他的卷发就像是假的一样。但在经过一番思索后，我更愿意承认是长桌上的那组细长的老式高脚杯，一两个柠檬，和两只烟斗。不过，我要做的正是来探寻那个古老的世界的。

作为一个早已在这行摸爬滚打了很久的记者，而且还是在一个小旅馆的门口，我完全可以脸不红心不跳地直接在桌子旁坐下，再来上几杯苹果酒。那个穿一身黑的大高个儿好像涉猎面极广，对本地的古董更是了解得特别多；同样穿一身黑的小个子倒是不太说话，可是令我没想到的是，他却好像素养更高。所以我们谈得很是愉快；但是那坐在另一端的那一位，那个套着紧身马裤的老绅士，就显得有些冷酷，孤高，不太平易近人直至我谈到了艾克斯穆尔公爵和其先辈。

我发现这个话题好像令那两位穿黑衣的绅士有些不太自然；可是它居然顺利撬开了第三位的嘴。他聊天的风格非常含蓄自持，发音吐字中可以感觉到他是个受过良好教育的绅士，还偶尔吸上一口他的烟斗，他跟我说了几个我平生从未听过的恐怖可怕的故事：艾尔斯家族有一位先辈将其亲生父亲吊死；还有一个则残害他的太太，用马车拖着她跑进村子；另一个则放了一把火将教堂烧得精光，里面都是小孩儿，诸如此类的许多故事。

这里面有一些东西的确不好直接公布出版，例如那血腥修女的情节、斑点狗的恶行，还有采石场里的见不得人的事。他那两片绅士的薄唇一张一合就不断吐出这些可怖的罪恶之事，他有些拘束，偶尔还拿起那高脚的酒杯喝上一口。

很显然坐在我对面的那个大高个子很想让他闭嘴，可是又对他有明显的顾忌，不敢随便阻止他。在长桌的另一边那个瘦小的绅士，虽然没有表现出那种尴尬，可却是在两眼无光地盯着桌子，好像隐藏着极大的苦楚——听着老先生说的事，他的确别无他法。

"你好像，"我对老绅士说，"很不喜欢，甚至说是憎恶艾克斯穆尔家族。"

他盯着我，过了一会儿，薄唇抿得更紧，看起来有点惨白，仍然显得拘束；然后他存心将烟斗狠狠摔碎并把长桌上的高脚杯也砸碎，立起身来，那情形活脱脱就是一位优雅有礼的绅士喷发出如恶魔一般的怒火。

"在座的两位，"他开口，"会告诉你它是否值得我喜欢。艾克斯家长久以来的诅咒沉重地压着这片土地，无数人吃过它的亏。他们了解，任何人都不能比我受其害更深。"然后，他的鞋跟踩过地上的一块碎玻璃，恨恨地碾碎了它，迈着大步走进了果园。

"这位老绅士真是性情古怪，"我对剩下的两位说道，"你们了解艾克斯穆尔家族的人到底对他做过什么？他又究竟是什么身份呢？"

那个一身黑的大高个儿像头迷惑的公牛那样难以置信地注视着我，可能他没有料到我会这样问。终于，他问道："你真的不认识他吗？"

我又一次表示我确实无所知，然后又陷入了沉默，终于那个瘦小的教士说话了："他就是艾克斯穆尔公爵。"

接着，我还没有将这个消息消化好，他又用刚刚一样波澜不惊的语调补充了两句，不过氛围已经没有刚刚那么沉重："这一位先生是我的朋友马尔博士，艾克斯穆尔公爵家的图书管理员。我是布朗。"

"但是，"我吞吞吐吐地问道："要是他就是公爵，那么他怎么会这样说他的先祖们的坏话呢？"

"也许他的确深信不疑，"那个叫作布朗的小个子答道，"他们将诅咒传给了他。"然后又不经意地补了一句："所以他才戴了个假发在头上。"

过了好一会儿，我才搞懂他的话。"你是说那个怪异的耳朵的传闻？"我又继续问道，"我的确是有听过这个故事，不过我觉得那一定是愚昧无知的人将一件简单的事添油加醋成了奇闻异事。我其实认为那应该只是各种致残，又或者是毁容故事里比较夸张的一个。要知道，16 世纪的时候，也是有过割耳朵的惩罚的。"

"我觉得并不是这样，"布朗在思考中说道，"科学研究或者是自然法则表明，一个家族中不断地有某种畸形的孩子是完全有可能——比如说两只耳朵不一样大小。"

那个高大的图书管理员用他那双大手捂着自己的秃脑门，似乎正在思考着自己的职责。"错了，"他叹了一口气，"你理解错了。听着，我没有这个必要来为他解释，更加不需要向他表明我的忠诚。他就像是一个残暴的帝王似的对待这儿的每一个人。别由于今天在这里遇见他，就认为他不是个专横跋扈的家主。他会随时让一个在一英里外的人回来，帮他晃响近在咫尺的传唤铃——这不过是为了让另一个在三英里外的人回来帮他拿一个距离他只有三码的火柴盒。不论他去到哪里，都要带着一个专门为他拿手杖的随从和一个替他举着用来看戏用的望远镜的贴身佣人——"

"不过倒是没有一个帮他刷衣服的贴身男佣，"小个子插了一句，口吻平平却有些好奇，"如果有的话他会把公爵的假发也给刷了的。"

大高个儿转向小个子，好像当我已经不存在了，我见他情绪不太稳定，大概是喝了酒的原因。"布朗神父，我不懂你是如何得知这件事的，"他说道，"不过你没说错。他奴役着全世界为他做任何事——除了替他穿衣。并且他严格规定在他换衣服的时候四周一定不能有人在，就好像是在荒漠中那样。不论是谁，要是你没有一个完美的理由就出现在他的换衣间门口的话，他就会毫不犹豫地把你辞退。"

"这真是个有意思的人。"我说道。

"不不不，"马尔博士直接答道，"我刚刚说过了，你的想法并不正确。公爵确确实实是在被他之前说的诅咒给折磨着。他的确因为这感到可耻和害怕，他的那顶紫色假发之下有着不可告人的秘密。我了解那是什么情况；我了解那不仅仅是单纯的毁容，例如受过刑罚，或者说是相貌上的遗传缺陷。我了解，事情的真相比这些还要可怕，因为有人跟我说过，他目睹了无论是谁都编不出的场景，有个胆子比所有人都大的人对秘密毫无畏惧，想要看看那究竟是什么，可是却被他亲眼见到的事情吓得落荒而逃。"

我刚想开口说些什么，却被马尔又一次忽视了，他在他那双大手的掩盖下接着说道："神父，我不怕把这件事告诉你，因为这更多的是为那可悲的公爵辩解，并不代表我是在背叛他。不知道你是否有听说过，他有次差点失去了他所有的家产？"

教士表示并不知道这件事，马尔开始说他的故事，这是他听上一任图书管理员说的，那个人是他的赞助者和老师。从某些角度来说，故事的内容并没什么特别，不外乎就是一个大家族的产业是怎么被掏空的——这还离不开他们的家族律师。他的律师有本事可以毫不虚假地行骗，虽然这样听起来有些矛盾，可是事实就是这样。他没有动公爵交给他代管的那些钱，而是将公爵的粗枝大叶加以利用，使得整个家族的财政陷入危机，让公爵觉得应该要让他去实际接受打理这些资金。

这个律师叫作艾萨克·格林，不过公爵都是叫他以利沙；他被这么称呼大概是由于他的头谢顶得像个先知⑤，虽然他还不到 30 岁。他的身份地位升高得非常迅速，尽管他是靠那些低贱的工作开始的；最早是个"线人"或者可以称之为是告密者，后来又变成了放债人。作为艾克斯穆尔家族的专属律师，他老谋深算，将事情做得非常漂亮，等到时机成熟了再做出最致命的一击。这一击是在吃晚饭时打出的。老图书管理员说那天晚上的场景总是会时不时在他脑海里浮现：那个小律师带着笑容，像艾克斯穆尔公爵提出要将财产平分的要求。

之后的结局也令人难以忘记，伟大的领主一句话也没说，拿起酒瓶就冲着律师的秃头上砸得粉碎，就好像我当时在果园中看到的公爵将酒杯砸碎一样。这一下在那小律师的头皮上弄出了一个三角形的伤疤，他的目光已经变了，不过脸上依然还带着笑。

他摇摇晃晃地从凳子上站起来，对攻击他的公爵进行回应。"我很开心你这么做，"他说，"现在我完全可以将你所有的财产拿走。法律会把它们全都判给我的。"

公爵的脸上一片灰败，可是眼里还燃烧着怒火。"法律会将它们都判给你，"他说，"可你也别想拿走它……知道因为什么吗？因为那将是你的末日，要是你夺走它们，我就把我的假发给摘下……如何？你这可悲的秃毛鸡，每个人都可以看见你的秃顶，可是见过秃头的人却只能去死。"

哦，你想说什么，想怎样解释都行。不过马尔博士发誓说这些全是真的，律师朝着空气挥舞了几下拳头，就直接跑出了房子，从此以后再也没有出现在村子里。大家依然十分害怕公爵，但是却更像是将他当成一个巫师而不是暴君了。

此时的马尔一边说故事一边浮夸地挥着手臂，有一种盲目无知的信徒特有的狂热劲儿。我十分地怀疑，这个故事非常可能是对一些早就落伍的街头谈资的夸张。我这故事的前面一部分就要说完了，不过为马尔，我还要再说两件我采访到的事，它们证明了马尔的话。我在村子里老一辈的药剂师那里听说，有天晚上的确是有一个穿着晚礼服，说自己叫格林的秃头男子来找他处理伤口，那个人的前额有个三角形样子的伤口。并且我在法律记录和老报纸中找到过一个法律纠纷，一个名叫格林的人将艾克斯穆尔公爵给告上法庭，结局倒是不知道怎么样，不过的确有这么回事。

《革新日报》的编辑纳特先生在稿子的顶上记了几句非常不搭调的话，还在旁边画了某些不知所以的符号接着用他那特有的大声又单一的声调朝着巴洛小姐喊道：

"我要写封信给芬恩先生，请做一下记录。"

"亲爱的芬恩，

　　你的稿子已经通过，但是我必须得加上几个标题；并且大众不会愿意故事里面出现一个罗马天主教的教士——你要将重点放在郊外的传说上。我将他变成了唯灵论者⑥，布朗先生。

你的，

E. 纳特"

　　一两天后，思想活泼又聪明的纳特收到了一封信，这是芬恩先生关于上流社会生活的传闻的下一部分。他认真地审查着这份稿件，蓝眼睛瞪得越来越圆。稿子的一开头如下：

　　我发现了一些惊人的事。我必须坦白这和我最早所想的完全不一样，当然也会让大众觉得更加震撼。我大胆说一句，丝毫没有夸张的，我所写下的东西将会在整个欧洲传遍，当然还有美洲和每个殖民地。所有的这些，都是我在那个果园中的桌子前听说的。

　　这所有的一切都要感谢那个小个子布朗，他不是个一般的人。图书管理员马尔起身离开了小木桌，大概是因为自己的碎嘴而觉得羞愧，或者是在担忧他那神秘感十足的领主，特别是领主走时的那团怒火。不管怎样，他顺着他主人穿过果林的小道离开了。布朗神父将桌上的一个柠檬拿在手里，饶有兴趣地端详着它。

　　"这柠檬的颜色真是让人喜爱啊！"他说，"那个公爵的假发就有一点令我讨厌——它奇怪的颜色。"

　　"我听不懂你想说什么。"我应道。

　　"我敢保证他将耳朵隐藏起来一定是为了什么，就跟迈达斯王⑦那样，"布朗带着纯真的愉快的表情接着说，但是在那时看来有些不太礼貌，"我自然知道用假发把耳朵遮住要比用铜盔和皮帽看起来好。可是既然选择了假发，为什么又非要挑一个看起来不太正常的头发？那发色就像是丛林中照过的一片暮色。要是他真的为家族的诅咒感到耻辱，那么他为什么不遮蔽得更好一些呢？我跟你说吧，因为他并不认为这是件羞耻的事，反而为此感到自豪。"

"这么难看的假发有什么可值得骄傲的——他的故事也让人觉得讨厌。"我答道。

"仔细想一想，"奇怪的小个子教士说道，"如果是你碰到这样的事情，你会怎么认为。我不是说你比别人更势利眼更不正常：可你不认为在一定程度上，年代久远的家族诅咒并不一定就是一件坏事吗？要是格拉姆斯怪物®的后人将你当成朋友，你会觉得可耻吗？你难道就不会有一点点地觉得惊喜吗？如果拜伦®家族的人只跟你一个人说过他家里人的见不得光的事呢？不要对那些贵族们要求太严格，他们的心智不见得就会比我们这些人成熟到哪儿去，他们也喜欢向别人炫耀自己家族的厄运。"

"我的上帝！"我大喊，"你说得对。我的母亲家里曾经出现过一个女妖®；现在再想想，的确，只要我觉得难过的时候，都会从这件事中得到一些慰藉。"

"再想想看，"他接着说道，"当你说到他的先祖的时候，那一张一合的嘴吐出了多少血腥和狠毒的话。要是他自己不觉得骄傲，又怎么会和每个陌生人说他家的恐怖屋？他毫不掩饰自己戴的是假发，不掩饰自己的身份，不掩饰家族的诅咒，不掩饰自己族人的恶行——可是——"

教士的声音突然变了，他用力地拍了下手掌，就像一只刚苏醒的猫头鹰似的，双眼立刻瞪得又圆又亮，这一连串的举动就像桌子上发生了爆炸似的。

"可是，"他概括道，"他却在拼命掩饰自己换衣服时的情况。"

公爵无声无息地又一次现身在闪着微光的果林里，真是吓了我一跳，他脚步轻缓，和马尔博士一同正走过房子的拐角处。趁着还不在他听力范围内，教士不慌不忙地补充道："但他为什么要将紫色假发下的秘密给隐藏起来呢？因为这不是我们所想的秘密。"

公爵走过了那个拐角，带着他与生俱来的高贵气质回到长桌的上首位子。马尔博士尴尬地立在一边，像只大黑熊。公爵表情肃穆地看着小个子教士。"布朗神父，"他开口，"马尔博士跟我说你来这儿是有事相求。可我已经不崇奉先辈们所信奉的宗教了，不过看在他们的面子，也看在我们相处了好几天的面上，我可以好好听你说。可是我希望你可以私底下再和我说。"

我的绅士风度驱使我不得不起身走开，可我的记者使命却逼迫我要留下。就在我不知所措的时候，布朗做了个让我留下的手势。"如果，"他说，"公爵大人能够容许我由衷地提出要求，或者是我能够有一个可以向你提建议的机会，我强烈地提议在场的人能越多越好。因为在我们的国家里，乃至是我的教徒里，都有几百人的心智被一个魔咒给蛊惑着，所以我请求您来将它打破。我想最好能够让这整个德文郡的人们都来见证这一时刻。"

"见证什么？"公爵挑了挑眉问道。

"见证你将假发摘掉的时刻。"布朗神父答道。

公爵面无表情，可是他直直地盯着这个提出要求的神父，那是我见过的最吓人的表情。我看到马尔的两条腿在打战，就像水面上树枝的倒影；而在我的脑海里始终有一个想法存在，我们四周的林子里，小鸟已经全被一群恶魔悄悄替代。

"我饶恕你的失礼，"公爵的话里带了虚伪的怜悯，"但是我不会答应你的请求。我只需要把我所必须一个人承受的恐惧告诉你哪怕只有一些些，你都会尖叫着趴在我的脚边，乞求我别再说了。我会给你些提示。你一辈子都不会猜到未识之神⑪的祭坛上会镌刻上什么内容。"

"我知晓未识之神，"布朗神父说，不经意间流露出的那种自信有着一种花岗岩砌的高塔似的威严，"我知晓他的名字，叫撒旦。真实的神是有形的，他就在我们当中。我还要让你知道，不管在哪里，要是有什么秘密能够支使人，那么它一定是罪恶的。如果恶魔告诉你有什么东西非常吓人，绝对不能看，那么你就偏要看。如果它告诉你有什么东西太恐怖了，绝对别听，那么你就偏要去听。要是你觉得一些真相你无法承受，那么你就更要去承受。我请求您，就在现在就在这张桌子边，终止这个噩梦吧。"

"假如我真的这样做了，"公爵将声音放低，"最先掉落和腐坏的就是你跟你的信仰，还有你赖以为生的一切。在你死去之前，你就会感受到巨大的空虚。"

"基督的十字架会庇护我不受到危害，"小个子教士说，"现在，摘掉你的假发吧。"

我靠在桌子边上，难以平复心里的激动；听着他们两个人的针锋相对的辩论，我也再难以平静。"公爵先生，"我大喊，"我看你是在吓唬别人吧。脱掉你的假发吧，要不我就将它揪下来了。"

我想我大概会因为袭击罪而被起诉，可是还是非常高兴我会这样做。当他再次十分生硬地说出"我不同意"时，我立刻就扑向了他。他不知道从哪里来的怪力，用力地挣扎着想要甩开我，但是我最终还是摁住了他的头，一直到假发掉下来。我承认，在假发掉落的那一刻，我不敢看他。

马尔博士当时也在场，他大喊一声，我听见就把眼睛睁开了。跟着，马尔的惊呼声打破了沉默："怎么会这样？他根本不必要隐藏啊。他的耳朵并没有什么异样啊。"

"是的，"布朗神父开口，"这恰恰就是他想隐藏的。"

神父直接朝着他走去，可是却一眼都没看他的耳朵。他只是盯着那个人的秃头看着，样子几乎肃穆到了可笑的地步，接着他指着一个早就已经闭合可是却隐约可见的三角形的疤痕。"我想，这位就是格林先生吧，"他绅士地说道，"最后他还是得到了所有的财产。"

现在请让我和《革新日报》的读者们说一件事，在整件事情里，有一个地方我觉得最难以想象。这件事中的身份互换，在你们眼里大概就像是波斯传说那样疯狂玄幻，可是（除去我那个理论上会有的袭击罪）这所有的一切从头到尾都严格地在遵照着法律的要求。这个有着三角形伤痕和正常耳朵的人其实不是冒名顶替的欺诈犯。虽然（从某种程度上看）他戴的不是自己的假发，自诩也有和别人一模一样的耳朵，不过他倒是没有冒用别人的名号。他自己就是真正的艾克斯穆尔公爵。情况是这样的。老公爵的耳朵的确与常人不同，大概和遗传脱不了关系，这也是他一直耿耿于怀的。在那血腥的事情发生时（很显然的确发生过），他编造了一个诅咒的故事，还用酒瓶把格林给打伤。不过这件事的结局却令人出乎意料。格林要求老公爵赔偿，而且还得到了财产，一无所有的公爵开枪自杀，而且也没有留下任何后人。不久之后，英国政府重新恢复了"没人继承"的公爵称号，根据旧例将它颁给了当地地位最高的人，自然就是那个拿到了巨额财产的人。

这一个人利用了他的封地里的一个古老传说——确切地说，在他贪婪的灵魂里，他的确是在向往和尊崇这些传说。结果，许多可怜的英国人就在这个所谓神秘的主人前胆战心惊，认为那个人继承了古老的诅咒，冠冕上邪星闪耀——其实他就是个街头骗子，十几年前还只是个冒牌律师和放债人。我想这是个十分有代表性的案例，大可以用来揭穿现如今甚至是将来那些贵族阶级的真正的丑陋面目，直至未来有天上帝会将我们变得更有勇气，到那时，他们的末日也就来临了。

纳特先生放下手里的稿子，用不同往常的尖细的声音大叫："巴洛小姐，我要给芬恩先生回信，请记一下。"

"亲爱的芬恩，

你是疯了吗！我们不可能将这种东西刊登上报的。我需要的是吸血鬼、罪恶的旧事情和上流社会们迷信的故事。看官们就愿意看这些。你应该要想到，艾克斯穆尔家族的人是绝对不会允许有这种新闻出现的。还有我们的人又会怎么想，我还真是很想知道！哎，西蒙爵士与艾克斯穆尔家族关系不浅，并且这会破坏我们布拉德福德的支持者的声誉的，他们家与艾利斯是表亲。不仅如此，我的雇主还是个老顽固，他去年没能受封非常生气。要是再因为我刊登出的这篇疯狂的东西使得他失去爵位，他会立刻拍电报将我炒了的。还有达菲，他给我们写了几篇有关'诺曼人的后脚跟'的好报道。要是他仅仅是个事务律师，他这些诺曼人的事都怎么来的？清醒点吧。

你的，

E.纳特"

巴洛小姐轻快地离开了，纳特将稿子揉成团，丢到废纸篓里；不过没有揉起来前，他的习惯使得他情不自禁地把"神"改成"命运"。

【注释】

① 詹姆斯一世（James I）：詹姆斯是苏格兰女王玛丽·斯图亚特的儿子。1603 年，英国女王伊丽莎白一世指定詹姆斯为其继承人后驾崩。詹姆斯即位为英格兰国王，自封为大不列颠王国，称詹姆斯一世。

② 托马斯·奥弗伯里（Thomas Overbury）：是一位诗人，是詹姆斯一世（James I）的宠臣罗伯特·凯尔（Robert Carr）的好友。他不赞同凯尔与弗朗西丝·霍华德偷情，甚至写了一首诗讽刺弗朗西丝不守妇道。詹姆斯一世向来看不惯他对凯尔的影响，趁机派他去做驻俄国大使，但他并没有同意。詹姆斯一世一气之下将奥弗伯里关进伦敦塔里，奥弗伯里在狱中被人下毒害死。国王为了摆脱自己的嫌疑，命人彻查，最后凯尔与弗朗西丝认罪。不过詹姆斯一世按照私下的承诺赦免了他们。

③ 不可知论者（agnostic）：认为除了思维和现象以外，世界本身是不可以被认识的，对基督教神学教条表示怀疑，但又拒绝无神论。

④ 骑士党（Cavalier）：英国资产阶级革命的保王党集团，主要成员是官僚和贵族。戴假发、佩长剑模仿中世纪的骑士，故名，骑士党。

⑤ 以利沙（Elisha）：以色列国的先知，曾因为其秃头而被小童嘲笑。

⑥ 唯灵论者（Spiritualist）：认为灵魂和意识是世界的根源。

⑦ 迈达斯王（King Midas）：迈达斯是土耳其中部地区的一个古国弗里吉亚的国王。传说阿波罗与牧神潘要比赛演奏音乐，让迈达斯来当裁判，迈达斯判定牧神胜出，阿波罗一气之下将他的耳朵变成驴耳朵，为了遮挡自己这对难看的驴耳朵，他只好整天用帽子与头发遮住耳朵。

⑧ 格拉姆斯怪物（the Glamis horror）：据说，在斯特拉斯莫尔伯爵家族里曾有过一个畸形的可怕的男婴，他的家人就把他藏到了格拉姆斯城堡密室里。

⑨ 拜伦（Byron）：是英国 19 世纪初期伟大的浪漫主义诗人，代表作品有《恰

尔德·哈洛尔德游记》《唐璜》等。但他一生多情，就连他的异母姐姐也是他的情人。

⑩ 女妖（banshee）:（爱尔兰和苏格兰传说中）预告死亡的女妖怪。

⑪ 未识之神（Unknow God）：古希腊时人们所敬奉的一位神，在雅典还有一个神庙是专门用来供奉他的，不过他不是一个一定的神，而只是个空着的位置，留给那种真实存在，可古希腊人还不了解的神。

◇ 彭德拉根家的覆没 ◇

布朗神父原本并没有精力去探险。之前他因为过度疲劳而病倒了，这几天才刚刚有些起色，他的好友弗朗博邀请他坐小舟去游玩一番，一起去的还有塞西尔·范肖爵士，这是康沃尔郡的一个年轻的乡绅，对康沃尔郡海岸的景色非常着迷。可是布朗神父的身体还是很虚弱；他不算是位愉快的船员；虽然他一直都没有展现出一副满腹牢骚、长吁短叹的样子，但是他也没有什么兴趣，就只能尽力容忍，维持着最基本的礼数。紫红色的夕阳已经有半个进了海里，火山岩的峭壁交错地布列着，在那两个人夸赞着这景象时，布朗表示了赞成。过了一会儿，弗朗博指着一个礁岩，说它的样子就像是一条巨龙。布朗瞥了一眼，觉得这的确是像一条巨龙。没多久，范肖更加激动地指着另一个礁岩，说它看起来就像大师梅林①。神父瞧了一眼，又一次表示赞成。弗朗博问他，弯弯曲曲的河流两边的峭壁看起来是不是很像天堂的大门，他答："非常像。"不管听到什么，神父都漫不经心地附和着。他听见有人说只有细心严谨的水手才能够活着离开这片海域；他还听见有人说这船上的小猫在睡觉。他也听说，范肖的雪茄烟嘴找不见了；还听到领航员喃喃自语："两眼发光，船行平安；一睁一闭，命葬海底。"他还听见弗朗博跟范肖说，这肯定就是在提醒他自己要睁大眼睛留意四周的情况，不容许有丁点松懈。而且他还听见范肖和弗朗博说，这的确很有意思，可是不是这个意思，这是指要是看见一远一近两盏海岸指示灯并列出现，那我们航行的方向就是对的；可如果只看见一盏，我们就要触礁。他还听见范肖又说，他的故乡有许多类似这样有意思的歌谣和俗语，是一个不折不扣的探险之乡，比德文郡更应该得到伊丽莎白时期航海技术的冠军。照他的话来看，这里有很多来往于这些海滨和小岛之间的船长，与此相比，德雷克②仅仅只是旱鸭子。他听见弗朗博反问他，那本名叫《嘿！向西航行》的探险小说是否仅仅为了证明每个德文郡的人都巴不自己是康沃尔郡人。他听见范肖回答，不需要装不懂；不只是以前的康沃尔郡船长被当成英雄，知道今天他们依然是英雄：在这不远的地方就有过一位离职在家的海军上将，他有过很多危险刺激的海上经历；他年轻的时候还找到了最后 8 个那时海上地图还没有画出的太平洋小岛。这位塞西尔·范肖是位有点粗犷冲动但又充满干劲的人；他非常年轻，发色较浅，肤色却是深的，浑身都散发着激情；内心就像个少年似的渴望着探险，可是外表却像个少女那样俊俏清秀。再看看弗朗博，身材魁梧高大，眉毛浓密，走起路来就像火枪手似的趾高气扬，真是对比明显。

布朗又听又看了这么多琐碎的事，可是对于他来说，这就像是疲惫的人听着火车的车轮和铁轨发出的有规律的撞击声，还好比是抱病在床的人无聊地盯着墙纸上的各式各样的图案。人在痊愈时的心情都是时好时坏的：不过布朗先生的心情却抑郁多半是由于大海给他的陌生感。随着他们航行到逐渐变窄的河口，看见更加平和的海面，呼吸到了更加有温度、更具有泥土味道的空气，布朗仿佛就有了精神，就像个小孩儿那样什么都新鲜地向四周张望。这时太阳刚刚落下，天空和河面依然明朗，但大地与一切植物都已陷入一片黑暗之中。可是，这个常见的傍晚却让人有一种不同寻常的感觉。遮在我们和大自然中的烟色玻璃被拿走，营造的是一种少见的氛围，它使人觉得这一刻的昏暗也比阴天的明朗更加美丽。被践踏的岸边和染成泥炭色的水塘不再毫无生气，而是相互映出红棕色的光华；轻风吹拂的黑树林不似平常那样幽蓝深沉，而是更像一大丛盛开的紫罗兰在风里摇晃。玄幻般的清楚而浓烈的色彩赋予了整个景色某些浪漫和神秘，这使得布朗神父感官的敏锐度被进一步唤醒。

　　对他们这艘船来说，河道还是足够宽足够深；不过随着河流在乡野里弯曲绵延，河道逐渐变窄；树木倒伏，横亘在河上，像要建成一座木桥——船儿好像从想象中的山谷转进山洞，然后又进入隧道。除此之外，就没有更多的地方可以让布朗先生施展他的想象力了；除了几个背着从树林里劈来的木柴和柳条的吉普赛人，这河边就看不见任何人影了；还有一个情形，尽管现在已不能算是不合规矩，不过在这么荒僻的地方也该是不常见：一个头发为深色的姑娘，没有戴帽，一个人划着小舟。即使布朗神父有被这个情形吸引过，可是他也肯定马上就不记得了，因为在他们再次转过一个河湾时，眼前又有了一个奇特的景象。

　　前面有一个树木丛生的梭形岛屿，把变宽的水面一分为二。他们的船开得很快，以至于岛屿就像艘船头高高抬起的大船向他们开来——或者更准确地说，是一艘烟囱很高的巨轮。在岛屿离他们最近的一端直立着一个外表奇异的建筑，他们没有一个人见过像这样的建筑。它本身也不高，可是跟它的宽度一比，就觉得高大挺拔，所以，最适合的名字就是塔楼了。它好像全都是用木头建造的，那样子不均衡也不对称。其中一些木板和横梁用的是上等的风干橡木；一些橡木却是最近新砍的而且没有处理过的；还有一些则用了白松木，几乎都用焦油抹成了黑的。黑横梁用各种样子互相交错，总体外观让人有一种瞎拼乱凑的感觉，让人弄不明白。楼上有一两面设计古老的彩色窗户，看起来精致特别。见到它，游人们不禁会有一种奇异错乱的感觉，使人想起某些东西，可又知道它和我们心里的想法是这样的不一致。

　　布朗神父即使有了疑惑，也可以理智地分析自己的疑惑之处。他发觉其中的奇怪之处是那个由各种材料搭出的特殊形状；就好像有人看到了用锡做的高礼帽，或是格子呢做的男式大衣。他很肯定自己在其他地方看到过这样用多种颜色的木材混搭的样式，可是一定没有见到过这种规模。下一秒，他不经意间向黑暗的树林中瞥了一眼，就得到了他想知道的所有的东西，不禁微微笑了笑。通过草木枝叶中的空隙，他隐约看见了用那种黑色横梁建造的老木屋，这种建筑在英国依然还能看见。在我们看来，这种款式只能在舞台上表演"古老的伦敦"或"莎士比亚眼中的英国"。匆匆一瞥，神父也看得不太清楚，尽管木屋样子古老，不过确实安逸并且有人用心照顾着，屋前还有一个花园。它不像塔楼那么斑驳杂乱，这样一比，塔楼就好像是用建造木屋的剩余材料搭建的。

"这究竟是什么啊？"弗朗博依然看着塔楼问道。

范肖两眼放光，扬扬得意地说："哈哈！我就知道你没有见过，所以我才要领你过来长长见识，我的朋友。这下你有机会看看我对康沃尔郡水手的夸赞有没有言过其实了。这个地方是老彭德拉根的，我们都管他叫海军上将；虽然他还没被授予那个军衔就退休了。德文郡人都想念罗利与霍金斯③；彭德拉根家现在的事迹也可以与之相比。要是伊丽莎白女王④在墓里重生，坐着她镀金的游轮来到这里，她会得到上将的热情接待，从每个角落到每个窗帘，从墙上的每个插板到餐桌上的每个碗碟，接待她的房子全都是她那个时候的样子。她会知道这个英国船长和德雷克似的，习惯在宴席上侃侃而谈，说要开着一艘小船去开疆扩土。"

"她会在花园里看见奇怪的东西，"布朗神父接话，"按她在文艺复兴时的品位来看，大概不会讨她的欢心。那栋伊丽莎白式的房子有它的美丽之处；可是那个塔楼太突然了。"

"刚好相反，"范肖答道，"这就是它最有情调也是最伊丽莎白式的地方。彭德拉根家是在西班牙战争时盖的这个塔楼；虽然经常要修整，甚至由于一些原因要重建，可是建筑风格还是一直按照老规矩。听说这是彼得·彭德拉根爵士夫人让人在这个地方盖的，盖得如此高是因为想要站在塔顶就能看到船只转过拐角进入河口，那个夫人希望在丈夫从西班牙回来时，第一个看到他的船。"

"你说它重新盖过，"布朗神父说，"那又是因为一些怎样的原因呢？"

"噢，这里也有个神奇的故事，"年轻的范肖兴高采烈地说，"这块土地上真是充满了神奇的故事。在这儿有过亚瑟王和法师梅林还有以前的其他各种传说。回到正题，彼得·彭德拉根爵士有着水手所有的品德，不过（我恐怕）他也不是没有海盗的坏毛病，他那时押着三位身份不简单的西班牙人，准备去拜见伊丽莎白女王。他这个人性格暴躁，一点就着，因为和其中一个犯人一句话不对，就掐住那人的喉咙，不知是故意的还是不小心把他抛进了海里。另一个西班牙人和刚刚那个是亲兄弟，他立刻抽出宝剑向彭德拉根刺去，在几分钟快速又激烈地厮杀后，两个人都有挂彩，最后彭德拉根一剑将其刺死，又一个西班牙人在他的船上死去。与此同时，船刚好开进港口，很快就靠近浅水。剩下的一个西班牙人跳出了船舷，用力向岸边游去，没多久就站到了齐腰深的水里。他转过身来朝着舰船，高举双手向着上空——好像先知呼唤灾难降临道德败坏的城市那样——他用尖厉可怕的声音朝彭德拉根大叫，他依然活着，他要接着活下去，要永远地活着。彭德拉根家的人生生世世都不能再看见他或他的子孙，可是肯定会有各种预兆跟对方证明他还有他的仇恨依然在这世上。他一下扎进水里，不清楚是被淹死了，还是确实是在水中游了很远，总之再也没有露过面。"

"划小舟的女士又来了，"弗朗博打断他说，只要看见美丽的女士他就不会专心，"她也许跟我们似的厌恶这个奇怪的塔楼。"

此时，黑发女士正任凭她的小木舟慢悠悠而平静地漂过这个特别的岛，她则是抬头聚精会神地盯着奇怪的塔楼，橄榄色的小脸上显露出强烈的疑惑。

"不要总是关心那个女士的事了，"范肖有点烦他，"这世界上女人多的是，可这彭德拉根楼的奇观可是少见得很。你们大概也能想到，将有多少迷信和谣传会随着西班牙人的诅咒到处流传；而且你们大概也猜到，纯真的乡下人将这个康沃尔家族出现的任何糟糕的事都与诅咒相联系。不过这个塔楼被烧毁过两三次倒是真的；这个家族也是真的不幸，我知道的海军上将的血亲里，由于船难而死的起码有两个人以上；并且据我所知，起码一个就是死在了彼得爵士将西班牙人丢出甲板的那里。"

"太可惜了，"弗朗博惊叫，"她就要离开了。"

"你那个海军上将朋友是什么时候跟你说这些家族史的？"布朗神父说。这时小木舟里的女士已然划船远去，她的注意力都在塔楼上，根本没看见已经被范肖停靠在岛屿岸边的船。

"好几年前了，"范肖应道，"尽管他仍然渴望大海，但是如今他已经有好长一段时间没有出过海了。我猜大概是有什么家规吧。好了，到码头了，我们上岸去见见我的老朋友吧。"

他们跟着范肖走上小岛，来到塔楼下，布朗神父也许是由于又踏上了坚实的地面，或者是因为对岛上的事很感兴趣（他已经注视着这一切好一阵了），总之他看起来有精神多了。他们走在一条林荫小道上，两边是稀稀拉拉的灰色木栅栏，就是公园和花园周围常有的那种，栅栏上头是浓郁的树冠，树枝四处生长，像是巨人的灵车上修饰用的黑色和紫色的羽毛。塔楼现在落在了他们的后面，看起来更是奇怪得很，因为在入口的地方大多会有一左一右两个塔楼；但是这儿只有一个，很不平衡。可是除了这之外，这条林荫道和其他通往任何以为绅士封地的路没什么两样；道路弯弯曲曲，房子已经看不见了，他们沿着路七弯八绕，好像这里非常大，但其实这岛上没有这么大的地方。布朗神父有点疲倦了，他几乎都有了错觉，感觉这里不断在变大，就像是噩梦中的场景一样。不论怎样，他们一直都走在这神秘又无趣的景色里，一直到范肖突然停住，朝前面指了指，有东西将灰色的栅栏刺穿——猛地一看还像是野兽从笼子里露出的犄角。再走近一点就看清是什么了，那是个微微弯曲的刀片，在昏暗的暮色里闪着微光。

弗朗博是一个当了兵的法国人，他屈身仔细看着，惊呼道："啊，这是个军刀！我肯定没有看错，又弯又沉，可是没有骑兵用的那种长；用这种刀的大多是炮兵和——"

他还没说完，刀就从它制造出的缺口中撤了回去，跟着又是用力的一刀，随着木头破裂的啪啦声，把裂开的栅栏一直劈到底。接着军刀再次收回，又突然出现在几英尺之外的地方，一样先是一刀砍开一半；然后经过一阵挣扎（随着黑暗里传来的几句咒骂），刀被抽了出来，第二刀顺势一路劈至地上。最后非常有力地一脚将整块松动的薄板踢到小道上，在木墙上造成一个黑漆漆的洞口。

范肖冲黑洞中看了一眼，发出一声惊叹。"我亲爱的海军上将呀！"他惊呼，"你——呃——每一次想要出门去走走，都要弄一个新门吗？"

黑暗里又传来牢骚声，跟着就是一阵笑声。"没有这回事儿，"那个声音答道，"我很早就想把这截栅栏给砍了；它妨碍了植物生长，边儿上有没有人可以帮帮我。不过，让我将这个门再弄大一点，我就出来招待你们。"

为了证明他的话，他再次挥舞起军刀，砍了两下，又将一条木栏栅砍下，口子变得足足有 14 英尺那么宽。接着他越过宽大的林间大门，走向了傍晚微弱的亮光里，军刀上还沾了一片灰色的木头屑。

范肖刚才还在说老海盗似的海军上将的事，他的突然现身更加丰满了这个故事；不过之后才看出，挺多细节上的契合不过是因为巧合。例如，他戴了一个遮挡太阳的宽边帽；不过他将前檐折了起来向上翘着，两边的角压到耳朵之下，就像是新月形的三角帽，就像那时纳尔逊戴的那个似的。他套了一件常见的深蓝色外套，缝着普通的扣子，不过这跟白色的粗布裤穿在一块儿就有点像水手似的。他个子高大，神态懒散，走起路来大摇大摆，这就不是水手会有的样子了；他手中的短军刀看起来像海军使用的弯刀，不过大了一倍。帽子下那张雄鹰似的脸，洋溢着热情，不单单是脸刮得很干净，就连眉毛也没了，好似饱经风霜后掉落了。他两眼突出、炯炯有神。他皮肤的颜色带有神奇的魅力，还有些热带风情，让人忍不住想到了红橙。除了红润以外，还有一点黄，可又不是病人的那种黄，更像是赫斯帕里德斯⑤的金色苹果放出的光——布朗神父从来没有看见过长得这样的人，他有着热带地区的所有浪漫气息。

在和主人介绍了两个朋友后，范肖埋怨上将不应毁坏木栏，也不应讲脏话。海军上将开始只是不在乎地说，那只是必要可又烦琐的园艺活儿；后来他却转而开始哈哈大笑，又不耐烦又开心地说：

"噢，可能我的做法有点偏激，而且在弄烂东西的同时还觉得很有乐趣。但如果你唯一的爱好是寻找你的荒岛，可又只能困在乡村池塘中充满泥巴的石头堆里，你也会和我有一样的想法。我还记得，我曾用一把钝得不行的刀在长满毒藤的丛林里破出了一条一英里半的小道；还记得我是被家规里的某条迂腐教条束缚在这里，只能没事砍砍柴，我——"

他再次挥起刀，这回，他只用了一刀就把木栅栏从头砍到了底。

"我就喜欢做这个，"他用力地将刀丢到几码外的小道上，笑着说，"走，去屋里；你们该休息一会儿，吃些晚饭。"

房子前有片半圆形的草地，有三个圆形的花坛修饰着草地，第一个里种了红色郁金香，第二个里就是黄色郁金香，第三个里却是种着蜡白色的花，他们都不知道这是什么花，只能猜测那是国外的品种。一位身材健壮、毛发浓郁的园丁板着一张脸，正在收拾浇水用的软水管。太阳已经落到了房子后面，只在边边角角的地方露出一丝丝光亮落在远处的花坛上。房子的一旁有一片种着稀稀拉拉的一些树木的空地正对着岸边，那里放着一个铜质的三脚架，上头有一个大号的铜质望远镜。门口走廊的台阶下面有个绿色的桌子，好像有人在这儿刚刚喝过茶。门的两边各摆着一个外形模糊的雕像，在石头上弄出几个窟窿就当是眼睛，据说这是南海风情的神像；棕色的橡木门的门梁上还雕绘了怪异的图案，满是原始风味。

他们才刚到门口，神父就立刻跳上了桌子，站在上头仿若无人地戴着眼镜观察橡木上的图案。彭德拉根上将吃了一惊，可并没有发火；范肖认为这像是小矮人在小舞台上要演出，忍不住被逗得拍掌大笑。可这小个子教士都没有在意。

他紧盯着雕刻在上面的三个标记，虽然它们都看不清楚了，可是好像还在传递着某种信息。第一个有些像塔楼或是别的什么建筑物的轮廓，顶端有一团像缎带似的弯曲向上的线条。第二个清晰一点：一艘伊丽莎白时期的帆船漂荡在水里，可是中间被齿轮状的刻痕切断了，可能是木头的纹路，可能是船只进水的常见雕刻方式。最后一个是半个人，下面是贝壳花纹的水波；他的脸模糊不清，没有办法认出是谁，双手直直地伸向天空。

"看来，"布朗神父眨了眨眼睛喃喃道，"这肯定就是那个西班牙人的故事了。

这就是他站在海里高举双手下诅咒；这里的就是两个毒咒：出事的船和着火的彭德拉根楼。"

彭德拉根露出让人油然起敬的微笑，他摇了摇头。"谁知道这种图案到底有多少种意思？"他说，"你见过有种半兽人的图案，好比说是半个狮子又或是半个牡鹿的样子，这通常在纹章上都有。横截船身的那道线不就是道齿轮状的分割线吗？最后一个可能就跟纹章没多大关联了，不过那个塔楼跟纹章的联系大概要更紧密一些，塔顶上的也许不是火团而是一个桂冠；你看不是很相似吗？"

"可让人惊奇的是，"弗朗博接话，"它竟然毫无偏差地表现出传说的故事的每个情节。"

"啊，"抱有怀疑的上将答道，"可是你还不了解古老的故事里到底有几个是根据更加古老的传奇人物编造的呢。更何况，还不是只有这么一个说法。范肖刚好在这儿，他喜欢找这种传说，他可以跟你说那个故事的别的版本，一个比一个耸人听闻。这里面还有个说法，说我那可怜的先祖将西班牙人砍成了两截；这跟那个图案也很一致。还有一个广为人知的说法，传说我们家在塔楼里放满了毒蛇，那么那些弯弯曲曲的线条倒也是可以说得通。第三种说法就是把船身上的折线说成是闪电的样子，就拿这条来看吧，要是仔细去考察一下的话，就会知道这种不幸的巧合是非常少见的。"

"呃，你的意思是？"范肖问。

"凑巧的是，"上将平静地答道，"我家人发生的两三回船难都没有碰见电闪雷鸣的天气。"

"噢！"布朗神父一边应一边跃下了桌子。

大家又是一阵沉默，只有潺潺的流水声在响。接着范肖以质疑，可能还有点失落的语气问他："所以说你觉得塔楼失火的故事不可信？"

"是的，这方面的故事的确是有，"海军上将耸了耸肩膀，"并且我不否认，这当中的某些内容确实有些可以相信的证据。你是懂得的，有人在经过树林回家时看见这一片有火光；还有在陆地高处上的牧羊人以为看到了彭德拉根塔上面在冒火。但是，很难想到这么个又湿润、又泥泞的岛屿竟然还会失火。"

"那里的火光是什么情况？"布朗神父指着河对面的树林，平和地问道。他们都有些惊讶，想象力非常丰富的范肖更是好一会儿都没回过神来，因为他们都看见了一条长长的有淡薄的蓝色长烟在傍晚的微弱的光里徐徐升起。

然后彭德拉根又发出一声不屑的笑声。"吉普赛人！"他答，"他们在这里安营要有一个礼拜了。先生们，你们要用晚餐了。"随后他转身就要进屋。

可是相信封建迷信的范肖还打着冷战，他赶紧说："但是，上将，这岛周围的嘶嘶声是什么情况？好像的确是着火了。"

"仅仅是像而已，"彭德拉根一边笑一边引着他们，"只是独木舟路过这儿而已。"

话刚说完，男管家就到了门口，这是个消瘦的人，穿的一身黑，头发黑得发亮，还长了张蜡黄的长脸，他来告诉主人，晚餐都已准备好了。

餐厅的装修风格和船舱那样充满了海上风味；但是它表现的是更加现代，而不是伊丽莎白时期老船长的风格。壁炉上面的确放着三把被当成战利品的古代弯刀，还有幅已经发黄了的16世纪的地图，图中还画着人鱼，并点缀了小船。不过在白色的嵌板上，这些都不足吸引人，因为在几个盒子里装了制作精美、颜色特别的南美洲鸟类标本，还有出自太平洋里的非常有研究价值的稀奇贝壳，和几个形状鄙陋又奇怪的工具，大概是野蛮人用来攻击或者烹饪敌人的。但是除了男管家之外，海军上将仅有的两个佣人是他家里最有异国情调的了，这两个都是黑人，穿的都是紧身的黄色的制服。神父按照直觉解析了自己对他们的感觉，这样颜色的紧身燕尾服套在两条腿的生物身上，使人不由地想起了金丝雀，但是这个词的另一个含义⑥又让人想到海军上将去南方的航海经历。晚餐快要用完的时候，两个黄衣黑脸的佣人从房里退出，只剩下黑衣黄脸的男管家。

"你对这些事情全然不在乎，我真的觉得很可惜，"范肖对上将说，"因为我将这两位朋友邀请来，就是想他们可以帮帮你，他们对这类事情了解得还是挺多的。你当真一点点都不相信那个家族诅咒吗？"

"我什么都不会相信，"彭德拉根一边用余光看着一只红色热带鸟，一边轻松地答道，"我一向崇尚科学。"

弗朗博没有料到的是，他的神父朋友突然神采奕奕，转开了话题，开始跟上将侃侃而谈起自然史，聊了很多让人没有想到的话题，一直聊到佣人们放好甜品和玻璃酒瓶并退下。接着，他用异样的语调说：

"请原谅我的无礼，彭德拉根上将，我并不是因为好奇，仅仅希望你能在方便的情况下证明一下我的猜测。不管我想得正不正确，你不想当着男管家的面说那些陈年往事？"

海军上将挑了挑他已经没有了的眉毛，惊讶道："哦，我不知道你是怎么看出来的，我确实不喜欢那个家伙，可是又不可以没有理由地辞退家里的仆人。范肖大概会按照那些传闻，认为我天生就讨厌长着西班牙式的黑头发的人。"

弗朗博在桌上用力地砸了一拳。"我的上帝啊！"他大叫，"那个女士也有一样的头发！"

"我期望我的侄子今晚可以从他的船上安全归来，"上将接着说道，"这样，所有的一切就都结束了。你好像很惊讶。我想你不知道内情，我跟你说吧。你要了解，我的父亲有两个孩子；我还是一个人，可我的哥哥成家了，他的孩子也和家中其他人那样当了水手，将会继承这些家产。唉，我父亲的性情有点奇怪；他既有范肖的迷信又有我的怀疑——他心中总是有着矛盾。在我第一次下海以后，他突然有了一个想法，而且觉得可以靠这来判断那个诅咒到底是真是假。他觉得，要是彭德拉根家的人都下海了，碰到灾难的概率太大了，那不能代表什么。可要是我们按继承顺序一个个地下海，就能够证明不幸是否降临在这个家族。在我看来，这就是个无知的想法，我和父亲有过一番激烈的争执；因为我雄心壮志，他却将我继承家产和下海的顺序放到最后，就连我的侄子都排在我前面。"

"那你的父亲和哥哥，"神父缓缓地说，"只怕都在海上丧命了。"

"是的，"海军上将叹了口气说道，"他们死在海滩，人们所有充满谎话的传言都是建立在各种残忍的意外上的，海滩就是其中的一个。我的父亲是在大西洋返回时，在这片海滩出的事，他的尸体被冲进了康沃尔郡的礁石里。我哥哥的船是从塔斯马尼亚回来时没人知道沉在哪儿了。他的尸体始终没能找到。我和你说，这都是自然灾难，还有很多其他的不是我们家的人都死在海上了；对于航海家来说，这两次意外都没必要大惊小怪。但是，这些天灾令迷信传闻开始传播；人们接二连三地开始传说看见了着火的塔楼。所以我说要是今晚沃尔特可以安全回来，所有的谣传就可以澄清了。他与未婚妻今天要来，可是我担心意外的耽搁会把她吓坏，就拍电报通知她让她接到我的通知再来。不过他今晚一定会来，接着那些所谓的诅咒就会在烟雾里消失——在烟草的烟雾里结束。现在让我们将这瓶酒打开，来打碎那个古老的谎话吧。"

"真是好酒，"布朗神父郑重地将酒杯举起来，说，"可是，你也看到了，真是遗憾我不太了解酒。我真诚地恳请您谅解。"原来他滴了一小滴酒落在桌布上。他喝完酒放下了酒杯，一脸安适；可是手却突然间抖了一下，因为他发现，就在彭德拉根上将的背后靠着花园的窗子外面有一张向房子里窥探的脸——是一张年轻的姑娘的脸，皮肤黝黑，头发和眼睛都有着南方人的特征，但是表情中满是忧愁。

稍微顿了一下，神父又用他那平和的语调说话了。"上将，"他说，"你可以答应我一个请求吗？可以让我跟我的朋友在你们的塔楼里过夜吗？要是他们两个同意的话。你懂吗？在我看来，你是个百邪不侵的人。"

上将跳了起来，在窗子前快速地走来走去，窗户外的脸立刻就不见了。"我说过，里面什么也没有，"他气急败坏地喊道，"对于这件事情我就知道一点。你可以说我是无神论者。我就是一个无神论者。"他摇摇摆摆地走过来，看着布朗神父，表情专注得吓人。"这一整件事就是意外，完全没有什么诅咒存在。"

布朗神父笑了。"要的确是如此的话，"他说，"你就更加不会拒绝我去你家舒服的度假别墅中过夜了。"

"这想法真是荒谬。"彭德拉根一边答道，一边拍着椅背上的花纹。

"请饶恕我的无礼，"布朗的语气里几乎流露出了同情，"还有我将酒洒了的事。不过虽然你在用力掩饰，但好像塔楼着火的事对你并不是毫无影响。"

彭德拉根像他突然起立似的又突然坐下；不过他坐下之后就动也不动，再次说话时，他压低了嗓音。"你是自讨苦吃，"他说，"不过你竟然可以对这些黑暗的事保持淡定，难不成你也是个无神论者？"

三个小时后，天已经完全变黑，范肖、弗朗博还有神父依然在花园里散步；他们两个才知道布朗神父根本就没有想要上床睡觉，不论是去塔楼，还是去房间。

"我觉得这草坪要除除草了，"他半梦半醒地说，"如果能够有一把锄头之类的，我会亲自动手。"

他们笑着跟着他，还有些抗议。不过他的回答却非常严肃，他用布道的方法跟他们解释，弄得两个人烦不胜烦，他教导他们，别因为这些事小就不做。他没能找到锄头，可是却找到一个由树枝扎成的扫把，于是他精力旺盛地开始扫起地上的落叶来。

"总有些美好的小事可以让你做，"他看起来像个开心的傻瓜似的，"乔治·赫伯特[7]说过：'按照你的法律，替康沃尔的海军上将打扫花园，可以让花园和行为更加圆满。'[8]好了，都扫完了。"布朗神父随手把扫把放到一边，又接着说："我们来浇个花吧。"

他们满是复杂地看着他把花园里的一大捆软水管打开，他的话里表现了他细致的观察力："我觉得要先给红色的郁金香浇水，然后才是黄色的。因为红色的更干一点，你们觉得呢？"

他打开了水龙头，喷出的水流笔直又紧密，就像长长的钢棍。

"小心些，大力士，"弗朗博高声喊道，"唉，你把花都浇掉了。"

布朗神父立在那儿难过地看着光秃秃的植物。

"好像我浇水的方法不能让它们更好，反而是害了它们，"他挠了挠头承认道，"真遗憾我没能找到锄头。真该让你们看看我是怎么用锄头的！既然提到工具了，弗朗博，你经常拿着的那个中间藏有宝剑的手杖带着吗？行，那塞西尔爵士，你就拿着上将丢在木栅栏那儿的弯刀吧。这四周可真是灰蒙蒙的啊！"

"河面上的雾气升起了。"一直在留意观察的弗朗博接道。

话音未落，就看见一个巨大的身影出现，是那个毛发浓密的园丁站在梯田似的草坪的高处，他挥舞着耙子发出可怕的叫吼声，"放下水管，"他吼道，"把水管放下，回你们的——"

"我简直是呆头呆脑的，"神父无力地答道，"你大概不知道，我在晚餐上弄洒了酒。"他踟蹰着回过身子，朝着园丁表示歉意，可是水管仍然在他手里喷着水。冷水喷到园丁的脸上，就像炮弹击中了他似的，他吓了一跳，脚底一滑，摔了个人仰马翻。

"太恐怖了！"布朗神父带着惊异的表情说，"天呐，我打到人了！"

他朝前伸着头站了一会儿，不知道是在看什么还是在听什么；然后他朝着塔楼那边一路小跑，水管依然拖在背后。离塔楼已经挺近了，可是它的轮廓还是看不清楚。

"你说的河雾，"他说，"有一种奇怪的味道。"

"上帝啊，真的是，"范肖脸色变白，大声说道，"你的意思是——"

"是的，就是这个意思，"布朗神父答道，"上将的无神论预言之一今晚将要成真了。这件事将在烟雾中结束。"

他话还没说完，一束美丽的玫瑰色红光就突然射出，好像一朵巨大的玫瑰突然绽放。与此同时，木材燃烧爆炸的声音也响起，就像魔鬼的笑声。

"天啊！这是怎么回事？"范肖惊呼道。

"是塔楼起火的样子。"布朗神父说着，就举起水管朝着红光中心开始洒水。

"幸好我们没有去睡觉！"范肖惊叹，"我觉得这火应该不会烧到房子这儿来。"

"你也许还记得，"教士平和地说，"会传导火势的木栅栏已经被劈断了。"

弗朗博非常惊讶地看着他的朋友，可范肖只是迷茫地说："不论怎样，起码不会有人死去。"

"这真是个怪异的塔楼，"布朗神父说道，"每回有人利用塔楼去杀人，可是死的人却都在别的地方。"

这时，大个子园丁的巨大身影再次出现在草坪边缘，他在招手让帮手上来；可是这回他手里的不是耙子了，而是弯刀。他背后的那两个黑人，两人手中都有把古老的弯刀，都是壁炉上的战利品。他们双眼赤红，再加上黑脸和黄衣，根本就是手拿刑具的恶魔。在他们背后黑暗的花园里，传来一声遥远的声音，正在大声地给他们下指令。神父一听见那个声音，脸色马上就变了。

不过他仍然保持着镇静，死死盯着变大的火苗，水柱像发着银光的长矛浇得火花嗞嗞作响，火势好像有所变小。他的手指用力地握着水管上的喷头，对着目标，一下都没有分心，至于小岛花园里的激烈的打斗场景，他只在侧耳倾听，偶尔用余光快速瞥一下。他给朋友们说了两个简明扼要的指令。一条是："不论那几个人是谁，马上弄倒他们，然后绑起来；柴堆下有绳子。他们想把我的水管夺走。"还有一条是："一旦有时机，就立刻去找那个划小木舟的女士；她就在河对岸，和吉普赛人在一块儿。让她找人找几个水桶，去河里装满水提过来。"然后他就闭起嘴，接着给那像玫瑰般绽放的火花继续浇水，那样子比他帮郁金香浇水的时候还粗暴。

他一次都没有转过头去看敌我两方的战斗，一面要浇灭这个神秘的火，一面则想要增长它的气势。当弗朗博和大个子园丁撞到一起时，他几乎都感觉整个岛都在颤动；他只能发挥想象，他们在打斗中是怎样抱在一块儿滚来滚去的。他还听见有人摔在地上；还有他的朋友战胜后喘着粗气冲向黑人的声音；接着是两个黑人被弗朗博跟范肖绑起来时发出的哇哇乱喊的声音。弗朗博的蛮力改变了敌强我弱的劣态，尤其对方的第四个人还只是在房子周围打转，参与打斗的其实只有他的声音和影子。他还听见船桨划水的声音；那个女士在发号施令，和吉普赛人越来越清楚的回答声，空桶被压进水里，装满了水；最后，杂乱的脚步声包围了火场。不过这些都不重要，在他看来，最要紧的是让那玫瑰火焰四分五裂，火焰最后再次回光返照了一下，然后就逐渐减弱了。

接着，附近的一声叫喊使他转过头来。弗朗博和范肖，还有来这儿帮助他的吉普赛人死死追着房子旁的神秘人；然后他听见花园的另一边传来了法国人惊慌的叫声。应和他的是一声不能说人声的号叫，他冲破他们的围捕，冲过了花园，然后绕着岛屿足足跑了有三圈，整个场景就像是在追捕疯子一样惊心动魄。之所以让人有这种感觉，一方面是由于被追捕者的叫喊声，还有一方面是由于追捕者手上还拿着绳子；实际上这更像孩子们在花园里玩的追捕游戏，只是更加可怖而已。最后，那个人发觉自己没有地方可以逃了，就爬到了河岸的高地，伴着一阵水花飞溅，他消失在了昏暗湍急的水流里。

"我估计，你们逮不到他了，"布朗镇定的语调里带着痛苦，"此时他已经被冲到了礁石里了，就是他想让他人送命的地方。他了解怎么利用家族传言。"

"噢，不要再拐来拐去了，"弗朗博没耐心地大声说道，"你就不可以用大白话解释吗？"

"好吧，"布朗看着水管回答道，"两眼发光，船行平安；一睁一闭，命葬海底。"

火焰声噼里啪啦地响着，就像被掐住了喉咙，在水管和水桶的共同作用下，范围不断变小，可布朗神父仍然注视着火场并接着说：

"等到天亮时，我想请这位年轻的女士用望远镜来瞧一瞧河口跟河面。她大概可以看见她想要看见的：有船行的迹象，也可以说是沃尔特·彭德拉根归来了，甚至还有可能会看到那个半身像的符号，不论怎样，他此刻是安全的，能够平安地渡水上岸。他已经和另一次船难错过了，他原本是躲不掉的，幸好这位姑娘对老海军上将的电报有了怀疑，专门来这儿盯着他。我们不要再说老海军上将的事了。什么都不要多说。明白这些就可以了，只要涂满焦油和树枝的塔楼烧起来，在地平线上看，这火光和海岸的灯塔的一队灯光是没有区别的。"

"这就是，"弗朗博说，"父亲和哥哥死去的原因。传说中的恶毒的叔叔差点儿就拿到了所有的财产。"

布朗神父没有接话。事实上，除了礼节性的应答他没有再说过话，一直到他们三个人又平安地坐在小船客舱里抽着雪茄。他看见被控制住的火终于灭掉了；接着他就不想再待在这儿了，虽然他听见了年轻的沃尔特在大家的簇拥下，正顺着河岸逆流而上，至于他（要是愿意看一眼热恋中的那对情侣）也许会得到从船上平安归来的青年与划小舟的女孩儿的共同的敬意。可是疲惫感再一次向他袭来，但是弗朗博突然告诉他，烟灰落在裤子上了，他才哆嗦了一下。

"这些不是烟灰，"他非常疲惫地说，"这是救火的时候弄上的，可是你不这么觉得，这是由于你一直都在抽雪茄。我就是靠这样的推测，对那张海上地图隐约有了点怀疑。"

"你是说彭德拉根的那份太平洋岛屿的地图吗？"范肖说。

"你认为那是太平洋上岛屿的海上地图，"布朗回答，"要是你把一片羽毛和化石还有珊瑚放在一块，大家都会觉得这是标本。可是如果你把一片羽毛和缎带还有假花放在一块，大家就会认为这是为女士的帽子预备的。要是再把这片羽毛和墨水瓶和书本跟稿纸放在一起，不管谁都会打赌说这是一根羽毛笔。而你看见了热带的鸟类和贝壳，就理所当然地觉得这是太平洋岛屿的海图。但那就是这条河流的地图。"

"你是怎么看出来的？"范肖疑惑。

"我发现了你们说过的礁石，看起来像巨龙的，看起来像大法师梅林的，还有——"

"你怎么看得那么仔细，"范肖惊呼，"我们还当你一直魂不守舍的呢。"

"我晕船，"布朗神父简单地答道，"我觉得很不舒服。可是感觉上的不舒服不会妨碍我的观察。"接着他闭上了眼睛。

"你觉得大部分人都会注意到这些吗？"弗朗博问。可他没有得到答案：布朗神父已经进入了梦乡。

【注释】

① 梅林（Merlin）：中世纪亚瑟王传说中的伟大魔法师，亚瑟王的挚友和导师。

② 弗朗西斯·德雷克（Francis Drake）：出生在英国德文郡的一个贫穷家庭，是英国有名的航海家、冒险家和海盗，是第二位在麦哲伦之后完成环球航行的冒险家。在军旅中，曾经带领英国海军击退过西班牙的"无敌舰队"。

③ 沃尔特·罗利（Walter Raleigh）与约翰·霍金斯（John Hawkins）：都是

伊丽莎白时期的探险家和航海家，都是德文郡人。

④ 伊丽莎白女王（Queen Elizabeth）：指的是伊丽莎白一世。

⑤ 赫斯帕里德斯（Hesperides）：古希腊时的神话人物，是夜神尼克斯的女儿，被派去看守赫拉的金苹果园。

⑥ 金丝雀（Canary）：和加纳利群岛（the Canary Islands）的名字一样，这组群岛属于西班牙，在非洲西北部的大西洋中。

⑦ 乔治·赫伯特（George Herbert）：威尔士的一位诗人，演说家牧师，玄学派圣人，出生于富裕的文化之家，曾写过许多宗教诗歌。

⑧ 这句话是布朗神父依照乔治·赫伯特的诗《万灵神药》（The Elixir）改编的，原话是"依照你的法律，打扫房屋，能够让房间和作为都更加完满。"（Who sweeps a room, as for thy laws, Makes that and the action fine.）

◇ 锣神 ◇

那是一个普通的初冬的午后，寒冷而且空荡。阳光黯淡，没有丝毫暖意，流露出一派冷清的烟灰色。要是那上百间无趣的办公室与枯燥的画室已经使你感到无聊极了，那么埃塞克斯①平缓的海岸边就更显得毫无生气了。这里稀稀拉拉地排列着路灯，使得那枯燥更加令人觉得不近情理，还有那一条条的灯柱则是比树木还要显得乱七八糟，也可以说是树木比路灯还要杂乱无序。才下的一场小雪都融化了一半了，地上只留下丝丝残迹，在经过霜的又一次凝结之后已经变成了烟灰色，不再纯洁了。雪不下了，可是积雪堆成的缎带已经紧紧霸占在海岸边上了，和海浪沿岸涌起的惨白泡沫遥遥相对。

海天连接的地方已经被冻成了明亮的紫蓝色，就像冻僵的手指上唐突的青筋。前前后后，蜿蜒几英里之内荒无人烟，只有两个人居然还在这种天气下愉快地漫步，只是当中一个人的腿要比另外的一个长很多，步子也跨得很大。

这个时间这里好像并不合适来度假，可是布朗神父的假期非常得少，因而一旦有假期他就要把握住。并且，有机会的话，他更乐意与老朋友一块儿度假，弗朗博曾经是位犯人，之后又成为了侦探。这位神父先生总是说想要再回一次他在科博尔德那个老教区，此刻他们正顺着海岸线往东北方向走去。

走了一两英里之后，他们看见海岸边开始建起了真正的堤坝形成一条绵长的曲线。灯柱变少了，间隔也拉大了，基本已经没有什么实际使用价值好说的了，可是样子还是那么难看。接着走了大概半英里的路之后，布朗神父终于感到有点疲倦了，眼前出现了很多像迷宫似的摆放的花盆，花盆里没有花，仅仅长满了低矮整齐的、颜色柔和的植物；花盆被安放在曲折的小道间，反倒更像是棋盘格的人行小路，而不是花园，花径与花径间还放置了有弧形椅背的长椅。这里倒挺有海滨城市的感觉，不过他却不太在乎，随后轻哼了一声，又向着海岸边的堤坝看去，所见到的事物更是让他肯定了自己的感觉。远处的那一处灰蒙蒙里屹然立着某个海滨游乐园的大型舞台，仿佛是一个长了6条腿的巨型蘑菇。

"我看，"布朗神父说，竖起了他大衣的领子，又拉了拉羊毛围巾，"前面大概是个挺好的度假胜地。"

"但是，"弗朗博答道，"现在这个天气也不会有什么人会来这里寻开心吧。他们总是希望这些地方在冷天也可以生意兴隆起来，可是除去布赖顿②与一些老地方以外，就没有人成功过。这肯定是西伍德了，普利爵士在想法经营这地方。为了迎接圣诞，他还请了西西里岛的歌手，并且，据说在这儿还要举行一次规模宏大的拳击比赛。这样的话，这里根本就像孤单单的一节火车车厢那么无趣。"

他们走到舞台下面，神父好奇地抬头看去，他把头稍微偏向一边，像个歪着头的鸟一样，看起来有点奇怪。这个建筑的样子还算传统，不过对于它的用途来说又有些花哨了：又扁又平的圆顶有好几处都镀了金，倚靠6条细长的漆木柱撑着。整个舞台距离堤坝大概有5英尺高，底下是一个看起来像大鼓的圆木的平台。白雪皑皑再加上建筑物的金光闪闪，看起来精美绝伦，这些场景深深吸引着弗朗博与他的朋友。神父想到了些什么，但是又没法真切地感受出，可他一下就看出来，这是艺术，并且是异国的美。

"我明白了，"他终于开口，"这是日式风格，与日本那些精致的木雕水印画类似，在那些画中，堆满山顶的白雪就像糖似的，而塔上的镀金就像是姜饼上的涂层一样。这座建筑就好似一间小型的异教神庙。"

"的确，"布朗神父说道，"就让我们来见识一下他们的神灵吧。"他纵身跳上了高高的平台，动作是少见的灵敏。

"噢，那真是太棒了。"弗朗博大笑，一转眼的时间，他那健硕的身子已经出现在了这个典雅的高台上了。

虽然这个高台没有比堤坝高许多，可是在那样一片空旷的平地中，它还是提供了更加开阔的视野，使人能够越过平原与大海眺望远方。向陆地望去，冬季的小花园已经全都淹没在灰色的灌木丛里；远方突兀地矗立着一间孤孤单单的农舍，还有它那矮小的谷仓；更远的地方就什么也看不见了，只有宽阔的东英吉利亚平原③向无边的天际延伸出去。海面上没有一点帆船的影子，只有几只海鸥，除此以外就再也没有生命的痕迹了，就连海鸥也像是飘在天上的最后几朵雪花，仿佛不是翱翔的生命。

弗朗博忽然听见背后的一声惊呼，赶紧转过身去。这惊呼来自比他想象中更矮的地方，好像徘徊在脚后跟那儿，并不是耳边。他赶忙伸出手，可是看见下面的情况时还是没忍住笑了出来。不知道什么原因，布朗神父脚底下的平台坍塌了，这个不幸的小个子男人已经掉了下去，踩在了地面上。他刚好够高，倒不如说是够矮，只留下脑袋还露在坍塌的木洞外，好像是盘子上洗者若翰④的头。神父的脸上满是不安，大概也是与洗者若翰的神态有些不约而同。

弗朗博愣了一下就大笑出声。"这木头绝对是烂了，"他说，"但是它居然可以承受得了我，可你竟掉了下去，这真是神奇。来，我拉你一把！"

可是这个小个子神父却是在专心而好奇地看着那被称为是朽木的边缘，眉头紧蹙，显得非常的凝重。

"快啊！"弗朗博不耐烦地叫道，仍然伸着他棕色的大手，"还是你并不想上来？"

神父用他的食指和大拇指拿起一片碎木，并没有立刻回答。很久，他终于若有所思地开口："上去？不，我现在反而更想进去瞧瞧。"他突然钻进了木台下的一片黑暗中去，由于动作过猛，他那个宽檐的教士帽掉了下来，安静地躺在上层木台上，他自己却不知所踪。

弗朗博又一次四处看着，但依然没有什么新的发现，出现在眼前的还是那一片陆地和海面，海面像积雪一样寒峻，但雪原却又像大海那样平坦而沉重。

这时他的身后传来一阵急促的动静，小个子神父从木洞中钻了出来，动作比进去的时候还要迅速。他的脸上已经不是不安的表情，而是变成了果决坚毅，而且，大概是由于白雪的映射，他的脸色似乎比平常更显苍白。

"好了？"他的大高个儿的朋友问道，"你看见这庙里供奉的神灵了？"

"不，"布朗神父答道，"我发现了或许更加重要的东西——祭品。"

"要命，你究竟想说什么？"弗朗博警觉地问道。

布朗神父没有答话。他眉头紧皱，愣愣地盯着眼前的景象。忽然，他抬手指着前方："那栋房子是什么情况？"

跟着他指的方向，弗朗博这才发现一栋房子的屋角，实际上和农舍相比，它离得要更靠近一点，但是大部分都藏在了树丛的背后，以至于起先居然没有引起他的注意。房子并不大，距离海边也蛮远的，可是从房子的镀金修饰能够看得出来，和舞台、小花园，还有那些弧形椅背的长椅一样，它们全是这个海滨游乐园的一部分。

布朗神父跃下舞台，他的朋友紧跟在他身后。当他们向着认定的方位走去时，树木突然往两边退开，最后他们到了一间外表漂亮的小旅店前，是度假村常有的那种旅店，还带有雅座的酒吧，而不是只有大堂酒吧的平常旅店。旅店正面的墙上都是镀金花纹和压花玻璃的装饰。这在一片灰败的海景和诡异的树丛的映衬下，这样华而不实的外部反而增加了些鬼魅和恐怖。他们都隐约感觉，要是这种旅馆会提供什么吃的喝的，那也肯定只能是哑剧里的那些纸做的火腿或是道具空杯而已。

但是，他们对此也不能非常肯定。走上前去，他们却发现餐厅已经关门。在餐厅前放着一张用来装饰花园的铁椅子，椅子背是弧形的，比其他的椅子都要长，横倚在整个墙壁上。也许，将它放置在那里是让游客可以坐在那里看海的，不过在这种天气下，大概不会有人会坐在这儿吧。

但是，就在长椅末端的前面摆了一张小圆桌，上面有一瓶夏布利酒，和一小碟的杏仁与葡萄干。圆桌的背后，一个头发是深色的、没有戴帽子的青年坐在铁椅上，动也不动地盯着海边。

当他们距离青年有 4 码的时候，他依然像一个蜡像似的怔怔地坐在那，可是离他三码的时候，他却忽然跳了起来，好似那种从玩偶匣里弹出来的小玩偶。他用一种尊敬又得体的态度向神父两人表达了欢迎："先生们，你们要进去吗？现在我的服务员都不在，但是一些简单的需求我还是可以做到的。"

"十分感谢。"弗朗博答道，"所以，你就是这间旅馆的老板了吧？"

"是的。"这个深头发的青年答道，神色又恢复了正常，"我的店员全是意大利人，你看，我认为他们都要去看看他们的同胞是如何揍那个黑人呢。噢，马尔沃尼与黑人内德的比赛很快就要开始了，你们都听说了吧？"

"恐怕我们的确要麻烦你了。"布朗神父说，"我的同伴很需要杯雪利酒，祛祛寒，也预祝我们的拉丁斗士⑤胜利。"

弗朗博不理解为什么非要是雪利酒，不过并没有提出反对，只是温和地顺嘴接道："那可真是太感谢了。"

"雪利酒，先生？——噢，当然。"老板说着转向他的旅馆，"要是有什么怠慢的话还希望谅解，现在我的服务员们都不在——"他抬脚向那个拉着百叶窗的黑乎乎的旅店窗户走去。

"噢，你真的不用费心——"弗朗博刚想说点什么，那个人又转过头来又一次和他保证：

"我有钥匙，即使里面非常黑我也可以走得了路。"

"我想说的不是——"布朗神父说。

话还没说完，他就突然被一句吼叫给打断了。吼叫是从没有客人的旅店里发出的。那雷鸣似的声音好像在吼一个外国人的名字，可又听不清楚。旅店的老板本来就殷勤地要给弗朗博拿酒，现在更加着急地往前走去。这件事证明，旅店老板之前说的话和之后说的话并不都是真的。之后每回说起这件事的时候，弗朗博与布朗神父都必须承认，在他们全部的冒险（大多数可以说是惊心动魄）经历里，这回在一间寂静的无人旅店中突然发出的食人魔一样的吼叫声，的的确确是最最吓人的。

"我的厨师！"旅馆老板匆忙叫道，"我把我的厨师忘了！他立刻就能够开始做事。雪利酒，对吧，先生？"

果真，门口出现了一个巨大的白色身影，白帽子，白围裙，就是一副厨师应该有的样子，可是那张脸倒是突兀的黑色。弗朗博听人说过黑人善于烹饪。可是因为肤色与种族的强烈比较，他心中更加感到奇怪，居然是旅馆的老板回应厨师的叫唤，而不是厨师服从老板的命令。不过他又想到，大家都知道，有的大厨的确非常傲慢；并且，现在老板已经拿着两杯雪利酒回来了，这才是最要紧的。

"怪异的是，"布朗神父说，"既然有这样的一场比赛，为什么海滩上的人依然这么少呢？我们这一路走了几英里，路上才看见一个人。"

旅馆的老板耸耸肩膀："他们是从小镇的另一边，你瞧，就是车站那儿来的，距离这里估计有三英里。他们就对体育赛事有兴趣，旅店嘛，只是个用来过夜的地方。毕竟，这种天气也不好在海边晒太阳。"

"同时还不适合在椅子上晒太阳。"弗朗博指着那个小圆桌说。

"我需要望风。"旅店老板面无表情地答道。这是个安静并且斯文的青年，不过气色不怎么好；深色的外套没有什么特点，但是黑色的领结束地很高，用一个形状奇怪的金色别针固定着，就像架在脖子上的枷锁一样。他的脸上同样没什么特点，除了一些也许可以说是狡诈的不安神态——他好像习惯把一只眼睛微微眯起，这就让人觉得他好像一只眼睛比另一只眼睛要大一些，或者说，使人觉得他的一只眼睛不是真的，就像玻璃球。

随之而来的安静被老板轻声的问话打破了："你们来的时候是在什么地方看见那个人的？"

"非常奇怪，"神父答道，"跟这儿非常近，就是在那个舞台那边。"

弗朗博正坐在椅子上享受他的雪利酒，这会儿忍不住放下杯子站了起来，讶异地看着他的伙伴。他张嘴想说点什么，可是最终还是没有说。

"奇怪，"那个男人好像在想着什么，"他看起来是什么样子的呢？"

"我见到他的时候四周很暗，"布朗神父回答，"可是他——"

就像之前说的，这个旅馆老板讲的某些话倒是真的。他说厨师立刻就能够开始做事明显得到了证实，他们正在说着话，就看见那个厨师从里面走出来，一边走还一边朝手上戴手套。

可是和刚刚站在门口的那个黑白两色的大个子相比，此时这个人的样子已经完全不一样了。他从头到脚，直至那双十分突出的眼球，都被扣子扣得非常严密，并且全是最流行的样式。宽大的黑脑袋上斜扣着一个黑色的高帽子，就是那种被法兰西先贤们比喻成是八面镜的帽子。不知道怎么回事，这个黑人居然有点像那个黑帽子：他一样也是黑的，而且他平滑的皮肤居然也可以在 8 个甚至是更多的角度折射着光线。他的脚上踩着一双白色的高筒靴，马甲里穿着白衬衫，这些没什么特殊的。但是最最特殊的是纽扣的眼儿里居然插了一朵红花，仿佛是突然从那儿长出来的一样。他一手拿着手杖，一手拿着雪茄的样子倒是很能表达某种神情，就是我们说起种族歧视时就不禁会想到的那种样子：一些既直率又粗鲁的东西——蛋糕步⑥。

"有的时候，"弗朗博说，眼光还盯着他的背后，"你真的没有办法责怪那些人会私自用刑将他们弄死。"

"对此，我绝对不会感觉奇怪，"布朗神父说，"正如我说的那样，无论他用的是地狱中的任何酷州。"在他继续往下讲时，黑人已经戴上了黄色手套，精神十足地向灰蒙蒙的海滨走去，只是因为那里有一座怪模怪样的音乐演奏台，在人们眼中便成了胜地——"如我刚才说的那样，我无法详细地描述我遇见的那个人。他蓄着老式胡须，看起来密密匝匝，颜色也许染过，总之看起很深的，让他看起来如同照片中的金融家模样；他的脖子上一根长长的紫色领结环绕其上，领结系到了喉头，好像是我们常见的那种保姆用安全别针给小孩子系上的羊毛围巾，领结随着他的走动在风中不停摆动。只是这东西——"神父平静地看着辽阔的海面，停顿了一下补充道，"才是真正的安全别针。"

坐在长铁椅上的男子和神父一样气定神闲地看着辽阔的海面。现在弗朗博的心态又十分平和了，在这种状态下，他能准确地判断这人的眼睛天生一只大一只小。现在这人两只眼睛都完全睁开了，弗朗博可以想象到他的左眼在瞪视别人时会变得更大一些。

"那是一支特别长的金别针，头部是猴子或别的诸如此类的动物的头的形象，"神父继续道，"但别上去的方式很奇怪——另外，更古怪的是，他还戴了一副夹鼻眼镜，一件宽大的黑色丧服罩在身上——"

椅子上的男子一动不动，一直瞪着海面，他头上的两只眼睛好像属于两个迥然不同的人。一只眼望着一处，另一只眼望着另一处，然后他快速地闭了闭眼。

布朗神父背过去向着他，在这一刹那，一把金光闪闪的匕首好像死亡的影子一样闪现在他的脸上。弗朗博没有任何武器，但他那双赤铜色的大手已经紧紧地抓住了铁椅子的一端。他的双肩很快改变姿势，轻轻一拱铁椅就被竖了起来，向店主倒去，仿佛砍头人正高举着利斧要劈下一样。这张椅子直立了起来，看起来很高，完全像是一架长长的铁梯，而他正站在旁边，在邀请人们爬上去摘取天上的星星。但现在是晚上，从平面方向射来的灯光让它呈现出了长长的阴影，如同一个巨人在舞动埃菲尔铁塔。这摇曳的斑驳的光影使得店主人躲避和畏怯，并快速躲进了他的小旅店，把锃亮的匕首当啷一下扔在了地下。

　　弗朗博嚷道："我们必须马上离开这里！"他怒气冲冲地纵身弹开长椅子，这种愤怒的状态让他对海滨的情况丝毫不理会。他紧紧抓住神父的手肘，拽着他跑过后面荒凉黑暗的花园，在后花园的尽头有一道小门，小门紧紧关闭着。弗朗博弯腰捣鼓了一会儿，看起来一会儿愤怒一会儿平静，说道："这门给锁住了。"

　　就在他说话的时候，旁边的一棵用作装饰用的杉木树上飘落下一片羽毛，从他的帽边擦过，这让他大吃一惊，看起来比刚才听到远处那声爆炸声还要惊讶。接着又一声爆炸声传来，一颗子弹打过来，正好打入了他正试图弄开的门板中，使门不停震动。弗朗博双肩紧缩，再度凝聚力量，然后快速猛力地撞上去，锁与三个铰链同时被撞脱了，弗朗博往外冲出，和院门一起扑上了门外空无一人的小路。

　　然后他将花园门又抛过院墙，扔进了院子里，就在这时，又飞来一颗子弹，打在了离他脚后跟不远的地上，地面的雪和土被溅了起来，并凝起一团。此时，他无法再顾全礼节，他一把抓起小个子神父，将他扛在自己肩上，大步流星跑向西伍德。在一口气跑出将近两英里后，他惊魂未定，但还是先把自己的伙伴给放了下来。当然，这不是一次体面的逃亡，尽管可以用经典的安奇塞斯⑦模式来圆场，但布朗神父看起来依旧很平静，只是露齿而笑。

　　"啊……"弗朗博对这段时间的宁静有些难以忍受，显得不耐烦地说道，"我不明白这些都是怎么回事，但我相信自己的眼睛没看错。"此时他们两个人已经开始了正常的徒步旅行，在小镇的边缘部分缓缓穿行，这种地方无须担心出现什么暴力行为。"我觉得你从来没有遇到过你进行那么详尽描述的人。"

　　"从某种意义上来说，我确实见过他。"布朗神父说道，他又开始神经质地咬着手指——"我确实见过。但是光线太暗，我又在演奏台下面，所以无法看得清楚。不过我也认为我没能准确如实地描述他，他夹在鼻子上的眼镜被压碎了，金别针别进去的也并不是紫色领带，而是刺穿了他的那颗心。"

"我认为，"他的伙伴用低哑的声音说道，"那个配着玻璃假眼的男子一定与此事有关系。"

"起先我希望他与此事没多少关系，"布朗神父说，声音听起来很懊恼，"我当时指出来是一时冲动。这件事一定有更深刻的根源。"

两人默默无语地继续前进，穿街过巷。夜色低垂下来，阵阵寒气袭来，沿着街道，黄色路灯都依次亮起来了。很显然，他们正在走近小镇的中央部分，色彩鲜艳、耀眼夺目的广告牌映入眼帘，似乎在告知人们尼格尔·内德与马尔沃尼的拳击大战已经进入了白热化阶段。

"嗯，"弗朗博说道，"我一辈子没有杀过人，即便在我犯罪的那些日子里。但我绝不同情任何在这种沉闷的地方进行杀人的罪犯。我想天底下所有被天主遗弃的废地里面，最令人心碎难受的就是一些诸如演奏台的地方。按照最初的想法，它可能是想搞成欢乐喜庆的地方，最后却成了荒芜凄凉之乡。我能够想象得到，一个心理不正常的人处在这样又孤寂又很具有讽刺意味的环境中，心理会越来越变态，可能会感到必需干掉自己的敌手。我曾经进行过一次徒步旅行，当时只是想着要采集金雀花、捕捉云雀之类。后来无意间走到了一片环形的开阔地带，迎面耸立着一座巨大的建筑，无声无息，座位层层叠叠，整个建筑如同罗马的圆形竞技场，但又空空荡荡的如同信件架。一只鸟在建筑物的上空盘旋。你知道那建筑是哪里吗？那建筑是萨里郡大赛马场。我当时就觉得，在那样的一个地方，不会再有人会获得快乐了。"

"太奇怪了，你竟然提到了赛马场，"神父说道，"'萨顿之谜'你还记得吗？因为两个形迹可疑的人——我想可能就是两个卖冰激凌的吧——恰巧住在了萨顿？不过最后他们最终还是被释放了。据说当时发现有一个人被扼死在一个丘陵草原上，就在公园附近。事实上，我从我的一名朋友（爱尔兰警察）那里得知，死者被发现的地方离萨里郡大赛马场很近，当时死者身上盖着一扇很低矮的门。"

"那真是古怪，"弗朗博说道，"'萨顿之谜'更加坚定了我的看法：这样的娱乐场所到淡季的时候会显得很寂寞，寂寞得可怕。否则那人也许就不会被杀死在那里了。"

"我不敢肯定的是，他——"布朗顿了一下，欲言又止。

"你不敢肯定他被杀死？"伙伴询问道，看起来有些疑惑。

"不敢肯定他是因为淡季被杀。"布朗神父回答，口气淳朴直率。"难道你不认为有一些应付这类孤寂的某种手段吗，弗朗博？你怎么敢肯定，一个聪明的杀人犯一定会找到僻静的地方，才去作案呢？一个人要做到完全地独处异乡，那是很难以做到的。除了这一点，一个人越孤独，就越会引人注目。所以，我认为一定还有别的原因——啊？我们现在是在哪儿？是亭台楼阁，还是宫廷殿堂，或是别的地方？"

他们来到一个小广场，这里灯火璀璨。灯柱上贴满了金灿灿的金箔，在华灯的映衬下，广场上的建筑看起来灰不溜丢的，侧面看去，还是马尔沃尼和尼格尔·内德的巨幅照片。

"喂喂，"弗朗博总是一惊一乍，他又叫道，同时布朗神父踏上了宽阔的阶梯。"我不知道你近来的业余爱好是拳击。你要去看看这场拳击赛吗？"

"我想不会有拳击比赛的。"布朗神父依旧很平静地回答道。

两人快速地穿过一间间内室，内室里大部分都是赌注室；当他们走过击斗厅时，只见斗台被升高了起来，外面有粗绳围栏，并设有无数座位与包厢。这时神父依旧目不斜视，也没有做片刻停留，只是径直走到书记桌前的办事员跟前，书记桌在一扇门的前面，而这扇门上标有"赛务委员会"的字样。神父在这里停了下来，他要求面见普利爵士。

书记员回答说爵士阁下此时此刻非常忙，因为拳击搏斗近期就要举行了。

但布朗神父继续颇有耐心地反复复述自己的要求，看起来单调至极。这让公事公办的这些书记员始料不及。片刻之后，也觉得很迷惑的弗朗博随神父一起，出现在一位男士面前，这位男士正在朝向门口走去的另一名男子嗷嗷叫道："你给我小心，你们想要什么，都得告诉我！你得知道有哪些绳子在第四个回合之后——呃，你有什么事？"

这就是普利爵士，他绅士风度，但也和大多数存于我们这个时代的贵族有着相同的特性，那就是对钱尤其操心不已。他的眼睛里闪耀着兴奋，头发灰黄相间，鼻尖上生着冻疮，但鼻梁很是高耸。

"我只说一句话就走，"布朗神父说，"我来只是为了阻止—— 一个人被杀死。"

普利爵士"噌"地一下子从椅子上跳了起来，好像那把椅子上安有弹簧似的。"如果我还能忍受这种事情在我眼皮子底下再度发生，我就该死！难道从前就没有教区神父吗，那时人们拳击都不戴手套。现在比赛规矩多了，都得按规定戴手套，上场运动员没有任何会被打死的可能。"

"哦，你理解错了。我的意思并非两位参赛拳师中的哪一位。"布朗神父说道。

"天啊，天啊，天啊！"贵族爵士的语调中充满了幽默，"那么，到底是谁要被打死呢？是裁判？"

"我并不知道谁会被打死，"布朗神父回答，一脸沉思，瞪着眼睛，"如果我知道是谁，就不会来打搅你了。如果我知道，我就直接设法让他躲过劫难。可是，我不知道。关于奖金拳击，我也没有发现这种赛事自身有什么缺陷。不过，既然如此，我得请求您宣布现在停止拳赛。"

"还有别的请求吗？"爵士眼里闪耀着兴奋的光芒，语言充满嘲弄，"还是您要对已经赶来的 2000 名观看比赛的人要说些什么呢？"

"我的意思很明确，我说他们在比赛结束后，就只会剩 ,1999 个人能够活下去 ."布朗神父说道。

普利爵士觉得不可理喻，向弗朗博问道："您的这位朋友疯了吗？"

"我想还差得远呢。"弗朗博回答道。

"那么先听我说吧，"普利恢复先前的状态，看起来有些不安，"事实上可能比你们说的还要糟糕。大群的意大利人反目，开始支持起马尔沃尼来了——这些粗野的家伙都不知是从哪个乡下跑来的。你们应该知道这些地中海人都是怎样的性格。如果赛事宣布停止了，我们一定会看见马尔沃尼率领整个的科西嘉部落冲到这里来。"

"哦，我主神明，那可真是生死攸关的时刻了，"神父说道，"那能否按一下铃？把您的声音传出去。看看是不是马尔沃尼在回答你。"

这位贵族先生心中一种莫名其妙的好奇油然而生。他按了按桌上的电铃，很快，书记员出现在了门口，爵士对他说："我现在有一项很严峻的事项要赶快向观众公布。同时，也请你费费心，告诉场上的两位夺标拳师比赛因为不得已的原因不得不推迟举行。"

书记员愣住了，如同看见了鬼怪一样，两眼直愣愣地一动也不动，不过很快他便转身消逝在门外了。

"不过，你说的那些话有什么根据？"普利爵士突然转身问道，"您和谁讨论过？"

"和一座演奏台，"布朗神父挠挠自己的头，慢悠悠地说道，"哦，不，也不对。我还和一本书商谈过。那是我在伦教买来的一本廉价书，从一家书店顺手买来的。"

说着话，他已经从口袋里掏出了一本小书，这本书有结实的皮面，这时，弗朗博从他的肩膀上方窥视过来，那是一本很陈旧的旅游手册，有一页向里折进去，可能是为了方便参阅，也可能是别的什么用途，谁知道呢。

"'在伏都教⑧当中，这是唯一方式了——'"布朗神父大声朗读起来。

"什么当中的什么，啊？"爵士阁下感觉疑惑，追问道。

"'以这种方式，伏都教蔓延出了牙买加本土，'"朗读者说得有滋有味，他不停地重复，并继续念道，"'组织在广泛地发展，其象征形式是猴子，也可以称作是他们的锣神。在南北美洲两块大陆上有许多地方，锣神都具有非常强大的魔力，尤其是对于那些看上去完全像是白人的混血儿。它不同于其他拜鬼和祭人方式，事实上在祭坛上也并没有正式地流血，只是在人群中进行某种形式的刺杀。当神龛门或庙门打开的时候，锣声就震耳欲聋地响了起来，同时将猴神放开；这个时候，几乎整个的集会的人都给铆钉铆住了一样，每个人的眼神里都充满了狂喜，他们都死死盯着猴神。然而，就在这之后——'"

房间门"嘭"的一声被打开了，黑人拳击师八面威风地站在了门框之间，两眼骨碌骨碌转着，在头上傲慢无礼地斜戴着一只锦缎礼帽，"哼！"他张嘴叫嚷，露出一排牙，像猴子的牙一般。"这是什么意思？哼！你们这是盗窃，你们偷走了一位黑人绅士的奖金——显而易见，这奖金已经到他手里——你们却还以为是那个意大利白人混蛋——"

"只不过是延期呀，"爵士很平静地答道，"再过一两分钟，我来向您解释。"

"向谁解释？——"尼格尔·内德一下子情绪失控，暴跳如雷，嗷嗷直叫起来。

"我的名字叫普利，"爵士的语气中透出一种让人信赖的冷静，"我是组委书记，我现在奉劝和要求您马上离开这个房间。"

"这家伙是谁？"黑人好像突然发现一样，他侮辱性地指着神父，问道。

"我叫布朗。"神父回答道，"我现在也奉劝你，马上离开这里，离开这个国家。"

黑人拳击师站在原地，两眼直瞪瞪地，僵了小片刻之后，突然大跨步出去，"嘭"的一声甩门而去。弗朗博和其他人吓了一跳。

"请问，"布朗神父一边把他那风尘仆仆的头发向上掠了一掠，一边说着，"您认为利奥那多·达·芬奇怎么样？他有着了不起的意大利头脑吗？"

"您瞧这里，"普利爵士指向了外面的人群，"我相信您说的话，同时也对您的话承受了相当大的责任。关于这件事，你让我知道得更多一些，可能会更好。"

"没问题，我的爵士，"布朗神父答道，"费不了多少工夫，就可以向您解释清楚。"他把皮面小书放进大衣口袋，继续说道："凡是这本书能告诉我们的，我们都知道了，我说得是否正确，您也可以通过它来判断。刚才在这里看起来很吓人的黑人，其实是在虚张声势，他才是世界上最危险的人物，因为他有着欧洲人的头脑，还有食人者的本能。在他们这个野蛮人种当中，同类间的屠杀可谓是一件很常见的事情。而且他，把这些屠杀伙伴组织成了秘密刺杀社团，这个社团非常现代化，也武装了科学知识。但他以为我不知道这个社团，所以并没有特别怀疑我。"

神父说完，周围一片沉寂。于是他继续道：

"但如果我想谋杀哪个人，难道只有当我和他单独在一起才是真正的最佳方案吗？"

普利爵士看着神父，两眼又恢复了最初的那种冷淡。他说道："假如您要谋杀什么人，难道要与我商量？"

布朗神父摇摇头，好像一个经验丰富的谋杀者。"弗朗博也这样问过我，"他叹息一声回答道，"但是仔细想想，一个人心里越感觉孤单，就越没有把握他独身一人。必须说清楚他的周围都是一片空旷，而这样的环境又使得他明显突出。您曾经从高处观看过一个人耕地吗，或是一片谷地中的牧羊人吗？您从来没有孤身一人沿峭壁行走，而同时观看另一个人沿沙滩漫步？您能知道他已经不知不觉中干掉了一只螃蟹吗？而且您断然不会得知他干掉的是否是一位债权人吧？不！不！不！对于像您我这样聪明的谋杀者来说，在这种场所中要确信没有人看见您，那简直是不可能的。"

"那还有别的什么方案吗？"

"只有一种，"神父说道，"那就是确保每个人的注意力都在别的事情上。当一个人在紧靠着赛马场大看台的地方被扼死时，虽然大看台上空空如也，这件事还是可能给任何人看见——给任何一个在下面徒步行走的人看见。但是，如果看台上人山人海，房间里喊声如潮，这时什么领带绞扭，什么把尸体猛推到门后等谋杀行为在转瞬之间就可能发生——而且只要那么一个转瞬的时间也就够了。当然，"神父把目光转向弗朗博继续说道，"这与演奏台下那可怜家伙的情况完全一样。就在娱乐活动让人沉醉其中、如痴如狂的时候，就在某个表演艺术家在躬身行礼的时候，或是晚会推向高潮的时候，他——给什么东西摆弄了一下，掉进了一个似偶然实则故意的孔洞中。在下面，再一下重击将他干掉——这也很容易。以上就是尼格尔·内德从他的老锣神那里活学活用来的小花招。"

"那么，我顺便问一下，那位马尔沃尼呢——"普利开口问道。

"马尔沃尼和这一罪恶的行为没有任何关系，"神父说，"不过，在他的身边包围着一些意大利人，但我们这些和蔼可亲的朋友却不是意大利人。他们是一些有八分之一黑人血统的混血儿，是些形形色色遮掩下的非洲混血儿。我恐怕我们这些英国人会以为所有的外国人，只要肤色深都大同小异、里外一般了。其实不是这样的。"神父略顿一下，微笑着补充道："我恐怕英国人的区分能力越来越差，对于我们的宗教所造就的道德人格与巫毒教滋养下急速发展起来的人物之间的细微差别，我们是越来越没有鉴别能力了。"

春季的热浪一下子蔓延到了西伍德，很快海滩上星星点点地缀上了一簇簇家人，一套套沐浴设施，看起来到处都是游牧式的传教士和黑人吟唱诗人。这时已经开始大规模地追捕那些秘密社团分子了。社团分子的神秘目的好像在各个方面都消逝了。旅店主的尸体被人发现时像一团海草那样漂浮在海上，他的右眼平静地闭着，左眼却瞪得很大，如同玻璃镜片反射了目光一样，发散着阴森森的光芒。尼格尔·内德没有逃出一两英里地就给追上了，在搏斗中他用左手打死了三名警察。还有一名警官被打得满身伤痛，还吓傻了——于是黑人拳击师逃之夭夭。但这次行动闹得英国民众众所周知，以至于整个大英帝国在随后的一两个月中，主要目的就是防止这名黑人从任何一个英国机场逃走。与他稍微相似但实际差距甚远的人，都难免要受到严密盘查，都需要在上机之前使劲擦洗脸面之后，才会让其登机或上船。英国的所有黑人都受到特别的限制和要求，他们都被强制要求去报名登记；出海的轮船不允许搭载黑人，仿佛他们都是天外来客。鉴于人们已经知道这个野蛮的秘密社团有多么庞大和恐怖，行事又是多么诡异和不动声色，所以到了 4 月份，弗朗博和布朗神父再次来到海滨时，发现"黑人"这个词在英国差不多已经等同于"魔鬼"的意思，它几乎恢复了它之前在苏格兰语中的意思。

"他一定还在英国，"弗朗博眺望着远方说，"不过藏得真是隐蔽。如果他只是把脸涂白，把自己化妆成白人，他们一定会发现他的。"

"他确实是个聪明人，这些你知道的。"布朗神父有些遗憾地说，"我敢保证他不会把自己化妆成白人的。"

"哦？那他会怎么做呢？"

"我会把自己继续涂黑。"神父说。

弗朗博哈哈大笑，他靠在栏杆上一动不动，说，"啊，确实这样更妙！真想得出！"

布朗神父和弗朗博一样，也是一动不动地倚靠在栏杆上，他指了指远方那些用煤黑化妆成黑人的歌手，他们在沙滩上浅浅地低唱着。

【注释】

① 埃塞克斯（Essex）：英国英格兰东南部的郡。

② 布赖顿（Brightton）：英国南部的城市。

③ 东英吉利亚平原（East Anglian plains）：东英吉利地区最大的自然保护区。

④ 洗者若翰（St John the Baptist）：天主教译名；基督新教译作"施洗的约翰"。耶稣基督的表兄，他在耶稣基督开始传福音之前在旷野向犹太人劝勉悔改，并为耶稣基督施洗；因抨击犹太王被捕入狱，后被杀。

⑤ 拉丁斗士（the Latin champion）：意大利属于拉丁语系国家。

⑥ 一种步态竞赛。美国黑人曾经为蛋糕进行竞赛，在登上竞赛场时所走的步子。

⑦ 见维吉尔所著《埃涅阿斯记》，特洛伊城被希腊人攻陷后，安奇塞斯被儿子背起逃离，最后在意大利建立起罗马帝国的故事。

⑧ 这是一种宗教。最初出现在非洲西部。

◇ 克雷上校的沙拉 ◇

布朗神父刚刚完成弥撒，朝家里走去。这是一个雾气朦胧的早晨，预示着暴雨的云团慢慢笼罩这里，使得这个早晨变得有些诡异——在这种天气中，即使只是光线里最普通的元素都会显得诡秘和稀奇。分布在旷野里每个地方的树木在水汽里渐渐明显，就像是用炭笔在粉笔画的轮廓上又描了一遍。再远一点，就是郊区稀稀拉拉分布的房子。随着它们的大致样子渐渐明朗，终于，他看出了很多他偶然认识的人的住房，还有更多，他都可以说出房主的名字。每栋房子的门窗都紧紧关着，没人会起得这样早，更没有人会做他做的这种工作了。前面有栋别墅，带有走廊和宽阔、华美的花园。他从旁边经过时，一声响声让他不禁停了下来。没有错的，那肯定是手枪或是卡宾枪其中一个，不过这还不是最让他疑惑的。第一声大响之后，马上又有了一连串的轻响——他都在数着，总共是6声。他猜这大概是回音，可是奇怪的是这回音居然与原声没有一点像的地方。他想不到这究竟都是些什么动静，一开始的三声各自像是虹吸管将苏打水瓶里的水都给吸光的声音，某个动物发出的声音，还有人用力憋笑而弄出的声音。但是这几种猜想好像都不太应该。

布朗神父有着两重性格。一面他是一位实干家，像报春花那样谦虚，又像钟表那样准点；他坚守自己的责任，从来没有妄图有什么变化。另一面他又是一位思考者，更单纯，同时也更坚强，无论什么事都不会轻易阻止他；他的想法永远（就是这个词的本来的含义）是自由的。不经意间，他又不由地朝自己问了一大堆问题，接着又努力——回答，这所有与他来说都像是呼吸与血液循环那样正常。可是他却不会故意越界去管别人的闲事。这次，这两个态度可真是冤家路窄了。他不停地跟自己说这和他没有关系，想接着在晨光里前行，可是脑子里又不由自主地猜到又推翻了二十几种那些奇怪的声音可能所含有的意思。这时，灰暗的天空渐渐变得明亮起来，布朗神父这才看出来原来他是在帕特南少校家的门口站着的，他是位英裔的印度人，还有一位马耳他①当地的厨师与他相伴。同时，他也想到了，枪击是一个很严肃的问题，自己非常有必要去看看究竟是怎么回事。他果断地转身走进花园，朝前门走去。

屋子的一边在半高的地方向外突出了一块，就像一间矮小的棚屋；之后他才认出来原来那是个很大的垃圾桶。在一边的角落走过来一个人，一开始仅仅能在白雾里看见一个隐隐约约的轮廓，看得出来是在低着身体四处找什么。等走近了些，那个人的样子逐渐清楚起来，原来是个十分强壮的家伙。这就是帕特南少校，没有头发，脖子粗大，身材矮小可是体型又很宽，由于一直在印度的烈日下还用英国人的方式生活，脸上总是有一些红彤彤的，不过事实上那是一张快乐的脸，就算是此时，即使满是奇怪和不解，却还是有着一丝单纯的笑容。他的后脑上有一个大大的棕叶帽（看起来像是花环，但是又和他的脸十分不搭调），除此以外，他仅仅就套了一身明艳的红黄条纹的家居服。虽然它看上去让人觉得很是明亮暖和，可在这么凉的早上穿出来大概还是蛮冷的。很明显，他是很仓促地从屋里跑出来的，少校没有客气地直接就问道："你听到声响了，对吧？"对于这，神父没有觉得意外。

"的确，"布朗神父答道，"我想还是进来看看好一点，要是真的出了什么事也能帮一下忙。"

少校瞪着一双十分有喜感的醋栗似的眼睛，惊讶地看向他。"你认为那该是什么声响呢？"他问。

"有点像是枪声那种的，"神父说道，有点迟疑，"可是回音又有点不太正常。"

少校依然安静地看着他，不过那双眼睛瞪得更大。这时前门忽然被撞开来，煤气灯的亮光刷地将渐渐散开的薄雾表层给照亮了，另一个穿着家居服的人从门里跟跟跄跄地跳了出来。这人比少校要高很多，更加单薄，身材也更是健美；穿的家居服虽然一样色彩明艳，不过相比来说还是有眼光一些，是白色和柠檬黄相交的条纹。他脸色憔悴，不过很帅气。那人的肤色比少校还要黑，脸型轮廓硬朗，眼窝很深，因为发色很深可是胡须的颜色却比较浅，所以又觉得有些怪异。一切的这些细致的地方全是布朗神父不经意间观察到的，那会儿他真正在意的只有一样：来的人手中有一支转轮手枪。

"克雷！"少校看着他大声叫道，"是你打的枪吗？"

"是！就是我！"这个黑头发的绅士激动地答道，"要是你你也会这样做的！如果是你被恶魔到处追赶，几乎——"

少校急忙打断了他，"这是我的伙伴布朗神父，"他说，接着又看向布朗，"不知道你有没有听说过皇家炮兵队的克雷上校？"

"是的，我有，"神父单纯地问，"你——你有打到什么吗？"

"我感觉是的。"克雷沉闷地答道。

"他——"帕特南少校放低了嗓声问道，"他已经死掉了还是大声喊叫，或者是什么情况了？"

克雷上校奇怪地注视着这个让他留宿的房主，"我会跟你说他究竟怎样了，"他说，"他打了一个喷嚏。"

布朗神父举起手，做出一副突然想到某个名字时惯有的那种动作来。他总算弄清那是什么动静了，原来既不是虹吸管吸光水的响声，也不是什么动物发出的响声。

"好吧，"少校瞪着眼睛，忽然开口，"被转轮手枪射中了还能打喷嚏，我倒是从来没有听说过。"

"我也没有听过，"布朗神父低声说，"还好你没将你的大炮拿来打他，否则他大概会患上重感冒呢。"想了一下又继续问道："是偷东西的吗？"

"咱们进去吧。"帕特南少校颇为严肃地说，而且带头进了房子。

在这种的清晨时分，房子里和房子外的光亮总是有对奇怪的矛盾：即使少校已经将前厅的煤气灯给关掉了，屋子里却好像还是比外头的天显得更加亮堂。布朗神父吃惊地发现，饭桌上收拾得像要摆喜宴一样，每个座位面前都放着餐布，每一个餐盘的两边全都摆了不必要的 6 种形状的杯子。在早晨看见头一天晚上酒宴的杯盘狼藉很正常，可是这一大早的就摆好的餐桌却是有点不太正常。

正当神父迟疑地站在前厅中的时候，帕特南少校忽然越过他冲向餐桌，愤怒的眼睛在桌上掠过一遍。最终他还是爆发了："所有的银器通通不见了！"他喘着粗气地说，"鱼刀②跟叉子也没了，老调味瓶架也没了，还有那个古老的银奶壶居然也没了！这下好了，布朗神父，我现在可以回答你的疑问了，你觉得是不是窃贼呢！"

"这仅仅是一个障眼法，"克雷坚持地说，"我比你们要了解他们为什么要和这房子过不去，我比你们要了解 ——"

少校抬手拍了拍他的肩膀，就像在抚慰一个生病的小孩儿一样："就是偷东西的，非常明显就是个小贼嘛。"

"一个得了重感冒的小贼，"布朗神父说道，"这也许能够帮你在这周围逮到他。"

少校低落地摇摇头："只怕他这时早就逃得不见踪影了。"

后来，在克雷拿着转轮手枪又一次去花园的时候，少校哑着嗓子跟神父低声说道："我不确定是否要报警，我的朋友用起枪来有点冲动，只怕已经违法了。他生活的地方非常地落后不文明，还有，说实话，我认为他有的时候会出现幻觉。"

"我记得你好像跟我说过，"布朗接着说道，"他觉得有个神秘的印度团体正在要暗杀他。"

帕特南少校点点头，不过同时又耸耸肩膀。"我认为我们还是和他一起去比较好，"他说，"我是不想再看见这种事发生了，说的是什么，打喷嚏？"

他们走出房子步入朝阳里，现在已能够看到一些太阳光了。克雷上校弯着高大的身子，正在一点点地搜检着砾石地面跟草地，上半身几乎都要碰到了地上。在少校慢慢地朝他走去的同时，神父也毫不在意地往前走去，转过下一个拐角就到了垃圾桶的附近。

他注视着这个阴郁的巨型物体，直直地站定了一两分钟，接着走过去，打开盖子把头伸了进去。脏兮兮的废弃物与灰尘一起涌了出来，但是布朗神父正仔细地看着每个角落，已经完全不管自己的形象了。他就这么看了很久，就像在做什么神奇的祷告仪式一样。最终，他将沾满灰尘的头伸出垃圾桶，淡漠地离开了。

等他又回到花园前的时候，太阳光已经将雾气都驱散了，门口站着的一小群人好像也恢复了正常。按道理，事情还没有搞明白，还不能掉以轻心，可是他们就好像狄更斯③小说里的角色一样，每个人都带着些喜感。帕特南少校不知什么时候已经回到房里，换上了合身的衬衫跟裤子，还系了一根深红的腰带，外面套了件规规矩矩的浅色的夹克。既然都穿戴整齐了，他那张欢快的涨红的脸也换上了常有的热情。他真的有些引人注目，只是他那会儿正跟厨师在说话。厨师是位黑皮肤的马耳他人，脸色蜡黄，满脸忧愁，跟白色的厨师帽与衣服形成了一种奇怪的对比。他苦恼也是有理由的，因为下厨可是少校的兴趣，并且他还是那种比专业的厨师了解得还要全面的业余爱好者。在他眼里，除他以外，就只有他的伙伴克雷有资格来评价煎蛋了。想到这儿，赶紧转身去寻找那个上校。阳光晴朗，大家都已经换好衣服，看起来清爽宜人，可是克雷的模样却让他惊讶。这位斯文的高个子上校还是穿着家居服，头发也是乱糟糟的，现在正趴在花园的地上找着那小偷的踪迹。并且，明显是由于到处找都找不到，他又时不时生气地拍打着地面。看他这样四肢着地趴在地上的样子，神父不由忧伤地拧起了眉毛，第一次，他开始觉得，大概那句"偶尔会出现幻觉"只是种委婉的说法。

那一群人里，除了厨师跟少校，布朗神父还认识一个人——奥德丽·沃森，少校的陪护和女管家。此时，由她的围裙、挽起的袖子与果断的表情看来，她肯定是在做卫生而不是陪护了。

"你这是自找麻烦，"她说，"我早就跟你说过了，不要用那个落伍的调味瓶架了。"

"我喜欢它，"帕特南平和地答道，"我是个喜欢老东西的人嘛，并且还能将调料瓶放在一块儿。"

"你看，现在也是一块儿没了。"她应嘴道，"行，要是您不操心那小贼的事，那我也用不着操心今天的午餐了。今天是周末，我们不可能在镇子里买到醋跟别的调味料；并且没有那些辣乎乎的调味料，你们这些印度先生也吃不到所谓的大餐了。此刻我真是希望你没让奥利弗表哥领我去听音乐，那要到 12 点半才能结束，上校到时候就要离开了。我可不认为你们这些绅士可以自己料理得好。"

"噢，亲爱的，我们能做到的，"少校和蔼地注视着她，"马尔科什么样的调料都有，还有你也了解，不管在怎样糟糕的处境下我们都能过得好好的。你也要放松一下了，你大可不用总是在做家务，还有，我知道你是想去音乐会的。"

"我其实是想去教堂的。"她说，眼光很是犀利。

她是那种美丽永在的女人，因为她的美丽不在于外表或者皮肤，而是脑子和性格。不过，虽然她还没有到中年，她那头红棕色的长发依然像提香①写的女人一样，轻盈而有光泽，可她的唇边与眉眼中又的确能够看到一种由于悲伤而产生的痕迹，就好像希腊神庙最后被风侵蚀似的。实际上，她现在这么果决地说家务上的小难题根本就不能算是悲剧，就只是闹剧而已。在他们说话的时候，布朗神父也弄清了一些事：克雷是另一个赏味家，要在午饭的时候走，可是接待他的主人不想要错失与好友共享一顿大餐的机会，就在沃森小姐与那些严肃的人全去做祈祷的时候准备了特别的早中餐。沃森小姐也要在她的一个家人和朋友——奥利弗·阿曼医生的陪伴下一起去教堂。虽然这名医生是位工作狂，但同时还是个音乐爱好者，为了能够去听音乐甚至可以陪沃森小姐去教堂。但这一切好像都与沃森小姐脸上出现的忧愁没什么关系。布朗神父忍不住又回头去看了眼那个痴狂的人，他还是在地上仔细查找着。

布朗抬脚走到了他身边，那个乱糟糟的头忽然抬了起来，似乎是神父站得太久吓到了他。实际上，布朗神父也发现了这点，不用说失礼了，就算按常理来说也不好这样。

"噢！"克雷眼神如炬地说，"我猜你也和他们似的认为我是疯了吧？"

"我确实是这样认为过，"小个子神父平静地说，"不过我更认为你好好的。"

"你想说什么？"克雷粗鲁地问。

"一个人真的疯了，"神父说明道，"就不会认为自己有问题，也不会有和这斗争的想法。可是你却在尝试找到那个小偷的踪迹，即使根本就没有这个人。你在斗争，你得到的是一个疯子完全不会想要的。"

"是什么？"

"你想证实自己不是正确的。"布朗说。

话还没说完，克雷就站了起来，也可以说是摇摇晃晃地站起来，两眼全是焦灼地看着神父。"要命，就是这样！"他喊了起来，"他们每个人都和我说，那个人是为了偷银器的——最好他是这样呢！她针对我，"他那个乱糟糟的头像沃森小姐摇了摇，可是布朗神父实际上不用他来指是谁，"早上她就说我狠毒，居然朝没有恶意的小贼开枪；指责我心里有个魔鬼，居然对这些没有害人之心的本地人动手，可是从前我的性格很好的，像帕特南那样随和。"

他顿了一下又说道，"哎，我第一次见你，可是麻烦你给这件事讲讲理。老帕特南跟我是战友，不过由于我在阿富汗边境被打伤，因而比大多数人都更快得到了撤返的指令，仅有我俩被送回国疗养。我跟沃森在那里已经有了婚约，所以我们三个人就一同回国了。这件事就是在途中发生的，简直奇怪得要命。最后就是帕特南想要取消我和她的婚约，就连沃森也在拖着。我明白他们是什么想法，也了解他们是如何想我的。你也明白吧。"

"好吧，情况是这样的。回来的前一天，我们都在一个印度城市里，我问帕特南可不可以去买一些特里其雪茄⑤，他就跟我说了一个他住处对面的地点。我后来才知道，他跟我说的的确没错，可是要是一栋得体的房子对面是一些乱七八糟的小房子的话，'对面'这个形容就太糟糕了。我肯定是走错了门。我很用力才将一扇门推开，眼前都是黑的，什么也看不见。可是等我想要转身离开时，就听到很多插销锁死的响声，背后的那扇门居然又关上锁起来了。我只能继续朝前走，走过一条又黑又长的过道。最终，我走到一条楼梯前，接着是一扇被门闩抵住的百叶门。那门闩的制作很棒，是东方式的工艺。我之后用手去探索，不过最后我还是将它弄开了。这个时候面前还是很黑，但还好地上稀稀拉拉的有很多小灯亮着，光亮很稳，幽幽地发着绿光。可是那点亮度只能让我看见一栋庞大空荡的建筑物的底座或是角落。在我前面似乎矗立着一座大山。不得不承认，在我发觉我的面前是一尊神像的时候，我吓了一大跳，差点摔倒在地。最可怕的是，那个神像还不是面对我的。"

"我觉得那大概不是人的形象，因为它的那个头又小又矮，背后还长了一根尾巴，或者是一段多余的肢体，看起来像是一根让人觉得反胃的巨大手指，指着被刻在巨石后面中间的一堆符号。靠着幽暗的光线，我开始猜测起那堆符号的含义。肯定地，我的心中害怕得要命。这时，更可怕的事出现了。那间屋子就像个神庙，在我背后的墙上有扇门无声无息地打开了，在门里出来了一个棕色脸的人，套着黑外套。他的肤色是黄铜色，牙齿是象牙白，笑就跟刻在脸上的一样。可是最气人的是，他居然穿着欧洲的服装。我觉得，我当时看到的应该是穿着长袍的祭司又或是没穿衣服的僧人。但是面前的这个人却让我知道，人世间哪里都有恶行，摆脱不掉的。并且事实告诉我的确是这样。"

"'要是你见到了猴神的脚，'他仍然带着笑，直接说道，'你要受的惩罚是十分温柔的——你只要接受折磨，就能死去；要是见到了猴神的脸，那么你依然会得到温柔并且宽厚的对待——你只要接受折磨，继续活下去；可是，既然你都见到了猴神的尾巴，我就只能对你用最残忍的惩罚——放你自由。'"

"话刚说完，我就听见了刚才我费力弄开的那个巧妙的铁门栓自己打开了；接着，从我走过的那个过道的终点传来那扇沉重的当街大门的插销打开的动静，那扇门也开启了。"

"'乞求仁慈是无用的，你能做的就是自由地离开，'那个满脸是笑的人说，'从现在开始，一跟头发就可以跟锋利的剑一样杀死你，一口呼吸就可以向蝰蛇一样将你咬死；武器也会突然出现取你性命，你将万劫不复。'说完，他又消失在背后的墙里，至于我，就回到了大街上。"

说到这儿克雷停了停，神父就顺势坐到了草地上，开始摘起小菊花来。

这位上校又继续说道："自然，帕特南都是一副没有烦恼的快乐模样，对于我的害怕不屑一顾。并且，就在那时候开始，他就觉得我的精神有些异于常人了。那么，我就长话短说在那之后又发生的三件事好了，你来评评看究竟我们谁是正确的。"

"第一件事情是在树林边上的某个印度村子里发生的，那里距离神庙，或是说那个城市大概有几百英里远，早就离开了那个向我施以诅咒的部落还有那些风俗的鬼地方。在漆黑的夜里，我忽然清醒过来，直直地躺在床上大脑一片空白。突然我觉得有点痒，就跟有条细绳或是头发在脖子上一样。我转身弄开它的同时，不禁想到了神庙中那个人说的诅咒。等我起来开灯，看着镜子里的我时，就看到脖子上有一圈血痕。"

"第二件事是在我们回国的途中发生的，那时我们在塞得港⑥找了一家旅馆，旅馆还带有小酒吧跟古董店，表面上看起来不是以猴神作为信仰，可是这样的地方也是有很大可能存在猴神画像或是符咒一类的东西。不论如何，那人说的话也跟着到了那儿。我再一次从睡梦中醒来，感受到了蝰蛇吐出的丝丝冰冷的气息，这样去形容它真的一点都没有夸张。在那个时候，还没有死本身就是一种垂死的挣扎。我不断用头去撞击墙壁，不小心撞到了窗户上，后来要说是我自己跳下去的，还不如说是摔下去的，落在了花园里。悲惨的帕特南，他觉得上次发生的事就是刚好抓伤而已，可是这一次，他在早晨的时候看见我迷迷糊糊地躺在花园里，就认为需要严肃处理了。只是大概他担忧的是我的精神状况，而不是我发生的这件事。"

"第三件事是在马耳他发生的。那时候我们在一栋城堡中住着，我们的房间刚好能够看见大无边际的海洋，要不是有跟海面一样平坦的白色外墙的阻挡，海水几乎都会漫上窗台。我再一次在半夜突然清醒，不过四周并不黑。等我来到窗户前的时候，刚好能够看见明亮的月亮。按理说，我看见的应该是空寂的城垛上待着一只小鸟，或是海天相连的那里有帆船慢慢摇着。可是我看见的居然是凭空出现了一根木棍或是树枝一类的物体打着转，接着就直直地飞到了我的窗子里，把枕边的床头灯打得粉碎，而我的头刚刚才离开那里。那是一根形状奇怪的棍子，就像一些东方部落拿来打仗的棍子一样。可是关键是，我根本就没有看见是谁将它丢过来的。"

神父丢下手里正在鼓捣的小菊花花环，思考着站起身来。"帕特南少校，"他问道，"他是否有一些东方的古玩、信仰、武器亦或是别的能给我们一点提示的东西呢？"

"特别多，只是大概都不会有什么帮助的。"克雷答道，"不管怎样，我们还是去书房找找吧。"

他们走进房子里，看见沃森小姐的时候她正戴着手套打算出门到教堂去；帕特南少校的声音从楼下传来，依然在告诉他的厨师应该如何去做。在少校的书房兼古董收藏室里，他们碰巧遇见了另一个人。这人戴着顶丝质礼帽，穿戴整齐，好像是准备出门。他坐在有着烟灰缸的桌子背后，正认真地在翻阅着一本书，听见他们进门的动静时，他又抱歉地放下书急忙转过身来。

克雷很是谦和地介绍了这个阿曼医生，不过他的表情却是十分冷漠。不管沃森知不知道，布朗神父已经看出来这两位肯定就是情敌了。至于克雷上校得到的偏见他只能表示同情，阿曼医生的确是个打扮考究的绅士，并且一表人才，虽然皮肤已经黑得看不出是亚洲人了。布朗神父观察到，这个人还为他的络腮胡上了蜡，所以胡须看起来非常的挺直，他的手套也是特别定制的，为了让手看起来能小一点，说话也是有点装模作样的。不过神父警告自己，就算这样也要给予包涵与理解。

阿曼那套着黑色手套的手中捧着本小小的祷告书，这本书好像使克雷特别生气。"我怎么从来没听说过你还喜欢这个。"他十分粗鲁地说。

阿曼和善地笑了笑，并没有生气。"我了解，这本大概更合适我看。"他一面说，一面将手放了刚刚放下的那本书上，"关于医药与这一类内容的大辞典。可是要是拿去教堂，这就实在太大了。"他缓缓合起那本大辞典，脸上又显露出一点局促和尴尬。

"我想，"神父说，忙着转移焦点，"这些矛之类的全是在印度带回来的吧？"

"什么地方都有，"医生答道，"帕特南是名老兵了，就我知道的，他到过墨西哥、澳大利亚和食人岛[①]。"

"希望他的厨艺不是在食人岛学的。"布朗说，眼睛快速掠过墙上的炖锅还有一些奇怪形状的餐具。

说谁谁就来，一张通红的笑脸忽然伸进书房，就是他们谈话里这个快乐的主角。"克雷，快来，"他嚷嚷着，"你的午餐马上就能吃了。还有，那些要去教堂的人，钟声都已经响了。"

克雷快步走到楼下去换衣服，阿曼医生与沃森小姐则是安静地去了街上，与其他人一块儿朝教堂走去。可是布朗神父看到医生两次转过头来认真地看这栋房子，甚至又拐过街角来观察了一回。

神父有点弄不懂了。"他不应该到过垃圾桶那儿啊。"他喃喃自语道，"起码绝对不会穿着这么一身儿去。还是说更早的时候他到过？"

在跟人交往的时候，布朗神父都是像温度计那么敏感，可是今天，他却是愚钝地跟犀牛似的。不管是根据严格的还是宽松的社会规矩，他都不好在这两个英裔印度朋友吃午饭的时候还留在这儿，不过他还是留了下来，说了很多有意思可是没营养的话，大概是想借这来避免尴尬。当他表示他不想用午餐的时候，他的行为就更加让人看不懂了。两份充满营养、色香味俱全的咖喱鸡蛋葱豆饭⑧连同两杯搭调合理的葡萄酒放到了两位绅士桌前，至于他却是在不停地表示，今天是他的斋戒日，一面只吃了一点面包，一面又喝了点水，然后就不再拿起水杯了。不过他聊天的兴致倒是非常浓烈。

"让我来跟你们说，我要为你们做的是什么吧，"他高兴地说道，"——我要为你们做一盘沙拉！我吃不了，不过我会用心做的！先来一点生菜。"

"可怜的是我们只有这个了，"好性格的上校接着说道，"你们记得的，芥末、醋、油，和别的调味品与瓶子一块儿全被偷走了。"

"我了解，"布朗的回答听起来有点奇怪，"我就是害怕这种情况所以才会去哪都带着调料瓶。我真的太爱沙拉了。"

然后，在其他两个人惊奇的眼光下，他从背心衣兜里拿出一瓶胡椒放到桌上。

"真是不理解为什么那小偷要把芥末也偷走，"他接着说道，又从另一个衣兜中拿出了一瓶芥末，"我想没准是想做芥子膏⑨了。接着是醋"———一边说一边掏出那罐调味品——"我似乎有听过有关醋与牛皮纸⑩的作用，也不懂真的还是假的，还有油，好像是放在了左边的——"

布朗神父忽然不再啰啰嗦嗦，他抬头看见全身穿黑色的阿曼医生站在太阳底下的草地上，正在悄悄地看向房子里，其他人很明显没有看见。在他完全冷静下来之前，克雷插了句话。

"你可真是个奇怪的人。"他注视着神父，"要是你的布道与你的所作所为同样有意思的话，我会去看看的。"他的声音有点不太正常，边说边将身子靠向了椅背。

"噢，调味瓶中也有布道的，"神父庄重地说，"你知道一颗芥子一样的信仰⑪吗？或是神圣的崇高的膏油涂抹⑫的慈悲吗？还有醋⑬，难道会有人将那个孤独的士兵给遗忘了吗？在天空变黑的时候——"

克雷上校的身体微微倾向前方，拽住了桌布。

正在认真拌着沙拉的神父往一旁的水杯中倒了两大勺的芥末，忽然站起来，用一种陌生的音调大声喝道："把它给喝了！"

这时，站在花园里的医生跑了过来，用力地打开一扇窗子："有需要我帮忙的吗？这是中毒了吗？"

"差一点，"布朗应道，脸上带着似有似无的笑容，因为催吐剂马上就见效了。克雷躺在躺椅上，困难地喘着气。幸运的是，他还没有死掉。

帕特南少校跳了起来，紫色的脸上神情复杂。"这是违法的！"他嘶哑地叫道，"我去找警察！"

神父可以听见他从衣帽钩上取下那个棕叶帽，匆忙地跑出前门的动静；他听见花园的门砰的一声关上了。不过他只是立在那里注视着克雷，默然了一会儿之后，他淡定地说：

"我不会和你说很多。不过我会将你想了解的跟你说。其实根本就没有诅咒。那间猴神神庙要不是碰巧，要不就是有预谋的，一位白人所设的陷阱。只有一样东西能够在轻如发丝的接触之后就让人死去：一位白人所用的刮胡刀。"

只有一个办法能够让整间屋子里都是让人无法逃脱的毒药：打开煤气开关——一位白人的恶行。并且只有一种木棍能够被丢出房间，在空中转了一圈之后飞进旁边的屋子里：澳大利亚的回旋棒。你能够在少校的书房中看到其中的某些东西。"

说完他就离开了屋子，又同医生讲了几句话。然后就看见沃森小姐回来了，她急急忙忙跑进屋子里，猛地跪倒在克雷的躺椅旁。他不知道他们说了什么，不过看他们脸上的表情只是讶异而不是忧虑。医生同神父缓缓朝花园走去。

"我猜少校一样是爱她的。"神父感叹道。在看见对方表示赞同后，他又评价道："你很大方，医生，你做了一件很棒的事。不过，是什么让你有所怀疑的呢？"

"一件非常小的事情，"医生说，"但是却使我在教堂里担心了很长时间，还好回来之后看见没有造成什么严重的后果。少校桌面上的那本书是有关制毒的，它放在那儿被打开的一面刚好就是关于一种印度毒药的，虽然那种毒药含有非常厉害的毒性，并且几乎不会留下什么迹象，但是却能够用最普通的催吐剂来催吐解毒，我想他是在最后一刻才知道这一点的——"

"并且想到了他的调味料中恰恰就有这种催吐剂，"布朗神父说道，"他发现了这一点，因而他就将调料瓶丢到了垃圾桶中，我就是在那个地方发现它们跟别的银器的，他拿这些来做噱头，将这儿变成被偷的场景。可是要是你去看看我拿出来的胡椒瓶你就会看到那顶端有个小孔，这就是克雷开了一枪打到的，胡椒粉洒了出来，所以小偷才会打喷嚏。"

沉默了一会儿。阿曼医生开口说道："这少校找警察找得可真是够久的。"

"也许该是警察去找他了。"神父说，"那么，再会吧。"

【注释】

① 马耳他（Malta）：是位于地中海中部的岛国，有"海上心脏"之称，是欧洲最著名的休闲度假地。

② 鱼刀（Fish-knives）：吃鱼时用的工具。

③ 查尔斯·狄更斯(Charles Dickens,1812～1870年):19世纪的一位小说家,为英国批判现实主义的开拓与发展做出了卓越贡献。

④ 提香·韦切利奥 (Tiziano Vecellio, 1490～1576) 年:意大利文艺复兴盛期威尼斯派,强调丰满热情的女性美,是西方油画之父。

⑤ 特里其雪茄 (Trichinopoli):一种印度的方头雪茄烟,两端均有开口。

⑥ 塞得港 (Port Said):埃及港口城市。

⑦ 食人岛 (Cannibal Islands):作家巴兰坦 (M. Ballantyne) 写了一本名叫《The Cannibal Islands》的小说,写了英国很有名的一位航海家科克船长 (Capitain James Cook) 在太平洋的塔西提岛还有附近的岛屿上的一些探险事情,根据小说里写的,塔西提岛大概就是食人岛。

⑧ 鸡蛋葱豆饭 (kedgerees of curries):一种印度美食。

⑨ 芥子膏 (mustard plaster):一种皮肤药膏,用来抗敏。

⑩ 醋与牛皮纸 (vinegar and brown paper):在西方的护理学中认为醋与牛皮纸能够治愈伤口。

⑪ 芥子般的信仰 (faith like a grain of mustard-seed):是《圣经》中的 "Because you have so little faith. I tell you the truth, if you have faith as small as a mustard seed, you can say to this mountain, 'Move from here to there' and it will move. Nothing will be impossible for you." 芥子般的信仰指信仰虽小,可是要是你足够虔诚,那么没有什么是不可能的。

⑫ 膏油涂抹(anoints with oil):《圣经》中认为,涂油是一种表示祝福的行为。

⑬ 醋 (vinegar):在耶稣被钉在十字架上的时候,想要喝水,而有罗马士兵为了羞辱他,就让他喝醋。在耶稣升天的时候,整个天都是黑的。

◇ 约翰·布尔努瓦的奇怪犯罪 ◇

卡尔霍恩·基德先生是一位年轻的绅士，不过却有一张非常成熟的脸。这张脸在深蓝色的头发和领结之间被固定住，有点像过度燃烧激情以后的干瘦的样子。他是非常有名的《西阳》①日报社的一名外派到英国的记者，这间报社还被戏称为是"冉冉上升的夕阳"。这是在暗喻那时有关新闻行业的一篇有宏大志向的文章（基德先生的作品）中说的，"他觉得要是美国同胞能够再努力一些，太阳将会在西方升起"。但是，那些由于自认为有更悠久的历史传统就去嘲讽美国新闻界的人们大概不记得，美国新闻行业这种前后不一的情况刚巧补上了这块短板。因为虽然说美国新闻界中粗鄙的成分大大多于英国，可是他们对于那些纯意识上的内容一样很感兴趣，但英国报业关于这方面却是一概不知，或是说，缺少这样的本领。《西阳》的新闻中就有非常多的用十分可笑的方式来讨论的严肃话题。在他们看来，威廉·詹姆斯②一样也可以被叫作是"疲惫的威利"③，美国新闻业的定位也在高雅和低俗之间来回切换。

所以接下来所发生的事就也没什么好奇怪的了。在牛津市有一个名叫约翰·布尔努瓦的无名小卒在晦涩的评论杂志《自然哲学季刊》中刊登了一系列有关达尔文进化论中存有的漏洞的报告，他觉得，宇宙是在一个相对稳定的情况，不过偶尔会产生一些由于大动荡而引起的巨变。虽然这个说法在牛津当地造成了非常大的影响，引来了很多的赞同者，而且还被称为是"灾变论"，不过英国的新闻界却没有任何反应。但是，很多家美国报社却认为这个对权威的挑战是一件重大的事;《西阳》报上随处可见关于布尔努瓦先生的新闻。可是，就像上面说过的，美国的报业大多是前后不一。一些全是智慧和激情的非常有价值的文章却被加上了拙劣的题目，很明显就看得出是个没有文化的神经病起的比如"达尔文满嘴是泥；批判家布尔努瓦认为他引起动荡"。或是"让灾难不灭，思想家布尔努瓦这样说"，诸如此类的题目到处都是。就这样，系着领结，满脸苦相的卡尔霍恩·基德记者接到命令去牛津郊区的那栋小房子中对思想家布尔努瓦先生做一个采访。后者安稳快乐地在过着自己的生活，根本就不知道自己都被称作思想家了。

在这之前，这个相信命定论的思想家茫然地同意了采访的请求，并且把会面约在了当天晚上 9 点。夏天的最后一丝夕阳在卡姆纳市④与附近草木旺盛的山丘上徘徊着，这名浪漫的美国记者既怕找错地方，又对四周的景象充满了好奇心。他发现路旁有一间名副其实的古英伦乡间旅店，叫作"冠军武器"，旅店的门大开着，他走过去想要问问路。

他走到了旅店的大堂里摁了摁铃，过了许久后才有人答应。那时，唯一的一位旅客是一个很瘦的男士，头发看起来像红色，穿了很松垮的一件衣服。他正在喝着一杯十分廉价的威士忌，可是又在抽着很高档的雪茄烟。那杯威士忌很明显就是这"冠军武器"中的招牌货，不过雪茄倒是很有可能是他在伦敦买的。他那放荡不羁的随性穿着跟这个年轻的美国记者朴素低调的整齐装扮实在大不一样，不过他还拿着铅笔，和一本翻开的记事本；也许还由于他那双警惕的蓝眼睛中显露出的神色，基德猜他没准还是一位记者同行。事实证实了他的猜想。

"麻烦您，"基德问，带着他的国家特有的礼数，"您能跟我指指该怎么去格雷乡舍吗？我了解到，布尔努瓦先生就住在那儿。"

"顺着大路向前走就看见了，"红头发的人放下拿雪茄的那只手，"过会儿我也会路过那儿，但是我是到彭德拉根庄园去玩的，去看热闹去。"

"那是什么庄园？"卡尔霍恩·基德问。

"那是属于克劳德·钱皮恩爵士的地方，难不成你也想去？"这位记者抬起眼睛看了他一眼，"你也是记者，是吧？"

"我是来采访布尔努瓦先生的。"基德答道。

"我来这儿是要找布尔努瓦太太的，"那个人说道，"但是我没有必要去她家找她。"他的笑声让人感到有些不舒服。

"您也觉得灾变说有意思吗？"美国人好奇地问。

"我觉得灾难有意思，并且没准很快就可以遇见一些了，"这位同行阴沉地说，"我专门报道别人见不得光的事，我也从来没有否认过。"

说完，他就朝地下吐了一口，但是，就从他那一下吐口水的动作而言，你可以看得出他实际上是位打小就受到良好家教的绅士。

这个美国人开始认真观察起他来。这人面无血色，看起来像那种随性而为的人，神色里还隐约有着待机而动的热情；不过还有一张聪明而敏感的脸；他穿得很随意，衣服看起来也很粗劣，可是细长的手指上却套了一个贵重的印章戒指。聊天间，基德得知了他叫作詹姆斯·达尔罗伊，是一个破产的爱尔兰财主的儿子，现在在一家专门挖人桃色新闻的报社工作，名字叫《精明社会》。他从心眼儿里看不起这家报社，可是却依然是这里面的一名记者，更令他难以忍受的是，他做的事差不多就跟个间谍那样。

布尔努瓦关于达尔文进化论的看法确实是一个好素材，可以使《西阳》全方位地展现它雅俗共赏的优点，所以《西阳》对这件事十分地感兴趣，不过有点可惜，《精明社会》对这件事并没有什么热情。达尔罗伊到这儿来好像是由于他感觉到这里将有丑闻出现，并且极有可能这件事最后会闹到离婚法庭去，不过现在它还仅仅只在格雷乡舍跟彭德拉根庄园间徘徊。

订阅《西阳》的人都对克劳德·钱皮恩爵士与布尔努瓦先生有所了解，就像他们了解教宗与德比赛马冠军⑤一样。可是他们俩私下的关系居然很好，基德认为，这根本就是与教宗和赛马冠军一样不协调。他听人讲过，自己也有报道过，其实该是假装了解克劳德·钱皮恩爵士是"英格兰十大聪明人与有钱人之一"；他是位优秀的运动员，开着游艇走遍了全世界；他是位优秀的旅行者，写了几本有关喜马拉雅山脉的著作；他还是一位政客，靠着让人称奇的保守党民主主义席卷了整个选区；与此同时，他也是个文学艺术、音乐，尤其是表演艺术领域的业余爱好者，并且还挺有成就的。克劳德·钱皮恩爵士真的是一个比美国人认为的还要厉害的名人。这名新一代的贵族有着很高很深的文化素养，而且也非常愿意在公众面前展示自己。作为一个业余爱好者，他不仅优秀，并且热情洋溢。我们用'dilettante'⑥这个词来代表"业余爱好者"的时候，难免会让人觉得是这个人对一件事了解得很少，可是他却不是这样的。

几乎没有缺点的钱皮恩爵士，有着一个鹰隼一样的身材，一双意大利人独有的深紫色的眼睛，时常会在《精明社会》跟《西阳》报上出现。他给人的感觉就是被野心包裹住的人，就像被大火吞没，或是恶疾围绕似的。但是，即使基德知道很多有关钱皮恩爵士的事——实际上，比他了解到的还要多——然而他怎么也想不到，这个热衷于炫耀自己的贵族居然会跟那个最近才被提出的灾变说的创始人有关系；换句话说，他完全不会去认为克劳德·钱皮恩爵士和那个约翰·布尔努瓦居然会是关系密切的好朋友。但是，就像达尔罗伊说的，这就是真相。在他们上中学与大学时，两个人都是同进同出。还有，即使两个人之后的命运大相径庭，钱皮恩爵士是一个大财主，而且几乎就是百万富翁，可是布尔努瓦就只是位穷学者，并且在这件事以前根本没人知道他，可两个人的关系仍然很要好。实际上，布尔努瓦的小屋子就是在他的庄园门口。

不过两个人之间的友情还能走多远呢？这大概就有待商榷了。一两年前，布尔努瓦同一名美丽而且有点小名气的女明星结了婚，他腼腆又小心翼翼地爱着她。可是他们的家离钱皮恩的庄园非常的近，这就为那个轻佻又放浪的女明星提供了机会，做这样的事除了会使她感到痛苦和带来一些卑劣的快感之外就没有什么好的了。钱皮恩爵士真的是把宣传的艺术施展得淋漓尽致；在这样的一场闹剧里他高调张扬绝对不会为他换来些许赞颂，可他却好像很是享受。庄园的佣人经常拿着鲜花上门去送给布尔努瓦太太；马车与汽车也经常开到小屋前邀请布尔努瓦太太同游；庄园中不断都有正式舞会与假面舞会要举办，期间钱皮恩爵士仿佛领着"爱和美之天后"出巡似的，带着布尔努瓦太太在大家面前炫耀显摆。就是那天晚上，基德记者要去讨论灾变说，不过对于克劳德·钱皮恩而言，那晚上是他要表演《罗密欧与朱丽叶》的日子。他会饰演罗密欧，而朱丽叶由谁来饰演，不用说都知道了。

"要我说，这肯定得出事。"红头发的记者一边说，一边摇摇摆摆地站起身来，"布尔努瓦没准被收买了，要不怎么会不吭声——要不然就是他老实，不谙世事。可是如果是这样的话，那就只能证明他笨得要命，是木头脑子了。不过我看那没什么可能。"

"他是一位极具智慧的学者。"卡尔霍恩·基德低着嗓子说。

"没错，"达尔罗伊答道，"可就是由于他十分聪明，他才不愿意做一只痴呆的缩头乌龟。你这就要去了吗？我再坐一会儿就也走。"

卡尔霍恩·基德在喝完了一杯牛奶跟一杯苏打水之后，就顺着大路朝格雷乡舍走去，将他那个愤世嫉俗的同行一个人留在那儿享受着威士忌与雪茄。最后一点光辉也已消失，天空变成了沉重的烟灰色，就像个大石板一样，胡乱地镶嵌着几粒闪闪发亮的星星；月亮就要出现，使得左边的天特别亮。

格雷乡舍的周围种着僵直的、高大的荆棘树篱，紧靠着公园的松树与铁围栏，一开始他还在想这是不是公园的门房。但是他注意到了窄小的木门上写的布尔努瓦的姓名。这时，时间正好是与这位"思考者"事先约定好的，他走上前去敲了敲门。在院子里他发现，虽然这个房子还是十分简朴，可是却是比刚刚看到的感觉要大并且气派很多，很明显不像门房那样。门口还放了狗窝跟蜂箱，大概是标志着英国乡村生活；院子里有一排梨树长得很茂盛，洁白的月亮在树后慢慢升起。那只狗走出了狗窝，带着一副高贵的样子，好像十分不愿意开口吠叫；而眼前这个来开门的朴素的老男佣语言简洁，看起来更加尊贵。

"先生，十分抱歉，"他说，"布尔努瓦先生他忽然有事，不得不离开。"

"但是我已经同他说定了呀，"记者拔高了声音说道，"那他有说他去哪里了吗？"

"他到彭德拉根庄园里去了，先生。"这个佣人十分阴沉地说，抬手就想把门关上。

基德忍不住心中一动。

"他是同太太——是跟大伙儿一块儿去的吗？"他问得有点暧昧。

"不是的，先生，"男佣人简单地答道，"他待在家中，之后才独自离开的。"说完就粗鲁地将门甩上，仿佛有什么事等着他去完成一样。

这个美国人虽然冒冒失失，但也很敏感，这下脾气也有点上来了。他此刻非常想要押着他们去上一节商业礼仪课；那只灰色的老狗，那个一头白发、脸色低沉的，穿着旧衬衫的老仆人，还有那个老得可以的月亮，尤其是那位没头没脑、违背约定的老思想家。

"要是他总是这样为人处世，那活该他的太太会背叛他，"卡尔霍恩·基德记者自言自语道，"但是也说不定他是去搅局的呢，要是这样，那我这个《西阳》的记者，就绝对要去瞧一瞧了。"

从开着门的门房那里转弯，他到了一条大路上，路两旁种着阴沉沉的松树。树丛看起来冷酷而奇怪，直直地指向了彭德拉根庄园内部。阴暗的松树种得十分整齐，就跟装饰灵车的羽毛一样；天上依然散散落落地点缀着几颗星星。记者基德对于文字十分敏感，不过对于大自然就缺少一点想象力了。此刻，他的脑海中不断出现"乌鸦林"⑦这个词。一方面，这块树丛本来就乌漆麻黑；另一方面，这里充满着说不出来的感觉，大概就和司各特⑧伟大的悲剧作品里所写的一样：四周都是18世纪的亡灵的腐朽气息；到处都是阴冷的院子和残破的坟墓所独有的凄凉，使人知道以前做过的错事不可以再被改正；由于所有的事物都是这样的不可捉摸的虚无，就又使人感到一种无法言语的悲伤。

他走在这条怪异、阴暗、满是哀伤和诡异的道上，好几次都因为认为前面有走路的声音而被吓得不敢走。可是前面就只有由两排松树形成的阴暗树墙，和头上那块菱形的星空，别的什么也没有。一开始，他觉得那是自己幻听了，或是，就是他自己走路的回声。可是根据他那仅剩的一点理智，越走下去，他就越感到前面就是有其他人走路的声音。他渐渐想起了鬼怪，有着一张像小丑一样惨白的脸，可是又长着一些黑色斑点。那块墨蓝色的菱形天空的一角看起来更亮，更蓝了，不过他还没有想到，这是因为他离那灯火通明的庄园越来越近，他只是感觉氛围好像变得越来越紧张，并且那种哀伤的感觉此时又多了一些暴力与诡秘，还有——他忍了一下，最后还是没忍住笑了起来——灾变说。

　　渐渐地松树跟道路在他一旁退开，忽然，他仿佛是被魔法打中一样直直地站在原地。现在已经不用说他好像在做梦一样了，实际上他真的觉得自己是误入了小说场景里，这一切简直无法想象。由于我们大家都已经对那些不合逻辑的事情，不和谐的杂闹声习以为常，所以我们听着那些声音也能安然入睡。可是要是一件符合常理的事发生了，我们就会从梦里惊起，仿佛完美的故事会为我们带来灾难一样。不过也的确是有灾难要发生了，就像一切被忘却的事情再次在这里重现一样。

　　从阴暗的松树丛后面飞出一支长剑，在月光的照耀下发出冷光。那是一柄细长细长的剑，闪着冷光，让人不由得想到，在这神秘的庄园里，这柄剑曾经参与过多少不平等的对决。它哐当一下落在基德前方，就如一只巨大的钢针落在路上，闪着银光。他像只兔子似的跃过去弯下身子观察起来。靠的近了，他才看到这柄剑非常华丽：剑把和护手上嵌着大颗的红色宝石，虽然不知道真还是假，可是剑上的鲜红血滴却肯定是真的。

　　他就像疯了似的看向这柄夺目的长剑飞来的方向，就发现那边排列整齐的松树间有一个缺口，一条小道往右直直地插了进入。他跑到那条小道上，很快就看见了一整排亮着灯光的房子，房子前还有小池塘跟喷泉。但是，他的注意力却不在那房子上，因为此时有更吸引人的事情要看。

　　在不远的地方，在那个梯阶式花园的陡峭斜坡上，他发现一个小土丘或是都是草的突起，像是一个由田鼠拱出来的巨大土包，它的三面围着玫瑰花的围栏，当中最高的地方摆着日晷，这是古典园艺里常有的巧妙设计。基德看见日晷的指针指向黑乎乎的天上，就像鲨鱼背上的鱼鳍，惨白的月光也照射在这废弃的晷面上。不过他很快又看到上面好像还有什么矗立在那儿，他一下心跳加速起来——那儿站的是个人。

　　虽说那个人的装扮十分奇怪，从头至脚都被深红色的紧身衣包裹着，还有一条金色的装饰带，基德也是刚刚才发现他，不过这在月光下的匆忙一眼，就已经足够让他知道这人是什么身份了。他惨白的脸面朝黑夜，胡须剃得十分干净，看起来很是年轻，不过黑色的卷发已然有点斑白，有些像那个有着鹰钩鼻的诗人拜伦那样——他曾经多次看到过钱皮恩爵士所公开的画像。那个深红色的身影从高处滚下来撞到了日晷上，跟着很快就滚下了陡峻的山坡，滚到了这位美国人身前，无力地抬着手臂。手臂上挂着华丽而夸张的金色装饰物，基德忽然想起了《罗密欧与朱丽叶》；这身红色的紧身衣肯定就是罗密欧的服装了。可是他滚下来的地方还有一条血红的痕迹，这很明显不是在演戏。他的确是受伤了。

卡尔霍恩·基德先生惊呼一声。他又一次感觉那个鬼魅的脚步声出现了，等他反应过来，旁边已经站了一个人。他看出那是谁，可是却又被吓了一跳。那个自称是达尔罗伊的放浪公子好像始终都在跟踪他，无声无息得令人感到可怕。要是说布尔努瓦没有遵守诺言的话，那么达尔罗伊就是近乎卑鄙地坚守着他们没有约定好的事。月亮的光亮使得所有的东西都失去了光彩，在他的一头红发的衬托下，达尔罗伊那张惨白的脸上隐隐有着绿光。

他的模样看起来十分病态，基德不由得惊叫起来，粗鲁得毫无理智可言："你这个恶魔，你将他给杀了？"

詹姆斯·达尔罗伊又露出了他那让人觉得不舒服的笑容，倒在地上的爵士又一次抬了抬他的胳膊，虚弱地朝细剑所在的地方指了指，在呻吟了几句以后，居然能说出话了：

"布尔……布尔努瓦，是布尔努瓦……做的，忌妒我……他……忌妒，他，他……"

基德俯身想要听得明白点，可是只听懂了这些话：

"布尔努瓦……拿我的剑……他丢了……"

他越来越无力，又一次向长剑掉落的地方抬了抬胳膊，接着砰地一下垂在地上。基德的心中出现了些辛酸的幽默，他的民族都会在严肃的时刻产生一些诙谐的意味。

"看这样子，"他高声说道，"你赶紧去叫个医生过来，他快要不行了。"

"大概还需要找个神父，"达尔罗伊冷漠地说，"钱皮恩家族的人都是信仰天主教的。"

美国人跪倒在爵士身边,摸了摸他的心跳,又抬起他的脑袋,想要做最后一丝努力;可是一切都太迟了,早在达尔罗伊领着医生与神父赶来以前,他就肯定爵士没救了。

"你也来迟了吗?"医生问。他有一副健壮的身躯,留着传统的胡须,一双眼睛看起来精力充沛,此刻正狐疑地看着基德。

"大概是的,"这个《西阳》的记者缓缓说道。"要是救他的话我的确是晚了一步,不过我恰好听到了某些关于事实的消息。他在死前说出了凶手是谁。"

"那么凶手是谁?"医生问,皱了皱眉。

"布尔努瓦先生。"卡尔霍恩·基德答道,还轻轻吹了个口哨。

医生沉郁地注视着他,满脸通红,不过他也没有辩驳。隐没在黑暗里的那位小个子神父此时平和地说道:"据我了解,今天晚上布尔努瓦先生根本没到庄园里来。"

"又是这样,"美国人尖厉地说,"也许需要我来为你们这个古老的国度提供点真相了。各位先生,的确,约翰先生原本今晚是在家里的,他早就同我说好的,可是却放我鸽子了;大约是一个小时之前,他忽然离开家来这要命的公园里了。这些是他的下人跟我说的。我想我们手上现在应该是有了一些什么都能知道的警察们所说的证据——你们有人通知警察局了吗?"

"是的,"医生答道,"不过我们还没有和别人说。"

"布尔努瓦太太得知了这件事了吗?"达尔罗伊问。基德又一次十分想要狠狠地打他一拳。

"我还没有跟她说,"医生粗鲁地答道,"不过警察马上就会到了。"

那位小个子神父原本都走到大路上去了,现在又拿着那柄剑回到这儿了。他个子矮胖,不过是个常见的教士,对比之下,那柄剑看起来又大又显眼。"在警察到之前,"他有点不好意思地问,"大家谁有可以照亮的工具?"

美国人在他的衣兜中拿出一把手电,神父拿着它贴近剑刃的中间,睁大眼睛认真地观察了一番。然后,他看都没看剑头跟剑把,就把这柄长剑交给了医生。

"我看我留在这儿也帮不上什么,"他轻叹了口气,"各位先生,晚安。"他双手背在身后,低头思考着走到了那条通往那一排房子的黑漆漆的大路。

另外几个人匆匆朝门房跑去,已经有一个巡警与两个警察到了,现在在跟守门人了解情况。那个小个子神父在松树形成的回廊来回穿梭,走得越来越慢,最终在屋子前的台阶上停下了。有人平静地走过来,神父也平静地同她问了个好。来的人步伐轻盈,完全就跟基德想象中的鬼魂一个样儿,不过看起来却是可爱并且典雅。这是位年轻女人,穿的是文艺复兴时期的银色锦缎长裙,金色的头发被绑成了两根有光泽的辫子,面色苍白,就像一个用象牙还有黄金做成的古希腊雕塑,她的嗓音,即使压得很低却还是有着自信。

"是布朗神父吧?"她问。

"布尔努瓦太太?"他板着脸问道,接着打量了她一下,直接说道,"我猜你已经听说钱皮恩爵士死了。"

"你怎么知道我已经得知了?"她冷静地问道。

神父没有应她,继续问道:"你看见你的丈夫了吗?"

"我的先生在家里,"她说,"他与这件事没有任何联系。"

神父依然没有回应她。这个女人又靠近了一点,脸上紧张的表情看起来有点奇怪。

"我可以多说两句吗?"她说,微笑里带了一些担忧,"我肯定不是他杀的人,你也是这么认为吧。"她盯着神父。他板着脸注视了她很久,最终点了点头,不过表情却是更加严肃。

"布朗神父,"这个女人开口,"我会将所有我了解的内容都跟你说,不过我想让你帮我一个忙。你可以跟我说说为什么你不是和那些人一样认为是约翰做的呢?你尽管讲吧,我,我是听过那些传言的,也明白我在别人眼里是怎样的。"

布朗神父此时十分尴尬,他窘迫地将手放在额头上。"两件极小的事情,"他说,"起码,有一件事是不足一提的,还有一件也比较含糊不清。可是就是因为这两件事,我才会断定不是布尔努瓦先生杀的人。"

他转身呆呆地看着夜空中的星星，漫不经心地说道："先来说说那件模糊不清的事吧。我很在意这种模模糊糊的瞬间，这些不可以被当作'证据'的地方确实十分能够让我信服。每个人的性格都是不一样的，有些人是绝对不会去做某些事。在我看来，这一点是非常有用的。我对你的先生知道得很少，不过我认为这件几乎所有人都觉得是他做的谋杀案就刚好是这样。别多想，我不是指布尔努瓦不会这么恶毒，每个人都有可能会变得非常恶毒，只要他想。我们可以为自己的道德取向做主，但是却不能改变自己的品位还有为人处世的风格。布尔努瓦也有可能会杀人，可绝对不会是刚刚这起事件。他绝不会在那么花哨的剑套里将罗密欧的长剑给抢过来，就如同在祭坛上处死祭品一样把他的对手在日晷上弄死；他也绝不会将尸体放在玫瑰花里，接着还把长剑丢到松树林中。要是布尔努瓦要杀人，他肯定会用一种既不容易被发现又传统的方法，就好比他做别的任何令人怀疑的事一样——就像安静地喝第 10 杯波特酒⑨或是读一首浪漫的希腊诗歌。不，这么有情怀的情况一点也不像布尔努瓦，反而更像是钱皮恩会做的。"

"噢！"她的一双像锆石一样的眼睛紧紧地注视着他。

"不足一提的事是这样的，"布朗神父继续说道，"剑身上是有指纹的；按常理来看，一般情况下，比如，玻璃还有钢铁这种平滑的表面，要是有人拿手摸过就会有指纹留在上面。我不能断定那指纹是谁的，不过你觉得是什么样的人会抓着长剑的中部呢？那可是长剑，本身的长度就是它的优点，能够让他更快的攻击到对手，起码对于大多数的对手来说是的，但有一个情况就不一样了。"

"但有一个情况不一样。"她重复了一遍。

"就是仅有一个对手，"布朗神父继续说，"一个人用匕首更方便将他杀死，而不是用长剑。"

"我明白了，"她说，"是他本人。"

两个人沉默了很久之后，神父忽然开口轻声说道："所以，我猜对了是吗？他是自杀的是吧？"

"的确，"她面无表情地答道，"我亲眼看见他自己杀死了自己。"

"钱皮恩爵士，"布朗神父说，"是因为爱你才自杀的吗？"

她的脸上划过一丝奇怪的神情，但根本不是怜悯、害羞、后悔，或是任何一种他所设想到的表情：她的音调忽然变得坚定而大声，"我不这么觉得，"她说，"实际上他的心里一点都没有我，他是恨我的先生。"

"恨你的先生？"神父疑惑，转向了这个女人。

"他恨我的先生，是由于……唉，这太莫名其妙了，我都不知道要怎么来说……是由于……"

"什么？"布朗神父耐心地问道。

"是由于我的先生不愿意恨他。"

布朗神父只是轻轻点点头，好像表示自己在听着；他和现实与小说里的大多数侦探有一些不一样，就是一定不会明明知道还装作不知道一样。

布尔努瓦太太又靠近了一点，脸上放着光，由于肯定而看起来很镇定。"我先生，"她开口，"他是一位伟大的人。不过克劳德·钱皮恩爵士就不是这样了，他只是个有些名气的成功人士而已。我的先生从来都不能算是成功或是有名，可是实际上他根本就没有想要过这些虚名。他其实不愿意靠着思想而出名，就像他抽烟只是为了让自己愉悦一样。就这方面看来，他的确很蠢，他一直没有变，依然和学生时候一样喜欢钱皮恩，他敬佩他，就跟看到酒会上的魔术秀一样。可是他是绝对没有嫉妒钱皮恩的想法。但是钱皮恩为了让他忌妒，已经神志不清了，因为这个想法居然把自己都杀了。"

"行，"布朗神父说，"我觉得我大概了解了。"

"噢，难道你没有看出来吗？"她叫了起来，"这都是他有意为之的，这里就是钱皮恩为了让他忌妒才有的。钱皮恩故意让约翰在他家门前的小房子里住着，就像是他的佣人似的，他想要约翰认为自己比他失败。不过约翰从来都没有这样觉得，他向来就不在意这些事，就好像，就好像是一只心不在焉的狮子一样。钱皮恩都是挑约翰穿戴不齐或是正吃着家常便饭的时候进门，带着各种让人目眩的礼物或是卖弄他又做了什么伟大的事，再不然就是他的某个冒险经历，似乎是哈伦·阿尔拉施德[⑩]到访一样。不过约翰都是眯着眼睛笑着表示他的意见，看起来跟一个懒洋洋的中学生似的对他的朋友表示同意或是不同意。5年来，约翰都没有对他变过脸色；可是克劳德·钱皮恩爵士，他根本就是一个偏执狂。"

"哈曼把王夸赞他的一切荣誉，"布朗神父说，"全都告诉他们；他还说：'不过我看到犹太人莫德凯坐在朝门，即使有这所有的荣誉，也都对我无益。'"[⑪]

"当我终于将约翰说服，让他把他的几篇报告寄给某家报社的时候，"布尔努瓦太太接着说，"危机就出现了。它们产生了一些不小的影响，特别是在美国，而且有一家报社还要来对他做一个采访。钱皮恩基本上天天都上报纸，可是在他听说这件事后，最后一根绷着的罪恶和怨恨的神经就断裂了，即使约翰从没想过要和他比什么，并且这么一些晚来的小小成绩也是约翰该得的。于是他开始疯狂地针对我并想摧毁我们的幸福与名誉，那已经变成了整个郡的笑料了。你也许会奇怪为什么我会容忍这种谣言疯传，我只能跟你说，除非我可以将整件事情和我的先生说明白，这些谣言也许才会消失，可是有的事单靠一个人的想法是不能够完成的，就跟人不会飞似的。没有人可以跟我的先生说明白整件事，起码目前为止没有。要是这么跟他说，'钱皮恩在跟你抢妻子'，他会认为这个笑话有些低俗：就是这样，他会认为你仅仅是在和他开玩笑，他那伟大的脑袋十分固执，你说的他一点都听不进。好吧，今天晚上原本约翰会来观看我们的演出的，可是就在我们马上要上场的时候他说他不会来了，因为他发现了一本有意思的书要看，还有雪茄。我将这个情况跟钱皮恩说了，这在他看来简直是要命。那个偏执狂忽然就失去了信仰。他将自己的胸膛刺穿，就像是恶魔似的到处喊是布尔努瓦将他杀死了；他想让约翰忌妒，可是却被自己的忌妒给杀死，而约翰正坐在餐厅中看他有意思的书。"

两人又陷入了沉默，接着这个小个子神父说话了："布尔努瓦太太，在你这全部生动的讲述里，还有一处漏洞。你先生并不是待在餐厅看书。那个美国记者说他到过你家，并且你家管家还声称你的先生也到庄园来了。"

她一双明亮的眼睛张得老大，不过那神色更多是疑惑，而不是恐慌或是害怕。"这不可能，你在说什么？"她叫道，"我们家的佣人全去看表演了，并且我们家根本就没有管家，我的天呐！"

布朗神父心中咯噔一下，而且跟陀螺一样转了半圈，看起来有点好笑。"怎么回事，怎么回事？"他就像忽然被刺激地醒过来一样。"呃，我说，要是我到你家去的话，我可以和你的先生讲两句话吗？"

"嗯，现在佣人们大概都已经回去了。"她说，依然还是有些不明白。

"对的，对的！"神父又充满活力地应道，接着就急急忙忙地踏上了那条通向公园大门的小路。马上他又转过头来说："最好先将那个美国记者稳住，否则的话'约翰·布尔努瓦的罪行'这种大标题就会在整个美国都疯传。"

"你不知道，"布尔努瓦太太说，"他压根儿就不在意这些，我猜他都不一定认为真的会有美国存在。"

当神父到达那所有蜂箱和高贵的老狗的屋子前时，一个矮小不过干净利落的女佣带他进了餐厅，布尔努瓦正坐在灯下看书，与他夫人说得一模一样。在他手边摆着波特酒跟杯子；神父一走进来就发现他的雪茄上有一节很长的烟灰。

"他在这里起码坐了有半个钟头。"布朗神父想。实际上，看他现在坐那儿的模样，就好像吃过晚饭之后就都没有起来过。

"您可以继续坐着，布尔努瓦先生，"神父带着笑而又平静地说，"我不会耽误您很久，我是不是打扰到您研究了？"

"没关系，"布尔努瓦说，"我只是在读《滴血的拇指》⑫。"他说话的时候既没有皱眉也没有笑容，神父能够在他的表情里看出一种深刻并刚强的淡然，这就是他的太太说的伟大。他放下手中带着黄色封皮的惊悚小说，根本就没有注意到这在此时有多不合适，也没有故作幽默地调侃两句。约翰·布尔努瓦是一个有着一个大头、动作迟缓的大高个，他的头发半秃，只留下一些灰发，一副笨拙而粗莽的样子。他穿了一件古旧的老式晚礼服，前胸露出一块三角形的内衬：他这一身打扮原本是要去观看他的太太饰演的朱丽叶的。

"我不会耽误您太多时间，您很快就能够接着看《滴血的拇指》或是别的灾难故事了。"布朗神父带着笑，"我来这儿就是想了解一下有关您今天晚上犯下的罪行。"

布尔努瓦淡定地注视着他，不过他的额头上却开始有了一条红晕，看起来就好像刚刚才知道了什么叫作尴尬。

"我明白这罪行看起来很莫名其妙，"布朗低声表示了他的同意，"在你看来也许比说你谋杀还要莫名其妙。承认小罪也许比坦白大罪更难，不也就是因为这样，坦白这些才更是十分重要。你所做的事，上层社会的每一个主妇每个礼拜都要犯上 6 回，不过对你来说，这桩小罪还是和一件无名的大罪一样让你难以开口。"

"你说的话让我感觉，"这个思想家慢慢地说，"我就像个傻子一样。"

"我明白，"神父点头，"不过大家经常是在像一个傻瓜与是一个傻瓜之间做出选择。"

"我其实不是很了解我的内心，"布尔努瓦接着说，"可是当我坐在这儿看那本书的时候我快乐得就像是放了半天假的小男孩一样。那令我感觉十分安心，就好比待在一个永恒的时间中，我表达不出来……雪茄就放在旁边……火柴就放在旁边……'滴血的拇指'还会再有 4 处……这不仅仅是片刻安稳，而是一种圆满。接着，有人按了门铃，我坐在这儿思考了一会儿，觉得我没有办法离开这里，不论是字面解释还是生理解释，我都做不到。接着，由于我知道我的佣人们全离开了，我用尽浑身的力量才离开椅子。我将门打开，看见一个张着嘴想说什么的小个子，手里还有一本拿来记录的本子。我这才记起来有一个美国人约我做采访。他留着中分，我跟你说，那个罪犯——"

"我知道，"布朗神说道，"我看到过他。"

"我根本就没有杀人，"这个灾变说者平静地接着说道，"我不过是做了伪证。我跟他说我到庄园去了，没有让他进门。这就是我所做的罪行，布朗神父，我想不到你会因为这件事让我承受怎样的惩罚。"

"我不会让你接受什么惩罚的,"这个绅士的神父说道,带有一点消遣的意味,一边将他的帽子和雨伞拿起一边说:"恰恰相反,由于你做了这件小错事,所以我特意来这儿让你免受一个小惩罚的。"

"所以,"布尔努瓦笑着说,"你能告诉我这么幸运可以免受的一个小惩罚是什么吗?"

"被绞死。"布朗神父答道。

【注释】

①《西阳》(the Western Sun):小说里虚构的美国杂志社的名字。在地理上美国是处于欧洲的西方,所以名字叫西方的太阳是一种暗喻。并且,下文里说西方崛起也是说美国的报业想要跟英国相较量。

② 威廉·詹姆斯(William James,1842~1910年):美国心理学家和哲学家,美国机能主义心理学和实用主义哲学的先驱,美国心理学会的创始人之一。

③ 疲惫的威利:原书中"Weary Willie"直译实际上是美国的一句俚语,意思是"懒汉"、"有气无力的人"等,因为 Willie 同时是威廉的亲密叫法,这里一语双关。

④ 卡姆纳(Cumnor):是英国牛津的一个城市。

⑤ 教宗与德比赛马冠军(the Pope and the Derby Winner):the Pope 指的是教宗,德比冠军(the Derby Winner)是说曾经有一匹叫作"Pope"的冠军赛马,和教宗的英文一样。这里是借此来比喻布尔努瓦和钱皮恩爵士两个人原本就像教宗与冠军赛马似的毫无关系。

⑥ Dilettante:是说那些肤浅的业余爱好者,闹着玩的人,通常认为是个贬义词。

⑦ 乌鸦林(Ravenswood):是在 17 世纪的苏格兰高地发生的,拉美莫尔(Lammermoor)地区的首领亨利同乌鸦林(Ravenswood)的首领埃德加是世仇,两个家族存在着理不清的恩怨情仇和权势争夺。但是悲哀的是埃德加居然喜欢上了仇人的妹妹露琪亚,还发下毒誓要永远在一起。

⑧ 沃尔特·司各特（Walter Scott,1771~1832年），是英国有名的历史小说家与诗人。

⑨ 波特酒（port）：产于葡萄牙北部的杜罗河谷地区的加强葡萄酒。

⑩ 哈伦·阿尔拉施德（Haroun Alraschid,763~809年）：是巴格达城的哈里发。

⑪ 哈曼把王夸赞他的一切荣誉，全都告诉他们；他还说："不过我看到犹太人莫德凯坐在朝门，即使有这所有的荣誉，也都对我无益。"（And Haman began to tell them, of all the things wherein the king had honoured him ; and he said : "All these things profit me nothing while I see Mordecai the Jew sitting in the gate."）：《圣经·以斯帖记》里的故事。莫德凯曾经举报两个太监想要设计杀死王，受到王的赞扬，功劳也被记到了史册中。他为了民族的信仰与尊严，被宰相哈曼怨恨。他鼓励并且帮助以斯帖去对付哈曼，使整个民族免遭灭顶之灾。这里说的是哈曼虽然地位极高，但由于莫德凯的存在而暗自不爽，刚好与钱皮恩与布尔努瓦的关系相似。

⑫《滴血的拇指》（The Bloody Thumb）：惊悚小说丛书。

◇ 布朗神父的童话 ◇

风景优美的海利西瓦尔登斯坦①城本身就是一个独立的国家，德意志帝国②到现在也仍然有许多这种迷你国。在历史上它到了很后面才被普鲁士收编统治，跟发生这件事的明朗的夏天相差也只有50年。这一天，弗朗博还有布朗神父舒服地坐在这个迷你国家的小花园中，享受着当地酿制的啤酒。在当代人的脑海里，战乱和粗暴执法的伤痕仿佛就在昨天，这点很快就能够被证明。不过要是你仅仅随意地看一眼，就难免会对他们流露出的童真趣味留下深刻的印象，而这恰好就是德意志帝国最有魅力的一点。在每个小小的世袭君主制的国家里，每件事都像戏剧中一样，国王会像厨师那样兢兢业业地处理国家事务。城里设置了很多岗哨，站哨的士兵们就像是奇怪的德国玩偶；金闪闪的太阳光芒落在轮廓明朗的城墙上，就好比是一个金黄的姜饼蛋糕。天气很晴朗，天空是浓重的蓝色，就算是以蓝天而出名的波茨坦③也比不上；同时又像是孩童在廉价颜料盒里拿出来的那种蓝，被随意地挥洒在天上。没有树叶的树木也显出盎然生机，因为枝头上那小小的嫩芽依然粉嫩，在浓郁的蓝天的衬托下，就像是许多单纯的样子。

虽然神父长得一般，过的也是普通的日子，可是他也不是一点浪漫情怀都没有，只是他同大多数的小孩似的，通常都只将那些美好的幻想深埋心中。在这么一个天气晴朗、五彩缤纷的日子里，待在这么小巧精致的小城中，他的确恍惚中感觉到了一个童话世界。他跟个青年一样，看见那根让人敬畏的剑杖④就觉得激动，弗朗博老是一边走一边在甩它。而此时，它就放在他的高大的慕尼黑啤酒杯的一侧。噢，不，在有些发困的状态下，他居然发觉自己在凝视着他那支破雨伞粗笨的圆把，脑海里模模糊糊地记起了一本色彩斑斓的玩具书里写的那个食人魔的棍子。不过他从来不随口说故事，只有下面这童话故事：

"我想啊，"他说，"要是一个人真的想去探险的话，在这种地方真的可以实现吗？这里的确是像一个可以探险的地方，不过我老是认为他们会和你用纸刀来战斗，而不是真正的刀剑。"

"不不不，"他的朋友说，"这里的人们不只用真正的刀剑来战斗，并且还能够做到不用这些就把人性命夺走，甚至还有更神奇的呢。"

"嗯？你是指？"布朗神父问。

"哦，"同伴答道，"这里曾经有人被射杀，可是杀人犯并没有用到火器，在欧洲这可是从来没有过的吧。"

"那么是使用了弓箭？"神父疑惑地问。

"我说的是脑袋里的子弹，"弗朗博说，"难道你不知道这里的前一个国王发生的故事吗？但是，你肯定知道俾斯麦⑤实行的统一大计，这个地方就是早年被强行吞并的，只是整件事的进程也不是十分顺利。帝国（或是说希望可以成就的帝国）为了保障自己的利益，就让克罗森马可⑥的国王到这里来统治它。我们在那里的回廊上见到过他的画像，要是他可以多一些头发跟眉毛，并且不像秃鹰似的都是皱纹的话，他也是一位还算俊朗的老绅士。但是他的糟糕事就太多了，等一下我再跟你说。他以前是一个有谋略并且战功累累的军人，不过想要拿下这里可是不简单。在跟有名的安霍尔德兄弟的几次交手中，他没能占到上风。斯温伯恩⑦还为那三个爱国游击战士写了一首诗，你大概还有印象：

'豺狼穿上了银貂皮，

乌鸦戴起了金皇冠，

而国王——

这所有都像是害虫，

三人还要多忍受。'

大致就是这一种。实际上，要不是三兄弟里的保罗无耻并且坚决地叛变了，这里压根儿就不会被攻占。他不想要一直忍受这些，所以就将革命的秘密透露给敌人，致使革命被打压，而他自己最后也被任命为奥托国王宫廷中的大臣。再后来，斯温伯恩先生诗里所赞颂的真正的英雄路德维西在城市沦陷时牺牲，一直到最后一刻手里都拿着长剑。而海因里西，三兄弟里的另外一个人虽然没有叛变，可是和那两个积极主动的哥哥比起来就要保守得多了，甚至有些懦弱了，到最后他居然就跑去做一个隐居者了。他开始信仰起基督教的无为主义，甚至都快要成为贵格会⑧的教徒了。他几乎把自己的一切钱财都散给了贫苦的人，从此以后就不再管这些俗事了。有人说前一段时间还时不时在这附近遇到他，都是套着一件宽松的黑色大外套，两只眼睛好像什么也看不见，满头的白发也是乱七八糟的，不过他的脸却是十分地温和。"

"我知道，"布朗神父插了一句，"我有一次也遇到过他。"

他的伙伴有点惊讶地望向他："我怎么没听说你曾经到过这儿，"他说，"也许对于这个地方你所了解到的和我的差不多。不管怎么说，这都是安霍尔德他们兄弟的故事了，他是三个人中唯一还活着的一个，同时也是整件事当中唯一还活着的知情者了。"

"你的意思是，国王也在很久之前就过世了？"

"死了，"弗朗博说道，"我们也只能这么认为。你一定可以想得到，在他晚年时，他也跟其他暴君似的开始神经紧绷。他派了大量的士兵守卫在城堡的四周不断地巡逻，后来站岗的地方比城中的房屋还要多；每一个看起来不对劲的人都被无情地射杀。他把自己的房间放到了由别的房间组成的大迷宫的中间，差不多都待在那儿；他甚至还在他的那间房间中又建了一个小房子，或是说就是个柜子，拿钢板固定之后就跟个保险柜或是军舰一样。听人说，在小房子下还有一个秘密地道，小得只能让他一个人进入。所以，他为了让自己不提早进坟墓，就将自己安置在一个跟坟墓没什么两样的地方。可是他采取的措施远比这多。镇压了反叛之后，当地的百姓就已经缴械投降，可是现在，奥托又严令禁止任何百姓持有武器，一般的当局是不会这么要求的。这个指令被严格彻底地开始执行，安排严谨、了解当地状况的大臣负责监视每个小地方。终于，在把人力还有科学利用到极致之下，奥托国王肯定他已经为海利西瓦尔登斯坦布下了最严密的保护层，就算是玩具手枪也不可能出现。"

"人类的科学绝对不会确切到这种地步，"布朗神父说，两只眼睛仍然注视着头顶枝桠上的那片粉色的嫩芽，"单是定义与内容就难以确定。什么叫武器？那些最没有攻击力的生活用品都有可能杀死人；比如茶壶，就连茶杯罩都可以。还有，要是将转轮手枪放到古英国人面前，我都不知道他们看不看得出这是一件武器，当然，要是你对他开了一枪那就不一样了。又或者有人手里有一种长得跟火器完全不像的新式武器呢，没准它看起来跟顶针一样，又或是其他的什么。那个子弹有什么不一样的地方吗？"

"这我倒是不知道，"弗朗博答道，"不过我所得知的也不完全，这全是我在一个老伙计格林姆那里听说的。当时他是德国警方一个非常厉害的侦探，本来他是要来抓我的，结果反而被我逮到了，我们说了很多有意思的事。那时候这个奥托国王的案子是由他接手调查的，但是我忘了问他关于子弹的问题了。按照格林姆和我说的，情况是这样的。"他稍微停了一下，一下子喝掉一大半啤酒之后才接着说道：

"事情发生的那天晚上，国王本来要去外围的一间屋子，因为他要接见几位他早就想见的贵宾。他们是到这儿来勘探金矿的地质科学家。这也是一个流传了很久的传说了，说在这附近的岩层里藏有很多黄金，这个小国一直都是依靠这些黄金得以生存的，并且，就是由于这些黄金，他们才能够始终保证自己的地位，不管邻国的军事力量有多厉害，他们也能够在强烈的炮火打压下还有公平谈判的条件。但是，到目前为止，不管多精密的探测都没有将黄金找出，虽然他们已经可以——"

"已经可以肯定发现玩具手枪了，"神父笑道，"可是那个背叛了的兄弟呢？他什么都跟国王透露吗？"

"他都是说他不知道这件事，"弗朗博回答，"他说这是仅有的一个他的兄弟们没有告诉他的秘密。不过，的确是有一些碎片式的话能够证明。伟大的路德维西临死的时候注视着海因里西，手却是指向保罗，'你没有跟他说……'接着就再也没有说过话了。不论怎么说，那些从巴黎与柏林来的优秀的地质专家还有矿物学专家都已到了，他们穿得都十分华丽并且符合身份，每个参与过皇家学会⑩的人都了解，再没有一个人会跟科学家那样乐于穿那种一看就是科学家的衣服。那就是一场充满学问的聚会，不过天色也晚了。后来，那个总管——你也看到过他的肖像，有一对浓密的眉毛，眼睛看起来十分严肃，脸上却有着虚假的笑容——是的，那个管事发觉每个人都已就座，只缺国王一个。他找遍了每一间外围的屋子，然后又想到他那奇怪的恐惧症，又急忙跑到最里面的那间，可是那里也没有人。他花了很大的力气才将房间中的那个有钢板的小房间弄开，可是依然没有。他又去看了那个地洞，它似乎又深了一些，更让人觉得那是一座坟墓——当然，这都是他的说法。突然，他听见外面屋子还有回廊上爆发出了声声尖叫还有骚乱。"

"最开始，那仅仅是从远处传来的骚动，甚至还在宫殿的外围，能够感觉到不断靠近的人们由于未知的事物而非常惊慌。很快，就变成了非常靠近的骚动声，要不是每句话都混在一起的话，声音已经靠近到能听清说什么了。然后，每一句对话都变得非常清楚，声音越靠越近，下一刻，就有人冲到了屋子里，依照规矩简单地跟他禀报了这件事。"

"海利西瓦尔登斯坦与克罗森马可的国王奥托，正倒在宫廷外面已经有了露水的林子中，暮霭里，他张着双臂，面朝天上的月亮，被打穿的太阳穴还有下巴两个地方还在不断地流着血。那也是他从头到脚唯一一个还像有生命的部位了。由于要接见宫殿中的贵宾，他穿了一整套黄白相间的礼服，可是肩带还是围巾却被拆下揉成一团丢在一旁。在被抬走之前他就已经断气了。可是不论死活，他都变成了未解之谜，他平常都是待在最里面的屋子里，为什么会突然地来到这已经有了露水的林子中呢？并且身边没有防身的工具和侍卫。"

"那是谁最早看见尸体的？"布朗神父问。

"是城堡里的一个姑娘，好像叫作海德薇格·冯什么的，或许是其他的名字，"他的伙伴答道，"她那时恰好到林子中去摘花。"

"那她是否摘到了？"神父又问，目光呆滞地看着头顶的枝桠。

"嗯。"弗朗博回答，"我非常清楚地记得，是总管还是老格林姆，又或是其他人，说那时候的样子真是可怕极了。当他们听见她的尖叫赶到林子里时，那个姑娘正抱着一捧充满春天气息的野花，弯着身子看那个浑身是血的尸体。不论怎样，关键是在医生们赶到前，他就已经断气了，而这件事自然是要传到宫廷中去。在宫廷中国王的意外死亡当然会造成恐慌，但是这件事的影响却远比那要来得大。一时间群情激愤，那些外来者们就变成了可能性最大的嫌疑者，特别是那些地质学家还有几个普鲁士高官。很快，大家就发现挖掘金矿的计划比他们想象中的要大非常多，这些科学家还有要员们也曾经都被承诺会有重金酬谢，要不就是政治上的好处，还有人甚至觉得国王的秘密房间还有重兵看守的做法不是为了防止百姓叛乱，而是在掩饰他私下勘探——"

"那些鲜花的花茎长吗？"布朗神父问道。

弗朗博看着他。"你真是个奇怪透顶的人！"他说，"老格林姆就是这么讲的，鲜血与子弹本来非常恶心了，可是他说整件事最丑恶的地方就是那一把花都非常的短，差不多都是在靠近花的地方被掐断的。"

"很显然，"神父说，"一个成年的姑娘要去摘花，那么她一定会连着很长的茎杆一起摘下。要是她只是摘走了花朵，那好像——"他迟疑了一下。

"好像什么？"他的伙伴追问道。

"好吧。那样就似乎是她在慌乱时胡乱掐下的，这样是为了，呃，目的是为了让自己到现场之后又有一个在场证明。"

"我明白你想说什么，"弗朗博低落地说，"但是只需要一点就可以洗清所有的嫌疑了——没有武器。就像你说的，什么都能够拿来杀人，就连他自己的肩带也可以；可是我们要搞清楚的不是他是被什么杀死的，而是他是如何被射杀死的。结果就是我们没有弄清楚。他们非常仔细地搜查了那个姑娘，因为说句实话，就算她是那个奸诈的老总管保罗·安霍尔德的侄女还有护理，她也真的不得不被怀疑。她是一个十分感性的人，有很大的可能性会对家族中的那种革命激情产生同情。不过同时，不管你有多感性，还是无法做到在不使用一样火器的情况下就把一大颗子弹打入别人的下颌或是头。现场没有任何枪支，可是又的确是开了两枪。我的伙计，这个不解之谜就靠你了。"

"你如何得知是开了两枪的？"神父问。

"他脑袋上只中一枪，"他的朋友说，"可他的肩带上还有一个子弹穿过的洞。"布朗神父的眉头忽然皱起，"那么有找到第二颗子弹吗？"他问。

弗朗博面带不耐，"那我怎么记得。"他说。

"等一下，等一下，等一下。"神父叫道，眉头拧得更紧了，表情满是疑惑，并且专注得不行，"你别怪我没有礼数，请允许我认真想想整件事。"

"当然。"弗朗博笑着将啤酒全都喝完。一阵微风吹过长满嫩芽的枝桠，将瓣瓣粉的、白的花朵吹向片片白云，将蓝天映衬得更蓝了，多彩的景色也因为这增添了一些精致。它们被风吹着往上飞，就好像是可爱的天使朝着打开的窗子，朝天空上的家飞去。宫殿中年纪最大的龙塔直直地屹立在那儿，就像这个啤酒杯一样奇怪，但也一样普通。穿过龙塔就能隐约看见一片林子，国王就是在那儿被杀死。

"后来那个海德薇格怎样了？"终于，布朗神父问道。

"她与施瓦茨将军结了婚，"弗朗博回答，"你一定有听人说过他的事迹，这简直是个神话。他在萨多瓦还有格拉维罗特⑪立下了显赫的战功，不过在此以前他就已经挺有名的了；实际上，他是从一般的小兵当起的，这有些不太正常，即使是在德国……"

神父忽然坐直了身子。

"从一般的小兵当起！"他叫了出来，嘴唇噘得好像要吹口哨一样。"噢，噢，如此神奇的故事！如此神奇的杀人办法！不过大概只有这么一种可能了。可是，他到底有多深的仇恨，居然潜伏了这么长时间——"

"你在说什么？"弗朗博问道，"他们是如何将国王杀死的？"

"他们利用肩带将国王给杀了，"布朗谨慎地说，还没等弗朗博反对又接着说道，"是，是，我明白子弹这回事。或者我要说他是由于有这根肩带才会死的。我明白这听起来很难想象。"

"我猜，"弗朗博说，"你一定是想到什么了，可是你解释不了他的头上有子弹这一事实。就像我起先说的，他也许是被勒死的，但是却又中了子弹。那么是谁打的？用的又是什么型号的枪支？"

"他是被自己的指令给打死了。"神父说。

"你的意思是他自杀？"

"我并没有说是他本人的想法，"布朗神父说，"我说的是他本人的指令。"

"行，不论怎样，你想到了什么？"

神父又开心地笑了，"我不过是来休假的，"他说，"我可什么都没有想到。不过这里倒是令我想到了一些童话，你想的话，我就和你说个故事吧。"

小巧的云朵非常像小甜品，轻飘飘地飘到了像姜饼一样的城堡上方，为它戴了一个王冠；而长满嫩芽的枝桠就像是婴孩粉嫩的手指，舒展着，仿佛是用力想摸到它们。蓝蓝的天空现在也出现了一层淡紫的晚霞，布朗神父又忽然说话了：

"那是一个昏暗的晚上，树上还在滴着雨滴，露水也都凝结。克罗森马可的国王奥托悄悄从宫殿侧门出去，迅速到了树林里。一个哨兵朝他敬礼，可是他没有在意，他不想让太多人注意到他。那些被雨水打得滑溜溜、湿淋淋的大树就像沼泽一样将他淹没，他很满意。他特地从最少人往来的侧门出去，不过这里还是不能如他的心意。但还好也没有多管闲事的人来找他，他这回出去是突然起意，没有跟任何人说。那堆穿戴隆重的拜访者都被他丢在了宫殿里，他们已经没有什么用了。他忽然感到，不用这些人，他也可以做得到。"

"他这极大的动力不是出自对死亡的害怕，那样的话还算高贵一点，他真正想要的是黄金。为了金子的传说，他离开了克罗森马可，攻占了海利西瓦尔登斯坦。为了这个传说，也只是因为这么个传说，他拉拢了那个背叛者，又将那个英雄给杀死；因为这他一次次地不断地试探那个阴险的总管，直至他能够肯定，那个背叛者对这件事真的什么也不知道。为了能拿到更多的黄金，他不得已破费了许多，也承诺出去很多；为了这他在下雨的晚上像做贼似的偷偷跑出自己的宫殿，因为他发现了一种不费钱也可以达到自己目的的法子。"

"他顺着草木杂乱的山路困难地向上走，山势险峻，在山脊上可以俯瞰到整个城市，那隐士就住在这条山路的终点，山脊上连绵不断的石柱堆中。说是房子，反而更像是用荆棘栏栅围起来的一个山中洞穴，安霍尔德兄弟里的第三个人就一直在这里住着，与凡尘世事隔绝。奥托国王认为，他根本没有理由会不交出黄金，他知道宝藏所在地已经够久的了，可是却从来没有去挖掘过，即使在他之前还没有信仰禁欲主义，对金钱和享乐还存有欲望的时候他也根本没有去找寻过。的确，他们曾经是仇敌，可是现在，他不是说要放弃欲望杂念吗？尽管奥托在城中安排了严密的安全防御，可是他并不贪生怕死，更何况，他的贪念远远超过了他的害怕。而且，实际上呀，没什么好担心的。他很肯定整个国家都不会有人持有枪支，他更是万分肯定山洞中的那个贵格教徒也不可能有什么武器，那里仅有他跟他的两个粗俗的老佣人，靠吃植物过活，一年又一年，根本就不会有别人来这儿。奥托国王俯瞰着下面那灯火辉煌的小城，就像一个亮堂的、四四方方的迷宫一样，嘴边勾起了一丝残忍的笑。放眼望去，哪里都是他的士兵扛着来福枪在站哨，敌人却是一无所有。岗哨跟山路靠得很近，他只要叫上一句，立刻就会有人冲上来，更别说林子中、山坡上也有士兵定时巡逻；每个地方都有岗哨，甚至于那阴森森的林子里，大河的对岸也全是他的士兵，因为离得比较远所以看起来矮小了很多。试图偷偷进城的敌人也绝对找不到小路。并且，城堡的东、西、南、北四个门还有四面立墙下也是布满了哨兵。他不会有危险。"

"等他爬到山坡上的时候，看得就更清楚了，他的这个敌人的住所暴露在外面，一下就看见了。奥托正处在一小块石头平台上，三面都是悬崖断壁。背后是黑色的山洞，隐没在绿色的荆棘丛里，洞口很矮，根本想不出人可以从这儿进去；前面是险峻的悬崖跟都是云雾的巨大山谷。在石头平台上有一个有些年头的青铜诵经台，上面还摆了一本很大的德语《圣经》，看起来有些承受不住。在这么湿冷的气候里，不知是青铜还是黄铜都已被腐蚀成绿的了。奥托马上想到：'即使他们有枪支刀剑，现如今绝对也都烂了。'月亮出来了，在山坡还有绝壁投下一抹死寂的亮光，现在，雨已经不下了。"

"在诵经台的背后立着一个十分老的老人，远远地眺望着对面的山谷。他穿了一身黑色的长袍子，直直地垂下就像旁边的绝壁一样，可是他的一头银发还有嘴里念叨的话却是随风飘摇。看得出，他是在朗诵日课，这属于他的修行。'他们信仰马……'"⑪

"'先生，'海利西瓦尔登斯坦的国王用一种少见的恭敬态度说，'我仅仅希望可以跟您说上一句话。'"

"'和战车，'老人接着没有力气地读着，'可是我们坚信我们的神耶和华的名……'最后的几个词已经几乎听不见了。他虔敬地合起《圣经》，接着又摸索着扶住了诵经台，因为他几乎什么也看不见了。两个佣人从那低矮的山洞中钻出来去搀他。他们也都穿着一样的黑长袍子，不过头发不像他一样全白，脸也不像他一样沧桑。他们应该是克罗地亚或是匈牙利的农民，有宽大的脸型，表情呆滞，可是眼睛却是放着光。国王头一回觉得有些不安，可是他的勇敢还在，他想交流的念头也没有打消。"

"'大概，'他又一次开口，'在你的兄弟丧生在那次令人害怕的炮击战之后，我们就再没有见过吧？'"

"'我每个兄弟都死掉了。'他说，两眼依然盯着对面的山谷。接着，他忽然转过脸看着奥托，白发像冰柱一样垂在眉上，继续说道：'你懂的，我也一样。'"

"'希望你弄清一点，'国王在尽力克制自己，几乎就是在让步，'我不是因为那场战争来这儿找你的。我们不说那件事谁是谁非，可是起码有一点我们都是正确的，因为你做的都是正确的。不论其他人如何评论你的家族，没有人会觉得你是由于金子才躲到这里的；你证实了你自己，你不该被怀疑……'"

"穿着黑长袍子的老人始终用他那蓝色的双眼看着他，表情呆滞。可就在他说出'金子'时，老人忽然将手伸出，想要抓什么一样，忽然，又面朝群山。"

"'他说了金子，'他说，'他说了违法的事情。赶紧让他闭上嘴。'"

"奥托身上依然有着普鲁士人民惯有的坏习惯，觉得成功是天生的而不是靠努力才有的。他觉得他这种人别人就该永远臣服于他。所以，他好像从来都不知道什么是意外，也不知道要提前想好下一步该怎么走，此时，他几乎都被吓傻。他开口刚想回答，嘴却被塞住了，一根坚固又柔软的绳子忽然就跟绷带一样紧紧地裹住他的头，他的话也被堵回了肚子，大概 40 秒之后，他才回过神来，原来是那两个佣人做的，用的还是他的肩带。"

"老人蹒跚地回到了诵经台的《圣经》旁，耐心地看了几页，那样子真是让人毛骨悚然。终于，他找到了《雅各书》，开始读到：'舌头是百体中最小的，可是能——'" ⑫

"国王被他话里的某种东西给吓到了，他倏地转身，顺着来时的山路飞奔下山，朝着城堡冲去，跑到一半他才想到要将肩带解开。他解了很久，却还是没能把它弄开；打结的人明显知道，用双手解开头后面的结原比解开胸前的要难得多。他的双脚可以自由地动，能够像山羊一样在山上跳跃，他的手也没有被束缚住，能够做各种手势，可是他就是不能说话，他是一个不会说话的魔鬼。"

"他已经靠近了宫廷外面的林子，他忽然想到要是自己说不出话会怎样，他也知道了那伙人的目的。他又一次阴沉地俯瞰山下那个亮堂、四四方方的迷宫一样的小城，却是怎么也笑不出了。之前那种得意的想法，那些话他又重新感受了一次，现在却是充满了讽刺。举目望去，哪里都是他的士兵扛着枪在站哨，要是回答不了他们的盘查，每个人都会把他射死。岗哨跟山路靠得很近，林子中，山坡上总有人按时巡逻，所以他没机会在林子中待到明天。每一个地方都有放哨的士兵，想偷进城的人绝对没有小路，所以，他想要抄小道回去也行不通。只要他叫一声，立刻就会有士兵过来，可是此刻他却叫不出来。"

"月亮已经爬到了天顶，散发出皎洁的月光，宫殿四周的松树在深蓝色的夜空的映照下影影绰绰，反衬出明暗相交的纹路。大花瓣的鲜花在月亮的照耀下看不出颜色，却闪闪发亮，从前他都没有注意过这些，它们挤在一起就好像是依附在大树的底下，真的有些奇妙。也许，他的心里原本就藏着某些不寻常的感情，此时，这感情终于压塌了他的理智。在那个林子中，他的确感受到了一种说不出来可是又十分德国式的东西——童话。他恍惚中觉得自己正在被那座食人魔的宫殿吸走，可是他却不记得自己就是食人魔。他会想到小时候问过妈妈，家里那个很老的花园中会有熊吗。他俯身摘了一朵花，仿佛它有着能够化解魔法的力量。茎秆却比他以为的要结实，可是最终还是咔嚓一下掐断了。他小心翼翼地想将它放到肩带那儿，此时，他听见了一阵叫声，'是谁？'然后他想起来肩带不在原来的地方了。"

"他想叫，可是就是发不出声音。又是一句问话；紧跟着就是'砰'的一声枪响，子弹破风而来，打中了目标，接着就是一片安静。克罗森马可的国王就安详地倒在像童话一样的树林里，再也不会为黄金或者钢板做坏事了，只有那银色的月光照着他服装上精致的装饰物，和他额头上的细纹。愿天主宽恕他。"

"依照严格的站岗规矩，那个开枪的士兵要自己去查看他打中的人。他叫施瓦茨，那时候只是个普通小兵，之后就慢慢升了官。他发现的是一个穿礼服的光头男子，头上还被自己的肩带给裹得紧紧的，就像戴了一个奇怪的面罩，只剩那两只死不瞑目的双眼依然在月光下冷冷发光。子弹打穿了肩带又击中了下巴，这就是只有一颗子弹可是有两个弹孔的缘故。施瓦茨拽下那奇怪的肩带丢在草丛里，也许他不该这么做，可这是情理中的；接着他看到了自己击中的人。"

"之后的事我们就不知道了。即使是发生这么恐怖的事情，我也依然相信那里的确有过一个浪漫的童话故事。那个叫海德薇格的年轻姑娘救了那个小兵，之后又和他结了婚，不过他们是早就认识呢，还是从这儿起意外开始相恋，就无法知道了。不过我猜，我们可以得知的是，这个海德薇格是一位女英雄，也非常值得施瓦茨娶她。她做了一个勇敢、理智的决定。她说服那个小兵回到岗哨去，这样他就不会卷入这场事故；他也只不过是忠诚、守纪的50个哨兵里的一个。她留在死者身边，害怕地开始尖叫；她也不会被卷入这场风波，因为她没有，也绝不会有任何武器。"

"好了，"布朗神父开心地站起身，"希望他们会幸福平安。"

"你到哪里去？"他的伙伴问道。

"我要再去瞧瞧那个总管的肖像，那个背叛他们的兄弟的人，"神父答道，"我想知道他——我想看看，要是一个人最后背叛了一个让他抛弃兄弟的人，那么他是不是会得到原谅。"

他在肖像前开始了很久的沉思。这是个白头发的老者，浓郁的眉毛，画的粉红笑脸好像和他眼里流露出的严肃完全相悖。

【注释】

① 海利西瓦尔登斯坦（Heiligwaldenstein）：小说里虚构的德国城市名。

② 德意志帝国（the German Empire）：就是第二帝国。

③ 波茨坦（Potsdam）：地处柏林市西南部，勃兰登堡州首府。

④ 剑杖（sword-stick）：一种里面可以藏剑的手杖。

⑤ 奥托·冯·俾斯麦（Otto von Bismarck，1815～1898年）：德意志首任宰相，被叫作为"铁血首相"。

⑥ 克罗森马可（Grossenmark）：小说中虚构的城市名。

⑦ 斯温伯恩（Swinburne，1837～1909年）：是英国的维多利亚时期最后一位十分重要的诗人。

⑧ 贵格会（Quakerish 或 Quaker）：又叫作教友派或是公谊会，是基督教新教的一个教派。他们反对不论什么形式的战争还有暴力，不尊敬别人也不需要别人尊敬自己，不发誓，主张人和人之间要和兄弟那样，追求和平与宗教自由。

⑨ 皇家学会（the Royal Society）：英国皇家学会是英国为了鼓励推动科学的发展而成立的。成立于1660年。而且分别在1662年、1663年、1669年得到皇家的多个特许证。英国女王是学会的保护人。全名叫"伦敦皇家自然知识促进学会"。

⑩ 萨多瓦（Sadowa）、格拉维罗特（Gravelotte）：都是地名。萨多瓦战役是普奥战争里的关键的一战，萨多瓦现在是属于捷克共和国。格拉维罗特则离德法边境近，属于法国，是德法战争期间的重要的战场。

⑪ "他们信仰马……"（They trust in their horses……）：出自《圣经》："Some trust in chariots and some in horses, but we trust in the name of the LORD our God." "有人靠马，有人靠车，可是我们要相信耶和华我们上帝的名。"

⑫ 舌头是百体中最小的（The tongue is a little member）：《圣经·雅各书》里的话。原文为："舌头是百体中最小的，却能说大话。看啊，最小的火能将最大的森林给点着。"意思是舌头可以犯下大罪，这里用到对奥托国王来说当然是十分恐怖。

金十字架的诅咒

◇ 布朗神父的复活 ◇

曾经有一段特别的日子，名声这玩意儿一直缠绕着布朗神父，时时刻刻都迫使他享受这名声，也可以说是不堪其扰。没多久，就在新闻界声名鹊起，布朗神父成了众人议论纷纷的主角。不计其数的俱乐部及会客厅里，特别是在美洲的这些场所，他成为人们口中的大人物，人们更是夸张且热切地讲述着他的丰功伟业。甚至在一些杂志上也出现了关于他的短篇小说——布朗神父的侦探冒险经历，只要是认识他的人都不敢相信文章中的布朗是自己认识的那个布朗，实在难以置信。

说来还真怪，在众多神父居住地中，布朗神父可谓是非常之隐秘，至少是最偏僻的，极为不起眼，但是这飘摇不定的聚光灯竟然将焦点聚集到了他的身上。当时，他被派遣到南美洲北部沿海行使神职，在那个不知名地区充当着介于传教士和教区神父之间的那种小角色。那时的南美各国依旧半推半就地依附着欧洲列强，亦或是在门罗总统①的强力压迫下依旧不断地反抗，要求建立独立的共和国。西班牙裔美洲人在当地人中很是突兀，他们是棕红色皮肤，还夹杂着粉红的色斑，然而越来越多的英裔、德裔等北方特征更加明显的美洲人逐渐渗透进来，这样一位此类访客的到来，麻烦似乎就这样拉开了帷幕：这位到访者刚踏上这片陆地，正因为丢失了一个手提包而心乱如麻。烦躁之中，走进放眼望去的第一栋建筑——恰巧就是传教站和一些附属小教堂。一长溜走廊，一长排木桩整齐地杵在房前，黑色的葡萄藤缠在上面，秋色将方形的叶子染成红色，这时，一排人僵直坐在成排的柱子后面，这样正襟危坐的人群，独特的色彩搭配，远远看去极像葡萄藤。他们脑袋上顶着黑色的宽边帽子，一双双连眨都不眨的眼睛中露出黑亮的眼珠。许多人面色呈暗红色，就像是大西洋彼岸森林的暗红色木材雕刻品。每人都叼着一根细细长长的黑色雪茄，这一片静得不能再静的画面中唯有那冒出来的丝缕的雪茄烟气在随风飘动。那位还在烦躁的到访者十有八九把他们看成了本地人，尽管他们中的有些人因自己有西班牙的血统而引以为傲。但是，他并没意向去分辨这些西班牙后裔和印第安人的细微区别，如果一经发现这些人是土生土长的，他可是非常乐意将他们驱逐出去的。

他呢，是来自美国堪萨斯城的一名记者，身材极为精瘦，淡黄色的头发，还长着一个梅瑞狄斯②所谓的爱冒险的长鼻子，自然而然联想到食蚁兽的长鼻子，一耸一耸地摸索寻路。斯奈思是他的姓，名为扫罗，这是他的父母经过一番深思熟虑、苦心冥想之后决定的名字，为了保险起见，他还是尽可能地将这一事实藏于心底。最后他将二者折中，自称保罗，不过，他改名的原因跟那位外邦人的使徒③改名的原因绝不一样。恰好相反，在他看来，更贴切的应该是用迫害者的名字来称呼他；一直以来，他对宗教总是不屑一顾，这种态度相对于从伏尔泰④那里学习，还是从英格索⑤那里更容易领会到。还真是巧了，在传教士和走廊前僵直的人群面前，他巧妙地将自己性格中不太重要的那一部分展现出来。他这个人，极其讲究效率，但是这些人表露出的漠视和安逸实在是达到了恬不知耻的程度，他实在忍无可忍，顿时心中怒气燃烧。连续抛出几个问题之后，竟然都是敷衍了事连个明确回答都得不到，他只好走到一边，开始自言自语。

这人一副衣冠楚楚的样子，尽管在炎炎烈日下，头上的巴拿马草帽也是整齐，手提包在手里紧紧攥着，此时内心的怒火已经熊熊燃起，冲着阴凉里的那群僵直的人就吼了起来。他大声怒斥他们，一个个怎能这般懒散龌龊，蛮横愚昧，真的是连那些自生自灭、更为低等的野兽都不如，这个问题就当他们此前曾经思考过。他认为，教士的毒害迫使他们成为现在的这委曲求全、颓废堕落的样子，以至于只能在树荫下游手好闲、吸烟闲坐、无所事事。

"你们真是太懦弱了！"他说，"那一个个教士，整日冠冕堂皇，着主教法冠和三重冕、金色的法衣、各种仪式盛装于一身，穿行于大街小巷、各类教堂，自恃清高，却从来根本不把其他人放在眼里，而你们竟然被这么些个高傲自大，表里不一的偶像忽悠得不敢吱声——你们就是小孩子，被童话故事里的华丽的世界、甜言蜜语迷惑了心智；仅仅因为这么个自高自大的老主教满嘴花言巧语，把自己奉为主宰世界的大人物。而你们呢？现在什么样子，令人同情的傻瓜？告诉你们，这就是为什么你们一直没能开化，不能进步，甚至不会读书写字……"

就在此时，那位"花言巧语"的主教慌忙之中冲出传教站，本应端庄稳重的主教却以一副落魄的样子展现在众人面前，看上去没有一点主宰世界的气派，活生生像一个黑色抱枕，鼓鼓囊囊的，无非有一点人形罢了。头上顶着一个破旧不堪的宽边帽，也没戴那三重冕，这般模样跟西班牙裔印第安人所戴帽子的样子并无多大差异，这帽子似乎很碍事，甚至还将它掀到后脑勺去。他本想对那些僵直端坐的一排人讲话，刚张开嘴还没出声，突然看到一张新面孔，对这个新来的人随口而出：

"哦，有什么需要帮助吗，要进来吗？"

保罗·斯奈思走进传教站；这样一来，这位记者就能了解到更多的事情了。他的职业本能肯定强于感性的个人偏见，凡是精明的记者都这样。随即他就抛出一大堆问题，对方的答案让他很是感兴趣，但同时又很是意外。他发现，因为有神父教授他们，所以他们能读能写；但又因为他们天生就喜欢直接用语言交流，所以读写能力还只能停留在基础水平。他得知，坐在走廊这里的一排排僵直不动的怪人，竟然能耕作经营着自己的田地，特别是那些具有更多西班牙血统的土人；更加让他震惊的是，这些怪人竟然全部拥有一块属于自己的田地。这其中很大一部分原因是本地人习以为常的某些传统，不过，神父在这其中也起到了推波助澜的作用，假如只从地方政治的角度来分析，这有可能是他在政治领域上的第一次也是最后一次作为。

最近，一股无神论及近似于无政府主义的激进性浪潮席卷该地区，在拉丁文化的国家，这种激进主义的浪潮总是周期性爆发，通常情况下，以一个秘密社团开始，在一场内战中灭亡。阿尔瓦雷斯在当地担任的是反传统一派的头儿，他是一名葡萄牙冒险家，经历丰富多彩，他的政敌透露，他还有一部分的黑人血统，不少秘密据点还有神殿的各种入会仪式都由他主导，就连无神论也被这些仪式增添了神秘的色彩。门多萨是保守派的领导者，却平淡无奇，还是一个拥有很多工厂的富翁，虽说这人毫无情趣，但名声很好。多数人们认为，如果没有实施更加深得民心的政策，连"耕者有其田"都保证不了，法律和秩序很快就会完全失去安身之地。这场运动的主要发源地就是布朗神父那不起眼的小传教站。

神父正在和记者谈话，这时，保守派领袖门多萨走进来了。他是个矮胖子，皮肤黝黑，秃头如梨，身体圆得更像个梨。他本来是抽着一根香气扑鼻的雪茄，可一走到神父面前，做作地赶紧丢掉雪茄，就好像真的走进了教堂。他深深地鞠了个躬，实在不敢相信如此发福的一位绅士竟弯曲到那样的弧度。他总是特别注重社交仪态，尤其是在宗教人士面前——作为一个普通信徒，他甚至比神职人员还要注重教会礼仪。这一切令布朗神父颇为难堪，尤其是还将这种姿态带进私人生活中的时候。

"我觉得我是反教权主义的，"布朗神父讪讪一笑，"实际上，把事情留给教士做的话，教权主义就不会这么严重了。"

"这不是著名的门多萨先生吗？"记者精神一振，高声道，"咱们见过面的，去年你不是也参加了贸易大会吗，在墨西哥？"

门多萨抬起沉重的眼皮，眨巴几下，表示认识，嘴角慢慢地咧出一抹微笑："记得。"

"在那儿一场大买卖一两个小时就成了，"斯奈思兴致勃勃地说道，"我猜，对你来说意义也不小吧。"

"我很幸运。"门多萨谦虚地说道。

"你别不信！"斯奈思热切地嚷嚷道，"好运总是降临到那些懂得如何把握时机的人，你又把握得如此精准。呀，没打扰你的正经事吧？"

"哪儿的话，"门多萨说，"我很荣幸地能经常拜访神父，闲聊几句。只是闲聊。"

　　布朗神父与这位功成名就的商人很是熟络，这好像让记者与神父拉近了距离。可以看出来，老实的斯奈思先生心中，一种对传教站和使命感的新的敬意油然而生，而那些能够使人联想到宗教的一类东西，他也不再耿耿于怀，不过，在教堂和神父居所，那些东西是无法避免的。对于神父的计划，他变得十分积极，最起码是涉及世俗生活和社会关怀那一方面，并且表示随时做好准备，保持小站和外界的联系。此时，布朗神父察觉，这记者表达关切很让人反感，还不如露出敌意。

　　斯奈思大肆歌颂宣传布朗神父，将洋洋洒洒的颂词发往美国中西部报社，这倒霉教士在做最寻常事务时候的样子被他抓拍到了，还放大成巨幅照片登在美国周日报纸上。神父说的话被他改编成口号，这来自南美的神父大人的"启示"频频出现在众人身边。美国人的心理承受能力实在是非比一般，若是换成别国民众，对于这连篇累牍的宣传，很快就会对布朗神父厌恶至极。结果，布朗神父还被邀请去美国巡回演讲，一大堆诚恳的邀请被他拒绝的时候，对方对布朗神父更加敬佩，竟然还抬高了价码。如同福尔摩斯的故事一样，这一系列关于布朗神父的故事，都在斯奈思先生的笔下生成，与各种求助和鼓励的请求一同呈现在这位英雄面前。神父发现，故事已开始连载，可又无法应对，只是说确实应该停止。斯奈思抓住机会提问，神父是不是应该学福尔摩斯那样，暂时消失一段时间，比如说坠崖。神父只能耐心地对这些要求进行书面作答，只要暂时停止连载，他就接受那些附加条件，还请求尽量延迟连载。他的回信越来越短，最后一则信写完，他终于舒了口气。

　　很明显，这异常的喧闹不仅遍及整个北美，连南美的小前哨很快也受到了影响，本以为他要在这里度过一段孤独的流放生活。因为拥有这样一位声名远扬的大人物，定居南美的那些英美民众很是自豪。刚踏上英国时就嚷嚷着看威斯敏斯特教堂的美国游客，现在却吵着要见布朗神父。众人成群结伙地乘坐以布朗神父命名的观光车，来看纪念碑似的布朗神父。更让他烦恼的是，那些新品贸易商和当地的小店主整日缠着他试货，给他们打广告做推荐。即使得不到推荐，他们也会延长通信时间，以此来收集亲笔信。布朗是个厚道之人，一般都会满足他们所想要的。法兰克福酒商埃克施泰因提出了个特别的要求，神父在答复卡片上匆匆写了几个字，事后证明，正是这个举动，成为了他生命中的一个恐怖的转折点。

埃克施泰因长着毛茸茸的头发，鼻梁上一副夹鼻眼镜，是个难缠的商贩，迫不及待地要神父品尝他那名牌药用波特酒，还要在回复中讲明他品尝的时间、地点。广告宣传的疯狂程度，神父早已习惯，所以对于这一要求并不惊讶。于是就随意写了几句，转身忙活其他意义更大的事情了。他再一次被打断，这次不是别人，正是阿尔瓦雷斯，他的政敌，要他参加一个会议，有一个悬而未决的问题需要达成协定，并约定在小镇围墙外那间咖啡馆里见面。他接受了这个请求，并简单回复几句，递给等着回复、衣着花哨的军人信使。离见面还有一两个钟头空闲，他准备坐下来将自己的正经事处理一下。出门前，他将埃克施泰因的药酒倒出一杯，一脸滑稽地瞥了眼时钟，喝下那杯药酒，踏入夜色之中。

月光皎洁，洒满这座西班牙式的小镇，他来到小镇入口，洛可可式⑥的拱形大门上挂着形态奇怪的棕榈叶子简直就是西班牙歌剧的场景。拱门另一侧垂下一片长长的棕榈叶子，锯齿状的边缘，逆着月光变成黑色，透过门洞看，好像一条黑鳄鱼的大下巴。还好有其他东西吸引了他天生警觉的眼睛，要不然这个幻想就一直徘徊不走了。空气寂静如一潭死水，一丝风也没有，但是他明明看见那悬垂着的棕榈叶动了一下。

他四处张望，没有任何人的踪影。这里的房屋大都门窗紧闭，他已经走过这样的最后几所屋子，正在两堵长长的秃墙之间走着。不成形的大扁石头砌成这样的秃墙，这个地区独特的古怪荆棘一丛一簇地生长着——两堵墙一直平行地延伸到拱门。也许是离得太远，他连门外咖啡馆的灯光也看不见。空荡的拱门下方，只有一段大石板路，月下显得苍白，从中长出稀稀拉拉的仙人掌。一股邪恶气息涌上心头，越发强烈，他的身体也感受到异常的压迫感，可他并没有想要停下来。他天生拥有强大的勇气，但跟他的好奇心比，恐怕勇气还是稍逊一筹。他这一生，都是求知欲牵引着他去寻求真相，事无大小。他经常告诫自己，要分主次，适当控制自己，可好奇心一直存在。他径直穿过拱门，走到另一侧，突然一个人像猴子似的从树顶窜下来，举着刀冲向他。与此同时，又一个人麻利地沿着墙爬过来，抡圆了棍子砸在他头上。布朗神父身体摇摇晃晃地打着转儿，紧接着就倒在地上，瘫成一团。就在他倒下的那一瞬间，圆圆的脸上竟然露出柔和且极其惊异的神情。

　　一位名为约翰·亚当斯·雷斯的年轻美国人也住在小镇上，与保罗·斯奈思截然不同。雷斯是一名电气工程师，受雇于门多萨，这座老镇的各式新型便利设施都由他负责安装。在讽刺作品以及对八卦新闻的熟悉程度上，他与那位美国记者还相差甚远。实际上在美国，100万个与雷斯同种道德类型的人中只有一个斯奈思这样的人。他非常擅长做自己的工作，而在其他方面却很单纯。刚出道时，他在西部的村子里做药剂师助手，单靠勤奋和德行一步步爬升。他却始终认为他家乡就是天然的宜居中心。他母亲传授他家用《圣经》⑦，接受的基督教信仰是那种清教徒⑧或福音派⑨式的。假如说他还顾得上信教，那依旧是他的信仰。他始终相信"老家"的东西就是最好的，相信家用《圣经》和他母亲，还有村里朴实平和的风气，他从未有过一点怀疑，即使是在最新鲜、最疯狂的科学发现光芒中，当他接近实验的成功极限，像神创造太阳系和新星一样制造出声光奇迹的时候。在他心中，母亲依旧是严肃崇高的神圣存在，好像他是个长不大的法国人。他坚信信仰《圣经》才是正确的道路；然而，他在现代世界里游走时，也只是偶尔想起它。天主教国家的信仰，他不能认同；主教法冠与牧杖，他也很厌恶，这跟斯奈思达成了共识，只不过态度没那么蛮横。大庭广众下，门多萨的装腔作势并没有给他以好感，阿尔瓦雷斯这一无神论者的故弄玄虚也不可能吸引他的目光。或许亚热带生活的所有在他看来太过花哨，印第安人的红，以及西班牙的金，实在让他眼花缭乱。总而言之，当他说这里没法跟他家乡比时，他并非夸大其辞。他真心觉得，有种平淡、动人、委婉的东西就藏在某处，他最看重的就是那些。约翰·亚当斯·雷斯在南美驻地就是这种心态，然而他心中萌生了一种微妙的感情，并已有好久，跟他所有的主张相互抵触，他也不知该如何解释。真实情况是：在他所至之处曾遇到的一切之中，能使他稍微记起老家的柴堆、乡间的礼仪和母亲膝上的《圣经》，竟然是布朗神父那张圆脸以及他的那把笨重的黑伞。

他不禁去观察那个黑色身影，平凡的黑影四处奔忙看起来很是滑稽，他接近疯狂地关注那个身影，好像那不是个人，而是个行走着的迷惑矛盾体。他发现，他不禁对某种东西着迷，这种东西来自他所痛恨着的一切事物的深处；仿佛他遭遇一群小鬼折磨，回头发现那魔鬼却是个普通人。

事情还真是凑巧，就是在那个月明之夜，他透过窗望向外面，正好看见魔鬼从窗前经过，这个让人费解而无辜的魔鬼，身着黑色长袍，戴着黑色宽边帽，沿着街道踟蹰前行，走向拱门，而他自己也无法理解哪儿来的兴致，就那么痴迷地看着。他很好奇神父要去哪里，要干什么；到那黑影走过去已经好久，他仍然注视着月光下的街道。忽然，一个新发现更激起了他强烈的好奇心。有两个人也从他的窗前经过，如同在亮堂的舞台走过场，恰好这两人他还认识。幽蓝的月光洒在埃克施泰因这个小个子酒商身上，在他又直又密的发梢上笼罩了一圈光晕，月光将另一个人的影子勾勒出来，更高更黑，那老鹰似的侧脸，戴着一顶老式黑帽，上大下小，怪模怪样的，衬得整个轮廓更加古怪，就像皮影戏里面的剪影。雷斯责怪自己对月光的捉弄没有一点抵抗力，沉浸在冥想中；他再仔细一看，那西班牙特色的黑色络腮胡子和特征明显的脸庞，正是镇上小有名气的医生卡尔德龙，他亲眼所见门多萨就是被他很专业地照料着。可是，那两人四下窥探，窃窃私语，他感觉甚是怪异。他脑子一热，按着低矮的窗台一跃，光着头就跳到街上，偷偷跟着他俩。他眼睁睁看到他俩在黑暗的拱门下不见了，过了没多久，一个可怕的喊叫声从拱门传来；那声音极其响亮刺耳，更让雷斯后背发凉的是那听不懂内容的叫喊声，很明显是一口浓重的外国口音。

紧接着就是一阵仓促的脚步声，越来越多的叫喊声，然后就是一声吼叫，也不知是哀伤还是愤怒，惊动了这里的塔楼，震撼了高大的棕榈树；聚拢的人群传来一阵骚动，好像正要穿过拱门，往回席卷。黑暗的门洞里又响起了新的嗓音，这声音清晰可辨，如同五雷轰顶，只听门洞里有人大叫：

"布朗神父死了！"

他压根儿就不知道，是心里哪根支柱垮了，为什么一直以来的倚靠突然离开了他；他冲向拱门，正遇见同胞斯奈思，他刚走出那黑洞，脸色煞白，神经兮兮地啃着手指。

"千真万确，"斯奈思说道，语气近乎敬畏，"没救了。医生一直看着他，没希望了。他过门洞时，几个可恶的外国佬一闷棍打了过来——真是难以相信。这真是当地的一大损失啊。"

雷斯没吭声，可能也不知道该说什么，只是跑过拱门，继续赶往案发现场。空旷的石板地上倒着一个短小的身躯，其间点缀着一团一簇的荆棘；圈中站着一个人，他身材高大，不停地打着手势，将圈内涌动的人群挡在外面。他就像一个魔术师，随着他手势的摆动，人群也涌过来荡过去。

阿尔瓦雷斯既是个独裁者又是个煽动家，大个子趾高气扬，总是一身华丽的衣装。这次他却穿了一件绿军装，上面的刺绣好像银蛇爬了一身，一条缎带上挂着一枚勋章，缎带颜色如同新鲜猪肝，绕在脖子上，一头卷发浓密已变灰白，衬得他那皮肤看上去几乎是金黄色，好像戴了一个黄金面具，他的朋友称这肤色是黄褐色，他的敌人称这肤色为二分黑。他的脸棱角分明，本应蕴藏着幽默和力量，此刻却显得异常阴沉、严肃。他解释道，自己一直待在咖啡馆里面，等布朗神父的到来，不料听到外面窸窣作响，紧接着一个倒地的声音，出来一看，就发现大石板路上躺着一个尸体。

"你们之中有些人在想什么，我都知道，"他环顾四周，傲然说道，"你们若是怕我——你们就是害怕我——我很乐意替你们说出来。作为一个无神论者，我没有神为那些不相信我话的人去求告。但是我以一个男人和军人的荣誉来向你们保证，这事与我无关。要是让我抓住凶手，我一定要把他们拴在那棵树上吊死。"

"我们当然愿意听你这么说，"站在伙伴的尸体旁，老门多萨语气严肃且生硬，"发生这样的事，除了震惊，我们也说不出什么其他感受了。我建议把我朋友的尸体搬走，这次非正式的聚会就先中止，这样才得当妥帖。我知道，"

他沉重地补了一句，对医生说道，"很不幸，情况确定无疑。"

"确定无疑。"医生卡尔德龙说。

回到住处，约翰·雷斯心里空落落的：简直难以想象，对一个素不相识的人，他竟如此怀念。他得知，神父的葬礼将于次日举行：大家都认为，应该赶快度过这场危机，唯恐夜长梦多，日后生乱，然而，这种可能性却在与日俱增。当初，斯奈思走廊上成排坐的印第安人，配上他们特有的红皮肤，像一排红木头雕像，如同古阿兹特克人①。这群人得知神父死讯后，本应群情激奋，然而他并没有看见。

要不是约束着他们，在自己宗教领袖灵柩之前，必须恭敬有礼，估计他们早就想揭竿而起，私自将那共和派领袖处死了。然而，本应被处死的真凶，却早已逃之夭夭了。没有人知道他们是谁，也没有人会知道，在神父临死关头，是否看清他们的脸。显而易见，在神父弥留之际，很可能最后一眼认出了凶手，这样神父脸上古怪的惊异才能说得通。阿尔瓦雷斯声嘶力竭，反复声明不关他的事，并且还参加了葬礼，他穿着那一身华丽的银花绿军装，走在棺材后面，一副恭敬姿态，夸张至极。

走廊后面，石阶堆成一段绿色堤岸，很是陡峭，由仙人掌围成篱笆，人们费力地沿着石阶，合力把棺材抬至上面的平地，暂时放在一个雕像脚下，那巨大的雕像是耶稣受难像，憔悴的耶稣低头俯视着大路，守护着这一片神圣的土地。下面的大路上人山人海，人们痛心恸哭，潜心祈祷——就像一群失去父亲的孤儿。阿尔瓦雷斯极力克制着自己，保持恭敬，尽管这景象已经足够激怒他；如果没人来烦他——雷斯想——一切就顺当地过去了。

雷斯心生怨念，老门多萨一直一个傻老头模样，现在的种种行为更加显示出他是个不折不扣的傻老头。根据较为淳朴的社会风俗，棺材敞开着，死者脸也没盖，本已深感哀痛的民众，触此哀景，更加悲痛欲绝。这种做法符合传统，本是无伤大雅；偏偏一些多事者非要学法国的自由派思想家，增加一条墓旁致辞的程序。门多萨开始演讲——超级冗长的演讲，他说得越多，雷斯情绪越低落，对这些宗教仪式也就越发反感。一长串大篇幅的圣人品行，显然，没有比这更过时的了，从一个吃饱了撑的、不想入座的演讲家嘴巴里沉闷闷、慢吞吞地吐出来。这已经够糟糕了；可谁知那门多萨如此糊涂，竟然转向奚落谴责自己的政敌。这样一来，他很快出丑了，而且出丑程度非比一般。

"我们不妨问一下，"他傲慢地环顾四周说，"我们不妨问问，在那些抛弃祖先信仰的愚蠢人中，还能在哪儿找到这种美德。就是在无神论者，无神论的领袖，甚至是无神论的统治者出现在我们之间的时候，我们发现，在这样的罪行里，他们的邪恶思想结出了果实。假如我们问谁杀了神父，我们一定会发现——"

阿尔瓦雷斯是个混血冒险家，他的眼里折射出一种野性之光，那来自非洲原始森林。雷斯突然发现那人终究还是野蛮的，唯恐他把持不到最后；所有让他"受启发"的顿悟难免有点伏都教[①]色彩。门多萨实在说不下去了，因为阿尔瓦雷斯弹跳起来反驳他，仗着自己嗓门儿大愣是把他压了下去。

"谁杀了他？"他咆哮吼道，"你们的天主杀了他，他自己的天主杀了他，照你们这么说，他所有忠诚愚蠢的仆人都是他杀死的——正如他杀了那位。"他狂暴地伸出手，不是指向棺材，而是指向了耶稣受难像。他的情绪似乎稍有平复，语调中怒气未消，却多了些许思辨的味道，他接着说："我不信天主，但你们信。难不成有一个这样掠夺你们的天主比没有天主还要好吗？最起码我不怕说天主是虚无的，是不存在的。在这没头脑又瞎眼的宇宙中，没有神能听到你们的祷告，把你们的朋友送回来。就算你们祈求神让他复活，他也是不可能活过来的。现在我要试探一下——我藐视这个天主，不去唤醒这个死亡之人的天主。"

众人震惊得不敢吭声，煽动者引起了一阵轰动。

"我们早就应该知道，"门多萨尖着嗓音高声叫道，"我们准许你这样的人。"

一个高而尖、带着美国口音的嗓音，打断了他的话。"停！停！"斯奈思叫嚷道，"动了，我敢肯定他动了。"

他跑上石阶，冲向棺材，石阶下的人群莫名其妙地发狂、躁动，然后，他转过头，一脸惊愕，朝着卡尔德龙医生打了个手势，医生连忙跑上去跟他耳边小声嘀咕。当他们俩人从棺材旁边退后时，所有人都看出来，死者头的位置变了。一阵兴奋的吼声从人群中爆发出来，却又戛然而止，就好像被凭空切断了；原来，棺材里的神父一声呻吟，还用胳膊肘撑起身体，正迷迷糊糊眨着眼望向人群。

约翰·亚当斯·雷斯到今天为止只相信科学奇迹，直到多年以后，对接下来那几天发生的天翻地覆的乱象，他依旧无法描述。他好像跳出了这个时空的世界，进入了幻境中。半小时之内，整个小镇乃至周边地区全都进入了一种亘古未有的状态，仿佛一个惊天动地的奇迹，将一群中世纪的居民变成了僧侣，仿佛这希腊城邦有神明下凡。数千人在路上跪拜；数百人当场发愿起誓信教；甚至是外来客人，例如那两个美国人，都想不出要说什么其他的话，唯有啧啧称奇，赞不绝口。就连阿尔瓦雷斯也震撼，这样也好；他慢慢坐下，双手捧着脸。

在这场大风暴的中心，一个小个子在竭力地叫喊。人群嗡嗡的吵闹声，振聋发聩，而他的声音极为弱小。他虚弱地打着手势，好像马上就抑制不住恼怒了。人群上方有个栏杆，小个子来到栏杆边上，冲大家挥手示意安静，就像一只企鹅，拍动着短翅膀。吵闹声似乎稍微有点平息；布朗神父非常愤怒，这是他第一次冲子民发如此大的火。

"唉，你们这些蠢人，"他声音颤抖，高声喊道，"唉，你们太蠢了，愚蠢之极。"

紧接着，他好像猛地控制住了自己，用较正常的步态向石阶奔去，急匆匆地向下走。

"神父，你要去哪儿啊？"门多萨比以前更加恭敬地问道。

"去电报局。"神父匆忙回答。"什么？哦，不。当然不是奇迹。这怎么会是奇迹呢？世界上哪有这般低劣的奇迹。"

神父下了石阶，一路磕磕绊绊，人们争先恐后地挤到他面前，纷纷乞求他的祝福。

"啊，祝福你们，祝福祝福，"神父匆促说，"上帝保佑，祝福你们所有人，赐予你们更多理智。"

然后布朗神父一溜烟儿地冲到电报局，给主教的秘书发过去一份电报："谣传此处发生奇迹；望主教大人不要认可，并无此事。"

办完正事，布朗神父情绪激动，走路有点踉跄，约翰·雷斯一把抓住神父的胳膊。"让我送你回家吧，"他说，"不要让这些人烦扰你了。"

约翰·雷斯和神父一起回到住所；神父前一天埋头处理的信件还在桌子上堆着；酒瓶和空酒杯依旧立在神父原来放的地方。

"现在，"布朗神父说道，语气冷冷的，"我可以仔细想想了。"

"换成是我，可不会现在就费心思，"雷斯说，"你肯定要好好休息。再说了，你打算想点什么呢？"

"恰巧我经常调查谋杀案，"布朗神父说，"现在，我自己的命案该调查一下了。"

"假如我是你，"雷斯说，"我要先喝点酒。"

神父起身倒了杯酒，举起酒杯，心有所想地发了会儿呆，将酒杯放下来，然后坐下说：

"你知道我死的时候是什么感觉吗？你或许不信，但我只是感觉很吃惊。"

"嗯，"雷斯回应，"我想，让你吃惊的是头上挨了一棍子吧。"

神父往前探了探身子，低声说，"让我吃惊的是头上没挨那一棍子。"

雷斯看着他好一会儿，仿佛觉得那一棍子威力太大，把他都打傻了，他只说："你什么意思啊？"

"我是说，那人抡着大棍子使劲砸向我，却在脑袋上方停了下来，连碰都没碰到。同样，另一个人摆出架势要拿刀捅我，可压根儿没划到我。简直就是在演戏。我想，好像就是在演戏。但是紧接着，离奇的事就发生了。"

他看了看桌上的信件，若有所思，又说道：

"虽然我根本没有被棍子和刀子碰到，可是我慢慢觉得两腿发软，生命力在衰退。我知道自己并不是被那些凶器击倒的。你猜我认为是什么？"他伸手指向桌子上的酒。

雷斯端起酒杯看了看，闻了闻。

"我想你没错，"他说，"我以前是药剂师，学过化学。但是没有分析，我还不能妄下结论；但我想，里面有一些非比寻常的成分。其中就有亚洲人使用的药物，能导致暂时休眠，看上去跟死了一样。"

"正是如此，"神父镇定地说，"不管是为什么，这奇迹的一切都是伪造的。葬礼的排场是有人策划好了的——算准时间的。我认为，这就是疯狂炒作里的一部分，斯奈思已经沦陷不能自拔了；但是，我实在难以相信，他为了炒作整出这么大动静。再说了，用我制造噱头，让我折腾福尔摩斯那把戏，这是一回事，而——"

话没说完，神父脸色突然变了。一眨一眨地眼皮突然闭上，站起来，好像喘不过气似的。接着，他一只手颤颤巍巍地伸出来好像要摸索去门口。

"你要去哪儿？"雷斯疑惑地问。

"在问我吗，"神父脸色惨白，"我要去做祷告，确切来说，是要去赞美。"

"我不太明白，你怎么了？"

"我要去赞美天主，因为他如此不可思议、如此奇妙地救了我，太险了，我一定要去赞美他。"

"当然，"雷斯说，"我不信天主教；但请你相信我，我的信仰足够让我明白。当然，你要感谢天主救你一命。"

"不，"神父说，"不是救我免于一死，而是免于蒙羞。"

雷斯瞪着眼睛坐定；神父压抑不住，差不多是喊出下面这句话："如果蒙羞的是我，那也就算了！但蒙羞的是我代表的全部；蒙羞的，是他们将要围剿的信仰。这要是让他们得逞了该如何是好！自从最后一个谎言没有说出来，噎在泰特斯·奥茨[12]嗓眼儿之后，这就是针对我们而挑起的最可怕、最大的诽谤。"

"你到底在说什么呀？"雷斯追问。

"唉，我还是现在告诉你吧，"神父深呼一口气，坐下来，从容地说道，"刚刚恰好说到斯奈思与福尔摩斯，我脑中突然闪过一个想法。现在我终于想起来了，我写过几句话回复他的荒唐计划；很自然，我会那样写，所以我想他们应该是精心策划好的，就是等我写下那句话。我大概是这样写的：'如果这是上策，那么我愿意模仿福尔摩斯一样，死了又复活。'我一想到这些，自己被设计写下的那些话，就意识到这一切都指向同一个目的。就好像我是写给一个同伙，告诉他们我将要在定好的时间喝下那杯药酒。这样，你懂了吗？"

雷斯噌地一下站起来，还瞪大眼睛，"是，"他说，"我觉得我开始明白了。"

"本来，他们是想要炒作那个奇迹，紧接着再去揭穿它。最糟的是，他们本想证明我也是同谋，想让它成为我们一起伪造的奇迹，就这样。但愿以后我们再也不会遇到这么糟糕的事情。"

他顿了顿，继续温和地说道："他们本来想着一定要趁机疯狂炒作一番的。"

雷斯看着桌子，很阴郁地说："有多少家伙参与这件事？"

布朗神父摇头。"比我愿意想到的数目还要多，"他说，"但愿其中一部分人只是被人当工具利用了。也许阿尔瓦雷斯觉得兵不厌诈，可能吧，他想法很怪。我很顾忌老门多萨，他是个老辣的伪君子，我从不相信他，因产业上的一件事，我没有顺他的意，于是他就记恨我。不过没关系，我只想着去感谢天主救了我一命，尤其要感谢的是我及时给主教发了电报。"

雷斯好像陷入沉思。"你跟我说了好多我不知道的事，"他最终开口讲，"现在我特别想告诉你一件事，这件事只有你不知道，我能想象出来，那些家伙是怎么算计好的。他们觉得所有凡人，从棺材里醒过来以后，发现自己像列品[13]的圣人一般受到公开的敬拜，被塑造成一个活的奇迹，令所有人膜拜，都会跟着这些崇拜者一起随波逐流，享受从天而降的荣誉和冠冕。而且，我猜想他们的计谋与实用心理学很贴切，人皆如此。我去过各种各样的地方，见过各种各样的人；实话说，在那种情况下醒过来仍能保持头脑清醒的人，我敢保证不足千分之一；即使他还跟说梦话似的，但仍能保持理智、谦卑、清醒的——"他惊讶地发现自己被感动到了，平稳的声音有些颤抖。

神父斜着眼睛，茫然地注视着桌上的酒瓶子。"喂，"他说，"开一瓶真正的葡萄酒如何？"

【注释】

① 门罗总统（President Monroe, 1758 ~ 1831 年）：美国第五任总统，拉美政策的创始人，倡导"美洲是美洲人的美洲"。

② 梅瑞狄斯（Meredith, 1828 ~ 1909 年）：英国诗人，小说家，代表作品《利己主义者》。

③ 外邦人的使徒：主要指使徒保罗，原名扫罗，曾经迫害基督教徒，后受上帝感召悔过信仰耶稣，改名为保罗，在非犹太人之间传福音。

④ 伏尔泰（Voltaire, 1694 ~ 1778 年）：法国文学家，哲学家，思想家，在 18 世纪的法国资产阶级启蒙运动中做旗手，是个自然神论者。

⑤ 英格索（Ingersoll）：美国著名演说家，倡导不可知论。

⑥ 洛可可（rococo）：一种建筑艺术风格，流行于 18 世纪后期的欧洲，具有轻巧、纤细、烦琐、华丽的特点。

⑦ 家用《圣经》（Family Bible）：适用于家庭，内附空白页，可用来记载家属结婚、生死等一类事项。

⑧ 清教徒（Puritan）：原指那些要求清除存在于英国国教中的天主教残余势力的改革派，这些清教徒把《圣经》视为唯一的最高权威，任何人任何教会都不能解释或维护传统权威。

⑨ 福音派（Evangelical）：一个基督教新教的分支。福音派信徒恪守传统教义，特别重视《圣经》权威及相关学术研究。

⑩ 阿兹特克人（Aztec）：其中墨西哥人数量最多的一支印第安人，于 14 世纪至 16 世纪，在当今墨西哥中部和南部建立了帝国，美洲的三大古文明之一，后遭西班牙入侵者毁灭。

⑪ 伏都教（Voodoo）：又叫巫毒教，起源于非洲西部，实际上是个原始宗教，糅合了万物有灵论、通灵术和祖先崇拜。

⑫ 泰特斯·奥茨（Titus Oates, 1649 ~ 1705 年）：英国人，伪证罪罪犯。于 1678 年捏造了"天主教阴谋"一案，谎称天主教密谋杀死英国国王查理二世，导致很多天主教徒被处死。

⑬ 列品（canonizated）：亦叫册封，教会中被列入圣人名单的人，受到公开敬拜的整个过程。

◇ 天国之箭 ◇

恐怕有成百个侦探故事都是这样开篇的：有个美国富翁被谋杀了。出于某种缘由，这种事情经常被看成一场灾难。我很"高兴"地向大家宣布，本篇故事只能用一位富翁被谋害作为开端，在某种角度上，事实上是必须要用三个富翁被谋杀的故事来开篇的，有人可能觉得，这就是所谓"选择越多，痛苦越多"的困境。但是，它之所以变成一个不同寻常的问题，关键还是因为这些案件里的犯罪策略，突出体现了连续性或是一致性，跟普通的刑事案件截然不同，因此，才会备受关注。

一般都这么认为，他们三个人都是某种诅咒或是世仇的牺牲品，源于他们曾经相继收藏过一件文物，这文物的内在和历史价值极高，是一种镶着宝石的圣餐杯，又俗称科普特①杯。这杯子的来源已无法考证，但有人推测，这用途应该跟宗教仪式有关；有人觉得，这文物收藏者的厄运，可能跟某些东方的基督教偏执狂徒有关系，这些狂徒唯恐它落在那些唯利是图的人手中。而那神秘杀手，不管他是否是一个狂热分子，在这个新闻八卦无处不在的世界里，已经成为了耸人听闻的大人物了。那无名之人还被取了外号。但是现在，我们只关注第三个受害者的故事，因为只有在这个案件中，那位叫布朗的神父——即下面这些素描画的主角——才能有机会出场。

当布朗神父从一艘大西洋的班轮走下来，初次踏上美国土地的时候，就如同很多英国同胞曾经历过的那样，他察觉到自己是个重要的人物，这一点远在预料之外。他拥有五短的身材，一张大众脸上还有双近视眼，黑色教士服严重褪色，就算在故乡的任何人群中出没，他都不会被看成异类，也许只是异常不起眼吧。但是，美国人在打造名人方面具有相当高的天赋；他在一两宗奇案中的曝光，再加上他跟侦探弗朗博的交情，在英国，所有的这些顶多算是个一般新闻，但在美国，这些就能确立他的名望。当他发现自己被一群记者围堵在码头上的时候，他那圆脸上露出迷茫和惊异，那群记者就像一伙土匪，对于他们抛出那各式各样的问题，神父觉得自己是最没有发言权的，例如女装的细部和美国的犯罪统计数据，这数据是此刻才映入眼帘的。这群人的黑衣围成一个黑色影圈，正是这样才衬出另一个人鲜明的身影。此时此地，光辉灿烂，那人沐浴在炽热的阳光里，孤单地站在一边，一样是一身黑衣；那人有高大的身材，脸呈蜡黄色，戴着一副硕大的挡风镜。等到这群记者完事后，他才打手势招呼神父，说："打扰一下，我想你是在找韦恩上尉。"

在此或许应该要替神父道歉；他当时也许已经道过歉了。但千万别忘了，这是他第一次来美国，尤其是他从来没见过那种新潮的玳瑁眼镜；因为此时那东西还没传到英国。他一开始就感觉自己好像盯着一个瞪眼海怪，时不时联想到潜水员的大头盔。忽略这一点，那男人的打扮相当精致；用布朗那纯真的眼光看，这个时髦的绅士被那古怪的眼镜破了相——好像只要拄个文明棍，那时髦绅士就变高雅了许多。这问题让他有点尴尬。韦恩是美国一个飞行员，是神父一个法国朋友的朋友，确实是他在访美行程中希望见到的一群人当中的一个，但他从没预料到这么快就能听到他的消息。

"不好意思，"他疑惑地问，"你就是韦恩上尉？还是——你认识他？"

"哦，不，我肯定不是韦恩上尉了，"风镜男面不改色地回答，"因为我看见他在那边的车里等你，但另一个问题不好回答，我估计我应该认识韦恩跟他叔叔，另外还有默顿老头。我认识默顿老头，但他不认识我。他觉得是他占上风，而我觉得我占上风。这样说你能明白吗？"

布朗神父还是不太明白。他眨巴着眼睛眺望远处，波光粼粼的海面，还有这座大城市的高楼尖顶，然后再转向风镜男。这男人就是那种捉摸不透的美国人，给人一种高深无法捉摸的感觉，不单是因为他遮着眼睛，还因为他那蜡黄色的脸，竟有些许亚洲人甚至是中国人的气息。在交际范围广、精力旺盛的美国人里，他这样的人随处可见。

"我叫德雷奇，诺曼·德雷奇，美国公民，这样一切都清楚了。我猜，你的朋友韦恩应该愿意解释剩下的问题；如此，我们就要把'7月4日'②延迟到另一个日子。"

布朗神父听得晕晕乎乎的，被他拽着走向不远处的一辆汽车。一个年轻人，头上有几撮乱乱的黄毛儿，满脸疲惫和倦怠，大老远就朝他挥手，并自称彼得·韦恩，神父还没反应过来是怎么一回事就被塞进汽车，汽车一阵风驰电掣穿过市区，又嗖地一下驶离。他不习惯美国的这种雷厉风行，晕头转向的，恍惚之间像乘着神龙驾的车飞入仙境一样。就在这种恍惚的状态下，他听着德雷奇的三言两语和韦恩的长篇大论，第一次听到科普特杯的传说，还有两宗相关的案件。

韦恩好像有个叔叔，叫克雷克，克雷克有个搭档，就是默顿老头，在所有收藏过那杯子的富翁中，默顿排老三，第一是铜业大王，叫泰特斯·P.特兰特，这人收到许多恐吓信，这些信都署名丹尼尔·杜姆。丹尼尔·杜姆应该是个虚构的名字，但是却代表了一个虽不广受欢迎但广为人知的人物；这人物兼备罗宾汉③与开膛手杰克④的风范。因为很快就有事实证明，恐吓信作者并不是局限于恐吓。总之，有一天早晨，有人发现老特兰特死了，脑袋扎在自己家的莲花池里死了，但至于发生了什么，没有丝毫线索。幸好那杯子在银行里很是安全，连同特兰特的其他财产也一并传给了他表弟，布赖恩·霍德——这人也是一个大富翁，一样受到了无名敌人的恐吓。布赖恩·霍德被人发现死在了一座悬崖下，他那崖边的海滨住宅也遭了贼，损失相当惨重。虽然那杯子又一次幸免于难，但是他许多证券和债券都被洗劫一空，霍德陷入混乱的财务危机。

"布赖恩·霍德的遗孀，"突然，韦恩解释道，"想必只能变卖大量贵重物品，而布兰德·默顿肯定是在那个时候把科普特杯买下了，我刚认识他的时候，那杯子就已经在他手上了。不过你自己也能猜出来，这可是个让人费心的文物藏品。"

"那默顿先生收到过恐吓信吗？"谈话停顿了一会儿后，布朗神父问道。

"他应该收到过。"德雷奇说。他语气中带着某种异样，神父不由好奇地看着他，忽然发现风镜男竟然在偷笑，初来乍到的神父目睹风镜男的样子，不禁打了个冷战。

"我敢肯定，他一定收到过，"韦恩皱了皱眉，说道，"我还没有看到信，他的信件只允许他的秘书看，因为他很少谈及生意上的事情——大富商一般都这样。但我见过他被那些信件搞得很生气，很烦恼；还见过他把信件都撕了，连秘书都没让看。秘书自己也都紧张起来了，说他深信有人要谋害老人。总的来说，如果你能就这事指点一二，我们将感激不尽。所有人都知道您布朗神父的鼎鼎大名，因此秘书派我过来问问，愿不愿意马上赶往默顿宅邸。"

"原来是这样。"布朗神父说。他终于明白了这起看似绑架行动的意义。"但是，说真的，我觉得我不比你们强多少。你们都是当事人，我就是个不速之客，你们获得的信息肯定比我多得多，足以总结出科学的结论。"

"没错，"德雷奇硬巴巴地说，"就是因为我们的结论太科学了，所以显得很不真实。我想要是有什么东西袭击了那个泰特斯 .P. 特兰特，那一定是天上掉下来的，才不会找什么科学解释，应该就是晴天霹雳吧。"

"你不会是说，"韦恩突然叫道，"超自然现象吧！"

然而不管什么时候，想捉摸德雷奇的心思绝非易事，除非这种情况，要是他说某人很精明，那多半就是说这人很傻。德雷奇先生如东方人打坐一样端坐不动，就这样过了没多久，汽车停了下来，很显然，目的地到了，这地方是相当独特。刚才他们一直在乡间，那里树木稀疏，远处又是一片开阔的平原，而现在，眼前突然冒出个建筑物，周围一圈高高的围栏，像罗马的军营，外观酷似一个小飞机场。那围栏不像是用木石造的，走近细看，才知道是金属的质地。

他们全都下了车，经过一番类似于开保险箱一样的操作后，墙上一扇小门轻轻滑开了，让神父诧异的是，诺曼·德雷奇竟没有进门的意思，反而带着一股幸灾乐祸的高兴劲儿跟他们告别。

"我就不进去了，"他说，"默顿老头会高兴过头的，我估摸——他太想念我了，恐怕要兴奋死的。"

他迈着大步子离开了，神父心里满是疑惑地走进了大门，那铁门随即咔哒一声合上了。大门里是一个大花园，精致又绚丽，但连一棵树也看不到，仅有很低矮的灌木花丛。一座大房子矗立在园子中央，建筑风格精美甚至抢眼，然而又高又窄的样子像极了塔楼。炽热的阳光照在顶层玻璃屋面上，反射出炫彩的光芒，可是房子偏低的那一块好像压根儿没有窗户。哪里都是一尘不染，锃亮光洁的样子，跟美国的纯净空气实在相得益彰。刚一进入门厅，华美的大理石，还有五彩斑斓的珐琅与金属映入眼帘，他们置身其中，可这里没有楼梯，只看见坚实的墙壁之间，夹着一个电梯竖井，立在中央孤零零的。几个看起来像便衣警察的彪形大汉，个个五大三粗，在通向电梯的过道上把守着。

"戒备森严，"韦恩说，"让您见笑了，布朗神父，你也看见了，默顿必须生活在这样的堡垒中，花园里的任何一棵树都不能让人藏身。但你不知道，在这个国家，我们要应对什么问题。可能你不知道，布兰德·默顿这名字到底意味着什么，他外表很平和，走在街上也不会有人注意到他，也不是说现在他们就能够经常遇到他，因为他只能偶尔坐着封闭的汽车出去。我估摸着，没有哪个国王皇帝能像他那样，对各个国家都有这么大的影响力。毕竟，如果你受到邀请，要去拜见英王或者沙皇，你都是满怀好奇心去的。也许你并不在意富翁或是沙皇，但这只是意味着，那种总是引人注目的权力。但愿拜访默顿这种新式帝王不会违背你的原则。"

"绝对不会，"神父平静地说，"拜访各种受困的可怜人和囚犯本身就是我的职责。"

一阵沉默后，年轻人皱着眉头，那小瘦脸上露出怪异甚至诡诈的神情，冷不丁地说：

"哦，你要记住，跟他作对的可不是一般的黑手党或小毛贼，这位丹尼尔·杜姆活生生就是个魔鬼。他居然把特兰特先生撂倒在自家的花园里，又将霍德杀死在他家的屋外，然后逃之夭夭。"

宅邸顶层的墙壁十分厚，分成两个房间：他们进入的房间是外室，那内室则是大富翁的私人密室。他们进到外室时正好碰见另外两个访客从内室里出来。韦恩唤其中一位为叔叔——那人活力充沛，短小精悍，剃着好似秃顶一样的光头，一张棕色的脸，深深的颜色好像从未白过。这人正是老克雷克，在与印第安人的最后一战中名声显著，因此被称为"山胡桃克雷克"，这让人想起那更出名的"老山胡桃"⑤。他跟他的同伴形成了鲜明的对比——一个衣冠整洁的绅士，黑漆一般的头发，一条黑色宽丝带上系着一副单片眼镜：这位是默顿老头的律师，巴纳德·布莱克，一直在与合伙人商讨业务。本来4个男人各忙各的，在外室中心碰见后就停下寒暄了几句。即使这里人来人往，一个人却坐在靠近内室的墙根儿那里，纹丝不动，在内窗暗淡的光线下，投下一个魁梧的影子；那人一副黑人面孔，还有宽阔的肩膀，这应该就是美式自嘲时所说的"坏蛋"，朋友称其为保镖，敌人称之为"亡命徒"的家伙。

那人一动不动，也不跟任何人打招呼；可是，他在外室露面这件事好像触动了韦恩，让他心生疑惑。

"老大身边有人吗？"他问。

"别慌，彼得，"他叔叔暗笑，"威尔顿秘书在他身边，我觉得大家可以放心了。我相信威尔顿秘书守护默顿时，就连眼睛都不会眨一下的。20个保镖都比不上他，而且他既能安静又能敏捷，像印第安人一样。"

"你应该知道，"他的侄子韦恩笑着说，"我还记得你曾经教过我一些印第安人的绝技，那时候我还小，很喜欢读印第安人的小故事，可是在那些故事里，貌似印第安人总会把事情搞砸。"

"现实生活中，他们并不是这样。"他叔叔阴沉着脸。

"真的吗？"温文尔雅的布莱克先生问，"我还以为是他们无力应对咱们的火器呢。"

"我见过一个印第安人，他站在100杆枪的枪口下面，仅仅用一把小小的削皮刀就将站在堡垒顶上的一个白人杀死了。"克雷克说道。

"啊，他怎么做到的呀？"布莱克问。

"把刀子甩出去，"克雷克答道，"就在对方开火前的那一瞬间甩出去，我也不知道他这是哪儿学到的绝活儿。"

"哈，但愿你没有学过。"韦恩笑着说。

"依我看，"布朗神父顿了顿，若有所思，"这故事可能隐含着寓意。"

他们讲话的时候，威尔顿秘书已经从内室走出来，站着等了好一会了；他脸色苍白，一头金色的头发，下巴方阔，两眼目光十分沉稳，眼神像狗一样——很轻易就想到他会有看门狗一样的死心眼儿。

他就只说了"默顿先生 10 分钟之后可以会见你们"这么一句话，但这就像个信号一样，将这群闲聊的人拆散了。老克雷克说自己必须要告辞了，他侄子跟着他还有律师一起出去，只剩神父自己和秘书暂时待在一起；房间那头的黑巨人让人们几乎感觉不出来他还是个活人；他端正地坐在那儿，背对着他们，两眼盯着内室。

"这里的部署十分严密，恐怕也只能这样了，"威尔顿秘书说，"关于丹尼尔·杜姆的事，你可能也都听说了，还有就是，为什么老板单独一个人会不安全。"

"可是现在他就是一个人，不是吗？"神父说。

秘书用他那一双灰色的眼睛很严肃地看着他，"只有 15 分钟，"他说，"一天 24 小时里有 15 分钟，他真正独处的时间就是这仅有的 15 分钟；他坚持要求这样，原因很不寻常。"

"什么原因？"神父问，威尔顿秘书依旧盯着他，但是他那原本严肃的嘴角露出一丝阴郁。

"是科普特杯，"他说，"你可能已经忘记科普特杯了；可他却没忘，全都记着呢。对于科普特杯这件事上，他不相信我们任何人。杯子锁在那个屋子里的某个地方，只有他自己能找到；等我们全都离开以后，他才会拿出来。因此，我们必须冒这一刻钟的险，让他独自去膜拜它；我估摸那应该是他唯一的敬拜活动了。也不是真的有什么危险；因为我已经把这整个地方都变成个陷阱了，我不信那魔鬼自己能进得来——退一步说，能出得去也算。假如这个令人憎恨的丹尼尔·杜姆前来拜访我们，他就会留下来吃晚饭，并且还要一直吃下去，我的天啊，我在这儿坐了15分钟，就跟热锅里的蚂蚁似的，我只要一听见搏斗或者枪响的声音就立马按下这个按钮，花园整圈的围栏就会通电，一触即死，因此，想翻过或穿过这个围栏那纯粹是不想活了。当然了，更不会有开枪的机会，因为这里只有一个入口；而在他座位后面仅有的那扇窗子，在塔楼顶端高高地悬着，光滑的外墙面就像滑杆。不过不管怎样，我们这儿必须全副武装，这理当如此；假如杜姆真的进入那间屋子，他是不可能活着走出去的。"

布朗神父看着地毯眨着眼，有些出神，然后又好像突然打了个激灵，冷不丁地说："希望你不要怪我多嘴，我脑海里刚刚冒出个念头，跟你有关系。"

"真的呀，"威尔顿秘书说，"我怎么了呢？"

"我觉得你这人是个死心眼儿，"布朗神父说，"希望你能够原谅我这么说，你更上心的貌似是抓住丹尼尔·杜姆，而不是去保护布兰德·默顿。"

威尔顿微微一惊，紧紧盯着他的伙伴；紧接着，他那阴郁的嘴角露出一个非常怪异的笑容。"你是怎么——是什么让你这么想的呢？"

"你刚说，如果你一听到枪响，你就能马上将逃跑的敌人电死，"神父说，"我猜你应该想到了，在敌人被电死之前，他会先开枪毙了你的雇主，我也不是说你不愿意尽全力去保护默顿先生，这貌似在你考虑之中并不居主要地位。就像你说的那样，这里的部署十分严密，并且就像是你精心布置的一样。但是这种设计似乎更偏向于抓住敌人，而不是解救某个人。"

"布朗神父，"威尔顿秘书恢复了平和的语气，"你真的很聪明，但是你不仅是聪明。不知怎么，别人都愿意把实话告诉你；并且，你也许已经听说了，那是因为在某种意义上，我已经成为了众人口中的笑柄。他们都说我就是个偏执狂，一心想要抓住这个可恶的凶手，也许我就是这样的人。不过有件他们谁也不知道的事，我要告诉你，我的全名是约翰·威尔顿·霍德。"

"那个叫杜姆的坏蛋杀了我叔叔和父亲，糟蹋了我母亲。默顿招聘秘书时，我就来应聘了，因为我觉得，科普特杯在哪儿，凶手早晚就会在哪儿现身的。可是我不知道凶手是谁，就只能守株待兔，但是我真的是打算衷心为默顿服务的。"

"我明白，"神父温和道，"对了，现在该去见他了吧？"

"哦，对。"威尔顿答道，又一次从沉思中一惊。因此，神父推测，他再次被复仇的狂热迷惑了心窍。"你只管进去吧。"

神父径直走进内室。随之而来的不是问候的声音，唯有一片死寂。半晌之后，神父再次出现在门口。

与此同时，在内室附近端坐着的一声不吭的保镖腾地站起来，就像一件巨型家具突然活了似的。布朗神父此刻的姿势似乎蕴含了某种信号，因为他的脑袋逆着从内室射过来的光线，使他的脸埋入一片阴影中。

"我觉得你该按那个按钮了。"他叹气道。

威尔顿秘书仿佛突然打了个激灵，从沉思中清醒过来，嗓子哽咽一下。

"我没听到枪声啊。"他叫道。

"那就要取决于你对枪声的定义了。"

威尔顿秘书冲上前，他们一起扑进内室。这个房间不大，装饰简洁却不失典雅。对面的一扇大窗子敞着，俯瞰着花园和那树木繁茂的大平原。一张桌子和一把小椅子就放在紧靠窗户的地方，仿佛那囚犯很渴望在他短暂而珍贵的独处时间里，尽情地享受来之不易的阳光和空气。科普特杯就立在窗下的那张小桌上，其拥有者刚刚一定是在最佳的光线下面端详着它。它非常值得端详，因为在这明闪闪的日光照射下，上面的宝石像团团燃烧的烈焰，五彩斑斓，熠熠生辉，完全能做圣杯⑥的模型。它非常值得端详，但默顿老头并没有在端详它。因为他的头上仰，靠在椅背上，又浓又密的白发悬空垂直于地板，花白的山羊胡子直直地指向天花板，一根长箭穿过喉咙，箭身漆成棕色，箭尾由红色羽毛装饰。

"无声的射击，"神父低声道，"刚刚我还在琢磨那些给火器消声的新发明。而这古老的发明，同样能悄无声息。"

又过了不一会儿，他补充了一句："恐怕他已经死了，你打算要怎么办？"

秘书脸色惨白，突然振作起来，态度异常决绝。"我一定要按下这个按钮，"他说，"假如那样还不能要了杜姆的命，我就算找到天涯海角也要把他逮住。"

"小心别要了我们这儿哪位朋友的命，"神父提醒他，"他们现在还不可能走太远，我们最好赶紧叫住他们。"

"那帮人知道墙有机关，"秘书说，"没人会妄图翻墙的，除非其中一个……实在太着急了。"

布朗神父走到窗边，显然，箭是从窗口射进来的，他探着头望出去。花园离得远远的，中间布置的花坛平平整整，好像一张精美的世界地图。整个景象异常空旷，高高的塔楼似乎直插云霄，就在神父凝神远眺时，他脑海里突然冒出一个奇怪的成语。

"晴天霹雳，"他说，"死神从天而降和晴天霹雳是怎么说来着？你看，这周围的一切都那么遥远，箭能飞这么远简直太离奇了，除非，箭从天而来。"

秘书威尔顿回来了，但没有作答，神父自顾自地继续说下去。"对，飞机，我们必须问一下小韦恩，关于飞机的事情。"

"这附近飞机很多。"秘书说。

"这个案子涉及一些很新式或很老式的武器，"神父分析道，"我估计，其中有一些他叔叔应该非常熟悉。关于箭的事情，我们必须问问他。这箭看上去很像是印第安人用的一种箭。我不知道印第安人到底是从哪里射的，但你应该还记得老克雷克讲的故事，我说过那故事很有寓意。"

"就算它有寓意，"秘书热切地说，"那也只有真正的印第安人才能射中一个比你想象的还要遥远的目标。你提出来的类比是毫无意义的。"

"我想你还没明白那个寓意。"神父说道。

第二天，不起眼的神父仿佛消失在纽约数百万众人之中，没有任何现象表明，他不甘心就这样平庸下去。然而，实际上，他在接下来的两个星期里，一直悄无声息地忙着自己承担着的使命，因为他惶恐发生误判。

他在找最近涉及谜案的那两三个人时，并没有表现出特意把他们从几个新相识中分离出来的神气，他发现他们很自然地就谈开了；尤其是跟"老胡桃树"

克雷克的谈话，特别新奇又有趣。交谈地点是中央公园的一张长椅，那老兵坐下来，一双枯瘦的手拄着暗红色木质手杖，柄上支着一张棱角分明的脸，那手杖柄的形状异常奇特，也许是模仿印第安战斧的样式。

"这也许是胡想的，"他晃着脑袋，说，"但我奉劝你一句，别对印第安人箭的射程抱太大希望。我听说有人拉弓射的箭貌似比子弹还厉害，直接击中目标，想到箭飞出的距离，实在是让人惊叹。"

"当然，事实上，你压根儿不可能听说还有用弓箭的印第安人，更不用说看见一个印第安人在这里晃荡了。但是要真的有个印第安的神射手，拿着一套印第安的弓箭，就藏在距默顿家外墙好几百码的树林里——啊，那高贵的野蛮人必能射出一箭，越过高墙进入顶楼窗户；就算是射中默顿，我也不会感到惊讶。我以前见过这种神奇之事。"

"毫无疑问，"神父应道，"你不光见过，还做过这么神奇的事。"

老克雷克嘿嘿地一笑，粗声大气说道："唉，那都是老皇历了。"

"但有些人就喜欢翻老皇历，"神父说，"我想，我们不妨这么想，你过去没在履历里留下什么关于这个案件的口实吧。"

"你这话什么意思？"克雷克蓦然涨红了脸，像极了印第安战斧的斧头，眼珠子第一次猛地转动。

"呃，既然你这么了解印第安人的手工技艺——"神父慢悠悠地说道。

克雷克坐着的时候将下巴支在怪形手杖柄上，佝偻着脊背，仿佛小了一圈。可突然，他直挺挺地站在小路中间，像个打手一样攥紧了手杖。

"什么？"他大叫一声——粗糙而尖厉——"开什么玩笑！你竟敢当我的面说我有杀害我姐夫的嫌疑吗？"

小路边稀稀拉拉的十几张长椅，坐在那里的人们唰地一下投来好奇的目光，看着他们俩人面对面地站在小路中间，一个秃头小个子精力旺盛，挥舞着手中棍棒似的怪形手杖，而那个一身黑衣的又矮又胖的教士看着他，纹丝不动，只有眼睛不时地眨一下。刹那间，那黑衣矮胖教士眼看着就要当头挨上一棒，被对方以真正印第安人的掩耳不及迅雷之势击倒在地；只看见远处一个爱尔兰警察奋力冲向这群人。而神父却像回答一个普通问题一样，异常平静地回答：

"对这件事，我已经有了初步判断，但我想，在做出报告之前，我是不会说出来的。"

不知道是神父的眼神还是冲过来的警察发挥了作用，"老胡桃树"把手杖塞到胳肢窝下，重新戴上了帽子，嘴里嘀咕着。神父和善地跟他告别，然后四平八稳地离开了公园，走进一家旅店的休息室，他跟小韦恩约好要在那儿见面。这年轻人打着招呼便迎上来，他看上去似乎比之前更疲惫，更憔悴，仿佛就要被烦恼吞噬了；神父怀疑这个年轻朋友近期一直在忙着逃避刚通过的一条法律条文——《美国宪法修正案》⑦，而且，很明显成功了。然而，只要一谈起他酷爱的科学或是业余爱好，他立马精神十足。由于神父用随意闲聊的语气问起，那个地方是否经常有飞机飞过，还说他一开始以为默顿先生那环形围栏里是个飞机场。

"还真是稀奇，咱们在那儿的时候竟然一架也没看到，"韦恩答道，"有时候飞机密密麻麻的像一群苍蝇，那片开阔的平原非常适合飞行。将来，比如说，那儿要是变成我的那种大鸟的孵化中心地，我是不会感到惊讶的。当然，我自己就在那儿飞过好几次，而且我在这儿认识的家伙多半都参加过空战，不过，现在喜欢去那里飞行的人可太多了，有很多我都从没听过。我估计在美国，飞机很快就跟汽车一样，人手一架。"

"秉造物者之赐⑧，"神父微笑着说道，"人人都有生命权、自由权、追寻驾车权——更不用说飞行权了。因此我猜测，我们不妨这么认为，一架陌生飞机在特定的时间飞过那座房子，应该没人会注意到的。"

"对，"韦恩应道，"我估计不会。"

"就算有人认出他也不碍事，"神父继续说道，"我猜他应该会另找一架，不会被认出是他的。比方，如果你用平时的方式飞行，默顿先生和他朋友们也有可能认出来那套行头；但是你可以开着别的样式的飞机，贴着那个窗户边掠过；为了便于行事能贴得很近。"

"没错。"韦恩脱口而出，然后立即住口，目不转睛地盯着神父，嘴巴张得老大，眼珠子几乎要爆了出来。

"我的天啊！"他低声说道，"我的天啊！"

"你疯了吗？"他问道，"你说什么疯话？"

片刻沉默之后，他快速而不屑地说："你一定是来这里暗示——"

"不，我只是寻求一些提示，"神父边说边站了起来，"我差不多有了些初步结论，但现在我还是不说的好。"

接着，他向对方行了同样刻板的礼仪，然后出了旅店，继续他的探求之旅。

到了傍晚，这趟旅行已经进行到这座城市里最乱、最古老的区域，穿梭于肮脏的街巷里，踩着歪斜散乱的台阶走向河边。刚走到一间比较低矮的中餐厅门口，在那悬挂着的彩色灯笼下面，他遇到了一个之前见过的身影，虽然现在的模样与上次已经截然不同。

诺曼·德雷奇先生仍然躲在他那硕大的风镜后，冷冷地面对这个世界，那风镜就像一个深色的玻璃面具，遮盖着他的脸。然而，在这个月发生的谋杀案过后的这段时间内，除了风镜，他的外表也发生了奇特变化：神父曾经特别留意过，他穿衣打扮本来十分讲究——很难分辨出他是个时髦绅士还是个裁缝店的模特。

而现在，他整个人竟然莫名其妙地颓废了，本像裁缝的模特现在成了稻草人。大礼帽虽在，却已破旧不堪；衣衫褴褛；表链和小装饰物也都不见踪影。然而，神父就像昨天刚见过似的招呼他，并没有排斥跟他一起进入那间廉价的饭馆，一起在一张长凳上坐了下来。这次先开口的并不是神父。

"怎么样？"德雷奇咆哮一声，"替你那个神圣的大富翁报仇成功了吗？我们知道所有的富翁都是神圣的；这些你在次日的报纸上都能看到，他们是怎样在母亲膝前读家用《圣经》的，又是怎样在家用《圣经》的影响下生活的。啐！要是他们将家用《圣经》里面的某些内容念出来，早就吓坏母亲了，也会吓着他们自己，我估计，那本古老的书里充斥着偏激、宏大的旧观念，现在早已没人理会了；那种石器时代的古老智慧，都已埋在金字塔下面了。假设有人将默顿老头从他自家的塔楼里扔下来，让底下的狗吃掉他，也不比耶洗别①的下场惨多少。亚甲①不就是一向步步小心谨慎而被砍成了碎片吗？默顿一直以来也是步步小心，该死——知道他小心过度，连步子也迈不开。可天主的箭却把他找了出来，就像古书里那样，把他击杀并挂在塔楼示众。"

"至少箭是个物质。"神父说。

"金字塔可是巨大的物质，并且还把死去的国王保存得很好，"风镜男咧嘴坏笑，"我要是想说这些古老的拜物教的话，那可就长了。有一些保存了数千年的古老雕刻，上面刻着张弓搭箭的帝王和神明；他们的手就像真能拉开那石制弓似的。物质，也许吧——但那是什么样的物质！当你站在那里凝视那些古老的东方器物与图案时，难道就不会隐约感觉到老天主依旧驾着车，像黑暗的阿波罗⑪一样，正射下一道道死亡的黑光吗？"

"他要是那样的话，"神父回答，"我就会用另一个名字来称呼他。但我怀疑默顿是否死于这样的一道黑光或是一杆石箭。"

"我估计你是把他当作被箭射死的那个圣塞巴斯蒂安⑫了，"德雷奇嘲笑道，"一个富翁就必定是一个殉道者。你又怎么知道他不是罪有应得呢？我觉得你并不了解你的大富翁。好吧，我来告诉你，他死多少次都不冤！"

"哦？那你为什么不杀他？"神父平和地问。

"你想知道？"对方盯着他说，"呵，你这位教士可真是不错。"

"哪里的话。"神父说，仿佛是在拒绝他的恭维。

"我猜你是在说，是我杀了他，"德雷奇怒吼道，"好啊，那你拿出证据啊，对于他，恐怕对谁都算不上是损失。"

"不，你错了，"神父厉声反驳，"他对你就是个损失，这就是为什么你没杀他。"

布朗神父走出了饭馆，风镜男目瞪口呆地望着他离去的背影。

又过了差不多一个月，神父重返遭受杜姆杀害的第三个富翁的房子。与直接相关的那几个人开了个会，老克雷克入座，侄子在他右边坐着，律师在他左边；一个长得像非洲人的壮汉，好像是叫哈里斯，有点突兀地出现在这次会议现场，也算成个重要证人；那个被叫作狄克逊的红发尖鼻男人好像是什么平克顿侦探所的代表；神父则不声不响地溜进身边的那个空位里。

世界上各大报纸都在连篇累牍的报道这个金融巨星的陨落，报道这位在现代世界独占鳌头的财团掌门人的厄运；然而，从他临死时离他最近的那群人口中，却打听不到什么。叔侄二人以及陪伴的律师则宣称，在警铃响起之前，他们早就离开了院墙；经盘问，把守两道关卡的警卫给出的回答让人困惑不已，但是大体上还是能证实他们的说法的。只有一个情况似乎需要斟酌一番。好像是在默顿先生死亡前后那段时间，有个陌生人在入口附近出现，甚是神秘，还说要见默顿先生。他的措辞实在晦涩，因此佣人们不明白他什么意思，但这个人后来被认定嫌疑很大，因为他说了一些恶人遭天谴之类的话。

韦恩身子稍稍前探，憔悴的脸上眨巴着一双闪闪发亮的眼睛，说道：

"一定是德雷奇，我敢打赌。"

"德雷奇到底是什么人？"他叔叔问道。

"这也是我好奇的，"年轻人作答，"其实我问过他，可他很厉害，能扭曲所有直截了当的问题，跟刺中一个击剑手似的，他把未来飞船的线索拿来吊我胃口，但是我从不相信他。"

"他究竟是什么样的人？"克雷克问道。

"他是个神秘教义的信徒，"神父直率且机敏地说，"这种人到处都是，这种人会出现在巴黎的夜总会和咖啡馆，并且向你透露，他们已经知道巨石阵⑬的奥秘或是揭开了伊西斯⑭的面纱。对于这种案件，他们肯定会做出某些神秘的解释。"

律师布莱克先生脑袋漆黑光滑，很礼貌地倾向讲话者，可他那笑容中却暗藏着敌意。

"我真没想到，"他说，"你竟然会去反驳他们那些神秘的解释。"

"恰好相反，"神父回答，并亲切地冲他眨了眨眼，"这正是我能够反驳他们的原因。一个冒牌的假律师能糊弄我，但他糊弄不了你；因为你本身就是个律师。哪个傻子都能装成印第安人，而我却会轻易地相信他就是那个如假包换的海华沙⑮；但克雷克先生能一眼看穿他。一个骗子能骗我讲他对飞机无所不知，但他骗不了韦恩上尉。这都是一个道理，你还不明白吗？正是因为我对神秘主义者有点了解，所以我不需要听他们的解释。那些真正的神秘者从不隐藏神秘，他们只揭示神秘。他们把神秘的东西放到光天化日之下，当你看到它时，它依旧是个谜。而那些神秘教义的信徒则会把某些东西藏到暗处，遮遮掩掩，当你真的找到它时，它也不过是个普通的东西。但依德雷奇的情况来看，他在谈及晴天霹雳或是天火的时候，我觉得他另有所图。"

"他到底图什么呢？"韦恩问，"我觉得不管是什么都要多留意。"

"嗯，"神父慢悠悠地说，"他想让我们相信谋杀是个奇迹，因为……呃，因为他自己知道不是。"

"哈，"韦恩发出嘘的一声，"我正等着这句话呢，说白了，凶手就是他。"

"说白了，他就是那个没有行凶的凶手。"神父镇定地说。

"难道你就是这样理解'说白了'的？"布莱克很客气地问道。

"你想说，我现在就是那个神秘教义的信徒？"神父有点尴尬，但笑容很灿烂，"可是这一切纯属偶然，德雷奇并没有犯罪——我是说这桩罪。他唯一的罪行也就是敲诈别人，他应该是为此才在这里游荡的；他可能不太希望这个秘密被公开，也不希望这整个交易因死亡而中断。我们可以将他放到事后再讨论。现在，我只是想把他清除出去，省得碍事。"

"碍什么事？"对方问。

"碍真相的事。"神父眼睛一眨不眨，平静地看着他答道。

"你是说，"对方支支吾吾地说，"你知道真相？"

"我觉得很有可能。"布朗神父谦虚地说。

全场鸦雀无声，过了一会儿，克雷克突然无故地大呼小叫：

"哎呀，那个秘书呢？威尔顿！他该在这儿的呀。"

"我有跟威尔顿先生保持联系，"神父严肃地说，"事实上，我让他几分钟后给我打电话。也就是说，我们已经一起把这事谈清楚了。"

"如果你们是在一起调查的话，应该就没什么问题了。"克雷克嘀咕道，"我知道他一直跟个警犬似的追查那个来去无踪的凶手，也许跟他联手是个不错的办法。如果你知道真相，那你究竟从哪儿得知的呢？"

"我是从你那里得知的，"神父平静地回答，继续温和地盯着那双目圆瞪的老兵，"我的意思是，我第一个猜想是从你那个故事里面的线索得来的，你讲过的那个印第安人，扔出的一把小刀就击中了堡垒顶上的一个人。"

"这你都说好几次了，"韦恩困惑地说，"除了说凶手扔出去的一支箭命中了房顶上的一个人，这房子还极像堡垒，其他的我看不出有任何关系。但是箭肯定不是扔出去而应该是射出去的，并且射程要更远一些。当然，这箭射得似乎异常地远；可是我实在看不出来它还能给我们什么样的启示。"

"恐怕你是没抓住故事的重点，"神父说，"并不是说只要一个东西能飞得很远，那么另一个就能飞得更远。而是说如果错误地使用工具，也是行得通的。克雷克堡垒上的人认为小刀只是近身格斗的工具，却忘了它可以像标枪被投掷出去。我认识的其他人却认为标枪只能用来投掷，却忘了它也可以像长矛一样用来近身格斗。总而言之，故事的寓意就是：既然匕首可以当箭用，那么箭也可以当匕首用。"

这时，所有人的目光都聚焦到他身上，而他依旧一副漫不经心的样子娓娓道来："我们同样深感困惑，很好奇到底是谁从窗外射进来那支箭，是不是从很远的地方射过来，诸如此类。然而真相却是，压根儿就没有人射箭。箭压根儿就不是从窗外射进来的。"

"那它是怎么进来的？"一身黑衣的律师阴沉着脸问道。

"我估计是某人带它进来的，"神父说，"它很容易携带和隐藏，某人在默顿房间里面，站在默顿身边的时候手里就拿着它。那人将它当成匕首插进默顿的喉咙，然后又想出了个聪明绝顶的主意，根据特定的角度和位置布置成一个场景，让我们一眼就能判定，那支箭像小鸟一样从窗口飞进来。"

"某人。"老克雷克沉重地说。

突然电话铃响起，显得那么刺耳、吵闹，可怕而急迫。电话就在隔壁，神父趁其他人还没反应过来就一个箭步迅速冲了过去。

"这究竟是怎么回事？"韦恩说，一副六神无主、浑身颤抖的样子。

"他是说，他在等威尔顿的电话。"他叔叔同样冷冰冰地说。

"我觉得是威尔顿？"律师说，好像说话就只是为了打破沉默。没有人应答，直到布朗神父突然悄无声息地再次出现在这个房间里，给众人带来了答案。

"先生们，"他重新落座，说道，"是你们让我去调查这个谜团的真相的；既然真相已经查明，我就必须说出来，实事求是，不给任何人留情面。恐怕打探这种事的所有人都讲不起人情。"

"我猜，"克雷克开口，阻止了随之而来的沉默，"也就是说我们之中有人有嫌疑或者是要受到指控。"

"我们每个人都有嫌疑，"布朗神父回答，"可能我自己就有嫌疑，毕竟是我发现的尸体。"

"我们当然有嫌疑了，"韦恩恼羞成怒，说道，"布朗神父和气地跟我解释过，我可以如何驾着飞机绕着塔楼飞行。"

"不，"神父笑着回应道，"是你跟我描述，如果是你，你会怎么做，这有趣的就在这儿了。"

"他似乎认为有可能，"克雷克大怒说，"是我用一支印第安箭把他杀死的。"

"我觉得那是最不可能的了，"神父愁眉苦脸地说，"如果我错了，请你们原谅我，但我实在想不出来其他的方法来打探虚实。如果说凶杀发生的那一刻，韦恩上尉驾机掠过窗口却没有人发觉，没有比这更荒谬的猜想了；或许另一种构想会更合理一些，就是一位和蔼的老绅士假扮成一个印第安人拿着弓箭在树丛后面躲着，射杀一个他本能用 20 种更加简单的方法就能杀死的人。但是我必须查清他们是否跟这个案件有关，因此我迫不得已地去指控他们，为的就是证明他们的清白。"

"那你是如何证明他们清白的呢？"布莱克律师向前探身，急切地问。

"通过他们受到指控时所表现出来的激动情绪。"神父回答。

"你是指什么？说确切点。"

"如果你允许我这么说的话，"神父镇定自若地回应道，"我确实认为我有责任去怀疑他们和其他人。我的确怀疑克雷克先生，也的确怀疑韦恩上尉，这些是就我考虑到他们犯罪的可能性或是几率上来说的。我跟他们说我已经有了一些初步的结论，现在我就要告诉他们是什么。我确定他们都是清白的，依据是他们从毫无意识转变到拍案而起的举止和时机。只要他们还没有料到被指控的那个人是自己，他们就会一直给我提供那些支持指控的线索。他们还向我解释，假如是他们的话，他们会如何实施这桩罪案。然后，当他们突然意识到被指控的人是自己的时候，大吃一惊，愤怒地大吼大叫。其实，早在我指控他们之前，他们就应该意识到我指控的是他们。但他们并没有，这不是犯罪之人应有的反应。他要么一开始就显得多疑急躁；要么从始至终都装无辜、装无知，绝对不会一上来就自己给自己挖坑，接着又暴跳如雷，矢口否认自己刚刚帮忙提出来的构想。那样的话只能表明，他真的没有意识到自己的构想到底意味着什么。凶手的自我意识永远都是那么强烈，甚至达到病态的程度。首先他无法忘记自己跟案件的关系，其次还要时刻牢记去否认这种关系。由此而来，我就排除了你们两个的嫌疑，排除其他人另有原因，现在没必要去讨论。就拿威尔顿秘书来说——"

"可是我现在不想讨论这个。你们看，我刚刚接到威尔顿秘书的电话，他允许我向你们透露一个十分严重的消息，直到今天，我估计你们应该都知道威尔顿秘书是谁，他在追查什么。"

"我知道他在追查丹尼尔·杜姆，不逮到他是不会罢休的，"彼得·韦恩回答，"我还听说他是老霍德的儿子，所以他是要报血仇。无论如何，他一定是在追查杜姆。"

"嗯，"神父说，"他已经找到了。"

韦恩高兴地一下子跳起来。

"那个凶手！"他叫道，"那个凶手被关起来了吗？"

"还没有，"神父严肃地说，"我刚刚说过，这个消息十分严重，比这还要严重。可怜的威尔顿恐怕已经担上大责任了。他恐怕是要把这一重大责任交给我们了。他追查到那个凶手，就在把人逼得走投无路的最后一刻——唉，他动用了私刑。"

"你是说那个杜姆——"律师开口问道。

"我是说那个杜姆死了，"神父说，"一番激烈搏斗之后，威尔顿把他杀死了。"

"罪有应得。"山胡桃先生吼道。

"这不能怪威尔顿对这坏蛋下狠手，更何况他们还有世仇，"韦恩赞同道，"这就像是踩死了一条毒蛇。"

"我不赞同，"神父说，"我认为我们是在为私刑和违法辩护，这是不负责任的；我怀疑，假如我们失去法律和自由，我们一定会后悔的。更何况，说威尔顿杀人这情有可原，却不问杜姆杀人是否也该情有可原，在我看来，这根本说不过去。我很怀疑杜姆是否只是个普通刺客，他也有可能是个疯狂迷恋科普特杯的亡命徒，胁迫别人将其交给他，双方搏斗中这才杀了人；两个受害人都被扔在了自家屋外，因为我们再也听不到杜姆这一方对于本案的说法了，所以我反对威尔顿的做法。"

"噢，我可没耐心听你这多愁善感的说辞，为了这残忍又卑鄙的恶徒辩解，"韦恩激动地喊道，"如果威尔顿杀了凶手，那他就是干了一件大好事，这事就完了。"

"对，对。"他叔叔猛劲点头附和道。

布朗神父慢慢地环视这围成半圈的一张张面孔，神色变得更加凝重。"你们真的都是这么想的吗？"他问。就在询问的时候，他突然意识到自己是个背井离乡的英国人。他意识到自己现在正置身于一群外国人之中，尽管是在朋友当中。那圈外国人充斥着一种躁动着的激情，这在他本族人身上是没有的；能够使这个西方国家⑩敢于造反、动用私刑，最重要的是能够联合起更强烈的精神。他知道他们现在已经联合起来了。

"好吧，"神父叹气道，"我明白你们坚持要宽恕这个不幸之人所犯下的罪行，或者说动用私刑的行为，反正随你们怎么说。如此一来，如果我再给你们透露一点消息，也不会再伤害他了。"

他突然站了起来；虽然他们对他的举动并不在意，但此举好像在某种程度上改变了屋里的氛围，或者说让大家感觉到了一阵寒意。

"威尔顿杀害杜姆的方式异常古怪。"他开口说道。

"威尔顿是怎么杀的他？"克雷克冒昧地问。

"用一支箭。"神父说。

暮色笼罩着这间长长的屋子，从内室大窗户射进来的日光逐渐缩成一点微明，那个大富翁就死在那里。所有人的眼睛几乎同时慢慢地自动转向内室，而全场依然一片寂静。然后，克雷克扯着破锣似的大嗓门絮叨起来。

"你什么意思？你到底什么意思？布兰德·默顿是被一支箭杀死的，这个坏蛋也被一支箭杀死了——"

"被同一支箭，"神父说，"在同一时间。"

紧接着又是一阵沉默，那种压抑到即将要爆发的沉默，韦恩接着说："你是说——"

"我是说，你们的朋友默顿其实就是杜姆，"神父言之凿凿，"再也不会有第二个丹尼尔·杜姆了。你们的朋友默顿先生一直在疯狂地追寻科普特杯，他曾经每天都把它当成偶像来膜拜；在狂热的青春期，他为了得到它确实杀死两个人，只是在某种意义上，我还是认为，那应该是抢劫过程中突发的意外。无论如何，他得到它了；那位德雷奇先生知道这件事，所以一直在敲诈他。但是威尔顿不同；我猜他是进入这座房子之后才发现真相的。但不管怎么说，这宗追杀案是在这座房子的那个房间里了结的，他杀死了他的杀父仇人。"

又很长时间没人说话，只听老克雷克用手指敲了敲桌子咕哝道：

"布兰德肯定疯了，他一定疯了。"

"可是，我的天啊！"彼得·韦恩叫道，"我们该怎么办，我们该说些什么呢？噢，一切都跟以前不一样了！还有那些大财阀和报纸呢？布兰德·默顿可是个像罗马教宗或是总统一样的大人物。"

"我认为这确实大不一样，"律师巴纳德·布莱克沉重地说，"区别就在于整个——"

布朗神父突然猛敲桌子，桌子上的玻璃杯也应声作响；他们几乎能听见邪魅地回声从隔壁房间里传来，那是依旧立在原处的神秘圣餐杯发出来的回声。

"不！"他大叫一声，声音如同枪响一般，"应该是没有区别的。我给过你们去同情那可怜人的机会，那时候你们都认为他只是个普通罪犯。当时你们不肯听，都赞成动用私刑，都赞成让他就像个野兽一样未经听证或是公审就被屠杀，还都说他是罪有应得。这下可好，假如丹尼尔·杜姆是罪有应得，那么布兰德·默顿同样罪有应得。如果杜姆配有那样的下场，那么老天在上，默顿也应该配有那样的下场。接受你们那野蛮的正义也罢，认同我们那刻板的守法也罢，但是以全能的天主的名义，要不一律违法，要不一律守法。"

在场的众人都沉默不语，唯有律师恼羞成怒地回应道："如果我们告诉警察，我们愿意宽恕罪行的话，他们会说什么？"

"那如果我告诉他们，实际上你们已经宽恕了，他们又会说什么？"布朗神父答道，"你对国家法律的尊重来得实在太迟了，巴纳德·布莱克先生。"

他顿了一下，放慢语气继续说道："我，就我本人而言，如果相关部门询问我的话，准备把真相说出来，你们其他人可以随意。但事实上，不管怎么做，都已经无所谓了。威尔顿刚刚打电话只是告诉我，我现在可以向你们公开他的告白，而当你们听到这个消息的时候，他早已销声匿迹了。"

他缓缓走进内室，站在小桌子旁边，富翁死的时候他就在桌边。科普特杯依旧立在原来的位置，他在那儿徘徊了片刻，凝视着杯身散发的七彩光芒，然后遥望远处深邃的蓝天。

【注释】

① 科普特（Coptic）：古埃及人的后裔，在公元 1 世纪时期皈依基督教。

② 7 月 4 日：美国独立的日子。

③ 罗宾汉（Robin Hood）：英国民间传说中的侠盗类型人物，人称汉丁顿伯爵。

罗宾汉机智勇敢、劫富济贫、武艺出众、行侠仗义。自 12 世纪中叶起，罗宾汉的故事就开始在民间广为流传。

④ 开膛手杰克（Jack the Ripper）：1888 年 8 月至 11 月，在伦敦东区的白教堂一带，开膛手杰克用剖腹割喉等残忍手段连续将 5 名妓女杀害，作案期间，凶手还多次给警方和报社寄匿名信，但从未落网。

⑤ 老山胡桃（Old Hickory）：安德鲁·杰克逊（1767～1845 年），美国第七任总统，此人作风强硬，故得这个绰号，又因为他曾经是印第安人排除政策的倡议者，所以又被称为"印第安人杀手"。

⑥ 圣杯（Holy Grail）：据《圣经·马太福音》记载，耶稣在逾越节的筵席（也就是最后的晚餐）上，说道："再拿起杯来，祝谢了，递给他们，说：'你们都喝这个，因为这里面是我立约的血，为多人而流出来的，能使罪行得以宽赦。'"相传那个杯子就是圣杯。

⑦《美国宪法修正案》：指 1919 年 1 月 16 日通过的第 18 条修正案，即"禁止在美国国内制造或运输酒类物品"。

⑧ 这里套用美国《独立宣言》中的一段：秉造物者之赐，拥诸……人人都拥有生命权、自由权和追求幸福的权利。

⑨ 耶洗别（Jezebel）：《圣经》人物。她自称是先知，引诱人们行奸淫，拜假神，吃祭奠偶像之物，陷害他人，心狠手辣。最后下场很惨，被人从窗户扔下来，被马匹践踏，体无完尸，恰好应验了耶和华的一句话："狗必吃耶别洗的肉。"（《列王纪下》）

⑩ 亚甲（Agag）：《圣经》人物。亚甲是亚马力王，被扫罗活捉，被撒母耳所杀害。"撒母耳说：'既然你用刀使妇人丧子，这样的话，你母亲在妇人中也必定丧子。'"（《撒母耳记上》）

⑪ 阿波罗（Apollo）：希腊神话传说中的光明之神，宙斯与暗夜女神勒托所生之子。

⑫ 圣塞巴斯蒂安（St. Sebastian）：早期的基督教圣徒和殉道者。据说，在罗马皇帝戴克里先开始迫害基督教徒时期就惨遭杀害，圣塞巴斯蒂安在文学与艺

术作品中常常被描绘成绑在树上或柱子上乱箭穿身的形象。

⑬ 巨石阵（Stonehenge）：史前著名的巨石建筑遗迹，约建造于公元前 4000 ～前 2000 年，现位于英格兰威尔特郡。其建造原因及方法至今还无法确定。

⑭ 伊西斯（Isis）：古埃及女神之一，主司生命与健康。

⑮ 海华沙（Hiawatha）：15 世纪时期，北美印第安人部落的传说中，易洛魁联盟的首领，一位民族英雄，具有神奇的力量。

⑯ 指美国：相对于英国而言，美国在西边。

◇ 狗的神谕 ◇

"对，"布朗神父说，"我一直都很喜欢狗，只要它没有被倒过来拼①就行。"

其实，善于交谈的人往往都不善于倾听。有些时候他们的聪明才智反而会让他们显得很愚蠢。法因斯，是个思维活跃、经历丰富的年轻小伙子，既是布朗神父的朋友，又是他的同伴，这个热情的小伙子有双蓝色的眼睛，看起来充满了热望，金色的头发凌乱地梳在后面，像在风中狂奔时吹成的造型。他正说到兴头上，突然沉默不语，一脸困惑。神父的意思其实很简单，但他这时才刚刚反应过来。

"你的意思是人们把狗神化了吗？"他说，"不好说。狗是一种很好的动物，有些时候我觉得狗比人都懂得多。"

布朗神父没回应，继续抚摸着那条寻回犬的脑袋，这条狗体型庞大。布朗看似心不在焉，但是很明显能看出，他是在抚慰这条狗。

"啊，"法因斯又开始滔滔不绝，"我要跟你谈的这个案子就涉及到一条狗：或许你已经知道了，那个'无影手谋杀案'，实在太奇怪了，不过我觉得，最诡异的要数那条狗的表现。当然了，这案子本身就很神秘，老德鲁斯单独一人在避暑屋里好好的，怎么会突然被人杀了呢？"

布朗神父正在有节律地抚摸着那条狗，听到这话，手突然停顿下来，平静地说："噢，这么说案子发生在一间避暑屋？"

"你没看新闻报道吗？我还以为你早就知道详情了呢，"法因斯笑着说道，"等着，我这里应该还有剪报，上面案情介绍很详细。"说着他就从口袋里掏出一条报纸，递给神父。布朗神父单手将报纸举到眼前，眨着眼读了起来，而另一只手继续下意识地抚摸那条狗。看起来就像是一个寓言中人，不想让右手知道左手现在在干什么[②]。

传言，有人待在家里突然被杀死了，而家里门窗紧闭，凶手消失得无影无踪。许多这样的神秘事件这次真的发生了，就在约克夏郡海边的城市克兰斯顿，德鲁斯上校被人用匕首插入后背，一命呜呼。奇怪的是，那凶器凭空消失了似的，在案发现场及其周边都找不到。

他死去的那间避暑屋的确有一个地方可以出入，就是那个极其普通的门口，花园中间有一条小路直达此门，站在门前足以将小路尽收眼底。但就在那个致命的时间点，发生的几件事全都凑巧了，它们相互联系起来，就能让这个小路和门口拼合在不同人的视线之内，这几位当事人所见到的组成了证据链，并且还能相互佐证。避暑屋在花园的最深处，没有任何入口与外面连通，两排高大的飞燕草夹着花园中间的小路，这飞燕草极为茂密，谁想要偏离小路进入花园，不可能没有痕迹留下的，而且从花园入口到避暑屋的门口，只有这一条飞燕草夹着的小路，所以只要是有人偏离小路，就一定会被发现，除了这个通道，再没有其他出入方式能想象得到了。

帕特里克·弗洛伊德是死者的秘书，他作证说，从德鲁斯上校出现在门口开始，一直到人们发现他被杀的那段时间，他所处的位置能看到花园的全景，因为当时他正好站在梯子上，修剪花园的树篱。死者的女儿证实了这个说法，她说，那个时段，她一直坐在屋前的那片空地上，并且还看到了正在干活的弗洛伊德。她的证词又被她的哥哥唐纳德·德鲁斯证实，因为那天他起晚了，有段时间是穿着睡袍的，站在卧室窗前，正好看到了花园的情景。上面的说法最终得到了另外两人的证实，其中一个是瓦朗坦医生，他的邻居，当时他过来找德鲁斯小姐说了会儿话，就在屋前面的空地上；另一个是奥布里·特雷尔先生，上校的事务律师，如果他不是凶手的话，那很显然，最后看见上校活着的人就是他了。

大家都认为事情是这样的：大约是下午 3 点半，德鲁斯小姐从那条花园小径穿过去找她父亲，想要问一下他要不要喝茶，但是他说不要，他正在等着应邀来访的客人——特雷尔律师。德鲁斯小姐转身要离开的时候，正好看见特雷尔沿着小径走过来；在德鲁斯小姐的指引下，特雷尔走进那间屋子见到了上校，差不多过了半个小时，他从那间屋子走出来，上校也跟着来到屋门口，他看起来心情不错。之前儿子日夜颠倒的作息让他很恼火，但是现在看来，似乎已经消气了，接待其他客人时态度也是非常和蔼。这一天，他的两个侄子也来了，但是案发前后整个时间段都在外面散步，对案件详情一概不知。听说上校和瓦朗坦医生相处得并不是很好，但是这医生仅仅过来跟他女儿闲聊几句，而且他的心思多半都在她身上，也顾不上其他的了。

特雷尔律师说，他离开以后，屋子里就上校独自一人，弗洛伊德证实了他的说法，因为弗洛伊德居高临下的位置能看到花园全景，确实没有看见谁再次进去过。10 分钟以后，德鲁斯小姐又一次穿过小径，走向那间小屋，但是，还没走到门口，就看到了躺在地板上的父亲，父亲蜷缩着，身上的白色亚麻料外衣甚是显眼。她失声大叫，众人在她的惊叫声中赶来，避暑屋里柳条椅子翻倒，上校就躺在椅边上，已经没气了。

瓦朗坦医生那时还没有走远，他作证说，上校的死因是匕首插入肩胛骨下方，穿透了心脏。然而警方找遍了屋子的里里外外，竟没发现任何凶器的踪影。

"要这样说的话，德鲁斯上校是穿了一件白色外衣？"布朗神父放下那条报纸，说道。

"他以前在热带国家待过一段时间，养成的习惯，"法因斯应道，感觉有点疑惑，"他说他在那里有很多奇妙的经历，我觉得是因为瓦朗坦也去过热带国家，才导致他与瓦朗坦关系不太好。不管怎样，这个谜团已经够深了。报纸上的案情已经很准确了。我没有目睹整个案发过程，或者说，悲剧被发现时，我也没在场，那时候我正和那两个侄子在外面遛狗，就是刚刚说的那条狗。但是在案发之前，我见过那里的情景，那条小径直直的，直通小屋，两旁开满了蓝色的小花；那个律师一身黑衣，头戴丝质礼帽，朝着小屋走了过去。红发秘书那时候正站在高高的梯子上拿着剪刀修树篱。他的脑袋非常显眼，以至于不管离多远，都能一眼认出来；如果大家都能证实他一直站在那里，那就肯定没错。红发秘书弗洛伊德倒是很有个性，他是那种闲不住的人，总是到处插手，越俎代庖，就像当时他正在干园丁干的活。我想他应该是个美国人，不管怎样，他对生活的态度，也就是人生观，肯定是美国式的，我衷心祝福他们。"

"那律师是个什么样的人？"布朗神父问。法因斯低头沉默片刻，一字一顿地说："我印象中，特雷尔很特别，他一身黑衣说不上时髦，但很考究。还有两撮黑胡须，又长又密，只有在维多利亚时期之前的人们才会有这样的造型。他面目冷峻，行为举止很古板，但不失优雅，时不时地还会微微一笑。只是在他咧着一嘴白牙大笑的时候，他的庄重感就瞬间减弱了，有点谄媚的味道。也许是觉得尴尬吧，他偶尔也会不安分地摆弄一下自己的领带和领带夹，这两个装饰品跟他一样，很精致且与众不同。假如我能想到其他的任何人——不过这样的事压根儿就不可能发生，说了也没用。没人知道凶手是谁，谁也不知道这事怎么发生的。要我说，只有一种情况，那条狗知道。所以我才跟你说这事。"

布朗神父叹了口气，漫不经心地说道："你是为了找你的朋友唐纳德才去那里的吧？他跟你们一起散步了吗？"

"没有，"法因斯微微一笑，说，"那个小无赖啊，他早晨上床睡觉，直到下午才起来，他那两个从印度来的军官堂兄弟，我跟他们俩在一块闲聊，不过也没什么特别的。我还记得那个哥哥，似乎是叫赫伯特·德鲁斯，是个种马专家，滔滔不绝说个不停，话题总围绕着他买的一匹母马以及那个卖主的人品；

弟弟叫作哈里，也许是因为他在蒙特卡洛③时候的运气实在太差了，所以一直耷拉着脸。我说这些无非是想让你知道，就我们散步时候发生的事情来说，我们这几个人没有任何心灵感应，只有那条狗，很诡异。”

“那是什么狗？”神父问。

“跟这条狗一个品种，”法因斯答道，“正是因为它，我才开始对这件事产生了兴趣，另外，你并不认同别人相信一条狗的说法。那是条黑猎犬，体型很大，叫作诺克斯④，这名字很容易让人产生联想，因为我觉得它的表现甚至比那谋杀事件还要诡异。德鲁斯的房子和花园全都在海边，我们差不多走了一英里以后开始返回，走到房子这边以后又朝另一边走。中间，我们看见一块非常古怪的岩石，在当地名声很大，人们都叫它‘幸运石’，样子就如一块石头把另一块石头顶在头上，保持着那种微妙的平衡度，只要轻轻一碰就立刻打翻。这岩石也不高，但是孤零零地悬在那里，显得异常不祥、荒凉；起码我是这样想的；那两位同伴，倒是兴高采烈的，对这个景象满不在乎。也许是因为我突然感受到了一种异常的气氛，所以才会这么想的；就是在那一瞬间，我想到下午茶的时间好像到了，而且就在那时，我突然有种预感，这整件事跟时间有很大的关系。赫伯特·德鲁斯和我都没有戴表，就大声喊着，问哈里现在几点了。在我们后面几步远的地方有个树篱，哈里就在那下面站着，点着烟斗。他大声喊着，回应我们4点20分了，薄暮之中他那大嗓门显得甚是响亮，让人莫名地感觉出好像在宣布应该发生什么大事了。不光这样，他的喊叫声似乎是下意识的，那种莫名的感觉更加强烈了；不过，预兆往往都是在这种下意识间产生的；那天下午，钟表特有的滴答声果然成了不祥的预兆。据瓦朗坦医生证实，德鲁斯上校实际上是4点半左右死亡的。”

“他们说不用着急，还早，10分钟后我们再回去。于是我们就沿着沙滩继续走远了一些，当时也就是往远处扔石子，让狗去追，我们还往海里面扔木棍，让狗游过去再叼回来。但是我那时开始有一种奇怪的感觉，傍晚的气氛越发地压抑，头重脚轻的‘幸运石’投下了影子，仿佛压在了我身上。紧接着，令人费解的事情就发生了。诺克斯刚把赫伯特扔到海里的拐杖叼回来，哈里就又把他的手杖也扔进了海里。于是，那条狗再次向海里游过去，却突然停止，不往前游了，我猜想那时候应该刚好 4 点半。那条狗回到岸边，站在我们面前，然后突然高扬头，大声地吠叫了一声，听上去很哀伤——我以前从来没有听过那样的叫声。"

"这条狗怎么了？"赫伯特问。"我们俩也是一头雾水，荒凉的海岸上回荡着狗的哀鸣声，逐渐消失，最后一片死寂；过了好久，一个声音打破了这里的沉寂，那声音遥远、微弱，但能清楚地辨别出那是女人的尖叫声，好像是从树篱那边传过来的。当时我们不知道这到底是怎么回事，直到后来才知道，是那姑娘看到自己父亲尸体时，失声尖叫。"

"我估计，你们回去了，"布朗神父耐心说道，"那接下来发生了什么？"

"我会跟你说的，"法因斯冷冷地强调，"我们回到花园，最先看到了特雷尔律师，当时的情景就像刚刚发生的一样，那律师戴着黑礼帽，留着两撮黑胡须，表情甚是轻松地从那条小路走来，远方的夕阳将'幸运石'的诡异轮廓勾勒出来，夕阳投下的阴影将律师整个人都隐藏起来，但我肯定，我清清楚楚地看见他在微笑，露着一口白牙。诺克斯一看到他，马上凶神恶煞般朝着他扑了过去，站在小径中间冲他狂吠，嘴里好像吐出一串串诅咒，好像要将心里燃烧着的仇恨都倾泻出来。那人看到情况不妙，赶紧顺着小径逃走了。"

布朗神父失去了耐心，这实在出人意料，他突然站起来。"你是想说，那条狗谴责了他吗？"他大喊，"狗的神谕将他定了罪。那你是不是还看到宙斯的神鸟也在天上飞，它们又长什么样呢？你能不能准确地告诉我，那鸟在他的左手上还是右手上呢？你是不是也跟占卜大师商量过了，应该准备些什么祭品？你当然不会忘了松开狗链子，掏出他的内脏来检查一下吧？你们这些异端的人，所谓的人道主义者，当你们想着去剥夺一个人的荣誉和生命的时候，你们所相信的就是这所谓科学的验证标准。"

法因斯震惊得瞠目结舌，怔怔地好久才缓过神，他鼓起勇气，"你怎么了，我干什么了？"神父眼里流露出某种焦虑——仿佛在黑暗中不小心撞到了柱子上一样，刹那间手足无措，还想着自己有没有把那柱子撞坏。

"很抱歉，"他沉重地说，"请原谅我的无礼，请你原谅我。"

法因斯很不解地看着他。"有时候我觉得你真是深不可测，猜不透你在想什么，"他说，"但是不管怎样，就算你不相信那条狗的诡异，最起码你得承认那个人很神秘吧。你必须承认，那条狗从海边回来、开始嗥叫的时候，某种力量已经把它的主人打得灵魂出窍了，那种力量无影无形，根本不是凡人能想象到的。至于那个律师，我不仅是因为那条狗的表现才这样说的，他本身就有很多令人怀疑的地方。在我印象里，他应该是个面带微笑、温文尔雅、举止暧昧的人，他好像很擅长'暗示'。你知道，警察和医生很快赶到了案发现场，瓦朗坦刚离开上校家，人们就把他叫了回来，他随即拨打了报警电话。如此一来，这附近的每个人都要接受检查，另外，那地方本就偏僻人少，活动空间十分有限，每个人都被彻底地搜查了一番，就是为了找到那个凶器。整个屋子、花园、海滩都一一仔细排查，令人抓狂的是，凶手和凶器竟然都消失不见了。"

"匕首不见了？"布朗神父点点头说道，好像突然开始关注这件事了。

"嗯，"法因斯继续说，"我跟你说过，特雷尔有个习惯，就是经常摆弄领带和领带夹，尤其是领带夹。那东西的样子跟他本人几乎一样陈旧，也很扎眼，上面镶嵌了一颗宝石，带有彩色的圆圈，看着就像一只眼睛；他摆弄那东西时候相当专注，那神情让我紧张不安，仿佛那个独眼巨人，眼睛长在了身体中间。那个领带夹又大又长，有时候我竟有这样的念头，也许是因为它实际上比看上去更长，甚至有可能跟匕首一样长，所以他才会一直焦虑地摆弄它。"

布朗神父点点头，若有所思。"有没有谁提过，可能会存在其他类型的凶器呢？"他问。

"还真有，"法因斯回答，"是德鲁斯两兄弟中的一位，不论是哈里·德鲁斯还是赫伯特·德鲁斯，乍一看，都不可能是科学侦探。不过，虽说赫伯特的确是个传统的龙骑兵，全身心投在马身上，纯属皇家骑兵队的一个点缀，但是哈里以前却是名副其实的印度警察，很清楚办案的流程。的确，他心中自有所想，而且十分聪明；有时候我甚至觉得他恐怕是聪明过度了，我的意思是，他丢下那些繁琐的警察，只身一人去冒险办事。不论如何，在某种意义上，他充当了侦探，全身心地去办案，热情之高，甚至远超一名业余的侦探了。在凶器方面，我俩有过争论，但是争论的结果让我们得出了新发现。我向他描述狗冲特雷尔狂吠的情景，但他却反驳我的说法，因此我们就吵了起来，他还说，狗在恼羞成怒的时候，是不会吠叫的，而是嗥叫。"

"他说的没错。"布朗神父点头赞同。

"这年轻小伙子还说，要是那条狗心情不好，之前他就应该能听到诺克斯朝别人怒叫，就算是弗洛伊德秘书也不例外。我争辩说，他那说法本身就隐含了问题的答案；因为这起案件不可能是两三个人一起参与，更不用说弗洛伊德了，他是清白无辜的，大家都看到他一直在梯子上修树篱，他那一头显眼的红发，不可能认错的。"

"'我知道，不管怎样，这事都没那么容易，'哈里说，'但是，我想让你跟我去一趟花园，给你看些东西，别人肯定都没见过。'这是案发当天的事情，花园还是原来的样子，那个梯子依旧立在树篱那边，哈里带着我在树篱边上停了下来，从杂草丛里摸出一件东西，那是修篱笆的大剪子，其中一个尖上还有血迹。"

片刻沉默后，布朗神父突然问道："律师去那里干什么？"

"他跟我们说，上校叫他去改遗嘱，"法因斯回答，"噢，对了，说到遗嘱了，有件事我必须说，你要知道，实际上，那个遗嘱并非那天下午在避暑屋里签订的。"

"我觉得也不是，"布朗神父说，"签订遗嘱时要有两名见证人在场。"

"实际上律师前一天来过，当时就已经签了遗嘱，但是第二天上校又把他叫过去了，因为上校对其中一位见证人产生了怀疑，需要再次确认。"

"那两个见证人是谁？"布朗神父问。

"问题的关键就在这里，"法因斯迫不及待地答道，"是弗洛伊德秘书和瓦朗坦，一个不知名的外科医生，这俩人还吵了一架，我不得不说，那个秘书实在多事。他那人特别容易冲动，脑袋一根筋，可惜的是，他天生的热情总是会变成疑心和好斗，从不信任别人。这种红头发、暴脾气的人很极端，要么轻易就相信一切，要么就怀疑一切；有时候还两个兼备。他不光是个多面手，而且还样样精通；他不仅是个百事通，而且总会挑拨离间。说到他怀疑瓦朗坦时，就不得不考虑这一点，但是就这起案子来说，这里面好像另有隐情。他说他的真名不是瓦朗坦，在别的地方，叫德维永。他说这样会使遗嘱失效；当然，他还抓住这个机会给律师上了一节课，告诉他在法律上，对于这种情况是如何规定的。他们俩都非常气愤。"

布朗神父哈哈大笑。"在见证遗嘱时，人们经常会这样，"他说，"第一，这说明他们根本得不到遗产。不过，瓦朗坦怎么说的？那个百事通秘书对医生名字很了解，比自己的名字了解还多。但是对于他他自己的名字，这个医生应该有自己的解释。"

法因斯停了一下才回答。"瓦朗坦医生的反应实在让人猜不透，他这人真奇怪，行为举止非常引人注目，却又与众不同。他很年轻，却留着小胡子，方方正正的；他脸色苍白甚至可以说是惨白，并且总是板着脸，看起来有点吓人。他眼里隐藏着某种痛楚，也许是他应该戴眼镜了，亦或是用脑过度而头痛。不过，他长得很英俊，总是一身很正式的装扮，带着高高的礼帽、穿着黑外套、戴着玫瑰形饰的缎带⑤。但是他的神情总是十分傲慢、冷漠，盯人看的样子让人心里发毛。当秘书指责他改名这件事的时候，他也只是讳莫如深地瞪大眼，轻轻地笑一声，他说美国人没有名字可改。听到这话，我就想上校以前肯定也小题大做，冲医生说过不少气话；一想起医生竟然想要在他们家里占一块地，他就更来气了。后来，也就是案发当天下午之前，我又碰巧听到了几句话，要不然我就不会想这么多的。我也不想多说什么，因为从一般意义上来看，那些话，没有谁会想偷听的。就在我们三个人牵着狗进入花园大门的时候，我听到了德鲁斯小姐和瓦朗坦医生的说话声，他们正藏在一溜花草后面的屋檐下面窃窃私语，他们声音很小，情绪有点激动，说是幽会，又像是一对恋人在争吵。没人想重复他们对话的内容，不过既然已经发生了这个悲剧，我只能说他们不止一次说到要杀掉某个人。事实上，德鲁斯小姐似乎在求他不要杀那个人，或是在说，不论受了多大的委屈也不应该去杀人，等等。这对于一个只是随便过来小坐闲聊、喝喝茶的先生来说，说出这些话当然有些异常。"

"那你能不能告诉我，"神父问，"在跟秘书和上校告别后，就是在见证完遗嘱签订之后，瓦朗坦医生有没有很生气？"

"大家都说，"另一位回答，"医生倒还好，没怎么样，秘书却火气很大，遗嘱一签完就气哼哼地走了。"

"那么现在，"布朗神父说，"那遗嘱有没有什么特别之处？"

"上校财力雄厚，他的遗嘱肯定影响重大。特雷尔当时不愿意告诉我们遗嘱怎么改的，我后来才知道，实际上也就是昨天上午刚听到的，大部分财产留给了女儿，不再给儿子了。我跟你说，我朋友唐纳德总是吊儿郎当的，德鲁斯对他这样的生活方式很是不满。"

"相较于对动机的关注，人们更倾向于关注方法问题，"布朗神父若有所思，说道，"很显然，上校死后，遗嘱的直接受益者是德鲁斯小姐。"

"天啊！你这样说就太残忍了，"法因斯震惊地盯着神父，大叫，"你该不会真的在暗示她吧——"

"她打算要和瓦朗坦结婚吗？"神父问。

"有人是反对的，"他的朋友回答，"不过，这里的人很喜爱并很尊重他，他是个非常敬业、医术高超的医生。"

"简直太敬业了，"布朗神父说，"就连去找德鲁斯小姐约会，一起喝下午茶的时候都带着那套手术器械，他肯定还用了手术刀这类东西，而且，他好像根本没有回家。"

法因斯不由跳起来，焦急地盯着神父。"你是说，他很可能用那把手术刀——"

布朗神父摇头。"那些只不过是我凭空臆想出来的，"他说，"问题不在于凶手是谁或是他干了什么，而是他怎么干的。我们可以怀疑很多人，甚至是找到很多凶器，就像针、手术刀、大剪刀之类的。但凶手是如何进屋的呢？哪怕就是根针，它又是如何扎进去的呢？"

他一边说一边思考，两眼紧盯天花板，就在他说出最后几个字时，突然眼晴一亮，仿佛真的看到天花板上有一只非常特别的苍蝇。

"哦，你准备怎么办？"年轻人问，"你经验丰富，有什么建议吗？"

"恐怕我也帮不上什么忙，"布朗神父叹气说，"我都没去过那个地方，更别说认识那些人了，所以也给不了你什么建议。目前只能靠当地警方的工作了。我觉得，你那位在印度当过警察的朋友，算是正在负责你们的调查吧。我想你应该去一趟，看看他有什么进展没。看看他这个业余侦探做得如何，也许已经有新情况了。"

等4条腿和两条腿的两个客人离开以后，布朗神父拿起笔，继续筹划他那一系列讲座，这些讲座主要围绕《新事物》通谕⑥进行，涉及面比较广，所以他必须一次又一次推倒重来，大约就在两天之前，他精心准备的讲座竟然派上了用场。那黑色人狼狗又来了，它蹿进屋子里，扑到神父身上，尽情地展示它的热情与兴奋。狗的主人随后也走了进来，虽没有那么热情，但同样非常兴奋。不过在他兴奋之后随即流露出一丝不悦，他那双蓝眼睛游离不定，热情的脸庞甚至有点苍白。

"你告诉我，"他也不客气，张口就来，"看看哈里那儿有什么进展，你知道他都干了些什么吗？"神父没有作答，年轻人颤抖着继续说道："让我来告诉你，他都干了些什么。他自杀了。"

布朗神父只是嘴唇微微蠕动，不管他说什么都无关紧要——与这件事亦或是这个世界都没有半点关系。

"有些时候，你真的让我觉得毛骨悚然，"法因斯说，"难道你——你预料到会这样了？"

"我预料到这种可能了，"布朗神父说，"正是因为这样，我才会让你去看看他在干什么，当时我希望你还能赶得及。"

法因斯沙哑着嗓子说："这是我见过最离奇、最丑恶的事情。我又去了趟那个花园，然后就意识到了，那个花园除了是个凶杀现场以外，有些地方不太自然。从大门口一直通向灰色避暑屋的那条小径上，两边依旧开满蓝花；但在我看来，那些蓝色花就像蓝色魔鬼，在地狱洞窟的进口跳舞。我到处查看了一下，一切似乎还是原来的样子，没什么变化。但是那种诡异的感觉却越发清晰，直到我意识到是天空的轮廓不太对劲，然后我就突然醒悟。问题出在那个'幸运石'上，本来一直在花园树篱外矗立着，背靠着大海，现在却消失了。"

布朗神父仰着头，专心地听着。

"那种感觉就像是一座山突然失去了你已经习惯了的风景，或是月亮从空中陨落；当然，尽管我很清楚，它经不住碰，随时都可能倒下来。我感觉有东西在驱使着我，令我不由往前奔跑，不顾一切穿过树篱，如同冲出纠缠已久的蜘蛛网。它确实非常单薄，尽管它非常整齐以至于完全可以把它当成一堵墙。来到沙滩上，我就看到了那块从底座上翻滚下来的岩石；可怜的哈里·德鲁斯被压在下面，血肉模糊。他伸出来的一条胳膊，环抱着那块岩石，仿佛是他自己把石头拽下来，压在自己身上的；在石头边的褐色沙滩上，他潦草地留下了几个大字：'幸运石压在了傻瓜身上。'"

"罪魁祸首就是上校的遗嘱，"布朗神父说，"那个年轻人把所有的赌注都压在唐纳德身上，只要唐纳德一失宠，他就能获利。就在律师来访的那一天，他叔叔把他叫过来，并且相当热情地款待他。要不然，他的计谋就全泡汤了；他把警察的工作丢了，在蒙特卡洛也穷得过不下去了。在他发现自己杀死了亲人之后，什么好处都没得到，于是选择了自杀。"

"嘿，稍等一下！"法因斯瞪着眼睛，喊道，"你说太快了，我跟不上。"

"既然说到了遗嘱，"布朗神父心平气和地继续说道，"在说更重要的事情之前，我先多说几句，省得我忘了。我觉得，医生名字这件事解释起来并不困难。我似乎曾经在哪里听到过这两个名字。实际上医生出身于法国贵族，享有维永侯爵的头衔。但是他同时又热衷于共和政体，还放弃了贵族头衔，改用那个早就被遗忘了的家族姓氏。'你们改用了公民里凯蒂⑦的名字，因此欧洲困惑了整整十天。'"

"那是什么？"年轻人一脸茫然地问道。

"不要紧，"神父说，"改名字这件事，十有八九都是卑鄙的行为；但是这次却是狂热之作，是高尚的。他讽刺那个美国人没有名字可改的潜台词——他们没有爵位。而如今在英格兰，人们从不会称哈廷顿侯爵为哈廷顿先生，但是在法国，维永侯爵就是德维永先生⑧，但从表面上看，确实像改了个名字。至于杀人的说法，我估计应该也是法国的一种习俗。医生说要与弗洛伊德进行一场决斗，而德鲁斯小姐劝他不要那样做。"

"噢。我明白了，"法因斯拖长声音说，"现在我算是知道她什么意思了。"

"你明白什么了？"他的朋友微笑地问他。

"是这样的，"年轻人说，"就在我找到那个可怜人之前，我遇到这样一件事；只是正好跟这个灾祸冲撞了，我就忘记了。我想无论是谁遇到这样的悲剧，都很难还记得那些风花雪月之事。在我穿过小巷，往上校的老屋里走时，碰见了他女儿和瓦朗坦医生。她父亲刚刚去世，因此还在服丧，但是医生像去参加葬礼似的，还是跟平常一样一身黑，但我并没有从他们脸上看出多么悲伤。这两个人的表现各不相同，但是我还从来没有见过比他们更兴高采烈、更容光焕发的人了。他们看我迎面走来，还停下脚步向我问好，然后她告诉我说，他们俩结婚了，就住在镇边的一座小房子里，医生还是坚守他的老本行。这真是让我感到很意外，我知道，根据遗嘱，她继承了上校的遗产，于是我就转弯抹角地暗示说，我正准备去上校的老屋，还想着有可能会在那里见到她。"

"她就仅仅笑了笑，说道'哦，我丈夫他不喜欢女继承人，所以我们全都放弃了。'后来，我震惊地发现，在他们的强力坚持下，那些遗产竟然真的归到了唐纳德的名下；因此，我希望他能在惊喜之后还要好好利用它。其实他也没什么大毛病；他很年轻，而他的父亲也不明智。她无非就事论事地多说了几句，当时我也不明白她什么意思，不过现在我明白了，一定是你说的那样。她突然间傲气十足地帮她丈夫说起了好话：'我希望这样做能让那个红发蠢货闭嘴，不再拿那个遗嘱说三道四。我丈夫坚持自己的原则，把十字军时代传承下来的家族饰章以及贵族冠冕都放弃了，这样的人怎么会为了遗产而去避暑屋里谋杀一位老人呢？'然后她继续笑着说，'我丈夫不可能去杀害任何人，除了用他所认可的正当方式。实际上，他甚至都没有让朋友去向秘书提出决斗。'当然，我现在明白她的意思了。"

"当然，我只明白了一点点，"布朗神父说，"那个秘书拿遗嘱说事？她这话什么意思呢？"

法因斯微笑着说："布朗神父，你真是应该认识一下那个秘书。看他做事简直就是一种乐子，所有的事情他都要大费周章，就像他自己说的那样'做得有声有色'，悼念逝者的房间被他搞得忙碌又活跃，整个葬礼竟充满了活力，这种活力只有在最欢快最热闹的体育赛事上才会出现。但若真有事发生了，他也控制不住。我跟你说过，他是怎么指导园丁干活的，又是怎么跟律师讲法律的。更过分的是，他还会去指导外科医生如何做手术；要是正赶上这个外科医生是瓦朗坦，他指责瓦朗坦'医术差'都算是好听的。秘书的红发脑袋已经认定，德鲁斯就是医生杀死的。警察赶到后，他的语气变得更加义正词严。不用说也能想到，他在案发现场的表现好似世界上最伟大的业余侦探。在一位调查上校死因的警察面前，这个秘书表现出极度的自负、傲慢和轻蔑，就算是高高在上对待苏格兰场®的侦探福尔摩斯，都自愧不如。我说过了，看他做事简直就是种乐子。他一副故作高深的样子，走来走去，甩着那一头显眼的红发，回答问题时也简单粗暴，没有一点耐心。他在这几天里的表现可把德鲁斯小姐惹恼了。当然，他肯定有自己的一套说法，只不过那样的情况只会出现在小说虚构的情节里；然而，弗洛伊德本来就是那种小说里才会有的人物。假如他真的是小说里虚构的人物，倒是还能给人们带来点乐趣，少了些烦扰。"

"他能有什么样的说辞呢？"神父问。

"嗨，说得倒像真的一样，"法因斯有点沮丧，"要是真能经得起一番推敲，那还真是一篇杰作。他说，他们在避暑屋里发现上校的时候，他还有气，但是医生假装要割开他的衣服，就顺便用手术刀将他杀死。"

"我知道了，"神父说，"我猜他应该是脸朝下，在地板上趴着，就好像在午睡一样。"

"这简直风云突变，瞬间柳暗花明啊，"这人就像是个消息来源一样，继续说道，"我觉得弗洛伊德很可能一直想把他的重大发现刊登在报纸头条，很可能还会派人来找医生取证，这时候，'幸运石'下面的尸体就成了重大发现，如同炸药包似的把他所有的打算都炸得灰飞烟灭。这些正是我们要说的事。我认为自杀基本上可以算是供认了。但是这件事的实情恐怕永远也探不清了。"

接下来就是一阵沉默，随后神父也不谦虚地说道："我倒是觉得我已经了解实情了。"

法因斯瞪大眼睛。"可是，"他喊着，"你怎么能了解实情，或者，你怎么能肯定你想的就是真的实情？你一直在这里坐着写布道文章，这里离案发现场有100公里；难不成你要跟我说，实际上你早就知道真相了？就算你真的得出了这件事的结论，那你到底是如何推断出来的？线索又是什么呢？"

布朗神父异常高兴地跳起来，张口第一句话不啻就是一声爆炸。

"那条狗！"他大喊，"肯定是那条狗！要是你能够准确地理解它在海滩上的表现，就能看清所有的真相了。"

法因斯不由眼睛瞪得更大了。"可是你之前说，我对那条狗的异常所表现的困惑完全就是胡扯，那条狗和这件事没有半点关系。"

"那条狗跟这件事有莫大的关系，"布朗神父说，"如果你只是把它看成一条狗，而不是把它看成一个万能天主，能够判定人的灵魂，你就能发现这其中的关联。"

他停顿了一下，好像有点尴尬，然后又带着些歉意，说道："其实，我非常爱狗。在我看来，人们在迷信狗，并且赋予它所有荣耀光环的同时，很少真正地去关心狗本身。我们先从一件小事说起，那条狗冲着律师或是秘书咆哮。你问我怎样能够在百里之外猜到那里发生的一切，坦白来说，那多半都是你的功劳。因为你把那些人描述得栩栩如生，这样他们是什么样的人，我就很清楚了。特雷尔这种人平时总是一脸忧愁，但有时会突然微笑，这人爱摆弄小物件，尤其是脖子上的物件，这表明他内心很焦急，很容易感到局促不安。对弗洛伊德这个做事利落的秘书，我敢肯定他也是个特别容易受惊和焦虑的人。据说，精力过剩的美国人都这样，要不然的话，当他听见德鲁斯小姐那声尖叫的时候，就不会被大剪刀割破手指，而且还失手把剪刀掉到地上了。"

"狗一向很憎恨神经质的人，不知道是否因为他们让狗有了紧张感；或者说，毕竟狗只是个畜生，有恃强凌弱的习性；或者，狗也有虚荣心，而且异常强烈，要是别人没有向它示好，它就会非常不悦。但是无论如何，可怜的诺克斯冲那些人咆哮没有别的原因，只是它不喜欢他们，因为他们都表现出来很怕它的样子。我知道你相当聪明，但凡这个人有点理智都不会去嘲笑聪明机智。但是我有时候不免会想，有时候你过于聪明了，反而不能理解动物；有时候你过于聪明，反而连正常的人都理解不了，尤其是当他们的行为和动物一样单纯的时候。动物都是直截了当的，在它们的世界里，道理都是意会的。就这件事来说，狗冲着人吠叫，人从狗面前逃走。这时候，你似乎并没有认清这个简单的事实：狗之所以冲人吠叫，是因为它不喜欢这个人，但是那人之所以逃走，是因为他害怕那条狗。其实这里面没有任何动机，也不需要什么动机；但是你却生拉硬扯，给它赋予神秘的心理学意义，并且还假定那条狗有着异常的眼光，变成神秘厄运的传声筒。你一定还在臆想着那个人想要逃避的并不是狗，也许是让他恐惧的刽子手。然而，要是你再进一步想想，所有假想的那些心理活动实际上根本就不成立。假如那条狗真能准确地认出凶手就是眼前的那个人，那它应该不只是像茶话会上见到牧师那样，仅仅吠叫几声，更可能的是它会扑到他身上，咬住喉咙。还有，你真的认为一个人狠心地杀死自己老朋友以后，还能轻松地到处走动，在死者女儿和验尸的医生眼皮底下，对死者家属微笑致意？如果他真的是这样的人，你觉得他可能会因为一条狗冲他吠叫，就深感悔恨、缩身逃离吗？他或许是在为这其中的悲剧性嘲讽而有所感触，如同任何一件悲惨小事，触动了他的灵魂。但是他绝对不会为了逃离那个唯一的证人而拼命地跑过整条小径，况且那个人根本不会说话。人们只有在被吓得失魂落魄的时候才会那样，他们害怕的是尖利的狗牙，而不是那悲剧性的嘲讽。整件事要比你想的简单许多。"

"但是当我们把视角转向海边的时候，事情就变得更加有趣了。正如你描述的那样，这其中谜团重重。我不太明白那狗为什么要在海里游进去又游出来的；不过，我觉得，这不像是狗喜欢干的事。如果诺克斯是因为别的事感到烦躁，那它也许就不会追那根手杖，而是应该东闻闻西嗅嗅，寻找悲剧发生的地方。不过，根据我的经验，一旦狗开始追某个东西的时候，不论是石头、手杖或者是兔子，它都不会轻易放弃，除非有人明确地喝止它，这种指令并不是次次都奏效。那狗放弃追手杖，是因为情绪的变化，在我看来，这实在难以想象。"

"但是它的确没有再继续追，"法因斯坚定地说，"没有把手杖叼回来。"

"它没有把手杖叼回来，这合情合理，"神父说，"因为它找不到那根手杖。它是因为找不到才发出哀鸣。这才是狗哀鸣的真正原因。狗这种动物非常注重仪式。它十分重视那些一成不变的游戏规则，就像个小孩子一样，喜欢一字不差地反复听一个童话故事。就在它玩这个游戏的时候，出现了意外。那根手杖的异常表现令它很不满，因此在返回后才会愤怒抱怨。它从来没有遇到过这样的情况。一条优秀、尊贵的狗竟然被一根破手杖给耍了，这样的事还从没在它身上发生过。"

"啊？那手杖干什么了？"年轻人疑惑地问。

"手杖沉下去了。"布朗神父说。

法因斯一言不发，继续盯着看，神父继续说道："它之所以沉下去，是因为它并不是真正的手杖，它外面包着一层薄薄的手杖外皮，而里面实际上是一个钢棍，还带着个锋利的尖头。换言之，那是个剑杖。我觉得，这应该是杀人犯藏匿凶器的方式中最离奇却最自然的了，往海里一扔，再假装让狗叼回来。"

"我稍微有点明白你的意思了，"法因斯说，"可是，就算他用的是那根剑杖，我还是不明白他是如何做到的。"

"我猜，"布朗神父说，"也就是在你刚提到避暑屋的时候，你说德鲁斯上校身穿白色外衣。只要大家都去找匕首，那么就没有人会想到剑杖；要是我们考虑到还有类似于长剑这类兵刃的话，这也是有可能的。"

他仰头看着天花板，简直就像一个已然返璞归真的冥想者。

"有些侦探故事，比方说《黄色房间的秘密》⑩这一类的，就讲到，有人在完全封闭着的密室里被杀，若是把这种情节应用于本案中，根本就不合适，因为本案的案发现场是个避暑屋。我们说的'黄色房间'或者其他任何房间，通常情况下都认定它是实实在在密不透风的，而避暑屋不是。本案中说到了，避暑屋往往都是用树枝条和木头条搭建的，多多少少都会有空隙的。上校坐的那把椅子就背靠着一面墙，而这面墙上就恰好有一个这样的缝隙。正因为这是个避暑屋，屋里的椅子全是藤椅，上面有很多孔洞，避暑屋又是紧贴着树篱的；而你说，那个树篱其实只有薄薄一层。透过树篱、木枝条以及藤条之间的孔隙，在外面站着的人能看见上校的白色外衣，在孔隙中露出来的白点，几乎和靶心一样清楚。"

"你描述的地理位置不太清楚，但是就用现在仅有的线索来推断也不是难事。你说那块'幸运石'并不太高；但是你又说在花园里还能看见它冒出头来。换句话说，它就在花园的边缘附近，虽然你们往那块岩石那里去的时候绕了很远，另外，德鲁斯小姐也并不太可能一声尖叫就传到了半英里以外。她只是失声惊叫了一下，你们却正好在海滩上听见了。你提到不少有趣的事情，但是我要提示你一下，其中你说到，哈里·德鲁斯被落在后面，站在树篱下抽烟斗。"

法因斯竟微微颤抖。"你是说，他就在那里拔刀刺穿了树篱，直接插到了那个白点上。可这个时机实在是可遇而不可求，并且还要当机立断。除此以外，上校到底有没有把遗产留给他，他并不清楚，不过，事实证明，还真没留给他。"

布朗神父面部表情丰富起来。"你误解了这个人的性格，"他说，仿佛他从小就很熟悉这个人似的。"他的性格十分奇怪，但并不罕见。如果他确定遗产会留给他，我敢肯定，他不会做出这样的事，他会觉得这样的行为很肮脏、很龌龊。"

"这样不就自相矛盾了吗？"另一个人忍不住问。

"他是个赌徒，"神父说，"同时，他还因自作主张的冒险行为，把脸面都丢尽了。这事多半还是见不得人的，因为每个帝国警察跟我们想象的帝国警察是不一样的，他们更像是俄国的秘密警察。但是这人越了界，而且还失败了。这种人，当他们回首往事的时候，都会认为自己曾经的冒险经历简直精彩至极。也正因为如此，这时候最诱惑他的，就是再疯狂一次。他想说：'只有我才能抓住这次机会，或意识到机不可失。当时这一切都被我联系起来，这神机妙算是多么狂野；唐纳德令人厌烦；律师受邀来访；而我和赫伯特也同时接到邀请——最后上校还咧嘴笑着欢迎我、跟我握手。所有人都会说，我冒险之大实在疯狂；但是想要发财的人就必须敢于冒险，并且有远见。'反正这一切都是虚荣心在作怪，是一个真正的赌徒拥有的妄自尊大。所有惊人的巧合看起来越是没关系，就越能激发他当机立断的决心，他抓住机遇的可能性就越大。这个意外的发现，也就是树篱上的孔洞还有那不起眼的白点，就像是一片充满物质欲望的美景，让他沉醉。各种意外的事件全都汇集一处，这样空前的机遇，他如此聪明的人绝对不会无所作为，像个懦夫一样！魔鬼就是这样跟赌徒说的。但是魔鬼自己不太会忽悠这个心里不爽的人，让他用那个枯燥乏味又精心策划的老套路，杀死自己厚望所寄着的叔父，这难免又落入俗套了。"

神父停顿了一会儿，紧接着稍微加重语气继续说。

"现在我们先试着能否把当时的场景回想起来，就像你亲眼看到的那样。他站在那儿的时候，就被魔鬼赐予的机会搞得心神不宁，他仰起头看到了那个诡异的轮廓，就好像看到了自己那摇摆不定的灵魂所勾勒出的影像；那块岩石仿佛倒立的金字塔，耸立在另一块石头上，摇摇欲坠，他想起来那是'幸运石'。你觉得他这样的人这时候该如何理解这个信号呢？我觉得它会促使他准备开始行动，甚至能令他紧张起来。要想做大事就不能怕这怕那。不管怎样，他还是行动了；那下面的难题就是该怎么隐匿他的踪迹。案发后肯定要进行全面搜查，要是被人搜出自己拿着剑杖，更别说是带着血迹的剑杖了，这可是致命的。要是随便扔了，人们早晚都能找到它，而且很可能顺藤摸瓜，找到他。就算他扔到大海里，他这样的举动也会引人注意的——除非他用十分自然的方式来掩饰。他还真想到了，而且很理想。因为你们三个人只有他戴表了，他可以告诉你们不急着返回，再走远一些，然后就玩游戏，扔手杖让狗去叼回来。能想到，他那双幽暗的眼睛是怎么扫视这荒凉的海滩的，最后，将目光定在了狗身上！"

法因斯点了点头，凝视着远处，陷入一阵沉思。他的思绪飞到了谈话中不太实际的那部分。

"奇怪的是，"他说，"那条狗跟这件事还真有关系。"

"要是那条狗真的能开口的话，它几乎能把所有的真相都告诉你，"神父说，

"我不满的是，因为它不会说话，你就编了个故事强加在它身上，然后还让它用天使和人的口吻去讲那个故事。这是我在现实世界里关注到的一个现象，它越来越多地在报纸上的各类传闻以及日常的流行语中得以体现；它仅仅是人们的主观臆想，没有凭证。人们连想都不想就把这些传言照单全收，它就像涨潮的海水一样，将你们原有的怀疑论和理性主义全部吞噬；它就叫作迷信。"他腾地一下站起来，一脸凝重，旁若无人，自顾自地发表言论。"不相信天主的表现就是这样，你们连常识都丢了，不能按着它们的原形去看待它们。凡是人们宣称和议论的所有事，都充斥着迷信，它仿佛噩梦里的景观一样无限地延伸。狗代表某种预兆，猫被看成神秘之物，猪寓意吉祥，而甲壳虫则变成圣甲虫⑪，将埃及和古印度的多神教中所有的动物都汇集于此；胡狼阿努比斯⑫、绿眼睛的贝斯特⑬女神、所有怒吼的巴珊公牛⑭，都退回混沌初开时候的那个兽性神灵之地，逃入蛇、大象还有鳄鱼的怀抱，这一切，都是因为你们害怕这几个字：

'基督成为人⑮'。"

年轻人尴尬难堪地站起来，仿佛无意间听到了他自己藏于心底的独白。他呼唤着那条狗，走出房间，含糊却轻松地向大家告别。但是他必须再次呼唤那条狗，因为它仍旧蹲坐在那儿，抬着头凝望着布朗神父，好像一条狼，凝视着圣方济⑯。

【注释】

① 英文里的狗 dog 倒过来拼读，就是神 god。

②《圣经·马太福音》6：3：当你向别人施舍的时候，不要让你的左手知道右手在干什么。(But when thou doest alms, let not thy left hand know what thy right hand doeth：)。

③ 蒙特卡洛 (Monte Carlo)：世界上著名的赌博之城，是摩纳哥的标志。

④ 诺克斯 (Nox)：罗马神话里的夜之女神，也是司夜女神。

⑤ 玫瑰形饰缎带 (Rossette)：一种封爵制度。1802 年，拿破仑为了推翻旧

王朝的封爵制度，设立了法国荣誉勋位团，后成为法国颁授的荣誉中最高级别。能获得这种荣誉的法国军人或是平民，国家会授予他们荣誉军团勋章和相匹配的玫瑰形饰绶带。在出席某些不宜佩戴勋章的场合时，可单独佩戴绶带。

⑥《新事物》通谕（Rerum Novarum）：又叫"劳工问题"。1891年，十三世教宗由良（又译为"利奥"）发布。这则通谕系统化地阐释了天主教的社会教义，在历史上具有划时代的意义。通谕内容涉及到当前社会危机、劳工权利、工资差距、家庭权利、私有财产权、国家责任和社会责任等一系列问题。

⑦ 里凯蒂：加布里埃尔·里凯蒂，又是米拉博伯爵（Honoré Gabriel de Riquetti, Comte de Mirabeau, 1749 ~ 1791年）。法国大革命时期的著名演说家和政治家，是个持中立立场的贵族，主张君主立宪制。法国将贵族称号废除以后，官方文件上称呼他的本名，他以此来表示嘲弄。

⑧ 维永侯爵在法语中为Marquis de Villon，其中"de"为介词，原用来表示贵族出身，后在汉语中被习惯性地翻译成"德"。

⑨ 苏格兰场（Scotland Yard）：正式名称是New Scotland Yard，也叫The Yard。代表伦敦警务处总部，位于英国首都伦敦，负责整个伦敦地区（除了伦敦城City of London）的治安问题并维持交通。

⑩《黄色房间的秘密》（Yellow Room）：推理史上首部密室杀人小说，是一部长篇经典，被誉为"不可模仿、空前绝后的推理小说杰作"，作者是加斯东·勒鲁（Gaston Leroux, 1868 ~ 1927年），法国著名的推理小说家。

⑪ 圣甲虫（Scarab）：蜣螂。在古埃及，它被人们视为一种神圣的动物，可制成饰品、印章、护身符等。

⑫ 阿努比斯（Anubis）：俗称胡狼神，是古埃及神话里的死神。

⑬ 贝斯特（Bastet，或Bast，Pasht）：也可译为"巴斯泰特"，古埃及的欢乐与音乐之神，常以猫或者雌狮首女人身的形象出现。

⑭ 巴珊公牛：在《圣经·诗篇》22：12：中这样说："许多公牛围着我，巴珊的大力公牛四面困住我。"

⑮ 这句话引用阿塔拿修（Athanasius，也可译为"亚他那修"，298 ~ 373年）

的名言，"基督成为人，是为了教我们如何成圣（For he was made man that we might be made God.）"；阿塔拿修是埃及亚历山大城的一位主教，东正教会的一位教父，并且被列入圣人行列。他确立了天主上帝和耶稣两者平等且本质相同的思想，对传统的基督教教义中三位一体的发展产生了重大影响。

⑯ 圣方济：亚西西的方济各（St. Francis of Assisi, 1182 ~ 1226年），又叫圣五伤方济各，是方济各会（也称小兄弟会）的创立者，是动物、商人、天主教会运动、美国旧金山市以及自然环境等的守护圣人。据说他曾经在宣道途中，帮助农民驯服恶狼，让狼与农民立下和平之约，从此狼不再伤害农民，农民也饲养它们。

◇ 新月大厦的奇迹 ◇

新月大厦本是个名副其实的浪漫之地，其中许多事情自身都堪称浪漫了。起码它曾经表现了历史的或是英雄般的真正情怀，而这种情怀和商业精神共同存在于美国东海岸的一座老城中。它本来是一座充满古典气息的弧形建筑，总能勾起人们18世纪的回忆。在那个时代，那些贵族身份的人，比如华盛顿和杰斐逊，因为他们所具有的共和思想而备受人们关注。来这里旅游的人往往会被反复地问及他们对这座城市的感受，其实就是想问一下他们对新月大厦什么感受。现如今，这座大厦已被改造，早已面目全非，可就是因为它一下与原始风格完全相反，才使得它保存到今天。在新月形建筑的一侧，最末端那个窗户正好能够俯瞰整个名人聚会的那个小花园，树木和树篱的布局规整，几乎可以与安妮女王花园①相媲美。然而，转过那个尖角以后，映入眼帘的却是截然不同的景象，不管从哪个房间的哪个窗户看出去，眼前都是一面墙，光秃秃的，实在大煞风景，那是一个巨型仓库的外墙，依附于某个让人厌恶的产业。新月大厦中的这部分公寓，本来就是按着美国酒店的样式来建造的，看上去千篇一律，简直单调乏味。大厦虽然还是没有那座仓库高，但这要是放在伦敦，也算是摩天大楼了。但一条灰色的柱廊横贯在它临街的正面，显露着饱经沧桑的庄严，让人感觉就好像合众国国父的灵魂还在这里徘徊。然而房间里面却是很新潮、整洁，汇集了纽约最新潮的配设，尤其是小花园和仓库之间最北端的房间。在英国，这些小房间都叫作单元房，每套房都有客厅、卧室，还有卫生间，在这样的一间小房子里，赫赫有名的沃伦·温德正在办公桌前坐着整理信件，发放各种指令。他办事干脆利落，井井有条，实在让人佩服，也可以说具有雷厉风行的典范。

沃伦·温德先生是个小矮子，花白的头发散乱着，蓄着山羊胡须，看起来弱不禁风，但实际上精力旺盛。他那双奇妙的眼睛，炯炯有神且魅力十足，任何人看到这双眼睛都会留下深刻的印象。确实如此，最起码，那些经过他改良和调整过的杰作都能表明他拥有一双慧眼。坊间流传着许多传闻，或是传奇，说他做出正确判断的速度能与闪电相匹敌，他对人性的超强洞察力更让人们拍案叫绝。他的妻子和他长期都从事慈善工作，两人的相识经历也充满传奇色彩。据说，一次官方组织的庆祝活动上，有一群身穿制服的妇女队伍游行，恰好经过此处，他一眼就从这群人中把未来的妻子选出来了。有的人说那队伍是女童子军②，也有的人说，那是女警察。还有一个故事，三个流浪汉找他援助，他们衣衫褴褛、面容脏秽难以辨认。他当即就把其中一位送到专治神经失调的医院，让另一位去醒酒所，把第三个留在身边做仆人，并给他优厚的待遇，而这个仆人在接下来的好几年里一直恪尽职守、兢兢业业。作为美国的一名公众人物，便不可避免地与同时期的名人交往，进行历史性的访谈，哪怕就只是在报刊上进行言语互动，包括罗斯福③、阿斯奎斯④夫人、亨利·福特⑤等这些人物，在这个过程中，他当机立断的评判和巧妙的应对，成了众人乐此不疲的话题。可以肯定，那些名人们并不能影响他的气场。就像此刻，尽管他面前有个同等级别的人物，他还是能够平静自如，一如既往地快速处理手头的文件。

西拉斯·T.范达姆既是百万富翁，又是个石油大亨，身材瘦削，一张长脸有些发黄，头发呈蓝黑色。这些色彩本来并不显眼，但是却有某种险恶的感觉，因为在明亮的窗口和窗外仓库的白墙，这两者的双重映衬下，他的脸和身体如同罩上了一层黑影。他穿着一件很考究的外套，上面还有一条条俄罗斯的羊羔皮做点缀，一声不吭地在那里站着。而温德却与他完全相反，温德一脸热切，炯炯有神的眼睛微睁，沐浴在从窗外射进来的阳光里，因为他的办公桌恰好正对着那扇能俯瞰小花园的窗子；尽管他表情很专注，但令他如此专注的并不是那个百万富翁范达姆。温德的随行男仆身材魁梧、健硕有力，一头浅黄色的头发。他正在主人桌子后面站着，手里拿着一沓信件；温德的私人秘书很干练，是个红发的小伙子，一张脸棱角分明。这时，他已握住门把手，好像在揣摩雇主的心思或者是在服从雇主某一个手势的指令。这间房不仅很整洁，甚至简朴得让人感觉空荡荡的。温德说话办事一向讲究彻底，他把楼上这一整层房间都租下来，改造成了储藏室，将所有的文件和物品都整捆地打包，或者是装进盒子，然后存放在储藏室里。

"威尔逊，把这些交给楼层的文员，"温德对手拿信件的男仆说道，"然后再拿来明尼阿波利斯夜总会那个小册子，在字母'G'标志的那一捆里。半个小时后我要用，但是在这之前不要来打扰我。喔，范达姆先生，我觉得你的提议很有远见，但是我还不能给你最终的答复，我需要先看一下报告再决定。明天下午我应该就能拿到那个报告，我看完会马上给你打电话。很抱歉现在无法给你更肯定的答复。"

范达姆先生心想这应该是委婉地下逐客令了，他那发黄的脸上露出一丝嘲讽。看得出来，他体会到这其中的讽刺意味。

"哦，看来我该走了。"他说。

"非常感谢你能上门来访，范达姆先生，"温德礼貌地说，"请原谅我，我现在手头上还有事情要赶快处理，就不送了。芬纳！"他对秘书说，"请把范达姆送上车，半小时后再过来。我需要单独待一会儿，处理一些事，完事后我就去找你。"

他们三个人一起走出门，来到走廊上，顺手关上了门。身材高大的那个仆人威尔逊回头走向楼层文员，另外两个人朝着相反的方向，走到电梯口，因为温德先生的公寓在高高的14层，只能乘坐电梯上下。但是，就在他们刚走出一两步的时候，突然意识到走廊那边有个人，正阔步走过来，这个人高大魁梧，肩膀很宽，在浅色装束的映衬下，一身光鲜着装更加显眼。走近一看，这人一身白色或者说是浅灰衣着，头戴一顶硕大的圆冠阔边白帽，帽檐下露出的一圈白发，几乎与帽檐一样宽。如此光晕的映衬下，他的面容显得坚毅又英俊，颇具罗马皇帝的风范，只是他那明亮的眼神、祥和的笑意，不仅流露出大男孩的气息，更添了几分童稚。"沃伦·温德先生在吗？"这人底气十足地问道。

"温德先生很忙，"芬纳说，"很抱歉，他不希望被任何人打扰，我是他的秘书，可以替你转达任何口信。"

"就算是王宰成员或教宗来访，温德先生也不会接待的，"石油大亨范达姆酸酸地说道，语气中充满了讽刺，"温德先生很独特，我想进去把那'区区'两万美元交给他，并谈一下条件，可他竟然让我改天再来，仿佛我就是个应召的男童似的。"

"做个男童就已经很好了，"那个陌生人说道，"能应召的话就更好了；但是我这件事倒是很值得应召，他必须听听那是西部大好河山发出的召唤，你们还呼呼大睡的时候，那里就正在打造一些真正的美国人。请你告诉他，我是阿特·阿尔博因，来自俄克拉荷马市，我是来改变他的信仰的。"

"我告诉你，谁也不能见他，"红发秘书喝道，"他下了命令，半小时之内，不允许任何人去打扰他。"

"也就你们这些东部人，总说自己不想被人打扰，"阿尔博因先生乐呵呵地说，"我觉得，一股巨大的风潮正在西部兴起，早晚都会刮到你们这里。他正盘算着到底该出多少钱去资助各种老掉牙的宗教；但我要告诉你的是，如果最终确定的资助对象中没有德克萨斯，也没有俄克拉荷马的那个'大神'⑥新运动，那么这就说明，未来那个世界性的宗教已经被他排除在外了。"

"呃，未来宗教的那些底细，我已经摸清了，"那个百万富翁不屑地说，

"我仔细琢磨了一下，结果发现，他们无非就是跟黄狗一样，都是肮脏的东西。我觉得那个叫自己索菲亚的女人，倒是应该自称撒非喇⑦。这只不过是另一种有利可图的欺诈罢了。用绳子把所有的桌子和铃鼓系在一起，这不是糊弄人吗，还有个团伙，自称是'隐形生命'，他们说能够随意自如地从人们面前消失，不过，他们确实消失了，还顺走了我的 10 万美元，一起消失得无影无踪。我还在丹佛认识了个人，叫朱庇特·耶稣，跟他连续见面好几个星期以后，我发现，他就是个大骗子，还是个不入流的。'巴塔哥尼亚人的先知'⑧这个人，也是一样的货色，我相信，他现在已经逃到巴塔尼亚地区了。算了，我不能再上当了，从今以后，我只相信亲眼所见，这就是人们所说的无神论者。"

"我觉得你误解我的意思了，"来自俄克拉荷马市的那个人辩解道，"我觉得咱俩都是无神论者。我们的运动只是简单的科学，不存在任何迷信或是超自然的东西；在科学中唯一正确的内容只有健康，而呼吸就是唯一正确的健康。你的肺吸满来自西部大草原的新鲜空气，然后再呼出来，就能够把你们东部所有的老城吹到大海里。你一口气就能把那里最强壮的男人吹走，就像把蓟花的冠毛吹走一样。这就是我们家乡刚兴起的新运动：我们只呼吸，不祷告。"

"哦，你确实在呼吸。"秘书很不耐烦地说。他那张充满智慧又敏锐的面孔，此时再也掩饰不住了，浮出一些厌倦，但他居然能装得如此耐心和礼貌，听完两人滔滔不绝的演说（传说中美国人既无礼又急躁，可这却完全不同），在美国，还能有人如此耐心有礼貌地安心听这种独白，这实在难得。

"这里没有超自然的内容，"阿尔博因继续说道，"这无非就是所有超自然幻想背后隐藏着的自然本像罢了。传言只要神'把空气吹到他鼻孔里'⑨，他就能变成有灵的活人，犹太人不就是这样的人吗？在俄克拉荷马市，我们只能自己给自己鼻孔里吹气。精神是什么？希腊语中的解释不就是'呼吸'吗？预言、生命、进步，这一切全是呼吸。"

"有人可能会说，这一切不过是过眼云烟罢了，"范达姆先生说，"但是我很高兴，不管怎样，你们总算把神学的噱头给抛弃了。"

秘书芬纳那张敏锐的面孔在红发映衬下，显得异常苍白，这时他脸上一个奇怪的表情突然闪过，好像隐含了一丝难言的苦涩。

"这我就不高兴了，"他说，"我只是很确定，你好像很喜欢做个无神论者。这样的话，你想相信的所有东西，你都能随心所欲地去相信。我跟你不一样。我跟神发愿，我希望有神的存在；但实际上却没有，这就是我的运气。"

就在这时候，所有人突然惊觉，本来在温德房间门外只有三个人，不知不觉间竟然成了 4 个。谁也不知道这第 4 个人已经在这里站了多久了，但从他的表现看，这人一直满怀敬意，甚至是有点胆怯，等待时机告诉大家一件急事。但是这个人像只蘑菇似的突然冒出来，让众人感到紧张。他看起来很像一个黑色大蘑菇，这话倒是不假，因为他身材矮小，体型敦实，头上还顶着个硕大的黑色教士帽。要是蘑菇也有打伞的习惯，尤其是不成形的破伞，那样的话，就真的看不出他与蘑菇的区别了。

芬纳秘书认出来这人是一个教士，于是又多了些惊异。但是，当这个教士仰起头，露出大圆帽遮盖下的圆脸，一脸天真地说要见温德先生时，芬纳秘书斩钉截铁地拒绝了他的要求。但是这教士却丝毫不让步。

"我真的要见他，"他说，"我知道这听起来很奇怪，但是我真的只是想要见他。我不想跟他说话，只想见他一面。只想看看他是否还在那里，还能不能让人们见到。"

"好吧，那我告诉你，他还在那里，但是不能让任何人见到，"芬纳越发地烦躁，说道，"你想知道他是否还在那里，这是什么意思？他当然还在那里。就在 5 分钟前，我们刚刚离开他，然后就一直在这个门外站着。"

"那好，我想知道他是否一切安然无恙。"教士说。

"为什么？"芬纳愤怒地追问。

"因为，我有很严肃甚至是很严重的理由，"教士郑重其事地说道，"我很怀疑他现在还是安然无恙。"

"哦，我的主啊！"范达姆几乎愤怒地喊道，"不要再搞这些迷信了。"

"我想，我必须说出我的理由了，"小个子教士绷着脸，严肃地说，"要是我不把整件事全都说出来，就算是透过门缝，你们也不会让我看的。"他沉默了片刻，好像在回想，紧接着继续陈述，对身边这一张张充满疑惑的脸完全视而不见。"刚刚在外面，我正沿着柱廊走，突然看见一个人，衣衫褴褛，飞快地跑过新月大厦的那个尖角，沿着小径奔着我冲过来。这人瘦骨嶙峋，我认得他的脸。他是个粗鲁野蛮的爱尔兰人，我以前帮过他；但是他的名字我要保密。当他看到是我的时候，惊讶地说了一句：'怎么是你，布朗神父，我今天就怕见你这张脸。'"

"我知道他肯定是干什么坏事了，但我并不觉得是我这张脸吓到他了，因为他很快就向我倾诉，这是件诡异的事情。他问我认不认识沃伦·温德，我回答不认识，尽管我很清楚温德先生就住在这里的上层公寓。他说：'那人自称是天主的圣人；但要是他听到我对他的评价，恐怕他就会想着去上吊了。'他激动地重复了好几遍，一副歇斯底里的样子，'没错，想着上吊。'我问他是否伤害了温德，他的回答却是异常地诡异，他说：'我确实拿了一把手枪，但是里面没有子弹，只有一条诅咒。'据我所知，他只是拿着一把老式手枪没有子弹，只有一条诅咒，跑过大厦和仓库之间的小巷，照着墙开枪，仿佛真的能把那座建筑打倒似的。'就在我这样做的时候，'他说，'我念着最恶毒的咒语，希望公正的天主会揪着他的头发，复仇的地狱会抓住他的脚后跟，就像撕碎犹大那样，从此在这个世界上消失。'"

"哦，至于后来我又给那个疯狂又可怜的人说了些什么，现在已经不重要了，他平复了一下就离开了。我绕到大厦后面进行查看，果然，小巷这面墙的下面有一把生锈的老式手枪。我对枪略懂一二，能够看出来，这里面只有一点火药，墙上也有黑火药的痕迹，甚至还有枪口的痕迹，但是奇怪的是，没有任何子弹打上去而留下的凹痕。任何破坏的痕迹他都没留下，除了墙上的一些黑色印迹和飘入天空的诅咒，什么踪迹他都没留下。于是我就返回这里，打听一下温德先生的情况，看看他是否一切安好。"

芬纳情不自禁地大笑，"我可以很快地帮你解决这个问题，我肯定他没事，几分钟前我们刚离开他，那时候他就在办公桌前写东西。他独自一人待在公寓里；这里比那条小巷要高出 100 公尺，哪怕你那个朋友射的是真子弹，也不可能打到他。除了这个门，再没有第二个入口能进入公寓里，而从我们离开温德以后就一直在这个门口站着。"

"无论如何，我该进去看看。"布朗神父严肃地说。

"但你不能进去，"芬纳强硬地反驳道，"主啊，不要告诉我你真的相信那些诅咒。"

"你忘了吗，"那个百万富翁冷笑道，"这位可敬的神父的工作就是祝福和诅咒，来吧，先生，如果他被人诅咒下地狱，那为什么不做祝福让他重返人间呢？如果你的祝福连一个爱尔兰恶棍施下的诅咒都破不了，那你的祝福还能干什么用？"

"现在还有人相信这些玩意儿吗？"来自西部的阿特突然开口抗议。

"我想布朗神父会相信很多东西。"范达姆说道，因之前受到冷落，现在又目睹众人的争吵，他早已一肚子的火气了。"布朗神父相信，一个隐士能够念咒语驱使鳄鱼带他过河，过河之后对鳄鱼说一句去死吧，那鳄鱼就死了。布朗神父还相信某人或某个圣者去世以后，就被变成了三具尸体，分别派到三个教区，我猜那几个教区都是他的家乡吧。布朗神父相信一位圣者把他的斗篷挂在日光上，而另一位则用他的斗篷做船横渡大西洋。布朗神父相信圣驴有 6 条腿，而洛雷托圣母之家⑩竟能在空中飞行。他相信那数百个石雕的处女可以整天眨眼、哭泣。在他看来，相信一个大活人能从锁眼里逃走或者说从密闭的房间里消失根本不算什么，我估计他对自然法则也是不以为然的。"

"无论怎样，我必须坚守温德先生定下的要求，"芬纳秘书有点厌倦地说道，"他说他要单独在屋里，不能打扰他，这是他的要求。威尔逊也会这样做的。"因为就在他说这话的时候，那个奉主人要求去拿小册子的男仆恰好经过，他手里拎着一捆小册子，从门前默默地走了过去。"他会走到楼层文员旁边的长椅那里，坐下来捻手指打发时间，一直到他被召唤的时候，他绝对不会提前进屋，我也不会。我觉得，我们俩都相当清楚应该听谁的使唤，要想让我们忘掉这一点，恐怕布朗神父就得请求无数天使和圣人的帮助了。"

"说到天使和圣人——"神父开口道。

"全是胡扯，"芬纳重复说道，"我也不想说这些冒犯的话，但是估计这套说辞更适用于修道院和地下墓穴，还有任何臆想出来的地方。但在美国的酒店里，就算是鬼魂也穿不过去这紧锁的门。"

"但人能打开门，哪怕是在美国的酒店里，"布朗神父耐心回答，"并且，依我看，没有什么比打开这扇门更容易的了。"

"它足够简单，以至于能丢掉我的工作，"芬纳回敬道，"沃伦·温德先生不喜欢这种头脑简单到如此地步的秘书。"

"好吧，"神父严肃地回答，"说得没错，我相信的那些东西，你未必相信，但我要解释一下我所相信的一切，还有我自以为正确的诸多理由，一句两句也解释不清楚。不过，把门打开，证明我是错的，这只需要两秒钟。"

神父说的一番话中，似乎有什么把这个西部人狂傲不羁的心灵打动了。

"我同意这样做，"阿尔博因边说边站起来，往众人这边走来，"而且我也会这么做。"

他把公寓门一把推开，朝里面张望，看到沃伦·温德坐的那把椅子是空的，然后发现屋里面同样空无一人。

芬纳也有了兴致，经过阿尔博因，冲进公寓房间。

"他在卧室，"他匆忙地说道，"他一定在卧室里。"

就在他冲进内室的同时，其他人呆呆地站在空荡荡的外室，环视四周。这屋里的陈设呆板又简朴，众人在之前就已经发现了，此刻，当我们再次身临其境，感受到的却是严峻的挑战。毋庸置疑，这屋子里连个老鼠都藏不住，更别说是个人了。窗子没有窗帘，并且没有壁柜，这完全不符合美式风格。那张办公桌一样简单质朴，唯一的抽屉非常浅，上面有倾斜的盖板，配着几把结实的椅子，这椅子没有任何覆面，只有高背框架。芬纳秘书慌忙查看了这两间内室以后，旋即跑到外间，两眼直愣愣的，眼神中能看出来满满的否定，他急切地开口，但嘴巴似乎不听使唤，有些僵硬地说："他从未经这里出去吧?"

其他人对他那否定疑问句表示不屑,他们的心思似乎全到对面仓库那面光秃秃的墙上了,天色渐晚,薄暮慢慢地降临,洁白的墙上也随之呈现一片灰白。范达姆走到窗台,他刚刚就在这里倚靠了半个小时,从这扇敞开着的窗户望去,那面墙上既没有排水管也没有消防梯,更没有任何可以立足攀爬的凹凸,平直光滑的墙面从这里开始一直延伸到下面的小巷,从这里往上还有好多层楼,墙面一样平直光滑。小巷对面的建筑几乎完全相同,变化很少,一大片整体刷白的墙面,单调乏味。他又朝下面看去,仿佛期待看到点什么新闻,比如消失的慈善家自杀躺在小路上。他只看到一个黑色的小东西,因为距离远,而显得很小,但这很可能是布朗神父所发现的那把老式手枪。与此同时,芬纳秘书走到另一扇窗户前面,这面墙也是光秃秃的,没有任何可以攀爬的立足点,但是,从这里看到的却是精致的小花园,而不是小巷。这里的树丛挡住了地面,向上伸展开的枝叶也微微攀附在那面光滑的墙壁上。两人几乎同时把视线转到室内,在越发浓重的暮光中无言相视,这时,最后几缕银白色日光射在桌面上,并正在迅速地变暗。越来越浓的暮色好像惹恼了芬纳秘书,他伸手就去开灯,眼前一切瞬间收进亮光之中,明晃晃的,让人心里一惊。

"正如你刚才所说那样,"范达姆冰冷地说,"就算手枪里装的是真子弹,从下面根本射不到他,并且,即使真的被子弹打中,他也不可能像肥皂泡一样消失得如此离谱。"

看着狂躁的范达姆,芬纳脸色越发苍白,心里怒气更是不打一处来。"怎么可能,胡扯什么肥皂泡和子弹?他就不能还好好活着吗?"

"就是,为什么不能呢?"范达姆接着话茬说道,"要是你能告诉我他在哪儿,我就能告诉你他是如何过去的。"

片刻停顿之后,芬纳不悦地嘟囔道:"我觉得你是对的。我们此时的表现正好与我们刚才讨论中的观点相违背。如果我们真的相信诅咒,那就太诡异了。但是,谁又能进入这密闭的房间伤害温德先生呢?"

阿尔博因先生一直在屋中央站着,叉着双腿,他那一圈白发和圆溜溜的眼晴全都充满了惊异。这时，他就成了个口无遮拦的小孩子，莽莽撞撞地问："范达姆先生，你不喜欢他吧？"

范达姆先生的黄色长脸瞬间阴郁起来，同时也拉得更长了，他微微一笑，平静地回答："要说是巧合的话，我记得你说过，来自西部的大风能把大活人一口气吹走，就像蓟花的冠毛那样。"

"我是说过能吹走，"阿尔博因先生坚定地说，"但问题是如何吹走的呢？"

芬纳打破了随之出现的沉默，迫切地说："这件事只有一点是可以确定的，那就是它没有发生，也不可能发生。"

"哦，可不能这么说，"在角落的神父开口道，"这事的确发生了。"

众人全都惊得一颤，因为这个最开始怂恿他们开门的小矮人，他们早就将他给忘了，当他们再次注意到他的时候，大家马上转变了心境，突然想起来，他们之前还在嘲讽这个人相信迷信、胡言乱语，然而，他暗示的那个意外情况，竟然真的在他们眼皮子底下发生了。

"这可真邪门！"鲁莽的阿尔博因不由喊出来，"看样子，这事还真不简单了！"

"我必须承认，"芬纳瞪着桌子，皱着眉头说道，"显然，神父的预想是有事实依据的，我很好奇他是否能告诉我们详细的情况。"

"要是可以的话，他最好告诉我们，接下来我们该如何处理。"

小个子神父以谦恭而又理所当然的态度承担了众人赋予他的这个角色。"我能想到的只有先向警察局报案，然后再查看一下我说的那个人除了把枪丢下了，还有没有留下其他可疑踪迹。他经过大厦靠近小花园的那个拐角后就消失了。那里有许多椅子，流浪汉最喜欢去那里。"

于是，众人直接找酒店管理方对这件事进行商议，酒店方又联系了警察，将这里的情况介绍了一遍，整个过程耗费了不少时间；等他们离开大厦，走到长长的柱廊下时，天已经黑了。新月大厦仿佛如同它的名字一样冷峻、缥缈，当他们转过大厦那个尖角，走到小花园的时候，月亮也泛着白光爬上了夜空，在黑黢黢的树冠后面若隐若现。夜色把这里的城市生活以及人工雕琢的痕迹全部掩去，当他们进入树林的阴影下时，他们突然感觉有些异样，好像眨眼间就离开家好几百英里了。他们安静地继续向前走了几步，阿尔博因这个心浮气躁的人突然爆发了。

"我放弃，"他喊叫道："我自认倒霉，我从来没想到会遇到这样的事；这事还偏偏找上门来了，这能怎么办？请原谅我，布朗神父，我只能听你的了。从今以后，我再也不会怀疑神话传说了。呃，范达姆先生，你说你也是个无神论者，只相信自己亲眼所见的。那么，你到底看到什么了？或者说，你没看到的又是什么？"

"我知道。"范达姆一脸沮丧，点头回应。

"喔，都怪这些树和月亮，搞得大家神经兮兮的，"芬纳固执地说道，"月光下的树总是很怪异，特别是那些树根，横七竖八的。看那根——"

"是啊，"布朗神父说着便停下来，透过树枝的缝隙，凝望着那朦胧的月亮，"那根树枝确实不同寻常。"

他继续开口只吐出一句话："我原以为那是个断枝。"

但是这一次，他的声音中多了一丝哽咽，不知道什么原因竟然让其他人感到了一阵寒意。月光衬托下，那暗黑的树上好像有个枯树枝似的东西，软塌塌地在上面挂着；但这不是枯树枝。就在他们想要走近看清楚些时，芬纳尖声念着诅咒，跳着跑开了。随即他又跑回来，解开绳子，原来挂在树枝上的竟然是一个瘦小且肮脏的身躯，花白的头发一缕缕地垂下来，脖子上还缠绕着绳子。不知道为什么，在他想法把它取下来之前，他就已经料想到是一具尸体了。长长的绳子在那根树枝上缠了好几圈，其中一小段从枝杈间垂下来拴着那具尸体。脚下不远处还倒着一个小浴缸，就像是人上吊时候踢翻凳子那样。

"哦，天啊！"阿尔博因大声感叹，既像在祈祷，又像在诅咒。"那个爱尔兰人说什么来着？——'如果他知道，他就会想着去上吊。'布朗神父，他是这么说的吧？"

"没错。"布朗神父回答。

"呃，"范达姆一脸茫然，"我从未想到过能够遇到或者说谈论这种事，但事情已经这样了，除了说是诅咒发挥了作用，还能说什么呢？"

芬纳站在那里，双手捂面；神父伸手搭在他的胳膊上，轻抚几下，轻声说道："你跟他感情很深吧？"

芬纳把手放下来，露出一张煞白的脸，月光照射下，显得有点可怕。

"我快恨死他了，"他说，"如果他真的是被诅咒而死的，那也很有可能是我咒的。"

神父无意识间抓紧了他的胳膊，之前表现一直很超然的神父，现在竟然语重心长地对他说："你大可放心，他不是你咒死的。"

这里的警察发现要想对付这 4 位涉案嫌疑人还真不好办，因为他们都是名人，尽管通常情况下，他们都是很靠谱的人，其中一人还是手握大权的重量级人物：石油托拉斯的大亨西拉斯·范达姆。当头一个警察刚打算对这位百万富翁的说法产生质疑的时候，他立即火冒三丈。

"别跟我说什么要尊重事实，"他暴躁地说，"在你还没出生时候，我就已经尊重了很多事实了，而且有些事实还要尊重我的意见呢。我如实地陈述事实不难，关键看你有没有准确记录的能力了。"

被范达姆奚落的这个警察很年轻，级别也较低，这位富翁的身份在他看来很特别，不能用常规的方法对待他，于是就把他和他的同伴交给自己的上司处理。他的上司是个表情冷漠、头发花白的督察，叫科林斯，说话循循善诱并且一脸郑重严肃，属于那种态度很谦和但办事又一丝不苟的人。

"好，好，"他眼里放着光，看着眼前这几位重量级人物说道，"听起来似乎是个有趣的故事。"

布朗神父已经开始处理自己的日常工作了；而西拉斯·范达姆却放弃了手头的大生意，花了将近一个小时的时间在讲述他的不凡经历。某种程度上看，芬纳的工作在主人生命终结那一刻也走到了尽头；还有阿特·阿尔博因在哪儿都没有个正经工作，只得到处宣扬"大神"或者"生命的呼吸"宗教，因此他对于眼前这件事很感兴趣。就这样，他们几个人站成一排，待在督察办公室里，准备着证实彼此的证言。

"现在我先把话说清楚，"督察爽快地说，"谁也不许给我扯那些不可思议的事。我是个注重实际的警察，那些玄乎的事情交给教士或牧师就行了。这位教士似乎已经把你们都迷惑了，就用他那些关于死亡与审判的故事。但我办案时会把他和宗教排除在外。如果温德先生从那间屋子里出来了，那肯定是有人把他放出来的。如果温德被人发现在那棵树上吊死，那也肯定是有人把他吊上去的。"

"肯定是这样，"芬纳说，"但是我们现有的证据中并不能说明有人放他出来，怎么就有人能将他吊在树上了呢？"

"难道谁脸上都有个鼻子？"督察反问道，"事实就是，他脸上有一个鼻子，脖子上有一条绳索；我说过，我只看重实际，只关注事实。这一切不可能是奇迹，这一定是某人干的。"

阿尔博因一直在众人后面站着，像一面背景墙似的；魁梧的体型确实像一个天然的背景，将他前面这几个人衬得瘦小、活跃。他白发苍苍的头低着，心不在焉的；但就在督查说到最后那句话时，他突然一抬头，如同狮子一样甩着满头的白发，仿佛从混沌之中清醒过来。他走到一排人的中间，众人恍然觉得他似乎更加高大了。他们一直把他当作江湖骗子或是傻子，但现在看来，他那番话也有可信之处；他说他有更强的生命力和史深厚的底气，好像那股来自西部的风，充满了力量，早晚会把那些轻飘无依的东西一口气吹得不见踪影。

"如此说来，科林斯先生很注重实际，"他说话的语气绵里带刺，"就这短短的谈话中，你就提了两三次自己注重实际了；因此我是不可能理解错的。这是任何一个给你写传的人都不能忽略的一个极其有趣的事实，包括在提到你的生活、书信来往、席间畅谈，你5岁时候的照片、银版照相法[①]拍你祖母和老家等诸多时候；而且，我非常肯定，你那传记作者还要顺便提一句，你蒜头鼻子上的那粒粉刺，胖得快走不了路了。既然你是注重实际的人，那也许你该坚持下去，直到你把温德先生带回人间，并且准确地查明一个大活人是如何穿过松木门的。不过，在我看来，你并不是注重实际的人，实际上你就是个实在的笑话；那才是你真正的样子。我们把你当成笑话看，万能的神也一样会这样。"

话音刚落，他没等这目瞪口呆的督察反应，就摆出一副独特又颇具戏剧感的姿态，走到门口；这样，对方连反驳的机会都没有，从而保证他自己能够完胜而退。

"我觉得你说的太对了，"芬纳说，"要说注重实际的人，我觉得应该是教士。"

督察算是见识到了，支持何种说法的大人物是何等的厉害，并开始担心由此而产生的后果，于是准备采取行动，试图将这件事的官方说法重复一遍。这时，媒体上已经开始大肆宣扬，并用一些耸人听闻甚至是厚颜无耻的方式把这件事和灵异现象相提并论。范达姆先生接受了所有的访谈，向别人描述自己的奇妙经历；关于布朗神父及其超强直觉的文章也出现在各大报纸头条，这让那些自以为有责任去引导公众的人，极其渴望将舆论尽快导入正轨。这次，他们面对这些令人抓狂的证人时，使用了间接而且更讲究策略的方式。他们说，韦尔教授对这种非凡的经历很感兴趣，特别是对他们个人的奇妙经历有浓厚的兴趣。韦尔教授是个出色的心理学家；听说他对犯罪学更感兴趣；这几位证人随后很快就发现了，事实上，韦尔教授跟警方关系很密切。

韦尔教授是个温文尔雅的谦谦公子，一身浅灰，一条艺术感很强的领带，还留着金黄色的山羊胡；对于不了解特定类型大学老师的那些人来说，他在人们印象里就是个风景画家，待人和气又坦诚。

"是，是，我知道，"他微笑着说，"我猜你们的经历肯定非比寻常。只要涉及到这种灵异类型的案件，你们警方就不灵了，是吧？当然啦，科林斯说他只注重实际，这错得太离谱了！这类案件中，可以肯定的是，我们不能只注重事实，在这一方面，想象力相当重要。"

"你是说，"范达姆严肃地问道，"我们所知道的事实都是幻想出来的？"

"当然不是，"韦尔教授说，"我的意思是警方很愚蠢，竟然敢把这些事情里的心理因素都排除掉。哦，当然了，凡事都跟心理因素有关系，只不过人们才刚刚理解到这一点。首先，拿人格来说，以前我就听说过布朗神父，他是我们这个时代的一位杰出人物。这种人身上有一种很特别的气场，不过目前还没有人知道自己的神经乃至感官已经受到了何等程度的影响。是的，人们被催眠了，因为催眠和所有事情都一样，只是在程度上有些不同，它无声无息地渗透在人们的日常交谈中。它不仅仅是某个人穿着晚礼服，站在讲台上对着大厅里所有人进行催眠。布朗神父的宗教一直以来，深谙氛围在人们心理上的作用，对如何借助身边的事物达到自己某种目的已是相当熟练，甚至还能使气味发挥其作用。它熟知音乐对动物、对人类能够产生多么神奇的影响；它能够——"

"等会儿，"芬纳生气地打断了他，"难道你是说他过楼道时，身上还带着教堂的管风琴？"

"他还没有傻到那种地步，"韦尔教授笑着说道，"他知道该怎么把这些属灵的影像和声音，甚至是气味，全都浓缩到几个矜持的姿态中，体现为某种礼仪的流派或是艺术。他只身一人就能设法把你们的心智全都聚集到超自然上，而那些真正自然的东西就毫无知觉地从你们心里消失了。现在你们应该知道了，"这时，他又恢复了轻松自然的神情，接着说下去，"我们研究越深入，人证就越诡异。能真正观察事情的人不足二十分之一，能把事物观察得细致入微的人不足百分之一，当然，能把人先观察，然后再记住，最后还能描述出来的人更是不足百分之一。多次实验证明，一个人要是处于精神紧张状态时，会把开着的门看成关着的，或者说，关着的门是开着的。同一面墙，不同的人看到的门、窗数量是不同的。这光天化日之下，他们竟然产生了幻觉。即使没有被催眠，人也会这样，更何况，我们这儿还有一位非常强大的人，他的说服力能在你们心中固定一个画面，让你们产生一个幻象，好像看到一个桀骜不驯的爱尔兰人在对着天挥动手枪，并放了一把空枪，于是，产生的一声巨响就成了天庭上的霹雳。"

"韦尔教授，"芬纳叫道，"我发誓那扇门一直是关着的。"

"最新实验表明，"教授平和地说，"我们的意识是断断续续的，类似于电影画面一样，然后将画面快速呈现出来的过程；换句话说，就是在场景转换时某个人或物会突然出现或是消失。这一切都发生在帷幕落下的一瞬间。魔术师念念有词地施展各种花招，就是依靠着那种出现在视觉上的瞬间失明，才保证了他不会被识破。现在这位教士还有那些先验观念的鼓吹者们将先验形象充斥你们的心灵，而这个形象正是一个凯尔特人，如同提坦⑫那样用诅咒就能撼动这座大厦。也许他是采用了微小却无法抵御的手势就取得了这样的效果，还把你们的心智、眼光都引到了下面的那个无名毁灭者身上。也可能是发生了其他的事情，亦或是有其他人经过了那里。"

"威尔逊，就是那个男仆，"阿尔博因嘴里咕哝着，"他只是穿过楼道，然后坐到了长椅上，这并没有分散我们多少注意力。"

"你永远都不会知道分散了多少，"韦尔说，"也许是分散了我们的注意力，更可能的是，就在教士讲那个魔幻故事时，他的某个手势就吸引了你的目光。而就在我们瞬间失明的某一刻，温德先生从房间溜了出去，然后走向死亡。这就是最有说服力的解释了。这个例证是科学发现中最新的，精神实际上不是连续不断的一条实线，而是一条断续的虚线。"

"的确是一条虚线，"芬纳带着无奈的语气说，"虚得都有点像痴人说梦了。"

"难道你还真的相信，"韦尔问，"你的雇主是被关在那个箱子似的房间了吧？"

"与其相信那种情况，还不如相信我是应该被关在那个软垫病房里，"芬纳回答，"这就是为什么我不满你的说法，教授，对于一个相信奇迹的教士，也许我会去相信他，同时也会怀疑那些声称自己只相信事实的人。教士告诉我，可以向天主求助，依靠更高等级的正义法则去替他报仇。我对天主、正义法则一概不知，除了这样说，我也找不到什么话可以说了。但是，如果那个可怜的爱尔兰人做祈祷和射击时候的声音，足以传播到天庭，那么天庭多少也会做出点反应，这些反应对我们来说还是不可理喻的。而现在你却要求我，不要相信我用自己的五大智慧⑬领悟出来的事实。照你说的，在我们谈话的时候，很可能有一行爱尔兰人提着老式手枪穿过这个房间，只要掐点精确，踩准我们脑中的盲点，我们就不会发现他们。关于隐士的那些奇迹，即把鳄鱼唤出来，或者把斗篷悬挂到日光上面这一类的，你刚所说的那些似乎比这些奇迹更理智一些。"

"哦，那好吧，"韦尔教授敷衍着说，"要是你执意相信那位教士还有他所说的那个怪异爱尔兰人，那我也无话可说。就恐怕你还没有机会去研究心理学吧。"

"确实没有，"芬纳冷淡地回应，"不过，我已经有研究心理学家的机会了。"

话刚说完，他就礼貌地鞠了个躬，带着同伴们一言不发地离开了屋子，一直到这一行人走到街上，他才忍不住，一下子爆发了。

"真是一群胡扯的疯子！"芬纳怒吼道，"他们到底想干什么，要是没人能肯定他是否看到了什么，那这个世界该变成什么样子？我真想往他脑门上开一枪，然后再解释说，我刚刚是瞬间失去知觉了。布朗神父的那些奇迹或许真的很离谱，但是他说会发生的，然后真的就发生了。这群厌恶的家伙只能眼睁睁看着事情发生，却执拗地说没发生。听我说，我觉得我们应该表明态度，证实神父的推断。我们都是精神正常且清醒的人，从不盲目相信任何东西。我们不是醉鬼，也不是狂热的信徒。事情很简单，正如他所预料到的，真的发生了。"

"我同意，"百万富翁说，"在涉及神灵的领域上，这也许预示着重大事情的开始；但无论如何，布朗神父本就是神灵领域的，在这件事上，毫无疑问，他肯定胜人一筹。"

过了没几天，布朗神父收到一个便条，这便条上的措辞十分客气，署名是西拉斯·T.范达姆，内容是想定个时间，邀请他去温德先生消失的那个公寓，大家一起探讨一下这个案件的前因后果。这件事早已在媒体上传得沸沸扬扬，世界各地热爱神秘事物的人都在围绕着这个话题转，布朗神父走进大厦的电梯时，到处都是花里胡哨的海报，标题是《一个人的诅咒吊死了慈善家》《消失男子的自杀》等。那几个人也出现了：秘书芬纳、范达姆还有阿尔博因；但是，他们对神父的态度却大相径庭，由原来的怀疑不屑变成现在的恭敬、敬仰。他们都在温德办公桌旁边站着，桌子上有一张大纸和一些文具，看见神父，他们转身迎接他。

"布朗神父，"那个白发西部人，作为他们的发言人，首先开口讲话，毕竟身担重任，人看起来比以前庄重许多，"我们请你来这里，首先是想向你当面道歉，并表示我们的谢意。我们承认，是你有先见之明，察觉到了神灵的存在。很显然，我们一个个都是顽固不变的怀疑派，但是现在我们知道了，一个人要想看清藏在世界背后的那些伟大的东西，就必须先打破成见。而你就代表了那些伟大的东西，你能对那些事物进行超然的解读，所以，这件事，我们必须托付给你。其次就是，我们觉得，要是没有你的签字，这份文件就不完整。另外，我们打算求助'心理研究学会'，把确切的事实都呈交给它，因为报纸上的内容与事实是有偏差的。在声明里，我们解释道：诅咒如何让他消失，又是如何不可思议地把他变出来，并且让他自己把自己吊死在树上。我们知道的也就这么多，但这一切，我们都是亲眼所见的。再说了，你是第一个相信此奇迹的人，所以，我们都认为，你应该第一个签字。"

"不行，真的不行，"布朗神父一脸尴尬地说道，"我认为，我不能这样做。"

"你是不想第一个签字？"

"我是说，我根本不想签字，"布朗神父谦卑地说，"你看，以我现在的地位，拿奇迹来说事、开玩笑实在不合适。"

"但你不是亲口说它是奇迹吗？"阿尔博因直勾勾地盯着他说道。

"很抱歉，"布朗神父说，"恐怕这里面有点误会。我想，我好像从来没说过它是个奇迹，我只是说这件事有可能发生，是你们说，这件事不可能发生，要是真的发生了，就一定是个奇迹。然后这件事就真的发生了。因此，你们都说它是个奇迹。而我却从来没说过奇迹啊、魔法呀这一类的字眼儿，从始至终都没有。"

"可我觉得你是相信奇迹的。"芬纳忍不住了，有点恼怒地说道。

"没错，"神父答道，"我相信奇迹，我相信老虎会吃人，但是我并没有看到老虎到处乱跑呀。假如我需要奇迹，我得知道去哪里找到才行啊。"

"布朗神父，我真没想到你会这样说，"范达姆郑重地说，"这话太狭隘了，我一直觉得你不是个狭隘的人，尽管你是个神父，你应该会知道，这样的奇迹能把所有的唯物论都打翻，会被大肆地宣扬，会在全世界广泛传播；精神力量能发挥作用，它也确实在发挥作用。哪个神父都比不过你对宗教的贡献。"

神父微微挺直身子，矮胖的身体却传达给人某种奇妙的感觉，好像他的身体充斥着尊严，这种尊严是无意识的，更是非人格的。

"哦，"他说道，"难道你的意思是，我明明知道这是个谎言，却还把它拿来为宗教服务？我不知道你这么说到底什么意思；坦白来讲，我也不能确定你到底有没有理解，谎言或许能为宗教服务；但是我能确定的是，那一定不是服务天主的道法。既然你反反复复地提到了我的信念，那要是你能深入地了解这类观念，岂不是更好？"

"你什么意思？"百万富翁疑惑地说。

"我觉得你还真不明白，"布朗神父语气十分平和地说，"你刚说，这件事是精神力量主导的，那又是什么样的精神力量呢？你并不相信是圣洁的天使把他带走，然后把他吊死在树上的，是吧？至于那个邪恶天使——哦，不不不。这件事的制造者做了一件邪恶的事情，但是他们还没有超越邪恶的极限，达到与精神力量打交道的地步。我对撒但教①略有耳闻，这算是我的罪孽，但因为工作需要，我必须去了解它。我了解它是怎么回事，也了解它从头到尾在宣扬着什么。它心高气傲、追求至高无上的东西，却又遮遮掩掩，它还热衷于利用人们不太熟知的东西去恐吓一些无辜者，让孩子们心生恐惧。这就是它喜欢神秘事物、秘密结社和推崇入会仪式等的原因。不管它的外表多么严肃和庄重，它只关注自己，脸上总是隐藏着疯狂、微妙的笑容。"他突然一个冷战，好像身边无故升起一阵冷风。"不说它们了；你们要相信我，它们跟这件事没关系。现在还是来说一下那个可怜又狂野的爱尔兰人吧。他从那条街里疯狂地跑来，跟我一碰面就把事情的一半都说出来了，后来担心可能会将更多的隐情透露出来，就一溜烟儿地跑开了，你们说，有哪个干坏事的人会向他这种人泄露秘密呢？因此，我觉得，他参与了密谋，跟他同伙的那两三个密谋者很可能比他还要恶毒；即使这样，他也只不过是满腔愤怒，跑进小巷，放了把空枪，然后发出诅咒，仅此而已。"

"这到底什么意思呢？"范达姆追问，"扣开玩具枪的扳机、发出那廉价的诅咒，这些不会带来什么后果，除非发生了奇迹。它不会使温德先生像精灵似的瞬间消失，不可能在他的脖子上缠着绳索出现在四分之一英里之外。"

"你说得很对，"布朗神父干脆利落地赞叹，"但它能造成什么呢？"

"我还是没听懂你的意思。"范达姆认真地说。

"我是说，它能造成什么后果？"神父重复道，这是神父第一次这样，激动得近乎烦躁。"你再三声称打出空枪造成不了任何后果，要是真的这样，那谋杀不会发生，奇迹也不会出现。你根本就没有想过要问问，这样会造成什么后果。如果有个疯子在你家窗外无缘无故地开枪，你怎么办？会有什么第一反应？"

范达姆好像在考虑该如何回答。"我觉得我会看看窗外的情况。"他说。

"没错，"布朗神父说，"你会朝窗户外看，这就是整个故事的起因。这个故事十分悲惨，但到此为止，并且情有可原。"

"为什么朝窗外看就能伤到他？"阿尔博因疑惑地问，"然而他并没有掉下去，否则他就应该躺在小巷里。"

"没错，"布朗神父小声说，"他并没有掉下去，而是升上去了。"

他的话音中带着颤抖，就像铜锣发出的颤音，如同厄运敲响的一个音节，不过，这并没有打断他继续说下去："他升上去了，不是因为他长了翅膀，也不是借助于神圣或是邪恶天使的翅膀，而是吊在绳子一端升上去的，就像你们在花园里见到他的那个样子；就在他刚探出头往窗外看的时候，一根绳子就套住了他。难道你们忘了那个身强体壮的男仆了吗？叫威尔逊，跟他比，温德先生就是一只小鸡。威尔逊不是正好去楼上拿小册子了吗？他去的那间屋子里不是就有好多捆包裹的绳子吗？自从出事那天以来，有谁见过威尔逊吗？我猜没人见过他。"

"你是说，"芬纳问，"威尔逊像钓鱼一样将温德先生从那个窗口吊了出去？"

"是的，"布朗神父说，"接着又从另外一个窗户，将他扔到了公园里，在那里的第三个同伙把他拴到树上。那条小巷通常都是没人的，对面的墙也是光秃秃的，从那个爱尔兰人放空枪发出信号一直到整件事完成，仅仅用了 5 分钟。当然了，有三个人参与这件事，我很好奇你们能不能将他们全部猜出来。"

那三个人都没出声，静静地凝望着那扇方形窗子还有远处的又光又滑的白墙。

"顺便说一句，"布朗神父继续说，"别觉得我责备了你们草率地得出这个超自然的结论，理由很简单，你们都发誓自己是忠实的唯物主义者，但实际上，你们却都相信——几乎相信所有，就在这样的边缘上保持平衡。现如今很多人都保持着这种平衡；但是在上面待着很危险，也很不舒服。除非你有了自己的信仰，要不然你的心永不安宁；这就是范达姆先生如此认真地研究各种新宗教运动的原因，阿尔博因先生会引述圣经来讨论呼吸运动的宗教，而芬纳先生埋怨的正是自己否定的天主。你们就是没有把握好平衡，偏离了方向；自然而然地就偏向于相信超自然了。然而只接受自然的东西总会给人一种受约束的感觉。虽说这种事会轻易地打破你们的平衡，偏向相信超自然一边，但事实上，这只不过是些自然的东西而已。它们不仅是自然的，还异常的简单，我觉得没有比这再简单的事情了。"

芬纳忍不住笑了出来，紧接着露出困惑的表情。"有一点我还是不明白，"他说，"假如真的是威尔逊干的，那为什么温德先生跟这样一个人关系会如此亲近呢？还被这个人给杀死，更何况这个人一年多以来几乎天天跟他见面，众所周知，他看人很准的呀。"

布朗神父使劲用伞柄敲击着地面，以此来表示强调，神父很少有这样的举动。

"没错，"他说，情绪很激动，"正是因为这样，他才招来杀身之祸，就是因为他习惯论断别人，所以才被人杀死的。"

所有人都盯着他，但是他并没有去理会，而是旁若无人似的继续说。

"凭什么他就该论断别人？"他追问，"他们三个以前是以流浪汉的身份出现在他面前的，而他毫不犹豫地将他们打发到这儿或那儿，好像很不屑于跟他们客套，没有任何联络感情的环节，也没有任何能够表现自由意志的友谊。他自认为自己能够一眼洞悉到他们的一切，他在那一刻的表现给他们带来了屈辱和愤懑，20 年过去了，依旧刻骨铭心。"

"是啊，"芬纳秘书说，"我明白……并且还明白，你知道所有事情的原因。"

"噢，要是我明白的话，恐怕就要怪罪我了，"西部人乐呵呵地嚷嚷道，"那个威尔逊和那个爱尔兰人无非是恩将仇报的冷血杀手罢了，我不可能成为那种残忍的冷血杀手的，我有我的道德底线，无论它是否是宗教。"

"毫无疑问，他肯定就是个残忍的冷血杀手，"芬纳平静地说，"我并不想替他辩护，但是我觉得，布朗神父的职责就是给所有人祈祷，就算是像——"

"没错，"布朗神父随声应道，"我的职责就是给所有人祈祷，其中还包括沃伦·温德这样的人。"

【注释】

① 安妮女王花园（Queen Anne Garden）：一个梯台式花园，大概建于 15 世纪，位于苏格兰中部地区，在斯特灵城堡（Stirling Castle）的南面。

② 女童子军（Girl Guides）：一个国际性慈善组织，于 1910 年在英国成立，10~15 岁的女童可以在这里得到学习、生活以及工作技能的机会，还包括户外野营、手工艺品制作等诸多机会。

③ 西奥多·罗斯福（Theodore Roosevelt, Jr., 又称老罗斯福，1858 年 10 月 27 日~1919 年 1 月 6 日）：美国第二十六任总统，美国著名的政治家、历史学家。

④ 亨利·福特（Henry Ford, 1863 年 7 月 30 日~1947 年 4 月 7 日）：创立了福特汽车公司，美国著名的企业家和汽车工程师，也是世界上首位使用流水线进行大批量生产汽车的人。

⑤ 赫伯特·亨利·阿斯奎斯（Herbert Henry Asquith, 1852~1928 年）：英国的第五十一任首相，在位时间为 1908~1916 年；1894 年他与第二位妻子玛戈·坦南特（Margot Tennant）成婚，这位妻子直率、热情、爱交际，在政治上辅佐他，推动了他的政治生涯的发展。

⑥ 大神（Great Spirit）：北美地区，许多印第安部族所崇拜的神灵。

⑦ 撒非喇（Sapphira）:《圣经·使徒行传》上记载，撒非喇和丈夫亚拿尼亚一

起将田产卖掉，私自留下几分价银，却谎称全部敬献出来了，最后因欺骗圣灵而先后猝死。

⑧ 巴塔哥尼亚人（Patagonian）：现在聚居在阿根廷南部地区，他们的住所是用兽皮制成的帐篷，并因此而闻名。

⑨《圣经·创世纪》：传说是耶和华神取地上的尘土造人，将生灵之气吹进他的鼻孔里，于是他就变成了有灵的活人，唤作亚当。

⑩ 洛雷托圣母之家（The Holy House of Loreto）：位于意大利东北部洛雷托城，这座城里保留着圣母老家的那三面墙壁，据说，在这个三面墙围成的小房屋里，圣母玛利亚就在这里出生成长。传说为躲避战乱，有天使在空中搬运过这个小房屋。

⑪ 银版摄影法（daguerreotype）：又叫"达盖尔银版法"，1839 年，法国发明家兼画家路易斯·达盖尔（1787～1851 年）发明，原理是利用水银蒸气对要曝光的银盐涂面达到显影的效果。

⑫ 提坦（Titan，又译"泰坦"）：古希腊神话中，一组神的统称。根据经典的神话系统，奥林波斯神系取代提坦之前，世界曾经由提坦统治。 ，

⑬ 五大智慧（Five Wits）：想象、常识、判断、幻想和记忆。

⑭ 撒但教（Satanism）：最早出现在 12 世纪，是一种对基督教和犹太教精神统治的极端反抗。崇拜撒但（又译：撒旦或撒殚）的那些人认为，撒但教主是个追求自我极致完美的神，也是真正能统治这个世界的神；它将绝对的利我主义作为中心，教导信徒要先爱自己，尊重自己，能够自己主宰自己的生命和灵魂。

◇ 金十字架的诅咒 ◇

6个人环绕一张小圆桌而坐,无论从哪个角度看他们都是凿枘不入,好像各自遭遇海难被冲流到同一座小荒岛上,不约而同地走到了一块。现在他们正处在大海的包围之中,从某些层面讲,他们身处的小岛在另一个岛的包围之中,这个岛是像拉普他①一样的大飞岛。然而这座岛是摩拉维亚号巨轮,他们环坐的圆桌,仅仅只是船上餐厅中星罗棋布的圆桌中的一个。摩拉维亚号正急速冲刺在黑暗如铁幕般浩淼的大西洋上。这6人没有什么共同的地方,硬说相同的地方也只有他们都在从美国回英国的同一艘船上这一处。这几人中至少有两位是非常有名气的;剩下几位都是简单平凡的人,其中有一两个还有不少的可疑之处。

第一位名人当属远近闻名的斯梅尔教授,他堪称是拜占庭②晚期历史考古研究的集大成者,在美国他开设的讲座最具影响力,而且欧洲顶级学术中心对他的研究也是十分的认可。他的文学作品中无处不在流露对欧洲历史的赞誉之辞,成熟、稳重又拥有强大的想象力,导致当他吐出一串流利的美式英语时,人们都是一脸的不敢相信,眼神中流露的是丝丝诧异。但是他自己也没办法改变自己是一位地道的美国人的事实;一头浅色长发,精致地从方正宽阔的额头梳向脑后,稍长的脸庞,五官也是极其端正,专注的眼神里却是意外地充斥着蓄势待发的气势,就像一头威武雄狮看似漫不经心其实是正等待时机随时出击。

女士只有孤零零的一位;然而她(就像记者们经常谈到她的那样)却总是表现得趾高气昂;无论何时何处都要充当女主人的角色,人们都要以她为中心,不管在这艘船上还是在其他任何地方。她就是戴安娜·威尔士小姐,一位名扬四海、去过很多国家，尤其喜欢去热带国家旅行的女人，但当晚餐出现时，她没有显现出一丝粗犷豪爽的感觉。她脸庞原来就精致，但又掺杂一些热带风尚，火红浓密的头发，使她看起来更加热烈、亢奋。如同记者们说的一样，她穿着暴露，独树一帜，但她长了张聪慧的面孔，同时独具慧眼，拥有着在政治性会议中敢于提出问题的那类女性才有的突出特性。

与他们两位相比另外 4 人则黯然失色，猛然一看显得好像无足轻重；但是，如果仔细观察便会发现他们同样各有不同。其中一个人在乘客登记时签写的名字是保罗 .T. 塔兰特。他是一位美国人，换句话更精确地讲是一个对型，简单理解为另类美国人的原型。每个民族几乎都会有这样的原型，意思是不管从哪方面看，它都代表着一个族群模范特征的另一面。美国人非常推崇劳作，就像欧洲人推崇战争。劳作自觉就带着英雄主义的光晕，所有不喜欢劳作的人都不能被称为正常的人。对型非常的少见，因此也显得格外耀眼。他是个浪荡公子或者花花公子：他不在乎金钱，花钱如水流，是那种经常被写入在美国小说中的孱弱的反派。保罗·塔兰特每天都游手好闲，但要撇开不停地换衣服这事，衣服每天要换 6 次左右，身上的西装不停地由浅入深或从深到浅地更替考究的浅灰色调，就像黎明或黄昏时候天地夹缝间的银白色调铺展出的微妙变换一样。与很多的美国人不一样的是，他留有精心打理的短小、卷曲的山羊胡；但是又和很多花花公子，甚至是和他一样的那些花花公子不相同的是，他不喜欢张扬跋扈，脸上反而时刻流露出阴郁的色彩。他说话很少、神情抑郁，充满着拜伦式诗意一样的忧伤抑郁。

另外两个人是来自英国的演讲者，刚结束他们在美国的旅行，从这方面来说，他们还能够算作同类。其中一个人叫作伦纳德·史密斯，一个不是很有名气的诗人，但却是一名有些许成就的记者，他脑袋长，发色稍浅，穿衣也很合身，由此看来对自身形象很在意。另一个人却恰恰与他相反，长相有些滑稽，身材矮短，留有像海象一样的黑色八字胡，同时不擅长说话。他以前从巡展的美洲虎口中救出罗马尼亚公主，因为这被指控犯下抢劫罪，但因为这又受到褒奖，在当时成为备受瞩目的人物。正是通过这件事，人们不自觉地就体会到他对神、进步、自己以前的生活经历和将来英美关系等方面的认识，肯定会在明尼阿波利斯③和奥马哈④居民中引起共识并给予足够重视。最后一个也是最不引人注意的那位是矮小的英国教士，叫作布朗。他专注细听众人的交谈，同时开始感觉到其中定有可疑之处。

"教授，我感觉你有关拜占庭的那些研究，"伦纳德·史密斯说，"很可能对我们有所开导，有助于我们更多地知晓一些布赖顿⑤的南部海滨附近发现的那座墓的概况，是不是？确实，布赖顿离拜占庭有些距离。但我看过一些资料，有些谈到它的埋葬方法和尸体防腐处理的手段，可能只是拜占庭时代所有的。"

"把拜占庭研究与这些联系起来非常勉强，"教授语气很冷，"人们经常谈论专家如何如何，但是我认为世上没有比成为专家更艰苦的事。比如这一件事：如果一个人不了解在它前面的罗马帝国和在它后面的伊斯兰运动，又如何能透彻了解拜占庭呢？大部分艺术根本都是拜占庭艺术。嗯，比如代数——"

"别说了，什么代数不代数的，"那位小姐厉声说，"我以前没有关心过代数，而且以后也不会。我仅仅对尸体防腐这样的事情有兴趣。你知道，加顿开发巴比伦古墓的时候，我刚巧和他在一块。从那件事后，我觉得木乃伊和保存完好的尸体这些东西非常刺激。就给我们讲讲这个故事吧。"

"加顿是个很有趣的人"教授说，"他的一家人都很有趣。他那个做国会议员的兄弟真不是个简单的政治家。我直到听了他有关意大利的演讲后才了解法西斯党⑥是什么东西。"

"哦，我们这次不去意大利，"戴安娜小姐坚持说，"并且我相信你正是要去那个找到了古墓的小城市。在苏塞克斯郡，是不是？"

"在英格兰这些狭小的区域里面，苏塞克斯算很大的了，"教授说，"要想走一遍会花费相当一段时间，那地方的确是观光游览的好地方。爬上那些感觉低矮的山丘后你才知道其实它们非常广阔。"

话还没有说完，几个人都忽然意想不到地不说话了，一直等到那位小姐出声打破了沉默的氛围，"那个，我想去甲板吹吹风。"一边说一边就站起来离开，其他几位男士也相继站起身离开。但教授徘徊不定，不想要立即离开，这时只有矮个子教士仍然坐在圆桌旁，小心翼翼地折叠他的餐巾。直到就剩下他们两个人的时候，教授忽然对神父说：

"你怎样看待刚才的闲聊？"

"嗯，"布朗神父嘴角勾起一道弧度说，"既然你询问我的意见，我有必要说其中有些东西让我有点怀疑。也可能是我多想了，但是那几个人好像多次想让你说一说在苏塞克斯发现的那具保存至今仍毫无缺陷的尸体。但你总是客气地把话题引到其他的东西上，首先提出了代数，又提及法西斯党，最后又谈到有关英格兰南部和西南部的丘陵景观。"

教授回答："总而言之，你觉得我任何事情都可以谈，但对那个话题却避而不谈。你的感觉非常对。"

教授低头盯着桌布，很久都不再说话；忽然他猛地抬起头，然后打开了紧闭的嘴唇，就像雄狮看准了目标然后迅速地展开行动。

他说："只能这样跟你说，布朗神父，我觉得你是我一生中见过的最聪明、最有风度的人。"

布朗神父是地地道道的英国人。和英国的所有人一样，忽然被他人当面赞美时会觉得不知所措，更何况是这种通过美国人的方式认真且诚挚地表达的赞美。他只能小声自言自语，闪烁其词地回应。教授依然表现得非常诚恳，急切地向下继续说："你想一想，在一定程度上，这件事其实也不是很复杂。杜厄姆村在苏塞克斯的海边，人们在小教堂下面发现了黑暗时代⑦的基督徒墓穴，非常明显，墓穴的主人是位教堂主教。教区牧师自己正巧也是一名考古专家，在墓穴中找到了很多到现在我还没有弄明白的东西。有相关的传言说里面的尸体被进行了防腐处理，用的是只有希腊人和埃及人才知道的独特秘方，西方人对这方法不太了解，特别是处于那个年代。正因为这个，沃尔特斯（也就是教区牧师）先生不自觉地便认为这很可能是和拜占庭的影响相关联。但他同时又说道了另一件事，我对这件事更感兴趣，因为这和我自己有关系。"

他眉头高高地鼓起，死死地看着桌布，没有丝毫表情的一张长脸更越发的长、显得更严肃了。他长长的手指不住地抚摸着桌布上的图案，好像那是张规划图，描绘出了荒废的城市和建立在那里的庙宇以及墓地。

"因此我只给你说，而不告诉其他人，我不想在人员混杂的时候讨论这件事的原因；并且还要说明，其他人讨论得越是火热，我就越发小心的原因。有消息称那具棺材里存有一枚金链十字架，外表看上去没什么特殊，可是后面雕有一种神秘的符号，这世界拥有那种符号的十字架只有两枚，而它就是其中一枚。它和世上最早的教堂中的神秘之物之间有着某种联系，可能蕴含着圣彼得去罗马之前在安提俄克®建立教区的过程。不论如何，我相信和这枚十字架毫无二致的仅有一枚，并且那一枚就在我的手里。我曾听说过一个和金十字架的诅咒相关的故事，但没有让我太重视。不管那个诅咒是否真的存在，从某些方面来看，确确实实的有着一个阴谋，虽然这仅仅是一个人的阴谋。"

"一个人的阴谋？"布朗神父忍不住不停地念叨这一句话。

斯梅尔斯教授说："根据我的了解，这应该是一个疯子策划的。这件事一言难尽，并且一些方面看来也很愚蠢。"

他再一次停了下来，长长的手指在桌布上描摹着建筑图纸似的图样，接着又开始说道："或许我应该从头来讲这事，这个故事中的一些细微之处对我来说没有其他特殊的意义，但是你可能能够察觉出这里面的奥秘。这事在很久之前就发生了，那时候我自己一人正在研究克里特岛®以及其他希腊岛屿上的文物古迹。实际上大部分工作都是我自己完成的；太忙时也会找当地居民当助手，但那些人干活非常不认真，很多时候就单单我自己做，没有一个人帮忙。就在我一个人工作的时候，我不经意发现了一个地下迷宫，探寻到终点发现了很多被丢弃的物品、散碎的装饰物和散落在各处的宝石。我判定这是一处塌陷的祭坛，那个奇怪的金十字架就是在此处被我发现的。我把它翻转过来，看到它的背面刻着'Ichthus'也就'鱼'⑩的图案，它是早期基督徒的象征，但它的形状和花纹和我们平常看到的有很大差异；我看它和现实中的鱼很相似，好像是古代的设计者故意把它做得更像一条真鱼，而不单单为表达传统寓意或者灵气。并且它的一端趋向于扁平，感觉不像是单纯为了显得美观，反而倒是有意传达野蛮、原始的动物习性。"

　　"为了简单证明我为什么觉得这个发现非常重要，我必须让你知道在哪里找到这个东西的。从一定意义上说，它让我意识到这其中还有更深的东西值得挖掘。我们研究的目的不单纯是古物，更多是研究古物的人。我们有道理相信，也许我们中有人觉得有道理相信，这处大概建立于米诺斯时代⑪的地道和那处出名的弥诺陶洛斯迷宫⑫一样，并不是从那个时代开始便从人们的视野里全部消逝，经过很多世纪一直沉睡，直到现在被探险者找到。我们确信在这段时间这些地下建筑，乃至可以说这些地下城镇和乡村都被人洞穿，过去一些人由于某种目的已经进去探寻过。至于事实是什么目的，有着很多说法：一些人说是帝王们因为对科学的好奇心，下令进行探索；另外一些人认为在罗马帝国后期人们迷恋于从亚洲传来的各种可怕的迷信行为，慢慢形成了一种秘密的摩尼教派⑬和一些迷恋无限制狂欢的教派，他们在洞穴中开展纵酒纵欲的秘密祭神活动。我自己则属于另一派，感觉这些洞穴的作用和地下墓穴相同。换言之，我们确信在那时的罗马帝国境内出现一阵阵迫害狂潮的时候，基督徒们躲藏在这些被原始的异教徒创建的岩石迷宫中。所以，当我找到并捡起遗落在地上的金十字架，并注意到那个鱼形符号时，我忽然意识到幸运之神居然对我这么重视；就当我回头想再次向上向外走，抬头注视低矮的地道四周向前延伸的光秃的岩壁的时候，忽然注意到上面有人工雕刻的印迹，虽然仅仅刻画出了简单模样，但不可能认错，那的确就是鱼的形状，我再次感到激动万分。"

　　"它的模样就像鱼化石或者一种原始生物，被永远定格在冰冻的海里。开始我也没多想，觉得那仅仅是在石头上胡乱画写罢了，紧接着我下意识里出现个想法，那些早期的基督徒确信自己就像鱼一样，没有生机地躲避在遗失的空间里，四周被寂静和黑暗所充斥，沉沦到了世人脚下的深渊，浪荡在漆黑、萧寂的空间中。"

　　"每位行走于石洞中的基督徒都晓得被妖邪的脚步追随是什么感觉。脚步的回声前前后后敲击着每根神经，的确知道自己独自一人，但总是疑神疑鬼，没法相信周边的确没有其他人。我已经适应了这种回声造成的现象，一直未曾太留意。过了一段时间，我不经意间看到雕于石壁上的象征符号，便止住了脚步。

一瞬间，我觉得自己的心脏已经不再跳动；因为我的脚已经停下，但那回声却仍然没有止住。"

"我向前跑一段距离，察觉鬼魅的脚步声同样朝前跑，但听得清楚它的节拍和我的脚步并不一致，的确不是自然产生的节拍。我再次停下，那个脚步声也消失了。但我确信，它们停得有些迟。我扯嗓子问了一声。我的喊声竟然有回答，可不是我自己的嗓音。"

"它来自于我前面那块岩石转角的地方。在整个心惊胆战的追赶过程中，我察觉到它总是在相似的转弯处停下说话。我用小手电能照亮前面那处细狭的地方，但看上去总感觉是一处空房间，没有任何东西。就在这样的处境中，我和那个根本不清楚是谁的人对话，并且一直持续到能看清洞外的亮光，即使走到了这儿，我仍然没办法看清他在青天白日之下到底是如何消失的。但是在迷宫的出口处有许多开口和裂缝，他折身返回洞穴深处非常简单。我只清楚自己出来的时候伫立于一座大山的萧瑟台阶上，好似由大理石铺成的阶梯，奇怪的只是一蓬蓬绿色植物生长在这里，让人感觉比单纯的岩石更有生命力，就像古希腊沉沦后，从东方来的入侵者到处劫掠。我看向远方蔚蓝的大海，阳光直直炙烤着大地，连一丝风也没有，草叶都呆呆地悬挂，也没有一个人影出现。"

"那场交谈真吓人，距离那么近、感觉那么真实而且还那么随便。对方未曾现身，未现面孔，没名没姓，但知道我的名字，在像是把我们埋起来的洞穴和岩缝中平静地和我谈话，不一定比我们两个坐在俱乐部里的扶手椅上聊天更有激情、更加戏剧化。同时他还告诉我，他有一天将杀掉所有碰过这枚有鱼形图案十字架的人，不管是我还是其他人。他清楚地告诉我，他不会傻到把我杀死在迷宫，因为他清楚我拿着一把上了膛的转轮手枪，还说他冒的险跟我一样大。同时他淡定地对我说，他将仔细策划如何杀我，做到十拿九稳，他要衡量每个细节，排除所有风险，要用像一个中国手工者或者印度刺绣工花费一生时间创造精致艺术品的精神来策划这件事。但是，他不是东方人；我肯定他是个白人。我认为他和我一样，来自美国。"

"自那之后，我不断接到一些标志或象征性的符号和没有一点感情色彩的便条，这一切都让我至少能够确定，如果这是个狂人，那他一定有妄想症。他一直通过这种非常轻松的方法警告说，对于我的死亡和埋葬方法的准备工作进展非常顺利。阻止这一系列策划最终成功进行的唯一方法，就是交出那件我获得的遗物，也就是我在密道里得到的那个奇怪的十字架。他未曾露出一丝宗教情感或者这方面的亢奋，他好像除了收藏家那样猎奇的亢奋，再也没有其他什么情感。这也是我认为他是个西方人而不是东方人的一个原因。但他对这个东西非常在意，浓重的占有欲使他近乎疯狂。"

"后来有一个消息传来，真假还需要验证，一个毫无二致的十字架在苏塞克斯墓中那个被防腐收拾过的尸体上被发现。假如以前他是名狂人，那么这个信息能够让他化身妖魔附体⑭的魔鬼。一个十字架被另外一个人拿着已经够让他痛苦，现在又出现一个，但两个没一个在他手里，这要比受到酷刑虐待还让人无法忍受。他变得像着了魔一样给我发消息，就像密集的毒箭像我射来，并且每条信息都会更自信地说，当我伸出不该伸的手去拿墓中十字架的那个时候，就意味着我死到临头了。"

"他写道：'你至死不会清楚我是谁'，'你至死不知道我的名字；你至死见不到我的脸，你将被杀，并且死了以后都不清楚死于谁人之手。我将夹杂在你旁边那些人里面，但我只会是一个你根本不会重视的人。'"

"以他那些威胁做依据，我判断出他一定会一直跟踪我，并且找机会偷走十字架或者因为我带着它而想方法让我领略一些苦头。但我一生根本未曾见过这人，他或许是我见到的随意一个人。从道理上来看，他或许是在餐桌上给我服务的随便一个服务生。他也或许是和我一桌的随便一名乘客。"

"他或许就是我。"布朗神父说，非常傲慢地找着他说法上的缺陷。

"他或许是其他随便一人，"斯梅尔庄重地说，"刚才我表达的意思就是这，我仅仅能相信你不是敌人。"

布朗神父脸上再次露出尴尬之色，他接着面带笑容说："嗯，非常奇怪，我确实不是。我们需要思考的是，在他——在他进行行动之前，能不能查出他是否真在船上。"

教授冷冰冰地说："我觉得，查出有一种可能，等我们抵达南安普敦港口，我马上在海边找辆车，要是你能和我一起，那就更好了，当然仅仅是一般意义上的一起，我们这个小团队也要分开的。如果他们中有谁也在苏塞克斯那个小教堂墓园现身，我们自然就知道他到底是谁了。"

教授的打算一一展开了，最起码他找到了车，并且有布朗神父一起。他们坐车顺着滨海路曲折向前，路的一侧是大海，另一侧是汉普郡和苏塞克斯郡的丘陵；四周也看不到一处有人跟踪的痕迹。在他们前去杜厄姆村的过程中，仅遇到一个和他们要办的事有联系的人。他是一位记者，刚考察过教堂，在教区牧师陪同下又参观了小礼拜堂，最近考古挖掘所在地；他写的评论和笔记也仅仅是为登报的一般性文章。但斯梅尔教授的想象力可能太丰富了，没办法脱离那名记者的态度和外貌让他产生的怪异的、沮丧的感受。那人身高体壮，衣服很随意，像鹰一样的鼻子，眼睛深深陷入眼睑，八字胡无力地垂下。作为游客，他没有传达出一点应有的兴奋；事实上，他正大步走着，想马上离开这地方。教授和神父便挡下他，向他询问事情。

他说："不过就是一个诅咒，对于这里的诅咒，旅游指南和教区神父这么说，以及村里的老人和不知哪位专家也这么说。的确，觉得还真是那么回事。无论真的假的，我非常激动从里面出来了。"

"你相信诅咒吗？"斯梅尔好奇地问。

"我不信任何东西；我是名记者，"这个惶惶不安的人回答——"我是《每日电讯》的布恩。但是那个墓穴的确让人感到胆战心惊，我不会不承认，我确实觉得后脊梁骨发凉。"然后他加快速度，向火车站的位置走去。

"那人长得真像只乌鸦，"当他们回身去往教堂墓园时，斯梅尔突然说了一句这话，"人们对暗喻凶兆的鸟有着什么看法呢？"

他们慢慢走进墓园，这名美国古玩收藏家目露精光，紧紧盯着教堂墓地大门仅有的顶盖和一棵巨大的紫杉，它茂盛的树冠遮住阳光，虽然是大白天看起来也非常幽黑，像夜幕降临。小路在高低不平的草地中慢慢延伸上升，墓碑在草地中以不同角度倾斜着，好像是汹涌澎湃的绿色海洋中的石筏，摇摇摆摆地向远方飘去，直到一处山坡遮挡了去路，在那之外就是散发着浅灰色光芒，和天堑相似的真正的大海。他们脚下蔓延着的杂草也成为了茂密的海滨刺芹，并慢慢消散在灰黄色的沙地中。在距离茂密的刺芹没多远的地方，灰白色海面映衬出一个灰黑色身影，静静地伫立在那里。要是不穿一身深灰色衣服，可能会令人错认为是墓碑上的雕像。但布朗神父立即看出那个身影的特征：双肩优雅地垂下和不长的山羊胡高高翘起，充满愤怒。

"啊！"考古学教授大惊叫道："这个人不是叫塔兰特吗，如果你仍然认为他是人的话。我在船上谈这事的时候，你未曾考虑我那么早就找到答案了吧？"

"我认为你的答案好像比较多。"布朗神父回答。

"呃？你什么意思？"教授忽然回头瞅了神父一眼，迷惑地问。

"我是说，"教授平静地说，"我好像听到有人在那棵紫杉另一侧说话。我认为塔兰特先生并非表面那样是一个人，乃至确定，他并非他想展示的那样孤独。"

塔兰特保持一副闷闷不乐的神态，在他缓缓转过身时，神父的话同时获得印证。这时出现另外一个声音，清脆而且非常僵硬，但毋庸置疑是女人的声音，只听她非常熟练地打趣说："我如何会清楚他也来这里？"斯梅尔教授渐渐明白了，这句调笑话并不是让他听的。因此在迷茫之中，他得出结果，这里还有第三个人。戴安娜·威尔士小姐从紫杉阴影里闪现身影，她还像以前一样表现得欢乐和果断，差不多就在同一时间，教授冰冷的眼睛看到她后面还有一人。是那位穿戴整齐、瘦弱的伦纳德·史密斯，那位阿谀奉承的诗人。只见他像影子一样紧跟着放纵妄为的戴安娜小姐，脸上满是殷勤的微笑，脑袋像狗一样向一边倾斜。

"我的天啊！"斯梅尔小声埋怨道，"为什么，他们都来这儿了！只有那名留有海象胡子的马戏团老板没到。"

他注意到伫立身旁的布朗神父在偷偷发笑，确实，这种形势已经发展到了不单单是使人发笑的程度。眼前混乱的场景十分热闹，好像是变魔术。因为当教授正说话的时候，好似有人故意要开玩笑调笑他一样，那位留有月牙八字胡的圆脑袋忽地钻出地面。他们马上注意，他钻出来的那个地洞其实非常大，里面有个梯子直通地下，那其实就是他们要浏览的地下洞府的入口。那名小矮子第一个注意到这个入口并已经沿着梯子走下一两级，随后又伸出脑袋叫他的伙伴。他的样子让人感觉非常可笑，就像是在恶搞《哈姆雷特》中掘墓人出现的那处画面。可能他的八字胡太稠密，说话时支支吾吾，就听到他说："就在这下面。"但几人忽然注意到，虽然他们在餐桌边和他一起坐了有一周时间，但从来没听他说过话。并且虽然他原该是一位英国教士，一讲话却有浓重的外国口音。

"你看，我亲爱的教授，"戴安娜小姐兴奋地大声叫喊，"你那个拜占庭木乃伊实在让人着迷，不能错过。我只是忍不住要过来瞧一瞧；并且我能确定这几位先生和我想的一样。现在你有必要说一下相关的事。"

"我并不是什么都知道，"教授脸色非常不好看，一脸严肃道，"一定程度来讲，我根本都不清楚这一切到底怎么回事。并且，大家才不久就又聚在了一起，这事就非常奇怪了，但是我觉得任何东西也不能阻挡现代人对信息的向往。但是，要是我们大家非要求去现场，我们一定要通过负责任的方式进入，并且老实说，要有人承担领导的职责。不管是谁在领导挖掘工作，我们都有必要去说一声；并且我们最起码要记录一下姓名。"

迫不及待的戴安娜小姐和充满疑惑的考古学家两人出现了矛盾，紧接着的便是一场激烈的争吵。考古学教授一直认定，教区牧师和本地有关部门需要干预并最后使众人信服。那个留有八字胡的小个子非常不甘心地走上地面，勉强接受通过正规程序进入现场。很幸运的是，教区牧师亲自来到这里，他长得非常帅，发色发白，一副眼镜遮住双眼，让他看起来有些劳累。他和教授亲切地交谈，把他作为考古方面的知己，他对教授周围那几个人好像有一些敌意，但又对这些没有关系的人能走到一块觉得非常感兴趣。

"我祈祷你们不相信迷信，"他亲切地说，"我提前把话说明，据说对这事感兴趣的人要承受不同的噩运和诅咒侵犯的危险。我刚译出了一段在进入教堂的地方发现的拉丁铭文。从翻译内容看，可能这教堂有三重诅咒：一重出现在进入密室的时候，二重和打开棺木有联系，第三重同时是最恐怖的诅咒和碰到里面的金质遗物有关。我已经引起了前两个诅咒。"他笑着再次说："但是，如果你们想要亲自看到里面，那么威力最小的第一重诅咒是不可能避免的。据说，诅咒不会立刻出现，需要等些时候，在另外的地方应验。我不清楚说这些能不能让你们稍稍有些慰藉。"可敬的沃尔特斯先生又是面露微笑，仍然露出疲惫无力但平易近人的神态。

"传说，"斯梅尔教授反复说，"哎，关于传说到底是什么？"

"由来时间以长，并且有很多说法，就和当地其他传说一样，"教区牧师说，"但是这个传说毋庸置疑是和这个墓穴同一时期。铭文里阐述了传说的主要内容，大概是讲：居伊·德吉索尔是 13 世纪时这个地区的老大，他看上了一匹黑色的宝马，但那匹马是属于热那亚共和国的一名公使，他是一名非常看重金钱的贵族商人，希望能卖个好价钱。贪念甚强的居伊为了攒够买马的钱，冒险去把圣堂抢了。而且，还有一种说法，他还把当时住在里面的主教杀了。无论如何，主教设置了一个咒语，谁带走那枚本应保留在墓中的金十字架而且把它作为自己的私物，或者继续去打扰被放回去的金十字架，不管是谁都一定会遭到报应。这位领主将那枚十字架出售给了镇上的金匠，弄足了钱去买马；但就在他刚得到马的第一天，他骑着那匹马路过教堂门廊前的时候，那匹马忽地抬起前蹄，把城主摔了下去，摔断了脖子。同一时间，生意一直很好、生活很美满的金匠碰到了很多让人无解的意外，变得一无所有，只有向生活在同地区上的一位放债的犹太人求助。最终，这名倒霉的金匠眼看着除了被饿死再没有其他的办法，便上吊死在了一棵苹果树上。那枚金十字架以及他所有的东西、房屋、店铺和全部工具都已经成了房贷者的。这时老领主的儿子已掌控了这处领土，他父亲因不尊重神灵而受到这样的惩罚使他受到无比大的震撼，因为这他开始信仰宗教，承袭了那个时代黑暗、残忍的精神，他觉得有义务把所有异端和没有信仰的人从他的领地上消灭掉。因此便使那个犹太人开始受到惩罚，老领主那时对他很好，但小领主却用火刑将他烧死。最终，犹太人也因占有那枚金十字架而交出生命；在这几次遭报应的事情后，金十字架重新送返主教墓中，在那之后再也没有人见过或碰过它。"

让人意想不到的是，戴安娜·威尔士小姐竟然被这个故事感动了。她说："这确实令人心惊胆战啊，仔细想想，除了教区牧师，我们将是第一批受到报应的。"

留有浓密八字胡、说着不地道英语的先行者找到的梯子其实只是在挖掘时使用过，他将没有机会沿着梯子进墓穴了，因为一处更大、更方便的入口离这里只 100 码左右，教区牧师之前正在那里搞他的研究，刚走出来，现在又带领几人绕到了那个入口处。进入墓穴的坡道非常平坦，走下去的过程中，除了黑暗越来越重以外并没有其他困难。他们很快就自觉列成单排行于黑暗且陡峭的地道里，但没多久就看到前面有了亮光。大家静静地向前走的过程中，听到不知是谁倒抽了一口气，且再次听到一声咒骂，像闷雷一样，还是外国腔调。

他们走入了一个环形的密室，好似由一个半圆拱建造的廊柱大厅。因为在建立这座教堂时，哥特式尖拱形还没有如一根长矛扎进我们的文明中。神秘的绿光由一些支柱间射出，这说明那里是能走上地面的另一个出口，密室在微弱的光下使人感觉像处在海底。不知道是巧合还是人们大脑想象力丰富，有着一两处相似的地方更是加强了这种感觉。只因在全部拱廊上充斥了若隐若现的只有诺曼人才拥有的狗牙图案，在微微光亮映衬之下，那些图案好似变成让人害怕惊悚的鲨鱼嘴。在密室正中间就是揭掉了石板盖的幽黑的墓穴，好像这鲨鱼的獠牙巨口。

不知是为了与环境相符合还是没有更先进的工具，教区牧师仅仅让人在教堂摆放了 4 根蜡烛照明，每根长长的蜡烛都在一个巨大的木制蜡烛台上，放置在地板上。他们走入房间，里面仅仅点着一根蜡烛，淡淡的烛光照亮这座巨大的房子。在大家聚齐以后，教区牧师点燃了剩下的三根，这样一来那个大理石棺还有内部都非常清楚地出现在几人面前。

众人的眼神都先看向了死者的脸上，可是它经过几百年之后仍然和活着一样。这是由东方传来的神奇防腐处理办法的功劳，听说那是对异教徒的原始手段的继承，未曾在这岛上普通的墓地里发现过。教授禁不住惊叹出声。只是虽然那张发白的脸好像抹了一层蜡似的，可是模样好似是一个人刚刚闭上眼睡觉。脸庞有角有棱、颧骨向外掀起，外貌好像个苦行者，或者是那种对自己要求非常严格的人；身体被裹在金色长袍以及奢侈的衣饰里面，在胸脯上面，喉头下面，那个名气甚大的金十字架连接在一小段金链子也可以称作是项链上，闪人双眼。打开石棺的方法是在它的前面把棺盖抬起，然后使两根粗壮的木柱顶起，这两根木柱立于死者头后的两处棺材角上，并按照一定角度向上顶在棺盖边缘里面。所以，尸体的脚和下半身并没有完全露在外面，但烛光照亮了一整张脸，在没有血色的苍白的脸的映衬下，金十字架好似一簇火苗舞动着，照耀四方。

在牧师说了有关诅咒的故事过后，斯梅尔教授眉头就没有打开过，四方的脑门上掘出一条深深的沟壑，不清楚是沉思还是忧虑的表现。可源自女性的直觉，同时也包括女性特有的个性，戴安娜小姐比她周围的几位男士更明白，他一动不动地专注思考是什么意思。在这个毫无声响、烛光摇曳的洞穴中，戴安娜小姐忽地大叫出声："跟你说，不要碰它！"

话还没说完，教授已经像一头狮子扑到近前俯下了身 。几乎就在同一时间，众人吓得全部弯下身子躲藏，抱着头乱跑，有往前的有往后的，认为天就要塌了。

当教授伸手拿到金十字架的同时，顶着棺盖且在重力压迫下稍稍弯曲的木柱好像跳动了一下，接着突然绷直了。石板前端忽地向下滑，几人顿时心惊肉跳，觉得自己就像被丢进了万丈深渊，瞬间万念俱灰。斯梅尔察觉到事情不对赶紧缩头，但这时候已经迟了。然后就看到他躺在石棺一边，头部绽放一朵血花，什么也不知道了。那个石棺还像以前几百年来一样，又被重新盖得牢牢实实，只有缝隙里还能看到些许木头碎片，使人不自觉联想到由食人魔咬碎的骨头渣，海中怪兽闭上了它的血盆大口。

戴安娜小姐看着眼前这悲惨的现场，眼睛里闪耀着热烈的神采。被幽深的绿光映照，她的脸无比苍白，对比下火红的头发就像鲜血一样。史密斯的头依旧像狗似的歪着，死死看着她，但脸上的神采就如一条狗看着主人，对主人遇到的灾难祸患一知半解。塔兰特以及那名外国人呆呆站在那儿，显露着他们那副常有的阴沉神色，可脸上没有一丝感情。教区牧师好像昏倒了。布朗神父跪在教授旁边想要查明他的情况。

让几人想不到的是，一直表现出一切与自己无关态度的保罗·塔兰特走过来帮他。

"我们应该将他抬到通风处，"他说，"我觉得他可能还有机会活下来。"

"他还有气息，"布朗神父小声道，"但是，我感觉事情不对，你不会是医生吧？"

"不是。但是我平时学过很多东西，"塔兰特说，"先不用问我是做什么的了。我真正的工作将吓你一跳。"

"我觉得不可能，"布朗神父微笑着说，"在这次旅行过程中，我曾研究过你。你是做侦探的，在跟踪调查哪个人。哦，无论如何，十字架最起码安全了，不可能丢失了。"

当他们说着话的同时，塔兰特已经毫不费力、动作流利地扛起了那位虚弱的人，十分小心地扛着他往出口走。他转过头说："的确，十字架确实已经安全了。"

"你的意思是其他人还都不安全，"布朗问道，"你也在考虑那个诅咒吗？"

满怀心事的布朗神父一脸惆怅，前前后后地忙活了一两个小时，让他感到不安宁的不全部是因为这场悲惨的意外。他帮忙把受伤的人抬到了教堂对面的小酒店中，并请来了医生。医生对他说，伤情不太乐观并且非常危险，但暂且要不了他的命。神父又走进小酒店的接待室，把病情转达给早已围坐在桌边的几位旅伴。但不管他走到何处，心里一直非常疑惑，而且好像想得越深变得越黑暗。在他破解谜题的时间里，他想通了一个个的小谜题，可伴随这些小谜题的减少，最关键的谜题却显得越来越让人看不懂。他一个个弄明白了这几人中每个人的企图，可同时却让已经出现的事变得更加难以解释。伦纳德·史密斯到这儿来的原因，只不过是因为戴安娜小姐要来；戴安娜小姐也没有特殊的原因，就是想来罢了。他们俩玩着在社交界很时尚的一类见面调情的游戏，但是玩这游戏需要掺杂些知识进来不然将显得非常愚蠢。只是戴安娜小姐浪漫的思想里还夹杂着迷信的味道；她的旅行居然以这种恐怖的方法结束，让她非常受打击。保罗·塔兰特从事私家侦探，可能受某位妻子或者丈夫托付，来调查这次约会；可能是在跟踪那个留有八字胡的外国讲师，他的面貌一直让人觉得是位令人反感的异类。可是，如果他或者任何其他人过去有获得那件古董的想法，现在应该放弃了。从人们可以想到的情况来判断，打掉人们想法的如果不是无法想象的巧合，就是古老的诅咒开始了工作。

他满脸都是不常见的疑惑，呆呆地站在路中间，左右分别是小酒店和教堂。就在这时，他满是惊讶地看到，刚刚认识的一个人向这里走来，这的确让他有些意想不到。布恩先生，也就是那位记者，在阳光下看着非常憔悴，身上的衣服也都破碎了，活似一个稻草人。他那双深陷在眼窝里黑黢黢的眼睛（两眼相距很近，中间隔着个长鼻子）直盯着神父。神父仔细看了多次才察觉，在他浓密的八字胡下隐藏着一丝冷笑，也可称作一丝冷酷的微笑。

"我觉得你将从这里走了呢，"布朗神父说话有些着急，"我觉得你坐两个小时前的那班火车离开了。"

"哦，但是你瞧，我未曾离开。"布恩说。

"你怎么又回来了？"神父严肃地问他。

"这个地方不同于那些安安静静的小村庄，让记者无时无刻不想赶紧离开，"布恩回答道，"这个地方，事情进行得非常迅速，和回到伦敦那个无所事事的地方相比，更想在这儿多待会儿。而且，他们不可以让我袖手旁观——我说的是另一件事。是我找到了那具尸体，或者最起码是那些衣服。我的行为非常让人怀疑，对不对？可能你觉得我想要得到他的衣服。莫非我不能变成亲切的牧师吗？"

接着这位身材瘦弱、鼻子很长的江湖骗子忽地在众目睽睽之下夸张地张开两个胳膊，伸展开套了双黑手套的手，展示一种非常好笑的赐福姿势说道："哦，我敬重的亲人们，我要拥抱你们全部……"

"你到底要表达什么啊？"布朗神父大声说，而且用他那把沉重的伞轻轻敲打着路上的石子，因为这时候他已经没有了以前那样的耐心。

"噢，去找你那些在酒店的朋友问一下，你就都清楚了，"布恩讥讽着回答，"只不过是因为我找到了衣服，那个塔兰特就猜忌我，他也找到了，但仅仅没我早到一会儿罢了。但这事有很多奥妙。留有大胡子的小矮子有可能是隐藏最深的人。就凭这，我真不清楚你怎么不亲自把他给杀了。"

布朗神父好像对他的提议一点也不在意，然而有一种非常不稳定而且疑惑窘困的感觉。"你是说，"他非常惊讶地问，"是我要把斯梅尔教授杀了？"

"当然不是，"布恩说，他非常帅气地摇摇手，好像有相让的意思，"能够让你选择的死人非常多，不只是斯梅尔教授。难道，你居然没听说又有人出事了？假如斯梅尔教授还有活的希望，另一个人却真的完全没救了。我不清楚你怎么就不能隐蔽地杀了他。宗教分歧，你明白……基督王国分裂，令人非常怅然。……我觉得你是想要夺回英国教区吧。"

"我要回酒店，"神父显得很冷静，"你说他们几个明白你的意思，可能他们想给我讲一下这件事。"

确实，在这之后没太长时间，神父就知晓了另一个灾难事件，这个消息让他暂时忘记了他的那些谜团。那几人还在酒店接待室里，他一进去就发现到人人都是脸色惨白，不用问就能猜到使他们受到如此打击的已经不可能是墓穴出现的事，而是刚刚发生的什么。在他进门的同时就听到伦纳德·史密斯在说："所有的事情什么时候才会终结啊？"

"我和你说，这事没有结尾，"戴安娜小姐眼里没有一丝光亮，迷茫地不断重复道，"我们什么时候死了，这事才会结束。那个诅咒会让我们接二连三地失去生命，也可能像不幸的牧师告诉我们的等一段时间，但早晚将和带走他一样让我们失去生命。"

"究竟出了什么事？"布朗神父问道。

众人都不说话，不久后塔兰特非常冷淡地说："沃尔特斯先生，那位教区牧师自尽了。我觉得可能是他承受不了打击，精神出现了问题。可能这事已经完全确定了。我们刚才在海边一块凸起的岩石上找到了他的黑帽子和衣服。他应该跳海自杀了。我认为他那时的行为就有问题，好像被吓傻了似的，可能我们原来应照顾一下他；但是说实话，那时候哪有时间顾他啊。"

"你没有办法的，"戴安娜小姐说，"难道你没有发现，那东西现在根据一种可怕的顺序一个个地把我们杀死？教授碰到那枚十字架，他第一个倒下；是教区牧师打开的墓穴，他接着被杀死；我们仅仅走进那个教堂，同时我们——"

"不要说了，"布朗神父很少用严肃的语气说话，"不能这样持续下去。"

他的眉头仍旧紧紧地皱到一块，但他怀疑的神色已经没有了，眼神满是精光，好像已经看穿了恐怖的现实。"我太傻了！"他自言自语，"我早就应该想明白，诅咒的故事早就将真相告诉了我。"

"你认为，"塔兰特插话问道，"那个13世纪的诅咒的确能够将我们杀光？"

布朗神父摇了摇脑袋，温和地提高了腔调说："我不想探讨发生在13世纪的事要不要把我们全杀死。但我能够确定，我们不会被13世纪根本没有发生，而且是根本不存在的事杀死。"

"哦，"塔兰特说，"神父不相信超自然的东西倒非常的新鲜。"

"不是你说的那样，"神父仍然很平静地说，"我猜疑的事物和超自然没有联系，但和自然的东西密切相关。曾经有人说，'我信任不可能的东西，可绝不信不可信的东西'。我非常认可这种观点。"

"这应该就是你所说的自相矛盾，是不是？"塔兰特问道。

"这就是我所说的常识，如果理解是正确的，"布朗神父答道，"人们对关系到超自然的说法更加认可，只因它讲述的是我们不懂的事，可是对和我们的理解相反，但属于自然的说法会有疑问。如果你对我说，在伟大的格莱斯顿®就要死去的最后时刻，曾被巴涅尔®的鬼魂纠缠，我没办法确认是真是假。可假设你告诉我，格莱斯顿先生第一次觐见维多利亚女王时，没摘帽子就走进她的会客室，在她背上拍了一下，并让她来支雪茄，我就不会变成一位不可知论者。那个不是没有可能，只是让人无法信服罢了。和巴涅尔的鬼魂是否纠缠过格莱斯顿进行比较，我更坚信这件事根本没有出现过。只因它不符合这个我完全认识的世界的规矩。那个和诅咒有关的故事也是如此。我不是怀疑这个故事，而是怀疑那段历史。"

戴安娜小姐逐渐恢复了一些意识，不像刚刚那样六神无主，她对新鲜事物一直充满好奇，这时明亮的双眼里又放射出那种求知的欲望。

"你这人真是有意思，"她说，"你怎可以怀疑历史呢？"

"我怀疑这个历史，只因它不是历史，"布朗神父答道，"任何稍稍知道一点中世纪历史的人都将察觉，这个故事能够信任的程度和格莱斯顿让维多利亚女王抽雪茄没差多少。可是，你们中有谁清楚中世纪的事情？你们了解基尔特制⑰是什么东西吗？你们是否听说过 'salvo managio suo'（拉丁语：保全他的私宅）这个词？你们清楚 'Servi Regis'（拉丁语：王室侍者）⑱是做什么的吗？"

"不，我肯定不清楚，"戴安娜小姐稍有怒气地说，"说一堆拉丁文有什么用！"

"你肯定不清楚，"布朗神父说，"假如我们探讨的是世界那一头的埃及法老图坦卡蒙，和几个谁也不知道如何保存那么精致的非洲人干尸；假如是巴比伦或中国发生的事；假如事情和遥远而诡异的月中人有联系，你们的媒体将会苦口婆心地对你们讲究竟出现了什么事，更甚者会具体到给你说又找到了一只牙刷或者一个领扣。可有关帮你们建造了本区的教堂、给你们家在的城镇、所干的工作以及你们每天行走的路起名字的那些人，你们根本没有兴趣去了解。我自己也没有了解太多，可我所了解的已经能够使我确认，那个故事从头到尾都是瞎掰。法律不允许放债人扣押一个人的店铺或者工具来抵债。眼睁睁瞧着一个人坠入灾难之中，并且出自犹太人之手，基尔特竟然不闻不问，这是不符合社会理念以及法律的。那些人也存在不良的习惯，每人都有不同的不幸，他们有时将折磨甚至活活烧死别人。但眼睁睁看一个人毫无依靠，没有人在意他的生死，只有默默地死去，中世纪时期没有这样的理念，是从我们这个时代经济、科学和发展中诞生的。犹太人不可能变成封建领主的侍者，他们常常享受着王室侍者的特殊待遇。最要紧的是，犹太人不会以信仰为借口被烧死。"

"你自己更加地矛盾了，"塔兰特禁不住说，"可是，你不可以不认可犹太人在中世纪受到打压迫害的实际情况吧？"

布朗神父说："如果称犹太人在中世纪时期是唯一没受到迫害的人群，反而与事实更相符。如果你想要讥讽中世纪精神的话，你绝对能够拿出更好的例证，就像，可怜的基督徒可能会只是在本体同一论®的概念上出现错误就被处以火刑，但是一位有钱的犹太人能够在公众场所随意笑话基督和圣母玛利亚但没有被惩罚。行了，故事就是这样的。这故事肯定不会发生在中世纪，甚至不能称作是和中世纪有联系的传说。仅仅是某个人以他曾看过的小说以及报纸为基础编造的，而且或许是随机应变编出来的。"

另几个人让他这段夸夸其谈的历史探究搞得有点头晕，好像不知道神父为什么要申述这些，并且把它们作为解出谜底的重要一步。塔兰特长于从牵丝绊藤的题外话中找到有价值的细节，他忽地有一种茅塞顿开的感觉。他把头抬起，小山羊胡撅向外面，以前阴郁的双眼忽地射出两道精光。"啊，"他说，"随机应变编出来的！"

"这样说可能有点夸大，"布朗神父淡定地说，"我该说这应是一个不同一般、细心策划的阴谋，但是这一段和其他相比较，编得不是太精准和有点马虎。可是策划这一切的人认为不会有人会注意中世纪历史的细腻之处。而且他的阴谋整体上大概还算精确，就像他在其他事上的阴谋大都非常精确一样。"

"谁策划的？谁的阴谋很精确？"戴安娜小姐再也不能忍受下去，忽地爆发出来，质询神父。"你指的这个人具体是谁？你仍觉得我们没受够，还非要拿所谓阴谋策划的东西使我们感到惊悚吗？"

"我指的是凶手。"布朗神父说。

"什么凶手？"她尖声问道，"你意思是指不幸的教授被谋杀了？"

"嘿，"大胡子塔兰特使劲睁着眼，低沉粗大的声音道，"我们暂且无法称为'谋杀'，没人清楚他是不是被人杀的。"

"不仅斯梅尔教授，凶手还杀了另一个人。"神父庄重地说。

"啊？他还杀了谁？"塔兰特问。"亲切的约翰·沃尔特斯，杜厄姆教区的牧师也是死于他手中，"布朗神父直接鲜明地说道，"他只是要杀了他们俩，只因为只有他俩拥有带神秘图案的金十字架，凶手肯定有妄想症。"

"这听起来非常奇怪，"塔兰特自言自语，"当然，我们没办法确定教区牧师已经真的死了。我们仍没有看到他的尸体。"

"嗯，不对，你们见到了。"布朗神父说。

大家一下全部都惊诧了，全都保持了沉默。在四周毫无动静的环境里，戴安娜小姐不自觉地尽情想象，她意识里的情境多么真实，导致她吓得自己几乎就要控制不住叫出声来。

"那就是你们所见到的，"神父接着说，"你们见到了他的尸体。他活着的样子你们没见过，可你们见到了他的尸体，这是毋庸置疑的。在4根大蜡烛的照耀下，你们一直盯着它看；而且它并不是死于自杀而浮在海面上，而是像一位红衣主教一样郑重地睡在十字军东征时代前面建造的神殿中。"

塔兰特说："简单地说，你其实是让我们相信那具被防腐处理的尸首就是被害人的尸首。"

布朗神父保持了一段沉默，接着用一种好像没有关系的态度说："我看到的第一件事物当属那枚十字架，也可以说带有十字架的那条链子。对你们很多人来讲，那只是一串珠子罢了，没什么特殊之处，这非常正常。并且，同样是非常正常的，对于它我知道的比你们多。你们记得在离下巴很近的地方看到它，仅仅能看到几颗珠子，感觉整条项链非常短。可是那几颗暴露在外的珠子的排列方式非常奇怪，首先一颗大的，接着是三颗小的，按照这推理。其实，我仅仅看了一眼就明白那是个念经时用的念珠，并且仅仅是个一头悬挂十字架的平常的念珠。可正常的念珠最少要有5组以及一些单个的珠子。我不由得就想弄清楚其他珠子搞哪儿去了。假如把它缠在脖子上，一定要绕好几圈。在现场我没有想清楚，等到事情过去了才猜测出剩下那些弄到哪儿去了。它在木柱底端缠了很多圈，那根木柱被固定在石棺内部的角上，用来支起掀开的棺盖。这样看来，在悲哀的斯梅尔去拿那枚十字架的时候，一并也就扯倒了那根木柱，棺盖没有支撑于是砸到了他的头。"

"我的天啊！"塔兰特说，"我慢慢感觉你说的很在理。如果是真的，这堪称一件奇事。"

布朗神父继续说："当我想明白了这层以后，我差不多就能搞清楚剩下的地方是为什么了。要谨记，第一，所有有责任感的考古学学者满脑袋中考虑的是调研考证，查询真相。悲哀的老沃尔特斯是一位老实的古文物研究者，他开启墓穴为的仅仅是想证实尸体不腐的传说是不是真的。别的都是谣传，只因人们常常会对这种发掘托付非常遥远的期盼或者言过其实。可实际上，他发现尸体根本没有做什么防腐处理，而是很久之前就已经变为灰尘。只是未曾料到，他在那个破烂的教堂里自己在烛光之下研究的同时，眼前又多出一个身影。"

"啊！"戴安娜小姐心中猛然一惊叫道，"我可算理解你什么意思了。你意思是我们曾和那个凶手当面讨论，开玩笑，听他给我们说一些离奇故事，接着就完好如初地在我们眼下跑掉了。"

"同时他把老牧师的衣服放置于岩石上，"布朗赞同说，"这事非常地简单。这个人在教授之前，先抵达了墓园和教堂，那时教授可能正和那个可怜的记者做交流。在一无所有的石棺旁边，他偷袭了老牧师同时杀了他。接着他把老牧师的一身黑衣穿上，并把老牧师的尸首放进石棺里找到的老袍子中，置入石棺里，如同我刚刚说的那样放好念珠，通过木柱把棺盖撑起来。以这样的方法，他给下一个敌人准备好了陷阱，接着就走出来欢迎我们，流露着一名乡村牧师应有的亲切温婉的态度。"

"他这么做挺危险的，"塔兰特质问道，"遇见和沃尔特斯熟悉的人就危险了。"

"我赞同他的确挺嚣张，"布朗神父赞同说，"同时我认为你需要承认冒这个险很值得，无论如何说，他把我们都骗过去了。"

"我认可他确实幸运，"塔兰特怒号道，"但他真实的身份是谁？"

"如同你说的，他确实幸运，"布朗神父回答说，"并且还特别幸运，只因我们或许一辈子不清楚他真实的身份。"他眉头紧锁注视桌面，停了一会儿又继续说："这个人总是出没无常，觊觎这里很久了，但有件事他特别注意，就是隐藏他的真实身份，到现在没有人知道。可如果悲哀的斯梅尔清醒了，我认为他肯定会清醒的，这样，我们一定会知道更多东西。"

"哦，你认为斯梅尔教授将干什么？"戴安娜小姐问。

塔兰特说："我认为他将干的第一件事，就是发动所有的侦探去追捕这个杀人狂魔，我自己都很想去抓他。"

"哦，"布朗神父眉头再次锁上思考一段时间后，忽地微笑着说，"我认为我了解他最应该做什么事。"

"是什么事呢？"戴安娜小姐慌忙地问。

"他应对所有的人说对不起。"布朗神父说。

但是，在布朗神父坐在病床一旁，跟慢慢清醒的著名考古学家斯梅尔教授探讨时，却没有说这件事，而且他也没有说太多话。因为虽然医生提醒教授不能说太多话防止身体承受不住，他仍然要趁这个神父朋友来看他的机会多说一些。布朗神父有一项奇怪的本领，他不讲话却使人有受鼓励一样的感觉，而斯梅尔就是在这种鼓励下，说出好些平时难以表达的怪事，他谈及身体康复过程中不同时期的病态感受以及常常在躁狂相伴下到来的噩梦。精神紊乱是头部受到重伤之后逐渐康复的一种正常现象，但想象力像斯梅尔教授这样丰富感性的人，就是在受到惊吓和打击的时候，仍然随意显露出新颖观点以及好奇心。他的梦境以粗大的图案为主体，画面非常不匀称，和他钻研的那些原始豪放的古老艺术所呈现的图案一样；梦里满是奇怪的圣人，头上缠绕着方形或矩形的光晕；惆怅、无神的脸庞，头戴金光闪闪耀眼灿烂的王冠以及光环；从东方来的鹰隼以及留有山羊胡的男人，头发如同女人一样盘起来，头戴高高的饰物。他还对他的朋友说，仅仅一种略微简单、不太复杂的样式不间断地一次次在他虚幻的记忆里出现。一切这些拜占庭图案将一遍遍地慢慢散去，就像火堆里的一片金黄，在火中若有若无地闪动，慢慢消散，接着就再也看不到，单留下黑黝黝的岩壁，上面惊现着一条鱼的图案，就像用沾有鱼磷光的手指在墙上描摹。因为那个图案就是他那时不留意抬头见到的，也是那时候，他的敌人第一次说话，从乌黑的地道的弯道处传来他的声音。

"最后，"他说，"我觉得我搞明白了那个画面以及声音的一种内涵，这是我曾经所不明白的。我害怕的是什么？仅仅是一个疯子放狠话要伤害甚至杀了我？他仅仅是一个人，但他面对的是一个通过无数身心完善的人结合的庞大社会！那人在伸手不见五指的地下墓穴描摹基督的奇异图案，他忍受的是不平常的迫害。他是一名没有援手的疯子；整个健全社会万众一心，不是要救他命反是要杀了他。我常常杞人忧天，心中忐忑，认为他或他就是伤害我的人；觉得是塔兰特，觉得是伦纳德·史密斯，认为是他们中的随便一位。可能他们都是？可能在船上、火车上以及村子里的任何一位都是。可能，对我来说，他们都是凶手。我觉得我有借口感到害怕，只因我在伸手不见五指的地下深处爬行，但在那儿有个人想杀了我。假设那个要杀了我的人来到世间，掌控整个世界，有能力调动全部的军队和世人，那将会怎样？假设他有能力封锁整片大地或者用浓烟把我从洞里赶出来，或者让我的生命在我露出头的那一刻结束，那应如何做？和这样实力的杀手交往会是怎样的体验？这个世界已经不记得这些事，和在不久前遗忘了战争一样。"

"是的，"布朗神父说，"可是战争已经到了眼前。鱼类或许又因此躲到地下了，但是终有一天还会出来。帕多瓦的圣安多尼[20]曾有趣地说：'仅仅鱼有能力在大洪水来临后存活下来。'"

【注释】

① 拉普他岛（Laputa）：英国作家乔纳森·斯威夫特写的《格列佛游记》书里的一个飞岛。

② 拜占庭帝国（Byzantine Empire）：也可叫作"拜占廷帝国"、"东罗马帝国"，是罗马帝国东西分治后的东部地区。地处欧洲东部，领土曾涵盖亚洲西部和非洲北部，是古代和中世纪欧洲历史上时间最长的君主制国家。

③ 明尼阿波利斯（Minneapolis）：美国明尼苏达州最大的城市，地处密西西比河的两岸，南面是明尼苏达河与密西西比河汇流点，曾是世界最大的面粉工业城市和重要的伐木业中心。

④ 奥马哈（Omaha）：地处美国内布拉斯加州东部边界密苏里河一旁，是这个州最大的城市，在1854年建立。

⑤ 布赖顿（Brighton）：英国东南部的一座沿海城市，位于"大伦敦"区域南部，

凭借布满鹅卵石的海滩出名。

⑥ 法西斯党（Fascisti）：也称"黑衫党"。1919 年 3 月，意大利人墨索里尼于米兰创建半军事性组织——法西斯战斗团，以黑色作为党旗，黑衫当作党服，因此又叫作黑衫党。1921 年 11 月正式建立国家法西斯党，以法西斯国家至上为纲要，贯彻国家的决定是每位个人的职责。

⑦ 黑暗时代（The Dark Ages）：就是中世纪，欧洲史上大概是公元 476 ~ 1000 年；在这段时间，无数罗马文明遭到毁坏，并被蛮族文化代替。

⑧ 安提俄克（Antioch）：古叙利亚首都，现在是一座土耳其南部城市。这里有一个洞穴现被叫为圣彼得洞穴或者圣彼得教堂，据说是使徒彼得在安提俄克居住时期在此布道。

⑨ 克里特岛（Crete）：地中海文明的发源地之一，已经在这里发掘出公元前 10000 至公元前 3300 年新石器文化遗迹。

⑩ 希腊文的"鱼"（Ichthys）字由"耶稣、基督、神的、儿子、救主"几个词汇的第一个字母组成，就是"ΙΧΘΥΣ"。刚开始的基督徒为逃脱罗马帝国的伤害把它当作互相之间联络的暗号。以后，鱼遂成为基督教的符号之一。

⑪ 米诺斯文明（Minoan Civilization）：也有翻译称为弥诺斯文明，属于爱琴海地区的古代文明，源自于古希腊，主要聚集于克里特岛。处在迈锡尼文明之前的青铜时代（约公元前 3000 ~ 前 1450 年）。

⑫ 弥诺陶洛斯（Minotaur）：也被叫作"牛头怪"，克里特岛上的半人半牛怪，是克里特岛国王弥诺斯（宙斯和欧罗巴的孩子，死后作了地府的三个法官之一）的妻子帕西法厄与波塞冬派来的牛的产物，拥有人的身体以及牛的头，弥诺斯在克里特岛给它铸造了一个迷宫。

⑬ 摩尼教派（Manichaean sect）：又叫作牟尼教、明教，起源于古代波斯宗教祆教，由波斯人摩尼（216 ~ 277 年）创立，想是要创建一个全球性的宗教，超越所有的宗教传统。

⑭《圣经新约》马太福音中有言：耶稣游历各城各乡传道，传播神国的福音。一块的有他的 12 个门徒以及几名妇女，她们曾被恶鬼附体，被疾病困扰，耶稣治

好了她们，其中有位叫作抹大拉的马利亚，曾有 7 个鬼附体。

⑮ 威廉·尤尔特·格莱斯顿（William Ewart Gladstone，1809～1898 年）：英国政治家，曾是一名自由党人且 4 次担任英国首相。

⑯ 查尔斯·斯图亚特·巴涅尔（Charles Stewart Parnell，1846～1891 年）：爱尔兰民族主义者及爱尔兰自治运动领导人，曾作为一名英国议会下院议员。

⑰ 基尔特制（Guild）：就是一个中世纪兴起的同业公会，以互助精神为根本组成团体，主张相互救济的制度。该制度在欧洲中世纪兴起，是人寿保险的前身，当团体中的会员死亡、疾病或遭受火灾、窃盗等困难时，一起拿钱给予帮扶。

⑱ 王室侍者（拉丁语全称：Servi camerae regis）：中世纪时期，基督教统治的欧洲给予犹太人的地位。相关规定，国王有权征收犹太人的税负，与此同时有保障他们人身以及财产安全的义务。在 12 世纪和 13 世纪，英王多次发出公告，确定指明犹太人拥有的基本权利，里面包括能够在王国内自由流动，免征常规通行税以及免受任意伤害，允许保留作为抵押的土地等。

⑲ 本体同一论（Homoousion）：基督教神学观点，认为圣子耶稣和圣父上帝拥有同一本体。

⑳ 帕多瓦的圣安多尼（St Antony of Padua）：圣安多尼（1195～1231 年）原是葡萄牙里斯本人，晚年在帕多瓦（原译：帕雕亚或巴都亚）传教，他凭借精通圣经出名。还有传言说，他曾向里米尼（Rimini）人讲道，但被冷待，因此把道讲给河里的一条鱼听。

◇ 带羽翅的匕首 ◇

布朗神父于人生中的某个时期意识到，如果不尽力克制身体的微弱颤抖，连帽子挂到帽钩上都不太容易。这种毛病的原因，其实仅仅是无比烦琐事件里的一个细节罢了，但是，在他慌慌张张的一生中，这可能是能让他回忆出整个案件的仅有的一处细节。它能够追溯到那件让警察局的医官博伊恩都十分困惑的事件，因为这，他曾被迫在 12 月某个寒冷的早晨让手下来请布朗神父。

博伊恩医生长得非常高大，黑黑的皮肤，是一位令人很难看透的爱尔兰人。和他一样的爱尔兰人经常遇见，他们将连绵不绝地讨论科学的怀疑论、唯物主义以及犬儒主义。可当每次谈起宗教仪式，他们就将死死坚持说，那些都是以他们本国的宗教传统为基础，绝不会有另外的可能。想弄清楚他们的信条仅仅是走马观花还是本来就坚不可摧非常难。但最有可能的是，两样都存在，但处于中间的却是无数的唯物主义。无论如何，他每次感觉将要触碰到相关问题时，他必定请布朗先生来，即使他没有故意流露出自己喜欢这样。

他见了布朗就说："我无法确定需不需要你来，一切我都拿不定主意。我压根儿都不清楚这案子该交给谁处理，是医生、警察还是神父。"

"噢，"布朗神父面带笑容道，"我觉得你一面是医生另一面是警察，我好像是少数派。"

"我认可你是政客们称作的那类拥有使命的少数派，"医生说，"我想说的是，你有自己的基本工作，同时对我们这行业也有涉及。可是要一定说这是谁的本行非常困难，你的本行？我们的本行？还有就是精神病院院长的？我们不久前接到一位先生的请求，旁边山上的那座白房子就是他家，只因害怕有人将谋杀他而寻求保护。我们已经尽全力知道到了一些情况，可能我有必要从头给你说一遍有关这件事。"

"基本情况是讲，位于英格兰西南部，有名大地主叫艾尔默。他年纪很大才结婚，生了三个孩子，分别叫菲利普、斯蒂芬和阿诺德。但在他没结婚前，因为害怕没有后代，就收养了一个小男孩叫约翰·斯特雷克，他觉得这孩子很是聪明且前途无量。没人知道这孩子的身份，说他是弃婴的有，说他是吉普塞人的也有。我认为后面这种说法和艾尔默晚年的行为有联系，他迷恋于各种奇异的事，看手相和占星术也是之一。他的三个儿子说，就是斯特雷克煽动他做这些事。而且，这三个儿子仍说了不少其他的事。在他们眼里斯特雷克是一位完完全全的恶棍，特别擅长说谎，说谎可以说是他的天赋，能够相机行事编造谎言，即使侦探也可以骗过。但是，联想到此前出现的那些事，也或许是油然而生出现的偏见。"

"或许你多多少少能猜测出事情的发展，老人差不多把他的全部都给予了这个养子。在他死了以后，几个亲生儿子就对他的遗书提出质疑。他们说，父亲是在要挟下才屈从的，老实讲，是被吓得脑子转不过来了，才做出这种愚蠢的事情。他们讲斯特雷克曾用非常神秘和刁滑的方法对老人施加压力，对他的护士和家人一点不在意，在他生命最后时刻依然吓唬他。无论如何，他们好像已经证实了老人精神上的确有些问题，因此法院判决遗嘱无效，他的三个儿子完全继承了遗产。有传言说那时候斯特雷克的行为非常吓人，他勃然大怒，立誓要他们三兄弟全都死，一个个慢慢来，任何一位都不能躲避他的复仇。现在寻找警察保护的是阿诺德·艾尔默，在三兄弟中他排行老三，也是唯一活着的。"

"第三个也是唯一活着的。"神父绷着脸盯着他说道。

"是的，"博伊恩说，"那两人全部死了。"他深思一段时间又继续说："这就是让人想不通的地方，没有迹象证实他们是死于谋杀，可是死于谋杀的可能性非常大。父亲名下的土地都归老大所有，据说他是在自己的花园里自杀了。

老二做了制造业的老板，死因是头碰到属于他的工厂的机器上，他也或许是脚下踩漏了，摔倒撞死的。但是，假如的确是被斯特雷克所杀，那他必定非常狡诈，不单单能沉着作案，自己还能平安无事。还存在另外一种猜测，可能事情从始至终仅是狂想症患者把每次偶然的事强当成某种诡计。因此，我急需一位思路灵活、没有公共务的人去和这位阿诺德·艾尔默先生聊聊，看看他这个人到底怎么样。你了解患上妄想症的人都会做出怎样的举动，也有能力辨别那个人是不是说谎。我想让你帮忙先打探打探情况，接着再交给我们办。"

"这好像非常怪异，"布朗神父说，"你们前几天竟然没有认真对待这件事。如果这个事的确有哪些隐情，它也必定有一段时间了，他现在才想到让你们保护没有哪些特殊原因吗？"

"你能够想到，我曾仔细想过这个问题。"博伊恩说。"他确实提到一些原因，并且我承认，这正是使我感到困惑原因的一个，我认为这不可能是一个脑子出了毛病的人想入非非那么简单。他说他全部仆人都忽地扔下工作走了，事到如今，他只能想到寻找警方来提供保护。在向他了解情况的时候，我的确看到很多仆人离开了山上的那幢屋子。而且，小镇上同时流言蜚语，说什么的都有，我能确定那些都是胡言乱语。仆人们说，他们的主人每天心中都是烦躁，惊恐不已，无中生有，逐渐让人没有办法忍耐。他命令仆人们如同哨兵以及医院的护士一般整夜地分班守护这座楼，他们没有一刻的休息时间，因为他要求每时每刻都要有人在身边。因为这个，仆人们都觉得他疯了，接着就全部都离开了。可是这不能是他成为一个疯子的依据，但是，在现在这个年代，竟然有人命令他的仆人以及女佣去做武装警卫所做的事，这确实很少见。"

"因此，"神父面带笑容道，"他就寻找警察来做他的客厅女佣，只因他的客厅女佣不想要做警察。"

"我也觉得这非常过了，"医生也同意这说法，"可这是我的责任，在完全回绝之前需要找人来个缓兵之计，而你就是最佳人选。"

"非常好。"布朗神父直接了当地说。"如若你没其他要求，我立刻就去他家。"

密实的白霜遮住了小镇附近的绵亘不断的原野，空旷的天空透露着刺骨的寒意，在东北方，火烧云像燃烧的烈火一般不知何时已经布满了天空。在那一处与周围相比更加昏暗、危险的颜色下，山上的房子时不时地露出来，几根立在房前的灰白色柱子，组合为不长的一条古典气息十足的石柱廊。一条通往房屋的曲折的小路越过凸起的一处高地，忽地隐没在一片极其黑暗的茂密灌木丛里。在他马上就到灌木丛一旁时，觉得空气好像愈发地冰冷，就像正在向冰屋或北极靠拢。可他是个极其实在的人，根本未曾把幻想看作过现实。他只是仰起头看着悬在屋上的密云，激动地说："要下雪了。"

不高的意大利特色铁艺门洞后面，就是无尽悲凄的花园，那是以前层序分明的东西一时间无人打理后所产生的破败景象。白色的霜花粘黏在深绿色的草木上，满世界都变成了灰色。杂草疯狂地生长渐渐把花坛包裹进去，曾经完美的坛边，现在也是裂出道道缺口。草丛以及灌木丛已经遮蔽了房子的下半部。这些植物品种大部分是四季常青或耐寒类，即使也是满目浓密的苍绿，但可能是因为地处北方，不能说它是苍翠有活力，说它是北极丛林可能更合适。这种说法在一定程度上用在房子上也很合适，它的排廊柱以及古典立面，本是要俯视地中海，但现在却面对来自北海的寒风慢慢破败。那些点点暴露在空气里的古典装饰使这种对比更加的强烈，女像柱和根据古典悲喜剧人物形象雕刻的面具，在这座建筑的每处转角俯视毫无生机又异常凌乱的长满花草的小路，历尽沧桑的小院显得非常破败。涡形柱顶也好像不能抵挡寒冷的攻击因此蜷起。

布朗神父走到杂草丛生的台阶上，走进一个宽阔的门廊，在它两边巨大圆柱稳稳伫立，上前敲门。过了一会儿没有人来开门，他又敲了次门，接着转过身站在门外静静等待，并且看着远方阳光慢慢消逝的景象。一大朵乌云自北方而来，把全部都包裹在了阴影下面。布朗神父遥望远处的瞬间，觉得头顶上的柱子在昏暗里变得非常黑非常大，在他眼里那一朵乌云泛着乳白色的光晕，就像一个非常大的车盖飘过屋顶，包裹门廊。这个带有乳白色边缘的车盖越来越低，好像要落在花园，这片浓云慢慢地离开了，冬日的天空里仅仅剩有些许的银白，显现日落时的光芒。布朗神父还站在外面，但房子里面没有一点声音。

接着他迅速地从台阶下来，转着房子走想发现另外的门。他最后发现了一个侧门，并狠狠敲了一阵，继续等。接着他想直接去开门，结果门关得非常严。神父只能在墙边走来走去，考虑着自己将遇见的所有情况，猜测奇异的艾尔默先生可能躲在房里面，所以没听到一点外面的响声。可能门外的敲门声让他觉得是想要杀他的斯特雷克，所以自己躲得更隐蔽。可能早晨仆人们走的时候仅仅从一个门出，主人立即又把它锁上了。可是不管艾尔默干什么事，根据仆人们那时候的感觉看，他们几乎不会细心查看是否把所有的门窗都关严实了。神父仍然到处查找：这房子真正没有多大，悄然有着一丝虚伪的氛围。没用太长时间，他就绕了房子一周。随后，他就找到了他想要搜寻的地点。有处房间的落地窗挂着窗帘，藤蔓遮蔽了窗前空地，但是，窗户留有一处口子，定然是有人忘了关。他跳进里面发现这是屋子的正厅，里面的装修已经落后了，但布置却令人感到非常舒适，一侧是一道通向上层的楼梯，另一侧是通向室外的一扇门。正对着他还有一扇门，门上有一块红色玻璃，在现代人看来，感觉非常艳俗，似乎一座由便宜的彩色玻璃造制、一袭红袍在身的人像。他右手边的圆桌上摆放着一个像大碗一样的水族缸，里面满是发绿的水，里面的鱼以及类似鱼一样的活的生物就像在水池里游动一样。水族缸正对着一棵枝叶繁茂的棕榈树。这里的一切都是毫无生机，完全是维多利亚时代初期的风格，所以当他注意到一部电话出现在帐子遮掩的壁龛里时，不免感觉非常奇怪。

"是谁？"一声尖厉且充满疑惑的声音从彩色玻璃门后面传来。

"我能见艾尔默先生一面吗？"神父满含歉意地问。

门被打开，一位男子身着孔雀绿便袍，一脸惊疑地出了门。他头发异常凌乱，可能一直在床上，看着像刚刚起来。可他的眼神中表达出，他不仅非常清醒，而且充满警惕。布朗神父非常明白，处在想象以及危险条件下的人，根本没有心情注意外表，变得非常糟糕。看侧脸，长得非常像一只鹰。如果看正脸，首先看到的是他乱糟糟的棕色胡子。

"艾尔默先生就是我，"他说，"我没有想到仍然有人拜访。"

艾尔默先生充满怀疑的眼神使得神父直截了当，单刀直入。假设这个人真的有妄想症，对于打开天窗说亮话的做法不会讨厌。

"我想弄清楚，"布朗神父柔声说，"你难道真的从没有料到有人来拜访。"

"你说对了。"他语气很稳重，"我一直等待着一位客人，或许也是最后一位客人。"

"我希望不是这样。"布朗神父说，"但是，据我判断，我可能不是你等的那位客人，最起码这会使我放松下来。"

艾尔默先生忽然一阵狂笑。"你肯定不是。"他说。

"艾尔默先生，"布朗神父直截了当地说，"我突然来访，非常抱歉，但是我的朋友对我说你碰到了麻烦，且让我来看看能不能给你提供些帮助。其实，对于这种情况，我有一些经验。"

"不存在像这样的情况。"艾尔默说。

"你想表达的是，"布朗神父说，"在你家族中出现的噩运都属于不正常死亡？"

"我想说的是，它们几乎不能被叫作正常谋杀，"艾尔默回答，"那一位想把我们全部杀光的人就如同地狱里走出的魔鬼，他拥有来自地狱的力量。"

"一切邪恶都仅仅来自一处，"神父肃然说道，"可你如何清楚这些不属于正常的谋杀呢？"

艾尔默挥手，请布朗神父坐下。接着他自己缓缓坐到旁边一把椅子上，眉头紧锁，两只手放于膝盖上。在他再一次抬起头时，神色和刚刚相比柔和了一些而且增添了些许的关切，说话语气也更加温和以及亲善。

"先生，"他说，"我一点也不想你把我当作飞扬跋扈的人，我用推理的方式获得了这些结论，运气不好的是，到最后也仅仅想到这种结果。我浏览了很多和这相关的书，因为仅仅我获得了父亲在这种神秘东西上的学问，从那之后他一切的藏书也都归我所有了。可我要给你说的，不是以书上的知识为基础，而是我自己所看到的。"

布朗神父点点头，艾尔默继续说下去，好像每句话每个字都经过了仔细考虑："以我大哥的事为例，刚开始我也不相信。在他被枪杀的地方未曾找到一处痕迹以及脚印，仅仅一把手枪扔在他的一侧。可他刚刚收到一封恐吓信，必然是我们的仇人邮寄来的，因为信上画有一处标志，好似一把带有翅膀的匕首，这属于他凶险毒辣阴谋里的一个。而且还有一位女仆说，她在傍晚时瞅见有怪物在花园围墙边徘徊，那怪物非常大，一定不是只猫。我也未曾再仔细问，我的意思是，如果凶手的确来过，他未曾留下一丝痕迹。但，在我二哥斯蒂芬出事的那天，事情就不一样了。在那件事情过后，我全部都清楚了。位于工厂的大烟囱底部，在露天脚手架上有一台机器在工作。在我二哥被铁锤碰死后没多长时间，我就爬到脚手架上。除了那个铁锤，我没找到一个东西有力量打倒他，但我有了一个更重要的发现。"

"我和工厂大烟囱中间充斥着工厂中排放的浓烟，可在浓烟的间隙中，我注意到烟囱上有一个好似披着黑斗篷的黑色人影。带着硫磺的浓烟在我和烟囱中间继续挥散，在浓烟都散去后，我仰起头眺望前方高耸的烟囱——那里的确没有人。我的头脑比较清醒，我想找所有头脑清醒的人问明白，他是如何爬到那个让人头晕目眩、高不可攀的烟囱上去的，他又是如何下来的呢？"

他眼睛一动也不动地看着神父，好像想叫他解释这件事。时间凝固了一会儿他忽地又说："我二哥的脑浆都洒了一地，可是身体没有一点损伤。在他兜里我找到了另外一封警告信，在出事的前一天收到的，纸上也画有飞行的匕首那个图形。"

"我可以肯定，"他语气异常低沉地接着说，"那个带有翅膀的匕首图案不可能是任性或者巧合所画的，一切和那恶人有联系的东西都不可能是巧合。它在设计方面很有功力，虽然是个非常黑暗、异常烦琐的设计。在他的脑袋中不单是充满各式各样精巧的诡计，同时还存在各式各样的标志以及密语、没有声音的符号以及没有字的图像，没有一样东西你能叫出名字。他属于世界上最险恶的那类人，他属于恶毒的神秘主义人士。现在我不敢说已揭开了这个图案的一切秘密，可是现在能够确定，这个图案和他指向我们这个悲惨家族所干的一切，那些使人惊讶、令人不敢相信的事情之间，一定有着些许联系。菲利普被打死于自家草坪上，可是没发现一丝跟凶手有联系的痕迹，或许这类奇怪的杀人方法和哪一种带羽翼的凶器有联系？和羽毛箭相似的拥有羽毛样子翅膀的匕首，用斗篷当成翅膀漂浮在高耸的烟囱空中的那个人，他们之间难道没有什么联系？"

"你想表达的是，"布朗神父好像在思考地说，"他难道一直飘在天上？"

"是术士西门①干的，"艾尔默答道，"如同黑暗时代盛传的预言中讲的，敌基督②能够飞。不管怎样，信上画着拥有翅膀的匕首，无论它可不可以飞，它必然能杀人。"

"你有没有观察到它画在哪一种纸上？"布朗神父问道，"是一般的纸吗？"

令人无法看透的艾尔默忽地爆出一阵狂笑。

"你能够看一下它是什么样，"艾尔默严肃起来说，"因为今天早上我也收到了一封相同的信。"

他现在身子在椅子里，靠到椅子背上，留有山羊胡的下巴垂到胸前。身上的绿色便袍有点缩水，两条长腿在外面挂着。他身子保持静止，仅仅把手伸到衣服口袋里摸来摸去，接着拿出一张小片纸，胳膊非常的僵硬笔直，纸片在手中不住地颤抖。他的一系列行为令人认为他患上了偏瘫，不仅僵硬而且无力，可神父接着的一番交谈让他心中又有了异样的激荡之情。

布朗神父视力有点不好，他眯着眼瞅了瞅艾尔默递给他的那张纸。那张纸非常奇怪，粗劣但不一般，好似从哪位艺术家的素描簿上撕下来的。在上面画了一处明显的拥有翅膀的红色匕首，那图案好似赫耳墨斯③的信使权杖，上面写着："收到信的人，第二天就要死，去寻兄长。"

布朗神父把那张纸抛在地面，在椅子上坐正身体。

"对这东西你不能恐惧。"他说，"恶魔会想尽一切办法让我们失去希望，接着陷入没有希望的境地。"

让神父没想到的是，这个无精打采坐在椅子上的人得到了鼓舞，忽地跳离了板凳，就像刚睡醒一样。

"你说得没错！你说得没错！"艾尔默大声喊着，看起来非常兴奋。"恶魔将察觉，我仍没有完全绝望，也没有处于绝境。可能我的希望与帮助比你想象的还要大、还要得力。"

他站在那儿一双手放在裤兜里，眉头紧锁看着神父，但神父却在充满紧张的气氛里，瞬间出现了很多疑问，不知道是不是他的大脑在长时间处于惊险的情况下出现了问题。但当他说话时，仍然非常有层次。

"我非常确定，我的两个哥哥只是没使用正确的武器，所以才丢了性命。菲利普手拿转轮手枪，因此死后人们都说是自杀。斯蒂芬在警察保护下，但他一样地也认为这种现象非常可笑。他要求警察不要陪他一块爬上脚手架，最终他到上面才待了一会儿就出事了。他俩都有些吊儿郎当，面对我父亲最后的那段时间举动奇怪，热心于奇怪悬疑的事反应太甚，坠落到对所有都有疑心的另一个极端。可是我一直非常明白，他们对我父亲的认识仅仅是皮毛。的确，他探索魔法，导致生命被黑魔法夺走了，被斯特雷克这个混蛋施加的黑魔法杀死。可是我的两位哥哥没有找出正确的解药，破解黑魔法不要采用粗鲁的唯物主义以及平常的知识，而用白魔法④。"

"那要根据，"神父说，"你的白魔法是什么意思。"

"白魔法就是银魔法。"他把声音压低说，似乎在揭示一些秘密。沉默了一段时间，他接着说："你理解我说的银魔法是什么东西吗？请等一会儿。"

他从红色玻璃门出去，进入走廊。这房子没有布朗神父意料中的那般大。那扇门没有连接更多的空间，仅仅看到一条非常短的过道，走到头是一扇门，直达花园。神父猜测，过道旁边的那扇门肯定是主卧室，主人刚刚穿着便袍从那个地方出来。这旁边仅有个普通的衣帽架，在上边留有很多不干净的随处可见的旧帽子以及外套。可是过道另一侧摆放着不少有趣的物件，一个有些岁月的颜色非常深的橡木餐具柜，几件有些年头的银餐具摆放在里面，上面还有几件有年月的武器，看不出是纪念品还是装饰品。阿诺德·艾尔默停在了那里，仰起头看着一把年头不小的广口手枪。

过道终点的门没有开，阳光从门缝里渗透进来。神父一出生就对自然事物非常敏感，这道极其耀眼的白光让他明白，外面出了什么事，同时也是他未曾进屋时就猜测过的。他快速从主人身旁跑过，差点没把主人吓死。神父把门开开，眼前是一片雪白、一片光亮。门缝里射入的白光，里面有日光本身的白色，也散布着白雪反射的让人眼花的光线。遍布天地间的雪花挥洒在宽广的原野上，每个地方都透亮素裹，洁白没有瑕疵。

"无论如何，白魔法就是这个。"布朗神父非常激动地说。接着他扭头回到客厅，小声说："我觉得，也是银魔法吧。"当白光照到银器上时，反射出美妙的色泽，透亮的光也使放在每个阴暗角落里的古旧武器露出身形。艾尔默开始思考，凌乱的头上好像带着一个跳跃的银色光圈。他从黑暗里扭过头，手里握着一把古怪的手枪。

"清楚我挑一件这种旧的大口径短枪的原因吗？"他问道，"只因它能够用这样的子弹。"

他在餐具柜中拿了一把使徒汤匙⑤，用力弄掉了上面的小头像。他继续说："咱们回那间房子吧。"

"你听说过和关丹地⑥战死相关的故事吗？"都又坐下以后，艾尔默看着神父道。他对神父刚刚火急火燎的行为非常不高兴，可现在又重新安静了下来。"你应当晓得杀害誓约派成员⑦的约翰·格雷厄姆吧，他骑的黑马能够越过绝壁。你清楚吗？只因他将自己卖给魔鬼想杀了他只能使用银子弹。对于你，这一点还让人比较有安慰。你的知识最起码让你知道魔鬼。"

"噢，是的，"布朗神父说，"我认可有魔鬼。我不认可丹地，不认可有关丹地以及誓约、黑马这些传说。约翰·格雷厄姆仅仅是 17 世纪时的一名职业军人，和他一个时代的军人进行对比，非常优秀。他迫害他们的原因，不过只因他是龙骑兵⑧，但不是龙。经验使我明白，那些武士军人不会把自己出卖给魔鬼。我了解的魔鬼崇拜者不太一样，到底叫什么我就不说了，以免到时候闹得沸沸扬扬。我仅仅拿和丹地一个时代的人来说，你知道斯太尔的达尔林普尔⑨吗？"

"不知道。"对方声音很僵硬。

"你或许听说过他的故事，"布朗神父说，"他所做的恶事不是丹地能比的，但是，他却由于被人忘记而搞得声名狼藉。他一手主导了格伦科大屠杀⑩。他是一名知识丰富、非常聪明的律师，是一位非常朴拙并且理想很大的政治家。他性情很好，长了张温文尔雅的脸，他才是真正地把自己出卖给了魔鬼。"

艾尔默的身子一下从椅子上立了起来，有些许着急地同意神父的观点。

"天啊！你的说法非常正确。"艾尔默大叫一声，"一张温文尔雅的脸！约翰·斯特雷克的脸是一样的。"

接着他站起来，凝神看着神父。"你在这里稍候一会儿，"他说，"我给你看些东西。"

他穿过中间那道门，并顺便关上门。神父觉得，可能他要到餐具柜那里或走到卧室。布朗神父继续直直地坐在椅子上，看着地毯出神，阳光穿透红玻璃门，在地毯上留下一缕不太清楚的红光。有一会儿那块光斑像红宝石一样发出光芒，接着又逐渐暗淡，好像风雪天的太阳在云缝里刚一探头，接着再次消失。室内好像凝固了，仅仅暗绿色水中的那些动物在不断地游来游去，他绞尽脑汁地想着东西。

大概一分钟后，他离开座位，小心翼翼走到电话机一边，给警方总部的朋友博伊恩医生通了一个电话。"我想给你谈一下艾尔默先生以及与他有关的事。"他小声说。"这事非常怪异，但是我却觉得这些事有一些其他的东西。如果我是你的话，我将马上调些人过来，我觉得，应该让四五个人到这儿把房子围住。如果的确发生了什么事，犯人将会以我们意想不到的方式逃跑。"

挂了电话，他再次坐到原位上，死死地盯着深色地毯，穿过玻璃门的光再次照射出血红色的亮斑。穿过来的光线里好像蕴含着一些东西，使他心神不宁，把他引入了飘忽迷离的情景之中，好像到了世界刚被创造出来，第一缕阳光照射来的那个瞬间，就在代表着门窗的标志里，有关这些事的一切疑问若隐若现。

听到在关闭的门后有一声悲惨的叫声的同一时刻，又是一声枪响。在枪声还在回响时，门就忽然被强力碰开，房主人左摇右摆走入这间屋子，便袍肩部一半都撕碎了。他握着枪，枪口依然升起缕缕青烟。看起来他浑身战栗，一些是因为他麻木地笑着。

"一切功劳都属于白魔法！"他大吼一声。"一切功劳都属于银弹头！这个来自地狱的恶魔屡次杀人并且还没有被逮到，这次我终于把哥哥们的仇报了。"

他全身瘫倒在椅子里，手里的枪也丢到地上。布朗神父快速地从他身旁跑过去，经过玻璃门，冲入走道。他冲到里面，双手握住卧室门把手，好像要去里面。接着，他低下头停了一阵子，似乎是在检查什么东西——接着冲到走道的终点，把连接花园的那道门打开。

刚刚仍是一片晶莹的雪地上，这时躺着一个通体黑色的家伙。猛地一瞧，它样子好似个大蝙蝠，再仔细瞧瞧，是个人，脸向下趴在雪地上，头戴拉美样式的宽沿黑帽挡住了整个头部。 那件极其宽大的黑斗篷在地上铺展开，可能事情巧合，两只宽大的袖子全部彻底铺开，好像蝙蝠的黑色翅膀。即使两只手都在袖子里，布朗神父模模糊糊地注意到一只手放在了哪里，并看到在据他没有多少距离的斗篷边沿底下，某种金属武器发出微弱的光。但是，整体来说，就像雍容可同时又有些简朴的图形，就像一只画于白纸上的黑鹰。神父在它四周转了一圈，看到了帽子下面的那张脸，恰巧是房主人刚刚讲到的温文尔雅的脸，而且透露出一丝疑惑以及冷酷，这是约翰·斯特雷克的脸。

"天呐，真该死。"布朗神父小声嘀咕道。"它的确和巨大的吸血蝙蝠相似，就像猎鹰一样忽然扑下来。"

"除了这种方法他还会如何来呢？"说话的声音在门口响起。布朗神父仰起头看到艾尔默又一次伫立在那儿。

"他也可能是走来的吧？"布朗神父支支吾吾地说。

艾尔默把胳膊伸出来，对着眼前的雪景挥了挥。

"你看这雪，"他声音压得很低，饱满的声音里又包涵一类有韵律的颤音，"这雪莫非不和你说的白魔法一样一尘不染吗？不算扑倒在那里的让人厌恶的污垢，周围几英里内还能找到其他污点吗？雪地上咱俩制造的脚印以外，没有另外任何一处痕迹，也没有一处足迹是走向这房子的。"

他死死看着这位个头不高的神父，表情很奇怪。等了一会儿他接着说："还有，他身上穿的飞行斗篷非常长，身上有个它肯定无法走路。他个子也不高，斗篷将和王袍的后摆一样被拖拉在地上。如果你有想法，能够在他身上展开瞧瞧。"

"你们刚刚到底发生了什么事？"布朗神父忽地问道。

"事情进展得非常急，想要说明白非常不容易，"艾尔默答道，"那时我正看向门外，刚想转身，忽地察觉周围刮起一阵风，和我被半空转动的轮子持续不断地猛烈打击一样。我转了几个圈，没有准头射出了子弹。接着什么都看不见了，咱们两个眼前的这个除外。我能肯定，如果我的枪里不是装着银弹头，你眼前的就不是这个东西，将换成另一个人的尸首横在雪地中。"

"我再问一句，"布朗神父说，"我们是让它继续留在雪地中，或者你有将它抬进你的房间的意思？我觉得你的卧室就在走廊一旁吧。"

"不，不，"艾尔默立刻说，"我们不能动它，要等待警察来验查。并且，我快要不能承受这样的刺激了。哪怕天塌下来了，我仍要喝点酒。然后，他们能够随便惩治我。"

艾尔默走到主客厅后，浑身瘫软在棕榈树以及养鱼缸中间的椅子上。他回屋时身体忽然打了个趔趄，鱼缸几乎被碰倒，他在几处壁橱以及角落中胡乱搜寻，最终得到了一瓶白兰地。他原先就不像是有层次的人，现在心绪更加燥乱到了极致。他往嘴里猛灌着白兰地，继续激动地开口说话，似乎想打破寂静。

"我清楚，你还是不相信，"他说，"就算你亲眼看到了所有，请相信我，在斯特雷克以及艾尔默家中的争斗后面还有非常多的事。而且，你没借口成为一个失去信仰的人。你有责任时时刻刻地维护被这些愚蠢的人叫作迷信的一切东西。我说，你不觉得那些老妇谈的那些运气、魔咒，以及银子弹这些故事都非常的有意思吗？有关这些东西，作为信仰天主教的你有哪些意见呢？"

"我说，我信仰不可知论。"布朗神父面带笑容说。

"瞎扯。"艾尔默有些厌倦地说，"信仰这些东西属于你的分内事。"

"噢，确实，我的确相信一些事，"布朗神父退一步说，"因此，我就当然无法相信其他的事了。"

艾尔默身子向前微倾，死死地盯着他，神情非常奇特，好似一位催眠师。

"你真的相信，"他说，"你真的相信全部。哪怕是我们否定全部的瞬间，我们仍然相信全部。否定的人相信，不信的人也相信。说实话，莫非你不认为这些矛盾的事本来并不矛盾吗？宇宙不是容纳着这全部吗？灵魂以星辰为中心运转，全部都在周而复始。可能我与斯特雷克通过不同形态对抗过，兽和兽对，鸟和鸟对，可能我们将一直对抗下去。可现在我们彼此追寻彼此并互相都需要对方，哪怕是无穷的恨也转化为无穷的爱。善和恶在同一轮盘上运行，它们实际是一个本体，不能割裂。在你内心之中你真的就未曾感觉到，在你一切信念的后面你真的就不认可，仅仅有一种真实的东西，并且我们都属于这个真实东西的投影。所有都只是同一物体的不同现象。在一个中心里，人类变成了人，人要变成神吗？"

"你说得不对。"布朗神父说。

房间外面，黄昏慢慢到来。像今天这样的雪天的黄昏，大地在人们眼里比天空还要明亮。通过没有关严实的窗户，布朗神父模模糊糊瞧见一个体型高大的人，现在伫立于大门外的门廊下。他不留痕迹往他刚刚跳入房间的落地窗那地方瞥了一下，又注意到两个相似纹丝不动的人影使窗户光度阴暗了一些。那扇彩色玻璃门留有很大的空隙，他清晰注意到门外的短走道里，存在两道长影子的头部，虽然在夕阳平射下显得极其夸张，他仍然能隐约看出那是两道人的身影。博伊恩医官遵照了他在电话中谈到的主张，整个房子都让警察围住了。

"有什么理由说不呢？"主人还是和催眠师一样死死看着布朗神父，坚决地继续问。"你刚刚亲自见识了那段永恒戏剧的场景，你刚刚见识了约翰·斯特雷克对我的威胁，想使用黑魔法杀了我。你刚刚见识了我使用白魔法杀死了约翰·斯特雷克。你看到我仍然活着，现在正和你聊天，但你仍然不相信。"

"是的，我还是不相信。"布朗神父说着，便站起了身，看样子是要走了。

"原因是什么？"主人问。

即使神父只是稍微加大了一点声音，可他的话音非常响亮，传遍室内每一处地方。"只因你不是阿诺德·艾尔默，"他回答，"我清楚你的真实身份。你就是约翰·斯特雷克，三兄弟的最后一位也已经被你杀了，他现在被扔在屋外的雪地上。"

那人听到这些话，两眼一瞬间都睁得老大。他好像想做最后一次尝试，通过突然凸起的眼球来催眠并拿下他的对手。这时，他忽地向旁边闪去。大概就在同一时刻，他后面的门被撞开，一个强壮的便衣刑警毫无表情，一只手按住了他的肩头，另一只手没有举起，可一把转轮手枪出现在手里。房主人胡乱地向房间周围扫视，仅仅看到毫无声响的房子里，充满了便衣。

就在那天夜晚，布朗神父与博伊恩医生就艾尔默一家的悲剧又展开了一次长时间的探讨。这时候，整个案子的主要事实全部清晰，没有什么疑问。因为约翰·斯特雷克刚刚承认了他自己的真实身份，并且说出了他的全部罪行，不妨说是，他在炫耀自己得到的成绩。在最后一个艾尔默死去后，他花费终生的追求取得了想要的结果，和这相比，其他所有事，甚至他自己的生与死，对他自己而言都没什么意义了。

"那个人拥有非常奇怪的妄想症。"布朗神父说。"其他所有事都不能吸引他，包括去杀另外的人都吸引不了他。因为这我有必要谢谢他，因为每每想起今天下午的状况时，我都将深感庆幸。毋庸置疑，你也能够意识到，他原本能够向我射出一颗铅头子弹，然后直接离开，也不用绞尽脑汁，虚构能够飞的吸血鬼以及银头子弹这样的鬼话。和你说实话，这个想法不仅仅出现一次。"

"我很郁闷他怎么没有动手，"博伊恩说，"这的确也令我想不通，而且，整件事我就没有一处能够想清楚。你到底是如何发现的？你究竟看到了哪些东西？"

"嗯，你告诉我的信息非常有作用，"布朗神父客气地说，"尤其是那条作用非常大的信息。我指的是，和斯特雷克相关的那段声明，谈到他想象力非常丰富，编造瞎话的能力很强，讲谎话时波澜不惊。今天下午他就需要编造瞎话，他也的的确确做得坦然自若。可能他做得仅有的一处毛病就是编造了一个有关超自然的谎话，他认为我作为一名教士，就必须相信所有事，但很多人却缺乏这种观念。"

"但我仍然想不出到底怎么回事。"医官说。"你的确有必要从起点说。"

"这件事的开头应是从便袍开始说。"布朗神父未曾思考地说。"我未曾看到过如此精致的伪装。假如你在一个房间里见到一个身着便袍的人，你会非常正常地觉得这是在他的家里。同样地我也这么认为，但是后来，发生了几件特殊的小事。在他拿到那把手枪后，把手臂拉直呼啦一下按住了扳机，和对枪不熟悉的人想看看枪里有没有装着子弹的表现一样。假设这枪确实属于他，他必然清楚有没有上了膛。我看不惯他到处地寻找白兰地以及几乎要把鱼缸碰碎的举动。只因假设一个人的房间中一直摆放着这些容易打破的物件，他应当会形成下意识地绕开它的习惯。但是，这情况也或许是由我想象出来的。第一个的确令人可疑的是，他出来时走的是两扇门夹着的小过道，但位于过道里的两扇门里仅仅一扇抵达一间屋子，因此我便猜测他刚走出卧室。我曾开了一下那个门，但是打不开。现场我就非常地纳闷，就顺着锁眼看里面。房间冷冷清清，一眼就能看出没人住。没有床，任何东西都未发现。所以能够确定，他根本不是从房间里的套房里出来的，而是从屋外走进房间。在我想清楚了这些事情后，我就立即明白了整件事的始末。"

"毋庸置疑，悲惨的阿诺德·艾尔默正在楼上打鼾，也可能以前就在楼上住，他身着一身便袍到楼下，走到那个红玻璃门外。到了走廊的终点，他见到了背光而立的仇家。在他眼前的人个子高身体壮，留有一缕山羊胡，头上一顶宽边黑帽，一件肥大的黑斗篷披在身上。他没能够再多瞅一下，斯特雷克就忽然扑到跟前，用手臂勒住他的脖子也可能是给了他一刀，到底采用什么办法要等验尸后才能知道。斯特雷克伫立于衣帽架和壁橱夹着的细狭走道中，用一个胜利者的姿态，俯视着他最后一个敌人倒在地上。忽然，他察觉到有其他的声音，有脚步声在客厅处响起，这倒的确在他的考虑之外。事实上，那是我跃过落地窗进屋时制造的响声。"

"他更换衣服的速度非常快，让人无法想象。他做的不单单是换装这一件事，里面还有冒险传奇，并且是现场想出的冒险传奇。他把黑帽子摘掉，解开大黑斗篷，把死者的便袍穿上。接着他干了一件极其吓人的事。最起码是一件让我一回忆起就觉得恐怖的事，没有比这再吓人的了。他好像挂衣服一样地将尸体挂在了衣帽钩上，接着将自己的长斗篷覆于尸体上，恰恰都能挡在里面，他又用他的大帽子将全部的头部都遮蔽起来。那个走道里面非常窄，一个房间的门又打不开，这是一个最好的藏尸体方式，也是极其神奇的一种方式。我那时在衣帽架旁边走过一次，那时候仅仅觉得挂的是衣服，就压根儿没想其他的。这件事在我心里植下了根，每次回忆起这件事，我立刻浑身颤抖。"

"可能这事就算处理好了，可是我每一时刻都有机会察觉到那具尸体，并且一直挂在那儿也不能解决问题，每一时刻都有露馅的可能，那一刻就非常难说明白了。因此，他实施了更惊人的一步，自己发现尸体，自己说明尸体的原因。

"这人的脑子的确非常聪明，鬼主意多得让人佩服又令人恐惧，他立刻就想到以假乱真的方法，更换双方的身份。他当时扮成了阿诺德·艾尔默，那为什么不让已经死去的敌人装成约翰·斯特雷克呢？在这一阵天昏地暗的倒弄中间，肯定有些事物对这位狡诈并且充满想象的人存在吸引力。这好比举行一场吓人的化妆舞会，两名敌人装成对方进入舞会。但是，这次化妆舞会已经定性为一场死亡之舞，里面一位舞者将失去生命。这就是我能猜测他策划这件事程序的原因，而且可以想象到他面带笑容。"

布朗神父阴暗的眼睛丝毫无神地紧紧盯着前方。没有眨眼的问题作梗时，那两只大眼可能是他脸上仅剩的能让人看的地方。他精炼并且庄重地接着说："全部都源于天主，特别是理性、想象力以及心灵这个神奇的东西。它们以前全为善良的，哪怕它们走进错误的境界，我们也不会遗忘它们的源泉。我们探讨的这个人自己带着极其高贵的本事，仅仅因为踏进了错误的道路。他会讲故事，他是一名伟大的小说家，仅仅是他歪曲了他的创作能力，用于功利和邪恶的目的，用于以虚假的事实而不是真实的虚构欺骗他人。刚开始，他凭借奇异的借口以及费尽心机想出的谎言欺骗老艾尔默。可是虽然这样，在刚开始的时候，这也或许仅仅是小孩子说个夸张的故事以及编造个谎言罢了，和他说面见了英格兰国王以及精灵之王相同。这种被歪曲的想象力逐渐提高，但给他提供帮助的就是滋养所有恶习的那个恶习，那便是自傲。他对自己任何时候任何地点都可以织造完美谎言的能力愈来愈骄傲，小艾尔默们说他能够施魔咒，一直让父亲沉迷其中，意思就指这些，这不是空穴来风。那是《一千零一夜》里面讲故事的人对暴君设下的魔咒，他充斥着诗人的自负，满怀伟大说谎者的本领可是又不能令人猜测的勇气行走于人间，一直到生命最后。如果有一天处于危险的境地，他将能够制造更多让人无法相信的假话。并且今天，他恰巧处于危险的境地。"

"就像我所说的，我能够确定，不管所做的属于神奇想象还是属于阴谋诡计，他都非常享受。他开始通过混乱黑白的手段制造真实的故事，即把死人变为活人，同时把活人变为死人。艾尔默的便袍被他披在了身上，随即就是吸收艾尔默的身体以及灵魂。他注视扔在雪地里的尸体，将它视为自己的尸体。他通过神秘的手段把尸体铺展开，使它看着像猛禽扑向猎物一样。他用来修饰尸体的，不单单是属于他的那件黑色的飞行斗篷，另外有一系列黑暗的童话故事，讲到仅仅银弹头有能力杀死这只黑鹰。我不清楚是由于餐具柜上晃动的银光，或者是屋外像晶石一样的白雪启发了这个满身浓郁艺术气息的人，让他想起可以应对魔法师的白魔法以及白金属。无论这想法是如何产生的，他如同诗人似的把它看作自己的原创，且如同实干家一样马上行动，应用到实际。他把尸体拖到雪地上，把它作为斯特雷克的尸体，这就达到了身份的颠倒以及角色的变换。他故意把斯特雷克制作为一只让人心惊胆战的鸟妖，在天上盘旋。这只鸟妖生了一对翅膀，这让它有像闪电一样飞行的能力。生了一双利爪，有本事任何时候把人杀死，就这样，他就能够说明雪地上不存在脚印以及其他怪现象的原因。针对这件无所顾忌的艺术品来说，我确实非常崇拜他。事实上，他还小题大做，里面一个漏洞被他作为论据，他指出那个斗篷太长，说明那个人不会像一般人那样在地上行走。可是他讲这些的过程中死死看着我，我察觉到他那时也存在一丝心虚，想要吓住我。"

博伊恩医生好像在想些什么，"那时你已经知道真实情况了吗？"他问，"我认为身份颠倒这事听起来非常奇怪，能使人神经绷直。不清楚对于里面的隐情，是立即猜出来还是逐渐想明白更让人觉得奇怪。我想弄清楚，你从哪里开始怀疑，又是从哪里开始完全确定的呢？"

"当你接到我的电话时，就已经开始怀疑。"布朗神父答道。"可让我怀疑的，也仅仅是从紧闭的门漏出来的，照在地毯上明暗交替的红光。它和溅上去的血一样，开始变得越发清楚，透露复仇的喊声。这光怎么会有这样的现象？我清楚太阳仍没有露出头，只有一种解释能说明这种现象，就是能够走到花园的那扇门再次打开然后关上。可要是他到花园时注意到了他的敌人，他一定会慌乱地喊叫，但实际上，很长时间之后才出现了吵闹声。所以我认为他出去做了其他的事……去做一些准备……至于我什么时候才真正清楚的，需要另外再说了。我清楚，在最后的时候，他仍然在想办法来使我困惑，想凭借他像护身符一样的恶毒神情以及念咒般的声音来操纵我的思想。毋庸置疑，他以前也经常使用这种方法来控制老艾尔默。可是最要紧的不单单是他讲话的方法，还包括他讲的内容，是里面包含的宗教以及哲学含义。"

"可能我是一名讲究实际的人，"医生说了一个过时的玩笑，"根本不为宗教以及哲学浪费精神。"

"假设你根本不费精神，就到死也成不了讲究实际的人。"布朗神父说。"听我讲，医生，你非常懂我，我觉得，你清楚我不是什么都信任的人。你非常明白，我了解不同宗教信仰里的不同人。不好的宗教里也存在好人，好宗教里也存在不好的人。可我在现实生活中，了解到了一个非常小的事实，一个非常显明的要点，全部都是我通过实践得到的，和动物凭借实践获得了些许技能一样，也可以说某样佳酿凭借实践打造了品牌。我所见识的罪犯，有的根本没有过理性思考，有的思考一直跟随东方式的思考方式和轮回转世、命运之轮以及咬尾蛇⑪这些相关的东西。我仅仅在现实生里察觉到，那条蛇的跟班身受诅咒。它们一定要凭借肚子行走，终身吃土⑫。并且还察觉到，恶棍以及堕落者常常将聊一些有关那一类灵性的内容。它牵扯到的不一定就是真真切切的宗教源泉，然而在我们这个讲究实际的社会中，它成为了恶棍的信仰。但我非常明白，夸夸其谈的那个人便会是名恶棍。"

"唉，"博伊恩说，"我原来以为，恶棍或许会说信奉自己认可的随便一个宗教。"

"确实是这样，"神父非常认可地说，"他能够说信奉随意的一个宗教，换一种说法，他能够说信奉随意一个宗教，假设单单是由于伪装需要的原因。如果那仅仅为自然而然的伪装，没有其他意思，毋庸置疑一个习惯性的伪君子的确能够通过这方式做事。不同类型的脸都能戴不同类型的面具，随便一个人都会了解一些词语，也可以直接口头声称他坚持哪样观点。我能够在大街上，用力地叫喊我是一名循道宗教徒⑬也可以说是桑地马尼安教派⑭的信徒，但是我觉得其他人不会认为我说的是实话。可我们说的是一位艺术家，在艺术家眼里，面具一定要做得和自己的脸型一模一样才会觉得欣慰。他的假面孔一定要和他的心理相照应，但他仅仅在他的灵魂里得到制作外在面孔的东西。我觉得，他能够彻彻底底说自己是名循道宗教徒。可他到死不能成为一位辩论起来滔滔不绝的信徒，仅仅能做一名善于辩论的神秘主义者或者宿命论者。我意思是当这类人在费尽力气想要成为理想主义者时，他思想里出现的那种理想。当他和我玩心眼儿时，他一直努力地展示自己像名理想主义者，但不管什么时候他想要进行这样的尝试，你常常能察觉他心里面仅仅存在和那有关的理想。这样的人能够全身充满血污，但往往可以非常真诚地对你说，佛教比基督教优越。不，他会非常真诚地对你说，佛教包含的基督精神比基督教多。单单这一处就能够使我们明白他眼中的基督精神是那样恐怖，令人颤抖。"

"实话实说，"医生面带微笑，"我不清楚你是在批评他，还是在维护他。"

"说一个人非常聪明，并不代表是维护他，"布朗神父说，"远不是这么简单，一位艺术家常因表露真心而使自己暴露，这是一个非常常见的心理学上的事实。列奥纳多·达·芬奇不会假扮不懂画画的模样去作画。哪怕他故意要装，也将显得非常业余。如果这人的确假扮成一名循道宗教徒，他的样子也将非常恐怖、让人诧异。"

在神父又一次出门返回家里时，天愈加冷了，可不知道什么原因这让他大脑非常清醒，使人陶醉。树上满是积雪，样子和圣烛节⑧上的白色枝状大烛台一样，作用是在冰凉的空气里提炼人的心灵。冰冷像刀子一样刺入人骨，它就像一把黑魔法的银剑，曾刺透他毫无杂质的灵魂，让他感受到的只是单纯的痛。可它也不是要把人冻死，仅仅在某种程度上，打破了隔绝我们获取不朽以及无限活力的所有人间壁垒。夜晚里的墨绿色天空上，仅仅残留没有伙伴的一颗独星，就像伯利恒之星⑯，但天空自己好似变为一个异样的矛盾体——一处清亮无遮掩的深黑洞穴。它样子好似有个绿色冷炉，通过某种相当于加热的奇怪方法使万物复苏，在慢慢和那些晶莹冰冷的色彩相融的过程中，它们就像长翅膀的生物一样变得愈发轻盈，像彩色玻璃一样变得愈来愈清楚！它因为真理将出现而晃动激荡，它凭借一把尖利的冰刃，把真理和谬误分开。但遗存下来的则全部表露以前没有出现过的生命力，就像冰山最底下的一颗宝石蕴含着全部快乐，伴随冰块慢慢融化山石显露而有机会释放。神父慢慢走远，慢慢被泛绿的夜幕遮盖，呼哧呼哧狠狠地吸着清凉、纯洁的空气，这时他也无法表达自己的内心。伴随白雪遮掩了他在雪地上踩出的一串脚印，一些凌乱以及肮脏的思绪好像也丢弃在了身后，有的就从记忆里直接消失了。在踏雪回家的过程中，他自己对自己说："其实，那人讲到的白魔法确实存在，可是他不清楚要去什么地方才能找到罢了。"

【注释】

① 西门·马吉斯（Simon Magus）：还有名号叫作大能者西门、术士西门、行邪术的西门。创造了诺斯底主义（或称灵知派和灵智派）。在《圣经·使徒行传》里被提到，一些基督徒觉得他和基督教相反，叫他是行邪术的西门。

② 敌基督（Antichrist）：也有翻译是伪基督、假基督，意思是凭借假冒基督的身份在隐蔽处敌对或想要代替真基督的一个也可能一些人物。

③ 赫耳墨斯（Hermes）：也被翻译为赫密士。他由宙斯和迈亚所生，是奥林匹斯十二主神之一。他双脚生长双翼，走路就像飞，作为神界和人界两界的信使，手中有信使的权杖，也称为双盘蛇带翼权杖。

④ 白魔法（White Magic）：也叫作"白巫术"，辅助类的魔法的总称。很多情况下指某种正面效果的，没有攻击性的魔法，和黑魔法相反。

⑤ 使徒汤匙（apostle spoon）：属于基督教中的东西，属于一种银质汤匙，柄端镌刻使徒像，被送给新受洗的婴儿作为礼物，包含祝福、纪念的含义。

⑥ 丹地（Dundee）：丹地子爵，也就是克拉夫豪斯（Claverhouse）的约翰·格雷厄姆（John Graham，1649～1689年），属于苏格兰詹姆斯派的大佬级领导人。

⑦ 誓约派（Covenanter）：基督教新教派别。16世纪至17世纪时，苏格兰长老会里面为维护加尔文宗原则以及反对主教制而结合为誓约者。1581年，苏格兰宗教改革家约翰·克雷格组织签订誓死维护加尔文宗原则的誓约《君王的信纲》，这个派正式成立。1638年以及1643年，苏格兰长老会签订《国民誓约》和《庄严同盟与誓约》这两个誓约，其拥护者被叫作国民誓约（神圣盟约）派成员。

⑧ 龙骑兵（dragoon）：这个兵种第一次在1552～1559年的意大利战争被看到，那时候这类兵种用的队旗上是一头火龙，龙骑兵因为这获得名字。

⑨ 詹姆斯·达尔林普尔（James Dalrymple，1619～1695年）：斯太尔子爵。是苏格兰律师以及政治家。

⑩ 格伦科大屠杀（Massacre of Glencoe）：英国光荣革命后，支持詹姆斯二世的天主教徒遭受打击。在这条件下，1692年2月13日，跟着詹姆斯二世干的人，苏格兰的格伦科·麦克唐纳氏族的38人死于英军手下。

⑪ 咬尾蛇：即Ouroboros，中文翻译：乌洛波洛斯。首尾相接，且嘴咬着蛇尾，变为8字形的蛇一样的形状，在3000多年前的古埃及第一次出现，且出现在非常多的古老文明里。首尾相连的蛇，代表生命轮回往复。在古希腊神话里缠绕整个世界的巨蛇，代表着不死、完全、无限等。欧洲中世纪研究魔法的人，尤其是炼金术士将它当作魔术之王来祭奠。

⑫ 出自《圣经·创世纪》：蛇拐骗夏娃吃了禁果，神（天主）说蛇，你已经做了这事，就需要受到诅咒，超过所有的牲畜野兽。你一定要使肚子走路，一辈子吃土。

⑬ 循道宗教徒（Wesleyan Methodist）：卫理宗，又叫卫斯理宗、卫理公会等，属于基督教新教主要宗派里的一个。1738年由英国人约翰·卫斯理（John Wesley，1703～1791年）以及他的弟弟查理·卫斯理在伦敦所创立。

⑭ 桑地马尼安教派（Sandemanian Church）：苏格兰国教会的一个分支，是苏格兰长老会牧师格拉斯在1730年所建，这个教派要求彻底地信奉以及承诺。

⑮圣烛节(Candlemas): 也叫"圣母行洁净礼日"或"献主节"等, 是在 2 月 2 日, 也就是圣母玛利亚产后 40 天领着耶稣去耶路撒冷进行祈祷的纪念日, 以前是凯尔特人祝贺春天来临的节日。

⑯伯利恒之星 (the star of Bethlehem): 也叫作圣诞之星以及耶稣之星, 因为耶稣降生时, 天上有颗非常奇怪的光体, 当耶稣生下来后引导来自东方的几名博士参拜耶稣。

◇ 达纳威家族的厄运 ◇

两位画风景画的人一块站着、看着同一处风景, 同一处海景, 两个人全都沉醉在了眼前的景色之中, 只是每个人的感受不全都一样。其中一个从伦敦来, 在绘画界非常的有名气, 对于他来讲, 这处景色不仅生疏而且怪异。另一位属于当地画家, 可是他也仅仅在当地有名, 在他看来, 这处景色则是非常亲切, 也可能由于他非常了解这里, 反而让他有一种越发深切的怪诞体会。

根据二人眼里的色调以及形态讲, 面前是非常大的一处广阔的沙滩, 在远处落日抛洒的黄晕下, 这处景色像一条条失去光泽的色带, 带着毫无生气的绿色、青铜色、褐色, 以及一抹灰黄色, 在晚霞里, 不仅仅让人觉得晦暗沉闷, 还散发出一些比金色更深的神秘。唯一把这些平行色带破坏的是一处长方的建筑, 从田野不断扩展到了大海, 旁边的杂草以及灯芯草好似立刻就要和海藻融为一体。可这房子最吸引人的是, 在它上面居然带着房屋破败一样的荒凉, 非常多的宽大窗子以及巨大的孔缝穿透墙面, 在慢慢散去的日光下, 好似一副又光又黑的骨头架子。但房子的下面却差不多没留窗户, 很多由木板封住或用砖堵死, 在黄昏下隐约能够辨认它们的大概。可仍有一扇还可以叫作窗户, 最让人奇怪的是，那屋里竟有一丝光亮。

"谁会住在那么老烂的壳子中啊？"伦敦人大叫，他个子很高，长着玩世不恭的文艺青年模样，年龄不大，可留有浓密的小红胡子，让他显得比实际年龄成熟，他在切尔西①非常有名，被叫作哈利·佩恩。

"可能是鬼，你能够这样认为。"他的朋友马丁·伍德回答。"实话实说，在那生活的人确实和鬼非常像。"

可能这些和平时的道理有点差异，从伦敦来的艺术家又喊又叫，控制不了心里的新鲜以及好奇，和农夫很像，但这个乡村艺术家看起来却像一个脑袋灵活、经验充足的人，他面如沉水，显得非常和善，非常有趣地瞅着对方。事实上，总的说来，后者是一位非常沉稳、非常老套的形象，这时他身着深色衣服，毫无表情的方脸庞没有一点胡茬。

"当然，这也仅仅代表这个时代，"他接着说，"也可以说，它代表着旧时代以及旧家族慢慢消失。住在那儿的是伟大的达纳威家族的唯一后人，很多新时代的穷人生活都比他们好。他们已经没钱维护自家房子的上层，此时人也没法住了，仅仅能住在像废墟似的下层，和蝙蝠以及猫头鹰一样。可他们的家族第一幅肖像画是在玫瑰战争②时期，他们还保留英格兰历史上的第一幅人物肖像，里面有几幅异常精美。我恰好清楚这些，只因他们以前在修缮这些画时请教了我的专业意见。特别是里面有一幅，也是非常有年代的一幅，画得非常好，几乎使人汗毛竖起。"

"他们的这处宅子都使人汗毛竖起，只是外面就能有这种感觉。"佩恩回答说。

"呃，"他的朋友说道，"实话告诉你，的确是那样。"

然后安静了一会儿，可没过多久这安静就由一阵细小的沙沙声打破，由护城河一旁的灯芯草丛里发出。就在这时，一个黑影在岸边闪过，好似只被吓到的鸟快速转移，这让他们忽然觉得些许紧张，这也是可以原谅的。可那仅仅是一位拿着黑包、快步走路的人罢了，这个人脸色非常差，眼里非常有精神，他瞅着伦敦人的眼神显现着一丝晦暗以及猜疑。

"是巴尼特医生啊。"伍德呼出一口气说。"晚上好啊，医生。你将去那栋宅子吗？难道有人生病了？"

"居住在那种环境，是个人都要生病，"医生不满地小声说，"仅仅有时候他们病会严重，导致都不清楚自己病了。屋中的空气都腐败且含有毒素，我丝毫不向往那位来自澳大利亚来的年轻人。"

"是谁啊？"佩恩忽然问，一脸迷惘，"来自澳大利亚的年轻人是谁？"

"哼！"医生不屑地哼了一声，"你的朋友没有对你说吗？实际上我认为他可能就是今天到。像传统传奇剧中的浪漫桥段，家产继承人自殖民地返回他残损的城堡，所有都准备好了，乃至含有完成一个传统的家族婚约，娶大小姐为妻，她自己一人住在长满常春藤的塔楼上，一直就等待这一天了。传统的老套路，是吧？可或许还真可能出现。他或许还有一些钱呢，在这种事上，那可能会是仅有的亮点。"

"达纳威小姐，自己一人在长满常春藤塔楼上的那个人，怎么想这件事？"马丁·伍德淡淡冷冷地问。

"事情都到这地步了，她还能想什么。"医生回答说。"在那个长满杂草、满是迷信的房子中，他们根本不会去考虑，仅仅知道空想，一切听凭天意。我想她仅仅把遵守家族婚约、嫁给从殖民地返回的丈夫，作为是达纳威家族灾祸的组成，清楚吧。我真的认为，如果就算他是位杀人狂魔的独眼黑人罗锅，她也将死心塌地，认为那只是非常精妙的一步，和这黄昏的景象刚好相和。"

"你在我这位伦敦朋友的面前，把我的乡下朋友说得也实在太尴尬了。"伍德一边说一边大笑起来。"我原来想领他去家里拜访一下呢，所有画家都没理由不见一眼达纳威家族的肖像，假设他有机会。可现在他们要迎接澳大利亚来的客人，可能我应再找日子去。"

"哦，你应该去见他一面，看着上帝的面子。"巴尼特医生热情地说。"无论是哪些事，只需能够让他们对生活少些沮丧，增加些许快乐，通过这会使我的工作稍微少些麻烦。在我看来，想让他们全部充满精神，仅仅一位从殖民地返回的表亲还差很多，人再多些才更好。走，我领你们去屋里。"

在距那房子更近的时候，在他们眼里它好像一座孤岛，放置在满是海水的护城河里。三人走过桥，到了另一岸，面前是一条极其宽的石板路也可以说是路堤，宽阔的裂缝中长着一片片的野草以及荆棘。这处石台在黄昏消散的夜幕中让人觉得极其广阔，这时的佩恩几乎没办法相信，在这样一处地方，居然有这么浓郁的旷古荒凉的感觉。石台向旁边延展开来，好似一块非常大的门阶通到门前，那是一处非常低矮的都铎式③拱门，大敞着，但像洞穴一样漆黑。

直爽的医生也不多说，直接把他们领入了房子里，落破的场景再一次打击到佩恩。在他意识里认为将顺着盘旋陡峭的楼梯，爬到一座废弃的塔楼。可是这座房子，直达房间里面的前几级阶梯事实上是往下去的。他们向下面走了几处短小斑驳的楼梯，穿过几间有着光亮的大房间，如果不是里面一排排的深色画作以及满是尘土的书架，或许人们真会觉得这里以前是在护城河下面的城堡地牢。蜡烛被放在房间不同地方的传统烛台上燃烧，时不时将照亮早已消失的典雅在尘土里出现的一点痕迹。可这个访客对这蜡烛光不存在过多的想法，也并未因为这觉得有压迫感，使他产生这些感觉的是那一处不太亮的自然光。在沿着这长方的房间走向里面的过程中，他注意到了那墙上仅有的窗户——一扇奇怪的椭圆形窗，属于 17 世纪末的特点。可令人惊奇的是，通过这扇窗，人们不能够彻底看清天空，仅仅看到天空的倒影。由于河岸阻挡而在水面形成的阴影下，一丝不太亮的光线淡淡地照射在护城河的水面。佩恩情不自禁地回忆起一位夏洛特小姐，她仅仅用一面镜子了解外面的世界④。在一些程度上说，这位"夏洛特"小姐不是简单地从镜子里看世界，并且她眼里的世界还是反过来的。

"达纳威家族在没落，达纳威家宅也正在下陷，"伍德小声道，"它似乎在逐渐地沉入沼泽以及流沙中，最后大海把它覆盖，使它的屋顶变成绿色。"

当有个人毫无动静地走到眼前欢迎他们时，连心神无比淡定的巴尼特都忍不住颤抖了一下。确实，房间实在太安静了，在他们发现眼前居然有人时，未免都是心中一惊。他们走到房间里，屋里已经有三个人，三个看不清的身影，在光线不好的房间里一动不动，这三人统一穿着黑衣服，不注意就觉得是黑黑的影子。在第一个影子走近通过窗户射入的灰色光线一旁时，看到了他的脸，就像他的白发似的苍白。他是老瓦因，宅子的管家，在家里的奇异父亲、前任达纳威勋爵去世后，他一直就充当家长的职务。如果他的牙没有了的话，可能是一位和蔼可亲的老人。但是事实上，他仍然留着一颗牙，同时不断地暴露在空气中，让他看起来更加凶恶。他非常有礼貌地向医生以及他的朋友们打招呼，和他们走到在板凳上的其他两个黑衣人前面。里面一位属于天主教会的神父，在黯淡无光的传统时光，他非常可能也在神父洞⑤里躲避过，从佩恩的角度来说，仅这一样，马上又使城堡阴郁古老的感觉提高了很多。佩恩脑子里能够展现这个凄凉之地有时低声祈祷，有时捻珠祈祷，有时敲响钟声，有时是另外表现阴郁以及凄凉的事。现在，他或许正在通过宗教思想指引以及劝慰那位女士，可是那劝慰很难说起了什么实际作用，以及有什么激励人心的效果。对于另外的东西，那位神父表面上非常普通，长得敦厚，似乎没有什么表情，可那名女士就全然不一样。她的脸肯定不是平平淡淡或没什么好说的。她的脸被她灰暗的裙装、头发以及背景衬托出来，脸苍白得令人毛骨悚然，可是极其的漂亮。佩恩死死地看着那张脸很长时间，一直到他没有勇气再看下去，但他还想在活着的时候能够多看几眼。

伍德仅仅和他的朋友之间客套地说着话，慢慢说了想要再次看一下肖像画的心愿。他点明了听说今天家里将迎接回国的客人，对于突然到来表示非常内疚。可是主人却一直说，有客人却能够使家人放松一下，能够使他们的注意力分散一些，使紧绷的氛围松弛一点，一会儿他就被说服了。所以，他其他话也不多说，领佩恩走过中央会客厅，进入了满是画像的书房，只因屋里有张画像是他非常想要炫耀的，它不单单仅是一幅画，并且好像是个谜。小个子神父同时迈着深沉的步子走了过来，他好像对古画有些许认知，和了解原始的祈祷文一样。

"我因为发现了这幅画而无比自豪。"伍德说。"我觉得它属于霍尔拜因⑥的作品。假设不是，那也一定和霍尔拜因生活在同一时期、像他一样伟大的人画的。"

那幅画用笔深沉，感情真切，属于那个年代时髦的风格，画里面的人穿着一身黑衣服，带着黄金以及毛皮来修饰，表情深沉，面庞圆润，脸色非常白，眼神却显得非常机警。

"非常可惜呀，艺术居然没有一直止于那个过渡年代，"伍德提高嗓音说，"也没有进一步过渡了。它实在太真实了，就像个活人，你们没有这种体会吗？他的脸部被四周略微僵硬的画面烘托，看起来愈加生动以及饱满，你们没有这种体会吗？以及他的眼睛，比那脸还要实在。说句良心话，我认为那眼睛太实在，和那张脸不合适！似乎是一对敏捷细致的眼球在一张大白面具上暴露在外。"

"那种僵硬好像在身躯上也得到显露，我认为，"佩恩说，"当中世纪过完时，人们还没有完全掌握解剖结构，反正在北方情况是这样，我认为左腿画得不是太到位。"

"我不能够赞成。"伍德小声回答。"那期间现实主义才萌芽，未曾有较大发展，那期间的画家，往往会比我们所想的更注重实际。他们会用肖像绘制中极其精致的方式来画人们已经见惯的东西。你或许将说这个人的两侧眉毛或者眼窝不是完全吻合，但我可以说，假设你真见过他的话，你将察觉他一边的眉毛的确比另一边要高。并且他或许就是个瘸子，原先就长了一条奇异的腿，假设事实就是这样，我也不会觉得奇怪。"

"他长得就像一个老恶魔啊！"佩恩忽地冒出了一句这话。"我认为神父将宽恕我的话。"

"我相信魔鬼，谢谢，"神父脸上浮现出极其奇怪的神情说道，"令人惊讶的是，传说里那魔鬼真是只有一条好腿。"

"我说，"佩恩反对道，"你认为他真是恶魔吗？可他真实身份是谁？"

"他是亨利七世⑦以及亨利八世⑧年间的达纳威勋爵。"和他一起的人对他说。"可他也存在一些传奇的事，画框一旁的题词中就牵扯到了其中一个，我在这房间发现一本书，书里的笔记牵扯到了非常多的东西，它们读着都非常的奇怪。"

佩恩弯腰往前，伸着头去看那画框一旁古老的题词。去掉那些老旧的字体以及拼法，读着和某种韵文相似，大概的意思就是：

七世一到我就会回来，七时一到我就会走。恰巧碰到不要碰我的手，撷我心者哀于心头。

"不知道怎么回事，听着的确让人非常害怕，"佩恩说，"可能是由于我一个字都不明白。"

"哪怕明白了也让人害怕。"伍德压低声音说。"在那本旧书里我还找到了时间微微靠后的记录，讲了这个帅小伙怎样为了嫁祸他的妻子，自己杀了自己，导致她死于谋杀罪。另一处笔记写的是第七代后出现的惨案——在乔治时代⑨——另一位达纳威自杀了，而且有意先把毒药放到妻子的酒里。相传两次自杀都出现在晚上 7 点。我觉得根据这能够得到结果，他的确每七代人就重生一回，接着就和韵文里记录的一样，悲剧将出现在随便一位失去理智给他做妻子的人身上。"

"假如真的是这样，"佩恩回答道，"下一个第七位绅士心中一定非常紧张吧。"

伍德压低了声音，但他仍然说道："这个继承人就是第七位。"

哈利·佩恩的宽大胸腔以及肩膀忽然抖动一下，好似一个人把重担从肩上拿下来。

"我们怎么说这些疯话啊？"他提高声音说。"我们也算现代社会接受了教育的人，在我走入这样一处没有光亮又含有大量水汽的房间以前，我未曾意识到我将说这样的事，除了去笑话它们。"

"你的话很正确。"伍德说。"假设你一直住在这样一处地下宫殿里，你将对事情有着不同的认知。在见了很多次后，这幅画逐渐让我产生奇异的感觉。我有时觉得，那幅画像里脸的真实感超过生活在这房间中的人的脸。我觉得它带着一种法力和魔力，它掌握着自然力量，控制芸芸众生以及世间一切的命运，我猜你们会觉得我太具想象力了。"

"什么声音？"佩恩忽地叫道。

他们都竖着耳朵听，除了旁边大海闷闷的轰隆声以外，好像没有其他的声音了。此刻，他们突然察觉到有一些声音掺杂到了里面，似乎一个声音射穿海浪在呼叫什么，刚才有海浪的声音遮掩，接着愈来愈近。最后他们确定，在屋外面，有人在加大分贝地喊叫。

佩恩扭过头，通过矮窗，弯腰看着外面。这扇窗户外面还是只有堤岸以及天空在护城河里的倒影，但是那幅倒转的场景和他前面所见的发生了变化。堤岸在水里的倒影中增加两处黑影，属于伫立岸边的人腿脚处的倒影。借助那小洞，人们仅仅可以注意到两条黑黑的腿映射在水面微薄的乌青色光晕中，看不到一点多余的东西。可不知道为什么，单这无法看清的事实，就让大家觉得它好像被包围在云雾里，给他们接下来听到的声音加上了很多吓人东西。那是一个男人在高分贝地喊叫，但是喊的是什么，他们不仅听不清更听不明白。佩恩死死盯着窗外的场景，慢慢他的脸色变了，声音也扭曲了：

"他站着的模样非常怪异呀！"

"不，不。"伍德说，似乎在劝慰他。"倒影里的事物一直都是这形状，由于水纹的波动让你有了那样的认识。"

"什么认识？"神父迅速问道。

"他的左腿稍稍弯曲。"伍德说。

佩恩刚刚把那椭圆形的窗子当作某种魔镜，并且在他眼里，那镜子中仍存在其他代表着厄运的像迷的东西。在那人影一旁，还存在一件让他看不出来是祥还是不祥的物品，逆光制造出了三条细腿的黑色形状，好似一只三腿蜘蛛怪也可以说是三腿鸟伫立那陌生人身旁。接着他出现了一个不太疯狂的观点，认为那东西似乎是异教徒拜求神谕的三脚凳①。没多久，那东西消失了，那个人的两腿在水里形成的影像也没有了。

他扭过头，瞅见了管家老瓦因白色的面庞，他慌忙张口说话，露出嘴中唯一一颗牙。"他到了，"他说，"来自澳大利亚的船今天早上就到岸了。"

在他们从书房回到中央客厅的过程中，他们注意到新来者在楼梯的入口处发出哒哒的脚步声，感觉身后还有几件不太重的东西。在佩恩瞅见其中一件的时候，他呼出一口气，大笑出声。他意识里的三足怪兽仅仅是便携式照相机能够收放的支架，装卸非常简单。并且现在来看，拿着这个东西的男人外表看起来也非常值得依赖，并无奇怪的地方。他身着深色衣服，但是一种休闲样式，他的衬衫属于灰色法兰绒，他的靴子在沉默的屋里产生激荡的回响。在他迈着步子走过去与他的新朋友打招呼时，他的步子十分清楚地显示，他的腿不健康。可佩恩与他的朋友死死看着他的脸，他们没办法把眼睛从他的脸上挪开。

很明显，他察觉到欢迎他的几个人表现得些许蹊跷以及不自然，可众人都非常确信，他不清楚是为什么。那位一定程度上已经和他订婚的女士，她的外貌完全能够吸引他，可明显他被她吓到了。老管家就像臣仆对待领主似的对他传达敬意，可是却似乎把他当成了家族鬼魂。神父仍然盯着他，脸上的神态非常难说，这让他内心觉得非常慌。佩恩的脑子中呈现了一种刚流行的讽刺，和希腊式的讽刺更像。他过去把那这个人怀疑为恶魔，可是目前来看，他对自己的命中已经定下的命运一点也不知情，这就愈加不好了。他好像现在一步步迈向罪恶的目的地，但就像俄狄浦斯②似的什么也不清楚。他满心未知的兴奋抵达这个家族的老宅，架起照相机拍下了他第一次看到的东西，可连相机架也让人怀疑是悲情女巫的三脚凳。

使佩恩想不到的是，当他就要离开的时候，那澳大利亚人好像已经对这里的环境不像刚才那样不知所措了。他悄悄对佩恩说：

"别走……或者尽快回来，你看着还像个正常人，这里确实令人毛骨悚然。"

在佩恩从那差不多快坠落地下的厅室走出，又融入到了夜晚的空气以及海洋的气息中后，他觉得自己似乎逃离了一个梦幻般的黑暗世界，在那个地方，无数烦乱的事情不断地堆积着，让人产生不安以及虚幻的感觉。

陌生亲戚的抵达好像没有让人非常满意，并且给人留下不可相信的意识。画里以及画外那两张完全符合的脸好似一个双头怪兽围困着他。可是总的来说也不能称作一场噩梦。可能，在他眼前那张清晰的脸，到底和画中那张脸不一样。

"你意思是，"他对医生发问，现在他们两人一块走在暗黑的沙滩上，身侧的大海逐渐失去光亮，"你意思是那小伙子和达纳威小姐订的婚，是由于家族契约吗？感觉和小说差不多。"

"并且是一册历史小说。"巴尼特医生说。"达纳威家族的人在很久很久以前就开始没落了，那个时期人们的确照着我们现在看的浪漫小说中的方法办事。的确，我觉得真的存在一类家族传统，要求隔两代或三代，如果表亲里有年龄差不多的人，需要做夫妻，目的为了财产共享。我觉得这样的方法真的很笨，假设他们一直这样，一代代人都近亲结婚，遗传法则可能是导致他们家族败落的原因。"

"我没有勇气确定，"佩恩稍微谦虚地说，"他们全部都腐朽了。"

"是啊，"医生答道，"那年轻人长得并不腐朽，当然了，虽然他的腿不好用。"

"那年轻人！"佩恩提高声音，忽地变成不能言说的愤怒。"好吧，假设你认为那年轻女士长得腐朽的话，我认为腐朽得属于你的格调。"

医生的脸逐渐黑下来并且非常严肃。"我认为你没有我知道得多。"他用力地说。

他们默默地走完了全部的路，二人都认为自己与对方刚刚都失去了绅士风度，佩恩只能自己一人研究这件事，原因是他的朋友伍德走在后面，解决一些和绘画有联系的生意。

殖民地表哥想找个人聊天，佩恩绝对不会丢掉这个上天赐给的机会，高兴地答应了他的邀请。在接下来的几星期里，他对达纳威家没有光亮的室内结构增加了很多新的认识，并且他真实的想法也不全是与殖民地表哥聊天。那个年轻女士的忧郁有很长的时间了，可能需要更多一点鼓舞，反正，他不辞劳苦，喜欢做所有能让她高兴的事。但是，他不是一个没有脑子的人，形势目前还不清晰，这让他心里面满是焦虑，非常难受。几星期转瞬即逝，根据达纳威家族新成员的行为，谁都不能看出他是不是遵照了古老的家族契约，把自己看作订婚的人。他一直神经兮兮地来回在没有光亮的画室里踱步，伫立在那儿死死地看着那幅黝黑的不知来路的肖像。那监狱一样的房子中的阴影已经开始影响他了，他在澳大利亚满怀的信心几乎没有多少了。可事情已经到这一地步，佩恩对他那件最关心的事情还是没有什么新发现。有一次，在马丁·伍德不慌不忙地给画像加框时，他曾经尝试向他的朋友说出自己的内心话，可就是从他那里，佩恩也未曾获得一个满意的答案。

"我觉得你不应该掺和到里面，"伍德直接地说，"因为早就先订下了婚约。"

"假设的确有那件事，我肯定不会掺和到里面，"佩恩反击道，"可真的存在吗？并且我仍然没给她说过，可我现在把她看明白了，我非常确定她不相信存在这样的事，虽然她清楚或许有。他也未曾表示有这事，并且没有什么暗示表示或许存在这事。我觉得这样迟迟不定对大家都是包袱。"

"特别是对你，我决定，"伍德声音有些尖厉地说，"可你如果想问我，我将对你说我是如何想的——我觉得他是担心。"

"担心被拒绝？"佩恩问道。

"不，担心被接受，"伍德答道，"你千万不要扑上来咬我——我说的不是担心那女士。而是担心那幅画。"

"担心那幅画！"佩恩一遍遍地说。

"我意思是，担心那个魔咒，"伍德说，"你不会把那段韵文忘了吧，达纳威家族的诅咒在他俩身上实现。"

"你说得对，可是你看，"佩恩大喊，"哪怕是达纳威家族的诅咒都无法两者兼顾。你刚刚对我说，我不可以根据自己的想法做事，只是存在婚约，接着又对我说，无法实践那个婚约，只因存在诅咒。可假设不存在诅咒能够毁掉婚约的话，然后她又为何要受婚约控制呢？假设他们担心结婚，他们可以去和别人在一起，接着全部都了断了。我为何要遵守连他们自己都不想要继续遵守的东西而且因为这受苦啊？根据我的看法，你的意见根本没有道理。"

"的确，这可以说是一团乱麻。"伍德不高兴地说，接着继续钉那一幅油画的边框。

有天早晨，新继承人忽地敲碎了一直令人不解的平静。他所使的手段非常怪异，还有点恐怖，他一直都是这样，可很明显是由于要做个对的决定。他采取公开地请求意见的方法，不和佩恩一样仅仅问这人、问那人，却是把很多人叫到一块。他对着众人说话时的样子，好似来到乡村的政治家，他把它叫作"摊牌"。非常庆幸的是，他这次明目张胆的行为并不包括那位女士，佩恩每次想到她就不由得浑身发抖。可这位澳大利亚人极其诚恳，他觉得寻求帮助以及了解信息是非常平常的事，所以就组织了家庭会议，和打牌似的把全部的事都说出来。也能够讲他已经无法继续承受了，把全部牌都拿了出来，好似一个不分昼夜都被一些问题来阻挠的人，最后倒在愈来愈大的压力下。在这样短的时间里，半地下的窗户以及下沉的趋势，这里全部的鬼魅阴影，开始默默地改变了他，它们里面包括的以前的问题在他身上有了非常真实相似的展示。

包括医生在内的 5 个人围桌而坐，佩恩无所事事地思考着，自己穿的浅色花呢套装以及火红头发必定是这房间中唯一的颜色了，神父以及管家全部一身黑，伍德以及达纳威和平时相同一身近乎黑色的深灰套装。可能这种差异正是那小伙子为什么说他"还像个人"。这时,坐在椅子上的小伙子忽地扭头,开启了会议。没太长时间,这个困惑的艺术家就感觉到,原来他讲的是这世界上最令他惦记的事。

"是否真的存在这件事?"他说道。"我不断地问自己,我就要疯了。我根本未曾想到过我居然将想这样的事情,可我每次想到那肖像画以及韵文,以及那些巧合,不论你们如何叫它,我都会浑身战栗。真的存在这件事吗?达纳威家族的诅咒真的存在吗,或者它仅仅是一场变态的偶然?我真的掌握结不结婚的权利吗,也可以说我是否要把命运里巨大并且黑暗的事物,我自己都一点也不了解的那个事物牵扯到自己或者其他人头上?"

他扫视了一圈桌子周围的人,最终落在神父一本正经的脸上,好像他的话是说给神父听。眼睁着一个神秘的疑问让一位装满一脑子迷信的判官,讲究实际的佩恩的确无法忍受,他将主动出击。他和达纳威坐在一起,未等神父说话,他就开始讲了起来。

"确实,那些偶然的确非常古怪,我承认,"他说,好像非常痛苦地笑了笑,"可我们确定——"这时他忽然不说了,好像让闪电击到了一样。原因是在他忽然插话以后,达纳威忽然回过头,在他这一动下,他左边的眉毛忽然抬了起来,在那一刻,怒目看着他的刚好是肖像里的那张脸,没有一点区别,并且愈发让人惊恐。其他几个人也同时睁见了,都好像被忽然到来的闪电刺了眼,眼冒金光,老管家发出一道沉闷的叹息。

"事情不对,"他嘶哑地说,"我们面对的东西太吓人了。"

"确实,"那神父小声发表自己的看法,"我们正和吓人的事物打交道,是我见过最吓人的事物,它的名字就是胡乱瞎说。"

"你说的什么?"达纳威问,依然盯着他。

"我说胡乱瞎说,"神父又说一遍,"截至到现在我还没特意说哪些观点,只因这事和我没有任何联系,我仅仅在这城市暂时传道,达纳威小姐有意愿见我一面。可现在你毫无遮拦问我,那么,答案非常明了。假设你有合法的原因娶一个人，那么不会存在任何一位达纳威家族的诅咒妨碍你做那些事。一个人不可能一生下来就带着就算非常微小的能够饶恕的罪，更不要提像自杀以及谋杀这类的罪。你不会因姓达纳威，就要不跟随自己的想法去做错误的事，我也不可能因为名字是布朗就如何，布朗家族的诅咒，"他非常有意思地继续说——"我觉得布朗家族的宿命更有趣。"

"在全部人里面，"澳大利亚人一遍遍说，死死看着他，"是你对我说去如何考虑这事。"

"我对你说去考虑考虑其他的事，"神父流利地答道，"你最新的摄影艺术有那些成果呀？照相机方便使用吗？我清楚楼下光线的确不好，可楼上那片没有东西的拱廊仅仅简单修饰就能够改造成很好的摄影工作室，寻几个工人把屋顶弄成玻璃的可能不用太久。"

"你说的是真是假，"马丁·伍德反对说，"我还觉得你是这社会上特别不想见识那些漂亮的哥特式拱门被破坏的一类人呢，那应该是你的信仰里在这个世界仅存的最完美作品。我觉得你一定对那类艺术非常热衷呢，可未曾料到你居然那么喜欢摄影。"

"我喜欢的是阳光，"布朗神父回答道，"特别在这类奇怪的问题上，但摄影有个条件，就是需要阳光。我能够把人间全部的哥特式拱柱打碎，只要能够挽救一个人的心灵，假如你不懂这一层意思，恐怕你对我的信仰的认识绝对没有你意识里的那么丰富。"

年轻的澳大利亚人像弹簧似的蹦了起来，就如同忽地一下充满活力。"哎呀！你说得很对，"他大喊，"即使我从来未曾考虑能从你那里了解到这种观点，对你说吧，神父阁下，我需要做些事情，我急需证实我还没有彻底丢掉勇气。"

老管家还是警惕地盯着他，全身战栗，似乎他觉得那年轻人热烈地抗争包含一些死亡的征兆。"哦，"他大喊，"现在你将做什么呢？"

"我要把那画像拍下来。"达纳威答道。

但是没有一个星期，狂暴的灾难就好像从天边涌了过来，让神父长久以来提倡的理智清醒的阳光坠到无限的漆黑里，达纳威家的房子再一次被诅咒包围。装修新工作室并未花太多时间，从内部看，它和其他这样的工作室极其相似，没有什么东西，仅仅刺眼的光线充斥全部角落。假设一个人从楼下毫无光线的房间爬到这儿，就会认为好似进入了一个非常现代的光辉之地，产生些许未来的虚无感。伍德对这座宅子非常了解，而且说这样的装修非常不适合，后来只好停下，但是在他的指导下，楼上废墟中仅有的几间没被破坏的小屋，一番之后变成了一个暗室，在此处，达纳威能够避开刺眼的日光，凭借红灯照出的暗红光线小心翼翼地工作。伍德大笑道，那个红灯已经让他妥协、让他允纳这随心所欲的破坏，原因是那个暗红空间如同炼金术士的洞穴似的充斥着浪漫味道。

在要为神秘肖像拍照那一天，达纳威刚天亮就起床了，通过仅有的连接楼上楼下的螺旋楼梯带着肖像画从书房搬到了改造房。接着，他把它搁到刺眼阳光直射中的画架上，在画前面树好三脚架。他说他赶时间把照片拍出来，邮寄给一个特意研究这座老房屋的古董专家，可别人都明白这仅仅是个借口，想要遮掩更深层的东西。这个举动，就算不是达纳威与这幅邪恶图画的精神决战，也算是达纳威与他心中疑惑的决战。他想用摄影的亮光和那黑暗的图画展开一番战斗，他想见识新型艺术的光明是不是能打破古老艺术的诅咒。

可能这就是为什么他想自己处理这件事，虽然一点细节好像耽搁了他过多的时间，导致了这不正常的推迟。不清楚为什么，在那天，他非常讨厌那些走到他屋里的人，他调整焦距，非常慌张，看着好像不是凡人一样。因他不下楼吃饭的缘故，管家给他拿上来一顿饭。很长时间后那个老管家返回时，看到饭差不多被吃光了，可他前面去送饭的期间，居然连一句谢谢都没收获。佩恩曾上去一次，想瞧瞧他到了哪一步，可面对的是那位摄影师冰冷的脸，然后又走下楼。布朗神父也悄悄走了上去，递给达纳威一封信，是来自那位专家的，拍摄的肖像就是将邮给他。布朗神父眼里宽阔的玻璃房中充斥着阳光，一定程度上讲，这个世界出自他的手中，但是他无法抒发自己对这工作室，和对达纳威这样痴迷行为的想法，布朗神父将信搁到浅盘里，走下楼。他马上意识到，自己属于最后一名从那仅有的楼梯走下的人，楼上仅留有一个人，以及他后面的一间空屋子。剩下的人全伫立在直达书房的画廊中，身边那巨大的黑檀木时钟就像一只超级大的棺材。

"你刚才瞧达纳威的时，"佩恩等了段时间问，"他进展如何？"

神父用一只手抚着脑门，"不要说我精神有毛病了，"他脸上满是伤情的微笑说，"我认为我是让楼上的阳光闪到眼了，看什么都恍惚。实话实说，有一瞬间，我认为达纳威伫立于画像前的姿势有些许奇怪。"

"哦，由于那条瘸腿吗？"巴尼特未加思索地说。"我们全都清楚呀。"

"你真的清楚吗？"佩恩忽然低声说，"我认为我们没有完全清楚，可能对它一点也不了解。他的腿是因为什么？他祖先的腿又因为什么？"

"哦，当我阅览他们的家族档案过程中，读到的那本书中有一些和这有联系的东西，"伍德说，"我去拿过来。"接着他就走入一旁的书房中。

"我认为，"布朗神父低声道，"佩恩先生问这问题肯定有你的理由。"

"我直接都讲出来好了。"佩恩说，可声音愈加的小了。"无论如何讲，必将会得到恰当解释。任何一个人都可以伪装为肖像画里那个人的模样。我们对达纳威都了解哪些呢？他的举止一直都非常怪异——"

别人都惊讶地盯着他，只有神父好像不太在意。

"我认为是由于根本未曾有人照过那幅肖像画。"他说。"因此他才想这样做，我认为这并不蹊跷。"

"事实上，的确非常正常。"伍德面带笑容说，他才返回，书在手中。当他讲话的时候，他后面的大黑时钟里的发条设备稍稍动了一下，然后持续的敲击声惊动房子的每个角落，一共响了7次。和那最后一响同时，坍塌的声音在楼上响彻，像霹雳一样震动了整栋宅子，响声还没有消失时，布朗神父就爬上了那盘旋的楼梯。

"我的天啊！"佩恩忍不住大叫，"上边仅有他自己。"

"对。"布朗神父没转身，径直爬上楼梯。"我们一定只会找到他自己。"

在另外几人清醒过来后，赶快跑上石阶，来到那处还非常新的工作室时，他确实是自己一人。他们看到他睡在地上的照相机上，相机架又细又长的腿神秘地朝向了三个方向，达纳威躺在相机上面，那条黑色的弯腿伸向第4个方向。在那一瞬间，眼前这黑黝黝的一团就像他被一只恐怖的超大蜘蛛包住了。没必要多看一眼，也没必要多碰触一下，他们都清楚，他离开人世了。仅仅遗留了肖像画还静静地搁在画板架上，人们都能够幻想画里人的眼睛这时露出了微笑的神采。

布朗神父不断地宽慰忽然遭受这灾祸，不知所措的达纳威家人，经过差不多一个小时，他遇见了老管家，仅听到他嘴里说着，一字一顿，就像嘀嗒发声的大钟在那个吓人的时间响起的报时声。甚至不要去听，他也清楚他说的是什么。

"七世一到我就会回来，七时一到我就会离开。"

他刚想说些劝慰他的话时，那老人好像忽地明白了，突然变得极其狂躁，他的低声细语成了尖厉的呼喊。

"你！"他大声喊道，"你以及你的阳光！事情已经到了这一地步，连你都要相信达纳威家族的诅咒是真的了吧。"

"对待这个，我还是坚持我的看法。"布朗神父柔声说。过了一段时间他又继续说："我觉得你们应该帮可怜的达纳威实现愿望，将照片寄给那个人。"

"照片！"医生尖厉的声音响起。"那还有哪些作用呢？事实上，这件事也非常奇怪，压根儿就不存在什么照片。看他慌张地忙碌了一整天，最后居然没拍照。"

布朗神父忽然扭头。"那就你亲自去拍。"他说。"悲惨的达纳威说得非常正确，拍张照片非常有必要。"

在全部的客人，医生、神父以及两位画家郁闷地走过金黄的沙滩，一串黑色的身影越走越远时，他们心情都不好，现在谁也不说话，也能够讲他们的心灵遭遇了沉重打击。他们所遇到的毫无疑问就像一声晴天霹雳，当他们差不多忘记的时刻，那个迷信传说竟然成真了。在那瞬间，医生以及神父两人都把理性主义装了一脑子，就像摄影师使阳光照射他房子的每一个角落。他们能够根据自己的想法永远坚持自己的理性，可在朗朗乾坤下，第七个继承人确实回来了，并且一样的朗朗乾坤下，在第七个钟点他又离开了。

"可能到了今天，全部人都将永远认可达纳威家族的诅咒了。"马丁·伍德说道。

"我清楚有个人不认可。"医生声音尖厉道。"我怎么可能只因有人痴迷自杀就去认可迷信呢？"

"你觉得悲惨的达纳威先生是自己了结的？"神父问道。

"我非常确定他是自己了结的。"医生回答。

"或许是。"另外一人也支持这说法。

"就他自己在二楼，那间黑屋子里每个角落都充斥着有毒的药水。并且，这刚好是达纳威家族的人乐于干的事嘛。"

"你不觉得这是验证了家族诅咒吗？"

"不觉得，"医生说道，"我仅仅认可一种家族诅咒，即家族戒律。我对你说过，这和遗传法则有联系，他们家的人精神都有些问题。假设人一直在自己本族内结婚、生孩子，退化是无法避免的，无论他想不想。遗传法则是人们不能忽视的，科学的真理没办法去否决。达纳威家的人的智商已经破破碎碎了，和他们房子上凌乱的木条以及石块一样，破破烂烂，让大海以及咸雾吞没。自杀——他一定是自己了结了，我能保证以后的一定也都将自己了结。这可能是他们最拿手的活儿了。"

当医生侃侃而谈时，达纳威家的女儿的脸庞猛地飘到佩恩的大脑中，清楚得让人害怕，那张可怜的苍白脸庞暴露在无法预测的黑色景象里，非常的有生机，美得让人无法自拔。他想要讲话，但不知道说什么。

"我明白了，"布朗神父对医生说，"因此说你到底还是认可迷信的？"

"你说什么——认可迷信？我认可自杀是有科学依据的。"

"好吧，"神父回答说，"我不清楚你那科学的迷信与其他玄奥的迷信存在哪些不同。它们最后将把好好的人搞成行为怪异的人，不是腿出毛病就是胳膊出毛病也可能是自己无法挽回自己的生命以及灵魂。根据韵文中讲的，他们死于达纳威家族的诅咒，根据科学教科书中描述，成为达纳威家族的诅咒迫使他们自己了结。无论是什么说法，他们都没有拿到主动权。"

"可我觉得你讲过，你对于这样的事认可恰当的观点。"巴尼特医生说。"你不认可遗传吗？"

"我的意思是我认可阳光，"神父朗声答道，"两个迷信里我一个也不会选，只因它们全把我们引向黑暗。我之所以这么说就是：你们还是没弄清楚，那间房子里究竟出了什么事。"

"你是讲有关自杀？"佩恩问道。

"我是讲有关谋杀。"布朗神父道，他的声音，即使仅仅提高了一点，但是不知为什么在整个海岸回荡。"这属于谋杀，可谋杀是由人的意志导致的，天主给了人们自由的意志。"

佩恩根本未曾意识到现在神父的回答，只因那个词对他有一种怪异的影响，就似狂猛吹奏的小号，扰乱了他的心情，但他忽然不走了。他在荒芜苍凉的沙滩中央待了几分钟，不顾别人走到他的前面；他觉得血液在静脉里畅通，好像头发全部站了起来；但是他却也体会到了一种活泛的、新奇的兴奋感。一种非常凌乱的心理感受快速地从他心头飘去，他没办法抓住，只得到一个让自己都没办法分辨的结果；可那个结果也令人心安。待了一会儿后，他换个方向，走过沙地，逐渐向达纳威家的宅子走去。

他跨着大步走过护城河，连桥都似乎在战栗，他沿着楼梯快速下去，走过几个长方的房间，在脚底制造的回响的陪伴下，直接抵达了阿德莱德·达纳威眼前，看到她坐在椭圆窗子一旁，身边被淡淡的光晕包围，好似被抛弃在地狱的圣人。她仰起脸，那吃惊的样子让她的脸显得愈发美丽。

"出什么事了？"她说。"你为什么回来了？"

"我回来的目的是为了我的睡美人。"他说着忽然大笑出声。"这座老房子已经睡了太长时间了，和医生说的一样，可假如你也装成熟的话就有些傻了。去充满阳光的地方吧，听听真实的情况吧。我要告诉你一个词，这个词非常恐怖，可它能够敲碎你的囚禁生活。"

他的意思，她一点也不懂，可一种看不到的力量让她离开凳子，自觉跟着他穿过很长的会客厅，走上楼梯，到了房间外，把自己融入夜空中。前面一处被废弃的花园的遗迹直到大海才消失，一个就像法螺似的老旧喷泉，满身绿锈，还孤单地伫立着，空荡荡的贝壳中再没有水柱出现，空无一物的盆座中也已经没有水花。他以前路过这里时，常常注意到夜空描绘出的那个苍茫荒芜的形状，使他不只在一个层次上想象某种命运轮回。不用太长时间，毋庸置疑，那露底的水池将由淡绿色的咸咸的海水充斥，花朵也将被掩盖以及消除在海藻丛中。因此，他那时告诉自己，达纳威家的小姐就要结婚了，可她未来的丈夫却是像大海那样毫无感情的死亡以及厄运。可如今，他攥着就像巨人的手一样的青铜法螺喷泉，使劲晃动着它，好像要把一个站在花园中的偶像以及罪恶的神全部打倒。

"你指的是什么？"她心平气和地问。"哪个词能让我们自由？"

"那个词就是谋杀，"他答道，"它会让你拥有自由，如同春天的花朵似的鲜嫩的自由。不，我不是指谁被我谋杀了。可当你生活在噩梦里很久以后，有人死于谋杀这件事原来就属于一条不错的消息。你仍然不清楚吗？在你那个梦里出现的全部，那全是你的猜测，达纳威家族的诅咒在达纳威家人的心中存在了太长时间，它如同一朵恐怖的花似的逐渐开放。哪怕是出现了美丽的偶然也没办法解脱，全是一定会出现的。无论是老瓦因与他妻子的传说，还是巴尼特与他新鲜的遗传论。可这个男人并没有死于那些拥有无限魔力的诅咒，以及家族流传到现在的癫狂。他死于谋杀，对我们而言，那谋杀仅仅属于一场偶然。是的，希望死者能够安息：可这真的属于美丽的偶然。它像一道阳光，只因他从外面来。"

她忽地一笑。"是的,我有点清楚了。我认为你讲话就像个疯子,可我明白了,可谁会谋杀他?"

"我不清楚,"他平静地回答,"可布朗神父清楚。和布朗神父说的一样,谋杀是基于人的意志,如同海风般自由的意志。"

"布朗神父是位非常好的人,"她停了一会儿说,"他是唯一能让我体会快乐的人,直到——"

"直到什么?"佩恩说,行为略微有点冲动,他朝她低下头,推了一下那满身锈斑的巨大物体,喷泉在底座上摇摇晃晃。

"嗯,直到你的到来。"然后她又一次笑了。

这栋沉睡的宅子通过这种方式被唤醒了,那么它是如何醒来的,就属于这个故事的讲解内容了,虽然在那天晚上黑暗包围海岸之前,苏醒的进程差不多进行了一大半。在哈利·佩恩又一次往家走,经过那片使他带着很多种心情走过的黑色沙地时,他觉得自己达到了这辈子前所未有的幸福巅峰——他觉得浑身沸腾,心中满是亢奋。他能够把那处宅子再次画满鲜花,把青铜法螺喷泉再次变得金碧辉煌,使水或者是酒从那喷泉喷出,对他而言完成这些全部非常容易。可帮他铺展开这些光彩以及鲜花朵朵的画卷的,只因"谋杀"那个词,但他目前也没搞清楚它是为什么。他未加思索就认可了这个词,可他也不是随意愚蠢,只因他能体察到真理。

大概一个多月后,佩恩才返回他伦敦的家,根据他和布朗神父的商议,他拿走了那张照片。那场事件的阴影还是影响着他,在梳理心态慢慢让自己接受的同时,他也毫无保留地坠入甜蜜的爱情里,这就使那件事对他心理的影响减轻了许多,可想使他摆脱这个阴影蕴藏着一个家族诅咒的想法,用正常的心态对待它好像并不简单。就这样,他用尽心机令自己一会儿也不闲着,直到达纳威家回到了以前固定的日常生活,肖像重新被放回了书房很长时间后,他才打起精神在镁光灯帮助下为那幅肖像照了相。他忍受不了神父一次次地请求，于是在根据刚开始的约定将它邮递给古董专家前，把照片拿来让神父先瞧了瞧。

"我是很清楚你对这整个事件的认知。布朗神父，"他说，"我觉得你似乎已经通过自己的手段破解了这件事。"

神父伤心地晃晃脑袋。"一点头绪也没有。"他回答。"我为何如此愚蠢，我陷了进去，陷到了最基本的现实问题里。的确是个奇怪的事件，在一定程度上极其简单，那么——让我瞧瞧那张照片，可不可以？"

他将照片放到眼前，眉头紧紧拧在一起，凭借他的近视眼死死看了很长时间，说："你有放大镜吗？"

佩恩找来一块，神父凭借放大镜仔细看了很长时间，接着说："找找书架一旁的那本书，书名叫作《教宗若安②的历史》。这时，我想明白……是的，的确是。以及上面那本什么书和冰岛有联系的。主啊！居然是通过如此怪异的手段找到的！我当时居然未曾关注到它，实在太笨了！"

"你究竟找到什么了？"佩恩忍不住问道。

"仅缺的一条线索，"布朗神父答道，"我终于明白了，对，我认为我搞清楚了那个悲惨故事的原因。"

"为什么呢？"佩恩接着问道。

"噢，因为，"神父面带笑容说，"达纳威书房里存在和教宗若安以及冰岛有关的书，更不用说我找到的另一本，叫作《腓特烈的宗教》的书了，通过这就很容易推理剩下的进程了。"接着，注意到对方不耐烦的表情，神父脸上的微笑慢慢消失了，他非常严肃地说道："事实上，这仅缺的一条，虽然是最后的线索，可不是全部事情的重点。这个事情里存在比这还要奇怪的事情，而且有一条就是证据很奇怪，我先讲一讲将使你非常惊讶的事。达纳威并非死于那天晚上 7 点，那时他已经去世了一整天。"

"非常惊讶并没有用错，"佩恩严肃地说，"可你我在接下来都清楚地看着他来回走动。"

"不，我们没看到，"布朗神父小声说，"我觉得我们都注意到了他，也能够说那时觉得见到他，慌慌张张地为相机对焦。你进入屋里时，他的头有没有放到那个黑套里？我进入时是那样的。这就是我认为那房间以及那身影非常奇怪的原因，并不是由于那腿是弯曲的，而是由于它非常正常。它被一模一样的黑色裤子挡在里面，可当你见到一个人用你觉得是另外的人的方式伫立在那儿，你将感觉他的模样非常奇怪，很不舒服。"

"你的意思是，"佩恩颤抖地大叫，"那是另一个人？"

"他就是那谋杀犯，"布朗神父说，"他在天没亮时就杀了达纳威，他与尸体都躲到黑屋子中——那是一处非常好的藏身地点，只因平时没人去，就算去了什么也看不到。可他想主意使尸体在晚上7点摔倒在地板上，那么，事情这样发展，整个事就只可以用诅咒来说了。"

"可我不清楚，"佩恩说，"他为何不在7点再杀他，而是和尸体相拥一起躲14个小时呢？"

"你再回答我一个问题，"神父说道，"怎么没有拍照片？结果是，凶手设计好在他一到楼上就杀了他，不让他拍摄。从凶手的角度说，照片不能让研究达纳威家古文物的专家拿到是非常重要的。"

屋子里这时安静了下来，接着神父把声音调低继续说："你应该清楚这是多么明了吧？还有，你自己意识到了里面的一些可能性，可它没有你想得那么复杂。你说一个人能够化为画里的人物。但另制作一幅画，让画上的人物和其中的人很像，那就非常容易了。可以说，达纳威家族根本没有什么诅咒，并且验证这个的手法确实非常精妙。原来就不存在古老的肖像画，不存在古老的韵文，不存在一个男人把自己的妻子杀死的传说。可有一个非常凶残非常聪明的人，他为了得到别人的未婚妻，想方设法把他杀死。"

神父忽然对佩恩惨淡地一笑，似乎在劝慰他。"刚刚我认为你感觉我在说你，"他说，"可你才不是仅仅由于多情而常常到那宅子去的人。你知道那个人，也许你自己认为你知道他。可那位画家和古董专家，叫作马丁·伍德的人手段很高，只是当他艺术上的朋友没机会搞明白他的真实面目。知道他被邀请去评价并登记那些肖像画吧，对那样的满是灰尘的贵族宅子，差不多表示他们自己家里存在哪些东西都弄不清楚，要请他对他们说。假设找到一些刚开始没见过的东西，他们也不会觉得吃惊。这幅画必须要极其精美，它确实是这样，而且在他说就算不是霍尔拜因，也会是一个和他一样有才的人，他说得很对。"

"我现不清楚要说哪些话，"佩恩说，"但是，这里面仍存在非常多我搞不清楚的问题。他如何清楚达纳威是什么样子？他最终如何杀的他？医生们的表情也充满疑问啊。"

"我见到了一张照片，是那位澳大利亚小伙子没来时邮给小姐的，"神父说，"既然确认他是那个新继承人，伍德能够凭借很多手段清楚他的情况。我们或许不清楚里面的细节，可想做到这些没有什么困难。你是否记得，他以前在暗房帮着干活，我觉得那就属于一处非常棒的位置，假设他能够使毒针扎入一个人体内，由于毒液非常简单就能够获得。对，我觉得非常简单。仅仅一个让我为难的是，伍德是如何在那一段时间分身两地。在他待在楼下的书房看书过程中，如何可以将尸体从暗房搬到那里，将他倚在相机架上并让它到时间才倒下去？同时，我笨得居然没有翻阅过书房中的书，仅仅在这张照片中，偶然获得'好运'，才得到了有关教宗若安的这本书透露出的简单实情。"

"你还真把最神秘的问题放到最后，"佩恩严肃地说，"教宗若安和这些存在哪些关系吗？"

"要记住讲述冰岛的什么东西的那套书，"神父警告他，"以及有关叫作腓特烈的人的宗教。接下来仅仅打听一下去世的达纳威勋爵是个什么样的人，一切都明了了。"

"哦，真的吗？"佩恩忍不住大声说。

"他是一位非常有文化修养，非常幽默的怪人，我认为。"布朗神父接着说。"由于他有知识，他就明白教宗若安其实是假的。由于有幽默感，他或许想起了用《冰岛的蛇》这样根本不存在的事情做书名。我就壮着胆子猜一猜，第三本书叫《腓特烈大帝的宗教》的书——也根本不存在。话都到这儿了，你还不清楚那些书名的古怪吗，它们搁置于原来就没有的书的背面非常恰当，也可以这么说，搁置于一个原来不是书橱的书橱上不是非常恰当吗？"

"啊！"佩恩大喊，"我明白你说什么了，阴暗处有一个楼梯——"

"直达伍德自己找的那间暗房。"神父颔首说道。"非常遗憾，这事是无法回避的。他非常简单也非常笨，我在这个极其平常的案子中的表现也十分笨拙。可我们那时被这个现实版落后的浪漫故事混淆了思维，整个故事把腐朽贵族以及败落老房子作为背景，在这样的房子中，这种密道的存在是不能回避的。如果是个神父洞，我就该被塞到里面。"

【注释】

① 切尔西（Chelsea）：伦敦自治城市，是文艺界人士集中地。

② 玫瑰战争（Wars of the Roses，1455 ~ 1487 年）：也叫蔷薇战争，一般是说英国兰开斯特王朝（House of Lancaster）与约克王朝（House of York）的拥护者双方争夺英格兰王位展开的断断续续的战争。

③ 都铎式建筑（Tudor architecture）：这一风格由于在英国都铎王朝时期非常多而得名。这个年代特别大的宗教建筑行为没有了，新贵族们逐渐打造惬意的宅子。所以，夹杂着传统的哥特式以及文艺复兴风格的都铎式就相继产生。

④ 典故来源于英格兰亚瑟王期间的传说。夏洛特女郎受到诅咒，一辈子无法在阳光下走，以及直接看向窗外，仅仅借助一面镜子浏览外面的世界。一天，她突然在镜子中注意到了亚瑟王的骑士，帅气魁梧的兰斯洛特。她不顾生命结束的危险，走到阳光里，去追赶兰斯洛特。

⑤ 神父洞（priest's hole）：在伊丽莎白女王一世年间（Queen Elizabeth I，1533 年 9 月 7 日 ~ 1603 年 3 月 24 日），天主教遭受压迫，英格兰境内很多信仰耶稣的家庭打造了神父洞，让神父躲避。

⑥ 汉斯·霍尔拜因（Holbein Hans，约 1497 ~ 1543 年）：文艺复兴时代德

国著名画家，油画以及版画画得最好，是欧洲北方文艺复兴时期的艺术家，他最出名的作品是许多肖像画以及系列木版画《死神之舞》。

⑦ 亨利七世（Henry VII，1457 ~ 1509 年）：英格兰国王（1485 ~ 1509 年），建立都铎王朝（Tudor dynasty）。

⑧ 亨利八世（Henry VIII，1491 ~ 1547 年）：英国第二个都铎王朝国王（1509 ~ 1547 年），也是爱尔兰领主，亨利八世推动了宗教改革，让英国教会摆脱罗马教廷，自己做了英格兰最高宗教首脑。

⑨ 乔治时代：应该是指英国国王乔治一世到乔治四世统治时间（1714 ~ 1830 年）。而且 1811 年到 1820 年也叫作摄政时期。

⑩ 三脚凳（tripod）：在古代希腊，最吸引人的是德尔斐的诡异的"神谕"。一系列神圣仪式做完后，女祭司坐于三脚凳上给人们传达阿波罗的神谕。三脚凳由青铜所造，三只脚都印着蛇形花纹，头上有一个像碗的东西。

⑪ 俄狄浦斯（Oedipus）：外国文学史上经典的悲催一生人物。由希腊神话中忒拜（Thebe）的国王拉伊奥斯（Laius）与王后约卡斯塔（Jocasta）所生，他在不明情况的条件下，刺死自己的父亲同时让自己的母亲做了自己的王后。

⑫ 教宗若安（Pope Joan）：据说是公元 853 ~ 855 年掌权的天主教女教宗。故事最早出现于 13 世纪的编年史，接着传遍欧洲。现代的历史学家与宗教学者觉得没有这个人。1601 年，教宗克莱蒙特八世公开女教宗不是真的。

布朗神父

探案经典

【英】切斯特顿◎著

王德民◎译

中国华侨出版社

梅鲁神山的红月亮

◇ 布朗神父之秘 ◇

谨以此文向圣格时白教堂布拉德福德教区约翰·奥康纳神父[1]表达最诚挚的敬意，他向我们所揭示的真理比那些小说中所虚构的更奇特。

弗朗博，曾为全法国最闻名的罪犯，之后前往英国，做了一名十分隐秘的私家侦探，现在的他却早已退休了。或许是他惊人的犯罪生涯让他在工作中有太多的忌惮，从而早早地结束了他的侦探生涯吧！不管怎么说，在几经周折之后，他终于找到了尚算是符合他心中标准的"隐居之所"，那便是西班牙的一座小城堡。这座城堡虽然小倒也算是坚固。从高处望去，大片黑紫色的葡萄园与绿色的菜园镶嵌似的长在褐色的山腰上，风景也是颇为别致。虽然弗朗博经历了许多惊心动魄的冒险，但他仍然能够平静地过这种退休生活，并且经营得有声有色，这是许多拉丁人拥有而美国人却缺乏的本事。许多的酒店业主拥有这种精神，因为他们唯一的愿望竟是去做一个普通的农民。许多法国外省店主也拥有这种精神，就在他们将要跻身于百万富翁之列，挥挥手便可买下一整条街的商店时，却突然停手，功成便身退，只愿意过一些安逸的家庭生活，平时便玩一些骨牌之类的。弗朗博就是在无意间倾心于一位西班牙的女子，随后就与她结婚生子，并且还在西班牙的一个庄园上经营了一个大家庭。从此以后，弗朗博再也没有表现出想要重出江湖的意思。但是有一天早上，他的家人们却惊奇地发现他格外的焦躁与兴奋：他竟然冲到了男孩子们的前头，并且一路冲下了长长的山坡，去接待只是路过山谷的一位客人，这时候，那位客人看上去还仅仅是一个小黑点呢！

黑点慢慢变大，但也只是从一个小黑点变成了一个大黑点，因为从外形来看，他依旧是又黑又圆。对于神职人员所穿的黑色衣服，这片山区里的居民并不陌生，但这一身衣服却不尽相同，虽然其装束也是神职人员的，但若是将它与教士服或者神父的法袍相比较，就能发现它既平淡无奇又显得生机勃勃，表明穿衣人来自于西北方的岛国，就好像他被贴上了伦敦西南克拉珀姆枢纽的标签似的。这人手里拿着一把形状短粗的伞，其把手就像一块木疙瘩。看到这熟悉的形象，弗朗博兴奋得眼泪都差点掉了下来，因为在很久以前，这把伞出现在两个人共同经历过的奇遇之中。来人正是这位法国人弗朗博的英国朋友，布朗神父。在经历了多次的耽搁和许久的期待之后，布朗神父终于到这里来看望他了。他们之间的通信往来从未中断过，但遗憾的是，他们已经多年未曾相见了。

很快地，布朗神父便融入了弗朗博的大家庭，这个大家庭不是一般的大，如此众多的人数，让布朗神父有时候会不由得产生他是进入了一个社区或是社团的错觉。在西班牙的风俗中，家庭活动的中心永远是孩子，一切与孩子们有关的事物就显得那么重要。因此，神父首先被介绍给了在圣诞节会送礼物给孩子们的"三国王"②，它们是涂了彩镀金的三尊木雕像。弗朗博一家人还带着神父，向他一一介绍农场上的猫、狗和其他牲畜。在此期间布朗神父还遇到了一位同样带着神秘气息的邻居，这位邻居与神父相似，也穿着与当地服饰与习俗格格不入的服装。

在布朗神父来到这里的第三天晚上，有一位有着高贵气质的陌生人光顾了这座小城堡，向这家西班牙人问好，他鞠躬时的姿势甚至令所有的西班牙贵族黯然失色。这是一位高高瘦瘦，发角斑白但器宇轩昂，颇具风度的绅士，他的一双手保养得非常好，袖口与袖扣处因为长时间的摩擦而变得锃亮。但与英国漫画里有着长长的袖口、整齐的指甲的人物有些不同，那就是在他长长的脸上看不出有丝毫的疲怠之色，显得特别的精神与警觉。从他的双眼中，可以看出一丝纯真与强烈的好奇，这对于一个有着花白头发的人来说可是非常少见的。单单凭借这一点，似乎就可以确定他的国籍了，更何况在他特别的嗓音中还夹杂着鼻音，不仅如此，他还喜欢将身边的许多欧洲的东西想象成古董。是的，他就是波士顿的格兰迪森·蔡斯先生，美国的一位旅行家。现在，他暂时停止了美国人式的旅行，在这儿租下了一座与弗朗博相邻的城堡。这座城堡与弗朗博的那座非常相似，连坐落的山坡都颇为的相像。蔡斯先生很喜欢他这座老城堡，并且也把他的那位友好的邻居——弗朗博一家当成了当地的老古董。不过正像之前说的一样，弗朗博也确实是打算在此定居，安心享受他的晚年了。说不定他现在已经计划好与他那黑紫色的葡萄园与无花果树共度余生了。现在他已经抛弃了战场上的称号"火炬"，正式启用了的真姓：迪罗克，因为战场上的称号不过是用来震慑敌人与打响旗号罢了。他有自己的爱妻与爱子——事实上，他除了偶尔外出打猎外便从不出远门了。在这位美国旅行家眼中，弗朗博生活得健康、体面、阳光，不挥霍自己的奢华。聪明的美国人心中很清楚，也很赏识在环地中海地区的居民们这种热爱生活的态度，蔡斯先生觉得弗朗博简直就是这种生活态度的化身。他来自于西方，一直漂泊，天为盖地为床，现在却好像一块滚石，滚落到了长满青苔的岩壁间，欢喜地在此短暂停歇，舒适地享受着这小小的南方半岛上厚重的历史文化。不过蔡斯先生听说过布朗神父，今日得见真容，激动得连腔调都微微有些不同，仿佛布朗先生是一位大名人。他那极强的好奇心也随即显露了出来，不停地向布朗神父询问问题，虽然问话的方式颇为巧妙，但气势却也汹汹。如果将他和布朗神父的对话比作一次拔牙的话，那么他就是一个技术娴熟的美国牙医，正使出浑身解数，以最熟练的手法，力求在不知不觉中将对方的牙拔除。

在西班牙宅院的外院的布局中，其进门处往往被设计成半露天的形式，此刻，他们正坐在那里。太阳逐渐落山了，天色也渐渐暗淡了下来，他们在石板铺成的地上放了一个小小的火炉，用来驱逐太阳落山后山里瞬间升腾起来的寒气。舞动的火苗，像精灵的红眼睛，在地面上映射出各种红色的图案。不过，他们身后那高大又光秃的褐色的砖墙却没能享受到一丝光线的青睐，高耸入云的砖墙下，依旧是一片昏暗。在这一片昏暗中，依稀可以看见弗朗博那宽厚的肩膀、伟岸的身躯以及马刀形状的大胡须，此刻他正忙着招待客人——在木桶中提取一些深色的酒，一一分发给客人。与弗朗博那高大的身影相比较，神父的身形只是小小的一团，蜷缩似的坐在火炉的旁边。而那位美国来的客人则把他的胳膊肘支在膝盖上方，身体依旧优雅地微向前倾，炉火照亮了他消瘦又精致的面庞，反射出他眼中好奇、机智的光芒。

他清了清嗓子说："先生，无论您是否赞同，我们都认为，您在'月光谋杀'一案中所取得的成就，足以成为侦探学史上的辉煌之最。"

布朗神父木然地答了一句，不过，听起来却更像是他在自言自语地抱怨。

"迪潘③等人所谓的成就家喻户晓，"蔡斯先生依然坚定地说，"勒科克④、夏洛克·福尔摩斯和尼古拉斯·卡特⑤这些神探的形象也深入人心。但我们却发现，无论这些人是虚构也好，现实存在的也罢，您的断案方式跟他们在许多方面截然不同。所以有些人就猜想，或许您并不是跟他们的断案方法不同，而是您根本没有方法！"

布朗神父依旧沉默，只是身体微微抖了一下，好像这炉火的温暖令他打了个盹。然后他开口道："或许吧，没有方法……是的……顶多算是无心插柳罢了。"

"或许我该换种说法，无招胜有招，"美国客人似乎没注意到布朗神父的态度，自顾自地说道，"爱伦·坡运用对话的文体写了几篇小论文，其中便谈及到迪潘的探案方法是对精细的逻辑关系的推理，华生医生所记叙下来的福尔摩斯的探案方法，则是注重观察每一件事物的细节。但迄今为止，没有任何人能全面解读您的探案方法。布朗神父，我听说美国邀请您去举办这一问题的系列讲座，但您却拒绝了。"

"是，"布朗神父皱了皱眉，眼光却没离开火炉，淡淡地说道，"我拒绝了。"

"您的拒绝招来了许多有意思的议论，"蔡斯先生接着说，"可以这样说，在美国，很多人说您的那套科学根本就无法阐述，您的探案方法只可意会不可言传，因为它在本质上是超出自然的，或者说，您的方法根本就不是科学。"

"那是什么？"神父声音陡然凛厉起来。

"噢，传得神乎其神，"蔡斯先生答道，"可以告诉你，盖洛普、斯坦、默顿老人接连被谋杀，现在又出现了关于格温法官的谋杀案，加上美国名人达尔蒙犯的双重谋杀案，所有这些案件在社会上都引起了轩然大波。你不但每次都在现场，而且恰好都出现在事情的中间。然后你向大家公布谋杀案是如何如何发生的，却从来没说过你是如何知道的。因此有一些人就想象你可以预见未来。卡洛塔·布朗森曾经有一个关于思想形式⑥的演讲，其中便引用你经手的一些案件用来说明。甚至有人称你的方法为：印第安纳波利斯的'千里眼姐妹会'。"

布朗神父凝视着炉中的火，过了一会儿，他又旁若无人地大叫道："他们怎么能这样？"

"我也不知道如何是好。"蔡斯先生想缓和一下有些紧张的气氛，因此尽量用幽默的语调说。"想阻止'千里眼姐妹会'一类的谣言不是一件容易的事，或许只有唯一的一个办法，那就是由您来告诉我们您探案的秘密。"

布朗神父冷哼了一声，双手托腮，望着火炉发起了呆，好像他内心正在做激烈的思想斗争。过了一会儿，他抬起了头，木然地说道：

"很好。看来我是非说出秘密不可了。"

布朗神父神情忧伤，眼球滚动，看了看周围昏暗的场景，从小火炉里的红光一直看到了年代已久、光秃的墙面，又把目光转向墙头上方——南方的星辰似乎逐渐明亮起来。

"秘密就是。"他顿了顿，表情有些挣扎，似乎并不愿意说下去，最终又开口说道："你可知道，所有的人，都是我杀的！"

一片寂静，甚至听不到喘气的声音。良久，蔡斯先生微弱的声音才打破了沉寂："什么？"

"你要知道，他们，是我亲手杀死的。"布朗神父耐心地向他解释。"所以我自然知道他们是如何被杀死的。"

美国旅行家格兰迪森·蔡斯缓慢地将他伟岸的身躯伸展开来，就好像一个人被慢动作的爆炸力击中，然后将他推到天花板上一样。他俯视着布朗神父，再次开口道："您说什么？"

"每一桩罪案我都精心策划，"布朗神父继续道，"我精准地设想，如何才能得手，以及作案人用哪种方式、怎样的心态才能保证犯罪过程万无一失。当我能够保证我的感觉跟作案人完全一致时，我自然就能知道他是何人了。"

蔡斯长长地松了一口气。

"您可是吓了我一大跳。"蔡斯说。"我竟然还真的以为您就是凶手呢。就在刚才，我好像看见了所有的美国报纸竞相刊登出一则新闻：《圣洁的侦探被曝竟是杀手：布朗神父的百桩罪史》。不过，呃……您这只是比喻的说法，只是说您在试图重新构造罪犯当时的心理活动……"

布朗神父瞬间动了怒，他的面部因为生气而变得有些扭曲，这在他身上可是非常少见的。他停住了正准备往短烟斗里填充烟丝的动作，转而用短烟斗使劲敲着火炉。

"不！不！不！"布朗神父几乎恼怒着打断了蔡斯的话道，"我说的并不是比喻。这是在探讨深奥问题时经常会使用专用的语言。假如你只是单纯地谈道德层面的东西，人们就会总是把它当成隐喻。一个正常人曾经对我说：'我仅仅只在精神方面信圣灵。'于是我反问道：'除此之外你还能在哪些方面信奉它呢？'他就把我的话理解为，除了在伦理的意义上的友情，也除了进化论和其他的一些废话外，他不用相信任何事物——所以我的意思是说，我是真的亲眼看见了自己，实实在在的自己，实行了谋杀。我没有用物质手段真真实实地杀了他们，但这并非问题的关键。只需一块砖或者其他的小工具作为物质手段，我便能真的杀死他们。因此我要说的是，杀一个人究竟需要达到何种地步，我一再思考，直到我认为我真的达到了那种地步，我在每个方面都与凶手完全吻合，唯一不吻合的是我没有走出最后一步，没有真正地付诸行动，仅此而已。这是我一个朋友曾给我的建议，就当是宗教修习了。我想他应该是从教宗良十三世那里学过来的，我一直把那位教宗当作我心中的英雄。"

蔡斯先生盯着神父，就好像在看一头野生的动物，不过他的语气中依旧充满疑惑："恐怕，你得多说几句，我实在不明白你的意思，侦探科学……"

布朗神父满脸恼恨，他啪的一声打了一个响指。"这就对了，"他大声说道，"这就是我们的分歧所在。科学在你能驾驭它的时候是非常伟大的，从本质上讲，这是世界上最伟大的词语之一。但现在的人们一提到科学这两个字，一说侦探是一门科学，犯罪学是一门科学时，他们大部分在指什么呢？他们所指的是，从一个局外人的角度去审查一个人，把他当成一个大昆虫去研究。他们把这叫作公平的、客观冷静的角度去看问题，但我却要说那是死气沉沉、毫无人性的视角。他们站在离这个人远远的位置，好像他是一头'史前怪兽'，他们审视所谓'罪犯的颅骨'形状，好像那是长得异常的东西，就犹如犀牛鼻子上长的角。当科学家们谈及某种类型的时候，举例子的对象从来不是他们自己，而是他们的邻居，而且十有八九是穷邻居。我承认以客观冷静的视角有时候也有好处，虽然它在某种意义上都不能称之为科学。它与我们所学的知识背道而驰，是对我们已经拥有的认识的一种抑制。它是把我们熟悉的东西陌生化、神秘化。就比如说有一个人的两只眼睛中间长着个大鼻子，或者说一个人每24小时内就要睡一次。呃，你嘴里所说的我的'秘密'正好与此相反。我不会远远地观察凶手，我会尝试着走入谋杀者的内心……不仅走近，我还想更近一步，深入到他的内心。事实上，我总是会深入到谋杀者的内心，操控着他的腿和胳膊。我会静静等待时机，一直等到我的意识和谋杀者完全一致，想他所想的，与他的内心激斗；一直到我完全能够理解他内心涌动着的仇恨；一直到我能用他的一双充满仇恨的、血红的眼睛去看这世界，用他狭隘的、愚蠢的眼光，看到那近在眼前的，通向血泊的最后一小段直路。一直到我真正成为杀人犯。"

"哦，"蔡斯先生表情冷峻又严肃，他看着神父补充道，"难道这就是你说的宗教修习？"

"是的，"神父毫不掩饰，"这就是我说的宗教修习。"

稍稍沉默了一会儿，神父接着说道："这种宗教修习太过真实，我宁愿我从来没说过它。但是我不能就让你这么离开，去向你的美国同胞们诉说我身怀有关'思想方式'的秘密的法术，你说对吧？我表达能力不强，但我所说的全是真的。没有人能够真心向善，除非他知道自己是多么坏或者可能会坏到哪种程度；除非他能够认清楚自己手中有多少权利能让他这么势利，这么讥讽地议论'罪犯'，就好像'罪犯'便是遥远的森林中的猿人；除非他能够除去这些抬高自身、贬低他人的龌龊思想；除非他能够发现自己灵魂中保留的最后一丝伪善；除非他心中保留的唯一的愿望是：用一个方法抓住罪犯，使他享有健康与平安。"

这时弗朗博走过来，满满地斟了一杯西班牙葡萄酒，放在神父面前，他之前已经为蔡斯斟满一杯了。然后他才首次开口道："我觉得布朗神父肯定又有了一些新的神奇的故事。前两天我们还在交谈。自从上次我们分开后，神父一直在与一些看起来古怪的人来往。"

"是的，我也听说了点，但我不知道这和神父的探案方式有何联系，"蔡斯有些神思恍惚地举起酒杯，"你能否举几个例子，呃……我是说，你在处理最近这几件案子的时候采用的也是这种'内省'的方式吗？"

布朗神父也举起了酒杯，红葡萄酒被跃动的炉火照得通透，就好像殉道者窗户上那鲜红的玻璃。他的双眼好像被那红色的火焰抓住了，一直深深地注视着它，就好像那酒杯里盛着由整个人类的血汇聚而成的红海，他的灵魂则缓缓潜入其中，愈来愈深，没入那黑色的谦恭与倒置的想象之中，不断下滑，穿过潜伏于最底层的老怪物，沉进最古老的淤泥中。酒杯犹如一面红镜，神父在其中看到了众象的纷呈：自己近期的作为在暗红色的阴影中飘过，他的朋友要他举的例子正展现出不同形状的符号与象征在舞动，他的眼前一一掠过他要讲述的故事。这时，透亮的红酒就像一轮巨大的夕阳，泼洒在暗红色的沙滩上，那儿正站着几个暗淡的人影，其中一个倒下了，而另一个正在向他跑去。然后，夕阳好像碎了，成为斑斑碎片，一边是花园的树木上高悬着摇曳摆动的红灯笼，一边是一潭清水反射的红色光芒，而后所有的色彩好像又汇聚在了一起，成为一只硕大而剔透的红宝石形状的玫瑰，这宝石便如一轮红日，将整个世界照耀得通透明亮。那昏暗的人影却依旧昏暗，那人头上戴着高高的头饰，就像远古时代的祭司。随后，所有的一切又慢慢消散，在荒凉、灰暗的原野上只剩下一小撮火红色的胡子在随风而动。在这位美国旅行家的挑动下，这些记忆在神父的脑海中都逐渐浮现出来，慢慢地变成了一件件轶事与一场场辩论，这些将在即将到来的故事中一一呈现，唯一不同的就是视角与心境换成了其他人。

"没错，"神父把酒杯慢慢地放到嘴唇上，说道，"我记得非常清楚……"

【注释】

① 约翰·奥康纳神父：作者挚友，可能就是这部小说的原型。

② 三国王：《圣经》的《马太福音》里的人物，基督耶稣降生，有三位博士看到伯利恒方向天空的大星，便带着没药、黄金、乳香等跟着大星找到了耶稣的出生地。他们的名字分别为：卡斯珀、梅尔基奥尔、巴尔萨泽。美国一诗人朗费罗写了《三国王》的圣诞颂歌。

③ C.奥古斯特·迪潘：或译"杜宾"，为爱伦·坡的世界第一部推理小说《莫

格街谋杀案》里首先露面的法国侦探。

④ 勒科克：一小说里的侦探形象，为法国侦探小说之父埃米尔·加博里欧所著。

⑤ 尼克·卡特：最早出现在廉价小说《老侦探的学生》里的虚构的私家侦探，其作者为约翰·R.科里尔。

⑥ 思想形式：神学用语，一般指在某个特定的时间或者地点针对某一问题进行思考分析时所用的设想、意象与词汇等的组合。

◇ 治安法官家的镜子 ◇

詹姆斯·巴格肖与威尔弗雷德·昂德希尔是一对儿好朋友，他们都住在郊区，并且都喜欢在夜晚散步闲聊，随意行走在万籁俱寂、毫无声息、迷宫一般的大街小巷中。巴格肖是个职业警探，他的身材很魁梧，皮肤黝黑，留着黑色的胡须，天性较为乐观；而昂德希尔则是个业余的侦探爱好者，他有着一张消瘦的脸庞，顶着一头浅色的头发，看上去较为敏感。警探讲起侦破过程来便滔滔不绝，业余爱好者则是倾耳细听，要是这场面被热衷科学传奇的人看到，恐怕会大吃一惊。

"我们这个职业，"巴格肖说道，"是一个在人们眼中我们专业人员总是犯错的职业，这是绝无仅有的。毕竟，那些小说家不会写一个理发师不会理发，而需要顾客帮忙理发的故事；也不会写出租车司机不会驾车，而需要乘客来教他怎么开车的故事。虽然我们总是遭误解，但是我也承认我们经常会犯墨守成规的错误，换句话说，总是要遵守一种探案规则对我们破案非常不利。那些侦探小说家们所犯的错误是，他们完全看不到我们遵守一种破案规则而拥有的优势。"

"那是自然，"昂德希尔说道，"福尔摩斯会说他遵守的是一种逻辑上的规则。"

"也许他没错，"巴格肖答道，"但我们所用的规则是一种集合规则。就好像军队里的司令部，我们把信息汇集了起来。"

"难道您认为侦探小说里忽略了这一点？"昂德希尔问。

"哦，我们就随便拿一件福尔摩斯的假想案件，与官方警探莱斯特雷德作比较吧！可以这样说，正要过马路的一个陌生人，福尔摩斯看一眼便能猜出他是外国人，这完全是因为他注意到了那人在看路上有没有来车时，是先看的左边而不是右边①。我也并不否认，福尔摩斯有能力猜出这点。但我知道，莱斯特雷德根本不会做这样的猜测。因为人们往往都忽略了一点，不会猜测的警探可能一开始就知道了事情的真相。莱斯特雷德也许早就知道那不是本地人，其原因仅仅是密切留意每个外来人是警署的任务。甚至有人说他们也会留意当地人。从一个警察的角度来说，我很高兴我们警方掌握了如此多的信息，因为每一个人都想在本职工上有所作为。但从一个公民的角度来说，我有时候不由得会害怕，警方是否对我们的信息掌握得太多。

"你的意思不会是，"昂德希尔倒有些质疑了，"在这任何一条陌生的街道上的任意一名男子的所有情况你都了解吧？如果那边的房子里有个人走了出来，你可以告诉我关于他的所有信息吗？"

"如果是那间房子的房主，我可以告诉你他的信息。"巴格肖回答。"那座房子里住的是个文人，是英国与罗马尼亚的混血儿。他平时都住在巴黎的，来这里小住完全是为了他的一部诗剧。他的名字是奥斯里克·奥姆，一个新潮的诗人，他写的诗在我看来非常难懂。"

"但我说的是这街上的任意一个人。"昂德希尔依旧不服气。"我认为，在这样一个全新的、陌生的、难以言明的环境里，每家每户都藏在光秃秃的高墙后边，隐在大花园的深处，你根本不可能全部认识他们。"

"我多少认识几个，"巴格肖回答，"我们旁边这道花园墙是属于汉弗莱·格温爵士的，大家一般叫他治安法官格温先生，这位老法官曾为战时间谍的事情焦头烂额。他隔壁那座房子的主人是一名富有的雪茄商人，来自西属美洲，皮肤黝黑，跟西班牙人很像，但他的名字却非常英国式：布勒。再往前那座房子是——有什么响声，你听到了吗？"

"听到了，"昂德希尔回答说，"但我实在是猜不出来何种东西能够发出那样的声音。"

"我知道，"警探巴格肖回答，"是一把大口径的转轮手枪，打了两枪，然后就是喊救命声。声音是从治安法官格温先生家里的后花园发出的，那里可一直都是格外的宁静与守法啊！"

他快速地向街道两边望了望，随后补充说：

"我们要从大门进后花园必须绕过半英里的路，因为唯一的大门在另一边。我真是希望这面墙再低点，或是我更灵活点。尽管如此，我也必须试试了。"

"前面的墙低一点。"昂德希尔说，"更巧的是那儿有棵树，应该能帮到你。"

他们匆忙赶了过去，到了一处墙头突然降低的地方，那墙仿佛陷进了地里一半。可以看到花园里的一棵树枝探出昏暗的墙头，在冷冷的街灯的照射下，一层金色光晕蒙住了怒放的鲜花。巴格肖用手握住了那探出墙头的弯曲树枝，一条腿蹬住了矮墙。不一会儿，他们两个就都站在了花园里那跟膝盖一般深的花草中。

夜幕下，治安法官格温先生的后花园里呈现奇特又精美的景观。因为地处相对空旷的郊区边缘，所以花园面积很大，花园前面是一排房子，那最后一幢高大又骏黑的房子在花园上投下大片的阴影。说它骏黑一点也没错，因为它不仅被百叶窗完全遮实，而且里面看不到一丝的光线，至少在花园这一面看来是这样的。但本应是一片漆黑的阴影下的花园，却零零星星地闪着一些亮光，仿佛余焰未消的烟花坠入了树丛当中。等到走近才能看清，那些亮光是由几盏彩灯发出的，就好像是阿拉丁的宝石的果子在树间点缀②。更令人啧啧称奇的是，一个圆形的小池塘也散发出淡淡白光，看上去宛如池底点着一盏亮灯。

"他在举办一个派对吗？花园里这么灯火通明。"昂德希尔疑惑地问道。

"不，"巴格肖答，"格温先生独处时就喜欢这样做，这是他一个嗜好。那边的那个小平房是他平时工作和放文件的场所，里面还有个小型的电动装置，他非常喜欢捣鼓这些玩意儿。熟悉于他的布勒曾说，当彩灯亮起，一般就是他在警告他人他想安静。"

"就相当于一个危险警示的信号。"昂德希尔补充道。

"我的上帝！恐怕真是危险警示信号！"他的话音还未落，抬腿便跑。

很快，昂德希尔也看到了让巴格肖震惊的场景。那池塘就像一轮明月静静地卧在花园，四周倾斜着的水岸泛了一圈乳白色的光晕，但两条黑影却打破了它的完整。巴格肖两人很快就看清楚了，有两条黑色的长腿搭在岸边，而那人的头却朝下栽在池塘中。

"快，"警探大喊了一声，"看起来好像是……"

声音戛然而止，只见他迅速地跑过宽阔的草坪，穿过大花园，在微弱的灯光的映射下，一直跑向躺着一人的池塘边。昂德希尔从容不迫地小跑跟上，但是眼前的场景让他瞬间惊呆。本来巴格肖是箭一般冲向池塘边躺着的黑影的，但却突然调转方向，朝着房子的阴影处加速奔去。就在昂德希尔还没弄明白巴格肖为何急转弯时，他就已经消失在了阴影处。之后不久，那里传来了一阵打架和咒骂声。巴格肖回来的时候还拽着个正努力挣扎的红头发矮男。很明显，那人刚才想凭借房子的阴影逃离现场，但他在草丛发出的声音惊动了警探灵敏的耳朵。

警探道："昂德希尔，我请求你现在尽快去池塘那里弄清楚是怎么回事。"

然后他停住脚步转头向红发矮男说道："现在你来告诉我，你是何人？名字是什么？"

"迈克尔·弗勒德。"陌生人回答很干脆。这人看起来非常瘦小，他的脸庞跟他那巨大的鹰钩鼻子很不协调。他顶着一头姜黄色的头发，脸却像羊皮纸一样苍白。他解释道："我毫不知情，我在一家报社工作，只是来采访他的。我发现他的时候他就已经躺在那里死了，我非常害怕。"

巴格肖脸色阴沉着说："报社派你去采访一些名人的时候，你一般都是翻墙而进的吗？"

他一边说着话，一边用手指向那通向花坛的小路上的一串脚印。

自称叫弗勒德的人一样脸色阴沉。

"采访名人当然可能会用到翻墙的方式，"他说道，"因为我在大门处怎么敲门都没人应，这家的仆人出去了。"

"你是怎么知道他出去了的？"警探质疑道。

弗勒德倒是显得非常冷静，他回答："因为翻花园墙进来的不仅仅是我，看来你自己都有可能是用这种方式进来的。反正不管怎么说，那个仆人就是翻墙进来的，我刚才看到他从花园另一边翻了进来，就在花园的门边上。"

"那他为何不直接走花园门呢？"警探继续盘问。

"我怎么知道？"弗勒德反问道。"也许因为门是锁着的吧！但你为什么不选择直接问他呢？他正朝着我们走过来了。"

确实，在火光映衬下的夜幕里，又有一个人逐渐走近，这人身材也短小，方头方脸，身着一身破旧制服，只有最外层那件红色马甲还算可以。他似乎怕见到他们，正匆忙走向这座院子的边门。巴格肖朝他喊了一声，让他过去。他才满脸不情愿地向巴格肖那里挪去，逐渐显露出他一张阴沉的黄色面孔，从这可以看出一些亚洲人的影子，与他头上平直、蓝黑色的头发倒是颇为的协调。

巴格肖却突然扭头问弗勒德说："这座院子里都有谁能证明你的身份？"

"哪怕就是这个国家，能证明我身份的也没几个。"弗勒德愤懑地说。"我从爱尔兰到此还没多久，圣道明教堂里的牧师——布朗神父，是我在这儿认识的唯一的人。"

"你们两个都不准擅自离开，"巴格肖命令道，接着他又向那仆人说："不过你可以去屋里给圣道明教堂的布朗神父打一个电话，问一下他愿不愿意马上到这里一趟。但是我警告你，别想着耍花招。"

就在警探精神抖擞地忙着稳住那两个嫌疑人时，他的朋友昂德希尔奉命赶到了案发现场。那场面可真是够奇怪的——说实话，若非这是一出悲剧的话，那样的场景倒是一幅颇为奇妙的景观。死者（略微检验一下便知道他确实是死了）的头扎在了水里，四周的灯光映射在他的脑袋上，就像打了一圈圣洁的光环。他憔悴的面容现在看起来有些狰狞，眉毛全秃了，稀疏的深灰色卷发看起来好像挂在他头上的小铁环。

尽管由于子弹打中了他的太阳穴，导致他的面部有些被破坏，但昂德希尔已经见过了许多次这人的面孔，一眼便认出他就是汉弗莱·格温爵士。格温爵士身穿晚礼服，两条蜘蛛一般纤细的黑色长腿胡乱地搭在他落水的陡坡上。在没入水中的头部周围，仿佛恶魔一样的蔓藤花纹好像在玩弄某种恐怖的恶作剧，但见鲜血不断涌出，在明亮的水中一圈一圈地旋转着，看起来像深红色的透明晚霞。

昂德希尔盯着这一具吓人的尸体愣住了。也不知道过了多长时间，他再次抬起头的时候，看到眼前多了4个人。他可以轻易地辨认出巴格肖和那个被抓住的爱尔兰人。看到那件红马甲，稍加思考也能猜到他的仆人身份，但是第4个人却有些不同，他神态非常庄重，外表看起来又有些怪诞，虽然凌乱却透露着怪异的一致性。这人身体有些矮胖，一张圆脸，戴的帽子好像自带一圈黑色光晕。他这才意识到，眼前的人是位神父，但是这人的模样又会令他不由自主地想起"骷髅之舞"③最后一幕里一种奇怪的黑色老木刻。

随后他就听到巴格肖对神父说道："非常高兴你认识此人，但我想让你知道，他是杀人凶手嫌疑人之一。当然了，他也许是清白的。但是毫无疑问，他是用一种不正常的方式进入花园的。"

"哦，我倒是觉得他清白的可能性比较大，"神父淡淡地说，"当然了，也可能是我错了。"

"你为何认为他清白的可能性较大？"

"正是因为他进花园的方式不正常，"布朗神父回答，"你看，我就是按照正常的方式进入这花园的。但这样做的好像只有我一个，如今天下的好人都是翻墙入花园的。"

"你所谓的正常方式是什么意思？"警探问道。

"哦，"布朗神父看上去郑重其事地说，"我是从前门那里进来的，一般情况下我都是那样走进房中的。"

"请原谅，"巴格肖说道，"你怎么进来的实在无关紧要，除非你要供认人是你杀的。"

"我想，并不是无关紧要。"神父温和地说。"毫无隐瞒，就在我从前门经过的时候，我看到了一些东西，我猜你们都没注意到。但我觉得这件案子跟它脱不了干系。"

"你看到什么了？"

"我看到那儿一片杂乱。"布朗神父语气依旧温和地说。"一块大的穿衣镜碎了，一棵小棕榈树倒在了地上，遍地都是花盆碎片，反正是一片混乱，我觉得是发生了什么事。"

"你说得不错。"巴格肖想了一会儿说："如果那里的情况确实如你所说，那当然跟这件事情有关联。"

"如果你也认为跟这件事情有关联的话，"神父和蔼地说，"那恐怕我们要还一个人的清白了，那就是迈克尔·弗勒德先生。他用不正常的方式——翻墙进了花园，之后又想要用同样不正常的方式离开花园。正是由于他不正常的方式，我才认为他是无辜的。"

"我们都先进屋里吧。"巴格肖突然说道。

于是，大家跟着那个仆人从边门进了屋。巴格肖则向后退了几步对昂德希尔说话。

"那个仆人有些奇怪，"他说，"他自称叫格林，可我看着一点都不像④，不过，他那格温的仆人的身份倒像真的，而且很明显是唯一一个常驻的仆人。奇怪的是，他一口咬定他的主人不在花园中，不管死的活的。他还说他之所以溜出去，就是因为格温法官去参加一场法律界人士的盛大晚宴了，这场宴会要持续好几个小时。"

昂德希尔问："那么他没有解释他为何要用那种不寻常的方式溜进来吗？"

"没有，我也正疑惑这一点，"警探回答，"这个人真是令我看不透，他似乎害怕什么事。"

从边门走进去，一行人发现他们已经来到了门厅里端，另一端便是正门，正门上方的扇形窗上印着一些过时的图案令人感觉枯燥乏味。他们逐渐发现在这一片漆黑的大厅中，还有着一丝微弱的灰白色光线，仿佛是昏沉又暗淡的黎明将要到来似的，但其光的源头，是来自一盏灯。这盏灯的位置是在门厅角落的托架上，其灯和灯罩全是老旧的样式。借着这微弱的灯光，巴格肖能够辨认出这曾被布朗神父提及过的打斗现场。

一棵长叶又高大的盆栽的棕榈树倒在地上，深颜色的花盆也碎了，整个地毯上都是花盆的陶瓷碎片与白花花的反射着微光的镜子碎片。走廊尽头的墙上，悬挂着现在几乎空了的镜框。在这个入口的垂直拐角处，有一个类似的走廊直通着房子内部，它正对着他们进来的边门。这走廊尽头放置着一部电话，刚才神父就是从那个电话中得知消息才赶来的。另一边有一扇半开着的门，从门缝里可以看到屋里的一些情况，密密麻麻地全是成排的皮革封面的大本著作，可以猜到这就是法官的书房了。

巴格肖站在那儿，低头注视着脚边一地的花盆碎片。

"你说得不错，"他向神父说道，"这儿发生过打斗，我猜肯定是格温法官与凶手的搏斗。"

"在我看来，"布朗神父口气谦虚地说，"这儿发生过一些事。"

"这还用说，发生了什么一目了然，"警探附和道，"凶手是从正门进入，并且找到了格温先生，也有可能是格温先生放他进来的。两人曾进行了一番搏斗，就在混战中其中一人开了枪，正好打中了镜子，还有一种可能，就是他们在搏斗的时候把镜子踢碎了。格温先生拼命挣脱了打斗，逃到了花园，但终究被尾随而来的凶手在池塘边一枪打死。我认为这大概就是整个犯罪的过程。不过，我当然还要去其他的房间里查看一下。"

然而，在其他房间查看的结果却不尽人意，并没有多少有用的线索。尽管巴格肖让大家留意看了书房的桌子，他意味深长地指着书房桌子的抽屉里的上了膛的自动手枪说："好像他对这件事已经有所防备了，但奇怪的是，他去大厅时为什么没有带上这把枪。"

最后他们又回到了大厅，向前门方向走去。布朗神父心不在焉地四下望了望。这两条走廊的墙面上的装饰一样，都是贴着图案单调又暗淡的灰色墙纸，更衬托出了那几件早期的维多利亚时代的装饰品的鲜丽，尽管它们被掩在了灰尘的浑浊之下。那盏青铜灯上蒙了一层斑斑点点的绿绣，几乎空了的镀金镜子框虽然有些褪色，但仍旧亮光闪闪。

"人们说打碎镜子有些不吉利。"布朗神父说道。"这里看起来像是不祥之屋，家具本身也有些问题……"

"这太不正常了，"巴格肖冷不丁来了一句，"我以为前门应该是关着的，但现在看起来它竟然没上门闩。"

一行人都沉默不语，接连出了前门，走进了前院的花园。这里的花坛呈现出来更窄的条状，但是布局更加规整，其中有一边的花草被剪成了奇特的树篱，中间又留了一个口，就好像是一个绿色的山洞，从中可以隐约看到洞下边露出的破损台阶。

布朗神父随步走过去，低头走进洞里。在他走进去不久后，众人吃惊地听见他正在平静地跟他们头上方的人交谈，好像他正跟树顶上的人聊天。警探接着走进了那个洞，看到这个隐蔽的阶梯通道的尽头好像是一处断桥，从那里可以俯瞰整个空旷的花园。它正好绕过房子的一角，远处彩灯闪烁的草地可以完全收入眼帘。这一段断桥很有可能是某种被废弃的建筑花式，或许原本是想要建成一个横跨草地的拱形阶梯。巴格肖没有想到在这个凌晨时分居然有人到这么一个穷途末路的地方。不过当时他没有时间观看这里的详细情况，只是紧紧盯着眼前出现在这里的这个人。

那人背转身站着，那是一个身着浅灰色衣服的小个子男人，最显眼的就是他的一头漂亮的金黄色的头发，荧光闪闪，像是一团巨大的蒲公英。他全身好像都蒙着一圈夺目的光晕，正因如此，当那人慢慢转头，与这一行人相对而视的时候，那张面孔令他们大跌眼镜。想象之中，那圈光晕烘托着的应该是一副像天使一样和善的椭圆形的面孔，但出乎所有人预料，映入眼帘的竟是这么一张怪戾、苍老的面庞，颧骨突起，还有一个仿佛被拳击手打扁了的塌鼻子。

"这位是奥姆先生，就是那位著名诗人。"布朗神父平静地介绍说，就好像刚才在客厅里一样平静。

"无论他是谁，"巴格肖说，"我都要请他跟我走一趟，并且询问他几个问题。"

回答问题这种事情，诗人奥斯里克·奥姆先生实在是太不擅长。这时候，太阳逐渐升起来了，灰白色的光线穿透密实的树篱与断桥。在这个古老花园的角落里，例行公事的问询逐渐展开，随着警探的步步紧逼，直戳要害，奥姆先生开始有些抗拒对他不利的问题，一直只是强调他来是为了拜访汉弗莱·格温爵士，但一直不见其人，因为他按过门铃之后一直无人开门。

这时巴格肖插嘴道，门其实根本没关，他轻蔑地冷哼一声。当巴格肖暗示他来拜访的时间不免过晚时，他便大吼大叫了起来。他的话语不多，还很难听懂，要么就是他真的不太懂英语，要么就是他知道一切，却故意装出什么都不知道的样子。他的观点透露出一种虚无主义和破坏性。确实，如果你能读懂他的诗，你就能发现在他的诗歌中流露出的就是这种情绪。

此外，他与法官之间所发生的事，包括他跟法官的争吵怕是就与情绪失控脱不了干系，所以才产生了这么严重的后果。所有人都知道，格温先生痛恨共产主义间谍，几乎到了偏执的地步，一如他当年痛恨德国间谍。不管怎么说，就在奥姆被巴格肖抓住后不久，一个偶然发生的事件令巴格肖对他自己的认识更加深信不疑，这案子不能小视。当一行人离开花园走到街上时，正好碰到了格温的另一位邻居，隔壁的雪茄商人布勒。布勒那棕色的泛着狡黠色彩的面孔，包括他扣眼上别的独特的兰花十分招人眼球，因为他在兰花的园艺方面也有一定的造诣。只是令大家都感到诧异的是，他向他的邻居，也就是诗人奥姆打招呼时，表现得好像理当如此，似乎看到奥姆是在意料之中。

"嗨，很高兴再次见面。"他打招呼道。"看起来你跟老格温的聊天时间还不短啊，对吧？"

"汉弗莱·格温爵士已经死了，"巴格肖说。"我正着手此案，我想听听你的解释。"

或许是惊呆了，布勒就像一根灯柱一样僵立在了原地。他抽着雪茄，雪茄头上的红光有规律地一亮一暗闪动，但他那一张棕色的脸却被暗影遮住了。等到他再次开口说话的时候，声调都有些变了。

"我仅仅想说，"他说道，"就在两小时前，我从这儿路过，正好看到奥姆先生从这大门进去找汉弗莱爵士。"

"他说他根本未曾见到汉弗莱爵士，"巴格肖回答，"他说他连屋子都没进。"

"那他在门口站的时间可真是够长的啊！"布勒感叹说。

"没错，"布朗神父插嘴道，"站在街上的时间确实够长。"

"那之后，"布勒接着说，"我就一直在家里写信，然后就是出门寄信。"

"你以后再说这些话吧，"巴格肖说，"晚安——也许是，早安。"

接下来的几周时间里，每家报社都长篇大写了奥斯里克·奥姆被控告杀害汉弗莱·格温这一案子的庭审状况，许多报道的关注点只有一个，那就是当青灰色的晨曦降临，开始洒向每家每户和大街小巷时，那一行人在灯杆下议论的谜题。所有的一切都指向了众人百思不得其解的一点：从布勒看到奥姆走进花园门，一直到布朗神父发现了奥姆，他仍然在花园中徘徊，在这两个小时里究竟发生了何事。这时间恐怕令他做6次案也够了，作案的理由也很容易找到——他感觉无聊至极，于是便想找一些事情做。

因为奥姆给的说法到现在还无法使人信服，他在那段时间到底做了什么。公诉方认为作案机会他同样拥有，因为前门并未关上，而通向大花园的边门被人打开后也一直没关上。法庭上，人们兴致勃勃地聆听巴格肖对当时场景的描述，他很清晰地再现了走廊里的案发现场，毫无疑问，所有迹象均表明那里曾经发生过一场搏斗。不单是如此，警方后来还找到了那颗打碎镜子的子弹。他最后说，他曾亲自查看了树篱中的那个洞口，发现那里是一处绝佳的藏身所。

但是在另一方，一个能力颇强的辩护律师——马修·布莱克爵士，则是将最后那一点转换了一个角度，让它为己所用。他说一个人怎么会逃到一个让人走投无路的境地。非常明显，跑出花园去，到外面的街上更符合常理。马修·布莱克爵士也同样充分利用了杀人动机的谜团，这谜团依旧笼罩着众人。确实，从这一点上来看，马修·布莱克爵士比跟他同样优秀的控方律师阿瑟·特拉弗斯爵士略胜一筹，在经过一番旗鼓相当的唇枪舌剑后，形势对被告反而越来越有利。阿瑟爵士被逼急了，便抛出了共产主义阴谋论一类的说法，由于理由太过牵强，人们并不相信。但是一联想到奥姆当天晚上那令人捉摸不透的举动这一事实的时候，阿瑟爵士的表现很不错，产生的效果也是极好。

被告人奥姆经不住他的律师一直劝说，最终还是走到了证人席上。他的律师深谋远虑，告诫他说要是不这么做就会给人留下坏的印象。但他不仅在与自己的律师交流时不愿多说话，就连在跟控方律师交流时也执意保持沉默。尽管阿瑟·特拉弗斯爵士利用这方面给他自己的辩论找到了更多的资本，但在如何让奥姆开口这一方面，他却也无能为力。阿瑟爵士是一个身形修长、颜色憔悴、面容枯槁、脸色惨白的长脸男子，马修·布莱克爵士与他正好相反，他身形健壮，一双炯炯有神的圆形眼睛。不过，要是把马修爵士比作一只极其自负的麻雀的话，那么阿瑟爵士就是一只白鹳或者苍鹭。当他向前探着身子，逼问那个诗人时，那长长的鼻子像极了长长的鸟喙。

他用一种极其刺耳、充满质疑的语气问道："难道你想告诉陪审团说，你压根儿就没见到那个已经故去的老法官？"

"对！"奥姆的回答斩钉截铁。

"我认为你非常想要见他。你一定是很着急要见他。但是你不是一直在他的家门口足足等了两个小时吗？"

"对！"奥姆回答问题的口气依旧。

"可是你却一直都没有注意到那门竟是开着的？"

"是。"奥姆答。

"你居然在别人家的花园里待了两个小时左右，那你究竟在做什么呢？"律师穷追不舍地问："我猜你在做某件事情，对不对？"

"对。"

"这是个秘密吗？"阿瑟爵士讥讽道。

"对于你来说是个秘密。"诗人答。

秘密这个词的出现，对阿瑟爵士来说无异于一个重大突破，他抓住时机，以秘密为主线，展开了一系列他对诗人的指控。除此之外，他还采取了一个大胆的举动，他围绕着至今尚未弄明白的作案动机大做文章，将这原本是对方最有利的论点变为己方论据，当然，也有人认为他这种做法太过不知廉耻。他不止一次地暗示这案件里面隐藏着某种阴谋，一个好好的爱国者就这样陷入了阴谋者精心布置下的迷局，就像落入了八爪鱼的致命缠绕中，最终将会因此丧命。

"是的，"他情绪激动地大声宣告道："我这位博学的朋友说得非常对！我们都不知道这位受人敬爱的公务员为何被人谋杀。我们也永远无法得知下一位被谋杀的公务员死于何因。如果我这博学的朋友因为自己的显赫声名而招人忌妒，并且成为被迫害的对象，也就是邪恶势力对正派人物所想保护的人的那种深深的敌意，那他就会被杀害，并且我们永远无法得知他为何被杀。法庭中在座的正派人物会有一半在家里无端被杀害，但我们却无法找到他们被杀害的原因。只要对方一直打着'动机'这样的旗号，把这种陈词滥调作为借口来百般刁难我们正常的诉讼工作，那我们就永远也找不到原因，永远也不能阻止这种肆无忌惮的谋杀，一直到我们的国民们所剩无几。因为就眼前来说，这件案子中所有其他的事实、每处难以自圆其说的漏洞包括每次的哑口无言，无一不是在告诉我们，站在我们面前的这位就是该隐⑤。"

"我从来没有见过阿瑟爵士那样激动。"巴格肖后来向他的那群同伴回忆道。"人们都议论纷纷，说他这样是越了界，作为凶杀案的律师不应该有这么强的报复心。但我不得不说，那个小个子妖怪的确有点邪性，又加上他那满头黄毛，就更使人心里发毛了。我隐隐约约地记得，德·昆西⑥曾经讲述过那个十恶不赦的杀人犯威廉姆斯⑦，他就是一声不吭地杀光了两家人。他好像就是说威廉姆斯有着一头黄毛，黄得异常地扎眼，非常不自然。他还说那好像是用印度的一种诀窍染的，印度人就是用那种方式把马染成了绿色或蓝色。此外，他的行为也不正常，像一个木头人似的孤言少语。说真的，我总是觉得他这人有问题，甚至我感觉被告席上的分明就是一头怪兽。假如说阿瑟爵士拥有完美的口才的话，那他的责任心同样很强，所以他才会投入这么大的激情。"

"其实，他是那可怜的格温的朋友，"昂德希尔小声说，"我一个朋友对我说过，在最近的一次法律界人士的重大晚宴后，他曾亲眼看到他们俩在一起，并且好像关系不错的样子。我敢保证，这是他为什么在这个案子中的反应这么大的原因。不过我认为，将个人的感情因素掺杂进案件里，这种做法似乎欠妥。"

"不可能。"巴格肖说。"我敢担保阿瑟·特拉弗斯爵士不会因为个人情感原因而这样做，无论他的感受多么强烈。他很清楚自己是做什么的，他凡事都对自己要求严格。他属于那种野心勃勃，永远不会满足自己现有成就的人。在这世上我还从未见过能跟他一样恪尽职守的人。你说得不对，你将他那振聋发聩的长篇大论里所蕴含的寓意理解错了。若是他真的是感情用事，那也是因为他认定了不管怎样自己都有把握定罪，并且在他所提到的某种政治运动的因阴谋中，当仁不让，且勇立潮头。他有十分的把握能定奥姆的罪，也有充分的把握相信他自己能办到。这就意味着所有的证据都是对他有利的。他这样有信心，对于被告来说并非什么好事。"说到这里，他发现了人群中一个并不起眼的人。

"哦，布朗神父，"他微笑着道，"对于我们的司法程序你有何看法？"

"哦，"布朗神父漫不经心地回答，"其实最让我感到不可思议的是，戴上假发套会另一个人变化这么大。你一直说那个起诉律师多么多么伟大和崇高。但不巧的是，我刚才正好看到他把他的假发套摘掉的那一会儿，那样子，完全是换了一个人。呃……比如说，他是一个秃子。"

"即便如此，那与他崇高的事实有何关系。"巴格肖回答道。"你不会建议我说，我们应该起诉控方律师是个秃子，并以此作为依据来替被告辩护吧？"

"不全是。"布朗神父和善地回答说。"说实话，我一直在想，有一类人真是对别的种类的人一无所知啊！假如我现在去一个非常偏远的地方，那儿的人从来没听说过英国。那么现在我对他们说，在我的祖国有这样一个人，他要戴上笔直的假发套，假发套是由马鬃毛所制，后边还拖着几条小尾巴，它的侧面是一些灰色的螺丝卷，看起来就像早期那维多利亚时代的老妇人，之后他才会跟大家讨论生死问题。他们肯定会认为这人一定有神经病，但事实上他根本没神经病，他这么做也不过是遵循传统罢了。他们会这么想的原因就是他们对英国出庭律师的规矩一无所知，他们并不知道出庭律师要怎么做。好了，现在那个出庭律师自然也不明白诗人是怎么一回事。他不能理解一个诗人的怪诞行为在其他的诗人眼中并非怪诞。他认为奥姆无所事事地在一个漂亮的花园晃悠了两个小时，简直匪夷所思。天可怜见！一个诗人完全会在同一个院子里转悠上个八九个小时，这根本不值得大惊小怪，原因就是他在酝酿一首诗。奥姆的辩护律师也是一样的愚蠢，这个显而易见的问题他竟然从来没问过奥姆。"

"你所指的是什么问题？"巴格肖不解地问。

"哎，当然是要问他正在作什么诗了，"布朗神父显得有些不耐烦地答道，"就比如说，他突然想出了一句诗，他要费尽脑汁去找一个词，或者如何才能点出诗眼之类的问题。如果现在法庭上在座的所有人有一位有教养，知道何为文学的话，那么他就会非常清楚奥姆当时是否在做正经事。你也许会向一个制造商询问他厂里的生产情况，但你不会在意一个诗人吟诗的状况。在吟诗的过程里，诗人看起来就像是无所事事。"

"你说得很有道理，"警探回答道，"但你能否告诉我他为何要藏起来，他为何要爬进那企歪扭扭的小阶梯，站在那里。你要知道那里可是一条死路啊。"

"为什么？当然是因为那就是条死路啊！"布朗神父忍不住大叫道。"如果任何一个人有机会看到那条悬在半空中的绝路，他立马就会联想到那是一个艺术家会去的地方，就像一个贪玩的小孩子。"

他站在原地眨了一会儿眼睛，然后抱歉地说道："请原谅。但是，我是真的没想到，他们居然不知道这些情况。哦，对了，还有件事。你知不知道，对一位艺术家来说，所有东西都有它最好的角度或者说最佳的一面？一片云彩，一棵树，一头奶牛，仅仅在某一种特定的组合下，才能表达出它的意义，就像三个字母按顺序拼对了才是一个词。这么跟你说吧，只有站在那断桥上，才能拥有最好的视角，更完美地观赏那点亮彩灯的花园。那可是独一无二的伤古怀今的场所。在那样一种童话一般的场景下，凝缩着古今多少的事，都在眼前。站在那个角度，就好像在俯瞰天国。树上闪闪的像是繁星，明亮的池塘犹如一轮皎月，静静地卧在地面上，像极了幼儿园里的孩子听到开心故事时的样子。他可以永远站在那里，凝视着这样一幅画面。如果你对他说，这条路是死路，走不通，那他会回答你，正是这样的路把他带到了远在天边般的美国度。可是，你能指望他站在被告席上说这些吗？就算他真的说了，这些人包括你会怎样答复他呢？你们所谈论的，是当一个人受审时，陪审团的成员是否和他是同路人。那为什么在一个诗人受审判的时候，他的陪审团并非是由诗人来组成呢？"

"听你说话的口气，犹如你自己就是个诗人一样。"巴格肖说。

"幸亏我不是。"布朗神父回答说。"不过你应该感到庆幸的是，一个教士比一个诗人的心地更为的善良。但愿天主怜悯我们，如果你知道天主有多么蔑视你们这帮人的话，你一定像掉进了冰窟窿一样，全身都感到刺骨的冰凉。"

"你也许比我更懂艺术的气质，"稍微停顿了一会儿，巴格肖答道，"不过，这个问题的答案很简单，你只需要去证明他不管干了什么，总之没有犯罪就行了。可是，话说回来，也有可能他犯了罪。要不然，这件事是谁干的呢？"

"你注意过那个仆人格林吗？"布朗神父似乎有些神思恍惚，"他的回答听起来相当诡异。"

"哈，"巴格肖脱口大叫道，"原来你一直怀疑是格林干的。"

"我十分确信不是他干的，"布朗神父回答说，"我不过是想说，你是否注意到了他所描述的诡异情况。他可能就是出去喝个小酒，或者与其他人有个约会什么的，并不是要办什么大事。但他是从花园门出去的，最后却翻花园墙进来。换句话说，他出去时并未锁门，回来时门已经锁上了。这是为什么？因为是有另一个人在出门时锁上了花园门。"

"难道是那个杀人犯，"警探满腹狐疑地嘟囔了一句，"你知道那人是谁吗？"

"我知道那人长什么样，"布朗神父不露声色地说，"我唯一能确定的便是他的长相，我几乎可以看到他走进前门时的形象，门厅的灯光照着他，照着他的衣着、身形，甚至包括脸！"

"你到底在说什么啊？"

"他看起来很像汉弗莱·格温爵士。"神父回答说。

"你到底是何意思？"巴格肖质问神父道，"格温爵士已经死在池塘边上了。"

"嗯，没错。"布朗神父说。

又过了一会儿，他接着说道："咱们还是用你说过的那个假设来分析吧！虽然我不完全赞同，但他在一定程度上也有道理。你说凶手从前门进入了法官家里，正好跟在前厅的法官碰上面，两个就开始搏斗，并且在搏斗中打碎了镜子。随后，法官逃到花园，最终没有逃掉被枪杀的厄运。不知道为什么，这种假设总是让我感觉不合常理。假定他真的是从大厅开始逃跑，那么在他跑到头时有着两个选择，一个是跑进花园，另一个则是跑进屋里。非常明显，他还是跑进屋里的可能性比较大，对吧？首先他的枪在屋里，其次电话也在屋里，还有，至少他当时还认为，他的仆人也是在屋里。退一万步讲，就算这些都没有，那离他最近的邻居也是在那个方向的。他为何要停住脚步，打开去花园的那一扇门，跑进了花园呢？花园里可是什么也没有啊！"

"但我们知道事实就是他跑到了花园里。"巴格肖辩论道。"我们知道，他确实是出了屋，因为他的尸体是在花园被发现的。"

"他没有从屋里跑出来，原因是他压根儿就没在屋里。"布朗神父说。"我的意思是，那天晚上他没在屋里。当时他坐在那个小平房中。最开始的时候，我一眼看到了那些花花绿绿的彩灯被放置在花园里的时候，我就猜出了其中的讲究。那些灯的开关在小平房中，这些彩灯亮了，就说明他是在小平房里的。他本来是准备跑进屋里去打电话，可是刚跑到池塘边的时候，凶手就射杀了他。"

"但是那花盆、碎了的镜子与棕榈树又是怎么回事？"巴格肖喊道。"哎，你不要忘了那可是你先发现的，你还曾亲口说门厅里肯定有过打斗。"

神父痛苦地眨了眨眼睛。"是吗？"他嘟囔道。"确实，我确实是那么说过，但我从未想到你会这样理解。我认为我说的是，大厅里发生了一些事情，的的确确是发生了，但不是打斗。"

"那打破镜子的是什么呢？"巴格肖紧接着问道。

"是一颗子弹，"布朗神父脸色凝重地答道，"是由凶手打出的一颗子弹，花盆与棕榈树之所以被撞倒，我想，从镜子上掉落的大块儿玻璃足够了。"

"哦，他竟然不向格温射击，而向其他目标射击？"警探质疑道。

"这个问题的本身就很玄奥。"神父眼神开始有些迷离了起来。"当然了，从某种意义上来说，他也的确是朝着格温开枪的。但射中的目标却不是格温，因为格温没在大厅里，大厅里只有凶手一个人。"

他又沉默了一会儿，接着平静地说道："现在想象一下，走廊尽头的那面镜子尚未被毁，仍然完整地挂在那儿，棕榈树依旧高悬于它上方。在昏暗的光线下，那些单调的墙面被镜子反射出来，极容易让人误认为那就是走廊尽头。如果这时一个人影反射入了镜子里，让人感觉就像是有人从屋里走了出来，并且那个身影还特别像房主人——就算是只有大致上看着像。"

"稍等一会儿，"巴格肖说，"我想我开始……"

"你开始有点明白了，"布朗神父接过他的话说，"你开始明白了为何目前为止的嫌疑人都是清白的。他们中间的任何一个人都不会把自己在镜子中的影像误认成老格温。奥姆立刻就能认出自己的那一头黄发，不可能把自己看成是秃头；弗勒德也能轻易认出自己的红发；至于格林，更能轻易地辨认出自己的红色马甲。除此之外，他们几个都是矮个子，衣着比较邋遢，谁也不会把镜子中的自己看成是身形高大又消瘦，并且身着晚礼服的一个老绅士。我可以判定凶手是一个跟他一样身形瘦长的人，这就是我为何要说，我知道凶手的样子。"

巴格肖凝神望他，开口问道："那你准备如何辩护呢？"

神父突然一改常态，发出了一种尖锐且清脆的笑声，这跟平时轻声细语说话的他可差别太大了。

"我要说明的，"他说道，"正好是你们认为十分可笑、荒唐的东西。"

"你这是什么意思？"

"我给被告提供的辩护，"布朗神父答道，"理由是这样的事实，那就是公诉律师是个秃子。"

"哦，天哪！"警探不由自主地一声惊叹，站起身来，目瞪口呆。

布朗神父却从容不迫，又开始了他的独白。

"在此案中，你们调查了所有嫌疑人的动向。你们警方不辞辛劳，费尽心思要弄清楚诗人、仆人与爱尔兰人究竟干了什么。但你们始终都忽略了死者本人生前的动向。他的仆人发现他的主人提前回了家，感到非常诧异，这是因为他知道，他的主人是去参加法律界的领导们所举行的重大晚宴了，不可能中途突然退场，提前回来的。他并非感到身体不适，因为他没求助。几乎能肯定的是，他在宴会上跟某位法律领导界的人物吵了一架。如果要找凶手，就应该从法律界的领导人们入手。格温回到家后，就一头扎进了小平房，因为那儿有他保存的文件——他搜集的他的敌人卖国行为的私人文件。但那个法律界的领导人知道，格温先生有针对他的材料，因此就尾随而来。当他来到法官家里的时候，还身着晚礼服，并且衣服口袋里有一把枪。情况大致就是这样了，没有人能猜到他来这里还带着枪，直到那镜子被他一枪打碎。"

神父眼神迷离，又愣了一会儿，才接着说："镜子是件很诡异的东西，从镜框里也许曾经照出过无数的影像，全都是那么的栩栩如生，现在又全部消失了。可是，那个镜子就挂在那条灰色走廊的尽头，在那棕榈树的绿荫下，它的确有它的非同寻常之处。它就好像是一面魔镜，与其他镜子有着截然不同的命运。它好像有存留的功能，像漂浮在散射着微光里的幽灵一样，再次呈现出了它曾经反射出的影像。或者说至少是个抽象的图案，能使人了解这段故事的大概。至少我们能从这个虚幻的图案中看见阿瑟·特拉弗斯亲眼所见。哦，对了，顺便说一下，有一点你还是没错的。"

"能听到你这么说我很高兴，"巴格肖严肃但充满善意地答道，"是什么？"

"你说，"神父指出，"阿瑟爵士肯定有什么理由，才要将奥姆置于死地。"

一周后神父又遇到了警探，并被告知警方的破案思路早就已经改变了，但是后来发生的一件事实在是骇人听闻，令他们的工作戛然而止。

"阿瑟·特拉弗斯爵士？"布朗神父首先开口问道。

"阿瑟·特拉弗斯爵士死了。"巴格肖淡淡地道。

"啊！"布朗神父叫了一声，声音里不难听出一丝哽咽，"你的意思是……"

"没错，"巴格肖说，"他对着同一个人第二次开了枪，但很遗憾，这次被打中的不是镜子。"

【注释】

① 与多数国家交通规则不同，英国为车辆靠左侧行驶。

②《一千零一夜》故事里说，阿拉丁按魔法师指点拿神灯，中途时看到了花园中结满宝石的果树。

③ 一个传说，每年万圣节午夜，死神现身，并演奏小提琴，使坟墓之中的亡灵为之舞蹈。直到破晓，亡灵才会再度归入墓中。人称骷髅之舞。

④ 格林是英文 Green，有绿色的、青春的、新鲜的之意，这里是调侃。

⑤《圣经》人物，杀了弟弟亚伯。此处代指杀人犯。

⑥ 英国的浪漫主义文学时期的著名散文家与文学批评家。《一个英国鸦片服用者的自白》为其代表作。这本书以他的亲身体验与想象，描写出了主人公心理的和潜意识的活动。

⑦ 英国的一名杀人犯，德·昆西在他的书中有所提及。

◇ 拥有两副胡须的人 ◇

这个故事，是布朗神父曾经讲述给一个著名的犯罪学家——科雷克教授听的。一天，在一家俱乐部里吃完晚餐后，人们觉得他们俩有一个共同的有益无害的嗜好——研究谋杀与盗窃案件，于是就介绍他俩认识了。不过，因为在讲这个故事的时候，布朗神父对自己在里面的作用所言甚少，因此，在下面这个故事的重述中，版本应该更为的客观。当时两个人正在针锋相对，争辩得异常激烈时，不经意间就提起了这件事。在这整个过程中，教授是很注重科学的分析，而神父则是处处质疑。

"我亲爱的朋友，"教授抗议说，"难道你认为犯罪学不是一门科学吗？"

"我不太敢肯定，"布朗神父回答，"那么你认为圣人的传记文学是一门科学吗？"

"那是什么？"教授厉声追问道。

"不，那并非是有关女巫的学说，跟烧死女巫没有一点关联。"神父面带微笑说道。"那是研究圣物与圣人之类的一门学问。你应该知道，在'黑暗时代'中，有人曾经尝试着建立一种有关好人的科学体系。但在我们这个人道、启蒙的时代，大家却只对坏人的科学有兴趣。可是，在我看来，世上每一种人都有成为圣人的潜质。同样地，我觉得你应该知道，世上每一种人也都可以成为杀人犯。"

"是这样，我们认为，所有的杀人犯都可以清楚地被分门别类。"科雷克解释道。"如果逐个把他们列出来会使人觉得冗长乏味，但它却足够全面。首先，所有的杀人行为可分为两大类：理性与非理性的。非理性的相对少见，我们先来谈谈它。有一种行为被叫作杀人癖，或者换句话说，是喜欢毫无理由地杀人。还有一种被叫作非理性憎恶，不过这种倒是很少导致杀人行为。下面我们就来谈谈杀人的真正动机：当然其中有一些也不够理性，仅仅就是因为为情所困或者对往事仍旧耿耿于怀。纯粹的报复行为其实是源于绝望。所以，恋人有时候会杀死他无法匹敌的情敌，或者说，反叛分子在被用武力征服后会暗杀一位暴君。不过，在大多数情况下，在这种行为中也能找到理性的原因。这些谋杀都是有目的的。在这两种情况中，第二种占大多数，所以我们也可以叫他'谨慎犯罪'。这类犯罪再细分的话，可以分为两类。一个人杀人，要么是想要夺人财物，不管这财务非法还是合法；要么就是想要阻止其他人做某种事：比如说杀掉敲诈勒索的人或者杀掉政敌之类的；要么就是想要清除某类消极的绊脚石：这就是向碍手碍脚的丈夫或是妻子下毒手一类的案子。我们认为，这种分类是经过深思熟虑的，并且覆盖得相当全面，如果能够把这些运用恰当的话——这些听上去比较枯燥，希望我没让你感到厌烦。"

"没有，没有，"布朗神父说道，"如果你觉得我有点心不在焉，很抱歉。其实，我是想起了我以前认识的一个人。他犯了命案，但是按你的分类，我不知道该把他分为哪一类。他没有发疯，也没有杀人癖。他并不憎恶他所杀的那个人，他甚至连被害者都不认识，自然也谈不上什么报仇。被害者身上没有任何他想要得到的东西，也未做出任何会引起他杀人灭口的行为。被害人没有做出任何伤害、妨碍甚至影响作案者的事情。这件案子没有牵涉到女人，也无关政治斗争。这人杀死了他的一个同类，但被害者却与他素昧平生。他只是因为一个奇怪的念头就杀了他。这在整个人类历史上可能也是绝无仅有的。"

就这样，布朗神父以他独特的方式，将此故事像拉家常一般娓娓道来。

这个故事，我们不妨从一个相当体面的场景开始，具体来说，就是郊区一户居民班克斯家里的餐桌，一家人正围坐在餐桌上吃早餐。这一家人受人尊敬，生活富裕，一般在这个时候他们都会讨论一些报纸上的信息，但是这次他们却是在讨论发生在身边的一件怪事。有时候，人们会斥责那些躲在背后谈论邻居坏话的人，但是，这样说还真是冤枉了他们。纯朴的村民也许会四处说些左邻右舍的闲话，无论这些话是真是假。但在现代郊区居住的这些人们，在某种奇特的文化熏陶下，变得会相信报纸上所说的所有事，就像说教宗如何邪恶啊，或者是食人岛的国王殉难了等，他们会对这样的话题深感兴趣，对邻居家的事却不甚关心。然而，这次这两种兴趣，包括农村的和城郊的，却因为一次偶然发生的爆炸性的事件，交汇在了一起。他们最爱读的报纸上竟然出现了他们所在的市郊的名称，这似乎深深地证明了他们的存在感。就好像以前他们从来没有意识或者是隐形的不能看见，现在终于可以像食人岛的国王一样真实了。

报纸上是这样说的：一名名震一时、曾因犯过诸多盗窃案而被判为长期徒刑的江洋大盗，现在已经刑满释放了。这人自称为"月光迈克尔"，当然了，这只是他众多化名之一。报纸上对他具体的去向并未详述，仅仅只是说他可能在本市的郊区落脚了，为了方便起见，我们就暂且把他叫作奇山姆。报道中还列举了他的一些著名案件，通过这些足以能看出他胆大包天，又展现了他盗窃得手之后逃脱的巧妙。因为在报社看来，每天看报纸的大部分读者一般都很健忘。一个农村的庄稼汉很容易想起几百年前的法外狂徒罗布·罗伊①或罗宾汉等人，一个城市的小职员却实在很难想起两年之前在地铁或电车上都要议论的罪犯名字。然而，月光迈克尔好像是个例外，从他身上我们的确可以看出一些罗布·罗伊或罗宾汉的侠盗遗风。他应该成为传奇人物，而不是仅仅在当时著名的新闻人物。他的行窃能力非常高超，不用害人性命。他力大无穷，击倒警察就像玩九柱戏②的时候击倒木柱那样轻松，令人目瞪口呆。他把人打晕，又将人五花大绑，还往人的嘴里塞破布，这些行为给他那不杀人的事实增添了许多神秘与恐怖的气息。人们甚至认为，如果他将那些人杀了，反倒是更像好汉做的事。

西蒙·班克斯先生是这家的一家之主，相比较其他家庭成员来说，他更有学问一些，也更守旧一些。他身体还相当棒，留着一小撮灰白的胡须，额头上满是抬头纹。由于他一直热衷于陈年旧事和一些趣闻轶事，因此，对于当年那个令伦敦的人夜不能寐、生怕他不期而至的情景还有较深的记忆，那就像弹簧腿杰克③的那个时代一样。在座的还有他的妻子，一位肤色黝黑、身材瘦削的女士。从她的身上，时时刻刻散发出一股尖刻的贵气，因为与现在的家庭相比较，她的娘家没有多少文化，却相当富有。在楼上的一个房间里，有她珍藏着的一条价值千金的翡翠项链，这令她在窃贼这个话题上拥有了无可反驳的发言权。然后就是他女儿，奥帕尔，也是那么又黑又瘦。据说她拥有通灵的能力——反正她自己是如此认为的，而她的家人，完全没有把她的说法当回事。这样看来，热衷于通灵的人还是别投胎到一个富有的家庭为妙。她有个弟弟，名为约翰，是个粗鲁又容易暴躁的人，时常肆无忌惮地嘲笑她的通灵能力。除此之外，约翰还有一辆个明显的特征，那就是酷爱玩车。他不停地买车又卖车，不可思议的是，他总能用一辆破车换回来一辆更好的车，对于他如何做到这点，就算是经济学家们估计也是一筹莫展。他弟弟菲利普也在这儿，长着一头黑卷发的青年，非常讲究穿着与打扮。当然，对于一位股票经纪人的手下来说，打扮得体面似乎是分内之事，但股票经纪人可能会说，打扮并不是他的全部职责。还有一位外人也在场，菲利普的朋友丹尼尔·迪瓦恩。他也是肤色黝黑，衣着考究，只是蓄的胡子颇有些怪异，看起来令人害怕。

报纸上这条消息就是迪瓦恩引出来的。当时那位通灵的小姐又开始描述她的幻象，说在夜里的时候看到自己窗外正飘荡着一张张惨白的面庞。约翰·班克斯则是针锋相对，竭力斥责她这种虚无缥缈的心灵暗示，并比以往更为激烈。迪瓦恩发觉饭桌上气氛不对，眼看就要发生一场激烈的家庭舌战，便赶紧转移大家的注意力，引入了这个新的话题。

看来颇有效果，姐弟俩很快停止了争吵，转而对报纸上那条关于他们新来的，而且可能值得警惕的邻居的报道产生了兴趣。

"太吓人了，"班克斯太太尖叫道，"这人一定是新来的，可新来的又是谁呢？"

"我还真不知道都有哪些新来的，"她的丈夫西蒙说，"我就知道一个比奇伍德府的利奥波德·普尔曼爵士。"

"亲爱的，"他太太说道，"我看你是昏了头吧——利奥波德爵士！"随后，她停顿了一下继续说："不过我倒是不介意有人提议是他的秘书——那个长着络腮胡的人。我一直都认为他不是好人嘛，自从他抢了本来应该是菲利普的位置之后……"

"不会是他，"一直默不作声的菲利普没精打采地说了一句，"他还没那个本事。"

"我认识一个新来的，"迪瓦恩说，"他名字叫作卡弗，在史密斯的农场居住。他在那儿过得平平淡淡，但是跟他聊天相当有意思，我想，约翰应该跟他有些来往。"

"他能懂点车。"偏执狂约翰应声道。"他要是坐上我的新车，我保证他会懂得更多。"

迪瓦恩微微笑了笑，他知道约翰恨不得所有人都可以坐上他的新车。随后，他回想了一下，补充说："这也正是我的想法。他对汽车和旅行一类的事情很在行，对其他一些五花八门的事也相当了解。但他却愿意在老史密斯的蜂房里慢腾腾地捣鼓蜜蜂，还说什么他只是对养蜂有兴趣，因此才住到了史密斯家里。对于这种人来说，养蜂这样的嗜好未免太闷了些。不过我觉得，约翰的车能给他提点神的。"

当迪瓦恩从班克斯家里离开时，已是黄昏了。他那黝黑的面孔上一直眉头紧锁，显然是在冥思苦想。也许，我们真的有必要关注他此刻的所思所想，但是，需要点明的是，他冥思苦想的最终结果，就是马上去史密斯家里拜访一下卡弗先生。走到半路，他碰到了巴纳德，也就是比奇伍德府上的秘书，他消瘦的身材与浓密的络腮胡使他看起来特别显眼，班克斯太太在嘲笑他的缺点时，也包括了这两点。他们俩只是萍水之交，所以只是简单聊了几句，不过迪瓦恩却发现，在这简单的几句中，似乎隐藏着一些玄机。

"嘿，"迪瓦恩突然说道，"冒昧地问一句，普尔曼爵士夫人的府上真的有非常名贵的珠宝吗？我不是小偷，我只是想提醒你一下，因为我听说有一位正在此寻找目标呢！"

"我会让她加倍小心的。"秘书回答说。"说实话，我已经壮着胆子，向她警告过这件事了。我希望她已经有所防备吧！"

他们正在说话时，身后突然传来了一阵刺耳的汽车喇叭的声音，随后就看到约翰·班克斯将车子开到他们身边，握着方向盘，满脸扬扬自得的表情。他一听说迪瓦恩要去史密斯那儿，便立即说自己正好也去那里。不过听他说话的口气，对谁在搭他的车并不在意，倒更像是一时高兴，向别人展现他的车。一路上全是他在说话，对自己的爱车他是赞不绝口。现在，他正在说这车在天气方面的表现。

"封闭超级棒，"他说道，"同时开车门也很轻松——就像张嘴巴那样容易。"

不过此刻，迪瓦恩的嘴巴似乎也并不容易张开了，就这样一路上听着约翰自言自语般的夸耀，他们来到了史密斯家里的农庄。车子开进院子里，迪瓦恩还没有进屋就已经发现了他要找的那个人。但见那人头戴一顶大大的软草帽，双手插进口袋里，正漫步于花园。此人长脸，宽下巴，宽大的帽檐投下了大面积的阴影，遮住了他的上半张脸，看起来好似戴了面罩。他的身后是一排热闹的蜂房，一位老人，应该就是史密斯先生了，在蜂巢前走过来走过去。他的身边还有一个穿着教士服的人，身材有些矮小，长相也很普通。

"我说，"没等到迪瓦恩礼貌地向大家打个招呼，约翰就按耐不住地叫开了，"我把我的车开过来带你兜兜风，你看一下它是不是比那'霹雳火'④还棒。"

卡弗先生咧开嘴笑了笑，他本想表达谢意，结果看起来却面目狰狞。"我今晚恐怕是没时间去找乐子了。"他说。

"看看这些勤劳的小蜜蜂，"迪瓦恩的话同样耐人寻味，"你要整晚守着这些勤劳的小蜜蜂，它们肯定也会整晚不闲着吧。我在想要是……"

"嗯。"卡弗表情冷冷的，淡淡地应了一声。

"哦，人们常说趁着阳光好，赶紧晒干草，"迪瓦恩说，"可你这是要趁着月光亮，忙把蜂蜜酿啊。"

话音刚落，迪瓦恩就感觉有一道冷光朝他射了过来，冷光的来源就是那宽边帽下的隐形阴影里。那人的白眼球骨碌碌地转动着，寒光凛凛。

"也许这件事跟'月光'还真是有些渊源呢！"他说道，"但是我可警告你，我的蜜蜂不仅会采蜜，也会蜇人。"

"你到底上不上车？"约翰怒眼圆睁，不肯善罢甘休地问。这时卡弗才收敛了面对迪瓦恩时的邪气，转而婉拒了约翰的盛情邀请。

"我脱不开身。"他说。"我还要写很多的东西。如果你确实想要找个伴儿的话，那么就请你发发善心，带着我的朋友们去吧。这就是我的朋友，史密斯先生与布朗神父……"

"没问题，"班克斯高声叫道，"让他们都到车上来吧！"

"非常感谢。"布朗神父礼貌地回答道。"不过很遗憾，我过几分钟就要去参加一个祈求天主赐福的仪式，我恐怕去不了。"

"那么，就是史密斯先生了。"卡弗有些不耐烦地说。"我保证史密斯先生正想搭便车呢！"

此刻的史密斯先生正咧着大嘴笑，没有表现出来想要什么的样子。这是个精神焕发的小老头，戴着一副普普通通的假发套，形似一顶帽子。假发套上是黄发，这与他苍白的脸色不相匹配。他摇了摇头，虽和蔼却坚决地回答道："我记得我 10 年前从这条路走的时候，坐过一次这种玩意儿。当时是坐汽车从霍姆特的姐姐家里回来，从此以后就再也没坐车走过这条路，我可知道这条路有多么难走。"

"10 年前！"约翰·班克斯满脸不屑地道。"你怎么不说 2000 年前你还得坐牛车呢？你根本不知道这 10 年的时间里汽车的技术已经发生了多大的变化，还有那条路，也早已被修好了。坐在我这辆舒适的车上，你根本不会感觉到车轮的转动，你会觉得自己正在飞。"

"我很确定史密斯先生想飞一下。"卡弗催促道。"那可是他一生的梦想。快去吧，史密斯，去霍姆盖特拜访一下你的姐姐，你也应该去一次了。如果你愿意的话，不用着急回来，可以在那儿住一夜。"

"哦，我通常都是步行过去，所以不在那儿过夜不行。"老史密斯说道。"今天就不用麻烦这位先生了吧！"

"可是你想想，要是你姐姐看到你是坐车去的，那她该有多高兴啊！"卡弗高声叫道。"你真的应该这样去，别那么自私。"

"说的没错。"约翰轻快又热心地附和道。"别那么自私，又不会伤害到你。你该不会是害怕吧？"

"好吧，"史密斯先生有些神思恍惚，他眨了眨眼睛说。"我不想让别人认为我自私，而且我也不害怕——你如果这样认为我，那我跟你走吧！"

两个人就这样驾车离去了，剩下的人都挥手向他们告别。不知道为什么，那种欢送如此热烈，以至于让人感觉到像是一群人在向他们告别。事实上，迪瓦恩和神父都只是出于礼貌才加入欢送行列。他们两个感觉到，卡弗说话的语气与告别的手势表明，他是真心盼着他们走。他们俩从这个细节上体会到了从他身上散发出来的神秘。

那辆车刚刚从视野中消失，卡弗就迫不及待地转身向迪瓦恩与神父表示歉意，并说道："这下好了！"

他的态度很诚恳，但神父与迪瓦恩从中没有感到一丝的好客之意，这种热情跟逐客令相差无几。

"我恐怕我得离开了，"迪瓦恩说，"我绝不能再打扰这些辛勤的小蜜蜂了。我对蜜蜂一无所知，有时候我都分不清是黄蜂还是蜜蜂。"

"黄蜂我也养。"卡弗先生回答。

当他们走出院子，又沿路走了几码后，迪瓦恩迫不及待地跟神父说道："那场面相当的诡异，你察觉到了吗？"

"是的。"布朗神父回答。"对此，你有何看法？"

迪瓦恩注视着眼前这位身着黑衣的小个子，他那双灰色的大眼睛对自己的凝视，令自己再次开了口。

"我认为，"他说道，"卡弗这么着急赶别人走，今晚自己一个人待在家里，我不知道你是不是也有这样的怀疑。"

"我有我自己的怀疑，"神父回答道，"不过，我不知道跟你的怀疑是否一样。"

那天夜晚，当最后的一缕晚霞消失，夜色笼罩了大地时，奥帕尔·班克斯正在那些空荡又昏暗的房间里漫无目的地游荡，神色比往常还要恍惚。如果能走近观察的话就会发现，她原本就苍白的脸庞现在更加苍白了。虽然这所房子处处显露出中产阶级的奢华，但它整体上却透露出一种悲情色调。是那种器物的凋零引起的伤怀，而不是因古老而令人产生的遐想。在它身上处处展现出褪色和凋谢的时尚，却丝毫也看不到能体现历史厚重的东西。那些琳琅满目的饰品，无非是令这昙花一现显得更加鲜艳。维多利亚早期的彩色玻璃让暮光也成了彩色，投射在屋内。高挑的屋顶让长条型的房间看起来更窄。她正走着的那个长屋子尽头是一扇圆形的窗户，是那个时代的常见样式。她刚走到屋子的中间部分的时候，她突然停下脚步，身体颤动了一下，好像一记无形的耳光打在了她脸上。

过了一会儿，隔着关闭的房门，传来前门敲门的声音。她知道此刻家人都在楼上，但她却鬼使神差地仍去开了门。门前的台阶上站着一位身材粗短、衣着寒碜的黑衣服男子，她认得他就是罗马天主教父，布朗神父。其实她对布朗神父并不是太熟悉，但却很喜欢他。神父并不赞成她研究通灵术，并且持着一种完全相反的态度。但他不赞成的原因却与众不同，他认为通灵术是应该认真对待的，而不是向其他人认为的那样无关紧要。与其说神父不理解她的观点，倒不如说是神父完全理解，只是不认同罢了。她没向他打招呼，也没问他来的原因，她的脑子里正胡思乱想，这时脱口而出道：

"真高兴看到你，我看到鬼了。"

"你不需要为此苦恼。"他说。"这是经常发生的事，大多数的鬼都不是鬼，即便有些是真鬼，也不会伤害你的。你看到的鬼有什么特别吗？"

"没有。"她坦言道，并同时松了一口气。"它本身倒是没有什么特别之处，只是它身上有股可怕的糜烂的气息，那种明显的破败。那是一张趴在窗户上的脸，但是它面色惨白，眼球又凸出，猛看去就像是一幅巨大的画像。"

"哦，有些人看起来确实是那样，"神父回答说，"而且我确定有时候他们会趴在窗户上往里看。我可以进去看看事发的地点吗？"

然而，当奥帕尔带着客人布朗神父回到那个房间时，她发现家里的其他成员也都在了，而且那些对通灵不敏感的家人还说最好把灯点上。在班克斯太太的面前，布朗神父表现出更加传统的一种礼貌，为他自己贸然的拜访表示歉意。

"我这样随便拜访贵府，实在有些抱歉，班克斯夫人，"他说道，"不过，我想我可以解释清楚，因为有件事情正好与你有关。我刚才正在普尔曼家里，突然有一个人打电话让我来这里，和另外一个人碰面，那人会来告诉你一件非常重要的事情。这本来不关我的事，但那人非要让我来，显然是因为我是比奇伍德府那件事情的见证人。其实，是我报的警。"

"那里发生了什么事？"班克斯夫人追问道。

"比奇伍德府里发生了盗窃案，"布朗神父神色凝重地说，"本是一宗盗窃案，现在情况恐怕还要更糟。普尔曼夫人的宝石丢失了，那个不幸的秘书，巴纳德先生，在花园里发现了他的尸体，很显然是被逃跑时候的窃贼开枪射杀的。"

"那个人，"班克斯太太惊叫道，"我还以为他是……"

她的目光与神父凝重的目光碰在了一起，她也不知为何，立即便停住了声音。

"我已经联系了警方，"他接着道，"还联系了另一位关注此案的官方人士。他们说，根据对脚印和指纹的初步调查研究，和对一些其他的痕迹分析，初步断定这就是一位臭名昭著的罪犯所为。"

这时，约翰·班克斯回来了，他打断了大家的讨论。看起来他开车带人兜风的旅行并不如意。不管怎么说，反正老史密斯似乎让人很不满意。

"关键时刻他还是做了缩头乌龟。"约翰毫不掩饰自己对他的厌恶，大声叫道。"我以为轮胎被扎了，便下车去看一下，谁知道他竟然趁机溜了。我以后再也不会让他这种乡巴佬坐车了……"

但是他的话并没有引起大家的注意，大家现在关注的焦点只是布朗神父。

"有个人马上就要来了，"神父接着说，神色依旧郑重，"这人来了之后，我就不用再操心了。只要他和我同时站到了大家面前，我作为这起大案的见证人也算尽到本分了。最后一件我想说的事就是，比奇伍德府里有个仆人告诉我说她看见有张脸趴在窗户上……"

"我也看到一张脸，"奥帕尔说，"就趴在咱们家的窗户上。"

"呵，你总是能够看到一张脸。"她的弟弟约翰粗暴地说道。

"那就意味着看到了事实，哪怕仅仅是一张脸，"布朗神父淡淡地说道，"而且我认为你所看到的脸……"

前门突然响起一阵敲门声，很快门就被打开了，另外一个人出现了。迪瓦恩一看见他便立即从椅子上挺起了身子。

这人身材甚是高大，腰板挺直，惨白的长脸，下巴高高扬起。他几乎没有眉毛，长着一双炯炯有神的蓝眼睛。迪瓦恩想起来他上次见到这个人的时候，他是戴着宽边草帽的。

"大家千万不要动。"卡弗用一种清晰而又谦恭的语气说道。但对此时的迪瓦恩来说，这种谦恭倒像是一个绑匪端着枪，逼迫大家别动一样。

"请坐下，迪瓦恩先生，"卡弗说道，"此外，如果班克斯太太应允的话，我也跟你一样坐下来。我需要解释一下我为什么来到这里。我知道你们曾怀疑我就是月光迈克尔。"

"我的确怀疑过。"迪瓦恩说道。

"正如你所言，"卡弗笑了笑说，"分辨蜜蜂和黄蜂可不是一件很容易的事。"

他停顿了一下，接着道："我可以把我自己称为一种更实用，也同样更令人反感的昆虫。我是一个侦探，据说有个自称'月光迈克尔'的罪犯又要开始作案了，我就是为此事而来。盗宝石是他的拿手好戏，刚刚比奇伍德府的宝石失窃案，从现场的技术手段分析，就是他所为。不光现场的指纹相吻合，并且可能你们也知道，据说他之前被捕时，都做了简单但却非常实用的装扮：粘着红胡子，戴着一副角质镜框的大眼镜。"

这时，奥帕尔·班克斯突然向前探过身子。

"就是它，"她兴奋地高声叫道，"那就是我所看到的脸，戴着一副护目镜，乱蓬蓬的大胡子，就像犹大似的，我还以为它是鬼呢！"

"比奇伍德府上的仆人看到的也是这个'鬼'。"卡弗面无表情地说道。

他把一些包裹与文件放到桌子上，又小心翼翼地将它们展开。然后继续说："我说过，我此行是为了调查月光迈克尔。这才是我为什么要表现出对养蜂那么感兴趣，而且非要跟史密斯先生住在一块儿的原因。"

一阵沉默之后，迪瓦恩猛然回过神来，说道："你的意思不会是那个慈眉善目的老先生……"

"得啦，迪瓦恩先生，"卡弗微笑道，"你都猜到蜂房是我的藏身之处了，那为什么不能是他的藏身之处？"

迪瓦恩点了点头，有些沮丧，而那位侦探则又转向了那些文件。"因为我怀疑史密斯，所以我一直在找借口让他离开，好趁机搜搜他的物品。所以，我利用了班克斯先生要带他去兜风的机会，搜了他的住处。在其中我发现了一些奇怪的东西，那可不是一个对蜜蜂感兴趣、慈祥淳朴的老先生应该拥有的东西，这是其中的一件。"

他从包着的纸中拿出了一条猩红色并且毛茸茸的东西——正是演戏剧时用的假胡子。

在胡子旁边还有一副又古老又粗大的宽边的角质眼镜。

"不过，我还发现了另一件东西，"卡弗接着道，"那就是我夜闯你们家的直接原因。我发现了一本备忘录，上面标着各家所珍藏的珠宝，还有它的名称和估价。紧紧挨着普尔曼女士名下记的，就是班克斯太太的翡翠项链。"

班克斯太太本来对他们夜闯自己家非常不满意，此刻却格外关注起来。她顿时好像苍老了 10 岁，同时，也好像增加了 10 岁的智慧。但是她还没说话，冲动的约翰就高声叫起来，他猛地站起身，就像一头发怒的大象。

"普尔曼女士的已经丢失了，"他咆哮道，"那我们家的项链——我要去看看项链！"

"是应该去看一下，"卡弗望着冲出房间的约翰说，"不过嘛，当然了，自从我们来到这儿之后，我们就在密切地关注整个事态的发展。哦，这个便签还真是费了我很大工夫，上面记录用的语言全是暗语，在我的破解工作刚刚有所进展的时候，布朗神父就从比奇伍德府打电话给我了。我就让他先来通知你们，我随后就到。就这样……"

突然一声尖叫打断了他的话。奥帕尔突然站起身，直直地盯着外面的窗户。

"它又出现了！"奥帕尔大喊。

刹那间，大家都看到了那种东西——以前大家老是指责这位小姐说谎，这次这东西的出现终于洗清了她的罪名。在灰蓝色夜空的映衬下，那脸惨白如纸，也许是因为它紧紧地贴在了窗户上，显得更加没有人色。那双瞪圆的眼就像一个大大的环形物，酷似一条深蓝色海洋中探头来换气的大鱼，向船边舷窗里张望。不同的是这条鱼的腮部或者说鳍部是铜红色的。事实上，那是乱糟糟的红色腮须跟上半部分的髯须。一转眼，它又不见了。

迪瓦恩刚想过去看个究竟，就听见一声大喊在屋子内响起，差点儿把整个屋子震塌。声音震耳欲聋，让人几乎听不出来他喊的是什么，但是却足以让迪瓦恩停下他的脚步，他知道发生了什么。

"项链丢了！"约翰·班克斯喊道。他那高大的身影喘着粗气站在门口，旋即又像追踪猎物的猎犬一样，噌地一下向外跑去。

"刚才窃贼就在窗户那儿！"侦探大喊着，身体却冲向门口，紧跟着约翰。这个时候，约翰早已跑进花园了。

"小心啊，"班克斯太太哀声提醒道，"罪犯手里可是有枪啊。"

"我也有。"胆壮气粗的约翰喊道，声音已经来自远处漆黑的花园了。

迪瓦恩的确看到，约翰从他身边跑出去的时候，手里挑衅般地握着一把手枪。他真希望不必要动手枪来自卫。但就在这时，外面传来两声枪响，好像是两个人在对射。枪声在寂静的花园回荡，之后又是一片死寂。

"约翰死了吗？"奥帕尔颤抖着声音问。

这个时候布朗神父已经走到了这个漆黑的花园深处，他背对着大家低头查看了一会儿，同时回答道："没有，死的是另一个。"

卡弗这时来到了神父身边，这两人一个高一个矮，一时间挡住了大家的视线，看不见在这漆黑环境下，究竟是怎样的场面。之后，他们两个移到一旁，大家这才看清，躺在那里的是个瘦小枯干的身躯，样子略微扭曲，好像临死前挣扎过。红色的假胡子朝天撅着，像是在嘲笑上天，月光洒在那副硕大的眼镜上。这人便是那大名鼎鼎的"月光迈克尔"。

"竟然落得这样的下场。"卡弗侦探叹息道。"经历过多少的大风大浪，结果却是在一个郊区的花园里，意外般地倒在了一位汽车迷的枪口之下。"

汽车迷正在庄重地看着他的胜利，同时也不乏一些紧张。

"这是我逼不得已的。"他喘着粗气说，因为跑得太猛，所以他到现在仍然有些上气不接下气。"很抱歉，不过是他先朝我开的枪。"

"当然了，警方会调查清楚的。"卡弗严肃地说道。"不过我觉得你不必要担心了，从他手中掉落的枪来看，那曾经开过了一枪。我当然不会相信是他中了枪之后才向你开的。"

这时候，大家又聚在了先前的那个房间里，侦探收拾东西准备离开。布朗神父站在他的对面，盯着桌面，陷入沉思。过了一会儿，他突然开口说道："卡弗先生，你自然是完美地侦破了这件案子，手法技巧也令人叹服。我本来对你们这行业的能力持怀疑态度，但我没有想到你竟然能够在这么短的时间里就把各种线索联系到了一块儿，包括蜜蜂、胡子、眼镜和暗语等。"

"不管怎么说，能够破案总是一件使人高兴的事。"卡弗说。

"对啊，"布朗神父依然盯着桌面，随口回答道，"这的确很令人钦佩。"说完，他又态度谦恭，甚至有些紧张地说道："我想说的可能对你非常公平，你说的话，我一个字都不相信。"

迪瓦恩突然来了兴致，他探过身问道："你的意思是，你不相信那个死者是窃贼'月光迈克尔'？"

"我知道他是个窃贼，但是他并没有行窃。"布朗神父回答。"我知道他不是要去比奇伍德府行窃，也不是来此行窃然后在逃跑时被打死。我想问一下，珠宝在哪儿呢？"

"在这类案件通常情况下会去的地方。"卡弗回答。"他要么藏了起来，要么交给了他的同伙。要知道，这并不是一个人就能做的案。当然了，我的同事正在搜查这花园，也向这片地方发出了警示。"

"也许，"班克斯太太提醒说，"迈克尔在扒着窗户往里看的时候，他的同伙偷走了项链。"

"那他为什么要趴在窗户上往里看呢？"布朗神父淡淡地道。"想一想，为什么？"

"那你怎么看？"约翰一脸轻松，开口问道。

"我认为，他压根儿就没想趴在窗户上并且往里看。"布朗神父说。

"那他为什么这么做呢？"卡弗追问。"说得那么神乎其神又有什么用，我们大家可是亲眼看到了整个过程。"

"我亲眼看到过很多发生在我眼前但我却并不相信的事情，"神父回应道，"你也是这样，无论在台前还是在幕后。"

"布朗神父，"迪瓦恩发问道，"你能不能跟我们说说，为什么你不相信自己的眼睛呢？"

"可以，我会想办法慢慢告诉你的。"神父回答说。随后，他开始慢条斯理地说道："你知道我是怎样的人，也知道我们是怎样的人。我们不会没事找事。我们努力和街坊邻居们友好地相处。但是你不能就此认为我们是无所事事，全然无知。我们努力做好自己的事情，但我们也了解我们的信徒与教民。事实上我跟死者很熟，我其实是他的告解神父，也是他的朋友。我作为一个人所能了解到的程度来说，今天他离开那座院子的时候，我很明白他当时的心境，他的心灵就像玻璃蜂巢里装满金色的蜂蜜那样纯净。这个比喻用来表示他改邪归正的诚意其实还远远不够。他就属于那种伟大的忏悔者，他从忏悔中所学到的东西，比其他人从美德里学到的还多。我刚才说过，我是他的告解神父，但事实上，我还从他那里寻求帮助。跟这样的一位好人相处对我真的是大有裨益。但是当我看到他惨死于花园之时，我仿佛听到远方传来了诡异的声音，重新述说着古老的格言，那个声音是对着他的。假如有人能够直接升入天堂的话，那么很有可能就是他。"

"岂有此理，"约翰·班克斯烦躁地叫道，"不管你怎么说，他都是个被定罪的贼。"

"是，"布朗神父回答，"但是这世上只有一个被定罪的贼有幸听到了那句承诺：'今日你要同我在乐园里了。'⑤"

一片沉默，似乎没有人知道该如何打破它。后来，迪瓦恩突然开口道："那你该怎么解释这一切呢？"

神父摇了摇头说："我没有办法解释这一切，至少现在还不能。我可以看出其中的一两件奇怪的事，但不明白其中的含义。到目前为止，除了他自己的悔过情况，我也做不了其他的事来证明他的清白。但我相信，我肯定是对的。"

他叹了口气，伸手去摘他的那顶大黑帽。在摘帽子的同时，他的眼睛仍盯着桌面，但是眼神却发生了很大的变化。他那满头直发的圆脑袋向另一边歪了歪，就好像有只奇怪的动物从他帽子里猛地蹿出来，魔术师用帽子变出来了东西一样。其他人也在看着桌子，可是上面只有侦探带来的眼镜、道具胡子和文件，并没有其他的东西。

"天主保佑。"神父喃喃自语道。"他的尸体还在外边，粘着假胡子，戴着一副假眼镜。"他猛然转身问迪瓦恩道："如果你想知道真相，有个问题会指引你，他为何拥有两幅胡子？"

话刚说完，神父便笨手笨脚地匆忙走出门，迪瓦恩充满好奇，连忙追着他来到了前边的花园里。

"我现在还不能跟你说，"布朗神父说，"我不是很确定，而且我自己也很苦恼，不知道应该怎么做才好。你明天再来找我吧，或许我那时就会跟你说详情，而且我也许就不用再为难了，况且——你听到什么声音了吗？"

"是发动汽车的声音。"迪瓦恩解释道。

"约翰·班克斯先生的车，"神父说，"而且我确信它可以跑得很快。"

"他肯定也那么认为。"迪瓦恩微笑着回应。

"今夜它不光跑得快，而且会跑得很远。"布朗神父说道。

"你是什么意思？"

"我的意思是它再也不会回来了。"神父回答。"约翰·班克斯从我的话中猜出了端倪，他跑了，带上翡翠项链与其他的宝石跑了。"

第二天，迪瓦恩果然见到布朗神父在一排蜂巢前转悠，虽然有些悲伤，但看起来还算是平静。

"我一直在跟蜜蜂说话。"他说道。"你应该知道，我有些话只能跟蜜蜂说！'哼着歌儿的泥水匠铺着金黄的屋顶。'⑥多么美丽的诗句啊！"然后又无厘头地来了一句："他希望能有人照料这些蜜蜂。"

"我还是希望他别受到冷落吧，大家可都在嗡嗡地叫着打听真相呢！"年轻人说道。"真让你说中了，约翰他带着那些宝石跑了。但是我就是没明白你是怎么知道的，难道说，这里面有什么奥秘？"

布朗神父和蔼地眨了眨眼，看着蜂巢说："就是人们对一件事情的错误认识，加上一开始就存在的一块绊脚石。我想不明白为什么可怜的巴纳德会在比奇伍德府被人开枪打死。你要知道，即便迈克尔还是江洋大盗时，他也觉得如果能不用杀人就盗窃得手是一件非常体面、值得炫耀的事。但在他脱胎换骨，成为一名圣人之后，居然会背离宗旨，犯下他还是一个罪人时就非常鄙视的罪行，这很不可思议。剩下的事也令我感到困惑，我实在想不出为什么，只是觉得那是假的。之后，当我看到桌子上的假胡子跟假眼镜，又联想到死者脸上的假胡子、假眼镜时，我才恍然大悟。当然了，话又说回来了，迈克尔很有可能有一套备用的。但是两副都是新的啊，没有出现哪个新、哪个旧的问题。还有一种可能是他这一套没带在身上，所以他不得不再买一套新的。但是问题又来了，那他为什么还要跟着约翰去兜风呢？如果他真的想要行窃，他完全能够轻松地把那套东西塞在口袋里。再说了，灌木丛中又长不出来胡子，那个时间他很难买到假胡子。"

"所以我越琢磨越感觉这事不对劲，这也太可笑了，他怎么会有另外一套崭新的行头。随后，经过我的一番推理，我才渐渐发现了其中真相。其实我之前已经有过直觉，他跟班克斯一块儿离开时，压根儿就没想过装扮。其实，是别人没事干的时候做出的那一套东西，之后替他装扮上的。"

"替他装扮？"迪瓦恩惊叫道。"那他们怎么可能完成？"

"咱们可以回想一下，"布朗神父回答说，"从另外一扇窗户中看看这玩意儿——就是奥帕尔小姐从那里看到鬼魂的那扇窗户。"

"鬼魂！"迪瓦恩打了个激灵，重复道。

"她看来是鬼魂，"小个子神父镇定自若地说，"不过她真的可能还没错。她的确像她说的那样会通灵。但她唯一的错误就是她以为通灵便是灵修。其实有些动物也通灵的。总的来说，她很敏感。她说她能感觉到那张脸带来的死亡气息，恐怕还真没错。"

"你的意思是……"迪瓦恩接道。

"我的意思是，趴在窗户上的那个脸就是个死人，"布朗神父回答说，"而且那个死人还趴了不仅仅一栋房子，看了不仅仅一扇窗户。听起来有些可怕，对吧？但从某种意义上说，他是鬼魂的反面。鬼魂是脱离了肉体的灵魂，而他是脱离了灵魂的肉体。"

他又向着蜂巢眨了眨眼，接着说："但是，我觉得最简单的解释就是从这一切的始作俑者入手。你认识他的，约翰·班克斯。"

"我最想不到的人就是他。"迪瓦恩说。

"我一开始就想到了他，"布朗神父说，"如果我有这个怀疑任何人的权利的话。朋友，社会群体或者行业根本没有好坏之分。任何人都可能成为杀人犯，比如说那可怜的约翰；任何人也有可能成为圣人，比如说迈克尔。但是，如果说有一类人相比较其他人而言更容易犯法的话，那就是残忍的商人了。他们没有社会理想，没有宗教信仰，没有绅士传统，没有工会主义者们的阶级忠诚。

他们到处炫耀买卖的成功其实就是在炫耀他成功地骗了人。约翰的姐姐不过稍微触碰到了一点神秘论，他便恶语相加，实在可恨。她的神秘主义确实全是假的，但是约翰恨她的原因是神秘主义专注于精神。不管怎么说，他是个十足的大恶魔，他的唯一兴趣便是成为一个举世无双的极品恶棍。他杀人的动机的确是独特而新颖。那就是拿别人的尸体当成道具—— 一种骇人听闻的傀儡。一开始他的计划是在车上干掉迈克尔，之后把他带回家，假装是在花园把他杀死的。但是后来那些完美的收尾工作，都是由报纸上报道'月光迈克尔'事件引发的。因为那具尸体已经被认出来并且众所周知，他把尸体藏进封闭的车厢里，夜里他就可以自由地支配。他可以操纵那具尸体留下指纹和脚印，他也可以让尸体的脸贴在窗户上，然后再带走。你应该注意到了，在迈克尔那张脸出现又消失的时候，正是班克斯借口去找项链的时候。"

"最后，他只需要把尸体仍到草坪上，每把枪都开上一枪，就万事大吉了。要不是那两副假胡子引起我的猜测，恐怕我们永远都无法了解真相了。"

"那么你的朋友迈克尔为何要保存那副旧胡子呢？"迪瓦恩似乎若有所思。"我认为那非常可疑。"

"在我看来，那很正常。"布朗神父回答说。"我很了解他，他整个的心态就像他戴的假发一样。他戴假发不是因为要伪装自己。他不想要以前的道具了，但他也毫无理由惧怕它。迈克尔觉得把那副假胡子的道具毁掉像是在自欺欺人，好像要隐瞒什么似的。但事实上他没有隐瞒，他没向天主隐瞒，也没向自己隐瞒，他活得光明磊落。如果他们把他重新送进监狱，他会依然微笑。他不是洗心革面，而是脱胎换骨了。他的身上散发着一种奇怪的气息，就像那场死亡之舞——在死后被人操控一样。在他笑容满面，围着蜂巢转时，在他容光焕发，活力满满时，在那一刻，其实迈克尔已经死了，已经超脱了这世界对他的审判了。"

微微地停顿之后，迪瓦恩耸了耸肩膀说道："说来说去，我们又回到了那个蜜蜂与黄蜂太难分辨的话题上了，不是吗？"

【注释】

① 全名为罗伯特·罗伊·麦格雷戈，又叫"红发麦格雷戈"。苏格兰民族英雄，被誉为"苏格兰的罗宾汉"。

② 又叫地滚球，现代保龄球前身。起源于荷兰与德国，原本为一种宗教礼仪性活动。

③ 维多利亚时期民间传说人物，据传面目狰狞，体似恶魔，手戴利爪，擅长跳跃，经常在夜间袭人。

④ 英国宾利公司于 20 世纪 20 年代推出的一款经典跑车。

⑤ 耶稣被钉十字架时与耶稣一同被处罚的一个罪犯，临死前悔改，耶稣对他说："我实在告诉你，今日你要同我在乐园里了。"

⑥ 原文参见莎士比亚《亨利五世》第一幕第二场。

◇ 飞鱼之歌 ◇

将佩里格林·斯马特先生比喻成一只苍蝇一点儿也不为过，因为他所有的话题好像都是围绕一件宝贝与一个笑话在打转。其实严格意义上来讲那并不算一个笑话——他只是问别人有没有看见过他的金鱼。那个笑话端的是价值不菲，有时候人们都忍不住要问，他心里是不是更倾向于笑话而不是他的那件宝贝。

古老的乡村绿地周围有着几栋新房子，斯马特先生在跟住在这里的邻居们聊天的时候，总是把所有的话题都扯到自己的癖好上去。在面对一位有着坚毅的下巴，梳着一头油光可鉴像德国人一样头发的生物学家巴达克医生时，斯马特先生的话题转换起来轻松自如。"原来您对博物学有兴趣啊！那您看见过我的金鱼吗？"对有着正统的进化论思想的巴达克医生来说，毫无疑问自然都是有联系的，但是猛一看，好像联系也不怎么大，因为他只在研究长颈鹿始祖方面是个专家。面对来自相邻小镇教堂的布朗神父，斯马特先生会从罗马转到圣伯多禄①，再转到渔夫，之后再是鱼跟金鱼，连珠炮似的一气呵成。然后是银行经理伊姆拉克·史密斯先生，他高高瘦瘦，脸色蜡黄，穿衣讲究，风度翩翩。在与银行经理的聊天过程中，斯马特会忽地把话题说到金本位，那样就离金鱼也不远了。邻居中还有一位叫伊冯·德·拉腊伯爵的（如果不把他的长相说成像鞑靼人的话，那就是像俄国人了，但他受封的却是法国爵位），在与博学多识的东方旅人和学者交谈时，斯马特会对印度洋和恒河表现出浓厚的兴趣，这样的话题最后自然而然就会扯到金鱼上。

哈里·哈托普先生来自伦敦，他非常富有，但同时他又十分害羞，这导致他少言寡语。在面对这位青年时，斯马特软磨硬泡，最后终于弄明白了这个不怎么说话的小伙子不喜欢钓鱼。于是他便补充说："说到钓鱼，你看见过我的金鱼吗？"

其实那些金鱼的独特之处就是，它们全都是纯金打造，是一件古怪并且昂贵的玩具的一个组成部分。据传是某位富有的东方王子，一时兴起便命人打造了它，斯马特先生又在一个拍卖场或是古董店之类的地方碰见了它。斯马特经常光顾那些地方，往家里倒腾一些并无实用的稀罕玩意儿。从房子的另一边看过去，那件古怪的玩意儿酷似巨型大碗，里面盛着巨型活鱼。但再看得仔细些，你会发现它是由一个非常精美又巨大的威尼斯吹制玻璃所制，碗壁简直薄如蝉翼，材质中所暗含的霓虹一般若隐若现的颜色，在其朦胧色彩的烘托之下，能看到几条非常奇特的金鱼悬挂在那儿，鱼的眼珠是巨大的红宝石。那可绝对是价值连城的宝贝，不过至于到底能卖多少钱，那就要看收藏界有多疯狂了。一个名为弗朗西斯·博伊尔的年轻人担任了斯马特先生的新秘书，作为一个爱尔兰人，他的不谨慎是众所周知的。尽管如此，他还是对斯马特先生的毫无遮拦感到有些吃惊。他吃惊于斯马特居然到处谈论自己的瑰宝，谈话对象不过是碰巧路过的邻居。收藏家们一般都是警惕性很高的，有时候还对外界只字不提的啊！随着秘书的工作的展开，博伊尔发现不只是他，其他人也对此有不同程度的疑惑，从稍觉意外到深感疑惑，表现不同。

"奇怪的是他竟然能活到现在。"斯马特先生的贴身男仆人哈里斯说，语气之中甚至有着一丝假设的快感。好像他已经从纯粹艺术的角度，对此表示深感惋惜。

"他将东西随处乱丢的行为可真是够惊人的，"斯马特先生的老总管詹姆森说，他从办公室过来协助这位新秘书熟悉一下工作，"他甚至从来都不用门闩把门闩上。"

"布朗神父和巴达克医生倒是信得过，"斯马特先生的女管家用她说话时独有的含含糊糊的语气说，"但是如果一旦涉及到外国人，那就危险了。不仅仅是伯爵，那位银行家肤色太黄，看起来也不像英国人。"

"哦，年轻的哈托普倒够像英国人，"博伊尔友好地说，"都沉默到那种地步了。"

"他想的可是比说的多得多。"女管家说。"他可能不是完全的外国人，但他也绝对比看上去要精明。我想说，举止类似外国人就是外国人。"她口气阴郁地说。

这位女管家要是听到了那天下午在她主人起居室中的那一场对话，她的不快肯定会进一步加深。话题当然主要还是金鱼，但是那个讨厌的外国人逐渐变成了中心人物。倒不是因为他话多，因为即使他一言不发，众人的关注点依然在他身上。他团身坐到了一堆靠垫之上，显得他的身躯更加庞大。在逐渐暗淡下来的光线下，他宽大的蒙古人种的脸庞之上泛着些许微光，好像满月一样。也许是他身后的背景营造出了那种氛围，烘托出了他与亚洲人颇为相像的面孔与身形，因为在这满屋的古董之中，横七竖八地摆放了好多惹人注目的东方武器、东方乐器、泥金写本、东方烟具与器皿。总之，随着谈话的深入，博伊尔越发觉得那个坐在靠垫之上，背对落日的形象酷似一尊佛像。

这个小圈子里的人都到齐了，谈论的内容也是五花八门。其实，他们经常互相串门，这四五户人家在某种意义上已经组成了俱乐部。这几家中，数佩里格林·斯马特先生的房子历史最为悠久，面积最大，最富诗情画意。这房子向两侧延伸，几乎占据了广场的一边，仅仅剩下一处可以盖下小别墅的空间。别墅里住着一位退休上校，名叫瓦尼，听说他因为身体伤残，从未有人见他走出家门一步。跟这两栋房子垂直方向上有两三家商店，能够满足居民们的日常所需。拐角处有家客栈名为蓝龙，那位来自伦敦的陌生人哈托普先生就住在那儿。斯马特家房子的对面是三栋房子，一处由伯爵所租，一个由巴达克医生所租，第三个仍空着。绿地广场的第四边是银行所在地，隔壁便住着银行经理。银行旁边还有一块儿空地，被人租下正准备建房。这是一个相当齐全的群体，四周方圆几英里都没人，使得这些邻居们愈发地相互依赖。那天下午，一个陌生人闯进了他们的圈子，他衣衫褴褛、脸型消瘦、满脸胡子、浓密的眉毛，如果他真是像他自己所说的那样是来跟斯马特谈生意的话，那他一定是个大富翁或者公爵。大家都叫他哈默先生，至少在蓝龙客栈大家是都这么叫的。

斯马特先生又向他叙述了一遍他那金鱼的"笑话"，顺便还提及大家对他对宝物不重视的批评。

"他们总是对我说，我应该小心一点，最好把它们锁起来。"斯马特先生说着话，回头对着秘书扬了一下眉毛，这时秘书刚从办公室拿了文件出来。斯马特是个脸圆身体圆的小老头，就像一只秃顶的鹦鹉。"詹姆森和哈里斯，还有这些人，一直劝我把门闩上，就好像我这儿是中世纪堡垒似的。其实我这年代又久，又满是铁锈的门闩根本没用，我敢保证，它阻挡不了任何人。相比于门闩我还是更相信运气和这儿的警察。"

"就算门闩是最好的也不一定挡得住人。"那位法国伯爵说。"一切都要取决于是谁想闯入门里。曾有个年迈的印度教的隐士。与世无争地隐居于一个山洞，一次，他穿过三路大军的层层防线，从莫卧儿皇帝这个暴君的头巾里取走了一颗硕大的宝石，之后又像鬼影一般毫发无伤地回去了。他这么做就是想警告那些大人物，时空法则在他眼里微不足道。"

"当我们真正地潜心研究透彻这些时空法则后，"巴达克医生淡淡地说，"我们就大概能看穿这些把戏的底细了。西方的科学已经揭开了许多所谓东方魔法的神秘面纱。毫无疑问，暗示与催眠可以解决这其中的很多问题，更不用说其他的花招了。"

"其实红宝石并不在皇帝帐内，"伯爵的眼神有些迷离了起来，"他却能够从100个帐篷之中找到它。"

"那岂不是心灵感应术？"巴达克医生直言问道。这问题听起来更加刺耳，更显得讽刺，因为接下来整个屋子一片寂静，那个满腹经纶的东方旅人不顾礼节，竟大睡了起来。

"抱歉。"东方旅人突然开口道，脸上现出一抹笑意。"我忘了我们正在用语言交流，在东方，我们从来都是用思想进行交流的，所以我们从来都不会误解对方的意思。你们竟把语言看得这么重，真是不可思议。你们把这说成心灵感应跟之前说它是愚蠢举动有何分别？如果我说有人顺着芒果树爬，一直爬到了天上，然后我说那是升天或者我说那是瞎编的又能对事实造成什么影响？如果中世纪的一个巫婆一挥魔棒，将我变成蓝色的狒狒，你们会说那仅仅是返祖现象罢了。"

医生怒火中烧，刚想说他跟狒狒也没有多大区别，但正当他在想放狠话时，新来的哈默瓮声瓮气地开口了："那些印度的巫师的确可以做些古怪的事，但我发现这些行为都局限在印度。也许是一些人事先串通好的，也许是一些人的心理作用。我认为这种把戏在英国的小山村里就不一定行得通了，我敢说我们这位朋友的金鱼就一定没事。"

"我来给你们讲个故事吧！"德·拉腊伯爵淡淡地说，"这件事并非发生在印度，而是发生在开罗地区，一个最现代化地域的英国兵营外。当时一个哨兵站在铁栅栏的门内，透过栅栏正在看外面的街道。这时一个乞丐突然出现，他赤着脚，穿着破烂衣服，看着像是当地人。那乞丐用英语问哨兵存于大楼里的某份文件，他发音优雅，说话流利顺畅，令人惊讶。当然了，士兵告诉他说这里禁止入内，那乞丐却微微一笑道：'何为内，何为外？'那个士兵隔着栅栏嘲笑般地看着乞丐，但他却恍恍惚惚地意识到，虽然他与门都不曾移动，但他现在却站在了大街上。再往军营里看去，乞丐同样未曾移动，却正站在里边微笑。然后，乞丐悠然向大楼走去，这位士兵猛然恢复了神智，对着里边的士兵大声喊叫，让他们擒住罪犯。'反正你在里边是别想出来了。'士兵愤恨地说。乞丐依旧用他优雅的声音回答说：'何为外，何为内？'之后，士兵猛地看向栅栏，发现自己又回到了栅栏门内，而这时乞丐却跟没事人似的，满脸微笑地站在街上，手里拿着一份文件。"

梳着一头滑溜的黑发的银行经理伊姆拉克·史密斯先生，一直都专心凝视着地毯，一言不发，现在终于肯开金口了。

"那份文件后来如何？"银行经理问道。

"真不愧是银行界人士。"伯爵平静又友善地说。"那可是一份非常重要的金融类的文件，它的丢失带来了国际性的影响。"

"但愿这种事别经常发生。"年轻的哈托普遗憾地说。

"我所讲的并非政治问题，"伯爵平静地说，"我说的是一个哲学问题。这事反映出那智者可以走到时空之后，撬动时空之杠杆，让世界在我们眼前改变。仅仅想让你们相信精神的力量比物质的力量强大就这么难吗？"

"哦，"斯马特兴奋地回应道，"我不敢说我是精神力量这方面的权威，你怎么看这些，布朗神父？"

"唯一让我印象深刻的是，"矮小的神父回答，"到目前为止我们所说的超自然故事似乎都与盗窃脱不了干系。我觉得无论是精神力量还是物质力量，这些都是盗窃，是一码事。"

"原来布朗神父也是位门外汉。"银行经理微笑着说。

"我跟门外汉们很谈得来，"布朗神父说，"门外汉又如何？那只不过是知道是这样但不知道为什么会这样罢了。"

"你们谈论的对我来说都太深奥了。"哈托普摇了摇头感叹道。

"也许，"布朗神父微笑着回答他，"正如伯爵所言，你不想用言语交流。他们使出浑身解数想让对方明白，而你用沉默不语来回答。"

"可以借助音乐，"伯爵喃喃自语道，"那可胜过千言万语。"

"没错，也许我更理解音乐中的意思。"哈托普低声说。

秘书博伊尔一直在充满好奇、全神贯注地听他们闲聊，因为其中几个人的举动让他感觉有些意味深长，甚至可以说有几分诡异。当话题转向音乐，一个令风度翩翩的银行经理（他是个业余音乐家）感兴趣的话题的时候，这位年轻秘书猛然想起自己职责所在，于是连忙提醒他的老板："手捧文件的总管仍站在那儿等着呢！"

"哦，那个先放一边好了，詹姆森。"斯马特忙说道。"那仅仅是关于我银行账户的一点事，以后我再跟史密斯谈。我们刚才说到了大提琴，史密斯先生……"

但是冷淡的商务气息冲淡了谈话的氛围，让众人都很扫兴。客人逐渐站起身，一一告别，最后只剩下银行经理史密斯先生，就是那位业余音乐家。等所有人都离开后，他和斯马特走进存放宝贝金鱼的密室，关上房门详谈。

这栋房子为细长型的双层小楼。二楼为主卧套间，加上一个外凸的阳台。套间里有斯马特的卧室与更衣室，卧室后有一间密室。那阳台跟楼下不上闩的门产生的效果相似，都令管家、秘书等人深感不安。他们为斯马特的粗心深感忧虑，其实精明的老绅士并非表面上那样满不在乎。他口口声声说不信任下面老旧的门闩，其实他更讲究策略。他总是在夜里的时候把金鱼拿到楼上，放进密室，自己睡在外边守着，而且据说他的枕头下还藏着一把枪。博伊尔与詹姆森在外边等了很久，门才再次被打开，只见他们老板再次出现，小心翼翼地捧着一个大玻璃碗，仿佛是件圣髑②。

房子外边，绿地广场上的一角仍有着夕阳的余晖，这时屋内也亮起了灯，在阳光与灯光的照耀下，彩球状的巨碗熠熠生辉，而金鱼的轮廓又为之平添了一圈光晕，使它显得更为神秘，这般奇异的景象让人忍不住相信预言家说的能在里面看到末日奇景的话。史密斯的目光越过老斯马特的肩膀盯着它，目不转睛，脸上的表情神秘莫测。

"我今天晚上要赶去伦敦，博伊尔先生。"老斯马特说道，语气之中显出少有的正经。"我跟史密斯先生要去赶6点45分的火车。詹姆森今天睡在我房间，如果你像我往常一样，我倒是不担心会出事。"

"一切皆有可能，"史密斯先生笑了笑说，"你平常不总是留一把枪在床上吗？或许这次你仍然应该留着。"

斯马特先生没有回答，他与银行经理走出屋门，走到乡村绿地的路上。

总管詹姆森与秘书博伊尔当晚谨遵嘱咐，睡在老板房中。准确地说，詹姆森是睡在更衣室中，但更衣室通向卧室的门却没关，因此这两间房可以算作是一间。唯一不同的是，卧室前方通向阳台，后方通向密室。博伊尔拉过床挡住密室入口，将枪放于枕头下，然后脱衣上床，他觉得一切都已经安排得妥当了，可以防范任何意外。他也没有发觉有任何普通盗窃的危险——至于伯爵所讲的意念盗窃，如果在他睡前还在想着这件事，那只能理解为做梦了。它们确实很快化成梦境了，伴随着博伊尔的沉睡。詹姆森跟平常一样显得略微不安，不过在经历了一会儿唠叨、重复了几遍平日提起的憾事与警告后，也脱衣沉沉睡去。

皎洁的月光逐渐暗淡，绿地广场一片死寂，四周没有一个人影，就在天边逐渐泛光照亮灰蒙蒙的天空时，出事了。

由于年轻，博伊尔自然睡得更沉。尽管他一睡醒就显得生机勃勃，但是醒来的过程却总是无比艰难。况且，他做的梦就像章鱼的触须似的，缠住了他半睡半醒的神智。梦境五花八门，其中也包括他站在阳台之上，看着绿地广场与他周围的 4 条灰白色的路。但是这些东西都变了形，变来变去，令他感觉头晕目眩。与此同时，他还听到了刺耳的噪音，就像是地下河发出的声音，也许那是更衣室老詹姆森的呼噜声。但在昏昏沉沉中的这些噪音让他想起了拉腊伯爵的话：有一种智慧能撬动时空的杠杆，使整个世界改变运转。他隐约还梦见世界下方有一台巨大的机器在嗡嗡作响，移动着每一片景色，将世界的尽头搬到一家的前花园，或者将这家的前花园搬到大洋彼岸。

他脑海中尚存留的就是一首歌的歌词了，还伴随着金属的伴奏声。唱歌的人口音像是外国的，听起来有些奇怪但又有些耳熟，他无法确定是不是自己在梦中创作了一首诗。

"穿过大地，跨国海洋，我的飞鱼回到我的身旁。

因为尘世的乐章唤不醒它，能唤醒它的只有……"

他睁着惺忪的眼坐起来，发现他的老同伴已经起床了。詹姆森正通过阳台向下张望，并且朝着街道上尖声呵斥。

"你是谁啊？"他厉声叫道。"你要做什么？"

他烦躁地转向博伊尔，开口说道："有人就在我们房前转悠，这可不怎么安全。不管怎么说，我得下去把门插上。"

他慌忙跑下楼，博伊尔能够听到门闩与门撞击的哐当声。不过博伊尔自己缓步走到阳台上，望着下面通向这所房子的灰白色长路，恍然若梦。

在这条横贯整个旷野又通向这所房子的灰色长路之上，竟出现了一个人影，他忽地出现，就像伯爵的奇幻故事中描述的，又像《一千零一夜》里所讲的。当清晨的阳光逐渐弥漫，凄凉又朦胧的晨雾渐渐显露出万物，但同时又给它们抹上一种颜色。此刻它正缓缓地揭开灰色面纱，展现出那位着奇装的人。一条奇怪的海蓝色围巾，非常宽大，缠在头上，又缠住下巴，就像一顶兜帽。那张脸好像也戴着面具，因为那围巾缠得太严实，只在眼睛处留了一个缝。他脑袋下垂，正看着一个形状古怪的银制或者是钢制的乐器，像是畸形的小提琴。那人正用银梳子般的东西弹着，更不可思议的是，那琴声又尖细又微弱。博伊尔还未张口询问，一直回荡在他脑海里的异国旋律便从头巾下的阴影中传了过来，歌词也正如梦中那样：

"当金鸟回到树上

我那金鱼就该回到我的身旁

回到……"

"你不能待在这儿。"博伊尔愤怒地高声叫道，他几乎没了意识，完全出于本能说了这句话。

"我有权利得到金鱼！"陌生人语气中透露着一丝威严，听起来像是所罗门王，而不像是一个头戴破烂头巾、脚上没鞋的贝都因人。"它们应该回到我的身边，来吧！"

话到最后，他陡然提高声音，同时猛烈地弹了一下那怪琴。一阵凄厉又刺耳的琴声扑面而来，紧接着博伊尔又听到一阵微弱的声音，他听得出那声音来自于存放金碗的密室，声音便似耳语一般，仿佛在回应着琴声。

博伊尔急忙回身查看，刹那间，密室中的声音变了，变成一种电铃般的长鸣，接着他又听见一种东西破碎的声音。从他在阳台上呵斥那位陌生人到现在，仅仅只过了几秒钟。就在这时，总管詹姆森回来了，毕竟他是上了年纪的人，跑这一趟使他气喘吁吁。

"无论如何，我总算是把门闩上了。"他说道。

"马厩的门。"黑乎乎的密室中传来博伊尔的声音。

詹姆森尾随他走进了房间，看到他正在低头看，地上一地的彩色玻璃碎片，像弧形的彩虹一样。

"你说马厩门是何意思？"詹姆森问道。

"我说的是马儿被偷了。"博伊尔回答。"就像一群飞马。那几条飞鱼，刚刚那位朋友就打了个招呼，像对表演的小狗一样吹了个口哨，那些鱼就飞走了。"

"这怎么可能！"老管家失声咆哮道，似乎这类事情有失体面。

"哦，它们确实不见了。"博伊尔简短地回答道。"破碎的碗就在这儿，想要打开它需很长工夫，但是打碎它只需一秒。重要的是鱼不见了，天知道那是怎么消失的，不过我认为这应该问问那位朋友。"

"我们不要浪费时间了。"詹姆森心烦意乱地说道。"我觉得我们应该立刻去追。"

"最好马上报警。"博伊尔回答。"警察们开着警车，又可以通过电话联络，应该马上就能追上他。比我们穿着睡衣快多了。不过，我怕的是有些东西比电话还快。"

当詹姆森烦躁不安地在电话里向警察说明情况时，博伊尔再次回到阳台，匆忙扫了一眼外边的景象。这时外面已经空无一人，包头巾的男子早已消失不见，只能隐约感觉到蓝龙客栈有些动静，但要想看清怕是得有千里眼了。此刻，博伊尔竟真像是拥有了千里眼，清楚地意识到原本就是他潜意识的东西。就好比事实被藏在意识中，却不安分地想要挣扎出来。事实很明了，外面破晓时的一片灰白并非完全灰白，而是有着一点星光，那是绿地另一边的某个房子里的一盏灯——此刻他脑子里正有一种非理性的念头占据上风：那灯亮了一夜，黎明才灭。他仔细一算，这事好像正好和某个意识对上了，又好像没对上，无论如何，那是伊冯·德·拉腊伯爵家的房子。

几名警察由平纳督察带队赶了过来，他们迅速果断地做了几件事。督察意识到，那件珍品过于特殊，很可能马上就会成为各个报社的头条。他仔细检查、测量了每样东西，录下每人的口供，取走每人的指纹，也惹急了每个人，但最终的结果却令他瞠目结舌：一位来自广阔沙漠的人穿过道路，停留在佩里格林·斯马特先生家门前，之后唱了一首小歌或者说吟了一首小诗，那藏于密室的人造金鱼碗就像炸弹似的爆炸了，金鱼消失不见。一个外国伯爵细声细语地偷偷告诉他，人类的认知领域从此终于得以扩展，但却不能让他感到一丝安慰。

事实上，那个圈子里每个成员的态度都极其耐人寻味。佩里格林·斯马特本人次日早上从伦敦归来，一到家就听说了自己的损失。这当然令他备感震惊，但他随即就开始积极寻宝，而不是坐在那里徒然伤悲。这也正是那个充满活力的小老头的特点，这特点使他那昂首挺胸的小身板看上去像只好斗的麻雀。那位叫哈默的本是专门为收购那金鱼而来，了解到可能收购无望，难免有点恼火，不过也算是正常。可事实上，从他浓密的大胡子跟眉毛中流露出的怨气看来，他的恼火似乎另有所指，并不是单纯的失望。他两眼放光看着众人，眼神中流露出前所未有的警觉，完全可以看出他满腹狐疑。脸色蜡黄的银行经理也从伦敦回来了，只不过比斯马特先生的火车晚了一班。他就像一块磁铁，哈默那犀利的目光一直被他吸引着。至于最开始的小圈子中剩余的两位，布朗神父几乎沉默，有人上前搭话时才会开口，而惶恐不安的哈托普直接是缄口不言了。

然而伯爵可不会轻易放过任何一件能够明显证明自己观点的机会。他微笑着面对自己的辩论对手，那位理性的医生，一副得意扬扬的令人厌烦的表情。

"你得承认了，医生，"伯爵说，"至少你昨天还认为不可能，可今天就发生了。正像我所描述的，一个衣衫褴褛的家伙，站在外面只需一句话就能打碎屋子里面的固体容器，也许这就是我所说的精神力量胜过物质力量的铁证。"

"那也正如我所说，"医生尖刻地对抗道，"一点小小的科学知识就足以揭穿这些把戏的老底儿。"

"你真的有办法，医生，"斯马特显得有些兴奋，"我是说，你能用科学来解释这个神秘的现象吗？"

"起码我可以解释伯爵口中的神秘，"医生说道，"原因就是它根本不神秘。他所说的再明白不过了。声音只是一种振动波，某种特质的玻璃碰到某种特别的声波就会破碎，那仅仅是因为振动波能够震碎玻璃。那人并非只是站在大路上想一想，就像伯爵说的东方的交流方式似的，而是高声唱歌，唱出了他所想，同时还在奇怪的乐器上弹奏尖锐的音符。那跟很多用振动波击碎玻璃的实验倒是很相似。"

"就像这样，"伯爵用嘲笑的口吻说，"几块金子忽然消失的实验？"

"平纳督察到了，"博伊尔说道，"顺便说一句，我认为在他看来，医生的解释跟伯爵的精神力一样玄乎。平纳先生可是一个多疑之人，尤其对我，我想我已经被怀疑了。"

"我想我们大家都已经被怀疑了。"伯爵补充道。

正是博伊尔感觉自己受到了怀疑，他才主动找到布朗神父，希望能够得到他的帮助。就在事发几个小时之后，他们一块围着绿地散步，神父一边聆听博伊尔的述说一边眉头紧锁地思索着，突然，他停住了脚步。

"你有没有发现，"神父问，"有人冲刷了这儿的人行道，就是瓦尼上校门前那一小段，我在想那冲洗工作是否在昨天就已经完成了。"

布朗神父仔仔细细地查看那栋房子，它高且窄，有一排排条纹状的遮阳帘，颜色虽然艳丽，但因老旧已经有些褪色了。透过一些缝隙或者小孔可以瞧见屋子里。实际上，跟沐浴在阳光之中的外界相比，屋内是一片昏暗。

"那栋就是瓦尼上校的房子吗？"他问道。"我猜，他也是来自东方。他是怎样的一个人呢？"

"我从来没见过他。"博伊尔如实回答道。"我想除了巴达克医生,其他谁也没见过他。我觉得就算是巴达克医生也是被叫到才去的。"

"哦,是吗?那我现在就要进去见见他了。"布朗神父说。

那扇巨大的前门缓缓打开了,把身材矮小的布朗神父吞进了里面。他的朋友博伊尔目瞪口呆地站在那里,一副失魂落魄的模样,似乎在猜想门是否还能再次打开。几分钟之后,门开了,布朗神父缓步走了出来,仍旧是面带微笑,然后继续怡然自得地走在环绕绿地的路上。甚至有时候看起来他已经把这件事抛到了九霄云外,因为他会从历史与社会的角度,或者那片地区的发展前景角度随意地点评几句。他谈论银行门前刚开始修路时所用的泥,他放眼望向这大片乡村绿地,一副神秘莫测的表情。

"公共用地。我觉得人们应该在这绿地上养一些猪啊鹅啊什么的,当然了,如果有的话。可实际上,这上面除了荨麻和蓟草以外再也没有什么东西了。本该成为草地的地方却变成了一片不值一提的荒地,真是可惜。对面那一家是巴达克医生的房子吗?"

"是,是。"博伊尔被布朗神父转移话题的突然吓了一大跳。

"很好,"布朗神父说,"这样的话,我想我们应该再次回屋里了。"

当他们打开老斯马特先生家的前门,向上走楼梯的时候,博伊尔又重复了一遍破晓时分那场闹剧的很多细节。

"我想你没有再次睡过去吧?"布朗神父问,"如果是那样的话,就有人能趁着詹姆森下楼闩门的空隙,从阳台爬进来。"

"绝对没有,"博伊尔回答,"我敢肯定。我醒来的时候就听到詹姆森在阳台大吼大叫,然后他就去下楼闩门,再然后我就两步跨到阳台上了。"

"除此之外,贼有没有可能从别处进来?我是说除了前门,就没有别的入口了?"

"很显然,没有。"博伊尔严肃地说道。

"我觉得最好还是确认一下，你说呢？"布朗神父温和地说，然后又步履轻快地匆匆下楼。博伊尔留在卧室，满腹疑问地望着他的背影。又过了一会儿，那个体态微圆、面相纯朴的形象再次出现，看上去就像一个咧嘴大笑的芜菁灯③。

"没有了，我想入口的问题是不用考虑了。"那芜菁灯欢快地说道。"既然所有的线索都汇聚在了一起，那么现在就让我们整理一下头绪，这件事还真是有些蹊跷。"

"你觉得，"博伊尔发问，"伯爵、上校，或者这个小圈子中的任何一位跟这件事有关吗？你认为这件事是——精神力量吗？"

"有一点我敢保证，"神父神色凝重地说道，"如果伯爵、上校，或者你这些邻居中的任意一位乔装打扮成别人，摸着黑爬上了这栋房子的话——那才是真正的精神力量。"

"你这话什么意思？"

"因为那个人没有留下任何的脚印，"布朗神父回答说，"住在两边的上校和银行经理是你最近的邻居。如果赤脚走过你家与银行经理家的那片红土，上面一定会留下脚印，就像一个石膏模型一样，并且还会弄得到处都是红色的印记。我硬着头皮去找那位脾气暴躁的瓦尼上校，总算是确认了一件事，就是他家门前那人行道确实是昨天冲刷的，并非今天。那就意味着路非常潮湿，足以让任何沿路而过者留下湿脚印。如果是伯爵或者医生作案的话，那么他一定得穿过公共用地。这样的话他就会感到赤脚有多么不舒服，因为正如我所言，那上面全是荆棘、荨麻与蓟草。他一定会被扎，弄不好还会留下带血的足迹。这么说赤脚、穿鞋都不可能了。除非像你所说的那样，他用的是超自然的精神力量。"

博伊尔眼神直直地望着布朗神父，望着他那面色凝重，神秘莫测的面孔。

"你是说……他真的是超自然的？"过了许久，他终于开口道。

"有一条公用的真理你应该记于心中，"布朗神父微微停顿了一下，然后继续说道，"有时候近在眼前反而看不见，比如说，人就看不到自己。曾经有个人通过望远镜向外看，有个苍蝇挡住了他的视线，于是他就发现了月亮之上有一条巨龙。还有人告诉我，如果一个人把自己的声音录下来放给自己听，会感觉那个声音无比陌生。同样地，如果一件东西天天在我们眼前晃悠，我们反而会视而不见。如果哪一天突然见到它，竟会觉得吃惊。如果一件近距离的景物有一天出现在了中距离，我们可能会感觉它在远距离。我们再次出来一下，我想我应该给你示范一下，从另外一个角度观看有何不同。"

说话的时候他已经站起身，就连他们下楼梯时，神父也是在滔滔不绝地讲着，好像想到哪儿说到哪儿。

"伯爵所讲的故事跟亚洲所带来的神秘氛围都起了作用，因为，在这样的事情中，很多因素取决于一个人的心理作用。人有可能会进入到一种状态，他会认为砸到自己头上的一块砖是古巴比伦砖，一块镌刻着楔形文字的'宝砖'，并且他还坚信自己是正确的。他甚至坚信到连看都不看那砖头一眼，其实只要他看一眼，他就能明白那跟他自己家的砖头没什么两样。因此，你的情况……"

"这是怎么回事？"博伊尔打断了神父的话，两眼直直地看着入口，并用手指着说。"这到底是怎么一回事？门为什么又被闩上了。"

他双眼盯着前门，感觉不可思议。他们确确实实是刚从那儿进来啊！如他所言，闩马厩门为时已晚，但现在前门的铁锈门就再次闩住了。那古老的门闩就好像隐含着某种讽刺，故意等他们进了门就会自动合上，将他们关进屋子。

"哦，那个啊！"布朗神父漫不经心地说。"那是我闩的，就在刚才。你没有听见吗？"

"没有。"博伊尔如实回答，眼睛却不离门闩。"我什么也没听到。"

"哦，我猜想你也听不到。"神父平静地回答。"楼上的人听不到门闩声很正常，因为那就是个挂钩，只需插入钩眼就行了。你要是离得非常近，你也许能够听见沉闷的一声响，但也仅此而已了。要让楼上的人听到声音，只有这样做——"

他将门闩从插口处取出来，让它自由落体，只听哐当一声它撞到了门上。

"你打开门闩的确会有声音，"布朗神父神色凝重，"即使你非常非常小心。"

"你的意思是说……"

"我的意思是说，"神父接道，"你在楼上听到的是詹姆森开门而非关门的声音，现在我们将门打开，去外面吧！"

等到他们走到外面的街道上，神父依然耐心地解释。他看起来如此沉着冷静，就好像正在给人上一堂化学课。

"我们刚才说过，一个人或许只会关注远在天边的东西，对于近在眼前的事物反而会视而不见。你从上面往下看这条路时，你看到的是一个怪异的、身穿异国衣服的男子。我在想你压根儿就没仔细考虑过，他在往阳台看的时候又看到了什么。"

博伊尔注视着阳台，一言不发，神父接着说：

"你感觉一个人光着脚穿过大沙漠，又走过充满文明的英格兰，实在是太疯狂、太神奇了。但你忽略了那时候你也是光着脚的。"

博伊尔似乎词穷了，又重复了一遍之前的话。

"詹姆森打开了门。"博伊尔机械般地说。

"没错。"神父回应道。"詹姆森打开门，身着睡衣来到街道上，正好你那会儿也去了阳台。他随手拿起两件你天天见的东西：一件用来包头——就是那条蓝色旧窗帘，一件就是那东方乐器，你在你老板收集的东方古玩中应该见过不少次。剩下的就靠营造氛围与表演技术了，非常完美的表演，因为他是个高明的犯罪艺术家。"

"詹姆森！"博伊尔大叫，简直不敢相信。"那么一个枯燥乏味的老东西，我甚至从来没往他身上想。"

"正是这样，"神父说，"他是一位艺术家。如果他能扮演6分钟的歌手或者诗人，你觉得他就不会扮演6星期的管家吗？"

"可我还是不太能明白他的目的。"博伊尔说。

"他已经实现了他的目的。"神父说。"或者说差一点就实现了。他已经拿到了金鱼，当然，他有很多次机会拿走金鱼。但是如果他仅仅只是拿走金鱼，很多人都会怀疑到他的头上。他扮演成来自遥远地方的神秘魔术师，目的就是把所有人的思绪引到别的地方。他演技如此高超，以至于你都不相信这件事就在自家门口。它离得太近，你反而看不到了。"

"如果你说的是真的的话，"博伊尔说道，"那可真是相当冒险啊！首先时间就必须及其精确。詹姆森在阳台上往下喊话时，我的确没听到街上有人回复他任何一句，现在想想，那应该都是假的。而且，我想，在我完全清醒过来、走到阳台上时，他的确有时间跑到外面。"

"任何一桩案子能够成功的条件就是，总是有人不能及时将它识破。"神父回答。"不管从哪个角度来说，我们都醒悟得太晚，我就是其中之一。我猜他早就已经逃掉了，就在他们取下他指纹的时间前后。"

"无论如何，你比其他人都醒悟得早。"博伊尔回答。"像我就永远不会有那种醒悟。詹姆森平时是如此规矩，又不起眼，以至于我早把他忘了。"

"小心那个被你遗忘的男人。"神父说。"他会彻底地把你陷入不利境地。不过我之前也没有怀疑是他，直到你对我说你听见门是如何被闩上的。"

"总之，我们多亏你了。"博伊尔由衷地感叹道。

"应该是你们多亏了鲁滨逊太太。"神父微笑着说。

"鲁滨逊太太？"秘书大为惊讶地问。"你所说的该不会是那位女管家吧？"

"小心那个被你遗忘的女人，甚至，要加倍小心。"神父回答。"詹姆森乃是个一流罪犯，也是个出色的演员，还是位杰出的心理学家。像伯爵那样的人除了自己的意见，听不进去其他任何人的学说。但是这个人却在你们都忘记他的时候，静静倾听，为他的故事搜集适当的素材，还明确知道应该奏哪种音符能把你们引入歧途。但他还是犯了一个致命的错误，他忽略了女管家鲁滨逊太太的心理。"

"我不太明白，"博伊尔答，"她跟这件事有何关系？"

"门会被闩上在詹姆森的意料之外，"神父说，"詹姆森知道大部分男人，尤其像你和老板那样马虎的男人，一天会唠叨很多遍，应该做什么事，或者最好去做某件事。但是，你要让女人听见了该做什么事，那就危险了，她不定什么时候就会去把它办了的。"

【注释】

① 天主教的翻译方法，即基督教"圣彼得"。为耶稣十二门徒之一，之前是一个渔夫。

② 有狭义圣髑与广义圣髑之分。狭义的指圣人的遗体或者遗骨。广义的还包括跟遗体或遗骨接触过的东西。

③ 传说是万圣节中南瓜灯的原型，后来传入美洲，因不如南瓜好用，逐渐被替代。

◇ 演员和不在场证明 ◇

芒登·曼德维尔先生是这家剧院的经理，此刻，他正匆忙穿过舞台后面的通道，实际上就是大帷幕下面的通道。他的穿着打扮看起来不仅时髦，而且还显得喜庆，甚至有点过于喜庆。他的扣眼中别着喜庆的花，靴子擦得明亮，看起来也相当喜庆——但从他脸上却看不出一丝喜庆。他身材很高大，脖子很粗，眉毛很浓，此刻他的两道眉毛比以往更浓郁了。众所周知，干他这行的，每天烦心事都有上百件，事无巨细，新事老事，都必须解决。通道里堆着旧童话剧的布景，他看到它们就一肚子气，因为他刚入行时就是搞的非常流行的童话剧，他也大赚了一笔。但是后来他禁不住别人的一直劝说，改行搞了严肃又古典的戏剧，并花了一大笔钱。如果我们有机会看到童年的梦中仙境，就像《蓝胡子的蓝色宫殿》①中的宝石的蓝色大门，或是《黄金桔子树》里魔法果园②的一个角落，一定会有种返璞归真之感。但是这些安慰不了曼德维尔先生，更何况这些布景现在在角落里已经结蜘蛛网或被老鼠咬出洞了。他现在没时间为赔钱而哭，更没时间沉浸在小飞侠彼得·潘的乐园，有人找他处理现实的问题，也不是陈年老事，是当下的麻烦。这种麻烦在鲜为人知的幕后屡见不鲜，但这次事态严重，须得认真对待。意大利裔的天才演员，年轻的马罗尼小姐在一部新剧中扮演一个重要角色，这部戏时间紧促，当天下午排练，晚上就要公演。但就在这节骨眼儿上，她却突然要脾气罢演了。自从这件事情发生后，曼德维尔还没有见过这个令人生气的女士一面。照现在的情况看来，他也见不着了，因为这位女演员把化妆间反锁了，谁叫门也不开。作为一个地道的英国人，芒登·曼德维尔对此并不奇怪，他小声嘟囔说外国佬全是疯子。可尽管他幸运地活在地球上唯一一个理智的岛国，他却不能从中得到一丝安慰。这一切，或许还有更多，可真是够烦人的。不过如果细心观察，我们就能发现曼德维尔有些不对劲，他不仅仅是心情烦躁那么简单。

　　如果说一个体形富态但又健康的人也能够显得憔悴的话，那就是曼德维尔了。他面容饱满，但是眼窝却深深陷了下去，他嘴唇一直在抽搐，好像想要咬住上面的黑胡须似的，却怎么也咬不着。他就像初次尝试了毒品一样——就算这是真的，也会有人觉得这情有可原，因为不是毒品引来了烦恼，而是烦恼引来了毒品。无论他内心的秘密是什么，它都得藏在这条幽暗的长廊的尽头，因为那是他的小办公室。而当走在空无一人的过道上时，他紧张得时不时就要回头看一下。

但是无论怎么说，还是生意要紧，他此刻正向着通道的另一端走去，那里是马罗尼小姐那没有窗户的门。一群演员与其他工作人员早就在门口站着了，他们聚在门口议论纷纷，有人甚至夸大其词，问要不要启用攻城槌。这群人中间有个著名演员，他几乎家喻户晓：许多人家中的壁炉台上都有他的照片，或者相册之中夹着他的签名照——诺曼·奈特。尽管他在戏中只演一些粗俗、老套的英雄人物，而且顶多算是第一男配，但有一点大家都相信，那就是他以后会更成功。他相貌俊朗，宽宽的下巴中间一道凹缝，淡黄色头发垂于额前，竟有些神似暴君尼禄。但是他毛躁的举止却与他的模样不太相符。拉尔夫·兰德尔也在人群之中，他在戏中通常扮演的角色都是上了年纪的，他那滑稽的瓦刀脸上此刻化了妆，油彩盖住了他原来的肤色。人群中第二男配也在，这名年轻人演完狄更斯原创的《我们共同的朋友》还未卸妆，他一头乌黑卷发，犹太人的面庞，他叫作奥布里·弗农。

曼德维尔太太的女仆人兼化妆师也在那儿，她看起来很壮实，一头浓密的红发，表情僵硬。曼德维尔太太本人当然也在场，她在人群当中一言不发，脸色惨白，像是病快快的样子。不过她脸部的线条倒不失古典般的对称与肃穆，只不过她的脸色在灰白色的眼睛衬托下，更显得没有血色。她用两条朴素的带子把她淡黄色的头发束了起来，就像一尊光洁的圣母像。并不是每个人都知道她也曾红极一时，演过易卜生③的戏与其他一些知识分子关注的戏。但是她的丈夫曼德维尔对这些戏兴趣不大，尤其是现在，把女演员从房间里哄出来才是当务之急。难道要用到《消失的女士》④中相反的把戏吗？

"她还在里面吗？"他问道，从口气上就可以听出来，他是在问他太太的女仆，而不是他太太。

"没有，先生。"那位被大家叫作桑兹夫人的女仆黯然回答。

"我们都有点担心了。"老兰德尔说道。"她精神好像有点错乱，我们都害怕她会自残。"

"见鬼！"曼德维尔粗暴地说。"这消息要是透露出去肯定轰动，但是我们不能用这种方式宣传。这儿有她的朋友吗？谁能劝劝她？"

"贾维斯说只有她最信任的神父才有可能劝得动她，神父就在附近，"兰德尔说，"在她还没寻短见的时候，我真希望神父能够来到，贾维斯找他去了——况且，事实上，他已经来了。"

又有两个人的身影出现在通道里，走在前面的是阿什顿·贾维斯，他很幽默，非常爱开玩笑，通常在剧中饰演反派角色，不过这份重任暂时让给了奥布里·弗农。走在后面的一位身材短小，看起来很敦实，从上到下一身黑，他就是附近教堂的布朗神父。

找神父来是为了搞清楚他的这位教民为何行为如此怪异，看看她到底是害群之马还是迷路的羔羊，对于这个请求，神父根本没当回事，随口答应了下来。不过当听到众人说那位女演员可能要自杀时，他却不以为然。

"每个人发火总是有原因的吧！"神父说，"有人知道她为什么发火吗？"

"我想，她应该是对角色不满意吧！"老演员说道。

"他们总是这样。"芒登·曼德维尔大声叫道。"我以为我太太会将角色分配的事情办妥。"

"我想说，"曼德维尔太太无精打采地说，"我分给了她最好的角色。她要演的是一位美丽的女一号，她要在鲜花与喝彩中缓步走过长廊，嫁给英俊潇洒的男主人公，这不是每个上台演出的女演员梦寐以求的吗？像我这样上了年纪的女人只好演个配角，演个年龄大点、可敬的主妇，我可是尽量避免抢她的风头啊！"

"不管怎样，都到这个节骨眼儿上了，更换角色的确很不妥当。"兰德尔说道。

"想都别想，"诺曼·奈特叫道，"要是那样的话，我可是没法演了。再说了，时间也确实来不及了。"

布朗神父凑到门口，侧耳倾听。

"里面不会没有声音了吧？"曼德维尔焦急地问，随后又压低声音问神父说："你说她不会在里边寻短见吧？"

"里面有声音。"布朗神父淡淡地回答说。"我想那是一种砸玻璃或镜子的声音，很有可能是她在用脚踹。不碍事，我不认为她会寻短见，踢破镜子不算是自杀的前兆。如果她是一位德国人，现在正躲在屋里思考关于形而上学理论或者悲观主义哲学，那我定会不顾一切把门撞开。但是意大利人可不会轻易寻死，他们生气的时候可不会向自己开刀。说不定——很有可能，其他人倒是得多加小心，弄不好她什么时候就会冲出来……"

"如此说来，你认为不需要撞开门了？"曼德维尔问道。

"你要是尚且指望她上台演出，你就别那样做，"神父回答，"你要是那么做了，她肯定会吵叫得更厉害，然后扭头便走。你们不理她，可能她反倒会觉得好奇，从而主动出来。我要是你的话，我就只留一个人在这儿，就算是给她看门好了，然后等一两个小时就没事了。"

"要是这样的话，"曼德维尔想了想说，"我们先排练她不出场的部分。我太太将会安排好目前所需要的舞台布景。不过还好，第四幕才是重头戏。拜托你继续想办法劝她出来。"

"这次排练不用换戏服了。"曼德维尔太太对大家说道。

"太棒了，"奈特说，"不用换戏服真是太好了。这些戏服虽精美，但是穿戴起来太费劲。"

"你们要演的是什么戏？"神父有些好奇地问道。

《造谣学校》[⑤]，"曼德维尔回答，"相当有文学性，不过我想要的效果是戏剧性。我太太喜欢她那所谓的经典戏剧。可是只有经典，都没有逗乐了。"

就在这时候，剧院的看门老人颤颤巍巍地向这边走来。他名叫山姆，也只有他在剧院打烊后还住在里边。他来到经理这儿，递给他一张名片，说一位名叫米丽娅姆·马登的女士要见他。经理转身离开了，而布朗神父却朝着曼德维尔太太那边望了一会儿，因为他发现她苍白的脸上正透出一丝笑容，而且很明显那可不是开心的笑。

神父与贾维斯一块儿走开了，因为贾维斯正好是他的好朋友，又信天主教——演员中信教的人并不少。然而，就在他们将要离开的时候，神父听到太太低声吩咐女仆桑兹夫人，叫她守着那女演员的门。

"曼德维尔太太似乎很有头脑，"神父对他的朋友说，"尽管她故意隐藏，不显山不露水。"

"她曾经可是一位出色的知识女性，"贾维斯用惋惜的口吻说，"有人说，她嫁给曼德维尔这类暴发户似的人简直就是暴殄了她的才华。你应该知道，她对戏剧可是充满理想的。但是，她的丈夫却很少站在她的角度替她着想。你知道吗？她丈夫竟然打算让她在一部童话剧中扮演一个男孩。他知道自己太太演技很出色，但他说童话剧更挣钱。单单从这一点上，你就能看出她丈夫在艺术上的水平了吧！但她从不抱怨，有一次她对我说：'抱怨得到的终究是更多的抱怨，而沉默让我们更坚强。'要是她嫁对了男人，她一定会成为当代伟大的演员。事实上，许多有品位的评论家仍对她有期待。但可惜了，她嫁给了这么一个人。"

话到最后，贾维斯指了指曼德维尔宽大的身影，此刻他正在背对着他们，跟那位女士谈话。米丽娅姆女士身材很高挑，举止又优雅，但此刻略显慵懒，她打扮的样式正流行，是以埃及木乃伊为原型的打扮，显得她非常端庄。黑发修剪得很薄，有棱有角，就像头盔似的。嘴唇抹着浓艳的口红，此刻正一脸轻蔑的神情。

她的同伴异常活泼，是一个长得极丑的女士，她头上还扑了粉，现在全成了灰白色。她叫特蕾莎·塔尔博特，一说起话就无休止，而她的同伴米丽娅姆连嘴都懒得张了。不过还好，在贾维斯与神父向他们走去的时候，米丽娅姆总算是打起了精神，她开口说道："戏剧真无聊，不过我倒是真没见过没穿戏服的排练。说不定那样会有趣点，不知为何，这年头总想找点新鲜事。"

"那么，曼德维尔先生，"塔尔博特小姐高兴得直拍他的胳膊，"你可要让我们看排练。我们今晚来不了了，也不想那时候来。我们就想看一群不穿戏服的演员表演。"

"当然可以，如果两位愿意的话，我可以为两位准备一间包厢，"曼德维尔连忙说道，"两位女士这边请。"于是经理带着她们去了另外一条通道。

"我很好奇，"贾维斯似乎若有所思，"曼德维尔是否也喜欢这样的女人。"

他的同伴布朗神父问道："那么，你有何理由认为曼德维尔喜欢她？"

贾维斯盯着神父，好一会儿，他才开口说话。

"曼德维尔好像一个谜。"贾维斯严肃地说。"没错，他外表看起来是和大街上的普通人没什么分别，但是他确实是藏着秘密。他心里肯定有鬼，他一直生活在阴影之中。不知道什么原因，他总是冷落他的妻子，逢场作戏般地去跟其他人调情。要是这样的话，事情就复杂了。实际上，我碰巧比其他人知道得多一些，当然这纯属偶然。但就算我知道那些事情，我也想不通到底是怎么一回事。"

他环视了一下四周，确认没人后，才压低声音对神父补充说：

"我倒是不妨跟你说一下，因为我知道你会守口如瓶，就好像一座沉默的塔楼。有一天我碰到了一件怪事，让我非常震惊，从那天开始这事便不断发生了。你知道吧，通道尽头的那个小房间是曼德维尔的办公室，就在舞台的下面。当大家都认为办公室里只有他一个人时，我多次路过那儿——此外，我又碰巧知道剧团里的所有女士，以及所有跟他有关的女性，当时肯定不在场。"

"所有的女人？"布朗神父有些好奇地问道。

"一切有可能的女性都排除，但他屋中却的确有另外一个女人。"贾维斯几乎是在耳语了。"有个女人老是去找他，一个我们都不认识的女人。我甚至都不明白她是如何进去的，因为没有人经过那条通道去到经理门前。有一天黄昏，我看到一个人蒙着面纱或者说是披着斗篷，从剧场后门走出来，忽地消失了。但是我敢肯定她不是幽灵，而且我觉得这不仅仅是男女私会那么简单。我猜这可能不是偷情，而是勒索。"

"你怎么会这么想？"神父问道。

"因为，"贾维斯的表情已经逐渐从严肃变为冷酷，"我曾听到里面传来吵架的声音，后来那个女子冷冰冰地说：'我可是你妻子。'"

"所以你认为他犯了重婚罪？"神父思索着说道。"当然了，勒索与重婚往往是有联系的。不过她可能是在勒索，也可能是在唬人，更或者她疯了。因为你们戏剧这行的总会招惹到一些偏执狂。或许你是对的，总之我不应该过早下结论……说到戏剧，排练就要开始了，你不是一位演员吗？"

"这一幕没有我的戏，"贾维斯笑道，"你知道，在你的那位意大利朋友火气降下来之前，他们仅能排练那一幕。"

"说到我的意大利朋友，"神父说，"我们去看看她冷静下来没有？"

"你想去的话，咱俩就一块儿回去。"贾维斯说。于是他们再次回到了那个通道，一头是曼德维尔的办公室，另一头是马罗尼女士紧紧关闭的房门。门仍然关着，桑兹夫人像木雕似的坐在那儿，一动不动。

他们走进通道的一端，恰好看到几个要上去排练的演员上楼梯。弗农和老兰德尔走在最前方，快步跑上台阶。但是曼德维尔夫人的动作就相当迟缓了，她保持着高贵、端庄的姿态，而诺曼·奈特就是故意放慢脚步了，看起来他有话要对她说。神父与贾维斯经过那里，虽然无心偷听，但还是有几句话飘进了他们的耳朵。

"我告诉你吧，有个女人来找他了。"奈特怒气冲冲地说道。

"嘘！"女士的声音异常悦耳，但可以听出柔中有刚。"你不该说这样的话，你记住，他是我丈夫。"

"但愿我能够忘了这件事。"奈特说完，便跑上阶梯，去舞台了。

女士仍旧气定神闲地走在后面，不紧不慢地向舞台走去。

"其他人好像也知道这件事了，"神父平静地说道，"但好像不是我泄的密。"

"我知道，"贾维斯嘟囔道，"看来这事大家都知道了，可没人知道是怎么回事。"

他们来到通道另一头，那名死板的女仆人正坐在女演员的门外。

"没有，她还在里边，"女仆一脸阴沉说道，"她还没死，因为我时不时就能听到里边走动的声音，我不知道她在耍什么花招。"

"女士，你知不知道，"布朗神父非常客气，但语气生硬地问道，"曼德维尔先生现在在哪儿？"

"知道，"她回答，"一两分钟前，我见他进了他的办公室，就在主持人说话和大幕拉起前——他肯定还在里面，因为我没见他出来。"

"你的意思是，他办公室只有这一个门？"布朗神父随口问道。"好吧，我想就算是那位意大利女演员还在生气，排练也已经全面开始了。"

"是的，"一阵沉默后，贾维斯接口道，"我能听到舞台上的声音，老兰德尔真是一副好嗓子。"

那一刻，他们俩全都摆出仔细聆听的姿势，隐约能够听到舞台上的各种声音。就在他们准备恢复平常的姿势，继续交谈的时候，另一个声音传了过来。那声音非常沉闷，显然是沉重的撞击声，而且声音是从另一头的曼德维尔的办公室传过来的。

布朗神父箭一般冲了过去，使劲拧那办公室的门把手，贾维斯一个激灵，也醒悟了过来，赶紧跟上去。

"门被锁上了，"神父的脸色有些发白，他转过身说，"我现在强烈建议把门撞开。"

"你的意思是，"贾维斯有些失神地说，"那位不明身份者又进去了？你此话当真？"片刻后，他又补充说："或许我能打开这些锁，我知道这门是怎么被锁的。"

他拿出一把有着长长钢刃的折叠刀，跪在锁前鼓捣一阵，门就开了。他们一进门就注意到了，屋里确实没别的门，甚至连窗户都没有，照明全靠一盏台灯。但说实话，他们首先注意到的并非这些，而是见到曼德维尔脸部朝下趴在屋子的正中间，鲜血从他脸上流出来，就像一窝毒蛇匍匐前行，在这间昏暗的房子中散发着邪恶的光芒。

两人面面相觑，好大一会儿之后，贾维斯才长长吐了一口气，问道："如果那个陌生人以某种方式进来，那么毫无疑问，她又以那种方式逃了。"

"也许我们太过执着于陌生人了，"布朗神父说，"这座剧场里怪异、蹊跷的事情太多，以至于你自然会忽略了一些事情。"

"你指的是什么？"贾维斯立刻问道。

"有很多，"神父说，"比如那儿还有一扇紧闭的门。"

"可是那扇门仍锁着啊！"贾维斯瞪着眼睛大喊道。

"可你毕竟是忘了还有这事。"神父说。他又思考了一小会儿，说道："桑兹夫人的脾气可不太好，又总是闷闷不乐。"

"你是说，"贾维斯小声说，"她在说谎，那个意大利演员已经出来了？"

"不是，"神父面色冷静地说，"我只是想表达这客观地反映了一个人的性格。"

"难道你的意思是，"演员贾维斯惊呼，"这是桑兹夫人干的？"

"我是说反映出一个人的性格，没说是她。"神父回答。

就在他们进行这种听起来让人摸不着头脑的交谈时，布朗神父跪下身，确认死者已经彻底没救了。尸体旁边，有一把道具匕首，不过站在门口是看不到的。看它的位置应该是从死者身上脱落的，或者是凶手不小心掉在了那儿。贾维斯一眼就认出了它，但是他说就算刑侦专家来提取指纹也没用。因为那是道具，不属于任何人的，它在剧团中流传了很久了，每个人都拿过它。之后神父站起身来，认真扫视着房间。

"我们必须报警，"神父说道，"还要找位医生，虽然为时已晚了。顺便说一句，就这房间来看，我真不明白我们的意大利朋友是如何做到的。"

"那意大利人！"他的朋友贾维斯惊呼，"我可不这么认为。要是问谁有不在场的证明的话，她最有发言权了。两个房间在这条狭长通道的两头，又都上了锁，而且还有个证人一直在那儿守着。"

"不对。"神父说道。"并不是像你所说的那样。但我不明白的是她是如何从这边进来的。现在她可能已从那边出来过了。"

"怎么可能？"另一位问道。

"我对你们说过，"神父说，"我听见她好像是在砸玻璃——无论是镜子还是窗户吧。我真是太笨了，显而易见的事情竟然忽略了：她那么迷信，怎么可能打碎镜子。那她一定是在砸窗户了。这儿确实是在地下，但也可能有天窗一类的开口。但我现在找不到。"他全神贯注地望着天花板找了好大一会儿。

突然间，他又有了生气。"我们先去楼上打个电话报警，并且把这里的事情告诉大家吧。这实在很痛苦……主啊！你听见了吗？楼上那群演员还在兴致勃勃地排练呢！我想，这就是所谓的悲剧性的讽刺吧！"

这家剧院注定会变成灵堂，这也许是个机会，让演员们和这个行业展示出他们还有真实的一面。正如人们常说的，他们的表现确实很有绅士风度，而不单单是在演戏。虽然他们好多人都不喜欢曼德维尔，但这种场合该说什么他们还是知道的。他们对这位失去丈夫的太太深表同情，并给了她很多安慰。她在这场真实的悲剧中，成为了女主角——她最轻的话都被大家当成法律，当她向前移动她悲伤的步伐时，所有人都愿意为她忙前忙后。

"她一直都是那么坚强。"老兰德尔的声音甚至有些嘶哑了。"她比我们都有头脑，当然，可怜的曼德维尔在包括学历的很多方面都离她差得远，但她一直不离不弃，做得很出色。有时候她会说她也想过上文化人的生活，一想起她说话的样子，就让人忍不住伤心。但是曼德维尔却——哎，算了，人们常说，人死莫言过。"然后老人叹了口气，走开了。

"没错，确实是人死莫言过，"贾维斯冷冷地说道，"我想老兰德尔还是不知道他房子里陌生女人的事。顺便问一下，你认为这是那陌生女人干的吗？"

"那就要看你说的陌生女人是谁了。"神父回答。

"哦，我不是说那个意大利女人，"贾维斯连忙解释道，"不过，说实话，你的推测也并非没有道理。他们撞开她的房间发现，天窗已经被砸开，她已经不在屋里了。但是就目前警察所掌握的情况来看，她仅仅是回家了，并没有伤害到任何人。呃，我指的是那个经常与经理私会，并且要挟他的女人。你觉得那女人真是经理的妻子吗？"

"可能吧，"神父的眼神变得有些渺茫，"她可能真是经理的妻子。"

"我们可以假设她发现了经理重婚的行为，由此而产生了忌妒，这就是作案动机了。"贾维斯说。"而且死者钱财并未损失，那就排除掉一些贪财的仆人跟不出名的演员了。可是既然这样，你有没有发现这件案子有何诡异之处。"

"我已经发现了好几件诡异的事情，"神父说，"你指的是哪一件？"

"我所指的是所有人都有不在场证明，"贾维斯严肃地说道，"这种情况可不多见。整个剧团都有不在场的证明。大家都在灯火通明的舞台上演出，可以相互作证。而且可怜的曼德维尔先生还安排了不明就里的两位社会女性在包厢里看排练。她们能为整个剧团作证，整个戏剧没有停，演员们都在台上。在曼德维尔最后一次被人看到进入房间的时候，排练已经开始了。在我们发现他的尸体后，演员们又演了 5 到 10 分钟。而且，更巧合的是，就在我们听到办公室声音的同时，所有角色正好都在台上。"

"没错，这的确很重要，但同时也让一切愈发地明了，"神父点点头说，"我们来清点一下能证明不在场的人。先是兰德尔，虽然他刚才尽量克制了自己的情感，但我还是能看出他对经理深深的恨。但他被排除了，因为我们当时正听到他在台上吼。接着就是我们戏中的男主角，奈特先生，我们有足够的理由证明他深爱着曼德维尔夫人，他自己也未掩饰，但他也被排除了。因为他当时正在舞台之上，兰德尔的吼声就是对着他的。然后是奥布里·弗农，一个和蔼可亲的犹太人，同样被排除了。再然后就是曼德维尔太太，也被排除在外了。就像你说的那样，他们都集体不在场，主要是米丽娅姆女士跟她朋友证明的。不过，这幕戏是连贯在一起的，剧院中的例行安排也未被打断。我想，法院上承认的目击证人是米丽娅姆她们两位。我想问你确定她们都没有问题吗？"

"米丽娅姆女士？"贾维斯吃惊道。"哦，是的……你可能看她打扮得像个妖妇。不过你可能不知道这年头大家闺秀都这么打扮，此外，你怀疑她们有什么特别的理由吗？"

"没什么特别的理由，只是这样的话将会使你我陷入困境，"神父说，"难道你没有发现吗？这个集体不在场的证明竟然涵盖了每个人。当时剧场的演员就那么4位，除了看剧场门口的老山姆，和守着女演员的桑兹夫人，整个剧院就没有其他仆人了。这么说来有可能作案的只剩你我二人了。我们可能会受到指控，况且我们还发现了尸体。我想，总不会是你趁我不注意的时候杀了人吧？"

贾维斯不由得一震，抬起头，愣了好大一会儿，才咧开嘴笑了笑，然后摇了摇头。

布朗神父说："不是你干的，那么我们为了讨论方便，不妨假设也不是我做的。舞台上的人被排除了，那就剩下意大利演员了，还有桑兹夫人和老山姆。或者我们把包厢里的两位女士也算在内，她们也有可能溜出包厢啊！"

"不不不，"贾维斯说，"我觉得我们应该把那个自称是经理妻子的神秘女人算在内。"

"说不定是他妻子。"神父说。但这一次，不知道神父的话中那一句刺激了贾维斯，他突然站起来，隔着桌子探过身去。

"我们是不是应该猜想,"他把声音压了压说,"第一任妻子忌妒他现任妻子。"

"不对。"神父回答。"她也许会忌妒那位意大利的女孩儿,也许会忌妒米丽娅姆女士,但她绝对不会忌妒另一位妻子。"

"为什么不会呢?"

"因为根本不存在另外一位妻子。"神父说。"在我看来,曼德维尔不仅没有犯下重婚罪,而且用情十分专一。他的妻子对他相当重要,重要到你们都看错了她。但是我搞不懂她是如何到他身边的,因为我们大家都知道她在灯火通明下表演,而且演的角色相当重要。这也太……"

"你不会真以为,"贾维斯大声喊道,"像个幽灵一样缠着经理的陌生女子就是我们都熟悉的曼德维尔太太吧?"

他的问话没有得到回答,因为神父此刻正两眼发直,面无表情,就像一个呆子一样。但他看起来最呆的时候其实也就是他最睿智的时候。

下一刻,他匆忙站起身来,看起来既疲倦又焦虑。"太可怕了,"他说道,"我不知道这是否是我碰到的最棘手的案子,但我一定会把它查清。你能否去找一下曼德维尔太太,我想和她私聊一下。"

"哦,当然可以,"贾维斯边说着边站起身走向房门,"你到底怎么了?"

"只是恨自己太笨罢了,"布朗神父回答说,"这充满苦难的尘世间不乏抱怨,我竟然傻到忘记了那部剧是《造谣学校》。"

他在房间里烦躁不安地踱来踱去,一直到贾维斯再次出现在门口,脸色甚至有些惊恐。

"到处找也找不到她,"他说,"好像谁也没见到她。"

"他们肯定也没见到诺曼·奈特,对不对?"神父冷淡地问道。"这样也好,免去了这次的面谈,要知道,这可能会是我今生最痛苦的面谈。感谢天主的恩典,我对那女人几乎要恐惧了。不过,她应该也害怕我,怕我看穿她。奈特一直求着她与自己私奔,现在他终于如愿了。但我真为奈特感到难过。"

"为他感到难过？"贾维斯疑惑道。

"没错，与一位谋杀犯私奔可不是一件多么美的事情。"神父面无表情地说。"但事实上，她所犯的罪过比谋杀还严重。"

"那是什么？"

"一位利己主义者。"布朗神父说道。"她那种人宁愿照着镜子来顾影自怜，也不愿看一眼窗外的景色，这才是人世间莫大的灾难。镜子为她带来的是厄运，她厄运的源头又是她的镜子未被打破。"

"我听不懂你究竟在说什么，"贾维斯说道，"我们每个人都觉得她拥有崇高的理想，甚至达到了一个比我们所有人的精神境界都要高的地步……"

"那只不过是她给自己塑造的光辉形象罢了，"神父说，"她也清楚该对每个人使用什么办法，让那个人相信这个形象。也可能是我与她结识不久吧，所以我还没有受到她的蛊惑。但说实话，我见到她没多长时间，我就知道她是怎样的人了。"

"哦，算了吧，"贾维斯大喊道，"我敢保证她很善待那位意大利女演员。"

"她的行为确实一直都很美好，"神父接着解释道，"我见到的每个人都会对她赞不绝口，说她是多么多么文雅、敏锐，而且她的精神境界远远高于我们可怜的曼德维尔。但是在我眼中，是她的这些敏锐与精神境界高的外在表现让那些人昏了头。从这些条件只能做出一个结论，她的确是个淑女，她的丈夫也的确算不上绅士。但是，你知道吗，我从来都认为，把守天堂门的圣彼得不会把这点定为是否能进入天堂的唯一标准。"

他滔滔不绝，看起来人也更加活跃了。"除此之外，当我听到她说的第一句话时，我就明白她从来没有真正善待过那位可怜的意大利人，她的善意全是通过冷冷的慷慨和施舍来表现的。这一点，当我知道那部戏是《造谣学校》时，我就明白了。"

"你说得太快，我好像有点跟不上了，"贾维斯满脸疑惑，"这跟那部戏又有什么关系呢？"

"好吧，"神父说道，"我听到她说她给那女孩儿的角色是美丽的女主人公，而她自己，则退居二线，饰演一位上了年纪的女监护人。这样的说法几乎适用于每一部戏，但在这部戏中，她则是歪曲事实。她说那话的意思是，她提供给那位意大利人的角色是玛利亚，而那几乎都算不了一个角色。而她自己口中的不出风头、无足轻重的角色，我想，那一定是梯泽尔太太⑥了，才是这部戏中女演员都向往的角色。如果那位意大利女孩儿真是一名一流的演员，并且事先得到承诺，她将会出演一流的角色，那么她大发雷霆似乎就很好解释了。一般来说，意大利人不会无缘无故地狂怒的，因为他们是讲逻辑的，发怒总归得有个理由。这件小事启发了我，让我明白曼德维尔太太的'慷慨'。此外，还有一件事。我说过，桑兹夫人阴沉的面相反映了一个人的性格，当时你还笑话我，其实我所说的'一个人'并非是桑兹夫人，而是曼德维尔太太。我说的是真的，你要想了解一位女士的真实面目，不要在她本人身上找，因为可能你不够睿智，看不破她虚伪的外套。也不要从她身旁的男人们那儿去找线索，因为他们极有可能被愚弄。但是你可以关注一下她身旁的女士，特别是她的下人。因为从那里你将会看到她的本来面目。从桑兹夫人那里，我看到了一张丑恶的嘴脸。"

"她还给其他人留了很多印象，这又该怎么解释呢？我听了很多说法，都说老曼德维尔与她根本不般配。但是老经理配不上她这样的话，我敢肯定，也是间接从她的嘴里传出来的。可即便是这样，谣言终究还是会露馅的。很明显，众人都听过她的倾诉，而她肯定会说自己在精神上感到多么的孤独与困惑。你曾经亲口说过她从来不抱怨，并且还引用她的话，说她默默承受，然后她的灵魂变得坚强之类的。这是非常值得注意的，这种风格很值得怀疑。其实，喜欢抱怨的人很快乐，尽管从天主教的角度来看，他们有一点性格上的小缺陷，但我对此并不介意。相反，那些天天标榜自己从来不抱怨的人，就像魔鬼一样，真的很邪恶。就好像表面上自诩清高，内心深处搞的却是拜伦式的撒旦崇拜，我说的难道不对吗？她的事情我都听说了，但我却没有听见一句她的抱怨。之前没人说过她丈夫酗酒，或是虐待她，或是不给她生活费，乃至有不忠的行为，一直到有了秘密会面的传言。那其实不过是她演戏的一种癖好，在办公室里用夫妻的角色去纠缠他。如果有人能够洞察事实，忽略她的四处诉苦，而且处处遭受苦难的印象，他就会发现事实与之完全相反。为了使妻子开心，曼德维尔放弃了赚钱的童话剧，为了取悦妻子，他又在古典剧上赔了很多。剧场是曼德维尔太太说了算的。她可以任意安排布景和道具；她想要出演谢立丹的戏剧就出演；她想演梯泽尔太太角色也如愿以偿；她提出不穿戏服排练，自然也得到了满足。今天这一切的不正常，正是她所希望的。"

"但是你这样长篇大论又有什么用呢？"贾维斯问道，他还没有听过他的朋友如此滔滔不绝。"我们在这儿讨论心理学问题，跟案件似乎关系不大吧！没错，也许她是与奈特私奔了，也许她愚弄了老兰德尔，也愚弄了我。但她还是没有杀她的丈夫——因为每个人都确信当时她正在舞台上演戏。她也许是个坏女人，但她可不是女巫。"

"我可是不那么确信，"布朗神父微笑着说道，"在此案中，她不用施展巫术，但我知道肯定是她干的，而且手法相当简单。"

"你凭什么这么说？"贾维斯满脸疑惑。

"就因为这部戏是《造谣学校》，"布朗神父回答，"而且排练的正好是那一幕。提醒你一下，我刚才说过，布景和道具任她摆放。再提醒你，这个舞台以前可是演童话剧的，那上面自然有很多暗门或者密道之类的通往小办公室。你说证人们可以证实当时演出者都在台上演出，我要再提醒你一次，《造谣学校》的最后一幕里，一位主演要在台上待很长时间，但却没人能够看见。从技术层面说，她'在'舞台，但实际上又'不在'，这就是梯泽尔太太的屏风了，当然也是曼德维尔太太的不在场证明⑦。"

一阵沉默过后，贾维斯开口说："你觉得她是躲于屏风之后，顺着暗道，去了经理的办公室。"

"她肯定是用某种方法离开的，你说的是最可行的方法，"神父说道，"这种可能性很大，因为便服排练是个绝佳的时机，甚至连这都是她刻意安排的。我可以想象得到，如果穿着 18 世纪的裙子过暗道，一定会很麻烦。当然了，还有其他的一些小问题，不过我想它们都被一个一个地解决了。"

"我还有一个问题弄不懂，"贾维斯一边叹息一边用手托住脑袋问道，"我真的接受不了，她那么明亮的外表下竟会有这么狠毒的心机。可以这么说，她在道德方面是无可指摘的。她杀人的动机有那么强烈吗？她对奈特的爱有那么深吗？"

"我真希望是那样的，"神父开口道，"那样可算是最具有人性的借口了。可是很遗憾，我并不认为是这样。她想摆脱她的丈夫，因为她认为曼德维尔既守旧又粗俗，还不能挣大钱。她想要与一名才华出众又声名鹊起的演员在一块儿，当一个出色的妻子。她本来没想着趁这个《造谣学校》的机会下手，也没想过要跟别的男人远走高飞。她完全不具备那种激情，她只是为了她那可恶的体面。她在私下一直请求她丈夫跟她离婚，或者说让他不要再挡道了。可是对方拒绝了，并且为此付出了惨痛的代价。还有一点你要记住，你说那些文化人拥有更高的艺术品位，更喜欢富有哲理性的戏剧。但是你别忘了，那都是些什么哲学！你看清楚那些所谓的文化人都把什么样的行为奉为标准！什么生存权、体验权、权利意志，全是废话！比那些该死的废话还要糟糕——全是要命的废话！"

布朗神父眉头紧皱，这可是很少见的。在他戴好帽子，身形没入夜色之前，他眉头的阴霾久久未曾散去。

【注释】

① 蓝胡子为童话人物，富有而残忍，接连杀了自己的几任妻子。

② 取自法国童话《着魔的金丝雀》，大致讲了一位王子历经磨难，解救一位公主并娶她为妻的故事。

③ 易卜生是挪威作家、诗人，现代戏剧之父。代表作《人民公敌》等。

④ 1896 年由法国人拍摄的短片，用剪辑的手法让一个人凭空消失，本文的意思是把那位意大利女演员变出来。

⑤ 英国 18 世纪的著名风俗喜剧家谢立丹作品。该剧主要写贵族的造谣生活，主人公为一对儿兄弟，哥哥约瑟夫看上去知书达理，实则很虚伪，弟弟查尔斯表面上纵情享乐，实则心地善良。

⑥ 玛利亚在剧中作为一个被监护人，戏份有限。而梯泽尔太太本是农家女，后嫁入豪门，戏份很多，又是贯穿全剧的重要人物。

⑦ 在《造谣学校》剧中最后一幕，梯泽尔夫人与约瑟夫私会，期间梯泽尔爵士却不期而至，梯泽尔夫人躲在屏风后面很久，直到被查尔斯揭破。最后她向丈夫坦承自己的过错，同时显示了约瑟夫之虚伪。

◇ 沃德雷爵士失踪案 ◇

阿瑟·沃德雷爵士穿着一身浅灰颜色的夏装，一头灰白色的头发之上，顶着他最喜欢向人炫耀的白色礼帽。他迈着轻快的脚步沿河边走着——那一段路是从他的家通往一片房屋的。那片房屋就好像是他宅子的附属建筑。他走进去后，就消失不见了，像被仙女拐走了似的，毫无音信。

这起失踪案件很不寻常，出人意料，因为沃德雷爵士非常熟悉那里的环境，况且那里的环境还是那么简单。那个地方顶多算是个小村子，事实上，它就是一条孤零零的小街。它位于开阔的平原和田野之间，由沿着街道而建的四五家店铺组成。这些店铺都是附近的居民日常生活所需，其实，所谓的居民也不过是大宅子里的一家人以及被雇去干活的几个农夫。街角处是一家肉铺，最后有人见到爵士的地点就是在那儿。最后看见爵士的是两位年轻人，一个是爵士的秘书埃文·史密斯，另一个是被当成他的保镖的约翰·达尔蒙，他们两个都住在爵士家里。挨着肉铺的是一家杂货铺，面积虽小，可东西倒是挺全的。一个小老太婆在那儿卖口香糖、高尔夫球、糖果、毛绒球、拐杖，还有褪色的信纸等。下一家是烟草店，两个小伙子正是往那儿去时，最后一次看到他们的主人，当时的爵士正站在肉铺前。再然后就是家裁缝店了，那是一间昏暗的小房子，由两位女士经营。街道尽头的一家店刚粉刷一新，白得晃眼，它向行人出售的是清淡的大杯柠檬水。顺着这条路一直走，还可以见到这个地方唯一的一家像样的小旅馆，它自成一体，不与街道相连。在小村子与小旅馆之间有个十字路口，一名警察与一名身着制服的汽车俱乐部负责人就守在那儿，他们一致表示阿瑟爵士并未从那里经过。

那是一个夏日的清晨，老绅士大步流星地走在路上，他一边手甩着他的拐杖，一边拍打着他的黄色手套。他是个喜欢打扮的花花公子，对于他这个年纪来说，他精力相当充沛又富有阳刚之气。他的体力与他浑身散发出来的活力令人钦佩不已，他的一头卷发虽是泛白的浅黄色，但绝不是由黄变白的。他的脸庞刮得很干净，相当英俊，有一个惠灵顿公爵似的高鼻梁，但其实最突出的是他的双眼——说它突出并非完全是比喻，他的眼睛确实有些鼓胀，这恐怕是爵士的五官中唯一的一处不协调了。他的嘴唇似乎很敏感，总是紧闭着。他是那个地方的乡绅，也是那个小村子的主人。在那里大家并非互相认识，更不用说能知道某个人在某时刻待在哪儿了。阿瑟爵士平常的路线就是，步行到村中，与屠夫等人聊上几句，然后再转回他的宅子里，时间大约是半个小时。两个小伙子买完香烟又回到宅子，时间大概也差不多。但是他们回来的时候没有见到路上有人，事实上，放眼望去也是空无一人。只有一位来拜访阿瑟爵士的阿博特医生正坐在河边，他宽阔的背影对着两位年轻人，正专心致志钓鱼呢！

当他们三位回去吃早餐时，他们没怎么把不见爵士的事情放在心上。但是等到了中午，爵士连中午饭也错过了，他们这才开始起了疑心。而家中的那位女士，西比尔·赖伊更是焦急难耐。他们派人一次次地去村子里面找，但怎么也找不到。到最后，天色渐渐暗淡，整个宅子都陷入了恐慌。西比尔女士请人去找了布朗神父，那是她的朋友，曾经多次帮她排忧解难。鉴于目前西比尔女士艰难的处境，神父答应待在宅子中，直到她渡过难关。

就这样，次日拂晓，爵士还是没有一点消息。布朗神父早早地起了床，四处查找线索。他一身黑衣，矮小的身材穿梭在花园小径上，小径就在河的堤岸旁边，而他正眯着眼细细查看四周的风景。

他意识到一个人影沿着堤岸走过来了，神情很是慌张，他叫了一下对方的名字，算是打了招呼："埃文·史密斯。"

年轻人埃文·史密斯身材高大，满头金发，他看起来相当烦躁。不过这个时候，这种情绪似乎才是正常的。但其实他平时也总是无精打采的。这种精神状态跟他的外貌一点也不般配，从而给人深刻的印象。他有着运动员的风度与体魄，还有雄狮一般的金发与唇须，还有"英国青年"般的直率和开朗的举止。具体说来，就是他总是有着憔悴的神色，还有一副深陷的酒窝，这可是不符合人们关于高大身材与金发蕴含着浪漫气息的认识，这种颠覆大家认识的对比难免给他蒙上了一层阴晦的色彩。但布朗神父对着他和蔼地笑了笑，然后严肃地说道：

"这件事可真是让人难受。"

"这件事让赖伊小姐很难受，"年轻人垂头丧气地说，"我也不想掩饰，她难受才是让我最难受的事。尽管她跟达尔蒙已经订婚了——我觉得你一定会感到吃惊吧！"

布朗神父神色上并未有多少吃惊，因为他的脸总是那样的面无表情，他只是和蔼地说："当然了，她很担心，我们也都很同情她。不过我倒是想知道，你有什么新的消息或者对这事有什么新的看法吗？"

"没有新消息，"史密斯回答，"至少外边没有新的消息传来，至于看法嘛……"他忽然停住了口，又显露出消沉的样子。

"我很乐意聆听你的看法，"神父亲切地说，"我希望我这么说你不要介意，我觉得你有心事。"

年轻人脸上陡然变色，他盯着神父，眉头紧锁，使他本就深陷的眼窝陷得更深了。

"对，你猜得没错。"他终于开口道。"我想我是该找个人倾诉一下，你看起来很可靠，我可以跟你说说。"

"你知道阿瑟爵士碰到什么事情了吗？"神父淡淡地问道，就像这不过是最平常的一件事。

"是的，"秘书烦躁地回答道，"我是知道阿瑟爵士碰到什么事情了。"

"好美的早晨啊！"一个淡淡的声音传来，"在这么美的早晨里，人们却因为忧郁而聚到一块儿。"

这一次，秘书就像中了枪一样，猛地跳了起来。只见在强烈的阳光照耀下，阿博特医生的巨大影子投在了小路上。他还穿着睡衣，一件东方样式的华丽睡衣，上面全是鲜花与飞龙，在明媚的阳光的照耀下，就像璀璨无比的花坛。他脚上还穿着一双大拖鞋，所以他走来时才显得无声无息。按理来说，他是最不可能无声无息走路的人，因为他是个大块头。他面庞和善，脸晒得黑黑的，脸的周围长了一圈络腮胡，那灰白色的胡子很旺盛，与他头上厚厚的灰白色卷发交相呼应。他细长的眼睛里还满是睡意，说实在话，对于他这个年纪来说，现在起床是有些早。但是他给人一种不仅身体健康而且阅历丰富的感觉，就像一个曾经经历过大风大浪的老农夫或者是一位老船长。在这宅子里住着的人中，他是唯一一个和爵士平辈的人，他们可是老朋友了。

"这件事可真奇怪。"他说着话，摇了摇头。"街道上那些房子就像玩具似的，门一直是开着的，要想藏人很不容易，这么说来有人想把他藏起来是不可能了。而且我敢保证没人那么做。昨天，我跟达尔蒙去挨家盘问过，她们大都是手无缚鸡之力的老太婆。除那卖肉的屠夫外，其他男人都去收庄稼了，而且有人亲眼见到阿瑟从肉铺里出来。也不会是在河边失踪的，因为那一整天我都在那儿钓鱼。"

接下来，他细长的眼睛注视着史密斯，一点也没有之前的睡意惺忪，甚至还带了一点狡黠。

"我想达尔蒙你们俩可以帮我作证，"医生说道，"从你们去村子开始，一直到走回来，你们都看见我在河边钓鱼。"

"没错。"埃文·史密斯短短回了一句，好像对于他的喋喋不休有点不耐烦了。

阿博特医生却不紧不慢地说："我唯一想到的一点是……"正在这时，他也被打断了。一个年轻人大步流星，迅速穿过绚丽花坛中间的草地，向他们走过来。来人正是约翰·达尔蒙，他手里还拿了一张纸。他衣着干净整洁，皮肤黝黑，还有着一张拿破仑式的方脸庞。他眼中充满了哀伤——甚至有种悲痛欲绝的感觉。看起来他还很年轻，鬓角上却不知为何已染上了白霜。

"我刚刚接到警方的电报，"他说，"昨天晚上我给警局拍了一封电报，他们说马上派人来调查。阿博特医生，你觉得我们还要找其他人吗？我的意思是，他的亲戚家属之类的。"

"当然要找，爵士有个侄子，名叫弗农·沃德雷，"老医生说道，"如果你愿意与我同行的话，我愿意把他的地址告诉你——顺便还能说说他那些不寻常的事儿。"

阿博特医生与达尔蒙两人一块儿向宅子的另一边走去，在目送他们走出一段距离之后，布朗神父开口，就像从来没人打断他们说话似的，直接问道："你刚才说的什么？"

"你这人可真有定力。"秘书说道。"我猜这八成是经常听人家向你告解练出来的。我感觉现在我就像是在告解。在那种隐秘的气氛之中，说出深藏于心底的秘密，就如同一条恶蛇出洞，确实有些让人不寒而栗。但我觉得我应该坚持着说出来，虽然这并不是我的告解，事实上，它是别人的。"他顿了顿，眉头微微皱了皱，又捋了捋胡须，之后突然开口说："我猜阿瑟爵士应该是逃跑了，并且，我知道原因。"

两人都不再说话，一阵沉默之后，他再次咆哮道："我现在的处境很糟糕，而且很多人会认为我现在要做的事一样糟糕。我会变成他们心目中卑鄙的告密者，但我又相信这么做是我的责任。"

"这必须你自己做决定了。"神父严肃地回答。"而且……你所谓的责任，是指什么？"

"我这么做显得我很卑鄙，因为我要做的事对我的情敌不利，况且，他已经取胜了。"史密斯痛苦地纠结着。"我不知道我该如何做，你不是想知道沃德雷失踪的原因吗？我可以明确地表示，肯定与达尔蒙有关。"

"你的意思是说，"神父冷静地问，"是达尔蒙谋杀了阿瑟爵士？"

"不！"史密斯几乎吼了出来。"一百个不是！不管他做了什么，他昨天绝对没有杀人。不管他是什么样的人，总之他肯定不是个杀人犯。他有完美的不在场证明，有一个非常痛恨他的人可以帮他作证——我不可能因为痛恨他就去做伪证。我敢在任何一个法庭保证，他昨天没有对老爵士动任何手脚。达尔蒙昨天一直跟我在一块儿，至少在爵士失踪前那段时间里，我们寸步不离。他在村里除了买香烟外什么也没干，即使到了宅子，他也不过是抽抽烟，去图书馆看看书。不不不，我知道他是个罪犯，但沃德雷并非由他所杀。甚至可以说，正是由于他是罪犯，所以他才不可能杀沃德雷。"

"哦，"神父显得非常有耐心，"你这话什么意思呢？"

"我的意思是，"史密斯回答，"他是罪犯，他犯了其他的罪。他犯的罪需要沃德雷活着。"

"哦，原来是这样。"神父平静地说。

"我和西比尔·赖伊相识已久，她的性格导致她在这件事中扮演了很重要的角色。她性格有两个特点：一是气质高贵，二是过于软弱。她心地善良，但又不具备心地善良的人应该具有的品质：坚韧的习性与应对人情世故的手段。她的内心很敏感，同时也非常的无私。她的身世倒是有些离奇：她曾经像个弃儿一样身无分文，是阿瑟爵士把她带回家，对她悉心照顾。这令许多人很疑惑——我没有挖苦老爵士的意思，只是这件事情做得非常不符合他的行事风格。可是，等到姑娘快到17岁，一切都明白了，老爵士，她的监护人，居然向她求婚！现在，我就要说这件事的离奇之处了：不知道为什么，西比尔在别人那儿听说（我想多半是老阿博特医生说的），阿瑟·沃德雷爵士在他放荡不羁的青年时代里犯过罪，反正最起码把那人弄得很惨，因此，也给他自己带来了很大的麻烦。具体是怎么回事我也不太清楚。但是那时姑娘情窦初开，感情正脆弱，爵士这种事对于她来说简直就是噩梦，她就像看怪物一样看爵士。不管怎么说，结婚是不可能了。接下来她的做法就体现了她的性格，她既害怕又无助，便鼓起勇气，战战兢兢地向爵士说出了她的真实想法。她承认自己对老人的看法有些过激，也坦承那是她自己的原因。但老人的反应让她出乎意料，也让她松了一口气，老爵士心平气和地接受了现实，并且再也不说结婚的事。接下来的事情更让她感到爵士宽宏大量。有一个孤独的男人闯进了她的生活。这人像隐士一样在河里的一个小岛上生活，也许就是这种神秘感让他更有魅力吧，当然我承认他本来就很有魅力—— 一个机智诙谐的绅士，忧郁的神情增添了他浪漫的气质，这人便是达尔蒙了。直到现在我也不清楚姑娘对他的喜欢到底有多少，但是最起码够带他去见监护人了。当她准备带他去见老爵士时，我能够想象得到她的煎熬、她的害怕，因为这可算是老爵士的情敌了！但她发现她又误会爵士了，老爵士非常热情地款待了年轻人，并祝福他们这段恋情。老爵士与达尔蒙一块儿钓鱼、打猎，就像多年的好友似的，直到有一天姑娘又受到了惊吓。在一次闲聊的时候，达尔蒙说漏嘴了，他说老爵士'近30年没有什么变化，'她立刻明白了这两个人关系亲密的原因。所谓的偶遇与款待都是伪装，这两人显然早就相识。她这才知道为何达尔蒙来此地时显得有些鬼鬼祟祟，还明白了老人为何会不大发雷霆，并祝福他们。我想知道，对此你有何看法？"

"我应该猜到了你是什么看法，"布朗神父微笑着说，"而且你的看法好像很符合逻辑。总体情况看来是这样的：沃德雷爵士有着不是很光彩的过去，然后有个神秘人物跑过来纠缠他，威胁他，向他索要东西。简单来说，你觉得达尔蒙是个勒索者。"

"对，"史密斯说，"这种事情，想想我都觉得恶心。"

布朗神父沉默着思索了一会儿，然后说道："我觉得我现在应该进屋，去跟阿博特医生聊几句。"

一两个小时后，他又从宅子里边出来了，看样子应该是与医生谈过了，不过与他一同出来的却是西比尔·赖伊。她一头红发，此刻面色苍白，看上去体态纤纤，弱不禁风。一个人看她一眼就会立即明白，为什么秘书会说她又羞怯、脆弱，又高贵、耿直。她不由得会让人想起戈黛娃夫人①或者某些殉道的贞女。只有一个人问心无愧时，才会有这种既脆弱又无所畏惧的表现。史密斯走过去，他们三人就在这草地上聊了起来。这天天气不错，此刻已近中午，天空更是阳光明媚，甚至有些晃眼了。但是布朗神父依旧拿着黑雨伞，戴着黑帽子，全身裹得严严实实，像要防备暴风雨似的。也许这只是他的习惯，也许他是要防备另一种意义上的暴风雨。

"我最烦这种事情了，"西比尔小声说道，"已经有人开始散布谣言了。我们每个人都在嫌疑人之列。我想，达尔蒙与史密斯倒是可以互相作证，只是阿博特医生与屠夫大吵了一架，因为他觉得屠夫最有嫌疑，并且对他大加指控。"

埃文·史密斯好像有点不自在的样子，他随口说道："你听我说，西比尔，我觉得根本没有必要闹得这么大。说起来好像确实是有点残忍，但我们认为，真的没有发生任何的暴力事件。"

"这么说，你对此已经有一种看法了？"姑娘边说边把头转向神父。

"我倒是听到一种说法，"神父回答，"对我来说相当地有说服力。"

神父转身出神地望着那片河水，史密斯与西比尔在后面你一言我一句地低声交谈。神父一边思索着一边沿着河岸走，不一会儿，他走到了一处几乎算是悬空的陡岸，那里稀疏地长着几棵树。稀薄又细小的树叶在阳光下随风舞动，好像绿色的火苗一样。小鸟站在枝头歌唱，仿佛树长了舌头似的。两分钟后，埃文·史密斯听到有人小声叫他的名字，声音很小，但却很真切，是从绿树后传出来的。他快速朝那里走去，正好碰到从绿树中出来的布朗神父。神父压低声音对他说：

"不要让姑娘过来，你能想个办法把她支走吗？让她帮忙打个电话什么的，她走后你再来。"

埃文·史密斯尽量装作没事的样子向姑娘走去，向她求了一件小事。好在她天性就乐于助人，无论事情多小，她都会认真对待。不多时，她就消失在院子中了。史密斯回去后发现神父又钻进了树丛里。在树丛那边有一块儿很小的凹陷，草地在那儿也凹陷，到了几乎与河边的沙地持平的高度。布朗神父正在那凹陷的边缘向下看。不知为何，虽然当时正是烈日当头，神父却将帽子紧紧抓在手中。

"最好是你亲自来看一下，"布朗神父神色沉重地说道，"算是个见证吧！但我要事先提醒你，你要做好心理准备。"

"准备什么？"史密斯问。

"准备见识到我这辈子见到过的最恐怖骇人的景象。"神父说。

埃文·史密斯也走到草地边缘。他禁不住大声惊呼了起来,简直就是在尖叫了。

阿瑟·沃德雷爵士圆目怪睁,咧着大嘴嘻嘻笑着,他头朝上看着秘书,脸扬得那么高以至于他差点踩住。那颗脑袋向后仰着,有些发白的金黄色假发头套对着史密斯,使他看到一张上下颠倒的脸。这种感觉就好像是在做噩梦。爵士那模样就像是一个人随意翻滚着脑袋四处乱走。他在干吗?难道沃德雷真在四处爬行,藏身在这等隐秘之处,用这种奇怪的姿势窥视他们?爵士身体的其他部位有点蜷缩,甚至可以说是扭曲,猛一看就像是个瘸子。但如果仔细看看,就会发现那是肢体撰在一起而产生的视觉误差。他难道发疯了吗?史密斯越看越觉得怪异。

"你从那个角度可能看不真切,"神父说,"他的喉咙被割断了。"

史密斯不寒而栗。"我真的相信你说的:这是你看过的最恐怖的景象,"史密斯说,"也许是这张脸上下颠倒造成的吧。这10年来,我每天在餐桌上见到这张脸。他总是彬彬有礼,又和蔼可亲。但反过来一看,竟有些像魔鬼。"

"这张脸真的是正在微笑,"神父镇定地说道,"令人难以理解的地方还不在这里。即便是自杀,也不会有人割喉咙时还面带着微笑。他的眼睛在脸上总是很突出的部位,而他眼中透露出来的笑意说明了当时他的情绪。正如你所说,事物在倒过来看的时候,就会不同了。艺术家们一般都是将画作反过来看,以证明它的真伪。有的时候,事物本身难以倒过来,人们就只好拿大顶,或是自己弯腰,从两腿之间去看。"

神父为了安抚史密斯的紧张情绪,说话的口吻尽量显得轻松。只不过在最后下结论的时候,他的语气变得严肃了点:"我理解,这一定使你非常难过。

不过很遗憾，这也推翻了一些事情。"

"你指的是什么？"

"这件事彻底地推翻了我们的猜测。"神父一边回答，一边爬下堤岸，来到那片河边的沙地上。

"也许是他自己动的手。"史密斯忽然说。"无论如何，这是能想得到的最容易的解脱方法。而且也符合我们的猜测，他想要求得安宁，就秘密来到此处，割喉自尽了。"

"他根本就没有到这里来，"神父说，"或者换个说法，他至少不是活着来的，而且走的也非陆路。这里并不是案发现场，因为这里的血迹太少。现在，他的头发与衣服已经被太阳完全晒干了，但沙地上那两道水痕还未完全消失。潮水在这附近形成漩涡，把尸体冲到了这儿。退潮时，尸体就留在了这儿。但是尸体一定是顺流而下，就是小村子的方位，因为河水恰好经过那一排房子的后面。可怜的沃德雷不知为何死在了小村里。无论如何，我认为他不可能是自杀。但问题的关键是在小村子中，谁想要并且有能力杀死他呢？"

他用他那把粗短的雨伞头部在沙地上画起了草图。

"让我们来看看那排店铺是怎样排列的。第一家是肉铺，当然，正常情况下，一位手执大剔骨刀的屠夫干起这种事情来最方便不过了。但是你亲眼见到爵士从肉铺出来了，对吧？他不太可能在店铺门口等着手执剔骨刀的屠夫对他说：'早上好啊，请让我来把你的喉咙割断吧！谢谢，您还想要点其他什么吗？'以我的了解，爵士不是那样的人，他不会毫无防备。他身强体壮并且精力充沛，脾气也不太好。那么除了屠夫，还有谁会对他下手呢？下一家是个老太太经营的，也排除了。接下来是一家烟草店，店主倒是男的，不过我听说他的胆子与力气都很小。再然后是由两位未婚女士开的裁缝店，下一家就是小吃店，小吃店的店主人去医院了，只留下他老婆看店。店里有两三个小伙子负责打杂，但那天刚好他们有事儿出去了。小吃点就是最后一家了，再往后就是旅馆了，中间还隔了个警察。"

他用雨伞头在地上戳了一下，代表那是那位警察，但他本人依旧心神不宁地看着那几间店铺。之后他轻轻挥了挥手，迅速走到尸体前，弯下腰去检查。

"哈！"他直起身子，长长出了一口气说道，"是烟草店！我怎么会把烟草店忘了？"

"你怎么了？"史密斯问道，语气明显有些恼怒。因为神父只顾着转动他的眼珠，自言自语。当从他嘴里说出"烟草店"这个词时，好像代表着巨大的厄运。

"你没有发现吗？"神父顿了顿说，"他脸上有哪些奇怪的地方？"

"奇怪？我的上帝啊！"埃文想到那张脸又禁不住打了一个哆嗦，他说道："不管怎么说，他是被割了喉咙……"

"我是说他脸上，"神父冷静地说道，"除此之外，你有没有发现其实他手上有伤口，因为伤口上缠着一圈绷带？"

"那个伤与此无关。"埃文急忙解释道。"那是以前弄的，说起来这件事纯属意外。我们在一块儿办公时，一个旧墨水瓶划破了他的手。"

"尽管如此，但我觉得那个伤与这件事情脱不了干系。"布朗神父回答。

接下来就是长时间的沉默，神父有些心神不宁，他拿着雨伞在沙地上走来走去，嘴里还一直嘀咕着"烟草店"，他的朋友史密斯被他吓得不轻。忽然，神父举起雨伞指着一座船库说："那是这一家的船吗？我想你划着船载我去上游看看，我们要从背面去看那排房子。一刻也不能停留了，宅子里那几位可能会发现尸体，但我们必须现在就去。"

于是史密斯撑起船，逆流而上，划向小村子，这时候神父才开口说道："顺便说一下，老阿博特医生向我讲了很多关于可怜的沃德雷的事。也就是他所做的那些不轨行为。

他们划着船通过那排店铺的后面，神父用他的雨伞指着店铺数，等到点到第三家的时候，他说道："烟草店！这家应该就是烟草店了……在得到验证以前，我们应当照计划去做。不过，我会向你解释阿瑟爵士的脸上哪里奇怪。"

"是哪里？"秘书问道，同时放下了桨，听他说话。

"他是个爱打扮的人，"神父说，"但他的脸却只刮了一半——你能在这里停船吗？我们能够把船拴在岸边那根柱子上。"

两分钟后，他们翻过了矮墙，走入小院中的鹅卵石小路，有几块儿长方形的菜地与花坛在小院之中。

"你看，这烟草商也种土豆，"神父说道，"这还要归功于沃尔特·罗利爵士②呢。看上去土豆和装土豆的袋子还真是不少啊！看来这些人还没有丢掉农民的本色，他们还是会身兼数职。不过像这种乡下的烟草店十有八九还会兼职另外一种营生，那就是理发店。我是看到沃德雷的下巴才想起来的。他划破了自己的手，自己没办法刮脸，于是便来到了这里。听完我说的，你受到什么启发了吗？"

"深受启发，"史密斯回答，"不过我想，它对你的启发应该更大。"

"比如说，这是否可以推测出一种情况，"神父说道，"也就是说，只有在那种情况下，身强体壮又脾气火爆的老爵士才会笑呵呵地被人割断喉咙呢？"

接下来，他们穿过过道，来到店铺后屋。屋中只隐约有从远处透过来的光线，还有一面脏镜子的反光，所以显得很昏暗。但借着这么昏暗的光线，还是能看清楚屋里那几件简陋的设备，以及理发师那苍白又惊慌失措的脸。

神父扫视着整个屋子，这里好像刚刚被打扫过，不过他还是很快地就找到了重点：门后一个角落里的一顶帽子。那顶帽子挂在帽钉上，帽子是白色的，村里的人都很熟悉那顶帽子。世上总有一种人会把细节忘得一干二净：他小心又仔细地刷干净了这儿的地板，又处理掉了染血的抹布，却将帽子的事情抛到了九霄云外。

"在我看来，阿瑟爵士昨天来这里刮过脸。"神父平静地说。

那位理发师戴着眼镜，小个子，秃顶，他名叫威克斯。对他来说，这两个突然冒出来的人，简直就像是从地狱里冒出来的鬼魂。但是他很快就明白了二位客人的来意，却显得更加害怕了。他蜷缩在房间一角，甚至可以说是瘫在了那儿。他全身越缩越小，甚至只剩下他那古怪的大眼睛。

"请告诉我一件事。"神父淡淡地说。"你记恨爵士的理由是什么？"

那人缩在角落里嘟囔了一句什么，史密斯完全没听清，神父却点了点头。

"我知道你有。"神父说。"你很恨他。但是，正是你恨他，我才知道并非是你杀了他。这件事是由你来说，还是我来说呢？"

屋中一片沉默，只隐约听到时钟的滴答声。神父开口说道：

"事情的经过应该是这样的。达尔蒙先生走进了你前门的店铺，想要向你买包香烟。你像平常一样，跑出去确认一下他是要哪个牌子的香烟。就在这个时候，达尔蒙注意到了你随手放下的剃刀，还有里屋阿瑟爵士的淡黄色脑袋——很可能这两者都反射在了镜子中。他瞬间拿起刀，割断了爵士的喉咙，随后又回到柜台。受害者甚至来不及对那剃刀与那只手做出反应。他临死前还在回味着一些好笑的事情，至于他在想什么……我想，达尔蒙自己也不会害怕，因为他动作太快了，整个过程又是那么的安静，以至于史密斯在法庭之上也会说他们两个一直在一块儿。不过还是有人害怕了，这个人当然就是理发师你。你为了房租之类的事情与爵士吵过架，等你回到里屋，发现和你吵架的人被杀了。在你的地盘，用你的工具，这就使你对洗清自己的嫌疑不抱任何信心了。你只能收拾这个烂摊子：刷地板，把尸体装进土豆袋。由于你过于紧张，你没有发现袋子口并未系紧就扔进了河里。也多亏你的店总是有固定的打烊时间，因此你有足够的时间做这些。你别多想了，忘了那顶帽子吧……别害怕，我想我已经忘了这一切，包括那顶帽子。"

神父平静地走出店铺，来到街上，好奇的史密斯赶紧跟上，只留下理发师满脸惊愕……

"你看，"布朗神父对史密斯说道，"就是这样，动机可以弱到没办法指控一个嫌疑人，可是又强大到足以赦免他。一个像他这样的小人物，才最不可能为了金钱去杀一个比他健壮许多的大人物。只不过他最害怕的就是自己被怀疑……哈，其实杀人的动机异乎寻常。"神父再一次陷入沉思，甚至瞪着大眼不知他在看向何方。

"还真是可怕，"史密斯抱怨道，"一两个小时前，我还说达尔蒙就是一个恶棍、一个敲诈犯。但当我真的知道是他做的这件事的时候，我还是非常震惊。"

神父依旧在沉思，好像思考是一个无尽的深渊。终于他的嘴唇开始动了，开始小声嘟囔，但听起来不像是祈祷，倒更像是赌咒发誓："仁慈的天主啊，这该是多么可怕的报复啊！"

他的朋友问他怎么了，他没回答，依旧自言自语。

"这件由仇恨引发的事情多么骇人啊！一个凡人，怎么可能会有这么强的报复心呢！在一个人深不可测的心底里，居然是这样的邪恶。我们会不会也沦落到这样的地步呢？求天主保佑我们吧！但我还是接受不了一个人有这么强的仇恨与报复心。"

"对啊，"史密斯说，"我也想不出来他为何要杀害沃德雷。如果说达尔蒙是一个勒索者，那么应该是爵士杀死他才合理啊！正像你所说的，割喉真是可怕，但是……"

神父浑身打了一个冷战，如梦初醒，他眨了眨眼睛。

"哦，你说那个！"他急忙纠正说。"我所说的恐怖不是这个。尽管理发店里的谋杀案已经够恐怖的了，但我所指的并非这件事。我想连上这件事情，整个事情才更容易理解——我觉得任何人可能都会那样做。事实上，我觉得达尔蒙的行为几乎算是一种自卫。"

"什么？"秘书惊呼。"一个人趁着别人理发，在他身后拿起了剃刀，在那人还在微笑着的时候，割断了他的喉咙。而你现在把他叫作自卫。"

"你想说的可能是正当防卫，"神父回答说，"我说的是自卫，并非正当防卫。我的意思是很多人在自己即将面临灾难的时候都会反抗——其行为有可能是可怕的罪行。我正在思考的是另一件罪行。你刚刚提出的问题——为何勒索者反而变成谋杀者。说实话，在这一点上你有很多误解与偏见。"神父停顿了一下，好像是为了整理一下刚刚受惊的心情，接着他像平常一样淡淡地说道："你眼中看到的是一老一少两个人，一起吃喝玩乐，并且对婚姻的事情也达成了一个协议。但你不知道他们亲密的关系是早就有的。他们一个贫穷，一个富有，你说这是勒索，你只说对了一半——表面上那一半是对的。你的错误是你弄反了对象，你以为穷人在勒索富人，其实是富人在勒索穷人。"

"但这怎么可能？"秘书显然不信。

"这确实有些不符合常理，但也并不少见，"神父回答说，"现在国家的政治体系就大半是以富人勒索穷人为基础的。你觉得这不符合常理，那是因为你的观点是建立在两个非常荒谬的假设上的。第一个假设是：富人从来不想变得更富有。第二个假设是：勒索只跟金钱有关。我们讨论的问题就与第二个假设有关。沃德雷爵士的勒索不是为了利益，而是为了报复。据我所了解，他的报复方案真的好可怕。"

"他为什么要报复达尔蒙呢？"

"他要报复的并非是约翰·达尔蒙先生。"神父严肃地回答。

一阵沉默之后，神父又开了口，不过他说的话却像是换了个话题。"你应该还记得吧，我们刚看到尸体时，那张脸是倒着的，你还说看上去就像是恶魔的脸庞。你有没有想过，当凶手从理发椅后面向他走去时，他看到的也是一张倒着的脸。"

"那只不过是我随口胡说的罢了。"史密斯抗议说。"我只是比较习惯那张脸正着看。"

"说不定你一直正着看的脸才是反着的，"神父说，"我对你说过，艺术家想正确地观赏一幅画时，会把画作倒过来看。也许你在早餐桌，在茶桌旁边时，已经对这张魔鬼的面庞习以为常了。"

"你到底要说什么？"史密斯有些不耐烦了。

"我只是打个比方。"另一位语气非常沉重地回答说。"当然了，阿瑟爵士并不是真正的魔鬼，只是他的脾气秉性就是如此。他本来可以向着好的一面发展，但是现实却慢慢地把他变成了这样。他那双多疑的乱转的眼睛，还有总是紧闭着的嘴巴露出了端倪，但是你对这些早已熟视无睹。你知道某些人一旦受过伤，那他身上的伤口就再也不会愈合了，阿瑟爵士的精神就像这样的身体一样。他的精神是脆弱的，他疯狂地守护着自己那病态般的虚荣心，利己主义让他整夜整夜睡不着觉。其实敏感并不是要以自我为中心。比如说西比尔·赖伊，她的精神也很敏感，但她却像个圣女一样。沃德雷却变成了恶魔，他把傲慢涂抹在他精神受过伤的伤口上，直到他的灵魂都化脓溃烂。"

布朗神父强忍住声音的颤抖，平静了一下心情，才继续开口说道：

"你想想我们眼前的这件事。据你所了解，还有谁对沃德雷有过侮辱，或者至少是被他自己认为是奇耻大辱的事情。没错，一个女人侮辱了他。"

埃文的眼中渐渐浮现出一丝惊恐。他听得入了神。

"一个姑娘拒绝嫁给他，原因是他曾犯过罪，他坐了一小段时间的牢。而那个疯狂的人在他那扭曲、罪恶的心中说：'她不愿嫁给我这样的人，我偏要他嫁给一个罪犯。她只配嫁给罪犯。'"

他们从村子里往回走，去向大宅子。他们沿着河岸走了一段路，谁也没有说话，之后神父接着说道："沃德雷在勒索达尔蒙，因为他知道达尔蒙在很久以前杀过人。也许他还知道达尔蒙所犯的其他罪行，因为一桩野蛮的罪行不足以让他屈服于沃德雷。相比之下，这最野蛮的谋杀犯倒不是最可怕的人了。在我看来，达尔蒙虽然杀了沃德雷，但他是个知道悔过的人。只是他一直屈服在沃德雷的淫威之下，两个人合起伙来欺骗姑娘应下婚约。达尔蒙本来可能只是去碰碰运气，而沃德雷则在一旁大力支持。不过达尔蒙并不了解真正的内情，也恐怕只有魔鬼才能懂得那老头的真实想法。"

"后来，大概就在几天前吧，达尔蒙发现了，他竟然被利用了！尽管这事情不全是沃德雷逼迫他的，但他也确实成为了一件工具。他突然明白了什么叫作过河拆桥。因为他在图书馆偶然看到了沃德雷的笔记，这些被小心地藏起来的笔记，记录着应该怎样报警之类的。他瞬间明白了整个计划！这个计划令他不寒而栗，就跟我当初刚猜到这个计划时一样。只要他达尔蒙一与西比尔结婚，沃德雷就会马上报警，然后达尔蒙就会被逮捕并且绞死。那位高贵的女士，既然拒绝了进过监狱的丈夫，那么她就只配拥有一个被绞死的丈夫。在阿瑟·沃德雷爵士眼中，这才是最富有艺术性的结局。"

埃文·史密斯，此刻面如死灰，一言不发。正在这时，他们见到老阿博特医生正移动着他那庞大的身躯，匆匆忙忙地向他们赶来。不过他们现在仍沉浸在这件事的可怕中，尚未惊醒。

"如你所言，憎恨才是世间最可恶的事情，"最终，埃文·史密斯说道，"并且，你知道吗？毕竟还是有一件事让我松了一口气。我现在对达尔蒙已经没有一丝恨意了——因为我知道他现在已经是个杀过两次人的罪犯了。"

他们安静地接着走路，碰上了迎面赶来的医生。他一边走一边绝望地挥动着他的大手，上面还套着手套。他的灰胡子此刻也被风吹得凌乱着。

"有个可怕的消息。"医生说道。"阿瑟死了，他的尸体已经被发现了，就在他自己家的花园里。"

"哎呀！"神父呆呆地说。"确实是太可怕了！"

"还不止呢！"医生虽是气喘吁吁，但仍迫不及待地说道。"约翰·达尔蒙说他要去找老爵士的侄子弗农·沃德雷，但弗农来了，却说没见到他。他好像从人间消失了！"

"哎呀，"布朗神父说，"真是太奇怪了！"

【注释】

① 戈黛娃夫人是英国的一位贵妇，据说她为了劝丈夫给百姓减税，曾裸体骑马绕行于大街。

② 沃尔特·罗利爵士是伊丽莎白一世的宠臣，曾将土豆与烟草引进英国。

◇ 万恶的罪行 ◇

布朗神父正在一间画廊里闲逛，从他的神情就可以看出他绝不是来欣赏画作的。其实对于绘画艺术和作品，他还是挺感兴趣的，只是现在他不想看。倒不是这些画作的原因：这些极具现代感风格的画作上面满是破碎的圆柱、颠倒的锥体与不规则的旋涡，这些确实能激发人的灵感，但同时也有些吓人。面对这些有些伤风败俗或者说是不成体统的画作，神父本该大发雷霆，或像一个异教徒般做出某些过激的行为，但现在他却好像没看见一样。其实，神父是在找一个朋友，他们约好了在这个不怎么合适的地方见面，因为那位年轻的姑娘是一个非常未来派的人。那位姑娘也是她的亲戚，是神父仅有的几个亲戚之一。姑娘名叫伊丽莎白·费恩，大家叫她贝蒂。布朗神父的妹妹，就是她的母亲，当年嫁给了一个有教养却家道中落的乡绅。那位乡绅后来在穷困潦倒中西去，而作为一个教士，神父担负起了保护人的责任，作为舅舅，神父又担负着监护人的责任。此刻，神父眨巴着眼睛在画廊中的人群中努力寻找，但到目前为止，他还没有看到他外甥女那张欢乐的笑脸与棕色的头发。不过，他倒是看到了几个熟人，还有几个引起他注意但不认识的人。

在那几个不认识的人中，有一个令神父特别感兴趣。那是个年轻人，他衣着华丽，步态轻盈，表情又非常警觉，最特别的是他修成铲形的胡子，令他看上去很像外国人，因为这种胡子形状很有老西班牙的风格。他的头发就像一顶扣在脑袋上的黑便帽一样，理得非常短。在那几个不认识的人中，有一个神父不喜欢的人。那是位盛气凌人的女士，身着一件亮得扎眼的绯红色外套，金黄色的头发说长不算长，说短不算短，松松垮垮地在那里，也不知道是什么发型。她的脸色带着病态般的苍白，表情看上去专横又阴沉。当她看向别人的时候，眼中总是透露着一股蛇怪①的狠毒劲儿。她进门的时候，一个矮个子男人被她拽了进来。那男的留着大胡子，宽大的脸上长着一双细长的眼。尽管他看起来有些睡眼惺忪，但还是能从他身上感受到一股喜气和亲切。不过从背后看上去，那短粗的脖子颇有几分蛮横之气。

布朗神父双眼凝视着那位女士，心里想着要是他外甥女来了，一定看着比她舒心百倍。不知道为什么，神父忍不住一直盯着那位女士，一直到他觉得这个时候无论看到谁，都会比她顺眼。也正是因为如此，当他忽然听见有人叫他时，他就像噩梦初醒一样。尽管他心里猛然一惊，但他立刻就释然了，他转过头，看到一张熟悉的脸。

那人脸很尖，但总体看上去倒是挺友好。他是个律师，名叫格兰比，头上的斑斑灰发就像假发套上掉落的灰粉一样，与他那富有活力的行为举止颇不协调。律师在伦敦金融城工作，他在办公室里就像个学童一样总是跑进跑出。现在在这间没办法跑进跑出的画廊里，他急得甚至抓耳挠腮。他在那儿焦急地左顾右盼，在寻找他的熟人。

"我还真没想到，"布朗神父微笑着说，"你竟然还是这种新艺术的赞助人。"

"我没想到你也是，"律师回敬道，"其实我是来这里找个人。"

"希望你能找到，"神父说，"我也是来此找人的。"

"他说他就要漂洋过海到欧洲大陆了，还让我来这个古怪的地方等他。"律师轻蔑地冷哼了一声说道。他想了一会儿，突然说道："我知道你一向守口如瓶，所以我才——你认识约翰·马斯格雷夫爵士吗？"

"不认识，"神父如实答道，"我只听很多人说他躲在一座古老的城堡里，但我认为这不算什么秘密。你说的就是那位传言颇多的老人吧！说什么他住的城堡有吊桥和闸门，并且与世隔绝，不愿意走出'黑暗时代'。难道他也是你的客户？"

"不，"格兰比回答，"是他的儿子马斯格雷夫上尉来找我的。但是这件事与那老人也有莫大的关系，但我不认识他，这才是重点。哎，这件事一定要保密，不过我相信你。"他忽然住了嘴，拉着神父去了旁边的一件侧室，那里比较冷清，因为那里陈列的是一些写实的艺术品。

"这位小马斯格雷夫，"律师说，"想要向我们借一大笔钱，抵押是他在诺森伯兰郡②老父亲的遗产。老人已经七八十岁了，去世是早晚的事，但是问题的关键是他的遗产会如何处置。他死后，他的城堡、钱，还有那些吊桥之类的会留给谁？那块儿地皮还不错，挺值钱，但奇怪的是现在它的继承权还是未定。所以你应该了解我的处境了。问题就是，用狄更斯书中人物的话来说，那位老人是否友善？"

"恐怕你评价他是否友善的标准，就是他是否会把遗产留给他儿子。"神父说。"这件事恐怕我帮不上忙。我从来没有见过约翰·马斯格雷夫爵士，而且就我了解，现在见到他的人也很少。不过明显的是，你必须把这件事搞清楚，你才能决定是否把事务所的钱借给他。他会不会拿不到遗产呢？"

"这个嘛，我也说不准。"律师回答。"他非常受人欢迎，他很聪明，在社会上也是有头有脸。他经常去国外，因为他是个记者。"

"哦，"神父回答说，"这算不上犯罪，至少不总是。"

"胡说八道！"格兰比呵斥道。"你知道我说的是什么意思——他是个漂泊不定的人，因为他做的是演员、记者或者演讲家之类的事。我必须知道他会不会拿到遗产……看，他在那儿。"

在冷清的侧室一直不耐烦地踱步的律师，突然冲进拥挤的外间。跑向那位衣着讲究、个子很高的年轻人，就是那位留着短发与胡子像外国的样式的那个人。

两人一边交谈着什么一边离开了，布朗神父眯着眼看了他们一会儿。不过，他很快就收回了目光，因为贝蒂，他的外甥女着急忙慌地跑来了。令神父吃惊的是，外甥女不容分说，又把他拉回了那间冷清的侧室。她看到那个就像大海中的孤岛一样的椅子，一把把神父按到了上面。

"我有件事要对你说。"她气喘吁吁地说道。"别人都理解不了，因为这件事太怪了。"

"你太高看我了。"神父微笑着说道。"是你母亲跟我提过的事情吗？那无非就是给你订婚一类的，又不是什么军事家口中的全面开战。"

"你知道吗？"她说道，"母亲想让我与马斯格雷夫上尉订婚。"

"我怎么会知道，"神父有些无奈地说道，"不过这样看来，马斯格雷夫上尉还真是成了热门话题。"

"我知道，我家很穷，"她说，"要说这一点都不重要，那也不对。"

"你愿意嫁给他吗？"神父问道，眼睛眯缝着看着外甥女。

她皱起了眉头，看着地板，之后压低声音对神父说："我本来以为我会愿意，至少我觉得我不会反对，但是刚才的一件事情把我吓到了。"

"什么事情？"

"我看见他在笑。"她说。

"这可是一种很好的社交技能，这又能证明什么呢？"神父回答。

"你没明白我的意思。"姑娘说。"他当时并不是朝着人笑。这才是最关键的——当时四周并没有人。"

她停顿了一下，然后又用坚定的口吻说："我其实早就来了，我看见他独自坐在画廊中，和那些画作在一起，屋里面很空。他不知道我或者其他任何人在附近，他自己坐在那儿突然就笑了起来。"

"是吗，这也不怎么奇怪。"神父说道。"我虽然不是一位艺术评论家，但这些画作总会让人忍不住……"

"你还是不明白我的意思！"姑娘几乎有点生气地说。"根本不是那样。他没有在看画，他当时在抬着头看着天花板，看起来是在想心事。他忽然笑了起来，把我吓了一大跳。"

神父这才站起身，背着手在屋里踱起了步。"这种事情你可马虎不得，"神父说，"有两种人是——我们没法继续讨论了，因为他来了。"

马斯格雷夫上尉迈着轻快的步伐走过来了，他面带微笑，扫视了一下四周。律师跟在上尉身后，竟也与往常大不相同，不再是绷着面孔，而是面露得意的微笑。

"我必须为我对上尉曾有过的怀疑道歉。"当他和神父并肩走到门口时，他低声对神父说。"他很通情达理，完全理解我的忧虑。他还邀请我到北方去见见他的老父亲呢！我想，这样我也可以亲耳听到老人说继承权的问题了。他这么办很妥当，不是吗？他急着把这事定下来，所以要开车载我去马斯格雷夫湿地。我想既然他这么说了，那我就同他一块儿去，明天一早就走。"

在他们交谈的同时，上尉和贝蒂肩并肩走过大门，在一些人看来，这真是一幅诗情画意的图景。暂且不说他们其他方面如何般配，单是看他们的外貌，就能把他们比喻为金童玉女。就连律师也不禁感慨了一声。不过，这幅画很快发生了变化。

詹姆斯·马斯格雷夫上尉随意向外瞥了一眼，忽然，他那满含笑意的双眼好像被什么给吸引了，似乎令他完完全全换了样。神父已经觉察到一丝不祥的预兆，他朝四下里看了看，看到了一张死灰色的脸。这张脸正是属于那穿着一身绯红、顶着一头狮鬃一般的金黄色头发的那位高大女人。她看上去老是那样后背微弓，就好像一头随时将要冲出去的公牛。她那面无血色的表情令人压抑，又令人忍不住去看，至于她身边的大胡子的矮男人，倒没人留意了。

马斯格雷夫朝着大厅里面那个女人走去，就像一座精美的蜡像般僵硬地移动。他附到那女人耳边耳语了几句，女人没回答，但他们一块儿转身离开了。他们走在通道里，面红耳赤地似乎在争辩着什么。那位矮个子男人紧跟在他们身后，像个奇怪的精灵跟班。

"上帝啊！"布朗神父望着他们离去的背影，皱了皱眉小声说道："这女人到底是什么人啊？"

"幸亏她不是我朋友，"律师格兰比冷冷地说道，"看上去跟她调情可能会有生命危险，对吧？"

"我并不认为上尉在跟她调情。"神父说。

正在这时，上尉、女人与那矮个子男人走到了通道尽头，并且分开了。上尉急匆匆地回来找他们。

"嘿，"他喊了一声，语调挺自然，不过神父他们几个都发现他的脸色已经变了。"实在对不起，格兰比先生，恐怕我明天不能与你一块儿去城堡了。不过，我的车你仍然可以用，别客气——我要去伦敦几天。你要是愿意，你还可以与你的朋友一块儿去。"

"这个就是我朋友，布朗神父。"律师介绍道。

"既然马斯格雷夫上尉都这么说了，"神父表情严肃地说道，"我想我会陪着格兰比一块儿去的，而且如果我能够去的话，我将深感荣幸。"

就这样，次日，一位具有优雅气质的司机开着一辆精致又典雅的小汽车向北驶去，在约克郡的荒野上飞驰，只是车上的乘客显得有些奇怪。一个穿着看起来像个黑色大包袱的神父，一个不习惯坐这种车的律师。

一路上，他们曾经在西区③一处大峡谷中愉快地休息了一会儿，在一家舒适的小旅店住宿并在那儿用餐。次日早上他们再次启程，沿着诺森伯兰郡的海岸线一路狂奔，最终到达了一处乡下地方。那里的沙丘像迷宫一样，层层叠叠的草地在海边疯狂生长，正中间是一座古老的城堡。它的样式依旧未变，知名度却早不如以前了，几乎成为了一座无人问津的边境战事纪念碑。他们顺着一条狭长的小路一直向前走，一直走到通向城堡的护城河，才看到了他们此行的目的地——马斯格雷夫城堡。这座正方形的城堡看上去倒是货真价实，因为以前诺曼人将这样的城堡盖得遍地都是，从加利利④一直到格兰扁⑤的山区。他们还发现这座城堡竟真像传说中的那样，配有吊桥和闸门，然而使他们注意到这点的，却是一个小意外。

他们穿过又粗又长的蓟草，到达护城河岸边。护城河水像黑色的绶带一样，河面上还漂浮着残枝与枯叶，就像镀了金的乌木。过了护城河的黑绶带再走一两码就是城堡下了，城堡门下还有巨大的石柱。急性子的律师忙着向吊桥后的人影打招呼，可能是这座城堡很少有人来的原因吧，吊桥似乎都有些生锈了，因为那人放下吊桥时明显费了很大工夫。最终，吊桥也没完全落下，它像个高塔似的朝他们倒来，倒到半空却又停住了。

格兰比在对岸急得直跺脚，他大声对神父说：

"哎呀！我真是受不了这些老古董！我，我还不如直接跳过去呢！"

急性子的律师最终还是选择了跳过去，虽然落地时略显踉跄，但也算是平安跳到了对岸。以神父的身高可不适合跳远，他一下子落到了泥水里，溅起了一片水花。不过他与别人不同的是，他并不在乎这事。好在律师眼疾手快，才没使他越陷越深。但在被拉到泥泞的绿色河对岸后，他却弯腰仔细看起长满草的山坡上的某处来。

"你要研究植物吗？"格兰比焦躁地问道。"我们可没时间等你采这些珍稀植物了。你不是刚刚还掉到水里，是打算测一下水深吗？不过别管身上的泥了，我们得快点去见男爵了。"

他们刚走进城堡，就有一位彬彬有礼的老仆人接待了他们，而且这也是他们在城堡中见到的唯一一位仆人。在说明来意之后，老仆人把他们领到了一间长方形房间，屋子四周镶着橡木墙板，格子窗都是老样式。暗色的墙上挂的全是兵器，都是来自不同时期，而且全部对称摆放。一套 14 世纪的完整盔甲立于大壁炉旁，好像一名哨兵。透过一扇半掩着的门看去，另一间长方形的房子里挂着他们家族的肖像。

"我怎么感觉我不是进了屋子，而是进了小说里。"律师说道。"我还不知道竟然有人保持着《神秘乌多弗》⑥的风格。"

"是啊，这也证明了传言中老先生对历史的狂热，"神父回答，"这些东西可都是真品。收集这些东西的人很懂行，他知道虽然都是中世纪，但很多人生活的年代相差还是很大。人们有时候会把不是一个年代的配件凑成一副盔甲，但我们眼前这个明显不是。你看，这是一副中世纪晚期比武用的盔甲。"

"要让我说的话，我看这位主人倒是挺'晚期'，"格兰比抱怨道，"我们等了这么久居然还不出来。"

"你要知道，在这种地方，人的生活节奏一般都很慢。"神父说。"其实要我说，我们两个陌生人突然跑来问他这种问题，人家肯见我们就不错了。"

事实上，当这座城堡的主人出现时，他们也忘了向爵士抱怨了，而是把所有的注意力都集中到了对方的行动上。虽然他独自活在这么遥远的山区，生活很寂寞无聊，但他却完全继承了传统，保持了尊贵的气质。即便神父与律师猜测爵士可能已经有小半辈子没接见过客人了，但他的表现就好像刚送走几位公爵夫人一样，因为在面对他们这样完全陌生的访客时，爵士一点也不显得惊讶或尴尬。当他们提到此行的目的是为了核实继承权的问题时，爵士既没显得羞恼，也没显得不耐烦。他只是漫不经心地考虑了一会儿。他看上去虽清瘦，但却慈眉善目——浓黑的眉毛，长长的下巴，一头卷发无疑是假发。但他明智的是，他知道一个老人就应该戴灰白色的假发。

"关于你们所问的问题，"他说道，"答案很简单，我肯定会把我的所有财产传给我儿子，就像当初我父亲传给我一样。不会有任何问题——我说这话已经经过深思熟虑了，没有任何突发事故能让我做出其他选择。"

"能听到你这样说我很感激。"律师回答。"不过我也想提醒你——就算是因为你的善良吧——这种说法太过绝对了。我的意思不是说你儿子有可能会做一些事，让你不想再把继承权给他。其实，我的意思是……"

"确实，"约翰·马斯格雷夫冷冷地说道，"他可能会，说可能都是太客气了。请你们来我隔壁房间看一下。"

他带着两个人向里边走去，走进了画廊，也就是他们刚才通过半掩的门看到的挂着一排肖像的屋子。

他指着其中一张戴着黑色假发，有着长长的脸的肖像说："这位是罗杰·马斯格雷夫爵士，在那个乌烟瘴气的奥兰治亲王威廉⑦时代，他是当时最卑劣的无赖和骗子。他背叛过两任国王，还有嫌疑谋杀过两位妻子。这位是他的父亲，一个诚实的老骑士党人罗伯特爵士。那是他的儿子，一位尊贵的雅各宾派的烈士詹姆斯爵士，他是最早提出来要向教会和穷人们做出补偿的人。所以说，在马斯格雷夫家族中，这些权力、荣耀、财富可以是善良的人传给善良的人，那么中间出现个坏人又能如何呢？爱德华一世是位明君，爱德华三世也把荣耀洒遍了全英格兰，这两位的中间，却出现了个声名狼藉的爱德华二世⑧。他对弗斯顿宠爱有加，最终被罗伯特·布鲁斯打得四处逃亡。请相信我，格兰比先生，在历史上的伟大家族中，即使出现几个愚蠢无能的败家子，也不会影响它的卓越。我们马斯格雷夫家族的财产是父子相传，并且会一直这样下去。你可以放心，也可以让我儿子放心，我不会傻到把钱捐献给那些流浪猫们。就算天塌下来，马斯格雷夫家族的财产，永远是马斯格雷夫家的。"

"没错，"神父若有所思地说，"我想我明白你的意思了。"

律师也说道："我们很愿意向你的儿子传达这个信息。"

"你可以对他说，"老爵士严肃地说，"不管怎么样，他都能得到这些城堡、头衔、金钱和土地之类的。但我要说的是，无论如何，在我有生之年我是再也不见他了。"

律师在面对老爵士时一向恭敬，此刻却瞪大了眼瞧着对方。

"这是为什么呢？他到底怎么……"

"我是个性格比较孤僻的绅士，"马斯格雷夫说，"也是这么一大笔财产的拥有者。我儿子做了一件很可恶的事，所以，别说绅士了，我觉得他连人都算不上。简直就是罪大恶极。你们应该还记得道格拉斯在他的客人玛米恩⑥伸出手来要与他握手时，他说了什么吧！"

"记得。"神父回答。

"'我的城堡是属于我的国王的，从角楼一直到基石都是，'"马斯格雷夫说道，"'道格拉斯的手却是他自己的。'"

他转过身去，带着两位有些懵懂的客人回到了另一间房。

"你们可以用一些茶点，"老爵士语气温和地说道，"要是你们对归程有点不放心，我很乐意两位在此住宿一晚。"

"谢谢你，约翰爵士，"神父淡淡地说，"不过我看我们还是回去吧！"

"我马上让人去把吊桥放下来。"老爵士说道。不一会儿，城堡里就回荡起大型的老旧设备的嘎吱嘎吱的响声，就像是磨坊里的研磨声那样刺耳。虽然吊桥生了锈，不过这次放下来的却很顺利，片刻之后，他们又站在了护城河外绿草覆盖的岸边。

格兰比的身子突然剧烈地抖动了一下。

"他儿子到底是做了什么事啊？"他大叫道。

神父没有回答。他们再次坐车去到了一个离城堡不远，名叫格瑞斯通的村子。他们在一家"七星"旅店下了车，神父突然说他不走了。换句话说，神父要在这儿小住一段。

"我不能就这样走了。"神父严肃地说。"你乘着车回去吧！你的问题已经有了答案，剩下的事情也很简单，就是看你的律师事务所能拿多少钱投资马斯格雷夫上尉的前程了。但我的问题还没答案，那就是他是否适合做贝蒂的丈夫。我想知道他到底做过什么可恶的事情，还是这件事原本就是那老疯子瞎编的。"

"但是，"律师反对说，"就算你想了解他，那你为什么不去找他呢？在这荒郊野外的，他又不来，你怎么了解？"

"我去找他又有什么用？"神父反问道。"那根本是毫无意义之举，难道你要我在邦德大街上拉住一个年轻的小伙子问：'打扰一下，你犯过很可恶的罪行吗？'要是他真是个坏人，那么他一定会矢口否认。那我们也打听不到任何情报。知道内情的只有一个，哪天那位怪诞的老头再次发火时，就有可能说出实话了。所以我要留在这附近。"

神父真的在城堡附近住了下来，而且不止一次地与老爵士偶遇，双方都尽量展现出礼貌与客气。对于老爵士这个年龄来说，他可真算得上是精力充沛。他健步如飞，经常快速穿过村庄或者是乡间小路。在这儿住下的第二天，布朗神父出了旅店，前往铺着卵石的集市，正好见到老爵士那熟悉的身影正大步流星地往邮局的方向走去。虽然他低调地穿着一袭黑衣，但他那饱满的面庞在烈日的照耀下相当惹人注目。他那长长的下巴、浓黑的眉毛与满头银发让人禁不住联想到亨利·欧文[10]，或是另一位著名的演员。除了满头银发，他身上没有任何老年人的特征，他拿手杖更像是拎着棍子，而不是拄着它。他主动向神父打了招呼，然后依旧是直奔重点，就像昨日在城堡一样。

"你要是仍然对我的儿子感兴趣，"他说这话时，一脸冷淡，"恐怕你没什么机会了。他刚出国了，咱们是私下里在讲——其实我觉得他是逃出这个国家了。"

"确实是。"神父面无表情地望着他说道。

"有个我以前从来没有听说过的人，名叫格鲁诺夫，总是问我儿子的下落，"老爵士说道，"我来这儿就是为了拍一封电报告诉他。据我所了解，我儿子的邮件代收处在里加[11]。这事真是烦人，我昨天就想来发报了，可是只是晚来了几分钟，邮局就关门了。你想要在此长久住下去吗？我希望你再来城堡做客。"

当神父对律师讲到他当天在村里与老爵士那简短的交谈时，律师既好奇又困惑。"上尉为何要跑呢？"他问道。"到底是谁想要找他？格鲁诺夫又是什么人？"

"我想说，对于第一个问题，我也没弄明白。"神父回答。"第二个问题，我觉得是他的罪行被曝光了，有人正用这事敲诈他。第三个问题我倒是知道点，那个吓人的黄发胖女人就是格鲁诺夫太太，那个小个子男人应该是她丈夫吧！"

又过了一天，布朗神父拖着疲惫的身体回来了，他随手放下了那把黑雨伞，就像是朝圣者放下行李那样。他的表情有些沮丧，这明显与他的调查有关。不过，不是因为没有调查出来而沮丧，而是正因为调查出来了才沮丧。

"真是惊人！"神父闷声说道，"但其实我早就应该猜到了，一进城堡我看到那些陈设就该猜到了。"

"什么陈设，你何时见到的？"律师有些急不可耐。

"当我看到那里的陈设只有一副盔甲时。"布朗神父回答道。他停了一会儿，律师也不再询问，只是看着神父。一会儿之后，神父才又继续说。

"那天，我想要告诉我外甥女的是，有两种人会独自发笑，一种是最好的人，一种是最坏的人。你知道的，他可能在向天主祈祷，也可能在与魔鬼讲笑话。但无论如何，他都是个有秘密的人。唉，有种人真的会跟魔鬼讲笑话，他不想让别人听见。如果有人听见他就不允许那人活在世上了。那笑话本身就是非常恶毒阴险的。"

"你说的是什么？"格兰比质问。"你所指的人是谁啊？我是说，那个与魔鬼阁下分享那种恶毒玩笑的人是谁？"

布朗神父盯着他，面部逐渐露出一个瘆人的笑容。

"哈！"他说道，"就是这样的笑话。"

又是一段时间的沉默，不过这次不仅是无言，还有一种紧迫的压抑感，就像黄昏时逐渐升起的暮霭一样压在他们身上。布朗神父静静地坐在那儿，手肘放在桌子上撑着，好大一会儿才淡淡地开口。

"我对马斯格雷夫家做了些调查，"他说，"他们家人一向是精力充沛又长寿的，我想即使以正常的情形来看，你们要想拿回钱，也是有的等了。"

"我们已经充分地做好了心理准备，"律师回答说，"但是也不会太久吧！毕竟老人已经80岁了，虽然还能四处走走，但我可不相信旅店的人笑着说的，他能长生不老。"

神父突然敏捷地蹦了起来——这可是非常少见的——但他的手依旧放在桌子上，身体前倾，与律师脸对脸。

"就是这个。"神父声音低沉但又掩饰不住声音中的兴奋。"这是唯一的问题，也是唯一的难题。他会怎么死呢？他究竟会以怎样的方法离世呢？"

"你到底是什么意思？"律师问。

"我的意思是说，"阴暗的房间里传出神父低沉的声音，"我知道詹姆斯·马斯克雷夫犯的是什么罪。"

神父的声调如此惊悚，以至于格兰比忍不住打了一个寒战。接着神父又咕哝了一句。

"这可真是万恶的罪行。"神父说。"至少，目前的世界大部分人还是这样认为的。早在远古时代，这样的罪行就要受到严惩。不管怎么说吧，我知道了小马斯格雷夫干了些什么，以及他为何要那样做。"

"他做了什么？"律师问道。

"杀了他父亲。"神父简短地回答道。

律师腾地站起了身，皱着眉头，盯着桌子另一面的神父。

"可是他父亲明明就在城堡里。"他最终尖声叫道。

"准确地说，是在护城河里，"神父说道，"我第一眼看到盔甲就觉得有些不对劲，我真笨，居然都没想到。你还记得那间房间的样子吗？那其中的装饰布置得何等精心：两柄战斧交叉着摆在壁炉一侧，另一侧也是两柄；一面墙上挂着苏格兰圆盾，另一面墙也挂着；壁炉的一侧有一套盔甲在那儿立着，另一侧却是空的！我不相信一个人把房间布置得如此对称，却留了这么一处缺陷。一定是有人穿了盔甲，那到底是怎么回事呢？"

他停顿了一下，接着说道："你好好想一想，这是个非常好的谋杀方案，一次性地解决了处理尸体等好多问题。尸体可以藏在盔甲中好几个小时，甚至好几天，仆人过来过去，也不会留意到它。这样凶手就可以趁着夜色将它拖出去，沉到护城河里，连桥都省得过了。尸体在浑浊的水中慢慢腐烂掉，就成了 14 世纪盔甲里的一副枯骨，这种枯骨之类的在这种古老城堡的护城河里多得是，一般不会有人去找，就算去找了，也只能找到一堆枯骨，证明不了什么。对此我是有依据的。当时我在弯腰找什么时，你还说我是在研究珍稀植物，其实那是一株意义很重大的植物。因为我在河岸上看到了脚印，那脚印陷得那么深，不是那人的体重重就是他搬着什么重物。还有，我还从我那一跳中得到了启发。"

"我已经开始有点晕了，"格兰比说道，"不过，我好像已经开始有点明白这万恶的罪行是怎么回事了。你刚才说你一跳得到了启发是什么意思？"

"今天我去了邮局，"神父说，"无意间确认了爵士昨天对我说的那一番话，他说他前一日去邮局正好关门了——也就是说，我们去的那一天他也去邮局了，而且正好是我们刚进城堡时去的。你知道这意味着什么吗？这意味着咱们叫门时他才出去，而且咱们一直等到他回来。我又想到了其中一点，这件事我立马就明白了。"

"哦，"律师急切地说，"我现在还是不太明白。"

"一个七八十岁的老头能够四处走动，"神父说，"一个老人可以走路走很长时间，可以在乡间小道上漫步，但无论如何，他是跳不起来的啊！他恐怕连我都跳不过。但是，他明明是在我们等他的时候回来的，所以他进城堡的方式必须与我们一样——那就是跳过护城河——因为吊桥是我们出门时才完全放下来的。我猜我们去的时候他正要出门，所以才故意装作吊桥坏了的样子放了一半，要不然，吊桥怎么修好得那么快。不过这些都不是重点，当我脑海里浮现出那位银发苍苍的老人一跃而过吊桥时，我就明白了一切。"

"你的意思是说，"格兰比思索着说，"那个看上去很惹人喜欢的年轻人杀了他父亲，把尸体藏于盔甲之中，再趁着夜色扔进护城河，并且还假扮成他父亲的样子之类的。"

"他们长得确实很像。"神父说。"你从他们家族的肖像图中看出来没有？他们家族的人长得都挺像的。至于你所说的他伪装成了他父亲，其实每个人都在伪装。老人用假发伪装自己，而他儿子用外国式的胡子伪装自己。当他把胡子刮掉，再套上假发，化点妆，简直都能与他父亲一模一样了。现在你应该明白他为什么这么客气了吧！他请你次日去他家，因为他要连夜坐火车赶回去，好先犯下罪行，做好伪装，并且为遗产的问题准备好谎话。"

"啊！"格兰比若有所思。"关于遗产问题的谎话！你的意思是说，真正的老爵士来谈的话，会是另一个结果。"

"他会直接告诉你那位上尉一个子儿也甭想拿到，"神父说，"这套计划，虽然有些不可思议，却的确是阻止老爵士告诉你这些话的唯一办法。我们回想一下他对我们说的那些话多么的狡猾。他的计划一下子解决了好多问题：他因为在战时有过叛国行为而被俄国佬敲诈，他趁这个机会摆脱了他们，甚至把他们一路引到里加；但最精妙的地方就是他宣布了他儿子的确是继承人，但又没把他当人看。你没注意到吗？这样一来，不仅遗产问题定下来了，而且也为接下来的重要问题提供了一种答案。"

"我发现了不少问题，"律师说，"你所指的是哪一个？"

"我指的是如果小马斯格雷夫没有被剥夺继承权，那么早晚他们父子得见面吧！他私下里向我们说他们父子绝交了，这便永久地解决了这个问题。不过还有一个，他准备让这位老人以什么样的方式死去呢？"

"我只感到他很该死。"律师说。

布朗神父表情有些困惑，他心不在焉地接着说：

"这可还不算完，他中意的那套方案还有——呃，更深层的含义。这套方案能够让他体会到近乎疯狂般的智力上的愉悦，他以另一种身份向你诉说他真实犯下的罪，真的是他做的。这就是我说的恶毒的讽刺：和魔鬼分享的笑话。我向你讲一点人所谓的悖论怎么样？有时候说实话也是一种邪恶的乐趣，特别是这实话能够误导所有人时。因此他喜欢装成别人，来往自己脸上抹黑——不过他也确实做了那些恶事。这就是为什么我的外甥女贝蒂会见到他无缘无故地在画廊里自己发笑。"

格兰比猛地一惊，好像一个人突然撞到了什么上，如梦初醒。

"你外甥女，"他大叫，"她母亲不是打算让她嫁给马斯格雷夫吗？我猜，大概是看中了他的地位与财产吧！"

"没错，"神父冷冷地说，"在婚姻这件事情上，她母亲一向都是很谨慎的。"

【注释】

① 传说中的怪兽，样子很像蜥蜴长了 6 条腿。它身似鸟类，却披着鳞片。

② 英格兰最北边的一个郡，郡内罗马遗迹很多，包括哈德良长城。

③ 西区或译为西赖丁，英格兰约克郡旧区。

④ 巴勒斯坦北部的地区。

⑤ 苏格兰东北部的一个行政区。

⑥ 为英国女作家安·沃德·拉德克里夫创作的小说，乌多弗为书中一古堡名字。

⑦ 即英格兰王威廉三世，兼任苏格兰王威廉二世。他于 1688 年英国光荣革命时应邀入英格兰，1689 年，英格兰威廉二世退位，他与妻子玛丽二世共掌王位，创立君主立宪政体。

⑧ 爱德华二世为英格兰国王，宠幸奸臣加弗斯顿。1314 年在与罗伯特·布

鲁斯领导的苏格兰军作战时战败。

⑨ 玛米恩与上文中提到的道格拉斯都是长诗作品《玛米恩》中的人物，作者是英国作家沃尔特·司各特。

⑩ 英国著名演员、剧场导演。扮演的莎士比亚剧中人物深入人心。1895 年被授予骑士称号，是第一个被授予如此殊荣的演员。

⑪ 里加为拉脱维亚首都，波罗的海的一个重要港口城市。

◇ 梅鲁神山的红月亮 ◇

马洛伍德修道院的义卖集市被大家公认为举办得很成功，这场在芒特伊格尔勋爵夫人慷慨许可之下的义卖活动，不仅有深受大家喜欢的秋千、木马，还会时不时地穿插一些小表演，把大家逗得哈哈大笑。另外还应该提一下慈善，因为那可是这场活动的重中之重，不过到现在我也没弄明白慈善的具体项目是什么。然而，我们的关注点不在这里，我们只需要关注其中的几个人就好了。特别是这三位：一位女士和两位绅士。此刻，他们正从两个大帐篷，或者说是亭子中间穿过，一边高声争辩一边向这边走来。他们右边是神山大师的帐篷，就是那位著名的、能够通过水晶球与看手相来算人们命运的算命先生。他住的是一顶深紫色的帐篷，帐篷上下全被涂满了亚洲神像，那用黑黄两种颜色画的手脚摊开的神像，就像一头多足的动物一样挥动着自己的臂膀。也许那是象征神灵会随时降临，也许只是在暗示，看手相的名家就应该多看看手相。另一边则是弗洛索的帐篷，他是一个颅相学①家，他的帐篷就明显朴素了很多。帐篷上简单地画着苏格拉底与莎士比亚的头颅分析图，那两位的颅骨明显都是凸起型。这些图仅仅只是用黑白两色绘制，标注有数字与简单的说明，这才正符合了科学那严谨的风格。紫色帐篷的入口看上去就像一个漆黑的洞穴，里面也正好是悄无声息。但弗洛索这位颅相学家就不同了，他看上去消瘦憔悴、穿着老旧、肤色黝黑而且还留着令人惊讶的黑色大胡子。此刻，他正站在自己的帐篷外头，扯着嗓门大声喊叫，向每一位过往行人讲解颅相学，一经检查，毫无疑问这些行人的头颅都与莎士比亚的一样高高凸起。实际上，那位女士刚出现在两顶帐篷之间，弗洛索就立即扑过去大献殷勤，他摆出了很古老的行礼姿势，随后他请求摸一下女士头上隆起的部位②。

　　女士原本打算礼貌地拒绝他，但她的实际表现却相当粗鲁。不过这情有可原，因为她正在面红耳赤地与别人争辩着什么。这真的是情有可原——即便她当时没有在争辩——因为她就是芒特伊格尔勋爵夫人。不过说实话，无论从哪个角度，她都是有一定的影响力之人。她既端庄秀丽，又野性十足，深陷下去的黑眼睛透出一种神秘的眼神，甜美的笑容包含有一种急不可耐，或者说是狂热的神情。她的裙装相当惹人注目，因为那是"一战"前流行的风格，现在第一次世界大战已经过去了，只给人们留下沉重的回忆。那身裙装与那顶紫色帐篷倒是颇为的相像：都有点半东方的风格，而且上面都绘有带着异国色彩的神秘图案。人们都说芒特伊格尔夫妇有些疯疯癫癫的，因为他们非常喜欢甚至是狂热地迷恋着东方教义与东方文化。

　　勋爵夫人的怪诞与两位绅士表现出来的传统形成了非常鲜明的对比。他们像古代人一样，全身裹得严严实实，上至鲜艳的礼帽，下至手套的指尖。然而就算如此，他们也还是有一点区别的。詹姆斯·哈德卡斯尔看上去既得体又高贵，而汤米·亨特虽然看上去也挺得体，但多少显得平庸。哈德卡斯尔是一位很有前途的政客，他在社交场合对事事都评论得有头有脑，但对政治却只字不提。不过说句公道话，他这位有前途的政客非常善于表演，不过今天的集市可没有供他表演的紫色帐篷。

"对于我来说，"他眯起了眼睛，透过他的单片眼镜往外看，那是他僵硬又冷峻的脸上仅有的亮点，"我觉得我们要先挖掘出催眠术的所有秘密，然后再去谈论魔法之类的。奇特的心理力量肯定是存在的，就算是在非常落后的民族，托钵僧也能完成许多奇妙的事情。"

"你的意思是，骗子③？"另外一位年轻人汤米·亨特问道。语气中透露着一股天真。

"汤米，你别傻了，"女士说道，"你不懂的事情为什么还要跟着瞎掺和呢？就像小学生大声嚷嚷说他自己知道戏法是怎么变的；就像维多利亚早期那种小学生式的瞎问。至于催眠术，我怀疑你有些夸大……"

就在这时，芒特伊格尔勋爵夫人好像瞥见了她想要找的那个人。一个一身黑衣、身材矮小的身影站在亭子里，亭子下面有一群孩子正在朝着桌子上那些廉价的饰品扔套圈。她一个箭步冲到那里，高声嚷道："布朗神父，我正想要找你呢！我问你件事，你信算命吗？"

神父无奈地耸了耸肩，看着自己的手套，过了一会儿开口说：

"我不知道你所说的'相信'究竟到哪种程度。当然了，如果所有算命都是骗局的话……"

"哦，神山大师可不会是什么骗子。"她又嚷了起来。"他不是魔术师或者一般的算命先生。他肯降尊来我举办的活动真是我莫大的荣幸。他在他自己的国家是一位很有影响力的宗教领袖，是一位先知，也是一位预言家。就算是算命他也不会算你说的那些升官发财之类的低俗东西。他会向你诉说伟大的精神方面的真谛，有关于你自己，也有关于你的理想。"

"正是因为这样，"神父说道，"这正是我反对的。如果说所有的算命都是骗局，那我也不会在意了。因为这就跟菜市场卖的菜一样，不算什么骗局了，从某种意义上来说，他顶多算是一场恶作剧。但要把它定为一门宗教，向你诉说精神一类的，那可真是罪大恶极了。我是唯恐避之不及的。"

"你这理论倒是有点怪。"哈德卡斯尔笑着说。

"一点都不怪。"神父思索着说。"在我看来，这太清楚不过了。我想，假如有个人假扮成德国间谍，向德国人提供很多假的情报，那倒无所谓。但是如果有个人把真的情报出卖给德国人——哦！所以我是想说，如果一个算命先生出卖真理的话……"

"你真的以为神山大师……"哈德卡斯尔脸色阴沉，开口问道。

"没错，"神父回答，"我认为他确实是在跟敌人交易。"

汤米·亨特却突然嘎嘎笑了起来。"哦，"他接道，"如果神父把那些算命先生也当作好人的话，那这位有着古铜色皮肤的神山大师就是圣人了。"

"我表弟汤米真是不可救药。"勋爵夫人说道。"他总是处处想出风头，想显得自己是个行家，连他自己都知道这一点。他听说大师就在这儿，才匆忙赶了过来。我想，他可能还想挑战佛陀或者摩西呢！"

"我只是觉得你需要有个人照顾，"汤米圆圆的脸上咧了一个大大的笑容，他转头对着他的表姐说道，"所以我才来的，我不喜欢这个棕色的猴子。"

"你又这样！"勋爵夫人说。"很多年前，在印度时，我也对棕色人种有些偏见。但现在我逐渐了解到了他们那种神奇的精神力量，我现在比以前通达多了。"

"我们的想法似乎正好相反。"神父说。"你是因为他们的名望才原谅他们的棕色皮肤，而我是因为他们的棕色皮肤才原谅他们的名望。说实话，我并不重视精神力量。我对精神上的软弱倒比较同情与重视。我不明白的是，为什么有人仅仅是因为他皮肤的颜色像铜、栗色啤酒、咖啡或者浑浊的溪流就讨厌他。"他眯起眼看向对面那位女士，补充道："我倒是偏爱所有棕色的东西④。"

"你看！"勋爵夫人得意扬扬地转向汤米说。"我就是说嘛，你在胡说八道！"

"哦，"汤米委屈地说，"我说的明明合情合理，你却要说那是像小学生一样疑神疑鬼——我们什么时候去看那个水晶球占卜？"

"随时都行，不过，"勋爵夫人回答，"其实我觉得，并非是用水晶球来占卜，而是通过看手相。我猜你又要说那有什么区别吗，你趁早别胡说八道了。"

"我觉得在胡说八道与合情合理之间还有一种中庸的说法，"哈德卡斯尔微笑着说，"那就是，虽然结果很不可思议，但你听他的解释却会觉得合情合理。你们想去试试吗？我承认我心里可是有些痒痒的。"

"哦，对这种满嘴跑火车的人我没什么兴趣。"布朗神父生气地叫道，他那圆圆的脸因为生气与不屑而涨得通红。"你们尽管去把时间浪费在这种江湖骗子身上好了，我宁可去套椰子。"

那位依然在那儿徘徊的颅相学家，一个箭步冲到了入口处。

"头骨，亲爱的先生，"他说道，"人头骨的形状可是比椰子有趣多了，什么椰子也无法与……"

哈德卡斯尔已经一头扎进紫色帐篷中，他们听见那黑乎乎的洞口里有喃喃自语的声音。当汤米·亨特对颅相学家那套自然与超自然之间界限的理论表现得冷漠、勋爵夫人要继续与神父争辩时，她又突然停了下来。因为她看到詹姆斯·哈德卡斯尔又默默从黑乎乎的洞口中走了出来，在他阴郁的表情和眼睛上闪亮镜片的映衬下，他的诧异更显得突出。

"他没在里面。"这位有前途的政客忽然说道。"他已经走了，里面只有一个黑人老鬼，八成是大师的仆人吧。他含糊不清地告诉我大师已经走了，因为大师不愿意在这儿用神圣的秘密来换取金钱。"

勋爵夫人面带得意地看向所有人。"你们瞧，"她叫道，"我就说嘛！他的境界比你们想象的还要高出很多！他讨厌待在这乱哄哄的世俗里，自己去避世独处了！"

"抱歉，"神父表情严肃地说，"也许是我错怪他了。你知道他到哪里去了吗？"

"我应该知道，"勋爵夫人也严肃地回答说，"他想要一个人待着时，总是会去回廊那里。就是房子左边的尽头，在我丈夫的书房与私人博物馆的后面，你知道吧。也许你听说过这房子以前是修道院。"

"略有耳闻。"神父微笑地回答道。

"我们可以去那儿，当然，如果你愿意的话，"勋爵夫人欢快地说道，"我觉得你有必要看看我丈夫的藏品。不管怎样，你应该去看看那个红月亮。你听说过叫作梅鲁神山的红月亮吗——没错，就是那块儿红宝石。"

"我很乐意去欣赏那些藏品，"哈德卡斯尔小声说，"也包括神山大师——如果说大师也算你们的一件藏品的话。"他们都转身，前往那家房子去了。

"无论如何，"走在后面的汤米·亨特嘟囔道，"我也想知道如果那个棕色的畜生不是到此算命的话，那么他到底想要干什么？"

他转身离开时，执着的弗洛索还向前追了一大步，差点就抓住了他的衣角。"隆起部位……"他说道。

"没有什么隆起部位，"殿后的青年说道，"有的只是一肚子气。每次我来看我表姐他们夫妻俩，都是生一肚子气。"他摆脱了颅相学家的纠缠，拔腿追向众人。

要去回廊，众人必须穿过一间长方形的屋子，这就是勋爵夫妇那个著名的私人博物馆，里面很多都是亚洲的咒符与吉祥物。通过一扇开着的门，他们能看到博物馆后面就是一排哥特式的尖拱建筑物，阳光从尖拱之间射进院子，把整个四方庭院都映亮了。曾经，修士们就是沿着院子里的回廊来回游走的，但现在，他们乍一看，看到了比游走的修士还奇特的人。

那是一位从头到脚全裹着白衣，只有头顶包了一条浅绿色头巾的老绅士，他拥有英国人那白里透红的肤色，还留了光顺的白胡子，就像某个侨居印度的和蔼的英国上校一样。这个人就是芒特伊格尔勋爵，与他妻子相比，他对东方文化更加痴迷，或者说是更加严肃。他张嘴闭嘴都不离东方宗教与哲学，根本不谈论其他事情，甚至他都想穿成东方隐士的模样。他喜欢像人们展示他的宝贝，但并非向他们炫耀它的现金价值，而是更注重它们象征的真理。他拿出那颗硕大的红宝石向大家展示，如果按价格来衡量的话，这恐怕是博物馆中唯一价值连城的宝贝。但勋爵好像只是对这宝石的名称感兴趣，并非大小，更非价格。

其他人都瞪眼看着这颗大得惊人的宝贝红石头，就像透过一场血雨去看一团熊熊燃烧的篝火一样。然而芒特伊格尔勋爵却漫不经心地拿着它在手里把玩，他望着天花板，开始滔滔不绝地给他们讲一个关于梅鲁神山传奇的故事，还有一些，诸如在诺斯替教派的神话里，原始力量如何在那儿大战之类的。

在他所讲的诺斯替造物主的神话故事结束之前，连一向稳重的哈德卡斯尔都觉得有必要把话题引开了。他请求看一下宝石，当时夜幕将要来临，那件仅有一扇门的长屋子里光线暗淡，于是他们就到院子里的回廊上，借着未完全落下去的太阳的光线细细观赏那宝石。就在那时候，他们才注意到了神山大师的存在，那是让人毛骨悚然的一幕。

在这个原本是修道院的建筑中，回廊没什么特别的，只是有一堵矮墙，大约齐腰高，将四面的院子和哥特式的立柱与拱门连接了起来。这样一来，哥特式的门就变成了哥特式的窗户，并且窗户下面还有一个石板窗台。这种改动或许很久前就发生了，不过还有一些改动，足以证明芒特伊格尔夫妇的怪诞了。在那些立柱之间或拱门下，都挂着垂幔或者薄薄的帘子，是由珠子或青藤条制成的。上面或许还有些欧洲大陆或者南方的风格，并绘制着许多龙之类的亚洲地区的图腾或者其他崇拜物，这些与哥特式的建筑形成了鲜明的对比。不过，也正是这些帘子的存在，让整个院子里的光线更加昏暗。就在这个时候，那几个人忽然感觉这小院子还真是挺怪异，之前见到的怪异倒不算什么了。

在回廊中间的一处空地上，有一条铺着灰色石头的环形小路，一种像草坪一样的珐琅为它镶边，使它整个看上去，就像正方形的中间画了一个圆。在正方形与圆的正中心，有一个深绿色的喷泉，或者说是比地面高的水池吧！里面有睡莲，有金鱼，在夜幕的映衬下，他们看到一尊超大的绿色人像矗立在水池上方。那人背向他们，弓着背，完全看不到脸，猛地一看好像他没有头似的。不过借着朦胧的光线，还是有人看出了那形象并非是基督教里的形象。

在旁边几码远的地方，那位被称作神山大师的人正静静地站在环形小路上，注视着那一尊绿色神像。他的五官好像某位巧匠精心制作出来的精致的古铜色面具，他的胡须，却青得有些怪，甚至都有些像靛蓝色了。他那蒲扇一样大的胡须，根处只是他颌下的一小撮。他穿一身孔雀绿色的长袍，光头上戴着一顶奇怪的高帽子。那是众人都没有见过的头饰，与其说它是印度风格倒不如说它是埃及风格。大师站在那里一动不动，眼睛瞪得像鱼眼一样，眼珠也一动不动，就像画在木乃伊棺材之上的假眼睛。不过，虽然大师造型如此怪异，此刻众人，也包括神父并未看他，而是直盯着那尊怪异的深绿色神像。

"在这么古老的修道院的回廊里，"哈德卡斯尔皱了皱眉头说，"弄这么个玩意儿立在这儿好像有点不正常吧！"

"嗨！别犯傻了。"芒特伊格尔勋爵夫人说。"这才正是我们的本意。把东方和西方两个伟大的宗教：佛和基督联系起来。你应该懂得，世界上所有的宗教本质上其实是一样的。"

"如果真是这样的话，"神父温和地说道，"就没有必要再跑到亚洲去弄来这么一件神像了。"

"芒特伊格尔勋爵夫人想表达的意思是，它们是属于不同的方面或者说是层面，就像这颗宝石有这么多切面。"哈德卡斯尔开口说。他说完之后，自己倒是对这个新话题起了兴致，顺手就把那颗红宝石放于那石板窗台上了。"但我觉得这并不是说就可以把各种风格混于一种艺术风格中了。你可以把伊斯兰与基督教混在一起，但你不能把哥特式与撒拉逊式混为一谈，更不要提你那印度式了。"

在他们交谈的时候，本来好像僵住的神山大师忽然痊愈了，他面色凝重地绕着神像走了一小段，背对着他们思索着什么。事实上，他每顺时针走上一小段，就会停下来苦思冥想一番。

"他信的是什么教？"哈德卡斯尔问道，语气中显露出他有些不耐烦了。

"他说，"芒特伊格尔勋爵面色恭敬地回答，"他那个是一种比婆罗门教更古，比佛教更纯的宗教。"

"哦，"哈德卡斯尔漫不经心地应了一声，手插进口袋里，继续通过他的那单片眼镜去看。

"据传，"勋爵用他那神秘又有些说教的口吻说，"在梅鲁神山的石窟中，有一尊巨大的众神之神雕像……"

勋爵大人平静的话语突然被一个来自身后的声音打断。声音是从那个黑暗的博物馆传来，就是他们刚刚离开的那个。听见那个声音，两个年轻小伙子原本是不敢相信，随后又有些生气，最后，他们笑得腰都弯了。

"希望不是太过冒昧，"那位对真理不屈不挠的追随者弗洛索教授，用他温和又有磁性的声音说道，"我想你们当中应该有些人，愿意聆听我那不受人重视的头骨隆起的学说，那可是……"

"你听好了，"鲁莽的汤米·亨特大叫道，"我头上是没有任何隆起部位的，但是我觉得你头上很快就会隆起一块儿，你……"

他向博物馆方向冲去时，哈德卡斯尔还稍加阻拦了他一下，一时间所有人的目光都集中向博物馆方向看去。

事情正是发生在那一刻。鲁莽的汤米又立刻采取了行动，不过这次行动似乎挺有用的。说时迟那时快，在其他所有人什么也没看清、哈德卡斯尔也是刚刚意识到自己把宝石落在窗台上时，汤米却已经像猫一样扑了过去，他的头和肩膀在两根立柱之间的空隙中钻了过去，并大声朝众人吼道："我抓住他了！"

就在他们刚刚转身、听见他胜利的欢呼前的瞬间，他们都目睹了那一幕。在一根立柱的拐角处，一只手猛地一伸，随后又猛地缩了回去，那是一只棕色，或者说是古铜色的手，就像他们刚刚在哪儿见过的一样。那只手像一条攻击敌人的蛇一样笔直，又像食蚁兽那长长的舌头一样迅速。他已经卷走了宝石，只剩下空荡荡的窗台。

"我抓到他了，"汤米·亨特上气不接下气地说道，"不过他在用力挣扎，你们从前方包抄，无论如何，不能让他跑了。"

其他人随即出动，有的人翻过矮墙追过去，有的人沿着回廊跑了过去。结果，布朗神父、芒特伊格尔勋爵、哈德卡斯尔甚至还有颅相学家弗洛索等人，团团围住了一个人，那人正是神山大师。汤米用一只手拼命地拽他的衣领，时不时还抖动两下，丝毫不顾及这位先知的尊贵地位。

"不管怎么说，现在我们抓住他了，"汤米·亨特舒了一口气，"我们搜一搜，东西　定在他身上。"

三刻钟之后，在回廊上的亨特与哈德卡斯尔面面相觑，由于刚刚的搜索，他们的领带、手套、帽子和鞋都被弄得不成样子了。

"哦，"哈德卡斯尔尽量压制自己的情感问，"你对这么神奇的事情有何高见？"

"岂有此理，"亨特回答，"不过你不能说他神奇，毕竟，我们刚才都是亲眼见到他拿的。"

"对，"对方回答，"但我们可是都没见到他又把东西丢掉了啊！神奇的就是，就算他丢了，那我们把这儿所有的地方都找了竟然也没找到。"

"一定在这附近，"亨特说，"你搜过喷泉和神像那边吗？"

"就差解剖那些小鱼了，"哈德卡斯尔往上推了推他的眼镜说道，"你有没有想起波利克拉特斯⑤的戒指？"

很明显，通过他的眼镜看到的那张圆脸表示，亨特并没有想起那个希腊传说。

"的确没在他身上，我确信，"亨特突然有些奇怪地说道，"除非他把宝石吞了。"

"你的意思是我们要解剖这位先知喽，"哈德卡斯尔微笑着回答，"不过，宝石的主人来了。"

"真是一件烦恼事。"勋爵一边说着，一边用他颤抖的手捻了捻他的白胡须。"家里竟然出了内贼，更可怕的是，竟然还跟大师扯上了关系。不过，说实话，你们说的让我有些摸不着头脑，我们还是进屋，细细分析一下吧！"

他们一块儿进了屋，亨特却落在了后面，与神父交谈起来，其实神父已经在回廊上等得不耐烦了。

"你一定很强壮。"神父呵呵一笑说道。"你用一只手就能拉住他，不过我倒是觉得他挺有劲儿的，我们4个人用了8只手才勉强把他制服。"

他们又说了好多，并且沿着回廊走了两圈。最后他们才回到屋子里去，神山大师坐在一个长凳子上，看起来像个囚徒，但他的神态更像是一个国王。

正如勋爵所说，他的语调和神态确实有些让人摸不着头脑。他说话时非常平静，但同时又有一种魔力。他们询问他到底把宝石放在哪里时，他的表情显露出他觉得这很滑稽，当然，他脸上也没有任何憎恨之色。他好像在嘲笑众人，因为众人在逼他自己交出他们亲眼见到自己拿走的东西，他的神情更加神秘莫测了。

"你们现在稍微见识了一点，"他语气中满含傲意但又和善地说道，"所谓的时空法则，在这个领域，你们的科学也比我们落后了千年。你们不知道把一件东西藏起来的真正含义是什么。不，可怜的小朋友们，你们甚至不知道看见一件东西的真正含义为何。否则，你们就能像我一样，把这事情看得透透彻彻了。"

"你的意思是，它就在这儿？"哈德卡斯尔粗暴地问。

"'这里'也有很多意思，"大师回答，"不过我并没有说它就在这里，我只是说我能够看见它。"

一阵沉默过后，他神情恍惚地说："如果你坠入了无穷无尽的沉寂之中，你觉得你能听到世界另一头的声音吗？就像一个独居于山中的信徒之呐喊。原始神像就在那儿，本身就像一座大山。甚至有人说，就算是犹太人见了，也要跪拜那神像，因为那样的神像绝非人工所造。你听！他那久远的山洞中出现了一个狂暴的、火红的月亮，它就是大山之眼，你听！听到他的呐喊了吗？"

"难道你的意思是，"勋爵一惊，问道，"你能让这颗宝石穿到梅鲁神山？我曾经是相信精神力量的强大，但……"

"也许，"大师开口说，"我有很多东西，你压根儿就不相信。"

哈德卡斯尔有些不耐烦，他忽地站起身，双手插在口袋里走来走去。

"我从来就不像你一样那般笃信，但是我也承认，确实是有某种精神力量——天哪！"

他那刺耳又高亢的声音戛然而止，他一动不动，连眼镜也从鼻梁上逐渐滑落。众人顺着他的目光瞧去，也都惊呆住了！

梅鲁神山的红月亮就静静地躺在石板窗台上，就像一开始的样子。你可以说它是破碎的玫瑰花瓣，也可以说它是篝火所迸溅的火花，但它确实是安然无恙地在哈德卡斯尔之前随手放的地方。

这次哈德卡斯尔没有冲过去拿它，他却转过身，再次迈起大步，在屋子里踱来踱去，但很明显，他步子轻松了许多，与之前焦急不安的踱步大不相同了。最后，他来到大师面前，深深地鞠了一躬，脸上挂着自嘲般的微笑。

"大师，"他说道，"我们所有人都应该向你道歉，最重要的是，你给我们所有人一个深刻的教训。请相信我，这并不是个笑话，而是一个教训，我将会相信你真的拥有神奇的力量，并且你对用这种力量害人毫无兴趣。"他又转向芒特伊格尔勋爵夫人说："勋爵夫人，请原谅我之前向你所讲的关于大师的话。不过我想我之前向你解释过，在这件事发生之前就解释过：很多神奇的事情是可以用催眠术来解释的。很多人相信小男孩爬绳升入空中或芒果树的故事，但它其实并没有发生，那只是旁观者被人催眠了。所以今天的事情，我觉得我们可能也被催眠了。我们看到那只棕色的手从窗外伸进来，并掠走了它，那可能只是我们的幻觉，那只是梦里的一只手。问题的关键就是，我们在发现宝石丢失了之后，只顾着在其他地方搜，却没有去窗台上再看一遍。我们都差点儿把金鱼解剖，却没想到宝石一直在原处。"

他眼睛瞟了一眼大师那乳白色的眼睛与满含笑意的嘴巴，发现他的笑容此刻增加了一些，其中蕴含的深意，让他不由自主地站起身，同时又松了一口气。

"我们都很幸运地躲过了一劫。"芒特伊格尔勋爵说道，他脸上带着讪讪的微笑。"我们实在不应该对您有任何的怀疑。这真是一次非常痛苦的经历，我实在是不知道如何才能表达我的歉意……"

"我没有什么抱怨的，"大师脸上挂着微笑，淡淡地说，"其实你们都没碰到我的身子。"

当其他人都微笑着散去时，那个留着络腮胡子的矮个子颅相学家也信步走向自己的帐篷，他猛然回头，他发现布朗神父正跟着他。

"我能摸一下你头上隆起部位的头骨吗？"颅相学家略带自嘲地说。

"我认为你并不想摸，对吧？"神父心情愉悦地说道。"其实你是侦探，对吧？"

"没错。"对方回答。"勋爵夫人让我多留意那个大师，尽管在搞什么神秘主义，但是她可不傻。当我得知他不在帐篷中时，我也只能假扮成一个偏执狂。要是真有人走进我的帐篷，我想我还得去查查书，隆起部位到底是什么意思呢！"

"看哪！她的头上有一个包！倒是真有这么一首民歌，"神父回答，"不过你在集市上装作纠缠人的样子还真有点像那么回事儿。"

"很荒诞，不是吗？"那位假颅相学家问道。"宝石竟然一直都在，真是太不可思议了。"

"确实非常奇怪。"神父回答。

从他的语气可以听出他话里有话，弗洛索不由得停住了脚步。

"喂！"他叫道，"你这是怎么了，难道你不相信它一直在那儿吗？"

布朗神父眨了眨眼睛，就好像被人打了几巴掌。然后他不紧不慢地说："是，确实是……但我不能——我自己没法相信。"

"你不是那种信口开河的毛头小子，"对方机警地说，"说说吧，你为何不信红宝石一直没动呢？"

"因为，是我把他亲手放回去的。"神父一字一顿地说。

对方呆在了原地，像钉子把他钉住了似的。他发毛倒竖，张大了嘴巴，半天也没合上。

"换一种说法，"神父继续说，"是我劝服那个贼把它放回去的。我告诉了他我知道了真相，劝他现在悔过还来得及。我不介意把真相告诉你，因为我觉得即便你告诉了勋爵夫妇，他们也不会起诉了，因为这事情已经过去了，特别是当他们知道是谁做的这件事的时候。"

"你指的是神山大师？"弗洛索问。

"不，"神父回答，"大师并没偷。"

"那我就不懂了。"对方反对说。"除了大师，当时没有人在窗户边上，而且那只手又明显是从窗外伸进来的。"

"手虽然是从外边伸进来的，但是贼却在里边。"神父回答。

"我们不要再打哑谜了，神父，我是个务实的人，我只想知道现在红宝石是否安然无……"

"其实我早就知道红宝石会被盗，"神父说，"在我知道有这么一颗红宝石之前我就知道了。"

他顿了顿，若有所思，然后接着说："他们还在帐篷边争辩时，我就觉察到事情有些蹊跷。有些人会对你说，理论不重要，哲学和逻辑也不重要，请你不要相信它们。理性是天主赐的，如果有件事超出了理性的范围，那么就说明这件事有问题。哦，那个比较抽象的讨论以那种滑稽的方式收了场。哈德卡斯尔有点傲慢，他说所有的事情都有可能发生，只是用的是催眠术，最后被冠以哲学或者其他深奥科学的名头。而亨特却怀疑一切，还想要揭穿那谎言。从勋爵夫人嘴中我们得知，他到处去揭穿算命先生的谎言，甚至还专程跑来揭穿神山大师。其实他并不经常来，因为他跟勋爵夫妇两人脾气不对。他总是挥霍无度，然后向勋爵夫妇借钱，但这次他听说神山大师在就立马赶了过来。尽管如此，建议去找大师的是哈德卡斯尔，拒绝的却是亨特。他说他不愿意把他的时间浪费在这样的胡说八道上，不过很明显，他这一生浪费在这样胡说八道上的时间够多了，他说的话明显自相矛盾。因为他本以为是水晶球占卜，但他却发现是看手相。"

"你的意思是他要以此为借口？"假颅相学家疑问道。

"我本来也是这么想的，"神父回答，"但是后来我知道了，那并不是借口，而是理由。他发现那是看手相之后一直就在拖延时间，因为……"

"哦？"弗洛索有些不耐烦地催促。

"因为他不想把手套摘掉。"神父说。

"摘掉手套？"对方有些疑惑。

"如果他摘掉了手套，"神父温和地说，"我们就能发现他的手已经被涂成了棕色。对了，他是因为大师才来的，换句话说，他就是奔着大师来的。"

"你的意思是，"弗洛索大叫，"从窗外伸进来的手是亨特的，被涂成棕色的手？但他可是一直与我们在一块儿啊！"

"你可以去现场试试，就会发现那是完全有可能的，"神父说，"亨特向前一跃，探出窗外。他能够瞬间扯掉手套，把袖子卷起来，露出他棕色的手臂，从立柱的另一侧往回伸，同时用他自己的另一只手抓住手臂，说他抓住贼了。我当时就有疑问，任何正常的人都会用两只手抓贼的，他为何仅仅用一只手呢？那就是他当时另一只手正忙着把宝石塞进口袋。"

一阵停顿后，弗洛索缓缓地说："哦，那可真是令人吃惊。不过，关于这件事我仍然有疑问，最大的就是：那位老魔法师为何有那么怪诞的行为？他既然完全无辜，那他为何不说出来？他为何不因被无辜地搜身和怀疑而愤怒呢？

他仅仅坐在那里，面带微笑，暗示自己真的能够做那些事！"

"哈！"布朗神父突然尖声叫道，"你这是一语中的！这其中的秘密是这些人不理解也不愿意理解的。勋爵夫人说，所有的宗教都会是相同的。是吗？明显不是，宗教之间的差别大多了。可能一个宗教中最好的人也是冷酷无情之人，而另一个宗教中最坏的人也非常富有同情心。我说过，我不喜欢'精神力量'，原因就是强调了'力量'。我不认为大师会偷宝石，因为那件东西对他用处实在不大，但另一件东西，却有足够的价值。那就是让人们都相信他拥有神奇的力量！他觉得那种'偷窃'更有诱惑力。他根本就没有想过财产的最终归属问题。他想的问题不是'我是否要盗取这颗宝石？'而是'我能否让这颗宝石凭空消失，然后在远方的山上出现？'我所说的宗教不同，就是这个意思。他为自己拥有了精神力量而感到深深的自豪。但他所谓的精神力量跟我们的道德可完全不是一回事。他想要的是力量，就像那种超越物质，操控自然的魔法。他的想法跟我们所有人完全不同，我们都急于与这件事撇清关系，让人们相信这件事不是自己做的，而他却急着把这件事往自己身上揽，以便让人们相信他有神奇的力量。他的做法说白了其实就是沽名钓誉！你看看老芒特伊格尔本人吧！他可以包个头巾，穿个什么长袍，说信奉婆罗门的箴言，尽情地搞他的神秘主义与东方主义，但当他的宝石失窃时，他的表现也不过是一个普通的英国绅士罢了。真正做那件事的人绝对不想让我们知道是他做的，因为他也是英国绅士，也有廉耻，他是个基督教的盗贼。我希望，并且我也相信，他是个悔过的盗贼。"

"那照你的说法，"弗洛索笑了笑说，"基督教的贼与异教之贼大相径庭了。一个因为做过某件事而担惊受怕。另一个因为没有做过某件事而担惊受怕。"

"我们不应该对他们中间的任何一个人要求太苛刻，"神父回答，"别的绅士也可能偷过东西，并且受到了法律与政治的庇护。美国人也有自己的一套说辞来维护偷盗者。事实上，这颗红宝石并不是唯一易主的宝石，别的石头也难逃这样的厄运。越经过精心雕琢，颜色艳丽的石头越是。"弗洛索好奇地看着神父，神父却微笑着用手指了指大修道院那哥特式的建筑说："那一大片被雕刻的大石头，也是偷来的。"

【注释】

① 颅相学是一个时期兴起的一门科学，它认为心理特征与头颅的形状有一定联系，后来逐渐被生理学所取代。

② 位于头盖骨上的隆起部位，颅相学家们认为这代表着有才能。

③ 在英文中，托钵僧与骗子发音相似。

④ 布朗神父的名字在英文中也有"棕色"的意思。

⑤ 波利克拉特斯是著名僭主，他为人傲慢。一次，他的一个盟友说他即将有祸事来临，可能只有谦卑才能自救。他建议波利克拉特斯把他最珍贵的戒指扔进河里。后来，在一次宴请宾客的宴席上，一位客人送来一大鱼，众人发现鱼肚中有那枚戒指。后来就比喻说：扔掉你认为最宝贵的东西，如果你真的幸运，你还会重新获得它。

◇ 马恩的丧主 ◇

一束闪电使整片暗灰的树林都变得清晰，电光能够到达的地方，使所有枯枝干叶都能够看清楚，即使是一片卷叶，好像每个精细之处都被银尖笔轻轻描出或通过亮银小心雕琢而成。闪电的奇妙技术好像就在一瞬间毫无纰漏地把世间全部都描绘下来，这时候也是毫无疑问，把全部都照亮，尽收眼底。不管是在树底下准备的诱人野餐，还是弯弯曲曲的灰白道路，包括停靠在街尾等人的一台白色小汽车。远方存在一处阴闷的房子，四角高高立起的塔尖，就像一座城堡。在光线暗淡的黄昏中它就似无数砖墙挤压在一块儿，隐隐约约，就像一团乱云，现在却到了眼前。它傲然伫立，房边的垛口，空泛的窗口都在眼前。最起码在这一点上，闪电彰显了它把万物放置于人们眼前的本领。可对在树下野餐的人们来讲，那城堡已经化作一些不清楚的印象，差不多都遗忘了，可它还是不愿落后，非要再回到人们的视野中。

闪电同一时间也用相同的银白光线映衬出了最起码一个人影，那人和房子的一座尖塔一样傲然伫立。他个子很高，伫立于一个土堆上，别人大部分坐在他下面的草坪里，有的弯身整理食物篮与餐具。他披着一件古典的短斗篷，斗篷上悬有一根银扣链，在电光闪过时，扣链像星星一样闪闪发光。明亮发黄小卷型的头发，甚至可以说是泛着金光，让他动也不动的身体上的金属感觉更加强烈。他整个人看起来比只看脸要让人觉得年轻，像鹰隼一样严酷的脸颊的确非常帅，可在强光之下，皱纹已经笼罩了整张脸，看起来非常干瘦。可能这是由于他喜欢化妆，因为雨果·罗曼在年轻时是位非常有名的演员。在闪电的瞬间，他满头金色卷发、白嫩的脸庞与银色衣服让他看起来就好似披甲勇士一样闪光发亮。但是瞬间，他又在雨夜暗淡的光线里，化为一个晦暗，甚至看不到的剪影。

可他就像雕塑一样动也不动的表现，和下面的那些人对比极其强烈。下面的人突遇这毫无预兆的闪电全部吓了一跳，因为虽然天不断地下雨，但这是第一个闪电。当时仅有的一位女士温文尔雅地梳理着灰白的发丝，使人感觉她确实因此而高傲一样，这个行为证明她属于从美国来的主妇身份，可看到她不由地闭上双眼，制造一阵尖厉的叫声。她的丈夫是英国人，乌特勒姆将军，是一名极其愚笨的英裔印度人，没有头发，可留有一副传统模样的黑色髭须与髯须，他傻傻地仰起头瞥了一下，仍接着收拾物品。一个叫作马洛的青年男子不小心把杯子摔到草坪上，不好意思地说着对不起。他长得很高，性格内向，一双棕色眼睛好像狗眼。除此之外还有一名男子，非常注重着装，一颗脑袋就和梗犬一样，一张好奇可又非常坚定的脸，满头灰白发丝呆板地梳到后面，这人不是其他人，就是当今报纸业的老大约翰·考克斯珀爵士。他随口就是一阵乱骂，可口音证明他不属于英国当地人，原因是他从多伦多来。可穿着短斗篷的个子挺高的男士就像雕塑一样站在黄昏里一动不动，和鹰隼一样的面庞在闪电之中好似一尊罗马皇帝的半身雕塑，清晰可见的眼皮动都不动。

等了一会儿，晦暗的天上雷声大作，那尊雕塑也似乎重新注入能量。他扭过头，很不在乎地说：

"闪电与雷声差不多中间有一分半钟，我想暴风雨快到了。打闪的过程中不适合藏于树底，但马上我们就需要它帮忙挡雨，我认为将是一次大暴雨。"

那青年男子略显急迫瞅瞅那位女士，说："我们难道不可以找地方躲躲吗？前方似乎就有处宅子。"

"前方的确有处宅子，"将军说，语气非常庄重，"可不是那种热情好客的旅馆。"

"这可怎么办呢，"他的妻子伤心地说，"我们遇到暴雨，但是附近唯有那一处宅子。"

她的语气似乎让那个多情但同时通情达理的小伙子不再说话，可这无法制止从多伦多来的男人。

"那房子有什么问题吗？"他问。"外面的确非常烂啊。"

"那宅子，"将军毫无感情地说，"是马恩侯爵的。"

"哇！"约翰·考克斯珀爵士大喊。"我有一次机会知道了很多和那人有联系的事，他的确是一个奇妙的人，上一年《彗星》上头条讲解他的诡异事情，'让人不知道的贵族'。"

"的确，对他我也有所耳闻，"小伙子马洛小声道，"可他为什么会到处躲避，似乎有很多种神秘的说法。据说他有麻风病，因此还戴一副面具，另外有人非常严肃地对我说他的家人被设置了诅咒，诞生一个吓人的小孩，藏到了隐蔽的地方。"

"马恩侯爵有三个头，"罗曼非常庄重地讲，"相距300年，他家的家谱上都将增加一个三头贵族。无人愿意靠近那个被诅咒的人家，但不包括一队不说话的帽商，他们得到命令前去送非常多的帽子。可，"——讲到中间他的语气忽地变了，变为那种能够在剧场中营造惊悚氛围的语调——"亲爱的朋友们，那可全不是人戴的帽子啊。"

来自美国的女士眉头紧锁瞅了他一眼，眼神里显现一点疑惑，好像那种变声的手段使她自然而然地有些领悟。

"我讨厌你的吓人玩笑，"她说，"我宁愿你未曾开过这个玩笑，总之。"

"一定接受批评，"那演员回答，"可我，如轻骑队一样，连为什么都不可以问吗？"

"是因为，"她回答，"他原本就不是'没人知道的贵族'，我和他就非常熟悉，最起码能够说，他30年前在华盛顿做使馆随员期间我们就互相熟悉，当年我们都是青春年少。他未曾戴面具，最起码，和我一块儿期间没戴。他也没有麻风病，虽然他或许同样孤独。同时他仅仅一个头以及一颗心，那颗心还受了伤了。"

"悲催的爱情，并且，"考克斯珀说，"我有意愿将这发表在《彗星》上。"

"我认为这对我们是极其大的夸赞，"她好像在思考并回答，"你一直觉得男人的心伤在女人手里，可仍然存在别的形式的爱与丧亲的悲伤啊。你未曾读过《悼念》①吗？你未曾听闻有关大卫与约拿单②吗？使悲哀的马恩伤心的是他弟弟去世了。那其实是他堂弟，但是和他一块儿成长，如同亲兄弟，比很多亲兄弟关系还好。我与他相识时，人们都称呼他詹姆斯·梅尔，是两兄弟里比较大的那位，可他一直站在崇拜者的位置，认为莫里斯·梅尔就是神。并且他说过，莫里斯·梅尔的确是位天才。但詹姆斯也很聪明，同时对自己的政务工作极其拿手。可似乎莫里斯也可以做这事以及别的随便一件事，他是一位非常有才的艺术家、业余演员以及音乐家，其他的还有很多。詹姆斯本人非常帅，高高的个子、健壮、充满活力，还拥有挺巧的鼻梁。但我觉得年轻人或许会认为他模样奇特，原因是他把络腮胡子根据维多利亚年代的格调打理为两团浓密的髯须。但莫里斯却一根胡子也没有，同时通过我看到的肖像来讲，肯定是极其帅，但若是从外表讲他是位绅士，说是一位男高音更恰当。詹姆斯一直不停地问我，他的朋友真的很有才吗？女人真的全会喜欢他吗？就和这差不多的话，直到让我极其厌烦，但悲哀的是这些最终变为一场悲剧。好像他终生崇拜的人，某天却猛地倒地，如同瓷娃娃一般全部摔碎。在海边偶然间得了风寒，全部就都完蛋了。"

"自那开始，"那小伙子问道，"他就如此不再出门了吗？"

"他刚开始到了国外，"她回答，"到达亚洲、食人岛以及没人清楚的地方。祸从天降，每个人的态度截然不同。他做的是隐居起来，不再与任何一个人联系，并且丢掉传统，最大限度挣脱回忆。他无力再说以前的事，一张画像、一件事情，哪怕可以勾起联想的事物都不可以。他不忍让葬礼太轰动，他满脑子都是逃避，在国外漂泊了 10 年。我得到消息他在流亡最后阶段逐渐缓过来一点，可到家以后立刻又陷入其中了。他得了一类宗教性忧郁症，其实就是疯了。"

"有消息称，他落到了教士手里。"老将军埋怨说。"我了解他拿出几千镑修筑一处修道院，自己如同修士一样生活——或者，无论如何讲，如同隐士一样生活，真想不清楚他们为什么认为那样会有益处。"

"讨厌的迷信，"考克斯珀满怀怨气地说，"需要披露这些事，一个或许将对整个国家以及世界有贡献的男人，但现在由一些吸血鬼掌握，一直等他的血被吸完。我甚至确定，就以他们那种毫无人性的思想，他们可能都不让他娶媳妇。"

"的确，他一直都未曾娶媳妇。"那位女士道。"其实，我们相识时，他有了未婚妻，可我认为他对于这些根本不在意，在其他全部事情都消散时，这件事也伴随着消散了。好似哈姆莱特与奥菲莉娅——他丢下了爱情，由于他丢下了生活。但我知道那个女孩，其实，我现在还知道她。在这里说一句，她叫维奥拉·格雷森，一位老海军上将的闺女，她到目前也没有结婚。"

"的确可耻！真的让人憎恶！"约翰爵士大喊着跳起身。"那不单单属于一个伤心的故事，同时也属于犯罪。我需要对世人负责，我一定批驳这极其荒诞的烂事。在 20 世纪——"

他几乎就由于抗议导致窒息了，然后，冷静片刻后，那位老兵说道：

"那个，我不能说对那样的事情非常清楚，可我认为这些宗教人士需要懂得这句格言：'就让死人埋葬他们的死人。'③"

"可，悲惨的是，事情显示的就是这样呢。"他的妻子哀声道。"那好似个让人汗毛直立的故事，一个死人埋葬下一个死人，永不间断，不知什么时候停下来。"

"暴风雨现在结束了。"罗曼说，脸上露出诡异的笑容。"反正你们没必要再去探望那个极其冷淡的宅子了。"

她猛地浑身打战。

"哦，我肯定不会再去的！"她说。

马洛睁大双眼死死看着她。

"再去！你曾经去过？"他大声问。

"对，我曾经去过，"她简单地回答，说话时里面带着些许自豪，"可我们不需要说以前的事了。当下雨停了，但我认为我们应该重回车里去。"

他们一个接一个离开时，马洛与将军在最后，将军忽然小声道：

"我不愿意让那个个头矮、满口脏话的考克斯珀知道，但是你已经问了，还是给你讲吧。因为那事我现在还无法原谅马恩，但我认为是那群修士使他变为那个状态。我妻子以前是他在美国期间非常好的朋友，其实当她走入那处宅子时，他刚好在花园闲走，如同修士似的眼睛盯着地面，黑色兜帽遮着脸，那兜帽其实与随便一张面具一样搞笑。名片被她递给里面后，就伫立于他定要走的路上等。可他居然什么都未曾说，眼皮都未曾抬一下就直接从她身边走过去，好像她是块石头。他不能叫作人，只能叫作恐怖的机器人，她真该讲他没有生命。"

"的确非常诡异，"那青年男子不清不楚地讲，"不像——不像脑子里出现的场景。"

小伙子马洛先生从那个让人无比失望的野餐走后，立刻满怀心事地去拜访一个朋友。他未曾和一位修士打过交道，可知道一位神父，慌忙想对他陈述一下那天下午听说的异事。他极其想弄清楚，像他自己看到的乌云一样包裹着马恩宅子的暴虐迷信的真实面目是什么。

当寻了好些个地方后，他最后在另一个朋友家中寻到了布朗神父，那朋友的信仰是罗马天主教，家庭人数很多。他有些冒昧进到里面，看到布朗神父正一脸庄重地坐在地上，想要将一个蜡人的艳红帽子戴到一个泰迪熊的头上。

马洛微微有些觉得不合适，可他满脑子的疑惑急着得到答案，一分钟也不想拖。他结结巴巴，脑子里有什么就讲什么。全部将将军夫人说的和马恩宅子有关的倒霉事说了出来，并且同时讲了将军与报纸业主的很多评论。说起报纸业主时，对方好像猛地显露一丝关心。

布朗神父不清楚也不关心自己的神态是可笑还是正常。他仍然坐在地上，又大又圆的头以及不长的腿让他显得就似一名摆弄玩具的小孩。但他那对暗灰的大眼睛中传达的神情，曾在1900年开始每个年代里无数人的眼中出现。可他们很多将不坐于地面，而是坐于宗教会议桌一旁、教会礼堂中的座椅上，以及主教与红衣主教的座位上，那属于一种意义深长并且警惕的神态，由于虚心地担当着对人来讲非常沉重的责任而略显凝重。那种焦虑与极有远见的神态让人想到船员与驾驭圣伯多禄之船①无数回渡过暴风雨的掌舵人的神态。

"你能对我说这件事，的确非常棒。"他说。"我确实极其感谢，可能我们需要做些事。若是仅仅牵扯像你与将军这类的人，那可能还仅仅为一件小事。可如果约翰·考克斯珀爵士打算通过他的报纸传递一些恐吓的信息的话——哦，他身为多伦多奥兰治会员⑤，我们就无法不管不问了。"

"可你如何看这件事？"马洛立刻问。

"第一我想讲的是，"布朗神父回答，"就和你说的一样，那听起来有些假。如果，暂时探讨一下，我们全为破坏人类全部幸福的厌世吸血鬼。如果我属于一名厌世的吸血鬼。"他拿泰迪熊去挠鼻子，不觉意识到有些不恰当，马上又将它拿开。"如果我们的确可以打破全部人际关系与家庭关系。因此，当他刚显现出脱离家庭纽带的轨迹时，我们怎么再次将他又拉回去呢？控告我们在破坏这种感情同时提倡这种迷恋，的确有些不平等啊。我不知道，哪怕是一名宗教狂又为什么非要做那类偏执狂，也可以说宗教为什么会鼓动那种偏执，而不是为人们提供一点期待呢。"

他只是短暂停一会儿，立即继续说："我有意向与你的那位将军唠唠。"

"是他妻子对我说的。"马洛说。

"对，"对方回答，"可我更想清楚将军本人未曾对你说的那些。"

"你觉得他了解得更丰富？"

"我觉得他了解的要超过他妻子曾说的。"布朗神父回答。"你对我说他曾讲除了对他妻子不讲礼仪这件事，他全部事情都可以被谅解，到底还有哪些需要谅解呢？"

在说话时布朗神父已经站起来，抖一下他那不知什么款式的衣服，伫立在那儿盯着这个小伙子，双眼眯起，脸上展现些许疑惑。接下来他已经扭过头，拿起一样是不知什么款式的伞与破旧的大帽子，抬起沉甸甸的步伐沿街走开了。

他走过不同样式的大街与广场，一直走到伦敦西区一处金碧辉煌的老房子前，寻问仆人自己可不可以见乌特勒姆将军一面。一阵交谈后，他被领到书房，房间中地图与地球仪超过书的数量，一位没有头发、留有黑色胡子的英裔印度人坐于板凳上吸一支细长的黑雪茄，在一张地图上摆弄大头针。

"不好意思打扰了，"神父说，"只因我很难保证不使打扰显得和硬闯一样，这更使我不好意思了。我想和您聊一件私事，而且想使它维持现在的形式。可悲的是，一些人或许要将它向社会公开。我觉得，将军，你知道约翰·考克斯珀爵士吧。"

老将军一脸浓密的胡须差不多化作了他的面具，很难看出他是不是在笑，但可以看到他的棕色眼睛偶尔闪动。

"大家全部知道他，我觉得，"他说，"我和他仅仅是有一点点关系。"

"哦，你清楚，只要他了解的，所有人都将了解，"布朗神父面带笑容说，"特别是在他忽然兴奋要将它在报纸上发表时。我在我的朋友马洛先生那里了解到，我觉得那人你也知道，约翰爵士打算发表一篇强硬的反教会文章，里面牵扯到他说的有关马恩的疑惑，'教士逼疯侯爵'这样的事情。"

"若是他有意做这些，"将军回答，"我不清楚你为什么来找我，我能够让你知道，我是一位忠诚的新教徒。"

"我极其喜欢真诚的新教徒，"布朗神父说，"我找到你，是由于我相信你将说出事实。我对约翰·考克斯珀爵士不会有这样的信心，只愿那不会使人感觉不道德。"

将军那对棕色眼睛再次忽闪，可什么东西都未曾讲。

"将军，"布朗神父说，"如果考克斯珀这些人准备广泛宣传面向你的国家以及军队的谣言。如果他说你的军团贪生怕死，更甚者说你的部下投敌了。你难道不想拿出可以抵抗他的事实吗？你难道不会用尽全部代价让全部人清楚事实真相吗？哦，我也可以说有一个军团，我也归属一支军队。我的军团以及军队被一个我坚信是骗人的事情给侮辱了，可我又不清楚事实到底是什么，你会由于我为了找到事实不断努力而怪我吗？"

那军人什么也不说，神父继续说：

"我曾经听到过马洛昨天听到的那个事情了，有关马恩在他那位关系超过亲兄弟的堂兄去世后带着一颗悲伤的心不再露面的事情。我相信事实要比这多，我来请教你是不是还知道什么。"

"不，"将军立刻说，"我其他什么也不清楚。"

"将军，"布朗神父豪放地大笑说，"若是我那样故意推脱，你或许能够称我为耶稣会会士了。"

那军人忽地狂笑，接着满是敌意地开始大吼。

"哦，如果我说不愿意对你说，"他说，"你将如何说？"

"我只能说，"神父平静地说，"这样的话就只好我对你说了。"

那对棕色的眼睛死死盯着他，可现在停止闪动了。他继续说：

"可能通过你讲更可以体谅当事人，但是你定要怂恿我讲出原因背后肯定有很多的事。我非常认可，侯爵如此多虑，门也不出肯定不仅仅是由于失去了一个老朋友，必然还存在更让人信服的原因。我觉得教士们可能和这事没有一丝联系，我更加不清楚他是重新信仰宗教还是只为了通过慈善来使自己的良心满足，可我肯定他不单单是个丧主。既然你如此坚持，下面我就给你说几条导致我有这想法的原因吧。"

"第一，传言詹姆斯·梅尔已经有了未婚妻，可不清楚为什么在莫里斯·梅尔死后又终止了婚约。为什么一个让人佩服的男人会单单由于第三方死亡就终止婚约呢？他更需要去爱情里求取安慰呀。可，无论如何讲，他无奈要体面地担当那全部。"

将军咬着脸上的黑胡子，棕色的眼睛逐渐显得极其警觉，而且还存在些许慌张，可他未曾回答。

"第二条，"布朗神父边说边看着桌子眉头紧皱，"詹姆斯·梅尔一直问他的未婚妻，他堂兄莫里斯真的极其有魅力吗，真的女人全会崇拜他吗，我不清楚那位女士有没有考虑过里面可能存在其他的意思。"

将军离开凳子，开始在屋里来来回回走也可以说踱来踱去。

"哦，可恶。"他说，可未曾流露一点恼怒的态度。

"第三条，"布朗神父继续说，"就是詹姆斯·梅尔那诡异的悼念手法——打破全部的遗物，遮蔽全部的肖像，等等。这样的事确实时常会出现，我无话可说，那或许只是代表着念念不忘失去朋友的痛苦，可或许还有其他的事。"

"你的确可恶，"将军说道，"你还准备说到什么时候？"

"第四以及第五条极其有说服力，"神父淡定地说，"特别是假如你将这两点联系到一块儿想的话。首先，莫里斯·梅尔似乎缺少一个正式的葬礼，他可是出身大家族的幼子啊。他必定是被立刻埋了起来，可能还是偷偷埋起来的。第五条是詹姆斯·梅尔马上就离开去了其他的国家了，其实，是逃命去了。"

"因此，"他接着说，声音仍然那样平静；"在你们凭借玷污我的宗教来赞扬两朋友间亲如兄弟的情感故事时，似乎——"

"停下！"乌特勒姆大喊，声调就像开枪一样。"我一定让你了解多一些，不然你将更加丑化他。我要给你说第一件事，那是一场平等的对决。"

"啊！"布朗神父说，似乎长长地呼出一口气。

"那是一次对决，"将军说，"可能属于英格兰历史中最后一次对决，并出现在很多年前。"

"这听起来让人无比欣慰，"布朗神父道，"感谢天主，这听起来让人无比欣慰。"

"比你脑子里邪恶的想法要好很多，我认为？"将军冷冷地讲。"哦，你完全能够看不起那种极其单纯的感情，可不管怎样，那不是虚构。詹姆斯·梅尔的确非常喜欢他的堂弟，堂弟与他一同成长，如同亲弟弟。哥哥姐姐们时常用那方式宠溺一个孩子，特别是他还属于非常聪明的天才。可詹姆斯·梅尔生下来性格就极其单纯，在他身上就是仇恨在一定意义上都是无私的。我要表达的是哪怕他和平时不一样，非常愤怒的时候，依然是很客观的，对事不对人，他不存在自我的概念。但是莫里斯·梅尔却完全不同，他非常友善也非常受欢迎，可他的成功让他极其高傲。他在各项运动、艺术以及才能上全部第一，他差不多一直能赢，同时笑嘻嘻地享受自己的所得。可一旦遭受失败，他马上就会六亲不认，他极具忌妒心。有关他怎样忌妒堂哥的订婚，又怎样忍受不了虚荣心而出手最后造成悲惨结局，我不需要一条条都对你讲。我要告诉你，詹姆斯·梅尔也有不是很多的几项本事超过他，而且有一样就属于枪法，悲剧就是这样结束的。"

"你说的是悲剧从现在起步，"神父回答，"活下来人的悲哀，我觉得他原就没必要让教士吸血鬼相助就已经非常悲哀了。"

"我的意识中，他不需要如此虐待自己，"将军说，"虽然，就像我讲的，那属于一次惊悚的悲剧，可同时非常公平。吉姆⑥是由于对方不断挑衅才采取行动。"

"你为什么了解这些？"神父问。

"我了解，是由于我亲眼所见了，"乌特勒姆极其平淡地说，"我作为詹姆斯·梅尔的副手，莫里斯·梅尔在我眼前的沙滩上死于枪下。"

"我渴求你可以让我了解多一点，"布朗神父一边想一边说道，"莫里斯的副手是谁呢？"

"他的后台更加的出名。"将军严肃地回答。"他的副手是雨果·罗曼，就是那位有名的演员，你清楚。莫里斯极其喜欢表演，就逐渐捧红罗曼（罗曼那时刚开始踏入演艺圈，还处于自己努力阶段），支持他与他的事业，为了报答莫里斯，那位著名演员就开始教给他表演形式。可罗曼那时，我觉得，其实一切都靠他有钱的朋友，虽然他目前比随便一位贵族都愈发有钱。因此他愿意作为副手与他对那次事件的认识并无太多关系。他们通过英国人的形式进行决斗，每人仅有一位副手，我想至少得有一位外科医生在那里，可莫里斯直接反对，说知道这事的人少点就更好，同时哪怕发生了最恶劣事情，我们也可以立刻获得支援。他说：'没有半英里远的村庄中就有一名医生，我和他熟悉，他的马是乡下最快的。能够做到我们一叫他就到，可现在还不需要找他。'哦，我们全清楚莫里斯最容易受伤，原因是手枪不是他的强项，现在他主动反对援助，那也无人继续提倡了。决斗在位于苏格兰东海岸一处一览无余的沙滩上展开，那里存在极其广阔的一片满是杂草的沙丘，由于它提供遮蔽，内陆的村民不仅无法见到决斗场面，同时无法听到决斗的声音。那可能是一处高尔夫球场，虽然那期间英格兰人仍未曾听说过高尔夫球。沙丘中存在一条很深、弯曲的裂缝，通过那里，我们抵达沙滩。我目前仍可以回想到那时候的场景，最外面是很宽的一道暗黄色，继续走是不宽的暗红色，那暗红色本身就似乎是一次流血冲突后遗留的细长的阴影了。"

"事情进展极快，好似旋风吹过沙滩。一声枪响后，莫里斯如同陀螺似的转了一下，如同九柱戏的木柱似的摔到地面。让人惊讶的是，即使我前面总是替他忧虑，可在他被杀时我就变得可怜杀他的人了，到现在还是一样。我清楚，子弹射出的一瞬，我那朋友一辈子情感的钟摆又再次回到原点，自那以后万念俱灰。不管其他人有多少原因能够不追究他，他一辈子也无法原谅自己。因此，不懂为什么，真正像活的一样的东西，保存到我脑海里终生无法忘记的场景，可不是那个毁灭的结尾，冒烟、枪响以及倒下去的身影。那好像全部停止，全部都消失了。我脑海中的，一辈子都留在我脑海里的，可怜的吉姆快速奔向他被击中的朋友和敌人。他满脸苍白，使棕色胡子都被映衬得变为黑色，身旁的大海衬托出他极其细致的五官。他还对着我快速招手，表示让我块去找位于内陆小村庄的外科医生。他在奔跑时抛弃了手枪，手套放于一只手里，当他尽力挥手时，它柔柔的、颤动的手指似乎变长了，体现了他渴望帮助的强烈愿望。那才是实际残存我脑海里的场景，那处场景中已经没有其他事物，除了沙滩与大海组合的条纹背景，和石头似的搁置在那里、一具黑的尸体，以及死者副手在海滩边动也不动的黑色身影。"

"罗曼在那儿没有动吗？"神父问。"我觉得他会最快地朝尸体跑呢。"

"可能当我离开后他跑过去了。"将军回答。"我在那时见到了那幅无法消逝的场景，接下来我就穿过沙丘，离开了众人的视野。哦，悲惨的莫里斯的确找到了一名很棒的医生，虽然来得太晚了，他仍然超出我的想象。那位乡村外科医生极其不错，红色头发、急躁的性格，可是头脑不浑浊、处理问题干脆。他见到我时，就立即上马，向着事情发生地疾驰而去，将我远远地置于身后。就在那时，他的魄力使我充满敬意，极其后悔未曾在决斗没展开时就叫他来，因为我觉得他必然有方法劝阻。实际上，他用飞快的速度打扫了凌乱的现场，当我凭借两条腿还没有跑回海边时，他已经手法纯熟地处理好全部：尸体先埋到沙丘里，那个可怜的杀人犯被劝说去做他仅仅可以做的事：逃命。他顺着海岸偷偷跑了，一直到一处港口，想办法逃出这个国家。接下来的你全清楚了，悲哀的吉姆在国外生活了很久，在这事完全过去或者人们已经不记得了，他再次返回那个沉闷的城堡，然后获得了爵位。在那以后我就未曾见过他，但是我清楚在他脑海最隐蔽的地方藏着什么。"

"有消息称，"布朗神父说，"你们里面有些人那时想尽一切办法要见他？"

"我妻子未曾停下过。"将军说。"她没办法接受做了这样的事就需要使一个人和世界断绝联系，我也和她站在同一站线。80年前这种事人们会觉得极其平常，其实那仅可算作过失杀人，不是故意杀害。我妻子与那位导致冲突的悲哀女士也是好朋友，她认为如果吉姆同意再和维奥拉·格雷森说次话，听到她自己说出那发生的事就让它过去吧的话，或许可以使他清醒过来。我妻子打算明天把一帮老朋友叫来商量一下，我认为，她很在意。"

布朗神父当时正在玩弄搁在将军地图旁的大头针，似乎极其随意。他的头脑擅长的是形象思维，那个场景可以在讲究实际、缺乏趣味的军人思维中制造极深的痕迹，在神父更加带有诡异倾向的思维里制造的色彩与画面感就越发清晰，越发神秘了。他见到了凄惨的暗红色沙滩，和血田⑦一个颜色，窝在那处的尸体，以及非常后悔的凶手，急速奔跑，不断地挥动着一只手套，同时他脑海中还不断思考令他怎么也想不明白的第三件事：遇害人的副手站在那里一动不动，极其诡异，好似大海旁的一处深色雕塑。一些人看来或许极其不在意，但在他眼中可是需要好好思考的大疑惑。

罗曼怎么未曾立刻行动？一个副手就该这样，作为人都将那样做，更不要说还是好朋友。哪怕他表里不一乃至心怀不轨，在面子上也应该表示表示啊。无论如何讲，出事后，他理所应当在对方副手未离开沙丘时就做些什么呀。

"这位称作罗曼的人行动很慢吗？"他问。

"不可思议你居然这样问。"乌特勒姆一边讲一边传递一个犀利的神情。"不，其实他只要行动就极其迅速。可，诡异的是，刚才我也在思考，也是今天下午我仍见到他在暴风雨里和上次一样站着。那件拥有银质扣链的斗篷披在身上站在那里，一只手叉腰，跟那时候站在那惨淡的沙滩上的姿势完全吻合。我们全感到闪电很晃眼，可他眼睛都未动一下。闪电打完，他仍然站在那里。"

"我觉得他不可能目前仍然站在那里吧？"布朗神父问道。"我是说，我认为他在那一瞬间动了动吧？"

"的确，打雷过程中他动作极其迅速。"对方回答。"他似乎就期待打雷，由于他将闪电与雷电之间的准确时间对我们说了，存在什么问题吗？"

"我用你的大头针扎住自己了。"布朗神父说。"但愿我未曾将它给弄坏了。"可他忽闪的眼睛猛地发出光，而且不说话了。

"你没事吧？"将军问，死死看着他。

"没事，"神父回答，"我仅仅不像你的朋友罗曼一样能忍。看到光的同时我不自觉要眨眼。"

他转身去拿自己的帽子与雨伞，可走到门口时好像想到了什么，又扭过头。他回到乌特勒姆面前，用一种就像垂死的鱼一样无助的眼神死死看着他的脸，并有动作像要抓住他的马甲。

"将军，"他快要贴到他耳朵上，"请求你，千万阻止你妻子与另外那个女人再缠着马恩。就使睡熟的狗得以安睡吧，否则将引出一群地狱猎犬的。"

只剩将军自己一人了，他棕色的眼睛里都是困惑，又坐在那儿玩大头针。

但是，将军夫人在接下来的一系列好心的密谋行动里却遇到了更大的困扰。她找到了一些支持者要强迫进入隐居人的城堡。第一件使她惊讶的事是，亲眼见到很久前凄惨事情的那人居然没有来。当他们按照约定在离城堡没多远的一家寂静的旅馆集中时，雨果·罗曼突然失去踪迹，在一名律师拿着一封晚到的电报出现在那里时，才清楚那位有名的演员突然出国了。第二件，在他们让人去城堡送消息提出马上面谈时，从那扇阴郁的大门走出、代表侯爵与他们见面的那个人也的确使他们震惊。这人并不是他们意料里和那些庄重大道以及古老礼节全然匹配的人，既不是某个神采奕奕的大管家或者总管，也不是庄重的男仆或者体格健壮的侍从，在阴晦的城堡门洞里出现的居然是个子低低、穿着不体面衣服的布朗神父。

"唉。"他干脆同时又鸡零狗碎地说道。"我对你们说过最好任由他去，他清楚自己在干什么，这样只会使大家都不好过。"

将军夫人鄙视地注视着个头不高的神父，站在她一边的是个个子高高、一身白衣，仍是风韵犹存的女士，一定就是当年的格雷森小姐吧。

"实话实说，先生，"她说，"这属于极其私密的环境，我不明白这关你什么事。"

"你要明白神父们常常与私密环境紧紧相连，"约翰·考克斯珀爵士大叫道，"难道莫非你不清楚他们如同躲在护壁板后面的老鼠似的，无时无刻不打算进入每个人的私室吗？瞧一瞧他是如何将悲哀的马恩掌握在手里了。"约翰爵士逐渐有些气愤，由于他的贵族朋友想让他不要将那事公布出来，作为代价，他能够拥有知道小圈子里的真正事实的权力。他未曾想过看看自己会不会也如同一只躲在护壁板后的老鼠。

"哦，好吧，"布朗神父十分着急地说，"我刚刚同侯爵谈过了，我是他唯一打过交道的神父，他与神父的联系真的被无限放大了。他告诉你，他清楚自己在干什么，我庄严地拜托你们任凭他去吧。"

"你意思是任凭他处于一处废墟中过这种闷闷不乐、痴痴狂狂的像死人一样的生活！"将军夫人说，声音有些许颤抖。"全部都由于他偶然在 25 年前决斗时不小心害死一个人，那属于你指的基督的仁爱吗？"

"是的，"神父平静地回答，"这就是我指的基督的仁爱。"

"这就是你可以在这些神父身上获得的一切基督的仁爱。"考克斯珀恼怒地说。"那属于他们原谅一个干了傻事的悲哀人的仅有手段，将他活活关住，通过禁食、苦修，以及地狱之火的场景将他饿死，全部都由于不小心打出一颗子弹。"

"实话实说，布朗神父，"乌特勒姆将军道，"你真的觉得他应该要受这磨难吗？你的基督宗教就是那样吗？"

"毋庸置疑，真真实实的基督宗教，"他的妻子愈发柔和地请求说，"可能是了解全部，宽容全部，属于一种能够深深记得——也能够遗忘的爱。"

"布朗神父，"小伙子马洛衷心地说，"我基本同意你的看法，可对于这一点我如何也无法赞同。决斗过程中无意杀了人，接着就极其后悔，这或许不是太大的错误吧。"

"我承认，"布朗神父烦恼地说，"我觉得他的罪过愈发地重。"

"你真的心如坚石啊。"那个不熟悉的女士第一次发表言论了。"我打算去和我的老朋友谈谈。"

好像她的声音吵到了那处阴郁的大房子中的鬼魂一样，眼前出现一个人影立于宽大的石阶最上层昏黑的门洞里。那人全身黑衣，可满头白发显出些狂野，惨白的脸庞就像破碎的大理石雕像。

维奥拉·格雷森慢慢淡定地往那宽大的石阶上走，乌特勒姆撅着黑胡子自言自语说："他不可能像冷落我妻子一样冷落她，我觉得。"

布朗神父无能为力地仰起脸盯了他一段时间。

"可怜的马恩现在满怀愧疚了。"他说。"让我们最大限度去宽容他吧，最起码他未曾冷落过你妻子。"

"你说什么？"

"他原来就不知道她。"布朗神父说。

他们说话时，那名俊俏的女士骄傲地登上了剩下的唯一一级台阶，恰巧与马恩侯爵脸对脸。他动一下嘴唇，可还没有出声，就出事了。

一道刺耳的声音在那处空地上响起，顺着那些空心墙来回荡漾。这名女士快速、凄惨的嘶吼原应是模模糊糊的，可她叫出的字却非常清楚，人们全听得清晰。

"莫里斯！"

"怎么啦，亲爱的？"将军大人边喊边跑上台阶，因为另外那个女人摇摇晃晃，眼看着跌落石阶。然后她向周围乱看，逐渐向下去，腰背弓起来，持续颤抖。"噢，天哪。"她说。"噢，天哪，他就不是吉姆，是莫里斯！"

"我觉得，将军夫人，"神父神态郑重地说，"你应该带你朋友先走。"

她们就要走时，忽的一声大叫，就像来自开着口的墓穴，如同一块石头似的从石阶上滚落下来。它是如此嘶哑以及僵硬，好似被抛弃在仅存野鸟作伴的荒岛上的人的叫声。那声音属于马恩侯爵："停下！"

"布朗神父，"他说，"当你的朋友未曾离开时，我希望你把我告诉你的全部都对他们说。不管后果怎样，我都不要躲避了。"

"你说得不错，"神父说，"那样你就解脱了。"

"对，"布朗神父接着淡定地告诉那群询问的人。"他是允许让我来说，可我想讲的不是他对我说的，而是我自己找到的。哦，我在最先就清楚，有关修士们的毒害全部是瞎编的谣言。我们神职人员，可能，在一定环境中，会鼓励一个人按时去修道院，但不可能鼓励他生活于中世纪城堡中。同样，他们也肯定不会原本就清楚他不是修士但强迫他打扮为修士的模样。可我认为他或许是甘心情愿戴上了修士的兜帽以及面罩。我第一次了解到他是丧主，接着又了解到他杀了人，可我慢慢有些怀疑，他为什么到处躲避，这不只是和他干了什么有联系，另和他身份有联系。"

"然后将军真真切切地讲述了那场对决，对我而言，最耀眼的人就是立于背景里的罗曼先生的身影，我如此说就是由于刚好他就仅仅站在那里。将军要把死者扔在沙滩上，自己前去找医生，但死者的朋友却如同树干以及石头似的，立于几码远的位置动也不动的原因是什么？然后我又了解到了一件事，一件非常细小的事，就是罗曼先生在等待哪些事来临时会习惯性地站着没有什么动作，和他在闪电打完等待雷声相同。哦，那个习惯把全部都展现出来了。雨果·罗曼在多年前的那次同样等待一些事的来临。"

"但全部都结束了。"将军说。"他仍要等什么？"

"他在等待对决。"布朗神父说。

"可我对你说决斗就发生在我眼前！"将军声音有点大了。

"我对你讲你未曾见到对决。"神父说。"你真的是疯了？"将军急了，"还是你觉得我眼瞎了？"

"由于你两眼都被遮住了——因此你或许没见到，"神父说，"由于你心地善良，天主怜惜你的单纯，未曾让你见到那次极其悲惨的对决。他在你与恐怖的红沙滩上实实在在出现的对决中间铸造了一堵沙墙，不顾犹大与该隐狰狞的灵魂冲击。"

"赶紧让我们知道事情到底怎么了？"那位女士急得气喘吁吁。

"我将根据我找到的顺序告诉你们。"神父继续说。"然后我了解到演员罗曼总是在教给莫里斯·梅尔全部的表演技艺。我以前认识一位学表演的人，他告诉我一个趣事，讲述他表演训练的第一周无时无刻不在练习摔倒，练习怎样身体不晃一下就立刻摔倒在地，和彻底死过去一样。"

"希望上帝垂怜我们！"将军叫出声，抓住椅背，好像是要站起身。

"阿门。"布朗神父说。"你对我说事情进行得太快，其实，当子弹没出枪口时莫里斯就摔倒了，在地上没了动静，等待着。他那罪恶的朋友和老师也立于背景中，等待着。"

"我们同样在等待着，"考克斯珀说，"我认为我似乎无法再等了。"

"詹姆斯·梅尔现在极其后悔，快速奔向摔倒的人，弯腰去扶。他的手枪已经丢掉了，好像它是肮脏的，可莫里斯的枪仍然拿着，同时子弹已经上膛。然后在哥哥弯腰去瞧弟弟的同时，弟弟使左臂把自己撑起来，一子弹打透哥哥的身体。他清楚自己射击不行，可如此近的距离一定不会射不中心脏的。"

剩下的人全部站了起来，眼睛瞪得很大注视说话的人，脸庞惨白。"你可以肯定吗？"最后还是约翰爵士用凄惨的声音询问。

"我可以肯定，"布朗神父回答，"目前我将莫里斯·梅尔，这时的马恩侯爵，交给你们眼里的基督的仁爱。你们今天给我讲解了基督的仁爱。你们似乎把它的能力有些夸大了，但他这类悲哀的罪人应体会到无比幸运啊，你们步入错误的境地，随意地施与仁爱，宁愿和随便一人恢复关系。"

"去死吧，"将军怒了，"若是你觉得我打算与如此一个心狠手辣的人恢复关系，你就错了，对你说吧，我不可能求一个情让他不入地狱。我讲过我可以宽恕正常的、体面的对决，可这种恶毒的暗杀——"

"他需要用极刑处死。"考克斯珀愤怒地叫喊。"他需要被直接烧死，如同美国生活的黑人。若是存在永久火刑这样的刑法，他一定——"

"我自己是不可能和他说话的。"马洛说。

"人的仁爱不是无限的。"将军夫人说，她全身发抖。

"的确没有，"布朗神父无奈地说，"这就是人的仁爱和基督的仁爱两者的真实不同，今天你们觉得我仁爱有限，又要求我要饶恕每位罪人，请一定要谅解，你们讲的那些并未使我都相信。由于在我眼中，你们将仅仅饶恕那些你们不是实实在在的觉得是罪行的罪行。你们饶恕那些罪犯，是由于他们仅仅是根据传统做事，并未犯下你们心中的罪行。因此你们可以饶恕一次正常的对决，像你们可以饶恕与常规相符的离婚。你们饶恕，是由于没有一点需要饶恕的地方。"

"可，真是莫名其妙，"马洛发怒了，"莫非你有意让我们宽容这种无耻手段吗？"

"不，"神父说，"可我们一定要能宽容它。"

他忽地站起来，挨个瞅瞅他们。

"我们一定要和这样的人打交道，不可以鄙视他们，同时要替他们祈祷。"他说。"我们必须要讲出那句话，使他们不需要下地狱。在你们人的仁爱丢掉他们的瞬间，就仅有我们把他们拉出绝望。你们行于自己的阳关大路上，宽容你们认可的那些罪行，对那些常见的罪行网开一面。但我们，我们这些夜晚的吸血鬼，就被关在黑暗里自己劝慰那些的确需要劝慰的人。那些的确干了无法饶恕的事情、全世界以及他们自己都不能做出辩答的事情的人们，神父以外，无人想要饶恕他们。将那些干了下贱、粗俗，以及的确丑恶之罪的人们都让我们来处理吧。他们的举动就像圣伯多禄似的粗俗，可公鸡打鸣了，曙光仍然来到了⑧。"

"曙光，"马洛疑惑地不断讲，"你是指希望——他仍有希望？"

"的确，"神父回答，"下面我问你们一个事情，女士先生你们性格都非常正直，可以把握自己。你们将不可能，你们能够这样对自己说，向这种粗俗的原因低头。可对我说这一点。若是你们里面有人以前这样沉迷，很多年后，在你们年龄大了、有钱了、安全了以后，你们有谁将被良心驱使着，以及被神父规劝着承认自己所犯的罪呢？你们讲自己不可能干些这么粗俗的事情，如果有一天的确干了这些事你们将承认吗？"说到这儿，大家全开始收拾自己的东西，分别不出声地出了房子，布朗神父也一样默默地返回那座晦暗的马恩城堡。

【注释】

① 19 世纪英国诗人丁尼生为朋友写的哀歌。

② 都是圣经人物，他们是莫逆之交，后来约拿单随其父战死，大卫万分悲痛。

③ 见《圣经》中的《马太福音》与《路加福音》。

④ 圣伯多禄之船是教会代称。

⑤ 一个秘密政治团体，创立于爱尔兰。

⑥ 吉姆是詹姆斯的昵称。

⑦《圣经》的典故，指叛徒犹大用出卖耶稣的钱买的土地。

⑧ 耶稣语言彼得会三次不认自己，后果然如此。

◇ 弗朗博的秘密 ◇

"——在那种谋杀案中，我在里面其实也扮演了杀人犯的角色。"布朗神父一边说，一边将手中的酒杯放下。此刻，那些骇人的命案中的血腥画面又一一在他眼前浮现。

"没错，"神父顿了顿，接着说道，"在我进行那种构思之前，已经有个人扮演了那种杀人犯的角色，并且，我没有办法去亲身体验。事实上，我就相当于一位候补演员，随时准备把他替换下来。至少，我应该完全领悟那种角色的特点与心境。我是说，当我在努力感悟凶手的心境时，我总会意识到，在某种特定的精神环境下，我很有可能做出与凶手一样的事情。不过在其他的精神环境下，我却不可能做出。这样一来，自然而然我就知道谁是凶手了，通常是大家都忽略的那位。"

"比如说，大家都认为那位革命诗人杀了老法官合情合理，因为老法官非常仇视革命者，但事实上，那并非革命诗人害人的理由。如果你能够了解革命诗人到底意味着什么，你就会明白了。那么现在，我就假设自己是革命诗人，并设身处地地站在他的角度上思考问题。当然，我所指的是那些喜欢反叛、持无政府主义的人，这些人的目的就是破坏，而不是变革。我尽量从正常人的思维中挣脱出来，去用那些人的思路想问题，这些能力恰好是我天生具备，或者说是后天练习拥有的。我关上我的天窗，不让天国的光照住我，我拼尽全力感悟这样一个思想，来自地狱的一缕红光，就是从那种无底的深渊喷出的红光。可就算我用尽全力也想不明白，这样一个非常有前途的诗人怎么会自断前程，而去杀掉一个老古董，而这样的老古董在英国比比皆是，并且自己还落入了一个普通的警察之手。我想，无论他写了多少暴力之歌，他写了多少反对那种思想的诗歌，他也不会真的去杀害一个人。一首诗歌在他看来才是最大的事，没有比诗歌更重要的事情了。随后，我想到了一种人，那种人并非是想要毁掉这个世界，而是太过依赖于这个世界。我想，要不是天主怜悯我，也许我也会成为那样的人。在那种人眼里，世界就是眼前一条灯火通明的小路，他的世界除了那唯一的远方就是四周无穷的黑暗。这种凡夫俗子只为自己而活，除了这，他们没有任何其他信念。他要从那些虚无中求取那些世俗的快乐与成功，当这些人一旦面临要失去那一条小路——也就是他的世界时，他就会不择手段，或者说无所不用其极。其实有犯罪倾向的人往往就是受人尊敬的人，而不是革命者。因为那些人犯罪的动机就是挽回他的体面。你想一下，对于那样一个显赫的出庭律师来说，如果他的污点被曝光了，那将会是怎样。假如我真的沦落到他的处境，我觉得我的世界观也会比他高一大截。上天知道我会采取什么措施，可能我那小小的宗教修习会给我的心智带来点作用吧！"

"有些人一定会觉得你这很病态。"格兰迪森·蔡斯狐疑地说。

"有些人，"布朗神父严肃地回答，"毫无疑问他们可能会认为谦卑与慈善都是病态的。我们那位诗人朋友也许就会这样认为，不过这与我们无关，我们现在不是在争论那些问题。你们想要知道只是我平常是如何工作的，你的那些同胞们数次认为我纠正了司法，想知道我是如何做到的，这些对我来说很明显都是赞美的。好吧，你回国后可以告诉他们我是借助这种病态的心理完成这些案件的，我不想被人认为我是会施展魔法之类的。"

蔡斯若有所思地望着神父，他很聪明，自然明白神父的意思。他本来想说，他的心智很健康，所以他很不喜欢这种做法。他感觉自己正在与一个杀了上百人的杀人犯聊天。这个矮个子身上的神秘的迷雾，让他感觉神父就像是蜷缩在火炉边的小妖怪，那个妖孽的圆脑袋里面装着一个纷繁复杂的宇宙，宇宙中是各种黑暗与不公。神父的背后就好像有一大群昏暗的黑影，正张牙舞爪地向他扑来，随时可能会将他撕成碎片。

"哦，恐怕这还真是病态的。"蔡斯坦白地说道。"不过我确信这肯定不是魔法那样的病态，而且不管它是不是病态，有一点可以肯定，那就是这肯定是一种非常好的体验。"他想了想，又补充说："我不知道你是不是真的破案高手，但你的确可以成为一名出色的小说家。"

"我只是愿意与真实的事情打交道。"神父回答。"但说实话，想象真实的东西有时候可是比虚幻的东西难多了。"

另一位说道："特别还是当你想象的是世界上最重大的案件时。"

"其实真正难以想象的不是重大案件，而是那些最不起眼的小案件。"神父回应。

"我指的是就像珠宝丢失那类小案件，"神父顿了顿接着说，"就像那翡翠项链、人造金鱼或者是梅鲁神山的红宝石之类的财物丢失案件。那些案件之所以难，就是因为在想象的过程中你必须使自己心胸狭隘。江洋大盗经常以大的构想迷乱人的眼睛。我确信'先知'没有偷红宝石，伯爵也并未偷金鱼。虽然像班克斯那样的人随手就可以拿走翡翠项链，但对于他们那种人来说，那些宝石也不过是个玻璃球而已，而那些没见过什么大世面的小人物才是最看重它的市场价值的人。"

"所以，你不得不让自己变得小心眼儿。要做到这点相当困难，就像你抖动的双手拿着相机去拍照，你越接近对象就越抖，你不断聚焦，使图像越来越清晰。但有些东西为你提供了很大的帮助。比如说，那种能够看穿那些冒牌魔术师或庸医的这一类人，他们往往心胸狭隘，能看穿一些江湖把戏并且当场就会揭穿它。我想说，有时候它会是一种相当痛苦的义务。就在我认清楚了何为小心眼儿的那一刻，我就可以努力去寻找那位准备诬陷'先知'的人了，就是他偷走了红宝石。就像那位一直奚落他姐姐关于通灵之类的事情，最后就是他偷了翡翠项链。那种人眼里只有宝石，他们永远达不到江洋大盗那种不屑珠宝的境界。那些小心眼儿的人能成为罪犯，最根本的原因是因为他们太过守旧。"

"当然了，想要达到这种粗陋的心境需要很长一段时间。要想拥有这种疯狂的心境也需要非常强的想象力，你要拥有那种强烈的欲望，把那种小玩意儿据为己有，最起码，你要接近那种状态。你可以想象自己是一个贪婪的小孩儿，想象着自己多么渴望得到商店里的那块儿糖。然后，你再把孩子身上特有的那种天真烂漫从你身上生生剥离去，遮住那从天国照耀下来的光明的阳光。你努力想象那块儿糖果会有怎样的市场价值……你就把你自己的心灵想象成正在对焦的相机，使它越来越清晰……然后，它就清楚地呈现在你的眼前了。"

他说话时候的样子，就像一幅神秘的奇幻景色。格兰迪森·蔡斯依然用他好奇与困惑的眼神望着他。值得注意的是，他眉间有着一丝恐慌一闪而过。从神父最初的自白就让他惊魂不定好像晴天里忽然闪过一道霹雳一样。他一再向自己暗示，这不过是一时的意乱情迷，肯定是这样。布朗神父不可能是在这种病态、被迷住双眼的瞬间看到的那种恶魔或杀人犯。但是，当神父说自己是杀人犯时神情又是那么的笃定，难道这位神父精神失常了？

"难道你没感觉到，"蔡斯冷不丁地开了口，"在你的这种观点中，把自己想象成一名罪犯，会有可能对罪犯有些过于宽容了？"

布朗神父挺了挺腰板，说起话来更加的抑扬顿挫了。

"我可是知道结果与你想的正好相反，它解决了所有罪行与时间的问题，它可以让一个人提前悔过。"

之后就是很长一段时间的沉默。那个美国人顺着高大的房屋看去，直到看它插入了云霄。弗朗博则是一动不动地凝视着火炉。最后，还是神父打破了沉默，他的语调忽然变了，就像刚从地底下钻出来一样。

"离开罪恶的方式有两种，"他说道，"两者的区别也是宗教的本质所在。其中一个是他与人性相差太远而令人恐惧，另一个则是他与人相差太近而令人恐惧。这两种区别如此之大，甚至超过了善恶本身。"

没有人回答他的话，神父顿了顿，继续语重心长地开始说，他说的话掷地有声。

"也许你们会觉得犯罪活动非常可怕，因为你们从不去犯罪。我也认为犯罪这些活动相当可怕，那是因为我有可能会去犯罪。你们把罪犯当成火山爆发一样，但其实那远没有这间屋子着火更可怕，假如现在这间屋子里有一个罪犯的话……"

"假如我们屋子里现在有一名罪犯，"蔡斯先生笑了笑说，"那对你来说可正是可遇不可求的好事啊。很明显，你会冲上去对他说，你其实也是个罪犯，并解释说，在你眼中，偷父亲钱包甚至弑母等行为，都是再正常不过的事。其实我并不觉得这种方法可行，它造成的后果是，也许这位罪犯再也不会痛改前非了。谈谈理论，说说假想的案件之类的确是很容易，但我们都明白，这不过是空谈而已。我们现在，安然舒适地坐在迪罗克先生的家中，尽情享受着一些上层人士应该有的一切，不过是借此来刺激一下精神，打发无聊时光罢了。要知道，若是真正与窃贼或者杀人犯打交道，那就不同了。我们现在安然坐在火炉旁边，我知道房子并未失火，屋子里也没有罪犯。"

被提到名字的迪罗克·弗朗博先生，从那火炉旁慢慢地站起身来，火光映出他那庞大的身躯，就好像要盖住周围的一切，甚至让头顶的月光也暗淡了几分。

"这屋子里其实有个罪犯。"他说道。"我就是，我的名字叫作弗朗博，大洋两岸的警察们直到现在还在抓捕我呢！"

那位美国人顿时呆在那里，一动不动。他呆呆地望着弗朗博，不知该怎么办。

"有关我的坦白，既不是想隐喻什么，也没有什么神秘的，更不是想要借着其他人说些什么。"弗朗博说。"我这双手盗了 20 年了，我用这两条腿也不知逃过了多少警察的追捕了。我希望你们相信，我做的事都是很现实的，我也希望你们相信，那些警察与法官是真心实意想把我抓捕归案的。你们以为我不知道他们是怎样惩罚罪犯的吗？你们难道以为我看不到那些所谓的正义人士对我投来谴责的目光吗？你们难道以为我没听说过一些人的高谈阔论吗？对于这些，我只是报以轻蔑地一笑。只是有位朋友对我说，他知道我为什么要去盗窃。从此以后，我便金盆洗手，再也不去做那些贼的勾当了。"

神父做了一个手势，表示对弗朗博对自己的赞誉之词不太赞同。而蔡斯先生则长长舒了一口气。

"我告诉你，我所说的句句属实，"弗朗博说道，"你现在可以决定，是否把我交给警方。"

整个场面忽然寂静得出奇，气氛紧张到了极点。过了一会儿，他们才隐约听到弗朗博的孩子们发出的嬉闹声音。他们正在那黢黑又高耸的房子中玩耍，此刻，他们还听到了那群黑色的肥猪大吃大喝的声音。突然，一个响亮的声音打破这种沉寂，那声音有些激奋，同时还有些咄咄逼人的语气。那些不了解美国人脾气秉性的人，一定会对此大感诧异。尽管有很多差别，但在某种程度上，美国人与西班牙的骑士精神是如此相像。

"迪罗克先生，"蔡斯口气生硬地说。"作为朋友，我们交往也有一段时间了。我一直被你热情款待，并且与你的家人们和谐相处。如果仅仅是因为你愿意与我分享你的过去，我就会那样做的话——你把我想象成那种人，这令我很痛心。特别是你说这些事情，只是为你的神父朋友做一些佐证。不，先生，我无法想象一位正人君子会在这样的情况下背叛他的朋友，甘心做一个告密者，出卖他自己的良心等等这令人不齿的行为。不过，在这样的情况下……! 你能不能想象出一个人会像犹大那样做事呢?"

"也许我可以试试。"神父说道。

小村里的吸血鬼

◇ 布朗神父的丑闻 ◇

现在所要说的是关于布朗神父的故事。如果对公平不是很在意，那么似乎可以忽略他卷入那次重大的丑闻的事情。不过直到如今，还有人会说他的名声沾上了污点，这些人中还包括那些曾经和他有说有笑的。那件事情发生在一个风景优美但是声名狼藉的墨西哥小旅馆，后面自然会慢慢说的。人们总是觉得，神父是不可以让自身的浪漫细胞和同情——这个人类共有的弱点去领导自己的，否则就是做出了一件冒失并且不合规矩的事情。其实这个故事很浅显。不过可能就是因为它浅显，所以才会让人们感到不可思议吧。

首先要说的是火烧特洛伊事件，那个事故的起因是海伦。准确地说，这件比较丢人的事情是因为希帕蒂娅·波特的美貌而发生的。美国人呢，一向擅长做一些民间创立机构这种事情，其实就是民间自发创建，不过欧洲人并不是很赞同这种事情。跟许多事情都有两面性一样，民间创立机构也有不好的一面。其中一点就像是韦尔斯先生和别人说的那句话：一个人就算他不是官方名人，但是他依然可以成为一个公众名人。举个例子：一个貌美如花的又或者一个聪明绝顶的女人，就算她不是电影明星或者吉布森少女①本人，她依然可以成为无冕女王。在那些不知算不算有幸享有这些名誉的女人中就有这样一个存在，希帕蒂娅·波特。她已经是被真正记者采访过的人了，早已经超越了那些还在当地报纸的社会版面上被大肆赞美的那些初级者。她在发表看法时总是面带微笑，无论这些问题是说战争、和平、爱国主义还是那些禁酒令、进化论和《圣经》，她都有涉及。如果这样还不能说明她名声大振的原因，那是真的不知道她的名气从哪里来。毕竟天然美女和富家子弟在她的国家多得是，但是她身上有着那些人身上所没有的魅力，那种魅力可以吸引着新闻界的目光。她的仰慕者都没有见过她，也没有想见她的欲望，他们甚至没有人可以分到她父亲的一丝财产。或许这只是为了供大众闲聊的浪漫故事，神话的现代代替品。不过这却为她后边上演的更加夸张和疯狂的浪漫故事打下了初步的基础。人们都认为那件事是让布朗神父和其他卷入其中的人名声扫地的重要原因。

对于她嫁给一个优秀多金并且受人敬仰的商人波特这件事。一些常被美国人戏称为"伤感的女记者"们总是喜欢给它添上一丝浪漫色彩，要不然就是无奈地接受现实。她们甚至曾经称呼希帕蒂娅为波特太太，因为当时全世界人都认为，她的丈夫也只会是波特太太的丈夫，而不再是别人了。

但是紧接着发生的那个大丑闻，让她的敌人和朋友都对此感到不可思议，甚至无法接受。她的名字居然会和一个墨西哥文人的名字出双入对（就像这个词所应该理解的意思一样）。那个人虽然是美国人，但是他的性格却更像西班牙裔的美国人。比较倒霉的是，他的坏习惯和她的美德跟一个模子里刻出来的似的。这个人不是别人就是那个举世闻名或者说是臭名远扬的诗人鲁德尔·罗马尼斯。他的作品总是要么是图书馆拒收，要么就是被警方起诉，不过，这倒反而让他的作品大肆流传了起来。用彗星来比喻他简直是太合适了，浑身毛茸茸的却又热情如火，同时他又具备着很大的破坏性。前面所说的形象可以在看他的肖像时体会，后者就是在他的诗作里领略了，那他所谓的彗星尾巴就是由一次次的离婚构成的。有人说那说明了他身为一个情人的成功，也有人说那是他身为丈夫的失败。但无论怎么说，他的彗星和她的那颗纯净宁和的星星交相辉映着出现在了人们眼前。记者们在报道中甚至还提了，类似于"通过爱来取得自我实现的最高境界"②的可疑言语。这段感情也是够让希帕蒂娅难为情的，本来把自己美好的私生活公示于众就很不利，这跟把自家的卧室放在橱窗里展览是一个道理。对于这件事，异教徒们拍手叫好，伤感女记者们则是表达着自己对于浪漫的遗憾之情。有些人还大张其词的引用莫德·米勒的诗句，说在世界上所有的言语里，无论是书面语还是口语最让人伤心的就是"本来可以"了。阿加·P.罗克先生因为神圣和正当的理由对伤感女记者们有着深深的厌恶。他在这件事情上非常认同布勒特·哈特[③]对那句诗的改动。

"我们每天所见的令人伤心的发生了，但它本应不发生。"

因为罗克先生深信并且有着正当理由地认为，很多事情都是本不应该发生的。他是一个言语锋利的评论家。他大肆地斥责着全民的腐朽，他供职于《明尼阿波利斯流星报》，他是一个诚实坦荡、勇于直言的人。他也许是太过于激动了，但是他的出发点是好的。他是为了表明他的态度，他反对是非不分的现代新闻业和民间传闻。他最先抗议的就是给予枪手和歹徒的那不纯洁的浪漫光圈。他也可能是太过极端了，总是认为所有的歹徒全是拉丁佬而且所有的拉丁佬又全是歹徒。不过即使他的观点有偏见，却也是一种清新的做派。由于大众中充斥着一股哭鼻子抹眼泪、假惺惺的英雄膜拜的风气，所以只要记者一旦报道某个职业杀手的笑容多么温暖不可抗拒，或者是他的无尾礼服感觉上很得体，大众就会把他奉为这个时代的时尚先锋。但是无论说什么，此时此刻，罗克先生的偏见却没有一丝减少。实际上，因为这件事开始的时候，他正在拉丁人的地盘上。当时的他正生气地跨着大步爬着墨西哥边境外的那座山丘，前往那家两边种有棕榈树的白色旅馆。听说波特夫妇下榻在那儿，神秘的希帕蒂娅女士也在那儿接受着膜拜。阿加·罗克是一个标准的清教徒，并且面容都透露着这个信息。甚至能说他是 17 世纪充满男人味的清教徒，而不是 20 世纪那十分柔弱和世故的清教徒。假如你跟他说，他那老旧的黑帽子和常常皱眉的阴沉脸，加上那硬朗英俊的五官会给这片阳光明媚、满布棕榈和葡萄的南方小镇染上一些阴影的话，他或许还会觉得相当满意。当他用一双怀疑眼睛看着周围时，他看见山脊上那沐浴在亚热带澄澈明净的夕阳中的两个身影。但从他们当时的动作来说，即使不是一个多疑的人也会对那产生疑问。

其中的一个身影非常显眼，他的姿势正好和山谷上方的那个路转弯的角度一致，也不知是因为本能还是有意的在那个位置竖着一尊雕塑。他如同拜伦一样裹一个宽大的黑色斗篷，那张黝黑漂亮的脸也很像拜伦，这个人同样有着卷卷的头发和卷卷的鼻孔。他好像和拜伦一样对这个世界大力地嘲讽和训斥。他的手里拿着一根长长的手杖或者拐杖，手柄是类似登山杖的那种手柄。他拿手杖的姿势总是让人感觉怪怪的，好像是拿着一支矛。另一个是拿着伞的人，却与伞形成了一个可笑的对比，整体的效果看起来更加奇怪了。跟布朗神父的不同，事实上那是崭新的并且折叠非常整齐的伞。那个人穿着干净随意的度假装，像是一名职员。那是一个胖胖的、留着络腮胡的矮男人，但是他却举起更确切地说是挥动那煞风景的伞，架着一副勇猛进攻的姿态。高个儿男子匆忙地反击，不过是似乎只是为了自卫。紧接着那场戏剧却变成了闹剧，那伞自动弹开了，伞的主人似乎被盖在了下面，另一人则是用他的矛刺向了那个奇怪的大盾。但是他并没有用尽全力地去刺，也没有费劲争吵，而是拔出了自己的矛，不耐烦地踏着大步沿路走了。对方则是站起来，仔细地收好伞，然后朝着相反的方向，向旅馆走去。罗克并没有听到什么争吵，也许他们在这简短的、十分荒唐的身体冲突之前就已经争吵过了。但当他也朝着络腮胡矮男人走的那条路走去时，心里却翻天覆地地想了很多。一个是穿着斗篷、举止优雅并且有着歌剧演员似的美丽脸庞，另一个是身材矮壮、意念偏执，这正是他这趟所要追寻的故事啊。他知道自己可以叫出那两个陌生人的名字：罗马尼斯和波特。

走到走廊上的时候，他的猜想已经得到了完美证实。他听到那个络腮胡矮男人扯着大嗓门，不知道是在争吵还是在发号施令，不过很明显他是对旅馆的经理或者服务人员说的。罗克听到的那部分足够让他清楚，那人是在警告他们小心附近的一个粗鲁又危险的人。

"假如他真的已经来过旅馆，"矮男人面对着某些人的窃窃私语，回应道，"我只能告诉你们最好不要让他再进来了。你们这儿的警察应该好好管理那种人，不过……总之，我是不会让他再骚扰到那位女士的。"

罗克沉着脸在一旁默默地听着，越来越相信自己的猜想了。然后，他走过门厅，来到一个凹室，在那儿看到了住宿登记表，翻到最后一页时，他发现"那家伙"确实来过旅馆。那引人注目的浪漫公众人物"鲁德尔·罗马尼斯"的大名进入视线，并且是用十分大而且炫目的外国字体写的。再往下就是希帕蒂娅·波特和埃利斯·T.波特的名字，两个紧挨着，用端正的美式字体写着。

阿加·罗克郁闷地环顾着四周，发现周围的一切包括旅馆的装饰品都是他非常讨厌的。就像如果有人埋怨橘子长在橘子树上，若是种在小花盆里，也许有些无理取闹。那埋怨破旧窗帘或者褪色墙纸上居然会印着橘子图案就更加显得无理取闹了。但是对于他来说，在那些形状像圆月亮的红、黄橘子中再加上银月亮，那简直是用一种奇怪的方式表现了无法超越的荒唐。那些东西让他看到了那令人心痛的世风日下的现状，也让他隐约想到南方温暖又阴柔的气质。他看到一块黑色画布上隐约画着，华托式牧羊人拿着吉他的昏暗画面，还有片蓝色的瓷砖，画着丘比特骑海豚的简单图案，这些不打一处来的气统统都让他烦躁。他的直觉告诉他，也许在纽约第五大道的商店橱窗中也可以看到这些。但是无论在哪里，它们都像是地中海的异教徒们发出的嘲讽和诱惑人心的呼唤。突然，周围的一切像是全部发生了变化，就如同静止的镜子在人影一晃过去的刹那间突然闪亮一样。他察觉到此时一个极具挑战性的身影占据着室内空间。他几乎是僵硬地，甚至有点不太乐意地转身。这个不说也明白，眼前的这位正是那赫赫有名的希帕蒂娅，这么多年关于她，他所读到的和听到的可不少。

希帕蒂娅·波特的本姓是哈德，她是绝对可以用"光芒四射"来做修饰词的那种人。也就是，报纸上所描述的她的人格魅力被完美地释放了出来。如果她含蓄内敛一些，还是会同样的美丽，甚至在部分人眼里会变得更加充满魅力。但是，一直以来就有人教导她：内敛和自私一样。她也许还会说她已经因四处宣扬失去了自我。不过说实话，她的自我倒是因四处宣扬而得到了肯定。但是她可是十分真诚地展现着魅力，所以她那特别又明亮的蓝眼睛真的是顾盼生辉。正如古老比喻一样形象，那似乎是在发射一支支的丘比特之箭，令人神魂颠倒。抽象一点说就是，她不仅要卖弄风骚，还要俘获人心。她那浅浅的黄色秀发，尽管梳得很像圣人头上的光环，但是看上去却和电辐射一样闪耀。当她知道站在她眼前的陌生人就是在《明尼阿波利斯流星报》工作的阿加·罗克先生时，她的眼睛马上成了长距离的探照灯，几乎都要横扫过美国的地平线了。

但是她有时是会搞错的，她在这一点上就搞错了。因为面前的这个阿加·罗克并不是在《明尼阿波利斯流星报》工作的阿加·罗克。那一刻的他仅仅只是阿加·罗克。他胸中荡漾着一股强烈又真切的道德冲击，这种冲击超越了他身为记者具有的野蛮勇敢。他怀着温柔体贴的侠道柔情与民族情义，又夹带着一种同样基于民族情义的特殊道德意识，这使他鼓起了足够大闹一场的勇气，决定对她大肆羞辱一通。他想起了起初的希帕蒂娅④，那个漂亮的新柏拉图主义者，还有自己小时候是如何被金斯利⑤的浪漫故事给震撼到的。书中那个年轻修士斥责她行为不端、崇敬邪神。他一脸冷淡，直视着她说道：

"打扰了，女士。我想和你私下谈一谈。"

"哦。"她边说边用明亮有神的双眸环视这个接待厅，"不知道你觉得这里够不够隐秘呢？"

罗克也环视一圈，看上去除了橘子树，唯一算是显得有生命迹象的也只有那个类似于大黑蘑菇的东西了。他明白那是当地或者说不知从哪里冒出来的神父所戴的帽子。如果不是他正在冷漠地抽着本地产的黑雪茄，几乎是可以把其作为植物的。他仔细看了一会儿那沉重而且古板的脸，发现了他那粗俗的农民特征。在拉丁国家，特别是拉丁美洲国家，神父几乎都来源于那个阶层，他边笑边压低声音说：

"那个墨西哥神父一定听不明白我们的语言。"他说，"这些懒人，除了他们的母语是几乎不会学任何外语的。不过我不能肯定他是墨西哥人。他是什么国家的人都有可能，印第安混血又或黑人混血。但是我敢肯定他不是美国人，我们的教堂可不会出现那样低劣的品种。"

"事实上，"那个"低劣品种"把黑雪茄从嘴里拿出来回应说，"我是英国人，我叫布朗。如果你们想要私密一点的话，我会走开。"

"如果你真的是英国人。"罗克显然缓和了语气，"你应该会和那些正常的北欧人一样，本能地反击这些胡言乱语。不过现在我只想说，我可以证明那个非常危险的家伙在附近游荡。他是一个穿着斗篷的高个子，长得和画像里的那些疯狂诗人很像。"

"那并不能说明什么。"神父淡淡地说，"这儿很多人都穿斗篷，因为太阳一旦落下就会立刻寒气逼人。"

罗克抛去一个气愤又怀疑的眼神，似乎在怀疑他故意扯开话题，去保护对他来说那蘑菇帽和空谈代表的东西。"不只是斗篷。"他大吼，"虽然和他穿斗篷的方式有联系，但那家伙看上去就非常夸张，还有他那很讨人厌的非常怪异的帅气。女士，原谅我的冒犯，我诚挚建议你不要和他有任何牵扯。假如他来闹事的话，你的丈夫已经跟旅馆的人都说过了，要阻止他进来——"

希帕蒂娅跳了起来，用异常地动作捂住脸，手指插入发中。她似乎在颤抖，可能是因为在哭泣，但等她恢复正常后，竟然又开始狂笑。

"哎呀，你太可笑了。"她说着话，突然异常地猫着腰冲出大门，然后消失了。

"她那样笑起来可真是有点歇斯底里啊。"罗克僵硬地说着。然后竟然有点手足无措，于是他转向那矮小的神父："我说，如果你是英国人，那你无论如何也应和我一起对抗拉丁佬。哦，对了。一些人总是拿盎格鲁—撒克逊人说事，我不是那样的人。但仍然有历史这回事的，你们可以一直骄傲地说美国的文明来源于英国。"

"并且，为了不发生得意忘形的事。"布朗神父说，"我们还是要承认英国的文明来源于这些拉丁人。"

罗克再次感到对方在敷衍，同时还有和他的对立，用一种隐秘的方式在和他推脱。他十分不耐烦地毅然表示了自己的不理解。

"哦，以前有一个拉丁人，或者说是意大利人，名字是尤利乌斯·凯撒。"布朗神父说，"后来他被一群人杀死了，你知道的，这些拉丁人就喜欢动刀。除此之外还有一个叫奥古斯丁⑥，是他把基督宗教传到我们的小岛。说实话，如果没有这两个人，我认为我们不会有多少文明的。"

"不管怎样说，那是古代历史了，"有几分生气的记者说，"我对现代历史十分感兴趣。我所知道的是这些无赖将异教带给了我们的国家，将原来的基督宗教给毁了。而且还毁掉了所有常识，那些原定的习惯；那些不可动摇的社会秩序；那些农民祖先在这个世上赖以生存的生活方式，都被那满天飞的电影明星的绯闻和丑闻给搅成一锅粥了。这些明星几乎每过个月就离一次婚，让许多傻女孩觉得结婚只是离婚的一种手段而已。"

"你说得非常对。"布朗神父说。"我很认同你的这个观点，但你不能以偏概全。这些南方人也许更加轻易犯那种错误。但是你也要牢记，北方人也会有其他方面的缺陷。说不定正是因为这种生活环境而使人们关注那纯粹的浪漫过度了。"

一听到那两个字，阿加·罗克的满腔怒火就燃烧了起来。

"我憎恶浪漫。"他边说边拍着面前的小桌子，"因为这垃圾，我已经和我所在的报社斗了40年。每个恶棍和酒吧女私奔都被称为是浪漫的私奔。如今我们自己的希帕蒂娅·哈德，一个优秀人家的女儿，也许被卷入了一个放荡的浪漫离婚案里。而且还把那当作是王室婚礼一样恨不得让全世界都知道。这个疯狂的诗人罗马尼斯纠缠着她。想也知道，聚光灯也会跟着他四处乱晃，好像他是腐朽化的小拉丁，电影里所说的情圣。我刚才在外边见到了他，他长着一张会吸引聚光灯的脸。现在我要保护那体面和常识。我同情并可怜的波特，那个来自匹兹堡的天真直率的经纪人，他觉得自己有权利来保护自己的家庭，而且也可以为了它战斗。我听到了他在接待处的大吼大叫，让他们把那个无赖挡在门外。他做得很好，这里的人似乎都偷偷摸摸、小心翼翼的，但是我猜他已经教会他们应该敬畏神了。"

"事实上，"布朗神父说，"你对旅馆经理和那些工作人员的看法我很赞同。但是你不可以因为这个来判断全部的墨西哥人。而且我认为你提到的那位绅士他不仅大吼大叫，他还四处撒美元，那足够将旅馆的人都收买了。我看到他们锁上房门，并且叽叽喳喳地非常兴奋。顺带一提，你那个天真直率的朋友似乎十分有钱啊。"

"我猜他的生意一定很好。"罗克说。"他可真是十分正直的那种生意人。你说这是什么意思？"

"我觉得那也许可以给你另一种思路。"布朗神父说完，然后就十分谦虚地起身离开。

当晚吃饭的时候，罗克仔细地观察着波特夫妇。他有了一些新的感觉，不过其中没有一条足够让他的强烈感受减少。那就是某些不恰当的举动极有可能会让波特家掀起一场轩然大波。而且波特本人也让人觉得还需要更多的了解，罗克刚开始以为他又无聊又内敛，现在却发现自己心目中的那个悲剧英雄或者说是受害者居然还有更进一步的韵味，这让他觉得很开心。其实波特那张脸看起来深沉而又非凡，只是他的脸总是写满了焦虑，偶尔还有不能压抑的暴躁。罗克觉得他跟大病初愈一样，头发花白稀少而且很长，似乎是最近顾不上打理，而且那与众不同的络腮胡也给旁观者们一样的感受。当然，有一两次他和妻子讲话时，语气十分严肃和苛刻。为了吃的药或者是消化方面的小事大发牢骚，但是他真正担忧的必定是来自外部的危机。他妻子回应他时，像柔和的格丽塞尔达⑦那样优雅万分，只是带着一种傲慢的神态。但是她那眼睛却时不时瞥一眼门窗，似乎是担心有人闯入一样，不过有点三心二意。因为以前亲眼看到过她突然的异常行为，罗克有充分的理由担忧，她顾及的也不过是三心二意而已。

半夜时刻，那个异常事件终于发生了。罗克本来觉得自己是最晚上床睡觉的了，但是出人意料的是，他看到布朗神父仍蜷曲在大厅的橘子树下，安静地看书。跟他说晚安，他也只是随意地回了一句。当这个记者刚踏上第一级台阶时，听见大门的搭钮咣当乱响。外边什么东西砸得门丁丁零当啷的，还有比砸门声更响的声音在大声喊叫，嚷嚷着要进来。不知道为什么，记者可以肯定那砸门的工具是那像铁头登山杖一样的尖头手杖。他回头看那有些暗的底层，发现服务员们正到处检查门有没有锁好，而不是选择开门。然后他缓缓地上楼进了自己的房间，坐下来满怀怒气地写他的报道。

他描写了旅馆是怎样被围攻的，周遭恶劣的气氛。这地方乏味的奢华，神父的含糊其词，最重要的是门外那可怕的喊声，像狼潜伏在这房子四周一样。紧接着在他要往下写的时候，突然听到另外一个声音。一下子坐直身体，那是一阵很长的口哨声，本来他就很烦躁，听到这声音更是憎恶极了。因为那像是阴谋者的暗号，又像是爱情鸟的呼唤。后来是一片寂静，他端正地坐着，突然站起，因为他似乎听到了另外一种噪音。那是一声轻微的"嗖嗖"声，紧接着就是强烈的敲打声或者说是"咔嗒咔嗒"声。他似乎可以确定有人在向窗户上扔东西。他直直向楼下走去，看到现在漆黑一片而且没有一个人的底层大厅，或者也可以说是几乎空无一人。因为那小个子神父还坐在橘子树下，就着一盏低低的灯读书。

"你似乎睡得很迟啊。"他严肃地说。

"生性随意自由，"布朗神父一边说着一边抬起头，脸上露出一个绚烂的笑，"趁着这狂乱的夜晚看一看《高利贷经济学》。"

"这个地方被锁起来了。"罗克说。

"锁得严严实实的。"对方答道，"你那个大胡子朋友似乎采取了所有的防范措施。顺带一提，你那个大胡子朋友可是有点慌张无措啊，我觉得晚宴上他的脾气十分火爆。"

"那太正常了。"对方吼着说，"假如他觉得这个野蛮地的野蛮人正准备破坏他的家庭和他的生活的话。"

"人从内部来将家庭生活搞好不是更好吗？"布朗神父说，"他却要防着来自外部的破坏。"

"我就知道你会说出这些狡辩的理由。"对方说，"就算他对他妻子有些不耐烦，但他是有正确理由的。喂，你似乎深藏不露啊。我相信你一定还知道更多的内情。这个鬼地方到底发生了什么？你为什么整夜地坐在这里观察？"

"哦。"布朗神父耐心地说着，"我只是认为有人似乎需要我的卧室。"

"谁需要？"

"事实上，波特太太还需要另一个房间。"布朗神父认真地解释着。"我就把我的房间让她用了，因为我那个房间可以开窗。如果你想，可以去看看。"

"我先要解决另一件事情。"罗克愤恨至极地说。"你可以在这猴舍里尽情地要把戏，我还和文明保持着关系呢。"他大踏步地奔到电话亭，向报社打去电话；把可恶的神父怎样帮着可恶诗人的事整个说了出来。紧接着就跑向楼上神父的房间，在那儿神父刚点着一根短蜡烛，展示大开着的窗户。

他刚好看到，下面的草坪上有个男人正大笑着从窗台上解开那简易的绳梯，然后卷起来。那是一个高大且黝黑的绅士，他身旁还站着一个同样大笑的金发女人。这次，罗克先生把她的笑声说成不正常的兴奋，也没有办法让自己有一丝安慰。那一定是发自内心的欢笑，当她和她的游吟诗人在漆黑的丛林消失时，笑声仍然在没有章法的花园小径上环绕。

阿加·罗克转向他的同伴，脸上一副可怕的最终决定似的表情，就像末日的审判一样。

"好了，全美国都会知道这件事的。"他说。"简单地说，是你帮助她和她那卷发情人私奔了。"

"对。"布朗神父说，"我的确是帮她和她那卷发情人私奔了。"

"你自认为是耶稣基督的使徒，"罗克嚷嚷着，"但是你却为犯罪而扬扬得意。"

"我已经牵扯过进几次犯罪案件了。"神父平淡地说。"很幸运，单单这次没有涉及犯罪。它只是一首炉边的田园诗，结束是用美满的家庭生活来收尾的。"

"结尾是以绳梯而不是绳子收场的。"罗克说。"她难道不是已婚女人吗？"

"她是。"布朗神父说。

"她难道不应该和她丈夫在一起吗？"罗克不肯放弃。

"她那就是和她丈夫在一起啊。"布朗神父说。

对方恼羞成怒地说："你说谎，那可怜的小个子还在床上闷头大睡吧。"

"你好像很清楚他的私事。"布朗神父一脸怜悯地说。"你都可以写一本《大胡子男人的传记》了。你似乎只差没弄清楚他的名字了。"

"胡言乱语。"罗克说，"他的名字就写在那本旅客登记簿上。"

"我知道，"神父严肃地点点头回答，"那儿用极其大的字体写着鲁德尔·罗马尼斯的名字。希帕蒂娅·波特来这里和他相会，准备和他私奔，还很大胆地将自己的名字写在他名字下面。然而她的丈夫则是在她之后匆匆赶来，紧接着写了自己的名字，还特意紧挨着她的名字，用来表示自身不满。那个罗马尼斯（一个看不起他人并且深受欢迎的厌世者和有钱人）买通了这旅馆的蛮人，让他们把门锁紧，把那合法的丈夫关在外面。而我，你说得没错，帮助他进来了。"

当一个人被告知一件是非颠倒的事情，就像是有人告诉他尾巴摇晃着狗；鱼把渔夫捉了；地球绕着月亮转。他需要先稳定一下，然后才可以正经地问真假性。他坚定地认为那明显全是谎言。但是在沉默了一会儿后，罗克还是忍不住问道："你的意思不会是那小矮个儿是我们常说到的浪漫吕德尔[⑧]，而那个卷发男子是匹兹堡的波特先生吧？"

"没错。"布朗神父说，"我见到他们第一眼时就清楚了，不过我后来还是证实了一下。"

罗克沉默地想了一会儿，最后说："我觉得很可能你弄错了。但是在一大堆现实面前，你又为什么这样认为呢？"

布朗神父显得有一些窘迫，他深深陷入一张椅子里，茫然地看着前方，一直到他那圆圆的、十分呆傻的脸上出现了笑意。

"哦，"他说，"你看——事情的真相就是，我不够浪漫。"

"我不知道你到底是谁。"罗克粗暴地说。

"但是你很浪漫。"布朗神父点拨着他。"就像你看到某人长得很富有诗意，你就觉得他是诗人。你知道那些诗人都长什么样吗？19世纪初恰好出现的那三个长得帅气的诗人给人们带来多么大的混乱影响：拜伦、歌德和雪莱！相信我，一般情况下，可以写出'美人用她燃烧的唇向我的唇靠近'或者和美好诗句想象的人，未必本人就会好看。再说了，你没发现当一个人声名海内外的时候一般都多老了吗？沃茨⑨给斯温伯恩⑩画的肖像有着一头金发；但是，在大部分美国或者是澳大利亚的仰慕者们在听说他有风信子一样的发卷前，斯温伯恩就已经秃顶了。邓南遮⑪也一样是秃顶。实际上，罗马尼斯还是有学问的。如果你认真看的话，他的确是看起来非常像富有学识的人。不太走运的是，和很多有学识的人一样，他也是个傻子。他任凭自己变得自私自利，总是抱怨什么消化不了。所以那野心勃勃的美国女士，本来以为和一个诗人私奔会和随着缪斯女神遨游奥林波斯山一样美好，结果却发现和他在一起待上一两天就够了。所以，当她丈夫在赶来后在这儿大闹一场的时候，她也很乐意又回到他的身边。"

"但是，她的丈夫呢？"罗克问，"我还是不懂她丈夫所做的。"

"唉，看来你是看了太多当代的性爱小说了。"布朗神父说着，看到对方不满的神情，他半闭着眼睛说，"我听过许多故事，开头基本上都是一个绝色美女嫁给了股市上的一个老头子。为什么呢？从那一点上来说，就好像在大多数事情上，现代小说所揭露的和现代社会中的事实刚好相反一样。我的意思并不是那种事绝对不会发生，只是现在很少发生了，除了是她自愿的情况。现在的女孩子完全可以想嫁谁就嫁谁，特别是像希帕蒂娅这种被宠坏的女孩儿，她们会嫁给谁呢？

那样一个美丽的富家女还有着一群的仰慕者，她又会选择谁呢？几乎在百分之百的情况下，她会选择在舞会或者网球聚会上所见到的最帅的男人，并且很早就把自己嫁出去。哦，对。普通的商人中也有非常帅的。当那个年轻的神出现时（他的名字是波特），她才不会管他到底是经纪人还是盗贼呢。不过从实际情况来说，你会觉得他更有可能是个经纪人。而且，他还极其有可能叫波特。所以你看，你简直就是浪漫得无可救药嘛，从开始到结束都一直认为那个年轻英俊的男人不可能是波特。说实话，名字的分配可不是永远那么恰到好处的。"

"哦，"对方稍稍停顿一会儿后说，"那你认为后面发生了什么事呢？"

布朗神父突然将身体从深陷的椅子中坐起来，烛光将他矮小的身影影射在墙壁和天花板上，让人觉得怪怪的，好像打破了这屋子原本的平衡。

"啊，"他自言自语地说，"那就是它邪恶的地方了，那才是真正的邪恶。那比这丛林中的古老印第安恶魔还要恐怖可怕。你或许觉得我只是在帮这些拉美人的放纵开脱——哦，奇特的是，"——他透过眼镜警惕地向对方眨着眼睛——"最奇特的是，从某个方面来说，你是正确的。"

"你说要将浪漫打倒。我说我要抓住时机去保护真正的浪漫——并且要加倍地努力。因为除了那热情如火的青春时代外，真正的浪漫简直太少太珍贵了。我要说的是——去掉'学术友谊'、去掉'柏拉图式的结合'、去掉'爱的实现自我的这个最高定律'，等等，我要为这些冒险试一试。除了那不是真爱只是傲慢、虚荣、炒作还引人注意的爱之外，在必要的时刻，我们要挺身而出，去保护那些真正的爱情，尽管是那些肉欲之爱。教士们都清楚年轻人有激情，就像医生也清楚他们会长麻疹一样。不过希帕蒂娅·波特年纪并不年轻了，少说也有40岁。她对那小个子诗人的情感，只能和她对出版商或是她宣传人所付出的感情一样。那就是问题的关键所在——他就是她的公众宣传人。但是你的报纸将她给毁了，她是要活在聚光灯下，想看到自己出现在头版头条的位置，尽管是丑闻也没关系，只要它可以让世人震惊。她想成为乔治·桑[12]，让她的名字和阿尔弗雷德·德·缪塞⑬永远相提并论着。当她真正的浪漫青春结束后，是那中年人追求知识的罪控制了她。她没有什么才智，但是想要成为有学问的人，并不需要什么才智。"

"我只能说她在某个方面来说很有脑子。"罗克若有所思地说。

"是的，从某个方面来说。"布朗神父说，"只是在一个方面上，在商业方面，从任意的意义上说那都和这里懒散的拉丁人没有什么关系。你骂着影星，和我说你讨厌浪漫的故事。那你觉得那第5次结婚时的影星是被浪漫故事引导的吗？这些人可是十分实际的，比你还实际呢。你说你赞赏朴实、可信的商人。难道你觉得鲁德尔·罗马尼斯就不是商人了吗？你难道没发现他很清楚，几乎和她一样清楚，把和那些著名美国人私通的大事大加宣扬，好处很多吗？他还清楚地明白自己对这事的掌控并不坚固，因此他大惊小怪地并且贿赂服务员，让他们把门紧锁。我真正想说的是，假如人们不和美化罪人一样将过错和姿态也一起美化的话，丑闻就会减少许多。这些可怜的墨西哥人有时候可能确实活得像野兽一样，或者说他们也是人，也会和人一样犯错。但是他们却不太喜欢美化，你至少应该认同他们那一点。"

他再次坐下时，和站起来时一样的突然，他抱歉地大笑起来。"哦，罗克先生。"他说，"这就是我所有的坦白了，关于我怎样帮助一次浪漫私奔故事的全部。怎样解决，任你决定。"

"这样的话，"罗克说着话也站起来，"我要回房间，将我的报道做几处改动。不过，首先我要给我的报社打电话，告知他们，我跟他们说的全是谎话。"

从罗克打电话告知报社神父帮那诗人和女士私奔逃跑，到他又打电话说神父其实是阻止了私奔事件的发生，间隔不到30分钟。但就在那么短的时间里，布朗神父的丑闻已经被制造出来，而且还被添上几笔，随着风飘散到了大街小巷。真相一向会比绯闻迟30分钟，没人可以确信真相是否或什么时候才会超越绯闻。在故事出现在各个报上之前时，嚼舌的媒体们和那些难以等待的对手已经将故事的第一版本传遍了一个城市。就算罗克立刻就为此纠正澄清，并在第二个报道中讲述了故事的真实情况，但这样并不会让第一个版本被扼杀。数不清的人们好像只读了报纸的第一版报道，并没有读第二版。一传十十传百，在世界的各个角落，总是像烧不完的草一样出现着布朗神父丑闻的老版本，或者是神父帮助破坏了波特家庭的类似故事。神父的拥护者们想尽办法地提防着，坚持不懈地紧随其后予以驳斥，补充说明事情的真相，并且写提议信。这些信有的会在报纸上出现，有的不会。但到底有多少人只知道那个丑闻，而且不知道后面版本的就更难说了。可能有很多不知道真相的人，到现在依然觉得墨西哥丑闻就和火药阴谋⑭一样，是个往常的记录在案的历史事件。然后有人会把真相告诉那些质朴的人们，但是没想到老版本却在少数接受教育的人们中再次流传起来，并且他们应该是这星球上最不应受此欺骗的人才是。就这样，两种版本的布朗神父在这个世界上永远互相追赶：一个是违背正义的无耻罪徒；另一个是曾被无赖打倒，现在又重新拥有荣誉头衔的殉道者。然而两个都不是很像真正的布朗神父，他根本没有被打倒。他仍旧拿着他那坚固的伞缓缓地走在人生路上。和大多数人一样，他把这世界当成他自己的伙伴，而不是他的决裁者。

【注释】

① 吉布森少女（Gibson Girl）：美国插画家查尔斯·达纳·吉布森描绘的19世纪90年代美国女性形象。

② 印度教里，人们的自我实现的一个方法就是无私地奉献出爱。

③ 布勒特·哈特（Bret Harte，1836～1902年）：美国西部文学的代表作家，被誉为"西部幽默小说家"、"乡土文学作家"等。他的短篇小说集《咆哮营的幸运儿及其他短篇》（1870年）是他的代表作。

④ 希帕蒂娅（Hypatia，370～415年）：或者翻译为"希帕提娅"。她是希腊化的古埃及学者，也是当时闻名的女性哲学家、数学家、天文学家、占星学家和教师。因为她当时住在希腊化时的古埃及亚历山大港，应属于柏拉图学派。还

有少量证据表明，希帕提娅在科学领域最有名的贡献是发明了天体观测仪和比重计。后来她因疯狂的基督徒暴民的袭击而死。

⑤ 查尔斯·金斯利（Charles Kingsley，1819～1875年）：英国人，是作家也是一名牧师。曾经写有历史浪漫小说《希帕蒂娅》（1853年）。

⑥ 坎特伯雷的奥古斯丁（St. Augustine of Canterbury，? ～604年）：本笃会的会长以及第一位坎特伯雷的大主教。597年，奥古斯丁等人奉教宗的命令，去英格兰传教。后来罗马的天主教会就在英格兰树立了根基，建立了第一个教堂，设立神学院。伦敦、罗彻斯特等地方，也都成立了教区。

⑦ 格丽塞尔达（Griselda）：中世纪传说里一个以温和容忍而出名的女人。

⑧ 若弗雷·吕德尔（Jaufre Rudel）：中世纪时位于法国南方的布拉伊（Blaye）的王子，是生活在12世纪上半叶的一个游吟诗人，传说死在第二次十字架东征时（1147年前后）。主要因为赞颂"远方的爱"而著名。

⑨ 乔治·弗雷德里克·沃茨（George Frederic Watts，1817～1904年）：英国维多利亚时期著名的画家、雕刻家，是象征主义运动的代表人物。

⑩ 阿尔杰农·查尔斯·斯温伯恩（Algernon Charles Swinburne，1837～1909年）：英国维多利亚时期的最后一位主要诗人。

⑪ 加布里埃尔·邓南遮（Gabriele D'Annunzio，1863～1938年）：也可以翻译为"丹农雪乌"。意大利著名的诗人、小说家、剧作家、民族主义者。

⑫ 乔治·桑（George Sand，1804～1876年）：原名为阿曼蒂娜—奥萝尔—露茜·杜班（Amandine-Aurore-Lucile Dupin），是法国19世纪著名的女作家，也是浪漫主义女性文学以及女权主义文学的先锋。

⑬ 阿尔弗雷德·德·缪塞（Alfred de Musset，1810～1857年）：19世纪法国的浪漫主义四大诗人其中之一。（译注）

⑭ 火药阴谋（Gunpowder Plot）：指的是1605年11月5日，英国天主教教徒在国会的地下室安放炸药意图炸死国王的阴谋。

◇ 魔书风波 ◇

假如有人说奥彭肖教授是唯灵论者或者说他信奉招魂说的话，他一定会大发雷霆的。不过这并没有结束，因为就算有人说他不信招魂说，他依然会发脾气。把自己献身于灵异现象研究是他的骄傲，同样让他非常自豪的是，对于它们到底是心灵感应的还是说只是纯粹的能感知的，他从来没有向别人说过一丁点儿他自己的观点。不过，他最得意的还要算是坐在一圈真诚的招魂说信徒们的中间，描述着他是怎样揭穿一个个招魂术士，怎样破解一场场骗局的，用这些来打击他们的信仰。没错，他确实是一个非常具有侦探资质和观察力的人，只要他锁定一个目标，他的这种天赋就会大放光彩，然而他却总是认定招魂术士，因为他们是很可疑的对象。他讲的其中一个故事就是，曾经识破过一个伪装成三个不同角色的招魂术士：乔装打扮成妇女、白胡子老人还有有着深色皮肤的婆罗门教祭司。这些故事让招魂说的忠诚信徒们感到很不安，这确实是故意的，但信徒们却有苦说不出，因为没有一位唯灵论者可以十分确信地说世上不存在骗人的招魂术士。只不过教授以下的叙述几乎是在暗示，全部的招魂术士都是假的。

但是，我真为那些头脑单纯、天真无邪的唯物论者们（而且唯物论者们的整个团体都十分的天真、简单）感到悲伤，他们会顺着上面说的思路然后进行推理猜想，推断说鬼魂的存在性是不符合自然法则的，又或者会说这种事只是些老迷信而已；可能他们还会说那根本就是胡编乱造甚至是骗人的鬼话。教授则是把那科学的炮口突然调转，用连那些十分可怜的唯理论者们都没有听过的一些无法反驳的实例和那些无法解释的现象，朝着他们一顿轰炸，他还会十分耐心地逐一说明所有事情发生时的时间和细节，还加上人们想给出但最终又被放弃的全部的自然的解释。的确，奥彭肖教授几乎谈到了所有的问题，却单单对他自己是否相信神隐藏至深，对此，一些唯心论者和唯物论者都不敢自称他们发现了真相。

奥彭肖教授体型瘦削，有着一头松软的白发和一双令人沉醉的蓝眸。这时，他正和老友布朗神父站在旅馆外的台阶上谈天说地，他们俩在昨天晚上入住了这个旅馆，今天早上又在这儿一起吃了早餐。在昨天教授又进行了一场重大的实践，回来得很晚。而且似乎有一些生气，到现在他还对昨天那场辩论念念不忘。在这种论战里，他总是一个人在战斗而且是两面出击。

"我并不在意你的想法。"他笑道，"即使是真的，你也可能不相信。但是他们那些人总是没完没了，一直在问我想证明什么。他们似乎不太了解我是一个相信科学的人。相信科学的人不是在想方设法证明什么。而是在想办法找出可以让事实证明自己的东西。"

"不过，他还没找出来什么东西。"布朗神父说。

"嗯，我确实有一些自己的看法，但它们并不是大多数人想的那么负面，"教授皱着眉头，沉默了一会儿后，说道，"总之，我现在想的是，如果真的有什么东西在等着我们发现的话，人们探索它时所走的路也是错的。他们的行为太做作了，简直是一种卖弄。他们在降神状态时表现出的灵质外观、发出的怪叫还有各种人声等等，所有的这些都和那些有关'家族幽灵'的古老音乐剧和腐朽的历史小说是一个套路。如果他们能去探求真正的历史，而不是仅仅读着历史小说的话，我倒是觉得那样他们还真能找到些什么。但是他们能找到的绝对不是那些鬼魂显灵之类的。"

"毕竟，"布朗神父说，"显灵也只是显形而已。我猜，你会说那些家族幽灵只是靠着显形用来延续自身。"

教授的眼神平常都显得有些目中无物、淡漠深邃，但这时突然开始凝神专注了，好像他盯上了一个可疑的招魂术士。那种表现十分像一个人在自己眼里放入了高倍的放大镜。倒不是因为他觉得神父有什么可疑的地方，而是他觉得这个朋友的思想居然和自己的看法很接近，这一点让他惊讶，自然也吸引了他的目光。

"显形！"他嘟囔着说，"还真是，不过你刚才竟然会这么说，也是够怪的。我了解得越多，我就越觉得他们失败的原因就是只寻求显形。如果他们可以稍微用点儿心去研究一下失踪——"

"是啊，"布朗神父说，"毕竟真正的神话传说，并没有过多地去关注那些著名仙灵是如何显形。比如让提泰妮娅①通灵或者让奥布朗②在月光下现身等。但关于人失踪的传说却有很多，因为他们都被仙灵拐走了。你是在追寻基尔梅尼③还是诗人托马斯④呢？"

"我是在追寻你在报纸上看到的那些现代的平常人，"奥彭肖答道，"你完全可以觉得意外，不过那就是目前我做的事情，并且已经有一阵子了。坦白来说，我觉得许多超自然的现象都是可以解释的。但我没有办法解释平常人的失踪现象，除非他们不是平常人。报纸上报道的那些人失踪后就再也找不到——假如你和我一样想了解那些详情……对了，就在早上，我收到了一封不寻常的信，它证明了我的观点。写信的是一位老传教士，他是一个令人非常钦佩的老人。今天上午他要来我的办公室，或许你可以跟我一起吃午餐，我会在私底下告诉你结果。"

"谢谢，我会的——只要，"布朗神父谨慎地说，"只要仙灵没在那之前将我偷走。"

说完，两人各自散去。奥彭肖教授转过街角回到自己在这儿租的一间小办公室。租下这儿主要是为了办一个关于灵魂和心理的小期刊，其内容非常无聊，充满了不可知论。教授只聘用了一个员工，这时他坐在办公室外间的办公桌边上，正在统计着要出版的报告里引用的数据和事件。教授走进办公室外间，停下来问普林格尔先生是否打来过电话。职员机械性答了声"没有"。就继续埋头机械地统计着数字。教授转向了自己里间的书房。"哦，对了，贝里奇，"他头也不回地说道，"如果普林格尔先生来，请他直接进去见我就行了。你不用放下自己手上的工作。如果可以，我很希望你今晚就可以整理好那些材料。如果我明天来晚了，你把它放在我的书桌上就行了。"

然后他就进了自己的办公室，脑子里仍然在想着因普林格尔这个名字联想起的之前那个问题。或许，更准确地说，那个问题因此已经得到了认可和证实。也可以说，就算是考虑问题最全面的不可知论者们也不能完全地脱离俗套。就支持教授还没有成型的假想来说，传教士的来信看起来有很重的分量。教授面对着蒙田的雕像，在那把舒适的大椅子上坐下来，再次读起卢克·普林格尔寄来的那封信，信上约他在那天上午见面。没有人比奥彭肖教授更清楚这个奇怪思想者写信的特征了，他的信总是有着种种的细节，而且笔迹很潦草，信的内容也很长并且复杂。但在这封信里，上述的特征全部没有了，取代它的是一封简单并且有条理的打印信件，简单地陈述了作者本人所遭受的一些奇特的失踪事件，这恰好是研究灵异现象的奥彭肖教授所擅长的区域。这封信让教授很受用。然而当他抬起头时，很吃惊地发现传教士普林格尔已经悄悄地进了屋，他没有感到一点的不开心。

"你的员工说我可以直接进来。"普林格尔先生很抱歉地咧着大嘴笑着说，他笑的模样十分和蔼可亲。这种笑意在他灰中泛红、浓密的大胡子里半露半藏着，那样子真可以算是胡须丛生，是那些生活在丛林里的白人常常会留的那种胡须，但是他那朝天鼻上方的双眼却一点也没有狂野和怪异。奥彭肖教授马上将质疑的目光投向那双眼睛，像聚光灯或者说是取火镜一样仔细地打量，像平时看江湖骗子或者偏执狂的眼光一样。不过和以往不同的是，他感受到一种不同寻常的安心。那狂野的胡须也许是一个怪人的特征，但是那双眼睛给人的感觉却完全相反，它们充满着坦诚与和善的笑意，并且这种眼神是绝对不会在那些大骗子或者偏执狂的脸上出现的。在他看来，这双眼睛本应是属于一个常人、一个怀疑论者或者是一个高呼空洞无物但不缺少真诚口号还大力斥责鬼怪神灵的人。不管怎么说，没有哪个职业的骗子会冒这个风险，让自己看起来如此的轻佻洒脱。眼前这个人身披紧束着脖颈、十分破旧的披风，只有那宽边的软帽才能表明他是神职人员。不过来自蛮荒地域的传教士一般都不会刻意地把自己打扮成教士应有的模样。

"你很可能觉得这些又是一个骗局吧，教授。"普林格尔先生有些得意地说着，"希望你可以原谅我取笑你那自然流露出的满不在乎的态度。不过，我还是要将我的故事告诉一个可以理解它的人，因为这是个真实的事件。废话不多说，这是个真事，也是个悲剧。简单地说，我在西非的尼亚尼亚传教站工作，那个地方在森林深处，除了我之外，掌管那个地方的威尔士上尉大概可以算是整个区域里唯一的白人了，因此我们两个的关系变得亲切起来。倒不是因为他喜欢传教工作，不太客气地说，他无论在哪方面都是个粗人，他身体壮硕，脑袋方大，一心做事，大多数情况下从来不思考，更不用说有什么信仰。"

"这正好使这件怪事儿变得更加怪异了。有一天，在他休过一次短假后，又回到了他在森林里的帐篷中，说着他遇到的一件十分怪异的事情，不知道怎么办。他还拿来了一本用皮革包着的有些破旧的古书，将它放在旁边放着转轮手枪还有老式刀的桌子上，看样子是把它当成了一件稀罕物。他说他刚刚从一条船上下来，这本书就是属于那艘船上的一个人。那个人发誓说，任何人都不可以打开这本书，或者去看里面的内容，不然的话他们就会被恶魔给带走或者是会立刻消失之类的。当然，威尔士上尉说那只是那个人在胡说。他们还因此发生了争吵。然后，威尔士就开始讽刺那个人，说他是一个迷信的懦夫。结果，那个人真的打开了书看，紧接着他立刻扔掉了书，径直地走向船边——"

"等一下，"正在记录着的奥彭肖教授说，"你先说一下，那个人向威尔士提过这本书的来历或者是谁最初拥有着这本书吗？"

"当然说了。"普林格尔一本正经地答道。"他好像说的是他正要把这本书还给原来的主人汉基医生，他是一个东方的旅者，现在到了英格兰，汉基曾经警告过那个人这本书神奇的地方。噢，对了。汉基这个人非常有才，但是性情凶猛、十分骄傲，这又为整件事增加了怪异的成分。但是威尔士的故事却简单多了，他说那个人看了这本书后，径直地走过去翻过船舷，紧接着就不见了。"

"你自己相信这是真的吗？"奥彭肖教授停了一下，然后问道。

"我信，"普林格尔答道，"我相信这事有两个理由。一是威尔士这个人完全缺少想象力，而且他描述这件事的时候加了一句，那是想象力丰富的人才可以做到的。他说那个人在风平浪静的白天直接走过去，翻过船舷，却没有任掉进水里的痕迹。"

教授看着自己写的笔记，沉默几秒，然后说："你信它的另一个理由是什么？"

"我的另一个理由就是，"普林格尔先生答道，"我的亲眼看见。"

这时，两个人又陷入了沉默，然后，他又用同样自白的叙述方式讲了那件事。总之，他没有一点儿怪人或者是那些坚信者们所具有的那种想要说服他人的热情。

"我跟你说过，威尔士将书放在刀旁边的桌上，帐篷只有一个入口，而我又正好站在门口看着森林背对着他。他就站在桌边，一肚子牢骚，为了这件事不停地抱怨着，说什么简直就是胡闹，这都 20 世纪了，连一本书都不敢打开。还自己问着自己为什么不打开它，究竟有什么大不了的。出于本能的反应，我劝他最好还是不要打开它，应该把它还给那个汉基医生。'打开它会有什么坏处呢？'他烦躁地问。'有什么坏处？'我坚决地反问。'你那个船上的朋友是什么下场？'他不再说话。其实，我也不知道他会怎么回答，但我自认为在逻辑上占了上风，于是就在虚荣心的指使下步步紧逼。'说到这事，'我追问着，'对于船上发生的事，你又怎么解释呢？'他还是没有回答，我向周围一看，才发现他不见了。"

"帐篷里空空的。书还在桌上，但是已经被打开，不过是封面朝上，似乎是他把书倒扣在了那儿。不过那把刀却在帐篷另一边的地上，帆布帐篷上有个割开的大口子，跟有人用这把刀砍出了一个出口一样。那个被砍开的口子也好像在瞪着我，但是透进来的却只有帐篷外森林里暗暗的光线。我走过去，透过帆布上的开口向外看，却没有办法确定那些乱成一团的高大的树和树下的灌木丛是不是存在被压弯或者是折断过的迹象，至少我看不清楚几英尺以外的情况。从那天以后，我就再也没有见过威尔士上尉了，也没有一点他的音信。"

"我用棕色的牛皮纸把这本书包了起来，尽量不去看它，然后把它带回了英格兰，本来是打算还给那个汉基医生。后来，我看到你论文里的一些说明，提到了有关这方面事情的猜想，我才决定来你这儿一趟，并且将这件事交给你决定，因为大家都知道，你的观点是公平的，并且你的思想很开放。"

奥彭肖教授放下笔，盯着桌子对面的人。他长期以来看过无数的人，其中包括很多形形色色、类别差异很大的骗子，甚至还有那些举止奇怪、不同寻常的老实人，现在，他那些经历全都汇集在自己的目光里，审查着眼前这个人。一般情况下，他开始会有一个正常的假设，那这个故事就全是谎言。总的来说，他确实比较倾向于觉得这个故事是个谎言。但是，他实在是看不出这个人是在编故事，假如这只是因为他没有办法识破编造这种谎言的骗子，那也就简单了。问题是从外表上来说，这个人没有一丝刻意地去假装一个老实人的样子，大多数坑蒙拐骗的人都会那样做。但不知道为什么，他的表现完全不同，那种感觉就像是这个人确实老实，但偏偏长了一张不老实的脸。教授又觉得他可能是个好人，只是一时间被什么东西给迷惑了。但是他的表现却又不完全相同，他的神态中还有一些明显的满不在乎，表现出一副就算那是一场幻觉，也无所谓的样子。

"普林格尔先生，"像是在法庭上突然向证人提问的出庭律师似的，奥彭肖教授犀利地问道，"你所说的那本书现在在哪儿？"

传教士讲的时候，表情渐渐变得凝重，但这时他的大胡子脸上又露出了那咧着嘴的笑容。"我把它放在外面了，"普林格尔说，"把它放在办公室的外间了。或许，这有点冒险，但是这样风险会稍微小一点。"

"你这是什么意思？"教授问道，"你为什么不直接把书带进来？"

"因为，"传教士回答，"我知道只要你看到这本书就想立刻打开它来看，根本不会听完我说的话。我想听我说完这个故事，你也许会在打开看之前仔细想想。"

一阵短暂的沉默后，他补充说道，"外面除了你的员工，也没有其他的人。而且你的员工看上去十分冷漠，也很有定力，正在专心于他的计算。"

奥彭肖教授发自内心地笑了。"噢，巴贝奇⑤啊，"他大声说，"我向你保证，你的魔法书放在他那儿是最保险的了。他叫贝里奇——而我却经常叫他巴贝奇，因为他真的太像一个计算机了。在所有人里——假如你把他也称作是人的话——他是最不可能打开别人的牛皮纸包的那个人。好吧，那我们现在去把它拿过来。但我还是要跟你说，我会慎重地考虑下一步应该怎么做。说实话，"他又盯着对方，"我也没有确定的主意，我们到底应该现在在这里打开看，还是把它原样寄还给汉基医生。"

两人一起从办公室内间走向外间，就在他们往外走的时候，普林格尔惊叫一声，并向那个职员的办公桌冲去。办公桌还在，但是职员不见了。职员的桌上还放着一本已经褪色了的皮革封皮书，是从那棕色的牛皮纸包装里扯出来的。书是合着的，不过看上去似乎刚刚被打开过。职员的办公桌背靠着临街的一扇大窗户，窗户的玻璃上有个边缘毛糙的大洞，好像是有人从那里被投射出去了似的。除此之外再也没有什么贝里奇先生的踪迹了。

两个人在这时愣住了，就像立在办公室里的两尊雕塑一样。后来，还是奥彭肖教授先渐渐缓过神来。他慢慢转过身，将手伸向传教士，脸上带着一生中从来没有过的是非分明的表情。

"普林格尔先生，"他说，"请你谅解，我只想请你原谅我之前的一些想法，对这件事有过的一些不成熟的想法。但是任何不能正视这个事实的人，都没有资格说自己是一个崇尚科学的人。"

"我想，"普林格尔含糊地说，"我们应该询问一下。你可以给他家打个电话，看他是不是已经回家了？"

"我不知道他住的地方有没有通电话，"奥彭肖茫然地回答，"他住在汉普斯特德的某个地方，但是我觉得，假如他的朋友或者家人找不到他了，那么他们一定会来找我们询问的。"

"假如警察要的话，"对方问道，"我们能提供说明吗？"

"警察！"教授从沉思中突然惊醒，瞪着眼道，"说明……唉，估计除了那副圆眼镜，他和那些脸上刮得干干净净的人没什么区别。但是假如警察问起来……快想想，我们该怎么解决这个麻烦事呢？"

"我知道该怎么办，"普林格尔先生坚定地说，"我直接带着这本书去找它唯一的主人那个汉基医生，问问他这本书到底是怎么回事。他住的地方离这儿不远，我去了以后会直接回到这儿，然后告诉你他是怎么说的。"

"嗯，好。"教授终于开了口，同时疲倦地坐下，或许是因为他暂时不用为这件事消耗脑细胞了。但是，在那矮小的传教士轻巧响亮的脚步声消失在大街很久以后，教授还维持着同样的坐姿，呆滞地看着前方，神情也恍惚迷离。

当同样轻快的脚步声在外面的街道上响起、传教士走进办公室时，教授依然坐在那个位置上，姿势也几乎没有变化，但是教授只看了一眼，知道这次他是空手来的，才放宽了心。

"汉基医生想把书留在他那儿一小时，并且思考一下，"普林格尔严肃地说，"还说一小时后让我们给他打电话，然后他会告诉我们他做的决定。他特别希望，下次你可以和我一起去他那儿。"

奥彭肖教授继续默默地发呆，突然，他开口问："这个汉基医生到底是什么人？"

"听你的口气，好像在说他是个魔鬼一样，"普林格尔笑眯眯地说，"我想有些人也这么认为。他在你擅长的区域也有着很高的声誉。但是他主要是在印度比较有名，钻研过当地的魔法之类的。所以，他在本地不是很有名。他的肤色有些泛黄，瘦小干枯，是个跛着一条腿、喜怒无常的小矮个儿。但是，他似乎在这一带开了个小诊所，口碑还可以，我也看不出他有什么奇怪的地方——除了一点，他是唯一一个可能知道这怪事真相的人。"

奥彭肖教授很吃力地站起来，走向电话机，他给布朗神父打了电话，把两人约定的午餐改成晚餐，方便他有时间去拜访那个英裔的印度医生。打完电话后，他又坐下来，点了一支雪茄，又陷入了自己高深莫测的思绪中。

晚餐时，布朗神父赶到了约定的餐厅，在摆满镜子和盆栽棕榈的前厅里等待了一会儿。他已经知道奥彭肖教授下午会有个约会，然而这时的夜晚开始来临，玻璃窗和绿色植物渐渐地隐藏到黑暗里，空气中充斥着暴风雨即将来临的气息。他想可能发生了意料之外的事，所以才使教授耽误了这么长时间。他甚至一度怀疑教授不会出现了。但当教授终于到来的时候，果然证实了他的那些胡思乱想。

头发蓬乱、眼球充血的教授终于开着车回来了，完成了他和普林格尔一起进行的伦敦北之旅。他们去的伦敦北郊外，那里的边缘地带还是灌木丛生的荒野和一片片的公地，这样的景象在暴风雨即将来临的傍晚显得更加肃杀暗淡。即便如此，他们还是在一大片住宅中找到了相对较为独立的那栋房子。他们查证了那铜质门牌上刻着"皇家外科医师学会会员，医学博士 J.I. 汉基"的字样，但是他们单单没有找到那个皇家外科医师学会会员汉基本人。他们找到的东西和那噩梦低语般的下意识给他们的暗示几乎一致：一间普通的会客室里，桌上放着那本带诅咒的书，似乎有人刚刚读过；在另一边，后门像是被人突然撞开一样，并且在陡然上升的花园小径上留下一串浅浅的脚印，跛足的人好像不太可能那么轻快地跑上这么陡的小径。但是从这儿跑过去的的确是一个跛足的人，因为，那几个脚印明显是一种畸形矫正靴留下的不规则脚印。再往前就只可以看到两个那样的印迹（似乎是这个人在单脚跳着跑一样），然后就没有什么迹象可以找到了。看来他们不能从汉基医生那里获取更多信息了，只是知道他已经做出了决定。他读了神谕，并且遭受了厄运。

当他们两个进了棕榈树下的入口后，普林格尔突然把书扔到了一张小桌子上，似乎是那本书灼伤了他的手指一样。布朗神父好奇地看了一眼，看到封面上有两行潦草的对句：

"规劝莫翻书，

恐致飞魔掳。"

后来，神父还在对句的下面发现了一些和那两句相似的警示语，分别是用希腊语、拉丁语和法语写的。教授和普林格尔则是转过脸不去看，他们筋疲力尽、疲惫迷茫，现在都十分想喝点儿什么。奥彭肖教授已经叫了服务生，点了鸡尾酒。

"我希望你可以和我们一起用晚餐，"教授对传教士说，但是普林格尔先生友好地摇了摇头，婉言拒绝说："实在不好意思，我想找个地方单独想一下这本书和这件事。不知道能不能借用一下你的办公室，就几个小时？"

"我想——我估计门已经锁了。"教授带着几分惊奇答道。

"你忘了窗户那儿有个洞吗？"普林格尔教士咧开嘴大笑着，然后就消失在夜色中。

"到头来还是个十分古怪的家伙。"教授皱了皱眉。

他很惊讶地发现，布朗神父正在和端着鸡尾酒的服务生闲聊着，明显是关乎这个服务生的私事，因为在交谈中提到了一个刚刚脱离危险的婴儿。教授很惊讶地说，真不明白神父怎么认识他的。神父只是说："哦，我每两三个月会在这儿吃一次饭，时不时还会和他聊几句。"

教授每周都要来这儿吃四五次饭，却从来没想过和这个人聊天。这时，他的思绪被一阵刺耳的电话铃声给打断了，有人叫他去接电话。他拿起电话，才知道是普林格尔在找他，但他的嘴像是被什么捂住了一样，声音很模糊，也有可能是他那丛林一样的络腮胡须导致的。但是，从他说的内容可以判断打电话的就是他。

"教授，"电话那头说，"我再也忍不了了。我要亲自去探个究竟。我在你的办公室，书就放在我的面前。如果我出了什么事，这就算是告别了。别劝我了——劝我也没有用。无论怎样你也不可能及时地赶到这儿了。我现在就要打开这本书了。我……"

奥彭肖教授觉得自己像是听到了一种动静，像是猛烈地撞击所造成的震动或颤抖，却又像是没有声音。他一次一次地叫着普林格尔的名字，却不再有任何的回答。他挂了电话，瞬间恢复了一个优秀学者应有的淡定，看上去更像是一种绝望的冷静。随后，他静静地回到餐桌旁的座位上坐下来。紧接着，他就像是在描述降神会上的某个愚蠢的小把戏出错了一样，十分平静地将这个可怕又神秘的故事一五一十地讲给神父听。

"已经有 5 个人就这样稀里糊涂地消失了，"教授说，"每个人都不同寻常，最让我想不明白的就是我的职员贝里奇。因为他是这些人中最安分的，他的失踪也是最奇异的。"

"是啊，"布朗神父回答，"不管怎么说，贝里奇的如此做法确实很奇怪。他向来很尽职，而且总是十分认真地将工作和个人娱乐区分开。不过，很少有人知道，他在家时却是一个十分有幽默感的人，还——"

"贝里奇！"教授叫了起来。"你究竟在说什么啊？你认识他吗？"

"哦，不认识，"神父不以为意地说，"就像你说的，我认识那个服务生。我经常在你的办公室等你，当然，是在不得不等你的时候，我就只可以和那个可怜的贝里奇一起打发一下时间。他的确是个十分有趣的怪人。我记得有一次他说，他想收藏一些不值钱的东西，就像收藏家们收到了破烂还当作宝贝一样。你听过那个老故事吧，讲的是一个喜欢收藏不值钱东西的女人？"

"我不太明白你在说什么，"奥彭肖不理解地说，"不过，就算我的职员十分古怪（是我认识的人里非常古怪的一个），那也不能解释在他身上发生的事，当然也不能解释发生在其他人身上的怪事。"

"什么其他人？"神父困惑地问道。

教授瞪大双眼，看向神父，像对一个孩子讲话一样一字一顿地说道："亲爱的神父，到现在已经有 5 个人失踪了。"

"亲爱的奥彭肖教授，压根儿就没有人失踪。"

神父同样定睛看着教授并学着他一字一顿地说道。但是教授还是让神父把刚才的话再重复一遍。于是，神父就再次一字一顿地说："我说，根本就没有人失踪。"

片刻的沉默过后，他补充道："我认为世界上最难的就是让人相信三个零加在一起还是等于零的这种事情了。有些事不管它多么离奇，只要是连续性地发生，人们就很容易把它当真，也难怪麦克白会相信那三个女巫的三个预言⑥。不过，第一个预言的意思他本来就心中有数，但是最后一句的意义他却只可以通过自己想办法去实现了。然而，对你来说，中间那句却是最容易看穿的。"

"你的意思是？"

"你并没有亲眼看到任何人的消失，你没有目睹船上的人消失，你也没有亲眼见证帐篷里的人消失。这所有的一切都是普林格尔先生告诉你的，这个先放一边不说。但是你必须承认，假如不是亲眼看到你的职员失踪，你也不会相信那个普林格尔说的话。就像麦克白，假如他还没有验证他自己会被晋封为考德的领主，他也不会相信自己将会成为国王，这其中的道理是一样的。"

"或许真的是这样。"教授慢慢地点着头说道。"但是当它被证实了的时候，我就明白那是真的了。你说我什么都没看见。但是我真的看到了，我的职员就在我的眼皮子底下失踪了。贝里奇确实是消失了。"

"正好相反，贝里奇其实根本就没有消失。"布朗神父反驳道。

"你说的'正好相反'到底是什么意思？"

"我的意思是，他根本就没有消失，只是显了形。"神父答道。

奥彭肖教授直直地看着他的朋友，但是眼神已经发生了变化，那是他全神贯注，思考一个新问题时常常会有的表现。神父继续说："他戴上浓密的红胡须、穿上一件难看的齐脖颈扣紧的斗篷，然后出现在你的办公间里，说自己是传教士卢克·普林格尔。因为你从来没有注意过你的职员，自然不会想到是他。所以，他随便装扮了一下，你就认不出他了。"

"确实是这样。"教授应声道。

"你可以向警察描述出他的样子吗？"布朗神父问道，"不可以吧。你估计只知道他的脸刮得很干净，并且戴着一副墨镜。摘下墨镜就是他最好的伪装，不用化装成别的样子。你从来没有直视过他的眼睛，更不用说他的内心了，他的眼里充满笑意。因为他早就准备好了那本荒诞的书和所有道具，然后冷静地打碎窗玻璃，再贴上胡须，穿上斗篷，走进你的办公间。他知道，你从来都没有仔细地看过他一眼。"

"可是他为什么要对我开这么无聊的玩笑呢？"奥彭肖问。

"为什么？因为你从来都不看他一眼啊。"神父说着，他的手微微弯曲，半握着，像是要拍桌子的样子。"你把他叫作'计算机'，因为你从来都只是把他当机器来用。连一个溜达到你办公室里的陌生人都可以发现的东西，你却发现不了，只要和他聊上5分钟，你就可以发现他很有个性，举手投足间都带着滑稽和幽默。并且，他对你、你的理论还有你'识别'人的能力都有着很多自己的理解。难道你不知道，他忍不住想向你证明你连自己的职员都认不出来吗？他有着各种各样荒诞的想法，例如收集没用的东西。你没听说过一个妇人买了两件没用的东西的那个故事吗？也就是一块医生的铜门牌和一个木质的假肢。有了这两样东西，你的这位天才职员就创造了一位不同寻常的人物，汉基医生。这就和那个虚构的威尔士上尉一样简单。他甚至还把铜门牌钉在了自己家的大门上——"

"你的意思是我们去汉普斯特德那儿看到的房子是贝里奇家？"奥彭肖教授疑惑地问。

"你知道他家的房子，或者是他家的地址吗？"神父反问道。"听我说，不要认为我是在贬低你和你的工作。你确实是一个了不起的真理的仆人，你也知道我一向敬重这方面的人。当你用心去追求真理的时候，你看穿了不少的骗子。然而你不能只盯着那些骗子，偶尔也要花些心思注意一下一些老实人——比如那个服务生。"

"现在贝里奇在哪儿？"教授沉思一会儿，终于开口问道。

"我非常确定，"布朗神父说，"他就在你的办公室。实际上，就在那个卢克·普林格尔教士翻看那本恐怖的书并且凭空消失的时候，贝里奇就已经回到你的办公室了。"

又是一阵的沉默。然后，奥彭肖教授大笑起来，这种笑只会由一个内心伟岸却甘愿变得渺小的人发出。然后他不笑了，突然说："我想我活该被捉弄，居然连自己身边的助手都不在意。但你必须承认，这一连串事情接连发生确实会让人感到恐惧。你对这样一本可怕的魔书一点都没有顾忌过吗？"

"噢，那个啊，"神父说，"我一看到那本书的时候就翻开看了。里面全是空白页，你懂的，我从不迷信。"

【注释】

① 提泰妮娅（Titania）：欧洲中世纪时期传说中的仙灵，也就是莎士比亚《仲夏夜之梦》中的仙后。

② 奥布朗（Oberon）：和提泰妮娅一样，是欧洲中世纪时期传说中的仙灵，

也是莎士比亚《仲夏夜之梦》中的仙王。

③ 基尔梅尼（Kilmeny）：是苏格拉诗人詹姆斯·霍格（James Hogg，1770～1835年）同名诗作中，一个被仙人偷盗走的美丽少女。

④ 诗人托马斯（Thomas the Rhymer）：指17世纪无名氏同名诗作中，一个被仙境女王掠走的诗人。

⑤ 查尔斯·巴贝奇（Charles Babbage，1792～1871年）：英国的数学家，计算机先驱。

⑥ 莎士比亚的悲剧《麦克白》里，三个女巫对麦克白说了三个预言：1.向你致敬，麦克白，未来的格拉姆斯爵士；2.向你致敬，麦克白，未来的考德爵士；3.向你致敬，麦克白，未来的君王。

◇ 绿人 ◇

一个青年人侧着身子站在与沙滩和海岸平行的高尔夫球场上，独自一人在打着高尔夫球，他穿着灯笼裤，脸上洋溢着真切的激情。伴随着夕阳西下，周围的一切都逐渐地笼罩在灰暗里。他并不是在漫无目的地随便击球，而是在练习一种特别的击打方式，动作中隐藏着一些不容易觉察的急躁。随着杆子起起落落，好像一阵干净利落的旋风刮过一样。他曾快速地学过很多体育运动，但总是因为学得太快导致没有办法全部掌握。他很容易变成那种吹得天花乱坠的那些广告的受害者，比如"六堂课让你学会小提琴"——或者是"一节课打造你为法国腔"的函授班之类的。这类广告和新鲜事总是会让他心驰神往，让他的生活充满着快乐的氛围。现在，他是海军上将迈克尔·克雷文爵士的个人秘书，他所在的球场紧紧挨着一个公园，在公园的另一边坐落的是海军上将的豪宅。他雄心壮志，不甘心在私人秘书这个岗位上一直做下去。但是他又十分理性，因此他明白，做一个出色的秘书，是以后不再做秘书后最好的出路。所以，他成为了一位十分出色的秘书。在处理上将那些堆积如山，并且几乎没有少过的信件时，他总是会像打高尔夫那样全神贯注而且动作敏捷。但是现在，他不得不靠着自己来决定，自行处理上将的信件，这让他觉得十分痛苦。因为上将随着船只出海6个月，尽管现在已经返航了，但是恐怕几小时或者几天内也回不来。

随着一个矫捷的跨步，这个名叫哈罗德·哈克的青年踏上了隆起的果岭①，也就是球场的最高点，他的目光越过沙滩，望向大海，却看到了一个奇怪的场景。他看得并不清楚，因为在阴沉的乌云笼罩下，天色在一分一秒地变暗。但是他好像陷入了瞬间的幻觉，眼前的一切像是一个很久之前做过的梦，或是穿越历史隧道时的幽灵上演的一场戏。

最后一抹夕阳在黑乎乎的海面上，映射下一条条铜黄色的阴影。在西天越来越昏暗的光线下，一幅比这海面更黑的清晰轮廓清晰地映入眼帘，那是两个身上佩剑、头上戴着三角帽的人，就像哑剧里的剪影一样。很像他们刚从海军名将纳尔逊的木质战舰上走下来，在这儿上了岸。如果哈克先生容易产生幻觉，那么眼前的景象也绝对不是会出现在他脑海里的那种幻境。他是那种乐观向上、崇敬科学的人，他更可能会幻想的是未来的飞船，而不是古代的战舰。因此，他十分理智地得出了结论，尽管是未来主义者也会相信他所见不假。

但是他的幻觉只维持了片刻。定睛再看的时候，他发现自己所看到的景象的确不同寻常，但绝对不是不可相信的。只见那两个人不过是现代海军军官而已，一前一后，大约相距15码，正迈着大步横穿过沙滩。奇怪的是，这两位军官居然是盛装出场，穿着一整套的军礼服，显得十分隆重。假如可以避免的话，海军军官们一般很少穿得这么正式。除非是参加什么重大的仪式，比如王室成员视察之类的。哈克一眼便认出走在前边的那个人就是他的雇主上将本人，他有着高鼻梁、留着山羊胡，好像并不在意后边跟着的那个人。他并不认识后边跟着的那个人。但是他对这种和正式场合相关的情况却是有所分析的。他知道上将的船就停靠在附近的港口，有大人物将会去巡视。这样来说，两位军官穿戴整齐的表现就不奇怪了。但是他对军官们还是了解一二的，或许更确切地说，他十分了解上将。那么，究竟是因为什么力量的驱使，才会让上将先生穿着一整套的军官服上岸呢？按道理来说就他的脚气而言，就算只有5分钟，他也会抓紧这一点时间换上便服，或者至少会换军便服，这可真的是让他这位秘书想不通了。上将这时的表现完全脱离了他一贯的做法。事实上，这在之后几周里一直是这个神秘事件中最触动人的疑团之一。的确，这种夸张的宫廷制服，那呈现如条带状的黑乎乎的大海和沙滩再加上这四周空旷的景象，会让人不由想起欢喜歌剧中的情景，让观众想到《宾纳福皇家号》②。

后边跟着的那位更加奇怪，即使穿着海军上尉的军装，但是他的外表仍然有些奇怪，举止也显得很非同寻常。他行走时看起来有些心神不宁，走路的姿势实在不像是个军人，步伐时快时慢，像是在犹豫着要不要赶上上将的步伐。上将的听力本来就不好，自然是听不到身后那踩在松软沙滩上的脚步声。但是假如用侦探的眼光看的话，他身后那个人的脚步却会引起很多假想，不知道他是在脚跛还是在跳舞。那人的脸色黝黑，阴暗的天色更是让他的肤色深了一些，他的双眼不时地转动、闪烁着，似乎在强调着他内心的不安。他一度跑了起来，但又恢复了慢吞吞、不在意的常态。紧接着，他做出了一个异常的举动，哈克先生做梦也没想到一个正常的皇家海军军官会做出这种事，这样的事即使他们进了疯人院也不会做。那个人拔出了他的剑。

就在这难得一遇的奇观将要发生的刹那，两个身影隐没在了岸边的一处陆岬后边。不一会儿，呆若木鸡的秘书终于再次看到了那个肤色黝黑的陌生人，他恢复了他那满不在意的样子，挥舞着剑削掉了一棵海冬青的尖。然后，他似乎放弃了追上另一位的想法。但是哈罗德·哈克先生的脸上却平添了一种沉思的神气。他在原地站着，反复思考，然后走向大路。那条路从豪宅的门前经过，划出了一条延伸到海边的长弧线。

考虑到上将的行走方向，我们可以很轻松地推断，他一定是要顺着这条弧线回来，目的地正是自家大门。球场的下方有一条小径，它穿过沙滩，在陆岬处转向内陆方向，并渐渐变成了一条大路，通向克雷文宅邸。一向急性子的秘书沿着这条路，像飞镖一般冲了出去，去迎接他的主人回家。但是他的主人显然并没有回家。更为奇怪的是，秘书也没有回家，最起码他没有马上回家，而是几个小时过后才回到了家。延迟了这么长时间足够让克雷文的家人警惕并且产生一些恐慌了。

确实，在这座掩藏在柱廊和棕榈树后边、看起来过于阔绰的乡间大宅子里，人们的期待正逐渐转变成焦躁不安。管家格里茨，一个脾气火爆的高个儿男子。现在无论是楼上还是楼下都十分安静，他在前厅不安地走来走去，时不时地通过门廊处的侧窗向外看，看着那条蜿蜒着通向海的白色大路。上将的妹妹玛丽昂在这里替他照看房子，她和她哥哥一样的有着高鼻梁，只是表情中比她哥哥多了一些自命不凡的傲气。她非常健谈，也可以说她是唠叨起来没完没了而已，内容不着边际，但也有些幽默。有时为了加强语气，她还会发出像凤头鹦鹉一样的尖叫。上将的女儿奥利芙的肤色偏黑，一脸神情恍惚的样子。她总是十分安静，表现得有些心不在焉，或者是心事重重。所以，在一般情况下，主要谈话的都是她姑妈，姑妈本人当然也是毫不客气。但是这个女孩时不时也会突然地发出一阵相当有感染力的笑声。

"真想不通他们怎么还不回来。"年长的女士说道。"邮差明明跟我说，看到他从海滩往家里走，一起的还有那个惹人烦的鲁克。真不知道人们为什么会叫他鲁克上尉——"

"或许，"少女忧郁的脸上瞬间浮现出一片明快的亮色说，"人们叫他上尉，是因为他本来就是上尉。"

"真是不懂上将为什么要将他留在身边。"她姑妈气愤地说，就像在说一个女佣似的。她很以她的哥哥为傲，总是一口一个上将地那样叫他，但是她对皇家海军军人职责的理解并不是很到位。

"对啊，罗杰·鲁克总是沉着一张脸，对人很冷漠的样子，"奥利芙回应道，"但是那也不说明他是个不合格的海员。"

"海员！"她的姑妈惊叹道，发出了美冠鹦鹉一样的声音，"我心中的海员的样子可和他不一样。海员应该是像我年轻时流行的那个歌剧《爱上海员的少女》里的海员一样，……想想看！他既不快乐也不自由，海员该有的他都没有。而且他既不会唱海员号子，还不会跳角笛舞。"

"这样的话，"侄女正色说，"上将还不是也不会跳角笛舞。"

"嗨，你明白我的意思的——他一点儿都不聪明，也不灵活，要什么没什么。"姑妈回答说。"要我说，那个秘书都比他好。"

奥利芙忽然发出一阵充满活力的笑声，脸上的哀愁也随之消失。

"我敢发誓，哈克先生不会拒绝给您展示一支角笛舞，"她说道，"并且他还一定会说那是他花半个小时从一本舞步指南里学的。他可是学了不少那方面的东西。"

她的笑声突然停下，她发现姑妈的脸色开始变得不自然。

"不知道哈克先生为什么还没来。"她补充说道。

"我才不关心哈克什么时候来呢。"姑妈边回答，边起身朝窗外看去。

夜光早就从黄色变成了灰白色。但是这时，明月高挂，银白色的月光静静地洒在海岸边连绵、平坦的沙滩上，照映出矗立在小池塘周边经历着海风摧残的几棵树。还有更远的地方，那家专门招揽渔夫、名字叫"绿人"的小酒馆，远远看去显得十分苍凉和昏暗。整个公路和沙滩上都看不到任何活的东西。在这晚早些时候那个曾走在海边，戴着三角帽的人已经没有踪迹了，跟在那个人身后的另一个陌生的身影也找不到了。甚至曾经看到过这两个人的那位秘书也不知去哪儿了。

午夜时，秘书终于冲进来了，把全家人都吵醒了。他脸色白得像鬼，和他身后站着的那个督察比起来，脸色更是煞白得惊人。督察的表情很冷峻、身材十分魁梧，虽然他的脸在凝重和冷漠中又泛着红光，但又不知道为什么看起来比那张疲惫苍白的脸更像是一张灾难的面具。紧接着，督察用十分委婉的言语说出了那个噩耗。克雷文上将已经溺水身亡了，人们费尽周折才把他的尸体从树下那个充满水草和浮渣的池塘中打捞出来。

任何了解秘书哈罗德·哈克的人都会意识到，不管他有多少烦心事，只要睡一觉，到了早上，他就会像是变了一个人一样，精神焕发地开始忙前忙后。他找到前一天晚上在"绿人"旁的公路上所碰到的督察，催促他进了另一个房间，方便进行私下和实际的讨论。他问督察的样子就像是一个督察在询问乡下佬似的。但是督察伯恩斯性格内向，无论他是太笨还是太聪明，对这种鸡毛蒜皮的小事根本就不放在心上。但是很快，他就不再是看起来那样愚笨了。因为他不慌不忙而且又十分有条理地将哈克情急之下提的那些问题一一解决。

"好吧。"哈克说道（这时他的大脑里充满了像《十天内成为侦探》一类的小册子）。"好吧，我想还是传统的三角法则。意外，自杀，谋杀。"

"我看不出来有任何意外的迹象。"督察回答说。"那时的天还没有黑，况且池塘离马路还有50码，上将对那条路也十分熟悉。要说他是不小心掉进池塘里的，就像是在说他小心地走进街道中间的小水洼里躺下一样的滑稽可笑。至于说自杀，认真考虑一下可能性是有必要的，但事实上也不太可能。上将是个很活跃的成功人士，并且富甲一方，实际上已经可以算是百万富翁，虽然这证明不了什么。他的私人生活看上去没有什么异常，他活得也很开心，我不会怀疑他会跳水自杀。"

"那么，"秘书装模作样地低声说道，"那么我想只有第三种可能了。"

"我们还不能下这个定论。"督察的回答让哈克觉得很恼火，因为他干什么都是匆匆忙忙的。"但是一般情况下，总有一两件事是人们想弄清楚的。比如，人们可能想知道他的财产情况。你知道是谁继承他的遗产吗？身为他的私人秘书，你又知道他立下了怎样的遗嘱吗？"

"我这个私人秘书还没有那么私密，"年轻人回答说，"威利斯、哈德曼和戴克先生是他的律师，他们现在在萨福德大街工作。我觉得应该是他们在保管遗嘱。"

"好吧，那我得尽快去探访一下他们。"督察说。

"那我们现在就去见他们吧。"秘书迫不及待地说道。

他在屋子里来回转了一两圈，忽然有了新想法。

"你把尸体怎么处理了，督察先生？"他问。

"斯特雷克医生正在警局里验尸。报告大概会在一个小时后出来。"

"那还有一段时间。"哈克说道。"我们可以和他在律师那儿碰头，这样还会节约时间。"他说着猛地停下来，刚才着急激烈的语气忽然变得有一些尴尬。

"是这样，"他说，"我觉得……我们现在应尽量地体谅一下上将的女儿，这个年轻女士也是够可怜的。她有个荒唐的提议，我不想让她失望。她想让她的一位朋友来帮忙。那人正好到这儿来了，他叫布朗，是个神父也好像是牧师什么的——她把他的地址给了我。不过我不太相信神父或者是牧师什么的，但是——"

督察点点头。"我根本不相信那些神父或者是牧师，但是我十分相信布朗神父。"他说。"有一次我正好在一个古怪的珠宝案中和他打过交道。他真应该去做警察，而不是神父。"

"既然这样，那好吧，"呼吸急促的秘书边说边走出房间，"也让他在律师那儿和我们会合好了。"

然后，他们匆忙地赶到附近小镇上律师的办公室和斯特雷克医生碰面时，布朗神父已经到了，看到他双手交叠着放在一把粗笨的雨伞上，正在和办公室里唯一在场的律师畅快地交流着。斯特雷克医生也到了，但明显是刚到没有多久，因为他正很小心地将手套放进自己的高顶礼帽里，然后把帽子放在靠墙的小桌子上。神父戴着一副圆圆的眼镜，圆圆的脸上也有些喜笑颜开的。和神父谈话的白发老律师，脸上也满是欢乐的笑意。这样来看，医生还没有告诉他们有人死亡的这个事情。

"最终还是一个美丽的早晨。"布朗神父正在说。"我们似乎要错过那场暴风雨了。天上明明还飘着大团的阴云，但直到现在还一滴雨没下。"

"一滴也没有，"律师拨弄着一支钢笔回答道，他是这里的第三个合伙人，戴克先生说，"现在天上没有一朵阴云，这样的天气可真适合度假。"这时他才发觉有人来了，抬头看了一眼，然后把笔放下，站起来。"哈克先生，最近怎么样？据说上将快要回家了。"这时，哈克说话了，他的声音显得有些缥缈，在屋里回荡着。

"很抱歉，我们带来了个坏消息。克雷文上将在回家路上溺水身亡了。"

在安静的办公室里，气氛突然发生了变化，两人没有防备地愣在了原地。他们看着说话的人，好像刚到嘴边的笑话停在了他们的唇上。他们又复述了一遍"溺水"这两个字，他们互相看着又不知道说什么，然后他们转向告知这个消息的人。紧接着就是七嘴八舌地提问。

"这是什么时候发生的？"神父问。

"尸体是在哪儿发现的？"律师问道。

"找到尸体的地方，"督察答道，"在海边的那个池塘，在'绿人'附近，尸体被找出来时，绿色的浮渣和水草覆盖了他的全身，几乎没有办法去确定。但是斯特雷克医生已经——布朗神父，你怎么了，不舒服吗？"

"绿人。"布朗神父的声音有些颤抖。"抱歉……我有些失态了。"

"到底是怎么了？"督察目不转睛地盯着他问。

"可能是因为听到他浑身被绿色浮渣覆盖着吧，我想。"神父说，然后无力地笑了下。紧接着他更加确信地补充说："我认为那应该是海藻。"

所有人都看着神父，当然会质疑他是不是疯了。但是紧接着让人们感到十分诧异的却不是布朗神父所说的。在一片沉默后，医生说话了。

斯特雷克医生是个不平凡的人，只看他的外表就能看出一二。他又高又瘦，穿的衣服总是很正式而且富有职业特色，但是又维持着从维多利亚中期以后就很少见的风尚。即使他还十分年轻，但却留着很长的棕黄色胡须，长度可以垂到他的背心上。和他的装扮形成很大对比的是，他的脸粗犷却英俊，看起来十分地苍白。不过他的外貌却因为他的眼睛减分不少，他深深的眼睛中，总会让人觉得有些斜视，虽然他并不斜视。所有的人都发现了他身上特点，因为每次他一说话，就会表现出一种难以描述的权威感。但他说的只是：

"假如大家想知道克雷文上将溺水的详细情况，还有一件事不得不说，"他冷静地补充道，"克雷文上将并不是因为溺水导致死亡的。"

督察反应十分迅速，马上扔出了个问题。

"我刚才验过尸，"斯特雷克医生回答，"导致他身亡的原因是短剑刺穿了他的心脏。在他死了一段时间后，尸体才被藏到池塘里。"

布朗神父十分有兴趣地看着斯特雷克医生，他很少这样看他人。当办公室里这群人开始慢慢地散去，又回到街上的时候，布朗神父想办法凑到了医生的旁边，和他交谈起来。他们并没有在律师办公室待很久，因为除了和遗嘱相关的一些比较正式的问题，就没有什么值得研究的了。老律师说话的时候十分谨慎，总是用专业规矩来推辞，这让缺少耐心的秘书十分痛苦。当然督察的权威也没有发挥多大的作用，最终还是在布朗神父的慢慢劝导下，这位老律师才逐一解释了所有看起来神秘的地方。戴克先生微微一笑，坦然地说上将的遗嘱内容很平常，他将所有的遗产都留给他的独生女奥利芙。并且他也承认，没有需要隐藏这个事实的特殊理由。

医生和神父在街上慢慢地走着，这条街贯穿整个小镇，可以直达克雷文家。

哈克早就冲到了两个人前面，他无论去哪儿都是很匆忙的样子。不过后边这两个人好像更在意他们探讨的内容，而不是他们所要去的地方。高个子的医生和旁边的矮个子神父说话的时候，声音带着一些神秘感。

"布朗神父，你怎么看这件事？"

布朗神父看了他一会儿，说道：

"噢，我想起了一两件事，但是我现在最为难的是，虽然我和她女儿有一些交流，但是我对上将不太了解。"

"大家都说，"医生一脸郑重，严肃地说，"上将是那种与世无争，几乎没有仇敌的人。"

"你的意思是说，"神父答道，"他还有一些事情，是大家都不谈论的。"

"哦，这和我无关。"斯特雷克匆忙否认又有些粗鲁地说。"我觉得他的心情也有不好的时候吧。曾经有一次，他威胁我说要因为一台手术和我打官司。但我觉得他的心意应该是好的。我能想到，他对下属应该是有些野蛮的。"

布朗神父的眼神定在了正迈着大步、走在远远的前方的秘书身上。在看他的同时，神父知道了他那么着急的原因。就在50码之外的地方，上将的女儿正在缓慢地向豪宅走去。秘书很快就追上了她。在余下的时间里，布朗神父好像是在看一场无声剧一样，看着那两个人的背影渐渐消失在远方。秘书明显是对什么事很兴奋，但是，就算神父知道是什么事让他这么兴奋，他也不会告诉别人。当他到了通向医生住所的转弯时，他只是简单地说："不知你还有没有更多的事情可以告诉我们。"

"为什么我会有呢？"医生果断地反问，然后就大步地离开了，也不明白他到底说的是没什么好说的，还是不想再说什么。

布朗神父沿着两个年轻人的足迹继续独自走着，步伐看起来有些沉重。但是当他走到上将宅子的入口，正准备踏上庭院里的林荫路时，那女孩忽然转过身，径直地向他走来。布朗神父不得不停下脚步，她的脸仍然和平常一样苍白，但是眼睛里却露出了一种新鲜却又很难形容的情感。

"布朗神父，"她低声说，"我现在想和你谈谈。你一定要听我说，除了和你交流我不知道还可以做什么。"

"当然可以。"他冷静地答道，就像在回答一个向他询问时间的流浪儿。"我们去哪儿谈呢？"

那女孩随意地带着他来到一个看起来就要倒塌的藤架下，大片不很整齐的树叶形成了一个天然屏障，两个人在里面坐下。她迫不及待地开口，就像她必须立刻释放自己的情感，不然就会晕倒。

"哈罗德·哈克，"她说道，"和我说了一些事。有一些可怕的事。"

神父点点头，女孩匆忙地接着说："是和罗杰·鲁克有关的。你认识他吗？"

"我听说过，"他答道，"海员们都叫他'海盗旗罗杰'，因为他总是郁闷，他的脸就像海盗旗上的骷髅画一样。"③

"他以前并不是这样。"奥利芙低声说。"他一定是遇到了什么奇怪的事情。我小时候和他很熟，我们曾一起在那边的沙滩玩耍。他总是很冒失，经常说想当海盗。我敢说他或许就是人们常说的那种人，看惊悚小说着魔了，然后走向了犯罪。不过他提到海盗时还是很浪漫、很诗意，那时候的他是个快乐的罗杰。我想他也许是最后一个相信古老传说、向往大海的人，最后他的家人被迫答应他加入海军。但是……"

"但是什么？"布朗神父耐心地问。

"但是，"她坦言道，脸上露出很少见的笑容，"我觉得可怜的罗杰一定是感到失望了吧。海军军官们才不会把刀叼在嘴里，或者是挥动滴着血的弯刀，然后升起黑色的海盗旗。但是这并不能解释发生在他身上的变化。他变得不近人情，更加不爱说话，像个活死人。他还总是躲着我，不过那也不算什么。我猜他的心里一定忍着很大的悲伤才会使他变成这样，当然那绝对和我无关。但是现在——假如果哈罗德说的是真的，那巨大的悲伤已经让他离疯狂不远了，或者说是被魔鬼附体。"

"哈罗德说了什么？"神父问道。

"太恐怖了，我几乎说不出口。"她答道。"他发誓说，那天晚上他看见罗杰偷偷摸摸地跟在我父亲后面。迟疑了一会儿，然后拔出了剑……而且医生又说父亲的死因是被锐器刺中心脏……我真的无法相信罗杰·鲁克会和这件事有关。他那郁闷的表现和我父亲的急脾气碰到一块儿有的时候确实会有争吵，但也只是争吵而已，至于杀了他吗？我并不是要替老朋友开脱，因为他对我也不是很友好。但是有些人或是事就是会使你没有理由地相信，虽然只是一个老相识。但是哈罗德发誓说他——"

"哈罗德似乎总是发誓。"布朗神父说。

两个人一时间没有说话，过了一会儿她换了语气说："对，他确实还发了个其他的誓。哈罗德·哈克刚才向我求婚了。"

"我是该祝贺你，还是更该祝贺他呢？"她的同伴问。

"我跟他说必须再等等。显然他不善于等待。"她再一次发出了不太和谐的笑声，"他说我是他的梦想，是他长期追逐的志向什么的。他以前在美国生活过，但在我的印象中他几乎从来不说钱的事，只对他谈理想有些记忆。"

"那么我想，"布朗神父很柔和地说道，"你需要对哈罗德的表态做决定，所以才这么着急地想知道罗杰的真实情况吧。"

她身体僵住、皱起眉头，然后忽然又绽出一抹笑容，开口说："你还真是什么都知道啊。"

"其实我知道的并不是很多，特别是这件事。"神父深沉地说。"我只知道是谁杀了你父亲。"她突然站起来，紧紧盯着布朗神父，脸色煞白。布朗神父做了个鬼脸，继续说："我刚开始发现这一点的时候还闹了个笑话，当时他们正在讨论发现尸体的地点，然后又提到了绿色浮渣和'绿人'。"

这时他站起来，紧紧地抓住那把粗重的雨伞，好像刚刚下定决心，他对女孩儿说话的语气也变得更加严肃。

"我还知道些其他的事情，它可以解开你心中的全部疑问。但是我现在还不能跟你说。我觉得它应该算是坏消息，但至少不会和你现在所想象的事那样糟糕。"他扣好外套的扣子，转身向大门走去。"我要去见一见你说的鲁克先生。去海边的一个小棚屋，那天晚上哈克看见他时，他正好在那附近走动。我倒是认为那个棚屋就是他居住的地方。"说完，他急忙走向海边。

奥利芙是一个想象力丰富的人，也许丰富过头了，留她一个人在这儿猜想这样的暗示绝对不是什么明智的行为，但是神父实在太急于去为她的焦躁找解药了。布朗神父先说明了他知道是谁杀了她父亲，然后又不经意地说了那个池塘和小酒馆，这两者之间存在的神秘联系让奥利芙开始了漂浮不定的想象，眼前好像有着千变万化的邪恶象征。"绿人变成了幽灵，身后拖着让人讨厌的水草，走在月下的空旷的沙滩上；'绿人'的标志化成了人，就像挂在绞刑架上的人一样悬浮着；池塘变成了旅店，一个暗无天日的水下旅店，里边住的都是死去的海员。但是神父已经有所行动了，他要以最快的方式，让这些梦魇消失无踪，他送来一道让人觉得刺眼的光，然而那仿佛让人觉得比暗夜更加神秘。"

因为就在太阳下山前，有一样东西重新返回了她的生活，并且因此颠覆了她的整个世界。在那个突如其来的东西送给她之前，她从来没有发现自己内心对它是多么渴望。这种东西像个古老又熟悉的梦一样，但又那么错综复杂，出乎意料。因为她看到，罗杰·鲁克正迈着大步横穿沙滩而来，就算距离远得只可以看到一个点儿，她也清楚地感觉到了他身上发生的变化。他越来越近，她看到他郁闷的脸上充满了欢乐和活力。他径直向她走来，就好像他们没有分开过一样，他抓住她的肩膀，说道："谢天谢地，现在我终于可以照顾你了。"

她已经不记得自己当时的回答了，不过她记得自己很疯狂地问他，为什么他的变化那么大，心情突然那么好。

"因为我很开心。"他答道。"我听说了那个坏消息。"

　　所有相关人士，甚至包括几个看起来不太相关的人，都在通向克雷文家的花园小径上聚集着，来为律师正式宣读遗嘱做见证，并且听取律师就这个危机的后续更准确的安排给出的意见。除了拿着遗嘱文件的白发律师外，在现场的还有负责侦查这桩罪案的督察，还有那个毫不掩饰对年轻女士有好感的鲁克上尉。当然有人对高个子医生的出现表示不理解，也有人则是对矮胖神父的到场发出笑声。匆匆忙忙的哈克秘书飞奔到大门哪儿迎接到场的人，又把人们带到草坪，然后又冲在人们前面，为招待客人做准备。他说他很快就会回来，任何见识过他活力无穷的人都对他说的话十分确信。但是，在这时，这群人就算是停留在宅子外的草坪上了。

　　"他让我想起了那些在板球运动场上奔跑的人。"上尉说。

　　"那个年轻人，"律师说，"总是觉得法律的动作比不上他本人那么快，并因为这个感到生气。还好奥利芙小姐理解我们这个职业独有的困扰和耽误。曾经她很善良地安慰我说，虽然我的动作慢但她依然对我有信心。"

　　"我真希望，"医生忽然开口说道，"我对他的快动作也可以很有信心。"

　　"怎么了，这话是什么意思？"鲁克皱着眉问，"你是说哈克的动作过快了？"

　　"太快了也太慢了，"斯特雷克医生神秘地说，"至少，我知道他在一件事上动作并不是很快。是什么原因让他一直在池塘和'绿人'周围晃了大半夜，一直到督察到了现场并且发现了尸体？他又为什么会遇见那位督察？他为什么觉得在'绿人'外边等就可以遇到督察呢？"

　　"我不太懂你的意思。"鲁克说。"你的意思是哈克在说谎？"

　　斯特雷克医生沉默了。头发花白的律师开心地大笑起来，那样子让人厌烦。"对于那位年轻人，我也没有什么可多说的，"他说道，"不过，他尝试过在我自己的专业里给我上一课，动作很快，值得称赞。"

　　"这样说的话，他也尝试过给我上课，教我怎么样做好本职工作。"督察也加入到前边这伙人的交谈中。"但那也并不重要。假如斯特雷克医生的话有另外的意思的话，它们一定是有着重大意义。医生，我想我必须要求你说得明白一些。我可能要马上讯问他。"

"看，他来了。"鲁克话还没说完，大家就看到秘书矫健的身影出现在门口。

这时，一直站在最后面不说话的布朗神父实在让大家吃了一惊，特别是那些认识他的人。他快速地走到人群的最前方，转身对着这群人，脸上带着明显的、像胁迫一样的表情，很像是一名中士在命令其他士兵们停止前行。

"停下！"他大喊一声。"我向诸位表示抱歉，我需要先见哈克先生，这很必要。我要告知他一些我知道的事情，并且我觉得这件事只有我知道，他一定要听一下。这可能会避免他和某人在日后发生很糟糕的误会。"

"你究竟是什么意思？"律师戴克问道。

"我要告诉他一个不好的消息。"布朗神父说。

"我说，"督察生气地插话，但他紧接着看到了神父的眼神，突然想起他前些天看到的怪事，"也就是你，如果换成是任何别的人我会说全部这些无耻的——"

然而布朗神父没等他说完就走远了，没过多久就进了门廊和哈克说了起来。他们来回踱了几步，然后就走进了黑乎乎的屋里。大约12分钟以后，布朗神父自己走了出来。

让大家觉得奇的是，就在大家最终都要进屋时，神父好像并不想再进去了。他在枝叶繁盛的藤架下找了个快散架的椅子坐下，看着众人一个个从门口进了屋。他点燃烟斗，漫无目的地看着从自己头上垂下来的一片片锯齿状长叶片，听着周围的鸟叫声。布朗神父非常热衷于像现在这样悠闲安静地坐着，再也没有人比他更懂其中的享受了。

正当布朗神父在阵阵的烟雾里出神时，房门再次被打开了，两三个人乱糟糟地出了门，向他跑来，最前面的正是上将的女儿，还有迷恋她的那个年轻人鲁克先生。他们的脸上充满了诧异，督察伯恩斯的脸上则是燃烧着怒火，他笨重地跟在两个人后面，像一头愤怒的大象一样震动着整个花园。

"这是怎么回事？"奥利芙喘着粗气地停下脚步，向他大叫道，"他跑了！"

"逃跑了！"上尉生气地吼道。"哈克趁着刚才收拾好箱子，逃跑了！他从后门出去，翻过花园的墙，早就不知道逃到哪儿了。你和他说了什么？"

"这还用问吗！"奥利芙的表情更加郁闷了。"你一定是告诉他你查出他是杀人凶手了，然后他就跑了。真没想到他居然这么可恶！"

"好哇！"督察冲到众人中间，气喘吁吁地说道。"你看看你都做了什么？你这么害我，你有什么好处啊？"

"好哇，"布朗神父重复道，"我做什么了？"

"你放走了杀人凶手，"伯恩斯大喊道，他的声音像响雷一样，在寂静的花园里回荡，"你帮一个杀人凶手逃跑了。我真是个笨蛋，居然让你去给他通风报信，现在他肯定已经跑很远了。"

"我确实帮过几个谋杀犯，这是真的。"布朗神父回应道。然后为了说明其中意义的细小区别，又补充说："不过，你们要清楚，我没有帮他们犯罪。"

"但是你一直知道。"奥利芙还是纠缠不休。"你一开始就知道凶手一定是他。你说你对发现尸体的事情觉得不安，不就是在说凶手是他吗。医生也说，我父亲的下属很可能不太喜欢他，这说的也是他啊。"

"这正是我想要说的，"督察十分气愤地说，"那时候你就知道他是——"

"那时候你就知道，"奥利芙依然喋喋不休，"凶手是——"

布朗神父十分严肃地点点头。"是的。"他说。"那时候我就知道凶手是老戴克。"

"是谁？"督察一声反问后，人群陷入了一片寂静，只有几声鸟鸣打破了这个时刻的寂静。

"我说的是，戴克先生，就是那位律师。"布朗神父解释道，就像是在给婴儿班上课似的。"那位一会儿就要宣读遗嘱、头发花白的绅士。"

众人都像雕像一样僵在原地，看着神父，只见他不紧不慢地又一次装满了烟斗，划着一根火柴。最后伯恩斯终于可以发出声音了，几乎是拼尽全力去打破这可以让人窒息的安静。

"但是，上帝啊，为什么？"

"嗯，为什么？"神父边说边若有所思地站起来，吸了一口烟斗。"说他为什么杀人……好吧，我想可以告诉你们了，也可以说是告诉你们中间那些并不知情的人，整件事情的关键点了。它是一场十分重大的灾难，也是一宗十分重大的罪行。但是它并不是指上将被谋杀的那件事。"

他正视着奥利芙，非常严肃地说："我就不再兜圈子了，直接地告诉你这个坏消息。因为我觉得你够有勇气，或许还会为此感到开心，可以安心接受这个事实。你完全有机会，并且我十分相信你有能力成为一个成功的女性。但是你却不是一个成功的继承人。"

又是一阵沉默，然后神父接着解释道：

"很遗憾，你父亲的大部分财产已经不见了。那个名叫戴克的银发绅士用他十分熟练的财务技巧将它们转移了，我必须伤心地说，他就是个不折不扣的骗子。他杀克雷文上将就是为了灭口，这样才方便隐瞒他是骗子的事实。仅仅是上将财命两丢和你失去实际继承权的事实就是这个案件最简单的线索，它不但可以看出谋杀的答案，还可以破解整件事中存在的其他疑团。"他吸了一两口烟斗，又说道："我把你失去可继承的财产这件事告知了鲁克先生，他马上就跑回到你的身边。这可以说明鲁克先生是个品行端正的人。"

"哎，别说这个。"鲁克先生的语气中稍稍带些敌意。

"鲁克先生是个奇怪的人。"布朗神父严谨而沉静地说。"他生错了时代，他的身上存在着返祖现象，带有石器时代的兽性风尚。在现代，假如说有一种我们都以为已经全都灭绝的野蛮迷信，那指的恐怕就是有关荣耀和自食其力的概念。但之后我被太多已经消失的迷信弄得晕头转向的。鲁克先生是个已经不存在的动物。他很像蛇颈龙。他不想依靠妻子生活，也不想被称为拜金者。所以他情绪低落郁闷，举止异常，但是当我为他带去你破产了的好消息时，他又重新焕发了生命的活力。他想为他的妻子劳作，并不是被她养活。真让人讨厌，对吧？下面让我们来说说哈克先生这个轻松的话题好了。"

"我告诉哈克你已经没什么好继承的了，他立刻就逃跑了。不要对哈克先生太严格。他满腔热血，这有好处也有坏处，他的问题就是把它们全部搞混了。有志向没有错，但他把志向当成了理想。古老的荣誉感教导人们去怀疑成功，人们会说'这是好事，但也许是个陷阱'。新时代和'功成名就'相关的可笑言论教育人们把成功等同于能赚钱。这是他所有问题的症结。从其他任意一个方面来说，他都是个不折不扣的好人，像他一样的人数量成千上万。仰望星空和高人一等都算一种自我提升。娶个好妻子或者娶个富太太都是功成名就。但他并不是玩世不恭的恶棍，不然的话他完全可以直接回来，等待时机，或者抛弃你，也可以干脆与你断绝关系。但是他没办法面对，只要你站在那里，他看到的就是他那半个破碎的理想。"

"我并没有把这件事告诉上将，但是有人告诉他了。不知为什么，他在上一次那个盛大的艇上检阅式中听说，那位家庭律师、他的朋友背叛了他。他十分生气，做出了他在思绪清楚时绝不会做的事。他戴着三角帽、穿着金饰带的礼服就匆匆地上了岸，去抓那个可恶的罪犯。他在上岸前给警察局发了电报，因此督察才会在'绿人'周围晃悠。鲁克上尉跟着他上岸，因为他以为是上将家里出了问题，他希望他可以帮上忙，顺便可以为自己正名。所以他的行为看起来有些鬼鬼祟祟。至于当他落在上将后边、以为周围没有人时拔剑的原因，那就需要我们自己想象了。他是个浪漫的人，儿时的梦想就是拥有一把宝剑，然后投入大海怀抱。长大后终于可以进入皇家海军服役，却发觉这里除了三年一度的盛大阅兵仪式外，其余时间根本不允许佩剑。当时他以为这片他儿时嬉戏的海滩上除了上将，只有他一个人。假如你们还是不明白他的所作所为，那我只能用史蒂文森④的话说：'你永远也成为不了海盗。'并且你们永远也不会成为诗人，你们也从来没有体验过一个小男孩才会有的童年。"

"我就从来没有经历过，"奥利芙认真地说，"但是我想我懂你说的意思。"

"几乎每个男人，"神父继续思考着说道，"都喜欢玩弄类似于剑或者是匕首之类的东西，哪怕是个裁纸刀。所以当我发现那位律师不玩这些时，就觉得很奇怪。"

"怎么说？"伯恩斯问，"他也没做什么啊？"

"唉，你没发现吗，"布朗答道，"我们第一次在那个办公室碰面时，那律师明明有一个形状很像短剑的裁纸刀，却偏偏在拨弄一支钢笔。而且那支笔满是灰尘，还沾得都是墨水，但是那把刀却被擦得十分干净，但是他却没有把它拿在手里把玩弄。因为那把刀在时时嘲讽他，而且暗杀者可以承受的嘲讽是有限的。"

一阵沉寂后，督察才如梦初醒地说："听着……我的脑子有点儿乱。我不知道你是否自以为得出了最终结果，但是现在我还是一头雾水。这些所有的关于律师的论断，你是怎么得出来的？你又是怎么找到这个线索的呢？"

布朗神父对提问报以一笑。

"凶手刚开始就露出了狐狸尾巴，"他答道，"不知道为什么似乎只有我发现了。当你带着上尉死亡的消息去律师办公室时，除了上将就要回家的消息之外，应该是没人知道发生了什么。但是当你说上将溺水身亡时，我问的是什么时候发生的事，戴克先生问的却是在哪里找到的尸体。"

他稍微停了一下，磕了磕烟斗，然后反思着说："假如有人只是说，一个正在返航的海员溺水了，我们都会很自然地觉得他在海里溺水了。至少，这种可能性是最大的。假如他被大浪拍进了海里，或者和船一起沉入海底，又或者他的尸体被困在海底，那么很有可能他的尸体根本不会被找到。所以当他问尸体是在哪里被找到的时候，我就可以确定，他明知故问。因为就是他把尸体扔在那儿的。没有人会想象出，一位海员竟然会溺死在离大海几百码的一个内陆小池塘里，唯一的可能就是他是凶手。所以，我才突然觉得不对，我敢说我当时的脸一定被吓绿了，会像'绿人'一样绿。因为我永远也不能适应这种的刺激，忽然意识到自己坐在一个杀人犯的旁边。所以我才不得不用隐蔽的方式应付过去，不过那个隐蔽的表达方式最终还是有意义的。我说那尸体上覆盖了绿色浮沫，但事实上那很有可能是海藻。"

庆幸的是，世间的悲剧和喜剧总是交替上演的，并且这两者有时还会一起发生。这一边，当督察冲进办公室要抓捕律师所唯一的执事合伙人戴克先生时，他就对着自己的脑袋开了一枪。另一边，奥利芙和罗杰再次回到了儿时嬉戏的那片沙滩，玩起儿时常玩的游戏，在夜色中呼喊着对方的名字。

【注释】

① 果岭（putting green）：高尔夫球运动里的术语，指的是球洞所在的草坪，果岭的草短、平滑，有利于推球。"果岭"就是英文 green 的谐音翻译而来的。选手在打球的时候，第一个目标就是把球打上果岭，再进一步是以推杆来进球。

②《宾纳福皇家号》（H. M. S. Pinafore）：又叫作《爱上海员的少女》（The Lass That Loved a Sailor），是一部轻歌剧，1878 年 5 月 25 日在伦敦首演。这个歌剧的情节是以皇家海军宾纳福号为背景演绎的。

③ 英文"The Jolly Roger"字面意义指"快乐的罗杰"，但实际上是指"海盗旗"，这里有双关的意思。

④ 罗伯特·路易斯·史蒂文森（Robert Louis Stevenson）：是英国浪漫主义代表作家之一。主要的代表作品有《沃尔特·斯科特爵士》《金银岛》等。

◇ 蓝先生的追逐 ◇

在一个阳光明媚的午后，有一个人沿着海边的大巡游表演现场慢慢地走过，他叫马格尔顿①，这个名字让人觉得有些压抑，不过却很符合他现在抑郁的心情。看他眉头紧皱、满脸哀愁，丝毫不在意那些在沙滩上一字排开、成群结队的演艺者们，在仰视着并期待地等他鼓掌、喝彩。走江湖的丑角们扬着他们那像死鱼肚皮似的白色圆脸，却没有提起他的精神；用肮脏的煤灰盖脸、灰白色脸的黑鬼也没能使他那阴云覆盖着的心境增加一些亮色。他沉浸于深深的悲伤和失意里，光秃秃的额头上有着条条褶皱，脸上是遮不住的颓废和沮丧。他消沉的脸上隐约露出的一些文雅反而显得那点尤为显眼。那是一撮根根竖立、让人难以忘记的军人胡，看起来像是假的。确实，它完全有可能是假的。而且，就算是真胡子，那也可能是被迫留的。他可能只是匆忙留起了胡子，也许只是一时冲动。这更关乎的是他的工作，但是并不能表明他的个性。

事实上，马格尔顿先生是一个小小的私家侦探，他心情抑郁的原因是出现在他的职业生涯中的那个很大的失误，和拥有一个不寻常的姓氏比起来那件事可是让他郁闷多了。说来也奇怪，他私底下可能还会以他的姓氏为骄傲。因为他出生在一个贫寒但是不信奉国教的正派信徒的家里，说他们家族和马格尔顿教派的创始人有一些渊源。到现在为止，他是历史上唯一一个有胆量叫那个名字的人。

引起他烦恼的真正原因是（至少他是这么说的），一个世界闻名的百万富翁被残忍地杀害了，他正好就在案发时的现场。不只这样，富翁还提出以每周

5 英镑的工资雇他来保护自己的安全，但是他还是没有阻止惨案的发生。也难怪在说唱艺人有气无力地哼唱着那首名为《你会让我傻乐一天吗？》的民间乐曲时，都没有让他体会到生活的快乐。

单就这个来说，他心中围绕的谋杀主题和身上所体现的马格尔顿传统，也许会在沙滩上的一些人那儿引起许多的共鸣。海滨度假区是所有人争着去的地方，既会有走江湖的丑角，他们尽显煽情的本事，也会存在着一本正经的传教士，他们说教的时候总是很擅长营造一种散发着硫磺气息②的沉郁气氛，和他们的身份相互映衬。其中就有这样一个大呼小叫的老人，他的声音很尖，很容易就让人注意到他，而且他那含着宗教预言的高声大叫更是压过了在场所有的班卓琴和响板。这个老人个头很高，形容有些散漫，行动拖拉，衣服很像渔民经常穿的那种紧身衫。他的脸颊两侧还各垂着一绺不合时宜的长胡子，自从那些在维多利亚中期时无所事事的花花公子们消失后，已经没有人再见过这样的胡子了。大家都知道，海滩上的江湖骗子都会摆出一些东西假装认真地卖，而这个老人摆出的却是一个很破的渔网，他把网摆成一个吸引人的造型，那样子很像它的前身是皇后铺过的地毯一样。但是偶尔他也会拿起网绕着头发疯地旋转，那样子十分可怕，几乎可以和古罗马执网的角斗士媲美了，似乎他已经准备好随时挥舞三叉戟，插向别人的身体了。事实上，假如他手上真的有三叉戟，可能真的会把哪个人给刺穿了。他总是故意说一些让人害怕的话，三句话离不开惩罚这个词。他的听众们听到的内容都是对他们身体或是灵魂的威胁。这时候他的情绪和马格尔顿简直一模一样，让人觉得他就是一个发疯了的绞刑吏，正在教导着一群谋杀犯，男孩儿们都叫他为"老魔头"。不过除了一些纯正的神学说教外，他还有个怪癖：爬到码头栈桥下的铁梁架上，然后把网撒向大海，再来回拖拽，说他自己靠打鱼为生。但到底有没有人看到他打到过鱼，这就不太好说了。但是，这世界上的郊游者有时却会被一句像来自天空的雷霆判语吓一跳，实际那声音只是来源于头上的铁梁架，只要人们一抬头，就可以看到这个老偏执狂瞪着他的眼睛坐在上面，那诡异的胡须也垂在下巴处，像灰色的海草一样。

但是，从这个侦探的角度来看，和他约见的那个神父相比，行为偏执的老魔头可能更好相处一点。说到一会儿的重要会见，那就不得不说一下背景情况了。马格尔顿亲身经历了谋杀案的整个案发过程之后，用十分恰当的方式讲述了他这一胆战心惊的经历。他把这件事情的全过程，告诉了警察，还有死去的布雷厄姆·布鲁斯那个唯一可以到场的代理人，也就是安东尼·泰勒，那个百万富翁的仪表堂堂的秘书。和死者的秘书相比，督察表现更多的是对他的怜悯。但在怜悯之外提出的一个意见却让马格尔顿怎么也不能把它和一般情况下警方的意见联系起来。在思考了一会儿后，督察建议他去向一个能干的业余侦探求救，并说那个人现在正好在镇上。督察的建议让马格尔顿吃了一惊。他曾经看到过关于这个伟大的犯罪学家的新闻和传说，他很像一个坐在图书馆里的智慧蜘蛛，细密的推理像丝一样从他口里中吐出来，织成一张可以覆盖世界的网。他想象着自己肯定会被带到一座孤零零的城堡里，在那里，这位专家会穿着紫色的晨衣起身欢迎他。也许是去往一个阁楼，在那儿，那个专家吸着鸦片烟，在写着离合诗。也可能会去往一个巨大的实验室或者是一座安静的塔楼。让他觉得意外的是，他被带到了热闹非凡的沙滩，临近码头的最边上。看到的是一个矮胖的教士，只见他戴着一顶宽沿的帽子，咧着大嘴边笑边和一群穷人家的孩子们在沙滩上跳来跳去，手里高兴地挥舞着一把很小的木铲。

这个教士兼犯罪学家的名字叫布朗，他好不容易从孩子们中间走出来，但是他的手里还拿着小木铲，马格尔顿看到眼前这个形象，心中的不满又加深了一些。他在海边那些无聊的游乐活动中间毫无目的地游走着，东拉西扯地随意聊着，特别对放在沙滩上的那几排自助游戏机表现了十分浓郁的兴趣。他郑重其事地投入一个便士，看着那一个个上了发条的小人儿在替他玩着高尔夫、足球和板球，最后他又迷上了一个微型的赛跑游戏，游戏里是两个金属的小人儿，其中一个跑着跳着去追另一个。即使他玩得很开心，但却也一直在认真聆听那个受了重大打击的侦探的讲述。只不过他一心两用，一会儿玩这个一会儿玩那个的做法，让侦探十分生气。

"我们不能找个地方好好地坐下来说吗？"马格尔顿不耐烦地说。"假如你想了解这件事的全部，你最好看一下我手中的这封信。"

布朗神父叹了口气，和游戏机里蹦蹦跳跳的人偶说了再见，跟着同伴到海边的铁椅上坐下来。同伴已经把信件摊开，什么也不说地交到了神父手上。

布朗神父认为，这封信写得十分无厘头，很古怪。他知道百万富翁们一向不在意细节，和侦探这方面的食客打交道时更是这样。但是这封信中所包含的信息好像不只是无礼这么单纯。

亲爱的马格尔顿：

　　没有想到我竟然也会走到需要这种求助的地步。但是有些事我已经忍不了了。这两年来，我越来越不能忍受了。我猜，以下是你需要了解的所有情况。我有一个堂兄，是一个泼皮无赖，说起来也惭愧。他做过买卖，做过流浪汉、江湖医生，甚至还当过演员，还有和这些相似的许多勾当。他甚至会顶着我们的姓氏去表演，说自己是伯特兰·布鲁斯。我想他现在可能是在本地的戏院里跑龙套，如果不是那就可能是在找这样一份工作。但请你相信我，那些并不是他真正的工作。他真正的工作是把我毁掉，想尽所有的办法好让我永远地出局。这件事说来话长，况且只是我和他的私事，和其他人没有关系，我们曾经在同一个起跑线上出发，怀揣着各自的野心进行赛跑，而且还要在人们所说的爱情上比个高下。但是他终归还是个无赖，但是我却一直在成功，难道这是我的错？但是那个卑鄙的魔鬼发誓说他也会赢得成功，开枪杀死我，然后再偷走我的——这个不说也罢。我认为他简直就是疯了，不过他很快就要尝试变身为杀人犯了。假如你愿意接受这份工作的话，那就在今天晚上码头关了以后去码头尽头的候船厅和我见面，我将支付给你每周 5 英镑的薪酬。那儿是这儿唯一安全的见面场所——前提是现在对我来说还有安全可言。

J. 布雷厄姆·布鲁斯

"哎呦，"布朗神父温柔地说，"哎呦。这信写得够匆忙的。"

马格尔顿点点头，停了一会儿后，便开始说起他所知道的情况。他的声音很优雅，和他笨拙的外貌形成了很大的对比。布朗神父深知，很多中下层外表不修边幅的人都有看书的嗜好而且隐藏得很深。但就算是这样，对方美妙的用词造句竟然有着学究的风气。这仍然让他觉得十分惊异，这个人说起话来竟然文绉绉的。

"我到码头尽头的圆形候船厅的时候，我那位十分显赫的委托人却还没有到。我打开门进去，觉得他希望我和他都能尽力做到不让人注意。其实这根本就是多想，因为那栈桥实在是太长了，没有人可以从沙滩或者巡演现场看见我们，当时我还看了眼表，知道已经过了关闭码头入口的时间。当时我多少还有点受宠若惊的感觉，心想他为了保证我们可以在碰头地点单独会面下了这么多功夫，说明他真的很仰仗我的帮助或者说是保护。无论怎样，是他提议在码头关闭后我们来这儿碰面，我也就安下心来了。这间小小的亭子里放着两把椅子，暂时这样叫它们吧。我坐在其中一把椅子上等待着。我没有等太久，他的准时是出了名的。果然，当我抬头看向对面的那扇小窗时，看到他正慢慢地走过来，好像在对这地方进行初步巡查。"

"我只见过他的肖像，但是已经是很久以前了。所以很自然的，比起肖像他似乎有些老了，不过很像，我肯定我没有认错。刚刚在窗前闪过的侧脸很像一只鹰的侧面，只不过是一只灰白、严肃的鹰，一只安静的鹰，一只早已经收敛起羽翼的鹰。但是，那身份显赫的样子、那习惯命令别人十分威严的傲然的感觉，都会让人认出他，只有像他一样曾经做过重要职位、一呼百应的人才会有这样的气场。隔着窗看，我觉得他的衣着很低调，和那些在我眼前晃来晃去的海滨游客比起来，更有着天大的差别。我想他的外套肯定是定做的、十分讲究的那种，我看到衣服的翻领上是一圈羊羔皮的衬里。当然，这些全部都是瞥了一下所看到的，因为我马上就起身去门口了，没有再多看。当我伸手开门时，受到了恐怖之夜给我的第一个冲击。门锁上了。不知道是谁将我反锁在了亭子里。"

"我愣了一会儿，依然看着那扇圆形的窗户，当然，那张侧脸已从那儿走过去了。然后，我忽然明白了其中的原因。这时，另一张侧脸也进入了圆窗可以看见的区域，很像一只嘴巴向前突出、正在追赶食物的猎犬出现在一面圆镜上一样。我一看到那侧脸，就认出是谁了。他就是那个复仇者，那个凶手也可以说是准凶手。他已经找寻这个富翁很长时间了，他甚至为了追他不惜穿越陆地跨越大海。现在终于在这儿找到了他，然后我也明白了，锁上门的就是这个凶手。"

"我先看到的人很高，但是追他的人更高，只不过他像头捕猎的野兽一样弯着腰伸着头，才会看起来有些矮。总的来看，一个驼背巨人的形象很明显地出现在眼前。不过根据他们分别经过圆窗时的侧脸可以推出，这个恶棍和显赫的富翁之间还是存在着血缘关系。追逐者也有着鹰钩鼻，虽然他破落的样子让人觉得他更像一只秃鹫而不是老鹰。他应该有一段时间没有刮脸了，胡子拉碴，脖子上系着粗羊毛的围巾，显得他的背更弯了。这些全部都只是不重要的小细节，都没办法让人看出那个侧影中包含的邪恶力量，也不会让人觉得那驼背跨步的身影中潜藏着复仇的灾难。你看过威廉·布莱克的那幅画吗？人们有时会轻率地叫它为《跳蚤的鬼魂》③，但有时人们也会更有深度地叫它类似于《杀人罪的幻象》之类的。画里的巨人偷偷摸摸地端着肩膀，一手拿刀、一手拿碗，简直是这场噩梦的还原。不过眼前的这个人手里什么也没有，但是当他又从窗前经过时，我清楚地看到他从围巾中拿出一把转轮手枪，紧紧地拿在手里，动作理智镇静。他的眼在月光下闪烁不定，看起来十分诡异，他的双眼快速地前后转动着，就好像他可以把双眼发射出去一样，也很像一些爬虫可以伸出发光的角。"

"被追的和追人的前后三次相继地跑过窗前，绕着这个小圈追赶着，这时我忽然反应过来，不管怎样我都应该有些行动。我开始拼命地晃门，这时，我看到了受害者一脸毫不知情的表情从窗前走过，就开始疯狂地拍窗户，还尝试着打碎玻璃。然而窗户上用的是很厚的双层玻璃，窗洞又很深，我觉得我都探不到外面那层玻璃。无论如何，我那尊贵的委托人并没有察觉到我发出的噪音或者说是信号。那两个灾难性的影子就仍然像演哑剧一样围着我转来转去，搞得我头晕目眩，十分难受。然后，他们突然不再出现了。我等了一会儿，然后想到，他们不会再回来了。我明白，惨案已经发生了。"

"我不用再多说了，你应该能想象剩下的部分了，就像我当时无奈地坐在屋里，尝试着想象当时的场景一样，也可以说是在努力地不想。我想说的只有，在那时可怕的安静里，全部的脚步声都没有了，除了大海海浪隆隆作响之外，只有两个声音。一个声音很大，是枪声，第二声稍微暗哑，是溅落声。"

"我的委托人就在离我这么近的地方被杀害了，但是我却待在那儿毫无办法。我当时的感受不用说。但是就算我可以从这场谋杀的阴影中走过来，我还是要解谜。"

"对，"布朗神父的语气很柔和，"哪一个谜？"

"凶手离开现场的方法，"另一人回答，"一直到第二天早上码头开始放人时，我才从'囚牢'里出来，当时我飞快地跑到入口处，问他们码头开了以后都有谁出去。这就不必说细节了，简单来说，这个码头设计得不同寻常，大铁门关了以后，谁也没有办法出入，一直到重新开门。码头工作人员并没有看到什么像杀手的人出去。而且他是个很容易认出来的人。就算他做了伪装，但也无法掩藏他的特别身高和那家族特有的鹰钩鼻。他游回岸上的可能也十分微小，因为海浪很厉害，当然也没有什么上岸的痕迹。并且，不知为什么，那个魔鬼的脸上有什么东西让我坚信，他不会在最后胜利的时候跳海自杀，这一切只需看一眼就知道，更何况我看了那张脸整整 6 次。"

"我懂你这话的意思，"布朗神父回应道，"另外，那样做和恐吓信中的语气很不相符，在信里他写下了所有犯罪后自己会得到的好处……还有一点需要查证。你知道码头下面的结构是怎样的吗？码头的栈桥一般是一个网状的铁架构，人能在里面钻来钻去，和猴子在森林中跳来跳去很像。"

"对，我想到这个了，"私人侦探回应道，"但糟糕的是，这个码头的修建方法有很多奇特的地方。它简直是超出平常的长，像网一样的铁梁中间还立有一些铁柱，但是由于间隔太大，没人可以在那里攀爬。"

"我提到这一点的原因是，"布朗神父思忖着说道，"那个长须怪人，就是那个老是在沙滩上传道的老人，他总是爬到靠近海面的铁梁上。我相信每到涨潮时他就坐在那儿钓鱼。真是个十分奇怪的钓鱼人。"

"怎么说？"

"是这样。"布朗神父放慢语速，手中拨弄着一颗纽扣，出神地看向泛着落日余晖的海面。"喔……我曾经很和善地找他聊天——和善但并不到可笑的地步，不知你能不能理解，我和他说到了他把古老的打鱼行业和传道相结合的行为。我想我说的内容已经很明白了，就是'得人如得鱼'④那句。不过他的回答却很怪异和刺耳，他跳回铁架子上，说什么'噢，至少我得是死人'。"

"上帝啊！"侦探瞪着神父，惊叹道。

"是的，"神父说道，"我也认为，在闲聊时说出那样的话实在不可思议，而且还是说给一个和孩子们在沙滩上玩的陌生人听。"

侦探又默默地看着神父，过了一会儿终于说出一句话："你不会是想说觉得他和受害人的死有联系吧。"

"我觉得，"布朗神父答道，"他或许可以给我们提供线索。"

"我已经不敢再相信了，"侦探说，"我已经不敢再相信有人可以给这个案子带来光明了。那是一片乌黑翻涌、狂躁的海水，他掉进去的……他掉进去的就是那一片海水。这太难以置信了，一个大男人居然像气泡一样不见了。没有人可以……嗨！"他突然停下来，愣愣地看着神父，发现神父动也没动，但仍然拨弄着纽扣、看着浪花出神。"你怎么了？你看到什么了，怎么这个表情？你不会是……你研究出其中的缘由了？"

"假如它永远是个解不开的疑团倒是最好的，"布朗神父低声说，"假如你要我直接回答——那么是的，我想我已经想通了。"

二人沉默了很长时间，忽然，私家侦探冒昧地说："哎，那个富翁的秘书从饭店里出来了。我得先走了。我觉得我应该去找你说的那个渔夫聊聊。"

"Post hoc propter hoc（拉丁语：发生在其后者必是其结果）？"神父微笑着问道。

"对，"他的同伴坦然地回应道，"那个秘书不喜欢我，我也并不喜欢他。他老是在一大堆不重要的问题上纠缠不停，对我们的调查一点用处都没有，只是白白地增加争吵。或许是他心怀忌妒吧，因为老人竟然会请一个外人插入其中，还对这个文质彬彬的秘书的意见不是很满意。回见。"

私家侦探转身走了，困难地穿过沙滩，去找那个怪异的传道者，他已经撒下了渔网，在黄昏刚刚到来时，他的形象很像一只很大的珊瑚虫，也很像身后拖着条条毒丝的海蜇，游动在波光粼粼的海面上。

与此同时，神父安静地坐在原处，看着秘书一步步走过来。他戴着高顶礼帽，穿着燕尾服，表现出文员的干净整洁和精益求精的气质，虽然距离还非常远，但他已凭着这身装扮从嘈杂的人群中凸显出来。布朗神父自认为那个侦探和秘书间的过节对他没有影响，但是他对侦探所抱有的偏见却有一些不好表达的认同感。秘书安东尼·泰勒是个很英俊的年轻人，无论是脸，还是从衣着上都是这样。他的面容看起来很坚毅，聪明，而且十分俊朗。他脸色苍白，暗黑色的头发从两边垂下，像是在说那里也许会长腮须。他的嘴唇紧紧抿着，显得异于寻常。布朗神父费尽脑子想要找出他那样表现的原因，但是唯一想出来的听起来比实际看起来还要难以置信。他有个念头，这个人通常情况是用鼻孔说话。总之，他嘴唇紧抿的样子让他鼻子周围的动作看起来十分敏感和灵活，让人觉得他平常交谈和生活的方式好像就是用鼻子闻，并且是像狗一样仰着头。这和他另一个特点相呼应，他说话的时候，发出的是像机关枪那样快速的"咔嗒咔嗒"声，然而这种声音却偏偏来自一个俊朗的人口中，免不了让人生出一些厌烦。

就这一次，他先开口了："我想，没有尸体被冲上岸对吧。"

"当然，直到现在还没有公布关于这方面消息。"布朗神父说。

"也没有戴着羊毛围巾的凶手被冲上来的消息吧？"泰勒先生继续追问。

"嗯。"布朗神父回答。

有那么一段时间，泰勒先生的嘴巴没有再动，但是他的鼻孔振动着发出一声声短短的嘲笑声，表达出来的效果却比任何语言都好用。

神父彬彬有礼地随便说了几句后，泰勒先生才又开口，不过很简短："督察过来了，我猜他们为了找那围巾估计已经把英格兰翻遍了。"

督察格林斯蒂德的脸看起来有一点褐色，留着花白的山羊胡，和秘书完全不同的是，他十分有礼貌地问候了布朗神父。

"我认为你可能想知道，先生，"他说，"直到现在，没有发现任何逃离码头、和描述特征相符的人的行踪。"

"也可以说是逃离码头、特征不明显的人吧。"泰勒说。"可以描述这人的只有码头的工作人员，但是他们压根儿没见过什么嫌疑人，没有人可以让他们描述。"

"无论怎样，"督察说，"所有分局都已经通知过了，我们监控着所有道路，他逃不出英格兰。我总感觉他用那种方式逃离根本没戏。哪儿都没有他的痕迹。"

"因为他从来没有去过任何地方。"秘书突然开口，声音嘶哑，听上去很像寂静的海边发出的枪响。

督察一脸迷茫，但神父的脸上却逐渐有了一丝光亮，最后，他用接近得意的淡然语气问道：

"你的意思是这个人是假想的？或者说也许是个谎言？"

"嗯，"秘书傲慢地用鼻孔吸了一口气，回答道，"你终于想到这儿了。"

"我一开始就想到了。"布朗神父说。"假如一个陌生人什么证据也没走就告诉你说，在一个荒芜的码头发生了一起怪异的杀人案，无论是谁都会先想到这个可能，不是吗？坦白讲，你就是想说马格尔顿根本没有听到有人杀了那个百万富翁。当然还有一种可能，你认为杀人的就是马格尔顿本人。"

"对，"秘书说道，"在我看来，马格尔顿不过是一个低微、贫困交加的家伙。在码头上发生的全部都是他的说辞而已，而且他说的故事中还有一个消失的巨人，这简直和童话故事差不多。从他说的内容来看，这个故事并不是多可信。依据他的说法，他没办好自己的案子，以至于他的客户在他身边被杀了。这等同于承认他自己就是个十足的傻瓜和失败者。"

"对的，"布朗神父说，"我倒是很赞赏可以承认自身傻和失败的人。"

"你说这话是什么意思？"另一人厉声问道。

"或许，"布朗神父忧伤地回答说，"是由于有太多的傻瓜和失败者都不愿意承认自己傻和失败。"

停顿了一下后，神父继续说："但就算他是个傻瓜和失败者，也不能说明他撒谎，或者是他杀了人。难道你忘了，有一个外部证据可以证明这个故事。我说的是富翁写给他的信，信里详细说了他和堂兄弟的过节和宿仇。除非你可以证明那封信是假的，不然就不得不认可，布鲁斯被人追杀是很有可能的，而且那个人有真正的动机。换个更好的说法，那是唯一被认可而且写下来的动机。"

"我不太懂你的话，"督察说，"你说的动机是指什么？"

"我亲爱的同伴啊，"布朗神父第一次因为不耐烦而说出这么亲密的称呼，"在一定程度上，每个人杀人都是有动机的。从布鲁斯赚钱的方式考虑，从大部分富翁发财的方式考虑，世界上可能每个人都会做出把他扔进大海里这种很自然的行为。以至于可以想象，很多人恐怕毫不迟疑地这样做。偶然有这种想法的人更是不计其数。泰勒先生就有可能这样做。"

"你在说什么啊？"泰勒气得鼻孔扩张，对神父大喊道。

"我自己也有可能这样做，"布朗神父继续说，"nisi me constringeret ecclesiae auctoritas（拉丁语：如果不是教会的权威约束我）。要不是担心真正道德的束缚，所有人都有可能忍不住想接受这种这么显而易见，又简单的社会解决方式。我有可能会做，你也可能会做，大到镇长，小到松饼小贩都可能会做。我可以想到的不会这么做的人世界上只有一个，那就是那位私家侦探，布鲁斯刚以每周5英镑的薪酬聘请了他，而到现在他还没拿到一分钱。"

秘书沉默了一会儿，然后用鼻腔发出一声鄙弃的哼声，说："假如这是信里所说的交易条件，我们最好还是搞清楚它的真假。因为事实上，我们不能判断那封信里说的是否都是编的。那家伙自己也说了，驼背巨人的消失实在是难以置信，而且完全不能解释。"

"是的，"布朗神父说，"这正是我赏识马格尔顿的方面。他会承认一些事情。"

"没什么区别，"泰勒坚持道，他的鼻孔激动地颤抖着，"没什么区别，总之，他没办法证明那个戴围巾的驼背巨人是不是存在过或者依然存在。而且警方查到的全部事实和证人都可以说明他不存在。你是错的，布朗神父。现在只有一种方法可以证明你好像很喜欢的小无赖的清白了。那就是找出这个'虚构的人'。但是你绝对找不到他。"

"对了，"神父有些漫不经心地问，"在你刚走出来的饭店布鲁斯先生应该有几间房吧，泰勒先生？"

泰勒显得有些讶异，回答时竟然有些结巴。"呃，确实有几间房他一直占着，实际上已经算是他的专属房间了。事实上我这次没在那儿看到他。"

"我猜你们开车过来的，"布朗问道，"还是一起坐火车过来的？"

"我带着行李坐火车来的，"秘书不耐烦地回答，"我想他是因为有事耽误了。一两个星期前他自己一人离开了约克郡，从那以后我就再也没见过他了。"

"这么说，"神父十分温和地说，"假如不是马格尔顿在荒芜的沙滩最后看见布鲁斯的话。那就是你，在同样荒芜的约克荒原上最后见的他。"

泰勒脸色煞白，但是他迫使自己的嘶鸣声冷静下来："我从来没有说过，马格尔顿在码头上没有看到布鲁斯。"

"是没有说过，但是为什么没有说？"布朗神父反问道。"假如他编造了码头上其中的一个人，那他为什么就不会编造两个人？我们当然知道布鲁斯是真实存在的人，但是我们并不清楚过去的几周他遇到了什么事情。或许他留在约克郡。"

这时，秘书刺耳的嘶鸣几乎成为了尖叫。他身上那种上流社会的文雅气质像粉饰脱落一样消失得无影无踪。

"简直是胡说！你这是在推脱！你因为答不出来我的问题，所以才疯狂地往我身上泼脏水。"

"让我想一下，"布朗神父回想着说，"你的问题是什么来着？"

"你心里明白是什么，而且非常清楚你对这个问题无话可说。那个戴围巾的人去哪儿了？谁看见他了？除了你那个满口谎言的骗子，哪还有人听说过他、说起过他？假如你想让我们相信，你就必须先让他出现。假如真的有这个人，他也许正藏在赫布里底群岛，也许远渡去了秘鲁的卡亚俄。你必须让他出现，但是我很清楚，并没有他的存在。那么好！那现在他在哪儿？"

"我倒是感觉他在那儿。"布朗神父眨着眼看着码头铁柱旁奔腾的浪花，泛着绿光的海面衬托着站在那儿的私家侦探和老渔民兼传道者，形成一幅黢黑的影子。"我的意思是，他就在那随着海浪上下翻腾的渔网里。"

虽然督察格林斯蒂德心中还有很多疑问，但是拿着手电的他再次占了上风，健步如飞地率先走过沙滩。

"你是说，"他大喊着，"凶手的尸体在那个老人的渔网里？"

布朗神父点了点头，跟着督察走下碎石斜坡，在这时，小个子侦探马格尔顿也转身迎面走过来，单从他那黑乎乎的体态轮廓就可以看出，他明显是满怀惊讶，有一些新发现。

"我们讨论过的都是真的，"他喘着粗气说，"凶手的确想游上岸，当然，天气太糟糕了，他最后还是溺水身亡了。要不然，他就是真的自杀了。总之，他的尸体后来被冲进了老魔头的渔网中，他说他钓的是死尸说的就是这件事。"

听到这样的话，督察用超越大家的速度马上做出反应，快速冲下海岸，嘴里大叫着什么命令。没一会儿，在警察的帮助下，渔民和几个旁观者就将网拖上了岸，众人把渔网和里面的物件摆开，摆放在仍然反射着落日余光的潮湿沙滩上。秘书看了眼躺在沙滩上的东西，顿时目瞪口呆。躺在沙滩上的"东西"是一具尸体，有一些驼背，一张很瘦的脸和鹰很像，就是那个侦探说的不修边幅的巨人。破旧的红色羊毛围巾随意地放在日落时分的沙滩上，像是一大摊鲜血。但是泰勒看的却不是那血淋淋的围巾，也不是巨人传说中的高度，而是尸体的脸，他自己的脸上则明显出现了猜疑忌妒的复杂表情。

督察转身面向马格尔顿，神情变得友好起来。

"这明显证明了你说的。"他说道。但是督察说这话时的语气，却让马格尔顿突然察觉，原来差不多没人相信过他对案件的叙述。没有人信过他，当然，除了布朗神父。

所以，当看到布朗神父从人群中离开时，他也挪动着想跟上神父，但是他又停下了，因为他看到神父又一次被那些搞笑的自动游戏机吸引了。他甚至看到尊敬的神父翻遍全身找硬币的狼狈模样。但是，神父的拇指和食指夹着一个硬币，动作停在了半空，只听见秘书那洪亮刺耳的声音最后一次响起。

"我想我们可以补充一下，"他说，"那些针对我的荒唐而笨蛋的指控也该消失了吧。"

"我亲爱的先生,"神父说道,"我从来没有指控过你。我还没有笨到那种程度,觉得你会在约克郡杀了你的主人,紧接着再带着他的行李来这儿嫌晃。我那么说的原因是,你十分努力地列举出许多不利于不幸的马格尔顿先生的情况,我只是想说我可以列出更多不利于你的情况。同样,假如你真的想知道这件事情的真相(我发誓,知道真相的人还很少),我提醒你注意,在你们各自的事务里存在着一条线索。百万富翁布鲁斯在真正被杀以前,有几周的时间没有去他常去的地方也没有做他常做的事,这是个非常怪异和重要的事。你看起来十分像业余侦探里的潜力股,我建议你沿着这条线查下去。"

"你是说?"泰勒突然问道。

但他并没有得到布朗神父的回应,神父又一次全神贯注地晃动着游戏机的手柄,游戏里,一个小人儿跳过去,另一个小人儿跟着跳过来。

"布朗神父,"马格尔顿的愤怒再次慢慢地苏醒过来,"可以告诉我,你如此喜欢那个破东西的理由吗?"

"原因只有一个,"神父紧紧地盯着玻璃罩中的木偶剧,回答道,"因为这里埋藏着这个悲剧的秘密。"

这时他忽然站直了,非常严肃地看着他的伙伴。

"我一直很明白,"他说道,"你说的既是事实,又和事实相反。"

全部的疑团再次浮现在眼前,马格尔顿呆愣着,茫然不知所措。

"所有的一切都很简单,"神父放低声音补充道,"那个戴着红色围巾的尸体是布雷厄姆·布鲁斯,那个百万富翁。不会是其他人。"

"但是那两个人——"马格尔顿刚开口就说不下去了,张着嘴停在了那儿。

"你对那两个人的描述简直是惟妙惟肖,"布朗神父说,"我发誓,我绝对不会忘记你生动形象的叙述。请允许我这么说,我觉得你十分有文学方面的天分,或许你更适合去做记者,而不是侦探。我自信还可以记起关于这两个人你叙述的每个细节。但是,你懂吗,怪异的是,故事里每一点对我们俩的影响都正好相反。就从你说到的第一个人开始吧。你说你最初看见的那个人有着难以形容的权威感和尊贵气质。紧接着你告诉自己，'这个人就是那个托拉斯巨头，那个卓越的富商，整个市场的统治者'。但当我听见权威感和尊贵气质的时候，我对自己说的是，'这是个演员，这一切的特点都表现着他是个演员'，作为一个连锁商店联合公司的总裁是不会有那样的形象和气质的。那是扮演过哈姆雷特父亲的亡灵、尤里乌斯·凯撒或是李尔王锻炼出的气质，而且这种气质是永远没有办法抹去的。你没有看到他衣服的全貌，所以看不出来它们是不是真的很破，但你看到了一小条皮毛，还大概看出了衣服流行的剪裁样式，然而我又一次对自己说，'演员'。"

"然后，在我们说另一个人的细节以前，请注意，他和第一个人比起来显然缺少了什么。你说第二个人不仅穿得破旧，而且因为长时间没刮脸，胡子邋遢的。我们见过的演员有低劣的、无耻的、酗酒的、让人唾弃的，但这个世界上没有那样邋里邋遢、胡子拉碴的演员，有工作的不会这样，正找工作的更不可能这样了。另外，假如一个绅士或一个富有的怪人精神受到打击，那他首先做的就是不再坚持每天刮胡子。现在，我们完全有理由相信，你的那位百万富翁朋友的精神正在逐渐地崩溃。根据那封信可以得出，他的精神已经完全垮了。但让他看上去贫困潦倒的并不只是疏于打理。难道你不明白他是故意在隐藏吗？所以他才没有去自己的酒店，所以他的秘书才好几周都没有见到他。他是个百万富翁，但是他所有的目标就是变成完美伪装的百万富翁。你看过《白衣女人》⑤吗？还记得那个时尚骄奢的福斯科伯爵吗？一个隐秘的团体逼迫他逃命天涯，后来被暗杀时，他身上穿着的却是法国工人们穿的蓝色工人装。我们再说一下他们的行为。你看到第一个沉着、冷静的模样就对自己说，'这是那个无辜的受害人'，就算这个无辜受害人写的信不沉着也不冷静。但是当我听见你说他很沉着冷静时，我就对自己说，'这就是凶手'。他有什么理由不沉着、不冷静呢？他很明白自己要干什么。他早下定了决心，假如他曾经有什么疑问或懊恼，那他一定会在到现场以前就解决了它们——对他来说，我们可以这样说，这就是演出一下。他不会出现什么怯场。他也不会把手枪掏出来乱晃，为什么？他把它放在兜里，需要的时候再拿出来，他或许就是从衣兜里开的枪。另一个人不断拨弄手枪，因为他慌张得和热锅上的蚂蚁一样，并且有很大可能以前都没碰过手枪。他眼睛滴溜溜乱转也是同样一个原因。虽然你是无意之间这么说的，但我还是记得，你说过他回头了。事实上他是在看身后。他不是所谓的追逐者，而是一个被追者。不过，因为你刚好先看见第一个人，所以你就不受控制地觉得是另一个人在追他。从数学和机械学的方面看，他们两个是互相追逐——就像这两个是一样的。"

"哪两个？"侦探一脸迷茫地问。

"自然是这两个。"布朗神父提高音量，用手中的小木铲敲打着自动游戏机。在解释这些杀人秘密的经过时，他一直拿着这把小铲，看起来很不协调。"这些发条小人儿一直在一圈一圈地追逐。我们就按衣服颜色把它们叫作蓝先生和红先生吧。我玩的时候恰好是蓝先生先跳了出来，因此孩子们就说是红先生在追蓝先生。但假如先跳出来的是红先生，那这一切看起来就是相反的。"

"对啊，我开始明白一些了，"马格尔顿说道，"我猜剩下的部分也完全符合。家族成员的长相互相很像毫无疑问是有两面性的，并且他们没有看到过凶手逃离码头——"

"因为他们压根儿就没有找过逃离码头的凶手，"另一个人说，"没有人告诉他们，要找的其实是一个身穿羔皮大衣、胡子刮得十分干净而且很体面的绅士。就是因为你把凶手描述成一个戴着红围巾的粗俗的人，才会导致他神秘消失的假象。但事情很简单，那个身穿羔皮大衣的演员杀了戴着红围巾的富翁，然后这个悲哀的人就躺在了那里。这件事和里边的红、蓝人偶相同，只不过，只是因为你先看到了其中的一个，所以就把红着眼的复仇人和精神紧张的人搞错了。"

就在这时，两三个孩子开始在沙滩上到处奔跑，神父挥舞着手里的小木铲呼唤着他们过来，并动作夸张地轻轻拍打着自动游戏机。马格尔顿想神父这么做，主要是不想让他们离岸边那吓人的场面太近。

"浑身上下就只有1便士了，"布朗神父说道，"玩完这局我们就得回家喝下午茶去了。你知道吗，多丽丝，我很喜欢这些旋转的游戏，就像儿歌《我们绕过桑树丛》里唱的一样一圈圈地旋转。说白了，天主让日月星辰都玩着'绕过桑树丛'的游戏。但还有其他游戏，其中一个就是一个人要抓住另一个人的游戏，他们两个是对手，一会儿齐头并进，一会儿又你追我赶。好啦——在这种游戏中似乎会发生很不好的事。我真期望红先生和蓝先生的精力永远用不完，可以一直跳下去。永远自由自在，和平相处，永远不相互伤害。'多情的爱人，你永远，永远，吻不上——或杀死。'"

"快乐的，快乐的红先生！"

"他不会改变，尽管你不能心满意足，"

"你将会永远地跳下去，他也会永远是蓝先生。"⑥

布朗神父诵读着济慈的优美诗句，难免有点感伤，他把小木铲夹在胳膊下，腾出手拉着两个孩子，步伐沉重地穿过沙滩，去享受他的下午茶。

【注释】

① 因其和历史上的洛多威克·马格尔顿(Lodowicke Muggleton,1609 ~ 1698 年)同姓，所以有这个说法。洛多威克·马格尔顿是伦敦城内的一个裁缝，平民宗教思想家，马格尔顿教派的创立者。1651 年，该教派曾掀起一次小型的基督教新教运动。运动于 19 世纪中叶结束。该教派不进行任何形式的礼拜或是布道，主张平等主义、反战主义，不过问政治。该教派成员因为诅咒那些违背他们信仰的人的事情而臭名昭著。

② 硫磺(Sulphur):《圣经》中说，地狱这热烈而火红的地方，流淌的熔浆为河，灿黄的硫磺为山。另外，据说恶魔出现的地方，充斥着邪恶的味道，也就是硫磺

的味道，飘散着黄色的烟雾，所以恶魔和硫磺有了联系。弥尔顿在《失乐园》中描写的地狱，四处弥漫着硫磺和没有火光的火焰，魔鬼和硫磺同在。

③ 跳蚤的鬼魂（The Ghost of a Flea）：是英国画家及诗人威廉·布莱克（William Blake，1757～1827年）的著名蛋彩画作品。布莱克的好友、占星家约翰·瓦利（John Varley）在《论黄道带相面术》（Treatise on Zodiacal Physiognomy，1882年）中说，布莱克曾经看到过一只跳蚤鬼魂的幻象，"他从来没有想到会在一只昆虫上看到他想象中的那种形态的鬼魂"。通过这幅画，布莱克表达了所有跳蚤都栖息于那些"天生极其嗜血之人"的灵魂里的观念，用人和兽（昆虫）的这种融合来暗喻人类品格被兽性玷污。

④ 指的是耶稣传道的故事。《马太福音》（和合本《圣经》）第四章："耶稣在加利利海边行走，看见弟兄二人，就是那称呼彼得的西门，和他的兄弟安得烈，在海里撒网。他们本是打鱼的。耶稣对他们说，来跟从我，我要叫你们得人如得鱼一样。他们就立刻舍了网，跟从了他。从那里往前走，又看见弟兄二人，就是西庇太的儿子雅各，和他兄弟约翰，同他们的父亲西庇太在船上补网。耶稣就招呼他们。他们立刻舍了船，别了父亲，跟从了耶稣。耶稣走遍加利利，在各会堂里教训人，传天国的福音，医治百姓各样的病症。"

⑤《白衣女人》（The Woman in White）：威尔基·柯林斯（Wilkie Collins）的作品，是19世纪英国著名悬念小说家，这本书是他的代表作之一。后文说的福斯科伯爵是主人公劳拉的姑父，他和劳拉的丈夫珀西瓦尔一起制造阴谋，谋取劳拉名下的财产。最后在劳拉的真爱沃尔特的帮助下，真相得以公布，福斯科伯爵遭到暗杀身亡。

⑥ 原诗《希腊古瓮颂》（Ode on a Grecian Urn）：Bold lover, never, never canst thou kiss, /Though winning near the goal——yet, do not grieve; /She cannot fade, though thou hast not thy bliss, /For ever wilt thou love, and she be fair！（鲁莽的恋人，你永远、永远吻不上，/虽然够接近了——但不必心酸; /她不会老，虽然你不能如愿以偿，/你将永远爱下去，她也永远秀丽！——查良铮译）

◇ 大头针的含意 ◇

布朗神父总是说，他在睡眠中解决了这个困难问题。这样说倒也没错，只是表达的方法和实际有些区别，因为正好是他正常睡眠受到打扰的时候，他出现了灵感。这天一大早他就被叮零当啷的锤击声惊醒了，那是从他公寓对面正在建的一座大楼传过来的，这座巨大的新建公寓楼大部分仍然覆盖着脚手架，施工牌上标明了，它的承包商以及所有者是斯温登·桑德公司。锤击声一会儿有一会儿没的，很规律，并且十分清晰。这是因为，斯温登·桑德公司是专门用美国式的水泥楼板铺设方法来操作。虽然这种新型的施工方法，就像它在广告中说的那样，会使地板光滑平坦、牢固耐用、不轻易渗漏，一劳永逸等诸多优势，但是在施工的过程里，必须采用重型的工具加紧固定特定位置。但是，布朗神父会尽量从这种噪音里获取一些少得可怜的安慰，说它总是会在早弥撒的前夕唤醒自己，和提醒人们的教堂钟声的作用没什么差别。他还说，无论怎样，对基督徒来说，钉锤的敲打声以及教堂的钟声都具有一种醒世的诗意。但是，实际上，布朗神父对大楼的施工心里很不安，有别的缘由。传说中可能会发生的劳务危机，也就是媒体们常常称作的罢工，就像乌云罩顶，时刻威胁着这座正在施工的摩天大楼。事实上，如果危机爆发，那将会是全面停工的场面。但是布朗神父实在是担心，这样的事情是不是会发生。等待着澄清的问题是，到底是连续不断地敲击声让人担心，还是时刻会发生的罢工更让人揪心。

"按照我个人的喜好和心愿来说，"布朗神父透过猫头鹰眼一样的眼镜片，看着对面宏伟的建筑说，"我宁愿它可以罢工。希望所有正在盖着的大楼在脚手架被拆前都罢工。房屋建筑最后都可以完工，可能是一件让人觉得可惜的事情。那些精致的白木脚手架，享受着灿烂的阳光，看起来多么清新靓丽、充满了希望。但是人们经常要完工，房子一旦建好，它们就成为了坟墓。"

布朗神父收回眼神，转身要走的时候，差点儿撞上另一个人，这个人匆匆忙忙地穿过马路，向他走来。神父虽然和他只见过一面，但是对他是什么人十分清楚，这时看到他一下子就可以想到，情势有些不对。这个马斯提克，方头方脑的，五短身材，长得一点都不像欧洲人，但是他的一身行头花里胡哨的，像是在刻意地使自己欧洲化一点。不过布朗神父最近看到他和建筑公司的小桑德交谈，这使神父不是很开心。这个马斯提克带领着一个刚成立的工业组织，这个组织刚刚登上英国工业政治的舞台，它是由两个阵营里的极端的势力催生出的组织。它的成员不隶属任何一个工会，并且大多是从国外来的劳工，由这个组织成批地派送到众多的公司务工。很明显，他现在正计划着向这家建筑公司派送工人。简单来说，他正在和这家公司谈判，想办法排挤其他的工会组织，向这家公司派送大量的工人，从而破坏掉正在酝酿中的罢工行动。布朗神父参加了几次他们的讨论，从某个方面来说，他受到了双方的邀请。但是，资方代表们都说他绝对是个布尔什维克主义者，但是真正的布尔什维克主义者们则一本正经地说，他是个死死抱着资本主义意识形态不放手的反动派，从这些可以推断出来，他在讨论中说了一通大道理，结果却搞得双方都不领情。但是，马斯提克这次带来的消息不可小看，事情已恶化到远远不是日常性争吵的程度了。

"他们让你快点过去，"马斯提克说着蹩脚的英语，有着浓浓的口音，"有人放话说要杀人。"

布朗神父不说一句话，跟着马斯提克，走上几道阶梯，来到正在施工的建筑平台上。他看到了几张熟悉的脸，建筑公司的各层领导都汇集在这儿。公司的前任领导也贸然地出现在这些人中，但是，这个首脑一向是捉摸不定的。最起码他头上戴的那个贵族小冠冕，就像一团彩云笼罩了他。换个说法，斯塔尼兹勋爵退休后，就立刻进入了上议院，从此就从众人的视线中消失了。他后来几次的露面都让人感觉他精神不振、索然无趣，但是这次则是大转变，和马斯提克的脸色相同，他也是一脸冷酷，看上去有点吓人。斯塔尼兹勋爵很瘦，有着一张长脸，眼窝深陷，金黄色的头发已经很稀疏，差不多秃顶了。在神父见过的人里，他是说话最圆滑的一个。在牛津大学的毕业生里，他也可以算是出人头地、无人匹敌的天才了，在说出"毋庸置疑你是对的"这句话的时候，可以让人体会出不同的味道，变成了诸如"毫无疑问你觉得你是对的"或者"你觉得是这样吗"。这种随意一说的话，从他嘴里说出来就带着一种酸腐气，让人听着觉得还有"你也只可以这样想而已"的话外音。但是在布朗神父的想象中，勋爵不只是感到十分无聊，并且似乎还流露出一点气愤，至于他心中气愤的原因是自己被迫中断了潇洒自在的神仙生活，赶过来处理劳资纠纷，还是只是因为双方都不再理会他的命令，那就不太清楚了。

总之，布朗神父更喜欢公司里那些带着资产阶级气味的伙伴们，休伯特·桑德爵士和他的侄子亨利，虽然他私下里也质疑这两个人是不是真的具有透彻的思想。没错，休伯特·桑德爵士已经成了报界的宠儿，名声大热。他既是体育竞赛的赞助者，还是在第一次世界大战时期和战后成功解决多次危机的爱国人士。他曾获得过法国颁发的卓越贡献勋章，以他当时的年纪，可以获得这个荣誉的人寥寥无几。从那以后，他又成功应对军工厂工人造成的各类麻烦，因此被誉为业界势不可当的领军人。他被称为"强人"，只不过那并不是他自己的想法。事实上，他是一个魁梧健壮、热情友善的英国人，一个游泳能手，一个心地善良的绅士和让人赞叹的志愿军中校。的确，他浑身上下都洋溢着只有军人身上才会出现的那种气质。即使他已经开始发福了，但是仍然维持着挺胸收腹的身姿。他的脸已经看上去有些暗淡无光，疲惫无神，但是卷卷的头发和胡子仍然泛着棕色的光泽。至于他的侄子则是一个健康壮实的年轻人，行动野蛮、敢打敢冲，粗壮的脖子上顶着一个相对小小的头，给人他遇事时总会用脑袋来做冲锋的感觉。他这样的姿态，在他夹在咄咄逼人的狮鼻子上的那副眼镜反衬下，又增加了一些优雅和孩子气。

在这之前，布朗神父早就见识过这儿的一切，大致还是像以往相同，只是现在大家的眼睛都聚集在一件新的东西上。只见在那些横七竖八的木架子中间钉着一大张随风飘动的纸片，上面的字全是大写，字迹潦草，张牙舞爪，看起来写字的人要么是个文盲，要么是故意制造煽情效果，装作不识字。纸片上写着："劳工委员会警告休伯特·桑德，如果敢减少工人工资或者是让他们停工，后果自负。明天如果贴出上述的公告，他将会在民众正义的拳头下送命！"

斯塔尼兹勋爵刚看完纸上的字，正在转身回来。他的目光越过众人，落在了他的朋友布朗神父身上，怪声怪气地说："他们想要的是你的命。很明显，我不值得他们动手。"

布朗神父以前多次体会的那种幻念，就在这时凭空再次出现，像静电突然爆发一样毫无目的性地刺激着他的头脑。他有一种诡异的想法，觉得说话的这个人不会被杀，因为他早就死了。神父自己也痛快地承认，这个念头确实很荒唐。但是神父看见这位贵族老朋友时老是有一种说不出来的别扭，不管是他的那种意气消沉、超然世外的表情、苍白的气色，还是他那冷酷的眼神。"这个家伙，"神父自己充满坏心思地想道，"有双绿色的眼睛，看起来他的血也好像是绿色的。"

不管怎么说，休伯特·桑德爵士的血肯定不会是绿色的。他的血是鲜红并且热烈的，正涌上他那经历了风吹雨打、皱纹满布的双颊；他激情四射，活力迸发，完全是那种心地善良的人因为气愤才会出现的自然、纯洁的表现。

"我这辈子，"桑德爵士坚定地又带着一些颤音说，"还从来没遇到有人居然这样说我，用这样的事情来对付我。我也许有不同理解——"

"我们都不可以在这种事情上出现分歧，"爵士的侄子没忍住打断了他，"我一直尽量做到和他们友好地相处，但是这样做有点儿过了。"

"你不会真的觉得，"布朗神父加入了他们的辩论，"你的那些工人——"

"我说过，我们有过一些分歧，"老桑德声音仍然颤抖着说，"上帝可以作证，我从来就不赞成用廉价劳动力来要挟英国工人——"

"我们谁都不想这样做，"小桑德说，"但是，叔叔，假如我真的懂你的话，这事基本上确定了。"

他停顿了一会儿，然后说："我认为，就像你说的那样，我们确实在细节上存在着一些分歧，但是在一些本质上的政策上——"

"亲爱的亨利，"老桑德这时平心静气地说，"我希望我们之间没有什么本质上的分歧。"但是，任何知晓英国国情的人都可以从刚才那句话里判断出，两个人之间其实有着很大的分歧。实际上也确实是这样，他们俩之间的差别其实是英国人和美国人之间固有差别的缩影。叔叔继承着英国人的传统理想，把工商业看成是身外之物，总是想用自己是个乡土绅士做理由去逃离工商业；然而侄子却是推行美国人专心投身工商业的梦想，就像一个机械师对机器工作原理烂熟于心那样绝对掌握着公司管理之道。实际上，他确实和许多机械师混得很熟，了解本行中的大部分的工艺流程和经营窍门。不但如此，导致他这样做的一部分理由是，他需要用雇主的身份催促自己的下属尽力去胜任本职的工作，但同时又用一种隐蔽的方式证明自己和他们完全是平等的，或是表现出自己也是个工人而引以为傲。这就进一步表现了美国人的办事风格。就是因为这个，他的作风简直和个工人代表没什么区别。他在应用技术方面的成就显著，他叔叔在政界和体坛上则表现优异，俩人在各自领域的优秀表现可以说是黑白分明。当时年轻的亨利穿着衬衫来往车间、和工人们一起争取优化工作条件的形象和场景令人记忆犹新，这些在无形中又强化了他现在站在相对的立场上所做出的反应。

"好吧，他们这次是自找霉头停了自己的工，"亨利大喊道，"公然发出这样的恐吓，我们也只能破罐破摔，和他们对立到底。除了把他们都遣散以外，没有别的选择。立刻！当场就遣散！要不然，我们一定会成为世人的笑柄。"

老桑德双眉紧皱，同样觉得很气愤，但是他不紧不慢地说："我一定会受到很多谴责——"

"谴责！"小桑德高声尖叫。"因为我们对抗谋杀要挟而受到的谴责！你难道不想一下假如你面对要挟选择妥协让步会受到什么样的谴责？你想看到类似的标题在报纸上出现吗？《大资本家遭到恐怖要挟》——《雇主屈服于谋杀恐吓》。"

"特别是，"斯塔尼兹勋爵也开始帮助小亨利，语气中还带着一些不快，"特别是报纸的大标题一直都喜欢放《钢制建筑的强人》。"

老桑德的面孔又一次涨得通红，从浓密胡子后发出来的声音也那么重。"在这一点上你们说得没错。如果这些粗鲁的人觉得我是害怕——"

就在这时，一个身形消瘦的人迅速地向他们走过来，打断了他们的交流。随意瞥一眼，那个人的最大特点就是太在意自己的形象，变成了让大家都会有点讨厌的那种人。他有一头漂亮的卷黑发，修整得像锦缎一样的小胡子，说话时很像绅士，但是刻意去修饰的语音腔调又给人一种装模作样的感觉。布朗神父立刻就认出来，这个人是休伯特爵士的秘书，鲁珀特·雷。神父经常见他在爵士家中不慌不忙地做事，但是从来没有看到他像今天这样匆匆忙忙，或是一脑门子官司的样子。

"我很抱歉，先生，"那人对他的雇主说，"那边有个人纠缠不休的，我想尽办法也赶不走他。他带了一封信，但是说一定要亲手交给你。"

"你的意思是他先去了我家？"桑德快速看了他的秘书一眼。"你一上午都在我家里？"

"对，先生。"鲁珀特·雷答道。

沉默了一会儿后，休伯特爵士马马虎虎地交代了把那个人带来；那人很快就出现了。

只怕世界上的人，就算是最不挑的女人也不会看上这个被带来的人。他的耳朵很大，加上一张蛤蟆似的脸，双眼会死死地看着眼前的全部，叫人心里发怵。布朗神父把这个现象归结为他有着玻璃眼球。实际上，神父在想象里已经帮他安上了一双玻璃眼球，他的眼神看起来很呆板，木讷地看着眼前这群人。见识过无数人的神父，用自己丰富的经验而不是想象力就可以看出来，有很多原因会引发这样异常的眼神，其中一个原因就是酗酒。这个人个子矮小，衣着不整，一只手拿着一顶黑边圆顶礼帽，另一只手上则是一个封好的大信封。

休伯特爵士仔细看了他一眼，但是开口时的声音却小得出奇，和他高大的身材不太相符，只听见爵士说："哦——原来是你！"

他伸手接过信，做出一副拆信的姿势，同时又用歉意的眼光看着周围。他拆开并读完信之后，顺手就把信塞到了内兜里，急促又严肃地说："嗯，我想就像你说的那样，这些都结束了。现在不可能再谈判了。反正我们没办法满足他们要求的薪酬待遇。但是，亨利，我还是要跟你见面谈一谈——商量一下怎样把这些事更好地收尾。"

"好吧。"亨利稍微有点不快，好像他更想自己出面解决这些事情。"吃完午饭后，我会在 188 号公寓里，我得去查看一下那边工作的进度。"

有着假眼（就当它是玻璃眼珠吧）的送信人目不转睛、步伐沉重地走了。布朗神父好像在思考着什么，目光（他的眼睛可不是玻璃的）一直追跟着那个人，目送他顺着楼梯拐来拐去，然后消失在大街上。

第二天早上，布朗神父居然破天荒地睡过头了，也可以说他是一下子从睡梦中惊醒的，以为自己起迟了。这可能和他记得曾经在日常起床的时间半醒过但是又进入梦乡有关系，就和人们隐约记得做过的梦一样。对大部分人来说，这样的经历是经常的事，但是在布朗神父身上发生就有些不寻常了。事后再回想起来时，神父不得不相信，当他的灵魂暂时脱离多彩的世界，并且陷入表现着各种各样神秘境界的沉睡后，他在曾经被吓醒过的梦境里的小黑岛上，竟然发现了被人当作宝藏藏着的故事真相。

实际上，布朗神父异常快捷地跳下床，快速地穿上衣服，拿起那把多节的大伞，匆匆忙忙地出门来到街上。这时，泛白的晨曦像破碎的冰凌似的散落在他对面的那座黑色建筑周围。神父惊奇地发现，清凉晨光散落的街道上居然什么也没有，这样的景象告诉了他起床的时间并非他所担心的那么迟。忽然，一辆灰色的加长小轿车打破了安静，以迅雷不及掩耳之势驶来，并且在空无一人的大楼前突然停下。然后就看见斯塔尼兹勋爵从车上下来，疲倦地拖着两个大箱子向楼门走去。就在这时，楼门开了，但是里面的那个人竟然没有出来，反而是退了回去。斯塔尼兹勋爵冲着那个人连叫了两声，他才终于出了楼门走到楼前的台阶上。然后两个人简单地说了几句话，勋爵就拖着他的箱子上楼了，然而出来的人则是走到明亮的街道上，视野里出现的是他宽阔的臂膀和向前探着的头。布朗神父终于看清楚了，这个人正是年轻的亨利先生。

对于这场十分诡异的碰面，布朗神父一直都没放在心上。一直到两天以后，那个年轻人开车过来找到神父并且恳请他上车。"发生了很恐怖的事情，"他说，"我宁肯找你而不是斯塔尼兹说这个事情。你知道的两天前斯塔尼兹来过，像疯了一样非要在刚刚完工的公寓大楼住上一段时间。我那天早上那么早过去就是为了给他开门。但是这件事我们放一边回头再聊。我想请你马上去我叔叔家。"

"你叔叔生病了？"神父着急地问道。

"我感觉他死了。"侄子回答说。

"你感觉他死了？这究竟是怎么回事？"神父一点也不客气地反问。"你请医生了吗？"

"没有，"对方回答，"别说什么请医生了，连所谓的病人都没有了……就算请了医生也没什么用，连身体都不知道哪里去了。但是，我差不多知道它去了什么地方……事实上，这个事我们已经隐瞒两天了，但是他真的是不见了。"

"我看不如这样，"神父语调温和地说，"你可不可以把全过程跟我说一下？"

"我知道，"亨利答道，"虽然这样没教养地议论我叔叔有一些不尊敬，但是人一旦慌了神就容易胡言乱语。我这个人心里面藏不住事儿。我就简单点说吧——呃，现在我没办法从头开始说了。这和人们说的大胆假设、随意猜测差不多。总之，我那个不幸的叔叔自杀了。"

这时，他们坐的小汽车正远离着这城市的边缘地带，进入了市郊的森林外围和更远一点的公园。在距离休伯特爵士的庄园入口大概半英里的地方，需要穿过一个茂密的山毛榉林。这个小庄园里主要由一小片的园林和一个观赏性十足的花园组成，展现着一种典雅华丽，被修剪成阶梯样沿着斜坡一层层地延伸一直到流经这里的一条大河的旁边。他们一到爵士住的地方，亨利就拽着布朗神父匆忙地穿过一间间乔治王时代风格的房间，来到房子的背面，然后又不说一句话地沿着斜坡向下走。这里坡度很大，中间穿插着种满了鲜花的埂堰，灰白色的河流也可以一览无余。小径转弯的地方有个巨大的古典瓮形饰物，上面装饰着风格不太相同的天竺葵花环，布朗神父刚转过弯来突然发现坡底下那稀稀疏疏的树木和灌木丛里有动静，像受惊的小鸟立刻飞起来一样。

只看到河边那稀疏的树丛里，两个人影快速地分开了，其中一个很快地隐藏在树影中，另一个则是迎面向他们走过来。他们两个不由得停下了脚步，一时间陷入了不可表达的沉默中。然后亨利用他独特的沉重语气介绍说："我想你应该知道布朗神父……桑德夫人。"

事实上，布朗神父认识她，但是现在他几乎都认不出来了。她脸色苍白、表情非常痛苦，就像戴了个悲剧式的面具。她比她丈夫要小得多，但是她现在的样子看起来竟然比那个老屋和花园里的一切都要苍老。布朗神父下意识地突然想起她确实是古老家族的传承，并且是这个古老庄园真正的所有人。她出身于拥有这个古老庄园的一个破落贵族，因为和经商有道的休伯特联姻才又让它兴盛起来。眼前的她可以称为一张古老家族的相片，甚至可以被看作为家族之魂。她苍白的脸庞呈现出尖削的椭圆形，很像一些画像里的苏格兰玛丽女王①。从她的神情来看，除了因为丈夫失踪并且可能是自杀这种非常情况下自然出现的担忧外，好像另外还有隐情。布朗神父同时也在凭着他的直觉思考刚才在树林里跟她在一起的那个人到底是谁。

"我想你已经听说了这个恐怖的消息。"她尽量维持着姿态的端庄，开口道。"不幸的休伯特一定是不想再忍受那些革命者的迫害了，所以一时想不开就自杀了。我不知道你可以做什么，或者是不是可以帮忙用法律惩罚那些把他逼得无可奈何的布尔什维克。"

"我很伤心，桑德夫人。"布朗神父说道。"在这个时候，我必须坦白我有点疑惑。你说到了迫害，你真的觉得有人仅仅用往墙上钉张纸条的方式就可以逼死你的丈夫吗？"

"我认为，"夫人忧愁地答道，"除了那张纸条之外，他们一定还做了其他事情害他。"

"这说明了人有的时候真的会犯傻啊，"布朗神父忧伤地说，"我从没想过他会这么不合常理，选择用死来躲避被害。"

"我明白，"她忧郁地看着神父答道，"如果不是看到他的亲笔遗书，我又怎么可能会相信是这样。"

"什么？"布朗神父跳着叫了声，就像一只兔子被枪打了一样。

"对，"桑德夫人沉静地说，"他亲手写了遗书，所以我才觉得他一定是自杀的。"说完，她一个人向坡上走去，浑身正气的样子像被家族之魂附体了似的。

布朗神父默默地转向亨利·桑德，两个人通过各自戴的镜片面面相觑，一时间不知道说什么。年轻的绅士犹豫了一会儿后开了口，仍然是一副目中无人的表情和毛糙冲动的劲头。"对，你懂了吧，现在来看他干了什么很明白了。

他是一个游泳高手，曾经每天早上都穿着睡衣到这儿，在河里泡一下。呃，那天可能他像平常一样来到河边，把睡衣放在了岸上，现在还在那儿放着。但是他还留了遗言，说是要最后游一次，然后再去死，类似这样的话。"

"他留下的遗言在哪里？"布朗神父问道。

"他在河上悬着的树上随意划拉了几下，我想那是他临死前抓到的最后一样东西，就在他放下睡衣的地方的下面。我带你去看一下。"

布朗神父跑下最后的一小段坡地到达了河边，认真查看着悬在河面上、细长的叶片几乎都要浸入河里的那棵树。他果然看到了光滑的树皮上的遗书，字迹十分清晰：

"最后一次游泳，再溺水死去。再见！休伯特·桑德"

布朗神父的眼光慢慢地移向河岸上，最终把视线放在了那红黄相间、带有金黄色流苏的华丽衣服上。他拿起这件睡衣，准备翻过来。就在这时，他发现有个黑影快速闪过他的视野。高大的黑影从一丛树林闪向另一丛，看起来是在跟踪桑德夫人。神父一点儿也不怀疑这是刚刚和夫人分开的那个人。不仅这样，他还更确定这是爵士的秘书，鲁珀特·雷先生。

"当然，有可能他正要自杀的时候，忽然想起来还要写个临终遗言。"布朗神父头也不抬，说话时眼睛依然只看着这件红黄相间的睡衣。"听过有人会在树上刻情书，原来还有人会在树上刻遗书的啊。"

"呃，我想他在睡衣口袋中应该找不出来什么用来写字的东西吧。"亨利解释道。"他找不到纸笔肯定就只能刻在树上了。"

"听起来倒是很像法国人会做的事情，"神父对亨利的解释很嗤之以鼻，"但是我想的并不是那个。"沉默片刻后，他又开口时，声音有些变化："实话跟你说吧，我在想就算是一个人面前摆了一堆的笔，还有几夸脱的墨水和几令的白纸，他是不是依然可能会在树干上刻字。"

亨利突然色变直勾勾地盯着他，使鼻上的眼镜都移位了。"你说的是什么意思？"他劈头问道。

"噢，"布朗神父慢条斯理地解释道，"我的意思并不是说邮差们一定会扛着木头把它当信来送，或者是说你想给你的朋友写一封短信，所以就在松树上贴上一张邮票。它肯定是在一种特殊的处境——实际上，它必须要有某种偏爱用树来传达信息的特殊的人才可以。但是，因为考虑到已经都具备了这两样条件，我就再重复一遍，他依然会选择刻在树上，尽管存在着像一首诗里所说的那种情景：假如白纸就像这个世界，墨水大多像汪洋大海；假如墨水是奔流不止的河水，钢笔与翎管笔就是大片的森林。"

神父奇异的想象显然让桑德觉得有些可怕，不知道是因为他没办法理解神父说的话，还是因为他开始想通了。

"你看，"神父边说，边缓缓地把睡衣翻过来，"一个人在树上刻字时是不会写出他的最高水准的。如果这个人不是那个人，不知道你是不是懂得我说的话——哎呀！"

他正在认真地查看那件红黄睡衣，一瞬间睡衣上的红颜色好像沾上了他的指尖。当他们的目光转向指尖的时候，脸色全变白了。

"血！"布朗神父喊道，就在那时，除了河水潺潺外，周围陷入了一片沉寂。

亨利干咳一下，然后又清清鼻子，发出的声音一定不是很动听。然后他声音沙哑地问道："谁的血？"

"哦，我的。"神父一脸认真地答道。

过了一会儿他又说："这里有一个大头针，我没注意被扎了一下。但是我觉得你不会很在意其中的寓意……大头针的寓意。我却不是。"与此同时，他像个孩子一样吮着自己的手指。

"你懂吧，"他又沉默片刻才说，"这睡衣是叠好然后用大头针别着。没有人打开过它——至少在我打开它被扎伤之前是没有人动的。简单来说，就是休伯特·桑德压根儿就没有穿过这件睡衣。他更不会做出在树干上刻下遗言这种事情了，或者说是投河自杀。"

斜挂在亨利的狮鼻上的眼镜啪嗒一声掉落，但是他仍然没有什么动静，就像是由于受到惊吓没有办法动一样。

"这样就把我们带回到了刚才的话题，"布朗神父兴头很足地继续说，"有的特定的人偏好喜欢把自己的私人书信刻在树上，就像海华沙②和他教人们写的那些图画文字一样。桑德投河自杀前有很充足的时间。为什么他不可以像正常人一样给自己妻子写一张字条呢？又或者，是不是可以这样想……为什么'那个人'不可以和正常人一样给他的妻子写张字条？因为假如他这样做的话，就必须要模仿她丈夫的笔迹。这样的事很棘手，因为现在的专家们会抓住不放的。最关键的是，一个人在树上刻大写字母的时候，就算是本人去模仿自己的笔迹也很困难，更不用说他人。这件事不是自杀，桑德先生。无论其中隐藏多少奥妙，这件事情一定是谋杀。"

只听见欧洲蕨和杂草枝纷纷折断，噼噼啪啪，一个膀大腰圆的年轻人像一头海怪似的从中腾跃而起，勾着腰，向前伸着粗粗的脖子。

"我不太擅长隐瞒，"他说，"我也这样想过——认为会发生这样的事，也可以说，有一段时间了。不瞒你说，我绝对不会在这件事上，尤其是对这个家伙——或者是说他们两个客气半点。"

"你到底要说什么？"神父问道，同时严厉地看着对方。

"我要说的是，"亨利·桑德回应道，"你已经说明了这件事是谋杀，我想我就可以向你说明谁是杀人犯。"

布朗神父默默地听着亨利条理不清地说着。

"你说道人们有时会将情书刻在树上。实际上，那棵树上还真的有情书。在上面树叶挡遮住的地方，有两个人刻下的情话交汇在一块儿——我觉得你应该知道，桑德夫人在婚前就已经成为这个庄园的继承人了，并且她当时还和那个花花公子样子的混蛋秘书有过来往。我想他们曾经在这棵树下幽会过，而且还在这里刻下彼此的海誓山盟。后来，他们应该又将见证他们约会的这棵树派上了别的用途。情感纠纷，毋庸置疑。又或者说是和经济相关的事情。"

"他们一定很恐怖。"布朗神父说道。

"难道在历史上或者是罪案里恐怖的人还少吗？"亨利有些激昂地反问道。"难道世界上由爱转恨，把爱情变得比仇恨更恐怖的那些男男女女还少吗？难道你没有听说过博思韦尔③还有那些和情人的血腥相像的故事吗？"

"我当然知道和博思韦尔相关的传说，"神父答道，"我还知道那可真是够触目惊心的。有的时候当丈夫的会像那样被消灭掉，这自然也不假。顺带问一下，他是在哪儿被杀的？我的意思是说，他们把尸体藏哪儿了？"

"我觉得他们淹死了他，或者是在他死了以后将尸体沉进了河里。"年轻人轻蔑地哼了一声说。

布朗神父思考着眨着眼睛说："要想把一具假想的尸体藏起来，这条河是最理想不过的地方了，但是要想把一具真实的尸体给掩藏起来，那河流就变成最差的地方。我是说，你就说把'尸体'扔进河里这个事情，是非常简单的事，因为尸体可能被河水冲进大海中然后就不见了。但是你如果真扔进了一具尸体，那它不会那么轻松地就消失了，而是会有将近百分之百的可能又被冲回到岸上。我觉得，他们肯定有一个更好点儿的方式来解决尸体——要不然，人们早早地就发现它了。此外，假如尸体上有什么暴力的痕迹——"

"哎，为什么要纠缠他们怎么解决了尸体？"亨利有些生气了，"难道说我们在那棵树上发现的他们那邪恶的记录还不足够吗？"

"尸体才是所有谋杀案里最主要的证据，"另一位反驳说道，"破案的关键点很可能是要搞清楚尸体究竟被藏在了哪儿。"

紧接着是一阵沉默，布朗神父继续拨弄着红色睡衣，将它摊开，铺在阳光照射下的河岸草地上。他始终没有抬头看。但是有那么一会儿，他察觉到周围的环境发生了变化，他的视野中出现了第三个人，现在正如同花园里的雕像一样一动不动地站在那里。

"顺便问一下，"神父压低声音说，"你怎么看待昨天给你那不幸的叔叔送信的那个装着一只假眼的小个子？我认为你叔叔看了信以后脸色大变，就因为这个，听到他自杀的消息时我并没有觉得很意外，因为当时我也觉得他就是自杀的。那家伙肯定是一个不入流的私家侦探，要不然就是我看错了。"

"呃，"亨利回答时有点犹豫，"可能是吧——发生了这样的家庭悲剧，作为丈夫有的时候确实会雇用私家侦探，是这样吧？我觉得我叔叔已经有了他们私通的凭证，所以他们就——"

"我真不应该这么大声地说话，"布朗神父说，"因为你说的那个侦探正在看着我们，就在距灌木丛一步距离的地方。"

他们俩都抬起头，果然，那个有一只假眼的小个子正用让人不爽的眼神死死地看着他们，而且他又正好站在这个古典花园里满地开放的白花丛里，这使他的模样看起来更像是个怪异的小妖精。

亨利匆忙起身，因为动作过猛导致他这个大块头都有点吃不消，竟然有些气喘吁吁的。他生气地质问那人在这儿做什么，同时又叫他赶快滚。

"斯塔尼兹勋爵说，"花园中的那个小妖精说，"假如神父可以进屋去和他聊几句，他将会感激不尽。"

亨利·桑德狂躁地转过身，布朗神父以为这种暴躁来源是他和勋爵彼此之间存在着隔阂，但这也是大家都知道的。就在他们走上坡的途中，布朗神父稍微停了一会儿，好像是在暗暗地描摹着光滑的树干上的那些印记。他先是抬头看了一眼已经暗淡、藏在深处的据说是为爱情见证的图画文字，紧接着又看了看字体宽大、间隔松散的所谓的遗书。

"看到这些字母，你有想起什么吗？"神父问亨利。当看到脸色暗沉的同伴摇头的时候，他就补充说道："它们让我想起了那天罢工工人要用他的命做威胁的那张公告上的字母。"

"我一生中还真从来没遇到过这么怪异、这么难破解的谜题。"布朗神父说这句话的时候已经是一个月之后的事了。当时他到达刚装修完成的188号公寓，这套高档的公寓是工人劳资纠缠不休导致停工、工会的工人全部撤出前没有完工的最后一套。公寓的内部装修十分舒适，斯塔尼兹勋爵张罗着用格罗格酒和雪茄招待他，坐在斯塔尼兹勋爵对面的神父扮了个鬼脸说了那句话。勋爵的举止冷漠，也十分随意，但是却表现得非常友善，这不禁让神父觉得有些惊奇。

"我明白，凭着你的见识还会这样说，那说明这件事不同寻常，"斯塔尼兹说，"但是，侦探们，包括我们那个受人瞩目的私家侦探好像都看不出问题的答案。"

布朗神父将手里的雪茄放下，一字一顿地说道："这倒并不是他们看不出问题的答案，而是他们没有看到问题所在。"

"没错，"另一位说，"也许我也没有看到问题所在。"

"这个问题和其他的问题完全不一样，"神父接着说，"原因是，罪犯好像故意做了两件不一样的事情，如果分别做了其中任意一件，都可能会成功，但是如果两个一起做，就会出现问题。我猜测，并且坚信，两件事情是同一个杀人犯做的，他用激进分子的语气张贴了索命书，然后再在一棵树上制作了一般性自杀的绝命书。你可能想说，那张告示不过是无产者贴出来的宣言罢了，劳工里的极端分子的确想除掉他们的雇主，并且真的动手解决了他。就算这些全部都是真的，那也说明不了为什么在这件事后他们，或者是有人又费尽心机地设置下一个和事实完全不同、使人们认为是自杀的迷魂阵。因此，一定不是这样的。那些劳工不管心里有多大的仇恨也不会做出这样的事情。我太了解他们了，我也十分了解领导他们的人。和汤姆·布鲁斯或是霍根差不多的人可以在报纸上发动攻击，用无以计数的方法伤害任何人，如果他们买凶杀人，稍稍有点理智的人都会觉得他们的脑子一定是出了问题，假如不是疯了，那又怎么会做出这样愚蠢的事情。不，存在着这样一个人，他不是愤愤不平的工人，而是先扮成了一名气愤的工人的角色，然后又扮演成一个自杀了的雇主。但是最让人难以理解的是，他到底为什么要这么做呢？假如他觉得有把握用自杀的假象来蒙骗过关，那他又为什么要在一开始的时候公开张贴索命书，那之前的不就白做了吗？你可以解释说自杀的那个假象是事后编出来的，因为它至少不会像谋杀那么轻易就会引发轰动。但是假如一旦有了谋杀的这个说法，那么这件事想不轰动都难了。他一定明白他所做的事情已经把我们的思路引到了谋杀的方向，但是他真正想要的却是想办法让我们不向那个方面靠近。假如这只是事后编排添加的东西，那一定是一个没脑子的人想出来的笨招。并且我有一种感觉，这个杀手十分聪明。你懂这是什么情况了吗？"

"不懂，但是，"斯塔尼兹回应道，"我懂你为什么说我甚至没有看到问题的所在了。这不只是谁杀了桑德这个问题，而是为什么有人先指控说有人杀了桑德，紧接着又说他是自杀的。"

布朗神父的脸几乎扭曲得变形了，紧紧地咬住嘴中的雪茄。烟头有节奏地忽明忽暗，很像燃烧着的大脑神经在活动时发出的脉冲信号一样。然后，他像是自言自语一样，开口了：

"我们必须要保持清醒的头脑，紧咬不放。就像要理清楚纠缠混乱的思路一样，就是这样。谋杀的指控和自杀的认定是相互矛盾的，一般来说，他是不会想起谋杀指控的。但是他的确这样做了，他这样做一定是另外有什么理由。也许那个理由很重要，重要到他必须这样做，就算会减轻他编排的自杀说的信服力。换句话说，也就是在当时的谋杀指控里隐藏着另一种隐情。我是说他并不是想真的去指控谁杀了人，并且用这个将杀人罪转移到别人的身上。他这样干有他自己不同寻常的想法。在他的全盘计划里，一定会有公开宣称桑德会被谋杀的这部分内容，不管这样做是不是会把嫌疑转向他人。也不管是出自怎样的考虑，公开地威胁本身就是必备的一项。但是为什么会这么做呢？"

　　神父抽着雪茄，内心气愤不已，就这样低头苦想了几分钟，然后才又开口说："除了可以暗示罢工的工人是杀人犯以外，扬言要杀人还有什么其他的作用吗？这样做的目标到底是什么呢？有一点是很明显的：它的作用一定是事与愿违的。发布这样威胁的用意，只是想警告桑德不要解雇他的工人，但是这也许就是促使他下定决心这么做的唯一理由了。你必须考虑到他的为人和他的名声。在他被危言耸听而且又无知的报纸称作'强人'，在他被所有优秀的英格兰笨蛋亲切地叫作'体育迷'的情况下，他压根儿不会由于有人拿枪逼他就会有半点退让。如果他选择了退让，那就和叫他戴上一顶插着根白羽毛的白色礼帽去参加阿斯科特赛马会④没什么区别，也会击碎他内心自视清高的优美形象，但是那是每个人都会看得比生命更重要的东西，除非他是懦夫。显然桑德不是一个懦夫，他勇敢，也十分冲动。它像魔法一样立刻就有了反应，曾经和工人们混在一起的侄子当场大吼大叫，说一定要坚决、快速地对抗这样的威胁。"

　　"对，"斯塔尼兹勋爵说道，"我也发现了他当时的表现。"他们俩对视了几秒，紧接着勋爵毫不在意地补充道："因此你觉得罪犯真正想得到的是——"

　　"全面停工，"布朗神父大声说道，"或者你也可以叫它是罢工，或者是别的什么都可以，反正最后要的就是全面停工。他就是想马上停工，或许是为了将廉价劳动力赶快拉进来顶替。但是无论为什么，他一定是想使工会组织的工人马上走。那就是他真正要的，天知道他为什么要这么做。我觉得他做到了，并且在进展过程中，都没有怎么在意要想办法嫁祸给别人，使人们觉得是真的存在着布尔什维克杀手。但是后来……后来我想，肯定是出了什么乱子。我只是在随意猜测，慢慢地探索罢了。但是我唯一可以想到的解答就是，是出了什么事情才把大家的注意力引向了这场麻烦的源头。有的人开始追问起他十分想使建筑工程全面罢工的原因，无论是什么原因。迫于这样的情况下，他才一时情急，用了亡羊补牢的方法，赌一把地制造了河边的自杀现场，不为其他，只有这样做才可以把他人的目光从正在施工中的公寓大楼引开。"

布朗神父抬起头，透过他那圆圆的镜片，仔细地看着室内的摆设和家具的品质，这个冷静的绅士所享用的简单中的奢华。和这形成鲜明对比的则是那两个大箱子，就在不久之前勋爵带着它们住进了刚刚完工但是还没有装修的这套公寓里。然后他有些冒昧地说："总而言之，我觉得是公寓楼发生的什么事或者是什么人惊动了杀人犯。顺带问一下，你为什么要在这套公寓里住？……还有，年轻的亨利跟我说你住进大楼的那天和他约定的时间很早。这是真的吗？"

"没有的事儿，"斯塔尼兹答道，"我是前一天晚上从他叔叔那儿拿的钥匙。我也不清楚亨利那天早上为什么会来这儿。"

"啊！"布朗神父豁然开朗，"那么我感觉我猜到他为什么来了……我猜是你惊扰了他，因为你到的时候，他正好准备离开。"

"但是，"斯塔尼兹闪动着灰绿色的眼睛，看了神父一眼，"你觉得我也是个谜。"

"我觉得你身上有两个谜，"布朗神父说，"第一，你当时为什么要选择离开桑德的公司。第二，离开了以后你又为什么回到桑德所有的大楼里住下。"

斯塔尼兹一边吸着雪茄烟，一边回想着，然后抖了抖烟灰，按响了他面前桌子上的铃。"很抱歉，"他说道，"我需要请两个人进来一下。一个是杰克逊，你见过的那个小个子侦探，他听到铃声就会进来的，我还叫了亨利·桑德，他会稍迟一点过来。"

布朗神父站起来，穿过房间，低头皱着眉看着壁炉。

"在等他们的时候，"斯塔尼兹接着说，"我可以解答一下你刚提出的两个问题。我离开桑德公司的原因是我确信公司中有人搞鬼，有人以权谋私。现在我回来住在这套公寓中，因为我想看到老桑德死去的真相——就在现场。"

侦探进屋的时候，布朗神父转了一下头，只见他仍然盯着炉边铺着的地毯，嘴里重复了句："就在现场。"

"杰克逊先生会跟你说，"斯塔尼兹说道，"休伯特爵士曾经拜托他找到那个公司里的蛀虫。然而就在爵士失踪的前一天，他拿出了一份调查报告。"

"对，"布朗神父说道，"现在我知道他去哪儿了。我明白他的尸体藏在哪儿了。"

"你是说——?"主人迫不及待地问道。

"就在这儿，"布朗神父边说边在那他盯了很久地毯上跺着脚，"就在这儿，在这个简约的房间里铺着的这块精致的波斯地毯下面。"

"你是怎么发现的?"

"我刚才想起，"布朗神父说道，"我在梦里找到了它。"

他闭上眼，看起来像是在尽力去回想曾经的梦境，同时又梦呓一样自言自语:

"这是一个凶杀案故事，它引起了'如何藏尸'的问题，然而我却是在梦中解答了这个问题。我总是会在早上的时候被这座大楼传出来的敲打声给吵醒。那天早上，我被吵醒了一会儿，后来又睡过去了，等我再醒来的时候就想一定是睡过了，但是事实上我并没睡过。这是为什么呢? 因为那天早上传出的敲打声，即使当时的工地已经罢工了，敲击的声音急促、紧迫，出现的时间是凌晨还不到黎明的时刻。正在睡觉的人一听到这个熟悉的声音自然会有相应的反应。但是他接着倒头大睡，因为这个熟悉的声音不是出现在平常的那个时间。现在的疑问是，那个罪犯为什么要把整个工程都立即停工，而且只允许新工人进入呢? 因为假如老工人在第二天返回现场时，他们就会察觉到有人连夜赶了工。因为只有他们才知道前一天的工作进度，也只有他们才会察觉这个房间的地板不同于别的房间，浇注了水泥。干这个活的人肯定是个内行人;一定和工人们混得很好，学习到了他们工作的技术。"

布朗神父正在叙述的时候，门被推开了，一个人偷偷摸摸地向里看。露出来的是长在粗脖子上的一个小脑袋，透过镜片，正在向着屋里的人眨眼睛。

"亨利·桑德自己说过，"布朗神父仰头看着天花板，不管别人自顾自地说着，"他这个人不擅长隐藏。但是我觉得他把自己看太低了。"

亨利·桑德转过身，快速地穿过走廊逃跑了。

"他不仅瞒天过海长期偷盗公款，"神父看起来有些若有所失地说，"而且他还在他叔叔发现了他的贪污行为后下杀手，还用一种新奇独特的方法隐藏了他叔叔的尸体。"

就在这时，斯塔尼兹又一次按响了铃，长时间不松手，只听见铃声大响，尖锐刺耳。那个装着一个假眼的小个子侦探像离了弦的箭一样飞过走廊向逃犯追去，他的动作非常快就像西洋镜里旋转变化的动画人物似的。再看这边，布朗神父靠在小阳台上，向窗外看去，看到亨利像子弹一样快速地射出前门。然后有五六个人从大街上的栏杆和道路旁的花草丛后一跃而起，像撒开的网或者说是打开的扇子一样，紧跟在后面。布朗神父最终还是看到了案情的全部，所有的事情都发生在这套公寓里：在这儿，亨利掐死休伯特，并且把他的尸体藏进了坚固的水泥地板里。为了这个，他不惜造成全面的罢工。大头针扎破了手指的事情，使神父产生疑心，但是当时也只是察觉到自己被谎言引导着走了很远。大头针的寓意就是，它不合常理。

神父认为他终于懂得斯塔尼兹了，但是他喜欢和怪异难以理解的人打交道。他发现，这个之前被他判定为冷血、懒散的绅士，只是表面上看起来冷淡而已，他的内心实际上燃烧着良心和传统尊严的火苗。正是因为这个，他先是从这家有龌龊行为的公司抽身离去，事后又因为自己推脱责任的行为感到内疚不已，于是又主动回来，在埋尸的公寓中安顿下来，做了一回让人厌讨厌、竭尽全力的侦探。然而他就在藏尸地点私下打探的做法让凶手十分恐慌，所以，亨利在紧急情况下，就做出了疯狂的举动，用睡衣做道具设置下了一个受害人投河自杀的迷局。现在的一切都真相大白了，然而，在布朗神父准备告辞星空回家休息时，他又仰望着面前的这座拔地而起直穿夜空、黑黢黢的巨型大物，不禁让他想起了古埃及和巴比伦，还有所有的那些希望永恒但最终变成了废墟的人工建筑。

"我开始时说得很对。"他说道。"它让我想起了科佩⑤说的法老和金字塔的那句诗：本是广厦千万家，石山为穴葬一人。"

【注释】

① 苏格兰玛丽女王（Mary Queen of Scots，1542 年 12 月 8 日 ~ 1587 年 2 月 8 日）：即玛丽一世（Mary I of Scotland）或玛丽·斯图亚特女王（Stewart, Mary, Queen of Scots），在位时间为 1542 年 12 月 14 日至 1567 年 7 月 14 日。她出生 6 天后就成了苏格兰女王。因为信仰天主教，遭到苏格兰贵族和加尔文教徒的反对。1567 年被废黜，次年逃到英格兰，一直被英格兰女王，她的表亲伊丽莎白软禁。最终被伊丽莎白一世以谋反的罪名押上断头台。

② 海华沙（Hiawatha）：16 世纪北美印第安人部落传说中的民族英雄，易洛魁联盟的首领。他有着神奇的力量，教给族人们生存技能，带领大家克服各种各样的困难。他还教人们在光滑的桦树干、驯鹿皮和墓碑上绘画，用各种形象和画面表示特定意义。美国 19 世纪诗人朗费罗以这个为题材创作了长篇叙事诗《海华沙之歌》。

③ 博思韦尔（Bothwell）：是苏格兰玛丽女王的情人，博思韦尔伯爵四世詹姆斯·赫伯恩（James Hepburn, 4th Earl of Bothwell）。传说是他两人合谋杀死了玛丽女王的第二任丈夫，达恩利勋爵亨利·斯图亚特（Henry Stuart, Lord Darnley）。后来两个人秘密结婚，最后引起了贵族们起兵反抗。

④ 阿斯科特赛马会（Royal Ascot）：全称为"英国皇家阿斯科特赛马会"，是由英国安妮女王在 1711 年首创，地点设立在离温莎堡不远的伯克郡阿斯科特，举办的时间是每年 6 月。按照规定，参加活动的男士和女士都必须要盛装出席。男士们要穿黑色或者是灰色的礼服，还有一件小马甲和一顶帽子；女士们都应该戴礼帽、穿长裙。

⑤ 弗朗索瓦·科佩（Francois Coppée，1842 ~ 1908 年）：法国诗人、小说家。

◇ 无解的谜题 ◇

布朗神父的法国朋友弗朗博弃暗投明了，从一个惯犯华丽转身，成为罪案调查行业中的一员，并且表现得十分有干劲，而且取得了优异的成绩。也就在这段时间，一件奇事和布朗神父有了牵扯，从某些方面来说，它极其可能是布朗神父大多奇特经历里最为奇特的事。事情的开端是，作为曾经的江洋大盗和现在的抓小偷人，弗朗博被公认有着侦破宝石窃案方面的特长，他不仅会鉴别宝石，而且擅长识别盗贼。他在这方面的专业知识，帮他获得了一个特殊任务，就是在这样的背景下，那天早上他给布朗神父打了电话。然后故事就这样开始了。

可以听到老朋友的声音，就算是在电话里，自然也让布朗神父十分开心。不过，一般情况下，他是不太喜欢电话交流的，尤其是在那个时候。布朗神父更喜欢看着对方的脸来交流，感受那种交流气氛，因为他很明白，如果不是这样，人们会很容易被听见的话语误导，特别当说话的人是陌生人的时候。在那个十分特殊的上午，他的电话像是中了毒，一群从没过往的陌生人不停地打电话，在他耳边没完没了地唠叨着，不知道在说什么。其中最特别的一通电话是一名男子打的，他问神父的问题是他所在的教会是不是常常明码标价地颁发盗窃和杀人的许可证，当神父说了不以后，这个陌生人干笑了一声就挂了电话，也许他并不相信神父的话。紧接着，一个语气十分激动、语无伦次的女人拨打了神父的电话，让他立刻赶去一家客栈。神父听说过那个客栈，它就在通向附近主教座堂所在镇子的路上，距他住的地方大概有 45 英里。那个女人很快又打了电话，这次她的声音中不安的语气更强了，而且更加语无伦次，告诉他没事儿了，神父根本不必要去了。他刚清净一会儿，一家通讯社又打了电话，问他对一位女电影演员对于男人胡子说的言论怎么看。最后，那个情绪不安定、语无伦次的女人打来了电话，这是第三次了，说着又需要布朗神父赶去那个客栈了。他隐隐觉得说话这个人犹豫不定、情绪混乱，这一般表示这种人自己拿不定主意，不断按别人不确定的指示改动立场。神父承认，当弗朗博打通电话、不等他说话就已经说了要马上来他家吃早饭时，他长长地舒了一口气。

布朗神父很喜欢抽着烟斗，舒适地坐下来和朋友说话，但是他很快就察觉到这个精力十足的到访者着急踏上征途，一点时间也不想耽误，专注地想把他拉进自己那个重要的任务中去。确实，这件事牵扯了一些特殊情况，应该得到神父的重视。弗朗博最近几次出手，成功阻止了几件针对宝石珍品的盗窃行动。在达利奇女公爵家的花园中，他硬是从正要逃跑的盗贼手里抢下了女公爵的冕状头饰。他还精心设置了一个陷阱保住那条珍贵著名的蓝宝石项链。那个技术高超的罪犯原本想掉个包，将真品拿走，结果却又拿着他带来的赝品走了。

毫无疑问，正是由于上面说的优秀表现，他才被邀请，在护送一件十分特殊的珍宝的过程里没有出差错。这件宝贝的材质也许本来就价值连城，但它同时还有另外的价值。它是一个闻名遐迩的圣髑①盒，据说里面装着圣多萝西②的圣髑，将会被送到附近教区的天主教修道院。听说一个世界级的宝物大盗已经盯上它了，当然大盗看重的仅仅是箱子上的金子和红宝石，而不是那个在圣人传记学中更有寓意的圣髑。也许因为存在着这种宗教上的联系，弗朗博认为在这项冒险行动里布朗神父应该是个十分合适的伙伴。无论怎样，弗朗博找上门来，带着一腔热情和满怀理想，大说特说着他的防盗计划。

弗朗博手搓着他的大胡子，大跨步地在神父家的壁炉前神气地走来走去，很有当年火枪手的感觉。

"你可不能让什么玷污了圣物的盗窃案发生在你眼皮子底下。"弗朗博大喊着说，他说的是去向卡斯特贝里镇这一段60英里的路途。

　　圣髑预计在傍晚时分才会到达修道院，并不需要它的护卫人比它更早去到那里，因为他们坐车过去只需要大半天的时间。此外，布朗神父还顺带说到，他们会路过一个旅店，那里有个女人让他快点过去看看，所以他才想过去一趟，正好还可以在那家旅店吃个午饭。

　　他们开车穿梭在树木繁茂、人烟稀少的风景里，越往前走，旅店和其他各式各样建筑物就越来越少了。就算是阳光正热的正午时分，天空中却仍然呈现出一种暴风雨要到达时的那种暗淡，深紫色的云团覆盖在深灰色的森林上方。在这一片肃穆的景象里，周围的一切景物都难免会有一种神奇奥妙的色彩，和晴空万里之下所表现的景象大不相同，形状各不相同的红叶和金黄色的蘑菇似乎被它们自身燃起的黑暗之火给吞灭了。他们在昏暗里前行，出乎意料地看到了森林里出现了一个豁口，就像是一道灰墙被撕裂了一样，在它的上面隐隐露出了那家高耸并且风格奇特、挂着"绿龙"招牌的旅馆。

　　这两个老朋友之前一起去过很多旅馆以及其他类型的住所，而且无一例外地发现那些地方的特别之处，但是这个地方有些不一样，一早地让两人发现了它不同往常的表象。因为他们距旅馆还有好几百码的时候，这座细高的建筑那深绿色的门和深绿色的百叶窗刚刚进入他们的视线时，就看到那扇门被猛地拽开，一个头发乱得像拖把的红发女人匆忙地跑了过来，像是要全速冲上他们的车一样。弗朗博赶忙刹住车，可是还没等车停稳，她那张煞白又哀伤的脸已经伸进了车窗，喊叫道：

　　"你是布朗神父吗？"然后又问道，"他是谁？"

　　"这位先生是弗朗博，"布朗神父沉静地说，"我可以帮到你什么吗？"

　　"先进客栈吧，"就算是在现在的情况，她说话的语气也显得十分无礼，"这里发生了一件谋杀案。"

　　他们静静地下了车，跟着这个女人来到了深绿色的旅馆门前。向里推开门以后，进入眼帘的是一个用木桩和木杆搭建的小巷，上面攀爬着葡萄藤和常春藤，方形的叶子有黑有红，还有其他很多分辨不了的灰暗色彩。这条小巷一直通向一道内门，门内的空间看起来像是一个大客厅，墙上挂着一些已经生锈了的骑士战利品，家具看上去有种古香古色的味道，但是杂七杂八地摆着，很像一间储藏室。突然间眼前出现的一个景象让他们俩不由得震惊了，只看到有人从一堆杂物里站起来向他们走过来。那个人身上全是灰尘，衣服破破烂烂的，动作十分笨拙，似乎是在那里一动不动经历了漫长岁月后突然醒来了。

让人奇怪的是，那个人一旦动起来居然还表现出一副温文尔雅的模样，虽然说行动间又会给人一种生硬死板的感觉，很像是折叠梯或者是毛巾架的木头关节。布朗神父和弗朗博都有点手足无措，因为他们从来没有遇到过这样一个很难归类的人。他不属于人们一般所说的绅士，但是在他蒙尘的外表下却表现出学者所具有的文雅；他穿着邋遢，尽是落魄的姿态，但是又和蓬头垢面的艺术家不同，却是散发着一股子书卷气。他很瘦，脸色苍白，有一个尖鼻子，蓄着一撮黑色的山羊胡；他没有眉毛，长长的头发则是一丝一缕的、软塌塌地披在脑后。他戴着蓝眼镜，遮掩了他的眼神。布朗神父感觉似乎在某个地方遇到过这样的人，但是那已经是很久之前的事情了，他实在是想不出来究竟是哪种。这个人之前所坐的地方堆着的杂物主要是一些书，尤其是一捆捆17世纪的小册子。

"假如我没有听错的话，"弗朗博正色道，"这位女士说这里发生了一件谋杀案？"

红发女人急切地点着头，这时，除了那打结的火红乱发外，她看上去不再是那么野性了。她的黑裙装看起来整洁、严肃，五官端正、美丽。她身上还有着某种气质，叫人感到她同时兼具了健康的身体和坚毅的信念，这两种素质的融合让女人变得更坚强，特别是和戴蓝眼镜的那种男人形成了巨大的对比。但是，恰恰是那个戴蓝眼镜的人站出来十分准确地解答了弗朗博的疑问，他跳出来接话的时候，表现出一种怪异的骑士风度。

"我嫂子遭遇了这种不幸，"他解释说，"一直到现在还在恐慌里，所以我们大家应该体谅一下她。我希望是我先发现现场的，这样我就可以帮她承担这痛苦了，告诉大家这个不好的消息。糟糕的是，弗勒德夫人发现了她那年老的祖父死在了那个花园里。其实他生病后住在这个旅馆里很久了，但是他死亡时的情形显然他遭到了暴力伤害。也可以说，那情形太奇怪了，真的是太奇怪了。"说完，他轻声咳了几下，似乎是在替他们表达歉意。

弗朗博朝那女人弯了弯腰，对她的遭遇表示最诚挚真切的同情。然后他对那个男人说道："这位先生，我想你刚刚说的是你是弗勒德夫人的内弟。"

"我是奥斯卡·弗勒德，是一名医生，"对方答道，"我哥哥，也就是这个女士的丈夫，去欧洲大陆出差了，现在这旅馆就交给了我嫂子管。她祖父有偏瘫病，并且年岁已高。大家都明白他从来不会离开他的卧室，因此才说这是奇怪的情形……"

"你们叫医生或是报警了吗？"弗朗博问道。

"嗯，"弗勒德医生答道，"我们在发现这恐怖一幕后就立刻打了电话，但是他们可能要过几个小时才可以赶到这儿。这家旅馆位置太偏僻。只有那些去卡斯特贝里或者是更远地方的人才会来这里住。因此我们想先获得你们的帮助，等——"

"假如你们需要我们提供什么帮助的话，"布朗神父毫不在意地打断他，有一些失礼，"我必须说我们最好马上到现场看一下。"

他差不多是机械性地向门口走去，却差点和一个刚好正要侧身进来的男人撞在了一起。这个男人十分年轻，长得很高大、壮实，有着一头乱糟糟的黑发。假如他不是一只眼睛有点畸形，让人觉得很吓人的话，整体看他还算是英俊。

"你这是在做什么？"他脱口说道，"无论是张三李四，看到人就要说。你起码也要等到警察来了再说嘛。"

"我会向警察解释的。"弗朗博不在意地说，瞬间换上了一副运筹帷幄的神气，率先向门口走去。弗朗博的个头远远超过那个身材壮实的年轻人，他的八字胡很像西班牙斗牛头上的角，盛气凌人，一直到将那个年轻人逼着退到边上，露出一副被人抛弃又无可奈何的表情。在这同时，众人一下子都拥进了花园，顺着石块铺的小路向桑树园走去。一路上弗朗博只听见神父问弗勒德医生："他似乎并不想让我们来这儿，对吧？随口问一下，他是谁啊？"

"他叫邓恩，"弗勒德医生有些拘谨地说，"由于他在战争中失去了一只眼睛，我嫂子让他干一些打理花园的活儿。"

他们穿过桑树丛，花园里展现出一种只有在天空低暗、地面亮丽的时候才会出现的那种景象，看起来丰富多彩，但是让人有一种不好的预感。一束束阳光透过枝叶之间的缝隙射过来，衬托在酝酿着暴风雨、一片灰紫的天空下，那些树叶看上去就像是在燃烧着的一团团淡绿色的火苗。同样的光束也照在条形状的草坪和花坛上，而且在照耀它们的同时还为它们增添了几丝忧郁和神奇的色彩。花坛中零零散散地种着郁金香，看上去很像是洒在了地上的暗红色血滴，有人甚至会十分诚恳地说，那些里有一部分真的是全黑的。他们沿着小路走到一棵郁金香树③下，路正好也没有了。布朗神父一时迷糊，也许是记错了，居然把它看成了人们经常说的犹大树④。神父不禁生出了这种联想的理由还因为，这棵郁金香树的一个树枝上悬挂着一个身体瘦得像风干的果脯一样的老人，长长的山羊须在风中晃动，叫人觉得胆战心惊。

这样的场景表现出的不仅是灰暗的恐怖，还有闪耀的恐怖，因为忽明忽暗的阳光在树和尸体上染上一层明亮的颜色，这让它们看起来很像是舞台剧的道具。树上的鲜花娇艳地开着，尸体穿着一件孔雀蓝的睡衣，戴着一顶猩红色吸烟帽⑤的头还在晃动，脚上穿着红色的拖鞋，但是一只已经掉落在草地上，像极了一小片的血污。

但是，弗朗博和布朗神父的注意力现在不在这上面，他们的目光都被另一个怪异的东西吸引了，那东西好像刚好扎在死者干瘪的身体中间。他们逐渐认出那是17世纪时期的一把剑的铁质黑色剑柄，它已经锈迹斑斑，并且剑身则是穿透了整个尸体。他们两个一动不动地看着，一直到躁动不安的弗勒德医生对他们不动声色的表现忍不了了。

"最让我觉得疑惑的是，"医生有些神经质地打着响指说，"尸体竟然是这个样子。但是，它倒是让我发现了一些门道。"

弗朗博走到树前，透过一个眼镜片认真地研究露在外面的剑柄。但是不知道为什么，布朗神父这时居然一反往常时的作风，像个陀螺一样突然转身，背对尸体，认真研究着相反的方向。他刚好看见站在花园最远处的弗勒德夫人那个红色的脑袋转向一个黑黝黝的青年男子，因为距离远、光又暗，看不清楚那个人的样子，只看到他跨上一辆摩托车，一溜烟儿就不见了，身后只留下渐渐远去的引擎轰鸣声。那个女人紧接着就转过身，穿过花园向他们走过来，布朗神父也跟着转过身，开始仔细查看黑色的剑柄和挂着的尸体。

"假如我没有记错的话，你们应该是在大约半小时前发现他的吧？"弗朗博说道。"在那之前有人来过这儿吗？我是说，有人去过他的卧室，或者说卧室附近，或者是这个花园——就比如说案发前的一小时左右的时候？"

"没有，"医生坚定地答道，"这才是叫人觉得悲伤的事。当时我嫂子在旅馆另一边的附属房中，那是个餐具室。邓恩当时则是在菜园子里，那儿也在旅馆的另一头。至于我当时是在书堆里翻来翻去找书，也就是在刚才你们看见我时的那间屋子的后边。另外这儿还有两个女佣，当时其中一个去了邮局，另一个待在阁楼里。"

"那么在这些人里，"弗朗博悄悄问道，"我的意思是在这些人里，有没有和不幸的老先生有过过节的？"

"我们都非常喜欢他，"医生一本正经地说，"即使有过一些误会，那也只是些在现代社会中十分常见的不足为道的小事。老人坚持他保守的宗教习惯，他的女儿和女婿在这一方面可能更加开放。但是那些和这个难以置信的恐怖谋杀没有一点联系。"

"那就要看看现代的人是有多开放了，"神父说道，"也可以换成是有多狭隘。"

正说着，他们听见穿过花园走来的弗勒德夫人有些烦躁地叫着她的内弟。医生赶忙地跑了过去，很快就脱离了布朗神父的听力范围。但是在跑远之前，他挥了挥手表达他的歉意，然后又伸出一个长长的手指指着地面。

"你会发现脚印很古怪。"医生的语气怪异，说话时很像是葬礼的主持人。

两位业余的侦探瞠目结舌。"我找到了好几个复杂的现象。"弗朗博说道。

"哦，对。"神父应声道，眼睛却是呆呆地紧盯着草地。

"我在想，"弗朗博说道，"他们用绳子将他勒死之后，又用剑穿透他的身体，这不是没有必要的吗？"

"我也在想这个，"布朗神父说道，"他们先是用剑穿透他的心脏从而杀了他，然后又用绳子把他挂起来，为什么这样画蛇添足呢？"

"嘿，你是故意和我唱反调啊，"弗朗博抗议说，"我一下子就看出来他是死了以后才被剑刺穿的。要不然，会流出更多的血，伤口处封口的样子也会不同。"

"我一下就看出来，"个子矮小的布朗神父昂着头，一双近视眼向上看着说，"凶手没有在他活着的时候勒死他。假如你看一下绳套上的绳结你就会知道，绳结打得很简单，那绳子压根儿就没有勒住脖子，不会让人窒息死亡。因此绳子是在他死了以后才套上去的，剑当然也是在他死了以后才刺穿的身体。那么现在的问题在于凶手到底是如何杀死他的？"

"我认为，"弗朗博提醒道，"我们还是回到屋子里，看一下他的卧室还有里面一些其他的东西。"

"我们当然得去，"布朗神父说道，"但是在做别的事情前，我们最好先看一下这些脚印。最好是先从那边开始看，我猜，应该就是在他卧室的窗户边上。你看，石板的小路上没有脚印，即使那里有脚印的可能性很大。但是，还是那句话，很大的可能不会有。再来看看这儿，这片草地是在他卧室的窗户下。这些显然就是他的脚印。"

神父眨了眨眼睛看着这些脚印，一种不好的预感在心里萌芽，紧接着他又遵循着来时的脚步十分小心地返回，也不在乎是不是得体，时不时地弯下腰仔细研究着地面上的什么东西。就像这样子走会儿停会儿，终于他又回到了弗朗博的身旁，开始闲聊起来：

"嗯，你知道吗？这件事情的情节都十分明白地写在那儿了。虽然这事情并不是那么轻松简易。"

"'轻松简易'用来形容这件事绝对不够，"弗朗博答道，"要我来说它简直是让人恶心——"

"好吧，"神父说道，"故事的情节已经十分清晰了，老人拖鞋的鞋底十分明显地将它印在了地上。故事是这个样子的，这个年迈的偏瘫患者从窗口跳了下来，在和这个小路平行的花坛里跑过去，似乎是在急着去享受被勒死和穿透心脏带给他快乐。他实在是等不了了，所以高兴得单腿蹦着向前跑，时不时还做个侧手翻——"

"闭嘴！"弗朗博气得大吼一声。"你的葫芦里卖的是什么药？你想说什么？"

布朗神父只是扬了下眉毛，平静地指了指地上的那些痕迹，"从那边一直到这儿的一半的路上，地上只有一个拖鞋留下的印迹，在有的地方基本上是一只手留下的印迹。"

"他难道就不可以是个瘸子，走在半路上的时候摔倒了吗？"弗朗博反问道。

神父摇了摇头。"他在挣扎爬起来的过程里，起码也要是双手或者是双脚来用力，当然也可以是用双膝和双肘。但是地上没有留下任何其他印迹。自然，石板铺的小路就在边上，那上面也没有什么印迹，就算是在石缝中的泥上应该会存在。这是一条让人惊叹的小石板路。"

"上帝啊，一条令人惊叹的小路，一片令人惊叹的花园，一个令人惊叹的案子！"弗朗博阴沉的双眼扫过黯然、即将会受到暴雨袭击的花园，那一条贯穿其中、用石板做的小路，蜿蜒曲折，确实给人一种难以想象的怪异感觉。

"现在，"布朗神父提议，"我们去看一下死者的卧室吧。"他们走进一扇距卧室窗户不远的门。进门的时候，布朗神父不由自主地停下了脚步，看了一下墙边靠着的扫把，那是一把花园中用来清扫树叶的普通扫把。"你看见那个了没？"

"只是一个扫把。"弗朗博有些讥讽地说。

"不，那是一处败笔，"布朗神父说道，"那是我在这个奇妙的情节里看到的第一处败笔。"

他们俩上了楼，到达了老人的卧室。一眼看过去，一些基本的事实已经心知肚明，其中包含这个家庭的立家根本以及家庭成员争吵的理由。神父从一开始就发现，他看到的是一个曾经十分坚信天主教的家庭，但是现在居住在这儿的成员，至少可以说是部分成员已经心存别念，不再是以前那么虔诚。老人房间里的绘画和图像都准确无误地表示出这个家庭仅剩下来的虔诚也只有他本人了，他的后代不知道为什么已经全部变成了异教徒。但是布朗神父心里也很明白，这样的情形连一般的谋杀案都解释不了什么，更不用说发生在这儿的一切了。"哪有这样的！"神父喃喃自语，"看来谋杀只不过是整个事件里最普通的部分了。"就在他自顾自嘟囔的同时，他的脸上逐渐出现了一丝光芒。

弗朗博已经在一张小桌旁的椅子上坐了下来，小桌子紧紧地靠着死者的床。桌子上放着一瓶水，旁边还有一个小盘子，里面装着的是三四粒白色的药丸，弗朗博眉头紧皱，看着这几颗药。

"这个凶手，无论是男是女，"弗朗博说道，"因为某个目的，想让我们觉得老人是被勒死的，或者是被剑给刺死的，又或者是两种手段一起用杀了他。但是这些统统不是老人死因的真相。他们到底为什么要这样去误导我们呢？最合理的解释是：他的死法有点特殊，会很容易让人想到某个特殊的人。比如说，我们假设他是被毒杀的。然后再会自然而然地让人认为有嫌疑的投毒人。"

"无论如何，"神父低声提醒道，"我们那个戴着蓝眼镜的朋友可是一名医生。"

"我要好好查看一下这些药丸，"弗朗博接着说，"但是，我可不想让它们消失。它们起来是可以溶进水里的。"

"你要做科学实验可能会消耗不少时间，"神父说，"很可能你还没有验证完，法医就赶到这儿了。我真的要劝你千万不要把药片弄不见了。我的意思是假如你想等法医来了以后再解决的话。"

"我要一直等到这个案子破了才会走。"弗朗博坚定地说。

"那你或许要在这儿待一辈子了。"布朗神父冷静地看着窗外说。"不知道为什么，我觉得我不应该再待在这个屋子里了。"

"你的意思是觉得我破不了这个案？"他的朋友问道。"我为什么不该解决掉这个难题呢？"

"因为它是不会溶于水的，当然也不溶于血。"神父说着话，就下楼了重新回到了逐渐昏暗的花园中。眼前再次呈现出他刚才通过在卧室窗口看到的现象。

聚集着热量的阴暗天空轰隆作响，重重地向地面压来。乌云已经打败了太阳，从云缝里露出的太阳看起来比月亮还要苍白。空气微微地颤动，传来一阵阵的雷声，但是现在已经没有一点风起来，整个花园也不再是五彩缤纷的样子，而是深浅不一、变幻多样的黑色。但是在蔓延的昏暗里依旧可以看到一些鲜明的亮色，那就是女主人那火红色的头发。现在，她有点僵硬地站在那儿，看着前面，双手则是向上插进自己的头发中。这样的场景，确实是让人黯然神伤。但是神父心中暗暗地察觉到眼前的景象似乎又有什么重大的寓意，在他苦苦思考中，几行让人念念不忘的神秘诗句忽然出现在脑海中，他就不自觉地吟读了出来：

"悲情残月下，那一片野蛮再次中了旷古魔法的神秘之处，

幽然出现一个忧伤的女人，替她的薄情郎哀声号哭。"⑥

喃喃自语中的神父压抑不了内心的激动。"圣母玛利亚！上帝的母亲，帮我们这些罪人祷告吧……就是这样，完全就是这样啊：一个女人，替她的薄情

郎哀声号哭。"

布朗神父有些犹豫不定，几乎是颤抖着走向那个女人。但是在他开口说话的时候仍然维持着自始至终的镇定。他看着她的脸，诚挚地跟她说不要因为那些完全是偶然的恐怖场面去过度的哀伤，不管那场面是多么丑恶。"你祖父房间中那些神像更可以代表他，而不是我们在花园里看到的那个惨状，"布朗神父表情严肃地说，"我看得出来，他是一个好人，至于凶手怎么对待了他的身体，一点儿都不会更改这一点。"

"噢，我不喜欢那些神像和雕像，"她愤恨地说道，头转向了别的地方，"假如它们都可以像你说的一样，为什么都会自顾不暇？暴徒们可以敲掉圣母玛利亚的头，但是谁又把他们怎么样了吗？嗯，信教又有什么好处呢？假如我们发现人实际上比上帝更具有力量，你不可以斥责我们，你也不敢斥责我们。"

"一定不会，"神父的语气非常温柔，"但是，把上帝十分耐心地对待我们的表现拿来和他作对就有些不对了。"

"上帝可能是有耐心，但是人没有耐心，"她回敬说，"假设我们更加喜欢没有耐性的。那你可能会将它称作是亵渎圣物，但是你并不能阻止它。"

布朗神父突然一惊。"亵渎圣物！"他重复着，像是灵机一动有了好主意，忽然转身向门口跑去。同一时间，弗朗博出现在了门口，脸色因十分激动显得煞白，手里还拿着一卷纸。布朗神父刚要开口说话，但是被冲动的弗朗博抢先了。

"我终于找到线索了！"他开心得大叫。"这些药看上去是一样，但是实际上它们差别很大。你懂吧，我刚看见它们的时候，清扫花园的那个独眼禽兽贼头贼脑的，把那张白脸伸进屋里来，当时他还拿着一个马枪。我一拳就敲掉了他手里的枪，然后把他沿着楼梯扔下去。但是，我想我开始懂得这一切是怎么回事了。再给我一两个钟头的时间，我就可以把这个案子给破了。"

"你破不了！"神父加大了音量，这和他平时的表现十分不同，"我们不会在这儿再待一个钟头了，就算是一分钟都不可以！我们必须立刻走！"

"什么!"弗朗博惊叹一声,"很快就会真相大白了,怎么可以前功尽弃呢!嘿,难道你看不出来,我们已经很接近真相了,这就是他们为什么怕我们在这儿。"

布朗神父看着费朗博,神情冷酷,一脸神秘莫测的样子,然后说:"只要我们仍然待在这儿他们就不会害怕我们。他们最害怕的是我们不停留在这儿。"

他们两人都同时察觉到了,在一片恐怖的阴霾里,弗勒德医生那慌张的身影在附近逗留。现在,他拼命地冲着他们打着手势。

"别走!听我说,"焦躁不安的他大喊道,"我已经找到真相了。"

"那你就把那些告诉给你叫来的警察吧,"布朗神父匆忙说道,"他们很快就到了。我们要立刻离开。"

弗勒德医生像是被扔进了感情的旋涡,一时方寸大乱不知道该怎么办,等到他回过神时,就几近绝望地疯狂喊叫起来。他站在路中间伸开双臂,向一副十字架一样挡住他们的去路。

"就这样吧!"他大喊着。"我说我找到了真相不是在骗你们。我是在坦白,想告诉你们真相。"

"那就去找你自己的神父坦白吧。"布朗神父边说边跨着大步向花园大门走去,瞠目结舌的弗朗博则是紧跟其后。在他们将要到达大门的时候,另一个人像一阵风似的刮了过来,拦在了神父的面前。是那个园丁邓恩,他气急败坏,向着神父狂喊乱吼不知所云,像是对要开小差的侦探们的行为表示不满。他像挥舞棍子一样挥动着马枪,幸好布朗神父的反应够快,一低头躲过了挥过来的一记马枪,但是邓恩却没有躲过弗朗博那大力神一样的一下铁拳,四脚朝天地倒在了地上。两人不说一句话,扬长而去,兀自出了大门,上了汽车。弗朗博只是问了句去哪儿,布朗神父只是回答了一句:"卡斯特贝里。"

两人沉默了很久后,终于神父开口了,说道:"我甚至认为只有那个花园才会出现暴风雨,那是一场从人的灵魂中策划出来的暴风雨。"

"老朋友,"弗朗博说道,"我认识你很长时间了,只要我知道你对某件事有了真切的反应，我就会随着你走。但是我希望你可以告诉我，你硬是把我从这件让人沉迷其中的古怪案子中扯出来，不会就是因为你不喜欢那儿的气氛吧。"

"哦，那里的气氛确实很恐怖，"布朗神父镇静地答道，"恐怖、激烈、抑郁。它最恐怖的地方是——那里根本没有什么仇恨。"

"有人似乎不太喜欢老祖父。"弗朗博顺口接着说。

"根本不存在谁讨厌谁的问题，"神父嘟囔着说道，"这就是那压抑场所的阴郁之处。正好相反，这一切都和爱有关系。"

"先勒死他，然后再用剑刺穿心——用这样的方式去表达爱，还真够奇怪的。"对方不自觉地感叹道。

"这就是爱，"神父重复地说道，"这样的爱让那个房子充斥着恐惧。"

"你可别对我说，"弗朗博很显然不太相信神父的话，"那个美丽的妇人喜欢上了那个戴着眼镜的蜘蛛。"

"不，"神父又嘀咕着说道，"她爱她的丈夫。真可怕。"

"我经常听你赞美爱情，都已经习惯了，"弗朗博答道，"我觉得你不可以说那是不合法的爱吧？"

"那当然不是那个意义上的不合法了，"神父回答，同时胳膊肘支着的身体突然动了一下，言语间满是热情，"你难道会认为我不知道男女之间的爱是上帝的第一诫命，并且享受永远的光荣吗？你难道和那些笨蛋一样觉得我们不赞美男女之间的相爱结合吗？我难道还需要你来告知我上帝创造伊甸园或者是迦南水变酒⑦的故事吗？因为男女结合的力量就是上帝力量的所在，因此就算他们已经大逆不道，但是这种力量依旧波澜壮阔。当伊甸园成为了丛林，那也就是充满着上帝荣耀的丛林。当迦南的美酒又一次发酵，它就成为了哥耳哥达的醋⑧。难道你认为我会不知道所有的这些事情？"

"我确定你知道，"弗朗博说道，"但是我还没有搞懂这件案子的真相。"

"这件命案是没有办法侦破的。"布朗神父说道。

"为什么？"他的朋友追问道。

"因为这里压根儿就没有那件需要侦破的谋杀案。"布朗神父答道。

听了这话，弗朗博震惊不已，一时呆滞。布朗神父沉静地接着说：

"告诉你一件奇特的事。我和那个痛苦不堪的女人聊了几句，但是她在整个过程里，根本就没说过一句谋杀的事情。她一个字都没有说，甚至连暗示都没有。她反复说的只有'亵渎圣物'这几个字。"紧接着，神父好像忽然想起了什么，话锋一转问："你知道'蒂龙虎'这个名字吗？"

"怎么会没听说过！"弗朗博大喊起来。"不就是那个想偷圣髑盒的贼吗。我这次就是专程受命来对付他的。他可是这个国家的最凶狠、最胡作非为的歹徒。他是爱尔兰人，自然，他是属于极端反对教会的那种人。他也有可能加入一些喜欢搞邪门歪道的私下社团。总而言之，他总是喜欢用那些卑鄙的花招，一切事情都会弄得叫人毛骨悚然，但是其实那些事情本来并不是像表面看起来那样的邪恶。在另一个方面来看，他并不是最坏的。他很少杀人，也从不做那些残忍的事情。但是他总是喜欢做些不可思议的事情，让人们十分震惊，尤其是像他一样反对教会的人，和什么打劫教会或者是挖掘坟墓之类的，都不在话下。"

"对啊，"布朗神父像大梦初醒一样，"这就对了。我早就应该明白这里面的那些门道的。"

"我不懂我们怎么会一下子看到其中的神秘呢，我们只是调查了一个小时罢了。"弗朗博辩解道。

"在需要调查的情况出现之前我就应该看穿了，"神父说道，"在你今天早晨来我家之前我就应该想到这些了。"

"你究竟是什么意思？"

"这说明只是听电话里的声音会多么容易误导人啊，"布朗神父回想着说，"今天早上我接到的三通电话其实就代表着这件事的三个阶段，可我当时却觉得那都是些鸡毛蒜皮的小事罢了。一开始的时候，有个女人给我打来电话，叫我尽快赶到她的客栈。那意味着什么呢？当然是老祖父快咽气了。然后她又打来电话，说无论如何我都不必再去了。那是什么意思？当然是老祖父已经咽气了。他安详地死在自己的床上，大概只是因为年龄太大，心脏衰竭了。之后，她又第三次打来电话，说无论如何还是需要我去一趟。那又是什么意思？啊，那可就更有意思了！"

布朗神父稍停了片刻，又接着说道："蒂龙虎这次又突发奇想，准备冒次险，不过要想将这个疯狂的念头付诸实施需要十分巧妙的安排。他刚听说你不仅正在追踪他，要来护卫圣髑盒，还很了解他以及他做事的方式。他还有可能听说过我有时会做你的帮手。他想在中途拦住我们，为了做到这一点，他就想到了伪造一个谋杀案的计谋。他这招实在是够阴损的，但它并不是真的谋杀。他很可能连哄带吓唬，让她认清明摆着的事实，不过是利用一下尸体又不会造成什么伤害，况且这是唯一能让他逃脱牢狱之灾的出路。不管怎样，他妻子很崇拜他，会为他做任何事。但是她同时又感到以那种方式吊起尸体实在太骇人听闻了。这就是她为什么后来要反复提及亵渎圣物的原因。她脑子里想的不止是亵渎圣髑的恶行，还有他们对死者尸体的蹂躏。蒂龙虎的弟弟，弗勒德医生属于那种冒牌的'科学的'反叛者，净干些没用的事；纯属一个自甘堕落的理想主义者。但他对蒂龙虎忠心耿耿，园丁邓恩也是这样。也许这么多人都对他忠心不贰这一点对他很有利。"

"最初让我起了疑心的是件很小的事。弗勒德医生胡乱翻腾的那堆旧书里有一捆17世纪的小册子。我刚好瞥见了一个标题：《斯塔福德勋爵的审判及行刑之真实声明》。你知道吗，斯塔福德勋爵是在天主教阴谋案⑨中被处死的，而这个阴谋案一开始就留下了一桩历史谜案：埃德蒙·贝里·戈弗雷爵士之死。戈弗雷爵士被发现死在一条水沟里，但死因却迷雾重重，他身上存在被勒死的痕迹，但他同时又被自己的佩剑刺穿。我当时就想那屋里有人恐怕从中受到了启发，但他不可能会用这种方式去杀人，只会是用来布下一个谜局。后来我发现花园里所有可怕的细节都体现了这一点。那些细节确实够触目惊心的，但整个场面并不是单单为展示邪恶，而是另有用意。因为他们必须尽可能地把这个迷惑人的场面布置得错综复杂、漏洞百出，确保我们在短时间内无法破解——或者无法看穿其中的玄机。于是乎他们就把可怜的老人从床上拽下，拖着他的尸体在花园里做出各种它根本就不可能完成的动作，像什么单脚跳和侧手翻之类的。他们抛给我们的是个无解之谜。布置完现场后，他们用扫帚打扫了自己在小径上留下的足迹，顺手就把扫帚立在了墙边。幸运的是，我们及时看穿了他们的把戏。"

"是你及时看穿了它，"弗朗博说道，"我恐怕还要在他们安排的第二条线索上花更多时间，研究那些混杂在一起的药丸呢。"

"好了，不管怎么说，我们算是脱身了。"布朗神父一身轻松地说。

"这个嘛，"弗朗博接着说道，"恐怕就是我为什么现在需要开这么快赶往卡斯特贝里的原因。"

当天夜里，有人精心策划的一场变故惊扰了卡斯特贝里镇上的修道院和教堂里本该享有的宁静。圣多萝西的圣髑盒做工精美，装饰着黄金和红宝石。它被暂时保存在修道院里小礼拜堂旁边的一间屋里，准备在祝福仪式结束时用于列队行进祈祷文的一个特别仪式。此刻，一名修士正全神贯注、高度警惕地看护着圣髑盒，因为他和他的教友们都知道，蒂龙虎图谋不轨，正在暗中窥伺，寻找下手时机。突然，低处一扇花格窗缓缓开启，一个鬼影像条黑蛇一样从打开的窗缝中爬了进来。那名修士见状一跃而起便冲了过去，一把抓住了那东西，这才发现那是一个人的手臂，袖口很精致，手上还戴着很时髦的深灰色手套。修士一边死抓着不放，一边大声喊人来帮忙；就在这时，一个人从他身后的门口冲了进来，抱起桌上一时没人照看的圣髑盒。几乎在同一瞬间，卡在窗户缝里的那条手臂被他揪断了，他愣愣地站在那里，看着手里的一根假肢。

蒂龙虎以前就用过这样的花招，但是这个修士却是生平第一次遇见这样的事情。还好这世界上还存在着一个懂得蒂龙虎的诡计的人。就在蒂龙虎转身想要逃离现场的时候，留着英武八字胡的那个人突然在门口出现，堵住了去路。弗朗博和蒂龙虎屏气凝神，双目紧盯对方，十分像是互致军礼一样地默默沟通。

同时，布朗神父悄悄地跑进小礼拜堂里，他要为牵扯进这次不恰当事件中的几个人祈祷。只见他面带微笑，看来心情很好。说句实话，他对从精神上救赎蒂龙虎还有他那令人感叹的家庭并不感到悲观。更准确地应该说，在他看来，相对于更多体面的人，这一家人获得救赎的希望更大一些。做完祈祷，神父任凭自己的思绪飘荡，他用更广阔的视野打量着这个地方，思考着这个事件。在洛可可式的美丽小礼拜堂的尽头，在那个墨绿色的大理石祭台前，穿着深红色的法衣、正替殉道者举行奉献礼的那一群教士，在这时也都变换成了背景，衬托着一团团热烈的鲜红，那是像燃烧着的炭火一样、镶嵌在圣髑盒上的红宝石，也是圣多萝西珍爱在手的鲜艳玫瑰。神父的思绪忽然又转向了当天白天发生的诡异事件，想到了曾经帮助一起亵渎圣物并且因而心惊胆战的红发女人。无论怎样，他想，圣多萝西也有一个异教徒的恋人，但是他并不能控制住多萝西，更加没办法摧毁她的信仰。她因自由而死，又为真理而献身。然后，她从天堂里给他送来了玫瑰花①。

神父抬头望去，透过青烟的缭绕和闪闪的灯光，看到请求上帝赐福的仪式已经进入了尾声，马上就会开始列队行进仪式。这时，他觉得永恒的岁月积淀着世间万物以及传统如排山倒海般一幕又一幕地涌进他的脑海里。在它们上面，那个崇高的圣髑盒就像永远不会熄灭的火焰光圈，似乎从人类的黑暗里升出的太阳，驱走了蔓延在穹顶上的阴影，照耀着宇宙间所有的黑暗疑团。有些人坚信那个疑团也是一个无法解答的问题。但是另外有一些人却坚持认为，这个疑团只有一个答案。

【注释】

① 圣髑（relic）：狭义上的圣髑，说的是列品圣人或真福的遗体或者遗骨。广义上的圣髑不仅包括上面说的遗体或者是遗骨，还包含圣人的遗物或是和遗体接触过的一些物品。保存圣髑的圣髑盒或是圣体匣一般是透明的，供信徒敬拜。

② 圣多萝西（Saint Dorothy）：或者可以翻译为"圣多罗泰娅"（意大利语 Dorothea），是天主教里园丁和新娘的主保。她曾经生活在小亚细亚卡帕多西亚古王国（Cappadocia）凯撒利亚（Caesarea）市。在罗马皇帝戴克里先（Diocletian，284～305 年）残害基督徒的运动中被处死，成为了殉道者。

③ 郁金香树（tulip tree）：也就是北美鹅掌楸。是世界珍贵树种之一，17 世纪时从北美引种到英国，它黄色的花朵形状类似杯状的郁金香，所以被欧洲人称为"郁金香树"。

④ 犹大树（Judas tree）：就是南欧紫荆（学名：Cercissiliquastrum），是苏木亚科紫荆属的一种落叶乔木，高度不超过 10 米，原产在南欧和西亚。叶子比较圆，绿色带一点微蓝，先开花然后生叶。根据传说，出卖耶稣的犹大就是在这样的树上吊死的，这让树木因为这个感到羞耻，所以导致白色的花全部变成了紫红色。

⑤ 吸烟帽（Smoking cap）：一般是绅士们在家时常常戴着吸烟，用来防止吸烟的时候头发染上烟味，或者是保暖的帽子。流行于 1840～1880 年间，有时会配着使用吸烟夹克，但是后者的运用并不普遍。

⑥ 引用的是英国浪漫主义诗人塞缪尔·泰勒·柯勒律治（Samuel Taylor Coleridge，1772 年 10 月 21 日～1834 年 7 月 25 日）的代表作之一《忽必烈汗》。原文：A savage place！/as holy and enchanted/As e'er beneath a waning moon was haunted/By woman wailing for her demon-lover！

⑦ 根据《圣经·约翰福音》第二章记载：在加利利的迦拿有娶亲的筵席。耶稣和他的门徒也被请去赴席。酒用尽了……耶稣让佣人往缸里倒满了水。然后又

说，现在可以舀出来，送给管筵席的。管筵席的尝了那水变的酒，便叫新郎来。对他说，人都是先摆上好酒。等客人喝足了，才摆上次的。你倒把好酒留到如今。这是耶稣所行的头一件神迹以显出他的荣耀……

⑧ 哥耳哥达（Golgotha 或 Calvary）：又可以翻译为"各各他"或者是"各各他山"，意译为"骷髅地"。在耶路撒冷圣城的墙外，耶稣受难处。耶稣被钉在十字架上时，曾经有罗马士兵为了戏弄他，给他醋喝。

⑨ 天主教阴谋案（Popish Plot）：1678 年，泰特斯·奥茨假造了一个天主教教徒策划谋害国王查理二世的行动，并由此在英国掀起了残害天主教徒的热潮，这期间有多达 22 名的天主教徒遭到指控并且被处死。1678 年 9 月，奥茨和另外两个人向治安法官埃德蒙·贝里·戈弗雷爵士提交了和天主教阴谋有关的书面说明。戈弗雷爵士当时表示自己的生命受到了威胁，但是并没有使用任何的防范措施。10 月 12 日，他离家未归；10 月 17 日，他的尸体被发现。验尸结果是他被谋杀，民众认为这个案子一定是天主教徒做的。1678 年 12 月，由于涉嫌阴谋活动被抓的迈尔斯普兰斯自己供认曾和另外的两人谋杀了戈弗雷。三人被处绞刑。但是后来证实这个案子是冤案，戈弗雷爵士的死到现在还是个谜。

⑩ 据传说，富有、俊朗的异教徒西奥菲勒斯（Theophilus）爱上了美丽的多萝西，并且向她求婚但遭到拒绝。西奥菲勒斯一气之下就向当局告发了她，扬言说："要么叫她嫁给我，要么就把她当成祭品供献给众神，因为她是个基督徒！"当多萝西被拉去刑场时，西奥菲勒斯讽刺道："呵，漂亮的姑娘！现在你终于可以去见上帝，你的新郎了！不要忘了送我一些他花园里的苹果和玫瑰花！"她答道："我一定会送苹果和玫瑰给你的，并且会在花园里等着你。"她死了以后，一个天使捧着装有三个苹果和三支玫瑰花的篮子出现。西奥菲勒斯吃了那苹果后就改了信仰，然后也成了殉道者，和圣多萝西相聚于天堂花园。

◇ 小村里的吸血鬼 ◇

在一条山中小道的拐角，有两棵很大的白杨树傲然挺立，俯视着一座十分普通的小村庄。这座叫作"波特池塘"的小村庄，仅仅住了几户村民。有一个人曾无意中到了这个村子，他穿着样式跟颜色都非常显眼的戏服，肩上搭了件鲜艳的洋红色外衣，隐约可以闻到香味的深色卷发上还歪戴了一顶白礼帽，下面则是两撇颇具英气的拜伦式胡须。

他为什么会穿这么引人注目又怪异的戏服，可是又能穿出好像时装的感觉，这么大摇大摆地到处走？这确实是个奇怪的问题，也是许多奇怪问题中的一个，不过在他最大的疑点被戳破以后，一切这些问题也全都得到解决。而这里的重点是，在他路过那白杨树之后就不见了；就好像走进了不断散开的晨光中或者被吹散在轻缓的晨风里。

一个礼拜之后，有人在四分之一英里之外找到了死去的他，他的尸体在一座阶梯式花园的假山上；这座花园与一栋破败没有人住、紧紧关着窗户的房子是直接联通的，人们管这儿叫"格兰其庄园"。在他失踪之前，还有人刚好听到他和别人在吵架，而且还故意看不起他们的家乡，说这是一座"恶心的村子"；从这里能够看出，他显然刺激到了这儿的人对家园深厚的情感，他们怒火中烧之下就将他给杀死了。起码这里的医生能够证实，他的死亡非常有可能就是因为有人重击了他的头，并且让他遭受重击的工具大概就是木棒或是短棍一类的。这个结论跟大家说的差不多是一样的：十分粗鲁的乡野村夫攻击了他。可关键是，所有人到处找，都没能找到任何有关那个乡野村夫的线索。所以，来调查取证的陪审团最后只能裁定，这个人是被一个无名氏给杀了的。

大约一两年之后，这个谜团用一种奇怪的方式又一次出现了：一连串事情的出现最后还是让马尔伯勒医生坐上了通往波特池塘的列车。医生长了一张胖胖的圆脸，肤色很深，亲近的伙伴们都叫他"马尔伯里"，用着来打趣他的样子和深紫色的桑葚①有得一拼。和医生一起去的还有一个伙伴，每次医生碰见这样的事情总会找他帮忙，虽然医生表面上看起来有点像傻大个儿，可是他的眼睛却是很毒的，并且本身还有着很棒的第一感觉：他想来想去觉得还是要找这个小个子神父帮忙，他叫作布朗，是以前在一次中毒案中认识的。神父和医生面对面坐在一起，那样子就像一个病了的小孩儿在认真听着医生的嘱咐；而医生就在十分耐心地跟他说这次去波特池塘的真正原因。

"那位穿着洋红色衣服的先生认为'波特池塘'是一座恶心的村子，对这说法，我是十分不赞同的。但是，这个村子确实是很偏僻，跟外界几乎没有联系，有点奇奇怪怪的，仿佛是百年以前的小村子。那里的姑娘们还的确就是在家里纺织的姑娘——简直了，你都能想到她们纺织时的模样。那里的女士们倒不只是女士，也是一位位淑女；在那个地方都不会管药剂师叫药剂师，都是被称作拿药的，再不然就是配药的。他们倒是也能接受有一个像我这样配合拿药人的医生的存在。只是，我在他们看来还是太年轻了，因为我仅仅只有 57 岁，并且在这个郡也只不过生活了 28 年。那个律师事务所就像已经有了 28000 年的历史一样。村子中还有一个老渔船船长。简直跟狄更斯小说的插画人物似的，他的家中有数不清的短剑跟乌贼，还有一台望远镜。"

"我猜，"布朗神父说，"总是会有几个老渔船船长被海浪裹挟到岸边。但是我怎样都弄不懂他们是如何被海浪带到这么远的内陆的。"

"一个位于内陆深处、历史久远的村子总是要有这么个小生物，要不怎么能算是完整呢。"医生戏谑道。"自然，那里也少不了一个像样的神父，是托利党②跟高教会③的，这个派别要认真算起来也是有点历史的，连早到劳德大主教④时期的风格都有所保留。要是把它当作是一个老太太的话，年龄大得简直都要成妖怪了。老神父满头银发，热爱学习，比老姑娘还要容易被吓唬。的确，那些女士们，即使平时一直都是严格守着清教徒的教规，可是她们有的时候说的话也是十分地接地气，就跟真正清教徒似的。偶尔的一两回，我碰巧听见女士斯泰尔斯·卡鲁跟人交谈，她说的话就和《圣经》中的词一样那么有意思。那个令人尊敬的老神父在学习《圣经》时非常地用心；而且我完全都能够想得到他读这些词时轻合双眼的神态。好好好，你了解我这个人不太追求潮流。我真的没法接受那些叽叽喳喳老是做些怪事的'轻狂少年'⑤——"

"那些'轻狂少年'也一样没法接受那样的日子，"布朗神父说，"这才真的是令人悲哀。"

"可是我跟这个古老的村子中的人不同，不管怎样我也是在现在的时代中生活的。"医生接着说道。"还有，大致的情形差不多就是这样了，现在我来说说那件'大丑闻'了。"

"你可不要跟我说那些'轻狂少年'都打进波特池塘内部了。"神父笑着戏谑道。

"噢，要是我和你说的这件事是一个十分老套的故事，常见得不得了，那我还会担心老神父的儿子会来找我们的麻烦吗？要是老神父的儿子一切都正常的话，那可真是有问题了。从我了解到的现状说，他是个性情温和的人，就算是在做坏事的时候也有些站不住脚。大家第一次遇见他在蓝狮酒吧外面喝酒。关键就在于，他似乎是一位诗人，在那样的地方，都觉得诗人跟盗猎者是差不多的存在。"

"嗯，说得没错，"布朗神父说道，"可这就算是在波特池塘也不能算是'大丑闻'啊。"

"肯定不能算，"医生正式地答道，"真正的情况是这么回事。在小花园最边缘的格兰其庄园中，有一位女士，一位十分低调的女士住在那儿。她称自己是马尔特拉弗斯太太（我们暂且这么叫她），可是她到这里也只有一两年而已，没有人知道她的真实背景。卡斯泰尔丝·卡鲁小姐有一次说：'我不明白为什么她要住在那个地方，大家都没有去找她。'"

"没准儿这就是为什么她选择住那里。"布朗神父插话道。

"噢，她几乎足不出户的生活方式引起了人们的怀疑。她很美丽，举手投足也十分优雅，这使得村民们不太舒服。村子中的年轻男子都被警告过，不要去招惹那个放荡的女人。"

"人要是失去了悲悯之心，一般也就不再通情达理，"神父感叹道，"这真是太可笑了，一边看不惯她的深居简出，一边又在怪罪她勾搭所有的男人。"

"确实是这样，"医生说道，"但是，她还真的是让人看不懂。我看见过她，而且认为她非常有魅力；她应该是棕色皮肤，体态匀称，举止文雅，美得像个妖精，要是你懂我想表达的是什么的话。她应该也很聪明，虽然是很年轻，不过给我的感觉就像是大家说的——噢，成熟。老姑娘们大概会说是过来人。"

"突然来了这么多老姑娘，"布朗神父戏谑道，"我可以猜是她勾引了老神父的儿子吗？"

"是的，并且这似乎让老神父非常的苦恼。她本来应该是位寡妇。"

布朗神父脸上的肌肉扯了一下，闪过一丝几乎见不到的愠怒神情。"她本来应该是位寡妇，神父的儿子本来应该是神父的儿子，事务律师本来应该是一个事务律师，而你就本来应该是一个医生。她又为何不能是一位寡妇呢？还是说他们有什么证据，可以证明那位太太说的不是实话吗？"

马尔伯勒医生突然张开他宽阔的肩膀，坐直了起来，说："是的，你又想得没错。不过我还没有和你讲到那件事。哦，一直所说的丑闻就是，她确实是一位寡妇。"

"唉呀！"布朗神父喊道，接着又变了脸色，模糊不清地嘟囔了一句，好像是"我的神啊！"

"第一，"医生说，"他们又发现了一件事，马尔特拉弗斯太太是位演员。"

"这下有意思了，她是个演员这件事本来在那时候就已经是一件丑闻了。可怜的老神父一想到自己这么个老人家将要被一个女演员和冒险者拖进棺材的悲惨结局，就感到悲痛万分。女士们则都同时在尖叫。老船长坦白他有到镇子里的戏院去过，可是对于演戏的混进'我们当中'这个说法表示不赞成。噢，自然，关于这件事我没什么意见。这个女演员真的十分有素养，和十四行诗中写的那个'黑女士'⑥还有几分相似。那位青年热烈地爱着她；我也跟个喜欢感叹的老笨蛋一样，私下同情着这位喜欢错人、独自在庄园的高墙外忧伤的青年。我慢慢地被这田园牧歌式的感情给影响，可是世事无常。更令我意外的是，我作为仅有的一个对他们产生过悲悯之心的人，现在居然要当一个末日使者。"

"没错，"布朗神父说道，"为何会让你去呢？"

医生的回答带有不满：

"那是由于马尔特拉弗斯太太不只是一位寡妇，而且她是马尔特拉弗斯先生的寡妇。"

"好像要听到一个了不起的秘闻了。"布朗神父郑重其事地说道。

"那位马尔特拉弗斯先生，"医生继续说道，"就是那个前两年在波特池塘被杀害的先生；大概就是被这当中的一名单纯的农民把头给打破了。"

"我还记得你跟我说过，"布朗神父说，"那个医生，看过之后推断他应该是被人用木棍一类的东西给打破脑袋才死的。"

马尔伯勒医生有些尴尬地紧了紧眉头，沉默了一会儿又突然开口：

"犬类夺食不相伤，医生相安不揭短，就算只是精神科医生。要是可以的话，我本来是不想议论我那个在小村的前任什么的；不过我了解你不会对外透露一个字的。这话我仅仅和你说过，我那个有名的前任是个要命的笨蛋；一个成天喝醉的老混蛋，并且肯定是个草包。一开始是郡里的警察局长（虽然说我刚到这个小村没多久，可是因为我在这里已经住了非常久了）让我完整地调查这起案件的。我翻查了与这个案子有关的一些证供、文件等，发现这件事其实没什么复杂的，并没有发现哪里不对。马尔特拉弗斯也许是被打了一棍子；他只是经过这儿的巡演演员而已；人们也许觉得这样的人头上被打一闷棍根本就是再正常不过了。可是，不管是谁打了这么一棍，都不会令他丧命；依照报告里说的，那样的攻击最多只能使他晕过去一会儿，没有可能会出现别的结果。但是我最近还是发现了一些和这起案件有联系的证据，就结果而言，情况十分糟糕。"

医生情绪低落地坐在那，看着车窗外面掠过的景色，接着更加直白地开口："我到这儿来，而且还找你来帮我，是由于我想开棺验尸。他非常非常有可能是被下毒害死的。"

"噢！我们到啦！"布朗神父开心地说道。"我想，要是你觉得这个可怜的演员是被下毒害死的，那么他的夫人就肯定有很大的嫌疑。"

"肯定的，在这儿好像没有其他人跟他有什么关系了。"马尔伯勒一边答话一边和神父走下火车。"在他活着的时候确实有一个奇怪的朋友，是一个过气的演员，每天都在混日子；可是警察还有当地的事务律师好像都肯定，他的精神有问题，老是喜欢找麻烦；总是念念不忘他跟一位和他有矛盾的演员之间有过的一回争执，可是那个演员绝对不是马尔特拉弗斯。那也许是个巧合，很明显和下毒这件事没什么联系。"

到这里，布朗神父已经听完了整件事情。不过他很明白，要想真正地了解整件事，就一定要先见见事件里的人。在接下来的两三天中，他不停地在小村中转来转去，编造出一个个颇有道理的理由，——去和这件事中的主要人物认识。他跟神秘寡妇的第一次见面谈话简单并且有收获。他从中知道了起码两个真实的情况：第一，马尔特拉弗斯太太的言行举止有时真的会被还有维多利亚风格的当地人称作"愤世嫉俗"；第二，和大多数女演员似的，她刚好跟他是属于一个教别的。

神父当然不会仅仅因为这一点就断定她没有嫌疑，那样不仅不符合逻辑，而且也有悖常理。他清楚地明白自己这个教别是能够"夸耀"出几名赫赫有名的下毒者的。不过他也很清楚，在这样的案件中，这跟思想自由之间有着一些特定的关系，而清教徒就会把这种自由当成是放纵的意思；在这么一个保持着更久远英格兰遗风的小教区，绝对也会被看作是放弃所有传统观念的世界主义观念。不管怎么说，布朗神父都能肯定：不论好坏，她与这件案子有着巨大的牵连。她那两只棕色的眼睛咄咄逼人，敢于迎战；她的一张大嘴，说出的话幽默风趣可又内涵深意，在她提及老神父的那个颇具诗人风范的儿子时，表示对其有好感，可是却又吞吞吐吐，好像还隐瞒了一些什么。

在这件丑闻在这个平静的小村里掀起巨大波浪时，布朗神父约了老神父那像个诗人一样的儿子在蓝狮酒吧门口的长椅上见面，他给人的感觉就是一个忧郁、孤高的青年。他是神父塞缪尔·霍纳的儿子，叫作赫利尔·霍纳。赫利尔身材高大，穿了浅灰色的西装搭配了一根浅绿的领带，看起来有点像是在装文雅；除此以外，他最明显的特征就是他那一头又长又密的褐色头发跟脸上那僵硬的阴郁表情。不过布朗神父总有一个特别的本事，就是会使不愿张口的人开始大谈特谈为何他不想交流。在两人谈到那些积极传播谣言的村民们时，这个青年就开始愤怒地咒骂起来。他甚至还增添了他自己编造的谣言。他恶狠狠地说道，清教徒卡斯泰尔丝·卡鲁小姐跟事务律师卡夫先生两人曾经一起互相调情。他还控诉那位卡夫先生一度不要脸地想要跟马尔特拉弗斯太太在一起。不过在说到他的父亲时，也许是因为即使心有不满也要顾及情分，或是要尊敬长者，又或是太过生气以至于说不出什么，总而言之，他咬牙切齿，只挤出了几个字。

"唉，其实是这样的。他整天都在咒骂她是一个放荡的女冒险者；是那种将头发弄成金色的酒吧女侍应生。我和他说过她不是这样的人。你是跟她见过面的，你知道的。可是他居然连见都不想见她，就算是在街上或是通过窗子瞥一眼都不愿意。他认为一个女演员会玷污他的家还有他的圣洁。要是有人觉得他是个死板的清教徒，他就会很骄傲地说他就是。"

　　"你父亲的看法，"布朗神父开口，"是应当要被尊重的，不管是什么样子的；实际上我也不太懂他的那些观点。不过有一点我是同意的，他没有理由对一个素未谋面的女士妄下评论，接着又不愿意看她一下来证明自己的想法是否有错。这有悖逻辑。"

　　"这就是他最为古板的一个地方，"青年答道，"就算是遇见都不可以。自然，他还由于我在演戏方面的其他爱好而大动肝火。"

　　布朗神父马上就拉着这个新的话题开始聊天，从这个话题引出了很多他想知道的事情。喜欢诗歌被人认为是这个青年人品上的缺陷，可是他所创作的差不多全是戏剧诗歌。他也有创作过韵文悲剧，并且还得到了行家的表扬。实际上他不是个只想当戏子的笨蛋，其实无论怎么看他都不笨。他对怎样更好地去演绎莎士比亚的戏剧有自己的独特见地；从这些也很容易可以明白，为什么在他发现格兰其庄园有这么一个优秀的女士时，他会这么的迷恋和高兴。神父的欣赏还有怜悯居然安慰了波特池塘这颗叛逆的心。在他们分别的时候，青年竟然冲他笑了一下。

　　就是这突然的笑容让布朗神父忽然意识到，这位青年真的是生活在悲苦当中，要是他拧紧眉头，也许他就是在生气，可是在他展露笑容的时候，那种深埋心底的悲哀就会被人看出。

　　在跟诗人交流过之后，有些事情还是令神父困惑。他有一种感觉，这个青年坚强的内心正受到某种悲伤的煎熬，可是这种悲哀，又不只像是在老套的剧情里，传统古板的父母在青年追求爱情的道路上设置层层关卡所导致的。可是眼下又找不到别的什么原因，这使得神父非常迷惑。单从文学跟戏剧这方面来看，这个青年已经有些漂亮的成绩了；他的书大受热捧；他也不酗酒，也不乱花钱。即使在蓝狮酒吧恣意享受被认为不堪，可是也仅仅只是喝了一杯麦芽酒罢了；实际上他好像对自己的钱财控制得很严。赫利尔挣得非常多可是消费得非常少，布朗神父猜想这样的情况跟另一回事也许有着某些联系，就不禁满面愁容。

接下来布朗神父要拜访的是卡斯泰尔斯·卡鲁小姐，当她说到神父的儿子时显然有些内容是在故意诋毁他了。她在斥责青年的时候举了很多神父认为根本就没有的坏毛病的例子，布朗神父也只好把这当作是清教徒风俗跟谣言的结合体。不过，这个老姑娘虽然自视甚高，但为人处世倒也是十分平易近人；她拿来一小杯波特酒，还有一小块果仁蛋糕来招呼来客，使人觉得她就像是邻家外婆一样。在她开始抨击道德缺陷跟普遍教养缺少的长篇大论之前，布朗神父就找了个借口走了。

布朗神父的下一个目的地和这里的风格完全不同。他要去的是一条黑脏乱的小巷子，这是一个卡斯泰尔斯·卡鲁女士连念头都不会有的地方。他走到了一个又小又窄的出租间里，阁楼上还有一个人在激动地大声演讲着，让这个屋子显得更加喧闹杂乱……在他又一次出现的时候，他的脸上满是疑惑，背后还紧紧跟着一位十分激动的人，一直追着他到了人行道。那个人下巴有着青青的胡茬，身上穿了一件褪色成深绿色的黑色大衣，他疯狂地大叫着仿佛在跟人争辩："他不会消失！马尔特拉弗斯是绝对不会不见的！他出现了：他在死了之后出现，但是我依然是活着出现。可剧团里别的人呢？那个故意把我的台词给偷走、嘲笑我发挥得最棒的几场戏，又阻断了我演艺道路的混蛋去哪儿了？我饰演的图巴尔[⑦]是有史以来最棒的。他表演的夏洛克[⑧]——那个完全不需要演技的角色！就是我整个演艺道路上最好的一个时机！我这儿还有一些剪报，要你瞧瞧当时的媒体是怎样评论我饰演的福汀布拉思——"

"我相信他们一定都在夸你，并且这是你应得的。"小个子神父喘着气说道。"据我了解到的，在马尔特拉弗斯被杀之前剧团就已经不在这个村子里了。不过这没什么。这确实没什么。"说完就接着朝前走去。

"他即将要扮演波洛尼厄斯[⑨]。"依然紧紧跟在他背后的激辩者还在不停地说着。布朗神父突然就站住了。

"噢，"他慢慢地说道，"他即将要扮演波洛尼厄斯。"

"那个混蛋汉金！"演员大声叫道。"快去找他！一直找到世界末日！他肯定已经离开小村了，按他的性格，肯定是的。跟着他——去追寻他，希望诅咒——"可是神父没有听他说完就顺着小道急忙走了。

有了这么戏剧性的情况在前，之后的两次会面就比较普通或是说正常了。神父先到银行去找了经理，跟他交流了 10 分钟左右就离开了；接着又带着满满的尊敬去了平易近人的老神父家里。在这儿，每一样东西都和之前说过的那样没有偏差，并且好像也不会有什么偏差；墙上的那个又细又小的耶稣受难像、书桌上放着的《圣经》还有老神父一张嘴就感叹人们渐渐地不把礼拜放在重要位置了，所有的一切都体现出了苦行生活对他的影响；然而在这些背后又隐约体现出一种尊贵生活的品位，还保有着其雅致与褪去铅华的富贵痕迹。

老神父也为客人端上一杯波特酒，只是一起端过来的是一块有古老历史的英式小甜点而不是果仁蛋糕。神父的心中又一次出现了那种怪异的感觉：每件事都太完美了，就好像他正处在一个世纪以前的生活场景里。只有在一件事上老神父不会保持他的平易近人：他姿态温和可是却观点坚定，说自己的灵魂不会允许他去跟一个戏子见面，接着一同到事务律师卡夫的办公处去。

"我猜你这几天待得一定很没意思，"医生说道："会感到这村子真是没有意思。"

布朗神父提高了音调，用一种类似尖叫的声音喊道："你绝对不能用'没意思'来说这个小村。我敢打保票，这个村子肯定不一般。"

"我现在在接触的，大概就是这个村子发生过的唯一一件不一般的事，"医生答道，"即使这件事不是当地人发生的。我大概要跟你说一个情况：他们昨天晚上悄悄地将棺材挖出来了；我今天早上就去验尸了。总的来说，这具尸体满肚子都是毒药。"

"满肚子都是毒药？"布朗神父漫不经心地重复着，"相信我，在这个村子里还有比这更不一般的事。"

一阵突如其来的沉默，然后在那个律师的门廊上，那根古老的拉铃带一样突如其来地响了。两个人没多久就被通知去见那个律师了，而后者又带他们见了一个满头银发、脸色蜡黄并且有条疤的绅士，好像就是那个老渔船船长。

现在，这个村子里的情况几乎都进入了神父的潜意识，不过他依然明白地感受到，面前的这个律师确实是合适为卡斯泰尔丝·卡鲁女士这种人效劳。虽然律师全身上下都有着一种古老的气质，不过还没到使人感觉他就是一块化石的地步，这大概和他跟古老的周遭浑然一体有联系；不过神父又一次出现了那种怪异的感觉：是他自己穿越到了 19 世纪，而不是那个律师从 19 世纪活到了现在。律师的脖套还有领结就像是嫁接果木时用的一截砧木，而他长长的下巴就是那中间夹杂着的新枝条，只是，它们看起来比较干净整齐、轮廓清晰；律师看起来还有几分老来俏的感觉，不过有点僵硬。总的来说，他简直可以说是一件完整的标本，虽然某种程度上来说这是因为瞬间石化导致的。

律师还有老船长就连医生都非常惊讶，布朗神父直接忽略了村民们都在同情老神父这件事，反而是要来帮助老神父的儿子。

"我认为这个青年非常的有魅力，就我个人而言是这样的，"他说道，"实际上他十分愿意交流，我想他肯定还是一位优秀的诗人，马尔特拉弗斯太太觉得他是一位优秀的演员，起码在这一方面她还是很真实的。"

"可现实是，"律师开口，"除了马尔特拉弗斯太太，大家都更在意他是否是一个优秀的儿子。"

"他是一位优秀的孩子，"布朗神父回答，"这刚巧是一件非比寻常的事情。"

"去他的吧！"老船长忿忿地说道。"那你是说他很在乎自己的父亲吗？"

神父略微迟疑，接着说道："对于这我也不能保证。因为这就是另外一件非比寻常的事了。"

"你到底是什么意思？"老船长不耐地问道。

"我想说的是，"布朗神父说道，"虽然作为一个孩子，他在提及父亲的时候都是有些怨恨，不想原谅的语气，可是他对他父亲所做的远远比该做还要多得多。我和银行经理谈过，告诉他警察局授权给我们，让我们来秘密调查一桩重大案件，他就和我说了一些真相。老神父早就退休了，已经不是教区长了。实际上，这个地方一直都不是他真正的教区。在这儿的人们基本上全是异教徒，即使依然有到教堂去，但恐怕到达顿·阿博特去看戏的次数更多，那里距离这儿还没有一英里。老神父本身是没有其他经济来源的，可是他的儿子会赚钱，所以老神父的日子一直都过得很好。他请我喝的波特酒肯定是陈年佳品，而且还有一堆满是灰尘的空酒瓶。在我告别他的时候，他正打算享受一顿古色古香的精致午餐。这些所有肯定都是因为有青年的收入才可以有的。"

"还真是儿子中的楷模啊。"卡夫有些不屑。

布朗神父拧着眉毛点了点头，好像在思考自己的一句谜语，接着说道："一个儿子中的楷模。或者说是一个被逼成楷模的儿子。"

就在这个时候，一个办事员给律师送上了一封没有贴邮票的信。律师瞥了一下就随意撕开了。在撕开信封的同时，布朗神父看见了一大堆像蜘蛛网那样密密麻麻挤在一块儿的字。署名是"菲尼克斯·菲茨杰拉德"。神父随口就说了写信人的身份，律师也很直接就承认了他的想法。

"就是那个时常来骚扰我们的演员，"律师回答道，"他跟某位已经不在人世的演员有矛盾，可是那跟这件案子没有关系。我们都不愿意见他，除了医生。医生在见过他一面之后，就断言他疯掉了。"

"的确。"布朗神父抿了抿唇，像是想到了什么。"我也觉得他是疯了。不过毫无疑问的是，他说的话是对的。"

"对的？"卡夫喊道。"他说了什么是对的？"

"有关这起案子跟那个剧团之间的联系，"布朗神父说道，"你们知道整件事里最让我觉得奇怪的是那里吗？就是大家普遍认为的，由于马尔特拉弗斯贬低了这个小村，当地人一怒之下就将他给杀了。法医竟然也能使陪审团信以为真；还有记者们，他们这么随便就相信了，简直不敢相信。他们大概是没有深入过英国农村。我本身就是一个英国的农村人，起码我也是在埃塞克斯郡长大的。你们觉得一个英国乡下人会将自己的小乡村理想化或是说拟人化，就跟古希腊的城邦公民那样为了保卫他们的圣旗而剑拔弩张，跟中世纪时意大利某个小城里的共和国民一样不顾一切跟人拼命？或者在小村的圣旗上面画上一柄剑？你们是否有听过哪位长者说，'唯有鲜血才可以将波特池塘纹章上的污点给洗去'？圣乔治⑩还有龙能够证明，希望他们可以这样！不过，实际上我还有另外一种说法，依据也更是容易接受一些。"

神父稍作停顿，仿佛是在梳理想法，又继续说道："他们误会了悲惨的马尔特拉弗斯临死前说的话。他其实没有在当地人面前侮辱他们的家园。他是和一位演员说的；他们很快就有一场表演，而马尔特拉弗斯将出演的肯定就是丹麦王子。或许哪个演员也想要扮演丹麦王子又或是对怎样演绎那个角色有自己的见地，马尔特拉弗斯就生气地说：'你只会将这演成一个恶心的小哈姆莱特。'可是却被人听成了村子⑪。实际上就是这样。"

马尔伯勒医生惊讶得连嘴都合不拢，他好像是在仔细思考，认为这样的说法也不是没有可能。还不等别人反应，他就说道："那么我们为你现在该做些什么呢？"

布朗神父突然就站了起来，不过语气温和："要是这两位先生愿意的话，我希望你跟我，还有医生，可以马上到霍纳家去看看。我知道神父跟他的儿子此时应该都在。我建议你能够这么做。我猜村子里的人们还没发现你已经验尸了，也不懂结果是什么。我只是想要你将这件事的真实情况当面跟老神父还有他的儿子说一下，就简单概括：马尔特拉弗斯其实不是被棍子打死的，其实是被毒害的。"

马尔伯勒医生一开始听神父说这是一座不一般的村庄时，还觉得不相信，可是他此时完全有必要重新表明自己的看法了。在他将神父的指示——实行之后，发生在他面前的所有都只能用"不敢相信自己的眼睛"来说。

塞缪尔·霍纳神父站在那儿，穿着的黑色长袍子更是令他的满头白发看起来严肃得很。此刻他的一只手在诵经台上放着，那是他天天翻阅《圣经》的地方，现在大概是刚好遇到了，不过这副样子使得他看起来更令人肃然起敬。而在他的正对面，他那个不羁放纵的儿子靠在椅子上，抽着一根廉价的烟，生气地看着他。活生生就是一个不尊敬神的青年。

老者优雅地摆摆手示意神父坐下。布朗神父直接过去坐下，没有说话，只是漫不经心地盯着天花板。不过马尔伯勒觉得，他要说的事情简直重要得不得了，大概只有站着说才可以达到更棒的结果。

"我认为，"他说，"作为这个地方某些程度上的精神领袖，你有权知道：曾经在这儿出现过的恐怖悲剧又有了新的变化，也许更恐怖了。您还没有忘记马尔特拉弗斯丧命的事吧，他当时被断言是被人用木棍重击死亡，下手的人没准就是跟他有矛盾的当地人。"

老神父挥挥手，说："要是我说的内容被误以为是在为某一凶残暴力辩解的话，那我就说什么了。不过如果一位演员带着罪恶到这个单纯的地方来，他就是在蔑视神的惩罚。"

"或许是这么回事，"医生严肃地说，"但是不管怎么样，惩罚不能够用这样的形式实施啊。我刚刚遵令对其进行了验尸；我能向上帝保证：第一，脑袋所受到的攻击根本不足以让他死亡；第二，在尸体的肚子里都是毒药，很显然，他是被下毒害死的。"

年轻的赫利尔·霍纳随手丢了那根香烟，跟一直轻巧敏捷的猫似的从椅子上跳起来，跃到了诵经台一步之遥的地方。

"你肯定吗？"他着急地追问道。"你绝对能保证他不是因为被木棍重击才死的吗？"

"我能够保证。"医生说道。

"好好好，"赫利尔说，"希望这一下是可以要命的。"

说时迟那时快，在所有人都还没有明白过来的时候，赫利尔就冲着老神父的嘴角用力地挥了一拳，就看到老神父跟一只掉了线的玩偶似的飞到了门边。

"你做什么？"马尔伯勒医生被这突如其来的暴击吓呆了，他气得浑身发抖，尖叫着，"布朗神父，这个精神病究竟在干什么？"

可是布朗神父依旧漫不经心，气定神闲地看着天花板。

"我一直都在等他挥出这一拳，"神父淡定地说，"我感到惊讶的是，为什么一早他没有这么做。"

"我的上帝啊！"医生惊呼道，"我明白大家多多少少都误解了他；可是攻击他的父亲，攻击一个老神父跟没有还手之力的人——"

"他攻击的不是他的父亲，同样也不是老神父。"布朗神父说道，"他攻击的是一个假扮成老神父的演员、一个巧取豪夺的混蛋。这个人就和一只蚂蟥那样这么多年来始终在吸着他的血。现在他已经得知自己不需要再害怕被勒索了，于是就抛开了顾忌，我不愿意为此责怪他。特别是我还怀疑这个勒索者没准就是那个投毒者。我看，马尔伯勒，你最好赶紧给警察局去个电话。"

他俩在他们的身旁经过，离开了房间。他们谁都没有拦下他们，其中一个还是满脸的迷惑和奇怪，还有一个则是喘着粗气，一方面解脱后觉得轻松了很多，一方面心中又克制不住地燃起熊熊怒火。只是，在他们经过的时候，布朗神父的脸随意地转向了青年，所以这个青年就成了为数不多的在这张面孔上看见冷酷表情的人之一。

"他有一句话倒没有错，"布朗神父开口，"如果一位演员带着罪恶到这个单纯的地方来，他就是在蔑视神的惩罚。"

布朗神父跟医生又一次登上了停靠在小村车站里的火车，他们来到位子坐下之后，神父说："好吧，如你所言，这是个神奇的故事，不过我看这已经不是一个神秘的故事了。不管怎样，在我眼里整件事是这样的。马尔特拉弗斯和他剧团里的其他部分成员们一起到了这个村子，其他的人就径直到达顿·阿博特去了，而且还会在那里表演 19 世纪初的情景剧。他自己穿着一身戏服在村子里乱晃，那身戏服十分特别，刚好是 19 世纪时富家公子的装束；还有一个角色则是一个古板的老神父，不过他的黑袍子就比较低调了，大家只是以为那是款式过时罢了。饰演这个老神父的是一个老先生，他演过的大部分角色都是老头，比如夏洛克，并且他也将要饰演波洛厄斯一角。"

"而第三位则是我们的诗人了，他自身也是一名演员，关于怎样演绎哈姆莱特这个角色和马尔特拉弗斯产生了冲突，只是，很大的原因大概还是他们之间的私事。我猜他也许在那个时候就开始喜欢马尔特拉弗斯太太了，我觉得他们两个其实没什么过错，我也期盼这两位如今可以得偿所愿。不过他非常有可能认为马尔特拉弗斯是他的情敌并且开始怨恨他，因为马尔特拉弗斯这个人十分粗鲁无礼，会到处挑事。在这次争执中他们拿起了木棍，用力地在马尔特拉弗斯的头上重击了一下，接着，依照那时的验尸报告，就可以判定是他一下将马尔特拉弗斯给打死了。"

"当时除了他们两个还有别人也在或是知道了这起事件，那就是饰演老神父的那位。他趁火打劫，开始不断地勒索诗人，逼迫他侍奉自己开始过一个所谓的退休教区长的完美日子。很明显，在这个小地方他假装成退休教区长是再容易不过的了，只要接着穿他的黑袍子就可以了。不过他要这么做是还有一个别的原因的。因为马尔特拉弗斯的真正死因是这样的：他在被打昏以后掉进了丛林中的欧洲蕨丛里，之后慢慢恢复意识，想要进旁边的房子里，可是他死在了半路。最后让他没能醒过来的并不是诗人的那一击，其实是那个和蔼的老神父一个小时以前给他下的毒，非常有可能是掺杂在了给他的一杯波特酒中。在他给我端来一杯波特酒的时候，我就怀疑到了这一点。这使我有些紧张。不过警察已经在调查是否是这样了，至于他们什么时候可以证实这一点，我也说不准。他们绝对要找到真正的动机。只是，这些演员间的意见不合明显已经司空见惯，并且马尔特拉弗斯也跟人结了不少的梁子。"

"要是凶手已经确定了，那么警察就肯定会找到什么证据，"马尔伯勒医生说，"我搞不懂的是你为什么会开始怀疑他，会怀疑这么一个完美无缺的老神父呢？"

布朗神父笑了一下，说："从某些程度上来说，这就和一些专业知识有关了，差不多就是一个职业问题了，不过又有些不同。你懂的，有一些辩论者时常埋怨，大家对于他们宗教的真正状况什么也不知道。实际上，更奇特的不止这一点。英格兰不了解罗马教会，这是事实，并且也没什么。可是英格兰也是不了解英格兰教会⑫的，甚至还没有我懂得的多。你一定不知道一般的民众对于圣公宗内的教派纷争知之甚少，大部分的人其实根本就不知道'高教派会'与'低教派会'到底是什么，甚至也不知道它们在敬拜礼仪上到底有什么不同，更不用说他们的历史跟它们所表示的观念了。你可以在随便的报刊杂志和小说故事或是戏剧里发现这种无知。"

"最令我觉得不可思议的就是这个老神父居然全都搞错了。没有一个圣公宗神父会在有关圣公宗的事情上错得这么离谱。他原本应该是属于有着久远历史的保守主义教派——高教派的，可是又称自己是清教徒。像这样的人，在私生活中可以非常像一个清教徒，可是绝对不会自称是清教徒的。他口口声声说惧怕与戏剧相关的事，可是他不了解高教会的信徒是不会对此产生恐惧的，只是低教会的人会这样。在提及安息日⑬时他表现得跟清教徒非常像，可是他却在屋子中挂着耶稣受难像的那种十字架⑭。很明显他不了解一个真正的虔诚的神父是怎么回事儿的，他只想到要在大家面前表现出那种严肃、令人尊敬的样子，而且还反对大家追寻人世间的享受。"

"这几天，我的脑海深处始终都有一个感觉，但是我一直都没弄清楚究竟是什么感觉，后来就忽然明白了。这个感觉就是戏剧里的神父啊。就是一个看不清脸可是又令人尊敬的老笨蛋的样子，特别符合一般的作家或是演员想展现的那种奇怪的宗教人物。"

"都不用说是一个老派医生了,"马尔伯勒戏谑道,"他完全都不要费心思去了解宗教人物都有哪些特征。"

"实际上,"布朗神父接着说道,"使我开始怀疑的还有一个更简单同时更显而易见的缘故。这跟待在格兰其庄园的黑女士有关,她被当成是小村里的吸血鬼。"

"一开始我就有种感觉,她是小村里的污点,但实际上是一个亮点。大家都觉得她非常神秘,可其实她并不神秘。她是最近一段时间才到这儿来的,也没有故意隐藏身份,说的都是真实的。她到这里来的目的就是帮助你们对她先生死因的重新调查。她的先生对她一点都不好,可是她有自己的底线,觉得不管是从婚姻还是普遍正义来说,她都没有办法去澄清整件事。因为同样的原因,她选择待在自己先生的尸体被人发现的那个房子里。除了她之外,老神父那个桀骜不驯的儿子也被当成是村子里的污点,这一样是清白无辜的事情。他也一样没有想要隐瞒他的职业还有他之前是个演员。这也是为何我没有像怀疑老神父那样怀疑他了。但是,我看你大概已经想到了我怀疑老神父的直接跟间接原因了。"

"是的,我看我已经知道了。"医生说,"这就是为什么你要说到那个女演员的名字。"

"没错,我说的是他非常不愿意跟女演员见面这一点,"神父答,"不过他不是真的不愿意见她,而是在想尽办法不让她看见自己。"

"我知道了,"医生表示赞成,"要是她看到塞缪尔·霍纳的真正样子,就会马上知道这是那个恶毒的演员汉金,他借着神父的身份来掩盖他的丑陋面目。好了,这就是那个淳朴的村子里所有的事了。但是,你要承认我兑现了诺言:我告诉了你这个小村里有比一具尸体、一具满肚子毒药的尸体还要可怕的事情。在神父的黑袍子下还藏着一个勒索犯,起码这有一点值得被关注,就是我的活人比你的死尸还要可怕。"

"的确是这样," 神父一边说一边向后靠, 舒服地倚在靠背上, "要说找一个合适的火车同伴, 我倒是更想要那个尸体。"

【注释】

① 英语中的 Mulberry (马尔伯里) 也有桑葚、桑园的意思。

② 托利党 (Tory): 就是英国保守派。该党派在政治和宗教信仰上都持保的守立场, 和高教会的观点一致。

③ 高教会 (High Church): 英格兰教会 (Church of England, 也叫作英格兰圣公会或英国国教会) 的信徒。最早在 17 世纪末开始使用; 19 世纪由于牛津运动和英国天主教会派的兴起所以流传于英国。该派主张在教义、礼仪与规章上大量保留天主教的传统, 要求保持教会较高的权威地位, 因此得名。和它对立的派别则被称为 "低教会" (Low Church)。

④ 威廉·劳德 (William Laud, 1573 ~ 1645 年): 第 76 任英国坎特伯雷大主教。1633 年, 他倡议用一种接近于罗马天主教的信仰和仪式, 将祭坛从教堂的中部移到东侧, 然后用栏杆隔开, 规定举行圣餐仪式时牧师必须要穿祭服, 站在高高的祭坛边上俯视教众。这样的仪式让清教徒很反感。1641 年, 他被清教徒占大多数的议会用叛国的罪名弹劾, 1645 年 1 月被处死。

⑤ 轻狂少年 (Bright Young Things): 指的是 "一战" 后英国社会上出现的新一代年轻人。他们无忧无虑, 追求财物、激情和潜意识欲望的满足。英国作家伊夫林·沃 (Evelyn Waugh, 1903 ~ 1966 年) 著名的反讽小说《罪恶的躯体》(Vile Bodies) 描述的就是这个群体。

⑥ 莎士比亚在 1609 年发表的十四行诗 (sonnet) 体裁诗集一共有 154 首诗, 其中第一部分是前 126 首, 献给一个年轻的贵族 (Fair Lord); 第二部分是第 127 首到最后一首, 献给一位神秘的 "黑女士" (Dark Lady), 抒发的是对她的爱慕之情。

⑦ 图巴尔（Tubal）：犹太人，夏洛克的朋友，莎士比亚剧作《威尼斯商人》中的人物。

⑧ 夏洛克（Sherlock）：是莎士比亚剧作《威尼斯商人》中的人物，是一个犹太富翁。

⑨ 波洛尼厄斯（Polonius）：莎士比亚的著名悲剧作品《哈姆雷特》（Hamlet）中的人物。他是一个老廷臣，顽固地阻挡自己女儿奥菲莉娅（或者译为奥菲莉亚、欧菲莉亚）和哈姆雷特之间的爱情。他藏在一块挂毯后，偷听哈姆雷特和王后之间的谈话时，被王子一剑刺死。

⑩ 圣乔治（St George）：约公元 260 年在巴勒斯坦出生，是罗马骑兵军官，因为想阻止戴克里先皇帝对基督徒的伤害，在 303 年被杀。494 年，封圣。是英国的主保圣人。欧洲民间有圣乔治杀龙救少女的传说。1277 年，英国根据"龙血形成一个十字形"（即圣乔治十字）的传说设计出了白底红十字的"圣乔治旗"（英国国旗），同时用"圣乔治十字"当作英国军队的纹章。"圣乔治"是英格兰文化中的重要组成部分。

⑪ 英语中的 Hamlet（哈姆雷特）也有村子的意思。

⑫ 英格兰教会（Church of England）：或者翻译为英格兰国教会，又可以叫作英国国教会，"圣公宗"（"安立甘宗"）的教会之一，从 16 世纪英格兰君主亨利八世时期开始，英格兰教会就脱离罗马教宗管制并且成为了英格兰的国教。"安立甘"就是英文"Anglican"（英格兰的）的音译。英格兰圣公会（英国圣公会）的最高主教是坎特伯雷大主教，副手则是约克大主教。

⑬ 安息日（the Sabbath）：希伯来语的意思为"休息"、"停止工作"；是犹太教的每周一日为休息日，也就是创世记六日创造后的第七日的象征。

⑭ 基督教的新教主要采用的是简洁的十字架，而天主教的十字架上一般会有耶稣受难像。